高等学校文科教材

第三版

中国古代文学

主　编　徐季子　姜光斗

主　审　万云骏

编写者　（以姓氏笔画排列）

郑力戎　郑学溥　姜光斗　倪木兴

徐季子　黄昌年　傅　义　蔡国黄

华东师范大学出版社

·上海·

图书在版编目(CIP)数据

中国古代文学(第三版)/徐季子，姜光斗主编. 一上海：华东师范大学出版社，2009. 12
ISBN 978-7-5617-2081-3

Ⅰ. 中… Ⅱ. ①徐…②姜… Ⅲ. 古典文学一中国一高等学校一教材 Ⅳ. I206. 2

中国版本图书馆 CIP 数据核字(2000)第 07818 号

中国古代文学(第三版)

主　　编　徐季子　姜光斗
责任编辑　庞　坚
文字编辑　吉明周
责任校对　邱红穗
装帧设计　卢晓红

出版发行　华东师范大学出版社
社　　址　上海市中山北路3663号　邮编200062
电话总机　021-62450163转各部门　行政传真021-62572105
客服电话　021-62865537（兼传真）
门市(邮购)电话　021-62869887
门市地址　上海市中山北路3663号华东师范大学校内先锋路口
网　　店　http://hdsdcbs.tmall.com

印 刷 者　浙江临安曙光印务有限公司
开　　本　787毫米×1092毫米　1/16
印　　张　33.75
字　　数　893千字
版　　次　2009年12月第三版
印　　次　2022年12月第十三次
印　　数　39201-41300
书　　号　ISBN 978-7-5617-2081-3/I·202
定　　价　59.80元

出 版 人　王 焰

修订版(第二版)出版说明

1986年,我社受国家教委有关部门的委托,根据国家教委师范司制订的《二年制师范专科学校八个专业教学计划》的要求,与全国各省、市、自治区教委合作,共同组织编写了全国高等师范专科学校教材20余种;同时与华东六省教委密切协作,编写了能反映华东地区师专教学和科研水平的、适应经济建设较为发达地区的师专教学需要的教材40余种。从此,师专拥有了比较符合自己培养规格、规律和教学要求而自成系统的教材。实践证明,师专教材建设对于提高师专教学水平,保证师专教学质量起到了重要作用。

近几年来,在邓小平同志建设有中国特色社会主义理论的指引下,中国的教育事业取得了很大发展。国家教委根据《中国教育改革发展纲要》的要求,针对高等师范专科学校的教育特点,颁发了《高等师范专科教育二、三年制教学方案》,进一步明确了高等师范教育面向21世纪的发展目标和战略任务,以及教学内容和教学结构的改革要求。

自出版第一本师专教材以来,我社多年来分阶段地对师专教材的使用情况进行了跟踪分析,又于1995年开展了较为系统的全面调查。调查中,教师普遍反映,现有师专教材尚不同程度存在着与当前师专教学实际相脱节的现象;对各学科中的新发现、新理论、新成果,未能加以必要的反映,已跟不上当前社会、经济、科技等发展的新形势。考虑到师专从二年制向三年制发展的现状和趋势,我社于1996年初与华东六省教委有关部门一起,邀集全国48所师专代表专门研讨了师专教材建设问题,随即开展了部分教材的修订和新编工作。

1999年,我社又进行了更大范围的实地调查,发现不少地区已将对中学教师的培养提高到了本科水平，在专业设置、课程计划、教学要求等方面都有变化。为此，我们对部分教材作了进一步的修订，使其能够适应新世纪的高等师范教学需要，同时也可用于中学教师的职后培训。

师范院校教材建设并不是一个孤立的系统，它必须服务于师范教育的总体规划。它已经历了从“无”到“有”的过程，并将逐步实现从“有”到“优”的目标。我们相信，通过各方面的努力，修订和新编的师范院校教材将充分体现基础与能力相结合，理论与实践相结合，当前与未来相结合的特色，日臻完善和成熟。

这次编写和修订工作得到了有关省市教委的大力支持，我们谨在此深表谢忱，并向为师范院校教材建设付出辛勤劳动的各地师范院校领导和所有参加编写、修订和审稿的专家、学者等致以衷心的谢意。

华东师范大学出版社

2000 年 1 月

第一版序言

全国师范专科学校中文系用统编教材《中国古代文学》的编成出版，是一件令人高兴的大事。过去各师专一般都采用游国恩主编的大学文科教材《中国文学史》。但一则因此书编成于60年代初，自那以后中国文学史的研究已有长足的进展；二则此书既是为大学中文系本科教学而编写，其体例、容量、深度各方面均不太适合师专该课程的教学要求。这本新编的《中国古代文学》教材，不仅注意内容的深入浅出、繁简适度，注意吸收近年来中国古代文学的研究新成果，更重要的是，它开创了一种新的体例——先之以文学史概述，继之以作家作品选读，由史引出作品，用作品证成史述，做到经正而纬成，纲举而目张。尽管其成功与否，尚待师专师生的教学实践的检验，但这毕竟是一种颇有意义的尝试。

从这本教材的新体例，我们联想到了近年来颇为热门的古代文学宏观研究讨论。我们主张宏观研究与微观研究不能割裂，应该力求两者的有机结合。我们理解的微观，是宏观指导下的微观；而宏观，则是微观基础上的宏观。拿这本教材来说，一代文学史概述部分属于宏观范畴，具体作家作品属于微观范畴。一个大专学生学习中国古代文学，必须从学习具体的作家作品入手，在大量阅读作品（也即审美体验）的基础上，才能进而较为准确地把握那由大量具体生动的文学现象（主要是作家作品）的矛盾运动构成的文学发展的历史，洞悉文学发展的规律。别林斯基曾经说过："批评——这意味着要从个别的现象里去探寻并显示该现象所据以出现的一般的精神法则，并且要确定个别现象和它的理想之间的生动的、有机的关系密切到什么程度。"中国汉代文学家扬雄在《解嘲》篇中也有"大者含元气，纤者入无伦"的说法，说的都是宏微相济的道理。不仅如此，宏观与微观本是相对的概念，两者可以转化。如杜甫《中夜》诗有句："长为万里客，有愧百年身。"清人蒋弱六批云："二句可知酿出一部杜诗。"一首五律中两句十字，固然是微观，但它含义深广，可酿出一部杜诗，则可以宏观视之了。

其次要谈的一点，是这本教材在编写指导思想上有所突破，使我们想到审视和评判作家作品的价值取向问题。文学作品的内容是丰富多样的，除了重视作品的社会意义之外，我们还可以从作品所体现出来的作家的个人抱负、人格修养、生活体验、情感品质等多方面去发掘作品的内在意义，从中引出启迪今人的诸种因素。若论作品的形式风格，更应提倡价值取向的多元化，应该兼采刚与柔、平与奇、拙与巧、宏壮与优美、自然与雕饰，而不必是朱非素，强作轩轾。拿词学研究为例，过去那种重豪放、轻婉约的倾向，就是不足取的。甚至我们的思维空间还可以再开拓一些。无论学文学史还是看作品，可以从现实与作家的关系、作家与作品的关系、作品与读者的关系等视角，作多角度的考察，力求找到分析作品的最佳视点。倘能如此，则我们就可以打破历来分析古代文学作品的"时代背景——思想内容——艺术特色"三大块的刻板框架，使中国古代文学教学出现生动活泼的局面。

当然，无论是宏微结合还是价值多元，都要通过运用好这本教材来实现。对于广大师专中文系古代文学教师，都是可以操之在我，发挥自己的主观能动性的。以上所见，未免一知半解，贻笑大方。趁此机会提出来，仅供有关同志参考而已。

我在本书的审读过程中，请我校中文系方智范君协助，做了许多工作，谨此致谢！

万云骏

1989 年 9 月于华东师范大学

目录

第一编　先秦文学

第一章　先秦文学发展概况 …… 3
第一节　上古歌谣 …… 3
第二节　古代神话传说 …… 4
第三节　夏商文化的产生 …… 5
第四节　西周文学的兴起 …… 6
第五节　春秋战国文学的繁荣 …… 9
第六节　楚辞的崛起 …… 16
第七节　秦代文学简况 …… 18

第二章　先秦作品选 …… 19
第一节　《诗经》 …… 19
关雎(19)　氓(20)　蒹葭(21)　采薇(22)
第二节　历史散文 …… 23
左传 …… 23
城濮之战(23)　烛之武退秦师(29)
国语 …… 31
邵公谏厉王弭谤(31)
战国策 …… 32
冯谖客孟尝君(32)　燕昭王求士(34)
第三节　诸子散文 …… 36
论语 …… 36

子路曾皙冉有公西华侍坐章(36)
墨子 …… 37
非攻(上)(38)
孟子 …… 38
齐桓晋文之事章(39)
庄子 …… 42
逍遥游(节选)(42)
荀子 …… 45
劝学(节选)(45)
韩非子 …… 47
和氏(47)
第四节 屈原 …… 49
离骚(节选)(50) 橘颂(56)
第五节 秦代政论文 …… 57
李斯 …… 57
谏逐客书(57)

第二编 两汉文学

第一章 两汉文学发展概况 …… 63
第一节 两汉社会概述 …… 63
第二节 两汉散文 …… 64
第三节 两汉的赋 …… 67
第四节 两汉诗歌 …… 70

第二章 两汉作品选 …… 74
第一节 两汉政论文 …… 74
贾谊 …… 74
过秦论(上)(74)
王充 …… 77
订鬼(节选)(77)
第二节 司马迁 …… 78
廉颇蔺相如列传(节选)(80) 项羽本纪(节选)(83)
第三节 其他史传散文 …… 88
刘向 …… 88
楚庄樊姬(88)
班固 …… 89

苏武传(节选)(89)
第四节　汉赋 …… 93
司马相如 …… 93
子虚赋(节选)(93)
张衡 …… 96
归田赋(96)
第五节　乐府民歌和《古诗十九首》 …… 97
乐府民歌 …… 97
陌上桑(97)　古诗为焦仲卿妻作(98)
战城南(101)　有所思(102)
古诗十九首 …… 102
行行重行行(102)　西北有高楼(103)
涉江采芙蓉(103)　迢迢牵牛星(103)

第三编　魏晋南北朝文学

第一章　魏晋南北朝文学发展概况 …… 107
第一节　社会状况及其对文学的影响 …… 107
第二节　建安文学 …… 110
第三节　正始与两晋文学 …… 112
第四节　南北朝文人诗 …… 114
第五节　南北朝乐府民歌 …… 116
第六节　南北朝骈文与散文 …… 120
第七节　魏晋南北朝小说 …… 121
第八节　魏晋南北朝文学批评 …… 123

第二章　魏晋南北朝作品选 …… 125
第一节　建安诗赋 …… 125
曹操 …… 125
短歌行(125)　步出夏门行·观沧海(126)
步出夏门行·龟虽寿(127)
曹丕 …… 127
燕歌行(其一)(127)
曹植 …… 128
白马篇(128)　野田黄雀行(128)
送应氏二首(其一)(129)
王粲 …… 129

登楼赋(130)

蔡琰…………………………………………………………………… 131

悲愤诗(131)

第二节　正始与两晋诗歌…………………………………………… 133

阮籍…………………………………………………………………… 133

咏怀(其三十一)(133)

左思…………………………………………………………………… 134

咏史(其二)(134)

陆机…………………………………………………………………… 134

赴洛道中作(其二)(134)

刘琨…………………………………………………………………… 135

扶风歌(135)

第三节　陶渊明……………………………………………………… 136

归园田居(其一)(137)　饮酒(其五)(137)

读山海经(其十)(138)　桃花源诗并记(138)

归去来兮辞并序(139)

第四节　南北朝文人诗……………………………………………… 141

谢灵运………………………………………………………………… 141

登池上楼(142)

鲍照…………………………………………………………………… 142

拟行路难(其六)(143)

谢朓…………………………………………………………………… 143

晚登三山还望京邑(143)

庾信…………………………………………………………………… 144

拟咏怀(其七)(144)　寄王琳(144)

第五节　乐府民歌…………………………………………………… 145

南朝乐府民歌………………………………………………………… 145

西洲曲(145)

北朝乐府民歌………………………………………………………… 146

木兰诗(146)

第六节　南北朝的骈文、骈赋及散文……………………………… 147

丘迟…………………………………………………………………… 147

与陈伯之书(147)

江淹…………………………………………………………………… 149

别赋(150)

郦道元………………………………………………………………… 153

水经注·江水(153)

杨衒之 …… 154
洛阳伽蓝记·法云寺(154)
第七节 魏晋南北朝小说作品 …… 156
干宝 …… 156
搜神记·干将莫邪(156)
刘义庆 …… 157
世说新语·王子猷雪夜访戴(157) 世说新语·石崇王恺斗富(158)
第八节 魏晋南北朝文学批评 …… 158
刘勰 …… 158
文心雕龙·情采(159)

第四编 隋唐五代文学

第一章 隋唐五代文学发展概况 …… 165
第一节 隋代文学概貌 …… 165
第二节 唐代文学繁荣的历史文化背景 …… 167
第三节 唐诗发展的历史轨迹 …… 169
第四节 古文运动的理论与实绩 …… 181
第五节 传奇小说演变的历程 …… 182
第六节 佛教文化的影响与变文 …… 184
第七节 词的兴起与唐五代词 …… 185

第二章 唐五代作品选 …… 187
第一节 初唐诗歌 …… 187
王绩 …… 187
野望(187)
骆宾王 …… 188
在狱咏蝉(188)
王勃 …… 188
送杜少府之任蜀川(189)
张若虚 …… 189
春江花月夜(189)
陈子昂 …… 190
登幽州台歌(190)
第二节 盛唐诗歌 …… 191
孟浩然 …… 191

临洞庭湖赠张丞相(191)　过故人庄(192)
王维……………………………………………………… 192
渭川田家(192)　山居秋暝(193)　终南山(193)
鹿柴(194)　送元二使安西(194)
储光羲……………………………………………………… 194
田家杂兴(其二)(195)
王之涣……………………………………………………… 195
凉州词(其一)(195)
王昌龄……………………………………………………… 196
从军行(其四)(196)　出塞(其一)(196)
长信秋词(其三)(197)　闺怨(197)
高适……………………………………………………… 197
燕歌行(198)　别董大(其二)(199)
岑参……………………………………………………… 199
白雪歌送武判官归京(200)　逢入京使(200)
第三节　李白……………………………………………… 201
蜀道难(204)　将进酒(205)　月下独酌(其一)(206)
秋浦歌(其十五)(206)　闻王昌龄左迁龙标遥有此寄(206)
梦游天姥吟留别(207)　望庐山瀑布(其二)(208)
送友人(208)
第四节　杜甫……………………………………………… 209
丽人行(211)　自京赴奉先县咏怀五百字(212)
春望(214)　石壕吏(215)　新婚别(215)
春夜喜雨(216)　登高(216)　登岳阳楼(217)
第五节　中唐诗歌………………………………………… 217
刘长卿……………………………………………………… 217
逢雪宿芙蓉山主人(217)
韦应物……………………………………………………… 218
滁州西涧(218)　观田家(218)
卢纶……………………………………………………… 219
塞下曲(其三)(219)
李益……………………………………………………… 219
夜上受降城闻笛(219)
张籍……………………………………………………… 220
节妇吟(220)
王建……………………………………………………… 220
新嫁娘(其三)(221)

元稹 …… 221
闻乐天授江州司马(221)
孟郊 …… 221
游子吟(222) 寒地百姓吟(222)
贾岛 …… 222
忆江上吴处士(223)
李贺 …… 223
金铜仙人辞汉歌(223) 雁门太守行(224)
刘禹锡 …… 225
酬乐天扬州初逢席上见赠(225) 西塞山怀古(226)
第六节 白居易 …… 226
长恨歌(228) 轻肥(230) 上阳白发人(231)
钱塘湖春行(232)
第七节 韩愈和柳宗元 …… 232
韩愈 …… 237
山石(237) 左迁至蓝关示侄孙湘(238)
张中丞传后叙(239) 进学解(241) 祭十二郎文(244)
柳宗元 …… 246
登柳州城楼寄漳汀封连四州刺史(246) 渔翁(247)
段太尉逸事状(247) 钴鉧潭西小丘记(250)
至小丘西小石潭记(251) 蝜蝂传(251)
第八节 晚唐诗歌 …… 252
杜牧 …… 252
赤壁(253) 江南春绝句(253) 山行(253)
泊秦淮(254)
李商隐 …… 254
无题(254) 马嵬(其二)(255)
贾生(256) 夜雨寄北(256)
聂夷中 …… 256
公子家(256) 田家(257)
杜荀鹤 …… 257
山中寡妇(257)
第九节 唐五代词 …… 258
敦煌曲子词 …… 258
鹊踏枝(258)
张志和 …… 258
渔歌子(其一)(258)

温庭筠 …… 259
菩萨蛮(259)
韦庄 …… 260
菩萨蛮(260)
冯延巳 …… 260
谒金门(260)
李煜 …… 261
虞美人(261)　浪淘沙(262)　乌夜啼(262)
第十节　唐代传奇 …… 262
白行简 …… 262
李娃传(263)

第五编　宋代文学

第一章　宋代文学发展概况 …… 271
第一节　宋代文学的历史背景和基本特点 …… 271
第二节　宋代散文 …… 272
第三节　宋代诗歌 …… 275
第四节　宋代的词 …… 278
第五节　宋代话本 …… 280
第六节　宋代诗话词话 …… 282

第二章　宋代作品选 …… 285
第一节　北宋前期 …… 285
范仲淹 …… 285
渔家傲(285)
晏殊 …… 286
浣溪沙(286)
柳永 …… 286
八声甘州(286)　望海潮(287)
欧阳修 …… 287
五代史伶官传序(288)　醉翁亭记(289)
戏答元珍(290)　踏莎行(291)
曾巩 …… 291
秃秃记(291)
王安石 …… 292
读《孟尝君传》(293)　河北民(293)　明妃曲(其一)(294)

出郊(294)
第二节　苏轼与苏辙……………………………………………… 295
苏轼……………………………………………………………… 297
文与可画筼筜谷偃竹记(297)　赤壁赋(298)　游金山寺(300)　六月二十七日望湖楼醉书(其一)(301)　有美堂暴雨(301)　六月二十日夜渡海(301)　江城子·密州出猎(302)　水调歌头·丙辰中秋欢饮达旦……(303)
定风波·三月七日沙湖道中遇雨……(303)
苏辙……………………………………………………………… 304
黄州快哉亭记(304)
第三节　北宋后期…………………………………………………… 305
黄庭坚…………………………………………………………… 305
寄黄几复(305)　雨中登岳阳楼望君山二首(306)
念奴娇(306)
秦观……………………………………………………………… 307
踏莎行(307)　鹊桥仙(308)
贺铸……………………………………………………………… 308
青玉案(308)
陈师道…………………………………………………………… 309
别三子(309)
周邦彦…………………………………………………………… 309
兰陵王(309)　苏幕遮(310)
李清照…………………………………………………………… 310
醉花阴(311)　一剪梅(311)　声声慢(312)
第四节　南宋前期…………………………………………………… 312
陈与义…………………………………………………………… 312
渡江(312)
张元幹…………………………………………………………… 313
贺新郎·送胡邦衡待制赴新州(313)
岳飞……………………………………………………………… 314
满江红(314)
范成大…………………………………………………………… 314
州桥(315)　夏日田园杂兴十二绝(其十一)(315)
秋日田园杂兴十二绝(其八)(315)
杨万里…………………………………………………………… 315
闲居初夏午睡起二绝句(其一)(316)　宿灵鹫禅寺(其二)(316)　初入淮河四绝句(其一)(316)
张孝祥…………………………………………………………… 317

六州歌头(317)
第五节　陆游 …………………………………………………… 318
游山西村(319)　剑门道中遇微雨(320)
金错刀行(320)　书愤(321)　沈园(其一)(321)
诉衷情(322)　跋李庄简公家书(322)
第六节　辛弃疾 ………………………………………………… 323
水龙吟·登建康赏心亭(324)　菩萨蛮·书江西造口壁(325)　摸鱼儿·淳熙己亥自湖北漕移湖南……(325)
沁园春·灵山齐庵赋时筑偃湖未成(326)　清平乐·村居(327)　鹧鸪天·代人赋(327)
第七节　南宋后期 ……………………………………………… 328
姜夔 …………………………………………………………… 328
扬州慢(328)
刘克庄 ………………………………………………………… 329
玉楼春·戏林推(329)
吴文英 ………………………………………………………… 330
八声甘州·灵岩陪庾幕诸公游(330)
文天祥 ………………………………………………………… 331
正气歌并序(331)
张炎 …………………………………………………………… 333
解连环·孤雁(334)
第八节　宋代话本 ……………………………………………… 334
碾玉观音(334)

第六编　辽金元文学

第一章　辽金元文学发展概况 ………………………………… 345
第一节　辽金文学概况 ………………………………………… 345
第二节　元代文学的特殊历史文化背景 ……………………… 348
第三节　元杂剧的盛况 ………………………………………… 349
第四节　南戏的兴起 …………………………………………… 350
第五节　元散曲的繁荣 ………………………………………… 351
第六节　元代诗词文概况 ……………………………………… 352

第二章　辽金元作品选 ………………………………………… 354
第一节　元好问 ………………………………………………… 354
壬辰十二月车驾东狩后即事(其二)(355)

癸巳五月三日北渡(其一)(356)　清平乐(356)
第二节　关汉卿 …… 356
窦娥冤·第三折(358)　单刀会·第四折(360)
第三节　马致远和王实甫 …… 363
马致远 …… 365
汉宫秋·第三折(365)　〔越调〕天净沙·秋思(368)
王实甫 …… 368
西厢记·长亭送别(368)
第四节　元代南戏 …… 371
高明 …… 371
琵琶记·五娘吃糠(372)
第五节　元代散曲 …… 374
刘时中 …… 374
〔正宫〕端正好·上高监司(前套)(375)
张养浩 …… 376
〔中吕〕山坡羊·潼关怀古(376)
张可久 …… 377
〔中吕〕卖花声·怀古(377)
乔吉 …… 377
〔双调〕折桂令·荆溪即事(378)
第六节　元代诗词 …… 378
萨都剌 …… 378
念奴娇·登石头城(378)
王冕 …… 379
墨梅(其三)(379)

第七编　明代文学

第一章　明代文学发展概况 …… 383
第一节　明代社会概况 …… 383
第二节　明代小说的兴起 …… 385
第三节　明代戏曲的发展 …… 387
第四节　明代的诗和文 …… 389
第五节　明代的散曲和民歌 …… 392

第二章　明代作品选 …… 394
第一节　罗贯中和《三国演义》 …… 394

隆中决策(395)
第二节 施耐庵和《水浒传》…… 398
智取生辰纲(399)
第三节 吴承恩和《西游记》…… 405
三调芭蕉扇(406)
第四节 冯梦龙和“三言”…… 412
杜十娘怒沉百宝箱(节选)(412)
第五节 汤显祖和《牡丹亭》…… 417
闺塾(418) 游园(421)
第六节 明代诗歌…… 422
高启…… 422
登金陵雨花台望大江(423)
何景明…… 423
鲥鱼(424)
王世贞…… 424
登太白楼(424)
陈子龙…… 425
秋日杂感(其二)(425)
第七节 明代散文…… 425
宋濂…… 425
送东阳马生序(426)
刘基…… 427
卖柑者言(427)
归有光…… 428
项脊轩志(428)
袁宏道…… 430
满井游记(430)
张岱…… 431
西湖七月半(431)

第八编 清代文学(含近代)

第一章 清代文学发展概况…… 435
第一节 清代社会概况…… 435
第二节 清代诗词文…… 436
第三节 清代小说…… 441
第四节 清代戏曲…… 445

第五节 近代文学概况 …… 448
第二章 清代作品选 …… 453
第一节 清代诗词 …… 453
钱谦益 …… 453
后秋兴之十三(其二)(453)
吴伟业 …… 454
织妇词(454)
顾炎武 …… 455
精卫(455)
陈维崧 …… 455
贺新郎·纤夫词(456)
朱彝尊 …… 457
卖花声·雨花台(457)
王士禛 …… 457
真州绝句(其四)(457)
纳兰性德 …… 458
长相思(458)
郑燮 …… 458
竹石(459)
袁枚 …… 459
马嵬(其四)(459)
黄景仁 …… 460
都门秋思(其三)(460)
张惠言 …… 460
木兰花慢·杨花(461)
龚自珍 …… 461
已亥杂诗(其五)(461)
黄遵宪 …… 462
哀旅顺(462)
陈三立 …… 463
十一月十四日夜发南昌月江舟行(其二)(463)
秦淮酒座遇北妓按歌有京师之声感赋(其二)(463)
梁启超 …… 464
水调歌头(464)
秋瑾 …… 464
黄海舟中日人索句并见日俄战争地图(465)
第二节 清代散文 …… 465

黄宗羲……465
原君(465)
侯方域……468
马伶传(468)
方苞……470
左忠毅公逸事(470)
全祖望……472
梅花岭记(472)
汪中……475
哀盐船文(475)
梁启超……477
论小说与群治之关系(477)
第三节 蒲松龄和《聊斋志异》……480
青凤(481)
第四节 吴敬梓和《儒林外史》……484
严贡生和严监生(486)
第五节 曹雪芹和《红楼梦》……497
黛玉葬花(499)
第六节 《长生殿》和《桃花扇》……506
洪昇……508
惊变(508)
孔尚任……511
却奁(511)

修订版(第二版)后记……515
第三版后记……517

第一编 先秦文学

第一章　先秦文学发展概况

第一节　上古歌谣

关于上古歌谣，文献上有不少记载，但可信的不太多。远在两汉时代，就有学者表示怀疑。汉郑玄在《诗谱序》中说："诗之兴（产生）也，谅不于上皇（伏羲）之世。大庭（神农）、轩辕（黄帝）逮于高辛（帝喾），其时有亡载籍（典籍亡失），亦蔑云（没有讲到）焉。"郑玄的怀疑是有道理的，但因而断定歌谣不产生于上古原始时代则是错误的。

《吕氏春秋·古乐》曾说："昔葛天氏之乐，三人操牛尾，投足以歌八阕：一曰载民，二曰玄鸟，三曰遂草木，四曰奋五谷，五曰敬天常，六曰达帝功，七曰依地德，八曰总万物（一作禽兽）之极。"这反映了在原始社会中，诗歌、音乐、舞蹈三位一体的情况。鲁迅在《汉文学史纲要》中认为：

> 时属草昧，庶民朴淳，心志郁于内，则任情而歌呼，天地变于外，则祗畏以颂祝，踊跃吟叹，时越侪辈，为众所赏，默识不忘，口耳相传，或逮后世。复有巫觋，职在通神，盛为歌舞，以祈灵贶，而赞颂之在人群，其用乃愈益广大。

《礼记·郊特牲》中所记载的《蜡（zhà）辞》还是可信的：

> 土反其宅，水归其壑。昆虫毋作，草木归其泽。

这是当时的人民蜡祭时向上苍祷告的话，希望整年辛劳的田土得到苏息，更加厚壮，水不泛滥，不生虫害，草木不再芜生在田野上。这显然是原始社会的人想控制自然灾害的一种良好愿望。

再看汉赵晔《吴越春秋·勾践阴谋外传》所载录的《弹歌》：

断竹，续竹。飞土，逐宍(古“肉”字)。

这首歌谣记载了原始社会的人用竹子制作弹弓，用泥土制作弹丸去弹射野兽的情况。南朝梁刘勰《文心雕龙·通变》认为：“黄歌‘断竹’，质之至也。”他的意思是说，这首产生于黄帝时代的歌谣写得质朴至极，也就是说它应是最原始的作品。

第二节 古代神话传说

上古时代，基本上还没有文字，原始文学只能是口头文学，在群众中广泛流传，不断充实，不断提高。从《楚辞》、《山海经》、《淮南子》等后世著作所记载的有关内容看，古代神话传说是十分丰富多彩的。这些流传下来的神话故事，都是原始社会人们的集体创作。有的反映了先民在与自然斗争中对自然的认识和对神力的祈求，如鲧禹治水的故事：

洪水滔天，鲧窃帝之息壤以湮洪水，不待帝命。帝令祝融杀鲧于羽郊。鲧复生禹，帝乃命禹，卒布土以定九州。(《山海经·海内经》)

传说禹的父亲鲧，为解救生民被洪水淹没之苦，偷了上帝的神土去湮塞洪水，因为不曾得到上帝的许可，上帝叫祝融把他杀了。鲧死后在自己腹中生出禹来，上帝再命禹去治水，禹“布土以定九州”，终于治平了洪水。

如夸父追日故事：

夸父与日逐走，入日；渴，欲得饮，饮于河、渭；河、渭不足，北饮大泽。未至，道渴而死。弃其杖，化为邓林。(《山海经·海外北经》)

传说巨人夸父，追逐太阳，将要近日，由于干渴，死在途中；但他精神不死，其杖化为邓(桃)林，生生不息。这一神话虽然没有说明夸父为何要逐日，但表现了先民的想象力和对“与日逐走”的勇敢精神的敬慕。

有的神话表现了对征服自然、为人造福的太古神人的无限崇敬，如女娲补天故事：

往古之时，四极废，九州裂，天不兼覆，地不周载。火爁炎而不灭，水浩洋而不息，猛兽食颛民，鸷鸟攫老弱。于是女娲炼五色石以补苍天，断鳌足以立四极，杀黑龙以济冀州，积芦灰以止淫水。苍天补，四极正，淫水涸，冀州平，狡虫死，颛民生。(《淮南子·览冥训》)

这段记载了原始人改造自然、拯救人类的故事，歌颂女娲在与自然作斗争中所表现出来的英勇气魄和无比智慧。

又如羿射九日故事：

逮至尧之时，十日并出，焦禾稼，杀草木，而民无所食，猰貐、凿齿、九婴、大风、封豨、修蛇，皆为民害。尧乃使羿诛凿齿于畴华之野，杀九婴于凶水之上，缴大风于青邱之泽，上射十日而下杀猰貐，断修蛇于洞庭，擒封豨于桑林。万民皆喜，置尧以为天子。(《淮南子·本经训》)

上古时期，经常发生大旱灾，加以怪兽、恶鸟、水火怪异为害，使人类没法生活。广大劳动人民在和自然灾害的斗争中，创造了羿这样的英雄典型，以表达征服自然的强烈愿望。

也有反映部落之间的斗争的，如黄帝伐蚩尤、舜逐三苗等故事。

中国许多神话传说散见于《楚辞》、先秦诸子散文、《山海经》、《淮南子》等古籍中，虽系后人追记，但都是从远古时期一代一代流传下来的。在先民的心目中，神话是真实存在的，与历史记录等价的。马克思说："任何神话都是用想象和借助想象以征服自然力，支配自然力，把自然力加以形象化。"神话"就是已经通过人民的幻想用一种不自觉的艺术方式加工过的自然和社会形式本身"（《政治经济学批判·导言》）。它能帮助我们了解原始社会人与自然的关系。同时，神话又充满着奇丽的幻想，对后世的文学创作有着深刻的影响。

第三节　夏商文化的产生

夏代是否已有文字，还不得而知。现存史料所载有关夏代的文献很少，但《尚书·汤誓》中人民痛恨夏桀发出的"时日曷丧？予及汝偕亡"这样的呼喊反映了夏末尖锐的社会矛盾，是比较可信的。

在继夏而起的商代，奴隶制社会有很大的发展。商的先世本是游牧部落，向无定居生活。成汤以前就迁都八次，成汤至盘庚，又迁都五次。那时牧畜业异常发达，从甲骨卜辞中可以看到祭祀时大量用牲畜作祭品的现象。中叶后由牧畜进入农业生产。《尚书·盘庚》屡次提到农事；甲骨文中有"禾"、"黍"、"稻"、"麦"、"稷"、"粟"等字，证明商代确有很多种类的农产品。由牲畜发展到农业生产是很自然的。游牧过程中，既易发现农作物，又能驯服牛马，文献中常有商的先公服牛乘马的记载。役使牲畜减轻人力，是发展农业生产的重要关键。

商代的主要生产者都是奴隶。甲骨文中有"奴"、"仆"、"臣"、"妾"、"臧"、"奚"等字，都是奴隶的名称。为了防止奴隶的怠工，镇压奴隶的反抗，统治者制定了严酷的刑法，所谓"商有乱政而作汤刑"（《左传·昭公六年》）是也。

商代的文化也有很大的发展。文献所载汤时的乐歌乐舞，如"大濩"、"晨露"、"九招"、"六列"、"桑林"之类，或不可信；但"恒舞于宫，酣歌于室"的"巫风"早已普遍流行，以至悬为禁令。直至商末纣王之时，还使乐师作新声——北里之舞，靡靡之乐。周武王数其罪状，斥为"断弃其先祖之乐，乃为淫声，用变乱正音"（《史记·殷周本纪》）。在当时情况下，必有不少诗歌配合演唱，可惜因年代久远，没有流传下来。

仰韶文化遗址出土的陶器，有的刻划不同形状的符号，但还不能算是文字，商代前期的陶器上已发现有字。殷墟出土的甲骨文，字数总共达五千以上。甲骨文中象形字很多。象形字是最早出现的。造字的法则，战国时人们归结为六种，即所谓"六书"，除象形外，还有指事、形声、会意、转注、假借，这些在甲骨文里大体都具备了。

甲骨文是现在能见到的最早的汉字。中国现在通用的汉字，是甲骨文几经演变而成的。中国文字的特点在甲骨文里已开始形成，每个字具有独立的形体，有它的读音，还有它独特的意义。这三个特点对中国古代文学的发展具有很重要的意义，如诗歌里的对偶，散文讲求的句式整齐，还出现过讲求对偶声律的骈文，这些都与中国文字的特点有关。

商代文献除殷墟出土的甲骨文字外，留存下来的还有保留在《周易》中的卦爻辞，它注重表现形式，字句很凝练，常常在几个简短的句子里包含了某种生活经验和哲理，如"履霜，坚冰至"（《周易·坤·初六》)，这两个短句形象地说明事物将变时，初见征象，变化随即到来。有时它用很生动的比喻来表现人事，如："羝羊触藩，不能退，不能遂。"(《周易·大壮·上六》)比喻有些人的行动疏忽，只顾乱撞，以致进退两难。有的还善于描写，如："得敌。或鼓，或罢，或泣，或歌。"(《周易·中孚·六三》)是描写战争胜利归来时的情景，寥寥十个字，很紧凑地写出了一个动人的场面。此外，它有时还用比兴手法，如《周易·中孚·九三》："鸣鹤在阴，其子和之。我有好爵，吾与尔靡之。"用鹤的和鸣来为宴饮时的欢乐起兴，这和《诗经》中"兴"的手法很相似。《周易》卦爻辞产生于殷商和西周，其中引用的一些民间歌谣可能产生于《诗经》以前。

第四节　西周文学的兴起

公元前11世纪，周武王率师灭商，建立了强盛的奴隶制国家周王朝。周继承发展了殷商文化。周统治者亦敬天事神，但比商更重人事。西周初年，周王分封同姓宗室与功臣为诸侯，形成以血缘关系为联系的宗法制度；周公制礼作乐，制定了一套比较完备的典章制度，加强了王室的统治。公元前770年，因国家发生动乱，新即位的周平王东迁洛邑(今河南洛阳)，西周遂告灭亡。

西周文化在吸取前代经验和长期积累的基础上获得空前发展。周初的统治者鉴于商朝覆灭的历史教训，意识到光靠天命、神权不足以巩固统治，提出要"敬德"(《尚书·召诰》)、"保民"(《尚书·康诰》)。周史诗的作者，通过对祖宗丰功伟绩的歌颂，说明人君德行修养的重要，以之告诫后代子孙，反映了周初统治者的思想转变。文化典籍中对此作了反映。《周易》为古代卜筮之书，《春秋》是当时记事之史。至于《诗经》三百篇和《尚书》中的《周书》，则集中地反映了周代高度的文化水平，为后来儒家经典所自出。所以孔子说："周监于二代，郁郁乎文哉!"(《论语·八佾》)

《诗经》是中国第一部诗歌总集。它收集了从西周初年至春秋中叶(公元前11世纪到公元前6世纪)大约五百多年间的三百零五篇诗歌，春秋时已流传于世。起初只称《诗》或《诗三百》，汉武帝时被列入"五经"，正式确立为儒家经典，遂称《诗经》。

关于《诗经》的编集，过去有"采诗"、"献诗"和"删诗"之说。据《汉书》记载，周朝廷设有专门采集民间歌谣的官员，称为"行人"。每年春天，他们四出采访，收集民歌，以供朝廷考察民情风俗和人民动向，了解施政的得失。由于各诸侯国的协助，采诗官所到的地域相当广泛，各地的民歌才得以集中起来。另据《国语》记载，周朝还有"献诗"的制度。《诗经》中那些颂诗或贵族文人所作的政治讽谏诗，很可能是通过公卿士大夫献诗，汇聚到朝廷来的。有一种说法认为，孔子曾经"删诗"，是《诗经》的编订者。此说根据不足。实际上，《诗经》在孔子之前就基本编成定型了。然而，孔子重视《诗》，并以之教学生，对《诗》做过一些整理工作，则是事实。

《诗经》中的诗，当初都是配乐的歌词，保留着古代诗歌、音乐、舞蹈三者结合的形式。《墨子·公孟》篇说："诵《诗》三百，弦《诗》三百，歌《诗》三百，舞《诗》三百。"《仪礼》、《周礼》、《礼记》和《国语》里，也分别提到《诗》可以用籥、管、箫等乐器演奏；鲁国乐工也曾为吴公子季札演出过《风》、《雅》、《颂》各部分的诗。只是后来乐谱和舞姿失传，只剩下歌词，就成为现在我们所见到的一部诗集了。

《诗经》的编排，按音乐性质的不同，分为《风》、《雅》、《颂》三类。《风》是各诸侯国的土风歌谣，包括《周南》、《召南》、《邶风》、《鄘风》、《卫风》、《王风》、《郑风》、《齐风》、《魏风》、《唐风》、《秦风》、《陈风》、《桧风》、《曹风》、《豳风》，共十五国风，一百六十篇。大部分是民歌，小部分是贵族作品。《国风》是《诗经》的精华所在，最富于文学价值。通常谈《诗经》的文学特点，主要依据这部分诗篇。《雅》是朝廷的正声雅乐。《雅》诗共一百零五篇，又按音乐的不同，分为《大雅》和《小雅》。《大雅》三十一篇，用于诸侯朝会；《小雅》七十四篇，用于贵族宴享。除《小雅》中有少量民歌外，雅诗大都是贵族文人的作品。《颂》是宗庙祭祀的乐歌，连歌带舞用以娱神。《颂》分《周颂》三十一篇，《鲁颂》四篇，《商颂》五篇，共四十篇，全部是贵族文人的作品。

《诗经》的创作年代很难一一具体指出，但从其形式和内容的特点来看，可以大体确定：《周颂》全部和《大雅》的大部分是西周初年的作品；《大雅》的小部分和《小雅》的大部分是西周末年的作品；《风》的大部分和《鲁颂》、《商颂》的全部则是东迁以后至春秋中叶的作品。《诗经》产生的地域，相当辽阔，大致在黄河中下游及汉水流域一带。以十五国风来说，大致包括今天的陕西、山西、河南、河北、山东和湖北的北部，远及长江流域等地区。《大雅》和《小雅》大部分是王朝士大夫的作品，因此大多数作品产生在西周和东周的京都地区，即今天的陕西西安和河南洛阳一带。《颂》是统治者的祭祀乐歌，它的制作无疑是在宫廷庙堂之内。

从周初到成王、康王之际，是一个比较安定的时期。贵族统治阶级在"绥万邦，屡丰年"的情况下，为了求福佑，敬祖宗，他们经常举行大规模的祭祀，创作很多颂歌，配合音乐舞蹈，在各种祭祀仪式中进行演奏，这样就产生了《诗经》中的《周颂》。其中如《清庙》祭文王，《思父》祭后稷，是歌颂祖宗功德的诗，《丰年》、《良耜》等篇是祭农神、庆丰收的。另外一部分周初的诗，虽不用于祭祀而具有同样意义，如《大雅》的《生民》、《皇矣》、《大明》、《绵》、《公刘》等，它们以简朴的记事形式，分别记载了从后稷降生到武王伐纣的周部族历史，是一组古老的民族史诗。贵族统治者们每当祭祀结束，照例就是宴会，"或献或酢"，"或燔或炙"，"或歌或咢"(《诗经·大雅·行苇》)，饮食歌舞，其乐可以想见。至于平时宴飨，如《小雅》的《鹿鸣》、《伐木》、《天保》等诗，也表现了同样的愉快，而且祝福上寿，极尽颂祷之能事。这些都充分反映了周初统治阶级的安乐暇逸生活。

《诗经》里也有一些农事诗，是研究西周社会的重要史料。其中艺术性较强的是《周颂》里的《载芟》、《良耜》和《风》中的《豳风·七月》。

东周以后，王室愈衰，春秋时诸侯争霸，战乱相继，人民极端痛苦，社会矛盾日趋尖锐。在这种情况下，产生了大量的所谓"变风"、"变雅"的诗歌。不少是斥责现实、反映丧乱的作品，其中有对长期兵役、徭役的怨恨，有对残酷剥削的控诉，有对统治阶级内部争斗的揭露，还有一些作品反映民族间的矛盾。

《大雅·桑柔》揭示动乱中的人民死丧离散，仅存的人有如焚烧后的余烬，国运已走到了尽头。《大雅·抑》攻击执政者倒行逆施，百事俱废，只顾饮酒作乐。这都是周厉王时贵族阶级抱怨王室的诗。《小雅·十月之交》列举周幽王的佞臣皇父等七人的名字，说他们和幽王的"艳妻"褒姒内外相结，炙手可热，更是大胆的揭露。

此外还有像《小雅》里的《大东》表现了被周人征服的东方殷、奄诸族对周人的憎恨。《小雅·苕之华》和《桧风·隰有苌楚》等诗，也反映了西周末世人民的疾苦。

周宣王号称"中兴"之主，他进行了一些内政改革，恢复了周室实力。在他执政的时代，征伐过西戎、猃狁、荆蛮、淮夷、徐戎等，都取得胜利。《大雅》的《常武》，《小雅》的《六月》、《采芑》等都写得严肃、威武。还有如《王风·君子于役》，《魏风·伐檀》、《硕鼠》，《小雅·何草不黄》等篇，反映人民对统治者的怨恨和斥责。《小雅·十月之交》、《雨无正》，《大雅·瞻卬》等，愁怨不平和追究祸乱原因的责难声充满了字里行间。总之，一部现实主义的《诗经》，就是反映周初到春秋中叶五百年间社会生活的一面镜子。

《诗经》的艺术表现手法，前人概括为"赋、比、兴"。宋朱熹在《诗集传》中说："赋者，敷陈其事而直言之也。""比者，以彼物比此物也。""兴者，先言他物以引起所咏之词也。"通俗地说，赋就是铺陈直叙；比就是引譬设喻；兴就是触景生情，托物起兴，启发联想和想象。

赋多见于《大雅》和《颂》，但《风》和《小雅》的民歌中也不少用。如《郑风·溱洧》、《女曰鸡鸣》记叙了人物生动的对话；《卫风·硕人》用铺陈的方法描写庄姜的女性美。《诗经》里的比，有从整体上用的，如《魏风·硕鼠》把剥削者比作贪婪的大老鼠。也有局部用的，如《鄘风·墙有茨》把宫闱中众多的丑事比作满墙扫不干净的蒺藜。有"首如飞蓬"(《卫风·伯兮》)、"有女如玉"(《召南·野有死麕》)之类的明喻，有以"桑之未落，其叶沃若"、"桑之落矣，其黄而陨"(《卫风·氓》)比喻年华盛衰的暗喻，也有"不见复关，泣涕涟涟"(同前)以"复关"比喻所爱之人的借喻。至于用"手如柔荑，肤如凝脂。颈如蝤蛴，齿如瓠犀，螓首蛾眉"(《卫风·硕人》)等一连串形象具体的比喻来描写一位美人的仪容，给人的印象就更鲜明深刻了。兴和诗歌的内容有一定的联系。如《周南·桃夭》写嫁女，以"桃之夭夭，灼灼其华"起兴，使人从桃花盛开联想到新嫁娘的美貌和新婚的热烈气氛；《邶风·燕燕》写送别，以"燕燕于飞，差池其羽"起兴，使人从燕子飞时的差池不齐联想到送别时的依恋惆怅之情。《诗经》中的兴，一般放在句首，只有两句，体现了民歌的特点。也有少数不在每章开头，而在中间。兴，有时还用作反衬。赋比兴手法对后世诗歌的创作有很大影响。

重章叠句、回环复沓是《诗经》在篇章结构上的一个显著特点，这在《风》和《小雅》中尤为突出。《诗经》的复沓形式灵活多样。有的通篇重叠，各章对应地只换几个字，如《周南·芣苢》；有的只在章首或章尾重叠，如《周南·汉广》；有的隔章重叠，重首重尾，如《周南·关雎》。这不仅便于记忆和传诵，而且增加了诗歌的音乐性和节奏感，可以更充分地抒发情怀，具有回旋跌宕的艺术效果。

《诗经》用词丰富，表达准确，语言富于音乐美。《诗经》中使用了三千多个单字，构成丰富的词汇，例如说到鸟兽、草木、虫鱼的就有二百多种，表现手的动作的动词就有五十多个。此外，还运用了许多叠字重言、双声叠韵的词语来状物拟声，表达感情。叠字如"苍苍"、"夭夭"、"依依"、"喈喈"，重言如"委蛇委蛇"、"悠哉悠哉"，双声如"踟蹰"、"参差"，叠韵如"窈窕"、"辗转"。这些语言手段的运用，不仅增添了诗歌的音乐美，而且表达出细微曲折的思想感情，生动地描摹出事物的特征和属性。句式上，《诗经》以四言为主，又在修辞上加以变换，出之以设问、问答、排比、感叹等多种句式，从而不觉单调局促，并无形中扩大了容量。有的诗篇则间以二言至八言等长短不一的句子，构成了通首诗歌整齐而有变化的韵律美感。

《诗经》的巨大成就，使它在文学史上产生了积极的影响。它所表现的"饥者歌其食，劳者歌其事"(汉何休《春秋公羊传解诂》)的现实主义精神，推动后世的诗人、作家去关心国家的命运和人民的疾苦，而不是把文学只看成流连光景、消遣闲情的东西。历代民歌是它的嫡传，从汉魏乐府直到近代歌谣，都深刻体现了这种精神。历代进步文人在反对形式主义倾向时，常以恢复"风雅"相号召，实质上就是倡导《诗经》的现实主义精神。唐初陈子昂以"风雅不作"、"兴寄都绝"批判齐梁间诗风的"采丽竞繁"。伟大的现实主义诗人杜甫也以"别裁伪体亲风雅"作为自己的创作方向。白居易在新乐府运动中，提出了"文章合为时而著，歌诗合为事而作"的要求，这正是对《诗经》现实主义创作精神的进一步发扬。

《诗经》中优秀的民歌对后世文学产生了深远的影响。在文学史上，由于作家们向民歌学习，从中吸取营养，常常形成一个时代文学思想和文学体制的革新，形成一个时代文学创作的高潮。魏晋五言诗的发展，唐代诗歌的繁荣，很好地说明了这一点；由诗到词，由词到曲的文体转变，也很好地说明了这一点。此外,《诗经》中的艺术手法和语言技巧也影响深远。如《诗经》中的叙事诗、劳动诗、恋歌、战歌、祭歌、哀歌、颂歌、节令歌、讽刺诗等,为后世提供了多种诗歌形式。从《诗经》起始的赋比兴,特别是比兴手法,已成为中国诗歌的一种基本表现方法。《诗经》为中国两千年来诗歌的创作和发展奠定了基础。

与诗歌发展同时,西周的散文,也在逐步发展,其中主要是历史文献。据汉班固《汉书·艺文志》记载:"古之王者,世有史官……左史记言,右史记事,事为《春秋》,言为《尚书》,帝王靡不同之。"《尚书》、《春秋》可视为最早的历史散文集。

《尚书》,即上古帝王之书的意思,也称《书》,汉武帝时被列入"五经",正式确立为儒家经典。它主要载录了殷商至西周时期的典、谟、训、诰、誓、命等官方文告,分《虞书》、《夏书》、《商书》、《周书》四部分。其中虞、夏及商代部分文献是据传闻写成的,不尽可靠。今本《尚书》包括《今文尚书》二十八篇和《古文尚书》二十五篇,《古文尚书》经历代学者考证,定为伪作。

《尚书》是中国古代散文形成的标志。《尚书》中的文章,结构渐趋完整,议论已有中心,叙事也有层次,部分篇章还有一定的文采。例如《商书》中的《盘庚》三篇,是商王盘庚动员臣民迁都的训辞。全文中心突出,夹叙夹议,并运用了"如网在纲,有条而不紊"、"若火之燎于原,不可向迩"等许多生动、贴切的比喻,是较早、较完整的论说文。《周书》中的《顾命》篇写周成王之死和周康王即位的经过,记叙具体而有层次,可视为较早而又较完整的记叙文的代表。不过,总的看来,《尚书》还处于散文的初期发展阶段,文辞古奥,艰涩难读,诚如唐韩愈所指出的"周诰殷盘,佶屈聱牙"(《进学解》)。

《春秋》是中国第一部编年体史书,汉武帝时被列入"五经",正式确立为儒家经典。所谓"春秋",是取春秋代序为一年之意,原为古代各国编年史书的通称,有《周春秋》、《燕春秋》、《宋春秋》、《齐春秋》等,可惜多已亡佚。今传本《春秋》,据传是孔子删削《鲁春秋》而成。它按照鲁国十二位国君世系纪年,从鲁隐公元年(前 722)至鲁哀公十四年(前 481),记载了二百四十二年间周王朝和诸侯各国的重要史实。《春秋》是一部提纲式的史书。它的语言朴素精确,叙事简括、平实,虽缺乏具体描写,但比后人读来觉得佶屈聱牙的《尚书》明白晓畅,文字表述有很大进步。《春秋》讲究一字褒贬,微言大义。历代对这种"春秋笔法"的宣传、阐发,使文学、史学的写作注意用词造句,强调褒贬讽谕,产生过很大的影响。

第五节　春秋战国文学的繁荣

从公元前 770 年周平王东迁建都于洛邑(今河南洛阳)起,直到公元前 249 年周朝灭亡,历史上称为东周,包括春秋、战国两个时期。

春秋战国是中国奴隶制转变为封建制急剧动荡的时期,经济基础和上层建筑都发生着深刻的变化。由于铁制工具的普遍使用,促进了农业、手工业和商业的空前发展,人们对客观世界的认识逐步加深,对新事物也产生各种不同的看法。社会的变动,阶级的分化,各诸侯国在政治、军事、外交等方面的复杂斗争,促使各阶级、各阶层为了各自的利益,提出各式各样的政治主张。这就促进了思想文化的繁荣,形成"百家争鸣"的局面。为了适应新情况,表现新事物和新内容,春秋时期散文就兴旺起来。加上当时养士、游说、从师之风盛行,这也促进了散文的发展。到了战国时期,中国古代散文已发展到了成熟阶段。

春秋战国时期的散文可分为两大类：一是历史散文，主要由各国史官积累的大量档案资料整理加工、编纂成书，记载各国政治、军事、外交等各方面的事件以及统治者和策士的言论，主要著作有《左传》、《国语》、《战国策》等；二是诸子散文，是各学派阐述各自观点和主张的论说文，主要有儒家的《论语》、《孟子》、《荀子》，墨家的《墨子》，道家的《老子》、《庄子》，法家的《韩非子》等。

先秦历史散文的语言形式以叙事为主，是由简到繁逐步发展的。首先是春秋体的一言两语的记事，继而演进为左传国语体，已成为篇幅完整的散文，虽语多短句，但简劲生动，及至国策体，不仅语多长句，且能采取民间题材，内容和形式都能做到纵横变化，丰富多彩。先秦历史散文从简单的记事大纲发展到长篇巨制，在叙事中能够细致地描写复杂的事件和人物的言行，表现不同历史人物的特征，无论从历史或文学的角度说，都取得了很大成绩。从较早的《尚书》、《春秋》，到战国时期的《左传》、《国语》和《战国策》，可以清楚地看到中国古代历史散文发展的脉络。

此外，中国史官修史有一种注重实录的精神，强调“不虚美，不隐恶”，甚至为了实录，秉笔直书而不惜牺牲自己的生命。这种强调实录、勇于献身的精神和中国著史经验的长期积累，使中国古代历史散文富有现实主义精神和极强的艺术生命力。

《左传》即《春秋左氏传》的简称，又称为《左氏春秋》。它是解释《春秋》的著作，但与以义理解释《春秋》的公羊高的《春秋公羊传》、穀梁赤的《春秋穀梁传》(与《左传》合称为“春秋三传”)不同，多记载史实，以事实来解释《春秋》。《左传》的作者和成书的年代历来有争议，旧载是与孔子同时代的鲁国史官左丘明所作，唐以后多有异议，近人一般认为是战国初年的作品，作者已无从确考。

《左传》因记事以《春秋》为纲，所以必然也是编年体的史书。以鲁国十二公为序，起于鲁隐公元年(前722)，迄于鲁哀公二十七年(前468)，具体地记叙了春秋时代二百五十余年间各国的政治、经济、军事、外交、文化等方面的重大事件，广泛地反映了当时的社会现实。《左传》不仅内容丰富，而且刺讥褒贬，态度鲜明。它强调民在政治、军事斗争中的作用，认为民是“神之主也”(《桓公六年》)，“国将兴，听于民”(《庄公三十二年》)，积极宣传民本思想；它赞扬关心民瘼的开明君臣和反抗强暴的爱国志士，如晏婴、子产、弦高、申包胥等；它揭露统治者的暴虐行径和荒淫无耻，这些都表达了作者较进步的思想倾向。

《左传》的文学成就主要表现在叙事、写人、记言三个方面。

《左传》长于叙写战争和复杂的事件。作者具有驾驭事件全局的能力和高超的剪裁技巧，善于对庞杂的史料进行精心的剪裁，把错综复杂的战争和头绪纷繁的事件写得既主次分明，井然有序，又曲折生动，引人入胜。全书所载军事行动计有四百多次，尤以晋楚城濮之战、秦晋殽之战、晋楚邲之战、齐晋鞌之战、晋楚鄢陵之战等五大战役最为出色。作者并不把战争仅仅看成是单纯的军事行动，只注目于战场上的交锋，而是深入地分析交战各国的政治状况、民心向背、外交策略，乃至将帅品格等，把军事与政治、外交等因素有机结合起来，尽力揭示出战争胜负的原因，体现了进步的政治主张和战略家的眼光。这是《左传》叙写战争的一个突出特点。

《左传》对于历史不作概念化的叙述，而是通过具体的人物活动，来形象化地展现历史的发展变化。它重视刻画人物形象，往往把人物置于矛盾冲突之中，善于通过人物的语言行动和一些生动的细节来显示他们的个性特征，描绘了好多栩栩如生的历史人物形象。例如，僖公二十三、二十四年写晋公子重耳从出亡到返国的经过。重耳流亡在外有十九年之久，所到过的国家有八国之多，“险阻艰难，备尝之矣”，可记的大事不少，而作者则侧重于细节的描写，通过五鹿乞食、戈逐子犯、降服谢罪、投璧誓河等一系列富于戏剧性的事件的叙述，生动地写出了重耳从阅历不深、贪图安逸的贵公子成长为有胆识、有谋略的成熟政治家的过程，人物个性极为鲜明。

《左传》的语言以简练、含蓄为特点。其中所记应对辞令之美，更是至今为人交口称誉。这些辞令表面上温文尔雅，从容谦恭，实则绵里藏针，外柔内刚，委婉尽情。例如《秦晋殽之战》中孟明谢赐一节，表面上口口声声感戴晋君之惠，声言“三年将拜君赐”，骨子里却隐含着报仇雪耻的誓言。又如僖公三十年，秦晋两国联合围郑，在大军压境的危急关头，郑大夫烛之武利用秦晋之间的矛盾，晓以利害，一番婉曲而又巧妙的外交辞令，变敌为友，不仅使秦国心悦诚服地撤军，而且还派员帮助郑国戍守，终于使郑国化险为夷。

《国语》是中国最早的一部国别体的史书。起于周穆王十二年（前 990），迄于周贞定王十六年（前 453）。全书二十一卷，分别记载了春秋时期周、鲁、齐、晋、郑、楚、吴、越等八国的历史片断。旧传以为是左丘明所作，后有异议，近人一般认为是战国时期的作品。《国语》记史以国别划分，所记史实大多通过一些历史人物的言论、对话来表现，着重记述“邦国成败，嘉言善语”，故称《国语》。

《国语》详于记言，略于记事，基本上是一部记言体的历史散文。它的思想内容比较驳杂，进步倾向不如《左传》鲜明，文学成就也较为逊色。但其中亦不乏佳作，《邵公谏厉王弭谤》、《勾践灭吴》（篇名为后人所拟）等即其代表。

《战国策》简称《国策》，又有《国事》、《长书》、《事语》等别称，是一部战国时代的国别体史料汇编。此书非出自一人之手，作者已不可考。最初由大约战国末期或秦汉间人编纂而成，后西汉刘向重新加以整理、编校，并定名为《战国策》。它记事上继春秋、下迄楚汉之际（前 460—前 220），反映了约二百四十年间各国政治、军事、外交等方面错综复杂的矛盾和斗争。全书分东周、西周、秦、齐、楚、赵、魏、韩、燕、宋、卫、中山十二国策，共三十三篇。

《战国策》的思想也比较驳杂，但主要是表现了纵横家的思想。它着重记述了谋臣策士纵横捭阖的游说活动，以及他们的谋议和辞说，充分肯定和颂扬他们奇策异智的胆识、才干，以及在当时政治斗争中“转危为安，运亡为存”（刘向《战国策叙录》）的重大作用。当然，这种肯定和颂扬多有夸张失实的成分，不可轻易视为信史。

《战国策》有很高的文学价值。首先，它刻画了许多性格鲜明的人物形象。《战国策》打破了编年体的限制，比起《左传》，它叙事更连贯、完整，情节更集中、曲折，个别地方甚至虚构情节，从而使人物更富有个性，形象也更为丰满。例如不畏强暴、排难解纷的鲁仲连（《赵策三》），折服强秦、不辱使命的唐且（《魏策四》），机智远虑、循循善诱的触龙（《赵策四》），焚券市义、巧营三窟的冯谖（《齐策四》），悲歌慷慨、入刺秦王的荆轲（《燕策三》），纵横机变、渴求富贵的苏秦（《秦策一》）等等。

其次，《战国策》中谋臣策士的说辞，铺陈夸张，雄辩恣肆，具有很强的鼓动性和说服力。策士们为使自己的主张被采纳，不仅善于审时度势，指陈利害，而且还特别讲究纵横捭阖的策略和论辩的技巧。或援引故实，或借助寓言；或迂回曲折，巧设机彀；或词锋凌厉，危言耸听，无不淋漓酣畅，曲尽其意。其文风的特点，如清章学诚所指出的：“其辞敷张而扬厉，变其本而加恢奇焉。”（《文史通义·诗教上》）

再次，《战国策》善于用比喻和寓言来说理，以增强说理的形象性。这些寓言故事，巧寓机锋，既娓娓动听，又发人深思。如“画蛇添足”、“惊弓之鸟”、“亡羊补牢”、“狐假虎威”、“南辕北辙”、“千金市骨”、“鹬蚌相争”等都是著名的寓言故事，并已沿用为成语了。

先秦历史散文对于后世中国文学的发展有着深远的影响。它不仅被司马迁和以后的历史家、两汉的政论家、唐宋的古文家奉为学习的楷模，从中吸取了丰富的养料，而且为戏曲小说提供了大量的创作素材，积累了塑造人物形象的宝贵经验。此外，在文体发展上，也有先导的作用。如《战国策》的铺张扬厉文风，对汉赋的产生和发展就有着直接的影响。

先秦诸子散文的繁荣，是由它特定的社会政治背景决定的。由于政治斗争的激烈，许多政治家、学者都企图推行自己的主张，纷纷到诸侯各国进行游说。例如孔子周游列国，席不暇暖；墨子、宋钘为了反对不义战争，都去说楚王罢兵；孟子先后说齐宣王、梁惠王；许行自楚至滕说滕文公；荀子先游齐，后适楚。其他纵横法术之士，奔走各国之间，朝秦暮楚，那更不必说了。

许多学术派别不同，思想见解各异的学者，各人站在自己的政治立场上，代表不同的利益，互相争辩，各不相让，或者授徒讲学，著书立说，就形成了一个学术文化空前繁荣的百家争鸣的局面。诸子散文就是在这个特定的历史条件下产生的。

班固在《汉书·艺文志》中将先秦诸子分为儒、道、阴阳、法、名、墨、纵横、杂、农、小说十家。其中地位最突出的有儒、墨、道、法四家。其主要著作，儒家有《论语》、《孟子》、《荀子》，墨家有《墨子》，道家有《老子》、《庄子》，法家有《韩非子》。

诸子散文经历了由简到繁，由简短语录、对话向长篇专题论文演进的发展过程。具体可分为三个发展阶段：第一阶段是春秋战国之交，以《论语》、《墨子》为代表。《论语》是单纯的语录体，往往只有结论而缺少论证。《墨子》虽仍为语录体，却能围绕一定的中心开展论证，已粗具议论文的规模。第二阶段是战国中期，以《孟子》、《庄子》为代表。《孟子》是对话式的论辩文。《庄子》则由对话式的论辩文向着专题论文演进。第三阶段是战国末期，以《荀子》、《韩非子》为代表。它们已完全摆脱了对话体的形式，发展为专题论文，标志着先秦议论文的成熟。

《论语》是孔子及其弟子语录的结集，主要记载了孔子的言行。由孔子门人与再传弟子记录编纂而成，是儒家的重要经典，东汉时被列为"七经"之一。成书于战国初期，今传本经汉代学者编定。全书共二十篇，以记言为主，是语录体散文。

孔子思想体系的理论核心是"仁"。"仁"的基本含义是"爱人"。孔子的弟子樊迟问仁，"子曰：'爱人。'"(《论语·颜渊》)孔子又曾说过："夫仁者，己欲立而立人，己欲达而达人。"(《论语·雍也》)意思是说，在人与人的关系上要实行推己及人的忠恕之道，所谓"己所不欲，勿施于人"(《论语·颜渊》)。孔子提倡"爱人"，其根本目的是维护君君、臣臣、父父、子子的礼制，但在他关于"仁"的思想中包含着要求把人当作人看待的观点，主张对劳动者实行德政。例如他要求统治者"节用而爱人，使民以时"(《论语·学而》)，在政治上宽刑罚而重教民，"道之以德，齐之以礼"(《论语·学而》)。这些主张在当时虽然无法实现，但毕竟有其进步意义。孔子的一生主要从事著述和讲学，是一位"学而不厌，诲人不倦"的大教育家。他首创私人办学之风，主张"有教无类"，从而打破了"学在官府"的垄断局面，使文化在一定程度上得以普及。传说他的弟子有三千之众，其中"身通六艺"者七十二人。孔子又是一位学识渊博的学者，他整理和研究古代文化，并作出了重大贡献，他是中国传统文化的杰出代表。

孔子的思想集中表现在《论语》中。《论语》在文学上的主要特色是言约义丰，精练含蓄，往往通过极简短的语句，就把丰富而深刻的思想和人物的神情心态乃至个性特征充分表现出来。例如："子曰：'朝闻道，夕死可矣。'"(《里仁》)"子曰：'三人行，必有我师焉。'"(《述而》)"子曰：'三军可夺帅也，匹夫不可夺志也。'"(《子罕》)"子曰：'岁寒，然后知松柏之后凋也。'"(《子罕》)这些语录言简意赅，富有哲理意味和格言色彩，发人深省。

墨家学派的主要人物是墨子，代表著作即《墨子》，是墨子及其后学的言论、著作集。今存五十三篇。墨子的言论由其弟子所录。由于墨子的弟子又分为三派，各派所记稍有不同，所以有些篇又分为上、中、下三篇，如《非攻》等。墨子代表小生产者的利益。他的学说可概括为“尚贤”、“尚同”、“节用”、“节葬”、“非乐”、“非命”、“天志”、“明鬼”、“兼爱”、“非攻”等十大纲领，而以“兼爱”、“非攻”为核心。春秋末期，列国纷争，攻伐战乱频仍，人民灾难深重。墨子认为天下的一切祸乱，都是由于人们彼此之间不相爱而造成的。为此，他提出“兼相爱，交相利”（《兼爱中》）的主张。宣称只要人们爱人若爱其身，彼此相爱互利，就可以做到“国与国不相攻，家与家不相乱，盗贼亡有，君臣父子皆能孝慈”（《兼爱上》），天下也就可以大治了。由此出发，他竭力谴责、反对诸侯之间“亏人以自利”的兼并、掠夺性的不义战争，而主张“非攻”，并为此四处奔走呼号，虽摩顶放踵，也在所不辞。墨子的思想主张，反映了小生产者要求过安定生活和反对破坏生产的善良愿望。

《墨子》虽未完全摆脱语录体，然已粗具议论文的规模。由于墨家崇实尚同，而不重文采，因而《墨子》一书质朴无华。但墨子深通逻辑学，很讲究论辩的逻辑性。他创造了“考”、“原”、“用”“三法”（或“三表”）的论证方法。“考”即考察历史文献，“原”即原察百姓耳目见闻，“用”即观察实际效验。同时，墨子还善于运用类推的方法，尤其是运用日常具体事例进行推理，这就使墨子的文章结构谨严，逻辑严密，说理明畅，而又浅显易懂。《兼爱》、《非攻》等都是其代表作。

《墨子》中还有一些记叙性的散文，具体记述了墨子的言行事迹。《公输》就是其中著名的一篇。文章记述了墨子止楚攻宋的故事，赞扬他为实现自己的政治主张而不辞辛劳、不怕牺牲的奋斗精神。叙事完整生动，墨子、公输般的形象也颇为鲜明。

《孟子》是记载孟子言行的著作，儒家经典之一，为孟子与其门人共同编纂，今存七篇。南宋时朱熹将这部书与《论语》、《大学》、《中庸》合称为“四书”。

孟子继承和发展了孔子的德治思想，提出了仁政学说，主张行仁政而王天下。这是他政治思想的核心。而仁政的哲学基础则是他的“性善”论。孟子认为只要统治者“以不忍人之心，行不忍人之政，治天下可运之掌上”（《公孙丑上》）。所以仁政又可称为“不忍人之政”。孟子仁政的具体内容很广泛。他主张王道，反对霸道，提倡“保民而王”。他主张“省刑罚，薄税敛”（《梁惠王上》），要求“制民之产”，使人民能够安居乐业。在此基础上，他强调推行儒家教化。孟子的这些主张，集中体现了民本思想。他有一个著名的论断：“民为贵，社稷次之，君为轻。”（《尽心下》）他关于仁政的种种措施都是在这种思想指导下提出来的。由于孟子主张“仁民”、“保民”，因而他对“残民”、“虐民”的暴君、暴政的揭露和抨击也就极为尖锐而深刻。例如，他谴责殷纣王是个残害人民的暴君，指出纣王遭到诛灭是完全应该的：“闻诛一夫（犹独夫，指众叛亲离之人）纣矣，未闻弑君也。”（《梁惠王下》）又如他揭露统治者所进行的攻城掠地的兼并战争，是“率土地而食人肉，罪不容于死”（《离娄上》）等。总之，孟子提倡仁政反映了当时人民的愿望和要求，无疑是具有进步意义的。

《孟子》发展了《论语》语录体，而演进为对话体的散文。特别是由于百家争鸣、诸子蜂起的时代影响，使《孟子》不同于《论语》雍容纡徐的坐而论道，而具有鲜明的论战色彩。孟子的文章气势磅礴，感情充沛，锐利雄辩，“其锋不可犯”（宋苏洵《上欧阳内翰书》）。他不仅以“好辩”著称，而且长于论辩。他善于对事物进行分析，揣摩对方的心理，或设置机巧，引人入彀；或因势利导，使人折服，总是牢牢地把握住论辩的主动权。同时他还擅长引譬设喻，运用铺张扬厉的言辞，使文章说理透辟，而又生动形象。至于《孟子》中的比喻，不仅生动灵活，而且数量很多，如“五十步笑百步”（《梁惠王上》）、“缘木求鱼”（同上）、“明察秋毫”（同上）、“水深火热”（《梁惠王下》）、“大旱望云霓”（同上）、“揠苗助长”（《公孙丑上》）、“一暴十寒”（《告子上》）等，已沿用为成语。

《庄子》是庄子及其后学的著作集，道家经典之一。今存三十三篇，分内篇（七篇）、外篇（十五篇）、杂篇（十一篇）三部分。一般认为内篇为庄子自著，外篇、杂篇为其后学或道家其他学派所著，其中一部分也反映了庄子的思想。

庄子继承和发展了老子的思想，后世把他们并称为“老庄”。庄子的思想较为复杂，他坚持相对主义的认识论、虚无主义的人生哲学，就其基本倾向来看是消极的，但其中又包含有不少辩证的因素和合理的方面。庄子认为一切事物都处于经常不断的变化之中，盈亏、生死都不过是一时的现象，而人对于这种变化是无可奈何的，所谓“物（人）不胜天”（《大宗师》），只能听其自然。因此，他否定现实的一切，反对人为的努力，主张“无为”而任自然，对人生采取虚无主义的态度。但是，与此同时，庄子又对当时社会的黑暗，统治者的丑恶本质，以及儒家仁义道德、礼乐制度的虚伪性等进行了极为深刻的揭露和抨击。他揭露那些声势显赫的诸侯不过是些最无耻的窃国大盗，而儒家所宣扬的圣知仁义只是为他们利用的工具。所谓“窃钩者诛，窃国者为诸侯，诸侯之门，而仁义存焉”（《胠箧》）。由此可见，庄子对现实的否定，他的消极厌世的思想，乃至玩世不恭的态度，又是他不满现实、愤世嫉俗的表现，包含着他对现实的批判精神。在认识论上，庄子看到事物之间的相对性，认识到大小、美丑、是非、荣辱等都是相比较而存在的。这种认识无疑包含着辩证的因素。但他又片面地夸大这种相对性，并加以绝对化，否定事物质的规定性和它们之间的差别，认为大小、美丑、是非、荣辱等都是一样的，没有任何差别，主张齐物我，齐是非。如关于美与丑，庄子曾举了这样一个例子，他说古代的毛嫱、丽姬，人们都说她们是美人，可是鱼、鸟、麋鹿见了她们，都被吓跑了，可见她们究竟美不美是值得怀疑的（见《齐物论》）。庄子就是这样否定了美的客观实在性，陷入了不可知论。

庄子的散文在先秦诸子中是独树一帜的。他很少作抽象的概述或理论性的逻辑论证，而是善于把哲学思辨与文学想象巧妙地融合在一起，大量地运用寓言来说理，寄哲理于形象之中，这是庄子散文最突出的特点。司马迁称其“著书十余万言，大抵率寓言也”（《史记·老子韩非列传》），庄子亦自称其文“寓言十九”（《寓言》）。如借大鹏与学鸠的故事，说明万物皆有所待的道理（《逍遥游》）；以宋人鬻不龟手药方的故事，表述无用之用的观点（同上）；以庖丁解牛的故事来比喻避开一切矛盾的养身处世之道（《养生主》）；以河伯与海神的故事，阐述事物的大小、贵贱、是非都是相对的道理（《秋水》）等等。把深奥玄妙的哲理化为一个个生动有趣的故事，用形象化的手法来说理，避免枯燥的说教，这就使庄子的散文极富于文学意味。

其次，庄子的散文意境开阔，想象丰富，变幻奇妙，具有浓厚的浪漫主义色彩。《庄子》中的寓言，大多出自作者的虚构创作，不少是神话、幻想式的故事。它们构思奇伟，想落天外，出人意表，机趣横生。其中有“背若太山，翼若垂天之云”的大鹏（《逍遥游》）；有被凿七窍而死的中央之帝混沌（《应帝王》）；有鄙弃人世，宁死也不愿复活的髑髅（《至乐》）；有以五十头犍牛为饵，垂钓于东海之滨的任公子（《外物》）；有在蜗牛触角上建立国家争斗不休的触、蛮二氏（《则阳》）等等。它们所展现的往往都是些异乎寻常、令人惊叹的形象或景观。大胆的夸张，新奇的比喻，辛辣的讽刺是其惯用的手法。这些“谬悠之说，荒唐之言，无端涯之辞”（《天下》），使庄子的散文呈现出一种汪洋恣肆、变幻奇诡的艺术风格。

《荀子》是荀子的著作集。今存三十二篇，大部分为荀子自著，部分疑为门人弟子所录。它仿《论语》以《学而》始，以《尧曰》终的体例，始于《劝学》，终于《尧问》，是作者晚年为总结百家争鸣的理论成果和自己的政治、学术思想而作的。

荀子是战国末期儒家学派的一位大师。但他的思想与孔、孟有所不同，他对儒学既有继承，又有改造。他在对战国以来各家学说进行全面批判总结的基础上，建立起自己的思想体系。在天人的关系上，他反对天命论，提出了“明于天人之分”(《天论》)的辩证观点，一方面肯定大自然的运行有其客观规律，与人间的治乱祸福无关。他说：“天行有常，不为尧存，不为桀亡。”(同上)另一方面强调人的主观能动性，提出了“制天命而用之”(同上)的思想。在人性问题上，他否认先天的“良知”、“良能”，反对孟子的“性善”说，提出了“性恶”论，以重视后天的学习和积累，强调环境、教育和礼制法度对改造人性的重要作用。在政治思想上，他既主张“隆礼”，又强调“重法”；既尊崇王道，又兼称霸力。他说：“义立而王，信立而霸。”(《王霸》)又说：“人君者，隆礼尊贤而王，重法爱民而霸。”(《强国》)在总结王霸的基础上，提出了“以不敌之威，辅服人之道”(《王制》)来实现统一的战略思想。

《荀子》一书已完全摆脱了对话体，成为成熟的专题论著。荀子学识宏博，他的文章立论鲜明，论证缜密，结构谨严，词藻富赡，取譬精警，具有包容各家的气魄，是典型的学者之文。《劝学》篇就是其中的代表篇章。

除说理文章而外，荀子还作有《成相》和《赋》篇，基本上都是韵文。它们在古代文体发展史上有重要地位。《成相》是歌谣式的通俗文学，被认为是“后世弹词之祖”。荀子的《赋》今存五篇，是用四言韵语写成的问答体，分别描述了“礼”、“知”、“蚕”、“云”、“箴”五种事物的性质情状。这是中国文学史上最早以“赋”命名的作品，也是汉赋的渊源之一。

《韩非子》是韩非的著作集。今存五十五篇，大部分为韩非自著，亦有后人窜入的文字。

韩非是先秦法家的集大成者。进步的历史发展观，是他法治理论的重要依据。他强调社会的进化，注重当前的现实，坚决反对复古。认为“世异则事异”，“事异则备变”(《五蠹》)，时代不同了，事情就会有变化，治国的方法也应随之改变。他抨击儒墨“法先王”的主张，指出在“当今争于气力”的时代，“仁义辩智”都不是持国之道。明确声称“圣人不期修古，不法常可，论世之事，因为之备”(同上)。在此基础上，他提出了法(成文法典及刑罚制度)、术(君主驾驭臣民的权术)、势(君主的统治权力)三者相结合的专制主义政治理论。主张君主集权，任法治国，用术御臣。同时他还崇尚功利，奖励耕战，以求富国强兵。他的政治理论为秦代及秦以后的君主专制提供了有力的思想武器，影响很大。

韩非继承了荀子的思想，并首倡“矛楯(盾)之说”，主张对矛盾着的双方进行全面分析，以权衡利弊，决定取舍，这对于辩证法的发展作出了较大的贡献。他又对逻辑学很有研究，能够运用逻辑规律来辨事说理，因而他的散文不仅文笔犀利，锋芒毕露，而且逻辑谨严，周详绵密，议论透辟，切中要害，具有一种严刻峻峭的风格。加上他善于运用寓言故事作比证，更增强了文章的生动性和说服力。《五蠹》是其政论文的代表。韩非尤长于辩难性的驳论，例如《难一》中“历山之农侵畔”一段，着重批驳了儒家的德化主张。此外，在《说林》、《内储说》、《外储说》诸篇中还集录了大量的寓言故事，如“不死之药”(《说林上》)、“滥竽充数”(《内储说上》)、“入涧必死”(同上)、“郑人买履”(《外储说左上》)、“郢书燕说”(同上)、“买椟还珠”(同上)、“狗猛酒酸”(《外储说右上》)等，至今还常为人们所引用。

先秦诸子散文对后世有着深远的影响。首先是他们的学术文化思想影响巨大，特别是以孔子为代表的儒家思想和以老、庄为代表的道家思想。这两个学派互相对立又互相补充，它们相反相成地在塑造我们的民族性格、文化心理结构、艺术理想、审美情趣等方面起了重要作用。其次是先秦诸子极富于创造性，他们的散文具有高度的语言技巧，积累了丰富的创作经验，形成了多种多样的风格和体式。就风格而言，如《论语》的警策，《墨子》的谨严，《孟子》的犀利，

《庄子》的恣肆,《荀子》的浑厚,《韩非子》的峻峭等;就体式而言,议论文的各体已大体齐备。这些都为后世散文提供了可贵的借鉴,汉唐以来的散文家无不以它们为典范,从中吸取养料。

第六节 楚辞的崛起

楚辞是崛起于战国后期楚国的一种新诗体。"楚辞"的名称起于西汉初年。西汉成帝时,刘向把屈原、宋玉等的作品以及汉代文人的模拟之作编辑成书,定名为《楚辞》,从此,"楚辞"就成为一部诗歌总集的名称。屈原的《离骚》是《楚辞》的代表作,故又称楚辞体为骚体,后人又常用"骚"或"离骚"作为楚辞的代称。汉人一般称楚辞为赋,其实楚辞和汉赋是两种不同的体裁,前者是诗歌,后者是押韵的散文,只是汉赋的产生受到了楚辞的影响。

楚辞是渊源于江淮流域楚地的歌谣,楚地特有的民间习俗是产生这种诗体的重要因素。楚地的土俗好巫而祠祀鬼神,祭祀时则歌舞以娱神,所以这一带很早就流传着有别于中原地区的楚声。《庄子》中有楚狂"凤兮"之歌,《孟子》中有孺子"沧浪"之歌,中间都以"兮"字为节,是屈原《离骚》句法的原型。但这些楚声歌谣只是一鳞半爪地存于历史记载中,直到屈原等人的一系列作品出现于楚国文坛之后,楚辞才成为一代文学样式。

楚辞的主要作者是屈原。他创作了《离骚》、《天问》、《九歌》、《九章》等不朽的作品。屈原以后,楚国继承屈原的作者有宋玉、唐勒、景差等人,他们的作品大都散佚了。东汉王逸的《楚辞章句》里只保存了宋玉的《九辩》。《九辩》的艺术风格与屈原相似,后人常把宋玉和屈原并称为"屈宋",但宋玉的成就远不及屈原。

宋人黄伯思对楚辞的基本特征作过这样的概括:"盖屈宋诸骚,皆书楚语,作楚声,记楚地,名楚物,故可谓之楚辞。"(《新校楚辞序》)楚辞中大量地运用楚地方言,吟诵楚辞还有特殊的声调。此外,楚辞作品所涉及的神话故事、历史传说、风尚习俗及所使用的艺术手段、抒情风格,无不带有鲜明的楚文化色彩。

楚辞的代表作是屈原的《离骚》,它是中国古代文学史上最长的政治抒情诗,是一篇光耀千古的浪漫主义杰作。司马迁说,屈原"信而见疑,忠而被谤",故作《离骚》,"盖自怨生也"。在这首诗中,屈原尽情地抒写了自己的身世、思想和境遇,形象地记录了自己的生活历程,因此有人称它为诗人的自叙传。诗人通过自叙身世、理想和遭遇,抒发自己遭谗被害的苦闷与矛盾,表现了他对"美政"理想的热烈追求,对楚国深沉真挚的感情,对昏君恶政的深刻批判,对纯洁高尚人格的自赏,以及他与邪恶势力不妥协的斗争意志和以生命殉国的牺牲精神。

《离骚》在艺术上有极高的造诣和独特的风格。《离骚》自始至终贯串着诗人以理想改造现实的顽强斗争精神,当残酷的现实终于使理想破灭时,他更表示了以身殉理想的坚决意志。这些都表现了《离骚》这首长诗的浪漫主义的精神实质。同时,《离骚》大量地采用了浪漫主义的表现手法。这突出地表现在诗人驰骋想象,糅合神话传说、历史人物和自然现象编织幻想的境界。如关于神游一段的描写,诗人朝发苍梧,夕至县圃,他以望舒、飞廉、鸾皇、凤鸟、飘风、云霓为侍从仪仗,上叩天阍,下求佚女,想象丰富奇特,境界恍惚迷离,场面宏伟壮丽,有力地表现了诗人追求理想的精神。此外,诗人也常常用夸张的手法突出事物的特征。如关于诗人品格的描写:"擥木根以结茝兮,贯薜荔之落蕊。矫菌桂以纫蕙兮,索胡绳之纚纚。""高余冠之岌岌兮,长余佩之陆离。芳与泽其杂糅兮,惟昭质其犹未亏。"诗人以花草冠佩象征品德,已富有优美的想象,而这种集中的夸张的描写，更把诗人的品格刻画得异常崇高。

《离骚》还大量运用了比兴手法，把抽象的意识品性、复杂的现实关系生动形象地表现出来。它“依诗取兴，引类譬喻”（汉王逸《楚辞章句》），继承了《诗经》的比兴传统，而又进一步加以发展。《离骚》的比兴，具有整体的象征意义。如诗人自比为女子，由此出发，他以男女关系比君臣关系；以众女妒美比群小嫉贤；以求媒比求通楚王；以婚约比君臣遇合。其他方面亦多用比喻，如用驾车马比治理国家，以规矩绳墨比国家法度等。比兴手法的运用，使全诗显得生动形象，丰富多彩。

《离骚》篇幅宏伟，前一部分大半在历史发展的广阔背景上展开抒情，后一部分又编织了一系列幻境，使它具有一定的故事情节。这种内容和结构上的波澜起伏、百转千回，把诗人长期的斗争经历和复杂的感情变化表现得淋漓尽致。

《离骚》在语言形式上突破了《诗经》以四字句为主的格局，它的句子长短不一，短则三五字，长的达十字，显得灵活多变。《离骚》多用对偶，又错综相对；在一句中，还常以双声、叠韵各自相配，形成错落中见整齐、整齐中有变化的特点。还在隔句句尾和句子中间，分别用“兮”和“之”、“于”、“乎”、“夫”、“而”等虚字来协调音节。所有这些，使诗歌读来节奏谐和，音调抑扬，具有起伏回荡、一唱三叹的韵致。同时，《离骚》还大量采用楚地的方言词汇，使诗歌富有浓厚的南国情调和乡土色彩。屈原采用的楚地方言，并非自然形态的语言，而是经过提炼和加工，使之文情并茂，更能传神状貌。《离骚》这种在学习楚地民歌基础上创造的参差错落的诗歌，是骚体诗的代表作，为《诗经》以后兴起的骚体文学奠定了基础。它的高度艺术成就，与它丰富深刻的思想内容完美地结合在一起，使它成为中国文学史上光照千古的绝唱。

《九章》是《惜诵》、《涉江》、《哀郢》、《抽思》、《怀沙》、《思美人》、《惜往日》、《橘颂》、《悲回风》九篇诗歌的总题。这个总题名是后人辑录时所加。《九章》的强烈政治性和抒情意味，与《离骚》基本一致，表现的感情有时比《离骚》更强烈，现实性也比《离骚》更强。如《哀郢》、《涉江》、《怀沙》等篇都是纪实之辞，作者的放逐生活历历可见。在艺术风格和成就上，《九章》各篇并不一致。其中《橘颂》一篇清新秀拔，别具一格，从辞赋的体裁上说，开了体物言志的先河。《哀郢》、《涉江》、《怀沙》三篇情景交融，诗味腴厚，在《楚辞》中可称上品。其写景之句如“山峻高以蔽日兮，下幽晦以多雨。霰雪纷其无垠兮，云霏霏而承宇”，宛然如画。抒情之句如“楫齐扬以容与兮，哀见君而不再得。望长楸而太息兮，涕淫淫其若霰”，恳挚缠绵，颇有回肠荡气之致。

《天问》是中国文学史上一首奇诗，内容异常丰富，问及天、地、人之事，表达了作者对宇宙、人生、历史乃至神话传说的看法。全诗凡三百七十四句，提出了一百七十二个问题，表现了作者渊博的学识、深沉的思考和丰富的想象，反映了他大胆怀疑和批判的精神。在语言运用上，《天问》与《楚辞》其他篇章不尽相同，通篇不用“兮”、“些”、“只”之类的语尾助词，句式以四言为主，间杂三、五、六、七言，大致上四句一节，每节一韵，节奏、音韵自然协调。有一句一问、二句一问、四句一问等多种形式，又用“何”、“胡”、“焉”、“几”、“谁”、“孰”、“安”等疑问词交替变化，因而尽管通篇发问，读来却圆转活脱而不呆板，参差错落而有风致。它构成了《天问》的独特艺术风格。

《九歌》共十一篇。研究者多认为是屈原对南楚祭歌修改加工、“更定其词”（宋朱熹《楚辞集注》）的结果。《九歌》具有楚国民间祭神巫歌的许多特色。清初王夫之《楚辞通释》认为：《九歌》的前十章是祭与生存、生产有密切关系的十种神灵，它们可分为三种类型：①天神——东皇太一（天神之贵者）、云中君（云神）、大司命（主寿命的神）、少司命（主子嗣的神）、东君（太阳神），②地祇——湘君与湘夫人（湘水之神）、河伯（河神）、山鬼（山神），③人鬼——国殇（阵亡将士之魂）。从《九歌》的内容和形式看，似为已具雏形的赛神歌舞剧。《九歌》中的“宾主彼我之辞”，如余、吾、君、女(汝)、佳人、公子等,它们都是歌舞剧唱词中的称谓。《九歌》的结构多为男巫女巫互相唱和的形式。这样,《九歌》中便有了大量男女相悦之词,所表现的感情,有时是求神不至的思慕之情,有时是待神不来的猜疑之情,有时是与神相会的欢快之情,有时则是与神相别的悲痛与别后的哀思,感情复杂,意境独到。《九歌》塑造的艺术形象,表面上是超人间的神,实质上是现实中人的神化。在人物感情的刻画和环境气氛的描述上,既活泼优美,又庄重典雅,充满着浓厚的生活气息。

《楚辞》的产生也和战国时代的散文一样,具有革新的意义。它是《诗经》以后的一次诗体大解放。它吸收民间文学特别是楚声歌曲的新形式,把《诗》三百篇尤其是"雅"、"颂"中的古板的四字齐言诗改为参差不齐、长短不拘的"骚"体诗,以语助词"兮"为显著标志,创造出一种诗歌的新体裁,标志着中国文学史上诗歌的新发展。

《楚辞》在中国诗史上占有重要地位。《诗》、《骚》并称,成为中国古典诗歌的两大源头。特别是楚辞中的屈原作品,以其深邃的思想、浓郁的情感、丰富的想象、瑰丽的文辞,体现了内容与形式的完美统一。它的"香草美人"的比兴寄托手法,不仅运用在遣词造句上,且能开拓到篇章构思方面,成为一种形象体系,为后人提供了创作的楷模。而它对其后的赋体、骈文、五七言诗的形式,又都发生了深远的影响。诚如刘勰所说:"其衣被词人,非一代也。"(《文心雕龙·辨骚》)

总之,先秦的文学,作品形式风格多样,诗分风、骚,文有史、论;到了后期,诸子各家出现了由对立转向融合的趋势。从齐稷下学宫到秦吕不韦门下,都集中了上千的文士门客,相互琢磨切磋,相互吸收。到公元前 221 年,秦始皇统一中国后,社会的大变革基本告一段落,百家争鸣也就结束,文学的行程又进入了新的历史阶段。

第七节　秦代文学简况

秦始皇灭六国,完成了中国的统一,建立起中国历史上第一个中央集权的封建专制大帝国。为了适应统一的需要,秦王朝在政治经济和文化上,采取了一系列的改革措施。这些措施,对生产和文化的发展,提供了有利的条件。但同时它又焚书坑儒,推行极端残酷的思想统治,这对学术文化的发展极为不利。因此,短短十几年的秦代,几乎没有什么文学可言,更谈不上有什么成就。

值得一提的是完成于统一前的《吕氏春秋》,这是秦丞相吕不韦门客的集体著作。它包括八览、六论、十二纪,故后世又称为《吕览》。内容兼有儒、道、墨、法、农诸家的学说,所以《汉书·艺文志》把它列为"杂家"。书中保存了大量的先秦时代的文献和遗闻轶事。它是一种系统化的、集合许多单篇的说理文,和先秦诸子散文一样,往往用寓言故事为比喻,因而文章具有形象性。例如《荡兵》、《顺说》、《察今》等篇都有这个特点。

秦代文学的唯一散文家是李斯。李斯,楚人,曾师事荀卿,入秦为吕不韦门客,后为秦丞相。作于秦始皇十年(前 237)的《谏逐客书》是李斯的一篇名文。秦有一些石刻文,大都也出于李斯之手,歌功颂德,没有什么文学价值。

第二章 先秦作品选

第一节 《诗经》

关 雎

【题解】 本篇选自《诗经·周南》。此诗是《国风》的第一篇，也是全书的首篇。《毛诗序》说："《关雎》，后妃之德也，风之始也，所以风天下而正夫妇也。"现代研究者则多认为是描写恋爱的作品，写一个青年男子大胆地表露对一位美丽姑娘的相思之情。

关关雎鸠①，在河之洲②。窈窕淑女③，君子好逑④。

参差荇菜⑤，左右流之⑥。窈窕淑女，寤寐求之⑦。求之不得，寤寐思服⑧。悠哉悠哉⑨，辗转反侧⑩。

参差荇菜，左右采之。窈窕淑女，琴瑟友之⑪。参差荇菜，左右芼之⑫。窈窕淑女，钟鼓乐之⑬。

【注释】

① 关关：和鸣声。雎（jū）鸠：一种水鸟，也叫王雎。

② 洲：水中可居之地。

③ 窈窕：形容女子的体态美好。《方言》："秦晋之间，美貌谓之娥，美状为窕，美色为艳，美心为窈。"淑：美好。

④ 好逑（qiú）：好的配偶。逑，匹配。

⑤ 参差：长短不齐的样子。荇（xìng）菜：水生植物。圆叶细茎，根生水底，叶浮水面，可食。

⑥ 流：求取。之：指荇菜。

⑦ 寤寐：不论醒着或睡着。寤，睡醒。寐，睡着。

⑧ 思服：思念。服，思。

⑨ 悠哉悠哉：想念呀，想念呀。悠，思感。

⑩ 辗转反侧：翻复不能入眠。

⑪ 琴瑟:琴和瑟都是弦乐器。琴五或七弦,瑟二十五或五十弦。友:此处有亲近之意。

⑫ 芼(mào):择取。

⑬ 钟鼓乐之:用钟鼓来使淑女欢喜快乐。

氓

【题解】 本篇选自《诗经·卫风》。《毛诗序》说:"《氓》,刺时也。宣公之时,礼义消亡,淫风大行,男女无别,遂相奔诱。华落色衰,复相弃背。或乃困而自悔,丧其妃耦,故序其事以风焉。"现代研究者则认为这是一位妇女在恋爱婚姻上被欺骗后所唱的怨歌。篇中叙述女子从恋爱到被遗弃的经过,最后她终于愤然决定和那负心的丈夫决裂。诗中叙事与抒情相结合,运用了回忆倒叙手法描述这个悲剧的前后过程,给人以深刻印象。

氓之蚩蚩[1],抱布贸丝[2]。匪来贸丝[3],来即我谋[4]。送子涉淇[5],至于顿丘[6]。匪我愆期[7],子无良媒。将子无怒[8],秋以为期[9]。

乘彼垝垣[10],以望复关[11]。不见复关,泣涕涟涟[12]。既见复关,载笑载言[13]。尔卜尔筮[14],体无咎言[15]。以尔车来[16],以我贿迁[17]。

桑之未落,其叶沃若[18]。于嗟鸠兮[19],无食桑葚[20]。于嗟女兮,无与士耽[21]。士之耽兮,犹可说也[22]。女之耽兮,不可说也。

桑之落兮,其黄而陨[23]。自我徂尔[24],三岁食贫[25]。淇水汤汤[26],渐车帷裳[27]。女也不爽[28],士贰其行[29]。士也罔极[30],二三其德[31]。

三岁为妇,靡室劳矣[32]。夙兴夜寐[33],靡有朝矣[34]。言既遂矣[35],至于暴矣。兄弟不知,咥其笑矣[36]。静言思之[37],躬自悼矣[38]。

及尔偕老,老使我怨。淇则有岸,隰则有泮[39]。总角之宴[40],言笑晏晏[41]。信誓旦旦[42],不思其反[43]。反是不思[44],亦已焉哉[45]。

【注释】

① 氓(méng):民,人。诗中男子的代称。蚩(chī)蚩:敦厚老实的样子。

② 布:古代的货币。亦解作布帛。

③ 匪:今通作"非"。

④ 即:就。靠近,前来。谋:商量,指商量婚事。

⑤ 淇:淇水,卫国的河流,在今河南淇县。

⑥ 顿丘:地名,在今河南清丰西南。

⑦ 愆(qiān)期:过期。愆,过,误。

⑧ 将(qiāng):愿,请。

⑨ 秋以为期:以秋为期。期,指约定的婚期。

⑩ 乘:登上。垝(guǐ)垣:坏缺的墙。

⑪ 复关:指这个男子所居之地。

⑫ 涕:眼泪。涟涟:泪流的样子。

⑬ 载笑载言:且笑且说,边笑边谈。载,语助词。

⑭ 尔:你。卜(bǔ):用龟甲占卜。筮(shì):用蓍草占卦。

⑮ 体:卦体,卦象。咎言:不吉利的话。

⑯ 车:指迎妇的车。

⑰ 贿:财物,指陪嫁。

⑱ 沃若:沃然,肥泽的样子。这句以桑叶肥泽喻女子正在年轻美貌之时。

⑲ 于嗟:叹词。鸠:斑鸠鸟。据说斑鸠吃桑葚过多会醉。比喻女子不可为爱情所迷。

⑳ 桑葚:桑树的果实,紫色。

㉑ 耽(dān):沉湎,欢乐。

㉒ 说:借为"脱",解脱。

㉓ 黄:谓叶黄。陨:堕,落下。这句以桑叶黄落喻女子颜色

已衰。

㉔ 徂尔：嫁往你家。徂，往。

㉕ 三岁：泛指多年，不是实数。食贫：过着贫苦的生活。

㉖ 汤(shāng)汤：水流滚滚的样子。

㉗ 渐：渍，浸湿。帷裳：女子车上的布幔。

㉘ 爽：过失，差错。

㉙ 贰其行：行为前后不一，变化无常。连上句意思是女子并无过失，而男子的行为前后不一致。

㉚ 罔极：没有准则。

㉛ 二三其德：言其行为再三反复。

㉜ 靡室劳矣：不以操劳家务为劳苦。靡，无，不。室，指家室之事。

㉝ 夙兴夜寐：早起晚睡。夙，早。兴，起。

㉞ 靡有朝矣：言不止一日，日日如此。

㉟ 言：发语词。既遂：已经遂心如愿。

㊱ 咥(xì)：嘻笑的样子。

㊲ 静言：静静地，默默地。言，义同"然"。

㊳ 躬自悼：独自悲伤。躬，身。悼，伤。

㊴ 隰(xí)：低湿之地。泮：通"畔"，边沿。二句是说，淇尚有岸，隰尚有畔，而那男子却行为放荡，没有拘束。

㊵ 总角：古代未成年的男女将头发梳成两个髻，叫总角。宴：安乐，欢聚。

㊶ 晏晏：温和愉快的样子。

㊷ 信誓：忠诚信实的盟誓，或坚决的誓言。旦旦：形容诚恳坦率。

㊸ 不思其反：没想到他会反复无常。

㊹ 反是不思：反，指违反誓言。是，此，指誓言。不思，不念旧情。

㊺ 已：止，指爱情终止，婚姻生活结束。这两句大意是我是没有想到你会违反誓言，但我们的爱情却就这样地完了呀！

蒹葭

【题解】 本篇选自《诗经·秦风》。《毛诗序》说："《蒹葭》，刺襄公也。未能用周礼，将无以固其国焉。"现代研究者均不从此说，认为这是一首怀人的诗。诗中的"伊人"是诗人访求的对象，至于是谁，迄今尚无定论。每章前两句写景，后六句写访求伊人而未得的情况，在艺术上达到了情景交融的境地。

蒹葭苍苍[①]，白露为霜[②]。所谓伊人[③]，在水一方[④]。溯洄从之[⑤]，道阻且长[⑥]。溯游从之[⑦]，宛在水中央[⑧]。

蒹葭凄凄[⑨]，白露未晞[⑩]。所谓伊人，在水之湄[⑪]。溯洄从之，道阻且跻[⑫]。溯游从之，宛在水中坻[⑬]。

蒹葭采采[⑭]，白露未已[⑮]。所谓伊人，在水之涘[⑯]。溯洄从之，道阻且右[⑰]。溯游从之，宛在水中沚[⑱]。

【注释】

① 蒹葭(jiān jiā)：生在水边的芦苇一类植物。苍苍：形容十分茂密的芦苇到秋天已成青苍色。

② 白露为霜：晶莹透明的露水凝结成霜花。

③ 伊人：这个人。指心爱的人。

④ 在水一方：在大水的一边，比喻所在之远。

⑤ 溯洄：逆流而上。

⑥ 阻：险阻，崎岖不平。

⑦ 溯游：顺流而下。

⑧ 宛：宛然，宛如，好像的意思。

⑨ 凄凄：借为"萋萋"，茂盛的样子。

⑩ 未晞：没有干。

⑪ 湄：水边，水与草相接之地。

⑫ 跻(jī)：上升，攀登。

⑬ 坻(chí)：水中高地，小渚。

⑭ 采采：众多的意思，即形形色色。

⑮ 未已：未止，也是未干的意思。

⑯ 涘(sì)：水边，崖岸。

⑰ 右：迂回。《毛诗》解作左右的右。《郑笺》解作"迂回"。

马瑞辰说："周人尚左，故以右为迂回。"

⑱ 沚：小洲，意义同上章"坻"字。

采 薇

【题解】 本篇选自《诗经·小雅》。《毛诗序》说："《采薇》，遣戍役也。文王之时西有昆夷之患，北有猃狁之难，以天子之命，命将率遣戍役，以守卫中国，故歌《采薇》以遣之。"现代研究者认为这是一首行役诗。描写戍卒在归途中对战事的回顾，反映戍卒的哀怨悲伤。

采薇采薇①，薇亦作止②。曰归曰归③，岁亦莫止④。靡室靡家⑤，猃狁之故⑥。不遑启居⑦，猃狁之故。

采薇采薇，薇亦柔止⑧。曰归曰归，心亦忧止。忧心烈烈⑨，载饥载渴⑩。我戍未定⑪，靡使归聘⑫。

采薇采薇，薇亦刚止⑬。曰归曰归，岁亦阳止⑭。王事靡盬⑮，不遑启处⑯。忧心孔疚⑰，我行不来⑱。

彼尔维何⑲？维常之华⑳。彼路斯何㉑？君子之车㉒。戎车既驾㉓，四牡业业㉔。岂敢定居㉕？一月三捷㉖。

驾彼四牡，四牡骙骙㉗。君子所依，小人所腓㉘。四牡翼翼㉙，象弭鱼服㉚。岂不日戒㉛？猃狁孔棘㉜。

昔我往矣㉝，杨柳依依㉞。今我来思㉟，雨雪霏霏㊱。行道迟迟㊲，载渴载饥。我心伤悲，莫知我哀㊳。

【注释】

① 薇：野豌豆苗，冬发春长，初生时可食。

② 作：生，指初生。止：语末助词。

③ 曰：言，说。一说为语首助词，无实义。

④ 莫(mù)："暮"的古字。

⑤ 靡室靡家：指征人远戍在外，抛开了家庭。靡，无。

⑥ 猃狁(xiǎn yǔn)：民族名。西周时称猃狁(也作"猃狁")，春秋时称北狄，秦汉时则称匈奴。《小雅》中有好几首诗描写同猃狁作战。

⑦ 不遑：不暇。启：跪，危坐。居：安坐，安居。古人席地而坐，故有危坐、安坐的分别。无论危坐和安坐都是两膝着席，危坐(跪)时腰部伸直，臀部同足离开；安坐时则将臀部贴在足跟上。这句意思是无暇安稳地停下来休息。

⑧ 柔：柔嫩。"柔"比"作"更进一步生长。

⑨ 烈烈：火势大盛。此处指忧心如焚。

⑩ 载饥载渴：又饥又渴。载，语助词。

⑪ 戍：防守或征伐。定：固定。

⑫ 归聘：指回家问安。

⑬ 刚：坚硬。指薇菜长大，茎叶已由柔嫩变为坚硬了。

⑭ 阳：十月为阳。今犹说"十月小阳春"。

⑮ 王事：指周王朝派遣的各种差役，此处特指征戍之事。靡：没有。盬(gǔ)：停息，休止。

⑯ 启处：犹启居。处，又解作息，止，留。

⑰ 孔：甚，很。疚(jiù)：病痛。

⑱ 来：至，归。指回到家乡。或读为"勑"，慰劳。不来，指无人慰劳(或慰勉)。

⑲ 尔：借作"薾"，花盛的样子。维：语助词。全句意为那么繁盛美丽的花朵是什么？

⑳ 常：棠棣。一种蔷薇科落叶植物。华：古"花"字。此句意为是那车帷上绣绘的花朵。

㉑ 路：通"辂"，大车。此处专指将帅之车。《白虎通》云：

"路者君车也。天子大路，诸侯路车，大夫轩车，士饰车。此盖周制。"斯何：是什么。

㉒ 君子：这里指将帅。

㉓ 戎车：兵车。周代战车由四匹马拖拉，每辆车有甲士三人，一人驾驭车马，一人为弓箭手，一人为戈矛手。战车两侧或后面还有步兵跟着战斗。

㉔ 牡：雄马。业业：壮大或强盛之状。

㉕ 定居：安居，与"启处"同义。

㉖ 捷：借为"接"，谓接战，交战。三捷，屡次同敌人交战。

㉗ 骙(kuí)骙：《说文》："骙，马行威仪也。"又指强壮的样子。

㉘ 腓(féi)：庇，掩护。周代作战时，将帅乘在兵车上，步兵借兵车以遮挡箭石。

㉙ 翼翼：安闲，整齐。指军马训练有素，行列整齐的样子。

㉚ 弭(mǐ)：两端饰以动物的骨或角的弓。以象牙装饰弓端的就叫象弭。鱼服：沙鱼皮制的箭袋，取其坚固耐用。

㉛ 日戒：日日警惕戒备。

㉜ 孔：非常。棘：紧急。

㉝ 昔：指出征时。

㉞ 依依：形容杨柳随风飘拂的样子。

㉟ 思：语助词。

㊱ 霏(fēi)霏：霰雪纷纷飘落的样子。

㊲ 迟迟：形容道路悠远，或解为慢慢行走的样子。

㊳ 莫知我哀：谁也不知道、不体恤我们的苦情。

第二节　历史散文

左传

城濮之战

【题解】 本篇选自《左传·僖公二十七年》、《僖公二十八年》，标题是后加的。晋楚城濮之战，发生于鲁僖公二十八年(前632)，它是春秋时期著名的战役之一。这场大战，挫败了楚国北进的势头，奠定了晋文公霸业的基础。作者描写战争，不光着眼于战场上的交锋，而是把军事与政治、外交等因素综合地加以考察，尽力揭示出战争胜负的原因。战前晋文公整顿政治，扩建军队，教育人民，作了充分的准备；外交上采取孤立楚国的斗争策略；军事上晋国君臣将帅同心，讲究信义，并运用了正确的战术原则，因而取得了胜利。这场大战历时两年，涉及十几个诸侯国，头绪纷繁，矛盾错杂，全文紧紧围绕着晋楚争霸这一主线，以战前、战时、战后为序，条理井然地展现出波澜壮阔的古代战争画卷，布局严整，组织细密。

(二十七年秋)楚子将围宋[1]。使子文治兵于睽[2]，终朝而毕[3]，不戮一人[4]。子玉复治兵于蒍[5]，终日而毕，鞭七人，贯三人耳[6]。国老皆贺子文[7]，子文饮之酒[8]。蒍贾尚幼[9]，后至，不贺。子文问之，对曰："不知所贺。子之传政于子玉[10]，曰：'以靖国也[11]。'靖诸内而败诸外[12]，所获几何？子玉之败，子之举也[13]。举以败国，将何贺焉？子玉刚而无礼[14]，不可以治民。过三百乘[15]，其不能以入矣[16]。苟入而贺，何后之有？"

冬，楚子及诸侯围宋[17]。宋公孙固如晋告急[18]。先轸曰[19]："报施救患[20]，取威定霸[21]，于是乎在矣。"狐偃曰[22]："楚始得曹[23]，而新昏于卫[24]。若伐曹、卫，楚必救之，则齐、宋免矣[25]。"

于是乎蒐于被庐[26]，作三军[27]，谋元帅[28]。赵衰曰[29]："郤縠可[30]。臣亟闻其言矣[31]，说礼乐而敦诗书[32]。诗书义之府也[33]，礼乐德之则也[34]，德义利之本也。《夏书》曰[35]：'赋纳以言[36]，明试以功[37]，车服以庸[38]。'君其试之。"及使郤縠将中军[39]，郤溱佐之[40]；使狐偃将上军，让于狐毛而佐之[41]。命赵衰为卿[42]，让于栾枝、先轸[43]。使栾枝将下军，先轸佐之。荀林父御戎[44]，魏犨为右[45]。

晋侯始入而教其民[46]。二年，欲用之，子犯曰："民未知义[47]，未安其居。"于是乎出定襄王[48]，入务利民[49]，民怀生矣[50]。将用之，子犯曰："民未知信，未宣其用[51]。"于是乎伐原以示之信[52]。民易资者[53]，不求丰焉[54]，明征其辞[55]。公曰："可矣乎？"子犯曰："民未知礼，未生其共[56]。"于是乎大蒐以示之礼[57]，作执秩以正其官[58]。民听不惑[59]，而后用之。出穀戍[60]，释宋围[61]，一战而霸[62]，文之教也[63]。

二十八年春，晋侯将伐曹，假道于卫[64]。卫人弗许。还，自南河济[65]。侵曹伐卫[66]。正月戊申，取五鹿[67]。二月，晋郤縠卒。原轸将中军，胥臣佐下军[68]，上德也[69]。晋侯、齐侯盟于敛盂[70]，卫侯请盟[71]，晋人弗许。卫侯欲与楚[72]，国人不欲，故出其君以说于晋[73]。卫侯出居于襄牛[74]。公子买戍卫[75]，楚人救卫，不克。公惧于晋[76]，杀子丛以说焉。谓楚人曰："不卒戍也[77]。"

晋侯围曹，门焉[78]，多死。曹人尸诸城上[79]，晋侯患之[80]，听舆人之谋曰[81]："称舍于墓[82]。"师迁焉，曹人凶惧[83]，为其所得者棺而出之[84]。因其凶也而攻之[85]。三月丙午，入曹，数之以其不用僖负羁而乘轩者三百人也[86]。且曰："献状[87]。"令无入僖负羁之宫[88]，而免其族[89]，报施也。魏犨、颠颉怒曰[90]："劳之不图[91]，报于何有？"爇僖负羁氏[92]。魏犨伤于胸，公欲杀之而爱其材，使问，且视之，病，将杀之[93]。魏犨束胸见使者曰："以君之灵，不有宁也[94]？"距跃三百，曲踊三百[95]。乃舍之。杀颠颉以徇于师[96]，立舟之侨以为戎右[97]。

宋人使门尹般如晋师告急[98]。公曰："宋人告急，舍之则绝[99]，告楚不许[100]。我欲战矣，齐、秦未可[101]，若之何？"先轸曰："使宋舍我而赂齐、秦[102]，藉之告楚[103]。我执曹君而分曹、卫之田以赐宋人[104]。楚爱曹、卫，必不许也。喜赂怒顽[105]，能无战乎？"公说。执曹伯，分曹、卫之田以畀宋人[106]。

楚子入居于申[107]，使申叔去榖[108]，使子玉去宋，曰："无从晋师[109]。晋侯在外十九年矣，而果得晋国[110]。险阻艰难备尝之矣；民之情伪[111]，尽知之矣。天假之年[112]，而除其害[113]。天之所置，其可废乎[114]？军志曰[115]：'允当则归[116]。'又曰：'知难而退。'又曰：'有德不可敌。'此三志者[117]，晋之谓矣。"

子玉使伯棼请战[118]，曰："非敢必有功也，愿以间执谗慝之口[119]。"王怒，少与之师，唯西广、东宫与若敖之六卒实从之[120]。

子玉使宛春告于晋师曰[121]："请复卫侯而封曹[122]，臣亦释宋之围。"子犯曰："子玉无礼哉！君取一，臣取二[123]，不可失矣[124]。"先轸曰："子与之[125]！定人之谓礼[126]。楚一言而定三国[127]，我一言而亡之，我则无礼，何以战乎？不许楚言，是弃宋也，救而弃之，谓诸侯何？楚有三施[128]，我有三怨[129]，怨仇已多[130]，将何以战？不如私许复曹、卫以携之[131]，执宛春以怒楚。既战而后图之。"公说。乃拘宛春于卫，且私许复曹、卫，曹、卫告绝于楚[132]。子玉怒，从晋师，晋师退。军吏曰："以君辟臣[133]，辱也。且楚师老矣[134]，何故退？"子犯曰："师直为壮，曲为老[135]，岂在久乎？微楚之惠不及此[136]，退三舍辟之[137]，所以报也。背惠食言[138]，以亢其仇[139]，我曲楚直。其众素饱[140]，不可谓老。我退而楚还，我将何求？若其不还，君退臣犯，曲在彼矣。"退三舍。楚众欲止，子玉不可。

夏四月戊辰[141]，晋侯、宋公、齐国归父、崔夭、秦小子慭次于城濮[142]。楚师背酅而舍[143]，晋侯患之。听舆人之诵曰[144]："原田每每[145]，舍其旧而新是谋[146]。"公疑焉。子犯曰："战也！战而捷，必得诸侯；若其不捷，表里山河[147]，必无害也。"公曰："若楚惠何？"栾贞子曰："汉阳诸姬[148]，楚实尽之[149]。思小惠而忘大耻，不如战也。"晋侯梦与楚子搏，楚子伏己而盬其脑[150]，是以惧。子犯曰："吉！我得天[151]，楚伏其罪[152]，吾且柔之矣[153]！"

子玉使斗勃请战[154]，曰："请与君之士戏[155]，君冯轼而观之[156]，得臣与寓目焉[157]。"晋侯使栾枝对曰："寡君闻命矣。楚君之惠，未之敢忘，是以在此[158]。为大夫退[159]，其敢当君乎[160]？既不获命矣[161]，敢烦大夫谓二三子[162]，戒尔车乘[163]，敬尔君事[164]，诘朝将见[165]。"

晋车七百乘，韅靷鞅靽[166]。晋侯登有莘之虚以观师[167]，曰："少长有礼[168]，其可用也。"遂伐其木以益其兵[169]。己巳[170]，晋师陈于莘北[171]。胥臣以下军之佐当陈、蔡[172]。子玉以若敖之六卒将中军，曰："今日必无晋矣！"子西将左[173]，子上将右。胥臣蒙马以虎皮，先犯陈、蔡，陈、蔡奔，楚右师溃。狐毛设二旆而退之[174]，栾枝使舆曳柴而伪遁[175]，楚师驰之[176]。原轸、郤溱以中军公族横击之[177]。狐毛、狐偃以上军夹攻子西，楚左师溃。楚师败绩[178]。子玉收其卒而止，故不败。晋师三日馆穀[179]，及癸酉而还[180]。

甲午[181]，至于衡雍[182]，作王宫于践土[183]。

乡役之三月[184]，郑伯如楚致其师[185]。为楚师既败而惧，使子人九行成于晋[186]。晋栾枝入盟郑伯[187]。五月丙午[188]，晋侯及郑伯盟于衡雍。

丁未[189]，献楚俘于王，驷介百乘[190]，徒兵千[191]。郑伯傅王[192]，用平礼也[193]。己酉[194]，王享醴[195]，命晋侯宥[196]。王命尹氏及王子虎、内史叔兴父策命晋侯为侯伯[197]，赐之大辂之服、戎辂之服[198]，彤弓一、彤矢百[199]，玈弓矢千[200]，秬鬯一卣[201]，虎贲三百人[202]。曰：“王谓叔父[203]：敬服王命，以绥四国[204]，纠逖王慝[205]。”晋侯三辞[206]，从命，曰：“重耳敢再拜稽首[207]，奉扬天子之丕显休命[208]。”受策以出，出入三觐[209]。

卫侯闻楚师败，惧，出奔楚，遂适陈，使元咺奉叔武以受盟[210]。癸亥[211]，王子虎盟诸侯于王庭[212]。要言曰[213]：“皆奖王室[214]，无相害也。有渝此盟[215]，明神殛之[216]，俾队其师[217]，无克祚国[218]，及而玄孙[219]，无有老幼。”君子谓是盟也信[220]，谓晋于是役也能以德攻[221]。

初，楚子玉自为琼弁玉缨[222]，未之服也[223]。先战[224]，梦河神谓己曰：“畀余，余赐女孟诸之麋[225]。”弗致也[226]。大心与子西使荣黄谏[227]，弗听。荣季曰：“死而利国，犹或为之，况琼玉乎？是粪土也[228]，而可以济师[229]，将何爱焉[230]？”弗听。出，告二子曰[231]：“非神败令尹，令尹其不勤民[232]，实自败也[233]。”既败，王使谓之曰：“大夫若入，其若申、息之老何[234]？”子西、孙伯曰：“得臣将死，二臣止之，曰：‘君其将以为戮[235]。’”及连穀而死[236]。晋侯闻之，而后喜可知也[237]，曰：“莫余毒也已[238]！蒍吕臣实为令尹[239]，奉己而已[240]，不在民矣。”

【注释】

① 楚子：指楚成王，周初楚被封为子爵，故称楚子。宋：国名，在今河南省商丘一带。

② 子文：名斗穀於菟，曾任楚国令尹（相当于后世的宰相）。治兵：练兵。睽（kuí）：楚邑名。

③ 朝：指从日出到中午这段时间。

④ 戮：这里指处罚。

⑤ 子玉：名得臣，楚国令尹。城濮之战中任楚军统帅，兵败后自杀。蒍（wěi）：楚邑名。

⑥ 贯三人耳：对三人施以贯耳的刑罚。贯耳，用箭穿耳，古代军队中的一种刑罚。

⑦ 国老：国家退职的老臣。

⑧ 饮（yìn）之酒：用酒款待国老。饮，使喝。

⑨ 蒍贾：名伯嬴，楚国名相孙叔敖之父。

⑩ 传政于子玉：指子文将令尹的职务传给子玉。僖公二十三年（前637），子玉因伐陈有功，子文就荐举他接替自己当令尹。

⑪ 靖国：安定国家。子文将令尹的职务传给子玉时，曾说他这样做是为了安定国家：“吾以靖国也。夫有大功而无贵仕，其人能靖者欤，有几？”

⑫ 外：指对外作战。

⑬ 举：荐举。

⑭ 刚：刚愎自用。

⑮ 过：超过。乘：兵车。春秋时作战，出兵以乘为单位，一乘有士卒75人。

⑯ 入：回国。下句中的入字亦同。

⑰ 冬：指僖公二十七年（前633）冬。诸侯：据《春秋》记载，当时和楚国一起围宋的还有陈、蔡、郑、许等国。

⑱ 公孙固：宋庄公之孙，曾任大司马。如：到。告急：报告战事危急，请求援救。

⑲ 先轸（zhěn）：一名原轸，晋国的名将。

⑳ 报施：指报答宋国赠马的恩惠。晋公子重耳（即晋文公）先前流亡到宋国时，宋襄公曾“赠之以马二十乘”。救患：指解救宋国被围的患难。

㉑ 取威：在诸侯中取得威望。定霸：使晋国的霸业稳固下来。

㉒ 狐偃：字子犯，晋文公的舅父，是晋国的重要谋臣。

㉓ 曹：国名，在今山东定陶。

㉔ 昏：同“婚”。

㉕ 免：指免于难。僖公二十六年（前634），楚曾伐齐，侵占齐国穀地，并命申公叔侯留戍，以威胁齐国。现在如果晋国伐曹、卫，楚国必分兵救之，那么齐、宋两国就可以免受威胁。

㉖ 蒐（sōu）：检阅军队。被庐：晋国地名。

㉗ 作：建立。三军：古代以军为军队最大的编制单位。春

秋时，大国多设三军。晋国最初只有一军，晋献公时建立二军，至此始建三军。

㉘ 谋：商议。元帅：指中军主将。古代上、中、下三军各置一将一佐，三军以中军为尊，中军主将即为全军元帅。

㉙ 赵衰：晋国的大夫。

㉚ 郤縠(xì hú)：晋国的大夫。

㉛ 亟(qì)：屡次、经常。

㉜ 说：同"悦"，爱好。敦：崇尚。

㉝ 府：府库。

㉞ 则：准则。

㉟ 夏书：《尚书》的一部分，以下三句引文见于伪古文《尚书》的《舜典》和《益稷》篇。

㊱ 赋纳：受取。

㊲ 试：考察。功：事。

㊳ 车服：此处作动词用，赏赐车马服饰。庸：功劳。

㊴ 将：率领。

㊵ 郤溱(zhēn)：晋国的大夫。佐：辅佐。这里指担任中军之佐以辅佐之。

㊶ 狐毛：狐偃的哥哥。这句指狐偃将上将军位让给狐毛，而自己任上军之佐以辅佐他。

㊷ 卿：指下军之将。

㊸ 栾枝：晋国的大夫，即栾贞子。

㊹ 御戎：驾兵车。

㊺ 魏犨(chōu)：晋国的大夫。右：指车右，是战车上的勇力之士，手执干戈以御敌。因位置在驾车者之右，故称"右"。

㊻ 晋侯：指晋文公，姓姬，名重耳，因晋国受封为侯爵，故称晋侯。始入：指僖公二十四年(前636)重耳结束在外19年的流亡生活，回国即位。

㊼ 义：指君臣之义。

㊽ 出：对外。定襄王：安定周襄王天子的地位。僖公二十四年，周襄王被其弟王子带所逐，逃到郑国。次年，晋文公出兵杀王子带，护送襄王归国复位。

㊾ 入：对内。务：务求。

㊿ 怀生：安于生业。

51 宣：显示。用：用命、效力。

52 伐原以示之信：僖公二十五年(前635)，周襄王因晋文公扶助王室有功，将原(今河南济原西北)等几个地方赐给晋国。原人不服，晋文公派兵包围原，并命军队带三日军粮，到了第三日，原尚未攻克，晋文公下令撤退。这时晋国间谍回来报告说原人将要投降，军吏提出再等几天，晋文公仍坚持撤退，并说："信，国之宝也，民之所庇也。得原失信，何以庇之？所亡滋多(损失更大)。"

53 易资：交换物资，即作买卖。

54 丰：满，指过高的利润。

55 明征其辞：言辞明白而可信。征，验证。

56 共：同"恭"，恭顺。

57 大蒐以示之礼：古代大规模阅兵要讲求礼仪，所谓"昭文章，明贵贱，辨等列，顺少长，习威仪也"(《左传·隐公五年》)。

58 作：开始设置。执秩：掌管爵禄秩位的官。正其官：调整国家官吏，使之合于正规。

59 听：听命。惑：疑虑。

60 出穀戍：使楚国撤出在齐国穀地的戍军。

61 释宋围：解除楚国对宋国的包围。

62 一战：指晋、楚城濮一战。

63 文：指晋文公。

64 假道：借道通行。

65 河：黄河。济：渡过。

66 侵、伐：上古"凡师(军队)有钟鼓曰伐，无曰侵"(《左传·庄公二十九年》)。

67 五鹿：卫国地名。

68 胥臣：名臼季，亦称司空季子。佐下军：任下军之佐。

69 上德：崇尚德行。意谓原轸由下军佐超升为中军将，是由于他有德，晋文公注重将领德行的缘故。上，同"尚"，崇尚。

70 齐侯：指齐孝公。盟：宣誓缔约。敛盂：卫国地名，在今河南濮阳东南。

71 卫侯：指卫成公。请盟：请求参加结盟。

72 与：亲附。

73 出其君：把国君驱逐出去，这里指把卫侯逐出国都。说：同"悦"，取悦，讨好。

74 襄牛：卫国地名，在今河南睢县。

75 公子买：字子丛，鲁国的大夫。戍卫：鲁国亲附楚国，故派公子买率兵戍守卫境。

76 公：指鲁僖公。

77 不卒戍：没有完成戍守的任务。这是鲁僖公向楚人解释杀子丛的理由，杀子丛本为讨好晋国，但又怕得罪楚国，所以这样说。卒，完成。

78 门：此处作动词用，攻打城门。

79 尸诸城上：把晋军尸体陈列在城上。尸，陈尸示众。诸，之于。

80 患：担忧。

81 舆人：众人。

㊷ 称舍于墓：指扬言晋军将要驻扎在曹人的墓地上，以示将掘墓曝尸作为报复。称，宣称、扬言。舍，住宿，这里指军队驻扎。

㊸ 凶：通“恟”，惊骇扰攘。

㊹ 所得者：指所得到的晋军的尸体。棺：此处作动词用，装进棺材。出：指送出城外。

㊺ 因：趁。

㊻ 数（shǔ）：列举罪状。之：指曹国国君曹共公。僖负羁：曹国的大夫。晋文公重耳从前流亡经过曹国时，曹共公对他极为无礼，而僖负羁则曾以食物和璧玉相赠。轩：大夫所乘的车。三百人：指责曹共公滥封官爵，以至小小的一个国家大夫竟有三百人之多。

㊼ 献状：拿出功状来。意思是质问曹大夫有何功劳而获得禄位。

㊽ 宫：古代房屋的通称。

㊾ 免：赦免。族：同族的人。

㊿ 魏犨、颠颉怒：魏犨、颠颉两人都曾随从重耳出亡，而晋文公即位后，未予重赏，因此怒而不平。

91 劳：功劳。图：考虑。

92 爇（ruò）：放火焚烧。这里指焚烧僖负羁的居室。

93 病：原指病重，这里指伤重。

94 “以君”二句：托国君的福，怎么会不安康呢？

95 “距跃”二句：表示自己身体很好。距跃，向前跳。百（mò），同“蓦”，跃起。三百，指多次跳起。曲踊（yǒng），曲身向上跳。

96 徇：对众宣示。

97 舟之侨：原为虢国旧臣，因避祸而奔晋。戎右：兵车的右卫，即车右，参阅注㊺。

98 门尹般：宋国的大夫。

99 舍：丢开不管。绝：断交。

100 告楚：要求楚国撤围。不许：不同意。

101 可：许可，同意。

102 赂：用财物买通别人。

103 藉：凭借，依靠。之：指齐秦。

104 执：拘留、囚禁。

105 喜赂怒顽：（齐秦）必喜欢宋国的贿赂，而恼怒楚国的顽固。

106 畀（bì）：给予。

107 申：原为小国，被楚所灭，在今河南省南阳县。

108 申叔：即申公叔侯，楚国的大夫，曾奉命伐齐，并一直驻守在齐国的穀地。详见注㉖。穀：齐国地名，在今山东省东阿县。

109 从：追逐，进逼。

110 果：终于。

111 情：实情。

112 天假之年：上天赐给他年寿。假，给予。据《史记·晋世家》载，晋文公回国即位时已62岁，献公之子9人，此时唯晋文公尚在，故称。

113 害：祸患。这里指晋文公国内的敌人，如晋惠公、晋怀公、吕甥、郤芮等。

114 其：同“岂”，怎么。

115 军志：古代的兵书，已亡佚。

116 允当则归：意谓作战有了适当的收获就应满意而归，无求过分，适可而止。允当，适当，得当。

117 志：记载。

118 伯棼（fén）：楚国大夫斗椒的字。请战：指请求楚王批准作战。

119 以间（jiàn）：借机会。执：堵住。谗慝（tè）：说坏话的人。这里指曾批评子玉没有将帅之才的贾芀等人。

120 西广：广是楚军部队的名称，楚之三军称左军、中军、右军。西广即右军。东宫：这里指太子宫中的卫队。若敖之六卒：指子玉同族子弟组成的亲兵六百人。若敖，子玉的祖先。卒，一百人。

121 宛春：楚国的大夫。

122 复卫侯：恢复卫侯的国君地位。封曹：恢复曹国的封疆。

123 君取一，臣取二：君，指晋文公。取一，取得一项好处，指释宋围。臣，指子玉。取二，取得两项好处，指复卫侯、封曹。

124 失：失去机会，这里指失去因子玉无礼而攻打楚国的战机。

125 与：许可，答应。

126 定人：使别人安定。

127 三国：指曹、卫、宋三国。

128 三施：对三国都有恩惠。

129 三怨：对三国都结下怨仇。

130 已：太。

131 携：离间。

132 告绝：宣告断绝关系。

133 辟：同“避”。

134 老：疲惫而有暮气。指楚军长期在外转战，疲累已极，士气衰落。

135 “师直”二句：出兵打仗理直则气盛，壮，理曲则气短。直，理直。曲，理曲。

136 微：没有。楚之惠：楚国的恩惠。指僖公二十三年（前

637)，晋公子重耳流亡到楚国时，曾受到楚成王的款待，并护送他到秦国去。

⑬⑦ 三舍：九十里。古代行军三十里为一舍。重耳流亡楚国时，曾对楚成王说过，将来他回到晋国，一旦晋、楚两国发生战事，晋军一定先退避三舍来报答楚君的恩惠。

⑬⑧ 背惠：背弃（楚国的）恩惠。食言：把诺言吞食掉，即失信。

⑬⑨ 亢：同“抗”，这里指捍卫，庇护。仇：指宋国。

⑭⓪ 素饱：士气一向饱满。

⑭① 四月戊辰：四月初三。

⑭② 宋公：指宋成公。国归父、崔夭：都是齐国的大夫。小子慭（yìn）：秦穆公之子。次：驻扎。城濮：卫国地名，在今山东鄄城西南。

⑭③ 酅（xī）：城濮附近的地名，为一险要丘陵地带。舍：宿营。

⑭④ 诵：不配合乐曲的歌辞。

⑭⑤ 原田：高平的土地。每每：同“莓莓”，草茂盛的样子。

⑭⑥ “舍其旧”句：舍弃旧的，考虑播种新的。喻指应抛弃楚君的旧恩惠，谋建晋国的新霸权。

⑭⑦ 表里山河：指晋国外有黄河，内有太行山，地势优越。表里，表指外，里指内，表里即内外。

⑭⑧ 汉阳：汉水以北。诸姬：许多姬姓的诸侯国。

⑭⑨ 尽：全部被吞灭。

⑮⓪ 盬（gǔ）：吸饮。脑：脑髓。

⑮① 得天：得到上天的保佑。指梦中晋文公仰面朝上，象征“得天”。

⑮② 伏其罪：指楚成王伏在晋文公身上，面朝下，象征“伏罪”。

⑮③ 柔之：使之柔服，即使楚国驯服。

⑮④ 斗勃：楚国的大夫，即子上。

⑮⑤ 戏：角力，较量。

⑮⑥ 冯（píng）：同“凭”，依，靠。轼：车前可供凭倚的横木。

⑮⑦ 与：参与。寓目：寄目以观，观看。

⑮⑧ 在此：撤退到这里，指退三舍。

⑮⑨ 大夫：指子玉。

⑯⓪ 当：抵挡。君：指楚君。

⑯① 不获命：不能获得楚军退兵的命令。

⑯② 大夫：指斗勃。二三子：指楚军将领子玉等人。

⑯③ 戒：准备。

⑯④ 敬：慎重，谨慎。

⑯⑤ 诘朝：明天早晨。

⑯⑥ 韅（xiǎn）靷（yǐn）鞅（yāng）靽（bàn）：战马身上的皮甲、缰绳、络头之类。在背上的叫韅，胸部的叫靷，腹部的叫鞅，身后的叫靽。这里形容晋军装备整齐。

⑯⑦ 有莘：古国名，在今山东曹县。虚：同“墟”，旧城废址。

⑯⑧ 少长有礼：谓晋军训练有素，无论年少的、年长的都懂得军中的礼仪。

⑯⑨ 益：增加。兵：兵器。

⑰⓪ 己巳：四月初四。

⑰① 陈（zhèn）：同“阵”，列阵。莘北：即城濮。

⑰② 当陈、蔡：抵挡陈、蔡两国的军队。

⑰③ 子西：名斗宜申，楚国的大夫。将左：统率左军。下句中的将右，即统率右军。

⑰④ 设二旆（pèi）而退：树起两面大旗向后撤退，使楚军以为晋中军败退，以诱敌深入。旆，大旗。古代行军，唯中军主帅所在处可设二旆。

⑰⑤ 使舆曳柴：让战车拖着柴枝，使尘土飞扬。遁：逃跑。

⑰⑥ 驰：追逐。

⑰⑦ 公族：指晋文公的宗族武装。横击：从侧面拦击。

⑰⑧ 败绩：军队溃败。

⑰⑨ 馆：这里作动词用，住下来，指住楚军的兵营。穀：这里作动词用，吃粮食，指吃楚军的军粮。

⑱⓪ 癸酉：四月初八。

⑱① 甲午：四月二十九日。

⑱② 衡雍：郑国地名，在今河南原阳西。

⑱③ 作王宫：指周襄王闻晋军获胜，将亲往慰问，晋侯在践土修建行宫，准备迎接周王。践土：郑国地名，在今河南荥泽西北。

⑱④ 乡（xiàng）：同“向”，不久以前。

⑱⑤ 郑伯：指郑文公。致：送给，交给。

⑱⑥ 子人九：郑国的大夫，姓子人，名九。行成：求和。

⑱⑦ 人：指进入郑国都城。

⑱⑧ 五月丙午：五月十一日。

⑱⑨ 丁未：五月十二日。

⑲⓪ 驷介：由四匹披甲的马所驾的战车。驷，一车驾四匹马。介，甲。

⑲① 徒兵：步兵。

⑲② 傅王：作周襄王的傅相，指给周王担任接见诸侯时的赞礼职务。

⑲③ 用平礼：指用从前周平王接待晋文侯的礼仪来接待晋文公。

⑲④ 己酉：五月十四日。

⑲⑤ 享醴（lǐ）：谓周王举行宴会，赐晋文公醴酒。享，通“飨”，用酒食款待人。醴，甜酒。

⑲⑥ 宥（yòu）：通“侑”，劝酒劝食。

⑰ 尹氏、王子虎：皆周王室的卿士。内史：周王室掌管策命的官员。策命：把王命书写在简策上。侯伯：诸侯之长。

⑱ 大辂（lù）：礼车。服：指乘者的服饰和冠。此指周王赐给晋文公举行大礼时所乘之车以及与之相配的服饰。戎辂：兵车。

⑲ 彤（tóng）：红色。

⑳ 玈（lú）：黑色。

㉑ 秬鬯（jù chàng）：黑色黍子酿成的香酒，祭祀时用。卣（yǒu）：盛酒的器具。

㉒ 虎贲（bēn）：勇士。

㉓ 叔父：周王对同姓诸侯的习惯称呼，这里指晋文公。

㉔ 绥：安抚、安定。四国：四方诸侯之国。

㉕ 纠：监察揭发。逖（tì）：通"剔"，清除。慝（tè）：邪恶。王慝，指对周王作恶的坏人。

㉖ 辞：辞让。

㉗ 敢：表敬副词，无义。稽（qǐ）首：叩头至地，古时一种恭敬而隆重的跪拜礼。

㉘ 奉扬：承受，发扬。丕显休命：伟大、光明、美好的命令。丕，大。显，明。休，美。

㉙ 出入：指来去，从来到去。觐（jìn）：诸侯朝见天子之称。

㉚ 元咺（xuān）：卫国的大夫。奉：陪奉。叔武：卫侯之弟，此时主持国政。

㉛ 癸亥：五月二十八日。

㉜ 王庭：周王的住处，指在践土的王宫。

㉝ 要（yāo）言：约言。

㉞ 奖：扶助。

㉟ 渝：改变。

㊱ 殛（jí）：诛，罚。

㊲ 俾（bǐ）：使。队：同"坠"，丧失。

㊳ 克：能。祚（zuò）：福，享有。

㊴ 而：同"尔"，你。

㊵ 君子：《左传》所托发议论的人，作者往往借君子之言来发表自己的见解。信：有信用。

㉑ 以德攻：依仗德义进行讨伐。

㉒ 琼：红色的玉。弁（biàn）：古代贵族的一种帽子。缨：冠上下垂的缌子。

㉓ 服：用。

㉔ 先战：先于战，指在城濮交战之前。

㉕ 孟诸之麋：指宋国的土地。孟诸，宋国境内的水泽名，在今河南商丘一带。麋，同"湄"，水草交接的地方。

㉖ 致：送。

㉗ 大心：子玉之子，即孙伯。荣黄：楚臣，即荣季。

㉘ 是粪土也：意谓琼玉和生命相比，只不过是粪土而已。

㉙ 济师：对军队有帮助。

㉚ 爱：吝啬。

㉛ 二子：指大心和子西。

㉜ 勤民：尽力于民事。

㉝ 自败：自招失败。

㉞ "其若"句：谓城濮之战中，申、息子弟战死极多，如果子玉活着回国，将怎样向申、息的父老交待呢？据当时的惯例，大臣误了国事，不须待国法的处分，就应该自杀以谢罪。这里亦含有要子玉引咎自裁之意。息，在今河南息县，原为姬姓小国，后为楚所灭。老，父老。

㉟ 戮：本为"杀"，这里指治罪、制裁。

㊱ "及连穀"句：到了连穀，还未得到楚王的赦令，子玉只好自杀了。连穀，楚国地名。

㊲ 喜可知：喜悦之情，见于颜色。知，此处意思如同"见"。

㊳ 莫余毒：即"莫毒余"，再没有谁能危害我了。毒，害。子玉是晋文公的劲敌，当年晋文公流亡楚国时，子玉曾劝楚成王将他杀掉。据《说苑》载："楚有子玉得臣，文公为之侧席而坐。"

㊴ 芀吕臣：楚大夫，继子玉为楚令尹。实：是。

㊵ 奉己：为自己打算。

烛之武退秦师

【题解】 本篇选自《左传·僖公三十年》，标题是后加的。《左传》以擅长记叙行人应对的辞令之美闻名，本文即是其中一例。郑大夫烛之武在秦、晋联合围郑、大军压境的危急关头出使说秦。他抓住秦、晋之间的矛盾，从"亡郑陪邻"说到"阙秦利晋"，反复陈述郑之存亡对秦之利害。婉曲的说理，透辟的分析，终于变敌为友。秦君不仅心悦诚服地撤军，而且还派员帮助郑国戍守，郑国因此化险为夷。文章反映了春秋时期兼并攻伐争夺激烈，以及小国如何运用外交斗争的手段来对付大国侵略的现实，刻画了一位能捐弃前嫌、奔赴国难而又善于言辞的老臣形象。

九月甲午①，晋侯、秦伯围郑②，以其无礼于晋③，且贰于楚也④。晋军函陵，秦军氾南⑤。佚之狐言于郑伯曰⑥："国危矣！若使烛之武见秦军⑦，师必退。"公从之。辞曰⑧："臣之壮也，犹不如人[⑨]；今老矣，无能为也已[⑩]。”公曰：“吾不能早用子，今急而求子，是寡人之过也。然郑亡，子亦有不利焉。”许之。

夜缒而出[⑪]，见秦伯曰：“秦、晋围郑，郑既知亡矣。若亡郑而有益于君，敢以烦执事[⑫]。越国以鄙远[⑬]，君知其难也。焉用亡郑以陪邻[⑭]？邻之厚，君之薄也。若舍郑以为东道主[⑮]，行李之往来[⑯]，共其乏困[⑰]，君亦无所害。且君尝为晋君赐矣[⑱]，许君焦、瑕[⑲]，朝济而夕设版焉[⑳]，君之所知也。夫晋，何厌之有[㉑]？既东封郑[㉒]，又欲肆其西封[㉓]。若不阙秦[㉔]，将焉取之？阙秦以利晋，惟君图之[㉕]。”秦伯说[㉖]，与郑人盟。使杞子、逢孙、杨孙戍之[㉗]，乃还。

子犯请击之[㉘]。公曰[㉙]：“不可，微夫人之力不及此[㉚]。因人之力而敝之[㉛]，不仁；失其所与[㉜]，不知[㉝]；以乱易整[㉞]，不武[㉟]。吾其还也。”亦去之。

【注释】

① 九月：鲁僖公三十年（前630）九月。甲午：九月十日。

② 晋侯：指晋文公。秦伯：指秦穆公，姓嬴，名任好，因秦国受封为伯爵，故称。

③ 无礼于晋：对晋国无礼。指僖公二十三年，重耳出亡经过郑国时，郑文公没有以礼节接待他之事。

④ 贰于楚：对晋国怀有二心，而与楚国亲近。这里指僖公二十八年晋、楚城濮之战前，郑文公曾把郑国的军队送交楚国指挥，准备联合对晋作战之事。

⑤ “晋军”二句：晋国军队驻扎在函陵，秦国军队驻扎在氾水之南。军，驻扎。函陵，郑国地名，在今河南新郑北。氾（fàn），水名，这里指东氾水，在今河南中牟南。

⑥ 佚（yì）之狐：郑国大夫。之，用于姓名之间的语助词，下文烛之武的“之”字亦同。郑伯：指郑文公。

⑦ 烛之武：郑国大夫。

⑧ 辞：推辞，辞谢。

⑨ 犹：尚且。

⑩ 无能为：什么也不能做。已：同“矣”。

⑪ 缒（zhuì）：系在绳子上（从城墙上）放下去。

⑫ 敢：表示谦敬的副词。执事：本指侍从在左右供使令的人，后用作敬称，表示不敢向对方直陈，而向对方手下执事者陈述。这里指秦穆公。

⑬ 越国：超越晋国。当时秦在西，郑在东，而晋居两国之间，若秦以郑为边邑，就必须超越晋国。鄙：边邑，这里作动词用，以……为边邑。远：遥远的地方（指郑国）。

⑭ 陪：增益。邻：邻国，这里指晋国。

⑮ 舍：放弃。东道主：东路上的主人。因郑国在秦国的东面，可以随时供应秦使的乏困，故称东道主。后世泛指主人。

⑯ 行李：外交使节。

⑰ 共：同“供”，供应。乏困：缺乏资粮。《尚书大传·略说》：“行而无资谓之乏，居而无食谓之困。”

⑱ 晋君：指晋惠公（名夷吾）。他是重耳之弟，先于重耳做晋国国君。赐：恩惠。这里指僖公九年，秦穆公曾派兵护送夷吾回国即位之事。

⑲ 焦、瑕：二邑名，在今河南陕县附近。夷吾曾经答应割让焦、瑕等河外五城之地报答秦穆公送他回国，但他回国后却又拒绝割地。

⑳ 济：渡河。指夷吾渡过黄河回国。设版：筑墙，这里指修筑防御工事。版，筑墙用的夹板。

㉑ 厌：满足。

㉒ 东封郑：指晋国要吞并郑国，以郑国作为它东边的疆界。封，疆界，此处作动词用，以……为疆界。

㉓ 肆：扩张。

㉔ 阙秦：亏损秦国的领土。阙，同“缺”，亏损。

㉕ 惟：句首表示祈使、希望的语助词。图：谋划，考虑。

㉖ 说：同“悦”，悦服。

㉗ 杞子、逢（páng）孙、杨孙：三人都是秦国的大夫。戍：驻军设防。之：指代郑国。

㉘ 子犯：晋大夫狐偃的字。

㉙ 公：指晋文公。

㉚ 微：无。夫人：那人，指秦穆公。不及此：不能到今天这地步。重耳曾流亡了19年，后来依靠秦穆公的帮助，才回晋国即位为晋文公，所以这样说。

㉛ 因：依靠。敝：伤害，损害。

㉜ 与：同盟者。

㉝ 知（zhì）：同“智”。

㉞ 乱：指自相攻击。易：改变，代替。整：指步调一致。

㉟ 不武：不合武德。古有“止戈为武”之说，认为武有平定暴乱、止息兵戈等七德（详《左传·宣公十二年》）。秦、

晋两国本是协同一致来攻打郑国的，现在如果两国自相攻击，必将变协同一致为战乱冲突，所以说不合武德。

国语

邵公谏厉王弭谤

【题解】 本篇选自《国语·周语上》，标题是后加的。周厉王是个暴君，他暴虐的政令使民怨沸腾，进而又用杀人弭谤的恐怖手段来镇压舆论，终于激起国人的抗争，被放逐于彘。文章简要地记述了历史上这次著名的"国人暴动"的始末。邵公是一位较有远见的政治家。他重视民意，认识到"防民之口，甚于防川"。他的谏辞阐明了民言不可塞，必须"宣之使言"的道理，其中既有事理论证，又有生动比喻，层层推进，恳切有力。这部分是文章的重点。全文字数不多，不仅事件过程完整，结构谨严，还能以极精练传神的笔墨勾画出厉王残暴昏庸的面目。

厉王虐①，国人谤王②。邵公告曰③："民不堪命矣④。"王怒，得卫巫⑤，使监谤者，以告⑥，则杀之。国人莫敢言，道路以目⑦。

王喜，告邵公曰："吾能弭谤矣⑧，乃不敢言⑨。"

邵公曰："是障之也⑩。防民之口⑪，甚于防川。川壅而溃⑫，伤人必多，民亦如之。是故为川者决之使导⑬，为民者宣之使言⑭。故天子听政⑮，使公卿至于列士献诗⑯，瞽献曲⑰，史献书⑱，师箴⑲，瞍赋⑳，矇诵㉑，百工谏㉒，庶人传语㉓，近臣尽规㉔，亲戚补察㉕，瞽史教诲，耆艾修之㉖，而后王斟酌焉㉗，是以事行而不悖㉘。民之有口，犹土之有山川也，财用于是乎出㉙；犹其原隰之有衍沃也㉚，衣食于是乎生。口之宣言也，善败于是乎兴㉛，行善而备败，其所以阜财用衣食者也㉜。夫民虑之于心而宣之于口，成而行之㉝，胡可壅也？若壅其口，其与能几何㉞？"

王弗听。于是国人莫敢出言。三年㉟，乃流王于彘㊱。

【注释】

① 厉王：周厉王，名胡，夷王之子，西周末期的暴君，在位三十七年（前878—前842），被逐于彘。

② 国人：西周、春秋时期对于居住在都城之人的通称。谤：议论、批评。

③ 邵公：即邵穆公，名虎，周王的卿士。邵，一作"召"。

④ 堪：经受，忍受。命：政令，指厉王暴虐的政令。

⑤ 卫巫：卫国的巫者。

⑥ 以告：即以之告（王），把谤者报告给厉王。

⑦ 道路以目：国人在路上相遇，只能用眼睛示意。形容敢怒而不敢言。

⑧ 弭（mǐ）：止息。

⑨ 乃：终于。

⑩ 障：筑堤防水叫障，阻挡，阻塞之意。障之：指用暴力堵住人民的口。

⑪ 防：堤岸，此处作动词用，堵塞。

⑫ 壅（yōng）：堵塞。溃：溃决泛滥。

⑬ 为：治理。下句中的为字亦同。决：疏浚。导：通畅。

⑭ 宣：开导。

⑮ 听政：处理政事。

⑯ 公卿：周王朝有三公九卿等高级官职。列士：周时士有上士、中士、下士三等，故称列士。献诗：指进献讽谏之诗。

⑰ 瞽（gǔ）：盲人，无目曰瞽。这里指乐师。盲人善辨音，古代乐官皆以盲人担任。曲：乐曲，多采自民间，从中可以考察民情。

⑱ 史：史官。书：历史典籍。

⑲ 师：少师，是次于太师的乐官。箴（zhēn）：劝戒的言辞，此处作动词用，进献箴言。

⑳ 瞍（sǒu）：盲人，无眸子曰瞍。赋：不歌而诵。指赋公卿列士所献之诗。

㉑ 矇（méng）：盲人，有眸子而无所见曰矇。诵：指诵读规谏性的文辞。

㉒ 百工：百官。

㉓ 庶人：平民。传语：指间接传话给天子。因为平民见不到天子，他们的意见只得由别人间接转达。

㉔ 近臣：天子左右的亲近之臣。尽规：进言规劝。尽，通"进"，进献。规，规劝、规谏。

㉕ 亲戚：指与天子同宗的大臣。补：弥补过失。察：督察是非。

㉖ 耆(qí)艾:老年人的通称。古称六十岁为耆,五十岁为艾。这里指周王的师傅和老臣等。修:警戒。之:指周王。

㉗ 斟酌:指考虑去取,付之实行。

㉘ 悖(bèi):违背。

㉙ 财用:财富、用度。于是:从这里(指山川)。

㉚ 其:指土地。原:宽阔而平坦的土地。隰(xí):低下而潮湿的土地。衍:低下而平坦的土地。沃:有河流灌溉的土地。

㉛ 善败:指政事的好坏,治乱。兴:发,这里是表现、体现之意。

㉜ 阜:增多。

㉝ 成:成熟。行:有自然流露的意思。

㉞ 与:助,指赞助的人。几何:几多,多少。

㉟ 三年:过了三年,指公元前842年。

㊱ 流:放逐。彘(zhì):晋地,在今山西霍县。

战国策

冯谖客孟尝君

【题解】 本篇选自《战国策·齐策四》,标题是后加的。文章通过冯谖为巩固孟尝君的地位而巧营三窟的故事,赞扬了他的识见和才干,肯定了战国策士在当时政治斗争中的重要作用。文章的主要特色是以曲折生动的情节塑造了冯谖这个有奇策异智的士人形象。弹铗而歌、焚券市义、西游于梁等情节都很富于戏剧性,行文跌宕起伏,引人入胜。焚券市义一节是全文的重点,充分展现了冯谖的远见、胆识和处事干练的才能。作者在颂扬策士作用时,也有夸张的成分,如谓孟尝君"为相数十年"等,即未可完全视为信史。

齐人有冯谖者①,贫乏不能自存②。使人属孟尝君③,愿寄食门下④。孟尝君曰:"客何好⑤?"曰:"客无好也。"曰:"客何能?"曰:"客无能也。"孟尝君笑而受之,曰:"诺⑥。"

左右以君贱之也⑦,食以草具⑧。居有顷⑨,倚柱弹其剑,歌曰:"长铗归来乎⑩!食无鱼。"左右以告。孟尝君曰:"食之,比门下之客⑪。"居有顷,复弹其铗,歌曰:"长铗归来乎!出无车。"左右皆笑之,以告。孟尝君曰:"为之驾⑫,比门下之车客。"于是乘其车,揭其剑⑬,过其友曰⑭:"孟尝君客我⑮。"后有顷,复弹其剑铗,歌曰:"长铗归来乎!无以为家⑯。"左右皆恶之⑰,以为贪而不知足。孟尝君问:"冯公有亲乎?"对曰:"有老母。"孟尝君使人给其食用⑱,无使乏。于是冯谖不复歌。

后孟尝君出记⑲,问门下诸客:"谁习计会⑳,能为文收责于薛者乎㉑?"冯谖署曰㉒:"能。"孟尝君怪之,曰:"此谁也?"左右曰:"乃歌夫'长铗归来'者也。"孟尝君笑曰:"客果有能也,吾负之㉓,未尝见也。"请而见之,谢曰㉔:"文倦于事㉕,愦于忧㉖,而性懧愚㉗,沉于国家之事㉘,开罪于先生㉙。先生不羞㉚,乃有意欲为收责于薛乎?"冯谖曰:"愿之。"于是约车治装㉛,载券契而行㉜。辞曰:"责毕收,以何市而反㉝?"孟尝君曰:"视吾家所寡有者㉞。"

驱而之薛㉟,使吏召诸民当偿者,悉来合券㊱。券遍合,起,矫命以责赐诸民㊲,因烧其券。民称万岁。

长驱到齐㊳,晨而求见。孟尝君怪其疾也㊴,衣冠而见之㊵,曰:"责毕收乎?来何疾也!"曰:"收毕矣。""以何市而反?"冯谖曰:"君云'视吾家所寡有者'。臣窃计㊶,君宫中积珍宝,狗马实外厩㊷,美人充下陈㊸;君家所寡有者,以义耳!窃以为君市义㊹。"孟尝君曰:"市义奈何?"曰:"今君有区区之薛,不拊爱子其民㊺,因而贾利之㊻。臣窃矫君命,以责赐诸民,因烧其券,民称万岁。乃臣所以为君市义也。"孟尝君不说㊼,曰:"诺,先生休矣㊽。"

后期年㊾,齐王谓孟尝君曰㊿:"寡人不敢以先王之臣为臣[51]。"孟尝君就国于薛[52]。未至百里[53],民扶老携幼,迎君道中。孟尝君顾谓冯谖曰[54]:"先生所为文市义者,乃今日见之[55]。"

冯谖曰:"狡兔有三窟,仅得免其死耳。今君有一窟,未得高枕而卧也[56]。请为君复凿二窟。"孟尝君予车五十乘[57],金五百斤,西游于梁[58],谓惠王曰[59]:"齐放其大臣孟尝君于诸侯[60],诸侯先迎之者，富而兵强。”于是梁王虚上位[61]，以故相为上将军，遣使者，黄金千斤，车百乘，往聘孟尝君。冯谖先驱[62]，诫孟尝君曰：“千金，重币也[63]；百乘，显使也[64]。齐其闻之矣。”梁使三反[65]，孟尝君固辞不往也。

齐王闻之，君臣恐惧，遣太傅赍黄金千斤[66]，文车二驷[67]，服剑一[68]，封书谢孟尝君曰[69]：“寡人不祥[70]，被于宗庙之祟[71]，沉于谄谀之臣[72]，开罪于君。寡人不足为也[73]，愿君顾先王之宗庙[74]，姑反国统万人乎[75]！”冯谖诫孟尝君曰：“愿请先王之祭器，立宗庙于薛[76]。”庙成，还报孟尝君曰：“三窟已就[77]，君姑高枕为乐矣。”

孟尝君为相数十年，无纤介之祸者[78]，冯谖之计也。

【注释】

① 冯谖(xuān)：齐国孟尝君的门客。

② 自存：自己养活自己。

③ 属：同“嘱”，嘱托。孟尝君：即田文，齐国的贵族，曾为齐相，封于薛(在今山东滕县东南)。以养士闻名，门下食客多达三千人。孟尝君是他的封号，与魏国的信陵君、赵国的平原君、楚国的春申君并称为战国四公子。

④ 寄食：寄居在别人家里，靠别人生活。这里指作食客。门下：门庭之下，指权贵者之家。

⑤ 好(hào)：爱好。

⑥ 诺：答应的声音，表示同意。

⑦ 贱之：以之为贱，轻视他。

⑧ 食(sì)：给人吃。下文“食之”的“食”亦同。草具：粗劣的食物。草，粗劣。具，食物。《礼记·内则》注：“具，馔也。”

⑨ 居有顷：过了不久。

⑩ 铗：剑把，这里指剑。归来乎：回去吧。

⑪ 此句一本作“比门下之鱼客”。比：比照。客：指食鱼之客。孟尝君门下的食客分三等，上客即下文的车客，住代舍，食肉，出门有车；中客住幸舍，食鱼；下客住传舍，食菜。

⑫ 为之驾：准备车马。

⑬ 揭：高举。

⑭ 过：拜访。

⑮ 客我：以我为客。

⑯ 为家：指赡养家庭。

⑰ 恶(wù)：厌恶。

⑱ 给(jǐ)：供给。

⑲ 记：文告。

⑳ 习：熟悉。计会(kuài)：即会计，计算。零星计算为计，总合计算为会。

㉑ 文：孟尝君的名字。责：同“债”。

㉒ 署：签名。

㉓ 负：辜负，对不起。

㉔ 谢：道歉。

㉕ 倦于事：被琐事弄得疲倦。

㉖ 愦(kuì)于忧：被种种忧虑扰得心烦意乱。愦，昏乱。

㉗ 愞(nuò)：同“懦”，懦弱。

㉘ 沉：沉溺，沉埋。

㉙ 开罪：得罪。

㉚ 不羞：不以此为羞辱。

㉛ 约车：准备车马。治装：整理行装。

㉜ 券(quàn)契：借债的契约。

㉝ 市：买。反：同“返”。

㉞ 寡有者：缺少的东西。

㉟ 驱：赶车。之：往。

㊱ 悉：都，皆。合券：合验债券。古时契约由竹木制成，中分两半，其旁刻齿，双方各执一半为凭，合券即合齿验证。

㊲ 矫命：指假托孟尝君的命令。矫，假托。

㊳ 长驱：一直赶着车，中途不停留。齐：指齐国的都城临淄。

㊴ 疾：迅速。

㊵ 衣冠：此处作动词用，穿好衣服，戴好帽子。

㊶ 窃计：私下考虑。

㊷ 实：充满。厩(jiù)：马棚。

㊸ 下陈：古代统治者堂下陈放礼品，站列婢妾的地方。

㊹ 市义：买义。指收买人心，博取义声。

㊺ 拊爱：即抚爱。子其民：以其民为子，即爱民如子。

㊻ 贾(gǔ)利之：用商贾的手段向他们榨取利息。

㊼ 说：同“悦”。

㊽ 休矣：犹言算了吧，是不满的口吻。

㊾ 期(jī)年：一周年。

㊿ 齐王：指齐湣王。

51. 先王之臣:指孟尝君。先王,齐湣王称其父齐宣王。此句是齐王废除孟尝君相位的一种委婉辞令。
52. 就国:回自己的封邑。
53. 未至百里:指距离薛还有一百里。
54. 顾:回头看。
55. 乃:终于。
56. 高枕而卧:垫高枕头安卧,形容无忧无虑。
57. 乘(shèng):四马拉一车为一乘。
58. 梁:即魏。因魏惠王迁都于大梁(今河南开封),故又称梁。
59. 惠王:即梁惠王(魏惠王)。
60. 放:放逐。
61. 虚上位:空出最高的官位。上位,指宰相的官位。
62. 先驱:先赶车回去。
63. 重币:贵重的礼品。币,礼物的通称。
64. 显使:显贵的使臣。
65. 三反:往返三次。反,同"返"。
66. 太傅:官名。赍(jī):拿东西送人。
67. 文车:绘有文彩的车。驷(sì):一车驾四马。
68. 服剑:佩剑。
69. 封书:封好的书信。
70. 不祥:不吉利。
71. 被:遭受。祟:鬼神降下的灾祸。
72. 谄谀(chǎn yú):逢迎巴结。
73. 不足为:不值得辅助。为,助。
74. 顾:顾念。
75. 姑:姑且。国:国都。统:治理。万人:这里指全国的百姓。
76. 立宗庙于薛:在薛建立齐国先王的宗庙。其目的是巩固孟尝君的地位。
77. 就:建成。
78. 纤:细丝。介:同"芥",小草。纤介:细微。

燕昭王求士

【题解】 本篇选自《战国策·燕策一》,标题是后加的。文章记叙燕昭王一面"卑身厚币",广招贤士;一面"吊死问生",与百姓同甘共苦,积二十八年的努力奋斗,终于复兴一国,报仇雪耻的经过,赞美了这位礼贤下士、励精图治的英主。郭隗是一位具有政治经验、善于辞说的贤士,他讲述的古代"服道致士之法",以及千金买骨的故事,说明了一个深刻的道理:对待贤士的态度,关系着国家的兴亡和功业的成败,而求士必须有千金买骨那样的真切爱才的诚意。全文结构完整、紧凑,人物形象鲜明,又善用寓言故事作比,语浅意深,富有说服力和启发性。

燕昭王收破燕后[1],即位,卑身厚币[2],以招贤者,欲将以报仇[3]。故往见郭隗先生曰[4]:"齐因孤国之乱而袭破燕,孤极知燕小力少,不足以报,然得贤士与共国[5],以雪先王之耻[6],孤之愿也。敢问以国报仇者奈何?"郭隗先生对曰:"帝者与师处[7],王者与友处[8],霸者与臣处[9],亡国与役处[10]。诎指而事之[11],北面而受学[12],则百己者至[13]。先趋而后息[14],先问而后嘿[15],则什己者至[16]。人趋己趋[17],则若己者至[18]。冯几据杖[19],眄视指使[20],则厮役之人至[21]。若恣睢奋击[22],呴籍叱咄[23],则徒隶之人至矣[24]。此古服道致士之法也[25]。王诚博选国中之贤者,而朝其门下[26],天下闻王朝其贤臣,天下之士必趋于燕矣。"昭王曰:"寡人将谁朝而可?"郭隗先生曰:"臣闻古之君人[27],有以千金求千里马者,三年不能得。涓人言于君曰[28]:'请求之。'君遣之,三月得千里马。马已死,买其骨五百金,反以报君[29]。君大怒曰:'所求者生马,安事死马[30]?而捐五百金[31]!'涓人对曰:'死马且买之五百金,况生马乎?天下必以王为能市马[32]。马今至矣。'于是不能期年[33],千里之马至者三。今王诚欲致士,先从隗始。隗且见事[34],况贤于隗者乎?岂远千里哉[35]!"

于是昭王为隗筑宫而师之。乐毅自魏往[36],邹衍自齐往[37],剧辛自赵往[38];士争趣燕[39]。燕王吊死问生[40],与百姓同其甘苦二十八年,燕国殷富,士卒乐佚轻战[41]。于是遂以乐毅为上将军,与秦、楚、三晋合谋以伐齐[42]。齐兵败,闵王出走于外[43]。燕兵独追北[44],入至临淄[45],尽取齐宝,烧其宫室宗庙。齐城之不下者,唯独莒、即墨[46]。

【注释】

① 燕昭王:姓姬,名职,公元前 311 年—前 279 年在位。其父燕王哙在位时,任用大臣子之为相,后来又把王位禅让给他,引起燕国大乱,齐宣王趁机伐燕,攻破燕国的都城,杀死燕王哙及子之。燕公子职得赵武灵王的帮助,被立为燕王,即燕昭王。收:收拾,接收。破燕:残破的燕国。

② 卑身:降抑自己的身份,指谦下有礼。厚币:丰厚的礼物。

③ 报仇:指报齐国破燕之仇。

④ 郭隗(wěi):燕国的贤士。

⑤ 共国:共同治理国家。

⑥ 雪:洗刷。

⑦ 帝者:指成就帝业的国君。与师处:以贤者为师而与之相处。

⑧ 王者:指成就王业的国君。与友处:以贤者为友而与之相处。

⑨ 霸者:指成就霸业的国君。与臣处:以贤者为臣而与之相处。

⑩ 亡国:指亡国之君。与役处:以贤者为仆役而与之相处。

⑪ 诎指:委曲己意,即屈己下人的意思。诎,同"屈"。指,同"旨"。事:侍奉。

⑫ 北面:面向北。这里指以贤者为师,执弟子之礼,虚心求教。

⑬ 百己者:比自己高明百倍的人。

⑭ 趋:疾走。先趋:指作事抢在人之先。后息:指安息在人之后。

⑮ 先问:指发问在人之先。后嘿:沉默在人之后。嘿,同"默",沉默。

⑯ 什己者:比自己高明十倍的人。什,同"十"。

⑰ 人趋己趋:意指别人做什么事,自己也跟着去做,不甘落后。

⑱ 若己者:才能和自己相等的人。

⑲ 冯几:靠着几案。冯,同"凭"。据杖:拄着手杖。

⑳ 眄(miǎn):斜视。指使:用手指指使。

㉑ 厮役之人:执劳役、供驱使的人。

㉒ 恣睢(suī):恣意怒视。奋击:本指奋力击敌,这里是凶狠野蛮的意思。

㉓ 呴籍:肆意践踏,暴跳如雷。呴,一作"跔(jū)",跳跃。籍,同"藉",践踏。叱咄(duō):大声呼喝、呵斥。

㉔ 徒隶之人:服劳役的犯人。

㉕ 服道:侍奉有道者。服,侍奉。致士:招致贤士。

㉖ 朝:谒见。

㉗ 君人:即人君,国君。

㉘ 涓人:国君身边亲信的侍臣。

㉙ 反:同"返"。

㉚ 安事:何用。

㉛ 捐:弃,损失。

㉜ 市:买。

㉝ 不能期(jī)年:不到一周年。期年,一周年。

㉞ 见事:被重用。

㉟ 远:这里作动词用,以……为远。

㊱ 乐毅:魏国人,战国时期的名将。入燕后,燕昭王任他为上将军。他于燕昭王二十八年(前 248)统帅诸侯之师伐齐,先后攻下齐国七十余城,因功被封为昌国君。燕昭王卒,其子燕惠王中齐国反间计,疑忌乐毅,乐毅于是出奔赵国,后死于赵。

㊲ 邹衍:齐国人,战国时期著名的学者,阴阳家的代表人物。

㊳ 剧辛:赵国人,曾为燕昭王谋划伐齐之策,后来伐赵不胜,被赵人所杀。

㊴ 趣(qū):奔赴,前往。

㊵ 吊死:祭奠死者。问生:慰问生者。

㊶ 乐佚:快乐安逸。这里指心情愉快,精神振奋。轻战:不怕打仗。

㊷ 三晋:指赵、魏、韩三国。

㊸ 闵王:一作湣王,齐宣王之子,姓田名地(一作"遂")。出走于外:乐毅率诸侯之师攻破齐国都城后,齐闵王出走到莒地,不久被杀。

㊹ 追北:追击败逃的敌军。北,败逃者。

㊺ 临淄:齐国国都,在今山东省淄博市临淄区。

㊻ 莒(jǔ):齐国地名,在今山东莒县。即墨:齐国地名,在今山东平度东南。

第三节 诸子散文

论语

《论语》是孔门弟子及再传弟子记录孔子言行的一部著作，今本凡二十篇。

孔子（前551—前479）名丘，字仲尼，春秋时期鲁国陬邑（今山东曲阜）人。先秦思想家、教育家，儒家学派的创始人。他曾任鲁国的司空、司寇，不很得志，五十五岁开始率门人周游卫、陈、蔡、楚等国，宣传自己的政治主张，但都未受到当时诸侯的重用。晚年回到鲁国，专力从事教育和著述，整理了《诗经》、《尚书》等古代典籍，并据鲁史修撰《春秋》。

子路曾皙冉有公西华侍坐章

【题解】 本篇选自《论语·先进》，标题是后加的。此文在《论语》中不仅篇幅较长，而且颇具特色。文章记述了孔子师徒在一起各言其志的融洽而生动的场面。主要体现了儒家积极用世、以礼乐治国的政治理想。通过简短而富有个性的语言来展现人物的志趣、性格乃至神情语态，是其显著特点。例如孔子的和蔼可亲、循循善诱，子路的率直自信，冉有、公西华的逊让有礼，曾皙的从容淡泊，都各具风采，跃然纸上。

子路、曾皙、冉有、公西华侍坐[1]。

子曰[2]："以吾一日长乎尔[3]，毋吾以也[4]。居则曰[5]：'不吾知也[6]！'如或知尔[7]，则何以哉[8]？"

子路率尔而对曰[9]："千乘之国[10]，摄乎大国之间[11]，加之以师旅[12]，因之以饥馑[13]，由也为之[14]，比及三年[15]，可使有勇，且知方也[16]。"

夫子哂之[17]。

"求，尔何如？"

对曰："方六七十[18]，如五六十[19]，求也为之，比及三年，可使足民[20]。如其礼乐[21]，以俟君子[22]。"

"赤，尔何如？"

对曰："非曰能之，愿学焉。宗庙之事[23]，如会同[24]，端章甫[25]，愿为小相焉[26]。"

"点，尔何如？"

鼓瑟希[27]，铿尔[28]，舍瑟而作[29]。对曰："异乎三子者之撰[30]。"

子曰："何伤乎[31]，亦各言其志也。"

曰："莫春者[32]，春服既成[33]，冠者五六人[34]，童子六七人[35]，浴乎沂[36]，风乎舞雩[37]，咏而归[38]。"

夫子喟然叹曰[39]："吾与点也[40]！"

三子者出，曾皙后[41]。曾皙曰："夫三子者之言何如？"

子曰："亦各言其志也已矣。"

曰："夫子何哂由也？"

曰："为国以礼[42]，其言不让[43]，是故哂之。"

"唯求则非邦也与[44]？"

"安见方六七十、如五六十而非邦也者？"

"唯赤则非邦也与？"

"宗庙、会同，非诸侯而何[45]？赤也为之小[46]，孰能为之大？"

【注释】

① 子路：姓仲名由，字子路。曾皙（xī）：名点，字皙，是孔子弟子曾参的父亲。冉有：名求，字子有。公西华：姓公西，名赤，字子华。以上四人皆孔子弟子。侍坐：这里指陪奉孔子闲坐。

② 子：古代男子的尊称，这里指孔子。

③ 以：因为。一日长（zhǎng）乎尔：比你们年长一两天。这是孔子自谦之辞。一日，一两天的意思，并非实指。长，年长。

④ 毋：不要。以：同“已”，止，这里指止而不言。

⑤ 居：平时。则：辄，常常。

⑥ 不吾知：即不知吾，不了解我。

⑦ 或：有人。

⑧ 以：用。何以哉：怎样为人所用呢？

⑨ 率尔：轻率急忙的样子。

⑩ 千乘（shèng）之国：拥有一千辆兵车的国家。乘，一车四马为一乘。古代常以兵车的数目来表明国家的大小。

⑪ 摄乎：夹在。

⑫ 加：加上。师旅：本为古代军事编制单位，二千五百人为一师，五百人为一旅，这里指战争。

⑬ 因：继续。饥馑（jǐn）：《尔雅·释天》：“谷不熟为饥，蔬不熟为馑。”这里指灾荒。

⑭ 为：治理。

⑮ 比及：等到。

⑯ 知方：懂得道理，知道努力方向。方，向，这里指趋向道义。

⑰ 哂（shěn）：微笑。

⑱ 方六七十：指六七十平方里的小国。方，见方。

⑲ 如：或。

⑳ 足民：使人民富足。

㉑ 如：至于。

㉒ 俟（sì）：等待。君子：指道德修养更高的人。

㉓ 宗庙之事：指君主在宗庙里举行祭祀的事。宗庙，古代帝王、诸侯为维护宗法制而设立的祭祀祖宗的处所。

㉔ 如：或。会同：诸侯朝见天子的通称。古代诸侯朝见天子，不定期去朝见的叫“会”，与众多诸侯一起去朝见的叫“同”。

㉕ 端：即玄端，古代一种黑色的礼服。此处作动词用，指穿着玄端。章甫：殷商时的一种礼帽。此处作动词用，指戴着章甫。

㉖ 相（xiàng）：诸侯祭祀、会同时主持赞礼、司仪的人。相分三个等级，小相是其中最低的一级。“愿为小相”是自谦的说法。

㉗ 鼓：弹。瑟：一种弦乐器。希：同“稀”，指瑟声逐渐稀疏。

㉘ 铿尔：象声词，指鼓瑟的声音。

㉙ 舍：放下。作：起。这里指把上身挺起来。古人席地而坐，坐时两膝着地，臀部压在脚跟上。把上身挺起来，是表示尊敬。

㉚ 撰：述，陈述。

㉛ 何伤：有什么妨害。伤，害。

㉜ 莫（mù）春：夏历三月。莫，“暮”的古字。

㉝ 春服：指夹衣。既成：指春服已经穿得住了。成，定。

㉞ 冠者：指成年人。古代男子二十岁举行冠礼，表示已经成年。

㉟ 童子：未冠的少年。

㊱ 沂（yí）：水名，在今山东省曲阜县南。

㊲ 风：作动词用，吹风，乘凉。舞雩（yú）：古时求雨的祭坛。古代为求雨而举行的祭祀叫雩，祭祀时有音乐、舞蹈，故称作“舞雩”。

㊳ 咏：唱歌。

㊴ 喟（kuì）然：叹息的样子。

㊵ 与（yǔ）：赞同。杨树达《论语疏证》说：“孔子与曾点者，以点所言为太平社会之缩影也。”

㊶ 后：指后出。

㊷ 为国：治理国家。

㊸ 让：谦让，礼让。

㊹ 邦：国。与：同“欤”。

㊺ 诸侯：指诸侯国之事。

㊻ 之：指诸侯。小：指小相。下句中的“大”，指大相。

墨子

《墨子》是墨子及其后学的言论、著作集，今存五十三篇。

墨子（约前468—前376），名翟，春秋战国之际鲁国人。先秦思想家，墨家学派的创始人。原为宋国人，后长期居住在鲁国。初习儒术，后自立新说，聚徒讲学，与儒家分庭抗礼。他的门徒很多，影响很广，墨家与儒家在当时并称为“显学”。

非　攻（上）

【题解】 本篇为《墨子·非攻上》全文。《非攻》共上、中、下三篇，是《墨子》的第十七至十九篇，“非攻”是墨家学说的主要内容之一。春秋末期，列国纷争，互相攻伐尤为剧烈频繁，给人民带来了深重的灾难。墨家反对的就是这种“亏人以自利”的兼并、掠夺性的战争，与一般的非战思想有所不同，这正是它的可贵之处。本文通过比喻，说明“亏人愈多，其不仁兹甚，罪益厚”的道理，从而揭露侵略别国是大不义的行为，谴责了为这种行为辩护的颠倒黑白的论调。文章以日常生活事例为据，由小及大层层推论，逻辑严密，道理浅显易懂，语言质朴，结构谨严。

今有一人，入人园圃①，窃其桃李，众闻则非之，上为政者得则罚之②。此何也？以亏人自利也③。至攘人犬豕鸡豚者④，其不义又甚入人园圃窃桃李。是何故也？以亏人愈多。苟亏人愈多⑤，其不仁兹甚⑥，罪益厚⑦。至入人栏厩⑧，取人马牛者，其不仁义又甚攘人犬豕鸡豚。此何故也？以其亏人愈多。苟亏人愈多，其不仁兹甚，罪益厚。至杀不辜人也⑨，拖其衣裘、取戈剑者⑩，其不义又甚入人栏厩取人马牛。此何故也？以其亏人愈多。苟亏人愈多，其不仁兹甚矣，罪益厚。当此天下之君子皆知而非之⑪，谓之不义。今至大为攻国⑫，则弗知非，从而誉之⑬，谓之义。此可谓知义与不义之别乎？

杀一人，谓之不义，必有一死罪矣⑭。若以此说往⑮，杀十人，十重不义⑯，必有十死罪矣；杀百人，百重不义，必有百死罪矣。当此天下之君子皆知而非之，谓之不义。今至大为不义攻国，则弗知非，从而誉之，谓之义。情不知其不义也⑰，故书其言以遗后世⑱。若知其不义也，夫奚说书其不义以遗后世哉⑲？

今有人于此，少见黑曰黑，多见黑曰白，则以此人不知白黑之辩矣⑳。少尝苦曰苦，多尝苦曰甘，则必以此人为不知甘苦之辩矣。今小为非，则知而非之；大为非攻国，则不知非，从而誉之，谓之义：此可谓知义与不义之辩乎？是以知天下之君子也，辩义与不义之乱也㉑。

【注释】

① 园：果园。圃：菜圃。此处“园圃”是偏义复词，专指果园。

② 上为政者：在上位的执政者。得：指捕获。

③ 亏：损害。

④ 至：至于。攘（rǎng）：窃取。豕（shǐ）：猪。豚（tún）：小猪。

⑤ 苟：如果。

⑥ 兹：同“滋”，更加。

⑦ 厚：重。

⑧ 栏：养家畜的圈，此处指牛栏。厩（jiù）：马棚。

⑨ 不辜人：无罪的人。辜，罪。

⑩ 拖（tuó）：同“拕”，夺取。

⑪ 当此：对此。

⑫ “今至”句：清毕沅校语认为据后文此句当作“今至大为不义攻国”。

⑬ 誉：称扬，赞美。

⑭ 一死罪：一条死罪。

⑮ 往：推论，类推。

⑯ 重（chóng）：倍。下同。

⑰ 情：诚，确实。

⑱ 书：记载。

⑲ 奚说：用什么话来解说。奚，何，什么。

⑳ “则以”句：清孙诒让《墨子间诂》认为“依下文，‘则’下当有‘必’字，‘人’下当有‘为’字。”辩，同“辨”，区别。下同。

㉑ 乱：指标准混乱，是非颠倒。

孟子

《孟子》是孟子与其弟子万章等所著的一部儒家著作，今存七篇。

孟子（约前372—前289），名轲，字子舆，战国中期邹（今山东邹县）人。先秦思想家，孔子之后儒家学派最重要的代表。受业于孔子之孙孔伋的门人。曾游说齐宣王、梁惠王等诸侯，宣传自己的政治主张，但被认为迂阔而不切实际，终不见用。于是退而著书讲学。

齐桓晋文之事章

【题解】 本篇选自《孟子·梁惠王上》，标题是后加的。此文是孟子政论文的代表。通过与齐宣王的论辩，集中地阐述了孟子关于王道仁政学说的主要内容。文章前一部分着重阐明以力求霸有害，保民而王无敌的道理。后一部分指出施行仁政的具体措施，即富民和教民两个方面。孟子保民、富民、教民的主张，虽有空想的成分，但在当时仍具有一定的积极意义，在后世长期的封建社会里也有深远的影响。孟子长于论辩，善于揣度对方的心理，把握主动。他抓住“以羊易牛”事件，因势利导，使论证层层深入，跌宕生姿。又多用排比句式和巧设比喻，文章就更显得气势充沛，极富于说服力。

齐宣王问曰[①]：“齐桓、晋文之事，可得闻乎[②]？”

孟子对曰：“仲尼之徒，无道桓、文之事者[③]，是以后世无传焉，臣未之闻也。无以[④]，则王乎[⑤]？”

曰：“德何如，则可以王矣？”

曰：“保民而王，莫之能御也[⑥]。”

曰：“若寡人者，可以保民乎哉？”

曰：“可。”

曰：“何由知吾可也？”

曰：“臣闻之胡龁曰[⑦]，王坐于堂上，有牵牛而过堂下者，王见之，曰：‘牛何之[⑧]？’对曰：‘将以衅钟[⑨]。’王曰：‘舍之！吾不忍其觳觫[⑩]，若无罪而就死地[⑪]。’对曰：‘然则废衅钟与[⑫]？’曰：‘何可废也，以羊易之[⑬]。’不识有诸[⑭]？”

曰：“有之。”

曰：“是心足以王矣！百姓皆以王为爱也[⑮]，臣固知王之不忍也。”

王曰：“然，诚有百姓者[⑯]。齐国虽褊小[⑰]，吾何爱一牛？即不忍其觳觫，若无罪而就死地，故以羊易之也。”

曰：“王无异于百姓之以王为爱也[⑱]。以小易大，彼恶知之[⑲]！王若隐其无罪而就死地[⑳]，则牛羊何择焉[㉑]？”

王笑曰：“是诚何心哉！我非爱其财而易之以羊也，宜乎百姓之谓我爱也[㉒]。”

曰：“无伤也[㉓]，是乃仁术也[㉔]！见牛未见羊也。君子之于禽兽也，见其生不忍见其死，闻其声不忍食其肉[㉕]。是以君子远庖厨也[㉖]。”

王说，曰[㉗]：“《诗》云[㉘]：‘他人有心，予忖度之[㉙]。’夫子之谓也[㉚]。夫我乃行之[㉛]，反而求之[㉜]，不得吾心[㉝]。夫子言之，于我心有戚戚焉[㉞]。此心之所以合于王者，何也？”

曰：“有复于王者曰[㉟]：‘吾力足以举百钧[㊱]，而不足以举一羽；明足以察秋毫之末[㊲]，而不见舆薪[㊳]。’则王许之乎[㊴]？”

曰：“否。”

“今恩足以及禽兽，而功不至于百姓者[㊵]，独何与[㊶]？然则一羽之不举，为不用力焉[㊷]；舆薪之不见，为不用明焉；百姓之不见保[㊸]，为不用恩焉。故王之不王[㊹]，不为也，非不能也。”

曰：“不为者与不能者之形[㊺]，何以异？”

曰：“挟太山以超北海[㊻]，语人曰[㊼]：‘我不能。’是诚不能也。为长者折枝[㊽]，语人曰：‘我不能。’是不为也，非不能也。故王之不王，非挟太山以超北海之类也；王之不王，是折枝之类也。”

“老吾老以及人之老[49]，幼吾幼以及人之幼[50]，天下可运于掌[51]。《诗》云[52]：‘刑于寡妻[53]，至于兄弟，以御于家邦[54]。’言举斯心加诸彼而已[55]。故推恩足以保四海[56]，不推恩无以保妻子。古之人所以大过人者[57]，无他焉，善推其所为而已矣。今恩足以及禽兽，而功不至于百姓者，独何与？权[58]，然后知轻重；度[59]，然后知长短。物皆然，心为甚。王请度之！抑王兴甲兵[60]，危士臣，构怨于诸侯[61]，然后快于心与？”

王曰：“否，吾何快于是！将以求吾所大欲也。”

曰：“王之所大欲，可得闻与？”

王笑而不言。

曰：“为肥甘不足于口与[62]？轻煖不足于体与[63]？抑为采色不足视于目与[64]？声音不足听于耳与？便嬖不足使令于前与[65]？王之诸臣皆足以供之，而王岂为是哉？”

曰：“否，吾不为是也。”

曰：“然则王之所大欲可知已[66]：欲辟土地[67]，朝秦楚[68]，莅中国[69]，而抚四夷也[70]。以若所为[71]，求若所欲，犹缘木而求鱼也[72]。”

王曰：“若是其甚与[73]？”

曰：“殆有甚焉[74]。缘木求鱼，虽不得鱼，无后灾。以若所为，求若所欲，尽心力而为之，后必有灾。”

曰：“可得闻与？”

曰：“邹人与楚人战[75]，则王以为孰胜？”

曰：“楚人胜。”

曰：“然则小固不可以敌大，寡固不可以敌众，弱固不可以敌强。海内之地，方千里者九[76]，齐集有其一[77]，以一服八[78]，何以异于邹敌楚哉？盖亦反其本矣[79]！今王发政施仁[80]，使天下仕者皆欲立于王之朝，耕者皆欲耕于王之野，商贾皆欲藏于王之市[81]，行旅皆欲出于王之涂[82]，天下之欲疾其君者皆欲赴愬于王[83]，其若是[84]，孰能御之？”

王曰：“吾惛[85]，不能进于是矣[86]。愿夫子辅吾志，明以教我。我虽不敏[87]，请尝试之。”

曰：“无恒产而有恒心者[88]，惟士为能。若民[89]，则无恒产[90]，因无恒心。苟无恒心[91]，放辟邪侈[92]，无不为已。及陷于罪，然后从而刑之[93]，是罔民也[94]。焉有仁人在位，罔民而可为也！是故明君制民之产[95]，必使仰足以事父母，俯足以畜妻子[96]，乐岁终身饱[97]，凶年免于死亡[98]；然后驱而之善[99]，故民之从之也轻[100]。今也制民之产，仰不足以事父母，俯不足以畜妻子，乐岁终身苦，凶年不免于死亡；此惟救死而恐不赡[101]，奚暇治礼义哉[102]！王欲行之，则盍反其本矣。五亩之宅[103]，树之以桑，五十者可以衣帛矣[104]。鸡豚狗彘之畜[105]，无失其时[106]，七十者可以食肉矣。百亩之田[107]，勿夺其时[108]，八口之家可以无饥矣。谨庠序之教[109]，申之以孝悌之义[110]，颁白者不负戴于道路矣[111]。老者衣帛食肉，黎民不饥不寒[112]，然而不王者，未之有也。”

【注释】

① 齐宣王：姓田名辟疆，其祖先原为春秋时期姜姓齐国的大夫，到田和时，乃放逐齐康公而夺得政权。齐宣王是田氏齐国的第四代国君。他在位期间，国势强盛，欲称霸诸侯，故问齐桓、晋文之事。

② 齐桓：即齐桓公。晋文：即晋文公。均为春秋时期五霸之一。

③ 无道：不谈论。其实孔子及其门徒是讨论过齐桓、晋文之事的（详《论语·子路》等篇），因为孟子主张王道，反对霸道，所以这样回答。

④ 无以：不得已，不停止，意谓如果一定要谈的话。以，同“已”，止。

⑤ 王（wàng）：王天下，实行王道来统一天下。这里指王天

下之道。

⑥ 御:抗拒,抵挡。

⑦ 胡龁(hé):齐宣王左右的近臣。

⑧ 之:往。

⑨ 衅(xìn)钟:古代新钟铸成,杀牲取血涂在钟的缝隙处,并举行祭钟仪式,称衅钟。

⑩ 觳觫(hú sù):恐惧发抖的样子。

⑪ 若:如此。就:走向。

⑫ 然则:如此就,那么就。与:同"欤"。

⑬ 易:换。

⑭ 识:知道。诸:"之乎"的合音。

⑮ 爱:吝惜,吝啬。

⑯ 诚:确实,果真。这句意谓确实有这样的百姓,认为我是出于吝啬而不杀牛的。

⑰ 褊(biǎn):狭窄。

⑱ 无异:不要怪。异,动词,奇怪。

⑲ 恶(wū):何,怎么。

⑳ 隐:恻隐,怜悯。

㉑ 择:区别。

㉒ 宜乎:该当,应该。

㉓ 无伤:没有损伤,不妨。

㉔ 仁术:行仁道的途径。

㉕ 声:指禽兽将死时的哀鸣。

㉖ 远(yuàn):动词,远离,避开。庖(páo)厨:厨房。

㉗ 说:同"悦"。

㉘《诗》:此指《诗经·小雅·巧言》。

㉙ 忖度(cǔn duó):推测,估量。

㉚ 夫子:此处指孟子。夫子之谓也:即"谓夫子也",说的就是先生这样的人啊。

㉛ 乃:如此,这样。

㉜ 反:反过来,回过头来。求:探求,追究。

㉝ 不得:指不理解。心:指思想。

㉞ 心有戚戚焉:心里有所领会的意思。

㉟ 复:报告。

㊱ 钧:三十斤。

㊲ 明:指视力。察:看清楚。《新书·道术》:"纤维皆审谓之察。"秋毫之末:鸟兽秋天新长出来的毫毛的尖端,用以比喻细微难见之物。

㊳ 舆薪:一车柴。此处用以指大而易见之物。

㊴ 许:相信,同意。

㊵ 功:功德,政绩。

㊶ 独:偏偏。与:同"欤"。

㊷ 为(wèi):因为。

㊸ 见保:被爱护。

㊹ 王之不王(wàng):第二个"王"字作动词用,指王天下。

㊺ 形:具体表现。

㊻ 挟(xié):夹在胳膊下。太山:即泰山。超:跳过。北海:即渤海。

㊼ 语(yù):告诉。

㊽ 折枝:攀折草木之枝。或谓枝同"肢",一说"折枝"是按摩肢体,又一说解为屈折腰肢,如同行鞠躬礼。三说都指轻而易举之事。

㊾ 老吾老:第一个"老"字作动词用,敬爱老者。

㊿ 幼吾幼:第一个"幼"字作动词用,爱护幼者。

(51) 运于掌:在手掌中运转,比喻天下极容易治理。运,运转,转动。

(52)《诗》:此指《诗经·大雅·思齐》。

(53) 刑:同"型",榜样。此处作动词用,做榜样,示范。寡妻:寡德之妻,国君对自己妻子的谦称。

(54) 御:治理。家邦:国家。

(55) 斯心:此心,指爱自己亲人之心。加诸彼:加之于他人。

(56) 推恩:推广恩德。

(57) 大过:远远超过。

(58) 权:秤锤。此处作动词用,用秤称。

(59) 度(duó):动词,用尺量。

(60) 抑:还是,或者。兴甲兵:使甲兵动起来,即发动战争。

(61) 构怨:结怨。

(62) 肥甘:指肥美香甜的食物。

(63) 轻煖:指轻软而暖和的衣服。煖,同"暖"。

(64) 采色:指服饰、玩好和女色。采,同"彩"。

(65) 便嬖(pián bì):国君所亲近宠幸的人。

(66) 已:同"矣"。

(67) 辟土地:扩张领土。辟,开辟。

(68) 朝秦楚:使秦楚等大国来朝见称臣。朝,此处是动词的使动用法。

(69) 莅(lì):临,这里有居高临下之意,作君临、统治解。中国:指中原地带。

(70) 抚:安抚。四夷:指中原以外的四方少数民族。

(71) 若:如此,这样。下句中的"若"字亦同。

(72) 缘木而求鱼:爬到树上去捉鱼,比喻行动和目的相反,一定得不到结果。缘,攀援。

(73) 甚:厉害,严重。

(74) 殆:恐怕。有:同"又"。

(75) 邹:小国名,被楚所灭。其地在今山东邹县。

⑯ 方千里者九：千里见方（即一百万平方里）的土地有九处。这是战国时期流行的一种观点。当时学者如阴阳家邹衍等，都认为中国有九州，每州纵横各千里。

⑰ 集：会集，凑集，指截长补短凑集起来计算土地面积。

⑱ 服：使……降服。

⑲ 盖（hé）：同“盍”，何不。反：同“返”。本：根本。这里指治国的根本，即下文所述的施行仁政。

⑳ 发政施仁：颁布政令，推行仁政。

㉑ 商贾（gǔ）：古代把往来贩卖货物的叫商，处于一地藏货待买的叫贾，此处泛指商人。藏：贮藏货物。

㉒ 涂：同“途”，道路。

㉓ 疾：憎恨。愬：同“诉”，申诉。

㉔ 若是：如果这样。

㉕ 惛（hūn）：同“昏”，糊涂，头脑昏乱。

㉖ 进于是：达到这种地步，指施行仁政。进，达到，做到。

㉗ 不敏：不聪明。此为自谦之词。

㉘ 恒产：能长久赖以生活的固定产业，如土地、山林等。恒心：长久不变的心。此处指安居守分的善心。

㉙ 若：至于。

㉚ 则：若，如果。

㉛ 苟：假如。

㉜ 放辟邪侈：泛指一切不守法度、越出常轨的行为。放、侈同义，皆指生活放纵。辟同“僻”，与邪同义，皆指行为不正。

㉝ 刑：此处作动词用，对……用刑。

㉞ 罔：通“网”，此处作动词用，张设罗网。罔民：张设罗网坑害人民。

㉟ 明君：贤明的君主。制：规定。

㊱ 畜（xù）：养活。

㊲ 乐岁：丰年。

㊳ 凶年：荒年。

㊴ 驱：驱使，督促。之，往。

㊵ 轻：容易。

⑩ 赡（shàn）：足。

⑫ 奚：何。暇：闲暇。治：讲求。

⑬ 五亩之宅：孟子认为，按古制每个男丁应分得五亩土地，供建造住宅用。

⑭ 衣：穿。帛：丝绵。

⑮ 豚（tún）：小猪。彘（zhì）：大猪。如泛言则没有区别。

⑯ 时：指牲畜繁殖的时机。

⑰ 百亩之田：孟子认为，古代所实行的井田制，每个男丁可分得耕地一百亩。

⑱ 夺：占用。时：指农时。

⑲ 谨：重视。庠（xiáng）序：古代学校名称，周代叫庠，殷代叫序。这里泛指一般学校。

⑳ 申：重复，指反复叮咛说明。孝悌（tì）：孝顺父母，敬重兄长。这是儒家思想核心“仁”的重要内容。《论语·学而》：“孝弟（悌）也者，其为仁之本与。”

⑪ 颁白者：头发花白的老人。颁，同“斑”。负：背上背东西。戴：头上顶东西。

⑫ 黎民：黑头发的民众，这里指少壮者，与上文老者对举。黎，黑。

庄子

《庄子》，亦称《南华经》，是庄子及其后学所著的一部道家经典，今本三十三篇。

庄子（约前369—前286），名周，战国时期宋国蒙（今河南商丘东北）人。先秦思想家，老子之后道家学派的主要代表。曾为漆园吏，楚威王闻其贤，以厚币聘为相，被他拒绝。他自甘贫困，终生不仕。

逍遥游（节选）

【题解】 本篇选自《庄子·逍遥游》。《逍遥游》是《庄子》中的第一篇，也是其代表作。这里节选的是前面部分，主要阐述了庄子的无所待的思想。他认为世间万物大至鹏鸟，小至尘埃都有所待，即都要依赖一定的外界条件才能活动，因而是不自由的。只有无所待，即消除物我的界限，摆脱一切条件的制约，遨游于无穷的境地，才是绝对的自由，亦即所谓逍遥游。这种绝对自由，不过是庄子心造的幻影，是他对现实不满而又力求超脱的反映。文章寄哲理于形象之中，以连类不穷的比喻、层层铺垫的手法，先把种种有所待的境界逐一推倒，最后才点明题旨。全文构思宏伟，想象奇特，文笔变化多姿，开阖无端，极富于浪漫主义色彩。

北冥有鱼[①]，其名为鲲[②]。鲲之大，不知其几千里也；化而为鸟，其名为鹏[③]。鹏之背，不知其几千里也；怒而飞[④]，其翼若垂天之云[⑤]。是鸟也，海运则将徙于南冥[⑥]。南冥者，天池也[⑦]。

《齐谐》者[⑧]，志怪者也[⑨]。《谐》之言曰："鹏之徙于南冥也，水击三千里[⑩]，抟扶摇而上者九万里[⑪]，去以六月息者也[⑫]。"野马也[⑬]，尘埃也，生物之以息相吹也[⑭]。天之苍苍[⑮]，其正色邪[⑯]？其远而无所至极邪[⑰]？其视下也[⑱]，亦若是则已矣[⑲]。

且夫水之积也不厚[⑳]，则其负大舟也无力[㉑]。覆杯水于坳堂之上[㉒]，则芥为之舟[㉓]，置杯焉则胶[㉔]，水浅而舟大也。风之积也不厚，则其负大翼也无力。故九万里，则风斯在下矣[㉕]，而后乃今培风[㉖]；背负青天而莫之夭阏者[㉗]，而后乃今将图南[㉘]。

蜩与学鸠笑之曰[㉙]："我决起而飞[㉚]，枪榆枋而止[㉛]，时则不至[㉜]，而控于地而已矣[㉝]。奚以之九万里而南为[㉞]？"适莽苍者[㉟]，三飡而反[㊱]，腹犹果然[㊲]；适百里者，宿舂粮[㊳]；适千里者，三月聚粮[㊴]。之二虫又何知[㊵]！

小知不及大知[㊶]，小年不及大年[㊷]。奚以知其然也？朝菌不知晦朔[㊸]，蟪蛄不知春秋[㊹]：此小年也。楚之南有冥灵者[㊺]，以五百岁为春，五百岁为秋；上古有大椿者[㊻]，以八千岁为春，八千岁为秋：此大年也。而彭祖乃今以久特闻[㊼]，众人匹之[㊽]，不亦悲乎！

汤之问棘也是已[㊾]："穷发之北[㊿]，有冥海者，天池也。有鱼焉，其广数千里，未有知其修者[51]，其名为鲲。有鸟焉，其名为鹏，背若泰山，翼若垂天之云，抟扶摇羊角而上者九万里[52]，绝云气[53]，负青天，然后图南，且适南冥也。斥鴳笑之曰[54]：'彼且奚适也？我腾跃而上，不过数仞而下[55]，翱翔蓬蒿之间，此亦飞之至也[56]！而彼且奚适也？'"此小大之辩也[57]。

故夫知效一官[58]，行比一乡[59]，德合一君，而征一国者[60]，其自视也[61]，亦若此矣[62]。而宋荣子犹然笑之[63]。且举世而誉之而不加劝[64]，举世而非之而不加沮[65]，定乎内外之分[66]，辩乎荣辱之境[67]，斯已矣[68]。彼其于世[69]，未数数然也[70]。虽然，犹有未树也[71]。

夫列子御风而行[72]，泠然善也[73]，旬有五日而后反[74]。彼于致福者[75]，未数数然也。此虽免乎行[76]，犹有所待者也[77]。

若夫乘天地之正[78]，而御六气之辩[79]，以游无穷者[80]，彼且恶乎待哉[81]！故曰：至人无己[82]，神人无功[83]，圣人无名[84]。

【注释】

① 北冥：北海。冥，同"溟"，海。

② 鲲(kūn)：鱼卵，此处借作大鱼名。

③ 鹏：即古"凤"字，传说中的大鸟名。

④ 怒：形容气势强盛，引申为奋发。这里形容大鹏鼓翅奋飞的强盛气势。

⑤ 垂天：天边。垂，通"陲"，边。

⑥ 海运：海动，指大海翻腾动荡。海动时必有大风，大鹏即可乘风而飞。徙(xǐ)：迁移，此处指飞往。

⑦ 天池：天然形成的大池。

⑧ 齐谐：书名。此书出于齐国，内容多记诙谐怪异之事，故名。

⑨ 志：记载。怪：指怪异的事物。

⑩ 水击：即击水，指大鹏初飞时两翼拍击水面而行。

⑪ 抟(tuán)扶摇而上：(大鹏)乘着旋风盘旋着往上飞。抟，盘旋着往上飞。扶摇，一种急剧回旋而上的暴风。

⑫ 息：气息，此处指风，天地的气息即风。

⑬ 野马：指春天野外林泽间的雾气。春天阳气发动，林泽之间雾气蒸腾，远望如野马奔驰，故称野马。

⑭ 以息相吹：指野马、尘埃是靠着生物气息的吹拂而游动的。

⑮ 苍苍：深蓝色。

⑯ 其：语气词，表示推测。下句之"其"同。正色：本色。邪：同"耶"。

⑰ 极：尽头。

⑱ 其：代词，指高飞在九万里上空的大鹏。

⑲ 若是：像这样。指大鹏从高空往下看，如同人们在地面

上往上看一样，由于距离太远而不辨正色。这里是借人视天，比喻鹏视下，极言鹏飞之高。则已：而已。

⑳ 厚：深。

㉑ 负：载。

㉒ 坳（ào）堂：堂上低洼处。

㉓ 芥：小草。

㉔ 焉：于此。胶：粘住，指不能浮动。

㉕ 斯：乃，就。下：指大鹏两翼之下。

㉖ 而后乃今：即“今而后乃”的倒文，这时然后才。培风：乘风。培，凭。

㉗ 夭阏（è）：阻拦，遏止。

㉘ 图南：打算飞往南方。

㉙ 蜩（tiáo）：蝉。学鸠：小鸟名。

㉚ 决（xuè）：迅速的样子。

㉛ 枪：突过。榆：榆树。枋（fāng）：檀树。

㉜ 则：或。

㉝ 控：投。此处指落下。

㉞ 奚以：何用。之：动词，到。为：句末疑问助词。

㉟ 适：往。莽苍：郊野的景色，此处指近郊。

㊱ 飡：同“餐”。反：同“返”。

㊲ 果然：饱足的样子。

㊳ 宿：前夜。舂（chōng）：捣米去壳。

㊴ 三月：指出发前的三个月。

㊵ 之：此。二虫：指蜩与学鸠。

㊶ 知（zhì）：同“智”。

㊷ 年：寿命。

㊸ 朝菌：一种朝生暮死的菌类植物。不知晦朔：意指不知道完整的一天是怎么回事。晦，黑夜。朔，天刚亮。

㊹ 蟪蛄（huì gū）：一名寒蝉，春生夏死，夏生秋死。春秋：指一年。春秋代序为一年。

㊺ 冥灵：大树名。一说是大海中的灵龟。

㊻ 大椿：树名。

㊼ 彭祖：传说中长寿的人。本姓钱名铿，为尧的臣子，封于彭城，历虞、夏、商三代，活了近八百岁。乃今：如今。久：指长寿。特：独特。闻：闻名。

㊽ 匹：相比。

㊾ “汤之”句：闻一多《古典新义·庄子内篇校释》说：“此句与下文语意不属，当脱汤问棘事一段。”并引唐释神清《北山录》为证。陈鼓应《庄子今注今译》遂在此句后依《北山录》补入“汤问棘曰：‘上下四方有极乎？’棘曰：‘无极之外，复无极也’”一段。汤，商代开国的君主。棘，一作“革”，人名，商汤的大夫。已，同“矣”。

㊿ 穷发：极荒远不生草木之地。发，毛，此处指草木。

(51) 修：长。

(52) 羊角：一种向上回旋如羊角的旋风。

(53) 绝：超越。

(54) 斥鴳（yàn）：小雀名。

(55) 仞（rèn）：八尺。一说七尺。

(56) 飞之至：飞翔的最高境界。至，极。

(57) 辩：同“辨”，区别。

(58) 知（zhì）：同“智”。效：胜任。一官：指一官之职。

(59) 行：品行。比：合，投合。

(60) 而（néng）：同“能”，指能力，才能。征：信，取信。

(61) 自视：估价自己。

(62) 若此：指像斥鴳自以为达到“飞之至”一样。

(63) 宋荣子：即宋钘，战国时期的思想家，学说与墨家相近。犹然：笑的样子。

(64) “且举世”句：第一个“而”字作“若”解，下句同。加：更。劝：勉励。

(65) 沮：沮丧。

(66) 定：确定。内外：内指我，外指物。郭象《庄子注》：“内我而外物。”分：分界，分别。

(67) 辩：同“辨”，分辨。境：境界，界限。

(68) 斯已矣：如此而已。斯，此，这。

(69) 彼其：两个代词叠用，即“彼”。

(70) 数数（shuò shuò）然：犹汲汲然，急切的样子，指急切地追求。

(71) 树：树立，指树立至德。

(72) 列子：名御寇，战国时郑国人，相传他曾得风仙之道，能驾风而行。

(73) 泠（líng）然：轻妙的样子。善：美好，此处指御风技术高超。

(74) 旬有五日：即十五日。有，通“又”，用于整数和零数之间。

(75) 致：求得。

(76) 行：步行。

(77) 有所待：有凭借、依靠的东西，指列子要依靠风。

(78) 若夫：至于。乘：顺应。正：指自然的本性。

(79) 六气：指阴、阳、风、雨、晦、明。辩：同“变”，变化。

(80) 无穷：指时间的无始无终和空间的无边无际，即庄子幻想中的绝对自由的境界。

(81) 恶（wū）乎待：何所待。

(82) 至人：至德之人。庄子理想中修养最高的人，无己：无我，指顺应自然、忘掉自我，即物我不分。

(83) 神人：庄子理想中仅次于至人的人。无功：不求对人类有功，即无心作为。 ⑭ 无名：不求名声。

荀子

《荀子》是荀子所著的一部儒家著作，今本三十二篇，其中《大略》、《宥坐》等最后六篇或系门人弟子所记。

荀子（约前313—前238），名况，时人尊称为荀卿，后因避汉宣帝刘询讳，又称孙卿，战国末期赵国人。先秦思想家、教育家。他游历过齐、秦、楚诸国，在齐国为列大夫和祭酒。在楚国，春申君举他为兰陵令。春申君死后，他被免职，家居兰陵。晚年从事教育和著述，李斯和韩非都是他的学生。

劝学（节选）

【题解】 本篇选自《荀子·劝学》。《劝学》是《荀子》的第一篇，是荀子的代表作，也是中国古代教育史上全面系统地论述为学问题的著名专论。这里节选的是开头一段文字，着重阐明了学习对改变人的素质、培养品德和提高智能方面的重要意义，以及为学应有锲而不舍、精诚专一的正确态度。荀子否认先天的“良知”、“良能”，强调后天学习、教育的重要作用，从而在朴素唯物主义新的认识论的基础上发展了儒家劝学的传统。其中有关学习的意义、态度、方法的精辟论述，至今仍不乏借鉴意义。大量而灵活地运用比喻和排偶句式是本文突出的特点，说理透辟生动，语言富有节奏感。

君子曰[①]：学不可以已[②]。青，取之于蓝[③]，而青于蓝；冰，水为之，而寒于水。木直中绳[④]，輮以为轮[⑤]，其曲中规[⑥]；虽有槁暴[⑦]，不复挺者[⑧]，輮使之然也。故木受绳则直[⑨]，金就砺则利[⑩]，君子博学而日参省乎己[⑪]，则知明而行无过矣[⑫]。

故不登高山，不知天之高也；不临深溪[⑬]，不知地之厚也；不闻先王之遗言[⑭]，不知学问之大也。干、越、夷、貉之子[⑮]，生而同声[⑯]，长而异俗，教使之然也。《诗》曰[⑰]：“嗟尔君子，无恒安息[⑱]。靖共尔位[⑲]，好是正直[⑳]。神之听之[㉑]，介尔景福[㉒]。”神莫大于化道[㉓]，福莫长于无祸[㉔]。

吾尝终日而思矣，不如须臾之所学也[㉕]；吾尝跂而望矣[㉖]，不如登高之博见也。登高而招，臂非加长也，而见者远[㉗]；顺风而呼，声非加疾也[㉘]，而闻者彰[㉙]。假舆马者[㉚]，非利足也[㉛]，而致千里[㉜]；假舟楫者[㉝]，非能水也[㉞]，而绝江河[㉟]。君子生非异也[㊱]，善假于物也[㊲]。

南方有鸟焉，名曰蒙鸠[㊳]，以羽为巢，而编之以发[㊴]，系之苇苕[㊵]。风至苕折，卵破子死。巢非不完也，所系者然也。西方有木焉，名曰射干[㊶]，茎长四寸，生于高山之上，而临百仞之渊[㊷]。木茎非能长也，所立者然也。蓬生麻中[㊸]，不扶而直。兰槐之根是为芷[㊹]，其渐之滫[㊺]，君子不近，庶人不服[㊻]。其质非不美也，所渐者然也。故君子居必择乡[㊼]，游必就士[㊽]，所以防邪僻而近中正也。

物类之起[㊾]，必有所始[㊿]；荣辱之来，必象其德[51]。肉腐出虫，鱼枯生蠹[52]；怠慢忘身[53]，祸灾乃作[54]。强自取柱[55]，柔自取束[56]；邪秽在身[57]，怨之所构[58]。施薪若一[59]，火就燥也[60]；平地若一，水就湿也[61]。草木畴生[62]，禽兽群焉[63]，物各从其类也。是故质的张而弓矢至焉[64]，林木茂而斧斤至焉[65]，树成荫而众鸟息焉，醯酸而蜹聚焉[66]。故言有招祸也，行有招辱也，君子慎其所立乎[67]。

积土成山，风雨兴焉[68]；积水成渊[69]，蛟龙生焉[70]；积善成德，而神明自得[71]，圣心备焉[72]。故不积跬步[73]，无以至千里；不积小流，无以成江海。骐骥一跃[74]，不能十步；驽马十驾[75]，功在不舍[76]。锲而舍之[77]，朽木不折；锲而不舍，金石可镂[78]。螾无爪牙之利[79]，筋骨之强，上食埃土，下饮黄泉[80]，用心一也；蟹八跪而二螯[81]，非蛇蟺之穴无可寄托者[82]，用心躁也[83]。是故无冥冥之志者[84]，无昭昭之明[85]；无惛惛之事者，无赫赫之功[86]。行衢道者不至[87]，事两君者不容[88]。目不能两视而明[89]，耳不能两听而聪[90]。螣蛇无足而飞[91]，梧鼠五技而穷[92]。《诗》曰[93]："尸鸠在桑[94]，其子七兮。淑人君子[95]，其仪一兮[96]。其仪一兮，心如结兮[97]。"故君子结于一也[98]。

【注释】

① 君子：指有学问、有道德的人。《荀子·性恶》："今之人，化师法，积文学，道礼义者为君子。"

② 已：停止。

③ 青：青色。蓝：一种可以提取青色染料的草本植物。

④ 中(zhòng)：符合。绳：绳墨，木工用以取直的墨线。

⑤ 輮(róu)：同"煣"，用火烘木，使之弯曲。

⑥ 规：圆规。

⑦ 有：借为"又"。槁：干枯。暴(pù)：同"曝"，晒。

⑧ 挺：挺直，伸直。

⑨ 受绳：被墨线量过。

⑩ 金：指金属制成的刀剑等。就砺：拿到磨刀石上去磨。砺，磨刀石。利：锋利。

⑪ 博学：广泛地学习。参：参验，检验。省(xǐng)：省察，反省。

⑫ 知(zhì)：同"智"，智慧。

⑬ 溪：山间的流水。这里指山谷。

⑭ 先王：指前代贤明的君主。

⑮ 干：春秋时小国名，为吴所灭。这里指吴国，在今江苏省南部。越：国名，在今浙江省。夷：亦称东夷，古代对东方各族的泛称。貉(mò)：同"貊"，古代北方部族名。干、越、夷、貉，这里泛指四方各族。子：指婴儿。

⑯ 声同：指啼声相差不多。

⑰《诗》：此指《诗经·小雅·小明》。

⑱ 恒：常。安息：安适地歇息，指安逸。

⑲ 靖：同"静"。共(gōng)：同"恭"，恭谨。位：职位。

⑳ 好(hào)：爱好，崇尚。是：此。正直：指正直之道。

㉑ 听：觉察。

㉒ 介：助，佑。景福：大福，洪福。

㉓ 神：指精神修养的最高境界。《孟子·尽心下》："大而化之之谓圣，圣而不可知之之谓神。"化：融合。道：指圣贤之道。

㉔ 长(cháng)：大。

㉕ 须臾(yú)：片刻。

㉖ 跂(qǐ)：同"企"，踮起脚尖。

㉗ 见者远：距离远的人也能看见。

㉘ 疾：猛烈。这里指声音宏大。

㉙ 彰：清楚。

㉚ 假：借助。舆：车。

㉛ 利足：行走便利、迅速。

㉜ 致：到达。

㉝ 楫(jí)：船桨。

㉞ 水：此处用作动词，指游泳。

㉟ 绝：横渡。

㊱ 生：生来。一说借为"性"，指人的资质、禀赋。

㊲ 物：外物，指各种有利的客观条件。

㊳ 蒙鸠：即鹪鹩，一种善于筑巢的小鸟。

㊴ 发：草。

㊵ 系(jì)：系结。苇苕(tiáo)：芦苇花穗上的嫩条。

㊶ 射(yè)干：植物名，白花长茎，根可入药。

㊷ 百仞：极言渊潭之深。仞，古长度单位，一说为七尺，一说为八尺。

㊸ 蓬：草名，茎长尺余，开小白花。麻：大麻，茎最直。

㊹ 兰槐：一种香草，其根叫白芷。

㊺ 其：若，倘若。渐：浸渍。滫(xiǔ)：臭水。

㊻ 庶人：百姓。服：佩戴。

㊼ 择乡：选择风俗醇美的乡里。

㊽ 游：外出交游。就士：接近贤德之士。

㊾ 物类：万物。起：兴起，发生。

㊿ 始：指始因。

[51] 象：同"像"，相似。这里是依据的意思。

[52] 蠹(dù)：蛀虫。

[53] 怠慢：怠惰散漫。忘身：指忘记自身的利害。

[54] 作：起。

[55] 强：指物过于刚强。柱：通"祝"，断折。

[56] 柔：指物过于柔软。束：约束。

[57] 邪秽：指邪恶污秽的行为。

[58] 构：集结。

[59] 施：放置。薪：柴。若一：如一，同样的。

[60] 就：趋向。燥：指干燥的柴。

[61] 湿：指潮湿的地方。

[62] 畴生：指同类的草木喜欢生长在一起。畴，同"俦"，同类。

[63] 群：指同类群居。

[64] 质：箭靶。的：箭靶的中心。张：设置。

[65] 斤：斧。

[66] 醯(xī)：醋。蜹(ruì)：蚊子一类的吸血昆虫。

㉗ 立：指立身行事。

㉘ 兴焉：起于此。兴，起。

㉙ 渊：深潭。

㉚ 蛟龙：古代传说中一种能发洪水的龙。

㉛ 而：则，于是，那么，表示因果关系。神明：指高度的智慧。得：获得。

㉜ 圣心：圣人的思想。备：具备。

㉝ 跬(kuǐ)：同"跬"，半步。古人称举足一次为跬，举足两次为步。

㉞ 骐骥(qí jì)：骏马。

㉟ 驽(nú)马：劣马。驾：马拉车一天所行的路程为一驾。

㊱ 功：成功。舍：放弃，中止。

㊲ 锲(qiè)：刻。

㊳ 镂(lòu)：雕刻。

㊴ 螾：同"蚓"，蚯蚓。

㊵ 黄泉：地下的泉水。

㊶ 跪：蟹脚。螯(áo)：节肢动物变形的步足，末端像钳子。

㊷ 蟺(shàn)：同"鳝"，鳝鱼，一种体形似蛇的鱼。

㊸ 躁：浮躁，不专一。

㊹ 冥冥：昏暗不明的样子。这里以昏暗不见外物，指对外界事物视而不见，听而不闻，专心致志的样子。下文中的"惛(hūn)惛"，含义同此。

㊺ 昭昭之明：指明辨事理的智慧。昭昭：明亮。明：明察，明达。

㊻ 赫赫：显耀，盛大。

㊼ 衢(qú)道：歧路。《尔雅 · 释宫》："四达谓之衢。"不至：不能有所至，即不能到达目的地。

㊽ 事：侍奉。不容：指不被两君所容纳。

㊾ 两视：同时看两样东西。明：看得清楚。

㊿ 两听：同时听两种声音。聪：听得清楚。

91 螣(téng)蛇：传说中一种能飞的神蛇，兴云雾而游于空中。

92 梧鼠：当作"鼫鼠"，传写中误作"鼯鼠"，再误作"梧鼠"。鼫鼠形状似兔，专吃农作物，传说它有五种技能："能飞不能过屋，能缘不能穷木，能游不能渡谷，能穴不能掩身，能走不能先人"(《说文解字 · 鼠部》)。穷：困窘。指鼫鼠技能虽多，但都不能如螣蛇专一，故仍不免于困窘。

93《诗》：此指《诗经 · 曹风 · 尸鸠》。

94 尸鸠：即布谷鸟。据传它喂养小鸟，平均对待，始终如一。《毛传》："尸鸠之养七子，旦从上而下，暮从下而上，平均如一。"

95 淑人：善良的人。

96 仪：指人的行为举止。一：始终如一。

97 如结：朱熹《诗集传》："如结，如物之固结而不散也。"比喻坚固专一。

98 结于一：指君子为学、行事都要把精力集中在一点上。

韩非子

《韩非子》是韩非所著的一部法家著作，凡五十五篇，今本中有他人文字阑入。

韩非(? —前 233)，战国末期韩国人。先秦思想家，先秦法家思想的集大成者。他是韩国的公子，与李斯同为荀子的学生，李斯自以为不如他。他见韩国国势日弱，曾多次上书劝谏韩王变法图强，韩王不能用，乃愤而著书十余万言，阐述治国之道。秦王见书而悦之，遂发兵攻韩，逼索韩非。韩非奉使入秦后，李斯、姚贾二人妒忌他的才能，进谗于秦王，将他投入狱中，逼得他自杀而死。

和　氏

【题解】 本篇为《韩非子 · 和氏》全文。《和氏》是《韩非子》的第十三篇，文章论述了推行法术的重大意义，揭示出法术之士不被任用、屡遭迫害的原因，表达了作者期望当世君主能效法楚悼王、秦孝公任用法术之士，以求富国强兵的强烈愿望。文章开端借"和氏献璞"的故事说明鉴定宝物之难的道理，以此比喻法术之士难被任用的艰危的处境。进而援引吴起、商鞅变法惨遭杀害的历史事实，深入阐述推行法术的重大意义以及所遇到的重重阻力。最后得出结论，点明当今之世之所以"乱无霸王"，正是由于法术之士不被任用的缘故。作者采用以比喻为推衍，以史实作例证等多种论证方法，逻辑严密，说理生动而明晰。

楚人和氏得玉璞楚山中[①]，奉而献之厉王[②]。厉王使玉人相之[③]。玉人曰："石也。"王以和为诳而刖其左足[④]。及厉王薨[⑤]，武王即位[⑥]，和又奉其璞而献之武王。武王使玉人相之，又曰："石也。"王又以和为诳而刖其右足。武王薨，文王即位[⑦]，和乃抱其璞而哭于楚山之下，三日三夜，泣尽而继之以血。王闻之，使人问其故，曰："天下之刖者多矣，子奚哭之悲也？"和曰："吾非悲刖也，悲夫宝玉而题之以石[⑧]，贞士而名之以诳[⑨]，此吾所以悲也。"王乃使玉人理其璞而得宝焉[⑩]，遂命曰"和氏之璧"。

夫珠玉，人主之所急也[⑪]，和虽献璞而未美[⑫]，未为王之害也，然犹两足斩而宝乃论[⑬]，论宝若此其难也。今人主之于法术也[⑭]，未必和璧之急也，而禁群臣士民之私邪[⑮]；然则有道者之不僇也[⑯]，特帝王之璞未献耳[⑰]。主用术，则大臣不得擅断[⑱]，近习不敢卖重[⑲]；官行法，则浮萌趋于耕农[⑳]，而游士危于战陈[㉑]。则法术者，乃群臣士民之所祸也[㉒]。人主非能倍大臣之议[㉓]，越民萌之诽[㉔]，独周乎道言也[㉕]，则法术之士，虽至死亡，道必不论矣。

昔者吴起教楚悼王以楚国之俗[㉖]，曰："大臣太重[㉗]，封君太众[㉘]，若此则上偪主而下虐民[㉙]，此贫国弱民之道也。不如使封君之子孙三世而收爵禄[㉚]，绝灭百吏之禄秩[㉛]，损不急之枝官[㉜]，以奉选练之士[㉝]。"悼王行之期年而薨矣[㉞]，吴起枝解于楚[㉟]。商君教秦孝公以连什伍[㊱]，设告坐之过[㊲]，燔诗书而明法令[㊳]，塞私门之请而遂公家之劳[㊴]，禁游宦之民而显耕战之士[㊵]。孝公行之，主以尊安[㊶]，国以富强，八年而薨[㊷]，商君车裂于秦[㊸]。楚不用吴起而削乱[㊹]，秦行商君法而富强，二子之言也已当矣[㊺]，然而枝解吴起而车裂商君者何也？大臣苦法而细民恶治也[㊻]。当今之世，大臣贪重[㊼]，细民安乱[㊽]，甚于秦、楚之俗，而人主无悼王、孝公之听[㊾]，则法术之士，安能蒙二子之危也而明己之法术哉[㊿]！此世所以乱无霸王也。

【注释】

① 璞：蕴藏有玉的石头，未雕琢的粗玉。楚山：即荆山，在今湖北南漳西。

② 奉：捧。厉王：《史记·楚世家》并无厉王的记载，可能指楚武王之兄（名蚡冒），他在楚武王之前任楚国国君。

③ 玉人：玉匠，雕琢玉器的工人。相（xiàng）：察看，鉴别。

④ 诳（kuáng）：欺骗。刖（yuè）：古代一种把脚砍掉的酷刑。

⑤ 薨（hōng）：诸侯死亡叫薨。

⑥ 武王：姓熊，名通。

⑦ 文王：名赀，武王之子。

⑧ 题：名，称作。

⑨ 贞士：正直的人。贞，正。

⑩ 理：治玉，即雕琢、加工的意思。

⑪ 急：急于追求。

⑫ 未美：尚未雕琢成美玉。美，这里用作动词。

⑬ 论：评定，论定。

⑭ 法术：法家的政治主张，法与术两者是紧密相联的。法，指成文法典及刑罚制度。术，指君主驾驭臣民的权术。

⑮ 私邪：自私邪恶的行为。

⑯ 有道者：指法术之士。僇（lù）：同"戮"，杀戮。

⑰ 特：只是。帝王之璞：帝王的珍宝，这里喻指法术。

⑱ 擅断：专断，独断独行。

⑲ 近习：君主左右亲近的人。卖重：卖弄权势。

⑳ 浮萌：游民。萌，通"氓"，民。

㉑ 游士：游说之士。危：危险，这里是冒着危险的意思。战陈（zhèn）：战斗的阵列。陈，通"阵"。

㉒ 祸：祸患。

㉓ 倍：通"背"，违背。

㉔ 越：越过，引申为摆脱。诽：毁谤。

㉕ 周：合。道言：指法术之言。

㉖ 吴起：战国时期卫国人，早期法家的代表人物，著名的军事家。楚悼王时任楚国令尹，明法审令，严厉打击旧贵族势力，使楚国强大起来。楚悼王：名疑。

㉗ 重：指权势重。

㉘ 封君：受有封邑的贵族。

㉙ 偪：同"逼"。虐：残害。

㉚ 收：停止，取消。

㉛ 绝灭：当作"绝减"，形近而误，意为减少。秩：官职的品级。

㉜ 损：减少。枝官：闲散多余的官员。

㉝ 奉：供养。选练之士：经过选拔训练的士兵。

㉞ 期（jī）年：一周年。

㉟ 枝解：古代分解四肢的酷刑。枝，通"肢"。据《史记·孙

子吴起列传》记载，由于吴起施行法治，楚国的贵戚尽欲害吴起，楚悼王死后，宗室大臣作乱，攻杀吴起。

㊱ 商君：战国时卫国的公子，著名的法家代表人物，姓公孙，名鞅，也称卫鞅。因封于商，又号商君，或称商鞅。他辅佐秦孝公，任秦相十年，先后两次变法，奠定了秦统一六国的基础。秦孝公：姓嬴，名渠梁。连：组合。什伍：指编制户籍的办法，以五家组成一伍，二伍组成一什，各家互相监督。

㊲ 告坐之过：指什伍之内互相监督，一家犯法，九家都要告发，如果不举报，十家有连坐的责任。告，告发。坐，连坐，牵连入罪。过，责。

㊳ 燔（fán）：烧。诗书：指儒家的《诗经》、《尚书》等典籍。

㊴ 塞：堵塞，杜绝。私门：对“公家”而言，指权贵大臣之家。请：请托。遂：进，进用。公家之劳：对国家有功劳的人。

㊵ 游宦之民：指不守本业，到处钻营求官的人。显耕战之士：显扬努力耕战的人。奖励耕织，奖励军功，是商鞅施行法治的重要内容。据《史记·商君列传》记载：当时“有军功者，各以率受上爵”，“僇力本业，耕织致粟帛多者复其身（免除本身的徭役）”。

㊶ 尊：地位尊贵。

㊷ 八年而薨：指孝公行商鞅之法八年而死。据《史记·商君列传》记载，秦孝公在位二十四年（前361—前338），商鞅于孝公三年实行变法，据此孝公当是行商鞅之法二十一年而死。

㊸ 车裂：古代用车拖裂人体的酷刑。

㊹ 削乱：指疆土缩小，国政昏乱。

㊺ 二子：二人，指吴起、商鞅。当（dàng）：正确。

㊻ 苦法：以实行法治为苦。细民：小民。恶（wù）：憎恶。

㊼ 贪重：贪权。

㊽ 安乱：安于混乱的局面。

㊾ 听：听从，指善于听取正确的意见。

㊿ 蒙：冒着。

第四节　屈　　原

屈原（约前340—约前278），名平，字原，又自云名正则，字灵均，战国时期楚国人。先秦诗人。

屈原是楚国贵族，和楚王同宗，幼年时受过良好的教育。怀王十一年（前318），他任左徒，很得怀王的信任。这一年，他曾为楚国“东使于齐，以结强党”。他辅佐楚君对内实行改革，举贤授能，修明法制，国以富强，民以安乐。屈原的改革遭到楚国旧贵族集团的阻挠和破坏，屈原也成为他们嫉恨和陷害的对象。怀王庸懦无能，任用上官大夫、靳尚等佞臣执政，形成一个腐朽的统治集团。怀王听信谗言，除去屈原左徒之职，让他做掌管屈、昭、景王族三姓宗事和管教王族子弟的闲官三闾大夫。秦惠王见有隙可乘，就派张仪至楚，许诺怀王割商於之地六百里予楚，使楚与齐绝交。怀王与齐绝交后，商於之地并没有得到。怀王大怒，发兵攻秦，结果丧师失地，不得不于怀王十八年（前311）命屈原使齐，和齐国恢复联盟。怀王二十四年（前305），秦昭王初立，又来拉拢楚国背齐联秦，昏庸的怀王为群小所包围，又把屈原赶出郢都，放逐到汉北去。这次流放大约有五年时间，著名的长诗《离骚》，就写成于这个时期。

怀王二十八年（前301），秦国联合齐、韩、魏攻楚，楚国大败。这时楚怀王害怕起来，又把屈原召回，让他带着太子作人质，再一次去齐国复交。两年后，秦又伐楚，占领楚国八个城市，胁迫怀王在武关（今陕西商县东）会盟。怀王不听屈原劝阻，依然赴会，被秦国扣留，最终客死异乡。楚顷襄王继位后，统治集团中又多了令尹子兰、司马子椒等佞臣，于是屈原又被放逐，这次流放的地点是湘西一带寂寥的荒野。《思美人》和《涉江》记述了诗人这次流放时的心情和行程。不久，秦将白起攻楚，击破郢都，烧毁了楚王祖先的陵园，楚君臣仓皇出逃。《哀郢》就是这个时期写成的。屈原这次流亡，是从郢都顺着江夏东流，先到夏口。再由夏口溯江而上入湖湘。可是他没有再溯沅水而上，到湘西的辰阳、溆浦，而是怀着以死殉国的决心去了长沙。在极度悲愤和痛苦的心情下，写下了《怀沙》。屈原在长沙停留了一个时期，还写了《悲回风》和《惜往日》等篇。据有些学者考证，他在第二年，即楚顷襄王二十一年(前278)自投汨罗江而死。

屈原的作品，据《汉书·艺文志》所记是二十五篇。它的具体篇目，据王逸《楚辞章句》，为《离骚》、《天问》、《九歌》(十一篇)、《九章》(九篇)、《远游》、《卜居》、《渔父》。司马迁认为《招魂》也是屈原所作，但王逸定为宋玉作。大体说来，屈原作品的三种类型可以《离骚》、《天问》、《九歌》为代表。《离骚》是屈原全部作品中最为精粹的篇章。关于它的篇名的意思，历来有不同的解释：司马迁释为"离忧"，班固释为"遭忧"，王逸释为"别愁"。后人多从第二说。近人或以为与"劳商"为双声词，义近"牢骚"，因而推论为古代楚地的一种歌曲。诗的前面部分，是诗人对已往历史的回溯，他从自己的家世出身、品质修养和理想抱负写起，回顾了自己辅佐楚王进行政治改革，因而触犯腐朽的贵族集团，以致受谗被疏的遭遇，表明自己决不屈节从俗的政治态度与至死不渝的坚定信念。中间部分写诗人对未来道路的探索。先写女媭劝他随俗以保身；接着通过向重华陈词，鉴之于往古兴亡的历史，证明自己政治理想的正确，从而否定了随俗以求保身的道路。于是他神游天地，上下求索，为了实现自己的理想而执著地追求。最后部分是在追求不得之后，转而请灵氛占卜，巫咸降神，请他们指示出路。正当他升腾远游的时候，忽然看到了自己的故乡，终于不忍心离开。通过这一系列虚构的境界，诗人否定了与他爱国感情和实现理想愿望背道而驰的各种道路，最后决心以死来殉自己的理想。最后以回到现实结束全篇。《九章》、《远游》、《卜居》、《渔父》、《招魂》等篇的内容与风格，与《离骚》相近，可列为一组，它们重在表现作者内心的情愫，大都有事可据，有义可陈。《天问》是一篇奇特的杰作，它涉及天地阴阳、日月星辰、季节气候等自然现象，以及神话传说和历史事件，表现了作者的学术造诣和历史观。《九歌》是屈原根据楚国民间流行的祭神巫歌，经过艺术加工再创作的诗篇，在这组诗里，织进了作者的丰富想象和他对于生活的体验，充满了浓厚的生活气息。

屈原是一位伟大的浪漫主义诗人。他的作品贯串了浪漫主义的创作精神。在艺术技巧方面，屈原也有独创性的成就。首先值得注意的是，他运用和吸收楚国民间的语言和南方歌谣中的形式与韵律，创造出一种富于地域色彩的新诗体。其次是语言表现方面描写生动，刻画精细，文采绚烂，想象丰富，善于使用各种美丽的象征和比喻手法。屈原的卓越人格和他的优秀诗篇，对后世的文人有着深刻的影响，一代又一代诗文家从屈原的辞赋中吸取营养，丰富和发展自己的创作。

离骚(节选)

【题解】 本篇节选自《楚辞·离骚》。《离骚》是屈原作品中最长、最具有代表性的一篇。全诗三百七十多句，二千四百多字，是中国古代文学史上最著名的一首长诗。《离骚》全篇共分三个大段：第一大段从篇首至"岂余心之可惩"，第二大段从"女媭之婵媛兮"至"余焉能忍与此终古"，第三大段从"索藑茅以筳篿兮"至篇末。这里选的是第一、第三两大段。第一大段先叙自己身世，次述自己脩洁之行，忠贞之志，奋发图强的精神，以及群邪蔽贤的遭遇，表示清白操守和报国理想始终不渝。第三大段借灵氛、巫咸劝己远行，申述楚国现实的黑白颠倒，不可挽救。在远行和留驻的矛盾中，淋漓尽致地表达了自己热爱祖国、以身殉国的精神。

帝高阳之苗裔兮[①]，朕皇考曰伯庸[②]。摄提贞于孟陬兮，惟庚寅吾以降[③]。皇览揆余初度兮，肇锡余以嘉名[④]。名余曰正则兮，字余曰灵均[⑤]。

纷吾既有此内美兮[⑥]，又重之以脩能[⑦]。扈江离与辟芷兮，纫秋兰以为佩[⑧]。汩余若将不及兮，恐年岁之不吾与[⑨]。朝搴阰之木兰兮，夕揽洲之宿莽[⑩]。日月忽其不淹兮[⑪]，春与秋其代序[⑫]。

惟草木之零落兮[13]，恐美人之迟暮[14]。不抚壮而弃秽兮[15]，何不改乎此度[16]？乘骐骥以驰骋兮[17]，来吾道夫先路[18]。

昔三后之纯粹兮[19]，固众芳之所在[20]。杂申椒与菌桂兮[21]，岂维纫夫蕙茝[22]？彼尧舜之耿介兮[23]，既遵道而得路[24]。何桀纣之猖披兮[25]，夫唯捷径以窘步[26]。惟夫党人之偷乐兮[27]，路幽昧以险隘[28]。岂余身之惮殃兮[29]，恐皇舆之败绩[30]。忽奔走以先后兮[31]，及前王之踵武[32]。荃不察余之中情兮[33]，反信谗而齌怒[34]。余固知謇謇之为患兮[35]，忍而不能舍也。指九天以为正兮[36]，夫唯灵修之故也[37]。曰黄昏以为期兮，羌中道而改路[38]。初既与余成言兮[39]，后悔遁而有他[40]。余既不难夫离别兮[41]，伤灵修之数化[42]。

余既滋兰之九畹[43]兮，又树蕙之百亩[44]。畦留夷与揭车兮[45]，杂杜衡与芳芷[46]。冀枝叶之峻茂兮[47]，愿俟时乎吾将刈[48]。虽萎绝其亦何伤兮，哀众芳之芜秽[49]。

众皆竞进以贪婪兮[50]，凭不猒乎求索[51]。羌内恕己以量人兮，各兴心而嫉妒[52]。忽驰骛以追逐兮[53]，非余心之所急。老冉冉其将至兮[54]，恐修名之不立[55]。朝饮木兰之坠露兮，夕餐秋菊之落英[56]。苟余情其信姱以练要兮[57]，长顑颔亦何伤[58]。擥木根以结茝兮[59]，贯薜荔之落蕊[60]。矫菌桂以纫蕙兮[61]，索胡绳之纚纚[62]。謇吾法夫前修兮[63]，非世俗之所服[64]。虽不周于今之人兮[65]，愿依彭咸之遗则[66]。

长太息以掩涕兮[67]，哀民生之多艰[68]。余虽好修姱以鞿羁兮[69]，謇朝谇而夕替[70]。既替余以蕙纕兮[71]，又申之以揽茝[72]。亦余心之所善兮，虽九死其犹未悔[73]。怨灵修之浩荡兮[74]，终不察夫民心。众女嫉余之娥眉兮[75]，谣诼谓余以善淫[76]。固时俗之工巧兮[77]，偭规矩而改错[78]。背绳墨以追曲兮[79]，竞周容以为度[80]。忳郁邑余侘傺兮[81]，吾独穷困乎此时也。宁溘死以流亡兮[82]，余不忍为此态也。鸷鸟之不群兮[83]，自前世而固然[84]。何方圜之能周兮[85]，夫孰异道而相安？屈心而抑志兮，忍尤而攘诟[86]。伏清白以死直兮[87]，固前圣之所厚[88]。

悔相道之不察兮[89]，延伫乎吾将反[90]。回朕车以复路兮[91]，及行迷之未远。步余马于兰皋兮[92]，驰椒丘且焉止息[93]。进不入以离尤兮，退将复修吾初服[94]。制芰荷以为衣兮[95]，集芙蓉以为裳[96]。不吾知其亦已兮，苟余情其信芳。高余冠之岌岌兮[97]，长余佩之陆离[98]。芳与泽其杂糅兮[99]，唯昭质其犹未亏[100]。忽反顾以游目兮[101]，将往观乎四荒[102]。佩缤纷其繁饰兮[103]，芳菲菲其弥章[104]。民生各有所乐兮[105]，余独好修以为常[106]。虽体解吾犹未变兮，岂余心之可惩[107]。

…………

索藑茅以筳篿兮[108]，命灵氛为余占之[109]。曰两美其必合兮，孰信修而慕之[110]？思九州之博大兮，岂唯是其有女[111]？曰勉远逝而无狐疑兮[112]，孰求美而释女[113]？何所独无芳草兮[114]，尔何怀乎故宇[115]？世幽昧以眩曜兮[116]，孰云察余之善恶[117]？民好恶其不同兮，惟此党人其独异[118]。户服艾以盈要兮，谓幽兰其不可佩[119]。览察草木其犹未得兮，岂珵美之能当[120]？苏粪壤以充帏兮，谓申椒其不芳[121]。

欲从灵氛之吉占兮，心犹豫而狐疑[122]。巫咸将夕降兮[123]，怀椒糈而要之[124]。百神翳其备降兮[125]，九疑缤其并迎[126]。皇剡剡其扬灵兮[127]，告余以吉故[128]。曰勉升降以上下兮[129]，求榘矱之所同[130]。汤禹严而求合兮[131]，挚咎繇而能调[132]。苟中情其好修兮，又何必用夫行媒[133]。说操筑于傅岩兮，武丁用而不疑[134]。吕望之鼓刀兮[135]，遭周文而得举。宁戚之讴歌兮，齐桓闻以该辅[136]。及年岁之未晏兮[137]，时亦犹其未央[138]。恐鹈鴂之先鸣兮[139]，使夫百草为之不芳[140]。

何琼佩之偃蹇兮[141]，众薆然而蔽之[142]。惟此党人之不谅兮[143]，恐嫉妒而折之[144]。时缤纷其变易兮，又何可以淹留[145]？兰芷变而不芳兮，荃蕙化而为茅。何昔日之芳草兮，今直为此萧艾也[146]？岂其有他故兮，莫好修之害也[147]。余以兰为可恃兮，羌无实而容长[148]。委厥美以从俗兮，苟得列乎众芳[149]。椒专佞以慢慆兮[150]，樧又欲充夫佩帏[151]。既干进而务入兮[152]，又何芳之能祗[153]？固时俗之流从兮[154]，又孰能无变化？览椒兰其若兹兮[155]，又况揭车与江离。惟兹佩之可贵兮[156]，委厥美而历兹[157]。芳菲菲而难亏兮，芬至今犹未沬[158]。和调度以自娱兮，聊浮游而求女[159]。及余饰之方壮兮，周流观乎上下[160]。

灵氛既告余以吉占兮，历吉日乎吾将行[161]。折琼枝以为羞兮[162]，精琼爢以为粻[163]。为余驾飞龙兮，杂瑶象以为车[164]。何离心之可同兮[165]，吾将远逝以自疏[166]。邅吾道夫昆仑兮[167]，路修远以周流[168]。扬云霓之晻蔼兮[169]，鸣玉鸾之啾啾[170]。朝发轫于天津兮[171]，夕余至乎西极。凤皇翼其承旂兮[172]，高翱翔之翼翼[173]。忽吾行此流沙兮[174]，遵赤水而容与[175]。麾蛟龙使梁津兮[176]，诏西皇使涉予[177]。路修远以多艰兮，腾众车使径待[178]。路不周以左转兮，指西海以为期[179]。屯余车其千乘兮[180]，齐玉轪而并驰[181]。驾八龙之婉婉兮[182]，载云旗之委蛇[183]。抑志而弭节兮，神高驰之邈邈[184]。奏《九歌》而舞《韶》兮[185]，聊假日以媮乐[186]。陟升皇之赫戏兮[187]，忽临睨夫旧乡[188]。仆夫悲余马怀兮[189]，蜷局顾而不行[190]。

乱曰[191]：已矣哉[192]！国无人莫我知兮，又何怀乎故都。既莫足与为美政兮，吾将从彭咸之所居[193]。

【注释】

① 帝：古代君主或氏族社会部族领袖的称号。高阳：传说中古代部族的首领颛顼（zhuān xū）的号。苗裔：后代。相传楚国君是颛顼的后代。春秋时，楚武王熊通有子名瑕，受封于屈邑，子孙遂以屈为氏。屈原是瑕的后代，和楚王是同宗，因此说自己是颛顼的子孙。

② 朕（zhèn）：我。古时一般人都可称朕，秦始皇以后成了帝王的专称。皇考：王逸《楚辞章句》："皇，美也。父死称考。"伯庸：皇考的字。这里皇考当指楚太祖。

③ "摄提"二句：摄提，即摄提格，古代纪年的术语，相当于寅年。贞，正。孟陬（zōu），夏历正月，也即寅月。庚寅，指庚寅日。降，降生。这两句是屈原自述出生在寅年寅月寅日。据郭沫若《屈原研究》推算，在公元前 340 年正月初七日。浦江清《屈原生年月日的推算问题》一文则推算为公元前 339 年正月十四日或十五日。

④ 皇：皇考的简称。览：观察。揆：估量。初度：初生的时节。肇：始，开始。锡：赐给。嘉名：美名。

⑤ "名余"二句：对屈原的名字作解释。正则，公正而有法则，含有"平"字之意。灵均，地之善而均平者，含有"原"字之意。灵，善。均，平。

⑥ 纷：众盛的样子。内美：内在的美质。

⑦ 重（chóng）：加。修能：长于才，即富有才能。修，通"修"，作长解。

⑧ 扈：披在身上。江离：香草名，又名蘼芜。辟芷：即生于幽僻之处的香草。辟，同"僻"。芷，香草名。纫：联缀。兰：即泽兰，秋天开花。佩：佩带在身上的饰物。以上两句都是比喻自己博采众善。

⑨ "汩（yù）余"二句：表示年光易逝，时不我待。汩，水流迅疾，这里形容时光过去的快。不吾与，不等待我，这里因使用了否定词而将动词"与"提到宾语"我"之前。

⑩ "朝搴（qiān）"二句：自己早起登山，夕入洲泽，所采的都是芳香坚固耐久的植物。比喻精勤进修，培养坚贞不屈的高贵品德。搴，拔取。阰（pí），土山。木兰，香木名，高数仞，去皮不死。揽，采，宿莽，草名，冬生不死。

⑪ 日月：指时光。忽：迅速。淹：久留。

⑫ 代序：轮换不息的意思。代，更代。序，次序。

⑬ 惟：思。零落：飘零坠落。

⑭ 美人：比喻国君。迟暮：晚岁，指年老。以上四句以天时运转，春生秋杀，草木凋零，年岁将尽作比，担心君王如不能及时建立道德，举贤用能，则将年华老大，一事无成。

⑮ 不："何不"的省文，与下句"何不"为互文。抚：据，凭借。壮：指壮年的时候。弃：抛弃。秽：指秽恶之行。

⑯ 度：法度。一说，"度"指态度。

⑰ 骐骥：骏马，比喻有才能的人。

⑱ 来：诗人的呼语。道夫先路：在前面带路。道，同"导"。夫，句中助词。

⑲ 三后：旧说指禹、汤、文王，或以为指楚先君。后，君。纯粹：指德行精美无疵。

⑳ 众芳：喻众多的贤臣。在：聚集。

㉑ 申椒：申地所产之椒。椒，木名，果实就是花椒。菌桂：香木名，就是肉桂。

㉒ 维：通“唯”，独。蕙：香草，又名熏草。茝(zhǐ)：香草名，即白芷。蕙、茝都比喻贤才。

㉓ 耿介：光明正大。

㉔ “既遵”句：已遵循治国的正确轨道而开辟出治国平天下的康庄大道。

㉕ 猖披：衣不束带的样子，引申为放纵不检。

㉖ 捷径：斜出的小路。窘步：困窘不能行走。

㉗ 党人：指结党营私的小人。偷乐：苟且贪图享乐。

㉘ 路：指国家的前途。幽昧：昏暗。险隘：危险狭隘。

㉙ 惮：畏怕。殃：祸殃。

㉚ 皇舆：君王所乘的车子，这里比喻国家。败绩：古代军事术语，意即覆败。

㉛ “忽奔走”句：自己急速地奔走于皇舆前后，比喻为国家尽辅佐之力。忽，迅疾。

㉜ 及：赶上。前王：指上文“三后”和“尧舜”。踵武：足迹。

㉝ 荃(quán)：香草名，比喻君主。

㉞ 信谗：听信谗言。齌(jì)怒：暴怒。齌，疾。

㉟ 謇(jiǎn)謇：忠言直谏。

㊱ “指九天”句：指天发誓。古时以为天有九重，故说“九天”。正，同“证”。

㊲ “夫唯”句：我一切都是为了君王的缘故。灵，神。脩，远。灵脩，有神明远见之人，喻楚王。

㊳ “曰黄昏”二句：当初已约定说黄昏时迎亲，不知为什么半路上忽然改道。比喻楚王与自己原已契合，后忽变卦。叙述当初约定的话，故用“曰”字。黄昏，古代结婚迎亲在黄昏的时候。羌，楚人发语词，后同。

㊴ 成言：彼此约定的话。

㊵ 悔遁：后悔而回避，指心意改变。有他：有其他打算。

㊶ 难：畏惧。

㊷ 数(shuò)化：屡次变化，主意摇摆不定。

㊸ 滋：栽培。畹：田三十亩叫一畹。

㊹ 树：种植。“九畹”和“百亩”都是言其多，非确数。

㊺ 畦(qí)：垄，这里作动词用，意即一垄一垄地栽种。留夷：香草名，或说即芍药。揭车：香草名，一名乞舆，味辛，花白。

㊻ 杂：参杂栽种。杜衡：香草名，俗名马蹄香。

㊼ 冀：希望。峻茂：高大而茂盛。

㊽ 俟：等待。刈(yì)：收割，引申为收获的意思。

㊾ “虽萎绝”二句：自己所培植的贤才遭受摧折原不足伤，可悲的是他们的变节与堕落。萎绝，枯萎凋零。芜秽，荒芜污秽。

㊿ 众：指众小人。竞进：争着求进，指争相追逐私利。贪婪(lán)：王逸《楚辞章句》：“爱财曰贪，爱食曰婪。”

51 凭：满。猒：即“厌”，饱。求索：求取。

52 “羌内恕”二句：这些人以自己的小人之心衡量他人，以为屈原也如他们一样，因而各生嫉妒之心。恕，忖度。兴，生。

53 骛(wù)：乱驰。追逐：指追逐名利。

54 冉(rǎn)冉：渐渐地。

55 脩名：美好的名声。

56 落英：初开的花。落，始。英，花。“饮坠露”、“餐落英”，比喻诗人修身洁行，不与群小同流合污。

57 信：真实。姱(kuā)：美好。以：同“而”。练要：精诚专一的意思。

58 顑颔(kǎn hàn)：因饥饿而面色憔悴。

59 擥：同“揽”，采择。木根：蒋骥《山带阁注楚辞》认为是木兰的根。结：系结。

60 贯：贯串。薜荔：香草，蔓生。蕊：花心。

61 矫：举起。

62 索：作动词，搓成绳索。胡绳：香草名，蔓生，可以作绳。纚(xǐ)纚：长而成串下垂的样子。

63 謇(jiǎn)：发语词，为楚方言。一说犹謇謇，忠贞的样子。法：效法。前脩：前代贤人。

64 “非世俗”句：指上文的服食和服饰，均与世俗不同。服，用。

65 不周：不合。

66 彭咸：王逸《楚辞章句》：“殷贤大夫，谏其君不听，自投水而死。”遗则：留下来的法则、榜样。

67 太息：叹息。掩涕：擦拭眼泪。

68 民生：人民的生计。一说，民生即人生。

69 脩、姱：都美好的意思，此指美好的德行。鞿羁：作动词用，牵累约束的意思，诗人以马自喻，谓为人所牵累不能贯彻主张。鞿，马缰绳。羁，马络头。

70 “謇朝谇”句：自己早上进谏，晚上即遭废弃。谇(suì)，进谏。替，废弃。

71 纕(xiāng)：佩带。

72 申：重，加上。揽茝：采取来的香茝。连上句意思是，君王的废弃我，是因为我佩带芳蕙，志行忠贞之故；然而我又重持芳茝以自我修饰，表示志行坚定不移。

73 善：爱好。九：数之极。连上句意思是，自己极力为理想而奋斗，绝不妥协屈服。

㉔ 浩荡：本是形容水势大，这里用来形容楚王对事的茫然不加思虑，糊里糊涂。

㉕ 众女：指众小人。蛾眉：本是形容女子眉毛的美，这里用来比喻自己的美德。

㉖ 诼(zhuó)：毁谤。

㉗ 工巧：善于取巧作伪。

㉘ 偭(miǎn)：违背。规矩：比喻法度。改错：改变措施。错，通"措"，措施。

㉙ 绳墨：用以画直线的工具。追：追随。曲：邪曲。

㉚ 周容：苟合以求容。度：方法，此指固宠希荣的方法。

㉛ 忳(tún)：烦闷，是附加于"郁邑"的副词。郁邑：同"郁悒"，苦恼忧愁。余：与"而"同。侘傺(chà jì)：抑郁失意的样子。

㉜ 溘(kè)死：忽然死去。以：或者。流亡：随流长逝的意思。

㉝ 鸷(zhì)：鹰隼类猛禽。不群：不与凡鸟同群。

㉞ "自前世"句：自古以来就是这样。

㉟ 何：怎么。圜：同"圆"。能周：能够相合。连下句意思是，以方和圆的东西不能互相配合，喻不同道的人不能相安共处。

㊱ 忍尤：忍受别人加己之罪。尤，罪过。攘：容让。诟：辱骂。

㊲ 伏清白：保持清白。伏，通"服"。死直：守正直之道而死。

㊳ 厚：重视，嘉许。

㊴ "悔相道"句：自己后悔没有把道路看清楚。相(xiàng)，观看。察，清楚地考察。

㊵ 延：长久。伫：站立。反：同"返"。

㊶ 复路：回复原来所行的道路。

㊷ 步：徐行。皋：近水的高地。

㊸ 驰：疾驰，奔跑。椒丘：长着椒树的小山。且焉止息：暂且在此休息。

㊹ 进：进身君前。不入：不被容纳。以：因而。离：同"罹"，遭受。尤：罪过。

㊺ 芰(jì)：菱。荷：莲叶。衣：上衣。

㊻ 芙蓉：莲花。裳：下衣。

㊼ 岌(jí)岌：形容高的样子。

㊽ 佩：玉佩。陆离：形容长的样子。高冠长佩，表明诗人行为与众不同。

㊾ 芳：指香草。泽：污垢。杂糅：混杂在一起，比喻自己与群小共处一朝。

⑩ 昭质：光明洁白的质地。亏：亏损。

⑩ 游目：纵目而望的意思。

⑩ 四荒：四方边远之地。

⑩ 缤纷：盛多之状。其：与"而"同。繁饰：装饰繁盛。

⑩ 菲菲：香气远飘的样子。弥：更加。章：同"彰"，明显。

⑩ 民生：人生。乐：爱好，喜乐。

⑩ "余独"句：我独爱好修洁以为常行。为常，习以为常。

⑩ 体解：肢解。惩(chéng)：惩戒。

⑩ 索：取。藑(qióng)茅：占卦用的一种茅草。以：同"与"。筳篿(tíng zhuān)：折竹，占卦用的小竹棍。

⑩ 灵氛：古代的卜师。

⑩ "曰两美"二句：虽然说两美必定有合，但哪个是真正的美而值得去爱慕呢？曰，灵氛占卜结果之词。两美其必合，喻良臣必定会遇到明君。孰，谁，哪个。信脩，真美。慕，爱慕。

⑪ "思九州"二句：我想天下这样大，难道只有这里有美女吗？九州，天下。是，这里，指楚国。女，美女，比喻贤君。

⑪ 勉：勉力，尽力。远逝：远行。按："曰勉远"以下十四句，都是灵氛申释占卜结果之词。

⑪ 释：放过。女(rǔ)：同"汝"，你，指屈原。

⑪ 何所：何处。芳草：王逸《楚辞章句》认为是比喻贤君。

⑪ 怀：怀念。故宇：故居，故国。

⑪ 世：世间，指楚国。幽昧：昏暗。眩曜：迷乱的样子。

⑪ 云：语中助词。余：我，指屈原，是灵氛代屈原自称。

⑪ "民好恶"二句：人们的好恶，原不一致，而楚国这批结党营私把持政权的小人，其好恶尤为特殊。下面六句，描写他们颠倒黑白，混淆美恶。

⑪ "户服"二句：那些小人满腰间都佩挂着白蒿，反说幽兰是不可佩带的，比喻是非善恶的颠倒。户，家家户户，指群小。服，佩带。艾，野草名，就是白蒿。盈，满。要，同"腰"。

⑫ "览察"二句：大意是说，这些人连草木的美恶都不能辨别，鉴别美玉哪能得当呢？珵(chéng)，美玉。

⑫ "苏粪壤"二句：那些小人把香囊装满粪土佩带在身上，反说申椒是不香的东西。苏，取。粪壤，粪土。充，装满。帏，香囊。

⑫ "欲从"二句：这两句王逸《楚辞章句》谓："自己欲从灵氛劝去之吉占，则心中狐疑，念楚国也。"吉占，吉利的卦，指上文灵氛所占卜的结果。

⑫ 巫咸：古代神巫，名咸。

⑫ 怀：怀藏着。椒：香料，用来敬神，如后人敬神时烧的香。糈(xǔ)：精米，也是敬神所用。要：同"邀"，迎接。连上

句，写再向巫咸卜吉凶。

⑫⑤ 百神：泛指天上的众神。翳(yì)：遮蔽。备降：全部降临，指百神遮天蔽日地全部降临。

⑫⑥ 九疑：指九疑山的神。缤：盛多的样子。

⑫⑦ 皇：指百神。一说同"煌"，明亮辉煌。剡(yǎn)剡：形容发光的样子。扬灵：显灵。

⑫⑧ 吉故：所以是吉的原故。灵氛卜的是吉，百神更告知那是吉的原因。

⑫⑨ 升降：上下，即上下求索之意。按："曰勉"句至"使夫百草为之不芳"句，都是巫咸的话。

⑬⓪ 矩矱之所同：指志同道合的人。榘，同"矩"。矱(huò)，度量长短的工具。矩矱，指法度。

⑬① 严：严肃真诚。求合：访求与自己志同道合的人。

⑬② 挚(zhì)：即伊尹，商汤的贤臣，相传他是有莘氏女的陪嫁奴隶，曾做过厨师，后来佐汤灭夏。咎繇(gāo yáo)：即皋陶，禹的贤臣。调：协调，指君臣之间协调一致，互相合作。连上句意思是，汤和禹都能够严肃真诚地访求与自己志同道合的人，所以挚和咎繇就能够同他们协调一致，治理天下。

⑬③ 行媒：往来撮合的媒人。连上句意思是，只要内心爱好修美，君臣自能遇合，不必通过媒介。

⑬④ 说(yuè)：即傅说，殷朝武丁时贤相。筑：建筑用的杵。傅岩：地名。武丁：殷高宗名。相传傅说怀抱道德而遭刑罚，在傅岩操杵筑墙，武丁举为相，殷大治。

⑬⑤ 吕望：即太公姜尚。曾在朝歌为屠宰，后遇周文王，被举为师。鼓刀：鸣刀，屠宰时敲击其刀有声，故称鼓刀。

⑬⑥ 宁戚：春秋时人，在饲牛时扣牛角而歌，齐桓公听见了，知道他是贤人，用他为卿。该辅：备为辅佐。该，备。

⑬⑦ 晏：晚。

⑬⑧ 犹其："其犹"的倒文。央：尽。

⑬⑨ 鹈鴂(tí jué)：鸟名，即杜鹃，常在初夏时鸣，鸣时百花皆谢。

⑭⓪ 不芳：指凋零。连上三句意思是，应该趁年岁未老及时努力，如时机一过，更将不可为。

⑭① 琼佩：喻自己的美德。偃蹇：华盛而高贵的样子。

⑭② "众薆然"句：自己的德行才华是卓然出众的，为何会被那些小人蒙蔽着，使它不能显现出来。众，指众小人。薆(ài)然，形容遮暗之状。蔽，蒙蔽。

⑭③ 不谅：指说话不可靠，混淆黑白，颠倒是非。谅，诚信。

⑭④ 折：摧残。连上句意思是，我想这群党人是惯于混淆黑白，颠倒是非的，恐怕由于嫉妒会把它毁掉。按：以上四句是诗人听了巫咸的话而产生的感想。

⑭⑤ 缤纷：纷乱的样子。淹留：长期停留。

⑭⑥ "兰芷"四句：均比喻君子蜕变为小人。荃与蕙，都是香草名。茅，茅草。萧与艾，都是贱草名。

⑭⑦ 好脩：脩，同"修"，此指修身自洁。

⑭⑧ 无实而容长：意思是虚有其表而无实际的德行。实，实质。容长，外表美。按：兰和椒以及下文的榝、揭车、江离，可能都是泛指那些屈原曾经培育过并对他们寄予希望而后来从俗变质了的人。

⑭⑨ "委厥美"二句：兰草也抛弃它的美质而追逐时俗，苟且忝居于众芳的行列。委，抛弃。

⑮⓪ 椒：花椒。专：专横。佞(nìng)：用花言巧语谄媚人。慢慆(tāo)：傲慢。

⑮① 榝(shā)：即茱萸。帏：香囊。

⑮② 干、务：都是"求取"之意。干进、务入，指钻营求进。

⑮③ 祗：敬，指敬贤。

⑮④ 流从：即从流，随波逐流的意思。

⑮⑤ 若兹：像这样。按：这几椒、榝、兰、揭车与江离等香草是反面形象。

⑮⑥ 兹佩：指琼佩。屈原自比。说自己独能坚持忠贞操守，故为可贵。

⑮⑦ "委厥美"句：自己虽有美德，却被废弃不用，一直到现在。委，指被人废弃。厥美，指此佩之美。历兹，至此。

⑮⑧ 亏：亏损。沬：消失。

⑮⑨ "和调度"二句：我还是使调度和谐来自我欢娱吧，暂且到远方飘荡一番，去寻求理想的美女。和，和谐，作动词用。调度，格调与法度。聊，暂且。浮游，飘荡。

⑯⓪ "及余饰"二句：趁着我年岁方盛未衰，要周游天地四方，去寻求贤君。及，趁着。方壮，正在壮盛时期。周流，周游。

⑯① 历：选择。

⑯② 羞：美味的食品。

⑯③ 精：作动词用，捣米使细。靡(mí)：末屑。粻：粮食。

⑯④ "为余"二句：让飞龙为我驾车，杂用美玉和象牙来装饰我的车子。驾飞龙：用飞龙驾车。杂瑶象，杂用美玉和象牙。

⑯⑤ 离心：心意不合。同：聚，在一起。

⑯⑥ 远逝：到远方去。自疏：自动疏远。

⑯⑦ 邅(zhān)：转，楚方言。

⑯⑧ 路：指转道去昆仑山的路。修远：长远。

⑯⑨ 扬：举起。云霓：指旌旗。晻蔼(yǎn ǎi)：昏暗的样子，此处形容旌旗蔽日。

⑰⓪ 玉鸾：挂在车衡上的鸾铃，用玉作成。啾啾：鸾铃的

响声。

⑰ 发轫:发车。轫,放在车轮前用来阻止轮子滚动的木头,发车的时候撤去。天津:天河。

⑰ 翼:翅膀,作动词用,张开翅膀。承:从下面捧着。旂:同“旗”。

⑰ 翱翔:回旋飞翔。两翼一上一下叫“翱”,张开两翼滑着飞叫“翔”。翼翼:形容飞得整齐。

⑰ 流沙:指西方的沙漠地区。

⑰ 遵:循着,沿着。赤水:神话中的水名,出昆仑山。容与:迟缓不进的样子。

⑰ 麾(huī):通“挥”,指挥。梁:桥。津:渡口。此处梁、津都用作动词,作架桥、设渡解。

⑰ 诏:命令。西皇:西方的神。使涉予:使他渡我过去。

⑰ 腾:传令。径:径直,直接地。待:一作“侍”,侍卫。连上句意思是,由于路途遥远而多险,所以我传令众车,让他们直接来侍卫我。

⑰ “路不周”二句:路过不周山然后转向左行,以西海作为最终的目的地。路,路经。不周,神话中的山名,在昆仑山的西北。西海,神话中最西方的海。期,约会,此指地点,即目的地。

⑱ 屯:聚集。

⑱ 齐:排列整齐。轪(dài):车毂端的冒盖。并驰:并驾齐驱。

⑱ 婉婉:同“蜿蜿”,形容龙身游动的身子。

⑱ 云旗:饰有云霓之旗。委蛇(yí):同“逶迤”,形容旌旗随风舒卷的样子。

⑱ “抑志”二句:我抑制着我的心志停鞭徐行,但我的心神却飞驰得多么遥远。抑志,压抑心志。弭(mǐ),停止。节,马鞭。邈(miǎo)邈,遥远。

⑱《九歌》:乐曲名。相传是天帝的乐曲,夏后从天上偷了下来,用于人间,见《山海经·大荒西经》。韶:帝舜时乐曲名。

⑱ 假日:假借时日。媮(yú):快乐。

⑱ 陟(zhì):上升。皇:指皇天,广大的天空。赫戏:光明辉煌的样子。

⑱ 临睨:从高处往下看。旧乡:即故乡,指楚国。

⑱ 仆夫:指御者。怀:怀恋。

⑲ 蜷(quán)局:拳曲不伸的样子。顾:回顾。

⑲ 乱:乐曲的最末一章或辞赋篇末的结语。

⑲ 已矣哉:如同说“算了吧”,绝望之词。已,停止。矣、哉,都是句末语气词,表示感叹。

⑲ “国无人”四句:既然无人可以与我协作来施行理想的政治,我就追踪古贤彭咸了此一生吧!无人,没有贤明的人。莫我知,即“莫知我”,因有否定词“莫”,所以宾语置动词前。何,何必。故都,犹言“故国”。足,可以。美政,指屈原的理想政治。

橘　颂

【题解】 本篇选自《楚辞·九章》。《橘颂》是《九章》的第八篇,是对橘的颂歌,写于作者青年时期。诗人通过橘的形象描写,表达了自己高洁的品德和坚贞的道德理想。这种托物寄情、体物写志的表现方法,对后代的诗歌(尤其是咏物诗)发展有深刻的影响。全诗基本上是四言体,但描写精细入微,充分体现了诗人善于联想和观察事物的能力,同时也表现出诗人青年时期的创作才能。

后皇嘉树[①],橘徕服兮[②]。受命不迁[③],生南国兮[④]。深固难徙[⑤],更壹志兮[⑥]。绿叶素荣[⑦],纷其可喜兮[⑧]。曾枝剡棘[⑨],圆果抟兮[⑩]。青黄杂糅[⑪],文章烂兮[⑫]。精色内白[⑬],类可任兮[⑭]。纷缊宜修[⑮],姱而不丑兮[⑯]。

嗟尔幼志[⑰],有以异兮[⑱]。独立不迁[⑲],岂不可喜兮。深固难徙,廓其无求兮[⑳]。苏世独立[㉑],横而不流兮[㉒]。闭心自慎[㉓],终不失过兮[㉔]。秉德无私[㉕],参天地兮[㉖]。愿岁并谢[㉗],与长友兮[㉘]。淑离不淫[㉙],梗其有理兮[㉚]。年岁虽少[㉛],可师长兮[㉜]。行比伯夷[㉝],置以为像兮[㉞]。

【注释】

① 后皇:犹言天地。后,后土。皇,皇天。嘉:美好。

② 徕:同“来”。服:习惯,适应。这句说橘树一生下来就适应当地的气候和水土。

③ 受命:指受命于天地。不迁:不可移植。《晏子春秋》:“橘生淮南则为橘,生于淮北则为枳。”橘树移植,就要变质。

④ 南国:犹南方,指楚国。

⑤ 深固:根深蒂固。难徙:与上文"不迁"同义。

⑥ 壹志:意志专一。

⑦ 素荣:白色的花朵。

⑧ 纷:美盛的样子。可喜:可爱。

⑨ 曾枝:一层层的枝条。曾,同"层"。剡(yǎn)棘:指橘树枝上尖锐的刺。剡,尖锐。

⑩ 圆果:指橘子。抟:同"团",与"圆"同意。

⑪ 青:橘未熟时的颜色。黄:橘已熟时的颜色。杂糅:青色和黄色间杂在一起。

⑫ 文章:文采,此指橘子的错综华美的色彩。烂:灿烂。

⑬ 精色:鲜明的色泽,指外表。内白:内瓤洁白。

⑭ 类:类似。可任:可以担负重任。连上句,意思是,橘的外表精明,内容洁白,像个有道的君子,是可以担负重任的。

⑮ 纷缊(yùn):茂密的样子。宜修:犹"美好"。

⑯ 姱:美。以上一大段是从本性,花、叶、枝、果实、色泽等各方面对橘的赞美。以下更进一步地来歌颂橘的崇高品德。

⑰ 嗟:叹美之词。尔:你,指橘。幼志:幼年的志向。

⑱ 异:不同。指不同于其他的树。

⑲ 不迁:不变。

⑳ 廓:豁达。

㉑ 苏世独立:清醒地独立在人世,就是"众人皆醉我独醒"(《渔父》)的意思。苏,苏醒。

㉒ 横:横逆,指横逆的境遇。不流:不随波逐流。蒋骥《山带阁注楚辞》:"独立之志,不因横逆而流也。"

㉓ 闭心:凡事藏在心里,不轻易外露。自慎:自己事事谨慎。

㉔ 失过:有过失,犯错误。

㉕ 秉德:抱德。

㉖ 参:配合。连上句意思是,橘有无私的品德,可以配合天地。古人认为天地是公正无私的。

㉗ 岁:年岁。并谢:橘树的年岁一同凋谢,即希望能和橘树活得同样长久。谢,凋谢。

㉘ 长友:长做朋友,指永远与橘做朋友。

㉙ 淑离:犹美丽,指枝叶茂盛,花香果美而言。淑,美。离,通"丽"。不淫:不过分。王夫之《楚辞通释》:"其为木也,坚挺独立,无繁艳婀娜之态。"

㉚ 梗:梗直,指枝干。理:文理,指木的纤维。

㉛ 年岁少:蒋骥《山带阁注楚辞》:"橘无松柏之寿,故曰年岁少。"

㉜ 可师长:可作为师长来效法。王夫之《楚辞通释》:"橘非古木,故曰年少;而坚芳有实,可为乔木之师。喻己虽生乎百世之下,然可仰质古人,风示来者。"

㉝ 伯夷:商代末期孤竹君的长子,父亲去世后,与弟叔齐互让君位,先后逃到周地,周灭商后,两人不食周粟,饿死在首阳山。古代把伯夷、叔齐视为抱节守志的模范。诗人在此是把橘的德行和伯夷相比。

㉞ 置:此指种植。为像:作为榜样。

第五节　秦代政论文

李斯

李斯(?—前208),战国末楚国上蔡(今属河南)人。秦政治家、文学家。他与韩非同为荀况的学生。后帮助秦始皇统一中国,官至丞相,为始皇定郡县之制,下禁书令,以小篆为标准统一文书。秦始皇死,李斯为保富贵,从赵高之谋,矫诏杀太子扶苏,立秦二世。后赵高用事,诬李斯谋反,将其腰斩于咸阳。

李斯的代表作是《谏逐客书》。另有《泰山石刻》、《琅邪台石刻》,皆四言韵文。

谏逐客书①

【题解】 本篇选自《史记·李斯列传》。这是李斯呈谏秦王取消逐客令的一篇奏章,作于秦王政十年(前237)。当时,韩国派水工郑国赴秦作间谍,被秦发觉后,秦宗室大臣建议秦王下令驱逐所有的客卿。李斯也在被逐之列,因此上书劝谏,终于使秦王取消了逐客令,并恢复了他的官职。文章以事实为依据,剖析利害,力陈逐客的错误。此篇大量运用铺张、排比手法,论证严密,语言生动,气势酣畅,文采斐然,显示了散文辞赋化的倾向。

臣闻吏议逐客，窃以为过矣[②]。昔缪公求士[③]，西取由余于戎[④]，东得百里奚于宛[⑤]，迎蹇叔于宋[⑥]，求丕豹、公孙支于晋[⑦]。此五者，不产于秦，而缪公用之，并国二十[⑧]，遂霸西戎。孝公用商鞅之法[⑨]，移风易俗，民以殷盛[⑩]，国以富强，百姓乐用[⑪]，诸侯亲服，获楚、魏之师[⑫]，举地千里[⑬]，至今治强[⑭]。惠王用张仪之计[⑮]，拔三川之地[⑯]，西并巴、蜀[⑰]，北收上郡[⑱]，南取汉中[⑲]，包九夷[⑳]，制鄢、郢[㉑]，东据成皋之险[㉒]，割膏腴之壤[㉓]，遂散六国之从[㉔]，使之西面事秦，功施到今[㉕]。昭王得范雎[㉖]，废穰侯[㉗]，逐华阳[㉘]，强公室[㉙]，杜私门[㉚]，蚕食诸侯，使秦成帝业。此四君者，皆以客之功。由此观之，客何负于秦哉！向使四君却客而不内[㉛]，疏士而不用，是使国无富利之实[㉜]，而秦无强大之名也。

今陛下致昆山之玉[㉝]，有随、和之宝[㉞]，垂明月之珠[㉟]，服太阿之剑[㊱]，乘纤离之马[㊲]，建翠凤之旗[㊳]，树灵鼍之鼓[㊴]。此数宝者，秦不生一焉，而陛下悦之，何也？必秦国之所生然后可，则是夜光之璧不饰朝廷，犀象之器不为玩好[㊵]，郑卫之女不充后宫[㊶]，而骏良駃騠不实外厩[㊷]，江南金锡不为用，西蜀丹青不为采[㊸]。所以饰后宫充下陈、娱心意悦耳目者[㊹]，必出于秦然后可，则是宛珠之簪[㊺]，傅玑之珥[㊻]，阿缟之衣[㊼]，锦绣之饰不进于前[㊽]，而随俗雅化[㊾]，佳冶窈窕[㊿]，赵女不立于侧也[51]。夫击瓮叩缶[52]，弹筝搏髀[53]，而歌呼呜呜快耳目者[54]，真秦之声也[55]。郑卫桑间、《韶虞》《武象》者[56]，异国之乐也。今弃击瓮叩缶而就郑卫，退弹筝而取《韶虞》，若是者何也？快意当前，适观而已矣[57]。今取人则不然。不问可否，不论曲直[58]，非秦者去，为客者逐。然则是所重者在乎色乐珠玉，而所轻者在乎人民也。此非所以跨海内、制诸侯之术也[59]。

臣闻地广者粟多，国大者人众，兵强则士勇。是以太山不让土壤[60]，故能成其大；河海不择细流，故能就其深；王者不却众庶[61]，故能明其德。是以地无四方，民无异国，四时充美，鬼神降福，此五帝三王之所以无敌也[62]。今乃弃黔首以资敌国[63]，却宾客以业诸侯[64]，使天下之士退而不敢西向，裹足不入秦，此所谓藉寇兵而赍盗粮者也[65]。夫物不产于秦，可宝者多；士不产于秦，而愿忠者众。今逐客以资敌国，损民以益仇[66]，内自虚而外树怨于诸侯，求国无危[67]，不可得也。

【注释】

① 谏：直言规劝，使改正错误。逐：驱逐。客：客卿。

② 窃：私下。过：错误。

③ 缪公：即秦穆公，春秋时五霸之一，是秦始皇的十九代祖先。缪，古同“穆”。

④ 由余：春秋时晋人，流亡西戎，奉戎王之命使秦。秦穆公用计离间由余和戎王，由余降秦，后为秦定计伐戎，使秦灭十二戎国，扩疆千里。戎：西戎，当时对西北少数民族的贬称。

⑤ 百里奚：楚国宛人，曾任虞国大夫。晋灭虞，他被俘，后作为晋献公女儿的陪嫁臣仆入秦，中途逃亡入楚，被楚兵抓获。穆公赏识他的才干，以五张黑羊皮将他赎回，任为秦相。宛：地在今河南南阳。

⑥ 蹇(jiǎn)：岐(在今陕西省境内)人，游居于宋，经百里奚推荐，穆公以重金聘他入秦任上大夫。

⑦ 丕豹：晋大臣丕郑之子，其父被晋惠公夷吾所杀，豹逃奔秦，秦穆公任他为大将攻晋，破八城，擒夷吾。公孙支：字子桑，岐人，寓居晋，后入秦，被秦穆公任为大夫。

⑧ 并：并吞。

⑨ 孝公：秦国国君，秦献公之子，名渠梁，公元前361年至公元前338年在位。他任用商鞅，实行变法，使秦富强。商鞅，战国时卫人，姓公孙，名鞅，也称卫鞅，因仕秦而封于商，号商君，故称商鞅。

⑩ 殷盛：殷实强盛。

⑪ 乐用：乐意为国效力。

⑫ 获楚、魏之师：指秦孝公二十二年(前340)，商鞅大败魏军，俘魏公子卬(áng)，魏割河西之地予秦。同年又南侵楚国。获，俘获，意谓战胜。

⑬ 举：攻取。

⑭ 治：社会秩序安定。

⑮ 惠王：即秦惠文王，孝公之子，名驷，公元前337年至公元前311年在位。张仪：魏国人，惠文王时为秦相，以连横之计破六国合纵之盟，使秦各个击破六国。

⑯ 拔：攻取。三川之地：原属韩国，在今洛阳一带。三川，指黄河、洛水、伊水。拔三川之地为秦武王时事。

⑰ 巴、蜀：皆古国名，巴国在今阆中及川东一带地区，蜀国在今成都及川北一带地区。秦惠文王更元九年（前316），使司马错伐蜀，并吞巴、蜀后，置巴郡、蜀郡。

⑱ 上郡：魏地，在今陕西省北部和宁夏、内蒙古部分地区。惠文王十年（前328），派公子华和张仪攻魏，魏献上郡十五县予秦。

⑲ 汉中：楚地，今陕西省南部一带地区。公元前312年，秦大破楚军，取地六百里，置汉中郡。

⑳ 包：包容，吞并。九夷，指当时楚国境内的少数民族。

㉑ 制：控制。鄢（yān）：楚地，在今湖北宜城县。郢（yǐng）：楚都，在今湖北省江陵县。

㉒ 成皋：要塞名，又称虎牢关，在今河南省荥阳县。

㉓ 膏腴（yú）：肥沃。

㉔ 散：瓦解。从（zòng）：同“纵”，合纵，指六国抗秦的联盟。

㉕ 施（yì）：延续。

㉖ 昭王：秦昭襄王，武王异母弟，名则，一名稷，公元前306年至公元前251年在位。范雎（jū），战国时魏人，因受魏相魏齐迫害而事秦，昭王时为秦相，封应侯，献远交近攻之策，使秦逐个征服邻国。

㉗ 穰（rǎng）侯：即魏冉，昭王母宣太后异父弟，曾为秦相，封于穰。

㉘ 华阳：即华阳君，名芈（mí）戎，宣太后的同父弟，封于华阳。华阳与穰侯两人，因宣太后的关系而擅权，昭王用范雎计，废太后，逐穰侯、华阳于关外。

㉙ 强：巩固。公室：指朝廷。

㉚ 杜：塞。私门：指贵族豪门。

㉛ 向使：假使。却：拒绝。内（nà）：“纳”的古字。

㉜ 是：此，这。

㉝ 昆山：即昆仑山，古代传说此山北麓和田产美玉。

㉞ 随、和之宝：指随侯之珠与和氏之璧，均为宝物。

㉟ 明月之珠：即夜光珠。

㊱ 服：佩带。太阿（ē）：古宝剑名，相传是春秋时吴国名匠干将和欧冶子合铸的。

㊲ 纤离：古骏马名。

㊳ 建：树立。翠凤之旗：用翠羽为凤形装饰起来的旗子。

㊴ 灵鼍（tuó）：即扬子鳄，产于长江下游，皮可作鼓面，发声洪亮。

㊵ 犀：犀牛角。象：象牙。玩好：喜爱把玩的物件。

㊶ 郑卫之女：郑、卫两地的能歌善舞的女子。

㊷ 駃騠（jué tí）：骏马名。厩（jiù）：马棚。

㊸ 丹青：两种绘画颜料，即丹砂和青雘（hù）。

㊹ 下陈：古代统治者堂下陈放礼品，站列婢妾的地方。此指站在后列的侍奉皇帝的宫女。

㊺ 宛珠：宛（今河南南阳）地出产的珍珠。

㊻ 傅：通“附”。玑：不圆的珠子。珥：耳环。

㊼ 阿：齐国东阿，即今山东东阿。缟（gǎo）：白色的薄绸。

㊽ 锦：织锦。绣：刺绣。进：进献。

㊾ 随俗雅化：随社会风尚的变化而力求闲雅时髦。

㊿ 佳冶：美好艳丽。窈窕（yǎo tiǎo）：幽闲雅致。

51 赵女：赵国的美女。

52 瓮、缶（fǒu）：都是瓦器，秦人用作打击乐器。

53 筝：古代一种拨弦乐器。搏：拍。髀（bì）：大腿。

54 呜呜：歌咏声。

55 秦之声：秦国有代表性的地方音乐。

56 郑卫：指郑、卫两国的音乐。桑间：指卫国濮水之滨的音乐。《韶虞》：相传为帝舜时乐曲。《武象》：周代乐曲。

57 适观：适合观赏。

58 曲直：指邪正。

59 跨：凌驾。制：制服，控驭。

60 太山：即泰山。让：辞却。

61 众庶：广大的百姓。

62 五帝：一般指黄帝、颛顼（zhuān xū）、帝喾（kù）、尧、舜五位帝君。另也有其他说法。三王：即夏禹、商汤、周武王三代帝王。

63 黔（qián）首：秦时对百姓的称呼。黔，黑色。资：供给、资助。

64 业诸侯：意思是促成诸侯的业绩。业，此处用作动词。

65 藉（jiè）：同“借”。兵：兵器。赍（jī）：给予，赠送。

66 益仇：利于敌人。益，增加。

67 求：要求、希望。危：危险。

第二编 两汉文学

第一章 两汉文学发展概况

第一节 两汉社会概述

西汉初年，由于长期战乱，造成社会经济凋敝，人民生活贫困。为了巩固封建统治，自汉高祖以来，实行了休养生息政策，采取了一些安定社会、发展农业生产的措施，经济很快得到了恢复和发展，出现了所谓“文景之治”。

汉王朝对秦的制度，既有承袭，又有变更，在推行郡县制的同时，又搞了分封制，先后分封异姓王和同姓王。后来异姓王被消灭，而同姓王却逐渐发展成地方割据势力。经过了汉景帝平定吴楚七国叛乱和汉武帝的削藩斗争，中央集权制才得以巩固。

西汉发展了由秦朝建立的统一的多民族国家，经过长期融合，华夏族与相邻的一些民族逐渐形成一个民族，即汉族。对匈奴，则通过“和亲”与战争，彼此密切了关系。西南、东南各族与内地的联系也得到了增强。

汉武帝时期，是西汉的极盛时期，在经济、政治、军事和文化等方面都有建树。但由于对农民的残酷剥削和役使，阶级矛盾日趋激化，西汉逐渐由强盛走向衰落。

西汉后期，统治阶级政治腐败，地主、商人、贵族、官僚疯狂兼并土地，阶级矛盾尖锐，社会危机加深。居摄三年（公元 8 年）外戚王莽篡夺了刘氏政权，建立新朝，实行托古“改制”。王莽的“改制”不仅挽救不了社会危机，反而加剧了社会矛盾，破坏了社会经济，给人民带来深重灾难。因此，爆发了一场席卷全国的以绿林军、赤眉军为代表的农民大起义，王莽政权被推翻。汉室宗亲刘秀起初加入绿林军，后脱离出来，逐渐扩大势力，最终于建武元年（公元 25 年）即帝位，建都于洛阳，史称东汉或后汉。

东汉王朝是豪族地主的政权。豪族地主不仅兼并大量土地和财产，控制大量的农民，拥有雄厚的经济势力，而且还通过察举和征辟，把持中央和地方政权，结成垄断政治集团。豪强势力的发展，以及由此而引起的统治阶级内部的争斗，使社会矛盾日趋尖锐。中平元年(184)，爆发了张角领导的黄巾起义，严重打击了东汉政权，各地豪强势力乘机割据，皇权名存实亡。黄初元年(220)，曹丕迫汉献帝禅位，章武元年(221)刘备称帝，黄武元年(222)孙权称帝，历史进入魏蜀吴三国时期。

第二节 两汉散文

汉代散文在先秦散文的基础上有了长足的发展，取得了巨大的成绩。主要是政治经济学术论文和史传散文。

政治经济学术论文的作者，主要有贾谊、晁错、桓宽、桓谭、王充、王符、仲长统等。贾谊生活在汉文帝时代，他的政论文有一部分收集在《新书》中。今本《新书》共十卷，加上两篇有目无文的篇目，共五十八篇。但其中有些文章是割裂《汉书》所载贾谊作品加上标题而成的，故清人《四库全书总目》认为："疑谊《过秦论》、《治安策》等本皆为五十八篇之一，后原本散佚，好事者因取本传所有诸篇，离析其文，各为标目，以足五十八篇之数，故饾饤至此。其书不全真，亦不全伪。"贾谊最重要的政论文是《过秦论》(《史记·秦始皇本纪》作一篇，《文选》则分为上、中、下三篇)、《陈政事疏》和《论积贮疏》。《过秦论》分析秦朝灭亡的原因，借古喻今，警告汉文帝切勿像秦朝统治者那样"仁义不施"，"繁刑严诛，吏治刻深，赏罚不当，赋敛无度"，否则，就会重蹈秦朝灭亡的覆辙。文章汪洋恣肆，气势纵横，说理透彻，笔锋犀利，极有说服力。其他政论文也都能针对时弊，主张削减诸侯割据势力，抗击匈奴，保卫边境，重农抑商，重视积贮等。他强调"国以民为安危"、"为存亡"、"为兴坏"，强调"夫民者，万世之本也，不可欺"(《新书·大政上》)。这在当时，是难能可贵的。

晁错(？—前154)生活在汉文帝、汉景帝时代，他的政论文以《论贵粟疏》、《贤良对策》、《言兵事疏》和《守边劝农疏》最为有名，主张"守边备塞，劝民力本"。在《论贵粟疏》中，将农民的痛苦遭遇和富商的豪华奢侈进行鲜明对比，指出农民"春耕夏耘，秋获冬藏，伐薪樵，治官府，给繇役，春不得避风尘，夏不得避暑热，秋不得避阴雨，冬不得避寒冻，四时之间，亡日休息"，即使这样，还要"卖田宅，鬻子孙"来还债；而富商则"男不耕耘，女不蚕织，衣必文采，食必粱肉，亡农夫之苦，有仟佰之得。因其富厚，交通王侯，力过吏势，以利相倾，千里游遨，冠盖相望，乘坚策肥，履丝曳缟"。文章还进一步指出："此商人所以兼并农人，农人所以流亡者也。"晁错与贾谊的政论文都写得非常雄健有力，但贾文纵横铺张，富有文采；晁文质朴沉实，以峭刻见长。

桓宽生活在汉宣帝、汉昭帝时代。昭帝始元六年(前81)，朝廷召集了天下贤良文学之士六十多人，和御史大夫桑弘羊就盐铁等是否实行专卖政策进行了激烈的辩论。御史大夫一派，认为国家财政不足，征讨匈奴需要巨大的军费开支，主张实行盐铁官营；贤良、文学一派，则主张修德安民，广利农业，反对盐铁专卖政策。桓宽利用这次会议的记录，写成了著名的经济论文专集《盐铁论》。全书共六十篇，采用对话体，文字峻洁锋利，不仅观点明确，争辩有力，还能显示出参与者的感情和神态，在汉代散文中，别具一格。

东汉初期，谶纬符命之说甚嚣尘上，蛊惑人心。这时，桓谭和王充等一批作家挺身而出，写出了一批哲学学术论著，以反对天命迷信思想为核心，对批判虚妄、澄清人心起了很大的作用。桓谭(约前23—后30)著有《新论》一书,可惜已经失传,只留下《形神》篇等片断。王充赞扬《新论》"论世间事,辩照然否,虚妄之言,伪饰之辞,莫不证定"(《论衡·超奇》)。由此可见,桓谭是王充的先导。

王充的《论衡》写于明帝永平末至章帝建初末十余年间,正当章帝命班固编纂《白虎通义》,将天人感应思想定为"国宪"的时候,由此可见《论衡》的针对性。《论衡》是一部内容深广的哲学学术论著,文风平易朴实,简洁明快。其中,《变虚》、《异虚》、《感虚》、《福虚》、《祸虚》、《寒温》、《变动》等篇,批判了天象物候与人类社会相互感应的思想,而这正是当时官方思想的核心;《讲瑞》、《指瑞》等篇,批判了祥瑞思想;《问孔》、《刺孟》、《儒增》等篇,批判以孔孟为代表的儒家学说;《死伪》、《纪妖》、《订鬼》、《难岁》等篇,批判了世俗迷信鬼神的思想。《论衡》在破的同时,也注意立,在《超奇》、《佚文》、《自纪》等篇中,还明确提出了主实用、重内容、反模拟、尚通俗等进步的文学观。这种文学观,不仅针砭当时浮华的文风,对于后世,也产生了积极而良好的影响。

王符生活于东汉章帝至桓帝时代,是一位终生没有做过官而隐居于乡间著书的知识分子,所以他对民生的疾苦和社会的黑暗腐败有相当深刻的认识。《后汉书·王符传》说:"自和、安之后,世务游宦,当途者更相荐引,而符独耿介不同于俗,以此遂不得升进。志意蕴愤,乃隐居著书三十余篇,以讥当时失得,不欲章显其名,故号曰《潜夫论》。其指讦时短,讨谪物情,足以观见当时风政。"

仲长统(179—220)是东汉末期的重要政论文作家,原著《昌言》三十四篇,早已失传,在《后汉书·仲长统传》中载有《理乱》、《损益》、《法诫》三篇,《群书治要》中引有零碎片断,严可均《全上古三代秦汉三国六朝文》辑存三卷。仲长统在《理乱》中尖锐地指出:"豪人之室,连栋数百,膏田满野,奴婢千群,徒附万计。船车贾贩,周于四方,废居积贮,满于都城。琦赂宝货,巨室不能容;马牛羊豕,山谷不能受。妖童美妾,填乎绮室;倡讴妓乐,列乎深堂。宾客待见而不敢去,车骑交错而不敢进。三牲之肉,臭而不可食;清醇之酎,败而不可饮。"对统治阶级的荒淫无耻、腐败糜烂,揭露得淋漓尽致。

史传散文主要是司马迁的不朽著作《史记》和班固的杰作《汉书》。

《史记》原名《太史公书》,东汉末始称《史记》。它是中国古代第一部记传体的通史,也是中国古代第一部以人物为中心的纪传体文学作品。《史记》纪事,上自黄帝,下至汉武帝太初年间,上下三千余年。司马迁写《史记》是本着"究天人之际,通古今之变,成一家之言"(《报任安书》)的宏大理想进行的。在司马迁的心目中,《史记》不仅是贯通上下三千年的中国古代通史,而且也是一部具有独立思想和体例的学术著作。

《史记》创建了本纪、表、书、世家、列传五种体例。十二本纪以编年方式记叙历代帝王统治时的大事,是全书的大纲;十表用表格形式分项列出各个历史时期的大事,好比全书的纵横网络;八书是天文、历法、水利、经济等各部门的专史;三十世家记列代诸侯、世袭家族和对历史有重要贡献的人物(如孔子和陈胜等);七十列传记载社会其他各阶层人物的事迹和少数民族及属国的历史。五种体例相互补充、综贯,形成一个完整的整体。"自此例一定,历代作史者,遂不能出其范围,信史家之极则也"(清赵翼《廿二史札记》)。

《史记》是中国古代第一部正史。所谓正史,顾名思义,应当是官修的史书,但《史记》却是一部私人著作,可见它的权威性。

《史记》充满了批判精神,即使对于汉朝的开国皇帝刘邦和雄才大略的汉武帝也毫不留情地加以揭露。至于对酷吏和贪官以及历史上种种黑暗现象的揭露则更是不遗余力。但他又能不以成败论英雄，对在历史上起过重要作用的人物如项羽、陈胜、吴广等则予以充分的肯定。

由于《史记》具有不受官方主导思想左右的批判精神，司马迁身后曾遭到班固的严厉指责："是非颇谬于圣人：论大道则先黄老而后六经，序游侠则退处士而进奸雄，述货殖则崇势力而羞贫贱。"（《汉书·司马迁传》）但是，以今天的眼光来看，这正是《史记》优于《汉书》的地方。

《史记》在史学和文学方面的巨大成就，还是鲁迅在《汉文学史纲要》中的两句话，评得最为中肯和扼要，这就是："史家之绝唱，无韵之《离骚》。"它深深地影响着历代的优秀作家，如唐代的韩愈、柳宗元，宋代的欧阳修、苏轼，明代的归有光，清代的方苞、姚鼐等，都从《史记》中吸收营养。《史记》对后世的小说、戏曲的发展也同样有很大的影响。

此外，司马迁的《报任安书》是一篇杰出的散文，信中详细记叙了他为李陵事件受腐刑的经过，抒写了他"隐忍苟活"、发愤撰写《史记》的心情，不仅内容丰富，是我们研究司马迁的最宝贵的资料，而且感情充沛、豪纵跌宕，堪称汉代散文中的杰作。钱基博《中国文学史》评论说："文字贵炼贵净，而迁此书全不炼不净，粗枝大叶，任意写去，而矫健磊落，笔力真如走蛟龙，挟风雨，而且峭句险字，往往不乏，读之但见奇肆而不得其结构。……读者多服其跌宕不群，翻觉炼净者之为琐小，不如迁之意态豪纵不羁，其所为尽而有余，此所由笔力卓越。"这是对《报任安书》的艺术特色极准确的概括评述，值得我们反复体会。

在历史散文中，与《史记》齐名的便是班固的《汉书》。

班固所处的东汉前期，正是封建统治相对稳定，社会生产力由恢复到发展的时期。东汉王朝为了进一步巩固政权，加强封建统治，亟须总结前朝的经验，而司马迁的《史记》只止于武帝。西汉末年，不少人缀集时事，相次续补《史记》。班彪认为这些续补之作文辞卑俗，不足以踵继前史，于是另作《史记后传》六十五篇。但这种《史记》续编，尚不能构成一部独立的汉史。到了东汉，如果再依照前人的成规，续编汉史，不但不能宣扬"汉德"，而且势必会同司马迁把《汉高祖本纪》"编于百王之末，厕于秦、项之列"一样，将《世祖本纪》编在王莽之后，列于新市、平林之中，这是统治者所不能允许的。班固写作《汉书》这部断代史，就是适应统治者这种需要的。

班固潜精积思二十余年，才写成《汉书》。《汉书》是中国第一部纪传体断代史，主要记述了自汉高帝元年（前206）到王莽地皇四年（23）二百三十年的历史。全书共一百篇，包括十二本纪、八表、十志、七十列传。其中一部分袭用《史记》，只在文字上稍加改易；一部分补充《史记》的不足，使史实更完备；一部分是根据其父班彪写的后传整理补充而成的；一部分是自撰的。八表在他去世后由其妹班昭续成，《天文志》则由马续帮助班昭续成。

班固写作《汉书》，基本上站在封建统治阶级的立场，因此《汉书》的封建正统观念比较浓厚。但班固是严肃的史学家，《汉书》中保存的大量原始史料，仍然客观地反映了西汉政治、经济、文化状况和封建政权的兴亡。就《汉书》的思想内容而言，下列几个方面是应予充分肯定的：

第一，揭示了当时社会矛盾，暴露了统治阶级的残暴、专横、淫乱和昏庸。如《外戚传》暴露了宫闱的黑幕、帝王的残暴；《霍光传》揭发了外戚的专横自恣及其爪牙鱼肉人民的罪恶；《朱买臣传》通过对朱买臣的描写，反映了封建时代的炎凉世态。

第二，对人民的痛苦寄以同情，对志士仁人给予赞颂。例如《龚遂传》里接触到人民的疾苦，反映了渤海农民由于岁饥无以为生的境况，表扬了能体恤人民的官吏，体现了班固对人民的同情。又如在《苏武传》中，通过一系列具体生动的描写，突出了苏武视死如归、不为利诱的斗争精神，歌颂了苏武坚持民族气节的高尚品格。

从文学角度说，《汉书》中的一些人物传记，也有较高的艺术成就。首先，塑造了不少生动的人物形象。如《朱买臣传》写买臣贫贱时和富贵时的不同生活和不同精神面貌;《外戚传》写李夫人临死时歔欷叹息的可怜情态;《盖宽饶传》刻画了耿直的儒者形象。尤其是对苏武的描写,更是成功的一例,它标志着《汉书》在艺术上达到的最高成就。千百年来,苏武持节牧羊的故事,在人民群众中广为流传。其次,人物的思想性格特征往往通过人物的日常生活细节来表现。例如《陈万年传》,通过陈万年病中训子的一段对话,勾勒了陈万年不以谄事权贵为耻的官僚形象。《张禹传》则通过叙述张禹的日常言行,围绕他"持禄保位"的卑鄙心理,戳穿了他"为人谨厚"、"为天子师"的假面,使其显露出庸俗、虚伪、阴险的嘴脸。

此外,《汉书》的语言比较典雅整饬,崇尚骈偶,繁富缛丽。这是受辞赋和当时已走向骈俪化的散文影响的结果。"当世甚重其书,学者莫不讽诵"(《后汉书·班固传》),成为六朝骈文的先导。唐宋古文名家也都学习它的语言,如柳宗元、苏轼和黄庭坚都是精熟《汉书》的人,这说明《汉书》对中国古代散文的发展曾起过一定的作用。

《史》、《汉》对比研究历来是文学批评家和历史学家感兴趣的课题。《史记》、《汉书》都是正史,所记载的人物、事件都是可靠的,它们又都是纪传体的史书,因此都具有历史价值和文学价值。但《史记》是通史,记述了上下数千载的史实,而《汉书》是断代史,只叙写了西汉一代的历史,因此《史记》内容真实丰富,但"甚多疏略,或有抵梧(牾)"(《汉书·司马迁传》),而《汉书》则比较切实详尽。从思想倾向而言,《史记》具有比较浓厚的民主色彩,不受官方主导思想的束缚,批判精神强烈,对本朝帝王也多有揭露和谴责,牢骚愤激之辞不时可见;《汉书》则具有浓厚的封建正统观念,民主精神和人民性比较缺乏。其思想倾向不同的原因在于:一是司马迁和班固的遭遇不同,司马迁的不幸要比班固严重得多;二是两人的写作动机不同,《史记》是私家著作,可以较多地抒发自己胸中的"郁结",而《汉书》是奉诏写作,是官修的史书。在描写人物形象的生动性、典型性方面,《汉书》稍逊于《史记》。在文字方面,《史记》和《汉书》也有不同,前者多以当时之语释古时文字,兼取口语,行文多用散体,本色自然;后者好用古字,崇尚藻饰,倾向排偶骈俪。尽管《史记》和《汉书》有这许多不同,但无论是《史记》还是《汉书》,都以其杰出的文学成就,给后世以巨大的影响。

据《汉书·艺文志》著录,汉代还有小说一类,作品大多亡佚。但现存的汉代散文中也有类似小说的作品,如刘向(前77—前6)的《说苑》、《新序》、《列女传》。刘向的编纂目的在于宣扬主流的政治文化思想和伦理道德观念,但其所记遗闻轶事,具有小说意味,语言也较流利自然。此外,《吴越春秋》、《越绝书》,旧时书录均入史部,称之为"杂史"、"载记",两书记述了春秋末年吴越争霸的史实,其中也融入了一些民间传说。所有这些,对后世历史演义小说的写作是有启发的。

第三节　两汉的赋

"赋"从一种艺术表现手法转为一种专门性的文体,经历了一段过程。"赋"在《诗经》中是跟"比"、"兴"并列的一种表现手法。《国语·周语》中说:"故天子听政,使公卿至于列士献诗,瞽献典,史献书,师箴,瞍赋,矇诵。"班固《汉书·艺文志》也说:"不歌而诵谓之赋。"据此,"赋"又指对不配乐诗歌的一种朗诵方法。

《毛诗传》云:"升高能赋……可以为大夫。"孔颖达疏云:"升高能赋者,谓升高有所见,能为诗,赋其形状,铺陈其事势也。"这儿又指写诗,同时讲到这种写作方法的特点是"铺陈其事"。

东汉刘熙《释名·释书契》说："敷布其义谓之赋。"晋陆机《文赋》明确指出："诗缘情而绮靡，赋体物而浏亮。"于此可见，赋着重于描摩客观事物，而且要铺叙。所以刘勰《文心雕龙·诠赋》说："赋者，铺也，铺采摛文，体物写志也。"这一观点为历代研究者所接受，发展至清代，刘熙载在《艺概·赋概》中就讲得更清楚："诗言持，赋言铺，持约而铺博也。""赋起于情事杂沓，诗不能驭，故为赋以铺陈之。斯于千态万状层见迭出者，吐无不畅，畅无或竭。"

关于赋的源头，《文心雕龙·诠赋》提出"受命于诗人，拓宇于楚辞"的观点，是符合赋史发展的实际的。的确，"赋自诗出"，除了上述赋的名称、手法来自于《诗经》外，《诗经》中的许多具体作品如《小雅·北山》中十二个"或"的铺排写法，也对赋的形成有一定的影响。屈原的作品吟咏山川物产，摹写香草美人，文辞艳巧，想象奇丽，这种特色汉赋也继承下来了。《招魂》采用东、西、南、北、上、下铺陈的方法，对汉赋的影响更为直接。宋玉的赋，"极声貌以穷文"，如《风赋》词藻华美，想象奇异，反复吟咏，多方铺排，夸饰虚构，摹声绘貌，侈丽闳衍，极尽风之种种情状。因此，宋玉的赋也对汉赋有直接的影响。

清章学诚《校雠通义·汉志诗赋》则认为汉赋"出入战国诸子"。这也符合汉赋的实际。汉赋常假托人物问答，如司马相如的《子虚赋》、《上林赋》假托子虚、乌有先生、亡是公三人对答，就像《庄子》、《列子》中的寓言假托人物对话一样。汉赋的咏物说理，好比《荀子·赋篇》中的《云赋》、《蚕赋》。汉赋的夸张声势，如《子虚赋》的写云梦，说其山怎样，其土怎样，其石怎样；其东有什么，其南有什么，其西有什么，就像战国时纵横家夸说某国、某事一样。汉赋的编排故事，就像《韩非子》、《吕氏春秋》中编排了许多历史故事来说明用意那样。汉赋的历举各种事例，层层深入地启发人，比如枚乘的《七发》，就像《孟子》之《齐桓晋文之事章》中，历举许多事例来层层深入地说服梁惠王推行仁政一样。由此可见，汉赋的形成，确实深受先秦诸子著作的影响。

赋在形式的发展上，随着历史的进程，分为骚赋（主要是在先秦和汉初）、大赋（主要是在两汉）、骈赋（主要是在六朝）、律赋（唐以后）和散文赋（宋以后）五个阶段。

骚赋用楚声"兮"字，对偶和散行交错，多七字和六字句，贾谊的赋即归入此类。骚赋尚情，被明徐师曾《文体明辨序说》称为"贤士失志之赋"。

大赋不用楚声，对偶多于散行，以四字和六字句为主，以铺陈事物为其主要特征，正如班固《汉书·艺文志》所说"竞为侈丽闳衍之词，没其风谕之义"。

骈赋是随着骈文的发展而形成的，篇幅比汉大赋短，而对偶句较汉大赋更多更工，有些几乎全用四字、六字对偶句组成。形式上金声玉润，绣绮交错，内容上重视抒情，但渐趋琐屑。

律赋是随着五、七言诗的律化而形成的。从唐朝起，把六朝骈赋格律化，讲究对偶、用韵、平仄，注意上下联的平仄对称，并且限押八韵，以之取士，有如明清的八股文。这种赋只以音律谐协、对偶精切为工，情韵既置诸不顾，词藻亦过求纤巧，其文学价值就不高了。

散文赋是宋以后出现的赋。宋代一些大作家，配合古文运动，提倡散行，通篇散句多于偶句，每句字数多少不等，不限定四字、六字句。由于抒写自由，出现了一些优秀作品，如欧阳修的《秋声赋》，苏轼的《赤壁赋》、《后赤壁赋》等。

汉赋是汉代最能体现时代文学特色的文学样式。从汉武帝至汉宣帝（前140—前49）将近一个世纪中，汉帝国在政治、军事、经济、文化各方面都有很大的发展，它的威势，真是如日中天，光芒四布。在这种情况下，帝王的生活越来越豪奢，大建宫殿，游猎无度，追求神仙，沉迷酒色。汉赋的作者，不少都是帝王的文学侍从，他们为了显示自己的才学，便看中了最适宜于歌功颂德、铺张扬厉的赋体，竞相制作，以极其虚夸的文笔，来极力描写打猎场面、神仙境界、宫殿规模以及京都的气派等，以顺应夸耀汉帝国繁荣和汉天子声威的现实需要，虽然赋的结尾往往也缀上一两句讽谕劝谏的话，但不过是“劝百而讽一”。

利益的驱动也是汉赋繁荣的重要原因之一。诸侯王如吴王刘濞、梁孝王刘武、淮南王刘安等都爱好辞赋，将四方各士招致于门下。邹阳、严忌、枚乘、司马相如、淮南小山、公孙胜、韩安国等赋家，皆出于诸侯门下。枚乘赋柳，赐绢五匹；相如赋《长门》，据说得黄金百斤。汉武帝本身善写诗，爱好文学，重视文人，故司马相如、东方朔、枚乘等，俱以辞赋得官。宣帝时的王褒、张子侨，成帝时的扬雄，章帝时的崔骃，和帝时的李尤等，都以辞赋入仕。张衡在《论贡举疏》中就写明当时政府已经采用考赋取士的制度。

汉武帝时，罢黜百家，独尊儒术，因而，征圣、宗经、原道的观念，成为文学理论的准则，大家以此指导文学，批评文学。在这种情况下，汉赋带着讽谕的美名，古诗的遗意，顺利地繁荣发展起来，成为“一代文学”的代表。在《史记》和《汉书》中，各家的赋都被整篇整篇地引用，由此说明汉朝人对于辞赋的重视。这也是汉赋繁荣的原因。

汉赋的发展历程，大致经历了形成、全盛、模拟和转变四个阶段。

汉初为汉赋的形成期，当时黄老思想占统治地位，各方面比较放任自由。赋家以贾谊和枚乘为代表。贾谊的《吊屈原赋》是借吊屈原来吊自己，表现了贾谊对现实政治的强烈不满情绪和怀才不遇的愤懑，是屈原痛苦心灵和哀怨情思在汉代的再现。《鹏鸟赋》是写贾谊居住长沙时，因有鹏鸟(即猫头鹰)飞入其室，以为不祥，作以自慰的。赋中具有较浓厚的黄老思想，借人与禽对话，抒泄了怀才不遇的抑郁不平之气。贾谊的赋，仍以抒情言志为主，故属于骚赋。

枚乘(？—前 140)的《七发》属于“七”体，也是赋的一支，假托吴客问病楚太子，依次铺叙音乐、饮食、车马、宫苑、田猎、观涛和妙道七件事，来启发楚太子改变安逸享乐的生活方式，以妙道来医治痼疾。全篇用反复的问答演为叙事的体式，富于夸张铺排，善于描绘事物，但语言生动而有变化，讽谕之义较强，同其他汉大赋有所不同。

武帝、宣帝、元帝、成帝时代，是汉赋的全盛期。《汉书·艺文志》所载汉赋共九百余篇，六十余家，其中十分之九是这个时期的作品。全盛期的赋家以司马相如、东方朔、王褒为代表。

据《汉书·艺文志》记载，司马相如共有赋二十九篇，如今仅存六篇，其中《子虚赋》、《上林赋》、《大人赋》、《长门赋》为名篇。《子虚》、《上林》二赋是联贯的，借子虚、乌有先生、亡是公三人问答诘难，对天子与诸侯的迷恋游猎、不务政事予以规讽。但赋中对于猎地的物产和打猎场面极力夸饰，比如写云梦的物产，凡是能想到的珍禽怪兽、奇花异草全都放进去了。这种大赋结构宏伟，语汇丰富，描绘细致，有巨丽宏富之美，反映出汉代雄强的国势和烜赫的声威。这些赋往往也有讽谏的意味，但其效果，则正如扬雄所说：“劝百而讽一，犹骋郑卫之声，曲终而奏雅。”有时甚至适得其反。如《大人赋》本是劝汉武帝不要迷信神仙的，谁知汉武帝读后，反而飘飘然有凌云之概。

东方朔(前 154—前 93)滑稽多智，诙谐机警，玩世不恭，实际上是一位有胆有识的刚毅之士。他的《答客难》亦是汉赋中的名篇，深刻暴露了帝王生活的奢侈荒淫，也尖锐地批评了帝王对于人才的玩弄：“尊之则为将，卑之则为虏，抗之则在青云之上，抑之则在深泉之下，用之则为虎，不用则为鼠。”精警异常，令人深思。

王褒的代表作是《洞箫赋》，描写精巧细腻，形象极其鲜明，文辞华丽，音调和美，是咏物赋中的代表作，但已开六朝骈俪纤巧之风。

从西汉末年至东汉中叶(公元 1 年—公元 90 年左右)为汉赋的模拟期，这个时期的赋家以扬雄、班固为代表。扬雄(前 53—后 18)历经成、哀、平、莽四朝,郁郁不得志。《甘泉》、《羽猎》、《长杨》、《河东》四赋是他的名作,虽然都是模仿司马相如的,但由于他才高学博,故能表现出自己的特色,特别是在景物的描写上有较高的艺术成就。到了晚年,由于阅世已深,他对注重铺张扬厉的汉赋的弊病有所认识,指出"诗人之赋丽以则,辞人之赋丽以淫",认为这是雕虫篆刻的小技,壮夫不为。

班固的《两都赋》是汉代京都赋的代表作,分为《西都》与《东都》两篇,实为上下篇。他写此两赋的动机是由于东汉建都洛阳,西京父老有怨言,于是作此两赋,"以极众人之眩曜,折以今人之法度"(《两都赋序》)。《两都赋》无论是结构形式,还是具体写法,都模仿司马相如,但仍有自己的鲜明特色,结构宏伟,富于文采。

从东汉中叶直至汉末,为汉赋的转变期。这个时期的赋家,以张衡和赵壹为代表。张衡的《二京赋》是模拟班固《两都赋》的,赋中能真切地反映一些社会风俗和世态人情,比起此前的汉大赋来,现实性已经加强。比如赋中写道:"今公子苟好勦民以媮乐,忘民怨之为仇也,好殚物以穷宠,忽下叛而生忧也。夫水所以载舟,亦所以覆舟。坚冰作于履霜,寻木起于蘖栽。"警告统治者不能安而忘危、忽视人民的作用,具有很强的现实意义。而他的《归田赋》,则以抒情为主,抒写他全身远祸、归隐田园的思想感情,摆脱了汉大赋铺陈排比的旧途,开拓了抒情写志的新境。

赵壹的《刺世疾邪赋》,词句锐利,情绪愤激,质直锋利地抨击了汉末吏治的腐败,人情的势利,指出当时是"舐痔结驷,正色徒行"、"邪夫显进,直士幽藏",是非颠倒,邪正不分,表现了作者积极反抗的精神。不过,由于文辞过于质朴直率,形象性稍差。

第四节　两汉诗歌

汉代诗歌是在《诗经》、《楚辞》和秦、汉民歌的基础上发展起来的,形式上由四言为主转向五言为主,内容上体现了"诗言志"的精神。汉代诗歌中,成就最高、影响最大的是汉乐府和《古诗十九首》。

乐府,原指采诗制乐的官署,后来逐渐成为一种诗体的名称。1977 年在秦始皇陵墓附近出土的编钟上就有"乐府"两字,这说明秦代已有乐府的机构。据《汉书·礼乐志》记载:"《房中祠乐》,高祖唐山夫人所作也。……孝惠二年使乐府令夏侯宽备其箫管,更名曰《安世乐》。"可见汉初也有乐府,但当时乐府职能掌管的只是郊庙朝会乐章,尚没有与民间歌辞发生关系。至武帝,为了制礼作乐,歌舞升平,扩大了乐府的规模和职能。由精通音乐的李延年充任协律都尉,广泛收集、整理民间歌谣,吸收文人创作庙堂颂辞,教习女乐歌舞演奏,俗曲因此流行。这对于汉代民歌的流传、保存起了重大作用。《汉铙歌十八曲》就是当时朝廷军乐凯歌,其中以《战城南》、《有所思》、《上邪》等为最有名。此外,还有采自各地的民歌。到了哀帝时,曾对乐府罢官减人,只保留从事庙堂雅乐的人员。但"百姓渐渍日久",民歌俗曲依然在社会上演唱流传。

东汉时,乐府的建置略承西汉。东汉民间徒歌谣辞异常活跃,原因有二:其一是当时迷信谶纬术数,推行谶纬术数的儒生方士往往编造、利用民间歌谣敷衍天命,以神其说。其二是观谣察官政策的形成。光武帝"广求民瘼,观纳风谣","亟以谣言单辞转易守长"(《后汉书·循吏传序》)。和帝、灵帝都曾派人到各州县,观采风谣,考定民情;连州官上任,也"羸服间行","采问风谣"(《后汉书·羊续传》)。这种政策措施,使歌谣成为吏民士流制造舆论的一种手段。东汉乐府民歌及谣辞，真实地反映了当时的社会生活和矛盾，出现了不少优秀作品。例如《孤儿行》、《东门行》、《十五从军征》、《陌上桑》以及杰出的长篇叙事诗《古诗为焦仲卿妻作》等。“乐府往往叙事，故与诗殊”（明徐祯卿《谈艺录》），它开创了古代叙事诗的优良传统，发展成为一种专门的诗体。这种诗体，实际上是一种合乐可歌的歌辞。但自魏晋以后，许多文人或袭用乐府旧题，或模仿乐府体裁，或写作具有乐府某些特点的诗歌，不管入乐与否，都称之为乐府。

乐府民歌是中国诗歌发展史上继《诗经》、《楚辞》之后所出现的第三个重要里程碑，它是劳动人民的创作，继承了先秦民歌“饥者歌其食，劳者歌其事”的传统，具有“感于哀乐，缘事而发”（《汉书·艺文志》）的特点，闪烁着强烈的现实主义光芒，它把时代的真实面貌和社会动态浮雕在具有不朽艺术生命力的歌辞中，为后世留下了一幅幅汉代历史的形象画卷。汉乐府民歌现存约四十首左右，基本都收录在宋代郭茂倩所编的《乐府诗集》“鼓吹曲辞”、“相和歌辞”、“杂曲歌辞”中。就汉乐府民歌的思想内容而言，大致可以分为下列几类：

一、反映不合理的兵役制度。汉代从武帝开始，就频繁地发动战争，大量地征调行役戍卒，造成人民的大批死亡，也使很多家庭遭到毁坏。《战城南》正面描述了战场上尸骨纵横、驽马嘶鸣的阴森惨象。《十五从军征》则从侧面暴露了长期战争带来的灾难：“十五从军征，八十始得归”。等待他归来的竟是“松柏冢累累”，是兔走雉飞的废宅。这种家破人亡的惨状更甚于《战城南》。这首诗表达了人民对统治者的强烈抗议和悲愤控诉。

二、反映汉帝国中衰以后残酷沉重的阶级压迫、剥削，逼得人民铤而走险的现实。汉帝国统治者骄奢淫逸，政治日益腐败，封建地主阶级的残酷剥削和奴役，使人民处于水深火热之中，贫困绝望使人民走上了反抗的道路。《妇病行》一诗，描写了一个穷人的妻子临死时嘱咐丈夫好好照料孤儿，而她丈夫在她死后竟无力抚育两三个孤儿的凄苦情况，反映了贫民家庭生活的悲惨。一些父母双亡的孤儿，备受兄嫂的虐待，过着非人的奴婢生活，表现了社会上残酷的剥削已渗入家庭，《孤儿行》便是这样的杰作。《东门行》则写了一个城市贫民在无衣无食没有活路的情况下，不顾妻子的劝阻，毅然拔剑离家，去干“不法”之事。

三、反映官吏豪强对妇女的欺侮，并歌颂了妇女不畏权势的高贵品质。两汉时代，上流社会权贵们过着荒淫无耻的生活，他们凭借富贵权势，大量霸占妇女，迫害玩弄，以至“妖童美妾，填乎绮室；倡讴妓乐，列乎深堂”（《后汉书·仲长统传》）。乐府民歌对此予以无情的揭露。据《后汉书》记载，梁节王畅有小妻三十七人之多，乐成靖王党霸民妻杀人夫。《陌上桑》是具有典型社会意义的作品。《羽林郎》则借西汉故事以揭露东汉外戚的罪恶，诗中塑造了一个酒家胡姬的形象，她严辞痛斥了霍氏家奴冯子都的仗势调笑，显示了即使是胡族下层女子，也凛然不可侵犯。

四、反映爱情的真挚专一，揭露封建礼教的残酷虚伪。这是两汉乐府民歌比较突出的内容，有名的作品有《上邪》、《有所思》。《上邪》写追求爱情，矢志不渝：“山无陵，江水为竭，冬雷震震，夏雨雪，天地合，乃敢与君绝！”一连用了天地间不可能出现的五种事来表达自己炽热的、至死不渝的爱情。《古诗为焦仲卿妻作》是汉乐府民歌中最伟大的杰作，它有力地揭露了封建婚姻制度的不合理，诗中写了焦仲卿和刘兰芝爱情真挚深厚，但他们受到焦母和刘兄的压迫，以致酿成生离死别的悲剧。在中国漫长的封建社会中，妇女被压在社会的最底层，封建礼教明文规定妇女有“七出之条”：“不顺父母去，无子去，淫去，妒去，有恶疾去，多言去，盗窃去。”（《大戴礼记·本命》）又规定：“子甚宜其妻，父母不悦，出。”（《礼记·内则》）因此，即使仲卿夫妇情同鱼水，爱得深笃，但由于焦母不悦，还是不得不离异。这首诗，通过焦刘婚姻悲剧，揭露了封建礼教、封建家长制的弊病，同时热烈地歌颂了兰芝夫妇忠于爱情、宁死不屈的反抗精神。

乐府民歌在艺术上更独具特色。

首先，形式新颖。从诗体发展的角度说，汉乐府民歌是由先秦的四言、骚体向五言、七言过渡的重要形式。它虽然也有四言，但以五言和杂言为主，例如《铙歌十八曲》中的《上邪》、《战城南》、《有所思》等都是杂言，而《陌上桑》、《饮马长城窟行》、《古诗为焦仲卿妻作》却全是五言。汉乐府民歌成熟的五言形式，大大地促进了文人五言诗的创作，并为建安诗歌的繁荣在形式上作了准备。

其次，叙事精彩。《诗经》虽有一些叙事性的作品，但故事情节不连贯，人物形象不鲜明；《楚辞》则多半是抒情作品。汉乐府民歌叙事性很强，描写细致生动，善于抓取典型细节以表现场面，表现人物的思想性格。其描摹人物口吻神情毕肖，情节完整生动，形象鲜明突出。如《陌上桑》中美丽、坚贞、机智、勇敢的秦罗敷，《羽林郎》中敢于反抗恶势力的酒家胡，《古诗为焦仲卿妻作》中知书识礼、勤劳善良而遭到遣返的刘兰芝和懦弱忠厚、忠于爱情的焦仲卿，等等。《十五从军征》虽只写了生活中的一个小片断，却把老兵回家的经过及其所见到的凄惨景象和所感受到的悲愤心情，写得淋漓尽致。《陌上桑》和《古诗为焦仲卿妻作》都有着完整的情节，描绘生动而精彩。汉乐府民歌中的优秀叙事诗，标志着中国叙事诗艺术的趋向成熟。

第三，语言朴实。汉乐府民歌多用口语，不事雕琢，语言朴实生动，表现力强，富有生活气息，如《上邪》、《江南》、《长歌行》等都显得质朴自然，浑然天成。明胡应麟赞扬其语言“质而不俚，浅而能深，近而能远，天下至文，靡以过之”，“矢口成言，绝无文饰，故浑朴真至，独擅古今”（《诗薮》）。

文学的发展，有着它本身一定的演变规律，任何文学作品的出现，决不是偶然的现象。五言诗也有它自己的发展历程。西周和春秋战国时期，五言诗开始孕育；西汉时，五言诗的雏形开始出现。传为西汉枚乘、李陵、苏武、班婕妤所作的五言诗，在后世虽都疑为后人伪托或拟作，但汉惠帝时戚夫人所作《舂歌》（歌名据《古乐苑》）六句，已有五句为五言；武帝时李延年所作《延年歌》（歌名据《古乐苑》）六句，也有五句为五言；汉乐府民歌《江南》以及《成帝时童谣》则确为五言。这些事实说明五言新体诗已逐渐形成。东汉时五言诗已臻成熟，《陌上桑》、《长歌行》、《相逢行》等乐府民歌都是典型的五言诗。汉代民歌中出现的新颖、完整的五言诗，影响着文人五言诗的创作。现存东汉的文人五言诗，最早的是班固的《咏史诗》，诗中写汉文帝时，孝女缇萦为赎免父亲刑罪，请求没身为婢的故事。这首诗重于叙述事实，虽“质木无文”，但在形式上已是一首典型的五言诗。班固以后，有张衡的《同声歌》、秦嘉的《赠妇诗》、郦炎的《见志诗》、赵壹的《疾邪诗》、蔡邕的《翠鸟》以及孔融的《临终诗》。还有标志文人五言诗成熟的无名氏作品《古诗十九首》，这是南朝梁萧统《文选》“杂诗”类的一个标题，包括汉代无名氏所作的十九首五言抒情短诗。这些诗不是一人一时之作，当然更不是有机构成的组诗。

古诗本来是指古代人所作的诗。约在魏末晋初，流传着一批魏晋以前文人所作的五言诗，既无题目，也不知作者，其中大多是抒情诗，具有独特的表现手法和艺术风格，被统称为“古诗”。这些古诗与两汉乐府歌辞并称，专指汉代无名氏所作的五言诗。梁萧统把十九首五言古诗选编在一起，题作《古诗十九首》，以后便成为专名。

对于《古诗十九首》的时代和作者，梁、陈、唐代的文论家，众说纷纭，莫衷一是。《文选·杂诗·古诗一十九首》题下注：“并云古诗，盖不知作者。”《文心雕龙·明诗》云：“《古诗》佳丽，或称枚叔（即枚乘）。其《孤竹》一篇，则傅毅之词。比采而推，两汉之作乎？”《玉台新咏》把其中《行行重行行》等八首题为枚乘杂诗。钟嵘《诗品·上》云：“《去者日以疏》四十五首（包括《古诗十九首》

大部分)……旧疑是建安中曹(即曹植)、王(即王粲)所制。”究竟是西汉产物,还是东汉作品;是枚乘、傅毅所作,还是曹植、王粲写的,都无法确定。近代、现代的文学史家则从五言诗的发展情况和某些篇章的内容进行研究,得出了比较合理的推断,认为这组古诗,并非一人一时之作,只因风格相近,而被编选在一起,其产生时代,先后相距不甚远,大约在东汉后期桓、灵间。

东汉桓帝、灵帝时,社会动乱,政治黑暗,宦官外戚勾结擅权,官僚集团垄断仕途,上层士流结党标榜,中下层士子为了谋求前程,只得奔走交游。他们离乡背井,辞别父母妻儿,而往往一事无成,落得满腹牢骚和乡愁。因此,游子和思妇的生活和情感便构成了《古诗十九首》的基本内容。十九首中,思妇之辞就有七八首。开篇第一首《行行重行行》,写了思妇对丈夫久别不归的思念和怨情。《青青河畔草》采用第三人称,写一个独居少妇的相思离别,通过疏朗浑朴的寥寥数笔,显示了她内心的苦闷。《冉冉孤生竹》、《庭中有奇树》、《凛凛岁云暮》、《孟冬寒气至》都属于这一类。在《古诗十九首》中,写游子思念在家的妻子的诗不多,《涉江采芙蓉》写采摘芳香的芙蓉和兰草赠送给远道的妻子。这首诗借用了楚辞的意境和成辞,“涉江”是《楚辞》的篇名,“遗所思”出自《山鬼》,“离居”出自《大司命》,显然受了《楚辞》的影响。

文人学士的失志伤时是《古诗十九首》所表现的另一个重点。《明月皎夜光》写一个沉沦下位的文人的怨言,表现了诗人心情的悲凉忧郁,惆怅不甘。《回车驾言迈》一诗从客观景物的更新,联系到人生的短暂,因而发出了“立身不早”、沉沦失意的慨叹。功不成,名不立,而时光流逝,老之将至,这是许多文人士子的共同感受,《古诗十九首》对此反复咏唱。如《驱车上东门》、《生年不满百》等诗,抒发了一种死的悲哀和及时行乐的情绪,反映了动乱时代没落的人生观,曲折地反映出东汉末年黑暗现实的某种阴影,有一定的历史认识价值。

《古诗十九首》以其精湛的艺术手法抒发深挚的感情,为历代文学批评家所称道。钟嵘赞赏它“文温以丽,意悲而远,惊心动魄,可谓几乎一字千金”(《诗品·上》)。明胡应麟评它“寓神奇于温厚,寓感怆于和平,意愈浅愈深,词愈近愈远”(《诗薮·内编》)。明陆时雍也说它“深衷浅貌,短语长情”(《诗镜总论》)。具体地说,《古诗十九首》的艺术特色有以下两个方面:

第一,情思强烈深沉,抒写蕴藉委婉。诗为性情之物,《古诗十九首》能以情动人,诗人善于运用各种艺术手法,婉曲地抒发内心世界和对现实的体验,使抽象的情思形象化。例如《西北有高楼》,拟构了一个高楼听曲的生活情节,使抒情诗带有叙事的色彩,把人物形象塑造得更鲜明,把知音难遇的感情抒发得更具体真切。

第二,语言浅近洗练,词采自然生动。《古诗十九首》无一雕琢之字,无一奇险之句,完全像是不经心地顺口道出。《青青陵上柏》一诗,以“陵上柏”、“涧中石”起兴,而后如同闲话,却有层次,有对比,写得自然而含蓄。

刘勰说:“观其结体散文,直而不野,婉转附物,怊怅切情,实五言之冠冕也。”(《文心雕龙·明诗》)对《古诗十九首》作了极高的评价,六朝人把它奉为典范。到了建安年间,“五方腾踊”,五言诗已脱离乐府而独立发展。可以说,《古诗十九首》总结了汉乐府的光辉成就,成为“慷慨以任气,磊落以使才”的建安诗风的前奏,为建安文学奠定了牢固的基石,又是汉代诗歌的一个很好的总结。

第二章 两汉作品选

第一节 两汉政论文

贾谊

贾谊(前 200—前 168),洛阳(今属河南)人。西汉政治家、文学家。世称贾生。他的政治思想基本上是儒家的,但也杂有法家、黄老等思想。十八岁便以读书广博、善写文章闻名郡中。二十二岁被汉文帝召为博士,提出许多革除时弊的建议,备受赏识,一年之内,擢升为太中大夫。后遭朝中权贵妒忌,被贬为长沙王太傅。四年后,又作了文帝少子梁怀王太傅。不久,梁怀王坠马身亡,贾谊自恨失职,忧闷而死。

贾谊的代表作有《过秦论》、《陈政事疏》、《治安策》、《论积贮疏》等。这些政论散文针对重大问题揭露时弊,篇幅宏大,气势纵横,带有先秦纵横家铺陈辞藻、夸张扬厉的特色。贾谊的遭遇与屈原相似。他所仅存的两篇赋《吊屈原赋》、《鹏鸟赋》,抒发了怀才不遇的愤慨,同时也透露了"齐生死,等祸福"的消沉情绪。他的赋偏于抒情,与屈原的《离骚》相近,形式也相仿,但句式渐趋整饬,显示了由骚赋向汉大赋过渡的趋势。所以司马迁在《史记》中把他和屈原一同写入《屈原贾生列传》。有《新书》。

过秦论(上)①

【题解】 本篇选自《文选》卷五十一。《过秦论》有上、中、下三篇,《文选》中只收上篇。汉朝建国初期,在"太平盛世"的背后,隐藏着各种社会危机,诸如诸侯王割据、匈奴侵扰、统治者暴虐,这些危机无不威胁着汉王朝的统治。统治者亟须总结秦亡的教训。贾谊适应这一要求,写了这篇政论。篇中论述了秦王朝削平六国、统一天下及其灭亡的原因,目的是为汉王朝统治提供借鉴。本篇分五段,先叙秦开始时的强盛,次述六国日弱,秦势日强,再写秦始皇统一的气势,继陈形势急转,秦朝败亡,最后总结秦亡的原因。作者依据史实,指陈形势，铺陈排比，剖析利害，使文章条理畅明，气势峥嵘，疏直而激切，遒劲而有力。

秦孝公据殽函之固[②]，拥雍州之地[③]，君臣固守，以窥周室[④]；有席卷天下、包举宇内、囊括四海之意[⑤]，并吞八荒之心[⑥]。当是时也，商君佐之[⑦]，内立法度，务耕织[⑧]，修守战之具[⑨]；外连衡而斗诸侯[⑩]。于是秦人拱手而取西河之外[⑪]。

孝公既没，惠文、武、昭，蒙故业[⑫]，因遗策[⑬]，南取汉中[⑭]，西举巴蜀[⑮]，东割膏腴之地[⑯]，收要害之郡[⑰]。诸侯恐惧，会盟而谋弱秦[⑱]，不爱珍器重宝肥饶之地[⑲]，以致天下之士[⑳]，合从缔交[㉑]，相与为一。当此之时，齐有孟尝[㉒]，赵有平原[㉓]，楚有春申[㉔]，魏有信陵[㉕]。此四君者，皆明智而忠信，宽厚而爱人，尊贤而重士，约从离横[㉖]，兼韩、魏、燕、赵、宋、卫、中山之众[㉗]。于是六国之士[㉘]，有宁越、徐尚、苏秦、杜赫之属为之谋[㉙]；齐明、周最、陈轸、召滑、楼缓、翟景、苏厉、乐毅之徒通其意[㉚]；吴起、孙膑、带佗、兒良、王廖、田忌、廉颇、赵奢之伦制其兵[㉛]。尝以十倍之地、百万之众，叩关而攻秦[㉜]。秦人开关而延敌[㉝]，九国之师逡逃而不敢进[㉞]。秦无亡矢遗镞之费[㉟]，而天下诸侯已困矣。于是从散约解，争割地而赂秦。秦有余力而制其敝，追亡逐北[㊱]，伏尸百万，流血漂橹[㊲]。因利乘便[㊳]，宰割天下，分裂河山。强国请伏，弱国入朝。

施及孝文王、庄襄王[㊴]，享国之日浅[㊵]，国家无事。及至始皇[㊶]，奋六世之余烈[㊷]，振长策而御宇内[㊸]，吞二周而亡诸侯[㊹]，履至尊而制六合[㊺]，执敲扑以鞭笞天下[㊻]，威振四海。南取百越之地[㊼]，以为桂林、象郡[㊽]。百越之君，俛首系颈[㊾]，委命下吏[㊿]。乃使蒙恬北筑长城[51]，而守藩篱[52]，却匈奴七百余里。胡人不敢南下而牧马[53]，士不敢弯弓而报怨[54]。

于是废先王之道[55]，燔百家之言[56]，以愚黔首[57]。隳名城[58]，杀豪俊，收天下之兵[59]，聚之咸阳[60]，销锋镝[61]，铸以为金人十二，以弱天下之民。然后践华为城[62]，因河为池[63]，据亿丈之城[64]，临不测之谿以为固[65]。良将劲弩，守要害之处；信臣精卒[66]，陈利兵而谁何[67]。天下已定，始皇之心，自以为关中之固[68]，金城千里[69]，子孙帝王万世之业也。

始皇既没，余威震于殊俗[70]。然而陈涉瓮牖绳枢之子[71]，氓隶之人[72]，而迁徙之徒也[73]，材能不及中庸[74]，非有仲尼、墨翟之贤[75]，陶朱、猗顿之富[76]；蹑足行伍之间[77]，俛起阡陌之中[78]，率罢散之卒[79]，将数百之众，转而攻秦，斩木为兵，揭竿为旗[80]，天下云集而响应，赢粮而景从[81]，山东豪俊[82]，遂并起而亡秦族矣[83]。

且夫天下非小弱也[84]，雍州之地，殽函之固，自若也[85]。陈涉之位，非尊于齐、楚、燕、赵、韩、魏、宋、卫、中山之君也[86]；锄櫌棘矜[87]，非铦于钩戟长铩也[88]；谪戍之众[89]，非抗于九国之师也[90]；深谋远虑，行军用兵之道，非及曩时之士也[91]，然而成败异变，功业相反。试使山东之国[92]，与陈涉度长絜大[93]，比权量力，则不可同年而语矣。然秦以区区之地，致万乘之权[94]，招八州而朝同列[95]，百有余年矣。然后以六合为家，殽函为宫。一夫作难而七庙隳[96]，身死人手[97]，为天下笑者，何也？仁义不施，而攻守之势异也。

【注释】

① 过秦：指摘秦的过失。过，过失，这里用作动词。

② 秦孝公：秦献公之子，名渠梁，公元前 361 年—公元前 338 年在位。他任用商鞅，实行变法，使秦富强。据：占据。殽（yáo）：同"崤"，即崤山，在今河南洛宁北。函：函谷关，在今河南灵宝西南。

③ 拥：占有。雍州：古九州之一，包括今陕西中部、北部和甘肃、青海东部一带地区，当时为秦国疆域。

④ 窥（kuī）：窥探，引申为伺机吞并的意思。周室：指东周王朝。

⑤ 席卷、包举、囊括：都有并吞之意。宇内、四海：都有天下的意思。席卷，像卷席一样包括无余。包举，包裹起来，全部占有。囊括，装进袋子，扎紧袋口。宇，四方上

下。四海，指全国各地，古谓中国四境皆有海环绕。

⑥ 八荒：八方极远之地，也是天下的意思。荒，远。

⑦ 商君：即商鞅，战国时卫人，姓公孙，名鞅，也称卫鞅，因仕秦而封商，故称商鞅。佐：辅佐。

⑧ 务：专力。

⑨ 修：整治。守战：防守和攻战。

⑩ 连衡：即“连横”。所谓连横，就是处于西方的秦与东方的齐、楚等国个别联合，以打击其他国家。斗诸侯：即使诸侯相斗。斗，使动用法。

⑪ 拱手：两手相合，毫不费力。西河之外：指魏国在黄河以西的大片土地，在今陕西大荔、宜川一带。

⑫ 惠文：秦惠文王，孝公之子，名驷，公元前 337 年即位。武：秦武王，惠文王之子，名荡，公元前 310 年即位。昭：秦昭襄王，武王异母弟，名稷，一作侧，公元前 306 年即位，秦国第三十三个国君。蒙：承接。

⑬ 因：沿袭。遗策：前代遗留下的既定政策。

⑭ 汉中：楚地名，今陕西南部一带地区。公元前 312 年，秦大破楚军，取地六百里，置汉中郡。

⑮ 举：攻取。巴、蜀：皆古国名，巴国在今阆中及川东一带地区，蜀国在今成都及川北一带地区。公元前 316 年，秦惠王使司马错伐蜀，并吞巴、蜀后，置巴郡、蜀郡。

⑯ 膏腴（yú）：肥沃。

⑰ 要害：山川险阻。

⑱ 会盟：会晤结盟。谋：策划。弱：削弱。

⑲ 爱：吝惜。

⑳ 致：招纳。

㉑ 合从：即“合纵”。所谓合纵，就是北自燕、南至楚的东方各国联合起来以抗秦。缔交：缔结盟约。

㉒ 孟尝：即孟尝君田文，齐国贵族。

㉓ 平原：即平原君赵胜，赵惠文王之弟。

㉔ 春申：即春申君黄歇，楚国贵族。

㉕ 信陵：即信陵君魏无忌，魏昭王的小儿子。

㉖ 约从离横：相约实行合纵，以拆散连横。

㉗ 兼：聚集。

㉘ 于是：在这时。六国：指齐、楚、韩、魏、赵、燕。

㉙ 宁越：赵人。徐尚：宋人。苏秦：东周洛阳人，当时的“合纵长”。杜赫：周人。属：类。谋：策划。

㉚ 齐明：东周臣。周最：东周君之子。陈轸（zhěn）：夏人，仕楚。召滑（gǔ）：楚臣。楼缓：赵人，魏相。翟（zhái）景：即翟强，魏相。苏厉：苏秦之弟，齐大臣。乐（yuè）毅：魏人，燕昭王亚卿。

㉛ 吴起：卫人，曾为鲁将，魏将，楚相。孙膑：齐将。带佗：楚将。兒（ní）良、王廖：当时兵家。兒，同“倪”。田忌：齐将。廉颇、赵奢：皆赵将。伦：辈。制：统领。

㉜ 叩：攻打。关：指函谷关。

㉝ 延敌：迎敌。延，引进。

㉞ 九国：指韩、魏、燕、赵、楚、齐、宋、卫、中山等国。师：军队。

㉟ 亡：丢失。镞（zú）：箭头。

㊱ 亡：逃跑。北：溃散。

㊲ 橹：盾牌。

㊳ 因：凭借。

㊴ 施（yì）：延伸。孝文王：秦昭襄王之子，名柱，公元前 250 年即位，在位仅三天。庄襄王：秦孝文王之子，名子楚，公元前 249 年—公元前 247 年在位。

㊵ 享：享有。浅：时间短。

㊶ 始皇：秦庄襄王之子，名政。

㊷ 奋：发扬。六世：指秦孝公、惠文王、武王、昭襄王、孝文王、庄襄王六代。烈：功业。

㊸ 振：挥动。策：马鞭。御：驾御。

㊹ 二周：指西周和东周。周赧王时，周王朝分为东西二周，西周都于洛（今河南省洛阳市），秦昭襄王五十一年（前 256）灭；东周都于巩（今河南省巩县），庄襄王元年（前 249）灭。诸侯：指六国。

㊺ 履：践，有登的意思。至尊：指帝位。六合：天地四方，指天下。

㊻ 敲、扑：都指似杖的刑具，短的叫敲，长的叫扑。鞭、笞（chī）：都是刑具，此处用作动词，鞭打。

㊼ 百越：又称百粤，古代散居南方的越族总称。

㊽ 桂林、象郡：秦新置的郡邑。桂林，今广西北部地区。象郡，今广西南部及西部地区。

㊾ 俛（fǔ）首：低头，表示降服。俛，同“俯”。系颈：颈上系绳，表示屈服。

㊿ 委：付与。下吏：下级官吏。

51 蒙恬：秦将，始皇时，曾领兵北逐匈奴，修筑长城。

52 藩篱：篱笆，喻边疆土的屏障。

53 胡人：指匈奴。牧马：放牧，此处指骚扰。

54 士：指东方六国的人。

55 先王：前代的国君，指尧、舜、夏禹、商汤、周文、武等。

56 燔（fán）：焚烧。百家：指先秦诸子。

57 愚：使动用法，“使……愚”。黔（qián）首：百姓。始皇二十六年（前 221），改称百姓为黔首。

58 隳（huī）：毁坏。

59 兵：武器。

⑥⓪ 咸阳：秦都，在今陕西咸阳东。

⑥① 销：熔毁。锋：兵刃。镝(dí)：同"镝"，箭头。

⑥② 践：据守。一作"斩"。华：指华山，又名太华山，在今陕西华阴西南。

⑥③ 河：黄河。池：护城河。

⑥④ 亿丈之城：指华山。

⑥⑤ 不测之谿：指黄河。不测，深不可测。谿，深峭的山谷。

⑥⑥ 信臣：可靠的臣将。

⑥⑦ 利兵：精锐的军队。谁何：即谁呵，呵问对方是谁，意思是盘查过往行人。

⑥⑧ 关中：指秦地，因居函谷关、武关、散关、萧关等四关之中，故称关中。

⑥⑨ 金城：坚固的城廓。金，金属，喻坚固。

⑦⓪ 殊俗：指风俗不同的边远地区。

⑦① 陈涉：即陈胜，阳城(今河南登封)人，秦末农民起义领袖。瓮牖：用破瓮作窗户。牖，窗户。绳枢：用绳系门轴。枢，门轴。

⑦② 氓：耕田的人。隶：服役的人。

⑦③ 迁徙之徒：指被谪戍边的士卒，即指曾被征发去戍守渔阳的陈涉。

⑦④ 中庸：平庸的人。

⑦⑤ 仲尼：孔子。墨翟：墨子。

⑦⑥ 陶朱：即春秋末越国大夫范蠡，他帮助越王勾践灭吴后，辞官至陶(今山东肥城西北)经商，发家致富，自称"陶朱公"。后人因以陶朱为富人的代称。猗顿：鲁人，曾向范蠡学致富之术，畜牛羊于猗氏(今山西安泽南)，十年为巨富。

⑦⑦ 蹑(niè)足：意思是插足，投身。蹑，踏。行伍：军队下层组织的名称，此指戍兵队伍。

⑦⑧ 俛起：自下而起，指起义。阡陌：田间小路，此指田野。

⑦⑨ 罢(pí)：同"疲"，疲乏。散：散乱。

⑧⓪ 揭：高举。

⑧① 赢：担负。景(yǐng)从：如影随形地跟从。景，"影"的古字。

⑧② 山东：指东方六国，因在崤山、函谷关以东，故称山东。

⑧③ 秦族：指秦王朝。

⑧④ 天下：指秦国领土。

⑧⑤ 自若：自如，依然如故。

⑧⑥ 非尊于：不比……更尊贵。

⑧⑦ 耰(yōu)：农具名，似耙而无齿，用以碎土。棘矜：棘木做的木棒，一种简陋的农具。

⑧⑧ 铦(xiān)：锋利。钩戟：带钩的戟。长铩(shā)：长矛。

⑧⑨ 谪戍：因罪流放戍边。

⑨⓪ 抗：高，强。

⑨① 曩(nǎng)时之士：指六国的宁越、吴起、廉颇等。曩时，从前。

⑨② 试：假如。

⑨③ 度(duó)：量。絜(xié)：衡量。

⑨④ 致：达到。万乘：周制，天子地方千里，兵车万乘，此处以"万乘"指代天子。

⑨⑤ 八州：即冀、兖、青、徐、扬、荆、豫、梁八州。朝同列：使动用法，使同列来朝拜秦。六国诸侯本来与秦的地位同等，故称"同列"。

⑨⑥ 七庙隳：宗庙被毁，即国家灭亡。古时天子有七庙，祀七代祖先。

⑨⑦ 身死人手：指秦二世胡亥被赵高所杀，秦王子婴被项羽所杀。

王充

王充(27—97?)，字仲任，会稽上虞(今属浙江)人。东汉思想家、文学批评家。出身贫寒。六岁读书，即"有巨人之志"。曾师事班彪。因家贫无书，常到洛阳书肆阅览书籍，因而"博通众流百家之言"，终于成为学贯古今的大学者。曾任郡功曹、扬州治中等小官，后辞官回乡，从事著述。

《论衡》是王充的重要论著，约百余篇，主要阐明具有朴素唯物主义倾向的自然观、认识观、历史观，写得浅显明白，质朴流畅，在汉代散文中独具特色。王充主张文为世用，提倡通俗，反对崇古、模拟和"浮华虚伪之语"，在文学批评史上也有重要地位。

订　　鬼(节选)

【题解】 本篇选自《论衡·订鬼》。王充所处的时代，天人感应和谶纬符瑞等虚妄之说流行，社会上很多人溺惑于信鬼崇神的思想。王充针对这种现实，写了不少无神论文章，对这些天命鬼神之说进行了批驳。《订鬼》是《论衡》的第六十五篇，是一篇批判有鬼论的重要论文，本书所选为其中的第一段。作者从心理上解释世人为什么相信有鬼，认为鬼是人们病痛的“思念存想”所产生的幻觉，从而揭穿了有鬼论的虚妄。本文论题突出，论证严密，设喻贴切，文字率直，富有说服力。

凡天地之间，有鬼，非人死精神为之也，皆人思念存想之所致也①。致之何由？由于疾病。人病则忧惧②，忧惧见鬼出。凡人不病则不畏惧。故得病寝衽③，畏惧鬼至；畏惧则存想，存想则目虚见。

何以效之④？传曰⑤：“伯乐学相马⑥，顾玩所见⑦，无非马者。宋之庖丁学解牛⑧，三年不见生牛，所见皆死牛也。”二者用精至矣⑨。思念存想，自见异物也⑩。人病见鬼，犹伯乐之见马，庖丁之见牛也。伯乐、庖丁所见非马与牛，则亦知夫病者所见非鬼也。

病者困剧，身体痛，则谓鬼持棰杖殴击之⑪。若见鬼把椎锁绳纆⑫，立守其旁。病痛恐惧，妄见之也。初疾畏惊，见鬼之来；疾困恐死，见鬼之怒；身自疾痛，见鬼之击；皆存想虚致，未必有其实也。

夫精念存想，或泄于目⑬，或泄于口，或泄于耳。泄于目，目见其形；泄于耳，耳闻其声；泄于口，口言其事。昼日则鬼见，暮卧则梦闻。独卧空室之中，若有所畏惧，则梦见夫人据案其身哭矣⑭。觉见卧闻，俱用精神；畏惧存想，同一实也⑮。

【注释】

① 存：思念。致：造成。

② 忧惧：忧愁恐惧。

③ 寝衽(rèn)：睡到床席上。衽，卧席。

④ 效：证明。

⑤ 传：一般指古书，此处指《吕氏春秋·精通篇》。以下原文引于此。

⑥ 伯乐：古代传说中一位善于相马的人。

⑦ 顾玩：仔细端详。顾，回头看，引申为一般的看。玩，寻思。

⑧ 庖丁：厨师；一说，厨师名丁。见《庄子·养生主》。

⑨ 用精：专心。至：极点。

⑩ 自：自然。一作“目”。

⑪ 棰(chuí)：木棍。一作“箠”，义同。

⑫ 椎(chuí)：同“锤”，古代一种兵器。纆(mò)：绳索。

⑬ 泄：意谓表现。

⑭ 据：按。案：同“按”。

⑮ 同一实也：意谓出于同样的情况。

第二节　司马迁

司马迁(前145—?)，字子长，夏阳(今陕西韩城南)人。西汉史学家、文学家。司马迁的父亲司马谈，学问渊博，对古代历史和学术思想有深广的研究，政治哲学思想倾向于黄老之学，这对司马迁影响很大。司马迁十岁起就开始诵读“古文”典籍。曾从经学大师孔安国学古文《尚书》，从董仲舒学公羊派《春秋》。

二十岁以后，“南游江淮，上会稽，探禹穴，窥九疑，浮于沅、湘；北涉汶、泗，讲业齐、鲁之都，观孔子之遗风，乡射邹、峄；厄困鄱、薛、彭城，过梁、楚以归”(《太史公自序》)。他周览名山大川，访问古迹遗闻，有机会接近下层人民了解下情，扩充了历史知识。二十三岁那年，他任职郎中，开始了政治生涯。元鼎五年(前111)三十五岁时，他“奉使西征巴、蜀以南，南略邛(西昌)、笮(汉源)、昆明(云南保山、腾冲)”(《太史公自序》)，作了第二次大游历。元封元年(前110)，司马谈死，他承受遗命写史。这年他东游海上，参加武帝封禅典礼，又随从出游长城，横跨九原(今内蒙古五原一带)，然后折回甘泉。前后十余年间，他的足迹几遍全国。他考察史迹，采访史料，增长阅历，为后来编写《史记》作了大量的准备。

司马迁三十八岁时继任父职做了太史令。太初元年(前104),他与大中大夫公孙卿、壶遂等同修《太初历》。同时着手缀集旧书故事,开始撰写《史记》。天汉二年(前99),李陵和匈奴作战,兵败投降,司马迁因替李陵辩护,获罪下狱,次年即遭宫刑。这是常人无法忍受的奇耻大辱,但为了完成《史记》这部巨著,他隐忍苟活,发愤著书。过了两年,即太始元年(前96),武帝大赦天下,五十岁的司马迁获释出狱,任中书令之职,继续写作,征和初(前92),终于完成了在中国文化发展史上具有重大意义的历史巨著《史记》。

司马迁在汉武帝时代罢黜百家、独尊儒术的学术气氛影响下,接受了儒家思想,在其父司马谈的影响下,又接受了先秦其他诸子的部分思想,特别是道家的思想。他的惨痛遭遇,使他进一步认识到汉代统治者的冷酷和上层社会的世态炎凉。同时,也更加激励他以坚毅刚强的意志完成《史记》的写作。这使得《史记》在不少篇章中都有意无意间流露出他的隐痛和蒙上一种抑塞不平之气。

《史记》记载了历史舞台上的各种各样的人,不但有帝王将相、贵族官吏,而且有教育家、哲学家,有农民、商人、隐士、妇女、倡优、刺客、侠士以及医卜、星相等等。其中对起义英雄的赞颂,对下层人物的同情,体现了司马迁对传统的政治思想、伦理观念的批判精神。这就是他的进步历史观之所在。司马迁撰写《史记》的态度非常严肃,他极善于处理、运用史料,加上他广博的知识,丰富的阅历,因而增强了作品的真实性和人民性。

《史记》通过对各种人物的具体描写,形象生动地反映了当时的历史面貌,鲜明地表现了作者"善善恶恶"的思想倾向。

第一,揭露最高统治者的残暴荒淫和酷吏、佞臣的凶残丑恶。司马迁"不虚美,不隐恶",对封建统治阶级及其官僚机构作了多方面的揭露。《项羽本纪》刻画了刘邦的无耻:在广武战场上,当项羽以烹其父相威胁时,刘邦竟说出了"吾翁即若翁,必欲烹而翁,则幸分我一杯羹"的话来。《酷吏列传》列举了郅都、宁成、周阳由、赵禹、张汤、义纵、王温舒、尹齐、减宣、杜周十人的残忍行径,集中地抨击了封建官吏的凶恶和封建刑法的野蛮。

第二,歌颂人民群众的反抗斗争,赞许侠客义士的高尚气节。司马迁把陈涉写入"世家",认为灭亡暴秦,陈涉有首先发难之功,充分肯定了陈涉的历史作用。对于出身下层的游侠,司马迁热情地赞颂道:"其行虽不轨于正义(指主流意识形态而言),然其言必信,其行必果,已诺必诚,不爱其躯,赴士之厄困,既已存亡生死矣,而不矜其能,羞伐其德,盖亦有足多者焉。"

第三,赞赏统治阶级中一些忠臣良将的业绩和仁人志士的品德。如《廉颇蔺相如列传》歌颂了蔺相如不畏强暴、机智勇敢的英雄性格和"先国家之急而后私仇"的高风亮节以及廉颇知过善改的高贵品质。《李将军列传》赞颂了名将李广的英勇战绩和廉洁奉公、体恤士卒的作风,对其不幸遭遇寄予深切的同情。

"本纪"、"世家"、"列传"是《史记》的主要部分,司马迁是以人物为中心来创造《史记》这部伟大著作的。司马迁在这些人物传记中再现了一幅幅真实的社会生活画卷,塑造了一个个鲜明丰满的人物形象。《史记》巨大的艺术成就,也主要体现在这三个部分。

第一,坚持实录,精心选材。《史记》是"不虚美,不隐恶"的历史"实录",但也不是不加选择地有事必录。如司马迁在《高祖本纪》中描述汉高祖刘邦时,一方面写他想当皇帝的志向,写他乘机起兵的奋力进取,写他仁而爱人、豁达有谋的精神;另一方面又写他的贪财好色,残酷无情。对他在灭秦斗争中的地位与作用,既没有夸大,也没有贬低,完全符合历史真实。这是由于司马迁能围绕一个明确的中心，对材料进行精心选择和合理组织的结果。

第二，事件典型，个性突出。如《魏公子列传》，司马迁抓住信陵君救赵存魏这一典型事件，生动地叙述了信陵君不顾等级观念，与夷门监侯嬴、屠者朱亥交往以及“从博徒卖浆者游”的故事，突出了信陵君仁而下士，勇于改过，守信重义，急人之难的性格，也正确地表现了信陵君在游士、门客的帮助下，得以抵制秦国侵略，救赵存魏，使诸侯振奋的历史作用。

第三，结构各异，情节紧张。《史记》善于根据不同的内容，安排不同的结构。《李将军列传》主要写李广的才气无双而遭遇不幸，于是作者不管时序，而以“才高数奇”为线索来组织材料，构成了这篇传记独特的结构。司马迁还善于把人物放在紧张的情节中来表现，使文章富有故事性。如《项羽本纪》中，司马迁着重叙述了处于项羽一生关键时刻的三个事件，即巨鹿之战、鸿门宴、垓下之围，来表现这个悲剧人物的一生。

第四，细节描写，环境烘托。如写李斯为郡小吏时羡慕仓中鼠的生活，以揭露他的卑污心灵；写韩信忍受胯下之辱，以表现他为展大志而承受痛苦的坚韧意志，都是通过细节来刻画人物性格的。荆轲刺秦出发前易水送别的环境描写，也起到了烘托人物性格的作用。

第五，语言简洁、晓畅、生动。司马迁在运用古史料时，把一些“佶屈聱牙”的语词改为当时的语言。例如，在《五帝本纪》中，把《尧典》的“钦若昊天”译成“敬顺昊天”，把“庶绩咸熙”译成“众功皆兴”。还不时采用民歌、谣谚和俗语，以增加文章的说服力和生动性。如“当断不断，反受其乱”(《春申君列传》)、“尺有所短，寸有所长”(《白起王翦列传》)等。

廉颇蔺相如列传（节选）

【题解】 本篇选自《史记》卷八十一《廉颇蔺相如列传》，原为廉、蔺与赵奢、李牧等的合传，本书只录廉、蔺部分。战国中期七国争雄，强秦对赵国也虎视眈眈。公元前 283 年，秦企图通过以城易璧挑起事端；公元前 279 年，又想在秦赵渑池之会时向赵示威，施加压力。赵国依靠廉、蔺等文武官员的智勇，挫败了秦国的阴谋。本文先写完璧归赵，次写渑池之会，再写廉、蔺交好，最后加以评论。作者歌颂了蔺相如不畏强暴，以其智勇维护国家尊严的爱国精神及其顾全大局、退而让廉的宽容胸襟，赞扬了廉颇勇于改过的爽直品格。故事情节曲折生动，人物形象个性鲜明，语言质朴清新，富有创造性。

廉颇者，赵之良将也。赵惠文王十六年①，廉颇为赵将，伐齐，大破之，取阳晋②。拜为上卿③，以勇气闻于诸侯。

蔺相如者，赵人也。为赵宦者令缪贤舍人④。

赵惠文王时，得楚和氏璧⑤。秦昭王闻之⑥，使人遗赵王书⑦，愿以十五城请易璧。赵王与大将军廉颇诸大臣谋：欲予秦，秦城恐不可得，徒见欺⑧；欲勿予，即患秦兵之来。计未定，求人可使报秦者，未得。宦者令缪贤曰：“臣舍人蔺相如可使。”王问：“何以知之？”对曰：“臣尝有罪，窃计欲亡走燕⑨。臣舍人相如止臣曰：‘君何以知燕王？’臣语曰⑩：‘臣尝从大王与燕王会境上，燕王私握臣手曰⑪：“愿结友。”以此知之，故欲往。’相如谓臣曰：‘夫赵强而燕弱，而君幸于赵王⑫，故燕王欲结于君。今君乃亡赵走燕。燕畏赵，其势必不敢留君，而束君归赵矣⑬。君不如肉袒伏斧质请罪⑭，则幸得脱矣。’臣从其计，大王亦幸赦臣⑮。臣窃以为其人勇士，有智谋，宜可使。”

于是王召见，问蔺相如曰：“秦王以十五城请易寡人之璧，可予不⑯？”相如曰：“秦强而赵弱，不可不许。”王曰：“取吾璧，不予我城，奈何？”相如曰：“秦以城求璧而赵不许，曲在赵⑰。赵予璧而秦不予赵城，曲在秦。均之二策⑱，宁许以负秦曲⑲。”王曰：“谁可使者？”相如曰：“王必无人，臣愿奉璧往使。城入赵而璧留秦；城不入，臣请完璧归赵。”赵王于是遂遣相如奉璧西入秦。

秦王坐章台见相如[20]，相如奉璧奏秦王[21]。秦王大喜，传以示美人及左右[22]。左右皆呼万岁。相如视秦王无意偿赵城，乃前曰："璧有瑕[23]，请指示王！"王授璧，相如因持璧却立[24]，倚柱，怒发上冲冠[25]，谓秦王曰："大王欲得璧，使人发书至赵王。赵王悉召群臣议[26]，皆曰：'秦贪，负其强[27]，以空言求璧，偿城恐不可得。'议不欲予秦璧。臣以为布衣之交尚不相欺[28]，况大国乎？且以一璧之故，逆强秦之欢[29]，不可。于是赵王乃斋戒五日[30]，使臣奉璧，拜送书于庭[31]。何者？严大国之威以修敬也[32]。今臣至，大王见臣列观[33]，礼节甚倨[34]；得璧，传之美人，以戏弄臣。臣观大王无意偿赵王城邑，故臣复取璧。大王必欲急臣[35]，臣头今与璧俱碎于柱矣。"

相如持其璧睨柱[36]，欲以击柱。秦王恐其破璧，乃辞谢固请[37]，召有司案图[38]，指从此以往十五都予赵[39]。相如度秦王特以诈佯为予赵城[40]，实不可得，乃谓秦王曰："和氏璧，天下所共传宝也[41]。赵王恐，不敢不献。赵王送璧时，斋戒五日，今大王亦宜斋戒五日，设九宾于廷[42]，臣乃敢上璧。"秦王度之，终不可强夺，遂许斋五日，舍相如广成传舍[43]。相如度秦王虽斋，决负约不偿城，乃使其从者衣褐怀其璧[44]，从径道亡[45]，归璧于赵。

秦王斋五日后，乃设九宾礼于廷，引赵使者蔺相如。相如至，谓秦王曰："秦自缪公以来二十余君[46]，未尝有坚明约束者也[47]。臣诚恐见欺于王而负赵，故令人持璧归，间至赵矣[48]。且秦强而赵弱，大王遣一介之使至赵[49]，赵立奉璧来。今以秦之强而先割十五都予赵，赵岂敢留璧而得罪于大王乎！臣知欺大王之罪当诛，臣请就汤镬[50]，唯大王与群臣孰计议之[51]！"秦王与群臣相视而嘻[52]。左右或欲引相如去。秦王因曰："今杀相如，终不能得璧也，而绝秦、赵之欢。不如因而厚遇之，使归赵。赵王岂以一璧之故欺秦邪！"卒廷见相如[53]，毕礼而归之。

相如既归，赵王以为贤大夫使不辱于诸侯[54]，拜相如为上大夫[55]。秦亦不以城予赵，赵亦终不予秦璧。

其后，秦伐赵，拔石城[56]。明年，复攻赵，杀二万人。

秦王使使者告赵王，欲与王为好，会于西河外渑池[57]。赵王畏秦，欲毋行。廉颇、蔺相如计，曰："王不行，示赵弱且怯也。"赵王遂行。相如从。廉颇送至境，与王诀曰："王行，度道里会遇之礼毕[58]，还，不过三十日。三十日不还，则请立太子为王，以绝秦望[59]。"王许之。

遂与秦王会渑池。秦王饮酒酣[60]，曰："寡人窃闻赵王好音，请奏瑟[61]。"赵王鼓瑟。秦御史前书曰[62]："某年月日，秦王与赵王会饮，令赵王鼓瑟。"蔺相如前曰："赵王窃闻秦王善为秦声，请奉盆缻秦王以相娱乐[63]。"秦王怒，不许。于是相如前进缻，因跪请秦王。秦王不肯击缻。相如曰："五步之内，相如请得以颈血溅大王矣！"左右欲刃相如[64]，相如张目叱之，左右皆靡[65]。于是秦王不怿[66]，为一击缻。相如顾召赵御史，书曰："某年月日，秦王为赵王击缻。"秦之群臣曰："请以赵十五城为秦王寿[67]！"蔺相如亦曰："请以秦之咸阳为赵王寿[68]！"秦王竟酒[69]，终不能加胜于赵。赵亦盛设兵以待秦，秦不敢动。

既罢，归国。以相如功大，拜为上卿[70]，位在廉颇之右[71]。

廉颇曰："我为赵将，有攻城野战之大功，而蔺相如徒以口舌为劳[72]，而位居我上。且相如素贱人，吾羞，不忍为之下。"宣言曰[73]："我见相如，必辱之。"相如闻，不肯与会。相如每朝时，常称病，不欲与廉颇争列[74]。已而相如出[75]，望见廉颇，相如引车避匿[76]。于是舍人相与谏曰："臣所以去亲戚而事君者，徒慕君之高义也。今君与廉颇同列，廉君宣恶言，而君畏匿之，恐惧殊甚[77]。且庸人尚羞之，况于将相乎！臣等不肖，请辞去。"蔺相如固止之，曰："公之视廉将军孰与秦王[78]？"曰："不若也[79]。"相如曰："夫以秦王之威，而相如廷叱之，辱其群臣。相如虽驽[80]，独畏廉将军哉？顾吾念之[81]，强秦之所以不敢加兵于赵者，徒以吾两人在也。今两虎共斗，其势不俱生[82]。吾所以为此者，以先国家之急而后私仇也！”廉颇闻之，肉袒负荆[83]，因宾客至蔺相如门谢罪[84]，曰：“鄙贱之人，不知将军宽之至此也！”卒相与欢，为刎颈之交[85]。

…………

太史公曰：知死必勇，非死者难也，处死者难[86]。方蔺相如引璧睨柱[87]，及叱秦王左右，势不过诛[88]。然士或怯懦而不敢发[89]。相如一奋其气，威信敌国[90]。退而让颇，名重太山[91]。其处智勇[92]，可谓兼之矣。

【注释】

① 惠文王：赵惠文王，名何，武灵王之子，公元前298年—公元前266年在位。惠文王十六年，即公元前283年。

② 阳晋：原是卫邑，后属齐，故城在今山东菏泽西北。

③ 拜：古时用一定礼节授予官职。上卿：官爵名，秦以前最高的官位。

④ 宦者令：官名，太监的首领。缪(miào)贤：人名。舍人：有职务的门客。

⑤ 和氏璧：古代著名的美玉，为楚国人卞和所发现，故名。

⑥ 昭王：即秦昭襄王，名稷，一作侧，武王异母弟，公元前306年—公元前251年在位。

⑦ 遗(wèi)：送交。

⑧ 徒：白白地。见：被。

⑨ 窃计：私下打算。亡走：逃跑。

⑩ 语(yù)：告诉。

⑪ 私：暗自。

⑫ 幸：宠爱。

⑬ 束：捆绑。

⑭ 肉袒(tǎn)：解衣露体。斧质：腰斩犯人的刑具。质，同“锧”，承受刀斧的砧板。

⑮ 赦：免罪，减罪。

⑯ 不(fǒu)：同“否”。

⑰ 曲：理亏。

⑱ 均：衡量。

⑲ 以：让。负：承担。

⑳ 章台：秦离宫中的台观之一，故址在今陕西咸阳西南。秦王不在朝廷正殿而在此接见相如，表示对赵国的轻视。

㉑ 奏：呈献。

㉒ 传：传递。示：给人看。美人：指宫中的姬妾。左右：国王的近臣。

㉓ 瑕：玉上的小疵点。

㉔ 却立：倒退几步站定。

㉕ “怒发”句：愤怒得头发直竖，帽子被顶起，形容极度愤怒。

㉖ 悉召：召集全部。悉，全。

㉗ 负：依仗。

㉘ 布衣：平民。古代平民穿麻葛布衣，所以用布衣指代平民。

㉙ 逆：触犯。欢：指友好关系。

㉚ 斋戒：古礼，古代人在祭祀前，先沐浴更衣，不饮酒茹荤，以清心洁身，表示虔诚。斋，指洁净。戒，指戒欲。

㉛ 庭：指秦国朝廷。

㉜ 严：敬重。修敬：表示敬意。

㉝ 列观(guàn)：一般的台观便殿。

㉞ 倨(jù)：傲慢，无礼。

㉟ 急：逼。

㊱ 睨(nì)：斜视。

㊲ 辞谢：道歉。固：坚决。

㊳ 有司：此处指专管国家疆域地图的官员。案图：查阅地图。案，同“按”。

㊴ 都：城。

㊵ 度(duó)：揣想。特：只是。佯：假装。

㊶ 共传宝：公认的宝物。

㊷ 设九宾：古代最隆重的外交礼节，即由九个赞礼官(傧相)，依次传呼，接引宾客上殿。宾，同“傧”，傧相。

㊸ 舍：用作动词，住宿。广成：邑里名。传舍：即宾馆。

㊹ 衣(yì)：用作动词，穿衣服。褐(hè)：粗麻布短衣。

㊺ 径道：小路。

㊻ 缪公：即秦穆公。缪，通“穆”。君：国君。

㊼ 坚：坚守。明：明确。约束：盟约。

㊽ 间：抄小路。

㊾ 介：通“个”。

㊿ 汤镬(huò)：烧着沸水的大锅。把人投入汤镬是古代的一种酷刑。镬，无足的大鼎。

(51) 孰：仔细。

㊷ 嘻(xī):苦笑声。

㊸ 卒:终于。廷见:在朝廷上接见。

㊹ 大夫:国君之下的一个官职。

㊺ 上大夫:战国时大夫中最高的一级。

㊻ 拔:攻取。石城:赵邑,在今河南林县西南。

㊼ 西河:黄河西边,即今陕西渭南地区一带。渑(miǎn)池:秦地,在今河南渑池西。

㊽ 度:估计。道里:路程。会遇:会见。

㊾ 绝秦望:断绝秦国扣留赵王以为要挟的念头。

㊿ 酣(hān):饮酒尽兴。

61 瑟:一种古拨弦乐器,比琴大,有五十弦、二十五弦等数种。

62 御史:战国时的史官。前:上前。

63 缶(fǒu):盛酒浆的瓦器,秦人敲打盆缶,作为唱歌时的节拍。

64 刃:刀口,此处用作动词,杀。

65 靡(mǐ):倒退。

66 怿(yì):高兴。

67 为秦王寿:向秦王献礼。寿,作动词用,祝寿。

68 咸阳:秦都,在今陕西咸阳东。

69 竟酒:酒宴结束。竟,终了。

70 上卿:一种官职,诸侯国最尊贵的大臣。

71 右:秦汉以前,以右为尊。

72 口舌:指言语。劳:功劳。

73 宣言:扬言。

74 列:位次。

75 已而:过了一些时候。

76 引车:掉转车子。避:躲开。匿:隐藏。

77 殊甚:太过分。

78 孰与:何如。

79 不若:不如。

80 驽:劣马,喻人之愚拙平庸。

81 顾:但是。

82 不俱生:不能都活着,意谓必有一死。

83 负荆:背着荆条,表示请求惩罚。荆,某些落叶灌木的名称。

84 因:借,靠。

85 刎(wěn)颈之交:生死之交。刎,割。

86 "知死"三句:知道将死而不畏惧,必定是勇敢的人;死并不是难事,怎样处理好死,即死得其所,那才是难事。

87 方:正当。

88 不过诛:不过被杀而已。

89 发:开始行动。

90 信(shēn):同"伸",伸张,此处引申为压服。

91 太山:即泰山。

92 处:处理,运用。

项羽本纪(节选)[1]

【题解】 本篇选自《史记》卷七《项羽本纪》。秦始皇统一中国后,建立了专制主义的中央集权的封建国家。但由于徭役繁重,滥用民力,农民阶级和地主阶级的矛盾日益尖锐。秦二世元年(前209)爆发了以陈胜、吴广为首的中国第一次农民大起义。六国旧贵族乘机蜂起抗秦,楚国将门之后项羽也参加了这一斗争,他英勇善战,建立了功勋。秦亡后,进入了楚汉相争时期,项羽犯了一系列错误,最后导致失败。本篇除篇首介绍项羽身世和结尾作者的评语外,中间选取了巨鹿之战和垓下之围两个关键性事件。巨鹿之战是推翻秦王朝的一次重要战争,垓下之围则以项羽自刎乌江结束了楚汉对峙的局面。作者以同情的笔触,歌颂了项羽的英勇善战和他在灭秦战争中的功勋,表现了项羽自矜功伐、至死不悟的悲剧性格。本篇叙述富有故事性、戏剧性;人物形象鲜明,栩栩如生;语言简洁生动,是我国古代传记文学中的佳作。

项籍者,下相人也[2],字羽[3]。初起时[4],年二十四。其季父项梁[5]。梁父即楚将项燕[6],为秦将王翦所戮者也[7]。项氏世世为楚将,封于项[8],故姓项氏[9]。项籍少时,学书不成[10],去,学剑,又不成。项梁怒之。籍曰:"书,足以记名姓而已。剑,一人敌[11],不足学。学万人敌。"于是项梁乃教籍兵法。籍大喜。略知其意,又不肯竟学[12]。项梁尝有栎阳逮[13],乃请蕲狱掾曹咎书[14],抵栎阳狱掾司马欣,以故事得已[15]。项梁杀人,与籍避仇于吴中[16],吴中贤士大夫皆出项梁下[17],每吴中有大徭役及丧[18],项梁常为主办,阴以兵法部勒宾客及子弟[19],以是知其能。秦始皇帝游会稽[20],渡浙江[21]。梁与籍俱观。籍曰:"彼可取而代也!"梁掩其口,曰:"毋妄言,族矣[22]!"梁以此奇籍[23]。籍长八尺余,力能扛鼎,才气过人,虽吴中子弟,皆已惮籍矣[24]。

秦二世元年七月[25]，陈涉等起大泽中[26]。其九月，会稽守通谓梁曰[27]："江西皆反[28]，此亦天亡秦之时也。吾闻：'先即制人[29]，后则为人所制。'吾欲发兵，使公及桓楚将[30]。"是时，桓楚亡在泽中。梁曰："桓楚亡，人莫知其处，独籍知之耳。"梁乃出，诫籍持剑居外待[31]。梁复入，与守坐，曰："请召籍，使受命召桓楚。"守曰："诺。"梁召籍入。须臾，梁眴籍曰[32]："可行矣[33]！"于是籍遂拔剑斩守头。项梁持守头，佩其印绶[34]。门下大惊[35]，扰乱，籍所击杀数十百人。一府中皆慴伏[36]，莫敢起。梁乃召故所知豪吏[37]，谕以所为起大事[38]。遂举吴中兵。使人收下县[39]，得精兵八千人。梁部署吴中豪杰为校尉、候、司马[40]。有一人不得用，自言于梁。梁曰："前时某丧，使公主某事，不能办。以此不任用公。"众乃皆伏[41]。于是梁为会稽守，籍为裨将[42]，徇下县[43]。

…………

章邯已破项梁军[44]，则以为楚地兵不足忧，乃渡河击赵[45]，大破之。当是时，赵歇为王[46]，陈余为将[47]，张耳为相[48]，皆走入巨鹿城[49]。章邯令王离、涉间围巨鹿[50]。章邯军其南，筑甬道而输之粟[51]。陈余为将，将卒数万人而军巨鹿之北，此所谓河北之军也。

楚兵已破于定陶[52]，怀王恐[53]，从盱台之彭城[54]，并项羽、吕臣军自将之[55]。以吕臣为司徒[56]，以其父吕青为令尹[57]，以沛公为砀郡长[58]，封为武安侯，将砀郡兵。

初，宋义所遇齐使者高陵君显在楚军[59]，见楚王曰："宋义论武信君之军必败[60]，居数日，军果败。兵未战而先见败征[61]，此可谓知兵矣[62]。"王召宋义与计事而大说之，因置以为上将军[63]；项羽为鲁公[64]，为次将[65]；范增为末将[66]；救赵。诸别将皆属宋义[67]，号为卿子冠军[68]。行至安阳[69]，留四十六日不进。项羽曰："吾闻秦军围赵王巨鹿，疾引兵渡河，楚击其外，赵应其内，破秦军必矣。"宋义曰："不然。夫搏牛之虻不可以破虮虱[70]。今秦攻赵，战胜则兵罢[71]，我承其敝[72]；不胜，则我引兵鼓行而西[73]，必举秦矣。故不如先斗秦、赵。夫被坚执锐[74]，义不如公；坐而运策[75]，公不如义。"因下令军中曰："猛如虎，很如羊[76]，贪如狼，强不可使者[77]，皆斩之！"乃遣其子宋襄相齐[78]，身送之至无盐[79]，饮酒高会[80]。天寒大雨，士卒冻饥。项羽曰："将戮力而攻秦[81]，久留不行。今岁饥民贫。士卒食芋菽[82]，军无见粮[83]，乃饮酒高会，不引兵渡河因赵食，与赵并力攻秦，乃曰：'承其敝'。夫以秦之强，攻新造之赵，其势必举赵。赵举而秦强，何敝之承！且国兵新破[84]，王坐不安席，埽境内而专属于将军[85]，国家安危，在此一举。今不恤士卒而徇其私[86]，非社稷之臣。"项羽晨朝上将军宋义[87]，即其帐中斩宋义头。出令军中曰："宋义与齐谋反楚，楚王阴令羽诛之。"当是时，诸将皆慴服，莫敢枝梧[88]。皆曰："首立楚者，将军家也。今将军诛乱。"乃相与共立羽为假上将军[89]。使人追宋义子，及之齐[90]，杀之。使桓楚报命于怀王。怀王因使项羽为上将军，当阳君、薄将军皆属项羽[91]。

项羽已杀卿子冠军，威震楚国，名闻诸侯。乃遣当阳君、薄将军将卒二万，渡河救巨鹿[92]。战少利[93]。陈余复请兵。项羽乃悉引兵渡河，皆沉船，破釜甑[94]，烧庐舍持三日粮，以示士卒必死，无一还心[95]。于是至则围王离。与秦军遇，九战[96]，绝其甬道，大破之。杀苏角[97]，虏王离。涉间不降楚，自烧杀。当是时，楚兵冠诸侯[98]。诸侯军救巨鹿下者十余壁[99]，莫敢纵兵[100]。及楚击秦，诸将皆从壁上观。楚战士无不一以当十。楚兵呼声动天，诸侯军无不人人惴恐[101]。于是已破秦军，项羽召见诸侯将，诸侯将入辕门[102]，无不膝行而前，莫敢仰视。项羽由是始为诸侯上将军，诸侯皆属焉。

…………

项王军壁垓下[103]，兵少食尽。汉军及诸侯兵围之数重[104]，夜闻汉军四面皆楚歌[105]，项王乃大惊，曰："汉皆已得楚乎？是何楚人之多也！"项王则夜起，饮帐中。有美人名虞，常幸从[106]；骏马名骓[107]，常骑之。于是项王乃悲歌忼慨[108]，自为诗曰："力拔山兮气盖世，时不利兮骓不逝[109]。骓不逝兮可奈何[110]！虞兮虞兮奈若何[111]！"歌数阕[112]，美人和之。项王泣数行下，左右皆泣，莫能仰视。

于是项王乃上马骑，麾下壮士骑从者八百余人[113]，直夜溃围南出[114]，驰走。平明[115]，汉军乃觉之，令骑将灌婴以五千骑追之[116]。项王渡淮，骑能属者百余人耳[117]。项王乃至阴陵[118]，迷失道，问一田父，田父绐曰[119]："左。"左，乃陷大泽中。以故汉追及之。项王乃复引兵而东，至东城[120]，乃有二十八骑。汉骑追者数千人。项王自度不得脱，谓其骑曰："吾起兵至今八岁矣，身七十余战，所当者破，所击者服，未尝败北，遂霸有天下。然今卒困于此[121]。此天之亡我，非战之罪也[122]。今日固决死，愿为诸君快战[123]，必三胜之[124]，为诸君溃围，斩将，刈旗[125]，令诸君知天亡我，非战之罪也。"乃分其骑以为四队，四向[126]。汉军围之数重。项王谓其骑曰："吾为公取彼一将。"令四面骑驰下，期山东为三处[127]。于是项王大呼驰下，汉军皆披靡[128]，遂斩汉一将。是时赤泉侯为骑将[129]，追项王，项王瞋目而叱之[130]，赤泉侯人马俱惊，辟易数里[131]。与其骑会为三处，汉军不知项王所在。乃分军为三，复围之。项王乃驰。复斩汉一都尉，杀数十百人。复聚其骑，亡其两骑耳。乃谓其骑曰："何如？"骑皆伏曰："如大王言。"

于是项王乃欲东渡乌江[132]。乌江亭长舣船待[133]。谓项王曰："江东虽小[134]，地方千里，众数十万人，亦足王也。愿大王急渡！今独臣有船，汉军至，无以渡。"项王笑曰："天之亡我，我何渡为？且籍与江东子弟八千人渡江而西，今无一人还。纵江东父兄怜而王我[135]，我何面目见之？纵彼不言，籍独不愧于心乎！"乃谓亭长曰："吾知公长者。吾骑此马五岁，所当无敌，尝一日行千里，不忍杀之，以赐公。"乃令骑皆下马步行，持短兵接战[136]。独籍所杀汉军数百人。项王身亦被十余创[137]。顾见汉骑司马吕马童[138]，曰："若非吾故人矣？"马童面之[139]，指王翳曰[140]："此项王也。"项王乃曰："吾闻汉购我头千金[141]，邑万户，吾为汝德[142]。"乃自刎而死。

…………

太史公曰：吾闻之周生曰[143]，舜目盖重瞳子[144]，又闻项羽亦重瞳子，羽岂其苗裔邪[145]？何兴之暴也[146]！夫秦失其政，陈涉首难[147]，豪杰蜂起，相与并争，不可胜数。然羽非有尺寸[148]，乘势起陇亩之中[149]，三年，遂将五诸侯灭秦[150]，分裂天下，而封王侯，政由羽出，号为霸王；位虽不终[151]，近古以来，未尝有也。及羽背关怀楚[152]，放逐义帝而自立[153]，怨王侯叛己，难矣。自矜功伐[154]，奋其私智而不师古[155]，谓霸王之业，欲以力征，经营天下，五年卒亡其国。身死东城，尚不觉寤[156]，而不自责，过矣[157]，乃引"天亡我，非用兵之罪也"[158]，岂不谬哉！

【注释】

① 本纪：《史记》五种体制之一，一般用于帝王的传记，兼用以系年。项羽并没有做过皇帝，但曾统一过天下，分封王侯，故司马迁将他列入"本纪"。

② 下相：秦县名，在今江苏宿迁西。

③ 字：本名外的别名。

④ 初起：指秦二世元年（前 210）项羽随叔父项梁起兵。

⑤ 季父：最小的叔父。季，末。

⑥ 项燕（yān）：楚名将，在楚国覆亡前曾率军与攻楚的秦军相抗。

⑦ 王翦（jiǎn）：秦名将。戮：杀。按：项燕是兵败自杀的，此言"戮"，是从因果关系上说的。据《史记·秦始皇本纪》载，秦始皇二十三年（前 224），王翦打败楚军，俘虏楚王负刍。项燕立昌平君为王，在淮南继续抗秦。隔年，王翦又打败项燕军，昌平君死，项燕自杀。

⑧ 项：古国名，在今河南项城东北。

⑨ 姓项氏：古有以封地为氏，故称。

⑩ 学书：学习识字。书，文字。

⑪ 敌：抵挡。

⑫ 竟学：学到底。竟，完。

⑬ 栎（yuè）阳：秦县名，在今陕西临潼东北。逮：及，因事受牵连。

⑭ 蕲（qí）：秦县名，在今安徽宿县南。狱掾（yuàn）：助理刑狱诉讼的小官。掾，官府中佐助官吏的通称。

⑮ 已：止息。

⑯ 吴中：在今江苏苏州一带。

⑰ 贤士大夫：指有名望的人。皆出项梁下：指才干都比不上项梁。

⑱ 徭役：强制性的劳役，如筑城、造桥、修路等。丧：丧事。

⑲ 阴：暗中。部勒：组织、调度。宾客：指依附于项梁手下的客籍人士。子弟：青壮男子。

⑳ 会稽(kuài jī)：指会稽山，在今浙江绍兴东南。

㉑ 浙江：指流经今浙江杭州的钱塘江。秦始皇三十七年(前210)曾巡行东南，游会稽山。

㉒ 族：灭族，古人犯重罪，家族中所有的人都要被杀。

㉓ 奇：赏识，以为不凡。

㉔ 惮(dàn)：畏惧。

㉕ 秦二世：秦朝第二代皇帝，名胡亥，秦始皇的小儿子。元年：即前210年。

㉖ 陈涉：名胜，字涉，阳城(今河南登封东南)人。大泽：即大泽乡，在今安徽宿州西南。

㉗ 守：郡的长官。通：人名，即殷通。

㉘ 江西：指今皖北和淮河下游一带。

㉙ 即：则，就。制：制服。

㉚ 公：对人的尊称。桓楚：吴中奇士，当时反秦人物。将(jiàng)：率领。

㉛ 诫：嘱咐。

㉜ 眴(shùn)：以目示意。

㉝ 可行矣：可以动手了。此语双关，即暗示项羽杀殷通，又让殷通以为是让项羽去找桓楚。

㉞ 印：指郡守的官印。绶(shòu)：系印的丝带。

㉟ 门下：指郡守衙门里的人。

㊱ 慴(shè)：惊恐。伏：伏地。

㊲ 故：旧时。豪吏：有才气的官吏。

㊳ 谕：宣告。

㊴ 下县：指本郡下属的各县。

㊵ 校尉：担任宿卫的军官。候：军候，担任侦察的军官。司马：执行军法的官员。

㊶ 伏：同"服"。

㊷ 裨(pí)将：副将。裨，辅助。

㊸ 徇(xún)：占领，兼有巡行、安抚之意。

㊹ 章邯(hán)：秦大将，后降项羽。

㊺ 河：黄河。赵：赵国，在今河北西南部和山西中部一带。

㊻ 赵歇：战国时赵国的后裔，被陈余、张耳拥立为赵王。

㊼ 陈余：魏大梁人，当时赵王武臣的校尉，武臣死后，拥立赵歇为王，后被韩信所杀。

㊽ 张耳：魏大梁人，与陈余同为赵王武臣的校尉，拥立赵歇，后从项羽，最后归汉，被封为赵王。

㊾ 走入：退入。巨鹿：县名，在今河北平乡。

㊿ 王离：秦将，秦名将王翦的孙子。涉间(jiàn)：秦将。

(51) 甬道：在大道两旁筑墙，以防敌人劫夺。

(52) 定陶：在今山东定陶县西北。

(53) 怀王：指项梁所立战国时楚怀王的孙子熊心，使熊心承袭祖父，仍称为怀王，以利于号召。

(54) 盱台(xū yí)：地名，在今江苏盱眙东北。彭城：地名，即今江苏徐州。

(55) 吕臣：初为陈涉将军，陈涉失败后，自组军队，继续反秦。

(56) 司徒：官名，此处指掌握军队组织的官。

(57) 令尹：楚国官名，掌军政大权的最高官。

(58) 沛公：即汉高祖刘邦，字季，沛(今江苏沛州)人，因起兵于沛，故称沛公。砀郡：在今安徽砀山南。

(59) 宋义：原楚国令尹。高陵君显：封于高陵(在今山东省境内)的贵臣，名显。

(60) 武信君：即项梁，他拥立熊心为王，自号武信君。

(61) 败征：失败的征兆。

(62) 知兵：懂得军事。

(63) 置：安排，此处有"任命"之意。上将军：主帅。

(64) 鲁公：当时封项羽为长安侯，号鲁公。

(65) 次将：副帅。

(66) 范增：居鄛(cháo)(今安徽巢县东北)人，后为项羽的主要谋士，被尊为亚父。末将：地位仅次于副帅。

(67) 别将：地位在末将之下，分领一支军队的将领。

(68) 卿子：尊称。冠军：上将为军中之冠，故称。

(69) 安阳：在今山东曹县东南。

(70) 搏：击。虻：牛虻，俗称牛蝇，一种以吸食牛等牲畜的血液为生的昆虫。虮(jǐ)虱：虱子的统称。此句借牛虻、虮虱为喻，说明应当集中力量击破秦军，不应分散力量去救赵。

(71) 罢(pí)：同"疲"。

(72) 承其敝：趁秦军疲惫时进攻它。

(73) 鼓行：指进军，古人行军，击鼓则进，鸣金则退。

(74) 被(pī)坚执锐：谓冲锋陷阵。被，同"披"。坚，指坚甲。锐，指锐利的武器。

(75) 运策：运用策略。

(76) 很：脾性执拗，不听使唤。

(77) 强(jiàng)：倔强。不可使：不听从指挥。

(78) 相：辅助

(79) 无盐：在今山东东平东。

(80) 高会：盛会。

㉛ 戮力：协力。
㉜ 芋：芋头。菽：豆类。
㉝ 见(xiàn)：同“现”，现成。
㉞ 国兵新破：指项梁在定陶被击败事。
㉟ 埽(sǎo)：同“扫”，扫数，全部。属(zhǔ)：托付。
㊱ 恤：体念。徇：营谋。
㊲ 朝(cháo)：谒见。
㊳ 枝梧：抗拒。
㊴ 假上将军：代理上将军，因未得楚怀王任命，故称“假”。
㊵ 及之齐：在齐国境内赶上了。
㊶ 当阳君：即英布，六县(今安徽六安北)人，曾受黥(qíng)刑，故也称黥布。
㊷ 河：指漳河。
㊸ 少利：稍得利。
㊹ 釜(fǔ)：饭锅。甑(zèng)：蒸米的陶器。
㊺ 还：此处有后退的意思。
㊻ 九：多次，非实数。
㊼ 苏角：秦将。
㊽ 诸侯：指当时参加反秦救赵的各路军队。
㊾ 下：指城下。壁：营垒。
⑩ 纵兵：出营交战。
⑩ 惴(zhuì)恐：惊慌失措。
⑩ 辕门：营门。古代行军扎营，以车为阵，把车辕(车前驾马横木)竖起，对立为门，故称。
⑩ 壁：此处用作动词，扎营。垓(gāi)下：地名，在今安徽灵璧东南。
⑩ 诸侯兵：指当时站在刘邦一边，但仍分别占据齐、魏故地的韩信、彭越等的反秦军队。
⑩ 楚歌：楚人歌曲。汉军中都唱楚歌，说明降汉的楚人已不少。
⑩ 幸从：受宠爱而跟随在身边。
⑩ 骓(zhuī)：青白杂色的马。
⑩ 忼慨：即“慷慨”，悲愤激昂。
⑩ 逝：行，奔驰。
⑩ 可奈何：可怎么办?
⑪ 奈若何：对你怎么办?
⑫ 数阕(què)：反复几遍。阕，乐曲终止。
⑬ 麾下：即部下。麾，帅旗。
⑭ 直夜：趁着夜色。直，同“值”，当。溃围：突破重围。
⑮ 平明：天亮。
⑯ 灌婴：刘邦部下将领，后封颍阴侯。
⑰ 属(zhǔ)：跟从。
⑱ 阴陵：在今安徽定远西北。
⑲ 绐(dài)：欺骗。
⑳ 东城：在今安徽定远东南。
⑫ 卒：终于。
⑫ 非战之罪：不是指挥战斗有错误。
⑫ 快战：痛快地打一仗。
⑫ 三胜：指下面的溃围、斩将、刈旗。
⑫ 刈(yì)：割。
⑫ 四向：四队各自独当一面。
⑫ 期：约定。山东：山的东面。此处的山相传为安徽和县北的四隤山。三处：集合在三个地方。
⑫ 披靡：草木随风倒伏的样子，此处用来形容败兵溃散。
⑫ 赤泉侯：汉将杨喜当时尚未封侯，后来破项羽有功，才被封为赤泉侯，这里是作者的追叙之辞。
⑬ 瞋(chēn)目：怒目。叱(chì)：斥责。
⑬ 辟易：指惊退。
⑬ 乌江：浦名，在今安徽和县东北。
⑬ 亭长：乡官。秦时十里一亭，设亭长一人。舣(yǐ)船：拢船靠岸。
⑬ 江东：指长江南岸的江苏、安徽等地。
⑬ 王(wàng)我：拥我为王。王，此处用作动词。
⑬ 短兵：指刀、剑之类的轻短武器。
⑬ 被：受。创(chuāng)：伤。
⑬ 骑司马：骑兵将领。吕马童：原为项羽部下，后背楚归汉。
⑬ 面：通“偭”，背对着，不敢正视。
⑭ 指王翳：把项王指给王翳看。王翳，汉将，后封杜衍侯。
⑭ 购：悬赏购求。
⑭ 吾为汝德：我给你好处。
⑭ 周生：周先生，名不详。
⑭ 盖：大概的意思。重瞳子：双目各有两个瞳仁。瞳，瞳仁，眸子。
⑭ 苗裔：后代子孙。
⑭ 兴：兴起。暴：突然，骤然。
⑭ 首难：首先发难起事。
⑭ 尺寸：尺寸封地。
⑭ 陇亩：乡野，此处指民间。
⑮ 五诸侯：指齐、赵、韩、魏、燕五国故地的反秦力量。
⑮ 位：指霸王的地位。终：到底。
⑮ 背关怀楚：指项羽放弃秦地，还都彭城事。
⑮ 义帝：指楚怀王的孙子熊心。因熊心坚守“先入定关中者王之”的原约，项王心怀不满，表面尊熊心为“义帝”，

实际上把他放逐到郴(chēn)县(今属湖南)去,后又派人将他杀死在江中。

⑭ 自矜(jīn):自夸。功伐:功劳。

⑮ 奋:逞。私智:自己的小聪明。师古:以古代圣明的帝王为师。

⑯ 寤:通“悟”。

⑰ 过矣:错了。

⑱ 引:借口。

第三节 其他史传散文

刘向

刘向(前77—前6),沛县(今属江苏)人,初名更生,后改名向,字子政,汉皇族楚元王(刘交)四世孙。西汉学者、文学家。宣帝时任谏大夫、给事中,献过赋颂和《鸿宝秘苑书》。元帝时任散骑宗正、给事中。成帝时任光禄大夫、中垒校尉,曾受诏校经传、诸子、诗赋等。刘向生当西汉后期,外戚宦官弄权,朝政日非,他居官三十余年,多次上书奏劾权臣,为此官位始终不过大夫之列,不得升迁,并曾两次下狱。平生著述甚富,校阅群书,撰成《别录》,为我国目录学之祖,今佚。所作《九叹》等辞赋三十三篇,今多亡佚。另撰有《洪范五行传》、《新序》、《说苑》、《列女传》等。

楚庄樊姬

【题解】 本篇选自《列女传》卷二。《列女传》是刘向感于成帝后宫赵卫之属“有乖内仪”,为宣扬自己的政治思想和伦理道德主张,以达到戒天子、讽宫中的目的而作的。樊姬是楚庄王的夫人。篇中通过叙写樊姬谏止庄王狩猎,并激楚相虞丘使进孙叔敖的故事,来表现樊姬力谏庄王勤于政事、纳贤治国的精神。本篇短小精警,语言简约,形象生动,是一篇较好的历史散文。

樊姬者,楚庄王之夫人也[①]。庄王即位,好狩猎,樊姬谏不止,乃不食禽兽之肉。王改过,勤于政事。王尝听朝罢晏[②],姬下殿迎曰:“何罢晏也,得无饥倦乎[③]?”王曰:“与贤者俱[④],不知饥倦也。”姬曰:“王之所谓贤者何也?”曰:“虞丘子也[⑤]。”姬掩口而笑。王曰:“姬之所笑何也?”曰:“虞丘子贤则贤矣,未忠也。”王曰:“何谓也?”对曰:“妾执巾栉十一年[⑥],遣人之郑、卫求贤女进于王[⑦],今贤于妾者二人,同列者七人,妾岂不欲擅王之爱宠乎[⑧]?妾闻堂上兼女[⑨],所以观人能也,妾不能以私蔽公,欲王多见,知人能也,妾闻虞丘子相楚十余年,所荐非子弟则族昆弟[⑩],未闻进贤退不肖,是蔽君而塞贤路。知贤不进,是不忠;不知其贤,是不智也。妾之所笑,不亦可乎!”王悦。明日,王以姬言告虞丘子,丘子避席,不知所对。于是避舍使人迎孙叔敖而进之[⑪],王以为令尹[⑫],治楚三季而庄王以霸[⑬]。楚史书曰:“庄王之霸,樊姬之力也。”《诗》曰:“大夫夙退,无使君劳[⑭]。”其“君”者,谓女君也。又曰:“温恭朝夕,执事有恪[⑮]”,此之谓也。

颂曰:樊姬谦让,靡有嫉妒。荐进美人,与己同处。非刺虞丘[⑯],蔽贤之路。楚庄用焉,功业遂伯[⑰]。

【注释】

① 楚庄王:(前?—前591),名旅(一作吕、侣),穆王之子,公元前613年继位,执政二十三年,为春秋五霸之一。

② 罢:完毕。晏:晚,迟。

③ 得无:莫非。饥:饥饿。倦:疲累。

④ 俱:在一起。

⑤ 虞丘子:楚国人,曾任令尹,后为孙叔敖取代,庄王赐其采地三百,号曰国老。

⑥ 执巾栉(zhì):指伺候丈夫。巾,头巾。栉,梳子。

⑦ 郑、卫：诸侯国名，郑在今河南中北部，卫在今河南北部。
⑧ 擅：独揽。
⑨ 兼女：得众女。
⑩ 族昆弟：同高祖的兄弟。一般指同族兄弟。
⑪ 孙叔敖：即芳敖，字孙叔，芳贾之子。
⑫ 令尹：楚国官名，掌军政大权的最高官。
⑬ 季：年。
⑭ “大夫”二句：见《诗经·卫风·硕人》。夙，早。
⑮ “温恭”二句：见《诗经·商颂·那》。温恭，温和恭敬。恪，谨慎。
⑯ 非刺：非议。
⑰ 伯(bà)：同“霸”。

班固

班固(32—92)，字孟坚，扶风安陵(今陕西咸阳)人。少负才名，阅览广博，九岁时就会写作，成年后则成为一个博学之士。他的父亲班彪，生平喜好述作，专心史籍，广搜西汉史料，着手编写西汉历史，继《史记》作了《史记后传》六十五篇。班固二十三岁时承继父业，于明帝永平元年(58)开始私撰《汉书》。五年后，有人告发他私改国史，因而被捕入狱。他的弟弟班超上书汉明帝，为他辩白，于是得释。汉明帝知道他的“著述之意”，便召他为兰台令史，不久又提升为郎，典校秘书。他奉诏得以继续完成他父亲的著作。和帝永元初(89)，大将军窦宪领兵讨伐匈奴，他跟随出征，做过中护军，并一直在窦宪幕府里，曾为窦宪写过一篇有名的《燕然山铭》。后窦宪失势自杀，班固受到牵累，被免去官职，后又遭仇家陷害入狱，死于洛阳狱中。他的著作，除《汉书》外，还有《两都赋》、《白虎通义》和《太甲篇》、《在昔篇》等。

苏武传(节选)

【题解】 本篇选自《汉书》卷五十四《李广苏建传》，原为李广、李陵、苏建、苏武的合传，本书只录苏武部分。匈奴是古代中国北方的一个少数民族，自殷周至汉初，一直为汉民族的边患。汉武帝即位后，改变了以往的和亲政策，发动了讨伐战争，三次大败匈奴，使之表示愿意讲和。在这种形势下，苏武奉命出使，却被匈奴拘留了十九年之久。篇中通过苏武被拘留的艰苦历程的具体描写，歌颂了苏武威武不屈的崇高民族气节。作者把人物放在一系列的矛盾斗争中，运用对比、衬托、对话等手法，突出了人物性格。此传记故事完整，情节曲折，主题集中，描写生动，是《汉书》人物传记中最传神的篇章之一。

武，字子卿。少以父任①，兄弟并为郎②。稍迁至移中厩监③。时汉连伐胡，数通使相窥观④。匈奴留汉使郭吉、路充国等，前后十余辈⑤。匈奴使来，汉亦留之，以相当⑥。

天汉元年⑦，且鞮侯单于初立⑧，恐汉袭之，乃曰：“汉天子，我丈人行也⑨。”尽归汉使路充国等。武帝嘉其义⑩，乃遣武以中郎将使持节送匈奴使留在汉者⑪，因厚赂单于，答其善意。

武与副中郎将张胜及假吏常惠等⑫，募士斥候百余人俱⑬。既至匈奴，置币遗单于⑭，单于益骄。非汉所望也。方欲发使送武等，会缑王与长水虞常等谋反匈奴中⑮。

缑王者，昆邪王姊子也⑯，与昆邪王俱降汉，后随浞野侯没胡中⑰。及卫律所将降者⑱，阴相与谋劫单于母阏氏归汉⑲。会武等至匈奴。虞常在汉时，素与副张胜相知，私候胜曰⑳：“闻汉天子甚怨卫律，常能为汉伏弩射杀之㉑。吾母与弟在汉，幸蒙其赏赐。”张胜许之，以货物与常㉒。后月余，单于出猎，独阏氏子弟在。虞常等七十余人欲发㉓，其一人夜亡，告之。单于子弟发兵与战，缑王等皆死，虞常生得㉔。

单于使卫律治其事。张胜闻之，恐前语发㉕，以状语武㉖。武曰：“事如此，此必及我。见犯乃死㉗，重负国㉘。”欲自杀。胜、惠共止之。虞常果引张胜㉙。单于怒，召诸贵人议，欲杀汉使者。左伊秩訾曰㉚：“即谋单于㉛，何以复加㉜？宜皆降之。”

单于使卫律召武受辞[33]。武谓惠等："屈节辱命，虽生，何面目以归汉？"引佩刀自刺。卫律惊，自抱持武，驰召医。凿地为坎[34]，置煴火[35]，覆武其上，蹈其背以出血[36]。武气绝，半日复息[37]。惠等哭，舆归营[38]。单于壮其节，朝夕遣人候问武，而收系张胜[39]。

武益愈。单于使使晓武，会论虞常[40]，欲因此时降武。剑斩虞常已，律曰："汉使张胜谋杀单于近臣[41]，当死，单于募降者赦罪。"举剑欲击之，胜请降。律谓武曰："副有罪，当相坐[42]。"武曰："本无谋，又非亲属，何谓相坐？"复举剑拟之[43]，武不动。律曰："苏君，律前负汉归匈奴，幸蒙大恩，赐号称王，拥众数万，马畜弥山，富贵如此。苏君今日降，明日复然[44]。空以身膏草野[45]，谁复知之？"武不应。律曰："君因我降[46]，与君为兄弟，今不听吾计，后虽欲复见我，尚可得乎？"武骂律曰："女为人臣子[47]，不顾恩义，畔主背亲[48]，为降虏于蛮夷[49]，何以女为见[50]？且单于信女，使决人死生，不平心持正，反欲斗两主[51]，观祸败。南越杀汉使者，屠为九郡[52]；宛王杀汉使者，头县北阙[53]；朝鲜杀汉使者，即时诛灭[54]。独匈奴未耳[55]。若知我不降明[56]，欲令两国相攻，匈奴之祸，从我始矣。"律知武终不可胁，白单于。单于愈益欲降之。乃幽武置大窖中[57]，绝不饮食。天雨雪[58]，武卧啮雪与旃毛并咽之[59]，数日不死，匈奴以为神。乃徙武北海上无人处[60]，使牧羝[61]，羝乳乃得归[62]。别其官属常惠等[63]，各置他所。

武既至海上，廪食不至[64]，掘野鼠去屮实而食之[65]。仗汉节牧羊[66]，卧起操持，节旄尽落。积五、六年，单于弟于靬王弋射海上[67]。武能网纺缴[68]，檠弓弩[69]，于靬王爱之，给其衣食。三岁余，王病，赐武马畜、服匿、穹庐[70]。王死后，人众徙去。其冬，丁令盗武牛羊[71]，武复穷厄[72]。

初，武与李陵俱为侍中[73]。武使匈奴明年，陵降，不敢求武[74]。久之，单于使陵至海上，为武置酒设乐。因谓武曰[75]："单于闻陵与子卿素厚，故使陵来说足下，虚心欲相待。终不得归汉，空自苦亡人之地，信义安所见乎[76]？前长君为奉车[77]，从至雍棫阳宫[78]，扶辇下除[79]，触柱折辕[80]，劾大不敬[81]，伏剑自刎。赐钱二百万以葬。孺卿从祠河东后土[82]，宦骑与黄门驸马争船[83]，推堕驸马河中溺死。宦骑亡，诏使孺卿逐捕，不得，惶恐饮药而死。来时大夫人已不幸[84]，陵送葬至阳陵[85]。子卿妇年少，闻已更嫁矣。独有女弟二人[86]，两女一男，今复十余年，存亡不可知。人生如朝露，何久自苦如此？陵始降时，忽忽如狂[87]，自痛负汉，加以老母系保宫[88]。子卿不欲降，何以过陵？且陛下春秋高，法令亡常，大臣亡罪夷灭者数十家[89]，安危不可知，子卿尚复谁为乎[90]？愿听陵计，勿复有云[91]。"武曰："武父子亡功德，皆为陛下所成就[92]，位列将[93]，爵通侯[94]，兄弟亲近[95]，常愿肝脑涂地。今得杀身自效[96]，虽蒙斧钺汤镬[97]，诚甘乐之[98]。臣事君，犹子事父也。子为父死，无所恨。愿勿复再言。"

陵与武数日，复曰："子卿壹听陵言[99]。"武曰："自分已死久矣[100]。王必欲降武[101]，请毕今日之欢，效死于前[102]。"陵见其至诚，喟然叹曰[103]："嗟乎！义士。陵与卫律之罪，上通于天。"因泣下沾衿，与武决去[104]。陵恶自赐武[105]，使其妻赐武牛羊数十头。

后陵复至北海上，语武："区脱捕得云中生口[106]，言太守以下吏民皆白服[107]，曰上崩[108]。"武闻之，南乡号哭[109]，欧血[110]。旦夕临[111]，数月。

昭帝即位[112]，数年，匈奴与汉和亲[113]。汉求武等[114]，匈奴诡言武死。后汉使复至匈奴，常惠请其守者与俱[115]，得夜见汉使，具自陈道[116]。教使者谓单于，言天子射上林中[117]，得雁，足有系帛书[118]，言武等在某泽中[119]。使者大喜，如惠语以让单于[120]。单于视左右而惊，谢汉使曰[121]："武等实在。"

于是李陵置酒贺武曰："今足下还归，扬名于匈奴，功显于汉室。虽古竹帛所载[122]，丹青所画[123]，何以过子卿！陵虽驽怯[124]，今汉且贳陵罪[125]，全其老母，使得奋大辱之积志[126]，庶几乎曹柯之盟[127]，此陵宿昔之所以不忘也[128]。收族陵家[129]，为世大戮[130]，陵尚复何顾乎[131]？已矣[132]，今子卿知吾心耳。异域之人，壹别长绝！”陵起舞，歌曰：“径万里兮度沙幕[133]，为君将兮奋匈奴[134]。路穷绝兮矢刃摧[135]，士众灭兮名已隤[136]。老母已死，虽欲报恩将安归[137]？”陵泣下数行，因与武决。单于召会武官属[138]。前以降及物故[139]，凡随武还者九人。

武以始元六年春至京师[140]。诏武奉一太牢谒武帝园庙[141]。拜为典属国[142]，秩中二千石[143]。赐钱二百万，公田二顷，宅一区[144]。常惠、徐圣、赵终根皆拜为中郎，赐帛各二百匹。其余六人老，归家，赐钱人十万，复终身[145]。常惠后至右将军，封列侯，自有传。武留匈奴凡十九岁，始以强壮出，及还，须发尽白。

【注释】

① 以父任：因父亲的职位关系而任官。

② 郎：汉代官名，皇帝的侍从官。武父苏建，官至代郡太守，封平陵侯，按规定，其子弟可被保举为郎。

③ 稍：逐渐。迁：提升。移(yí)中厩：汉宫中有移园，园中有马厩，故名。监：指管理鞍马鹰犬射猎用具的官。

④ 数(shuò)：屡次。通使：互派使者。相窥观：互相侦察对方情况。

⑤ 辈：批。

⑥ 相当：相抵。

⑦ 天汉：汉武帝年号。元年：公元前100年。

⑧ 且鞮(jū dī)侯：单于的封号。单于：匈奴对其君主的称号。

⑨ 丈人行(háng)：长辈。丈人，家长。行，辈。

⑩ 嘉：表彰。

⑪ 中郎将：皇帝侍卫官的头目。节：符节，古代使者的凭证，以竹为杆，柄长八尺，上缀旄牛尾，共三层，故又叫旄节。

⑫ 假吏：临时充任的使者属官。

⑬ 斥候：指路上担任侦察工作的人。俱：偕同。

⑭ 币：指钱财之类的礼物。

⑮ 会：适逢。缑(gōu)王：匈奴的一个亲王。长水：水名，在今陕西蓝田西北。

⑯ 昆邪(hún yé)王：匈奴的一个亲王，居于今甘肃西北部。姊子：姐姐的儿子。

⑰ 浞(zhuó)野侯：汉将赵破奴。太初元年，匈奴左大都尉欲杀单于降汉，次年，汉武帝派赵破奴领兵前去接应，却被单于发觉，左大都尉被杀，赵被围投降。当时，缑王隶属赵破奴军，也一起投降。没：陷落。

⑱ 卫律：原为匈奴人，生长于汉，经协律都尉李延年推荐，被派遣出使匈奴。回汉后，因李犯罪全家被捕，他怕受连累而逃降匈奴，受封为丁令王。将：统率。

⑲ 阴：暗中。阏氏(yān zhī)：匈奴对皇后的称号。

⑳ 私候：私下拜访。

㉑ 伏弩：埋伏弓弩手。弩，用机栝发箭的弓，此处指持弓的人。

㉒ 与：给予。

㉓ 发：发难，指劫掠阏氏归汉。

㉔ 生得：被活捉。

㉕ 发：泄露。

㉖ 状：情况。

㉗ 见犯：受到侮辱。见，被。乃：而。

㉘ 重(zhòng)：更加。

㉙ 引：牵连。

㉚ 伊秩訾(zī)：匈奴王的封号，有左、右之分。

㉛ 即谋：假使谋杀。

㉜ 何以复加：用什么刑罚加重对他们的处分呢？

㉝ 受辞：指受审讯。

㉞ 坎：坑。

㉟ 煴(yūn)火：微火，没有光焰的火。

㊱ 蹈：通“掐”，轻轻敲打，以出血，使淤血流出。

㊲ 复息：恢复呼吸。

㊳ 舆：车子，此处用作动词，用车载送。

㊴ 收：逮捕。系：囚禁。

㊵ 会：会同。论：审判。

㊶ 近臣：亲近皇帝的大臣，此处卫律自指。

㊷ 相坐：连带治罪。坐，定罪。

㊸ 拟之：做出要砍杀的样子。拟，比划。

㊹ 复然：也是如此。

㊺ 膏：用作动词，肥沃的意思。

㊻ 因：依靠，通过。

㊼ 女(rǔ)：同“汝”。

㊽ 畔：通“叛”。

㊾ 蛮夷：汉统治者对少数民族的通称，含有轻蔑之意，此处指匈奴。

㊿ “何以”句：即“何以见汝为”，意为要看你干什么？为，疑

问语气词。

51 斗两主：使两主相斗。

52 "南越"二句：汉武帝元鼎五年（前116），南越王的丞相吕嘉，杀死南越王、王后和汉朝使者，而自立为王。武帝遣将讨伐，吕嘉败死，将其地设置南海、苍梧、郁林、合浦、交趾、九真、日南、珠厓、儋耳九郡。详见《史记·南越列传》。屠，平定。

53 "宛（yuān）王"二句：汉武帝太初元年，汉派使者去大宛国求良马，大宛不但不肯给马，反而令其贵族郁成王把汉使截杀在归途中。武帝大怒，命李广利伐大宛。到太初四年，大宛国遭到汉兵围攻，其国中贵族杀死国王毋寡，献马出降。李广利携毋寡首级及良马到京师。详见《史记·大宛列传》。宛王，即大宛国王毋寡。县（xuán），通"悬"，悬挂。北阙，宫殿的北门。

54 "朝鲜"二句：汉武帝元封二年，派遣涉何出使朝鲜，说降朝鲜王右渠，右渠杀涉何，汉武帝遣将攻朝鲜，右渠降汉。详见《史记·朝鲜列传》。诛灭，攻杀消灭。

55 未：指未被消灭。

56 若：你。明：明白，清楚。

57 幽：囚禁。窖（jiào）：地窖。

58 雨（yù）：用作动词，下雨或下雪。

59 啮（niè）：咬，嚼。旃（zhān）：同"毡"，毛毡。

60 北海：即今西伯利亚的贝加尔湖，为当时匈奴的北境。

61 羝（dī）：公羊。

62 乳：用作动词，生育，指生小羊。

63 别：隔开。

64 廪食：指匈奴官家供给的粮食。廪，通"廪"，粮仓。

65 去：通"弆（jǔ）"，储藏。屮：古"草"字。实：果实。

66 杖：用作动词，拄着。

67 于靬（wū jiān）王：且鞮侯单于之弟。弋（yì）射：用绳系在箭上射鸟。

68 网：结鱼网。缴（zhuó）：缴丝，系在箭上的丝绳。

69 檠（qíng）：矫正弓弩的工具。此处用作动词，矫正。

70 服匿（nì）：盛酒酪的器皿，小口，大腹，方底。穹庐：圆顶的大帐篷。

71 丁令（líng）：即丁灵，部落名，匈奴族的别支。

72 穷厄（è）：穷困。厄，困顿。

73 李陵：李广之孙，字少卿。侍中：官名，掌管皇帝乘舆服物。

74 求：求访。

75 因：趁机。

76 安所见：表现在哪里？见，同"现"。

77 长（zhǎng）君：指苏武的兄长苏嘉。奉车：官名，即奉车都尉，掌管皇帝乘坐的车辇。

78 雍：地名，在今陕西凤翔南。棫（yù）阳宫：汉宫名。

79 除：台阶。

80 辕：驾车用的直木或曲木，压在车轴上，伸出车舆的前端。

81 劾：弹劾，揭露罪状。大不敬：一种不敬天子的罪名。

82 孺卿：苏武之弟苏贤的字。河东：郡名，在今山西夏县西北。后土：土地神。

83 宦骑：骑马侍卫皇帝的宦官。黄门驸马：皇帝的一种侍从人员。黄门，即宫门。驸马，即"副马"，本指皇帝副车之马，后转为掌管副马的官名。

84 大夫人：指苏武的母亲。不幸：指死。

85 阳陵：地名，在今陕西咸阳东。

86 女弟：妹妹。

87 忽忽：迷惘恍惚的样子。狂：精神失常。

88 系：囚禁。保宫：监狱名，即居室，关押犯罪大臣及眷属的地方。

89 夷灭：杀尽灭族。

90 谁为：为谁。

91 勿复有云：不要再说什么了。

92 成就：培养提拔。

93 位列将：职位至列将的地位。

94 爵通侯：爵位封到通侯。

95 亲近：指皇帝近臣。

96 效：献出，尽力，此处指效忠国家。

97 斧钺汤镬（huò）：指受死刑。钺，大斧。镬，大锅。

98 甘乐：甘心乐意。

99 壹：一定的意思。

100 分（fèn）：料定。

101 王：指李陵。

102 效死：致死，即自杀。

103 喟（kuì）然：感叹的样子。

104 决：同"诀"，诀别。

105 恶（wù）：羞愧。

106 区（ōu）脱：接近汉朝边界的匈奴部落名。云中：汉郡名，即今内蒙古托克托。生口：活口，指被俘虏的汉人。

107 白服：白色孝服。

108 上：指汉武帝。崩：古称皇帝、皇后之死。

109 南乡：面向南方。

110 欧：同"呕"，吐。

111 临（lìn）：哭吊。

⑫ 昭帝：武帝少子，名弗陵。

⑬ 和亲：和好亲善，本指彼此缔结婚姻，友好相处。

⑭ 求：寻求。

⑮ 其守者：指看守常惠的人。

⑯ 具：详尽。道：述说。

⑰ 上林：苑名，当时汉朝皇帝游玩射猎的园林，在今陕西西安。

⑱ 帛书：在丝绸上写的书信。

⑲ 泽：聚水的洼地，此指北海。

⑳ 让：责备。

㉑ 谢：道歉。

㉒ 竹帛：竹简、白绢，古时供书写用，此处指史书。

㉓ 丹青：丹砂和青雘（huò），绘画用的颜料，此处指图画。

㉔ 驽（nú）：劣马，喻人之笨拙。

㉕ 贳（shì）：宽恕，赦免。

㉖ 奋：奋发，施展。

㉗ 庶几乎：或许。曹柯之盟：春秋时，曹沫为鲁将，与齐战，曹沫三战皆败，鲁庄公献遂邑之地以求和，与齐盟于柯。曹沫于盟会时执匕首劫齐桓公，迫其归还所侵之地。详见《史记·刺客列传》。柯，春秋时齐邑，即今山东阳谷东北阿城镇。

㉘ 宿昔：即夙夕，早晚。

㉙ 收：逮捕。族：灭族。

㉚ 大戮：奇耻大辱。

㉛ 顾：留恋。

㉜ 已矣：算了吧。

㉝ 径：经过。度：同“渡”，穿过。幕：同“漠”。

㉞ 奋：奋战。

㉟ 摧：折，损坏。

㊱ 隤（tuí）：同“颓”，败坏。

㊲ 安归：何归，回到哪里去。

㊳ 召会：召集。属：部属。

㊴ 物故：死亡。物，通“歾（mò）”，死。

㊵ 始元：汉昭帝年号。

㊶ 太牢：祭品，即牛、羊、豕三牲。园：陵墓。

㊷ 典属国：官名，掌管归附汉朝的外族事务。

㊸ 秩：官俸。中二千石：汉代二千石的官秩分为中二千石、二千石、比二千石三等。中二千石月俸为一百八十斛。

㊹ 一区：一处。

㊺ 复：免除徭役。

第四节　汉　　赋

司马相如

司马相如（前179—前117），字长卿，小名犬子，后慕蔺相如为人，遂改名为相如，蜀郡成都（今属四川）人。西汉文学家。景帝时为武骑常侍，景帝不好辞赋，他称病免官，客游于梁，与邹阳、枚乘等人同为梁孝王门客。在梁时，写了《子虚赋》。几年后，梁孝王死，他回蜀，经临邛，结识卓文君，两人私奔至成都，因家贫，又同返临邛，以卖酒为生，此故事后世传为佳话。武帝读其《子虚赋》颇为赏识，经任狗监的同乡杨得意推荐，受武帝召见，又作《上林赋》，被任为郎。曾奉使西南，沟通了朝廷与西南少数民族的关系，贡献颇大。后转迁孝文园令，但受诬陷，一度失官。晚年免官闲居，郁郁而死。原有赋二十九篇，今仅存六篇，即《子虚》、《上林》、《大人》、《长门》、《美人》、《哀二世》。

子虚赋（节选）

【题解】 本篇选自《史记·司马相如列传》，略去了原赋中楚王驾车打猎和率郑女游乐的两个段落。此赋与《上林赋》内容相承接，是司马相如的名作。赋中假设楚国子虚和齐国乌有互相夸耀：子虚夸说楚国云梦的壮丽和楚王游猎的盛况，而乌有则加以诘难，以齐国渤澥、孟诸的胜景压倒对方，适应了统治者好大喜功和游娱享乐的需要；显示了大一统皇朝的声威，也记录了汉帝国地大物博的丰姿。全赋结构宏大，气势壮阔，铺叙细腻，词采富丽，是汉代大赋的典型作品，对后世辞赋颇有影响。

楚使子虚使于齐[①]，王悉发车骑，与使者出畋[②]。畋罢，子虚过奼乌有先生[③]，亡是公存焉[④]。坐定。乌有先生问曰："今日畋乐乎？"子虚曰："乐。""获多乎？"曰："少。""然则何乐？"对曰："仆乐齐王之欲夸仆以车骑之众，而仆对以云梦之事也[⑤]。"曰："可得闻乎？"子虚曰："可。王车驾千乘，选徒万骑[⑥]，畋于海滨，列卒满泽，罘网弥山[⑦]，掩兔辚鹿[⑧]，射麋脚麟[⑨]，骛于盐浦[⑩]，割鲜染轮[⑪]，射中获多，矜而自功[⑫]，顾谓仆曰：'楚亦有平原广泽游猎之地饶乐若此者乎[⑬]？楚王之猎，孰与寡人乎[⑭]？'仆下车对曰：'臣，楚国之鄙人也。幸得宿卫十有余年[⑮]，时从出游，游于后园，览于有无[⑯]，然犹未能遍睹也，又焉足以言其外泽乎[⑰]？'齐王曰：'虽然，略以子之所闻见而言之。'仆对曰：'唯唯'。

'臣闻楚有七泽，尝见其一，未睹其余也。臣之所见，盖特其小小者耳，名曰云梦。云梦者，方九百里，其中有山焉。其山则盘纡岪郁[⑱]，隆崇嵂崒[⑲]，岑崟参差[⑳]，日月蔽亏[㉑]。交错纠纷，上干青云[㉒]；罢池陂陀[㉓]，下属江河[㉔]。其土则丹青赭垩[㉕]，雌黄白坿[㉖]，锡碧金银，众色炫耀，照烂龙鳞[㉗]。其石则赤玉玫瑰[㉘]，琳瑉昆吾[㉙]，瑊玏玄厉[㉚]，碝石碔砆[㉛]。其东则有蕙圃[㉜]：蘅兰芷若[㉝]，芎䓖菖蒲[㉞]，江蓠蘼芜[㉟]，诸柘巴苴[㊱]。其南则有平原广泽：登降陁靡[㊲]，案衍坛曼[㊳]，缘以大江，限以巫山[㊴]；其高燥则生葴菥苞荔[㊵]，薛莎青薠[㊶]；其埤湿则生藏莨蒹葭[㊷]，东蘠雕胡[㊸]，莲藕觚卢[㊹]，菴闾轩于[㊺]，众物居之，不可胜图。其西则有涌泉清池：激水推移，外发芙蓉菱华[㊻]，内隐钜石白沙[㊼]；其中则有神龟蛟鼍[㊽]，玳瑁鳖鼋[㊾]。其北则有阴林：其树楩柟豫章[㊿]，桂椒木兰[51]，檗离朱杨[52]，樝梨梬栗[53]，橘柚芬芳；其上则有鹓鶵孔鸾[54]，腾远射干[55]；其下则有白虎玄豹，蟃蜒貙犴[56]。

……

'于是楚王乃登云阳之台[57]，怕乎无为[58]，憺乎自持[59]，勺药之和具[60]，而后御之[61]。不若大王终日驰骋，曾不下舆，脟割轮焠[62]，自以为娱。臣窃观之，齐殆不如。'于是齐王无以应仆也。"

乌有先生曰："是何言之过也！足下不远千里，来贶齐国[63]；王悉发境内之士，备车骑之众，与使者出畋，乃欲戮力致获[64]，以娱左右，何名为夸哉？问楚地之有无者，愿闻大国之风烈[65]，先生之余论也。今足下不称楚王之德厚，而盛推云梦以为高，奢言淫乐，而显侈靡，窃为足下不取也。必若所言，固非楚国之美也；无而言之，是害足下之信也。彰君恶，伤私义[66]，二者无一可，而先生行之，必且轻于齐而累于楚矣[67]！且齐东陼钜海[68]，南有琅邪[69]，观乎成山[70]，射乎之罘[71]，浮渤澥[72]，游孟诸[73]。邪与肃慎为邻[74]，右以汤谷为界[75]；秋田乎青丘[76]，傍徨乎海外[77]，吞若云梦者八九于其胸中，曾不蒂芥[78]。若乃俶傥瑰玮[79]，异方殊类，珍怪鸟兽，万端鳞崪[80]，充牣其中[81]，不可胜记，禹不能名[82]，卨不能计[83]。然在诸侯之位，不敢言游戏之乐，苑囿之大[84]；先生又见客[85]，是以王辞不复[86]，何为无以应哉？"

【注释】

① 子虚：与下文的"乌有"、"亡（同"无"）是公"都是虚构的人物。第一个"使"：派遣。第二个"使"：出使。

② 畋（tián）：打猎。

③ 过：探访。奼（chà）：同"姹"，夸耀的意思。

④ 存：在。焉：于此。

⑤ 云梦：即云梦泽，楚国著名的大沼泽地，在今湖北安陆南，本为二泽，跨长江两岸，北为云，南为梦，方八九百里，后世淤塞。

⑥ 徒：指士兵。

⑦ 罘（fú）网：捕兔的网。

⑧ 掩：用网捕捉。辚：用车追逐碾压。

⑨ 麋（mí）：兽名，即麋鹿。脚麟：抓住麟的腿。脚，小腿，此处用作动词。麟，雄鹿。

⑩ 骛（wù）：纵横驰骋。

⑪ 鲜：指动物的生肉。染轮：血染车轮。

⑫ 矜（jīn）：夸耀。自功：自以为有成绩。功，用作动词。

⑬ 饶乐：富有乐趣。饶，富有。

⑭ 与：如，及。

⑮ 宿卫：在帝王宫禁中值宿卫戍。

⑯ 览：看见。有无：偏义复词，指有一些东西。

⑰ 焉足：哪能。外泽：宫禁外的大泽。

⑱ 盘纡(yū)茀(fú)郁：形容山势曲折。

⑲ 隆崇：高耸的样子。嵂崒(lǜ zú)：高而险的样子。

⑳ 岑崟(yín)：形容山势高峻。

㉑ 蔽：全隐。亏：半缺。

㉒ 干：触犯。

㉓ 罢池(pí tuó)：同"陂陀"，山坡倾斜的样子。

㉔ 属：连接。

㉕ 丹：朱砂。青：青雘(huò)，赤石脂之类，古代以为是好的颜料。赭(zhě)：赤土。垩(è)：白土。

㉖ 雌黄：一种矿物，可做颜料。白坿(fù)：白石英。

㉗ 照烂龙鳞：色泽闪烁如同龙鳞一般。

㉘ 玫瑰：一种紫色宝石。

㉙ 琳：美玉。瑉(mín)：似玉的美石。昆吾：山名，出美玉，此处用来指美玉。

㉚ 瑊玏(jiān lè)：美石。玄厉：黑石，可用以磨刀。

㉛ 碝(ruǎn)石：白中带赤的美石。碔砆(wǔ fū)：赤地白纹的美石。

㉜ 蕙圃：长着香草的园圃。

㉝ 蘅、兰、芷、若：即杜蘅、兰草、白芷、杜若，都是香草。

㉞ 芎䓖(qiōng qióng)：一种香草。菖蒲：一种草本植物，其根茎可作香料。

㉟ 江蓠(lí)：即"蘼(mí)芜"，生于水中的香草。

㊱ 诸柘：即甘蔗。柘，同"蔗"。巴苴(jū)：即芭蕉。

㊲ 登降：指地势高低。陁(yǐ)靡：斜长的样子。

㊳ 案衍：低下的样子。坛曼：平坦的样子。

㊴ 巫山：指云梦泽中的巫山。

㊵ 葴(zhēn)、菥(xī)、苞、荔：即马兰、菥蓂(míng)、席草、荔挺，都是香草。

㊶ 薛、莎(suō)、薠(fán)：都是草名，即藾(lài)蒿、莎草、薠草。

㊷ 埤：同"卑"，指地势低下。藏莨(zōng làng)：俗名狗尾巴草。蒹葭(jiān jiā)：泛指芦苇。

㊸ 东蘠(qiàng)：草名，似蓬草，实如葵子，可食。雕胡：即菰米，俗名茭白。

㊹ 觚(gū)卢：即葫芦。

㊺ 菴闾(ān lú)：状如蒿艾。轩于：即莸(yóu)草，味臭。

㊻ 华：同"花"。

㊼ 钜：同"巨"。

㊽ 蛟：传说中生活在水中的一种龙。鼉(tuó)：今称扬子鳄，又叫猪婆龙。

㊾ 玳瑁(dài mào)：龟类动物，其甲壳光滑而有文采，可作装饰物。鼋(yuán)：鳖类动物，体形较一般的鳖大得多。

㊿ 楩(pián)、柟(nán)、豫章：即黄楩木、楠木、樟木，都是大木。

51 椒(jiāo)：即花椒。木兰：俗称紫玉兰。

52 檗(bò)：即黄檗，一种落叶乔木。离：山梨。朱杨：赤茎柳。

53 樝(zhā)："楂"的本字，即山楂。梬(yǐng)栗：也称梬枣，形似柿而小。

54 鹓鶵(yuān chú)：传说中凤一类的鸟。孔鸾：孔雀鸾鸟。

55 腾远：猿类动物，善攀登。射(yè)干：似狐而小，能爬树。

56 蟃蜒(wàn yán)：野兽名，形似狸而长。貙犴(chū àn)：野兽名，形似狸而大。

57 云阳之台：即阳台，在巫山下。

58 怕：同"泊"，恬静的样子。无为：安然无事。

59 憺(dàn)：安静的样子。自持：保持安闲的心情。

60 勺药：同"芍药"。古人认为勺药有"和五脏，辟毒气"的功能，用作调料。和：调和。具：具备。

61 御：指皇帝食用。

62 脟(luán)割：把肉切成块。脟，同"脔"。轮焠：在车轮间烤肉。焠，烤。

63 贶(kuàng)：惠赐，赐教。

64 戮力：合力。致获：使打猎得到收获。

65 风：指美好的风俗。烈：指辉煌的业绩。

66 私义：指子虚的信义。

67 轻于齐：为齐人所轻视。累于楚：影响楚国的威信。

68 陼(zhǔ)：水边，此处作动词用，临的意思。

69 琅邪(yá)：山名，在今山东诸城东南海滨。

70 成山：在今山东荣成东。

71 之罘(fú)：山名，在今山东福山东北。

72 渤：渤海。澥(xiè)：伸入陆地的海湾，后也泛指海。

73 孟诸：古代薮(sǒu)名，在今河南商丘东北，虞城西北，今已淤塞。

74 邪：同"斜"，侧翼。肃慎：古国名，在今辽宁、吉林、黑龙江一带。

75 汤(yáng)谷：地名，即旸谷，古人认为是日出的地方，地处极东。古人以东为左，句首的"右"应是"左"之误。

76 田：同"畋"，打猎。青丘：国名，据说在大海以东三百里处。

77 徬徨：此处指游乐。

⑱ 蒂(dì)芥：细小的梗塞物。

⑲ 若乃：谓假如谈到。俶傥(tì tǎng)：同"倜傥"，卓越。瑰玮(guī wěi)：奇伟。

⑳ 鳞崒(cuì)：像鱼鳞似的聚集在一起。崒，同"萃"，聚集。

㉑ 充牣(rèn)：充满。

㉒ 禹：上古人名，尧时为司空。

㉓ 卨(xiè)：即"契"，上古人名，尧时为司徒。

㉔ 苑囿(yòu)：种植林木、畜养禽兽的园子，古代帝王游玩、打猎的场所。

㉕ 见客：受到宾客的礼遇。

㉖ 是以：即"以是"，因此。王辞不复：齐王不以言词反答你。

张衡

张衡(78—139)，字平子，南阳西鄂(今河南南召南)人。东汉文学家。安帝、顺帝时，担任掌管天文的太史令，精通天文历算，创制浑天仪和地动仪，天文著作有《浑天仪图注》和《灵宪》。又历任郎中、河间相、尚书等职。任河间相时，他反对宦官，在政治上颇有建树。

张衡的文学作品有《两京赋》、《思玄赋》、《归田赋》等，后两篇是抒情小赋，语言清新，情味悠长，骈偶成分较重，对六朝骈赋的形成有相当影响。他还有《四愁诗》、《同声歌》等，写得情真意浓，托兴幽远，缠绵动人。

归田赋

【题解】 本篇选自《文选》卷十五。这篇小赋是作者后期的作品。当时宦官专权，外戚执政，政治黑暗，张衡上书议政，揭露时弊，不仅不被采纳，反为宦官所嫉恨，于是想归隐而写了此赋以明志。赋中描写了归田的原因和想象中安闲的归隐生活，显示了现实官场的黑暗，表现了自己壮志难酬的苦闷和不愿同流合污而决意归隐的心情。风格朴实明朗，语言浅近清新，描写精巧形象，富有抒情韵趣。

游都邑以永久[①]，无明略以佐时[②]。徒临川以羡鱼[③]，俟河清乎未期[④]。感蔡子之慷慨[⑤]，从唐生以决疑[⑥]。谅天道之微昧[⑦]，追渔父以同嬉[⑧]。超埃尘以遐逝[⑨]，与世事乎长辞。

于是仲春令月[⑩]，时和气清，原隰郁茂[⑪]，百草滋荣。王雎鼓翼[⑫]，仓庚哀鸣[⑬]，交颈颉颃[⑭]，关关嘤嘤[⑮]。于焉逍遥[⑯]，聊以娱情。

尔乃龙吟方泽[⑰]，虎啸山丘[⑱]。仰飞纤缴[⑲]，俯钓长流。触矢而毙，贪饵吞钩，落云间之逸禽[⑳]，悬渊沉之魦鰡[㉑]。

于时曜灵俄景[㉒]，继以望舒[㉓]。极般游之至乐[㉔]，虽日夕而忘劬[㉕]。感老氏之遗诫[㉖]，将回驾乎蓬庐[㉗]。弹五弦之妙指[㉘]，咏周、孔之图书[㉙]。挥翰墨以奋藻[㉚]，陈三皇之轨模[㉛]。苟纵心于物外[㉜]，安知荣辱之所如[㉝]？

【注释】

① 都邑：指东汉都城洛阳。

② 明略：高明的谋略。佐时：辅佐时政。

③ 临川以羡鱼：《淮南子·说林训》有"临河而羡鱼，不如归家织网"之句，此处意谓空怀"佐时"愿望而无法实现。

④ 俟：等待。河：黄河，传说浑浊的黄河水一千年清一次，古人认为河清是政治清明的象征。未期：未可预期。

⑤ 蔡子：蔡泽，战国时燕国游士。他先游于诸侯而不得志，后发愤入秦，取代范雎，当了秦相。慷慨：愤慨不平。

⑥ 唐生：即唐举，战国时魏国相士。蔡泽失意时，曾请唐举看相，得到启示，后人秦为相。决疑：指看相解决疑难。

⑦ 谅：实在是。微昧：幽隐难知。

⑧ 渔父：指隐居江湖的人。嬉：游乐。

⑨ 埃尘：指浑浊的世俗。遐逝：远去。

⑩ 仲春：农历二月。令月：好月份。令，善。

⑪ 原：高的平地。隰(xí)：低湿的平地。郁茂：草木繁盛的样子。

⑫ 王雎(jū)：鸟名，即雎鸠。鼓：扇动。

⑬ 仓庚：即黄莺。

⑭ 交颈：亲昵的样子。颉颃(xié háng)：上下飞翔。颉，飞而上。颃，飞而下。

⑮ 关关、嘤(yīng)嘤：都是鸟鸣声。

⑯ 于焉：在此。

⑰ 龙：作者自喻。方泽：大泽。

⑱ 虎：作者自喻。

⑲ 仰飞：向上射。缴(zhuó)：系在箭尾的丝绳。

⑳ 逸禽：高飞的鸟。

㉑ 悬：钓起。渊沉：渊水深处。魦(shā)：吹沙鱼，一种生活在溪涧的小鱼。鰡(liú)：与魦相近的小鱼。

㉒ 曜(yào)灵：太阳。俄：斜。景：通“影”，指日影。

㉓ 继以：继之。望舒：传说中月亮的御者，此处借代月亮。

㉔ 般(pán)游：游乐。

㉕ 劬(qú)：劳苦。

㉖ 老氏：老子。遗诫：留下的告诫，指《老子》中的话：“驰骋畋猎，令人心发狂。”

㉗ 回驾：返车。蓬庐：草屋。

㉘ 五弦：五弦琴，相传为舜所制。妙指：妙趣。指，同“旨”，意趣。

㉙ 周：周公，姓姬名旦。孔：孔子。

㉚ 翰：笔。奋藻：写文章。藻，词藻。

㉛ 三皇：指传说中远古的圣皇伏羲、神农、黄帝。轨模：法则。

㉜ 苟：如果。物外：尘世之外。

㉝ 如：往，归。

第五节 乐府民歌和《古诗十九首》

乐府民歌

陌 上 桑[①]

【题解】 本篇选自《乐府诗集》卷二十八，为《相和歌辞·相和曲》古辞，诗分三解(解即歌的段落)，每一解为一个自然段。《宋书》卷二十一《乐志三》收入此篇，题名《艳歌罗敷行》；《玉台新咏》卷一收入此篇，题《日出东南隅行》。这是东汉一首民间叙事诗，叙述了一个太守在路上调戏采桑女子罗敷而严遭拒绝的故事，揭露了封建官僚的丑恶行径，歌颂了劳动妇女的智勇。诗中穿插人物对话，生动活泼，带有喜剧色彩，运用烘托和铺陈两种手法描写人物，栩栩如生。

日出东南隅[②]，照我秦氏楼[③]。秦氏有好女[④]，自名为罗敷[⑤]。罗敷喜蚕桑[⑥]，采桑城南隅。青丝为笼系[⑦]，桂枝为笼钩[⑧]。头上倭堕髻[⑨]，耳中明月珠[⑩]。缃绮为下裙[⑪]，紫绮为上襦[⑫]。行者见罗敷[⑬]，下担捋髭须[⑭]。少年见罗敷，脱帽著帩头[⑮]。耕者忘其犁，锄者忘其锄。来归相怒怨，但坐观罗敷[⑯]。一解

使君从南来[⑰]，五马立踟蹰[⑱]。使君遣吏往，问是谁家姝[⑲]？秦氏有好女，自名为罗敷。罗敷年几何？二十尚不足，十五颇有余。使君谢罗敷[⑳]，宁可共载不？罗敷前置辞，使君一何愚[㉑]！使君自有妇，罗敷自有夫。二解

东方千余骑[㉒]，夫婿居上头[㉓]。何用识夫婿？白马从骊驹[㉔]。青丝系马尾，黄金络马头。腰中鹿卢剑[㉕]，可值千万余。十五府小吏[㉖]，二十朝大夫[㉗]。三十侍中郎[㉘]，四十专城居[㉙]。为人洁白皙[㉚]，鬑鬑颇有须[㉛]。盈盈公府步[㉜]，冉冉府中趋[㉝]。坐中数千人，皆言夫婿殊。三解

【注释】

① 陌：田间小路。

② 隅：方。

③ 我：歌者自称，兼有“我们”之意。秦氏：当时诗歌中女主人公常用的姓。

④ 好女：美女。

⑤ 自名：本名。罗敷：古美女名，此处是假托。

⑥ 蚕桑：名词用作动词，采桑养蚕。

⑦ 笼系：篮子的络绳。笼，篮子。

⑧ 笼钩：篮子的提柄。

⑨ 倭堕髻：又名“堕马髻”，其髻歪在头部一侧，低垂

欲堕。

⑩ 明月珠：宝珠名。

⑪ 缃：杏黄色。绮：织有浮花的绫子。

⑫ 襦（rú）：短袄。

⑬ 行者：过路人。

⑭ 捋（lǚ）：抚摸。髭（zī）：嘴上边的胡子。鬚：面颊下的胡子。

⑮ 著：整理。帩头：包头发的纱巾。

⑯ 但：只是。坐：因为。

⑰ 使君：东汉时对太守、刺史的称呼。

⑱ 五马：汉代太守乘的车子，用五匹马拉。立：停住。踟蹰（chí chú）：徘徊不前的样子。

⑲ 姝（shū）：美女。

⑳ 谢：问。

㉑ 一何：多么。

㉒ 骑（jì）：骑马的随从。

㉓ 上头：前列。

㉔ 骊驹：小黑马。

㉕ 鹿卢：即"辘轳"，井上汲水用的滑轮，此处指长剑柄端用玉做成辘轳形。

㉖ 府小史：太守府中的小官吏。

㉗ 朝大夫：朝廷里的大夫。大夫：汉代官名。

㉘ 侍中郎：皇帝的侍卫官。

㉙ 专城居：一城之主，指太守。专：独占的意思。

㉚ 白皙（xī）：白净。

㉛ 鬑鬑（lián）：胡须与头发稀疏的样子。

㉜ 盈盈：轻稳的样子。公府：太守的府第。

㉝ 冉冉：舒缓的样子。趋：走。

古诗为焦仲卿妻作

【题解】 本篇选自《玉台新咏》卷一，原题《古诗无名人为焦仲卿妻作》。《乐府诗集》卷七十三收入，归《杂曲歌辞》，题作《焦仲卿妻》。《古诗纪》卷十七收入，题作《古诗为焦仲卿妻作》，今多从之。全诗叙写庐江府小吏焦仲卿和其妻刘兰芝受封建礼教迫害，双双赴死的故事。以鲜明的艺术形象和完整的故事情节有力地揭露了封建礼教的罪恶，热烈地歌颂了兰芝夫妇忠于爱情、宁死不屈的精神，反映了人民争取婚姻自由的强烈愿望。诗中运用比兴、白描、对话、铺排等手法，形象逼真，主题深刻；结尾采用象征方法，具有浪漫主义色彩。

汉末建安中①，庐江府小吏焦仲卿妻刘氏②，为仲卿母所遣③，自誓不嫁。其家逼之，乃没水而死。仲卿闻之，亦自缢于庭树。时人伤之，为诗云尔④。

孔雀东南飞，五里一徘徊⑤。十三能织素⑥，十四学裁衣。十五弹箜篌⑦，十六诵诗书。十七为君妇，心中常苦悲。君既为府吏，守节情不移⑧。鸡鸣入机织⑨，夜夜不得息。三日断五疋⑩，大人故嫌迟⑪。非为织作迟，君家妇难为。妾不堪驱使，徒留无所施。便可白公姥⑫，及时相遣归。府吏得闻之，堂上启阿母。儿已薄禄相⑬，幸复得此妇。结发同枕席⑭，黄泉共为友⑮。共事二三年⑯，始尔未为久⑰。女行无偏斜⑱，何意致不厚⑲？阿母谓府吏，何乃太区区⑳。此妇无礼节，举动自专由㉑。吾意久怀忿㉒，汝岂得自由㉓。东家有贤女㉔，自名秦罗敷。可怜体无比㉕，阿母为汝求。便可速遣之，遣之慎莫留。府吏长跪告，伏惟启阿母㉖。今若遣此妇，终老不复取㉗。阿母得闻之，槌床便大怒㉘。小子无所畏，何敢助妇语！吾已失恩义，会不相从许㉙！府吏默无声，再拜还入户。举言谓新妇㉚，哽咽不能语㉛。我自不驱卿㉜，逼迫有阿母。卿但暂还家，吾今且报府㉝。不久当归还，还必相迎取。以此下心意㉞，慎勿违吾语。新妇谓府吏，勿复重纷纭㉟。往昔初阳岁㊱，谢家来贵门。奉事循公姥，进止敢自专㊲？昼夜勤作息㊳，伶俜萦苦辛㊴。谓言无罪过㊵，供养卒大恩㊶。仍更被驱遣㊷，何言复来还？妾有绣腰襦㊸，葳蕤自生光㊹。红罗复斗帐㊺，四角垂香囊。箱帘六七十㊻，绿碧青丝绳。物物各自异，种种在其中。人贱物亦鄙，不足迎后人㊼。留待作遗施，于今无会因㊽。时时为安慰，久久莫相忘。鸡鸣外欲曙，新妇起严妆。著我绣袷裙，事事四五通㊾。足下蹑丝履㊿，头上玳瑁光[51]。腰若流纨素[52]，耳著明月珰[53]。指如削葱根，口如含朱丹[54]。纤纤作细步[55]，精妙世无双。上堂拜阿母，母听去不止[56]。昔作女儿时，生小出野里[57]，本自无教训，兼愧贵家子。受母钱帛多[58]，不堪母驱使。今日还家去，念母劳家里。却与小姑别[59]，泪落连珠子。新妇初来时，小姑始扶床。今日被驱遣，小姑如我长[60]。勤心养公姥，好自相扶将[61]。初七及下九[62]，嬉戏莫相忘。出门登车去，涕落百余行。府吏马在前，新妇车在后。隐隐何甸甸[63]，俱会大道口。下马入车中，低头共耳语。誓不相隔卿，且暂还家去，吾今且赴府。不久当还归，誓天不相负！新妇谓府吏，感君区区怀[64]。君既若见录[65]，不久望君来。君当作磐石[66]，妾当作蒲苇[67]。蒲苇纫如丝，磐石无转移。我有亲父兄[68]，性行暴如雷。恐不任我意，逆以煎我怀[69]。举手常劳劳[70]，二情同依依。入门上家堂，进退无颜仪。阿母大拊掌[71]，不图子自归[72]。十三教汝织，十四能裁衣。十五弹箜篌，十六知礼仪。十七遣汝嫁，谓言无誓违[73]。汝今无罪过[74]，不迎而自归。兰芝惭阿母，儿实无罪过。阿母大悲摧。还家十余日，县令遣媒来。云有第三郎[75]，窈窕世无双[76]。年始十八九，便言多令才[77]。阿母谓阿女，汝可去应之。阿女衔泪答，兰芝初还时。府吏见丁宁[78]，结誓不别离。今日违情义，恐此事非奇[79]。自可断来信[80]，徐徐更谓之[81]。阿母白媒人，贫贱有此女，始适还家门[82]。不堪吏人妇，岂合令郎君[83]？幸可广问讯[84]，不得便相许。媒人去数日，寻遣丞请还[85]。说有兰家女[86]，承籍有宦官[87]。云有第五郎，娇逸未有婚[88]。遣丞为媒人，主簿通语言[89]。直说太守家[90]，有此令郎君。既欲结大义[91]，故遣来贵门。阿母谢媒人，女子先有誓，老姥岂敢言[92]。阿兄得闻之，怅然心中烦。举言谓阿妹[93]，作计何不量[94]？先嫁得府吏，后嫁得郎君。否泰如天地[95]，足以荣汝身。不嫁义郎体[96]，其往欲何云[97]？兰芝仰头答，理实如兄言。谢家事夫婿，中道还兄门。处分适兄意，那得自任专？虽与府吏要[98]，渠会永无缘[99]。登即相许和[100]，便可作婚姻。媒人下床去，诺诺复尔尔[101]。还部白府君[102]，下官奉使命，言谈大有缘。府君得闻之，心中大欢喜。视历复开书[103]，便利此月内，六合正相应[104]。良吉三十日，今已二十七，卿可去成婚[105]。交语速装束[106]，络绎如浮云。青雀白鹄舫[107]，四角龙子幡[108]。婀娜随风转[109]，金车玉作轮。踯躅青骢马[110]，流苏金镂鞍[111]。赍钱三百万[112]，皆用青丝穿。杂彩三百匹[113]，交广市鲑珍[114]。从人四五百，郁郁登郡门[115]。阿母谓阿女，适得府君书，明日来迎汝。何不作衣裳？莫令事不举[116]。阿女默无声，手巾掩口啼，泪落便如泻。移我琉璃榻[117]，出置前窗下。左手持刀尺，右手执绫罗[118]。朝成绣袂裙，晚成单罗衫。晻晻日欲暝[119]，愁思出门啼。府吏闻此变，因求假暂归。未至二三里，摧藏马悲哀[120]。新妇识马声，蹑履相逢迎[121]。怅然遥相望，知是故人来。举手拍马鞍，嗟叹使心伤。自君别我后，人事不可量。果不如先愿，又非君所详。我有亲父母，逼迫兼弟兄，以我应他人，君还何所望？府吏谓新妇，贺卿得高迁。磐石方且厚，可以卒千年[122]，蒲苇一时纫，便作旦夕间。卿当日胜贵[123]，吾独向黄泉。新妇谓府吏，何意出此言。同是被逼迫，君尔妾亦然[124]。黄泉下相见，勿违今日言。执手分道去，各各还家门。生人作死别，恨恨那可论。念与世间辞，千万不复全[125]。府吏还家去，上堂拜阿母，今日大风寒。寒风摧树木，严霜结庭兰[126]。儿今日冥冥[127]，令母在后单。故作不良计[128]，勿复怨鬼神。命如南山石，四体康且直[129]。阿母得闻之，零泪应声落。汝是大家子，仕宦于台阁[130]。慎勿为妇死，贵贱情何薄？东家有贤女，窈窕艳城郭[131]。阿母为汝求，便复在旦夕[132]。府吏再拜还，长叹空房中，作计乃尔立[133]。转头向户里，渐见愁煎迫。其日牛马嘶，新妇入青庐[134]。奄奄黄昏后[135]，寂寂人定初。我命绝今日，魂去尸长留。揽裙脱丝履，举身赴清池。府吏闻此事，心知长别离。徘徊庭树下，自挂东南枝。两家求合葬，合葬华山傍[136]。东西植松柏，左右种梧桐。枝枝相覆盖[137]，叶叶相交通[138]。中有双飞鸟，自名为鸳鸯。仰头相向鸣，夜夜达五更。行人驻足听[139]，寡妇起彷徨。多谢后世人[140]，戒之慎勿忘。

【注释】

① 建安:汉献帝年号(196—220)。
② 庐江:汉郡名,治所在今安徽潜山。府小吏:太守府中的小官员。
③ 遣:休弃,指赶回娘家。
④ 云尔:句末语助词,有如此、这样的意思。
⑤ "孔雀"二句:古诗常用鸟飞起兴,描写夫妇离别。徘徊,留恋返顾,来回飞翔。
⑥ 素:白色绸绢。
⑦ 箜篌(kōng hóu):古弦乐器,体曲而长,有二十三或二十五弦。
⑧ 守节:指焦仲卿奉公守职。节,节操。移:变。
⑨ 入机织:在机上织布。
⑩ 断:指把织好的布从机上剪下来。
⑪ 大人:指焦仲卿之母。
⑫ 白公姥(mǔ):禀告公婆,此处为偏义复词,指婆婆。
⑬ 薄禄相:相貌已注定是官小福薄的人。相,长相。
⑭ 结发:古代男子二十岁束发加冠,女子十五岁束发加笄,表示已成年。
⑮ 黄泉:地下的泉水,引申为阴间。
⑯ 共事:共同生活。
⑰ 尔:如此,指夫妇恩爱。
⑱ 偏斜:不正当。斜:同"邪"。
⑲ 意:料到。致:招致。厚:爱。
⑳ 区区:通"悫(què)悫",固执,愚蠢。
㉑ 自专由:自作主张。
㉒ 意:心中。忿:恼怒。
㉓ 汝:你。自由:指由自己决定。
㉔ 东家:泛指邻近的人家。
㉕ 可怜:可爱。体:体态姿色。
㉖ 伏:俯伏。惟:思考。
㉗ 取:同"娶"。
㉘ 槌:通"捶",击拍。床:今专指卧具,古代也指坐床。
㉙ 会:必定。从许:依从,允许。
㉚ 举言:开言。新妇:古代对媳妇的通称,不专指新嫁娘。
㉛ 哽咽(yè):悲痛时因气结而不能讲话。
㉜ 卿:此处指丈夫对妻子的亲切称呼。
㉝ 报府:上衙门。报,通"赴"。
㉞ 下心意:安下心,忍受委屈。
㉟ 重纷纭:再惹麻烦。
㊱ 初阳岁:冬末春初的季节。
㊲ 进止:进退,举止。
㊳ 作息:此处用作偏义复词,指劳作。
㊴ 伶俜(líng pīng):孤单。萦:缠绕。
㊵ 谓言:以为。言,虚词,无义。
㊶ 卒:完成。
㊷ 仍更:仍然,又。
㊸ 绣腰襦:绣花的齐腰短袄。
㊹ 葳蕤(wēi ruí):花叶披垂的样子。此处用来形容短袄上刺绣之美。
㊺ 罗:轻软而有疏孔的丝织物。复:双层的。斗帐:上狭下宽斗形的帐子。
㊻ 帘:通"奁",镜匣。
㊼ 不足:不配。后人:指仲卿日后再娶的妻子。
㊽ 于今:从今以后。因:机会。
㊾ 通:遍。
㊿ 蹑(niè):指穿鞋。
51 玳瑁:龟类动物,其甲壳光滑而有光彩,可作装饰物。
52 流:指如水一样轻盈。纨素:洁白的细绢。
53 明月珰(dāng):用明月珠做的耳坠。
54 朱丹:一种红宝石。
55 纤纤:轻盈细巧。
56 不止:不挽留。
57 野里:穷乡僻里,此处专指门第微贱。
58 钱帛:指聘礼。
59 却:退。
60 "新妇"四句:原无"小姑始扶床"和"今日被驱遣"二句,据《诗纪》卷十七补。
61 扶将:保重。
62 初七:指农历七月七日乞巧节。下九:指农历每月十九日。乞巧节和下九日为古代妇女结伴游玩的日子。
63 隐隐、甸甸:都是车行走时发出的声音。何:语助词。
64 区区:犹"拳拳",诚挚。怀:情意。
65 若:如此。见:蒙。录:记得。
66 磐石:大石,喻坚定不移。
67 蒲苇:水草,喻柔弱而坚韧。
68 父兄:偏义复词,指兄。
69 逆:预料。煎:煎熬。
70 劳劳:忧伤的样子。
71 拊(fǔ)掌:拍手,表示惊讶。拊,拍。
72 图:料想。
73 誓违:即违誓,违反约束。
74 今:如果。

⑮ 郎：公子的意思。
⑯ 窈窕：美好。
⑰ 便言：即"辩言"，有口才。令：美。
⑱ 见：被。丁宁：嘱咐。
⑲ 非奇：不佳，不好。
⑳ 来信：来使，指县令派来的媒人。
㉑ 徐徐：慢慢。
㉒ 始适：刚出嫁不久。适，出嫁。
㉓ 岂合：哪里配得上。
㉔ 幸可：希望能够。广问讯：广为物色。
㉕ "寻遣"句：意为随即太守又派县丞到刘家说媒。寻，不久。丞，县丞，职位次于县令的官。请，请婚。还，来。
㉖ 兰家女：指刘氏。以下五句是县丞向刘家转述主簿对他说的太守的话。
㉗ 承籍：继承祖先的家世。宦官：即官宦，做官的人。
㉘ 娇逸：娇美潇洒。
㉙ 主簿：掌管档案文书的官吏。
㉚ 直说：直截了当地说。以下四句是县丞说的话。
㉛ 结大义：指结亲。
㉜ 老姥(mǔ)：老妇，刘母自称。
㉝ 举言：声。
㉞ 作计：打算。量：思量。
㉟ 否(pǐ)泰：坏运和好运。如天地：有天壤之别。
㊱ 义郎：对太守儿子的美称。
㊲ 其往：长此以往。欲何云：要怎么办呢。
㊳ 要(yāo)：盟约。
㊴ 渠会：与他会面。渠：他，指焦仲卿。
⑩ 登即：立即。许和：允许。
⑩ 诺诺、尔尔：均为答应声。
⑩ 部：衙门，指太守府。府君：指太守。
⑩ 历：指《六合婚嫁历》。书：指《阴阳婚嫁书》。两者均为古时婚嫁选择吉日的历书。
⑩ 六合：指月建和日辰相合，有六种。
⑩ 成婚：准备婚礼。
⑩ 交语：传话。装束：筹办结婚礼品。
⑩ "青雀"句：画有青雀、白鹄的船。舫，船。
⑩ 四角：指船舱四角。龙子幡(fān)：绣有龙形的旗幡。
⑩ 婀娜(ē nuó)：轻盈飘曳的样子。转：飘动。
⑩ 踯躅(zhí zhú)：即踟躅，马慢行的样子。青骢马：青白色夹杂的马。
⑪ 流苏：用彩丝或羽毛做成的穗子。金镂鞍：饰有金属雕花的马鞍。镂，雕刻。
⑪ 赍(jī)：送给。
⑪ 杂彩：各种彩色的绸缎。
⑪ 交广：交州、广州，即今越南交阯和我国两广一带。市：买。鲑(xié)珍：指山珍海味。鲑，吴人对鱼类菜肴的总称。
⑪ 郁郁：盛多的样子。
⑪ 不举：办不及。
⑪ 榻：坐具。
⑪ 绫罗：指华贵的丝织衣料。
⑪ 晻(yǎn)晻：日色昏暗的样子。暝(míng)：日暮。
⑫ 摧藏(zàng)：凄怆。
⑫ 蹑履：放轻脚步行走的意思。
⑫ 卒千年：过一千年。
⑫ 胜贵：富贵的意思。
⑫ 尔：如此。
⑫ 千万：千思万虑。全：保全。
⑫ 庭兰：庭院里的兰花。
⑫ 日冥冥：日暮，喻生命将结束。
⑫ 不良计：不好的打算。
⑫ 直：舒适的意思。
⑬ 台阁：指尚书台，是汉代宫中掌管机要文书的机构。
⑬ 艳城郭：美貌使全城内外的人都为之倾倒。艳，此作使动词用。
⑬ "便复"句：意为早晚就可办成。
⑬ 作计：拿主意，指自杀。乃尔：就这样。立：决定。
⑬ 青庐：用青布幔搭成的喜棚。
⑬ 奄奄：同"晻晻"，日色昏暗的样子。
⑬ 华山：疑为安徽舒城南华盖山。
⑬ 覆盖：指树枝勾连。
⑬ 交通：交错。
⑬ 驻足：止步。
⑭ 多谢：再三嘱告。

战 城 南

【**题解**】 本篇选自《乐府诗集》卷十六，为《鼓吹曲辞·汉铙歌十八曲》之一。这是一首悼念阵亡将士的诗。诗中通过对士卒战死郊野尸骨无人收埋，被乌鸦啄食的凄惨情景的描写，表达了对阵亡士卒的深沉悼念。句式自由，气氛凄凉，情调哀怨而悲怆。

战城南，死郭北[①]，野死不葬乌可食[②]。为我谓乌，且为客豪[③]。野死谅不葬，腐肉安能去子逃[④]。水深激激[⑤]，蒲苇冥冥[⑥]。枭骑战斗死[⑦]，驽马徘徊鸣。梁筑室[⑧]，何以南，何以北[⑨]？禾黍不获君何食[⑩]？愿为忠臣安可得？思子良臣[⑪]，良臣诚可思。朝行出攻，暮不夜归。

【注释】

① 郭北：外城之北。郭，外城。

② 野死：战死于野外。可：正好。

③ 客：指战死者。豪：同"嚎"，哀号痛哭。

④ 去：离开。子：指乌鸦。

⑤ 激激：清澈的样子。

⑥ 冥冥：幽暗的样子。

⑦ 枭骑（xiāo jì）：勇猛的马。

⑧ 梁：桥。室：房子，一说为营垒。

⑨ "何以南"二句：意谓怎能南北通行。何以，"以何"的倒装。按：此二句原作"何以南梁何北"，据《古诗纪》卷十五改。

⑩ 禾黍：泛指庄稼。不：原作"而"，据《古乐府》卷二、《古诗纪》卷十五改。君：指士卒，一说指君主。

⑪ 子：指战死者。良臣：对战死者的美称。

有 所 思

【题解】 本篇选自《乐府诗集》卷十六，为《鼓吹曲辞·汉铙歌十八曲》之一。这是一首爱情诗。诗中摹写了一个女子在情人变心前后的举止和心境。作者通过三个细节描写——赠送宝簪、折烧赠物、回忆初恋，表现了这个女子爱情的真挚、炽热以及她对不忠实的情人的愤懑。刻画深刻细腻，感情悲愤激越。

有所思[①]，乃在大海南。何用问遗君[②]？双珠玳瑁簪[③]。用玉绍缭之[④]。闻君有他心，拉杂摧烧之[⑤]。摧烧之，当风扬其灰。从今以往，勿复相思！相思与君绝，鸡鸣狗吠[⑥]，兄嫂当知之。妃呼豨[⑦]！秋风肃肃晨风飔[⑧]，东方须臾高知之[⑨]。

【注释】

① 有所思：有我所思念的人。

② 问遗（wèi）：赠送。君：指所思念的人。

③ 玳瑁：龟类动物，其甲壳光滑而有文采，可作装饰物。簪（zān）：古人用来插定发髻或连冠于发的一种长针。

④ 绍缭：缠绕。

⑤ 拉杂：折碎。摧烧：烧毁。

⑥ 鸡鸣狗吠：指当初与情人幽会，惊扰鸡犬。

⑦ 妃呼豨（xī）：象声词，指女子的叹息声。

⑧ 肃肃：风声。晨风：鸟名。飔（sī）：凉风。此指鸟儿像风吹那样飞过。

⑨ 高：通"皜"（即"皓"），白色，指天亮。

古诗十九首

行行重行行

【题解】 本篇选自《文选》卷二十九，为《古诗十九首》的第一首。这首诗抒发了一个思妇对丈夫久别不归的浓重怨情。诗中先说分离遥远，次写相会无期，再言相思之苦，后抒迟暮之感。此诗夸张大胆，比喻生动，用词浅近无华，表达委曲尽致。

行行重行行[①]，与君生别离。相去万余里，各在天一涯[②]。道路阻且长[③]，会面安可知？胡马依北风[④]，越鸟巢南枝[⑤]。相去日已远[⑥]，衣带日已缓[⑦]。浮云蔽白日[⑧]，游子不顾返[⑨]。思君令人老，岁月忽已晚[⑩]。弃捐勿复道[⑪]，努力加餐饭。

【注释】

① 重(chóng):又,再。

② 一涯:一方。涯,边际。

③ 阻:险阻。且:又。

④ 胡马:北方所产的马。依:依恋。

⑤ 越鸟:南方的鸟。越,古代指南方百越之地,包括今两广、福建一带。巢:用作动词,筑巢。

⑥ 已:同“以”,比的意思。

⑦ 缓:宽松,言身体消瘦。

⑧ “浮云”句:喻担心男子在外别有所恋。《新语·慎微》:“故邪臣之蔽贤,犹浮云之障日月也。”

⑨ 顾:想。

⑩ 忽已晚:飘忽将尽。忽,急速。

⑪ 弃捐:抛开,丢开。捐,抛弃。

西北有高楼

【题解】 本篇选自《文选》卷二十九,为《古诗十九首》的第五首。这是一首听曲有感的诗作。作者通过高楼听曲,有感于知音难遇,抒发其怀才不遇的心境。诗中先写重阶高楼,再写悲歌哀情,后言知音难遇。结构严谨,意境空灵虚幻。

西北有高楼,上与浮云齐。交疏结绮窗①,阿阁三重阶②。上有弦歌声③,音响一何悲!谁能为此曲?无乃杞梁妻④?清商随风发⑤,中曲正徘徊⑥。一弹再三叹⑦,慷慨有余哀⑧。不惜歌者苦,但伤知音稀⑨。愿为双鸿鹄⑩,奋翅起高飞。

【注释】

① 交疏:交错镂刻。结:连结。绮(qǐ):指窗格子的花纹。

② 阿(ē)阁:四周有檐的楼阁。

③ 弦歌:弹琴伴唱。

④ 无乃:莫非。杞梁:名殖,字梁,春秋时齐庄公大夫,伐莒而死,其妻伏其尸痛哭十日后自尽。民间传说孟姜女哭长城的原型即此女。

⑤ 清商:乐曲名,声调哀婉激越。

⑥ 中曲:指乐曲奏到中段。

⑦ 一弹:弹完一曲。叹:咏叹。

⑧ 余哀:不尽的哀伤。

⑨ 知音:原指识曲的人,后引申为知己、知心的人。

⑩ 鸿鹄:鸟名,即天鹅。

涉江采芙蓉

【题解】 本篇选自《文选》卷二十九,为《古诗十九首》的第六首。此诗写一个飘泊异乡的人思念他在故乡的妻子。诗中以采芳草、遗所思,象征游子对妻子的真挚感情;以路悠远、望旧乡,形容游子欲归不得的愁苦心境。抒写自然而曲折,感情缠绵而忧伤。

涉江采芙蓉①,兰泽多芳草②。采之欲遗谁?所思在远道③。还顾望旧乡,长路漫浩浩④。同心而离居⑤,忧伤以终老。

【注释】

① 芙蓉:即莲花。

② 兰:兰草。泽:沼泽之地。芳草:指兰草。

③ 所思:所思念的人。

④ 漫浩浩:宽广无边。

⑤ 同心:指夫妇感情融洽。

迢迢牵牛星

【题解】 本篇选自《文选》卷二十九,为《古诗十九首》的第十首。牛郎织女的故事产生于汉代,以后代代相传,为劳动人民所喜闻乐见。此诗写天上织女隔“河”遥思牛郎之苦，喻人间有情男女咫尺天涯的哀怨。诗中运用神话传说，刻画得形神兼备；借景抒情，情思哀切，具有浪漫主义色彩。

迢迢牵牛星[①]，皎皎河汉女[②]。纤纤擢素手[③]，札札弄机杼[④]。终日不成章[⑤]，泣涕零如雨[⑥]。河汉清且浅，相去复几许？盈盈一水间[⑦]，脉脉不得语[⑧]。

【注释】

① 迢(tiáo)迢：遥远的样子。牵牛星：即牛郎星，在银河南。

② 皎皎：明亮貌。河汉女：指织女星，在银河北，与牛郎星隔银河相对。

③ 纤纤：柔长纤细貌。擢(zhuó)：挥动。

④ 札札：象声词，织机之声。杼(zhù)：织布的梭子。

⑤ 章：布匹上的经纬纹理。

⑥ 零：落。

⑦ 盈盈：水光轻盈貌。

⑧ 脉脉：含情相视貌。

第三编　魏晋南北朝文学

第一章 魏晋南北朝文学发展概况

第一节 社会状况及其对文学的影响

从东汉政权崩溃到隋代统一，即从汉献帝建安元年(196)至隋文帝灭陈(589)，前后历时约四百年。这一时期，阶级矛盾、民族矛盾及统治阶级内部矛盾异常尖锐，朝代更迭频繁，社会处于动荡不安和长期分裂之中。这种错综复杂的历史背景，使魏晋南北朝文学呈现出纷纭多变的状况。

东汉后期，宦官、外戚相互争权夺利，朝政极端窳败。剧烈的土地兼并，更把广大农民推向饥饿流亡的绝境。中平元年(184)，终于爆发了黄巾大起义。农民起义虽然被地主武装镇压下去了，但东汉政权从此也就名存实亡。代之而起的是在镇压农民起义中扩张了势力的各地军阀。这些军阀拥兵割据，彼此长期混战，使社会经济遭到严重的破坏。"出门无所见，白骨蔽平原"(王粲《七哀诗》)正是当时社会的真实写照。汉末社会的动乱，使名、法、兵、纵横等各家思想得到发展，而儒学思想的控制则相对削弱，这使文人的思想获得了某种程度的解放，他们因而能兴会寄情，直抒胸臆，大胆而真切地反映当时的社会生活。

建安文学以魏国为中心。魏国的统治者曹操父子不仅自己雅爱诗章，操觚染翰，而且在他们周围聚集了建安七子、蔡琰等一大批文人。曹氏父子与建安七子都曾卷入汉末动乱的漩涡，对人民遭受的苦难有较深的感受。因此，他们诗歌中的很多篇章能深刻地反映汉末社会动乱的现实，也常常吐露出他们统一天下的理想与壮志。他们的作品，悲凉慷慨，具有鲜明的时代特色。后人把这种新的文学风格称为"建安风骨"。所谓"建安风骨"，是指充实的内容、真实充沛的感情和刚健清峻的语言风格的和谐统一。建安诗人还运用五言诗的形式，掀起了第一个文人诗歌创作的高潮。五言诗产生于汉乐府民歌，但这种新兴的诗歌形式，只有经过建安诗人的大量运用，才奠定了巩固的基础。完整的七言诗也产生于这一时期。建安文学的巨大成就，使历来作家都把“建安”看作是中国古代文学发展的黄金时代。

魏国后期的文学，称正始文学。正始时期，曹氏统治集团日趋衰落，魏国的军政大权实际落到司马懿父子手中。为了扫除篡魏的障碍，司马氏父子用血腥的手段杀戮异己，实行恐怖统治，致使“天下名士少有全者”（《晋书·阮籍传》）。这使道家守朴全真的思想有了迅速的发展。崇尚虚无、高谈玄理、不问世务和行为放诞逐渐成为士风。正始文学的代表作家有所谓“竹林七贤”，主要作家是阮籍和嵇康。他们的创作已与建安文学有很大的不同。那种反映社会动乱、关心民生疾苦和积极追求建功立业的内容不见了，代之而起的是对恐怖政治的揭露，对社会习俗的讽刺与对人生祸福的嗟叹。反映在诗风上，则表现出虚玄的倾向，带有明显的老庄色彩。为了全身避祸，诗风常趋向隐晦曲折。

泰始元年（265），司马炎代魏立晋，不久又灭吴统一了全国。西晋统一之初，曾出现过短暂的繁荣。但司马氏集团推行的是门阀世族政治，其腐朽性非常严重。没过多久，晋武帝司马炎死去，其子司马衷继位，是为惠帝。拥有武装的诸侯王争权互攻，演成“八王之乱”，外族统治者趁机入侵中原，西晋王朝也就在内乱外患中覆亡了。建武元年（317），司马睿在江南建立东晋王朝。这时，门阀制度发展到了顶点，各种社会矛盾仍在激化，京城建康一带的战乱和政变时有发生。永初元年（420），握有兵权的刘裕废晋建宋，最终结束了东晋王朝的统治。

文学发展到两晋时代，发生了明显的转变。一方面，文人大多没有继承“建安风骨”的传统，其创作往往有脱离现实的倾向，缺乏感人的力量；另一方面，他们特别注意追求形式的华美，对文学的审美性有了自觉的认识。故唐陈子昂说：“汉魏风骨，晋宋莫传。”（《与东方左史虬修竹篇序》）梁刘勰说：“晋世群才，稍入轻绮。”（《文心雕龙·明诗》）只有左思以其诗歌风力显得卓尔不群。东晋一百多年间，在文坛占统治地位的是玄言诗，其代表作家有孙绰、许询。玄言诗是一种以阐释老庄和佛教哲理为主要内容的诗歌，脱离现实，“理过其辞，淡乎寡味”（梁钟嵘《诗品序》），但对后来山水田园诗的出现，也起到了一定的推动作用。直到东晋末年出现了陶渊明，才给东晋文学带来了新鲜的内容。

东晋之后，中国进入了南北朝对峙阶段，南方经历了宋、齐、梁、陈四个朝代，史称南朝。东晋以来，南方较北方安定，因此社会经济有了较大发展，出现了许多经济繁荣的商业城市。但南朝基本上仍是两晋士族社会的继续。在大庄园经济迅速发展的基础上，南朝的帝王和士族过着安逸享乐的生活，他们大多爱好文学创作。《南史·文学传序》说：“盖由时主儒雅，笃好文章，故才秀之士，焕乎俱集。”南朝君主对文学的爱好与提倡，一方面使文学与史学、哲学开始有了明确的分工，另一方面也使单纯追求形式华美的风气盛行起来。

晋、宋之际，文学上发生的一个很大变化，就是山水诗的兴起和玄言诗的消歇。南朝宋初期著名诗人谢灵运把自然界的美景引进诗歌，并努力提高诗歌的表现技巧。他的描写逼真、色彩艳丽的山水诗，给诗坛带来了新鲜的气息。

继谢灵运之后，南朝宋诗坛上又出现了诗人鲍照。他为了抒发自己坎壈不遇的不平之气，创造性地运用七言和杂言诗体，大胆地改进了七言诗的用韵方式，为后来七言歌行的发展开拓了宽广的道路。

齐代永明年间，声律说大盛，使中国诗歌发生了重要的变化。沈约把同时人发现的平、上、去、入四声运用到诗歌创作上，提出了“四声八病”说。这样自觉地运用声律写诗，确是中国诗歌史上的一个创举。诗歌创作自汉魏以来已渐重对仗，这时结合了声律的运用，便创造了“永明体”新诗。这种新体诗的产生，标志着中国诗歌从比较自由的古体将走向格律严整的近体。

诗歌发展到梁、陈时代，绮靡浮艳的诗风更炽。特别是由于梁简文帝萧纲的提倡，宫体诗盛行。宫体诗主要描写女色，是帝王贵族宫廷生活的反映，内容狭窄，但某些作品仍有一定的艺术性。

从晋永安元年(304)到宋元嘉十六年(439)，北方先后建立了十六个政权，史称“十六国”。匈奴、鲜卑、羯、氐、羌五个民族入侵中原，使黄河流域在连年兵燹之后成了荒凉的战场。至北魏太武帝统一北方，孝文帝迁都洛阳，中国北方的经济与文化才得到恢复与发展。在六镇起义的打击下，北魏分裂为东魏、西魏，后又分别为北齐、北周所代替。开皇元年(581)，杨坚篡夺北周政权，建立隋朝。开皇九年(589)，隋军南下灭陈。至此，分裂了二百多年的南北方才又重新归于统一。

五胡十六国时期，在游牧民族落后势力的统治下，很少有文学作品流传下来。北魏统一北方以后，才逐渐出现了一些作家，但都成就不高。庾信本是梁朝著名的宫体诗人，后出使被扣而沦落北朝，他的诗风也因此从绮艳转为刚健。他的诗表现了南北诗风融合的趋势，受到唐代诗人的高度重视。

南北朝乐府民歌是继《诗经》十五国风和汉乐府民歌之后出现的又一座高峰。由于南北长期对峙，南北民歌也呈现出迥然不同的风貌。南朝民歌主要产生于建业、荆州等商业发达的都市，几乎全是情歌，表现了人民对爱情生活的热烈追求和对封建礼教的大胆逾越。它们体制短小，好用双关语，风格婉转柔媚。北朝民歌数量上虽然不及南朝，但广泛地反映了北方社会的现实，突出地表现了北方民族尚武的精神面貌，具有豪放刚健的独特风格。

中国小说的发展可以溯源到古代的神话和历史传说，到魏晋南北朝时期出现了繁荣的局面。战国时期，中国民间就有信巫的习俗。秦汉以来，神仙之说盛行。到东汉传入了佛教。汉末开始创立道教。魏晋时期社会动荡不安，宗教与迷信思想得到广泛的传播，形成了喜谈鬼神、称道灵异的社会风气，于是就产生了许多志怪小说。其中以东晋干宝的《搜神记》最为著名。魏晋文人又喜欢清谈玄理，讲究言行风度，品评人物的风气极盛。有人把一些知名人物的轶闻琐事记录下来，这样就产生了轶事小说。南朝宋宗室刘义庆的《世说新语》是轶事小说最重要的代表作，它生动地反映了汉末至东晋士族阶级的精神面貌。魏晋南北朝小说虽然只是文人的随笔杂记，一般篇制较短，但其中也不乏完整的故事与精彩的描写。它是中国小说艺术的雏形，标志着中国小说成熟阶段的唐代传奇就是在它的基础上发展起来的。

魏晋以后的赋，与汉代的散体大赋相比，有了许多新的特点。汉赋旧有的那种对话体形式，不再被普遍采用，而且在体制上也以短赋为主，赋中的抒情成分明显地增加了。这种以表现作家个人思想感情为主的抒情小赋的发展，大大地提高了赋的艺术感染力。但从形式上来看，由于受骈体文的影响，赋也完全骈偶化了。同时，起源于两汉辞赋的骈体文，从魏晋时期开始形成，到南北朝盛极一时。除了小说与历史、地理等学术著作外，骈体文几乎占有了一切文字领域。当时，不仅诏令、表章、书信之类用骈体文，即使是记事说理或写景抒情的作品也多用骈体文。骈文与骈赋讲究对偶、声律、辞藻和用典，艺术上很有特色，其中也不乏优秀之作。但就主导方面而言，骈文与骈赋作品大多内容空虚贫乏，由于过分注重形式美而流于浮艳纤弱。

散文是魏晋南北朝时期最不发达的文体，但也发生了一些变化。魏代的散文，自曹氏父子开始，逐渐向清峻通脱、生动活泼的方向发展。正始时期，嵇康愤世嫉俗，文风犀利泼辣。晋代的散文，清新疏爽，情味隽永，反映了当时士大夫超脱现实、崇尚清谈的作风。晋末陶渊明发展了这种文风，又使之更加朴实自然而接近生活。魏晋散文对后代发生过一定的影响，但毕竟数量不多。南北朝时期，北朝出现了三部著名的散文作品。郦道元的《水经注》在记述河道源流的同时，描摹祖国雄奇秀媚的山川景色，文笔颇为清丽秀逸。杨衒之的《洛阳伽蓝记》不只描绘了北魏时期洛阳的许多寺庙，而且善于叙述故事，描写人物，笔致婉曲而冷隽，富有讽刺意味。颜之推的《颜氏家训》，虽以训诫子孙为主要目的，但其中一些优秀篇章，也真切地反映了当时社会习俗和民生疾苦，表现了作者的文学观点。

文学批评在魏晋南北朝时期得到了高度的发展。建安以前，中国没有文学批评的专著。魏晋时期，玄言盛行，学术思想从独尊儒学的束缚中解放出来，呈现出比较自由活跃的局面。作家进行文学创作的自觉精神显著增强。在品评人物风气的影响下，又逐渐形成了品评文章的风气。曹丕的《典论·论文》就是在这种风气中产生的中国最早的一篇讨论文学问题的专论。西晋陆机的《文赋》则第一次全面地探讨了作家创作的过程、方法、形式、技巧等基本问题。到了南北朝时期，纯文学的观念渐趋明晰。南朝宋文帝时设立了文学馆，开始把文学与儒学、玄学、史学区别开来。这时又发生了文笔之辨，其实质也是要划清文学与非文学的界限。齐梁时期，声律说的产生，文体的骈俪化，以及作家越来越讲究艺术技巧，都向文学理论提出了对创作中各类问题进行总结与探讨的要求。另外，当时文学创作中出现的片面追求华美形式的倾向，也引起了一些批评家的不满。正是在这种情况下，产生了刘勰的《文心雕龙》与钟嵘的《诗品》这两部文学批评的巨著。《文心雕龙》以卓越的识见、完整的体系，对文体、创作和批评等各方面都作了缜密的论述。《诗品》是一部五言诗歌评论集，品评了汉代至梁代众多作家的风格特点，其中不乏精彩的评语。这两部巨著对后世的文学批评发生了重大的影响，后人评价很高。特别是《文心雕龙》，标志着中国古代文学理论发展的高峰。它的出现，在中国文学批评史上具有划时代的意义。

第二节　建安文学

“建安”是东汉末献帝刘协的一个年号（196—220），这时东汉王朝的政权实际上已掌握在曹操手中。文学史上所谓的建安文学，即是指汉末至魏初一段时期的文学。当时文坛上涌现了“三曹”、“七子”和蔡琰等一大批作家，他们所形成的“建安风骨”，标志着中国文学发展的一个新时期。

建安文学繁荣的原因是多方面的。建安作家大都经历过长期的战乱，他们是汉末军阀混战的目击者，自身也感受过乱离的悲怆，因而能激起形之咏叹的创作情绪。在思想领域，汉末社会的动乱使各种异端思想得到了发展，老庄思想和外来的佛教日益兴盛，这使作家的创作能从儒学的束缚中解放出来。同时以《古诗十九首》为标志的五言诗已经成熟，五言诗和汉乐府民歌的现实主义精神与艺术表现手法，给建安作家带来了直接的影响与启示。略晚于五言诗，七言诗也开始取得了一定的成就。诗歌创作从汉乐府民歌的以叙事为主逐渐转向以抒情为主。曹氏父子又凭借政治力量大力提倡文学，形成了盛极一时的邺下文人集团，这无疑也对建安文学的发展起了推动作用。

建安文学最突出的成就是诗歌。建安诗歌的主要内容是反映战乱的现实和人民的苦难，以及慷慨激昂地歌唱统一天下的理想与壮志。建安作家一方面沉痛地描写了“白骨不知谁，纵横莫覆盖”（蔡琰《悲愤诗》）的悲惨景象，另一方面他们在政治上都有一定的抱负，因此在诗中又直抒

“老骥伏枥，志在千里”（曹操《龟虽寿》）的豪情，表现出“山不厌高，海不厌深”（曹操《短歌行》）的博大襟怀和“捐躯赴国难，视死忽如归”（曹植《白马篇》）的英雄气概。建安作家真实地反映了汉末社会的现实，而又富有忧国之思和拯世济物的宏愿，这便构成了建安诗歌内容上的显著特色。

曹操是建安文学新局面的开创者。他是最早着力写乐府的诗人。他借用乐府古题写时事，来反映当时的社会生活。《薤露行》、《蒿里行》本是挽歌，曹操却利用其原有的悲哀情调，叙述汉末董卓之乱的历史事件，写出了军阀混战造成“白骨露于野，千里无鸡鸣”的惨象，被明钟惺称为“汉末实录，真诗史也”（《古诗归》）。曹操的四言诗风格刚劲，造语质直，气魄雄放，使四言诗自《诗经》以后再一次放射出异彩。如《观沧海》不仅描写了辽阔雄壮的沧海景色，而且揭示了大海孕大含深、动荡不安的内在性格，显示出诗人叱咤风云的豪迈气概。曹操常常在鞍马间援笔，所以诗文极为本色。宋敖陶孙说他的诗“如幽燕老将，气韵沉雄”（宋魏庆之《诗人玉屑》引）。曹操的散文多是表、令、书一类的应用文字，但写得清峻通脱，率真流畅，颇能显示曹操的独特个性。

曹丕是曹操的次子，被立为太子，后来又做了皇帝。他的创作缺乏他父亲那样的壮采，但在文学史上仍然有重要地位。他的爱情诗语言清雅，情意深永，颇为凄恻动人。他对四言、五言、六言、七言及杂言体诗都有所尝试，其中两首七言的《燕歌行》，是中国诗歌史上较早出现的完整的七言诗。他的《大墙上蒿行》长达三百六十四字，气魄大，句子短的仅三字，长的达十三字，参差变化，形式新异。清王夫之曰：“长句长篇，斯为开山第一祖。鲍照、李白领此宗风，遂为乐府狮象。”（《船山古诗评选》）曹丕还是邺下文人集团的实际领袖。他通过文学批评把文人团结在自己的周围。他的《典论·论文》是中国文学批评史上的第一篇专论，开启了评价作家、讨论创作的风气。

在建安作家中，最负盛名的是曹植，他流传下来的作品也最多，梁钟嵘《诗品》称他为“建安之杰”。他的生活与创作明显地分为前后两个时期。前期他是一个贵公子，其作品多是抒写豪情与抱负之作。《白马篇》充满了豪壮的乐观精神，寄寓了曹植的政治理想与对壮烈事业的追求。后期作品则抒发了备受曹丕父子打击的愤激不平之情。《杂诗》其五“闲居非吾志，甘心赴国忧”，表现了曹植怀才莫展的痛苦。《赠白马王彪》是曹植后期的一篇力作。这首诗反映了统治阶级骨肉相残的冷酷。诗中表现的感情，既愤激而又悲痛缠绵，十分感人。在建安作家中，曹植是最讲究艺术技巧的。《诗品》说曹植的诗“骨气奇高，词采华茂，情兼雅怨，体被文质”，概括了曹植诗歌总的艺术风格。他从汉乐府民歌中吸取养料，而在诗歌语言上又有所提高与创造。他善于把抒情和叙事结合起来，使五言诗既能描写复杂的事态变化，又能表达曲折的心理感受。他还工于起调，善为警句，留意于文句的整饬与音韵的和谐，有些诗句已暗合律诗的平仄。曹植的这些成就，使他在中国诗歌史上，被视为五言诗的一代宗匠。

“七子”之名最早见于曹丕的《典论·论文》，是指孔融、陈琳、王粲、徐幹、阮瑀、应玚、刘桢七人。他们以各具风貌的创作，对建安文学“彬彬之盛”局面的形成与五言诗体的发展，作出了重要的贡献。孔融（153—208）长于散文，词锋犀利，笔调诙谐。陈琳（？—217）、阮瑀（约165—212）为曹操掌管文书，以善写章表书记闻名，但陈琳的《饮马长城窟行》与阮瑀的《驾出北郭门行》同为建安诗歌中的名篇。徐幹（171—217）文笔细腻，他的情诗《室思》六首写得一往情深。应玚（？—217）的诗、赋没什么传世之作。刘桢（？—217）擅长五言诗，在当时颇负盛誉，《赠从弟》三首表现了诗人“真骨凌霜，高风跨俗”的品格。建安七子中成就最高的作家是王粲，《诗品》称他为“七子之冠冕”。他诗赋兼善。他的《七哀诗》高度概括了汉末惨酷的现实，他的《登楼赋》具有很强的抒情性，脱尽了汉赋铺陈张扬的作风，显示了抒情小赋在艺术上的成熟。

蔡琰是建安时期唯一的女诗人。她的五言《悲愤诗》是建安文坛上的一篇杰作。诗人在汉末的惨痛遭遇，反映了战乱年代中千千万万妇女的共同命运。全诗长达一百零八句，是中国文学史上第一篇文人创作的五言长篇叙事诗。

建安文学在中国文学发展史上占有重要的地位。建安以前，文学长期处于儒家经学的附庸地位，从建安开始，文学走上了独立发展的道路。曹丕在《典论・论文》中第一次把文学创作看成是"经国之大业，不朽之盛事"，这是前所未有的，是文学创作走向自觉的开始。建安时代人们对文学的重视，不仅提高了文人的社会地位，而且直接导致了这个时期文学创作的繁荣。特别是建安文人五言诗的兴盛，打破了两汉四百年间文人诗坛的沉寂，同时也结束了两汉辞赋独盛的局面。五言诗从此成了中国诗歌创作的主要样式之一。建安诗歌情辞慷慨、格调刚健的风格特征，更被后人称为"建安风骨"，成了中国文学史上的一个优秀传统，对后世文学产生了至为深远的影响。

第三节　正始与两晋文学

"正始"是三国魏第三代君主曹芳的一个年号(240—249)，这时魏国政权实际上已掌握在司马氏手中。文学史上所谓的正始文学，即指魏后期的文学。它上承建安文学的绪余，下开两晋玄虚之风的先河，是一个重要的文学转折时期。

正始文学的代表作家有"竹林七贤"。他们是嵇康、阮籍、山涛、向秀、刘伶、阮咸、王戎七人。他们都是魏末名士，曾集于山阳(今河南修武)竹林，恣意酣游，被世人称为"竹林七贤"。当时正是魏晋易代之际，司马氏集团残酷地屠杀异己，政治局面异常黑暗恐怖。山涛(205—283)、阮咸、王戎(234—305)没有作品流传，向秀(约227—272)仅存一篇《思旧赋》，刘伶也仅有一篇散文与一首五言《北芒客舍诗》。只有阮籍、嵇康的作品较多，有所寄托，保持了建安作家反映政治现实的传统。

阮籍的主要作品是历来传诵的八十二首五言《咏怀诗》，它们不是一时之作。诗中抒发了诗人对现实的不满和孤独忧愤的心情，真实地反映了诗人一生复杂的思想感情。"壮士何慷慨，志欲威八荒"，可见阮籍原先是怀有事业宏愿的。但政治环境的险恶使他发出了"终身履薄冰，谁知我心焦"的忧生之嗟。诗人对曹魏集团的衰朽庸弱极为失望，对司马氏集团的虚伪残暴极为愤慨。由于处境的险恶，他不得不在《咏怀诗》中大量地运用比兴、寄托和象征手法，因此诗意比较隐晦曲折。阮籍是建安以来第一个全力写作五言诗的诗人，但他已不再模仿乐府诗。五言诗到了阮籍手中，才完全文人化。他那种曲折含蓄的独特诗风，给后世生活在黑暗统治下的诗人开拓了一条写作政治抒情诗的道路。

嵇康(224—263)为人刚烈，诗文中往往锋芒毕露。他的文学成就，主要是四言诗与散文。十八首四言的《赠秀才入军》，是想象其兄嵇喜从军远征之作。但嵇康根本不愿意其兄为司马氏做事，因此诗中表现的仍然是嵇康自己的生活情趣。像"目送归鸿，手挥五弦"，描写的乃是隐士式的生活，反映了诗人愤世嫉俗的心情。嵇康的诗具有一种清逸脱俗的境界。曹操以后，他是写作四言诗的佼佼者。他的散文比诗写得更好。著名的《与山巨源绝交书》，语含讥刺，嬉笑怒骂，写得极其痛快，表现了嵇康行文峻切的特点。文中公开宣称自己"非汤、武而薄周、孔"，矛头所向，直指司马氏的篡权阴谋。嵇康也终于因这篇书信被罗织罪名杀害。

西晋统一以后，曾出现过暂时繁荣的局面。太康(280—289)前后，文坛上诗人辈出，有所谓三张(张载、张协、张亢)、二陆(陆机、陆云)、两潘(潘岳、潘尼)、一左(左思)之说。但太康诗人的创作比较缺乏现实内容,往往只注重艺术形式的追求,讲究辞藻华美和对偶工整,因而笔力平弱。“采缛于正始,力柔于建安”(梁刘勰《文心雕龙·明诗》)构成了太康诗歌的总体风貌。

陆机、潘岳是太康文坛上最著名的作家。他们才名并称,对当时文风的形成有很大的影响。陆机喜欢模拟前人,功力颇深,但新意较少。如他的《拟古诗》十二首就是模仿《古诗十九首》的。追求华美,语言颇为雕琢,有时强作对偶,结果流于繁冗。潘岳(247—300)的诗辞藻华艳,铺衍较多,但比陆诗明净和畅。他们的诗都缺乏深厚的社会内容,只有少数诗如陆机的《赴洛道中作》二首与潘岳的《悼亡诗》三首等,感情还真切动人。清沈德潜说:“潘、陆诗如剪彩为花,绝少生韵。”(《古诗源》)指出了追求形式华美是他们的共同特点。他们代表了西晋文学的主要倾向,并开启了六朝的靡丽风气。

在太康诗坛上,能继承建安、正始现实主义传统的作家,是杰出诗人左思。他花了十年时间写作的《三都赋》,曾传抄一时,致使洛阳纸贵,但它因袭的是汉代散体大赋的旧路。更能代表左思文学成就的是他的八首《咏史》诗。《文心雕龙》说左思“尽锐于《三都》,拔萃于《咏史》”,是中肯的评价。《咏史》诗反映了诗人从热衷用世到放弃仕进的思想经历。左思志高才雄,但出身寒微使他得不到门阀社会的重视。“郁郁涧底松,离离山上苗。以彼径寸茎,荫此百尺条”,以形象鲜明的比喻,有力地揭露了门阀制度的不合理。“贵者虽自贵,视之若埃尘。贱者虽自贱,重之若千钧”,表示了对士族权贵的轻蔑。左思诗辞藻富赡而不失自然,多用对偶而无呆滞之病。五言诗发展到左思,艺术技巧更为圆熟了。左思豪迈高亢的意气与劲挺矫健的笔调,被《诗品》誉为“左思风力”。这是“建安风骨”的继续与发扬。他的《咏史》诗错综史事,连类引喻,借古人古事抒写自己的感情,名为咏史,实是咏怀。这是左思对咏史诗的创造性发展,对后世产生了很大的影响。

西晋末年,王室内部斗争激烈,北方少数民族入侵中原。当时的诗人,或写家国之痛,或抒遁世之情。其代表作家,前者是刘琨,后者是郭璞。

刘琨本是贵公子,在尖锐的民族矛盾冲突中,投身到战争前线,成为爱国志士。今存诗三首,都是他战斗生活的产物。《扶风歌》写时局艰危,旅途困顿,表达了忧愤的心情。他笔挟风云,意气慷慨,诗风清刚悲壮。这与他的战斗生活是直接相关的。

郭璞(276—324)是晋室南渡之际的重要作家。他的代表作是十四首《游仙诗》,善于借缥缈的仙境来抒写现实生活中的苦闷。第一首就说“朱门何足荣,未若托蓬莱”,流露了他孤高愤世的情绪。他的游仙诗艺术上的特点是富于形象性,对后世的游仙诗很有影响。又如“绿萝结高林,蒙笼盖一山”、“赤松临上游,驾鸿乘紫烟”,写景写人,都极具神采。在当时“淡乎寡味”的玄言诗盛行的文坛上,郭璞这种富于趣味的诗就更显得可贵了。

东晋是一个国君与门阀大士族分享权力的王朝,它对大士族的依赖性更加明显。士大夫们尚清谈,讲玄理,无力甚至也无心恢复中原。这个时期,出现了以孙绰(314—371)和许询(314—361)为代表的专讲老庄哲理和佛理的玄言诗。刘勰批评它“辞意夷泰,诗必柱下之旨归,赋乃漆园之义疏”(《文心雕龙·时序》),钟嵘所说的“皆平典似《道德论》”(《诗品》)也是这个意思。从文学发展的角度来看,这确是一股违背文学创作特征的不良潮流,但也不能一概否定,因为玄言诗中也酝酿着山水田园诗的萌芽。玄言诗的作者所追求的“道”,实际上是对自然、对生命、对世界底蕴的把握。晋人多沉湎于山水景物,正是想从对自然的体悟中获得某种哲理。孙绰《答许询》诗的开头两句“仰观大造,俯览时物”正证实了这一现象。因此,玄言诗中往往有对山水景物的生动描写,如孙绰的《秋日》云:“萧瑟仲秋月,飂戾风云高。山居感时变,远客兴长谣。疏林积凉风,虚岫结凝霄。湛露洒庭林，密叶辞荣条。抚菌悲先落，攀松羡后凋。垂纶在林野，交情远市朝。澹然古怀心，濠上岂伊遥。”此诗从对山林深秋景色的逼真描写中引发出生命短促的叹息，最后以淡于功名利禄之心，要学庄子作濠上之游作结，可以说写得颇为生动明快。除《秋日》外，孙绰还有《兰亭诗》二首、《三月三日》一首，均不乏生动的景物描写。况且，后来在陶渊明、谢灵运的山水田园诗中，也常常见到谈玄理的诗句。因此，我们说玄言诗也孕育了山水诗，是并不算过分的。

晋宋之交的陶渊明，是当时和整个六朝时期最伟大的诗人。他的诗表现了对上层社会种种黑暗现象的极端憎恶与否定，表现了他不与恶势力同流合污的高尚情操，抒写了他归隐田园后的怡然自得之乐，也体现了他追求没有剥削和压迫的社会理想。他的诗，平淡自然，朴素真挚，具有浓厚的生活气息，虽然也有谈玄理的诗句，却能与诗的意象水乳交融。他已经完全摆脱了玄言诗的桎梏。郑振铎说：“渊明诗虽若随意舒卷，只是萧萧疏疏的几笔，其意境却是深远无涯。”(《插图本中国文学史》)陶渊明是汉魏以来现实主义诗歌传统的真正继承者，对后代影响极大，唐代的王维、孟浩然、韦应物、柳宗元，宋代的苏轼、辛弃疾，一直到晚清的龚自珍，都极力推崇他的作品和为人，他的确是中国古代文学史上了不起的大诗人。

第四节　南北朝文人诗

南北朝时期，文人诗歌无论在思想内容和艺术形式上都发生了许多变化。山水诗的兴起与玄言诗的消歇是南朝诗歌变化的第一个重要现象。玄言诗中本来就多少包含着山水成分。玄言诗人常常借山水景物来阐发老庄哲理。晋末谢混(？—412)的玄言诗里，山水成分已有所增加。到宋初，谢混的侄子谢灵运更把山水景物作为描写的主要对象，遂完成了从玄言诗到山水诗的转变。

谢灵运出身于世族，因政治欲望不能满足而恣意遨游山水。他善于捕捉并客观地再现山水中存在的自然美，用富有光彩与色泽的语言对秀丽的江南风光作精心的刻镂。“白云抱幽石，绿篆媚清涟”，以拟人的手法赋予山水景物以生命，显示了大自然丰富的色彩。“林壑敛暝色，云霞收夕霏”，写薄暮山林景色，细致逼真，深为李白赞赏。谢灵运还喜欢在诗中结撰佳句。“明月照积雪，朔风劲且哀”，历来被认为是谢诗中最好的名句。这些诗句确实像鲍照所言“如初发芙蓉，自然可爱”(《南史·颜延之传》)，但谢灵运的诗多佳句而少佳篇，往往忽略了通篇的完整。他借玄言佛理来修饰自已，思想感情也并不能亲切感人。谢灵运的贡献在于扭转了长达一百多年的玄言诗风，确立了山水诗在文坛上的地位。他那“情必极貌以写物，辞必穷力而追新”(《文心雕龙·明诗》)的艺术风格，使诗歌语言变得更加富丽精美，开启了南朝诗歌崇尚声色的局面。当时与谢灵运齐名的另一位永嘉体代表诗人是颜延之(384—456)，他的诗“体裁绮密”，而“喜用古事，弥见拘束”(《诗品》)，成就远逊于谢灵运。

鲍照是南北朝时期最杰出的诗人之一，他的乐府诗在当时就负有盛名。由于出身微贱，受尽了高门世族的歧视，这使他的创作能广泛而深刻地反映社会现实。《拟古》第六首揭露了沉重的阶级剥削，这在南朝诗歌中是极为罕见的。另一首五言的《代出自蓟北门行》歌颂了边塞将士英勇战斗的爱国精神，在当时诗坛上也足以振人视听。但鲍照最重要的作品，还是七言和杂言的乐府诗，其代表作是十八首《拟行路难》。这一组诗辞藻华美，却不乏强劲的骨力，具有“文甚遒丽”

(《宋书·鲍照传》)的特点。其中第四首、第六首抒写诗人仕进中备受压抑的痛苦，表现了诗人对门阀社会傲岸不屈的态度。特别是第六首，诗的一开始就形成高潮："对案不能食，拔剑击柱长叹息！"感情极其愤激。鲍照这种奇特瑰丽、雄肆奔放的风格，对李白有很大的影响。《拟行路难》是五言、七言相杂的。当时一般文人都不重视七言诗，认为这是一种"体小而俗"的形式。而鲍照则不顾别人的鄙视，大量写作七言和以七言为主的乐府诗，变七言诗的句句押韵为隔句用韵，还大胆地创造了一首之中可以自由换韵的方式。由于鲍照的努力，七言体诗在文人诗歌创作中日益繁荣起来，至唐代终于取得了和五言诗同等的地位。

南朝齐永明年间(483—493)，在沈约等人的推动下，诗坛产生了一种新体诗，称为"永明体"。它的特点是讲究声律和对偶，而且体制比较短小，这与当时声韵学的新成果有关。周颙模拟佛经的读音，把汉字定为四声。沈约又根据四声和双声叠韵来研究诗歌构句中声、韵、调的配合，提出必须避免的八种声病，要求做到"一简之内，音韵尽殊；两句之中，轻重悉异"(《宋书·谢灵运传论》)。声律说就这样萌芽了。声律说的提出，是中国文学史上的一件大事，它不仅对诗歌，而且对辞赋、骈文、词、曲等文学样式都产生了影响。声律说与魏晋以来对偶形式相结合，便形成了永明体新诗，它为律诗的形成奠定了基础，开创了中国近体诗发展的新时代。

永明体诗的代表作家有所谓"竟陵八友"，即齐竟陵王萧子良门下的萧衍(464—549)、沈约(441—513)、谢朓、王融(467—493)、萧琛(478—529)、范云(451—503)、任昉(460—508)、陆倕(470—526)，其中沈约、谢朓、王融、范云成就较高。他们的作品多缺乏深刻的社会内容，但在诗歌的艺术表现力上则有所发展。沈约的诗注重藻饰，也有一些清新之作。谢朓继承和发展了谢灵运山水诗的传统，是这一时期最杰出的诗人。他的山水诗清丽秀逸，已洗净了玄言余风。《至京邑赠西府同僚》起句"大江流日夜，客心悲未央"，表现出诗人对于宦途的忧惧和人生的苦闷，凄凉气氛笼罩全诗，读之令人深受感染。借山川景物的描写，抒写自己的情感意趣，创造出情景交融的境界，这是谢朓对山水诗艺术发展的重要贡献。谢朓的诗虽然也存在有句无篇等缺点，但他的一些名句如"天际识归舟，云中辨江树"、"鱼戏新荷动，鸟散余花落"等，圆美流转，对仗工整，体现了永明体新诗的特点。谢朓还有一些富有江南民歌风味的小诗，如《王孙游》、《玉阶怨》等，五言四句，情味隽永，开启了唐人绝句的先河。清王士禛《论诗绝句》说李白"一生低首谢宣城"，可见李白对谢朓诗歌的成就是如何的倾倒了。王融的诗声韵流美，风格与谢朓相近。范云的诗中某些句子清俊明秀，已有唐音的雏形。

梁陈两朝诗人中，较有成就的是何逊、吴均和阴铿。何逊(？—518)的诗，沈约极为赏识，曾说："吾每读卿诗，一日三复，犹不能已。"他写朋友离别和羁旅思归的题材，均能婉转切情。如《临行与故游夜别》："历稔共追随，一旦辞群匹。复如东流水，未有西归日。夜雨滴空阶，晓灯暗离室。相悲各罢酒，何时更促膝？"平常情事，眼前景物，用明净的语言，信笔写来，显得十分清新而自然。他的诗，体物深思，意象精工，许多写景名句，已达到唐人五律名句的那种境界。如："露湿寒塘草，月映清淮流"、"岸花临水发，江燕绕樯飞"、"游鱼乱水叶，轻燕逐风花"等。这种体物深入细腻的写法，颇为杜甫所吸收，杜甫自叙"颇学阴何苦用心"，"何"即指何逊。由此可见他对后代的影响。

吴均(469—520)有史才，曾写《齐春秋》，因此触怒梁武帝，受到焚书免职的处分。还著有志怪小说《续齐谐记》。他的诗具有当时诗坛所少有的风云之气，注意反映社会现实，或歌颂将士报国立功的英雄气概，或抒写自己的身世之感，或表现寒士的骨气和郁勃不平之情，均显得凛然而有生气。如《胡无人行》："剑头利如芒，恒持照眼光。铁骑追骁虏，金羁讨黠羌。高秋八九月，胡地早风霜。男儿不惜死，破胆与君尝。”又如《赠王桂阳诗》：“松生数寸时，遂为草所没。未见笼云心，谁知负霜骨？弱干可摧残，纤茎易凌忽。何当数千尺，为君覆明月。”沉郁激愤，高节凌霜，这些诗对唐人边塞诗和咏物诗的创作，均发生过积极的影响。他还有脍炙人口的写景小诗，如《山中杂诗》之一：“山际见来烟，竹中窥落日。鸟向檐上飞，云从窗里出。”纯用白描手法，逼真地画出一幅山居晚景图，真乃“诗中有画”。王维《辋川集》中很多作品都是学的这种手法。

阴铿诗很善于写景，尤喜煅字炼句，如“山云遥似带，庭叶近成舟”、“莺随入户树，花逐下山风”、“泊处空余鸟，离亭已散人”等，均对偶工整，声韵铿锵，意境优美，颇有唐人律句的韵味。所以清沈德潜说他“专求佳句”(《说诗晬语》)。

梁陈时期，出现了宫体诗。南朝的君主臣僚，大都安于逸乐，耽于酒色。宋齐间沈约、王融等人已有专写女色的艳诗。到梁简文帝萧纲(503—554)，更提倡写艳情诗。“宫体”之名，即始于《梁书·简文帝纪》对萧纲的评语：“然伤于轻艳，当时号曰‘宫体’。”宫体诗的主要作家有萧纲、萧绎(梁元帝，508—554)兄弟，徐摛(474—551)、徐陵(507—583)父子，庾肩吾(487—约552)、庾信父子等，他们的《咏内人昼眠》、《伤美人》、《夜听妓》等作，专事描写女性的容貌、形体、舞姿及睡前酒后的情态，反映了统治阶级追求享乐的生活方式和变态心理。自梁以后，宫体诗流行了一百多年，直到唐初陈子昂高举诗歌革新的旗帜，才将这股浮靡轻艳的诗风廓清。

北朝由于长期处于各民族的混战之中，文人诗坛极其沉寂。东魏和北齐时期，出现了温子昇(495—547)、邢劭(496—?)、魏收(506—572)等所谓“河北三才子”，但他们的诗主要是取法南朝齐梁诗人的。梁朝末年，王褒、庾信由南入北，才使北朝的文人诗坛出现了转机。

王褒原是南朝诗人，西魏破江陵时，随梁元帝出降，在西魏与北周均官至高位。到北方后，诗风转变，描写边塞风光，寄寓故国之思，风格质朴苍劲。如《渡河北》诗，写作者北渡黄河时，触景生情，产生了强烈的故国之思，诗中写日暮途远、欲归不得的心情如画。苍茫的画面，凄咽的音节，感人至深。

庾信在梁朝是一个典型的宫廷诗人，诗风浮艳轻靡。四十二岁那年奉命出使，被扣后屈仕敌国，这使他的生活与创作都发生了根本的变化。他的后期作品主要抒写国破之痛、乡关之思，诗风也变得苍劲悲凉。后期的代表作有著名的《拟咏怀》二十七首。其第三首“倡家遭强聘，质子值仍留”倾诉自己被迫出仕北朝的屈辱和痛苦，第十一首“啼枯湘水竹，哭坏杞梁城”反映了梁朝破亡后人民惨遭屠杀的情景。这些诗句虽然用典较多和注重对偶，但读来丝毫没有雕琢之感。庾信赠别朋友的小诗如《寄王琳》、《重别周尚书》二首，已似唐人五绝。他晚年刻画边塞风光的写景诗，更在流丽中显示出苍劲的风格。庾信是南北朝最后一个优秀的诗人，他初步融合了南北诗风，在诗歌的形式格律方面有所贡献，为唐诗的发展创造了条件。

第五节　南北朝乐府民歌

南北朝乐府民歌跟汉乐府民歌一样，都是中国古代文学宝库中的珍品。但两者也有明显的差异，汉乐府民歌的篇幅一般比较长，多叙事诗，而南北朝乐府民歌除《西洲曲》、《木兰诗》等个别篇章外，几乎都是篇幅短小的抒情诗。

南朝和北朝的乐府民歌，由于社会环境、人民生活风尚的不同，在内容与风格上表现出很大的差异。南朝乐府民歌，现在保存下来的，几乎全是描写爱情的，其风格温柔婉转，但这些情歌，感情健康，清新缠绵，比起那些贵族诗人所写的轻靡的宫体诗来，有着本质上的不同。北朝乐府民歌，内容比较广泛，情歌之外，有战歌，有牧歌，有反映人民穷苦生活的作品，其风格质朴刚健，充满着尚武的精神。

南朝乐府民歌绝大部分保存在宋代郭茂倩编纂的《乐府诗集》的“清商曲辞”中，“舞曲歌辞”和“杂曲歌辞”中也有一些，共有近五百首。“清商曲辞”又分为三类：第一类吴声歌，是产生在建业一带的民间歌曲，其中主要是《子夜歌》、《子夜四时歌》、《华山畿》、《懊侬歌》、《读曲歌》等，共三百二十六首。第二类西曲歌，是产生在长江中游和汉水两岸的民歌，其中主要是《乌夜啼》、《襄阳乐》、《采桑度》、《月节折杨柳歌》等，共一百四十二首。第三类神弦歌，是产生在建业一带的民间祭神歌，现存十八首。这三类“清商曲辞”，以前两类为主。它们的产生，与建业、扬州、荆州等大都市商业的繁荣有密切的关系。这些民歌，可以称之为都市之歌。它们的作者，百分之八九十是女子，主要是商妇、婢妾、娼妓。这些情歌，描写了南朝城市男女青年之间的真诚爱慕，会面时的愉快甜蜜，别离后的痛苦相思等。除了少数篇章有庸俗的色情描写外，极大部分都是真挚而健康的，洋溢着青春的热情和力量，艺术上也很成熟，显得清新自然、婉转缠绵。如：“夜长不得眠，明月何灼灼。想闻欢唤声，虚应空中诺。”（《子夜歌》）把热恋中青年女子神魂颠倒、如醉似痴的神态刻画得惟妙惟肖。

同样描写青年男女热恋中的甜蜜心情，其表现艺术每一首都异常新鲜独到：“打杀长鸣鸡，弹去乌臼鸟。愿得连冥不复曙，一年都一晓。”（《读曲歌》）杀鸡弹鸟出于错怪，连冥不曙乃是妄想，这些看来似乎荒唐的话却极其真切而细致地写出了“欢娱恨夜短”的情人的心理。唐代诗人金昌绪的著名绝句《春怨》：“打起黄莺儿，莫教枝上啼。啼时惊妾梦，不得到辽西。”正是受到这首民歌的启发而写出来的。只不过民歌写的是对“良宵一刻值千金”的现实生活的珍惜，而唐人绝句写的是对“春闺梦里人”的梦境的留恋；前者是甜蜜的回味，后者是凄婉的控诉。

同样描写青年女子热恋时感官上的错觉，上引“虚应空中诺”是幻变成真，而下面一首“道欢不离口”则是假变成真：“折杨柳，百鸟园林啼，道欢不离口。”（《读曲歌》）实际上，鸟语并不能通人意，只是因为这位青年女子念兹在兹，心上无时无刻不有“欢”在，所以鸟语亦通人意了。

在这些情歌中，又常常运用谐音双关的修辞手法来表达刻骨的相思之情：“执手与欢别，合会在何时？明灯照空局，悠然未有期。”（《读曲歌》）“明灯”暗示油在燃烧，即“油燃”，谐音“悠然”；“空局”暗示棋盘上没有棋子，即“未有棋”，谐音“未有期”。这首歌，从正面抒写一位女子在和情人别离的时候对后会无期的无限惆怅之情。前两句是问，后两句是答；可能是女问男答，也可能是女子自问自答。这首歌的重心在后半首，用了谐音的双关语，引出诗人的本意来，叹息于再见面之遥遥无期。而这个曾经打动女主人公心灵的明灯空局，既是“赋”，又是“比”，是民歌常用的“赋而比”的修辞手法。“赋”是描叙这一对青年伴侣，在这一夜离别之前，明灯炯炯高照，他俩在情意绵长地对局下棋；可此刻，只剩下明灯照着空局，女子一个人对着明灯空局，孤零零地发呆，想起这一别，会合是悠然未有期的，真是此恨绵绵啊！谐言双关之“比”又是运用得多么出神入化啊！此外，这些情歌中还常以蚕丝的“丝”谐相思的“思”，以黄连的“苦”谐相思的“苦”，以“莲”谐“怜”，以“碑”谐“悲”，以布匹的“匹”谐匹配的“匹”等等。谐音双关语的巧妙运用，不但语言活泼，还具有比兴引喻的作用，从而使得这些情歌更加委婉含蓄、耐人寻味。

也有用极端夸张的手法，形象地写出泪水之多，以此来表达相思之深的：“啼著曙，泪落枕将浮，身沉被流去！”（《华山畿》）“相送劳劳渚，长江不应满，是侬泪成许！”（同上）然而，在封建社会中，这种青年男女的正当爱情常常是被看作伤风败俗的，从而常常受到家庭的阻挠，终于酿成悲剧:“懊恼奈何许,夜闻家中论,不得侬与汝。”(《懊侬歌》)“懊恼不堪止,上床解要绳,自经屏风里。”(《华山畿》)“欢相怜,题心共饮血。梳头入黄泉,分作两死计。”(《读曲歌》)这些情歌中,饱含着血和泪,简直是焦仲卿与刘兰芝悲剧的重演。

造成这种悲剧的另一个重要原因,常常是因为男子的负心:“侬作北辰星,千年无转移。欢行白日心,朝东暮复西!”(《子夜歌》)“闻欢下扬州,相送江津湾。愿得篙橹折,交(教)郎到头还!”(《那呵滩》)“篙折当更觅,橹折当更安。各自是官人,那得到头还!”(同上)《子夜歌》以北辰星的千年无转移来比喻女子对爱情的执著坚定,以太阳的朝东暮西指责男子在爱情上的朝三暮四,极贴切,也极沉痛。两首《那呵滩》,前一首是女子对男子的挽留之辞,后一首是男子对女子的冷酷无情的决绝之辞。这两首歌体现了男女双方不同阶级身份的不同感情。女的是妓女,男的是官人,男的要走了,可能并未向女方告别,还是女子听到消息后,赶到江津湾去相送的。她是如此真心实意地爱着对方,希望他的篙橹折断了,就可以倒头回转来了。情意是何等地缠绵,直到最后一刻,还痴心地希望男方回心转意,以爱情为重,不要抛弃她。可这位官人却十分冷酷无情,他斩钉截铁地说,篙子折了再找一根,橹断了再装一个,因为他的身份是官人,决不能“到头还”了!这位官人,对待那个痴心女子不过是玩弄、欺骗,全无心肝。民歌通过贴切的比喻和朴素的描写,对这位官人的卑鄙无耻作了有力的揭露和鞭笞。

南朝民歌中还保留了一批商妇们的歌辞,她们指责了“商人重利轻离别”,抒写了自己与情人离别后的极端痛苦的心情。如:“闻欢下扬州,相送楚山头。探手抱腰看,江水断不流。”(《莫愁乐》)以江水断流的极端夸张写法来烘托女方痛苦之深沉,令人震惊。因为她们的情人一旦远离而去,往往就会另寻新欢,一去不复返,将她们永远抛弃。

南朝乐府民歌这种真率自然的语言和以四句为主的短小体制,对当时和后代诗人产生了巨大的影响,唐人在此基础上加以提高、发展,创造出许多精美的五言绝句来。例如《子夜四时歌·秋歌》:“秋风入窗里,罗帐起飘飏。仰头看明月,寄情千里光。”本是写女子于秋夜凭借如水似的明月清光将她的一片深情寄给千里外的情人,可是经过大诗人李白的改造,写成《静夜思》,却变成了一首怀念故乡的五绝精品。又如《懊侬歌》:“江陵去扬州,三千三百里。已行一千三,所有二千在。”写一个远离家乡的男子,思念亲人,归心似箭,还只走了一个零头,就已经在心中计算离家只有多少路程了。这首民歌在四句中共用了三个数量词,却极其生动逼真地写出了远离家乡人们的典型情绪,所以千百年来脍炙人口。这种数量字的妙用,李白学得最到家。如他的《巴女词》写道:“巴水急如箭,巴船去若飞。十月三千里,郎行几岁归?”巴女望着情郎的船顺流而下,如箭似飞,十个月走了三千里路程,但逆流而回,要花几年时间!数字本是最枯燥的东西,可是在大诗人的笔下,却变成了绝妙的诗境。这种本领,追本溯源,还是来自民歌。

在南朝乐府民歌中,只有《西洲曲》较长,共三十二句,不仅抒情极为出色,而且还具有一定的叙事情节。但它明显是联结了八个五言四句的短篇情歌而形成的。由此可见五言四句是南朝乐府民歌的主要形式。

北朝几乎没有一个著名的诗人,王褒和庾信,还都是从南朝转移过去的。但北朝的乐府民歌却非常出色,收在郭茂倩《乐府诗集》“鼓角横吹曲”中的,共六十六首,另外在“杂曲歌辞”和“杂歌谣辞”中还有四首,共七十首。虽然在数量上远远不及南朝民歌,但在质量上却有过之而无不及。这些民歌产生于黄河流域,作者大部分是外族人民,汉人作品只占少数,《折杨柳歌辞》说:“我是虏家儿,不解汉儿歌。”便是明证。它用汉语写出,可能经过翻译,也可能是受到汉族同化的结果。

北朝两百多年间,战乱不断,人民陷于水深火热之中。《企喻歌辞》第四首写道:“男儿可怜虫，出门怀死忧。尸丧狭谷中，白骨无人收。”这是北方人民大量死于战乱的真实写照。《隔谷歌》写道：“兄在城中弟在外，弓无弦，箭无栝，食粮乏尽若为活？救我来！救我来！”此歌写兄弟俱在军中，兄被敌军围困在孤城中，弹尽粮绝，孤立无援，只有束手待毙，其呼天抢地的痛苦之声，几欲跃出纸页，扑面而来。

北方民族那种豪强伉爽的性格，朴素无华的作风，明朗直率的语言，慷慨悲壮的音乐，游牧与战斗中的生活体验，给口头创作注入了新鲜的、健康的血液。他们的歌唱场所，不是灯红酒绿的大都市，也不是“杂花生树，群莺乱飞”的江南，而是黄沙千里、牛羊成群的辽阔的草原。《敕勒歌》写道：“敕勒川，阴山下。天似穹庐，笼盖四野。天苍苍，野茫茫，风吹草低见牛羊。”据《乐府诗集》引《乐府广题》中的记载说：“北齐神武（指高欢）攻周玉壁，士卒死者十四五，神武恚愤疾发。周王下令曰：‘高欢鼠子，亲犯玉壁。剑弩一发，元凶自毙。’神武闻之，勉坐以安士卒，悉引诸贵，使斛律金唱《敕勒》，神武自和之。其歌本鲜卑语，易为齐言，故其句长短不齐。”从而使我们知道，《敕勒歌》是北齐时敕勒族的民歌，原为鲜卑语，高欢歌唱时已译成汉语，上层统治者也很欣赏这首民歌，并用它来鼓舞士气，激励斗志。此歌境界开阔，气象雄浑、苍茫，格调刚健爽朗，仅寥寥二十七个字，但由于民歌歌手抓住了草原风光的特征，采用了白描手法，再加上译者文字技巧很高，三字句、四字句、七字句交错运用，节奏自然而鲜明，具有极强的艺术魅力。清沈德潜认为此歌“莽莽而来，自然高古，汉人遗响也”（《古诗源》），给予它极高的评价。

北朝民歌体现了北方人民的尚武精神和英雄气概。它歌颂像李波小妹、木兰这样的巾帼英雄。《李波小妹歌》写道：“李波小妹字雍容，褰裳逐马如卷蓬，左射右射必叠双。妇女尚如此，男子安可逢？”《木兰诗》更是北朝民歌中的长篇杰作，与南朝民歌中的《西洲曲》成为双璧。它成功地塑造了女英雄木兰的动人形象，在木兰身上几乎集中了中华民族所有的优秀品质，特别是她富有传奇色彩的经历，有力地冲击了封建社会重男轻女的偏见，木兰因此成为中国古代家喻户晓的女英雄的典型。北朝民歌还歌颂人们爱武器、爱骏马，如《琅琊王歌》写道：“新买五尺刀，悬著中梁柱。一日三摩挲，剧于十五女！”《折杨柳歌辞》写道：“健儿须快马，快马须健儿。䟆跋黄尘下，然后别雄雌。”

而《陇头歌》三首写北方人民行役飘泊之苦，特别真切感人：“陇头流水，流离山下。念吾一身，飘然旷野。”“朝发欣城，暮宿陇头。寒不能语，舌卷入喉。”“陇头流水，鸣声幽咽。遥望秦川，心肝断绝。”第一章以陇头水比兴，着眼于水从山头流下，至山下则四散流离，以比喻役夫远离故乡，艰苦跋涉于旷野的凄苦情景。第二章运用夸张手法，突出陇头的严寒，从而反衬出行役之苦。第三章仍以陇头水比兴，但着眼于幽咽的流水声，使人闻声而遥望故乡，为自己的前途担心，简直心肝欲裂。这首民歌运用传统的比兴和夸张手法，形象逼真地抒写了役夫之苦，苍凉悲壮，感人至深。

北方民歌豪放伉爽，感情毫无遮拦地一往奔泻，即使是情歌与婚姻方面的歌，也决不羞羞答答，掩掩藏藏，往往开门见山，大胆泼辣。如：“驱羊入谷，白羊在前。老女不嫁，蹋地呼天。”（《地驱乐歌》）“天生男女共一处，愿得两个成翁妪。”（《捉搦歌》）“门前一株枣，岁岁不知老。阿婆不嫁女，那得孙儿抱。”（《折杨柳枝歌》）“腹中愁不乐，愿作郎马鞭。出入擐郎臂，蹀坐郎膝边。”（《折杨柳歌辞》）“心中不能言，腹作车轮转。与郎相知时，但恐傍人闻。”（《黄淡思歌》）前三首写女子急于出嫁的心理，其急不可耐之状，跃然纸上；后两首写女子热恋情郎的心情，也比南朝民歌爽直得多。

第六节 南北朝骈文与散文

骈文是从魏晋才开始形成的一种新文体，至南北朝达到了全盛时期，几乎成了一切文章的正宗。两马并驾一车称为“骈”。骈体文最基本的特征就是对偶，它要求文章中的句子两两相对，乃至平仄相配。由于骈文的句式多以四、六字为主，所以自晚唐至明代称为四六文，到清代才叫做骈体文。骈文的最初发展是作家对文学形式美的一种追求，其目的是为了增强作品的艺术表现力。但到后来，由于士族文人一味地在对偶、声律、辞藻、用典上下功夫，形成了华靡萎弱的作风。至唐以后，古文终于又代替了骈文。虽然还有人不断地写作骈文，但毕竟已不再占据主导地位。

南北朝时期，产生了大量空疏艳靡的骈文，但仍有一批作家不为格式所囿，写出了非常优秀的作品。他们的骈文与骈赋写景细腻，抒情宛转，说理精密，为中国文学宝库增添了绚丽的光彩。

鲍照的《芜城赋》是为凭吊广陵(今江苏扬州)而写的一篇抒情骈赋。作品通过广陵兴衰的强烈对比，抒发了世事沧桑的感慨，揭露了统治者骄奢淫逸、妄起兵端，致使万民涂炭、城市荒芜的罪行。鲍照的《登大雷岸与妹书》，描摹旅途中的山川景物，色彩瑰丽，笔势奇崛峭拔，脱尽了一般骈文的萎靡之气，使这一封普通的家书，成了南朝写景作品中的奇文。

齐梁时期，骈文与骈赋的名作较多。孔稚珪(447—501)的《山北移文》尖锐地讽刺了假隐士周颙追逐名利的丑态，文中以拟人的手法写山岳草木对周颙的嬉笑怒骂，表现了作者对伪君子的厌恶。刘峻(462—521)的《广绝交论》对势利之交进行了坚决揭露和愤怒斥责，具有很强的现实批判意义。二文的有力讽刺和无情鞭挞，在骈文中是很少见的。江淹的《恨赋》和《别赋》写社会上各式各样人物的愁恨和离情，取材的角度颇为新颖别致。这两篇赋把握了两种最普遍的人生感情，而又充满了浓厚的感伤情调，因此常常引起失意文人的共鸣。丘迟的《与陈伯之书》是一封用骈体写的劝降书，其中插入“暮春三月，江南草长，杂花生树，群莺乱飞”几句，借江南暮春风光，勾起陈伯之对故国的思念之情，其威力不弱于鞭辟入里的说理和分析。全文骈散兼行，灵活疏脱，更见出语言清雅流畅的特点。当时还有许多文人在给朋友的书札中，叙写居处或游览中的山水胜景。吴均的《与宋元思书》与陶宏景(456—536)的《答谢中书书》都是其中的名篇。他们所描绘的景物，如一幅萧疏的水墨画，素淡而又富有情趣。

庾信是南北朝后期文坛的巨擘，他的骈文与骈赋向被视为典范之作。著名的《哀江南赋序》是庾信晚年在北周时的作品，它概括了全赋的大意，抒写国破家亡的悲痛和对故国的深沉怀念，字字血泪，凄怆悲凉，其传诵的程度历来超过原赋。

晋宋之交陶渊明的散文，用清新朴素的语言，曲折自如地表达了他旷达的人生态度，毫不掩饰，纯任自然，淡泊而真挚，独立于时代风尚之外。《五柳先生传》是自叙，是个人理想与自然、清贫、淡泊生活的写照。《与子俨等疏》说明自己平生的志趣，并勉以应该相互友爱的道理，显得异常亲切而自然。

宋代谢灵运、颜延之、鲍照在散文方面也较有成就。谢灵运的《诣阙自理表》情辞恳切。颜延之的《庭诰》以自己的生活经验告诫子孙，文繁意密，“言高一世，处之逾默；器重一时，体之兹冲”，颇含生活的辩证法。鲍照的散文，写得比较严谨而富有文采。

齐代的谢朓以诗鸣于世，其笺启也写得很好。

梁代散文，比较繁盛。萧统(昭明太子，501—531)、萧纲(简文帝)、萧绎(元帝)的书启都写得既有感情，又富文采。沈约以佛教论文出名，任昉以杂传地志出名，江淹以善于抒情出名。

陈代散文以徐陵为主，自朝廷大制作，以至友朋间短札交往，无不舒卷自如，随心点染。

北朝的散文，以北魏郦道元的《水经注》和东魏杨衒之的《洛阳伽蓝记》以及北齐颜之推的《颜氏家训》较突出。这三部作品，都是学术兼散文著作。《水经注》是地理学著作，《洛阳伽蓝记》是历史文献，《颜氏家训》是家教、家训类著作，但都具有一定的文学价值。

《水经》是一部记载全国水道河川的书，旧说为汉代桑钦或晋代郭璞所著，清代学者疑为三国时无名氏作。书中所记文字极其简略。郦道元参考了魏晋以来的风土记、山川记和名山志等书籍四百余种，加上自己的实地调查，对《水经》作注，多所阐发、补充和厘正，使《水经注》成了一部独立的著作。郦道元在记述各河流经行的同时，生动地记叙了各地的风土人情、历史古迹和神话传说。特别是他在描写山川景物上，大多能抓住特点，写得姿态各异，取得了很高成就。如“巫峡”一节，写两岸山势的险峻、江流的湍急、四季景色的变化，描绘出幽深奇峭的境界。“阳城淀”一节写江湖上村童乘舟采菱，又显得明丽妩媚。此外，大明湖的明媚，华山的峭直，庐山的多姿，会稽山水的随地赋形，这些描写在《水经注》中虽然只是片段文字，但郦道元或用淡抹，或施重彩，无不曲尽其妙。郦道元因此被后人推崇为山水游记文的开创者。

杨衒之的《洛阳伽蓝记》记述了洛阳城内及四郊佛寺兴衰的面貌。北魏迁都洛阳后，统治者崇信佛教，大兴寺庙，极盛时城内外大小佛寺多达一千三百余所。后几经变乱，这些佛寺大半都毁于战火之中。武定五年(547)，杨衒之因行役重过洛阳，见寺观灰烬，庙塔丘墟，他“恐后世无闻，故撰斯记”。书中对佛寺建筑的描写相当精湛。如写永宁寺的佛塔，仅用“高风永夜，宝铎和鸣，铿锵之声，闻及十余里”等寥寥数语，就写出了它的巍峨壮丽，并给人以庄严肃穆之感。书中还采录了许多有关的历史传闻、风尚习俗及佛寺掌故，对北魏王侯的荒淫奢侈多有讽刺之意。如写章武王元融因看见别人比自己豪富而气得“不觉生疾，还家卧三日不起”，突出了贵族阶级贪鄙的性格。书中还描写了种种市井轶闻，如“永宁寺”中田僧超吹笳、陈白堕酿酒、孙岩娶狐女等，颇似南朝的轶事小说和志怪小说，极富文学色彩。

颜之推(531—590后)的《颜氏家训》，内容主要是以传统的儒家思想教育子弟，讲如何修身、治家、处世、为学等。此书以说理为主，每篇各一题，但都不是长篇巨制的专论，而是围绕一个中心的许多则随笔的综合。写法是先提出论点，然后列举正反故事作为论据，故事短小生动，耐人寻味。说理时常采用形象的比喻和精彩的民谣，如“博士买驴，书券三纸，未有驴字”等，颇似先秦诸子而又更加随便。全书语言通俗平易，朴实无华，既不是六朝那种藻丽的骈体，也不完全像秦汉的古文，而是接近当时口语的一种文体，在南北朝文学史上别具一格。

第七节　魏晋南北朝小说

“小说”一词，最早见于《庄子・外物篇》：“饰小说以干县令，其于大达亦远矣。”这里所谓的“小说”，是指不合大道的浅薄琐碎的言论，并不是指一种文学体裁。到东汉开始有了小说家的名称。班固《汉书・艺文志》把小说家列为诸子十家中的最末一家，说：“小说家者流，盖出于稗官，街谈巷语，道听涂说者之所造也。”这里，班固把“小说”指为来自于民间的口头传说，这才与后世所说的小说含义相近。

中国小说的发展，可以追溯到先秦时代。《山海经》和《穆天子传》中所保存的许多神话传说，诸子散文中夹杂的寓言故事，以及汉代杂史如《吴越春秋》和《越绝书》中所记的人物奇闻等，都可以说是中国小说的萌芽。到魏晋南北朝时期，小说开始繁荣，产生了大量的作品。当时，从文人史家到道士佛徒，都喜欢编撰小说，出现了前所未有的盛况，这标志着中国小说已发展到了一个新的阶段。这一时期的小说，按内容大致可以分为志怪小说和轶事小说（也称志人小说）两类，干宝的《搜神记》和刘义庆的《世说新语》分别是这两类小说的代表作。

志怪小说产生的原因是东汉以来巫风大畅，佛道两教盛行。统治阶级需要用宗教迷信来麻醉自己，更需要用宗教迷信来欺骗人民，因此鬼神故事不断地产生。志怪小说的一个重要内容，就是宣扬幽冥世界的存在，以鬼神作祟的臆说来推断人生的祸福。《搜神记》中的《阮瞻》，写阮瞻因为不信鬼而被鬼吓死，极力张扬神鬼的威灵，这是志怪小说中的糟粕。

但志怪小说中也保存了不少民间传说。人民群众在封建制度的压迫下，常常把他们对统治者的仇恨和对美好生活的向往，通过神鬼故事曲折地表现出来。《搜神记》中的《东海孝妇》记周青遭诬被杀，行刑时颈血飞溅旗竿，死后当地大旱三年，强烈控诉了封建官吏冤狱杀人的罪恶。《李寄斩蛇》记述一个穷苦女孩为民除害、砍死大蛇的故事，歌颂了李寄的机智勇敢，同时也暴露了地方官吏的昏庸无能。《吴王小女》叙述吴王小女紫玉与韩重相爱，私订终身，吴王不允，紫玉忧愤而死。韩重到紫玉墓前哭吊，紫玉灵魂邀韩重至墓中留住，遂尽夫妇之礼。小说不仅歌颂了他们坚贞的爱情，而且还抨击了门第森严的封建婚姻制度。

志怪小说艺术上的最大特点是具有浓厚的浪漫主义色彩，它通过大胆的幻想，表达了人民的爱憎和愿望。志怪小说处于小说发展的初期，一般仅只粗陈故事的梗概。但也有一些优秀的篇章，描写比较细致，已注意人物性格的刻画。志怪小说对唐宋传奇以及说狐道鬼一派小说的形成有巨大的影响，同时也给后代小说与戏曲的创作提供了丰富的素材。

轶事小说是以现实人物为对象的。魏晋以来，士族文人的言谈流于玄虚，而举止则故作放诞。当时一个文人的片言只语，常常可以决定他声名的成毁。因此专门掇拾士族人物言行的轶事小说便兴盛起来。刘义庆的《世说新语》就是魏晋轶事小说中的集大成之作。

《世说新语》的主要内容是描写“名士风度”，表现士族文人风雅自矜的种种情态。如刘伶纵酒放狂，甚至脱衣裸形于室中，别人讥笑他，他却说：“我以天地为栋宇，屋室为帏衣，诸君何为人我帏中？”其放诞傲世之态，完全冲破了儒家传统的道德规范。王珣作桓温的主簿，有一次桓温故意突然骑马冲撞他，左右的人都倒地了，唯有王珣不动，于是声价大增，大家都说他是宰相之材。这种处事不惊的态度是士族文人最赞赏的。又如淝水大捷的消息传来时，宰相谢安正与人下棋，他看毕信后，“默然无言”，举止不异于常，于是被认为颇有“雅量”。再如孙绰能体会山水妙处，顾和捉虱子时“夷然不动”等等，也都被视为名士风雅。

《世说新语》也有一些作品歌颂了一些正直的人物，还有部分作品则暴露了豪门士族骄奢淫逸的生活。如东晋丞相王导在新亭饮宴时愀然变色，勉励大家要“克复神州”，表现了爱国思想；又如何充仅为主簿，却敢当着权贵王敦的面，指责其兄王含在庐江“贪污狼藉”，致使王敦无言对答，表现了耿直不阿的品质。《世说新语》在暴露统治者罪恶时，常常能显示士族阶级中某些人貌为高贵而心地却特别凶残卑劣的本相。石崇每宴宾客，常令美人陪酒。客人不肯饮尽，即斩美人。一次王敦赴宴，故意不饮，以观察石崇的变化。石崇毫不手软，连斩三个美人。而王敦也不示弱，脸色照样不变。他们的凶暴与残忍令人发指。又如王武子家用人乳喂猪，这样的奢侈连晋武帝都意有不平，其他的挥霍更是可想而知了。

《世说新语》长则数行，短则几句，以文字的简约隽永取胜。它善于抓住富有特征的言行和细节，以寥寥数笔，刻画人物的性格和精神面貌。《任诞》篇记："王子猷尝暂寄人空宅住，便令种竹。或问：'暂住何烦尔？'王啸咏良久，直指竹曰：'何可一日无此君！'"仅三十七字，王子猷那种清雅的神情语态即跃然纸上。《德行》篇记管宁和华歆一起锄菜，管宁见到地上的片金，"挥锄与瓦石不异"，而华歆则"捉而掷去之"，通过对比，突出了两人品格的优劣，也寄寓了作者的褒贬。《世说新语》这种委婉含蓄的笔调，简雅清丽的文字，对后世笔记小说和小品文的发展影响至深。《世说新语》中的故事，如"望梅止渴"、"拾人牙慧"、"百端交集"、"咄咄怪事"等早已作为成语典故而被人们广泛地撷取引用。

第八节　魏晋南北朝文学批评

中国最早的文学批评，散见于先秦的典籍中。《尚书·尧典》说："诗言志，歌永言。声依永，律和声。"《论语·阳货》记载了孔子对《诗经》的看法："诗可以兴，可以观，可以群，可以怨。"到汉代，儒家的学者又提出了"诗教"和"美刺"的见解。这些文学批评都是零星的片段文字，可以看成是中国文学批评的雏形。魏晋南北朝时期，文学批评出现了专论，又从单篇论文发展到长篇巨著，获得了空前的成就。曹丕的《典论·论文》、陆机的《文赋》、刘勰的《文心雕龙》和钟嵘的《诗品》是这一时期文学批评最重要的代表作。

曹丕的《典论·论文》是中国第一篇文学批评的专论。曹丕在文中反对"文人相轻"的恶习，以中肯的态度评价了建安七子各人的才力与不足。他高度重视文学创作的社会功能，把它看成"经国之大业，不朽之盛事"，与汉代帝王把辞赋当作玩物，把作家视为"倡优"截然不同。在文体上，他首先提出"奏议宜雅，书论宜理，铭诔尚实，诗赋欲丽"四科八目的分法，指出了各种体裁的特点，这是前无古人的。更重要的是，他还提出了"文以气为主"的命题，指出作家才性气质对文学创作的重要作用，并以这个论点阐明了作家风格各异的原因。曹丕对这些问题的论述虽然还比较简单，但他在文学批评史上的奠基作用是不可抹杀的。

陆机的《文赋》把文体分为十种，显然比曹丕四科八目的分法更为精细。《典论·论文》说"诗赋欲丽"，而《文赋》说"诗缘情而绮靡，赋体物而浏亮"，进一步指出了诗、赋不同的特征。但《文赋》主要的内容，是陆机根据自己的实践与前人的经验，第一次较系统地论述了文学创作的过程及创作中的想象、立意、音律、遣词等技巧问题。陆机认为触景而生情，生情而援笔，把文学创作看成是思想感情的表达，具有唯物的倾向。他对作家"精骛八极，心游万仞"的思维过程的描述非常精湛。陆机的《文赋》虽然偏重于妍丽声色，但他摆脱了汉儒贵重义理的文学观的束缚，从纯文学的角度来探讨文学创作问题，这是一个很大的进步。

刘勰的《文心雕龙》是中国古代文学批评史上杰出的巨著，约成于齐代末年。刘勰在总结了先秦以来文学理论成果的基础上，建立了自己完整严密的文学理论体系。全书共五十篇，包括总论、文体论、创作论、批评论四个主要部分。最后一篇《序志》说明自己的写作动机是要纠正当时"言贵浮诡"的文风。

刘勰的思想受儒、佛两家的影响很深，但在《文心雕龙》中则主要表现为儒家思想。在《原道》、《宗经》等篇的总论里，他要求文章本之于道、稽之于圣、宗之于经。这无疑给他的文学理论带来了某些神秘色彩与许多局限性。但他"宗经"的意图是要作家体会儒家经典的精神与风格，在"经"的指导下作"文"。他自己也正是在"宗经"的名义下提出了一系列关于文学创作与文学批评的精深独到见解的。

刘勰几乎用了近一半的篇幅，详细论述了各种文体的起源和流变。他的文体论的一个重要特点，是对每一种文体的发展过程具有相当清晰的轮廓。他对文体的论述，实际上成了分体文学史。如《明诗》篇概括了从建安到刘宋时代诗歌发展的过程，《诠赋》篇叙述了两汉、魏晋辞赋的变化，可以说它们即是简要的诗史与赋史。

刘勰最重大的成就还是他的创作论和批评论。《文心雕龙》广泛而精辟地论述了创作中各方面的问题。《时序》篇说"文变染乎世情，兴废系乎时序"，说明刘勰对文学发展的分析和评论具有一种历史的眼光。《通变》篇提出了文学创作上继承与革新的问题，要求作家"通"、"变"结合，进行"日新其业"的大胆创新。《情采》篇阐发了质先于文、质文并重的文学主张，反对"为文造情"，这显然是针对当时浮靡文风而发的，具有积极的意义。《体性》篇还探讨了形成作家风格的因素，认为作家的才（才能）、气（气质）、学（学识）、习（习染）异殊，因此造成了作品风格的不同。刘勰重视学、习两个后天因素对作家风格的影响，比曹丕的"文气论"只讲作家先天的才气要全面、正确。至于文学创作中的裁剪、想象、对仗、声律等一些方法技巧问题，刘勰都有具体精深的论述。

刘勰的文学批评颇多精到的见解，《知音》篇是他重要的代表作。他在文中反对了"贵古贱今"、"崇己抑人"、"信伪迷真"三种错误的批评态度，提出批评家要具有深厚的修养，树立起"无私于轻重，不偏于憎爱"的正确态度。更重要的是，他还提出了文学批评六个方面的内容："一观立体，二观置辞，三观通变，四观奇正，五观事义，六观宫商。"这六个方面既包括了思想内容，也包括了艺术形式，使中国的文学批评第一次有了一定的客观标准，因此一直为后来的批评家所重视。当然，刘勰的文学批评也有局限性，如对具有浪漫主义色彩的神话与寓言故事抱有偏见，对汉魏以来的乐府民歌和小说采取了轻视的态度，等等，但瑕不掩瑜，无损《文心雕龙》一书的伟大。

钟嵘（？—约518）的《诗品》是一部论五言诗的专著，成于梁代。钟嵘对当时诗坛的风气是极为不满的。他在《诗品序》中严厉地指责了刘宋诗人用典过多、造成"文章殆同书抄"的弊病，猛烈抨击了永明诗人拘忌声律，致使诗歌"伤其真美"。钟嵘论诗，注重比兴、风骨、词采、滋味四个方面的品评。他反对隐晦滞涩，也反对浅薄显露，主张诗歌要流畅而又有蕴蓄。他评析了两汉至梁的一百二十二个诗人，把他们分为上、中、下三品。钟嵘善于用生动形象的语言来概括这些诗人独特的艺术风格，并注意探索每个诗人风格的源流派别。虽然其中不免有牵强之论，但也颇多新鲜精辟的见解。钟嵘的品诗，为作家风格及流变的研究开创了一个新方法，对后世的诗论、诗话发生了很大的影响。

第二章 魏晋南北朝作品选

第一节 建安诗赋

曹操

曹操(155—220),字孟德,沛国谯(今安徽亳州)人。汉魏之际政治家、军事家和诗人。初为洛阳北部尉。以镇压黄巾军起家,官济南相。中平六年(189)起兵讨董卓。建安中官丞相,封魏王。其子曹丕称帝后,追尊为魏武帝。

曹操诗今存二十余篇,全是乐府体,有五言,亦有四言。曹操诗不重藻饰,质朴自然,气韵沉雄,慷慨悲凉,体现了建安诗歌的典型风格。《蒿里行》、《步出夏门行》、《短歌行》是他的代表作。有《魏武帝集》。

短 歌 行

【题解】 本篇选自《乐府诗集》卷三十,属《相和歌辞》。《短歌行》作为汉乐府歌曲,常用于宴会歌唱,因声调短促,故称"短歌"。另有晋乐所奏一篇,不录。本诗抒发作者求贤若渴,企望延揽人才,以成其大业的心情。全篇感情深挚,气韵沉雄,充分显示了曹操诗歌悲凉慷慨的特色。

对酒当歌[1],人生几何?譬如朝露,去日苦多[2]。慨当以慷[3],幽思难忘[4]。何以解忧?唯有杜康[5]。青青子衿,悠悠我心[6]。但为君故[7],沉吟至今[8]。呦呦鹿鸣,食野之苹。我有嘉宾,鼓瑟吹笙[9]。明明如月,何时可掇[10]?忧从中来[11],不可断绝。越陌度阡,枉用相存[12]。契阔谈宴,心念旧恩[13]。月明星稀,乌鹊南飞。绕树三匝[14],何枝可依[15]?山不厌高,海不厌深[16]。周公吐哺[17],天下归心[18]。

【注释】

① 对酒当歌：面对着酒与歌。当，与"对"同义。一说，"当"释为应当，亦可通。

② 去日：已经过去的日子。苦：患。

③ 慨当以慷：慷慨的间隔用法，"当以"无实际意义。这里形容宴会上歌声慷慨激昂。

④ 幽思：深隐之思，指抱负。

⑤ 杜康：相传是中国最早发明酿酒的人，黄帝时人，一说周代人。这里代以指酒。

⑥ "青青"二句：这是《诗经·郑风·子衿》篇的成句，原写一个女子对情人深长的思念，这里诗人借用来表示自己对贤才的深切思慕。青衿，周代学子的服装。衿，衣领。

⑦ 君：指所思念的人才。

⑧ 沉吟：低声吟咏《子衿》篇。

⑨ "呦(yōu)呦"四句：这是《诗经·小雅·鹿鸣》篇的成句，原是迎宾宴客的歌辞，诗人用来表现自己欢迎贤士的热情。呦呦，鹿鸣声，指鹿找到食草就相互鸣叫召唤。苹，艾蒿。

⑩ 掇(duō)：采拾。

⑪ 中：心中。

⑫ "越陌"二句：意谓迈过田间小路，贤士屈尊前来拜访。这两句为诗人的想象。陌、阡，都是田间小路。枉，屈就。用，以。存，省视。

⑬ "契阔"二句：意谓久别重逢，在一起宴饮欢会，怀想往日的情谊。契，聚合。阔，离散。谈宴，交谈宴饮。恩，情谊。

⑭ 匝(zā)：周，圈。三：这里表示多的意思。

⑮ "何枝"句：诗人即景生情，以眼前乌鹊择枝而栖，喻贤士择主而事。

⑯ "山不"二句：《管子·形势解》："海不辞水，故能成其大；山不辞土石，故能成其高；明主不厌人，故能成其众。"诗人借海、山作比，言招纳人才，多多益善。

⑰ 周公：周武王之弟，姓姬，名旦，曾助武王灭殷，后又辅佐成王。吐哺：吐出口中咀嚼着的食物。《史记·鲁世家》记载周公自称"一饭三吐哺，起以待士，犹恐失天下之贤"。诗人以周公自命，表示要殷勤、谦虚地接待贤才。

⑱ 归心：民心归附，意为天下统一。

步出夏门行

观沧海

【题解】 本篇选自《宋书》卷二十一《乐志三》。《乐府诗集》卷五十四收入，属《舞曲歌辞·拂舞歌辞》，题作《碣石篇》。《古诗纪》收入，题作《步出东西门行》。夏门为汉代洛阳北面西头的城门，门外有邙山，多墓群，故乐府旧辞多以此写升仙得道，或慨叹人生无常。曹操则借乐府旧题写征伐乌桓之事。乌桓是东胡的一支，居住在辽西一带，经常内侵。曹操于建安十二年(207)亲自率师北伐乌桓。《步出夏门行》即写于凯旋途中。全篇包括"艳"(前奏曲)与《观沧海》、《冬十月》、《土不同》、《龟虽寿》四解(章)。这里选其一、四两解。《观沧海》章写登山望海的景象，气势雄浑，意境开阔壮丽，映衬出诗人囊括宇宙、吞吐日月的豪迈气概。此诗是中国诗歌史上出现较早的一首完整的写景名作。

东临碣石①，以观沧海②。水何澹澹③，山岛竦峙④。树木丛生，百草丰茂。秋风萧瑟，洪波涌起⑤。日月之行⑥，若出其中。星汉灿烂⑦，若出其里。幸甚至哉，歌以咏志⑧。

【注释】

① "东临"句：曹操这次于五月出兵，八月大破乌桓于柳城(今辽宁朝阳南)，九月胜利回师，归途中登碣石山。碣石，山名，在今河北乐亭西南，南北朝时已沉陷海中。一说即是今河北昌黎西北的碣石山。

② 沧海：大海，这里指渤海。

③ 澹(dàn)澹：水波动荡的样子。原作"淡淡"，据《乐府诗集》改。

④ 山岛：有山的海岛。竦(sǒng)：同"耸"，高。峙：屹立。

⑤ 洪波：大浪。

⑥ 行：运转。

⑦ 星汉：天河，银河。

⑧ "幸甚"二句：这是配乐时加上去的，每章末尾都有，与正文无关。幸，庆幸，高兴。至，极。志，意。《尚书·尧典》："诗言志，歌永言。"

龟 虽 寿

【题解】 《龟虽寿》章表现诗人自强不息、奋斗不止的积极进取精神和老当益壮的志士胸怀。全诗格调高亢，比喻生动，富有深邃的哲理。

神龟虽寿[①]，犹有竟时[②]。腾蛇乘雾[③]，终为土灰[④]。老骥伏枥[⑤]，志在千里。烈士暮年[⑥]，壮心不已[⑦]。盈缩之期[⑧]，不但在天。养怡之福[⑨]，可得永年[⑩]。幸甚至哉，歌以咏志。

【注释】

① "神龟"句：写这首诗时，诗人已五十三岁，诗情由是而发。古人以为龟通灵而长寿，相传神龟体长一尺二寸，甲纹成山川日月星辰形状。《庄子·秋水》："吾闻楚有神龟，死已三千岁矣。"

② 竟：终了，这里指死亡。

③ 腾蛇：即"螣(téng)蛇"，龙类，传说中的神物，据说能腾云驾雾飞行。

④ 为土灰：化为尘土，指死亡。

⑤ 骥：日行千里的良马。枥：马槽。

⑥ 烈士：壮怀激烈、有志于建功立业的人。

⑦ 不已：不止。

⑧ 盈缩：这里指寿命的长短。盈，满。缩，亏。

⑨ 养怡：养和，即修练平和之气，保养身心健康。

⑩ 永年：长寿，延年益寿。

曹丕

曹丕(187—226)，即魏文帝，字子桓，沛国谯(今安徽亳州)人。三国魏诗人。曹操次子。初为五官中郎将，后被立为魏太子。东汉延康元年(220)曹操病故，曹丕代汉自立，在位七年。

曹丕诗今存四十首左右，有直接反映本人生活的，亦有代征夫思妇立言的。他的一些代思妇、弃妇、寡妇立言的诗，笔触能细腻地深入到她们的内心深处，大多用清新流畅的语言，表现出哀怨凄婉的情调，具有很浓的民歌风味。《杂诗》、《燕歌行》为他的代表作。有《魏文帝集》。

燕歌行(其一)[①]

【题解】 本篇选自《玉台新咏》卷九。原作共两首，这里选的是第一首。本篇写女子在秋夜月色中对丈夫的思念，缠绵悱恻，情致深婉，心理刻画尤为细腻动人。全篇语言浅显清丽，音节和谐流畅，句句用韵，掩抑徘徊，是古代言情诗的名篇。

秋风萧瑟天气凉，草木摇落露为霜[②]。群燕辞归雁南翔，念君客游思断肠[③]。慊慊思归恋故乡[④]，君何淹留寄他方[⑤]？贱妾茕茕守空房[⑥]，忧来思君不敢忘，不觉泪下沾衣裳。援琴鸣弦发清商[⑦]，短歌微吟不能长[⑧]。明月皎皎照我床，星汉西流夜未央[⑨]。牵牛织女遥相望，尔独何辜限河梁[⑩]？

【注释】

① 燕：地名，今河北北部一带。题目冠以地名，是表示乐曲的地方特点。当时燕处北方边地，征戍不断，故此曲多为离别之辞。

② 摇落：凋残。

③ 君：指客游在外的丈夫。

④ 慊(qiàn)慊：空虚之感。

⑤ 淹留：久留。寄：旅居。

⑥ 茕(qióng)茕：孤单的样子。

⑦ 援：执，持。清商：乐曲名，其音节纤微短促。

⑧ 微吟：低声吟唱。不能长：难以弹唱舒缓平和的歌曲。

⑨ 星汉西流：银河流转至西，表示夜已很深。未央：未尽。

⑩ 尔：指牵牛和织女。传说牵牛和织女隔着天河，每年只能在七月七日夜相会一次。何辜：何罪；一说，解为"何故"，亦可通。限：受阻隔而不能相会。河梁：河上的桥，

这里代指银河。

曹植

曹植(192—232),字子建,沛国谯(今安徽亳州)人。三国魏诗人。曹丕之弟。初封鄄城王,后改封陈王,谥思,世称陈思王。年少时聪敏有才华,深得曹操宠爱。曹操死后,曹丕、曹睿父子相继为帝,对他深怀猜忌。他名为王侯,实似囚徒,终于在悲苦中死去,年仅四十一岁。

曹植诗今存八十余首,其中乐府体占一半多。曹植诗感情挚烈,气势雄健,色泽华丽,文采斐然。他加重了五言诗的抒情成分,把叙事与抒情紧密结合起来;他刻意锤炼语言,使其既华丽圆熟,又自然警策,因而他的诗中有很多警句。《泰山梁甫行》、《送应氏》、《名都篇》、《野田黄雀行》、《赠白马王彪》、《七哀诗》、《怨歌行》等是他的代表作。有《曹子建集》。

白马篇

【题解】 本篇选自《曹子建集》卷六。这是曹植自己创造的乐府新题,《乐府诗集》收入,属《杂曲歌辞》。诗中塑造的武艺高超、忠勇爱国的游侠英雄形象,是曹植的自况,表现出他为国赴难的献身精神与拯世济物的政治理想。全诗语言豪壮,风格雄健刚劲,生动地展现了曹植早年的精神风貌。

白马饰金羁①,连翩西北驰②。借问谁家子?幽并游侠儿③。少小去乡邑④,扬声沙漠垂⑤。宿昔秉良弓⑥,楛矢何参差⑦。控弦破左的⑧,右发摧月支⑨。仰手接飞猱⑩,俯身散马蹄⑪。狡捷过猴猿⑫,勇剽若豹螭⑬。边城多警急,虏骑数迁移⑭。羽檄从北来⑮,厉马登高堤⑯。长驱蹈匈奴⑰,左顾凌鲜卑⑱。弃身锋刃端,性命安可怀⑲?父母且不顾,何言子与妻。名编壮士籍⑳,不得中顾私㉑。捐躯赴国难,视死忽如归㉒。

【注释】

① 羁(jī):马笼头。

② 连翩:轻捷矫健、翻飞不停的样子。

③ 幽并:幽州与并州,即今河北、山西和陕西等省的一部分地方。游侠儿:重义轻生的勇侠之士。

④ 去乡邑:离开家乡。

⑤ 扬声:扬名。垂:同"陲",边境。

⑥ 宿昔:一向,经常。秉:操持。

⑦ 楛(hù)矢:用楛木的茎制作的箭。参差:高低不齐的样子,这里形容数量众多。

⑧ 控弦:拉弓。左的:左边的箭靶。

⑨ 摧:射毁。月支:一种白色的箭靶子,又名素支。

⑩ 仰手:仰身而射,箭向高处出手。接:迎面射击飞来之物。猱(náo):猿类动物,体矮小,尾金色,攀缘树木,轻捷如飞。

⑪ 散:射碎。马蹄:一种放得很低的黑色箭靶。

⑫ 狡捷:灵巧敏捷。

⑬ 剽:轻疾。螭(chī):传说中的一种猛兽,色黄,形状如龙。

⑭ 虏骑(jì):指匈奴、鲜卑的骑兵。迁移:调动部队,骚扰入侵。

⑮ 羽檄(xí):用于征召的文书,写在一尺二寸长的木简上,如有紧急情况,加插羽毛,称羽檄。

⑯ 厉马:扬鞭催马。堤:高坡,指御敌的工事。

⑰ 蹈:践踏。

⑱ 左顾:回顾。凌:压制。鲜卑:东汉末年北方的强族,位处匈奴东边。

⑲ 怀:爱惜。

⑳ 籍:名册。

㉑ 中顾私:内心顾念个人私事。

㉒ 忽:轻忽,不放在心上。

野田黄雀行

【题解】 本篇选自《曹子建集》卷六。这是曹植自己创造的乐府诗题,《乐府诗集》收入,属《相和歌辞·瑟调曲》。曹植因曾向曹操建言立己为太子的好友丁仪、丁廙被曹丕借故杀害，自恨无力援救，愤而写成此诗，想象中的侠义少年形象寄寓了诗人的反抗情绪。全诗纯用比喻，形象迭现，诗风苍劲悲凉，是曹植后期重要的代表作。

高树多悲风，海水扬其波①。利剑不在掌②，结交何须多③。不见篱间雀，见鹞自投罗④。罗家见雀喜⑤，少年见雀悲。拔剑捎罗网⑥，黄雀得飞飞⑦。飞飞摩苍天⑧，来下谢少年。

【注释】

① “高树”二句：树高多风，海大扬波，喻环境险恶。悲风，劲疾之风。

② 利剑：喻权势。

③ 结交：交结朋友。

④ “不见”二句：意谓雀见鹞后，慌忙躲避，却不料投入罗网。鹞（yáo），一种似鹰而小的猛禽。罗，捕鸟的网。

⑤ 罗家：张网捕雀的人。

⑥ 捎（shāo）：破除。

⑦ 飞飞：形容雀飞轻快之状。

⑧ 摩：迫近。

送应氏二首（其一）

【题解】 本篇选自《曹子建集》卷五。原作共二首，这里选的是第一首。诗题中的“应氏”，指应玚、应璩兄弟，都是诗人。建安十六年（211），曹植随曹操西征马超，途经洛阳，与应氏兄弟相会，而应氏兄弟又将北去，曹植因此作诗送别。本篇是送别诗，描写了洛阳的荒芜景象。其时距董卓焚掠洛阳已有二十余年。诗中真实地反映了军阀混战造成的惨重破坏，流露了诗人对当时战乱的无限感慨。

步登北邙坂，遥望洛阳山①。洛阳何寂寞，宫室尽烧焚②。垣墙皆顿擗③，荆棘上参天。不见旧耆老④，但睹新少年。侧足无行径，荒畴不复田⑤。游子久不归⑥，不识陌与阡。中野何萧条⑦，千里无人烟。念我平常居⑧，气结不能言⑨。

【注释】

① 北邙：山名，在洛阳东北，为汉时王公贵族陵墓群集地。坂（bǎn）：斜坡。洛阳山：泛指洛阳城外的山峰。

② “宫室”句：初平元年（190），董卓挟汉献帝刘协迁都长安，把旧都洛阳的宫室、宗庙全部焚毁。

③ 顿：塌坏。擗（pǐ）：分裂。

④ 旧耆（qí）老：旧日的老人。耆，年老的。

⑤ 侧足：侧身行走。畴：耕种过的田地。田：这里作动词用，耕种。

⑥ 游子：指应氏。

⑦ 中野：郊野之中。

⑧ 我：从上“游子”而来，这里是代应氏设词，不是诗人自称。应氏或许曾居家洛阳。平常居：平素住在这儿的人。

⑨ 气结：因悲哀而气郁结。

王粲

王粲（177—217），字仲宣，山阳高平（今山东微山西北）人。汉魏之际文学家。出身于名门世族。少有才名。汉末往荆州避乱，依附刘表十五年，但不被重用。后归曹操，赐关内侯，官至侍中。

王粲为建安七子之一，或誉之为“七子之冠冕”。今存诗、赋各二十余篇，以《七哀诗》、《登楼赋》最为著名。其五言诗成就较高，能深刻反映现实，关心民生疾苦，辞采秀美，善于抒情，感染力很强。赋多为骚体短赋，常以简洁明快的语言，愍时伤乱，盼望太平，抒写自己的坎坷与不平，情景交融，耐人寻味。有《王侍中集》。

登楼赋

【题解】 本篇选自《文选》卷十一。此赋作于王粲流寓荆州的后期，抒写久留客地引起的乡关之思与怀才不遇的孤愤，倾吐了忧愍世道、渴望建功立业的心情。全篇文气从容，语言流畅，景物描写中寄寓了作者凄婉的情致，一反汉赋雕琢堆砌的习气，开了魏晋抒情小赋的先河。

登兹楼以四望兮[1]，聊暇日以销忧[2]。览斯宇之所处兮[3]，实显敞而寡仇[4]。挟清漳之通浦兮，倚曲沮之长洲[5]。背坟衍之广陆兮[6]，临皋隰之沃流[7]。北弥陶牧[8]，西接昭丘[9]。华实蔽野[10]，黍稷盈畴[11]。虽信美而非吾土兮[12]，曾何足以少留[13]。

遭纷浊而迁逝兮[14]，漫逾纪以迄今[15]。情眷眷而怀归兮[16]，孰忧思之可任[17]？凭轩槛以遥望兮[18]，向北风而开襟。平原远而极目兮，蔽荆山之高岑[19]。路逶迤而修迥兮[20]，川既漾而济深[21]。悲旧乡之壅隔兮[22]，涕横坠而弗禁[23]。昔尼父之在陈兮[24]，有归欤之叹音[25]。钟仪幽而楚奏兮[26]，庄舄显而越吟[27]。人情同于怀土兮[28]，岂穷达而异心[29]！

惟日月之逾迈兮[30]，俟河清其未极[31]。冀王道之一平兮[32]，假高衢而骋力[33]。惧匏瓜之徒悬兮[34]，畏井渫之莫食[35]。步栖迟以徙倚兮[36]，白日忽其将匿[37]。风萧瑟而并兴兮[38]，天惨惨而无色。兽狂顾以求群兮[39]，鸟相鸣而举翼。原野阒其无人兮[40]，征夫行而未息[41]。心凄怆以感发兮[42]，意忉怛而憯恻[43]。循阶除而下降兮[44]，气交愤于胸臆[45]。夜参半而不寐兮[46]，怅盘桓以反侧[47]。

【注释】

① 兹楼：这座城楼，指湖北当阳北门城楼。也有人认为王粲登的是湖北江陵城楼或麦城城楼。

② 聊：暂且。暇日：假借此日。暇，通"假"。销忧：消除忧闷。

③ 斯宇：此楼。宇，屋檐，这里代指城楼。所处：所居的地势。

④ 显敞：显豁开阔。寡仇：很少可以比匹。

⑤ "挟清漳"二句：意为城楼面临清澈的漳水支流，背靠迂曲的沮水中的长洲。挟，带。漳，水名，源出湖北南漳西南，东南流经当阳与沮水相合。浦，大水与别的河流交岔处，这里指支流。沮（jū），水名，源出湖北保康西南。长洲，水边长形的陆地。

⑥ 背：北面。坟衍：地势高而平坦。广陆：广袤的陆地。

⑦ 临：面临，指南面。皋隰（gāo xí）：水边低地。沃流：可以灌溉的河流。

⑧ 弥：极。陶：乡名。春秋时越国大夫范蠡帮助越王勾践灭吴后，弃官来此，自称陶朱公。牧：郊外。据盛弘之《荆州记》载："江陵县西有陶朱公冢。"

⑨ 昭丘：楚昭王的坟墓，在当阳东南七十里。

⑩ 华实：花和果实。

⑪ 黍稷：泛指农作物。黍，小米。稷，高粱。畴：田地。

⑫ 信美：确实美好。非吾土：不是我的故乡。

⑬ 曾：语助词。足以：值得。少留：稍微停留，意即暂时居住。

⑭ 纷浊：纷扰污秽，喻时势丧乱。迁逝：迁徙流亡，指自己到荆州避难。

⑮ 漫：长久。逾：超过。纪：一纪为十二年。

⑯ 眷眷：深切的思念。怀归：思归。

⑰ 任：担当，承受得住。

⑱ 凭：倚靠。轩槛：（城楼上的）窗子与栏杆。

⑲ 荆山：山名，在湖北南漳。高岑：指荆山的高峰。岑，小而高的山。

⑳ 逶迤（wēi yí）：形容道路绵长曲折。修：长。迥：远。

㉑ 漾：长，水盛大的样子。济：渡，这里借指河水。

㉒ 壅隔：阻塞隔绝。

㉓ 横坠：零乱地坠落下来。

㉔ 尼父：孔子字仲尼，后世因称尼父。

㉕ 归欤：回去吧。孔子周游列国，在陈国绝粮，对他的门徒叹曰："归欤！归欤！"见《论语·公冶长》。

㉖ 钟仪：楚国乐官，被郑国所俘，后转献于晋国。晋侯命他操琴，他弹的仍是南方楚地的乐曲。见《左传·成公九年》。幽：囚禁。楚奏：弹奏楚国的乐调。

㉗ 庄舄（xì）：越国人，在楚国做了高官，有次生了病，楚王想知道他是否想念越国，便派人去探听，见庄舄在病中发出的仍是越国的语音。见《史记·张仪列传》。显：身居显要之位。越吟：操越国的方音说话、吟叹。

㉘ 怀土：思乡。

㉙ 穷：困厄。达：显贵。

㉚ 惟：念。日月：光阴。逾迈：逝去。

㉛ 俟：等待。河清：黄河水清。相传黄河一千年清一次，后世以河清喻太平盛世。未极：未至。

㉜ 冀：期望。王道：王朝政权。一：统一。平：稳定。

㉝ 假：凭借。高衢：大路。骋力：骋驰才力。

㉞ 匏(páo)瓜：葫芦的一种。《论语·阳货》记孔子曰曾说："吾岂匏瓜也哉，焉能系而不食！"意谓自己不能像匏瓜那样，只是悬挂在那儿而不为世用。这里王粲借以为喻。徒悬：空挂着。

㉟ 渫(xiè)：除去污秽。《周易·井》："井渫不食，为我心恻。"是说井里的污物淘净了，清洁的水还没有人来吃，这是令人心痛的。王粲以此喻自己虽然修身全洁，却仍不为人君所用。

㊱ 步：行走，指在城楼上漫步。栖迟：游息。徙倚：流连徘徊。

㊲ 忽其：忽然。将匿：这里指白日将没。匿，隐藏。

㊳ 并兴：指四面的风同时刮起。

㊴ 狂顾：急遽地回视。

㊵ 阒(qù)：寂静。

㊶ 征夫：出外远行的人。行而未息：指征夫飘流无定。未息，不止。李善注："原野阒无农人，但有征夫而已"。

㊷ 凄怆：悲伤。感发：因事物引起的感触。

㊸ 忉怛(dāo dá)：悲痛。憯(cǎn)恻：凄伤悲哀。憯，同"惨"。

㊹ 循：沿着。阶除：阶梯。

㊺ 交愤：积郁难伸。交，纠结。

㊻ 夜参半：直到半夜。参，及。一说，"参"意为分，"夜参半"即半夜，亦可通。

㊼ 盘桓：徘徊不定的样子，这里指思来想去。反侧：身体翻来复去。

蔡琰

蔡琰，字文姬，陈留圉(今河南杞县南)人。汉魏之际女诗人。著名学者蔡邕的女儿。她博学多才，精通音律，擅长书法。初嫁河东卫仲道，夫亡无子，归娘家居住。汉末丧乱中辗转流落南匈奴十二年，生二子。后曹操遣使者持金璧将她赎回。归汉后，重嫁屯田都尉董祀。

蔡琰今存作品，主要是五言《悲愤诗》。由于全是反映亲身经历的苦难，感情深挚，再加上吸收融合了汉乐府民歌和《古诗十九首》的优点，具有震撼人心的力量。骚体《悲愤诗》所叙情节与她生平不合，一般认为系后人伪托。琴曲歌辞《胡笳十八拍》一般认为也是伪托。

悲愤诗

【题解】 本篇选自《后汉书》卷一百十四。此诗是作者被曹操赎回再婚后，痛定思痛之作，通过诗人自身不幸遭遇的叙述，真实地展现了东汉末年动乱的社会面貌。诗中叙事与抒情紧相融合，细节描写生动地揭示了人物的心理活动，"悲愤"两字统摄了全篇。

汉季失权柄①，董卓乱天常②，志欲图篡弑③，先害诸贤良④。逼迫迁旧邦⑤，拥主以自强⑥。海内兴义师⑦，欲共讨不祥⑧。卓众来东下⑨，金甲耀日光。平土人脆弱⑩，来兵皆胡羌⑪。猎野围城邑⑫，所向悉破亡。斩截无孑遗⑬，尸骸相撑拒⑭。马边悬男头，马后载妇女。长驱西入关⑮，迥路险且阻⑯。还顾邈冥冥⑰，肝脾为烂腐。所略有万计⑱，不得令屯聚⑲。或有骨肉俱⑳，欲言不敢语。失意几微间㉑，辄言毙降虏㉒。要当以亭刃，我曹不活汝㉓。岂敢惜性命，不堪其詈骂㉔。或便加棰杖，毒痛参并下㉕。旦则号泣行，夜则悲吟坐。欲死不能得，欲生无一可。彼苍者何辜㉖，乃遭此厄祸㉗？

边荒与华异㉘，人俗少义理㉙。处所多霜雪，胡风春夏起。翩翩吹我衣，肃肃入我耳㉚。感时念父母，哀叹无穷已。有客从外来，闻之常欢喜。迎问其消息，辄复非乡里㉛。邂逅徼时愿㉜，骨肉来迎己㉝。已得自解免㉞，当复弃儿子㉟。天属缀人心㊱，念别无会期。存亡永乖隔㊲，不忍与之辞。儿前抱我颈，问我欲何之？人言母当去，宁复有还时？阿母常仁恻，今何更不慈？我尚未成人，奈何不顾思[38]？见此崩五内[39]，恍惚生狂痴。号泣手抚摩，当发复回疑[40]。兼有同时辈[41]，相送告别离。慕我独得归，哀叫声摧裂[42]。马为立踟蹰，车为不转辙[43]。观者皆歔欷[44]，行路亦呜咽[45]。

去去割情恋，遄征日遐迈[46]。悠悠三千里，何时复交会？念我出腹子[47]，胸臆为摧败。既至家人尽，又复无中外[48]。城郭为山林，庭宇生荆艾[49]。白骨不知谁，纵横莫覆盖[50]。出门无人声，豺狼号且吠。茕茕对孤景[51]，怛咤糜肝肺[52]。登高远眺望，魂神忽飞逝。奄若寿命尽[53]，旁人相宽大[54]。为复强视息[55]，虽生何聊赖[56]。托命于新人[57]，竭心自勖厉[58]。流离成鄙贱[59]，常恐复捐废[60]。人生几何时，怀忧终年岁[61]。

【注释】

① 汉季：汉末。失权柄：指皇帝失去了权力，朝政为宦官、外戚所把持。

② 董卓：汉末军阀。中平六年(189)，董卓废少帝刘辩，次年把他杀死，又毒死何太后。乱天常：违背天理纲常。

③ 篡弑(shì)：杀君夺位。

④ 诸贤良：指周珌、伍琼等人。董卓裹挟汉献帝西迁长安，督军校尉周珌、城门校尉伍琼等反对，均遭杀害。

⑤ 迁旧邦：初平元年(190)，董卓焚烧洛阳宗庙宫室，强迫朝廷君臣迁都长安。长安原是西汉首都，故称旧邦。

⑥ 拥主：挟持皇帝。主，指汉献帝刘协。

⑦ 海内：国中。义师：指关东诸州郡将领讨伐董卓的联军

⑧ 不祥：不善，指邪恶之人董卓。

⑨ "卓众"句：初平三年(192)，董卓部将李傕、郭汜等出函谷关东下，大掠蔡琰家乡陈留一带，杀掳男女，所过无遗。

⑩ 平土：平原，这里指中原地区。

⑪ 胡羌：董卓军中颇多强悍的羌、氐族士兵。

⑫ 猎野：郊野打猎，这里指劫掠农村。

⑬ 斩截：砍断人的肢体。无孑遗：一个不留。孑，单独。

⑭ 相撑拒：相互支柱，形容尸骸众多，杂乱地堆积在地上。

⑮ 关：函谷关。李傕、郭汜在陈留、颍川等郡杀掠后，又西还入关。

⑯ 迥(jiǒng)路：远路。

⑰ 还顾：回望家乡。邈冥冥：渺远迷茫的样子。

⑱ 略：同"掠"。

⑲ 屯聚：聚集。被掳掠的人成千上万，不许他们聚集在一起。

⑳ 骨肉：亲人。俱：同在一起。

㉑ 失意：不合意。几微：稍微。

㉒ 辄言：动不动就说。毙降虏：杀了你这俘虏。

㉓ "要当"二句：这是李、郭部军士的威胁之语。要当，应当。亭刃，加刀，挨刀子。我曹，我们，李、郭部下军士自称。不活汝，不叫你活下去。

㉔ 詈(lì)：责骂。

㉕ "毒痛"句：被打者内心的忿恨与肉体的痛苦交杂在一起。毒，恨。参，杂。

㉖ 彼苍者：指天。《诗经·秦风·黄鸟》："彼苍者天。"辜：罪孽。

㉗ 乃：竟然。厄祸：灾难。

㉘ 边荒：边远之地，指南匈奴。华：华夏。

㉙ 少义理：不太讲道理，这是就风土人情相比较而言的。《后汉书·列女传》："兴平(194—195)中，天下丧乱，文姬为胡骑所获，没于南匈奴左贤王。"至于蔡琰如何为胡骑俘获，并流入南匈奴的，史传未载，本诗也略而不叙，其中或有难言的隐痛与屈辱。

㉚ 肃肃：风声。

㉛ 辄：往往。乡里：同乡同里人。

㉜ 邂逅(xiè hòu)：意外地遇上。徼时愿：侥幸实现了平时的愿望。

㉝ 骨肉：指亲人。曹操遣使者周近将蔡琰赎回。有人以为使者是假托了蔡琰亲属的名义，故说"骨肉来迎己"。

㉞ 解免：指脱离在南匈奴的生活。

㉟ 当复：又得要。

㊱ 天属：天然的血缘关系。缀：联系。

㊲ 乖隔：隔离。

㊳ "人言"六句：此为作者之子的问话。宁复，难道还。仁恻，慈爱。更，却。顾思，顾念。

㊴ 五内：五脏。

㊵ 当发：临出发。回疑：迟疑不决。

㊶ 同时辈：同时被掳的人。

㊷ 摧裂：摧折得使人心碎。

㊸ 转辙：指车轮转动。辙，车轮所辗的痕迹。

㊹ 歔欷(xū xī):悲泣抽噎。

㊺ 行路:过路的人。

㊻ 遄(chuán)征:飞快地赶路。遄,迅速。日遐迈:一天天走远了。

㊼ 出腹子:亲生子。

㊽ 中外:内外亲戚。中指舅父的子女,称内兄弟;外指姑母的子女,称外兄弟。

㊾ 荆艾:荆棘、艾蒿,泛指杂草。

㊿ 莫覆盖:没有掩埋。

51 茕(qióng)茕:孤独的样子。孤景:自己的影子。景,同"影"。

52 怛咤(dá zhà):惊呼。糜:碎,烂。

53 奄若:忽然间好像是。

54 宽大:宽慰。

55 强视息:勉强睁开眼,喘过气,即苏醒过来。

56 聊赖:依靠慰藉。

57 新人:指董祀。

58 勖(xù)厉:勉励。

59 鄙贱:被人轻视的低贱之人。

60 捐废:遗弃。

61 终年岁:终生的意思。

第二节　正始与两晋诗歌

阮籍

阮籍(210—263),字嗣宗,陈留尉氏(今河南开封)人。三国魏诗人。建安七子之一阮瑀的儿子。正始三年(242)蒋济辟为太尉掾属。司马懿秉政,任为从事中郎。后历任散骑常侍、东平相、步兵校尉,世称阮步兵。本有济世之志,生活在魏晋易代之际,既不满于黑暗现实,又不敢正面反抗,因此纵酒谈玄,佯狂放诞以避祸。为竹林七贤的主要成员。

阮籍诗的主要作品是八十二首五言的《咏怀》诗。由于多用比兴手法,所以这些诗风格浑朴洒脱、含蓄幽深,"虽志在刺讥,而文多隐避,百代之下,难以情测"(《文选》李善注引),具有晦涩艰深的一面;同时,"言在耳目之内,情寄八荒之表"(梁钟嵘《诗品》),又具有启发读者广泛联想的另一面。有《阮步兵集》。

咏怀(其三十一)

【题解】 本篇选自《七十二家集·阮步兵集》卷二。咏怀,即长言抒怀之意。清陈沆《诗比兴笺》评曰:"借古以喻今也。明帝末年,歌舞荒淫,而不求贤讲武,不亡于敌国,则亡于权奸,岂非百世殷鉴哉!"诗中以战国时魏王比当时魏君,指出了统治者荒淫失政必然导致灭亡的教训。全篇无一句写曹魏,而又是处处在讲曹魏,委婉含蓄,机巧旷放,很能显示阮诗的艺术特色。

驾言发魏都①,南向望吹台②。箫管有遗音③,梁王安在哉④?战士食糟糠,贤者处蒿莱⑤。歌舞曲未终,秦兵已复来。夹林非吾有⑥,朱宫生尘埃⑦。军败华阳下⑧,身竟为土灰⑨。

【注释】

① 驾:驾车。言:语助词。魏都:战国时魏国的都城大梁,即今河南开封。

② 吹台:又名繁台、范台,是战国时魏王饮宴游乐的地方,遗址在今开封东南。

③ 遗音:指战国时魏国流传下来的音乐。

④ 梁王:即魏王,这里指魏王婴。因魏建都大梁,故魏王亦称梁王。

⑤ 处蒿莱:指居于草野之中,不被朝廷任用。

⑥ 夹林:魏王建在吹台的游览地,在吹台之南。吾:拟魏王自称。

⑦ 朱宫:指吹台的宫殿。

⑧ 军败华阳:秦昭王三十四年(前273),秦将白起围大梁,破魏军于华阳,魏割南阳求和。这是秦国灭魏中的重要一仗。华阳,地名,今河南新郑东。一说,山名,又亭名,

在今河南密县。

⑨ 身竟：身死。竟，终，尽。为土灰：化为尘土，指魏王身亡名灭。

左思

左思（约 250—约 305），字太冲，齐国临淄（今山东淄博东北）人。出身寒微，因妹左棻被选入宫而迁居京都。他胸次高旷，博学能文，但在门阀森严的西晋时代，仅做过秘书郎。晚年辞官家居，专意于典籍。

左思作品今存赋两篇、诗十四首。代表作有《三都赋》与《咏史》诗八首。《三都赋》文采富丽，体制宏大，事类广博，并且又强调内容的征信求实，所以曾轰动当时文坛，有"洛阳纸贵"的美谈。《咏史》诗则语言质朴，感情充沛，气势豪健，融今于古，议论精辟。有《左太冲集》。

咏史（其二）

【题解】 本篇选自《文选》卷二十一。诗以松、草为喻，猛烈抨击了压抑人才的门阀制度，具有极强的针对性，愤激之情，溢于言表。借史咏怀，笔力雄健。篇末以诘句点明题旨，更显得气势逼人。

郁郁涧底松①，离离山上苗②，以彼径寸茎③，荫此百尺条④。世胄蹑高位⑤，英俊沉下僚⑥。地势使之然，由来非一朝。金张藉旧业⑦，七叶珥汉貂⑧。冯公岂不伟⑨，白首不见招⑩。

【注释】

① 郁郁：茂密浓绿的样子。涧：两山之间。

② 离离：轻散下垂的样子。苗：初生的草木。

③ 彼：指山上苗。径寸：直径一寸。

④ 荫：遮盖。百尺条：指涧底松。条，树枝。此言山上苗能遮盖涧底松，是地势造成的。

⑤ 世胄：世族子弟。胄，后裔。蹑：登。

⑥ 沉下僚：沉没于低下的官职。下僚，小官。

⑦ 金：指金日磾（mì dī），金家自汉武帝至汉平帝，七代皆为内侍。《汉书·金日磾传赞》："七世内侍，何其盛也。"张：指张汤，张家自汉宣帝以后，子孙中相继有十余人为侍中、中常侍。藉旧业：凭借祖先的遗业。

⑧ 七叶：七世。珥（ěr）：插。汉貂：汉代侍中、中常侍戴武弁冠，插貂尾为饰。

⑨ 冯公：指汉代的冯唐。他曾上书汉文帝针砭时弊，匡正朝政，但未受重用，年七十左右，仍居小官，作中郎署长。伟：卓异奇伟，人才出众。

⑩ 不见招：不被皇帝召见重用。

陆机

陆机（261—303），字士衡，吴郡吴（今江苏苏州）人。西晋文学家。出身于东吴世族。太康八年（287）与弟陆云同入洛阳，以文才倾动一时。时称"二陆"。官国子祭酒、太子洗马。后为成都王司马颖荐为平原内史，世称陆平原。后随司马颖举兵讨伐长沙王司马乂，战败，遭谗被杀。

陆机今存诗、文各一百余篇，赋二十余篇，另有《演连珠》五十首。他在《文赋》中第一次提出"诗缘情"说，具有划时代的意义。他的其他小赋，大多文笔清灵，抒情性强。陆机的文，内容较充实，文笔或豪放峭拔，或委婉细腻。而他的诗，大多只在形式上拟古，缺乏真性情，少数诗作具有真情实感。有《陆士衡集》，一名《陆平原集》。

赴洛道中作（其二）

【题解】 本篇选自《陆士衡文集》卷五。原作共二首，这里选的是第二首。全诗描写去国远行途中的景物和游子的哀伤心情，感情真挚，景中有情，是陆诗中的五言佳作。"抱影"、"衔思"等语工丽典雅，可见诗人着力刻炼之意，颇能显示陆诗的特点。

远游越山川，山川修且广①。振策陟崇丘②，案辔遵平莽③。夕息抱影寐④，朝徂衔思往⑤。顿辔倚嵩岩⑥，侧听悲风响。清露坠素辉⑦，明月一何朗。抚几不能寐⑧，振衣独长想⑨。

【注释】

① 修：长。

② 振策：挥动马鞭。策，古代的一种马鞭，头上有尖刺。陟(zhì)：登上。崇丘：高山。

③ 案辔：手按马缰，任马慢行。案，通“按”。遵：沿。平莽：平坦的原野。

④ 夕息：夜晚休息。抱影：只跟自己的影子在一起，形容孤独。

⑤ 徂(cú)：往，这里指起程。衔思：含悲。

⑥ 顿辔：拉住缰绳，使马停顿。嵩：高。

⑦ “清露”句：意为清亮的露珠在洁白的月光中坠落下来。素辉，指月光。

⑧ 几：小桌子。古人设于座旁，疲倦时可供倚靠。

⑨ 振衣：抖掉衣服上的灰尘。这里指披衣而起。

刘琨

刘琨(271—318)，字越石，中山魏昌(今河北定州南)人。西晋军事家、诗人。永嘉元年(307)任并州刺史，愍帝时拜大将军，都督并、冀、幽三州军事，长期坚持在北方抗击刘聪、石勒。后被石勒打败，投奔幽州段匹磾，为段所害。

刘琨诗中多写卫国壮志和英雄末路之悲。诗风刚健清新，慷慨悲凉。诗作多佚，今仅存三首。

扶风歌

【题解】 本篇选自《文选》卷二十八。此诗作于晋怀帝永嘉元年(307)，时诗人自洛阳出发，往赴并州就任刺史。诗中叙述了艰苦的历程，抒写了对京都眷念之情，表示了对当局的不满，充满了忧伤情绪。清成书倬《多岁堂古诗存》评论说：“苍苍莽莽，一气直达，即此便不可及，更不必问其字句工拙。”

朝发广莫门①，莫宿丹水山②。左手弯繁弱③，右手挥龙渊④。顾瞻望宫阙，俯仰御飞轩⑤。据鞍长叹息，泪下如流泉。系马长松下，发鞍高岳头⑥。烈烈悲风起，泠泠涧水流⑦。挥手长相谢⑧，哽咽不能言。浮云为我结⑨，归鸟为我旋。去家日已远，安知存与亡？慷慨穷林中⑩，抱膝独摧藏⑪。麋鹿游我前，猿猴戏我侧。资粮既乏尽，薇蕨安可食⑫？揽辔命徒侣，吟啸绝岩中。君子道微矣⑬，夫子故有穷⑭。惟昔李骞期，寄在匈奴庭。忠信反获罪，汉武不见明⑮。我欲竟此曲⑯，此曲悲且长。弃置勿重陈，重陈令心伤。

【注释】

① 广莫门：洛阳城北门。

② 莫：同“暮”。丹水山：即今山西晋城北的丹朱岭。

③ 繁弱：古代良弓名。

④ 龙渊：即龙泉，古代宝剑名。

⑤ 御飞轩：驾驭着奔驰如飞的车子。

⑥ 发鞍：卸下马鞍。

⑦ 泠泠：涧水流淌的声音。

⑧ 谢：辞别。

⑨ 结：停滞。

⑩ 穷林：幽深的树林。

⑪ 摧藏：悲伤。

⑫ 薇蕨：两种野菜。

⑬ 微：衰落。

⑭ 夫子：指孔子。《论语·卫灵公》：“孔子在陈绝粮，从者

病，莫能兴。子路愠见曰：'君子亦穷乎?'子曰：'君子固穷，小人穷斯滥矣。'"

⑮ "惟昔"四句：意为当年李陵误期不归，暂寄于匈奴王庭，是想找一个适当机会尽忠于汉朝，谁知汉武帝不能明察他的苦心，反降罪于他，使他的家属被杀。骞，同"愆"，耽误。忠信，忠诚信实。

⑯ 竟：终，指唱完。

第三节 陶 渊 明

陶渊明(365—427)，一名潜，字元亮，浔阳柴桑(今江西九江西南)人。东晋文学家。出身于没落的官僚家庭。父亲早亡，青少年时代就处于贫困之中。虽然他早有济世的志向，但由于不是士族，直到二十九岁才得任江州祭酒。以后又做过几任参军一类的小官，过着时隐时仕的生活。四十一岁时任彭泽县令。当时适逢郡里派督邮来县，属吏告诉他要束带迎接。他不愿为五斗米折腰，即日便辞官回乡。从此隐居乡里，不再出仕。四十四岁时他的旧居被大火烧毁，穷困到乞食的地步，但傲骨依旧。东晋末，他被征为著作佐郎，坚辞不就。南朝宋元嘉三年(426)，江州刺史檀道济登门拜访，劝他出仕，并赠给他米和肉，他挥而去之。第二年冬，终于在贫病交迫中去世。

陶渊明的思想主要受儒、道两家的影响。他本有儒家"治国平天下"的抱负，在对现实完全绝望之后，又辞官归田，实践了儒家"独善其身"的原则。但陶渊明蔑视富贵的思想以及乐天知命的生活态度，又和老庄有着密切的关系。

陶渊明现存诗一百二十多首，大体上可以分为田园诗和咏怀诗两类。田园诗歌咏幽美的乡村风光和悠闲归隐的情趣，描写躬耕自资的劳动生活以及在此基础上产生的社会理想。如《归园田居》第一首，诗人把恬静的田园生活与污浊的官场对立起来，农舍中的几缕炊烟、几声鸡鸣都使诗人感到重返自然的喜悦。正是在这种充满了诗情画意的田园景物中，寄寓了诗人不愿同流合污的志趣与情操。又如《怀古田舍》二首，诗人写出了参加农业劳动的亲身体验，农事的主题第一次在文人创作中得到了尽情的歌颂。他晚年写作《桃花源诗并记》，提出了人人劳动、没有纷争、没有君主的"桃花源"式的社会理想，标志着诗人思想发展的最高水平。咏怀诗表现了守志不阿的耿介品格，抒写了在黑暗现实中抱负无法实现的愤懑感情。他的《饮酒》二十首，借酒发挥，表现了对豪门世族的轻蔑态度，具有鲜明的时代色彩与个性特征。《杂诗》十二首中回忆了自己少年时代"猛志逸四海"的抱负，倾吐了中年"有志不获骋"的苦闷。而《读山海经》其十借刑天舞干戚的故事，又抒发了到老年"猛志固常在"的情怀。可见陶渊明虽然辞官归隐，但他在田园生活中并非清闲超脱、浑身静穆的，他的"金刚怒目"式的咏怀诗是其整个诗歌创作中不可忽视的一部分。

陶渊明的诗以真淳自然的风格著称于世。苏轼说陶诗"质而实绮，癯而实腴"，充分肯定了陶诗这种平淡中见丰采，简朴中含丰韵的特色，为后人所广泛认同。陶渊明的诗歌还富有意境美。如"采菊东篱下，悠然见南山。山气日夕佳，飞鸟相与还"之所以名垂千古，就因为它具有一种清雅高远的意境美。陶渊明的诗都是短短的写景抒情之作，绝少繁冗的描述。钟嵘《诗品》说陶诗"文体省净，殆无长语"，正道出了陶诗语言的特点。陶渊明的诗也并不都是朴素自然的，他的一些咏怀诗写得豪放有力，显示了陶诗艺术风格的多样性。

陶渊明现存散文四篇，辞赋三篇，篇数不多，却也脍炙人口。《五柳先生传》是诗人的自况之文，全篇不足二百字，鲜明地勾画了自己清高孤傲的性格。《归去来兮辞》是历来传诵的名篇，写景抒情都充满了诗意。《闲情赋》有所寄托,但诗人以热烈的笔调抒写男女之爱,亦见其思想之通达、情怀之旷远。

有《陶渊明集》。

归园田居(其一)

【题解】 本篇选自《陶渊明集》卷二。原作共五首,大概作于陶渊明辞去彭泽令归隐后的第二年(晋义熙二年,406),是年陶渊明四十二岁。这里选的是第一首。诗写作者辞官归隐的愉快心情和乡居生活的乐趣。全诗以白描手法画出农家寻常景物,构成完整的意境,宁静安谧,纯洁幽美,透散出淳厚的韵味。

少无适俗韵①,性本爱丘山。误落尘网中②,一去三十年③。羁鸟恋旧林④,池鱼思故渊⑤。开荒南野际⑥,守拙归园田⑦。方宅十余亩⑧,草屋八九间。榆柳荫后檐⑨,桃李罗堂前⑩。暧暧远人村⑪,依依墟里烟⑫。狗吠深巷中,鸡鸣桑树颠⑬。户庭无尘杂⑭,虚室有余闲⑮。久在樊笼里⑯,复得返自然。

【注释】

① 适俗:适应世俗。韵:气质、品性。

② 尘网:尘世的罗网,这里指仕途有如罗网。

③ 三十年:当作"十三年"。陶渊明从二十九岁初任为江州祭酒,到四十一岁辞彭泽令归田,前后共十三年。

④ 羁鸟:笼中之鸟。羁,束缚。

⑤ 池鱼:放养在池塘里的鱼。渊:水潭。

⑥ 际:间。

⑦ 守拙:依守愚直的本性,不善钻营做官。拙,愚拙,这是自谦之辞,与机巧相对而言。

⑧ 方宅:住宅四周。方,旁。

⑨ 荫:遮蔽。

⑩ 罗:排列。

⑪ 暧暧:昏暗不明的样子。

⑫ 依依:轻柔的样子。墟里:村落。

⑬ "狗吠"二句:汉乐府《鸡鸣》篇有"鸡鸣高树颠,犬吠深宫中"之句,陶渊明这里化用其意而稍加变化。

⑭ 户庭:门庭。尘杂:世俗的杂事。

⑮ 虚室:空寂的居室。用《庄子·人间世》"虚空生白"之意,比喻内心明净洞澈的境界。余闲:闲暇。

⑯ 樊笼,关鸟兽的笼子,这里比喻仕宦生活。樊,栅栏。

饮酒(其五)

【题解】 本篇选自《陶渊明集》卷三。原作共二十首,都是酒后所题,非一时之作,大约写于辞官归田的初期。这里选的是第五首。诗写作者远离世俗、悠游自在的隐居生活。篇中以眼前之景,抒写心中之意,景与意会,物我俱化,生动地反映了诗人旷逸冲淡的心境。

结庐在人境①,而无车马喧②。问君何能尔③?心远地自偏。采菊东篱下,悠然见南山④。山气日夕佳⑤,飞鸟相与还⑥。此中有真意,欲辨已忘言⑦。

【注释】

① 结庐:构造屋子。人境:人世间。

② 车马喧:车马的喧嚣声,指世俗往来的纷扰。

③ 君:诗人自称。尔:如此。

④ 悠然:闲适自得的样子。南山:指庐山。

⑤ 日夕:傍晚。

⑥ 相与还:结伴而归。

⑦ "此中"二句:意为从大自然的景色中,领悟到人生的真意,想予以辨析,却又忘了如何用语言表达;也即既已心中领悟,那就无须再说了。这里借用了《庄子》语意。《庄子·齐物论》:"大辩不言。"《庄子·外物》:"得意而忘言。"此中,此时此地的情境,指隐居生活。

读山海经(其十)

【题解】 本篇选自《陶渊明集》卷四。原作共十三首,作于南朝宋建立之后。这里选的是第十首。《山海经》是一部古书,共十八卷,多述古代海内外山川异物和神话传说。此诗歌颂了精卫的坚强意志和刑天的斗争精神,寄寓了诗人慷慨不平的心情。鲁迅称这首诗是"金刚怒目式"的作品。

精卫衔微木①,将以填沧海②。刑天舞干戚③,猛志故常在。同物既无虑,化去不复悔④。徒设在昔心,良辰讵可待⑤。

【注释】

① 精卫:神话中的鸟名。《山海经·北山经》载,炎帝的少女名女娃,溺死于东海,变成精卫,常衔西山木石以填东海。微木:细木。

② 沧海:大海。

③ 刑天:兽名。《山海经·海外西经》载,刑天与天帝争神,被天帝断首后,还能"以乳为目,以脐为口,操干戚以舞"。干:盾。戚:大斧。

④ "同物"二句:意为精卫和刑天对于死既然无所顾虑,也就不复后悔。同物,同于他物,指女娃死而变为精卫鸟。化去,死去,这里指刑天被杀。

⑤ "徒设"二句:意为他们空有昔日的壮志,但如愿的日子怎能等得到。徒,白白地。设,存置。在昔心,过去的猛志雄心。良辰,指实现壮志的时候。讵:岂。

桃花源诗并记

【题解】 本篇选自《陶渊明集》卷五。《桃花源诗并记》一般认为是作者晚年的作品。汉末以来,由于战乱不已,人民往往筑坞壁以自保。《晋书·刘毅传》也有当时江州一带人民为生活所迫而"逃亡去就,不避幽深"的记载。可见陶渊明对桃花源的描写,是有现实生活作依据的。其"记"从渔人着眼,"诗"则从桃花源的历史来写,两者照应,互为补充。作者描绘的桃花源的生活图景,寄寓了诗人美好的社会理想,表现了诗人对当时现实社会的不满和否定,在一定程度上反映了广大人民追求和平幸福生活的愿望。全篇文体省净,用语古朴,意境和谐优美。

晋太元中①,武陵人捕鱼为业②。缘溪行③,忘路之远近。忽逢桃花林,夹岸数百步,中无杂树,芳草鲜美,落英缤纷④。渔人甚异之。复前行,欲穷其林。林尽水源⑤,便得一山。山有小口,髣髴若有光⑥,便舍船从口入。初极狭,才通人⑦。复行数十步,豁然开朗。土地平旷,屋舍俨然⑧,有良田美池桑竹之属。阡陌交通,鸡犬相闻。其中往来种作,男女衣着悉如外人。黄发垂髫⑨,并怡然自乐。见渔人,乃大惊,问所从来,具答之。便要还家⑩,设酒杀鸡作食。村中闻有此人,咸来问讯⑪。自云先世避秦时乱,率妻子邑人来此绝境⑫,不复出焉,遂与外人间隔。问今是何世,乃不知有汉,无论魏、晋⑬。此人一一为具言所闻,皆叹惋⑭。馀人各复延至其家⑮,皆出酒食。停数日,辞去。此中人语云:"不足为外人道也⑯。"既出,得其船,便扶向路⑰,处处志之⑱。及郡下⑲,诣太守说如此⑳。太守即遣人随其往,寻向所志㉑,遂迷,不复得路。南阳刘子骥㉒,高尚士也,闻之,欣然规往㉓。未果,寻病终㉔。后遂无问津者㉕。

嬴氏乱天纪㉖,贤者避其世。黄绮之商山㉗,伊人亦云逝㉘。往迹浸复湮㉙,来径遂芜废㉚。相命肆农耕㉛,日入从所憩。桑竹垂馀荫,菽稷随时艺㉜。春蚕收长丝,秋熟靡王税㉝。荒路暧交通[34]，鸡犬互鸣吠。俎豆犹古法，衣裳无新制[35]。童孺纵行歌[36]，斑白欢游诣[37]。草荣识节和[38]，木衰知风厉[39]。虽无纪历志[40]，四时自成岁。怡然有馀乐，于何劳智慧[41]。奇踪隐五百[42]，一朝敞神界[43]。淳薄既异源[44]，旋复还幽蔽[45]。借问游方士[46]，焉测尘嚣外[47]。愿言蹑轻风[48]，高举寻吾契[49]。

【注释】

① 太元：晋孝武帝司马曜年号(376—396)。

② 武陵：晋郡名，治所在今湖南常德西。

③ 缘：循，沿着。

④ 落英：落花。缤纷：纷繁的样子。

⑤ 林尽水源：桃花林的尽处，就是溪水的源头。

⑥ 髣髴：同"仿佛"。

⑦ 才通人：仅容一个人通过。

⑧ 俨然：整齐分明的样子。

⑨ 黄发：指老人，因老人发色由白转黄，故称。垂髫(tiáo)：指儿童。髫，小儿垂发为饰。

⑩ 要(yāo)：同"邀"，约请。

⑪ 咸：都。讯：消息。

⑫ 邑人：同乡人。绝境：与世隔绝的地方。

⑬ 无论：更不用说。

⑭ 叹惋：惊叹。

⑮ 延：邀请。

⑯ 不足：不值得。

⑰ 扶：沿着。向路：旧路，指来时的路。

⑱ 志：作标记。

⑲ 郡下：指武陵郡。

⑳ 诣：往见。太守：郡的行政长官。

㉑ 寻向所志：寻找先前做的标记。

㉒ 南阳：即今河南南阳。刘子骥：名驎之，好游山泽，隐居不仕，事见《晋书·隐逸传》。

㉓ 规往：计划去。

㉔ 寻：不久。

㉕ 问津：问路、求访。津，渡口。

㉖ 嬴氏：指秦王朝。秦为嬴姓。天纪：日月星辰的运行规律，这里指正常的社会秩序。

㉗ 黄：指夏黄公。绮：指绮里季。他们与东园公、甪(lù)里先生为避秦乱，共隐于商山。汉惠帝为之立碑，称为"四皓"，见《高士传》。商山：在今陕西商县。

㉘ 伊人：他们这些人，指桃花源中人。云：语词，无义。逝：逃隐。

㉙ 往迹：初离乱世往桃花源的踪迹。浸：逐渐消蚀。湮：湮没。

㉚ 来径：来桃花源的路。芜废：荒芜。

㉛ 相命：相互劝勉、督促。肆：致力。

㉜ 菽稷：泛指五谷。菽，豆类的总称。稷，高粱。艺：种植。

㉝ 靡：无。王税：官府征收的赋税。

㉞ 暧：遮蔽。

㉟ "俎(zǔ)豆"二句：意为桃花源中人一切都保持着古风。这与"记"中所称"男女衣着，悉如外人"在理解上不宜固执。据马端临《文献通考》载，从秦到晋的汉族衣冠样式，基本上没有什么改变。俎豆，祭祀时用的器具。古法，指用先秦时的礼法。新制，新制的式样。

㊱ 童孺：儿童。纵：任情。

㊲ 斑白：头发花白的老人。游诣：游玩。

㊳ 荣：繁盛。节和：节气暖和，指春天。

㊴ 风厉：风急，指秋天。

㊵ 纪历志：岁时的记载。纪历，年历。志，记。

㊶ "于何"句：意为哪里用得到什么心机智巧。

㊷ 奇踪：奇异的踪迹，指桃花源。五百：自秦至晋太元中约六百年，五百是举其成数。

㊸ 敞：显露。神界：仙境。

㊹ 淳：淳厚，指桃花源中的风俗。薄：浇薄，指现实社会的人情世态。

㊺ 旋：立即。幽蔽：隐蔽，与世隔绝。

㊻ 游方士：游于方内的世俗之士。古时道家称现实社会为"方内"，世外仙境为"方外"。

㊼ 焉测：怎能测度。尘嚣外：指世外桃源。尘嚣，尘世。

㊽ 言：虚词，无义。蹑轻风：乘轻风。蹑，踏。

㊾ 高举：高飞。吾契：与我志趣相投的人，指桃花源中人。契，相合。

归去来兮辞并序

【题解】 本篇选自《陶渊明集》卷五。本文写于晋义熙元年(405)，是陶渊明辞去彭泽令归田时所作。序中说因奔妹丧而辞职，可能是一种托辞。归去来，即归去之意；来，语助词，无义。辞，文体名，是一种抒情赋体。文章写辞官归家的喜悦和对田园生活的热爱，表现了诗人高洁的情志。其中着力描写隐居后的乐趣，系虚拟悬想之辞，含蓄有致，托意深远。全篇散韵递代，语言清雅流畅。

余家贫，耕植不足以自给[①]。幼稚盈室[②]，瓶无储粟[③]，生生所资[④]，未见其术[⑤]。亲故多劝余为长吏[⑥]，脱然有怀[⑦]，求之靡途[⑧]。会有四方之事[⑨]，诸侯以惠爱为德[⑩]，家叔以余贫苦[⑪]，遂见用于小邑[⑫]。于时风波未静[⑬]，心惮远役[⑭]，彭泽去家百里[⑮]，公田之利[⑯]，足以为酒，故便求之。及少日[⑰]，眷然有归欤之情[⑱]。何则？质性自然，非矫厉所得[⑲]。饥冻虽切[⑳]，违己交病[㉑]。尝从人事[㉒]，皆口腹自役[㉓]。于是怅然慷慨，深愧平生之志。犹望一稔[㉔]，当敛裳宵逝[㉕]。寻程氏妹丧于武昌[㉖]，情在骏奔[㉗]，自免去职。仲秋至冬，在官八十余日。因事顺心[㉘]，命篇曰“归去来兮”，乙巳岁十一月也[㉙]。

归去来兮，田园将芜胡不归[㉚]？既自以心为形役[㉛]，奚惆怅而独悲？悟已往之不谏，知来者之可追[㉜]。实迷途其未远，觉今是而昨非。舟遥遥以轻飏[㉝]，风飘飘而吹衣。问征夫以前路，恨晨光之熹微[㉞]。

乃瞻衡宇[㉟]，载欣载奔[㊱]。僮仆欢迎，稚子候门。三径就荒[㊲]，松菊犹存。携幼入室，有酒盈樽[㊳]。引壶觞以自酌[㊴]，眄庭柯以怡颜[㊵]。倚南窗以寄傲[㊶]，审容膝之易安[㊷]。园日涉以成趣[㊸]，门虽设而常关。策扶老以流憩[㊹]，时矫首而遐观[㊺]。云无心以出岫[㊻]，鸟倦飞而知还。景翳翳以将入[㊼]，抚孤松而盘桓[㊽]。

归去来兮，请息交以绝游[㊾]。世与我而相违，复驾言兮焉求[㊿]？悦亲戚之情话[51]，乐琴书以消忧。农人告余以春及，将有事于西畴[52]。或命巾车[53]，或棹孤舟[54]。既窈窕以寻壑[55]，亦崎岖而经丘。木欣欣以向荣，泉涓涓而始流。喜万物之得时，感吾生之行休[56]。

已矣乎[57]！寓形宇内复几时[58]，曷不委心任去留[59]？胡为乎遑遑欲何之[60]？富贵非吾愿，帝乡不可期[61]。怀良辰以孤往[62]，或植杖而耘耔[63]。登东皋以舒啸[64]，临清流而赋诗。聊乘化以归尽[65]，乐夫天命复奚疑[66]。

【注释】

① 耕植：耕田种植农作物。
② 幼稚：幼儿。
③ 瓶：腹大颈长的容器。此指盛米的器具。储粟：余粮。
④ 生生所资：维持生计所需要的。生生，养生，前一个“生”字为动词，后一个“生”字为名词。资，取给。
⑤ 术：本领，办法。
⑥ 亲故：亲戚故旧。长吏：县府中丞、尉一类的官。
⑦ 脱然：漫不经意的样子。有怀：有了念头。
⑧ 靡途：没有门路。
⑨ 会有：恰逢。四方之事：指奉使之事。《论语·子路》：“使于四方。”这里指晋义熙元年（405）三月陶渊明接受建威将军刘敬宣之命出使京都（建康）之事。
⑩ 诸侯：指刺史之类的地方官，这里指刘敬宣。当时，刘敬宣为江州刺史。以惠爱为德：以爱惜人才为美德。
⑪ 家叔：指陶渊明的叔父陶夔，当时任太常卿。
⑫ 小邑：指彭泽县。
⑬ 风波：指东晋内部的战争。当时，桓玄篡位失败，刘裕以平叛崛起。
⑭ 惮：患，怕。远役：到远处供职。
⑮ 彭泽：在今江西彭泽西南。陶渊明家居柴桑（今江西九江西南）。去：离。
⑯ 公田：供给俸禄之田。利：收益。
⑰ 少日：不多几天。
⑱ 眷然：思恋的样子。归欤之情：辞官归家的想法。
⑲ “非矫厉”句：不是可以勉强去做公差事务的。矫厉，勉强去做。
⑳ 切：厉害。
㉑ 违己：违反自己的意志。交病：产生痛苦。

㉒ 从人事：指做官。人事，仕宦中的人事交往。

㉓ 口腹自役：为口腹之饱而驱使自己。

㉔ 一稔（rěn），指公田收获一次。稔，谷物成熟。

㉕ 敛裳：收拾行装。宵逝：连夜离去。

㉖ 寻：不久。程氏妹：嫁给程家的妹妹。

㉗ 骏奔：急赴之意，这里指急于奔丧。

㉘ 因事：因上述事情。顺心：顺随自己的心意。

㉙ 乙巳岁：晋安帝义熙元年（405）。

㉚ 胡：为什么。"胡不归"用《诗经·式微》"式微，式微，胡不归"成语。

㉛ 心为形役：心志为形体所驱使，指内心不愿做官，但为生计，身不由己，被迫做官。形，身。

㉜ "悟已往"二句：语出《论语·微子》："往者不可谏，来者犹可追。"谏，劝止，这里是挽回的意思。追，补救。

㉝ 遥遥：通"摇摇"，摇摆不定的样子。《楚辞·九章·悲回风》："翼遥遥其左右。"飏（yáng）：飞扬，形容船驶行轻快。

㉞ 征夫：行人。熹微：天色微明。

㉟ 瞻：望见。衡宇：横木为门的房屋，指简陋的居室。衡，同横。

㊱ 载：语助词，且、又的意思。

㊲ 三径：西汉末蒋诩隐居时，在院前的竹林中开三条小路，只与隐士求仲、羊仲二人交往，后人便以三径为隐士所居之处。径，小路。就荒：快要荒芜了。

㊳ 樽：酒杯。

㊴ 引：拿起，端起。觞：酒杯。

㊵ 眄（miàn）：斜视。庭柯：庭院中的树木。柯，树枝。怡颜：脸有喜色。

㊶ 寄傲：寄托傲世之情。

㊷ 审：明白。容膝：仅能容下双膝，形容居室狭小。易安：易使人安乐。

㊸ "园日涉"句：每天在园中散步自成乐趣。涉，涉足。

㊹ 策：拄着。扶老：手杖的别名。流：义同"游"。憩：休息。

㊺ 矫首：抬头。遐观：远眺。

㊻ 无心：无意地。岫（xiù）：山洞，这里泛指山峰。

㊼ 景：日光。翳（yì）翳：昏暗的样子。

㊽ 盘桓：徘徊。

㊾ 息交、绝游：罢息、谢绝世俗的交游。

㊿ 驾言：《诗经·邶风·泉水》："驾言出游"。这里以"驾言"代"出游"。驾，驾车。言，语助词。焉求：何求。

51 情话：知心话。

52 及：至。事：指农事。畴：田地。

53 巾车：有布篷遮盖的车子。

54 棹：长桨，这里用作动词，划船。

55 窈窕：幽深曲折的样子。壑：山涧。

56 行休：将要结束，指自己年老，万事已休。

57 已矣乎：算了吧。

58 寓形宇内：寄身于天地之间，即活在世上。

59 曷：同"何"。委心：随自己的心意。去留：行止。一说，委心任去留：把心放下，任其自然地生或死。

60 遑遑：急急忙忙，心神不安的样子。之：往。

61 帝乡：天帝居处，即仙境。期：希望。

62 怀良辰：盼望好天气。孤往：独自出游。

63 植杖：把手杖插在田边。耘：除草。耔：在苗根培土。

64 皋（gāo）：水边高地。舒啸：放声长啸。啸，撮口发出长而清越的声音。一说，舒，徐徐地；啸，高歌。

65 聊：姑且。乘：顺应。化：大化，自然变化。尽：死亡。

66 乐夫天命：乐天知命。《周易·系辞上》："乐天知命，故不忧。"奚：何。

第四节　南北朝文人诗

谢灵运

谢灵运（385—433），陈郡阳夏（今河南太康）人。南朝宋诗人。东晋名将谢玄的孙子，袭封康乐公，世称谢康乐。东晋时官刘裕太尉参军、相国从事中郎。刘裕代晋建宋后，被降为康乐侯，曾任永嘉太守、临川内史等职。因对刘宋王朝心怀疑忌，便索性纵情山水。后以叛逆罪被执，流徙广州。元嘉十年（433）被杀。

谢灵运是中国第一个山水诗人，在晋宋间诗名最高。他的诗作在语言锤炼上很下功夫，精心铸造新语，把山水景物之美逼真地传达出来，开启了一代新诗风，对后世影响很大。清沈德潜将他与陶渊明作比较，认为："陶诗合下自然，不可及处，在真在厚。谢诗经营而反于自然，不可及处，在新在俊。"(《说诗晬语》)但其山水诗往往还拖上一条玄言的尾巴，是其病累。有《谢康乐集》。

登池上楼

【题解】 本篇选自《谢康乐集》卷三。此诗作于宋少帝景平元年(423)初春，诗人出为永嘉太守期间。池上楼，在永嘉郡(今浙江温州)西北三里。这个池后名为谢公池。诗写久病初起登楼所见的春色，并即景发抒在新朝失意的牢骚。通篇运用对偶，语句研炼，景象精妙，功力甚深。"池塘"二句，尤为脍炙人口。

潜虬媚幽姿①，飞鸿响远音②。薄霄愧云浮③，栖川怍渊沉④。进德智所拙⑤，退耕力不任⑥。徇禄反穷海⑦，卧痾对空林⑧。衾枕昧节候⑨，褰开暂窥临⑩。倾耳聆波澜⑪，举目眺岖嵚⑫。初景革绪风⑬，新阳改故阴⑭。池塘生春草，园柳变鸣禽⑮。祁祁伤豳歌⑯，萋萋感楚吟⑰。索居易永久⑱，离群难处心⑲。持操岂独古⑳，无闷征在今㉑。

【注释】

① 潜虬(qiú)：潜龙，比喻隐士。虬，传说中一种无角的龙。媚：自我欣赏。幽姿：深藏不露的姿态。

② 飞鸿：高飞的大雁，比喻仕宦得意者。响远音：鸣叫声传得很远。

③ "薄霄"句：意为面对高飞云霄的鸿鸟而自感惭愧。薄霄，迫近云霄。云浮，飘浮在云间，这里代指飞鸿。

④ "栖川"句：意为面对栖息在深水中的潜虬，同样自感羞惭。栖川，栖息在水里。怍(zuò)，惭愧。渊沉，藏于深渊中，这里代指潜虬。

⑤ 进德：增进德业，做一番事业。语出《周易·乾》："君子进德修业，欲及时也。"

⑥ 退耕：归隐躬耕。力不任：体力担当不了。

⑦ 徇禄：追求俸禄，指做官。反：同"返"。穷海：边远的海滨，指永嘉郡。

⑧ 痾(ē)：病。空林：秋冬枯秃的树林。

⑨ 衾枕：指卧病于床，与衾枕为伴。衾，被子。昧节候：不知季节。昧，不明。按：《文选》此句与下句原无，据《古诗纪》卷五十七补。

⑩ 褰(qiān)开：拉开帷帘。褰，揭起。窥临：临窗眺望。

⑪ 倾耳：侧耳。聆(líng)：听。波澜：这里代指波涛声。

⑫ 岖嵚(qīn)：山势高峻的样子。

⑬ 初景：初春的阳光。革：清除。绪风：余风，指残冬的寒风。

⑭ 新阳：指春。故阴：指冬。古人以春、夏为阳，秋、冬为阴。这句意谓冬去春回。

⑮ 变鸣禽：鸣禽变换了种类。

⑯ "祁祁"句：意为"采蘩祁祁"这首《豳歌》使我伤悲。《诗经·豳风·七月》有"春日迟迟，采蘩祁祁。女心伤悲，殆及公子同归"的诗句。祁祁，众多的样子。

⑰ "萋萋"句：意为"春草生兮萋萋"这首楚歌使我感伤。《楚辞·招隐士》有"王孙游兮不归，春草生兮萋萋"的诗句。萋萋，草茂盛的样子。

⑱ 索居：独居。易永久：容易感到日子长久。

⑲ 离群：离开朋友。处心：安心。

⑳ 持操：保持高尚的节操。

㉑ 无闷：指避世隐居，没有烦闷。语出《周易·乾》："遁世无闷。"征在今：今天在我身上得到了验证。征，证实。

鲍照

鲍照(约414—466)，字明远，东海(治今山东郯城北)人。南朝宋文学家。出身贫寒，一生很不得意。曾官秣陵令、中书舍人。后任临海王萧子顼的前军参军，世称鲍参军。因萧子顼谋反，受牵累死于乱军之中。

鲍照的诗、赋、骈文，均有名作。他的诗以杂言、五言体的乐府诗最有成就。杂言代表作有《拟行路难》十八首，为李杜七言歌行的滥觞。五言代表作有《代东武吟》、《代苦热行》、《代出自蓟北门行》等，题面虽有"拟"、"代"等字样，但具有真挚的感情，能深刻反映现实，梗概多气，类似建安诗风，再加上他往往以奇险取胜，显示出一种奇崛的独特风貌。有《鲍明远集》，一名《鲍参军集》。

拟行路难（其六）

【题解】 本篇选自《鲍明远集》卷八。原作十八首，这里选的是第六首。《乐府诗集》收入，属《杂曲歌辞》。《行路难》原为汉代乐府旧题，备言世路艰难及离别悲伤之意。鲍照的《拟行路难》多为咏叹人世忧患之作。诗题中的"拟"，意为摹仿。此诗抒发了有志不能遂的愤慨，表现了诗人对门阀社会的强烈不满。全篇慷慨任气，成功地塑造了一个才高气盛、自尊耿直的抒情主人公的形象。描写自然朴素，富有生活气息。

对案不能食①，拔剑击柱长叹息。丈夫生世会几时②，安能蹀躞垂羽翼③？弃置罢官去④，还家自休息。朝出与亲辞，暮还在亲侧。弄儿床前戏⑤，看妇机中织。自古圣贤尽贫贱，何况我辈孤且直⑥！

【注释】

① 案：放食器的小几，形如有脚的托盘。

② 会：能有。

③ 蹀躞(dié xiè)：小步行走的样子，这里有畏葸不前的意思。垂羽翼：比喻失意丧气的情状。

④ 弃置：抛弃，丢在一边。

⑤ 弄儿：逗小孩。戏：玩耍。

⑥ 孤且直：孤寒而又正直。孤，指族寒（非豪门世族）势孤。

谢朓

谢朓(464—499)，字玄晖，陈郡阳夏（今河南太康）人。南朝齐诗人。世族出身，少年时便有文名。曾任随王萧子隆文学。建武二年(495)官宣城太守，世称谢宣城。回朝后任尚书吏部郎。因遭诬陷，下狱而死。

谢朓亦以山水诗闻名，与谢灵运并称"大小谢"。他比大谢又前进了一步，不仅完全摆脱了玄言诗的影响，而且常结合景物描写抒发自己的感情。他主张"好诗圆美流转如弹丸"（《南史·王筠传》），注重声律对仗，成为永明体的代表诗人，对唐代近体诗的形成，影响极大。有《谢宣城集》。

晚登三山还望京邑

【题解】 本篇选自《谢宣城集》卷三。这首诗可能是诗人离京出任宣城太守，路经三山时所作。三山，在今江苏南京西南长江南岸，上有三峰，南北相接。京邑，指南齐京城建康，即今南京。诗写登山临江所见的美景和遥望京邑所引起的眷恋之情。全篇语言既精警工丽，又圆美流转。写春江日暮，一览无余，有声有色。"余霞"二句，因得到李白赞赏而向为人们传诵。

灞涘望长安①，河阳视京县②。白日丽飞甍③，参差皆可见④。余霞散成绮⑤，澄江静如练⑥。喧鸟覆春洲⑦，杂英满芳甸⑧。去矣方滞淫⑨，怀哉罢欢宴⑩。佳期怅何许⑪，泪下如流霰⑫。有情知望乡⑬，谁能鬒不变⑭？

【注释】

① 灞：灞水，流经长安，过灞桥。涘(sì)：岸。东汉末王粲避乱离长安时作《七哀诗》，有："南登灞陵岸，回首望长安"之句。这里是借此比喻自己望京邑。

② 河阳：县名，今河南孟县西。京县：指洛阳。西晋潘岳在

河阳做官时作《河阳县诗》，有“引领望京室，南路可伐柯”之句。这里是借以比喻自己望京邑。

③ 丽：附着。这里是“明丽地照耀在……之上”的意思。飞甍（méng）：飞耸的屋檐。

④ 参差（cēn cī）：错落不齐。

⑤ 余霞：晚霞。绮：锦缎。

⑥ 澄江：清澈的江水。练：白丝绸。

⑦ 覆：盖，形容春鸟之多。

⑧ 杂英：各色的花。芳甸：芬芳的郊野。

⑨ 去：离，指离开京城。方：将。滞淫：淹留，指久留外地。

⑩ 怀：想念。罢欢宴：已经散席的在京与亲友的欢宴。罢，停止。

⑪ 佳期：指归期。

⑫ 霰（xiàn）：雪珠。

⑬ 有情：有情之人，感情丰富的人，诗人自指。

⑭ 鬒（zhěn）：黑发。变：这里指黑发因愁变白。

庾信

庾信（513—581），字子山，南阳新野（今属河南）人。北周文学家。南朝世族出身，与父亲庾肩吾同为著名的宫体诗人。梁元帝时，奉命出使西魏，被扣留。梁亡后历仕西魏、北周，官至骠骑大将军、开府仪同三司，世称庾开府。最终未能南归而老死北方。

庾信前期的诗受宫体诗影响较深，辞藻华美，笔致纤细。到北方以后，诗风变得苍劲沉郁。《拟咏怀》组诗为代表作。他的写景诗，清新可喜，对唐人五律有深刻影响。他又工骈文，其《哀江南赋》及序，是千古传诵的名篇。有《庾子山集》。

拟咏怀（其七）

【题解】 本篇选自《庾子山集》卷三。原作共二十七首，写于羁留北周期间，是诗人后期诗歌的代表作。这里选的是第七首。写诗人羁留异国他乡不得南归的苦闷，感情深沉凝重。全诗辞彩华美，对仗工整，声韵和谐，显示出向唐人律诗过渡的趋势。

榆关断音信[①]，汉使绝经过[②]，胡笳落泪曲[③]，羌笛断肠歌[④]。纤腰减束素[⑤]，别泪损横波[⑥]。恨心终不歇[⑦]，红颜无复多[⑧]。枯木期填海，青山望断河[⑨]。

【注释】

① 榆关：秦、汉时的边关，在今陕西榆林县东，这里泛指北方边塞。诗人以榆关代指长安，言自己远离故国。

② 汉使：汉人朝廷的使者，这里指南朝的使者。绝经过：断绝了往来。

③ 胡笳：北方少数民族的一种管乐器，其音悲凉。

④ 羌笛：出自羌族的一种乐器。

⑤ 纤腰：细腰。宋玉《登徒子好色赋》：“腰如束素。”减束素：指腰身消瘦。束素，腰肢细软好像一束白绢。

⑥ 横波：指眼睛，原形容目光流转，如水波闪动。傅毅《舞赋》：“目流睇而横波。”

⑦ 恨心：离恨之心。不歇：不止。

⑧ 红颜：指青春的姿色，这里代指少年之时。无复多：不再少。

⑨ “枯木”二句：意为自己南归故国的愿望，就像希望枯木填海、青山断河一样不能实现。填海，《山海经·北山经》载，炎帝之女溺死东海，化为名叫精卫的小鸟，常衔西山木石，想填平东海。断河，《水经注·河水》载，华山、岳山本为一山，河神劈分为二，让黄河从中间流过。这里都是反用其事。

寄王琳

【题解】 本篇选自《庾子山集》卷四。这是庾信接到王琳的信后写给他的一首诗。王琳，字子珩，梁朝大将。梁元帝迁都江陵被围时，他曾由广州率兵驰援，未至而江陵陷落。元帝被杀，魏立萧詧为傀儡，他为元帝举哀，出兵攻萧詧。后陈霸先篡梁，他又与陈对抗，兵败被杀。此诗写诗人对故国的怀念以及他与王琳之间的深厚情谊。全篇虽只二十字，但境界开阔，感慨深沉，笔致委婉含蓄，蕴藉丰富而又注意形式格律。

玉关道路远[①]，金陵信使疏[②]。独下千行泪，开君万里书[③]。

【注释】

① 玉关：玉门关，在今甘肃敦煌西北。这里代指自己所在的长安。当时长安已为异国，身处长安，就如远在玉关一样。

② 金陵：梁朝的故都，即今南京。信使：使者。疏：稀少。

③ 君：指王琳。万里书：来自万里以外的信。当时王琳在郢城练兵，志在为梁朝雪耻。

第五节　乐府民歌

南朝乐府民歌

西　洲　曲

【题解】 本篇选自《乐府诗集》卷七十二，属《杂曲歌辞》古辞。从其格调及词句看，一般认为当是经过文人加工的南朝后期民歌。诗通过四季景物的变化，表现一个女子对情人的深长思念，感情细腻缠绵。全篇涉想新奇，显而不露，形成一种婉约含蓄的风格。运用"接字"法，语语相承，声情摇曳，更是余味无穷。

忆梅下西洲[①]，折梅寄江北[②]。单衫杏子红[③]，双鬓鸦雏色[④]。西洲在何处？两桨桥头渡[⑤]。日暮伯劳飞[⑥]，风吹乌臼树[⑦]。树下即门前，门中露翠钿[⑧]。开门郎不至，出门采红莲[⑨]。采莲南塘秋，莲花过人头。低头弄莲子，莲子青如水[⑩]。置莲怀袖中，莲心彻底红[⑪]。忆郎郎不至，仰头望飞鸿[⑫]。鸿飞满西洲，望郎上青楼[⑬]。楼高望不见，尽日栏干头[⑭]。栏干十二曲，垂手明如玉。卷帘天自高，海水摇空绿[⑮]。海水梦悠悠[⑯]，君愁我亦愁。南风知我意，吹梦到西洲[⑰]。

【注释】

① 下：往。西洲：未详其址。据下文"西洲在何处？两桨桥头渡"看，西洲当在女子家附近，是她与情人相会、话别之地。

② 江北：男子所在的地方。

③ 单衫：暗示已是春夏之交，杏红色的单衫与杏子红熟的季节相应。

④ 鸦雏色：像小乌鸦一样的颜色，形容女子的双鬓乌黑发亮。

⑤ "两桨"句：划动双桨即可到达的桥头渡口，意指西洲离女子家不远。

⑥ 伯劳：鸟名，亦称博劳，农历五月始鸣，经常单栖。

⑦ 乌臼树：即"乌桕"，落叶乔木，高达二丈许，夏天开小黄花。

⑧ 翠钿(tián)：用翠玉制成或镶嵌成的花朵形首饰。

⑨ 莲：与怜爱的"怜"谐音。又，莲即"芙蓉"，隐指"夫容"，是因物思人。

⑩ 莲子：隐"怜子"(爱你)。青如水：谐"清如水"，隐喻爱情的纯洁。

⑪ 莲心：隐"怜心"(爱你之心)。彻底红：红透，喻女子的爱情赤诚忠贞。

⑫ 望飞鸿：望书信。古人有鸿雁传书的说法。

⑬ 青楼：涂饰青色的楼，汉魏六朝时为女子居处的通称，与后代以青楼为妓院的意思不同。

⑭ 尽日：终日。

⑮ 海水：指大江或大湖，水势浩大，给人以如海的感觉。摇空绿：海水空自摇荡着绿波。

⑯ "海水"句：意为思梦如海水一样悠悠不断。

⑰ "吹梦"句：意为把我吹到与情人在西洲相会的梦境中去。

北朝乐府民歌

木兰诗

【题解】 本篇选自《乐府诗集》卷二十五，属《横吹曲辞·梁鼓角横吹曲》古辞。《古乐府》卷三收入，题作《木兰辞》。此诗最早著录于陈朝释智匠所编的《古今乐录》。今人多认为这首诗是北魏与柔然族战争中产生的作品，在流传过程中可能又经过文人的加工润色。关于木兰的姓氏、乡里与事迹，后世文献有种种记载，但多属附会，未必可信。明代文献中也曾误将它当作唐诗。全诗刻画了木兰淳朴、勇敢的性格和不慕功名富贵的品质，风格明朗，富有传奇色彩。叙事繁则极繁，简则极简。连续运用复叠和排比的句式，渲染气氛，大大增强了作品的抒情性与音乐性。

唧唧复唧唧①，木兰当户织②。不闻机杼声③，唯闻女叹息。问女何所思？问女何所忆④？女亦无所思，女亦无所忆。昨夜见军帖⑤，可汗大点兵⑥，军书十二卷，卷卷有爷名⑦。阿爷无大儿，木兰无长兄，愿为市鞍马⑧，从此替爷征。东市买骏马，西市买鞍鞯⑨。南市买辔头⑩，北市买长鞭。旦辞爷娘去，暮宿黄河边。不闻爷娘唤女声，但闻黄河流水鸣溅溅⑪。旦辞黄河去，暮至黑山头⑫。不闻爷娘唤女声，但闻燕山胡骑鸣啾啾⑬。万里赴戎机⑭，关山度若飞⑮。朔气传金柝，寒光照铁衣⑯。将军百战死，壮士十年归。归来见天子，天子坐明堂⑰。策勋十二转⑱，赏赐百千强⑲。可汗问所欲，木兰不用尚书郎⑳，愿驰千里足㉑，送儿还故乡㉒。爷娘闻女来，出郭相扶将㉓。阿姊闻妹来，当户理红妆㉔。小弟闻姊来，磨刀霍霍向猪羊㉕。开我东阁门，坐我西阁床。脱我战时袍，著我旧时裳。当窗理云鬓㉖，对镜帖花黄㉗。出门看火伴㉘，火伴皆惊惶。同行十二年，不知木兰是女郎。雄兔脚扑朔㉙，雌兔眼迷离㉚。双兔傍地走㉛，安能辨我是雄雌？

【注释】

① 唧唧：叹息声。一说织机声。

② 当户：对着门。

③ 机：织机。杼(zhù)：织机上的梭子。

④ 忆：思念。

⑤ 军帖：即下文的“军书”，征兵的文书、名册。

⑥ 可汗(kè hán)：古代西北部少数民族对君主的称呼。大点兵：大规模征兵。

⑦ “军书”二句：极言军情紧急，征兵文书纷至沓来。十二，形容数量多，非确数。爷，父亲，当时北方称父为“阿爷”。

⑧ 市：买。鞍马：马鞍与马匹。《新唐书·兵志》载，北方的府兵制规定从军人员要自备武器。

⑨ 鞯(jiān)：马鞍下的垫子。

⑩ 辔(pèi)头：马笼头。

⑪ 溅(jiān)溅：水流声。

⑫ 黑山：即杀虎山，在今内蒙古呼和浩特东南。

⑬ 燕山：即燕然山，今蒙古国境内的杭爱山。啾(jiū)啾：马鸣声。

⑭ 戎机：军机，这里指战场。

⑮ 关山：关塞与山岭。

⑯ 朔气：北方的寒气。金柝(tuò)：即刁斗，古代军中铜制用具，三足，有柄，白天用来烧饭，晚上用来打更。寒光：清冷的月光。铁衣：铁甲。

⑰ 明堂：天子用来祭祀、听政、选士的殿堂。

⑱ 策勋：记功。十二转：极言功大位高。转，升迁。军功每加一等，官爵也随之升迁一等。

⑲ 强：有余。

⑳ 不用：不为，不做。尚书郎：官名，是尚书省(中央政治机关)的属官。

㉑ 千里足：指千里马。《韩诗外传》：“使骥不得伯乐，安得千里之足？”

㉒ 儿：此为木兰自称。

㉓ 郭：外城。相扶将：相互搀扶。将，扶携的意思。

㉔ 理红妆：梳妆打扮。

㉕ 霍霍：磨刀声。

㉖ 云鬓：形容女子鬓发柔美。

㉗ 对镜：《乐府诗集》原作“挂镜”，据《古诗纪》卷一百六改。帖：同“贴”。花黄：当时妇女的一种面部妆饰，用金黄色的纸剪成星、月、花、鸟等形状贴在额上，或在额上涂一点黄色，称“黄额妆”。

㉘ 火伴：指同伍的士兵，后多写作“伙伴”。因古时军中每

十个士兵同在一个灶火吃饭，故称。

㉙ 扑朔：扑腾，乱动的意思。

㉚ 迷离：模糊，眼神不定的意思。按："雄兔"、"雌兔"两句，历来说法不一。张玉谷《古诗赏析》说："言雄兔雌兔，脚眼虽殊，然当其走，实是难辨也。"余冠英《汉魏六朝诗选》则说："二句互文，雌兔的脚也扑朔，雄兔的眼也迷离。"

㉛ 傍地走：一起在地上跑。

第六节　南北朝的骈文、骈赋及散文

丘迟

丘迟（464—508），字希范，吴兴乌程（今浙江湖州）人。南朝梁文学家。初仕齐，为殿中郎。后仕梁，官至司空从事中郎。

丘迟是齐、梁间颇负文名的作家，工骈文和山水诗，辞采丽逸。在中国文学史上，他的历史地位主要凭《与陈伯之书》这篇著名的文章而确立。有《丘司空集》。

与陈伯之书

【题解】 本篇选自《文选》卷四十三。陈伯之，睢陵（今江苏睢宁）人。齐末为江州刺史，后降梁，封丰城县公，显赫一时。天监元年（502），起兵反梁，兵败后率部投靠北魏。天监四年（505），梁临川王萧宏率军北伐，陈伯之驻军寿阳，与梁军对抗。当时，丘迟任萧宏的记室，萧宏命丘迟写信劝降。陈伯之得信后，遂于天监五年（506）三月率兵八千人归梁。作为一封意在劝降的书信，作者针对陈伯之的实际情况，喻之以义，示之以势，动之以情，写得委曲婉转，淋漓尽致。篇中写江南故国的暮春景色，清新明丽，充满了抒情气氛，具有强烈的感染力量。

迟顿首[①]，陈将军足下[②]：无恙[③]，幸甚幸甚。将军勇冠三军[④]，才为世出[⑤]，弃燕雀之小志[⑥]，慕鸿鹄以高翔[⑦]。昔因机变化[⑧]，遭遇明主[⑨]，立功立事[⑩]，开国称孤[⑪]。朱轮华毂[⑫]，拥旄万里[⑬]，何其壮也！如何一旦为奔亡之虏[⑭]，闻鸣镝而股战[⑮]，对穹庐以屈膝[⑯]，又何劣邪！

寻君去就之际[⑰]，非有他故，直以不能内审诸己[⑱]，外受流言，沉迷猖獗，以至于此。圣朝赦罪责功，弃瑕录用[⑲]，推赤心于天下[⑳]，安反侧于万物[㉑]，将军之所知，不假仆一二谈也[㉒]。朱鲔涉血于友于[㉓]，张绣剚刃于爱子[㉔]，汉主不以为疑[㉕]，魏君待之若旧[㉖]。况将军无昔人之罪[㉗]，而勋重于当世。夫迷涂知反[㉘]，往哲是与[㉙]；不远而复[㉚]，先典攸高[㉛]。主上屈法申恩[㉜]，吞舟是漏[㉝]；将军松柏不翦[㉞]，亲戚安居。高台未倾[㉟]，爱妾尚在，悠悠尔心[㊱]，亦何可言！今功臣名将，雁行有序[㊲]。佩紫怀黄[㊳]，赞帷幄之谋[㊴]；乘轺建节[㊵]，奉疆埸之任[㊶]。并刑马作誓[㊷]，传之子孙[㊸]。将军独靦颜借命[㊹]，驱驰毡裘之长[㊺]，宁不哀哉[㊻]！

夫以慕容超之强[㊼]，身送东市[㊽]；姚泓之盛[㊾]，面缚西都[㊿]。故知霜露所均[51]，不育异类[52]；姬汉旧邦[53]，无取杂种。北虏僭盗中原[54]，多历年所[55]，恶积祸盈，理至燋烂[56]。况伪孽昏狡[57]，自相夷戮[58]，部落携离[59]，酋豪猜贰[60]。方当系颈蛮邸[61]，悬首藁街[62]，而将军鱼游于沸鼎之中，燕巢于飞幕之上[63]，不亦惑乎！

暮春三月，江南草长，杂花生树，群莺乱飞。见故国之旗鼓[64]，感平生于畴日[65]，抚弦登陴[66]，岂不怆悢[67]。所以廉公之思赵将[68]，吴子之泣西河[69]，人之情也，将军独无情哉！想早励良规[70]，自求多福[71]。

当今皇帝盛明，天下安乐。白环西献[72]，楛矢东来[73]。夜郎滇池[74]，解辫请职[75]；朝鲜昌海[76]，蹶角受化[77]。唯北狄野心[78]，掘强沙塞之间[79]，欲延岁月之命耳。中军临川殿下[80]，明德茂亲[81]，揔兹戎重[52]。吊民洛汭[53]，伐罪秦中[54]。若遂不改[55]，方思仆言[56]。聊布往怀[57]，君其详之[58]。丘迟顿首。

【注释】

① 顿首：以头叩地而拜，古人书信中开头和结尾常用的客气语。

② 足下：书信中对人的尊称。

③ 无恙：古人习用的问候语，安好之意。恙，忧，病。

④ 勇冠三军：勇敢为全军第一。

⑤ 才为世出：当世杰出的人才。

⑥ 燕雀：比喻庸俗小人。

⑦ 鸿鹄：天鹅，比喻才杰志士。

⑧ 因机：顺应时机。

⑨ 明主：指梁武帝萧衍。

⑩ 立功立事：指当年陈伯之背齐归梁，并助梁武帝平齐，为梁朝的开创建立了功勋。

⑪ 开国：开建邦国，这里指封爵。梁武帝封陈伯之为丰城县开国公，食邑二千户，地位如一方诸侯。孤：古代诸侯可自称为孤。

⑫ 朱轮华毂（gǔ）：指华丽的车子。毂，车轮中心的圆木。

⑬ 旄（máo）：古代用牦牛尾装饰的旗子，这里指旄节。古代高级武官持节统制一方，称为"拥旄"。陈伯之归梁后，仍为江州刺史，进号征南将军。万里：形容其统制区域之广大。

⑭ 奔亡之虏：逃跑投敌的人。指陈伯之叛梁投降北魏。

⑮ 鸣镝（dí）：响箭，相传是西汉初年匈奴单于所造。股战：大腿发抖。

⑯ 穹庐：毡帐，即今天说的蒙古包，这里代指北魏统治者。

⑰ 寻：推求。去：指离开梁朝。就：指投奔北魏。

⑱ 直：只是。内审诸己：内心明察自己。审，反复思考。

⑲ 圣朝：指梁朝。赦罪责功：赦免人的罪过而要求被赦的人立功赎罪。责，求。弃瑕录用：不计较人的过失而加以任用。瑕，玉上斑点，比喻人的缺点、过错。

⑳ 赤心：真诚之心。

㉑ 反侧：动摇不定。

㉒ 不假：不借，不用。仆：古代书信中自谦之称。一二谈：一一叙说。

㉓ 朱鲔（wěi）：王莽末年绿林军的将领。他曾劝更始帝刘玄杀了光武帝刘秀的哥哥刘伯升。后刘秀攻洛阳，朱鲔坚守，不敢降。刘秀派人去劝降，保证对他不咎既往、并保持他的官职，朱鲔于是献城投降。涉血：喋血，杀人流血。友于：指兄弟。语出《尚书・君陈》："惟孝友于兄弟。"

㉔ 张绣：东汉末年的军阀。《三国志・魏书・武帝纪》载，建安二年（197），曹操攻宛城，张绣投降。过后张绣反悔，举兵攻曹操，杀死了曹操的长子曹昂和侄子曹安民。两年后，张绣又投降曹操，被封为列侯。剚（zì）：刺杀。爱子：指曹操的长子。

㉕ 汉主：指光武帝刘秀。

㉖ 魏君：指曹操。

㉗ 昔人：指朱鲔、张绣。

㉘ 涂：同"途"。反：同"返"。屈原《离骚》："回朕车以复路兮，及行迷之未远。"

㉙ 往哲：以往的圣贤，指屈原。与：赞许。

㉚ 不远而复：语本《周易・复卦》："不远复，无祇悔，元吉。"复，返回。

㉛ 先典：古代典籍，这里指《周易》。攸：所。高：推崇。

㉜ 主上：指梁武帝萧衍。屈法申恩：轻法重恩。

㉝ 吞舟是漏：比喻法网宽疏。吞舟，可以吞下船只的大鱼。《史记・酷吏列传序》："网漏于吞舟之鱼。"

㉞ 松柏不翦：指祖坟没有受到破坏。古人常在坟边植松柏，故以"松柏"代指坟墓。翦，同"剪"。

㉟ 高台：府第，这里指陈伯之在梁朝的住宅。倾：倒塌。

㊱ 悠悠尔心：意为你心里仔细想想。悠悠，思虑深长的样子。

㊲ 雁行有序：雁飞排列成行，比喻朝廷功臣名将各有所任，威仪有序。

㊳ 紫：紫绶，系官印的带子。黄：指黄金印。

㊴ "赞帷幄"句：意为参与军国大计的谋划。赞，协助。帷幄，（军中的）帐幕。

㊵ 轺（yáo）：两匹马拉的轻车。节：符节，使者所持的信物。建节：把旄节插立车上。

㊶ "奉疆埸（yì）"句：意为接受保卫边疆的重任。疆埸，边境。

㊷ 刑马作誓：古代往往杀白马，饮马血立誓，以示郑重。刑，杀。

㊸ 传之子孙：指梁朝有誓约，可将自己的爵位传给子孙。

㊹ 靦（tiǎn）颜：厚着脸皮的意思。靦，羞愧的样子。借命：苟且偷生。

㊺ 驱驰：奔走效劳。毡裘之长：指北魏君主。毡裘，胡人以羊毛织制的衣着，这里代指胡人。

㊻ 宁：岂。

㊼ 慕容超：南燕（鲜卑族政权）君主，曾大掠淮北。义熙六年（410），东晋刘裕北伐，灭南燕，俘获慕容超，解到建康（今南京市）斩首。

㊽ 东市：原是汉朝长安处决犯人的地方，后泛指刑场。

㊾ 姚泓：后秦（羌族政权）的君主。义熙十三年（417），刘裕再次北伐，攻破长安，姚泓自缚出降，被押解到建康斩首。

㊿ 面缚：面部向前，缚手于背。西都：指长安。

51 霜露所均：霜露所及的地方，即天地之间。均，分布。

52 育：养育。异类：与下文的“杂种”，都指少数民族，是旧时带有侮辱性的称呼。

53 姬汉旧邦：指北方中原一带是周汉的故国。姬，周天子的姓。

54 北虏：对北魏的蔑称。僭（jiàn）盗：窃据。僭，超越本分。

55 年所：年数。北魏自公元386年建国至丘迟写此信时，已历一百余年。

56 燋（jiāo）烂：喻崩溃、灭亡。燋，通“焦”。

57 伪孽：指北魏宣武帝元恪。

58 自相夷戮：自相屠杀。景明二年（501）宣武帝的叔父咸阳王元禧起兵谋反，被赐死。两年后宣武帝的叔父北海王元祥也因谋图作乱，被囚禁而死。

59 携离：分裂。

60 酋豪：酋长。猜贰：因疑而怀有二心。

61 方：将。系颈：以绳系颈，投降请罪。蛮邸：外族首领在京都所住的馆舍。

62 藁街：汉朝长安的一条街名，蛮邸即设在这条街内。按：“蛮邸”、“藁街”都代指北魏统治者。

63 巢：筑巢。飞幕：飘动的帐幕。《左传·襄公十九年》：“夫子之在此也，犹燕之巢于幕上。”

64 故国：指梁朝。

65 畴日：昔日。

66 抚：持。弦：弓弦。陴（pí）：城上女墙。

67 怆悢（liàng）：悲伤。

68 廉公：廉颇，战国时赵国名将。后赵王以乐乘取代他的职位，廉颇怒而投魏，但未被魏王信用。后赵国因屡受秦兵威胁，赵王想再用廉颇，廉颇也愿意回赵国效力。事见《史记·廉颇蔺相如列传》。思赵将：指廉颇想再为赵将。

69 吴子：吴起。《吕氏春秋·长见》载，吴起为魏国镇守西河（今陕西黄河西岸郃阳一带），魏武侯听信谗言，把他召回。吴起知道自己走后，西河将要被秦国占领，所以临行时望西河而哭泣。后西河果然为秦占有。

70 想：盼望。早励良规：早日作好归梁的打算。励，勉励。良规，好的打算，指归梁。

71 自求多福：自取幸福。这是用《诗经·大雅·文王》中的成句。

72 白环：白玉制的环。《竹书纪年》载，传说舜时西王母来朝，献白环。

73 楛（hù）矢：楛木做的箭。《孔子家语》载，周武王灭商，东北方的肃慎氏部落来献楛矢、石砮（石制的箭镞）。

74 夜郎、滇池：汉时西南少数民族所建的两个小国。夜郎，在今贵州桐梓东。滇池，在今云南昆明南。

75 解辫：夜郎、滇池国人本来是编发为辫的，现在解开发辫，改以汉族的风俗，表示归顺。

76 昌海：今新疆罗布泊，这里借指西域各国。

77 蹶角：叩头。角，额角。受化：接受梁朝教化。

78 北狄：指北魏。

79 掘强：同“倔强”，这里有顽抗之意。沙塞：沙漠边塞。

80 中军：临川王萧宏任中军将军。殿下：古代对诸王的尊称。

81 明德：好德行。茂亲：至亲，萧宏是梁武帝萧衍之弟。

82 揔（zǒng）：同“总”，主持。戎重：军事重任。

83 吊：慰问。洛汭（ruì）：洛水流入黄河处，在今河南巩县，这里泛指中原地区。汭，水流弯曲处。

84 伐罪：讨伐有罪者。秦中：今陕西中部地区。

85 遂：仍旧。

86 方：当。

87 布：陈述。往怀：往日的情谊。

88 详：详察。

江淹

江淹（444—505），字文通，济阳考城（今河南民权东北）人。南朝梁文学家。少时丧父，家境贫寒。初仕宋，在新安王刘子鸾、建平王刘景素幕中任职。这一段时间仕途很不得意，但文学创作上有不少成就，今存作品多作于此期。后受齐高帝萧道成重用，在齐历官中书侍郎、御史中丞等。入梁后，官至金紫光禄大夫，封醴陵侯。文思渐衰，世谓“江郎才尽”。

江淹的诗长于拟古，时有可观。所作辞赋多属抒情小赋，深受楚辞影响，以《恨赋》、《别赋》最为著名，善于描写心理活动，笔触细腻，语言清秀，哀惋动人。有《江文通集》。

别　赋

【题解】 本篇选自《江文通集》卷一。作者描写各种人物的离愁别恨，情调低徊感伤，曲折地反映了当时动荡不安的社会现实。刻画种种离别情景，既善于概括，又不雷同，各具特色。通过对时序物色的渲染，突出了人物的心理状态，具有浓郁的抒情气氛。

黯然销魂者[1]，唯别而已矣！况秦吴兮绝国[2]，复燕宋兮千里[3]。或春苔兮始生，乍秋风兮暂起[4]。是以行子肠断[5]，百感凄恻。风萧萧而异响，云漫漫而奇色[6]。舟凝滞于水滨[7]，车逶迟于山侧[8]。棹容与而讵前[9]，马寒鸣而不息。掩金觞而谁御[10]？横玉柱而沾轼[11]。居人愁卧[12]，恍若有亡[13]。日下壁而沉彩[14]，月上轩而飞光[15]。见红兰之受露[16]，望青楸之离霜[17]。巡曾楹而空掩[18]，抚锦幕而虚凉[19]。知离梦之踯躅[20]，意别魂之飞扬[21]。

故别虽一绪[22]，事乃万族[23]。至若龙马银鞍[24]，朱轩绣轴[25]，帐饮东都[26]，送客金谷[27]。琴羽张兮箫鼓陈[28]，燕赵歌兮伤美人[29]。珠与玉兮艳暮秋，罗与绮兮娇上春[30]。惊驷马之仰秣[31]，耸渊鱼之赤鳞[32]。造分手而衔涕[33]，感寂漠而伤神[34]。

乃有剑客惭恩[35]，少年报士[36]，韩国赵厕[37]，吴宫燕市[38]。割慈忍爱[39]，离邦去里[40]，沥泣共诀[41]，抆血相视[42]。驱征马而不顾，见行尘之时起。方衔感于一剑[43]，非买价于泉里[44]。金石震而色变[45]，骨肉悲而心死[46]。

或乃边郡未和，负羽从军[47]，辽水无极[48]，雁山参云[49]。闺中风暖[50]，陌上草薰[51]。日出天而曜景[52]，露下地而腾文[53]，镜朱尘之照烂[54]，袭青气之烟煴[55]。攀桃李兮不忍别[56]，送爱子兮沾罗裙。

至如一赴绝国，讵相见期[57]？视乔木兮故里[58]，决北梁兮永辞[59]。左右兮魂动，亲宾兮泪滋。可班荆兮赠恨[60]，唯樽酒兮叙悲。值秋雁兮飞日，当白露兮下时。怨复怨兮远山曲，去复去兮长河湄[61]。

又若君居淄右[62]，妾家河阳[63]，同琼珮之晨照[64]，共金炉之夕香。君结绶兮千里[65]，惜瑶草之徒芳[66]，惭幽闺之琴瑟，晦高台之流黄[67]。春宫闷此青苔色[68]，秋帐含兹明月光，夏簟清兮昼不暮[69]，冬釭凝兮夜何长[70]。织锦曲兮泣已尽[71]，回文诗兮影独伤。傥有华阴上士[72]，服食还山[73]，术既妙而犹学，道已寂而未传[74]，守丹灶而不顾[75]，炼金鼎而方坚[76]。驾鹤上汉[77]，骖鸾腾天[78]，暂游万里[79]，少别千年[80]。惟世间兮重别，谢主人兮依然[81]。

下有芍药之诗[82]，佳人之歌[83]，桑中卫女，上宫陈娥[84]。春草碧色，春水渌波[85]，送君南浦[86]，伤如之何！至乃秋露如珠，秋月如珪[87]，明月白露，光阴往来[88]，与子之别，思心徘徊[89]。

是以别方不定[90]，别理千名[91]，有别必怨，有怨必盈，使人意夺神骇，心折骨惊[92]。虽渊、云之墨妙[93]，严、乐之笔精，金闺之诸彦[94]，兰台之群英[95]，赋有"凌云"之称[96]，辩有"雕龙"之声[97]，谁能摹暂离之状，写永诀之情者乎[98]！

【注释】

① 黯然：神色沮丧的样子。销魂：极乐极悲都可说销魂，这里指离别而心魂失守，极度哀伤的心理状态。

② 秦：今陕西一带。吴：今江苏、浙江一带。按："秦吴"代表东、西绝国之远。绝国：绝域，远方。

③ 燕：今河北一带。宋：今河南东部。按："燕宋"代表南北绝国之远。

④ 乍：忽然。暂：初。

⑤ 行子：出行在外的人。

⑥“风萧萧”二句：行子为别离而肠断，感到风声、云色也似乎异于平时了。

⑦凝滞：滞留不进。

⑧逶迟：徘徊不前的样子。

⑨棹(zhào)：船桨，这里代指船。容与：迟缓不进的样子。讵前：怎能前进。讵，岂。

⑩掩：覆盖。觞：酒杯。御：进用。

⑪玉柱：琴瑟上用玉做的弦柱，这里代指琴瑟。轼：古代车前扶手的横木。

⑫居人：与“行子”相对，指留居家中的人。

⑬怳若有亡：精神恍惚，茫然若失。亡，失。

⑭壁：墙。沉彩：夕阳下落，光彩消失。

⑮轩：窗。飞光：指月光散发着清辉。日落月升之时，最牵动离人的愁绪。

⑯红兰：秋兰。兰至秋，色变红。受露：挂着露珠。

⑰楸(qiū)：一种落叶乔木名。离：通“罹”，遭受。

⑱曾：通“层”。楹：屋前柱。掩：关门。

⑲虚凉：指无温暖之感。

⑳踯躅(zhí zhú)：徘徊不前的样子。

㉑意：料想。飞扬：飘荡，指梦魂不安。此句与上句都是居人的设想之辞。居人由自己的离情别绪，推想行子在梦中也是止步不前，神魂不安。

㉒一绪：同一种情绪。

㉓万族：形容离别的类型繁多。族，类。

㉔龙马：高骏的马。古时八尺以上的马称为龙马。

㉕朱轩绣轴：形容富贵者马车的华丽。轩，车的通称。绣轴，画彩的车轴。

㉖帐饮：在郊外张帷帐设酒宴饯行。东都：指长安东都门。

㉗金谷：地名，在洛阳西北。晋石崇曾在这里建园，世称金谷园。石崇《金谷诗序》说，他曾在这里送征西将军祭酒王诩还长安。

㉘琴羽：琴奏羽声。羽，古代五音之一，声音最细。张：开，这里指弹奏。陈：列，这里指吹打。

㉙燕赵：古国名，两国以出歌姬著称。《古诗十九首》：“燕赵多佳人，美者颜如玉。”伤美人：美人和乐歌唱，十分悲伤。美人，指歌女。

㉚“珠与玉”二句：意为无论春秋，燕赵美人都打扮得娇艳动人。珠、玉、罗、绮，都指燕赵美人的服饰。暮秋、上春，互文见义。上春，初春。

㉛驷马：古时一乘车驾四匹马，称驷马。仰秣：马低头吃草，为听琴声，仰头咀嚼。秣，饲马。《淮南子·说山训》：“伯牙鼓琴，驷马仰秣。”

㉜耸：惊动。鳞：鱼。《韩诗外传》：“昔者瓠巴(善乐者名)鼓瑟而潜鱼出听。”

㉝造：到。衔涕：含泪。

㉞寂漠：同“寂寞”。

㉟剑客：精通剑术的任侠之士。惭恩：感恩。

㊱报士：杀仇报恩之士。

㊲韩国：指聂政刺死侠累事。严仲子与韩相侠累争权结仇，逃亡至齐，用百金交结刺客聂政。聂政辞其金而感其知遇之恩，为之刺死了侠累。国，京城。赵厕：指豫让谋刺赵襄子事。豫让事晋国智伯，颇受尊宠。智伯为赵襄子所灭，豫让遂变姓名为刑人，潜入赵宫厕所，挟匕首谋刺赵襄子，未成。被捕后，求刺赵襄子衣服后自杀。

㊳吴宫：指专诸刺死吴王僚事。吴国公子光(即阖闾)欲杀吴王僚自立，设计宴请吴王僚，使勇士专诸藏匕首于鱼腹中，送到席上。专诸擘鱼，即以匕首刺死吴王僚，自己也当场被杀。燕市：指荆轲刺秦王事。荆轲受燕太子丹的恩遇，赴秦刺秦王。他把匕首藏于献秦王的地图中。图穷而匕首见，刺秦王不中，被杀。以上四事，均见《史记·刺客列传》。

㊴割慈忍爱：指忍痛离开父母妻子。

㊵邦：国。里：乡。

㊶沥泣：下泪。诀：别。

㊷抆(wèn)血：拭血。血，指泪尽继之以血。

㊸方：将。衔感：怀恩。一剑：以一剑相报。

㊹买价：买取声价。泉里：黄泉之下，指死。

㊺“金石震”句：《文选》李善注引《燕丹太子》：“荆轲与(秦)武阳入秦，秦王陛戟而见燕使，鼓钟并发，群臣皆呼万岁，武阳大恐，面如死灰色。”金石，钟磬一类的乐器。

㊻骨肉：指聂政姊聂荽。《史记·刺客列传》载，聂政刺杀韩相侠累后，恐连累家人，即破面抉眼，剖腹而死。韩国将他暴尸于市，悬赏千金以求识者。聂荽不愿其弟身死名灭，乃伏尸认弟，宣布聂政姓名，随即自杀。心死：悲哀之极。《庄子·田子方》：“夫哀莫大于心死。”这里指行刺所造成的死别之悲。

㊼负羽：背着箭。羽，指羽箭。

㊽辽水：今辽河，纵贯辽宁，至营口入渤海。无极：望不到边。

㊾雁山：指雁门山，在今山西北部。参云：高耸入云。

㊿闺：宫中小门。

51 薰：香。

52 曜景：闪耀光彩。曜，照。景，日光。

53 “露下地”句：意为春露下降，大地呈现华彩。腾，升起。

文，纹彩。

(54) 镜：照。名词用作动词。朱尘：红尘，灰尘因阳光照射而映现红色。照烂：明亮灿烂。

(55) 袭：侵、扑。青气：春天之气。烟煴(yīn yūn)：同“氤氲”，云气飘缭的样子。

(56) 攀：折。

(57) 讵相见期：岂有相见的日期。

(58) 乔木：高大的树木，古人常以乔木联想故乡。王充《论衡·佚文》：“睹乔木，知旧都。”

(59) 决：通“诀”，别。北梁：北边的桥梁。永辞：永别。

(60) 班荆：折荆铺地而坐。班，铺布。荆，灌木，多生道旁。《左传·襄公二十六年》：“伍举与声子相善。伍举奔郑，将遂奔晋。声子将如晋，遇之于郑郊，班荆相与食，而言复故。”后世因有“班荆道故”的成语，意谓老友重逢，席地共叙旧情。赠恨：倾诉离恨。

(61) 湄：水边。

(62) 淄(zī)：山东境内的淄河。右：河西，古代水东为左，西为右。

(63) 河阳：黄河北边。水北山南称阳。

(64) 琼珮：美玉雕成的佩饰。

(65) 结绶：指出仕作官。绶，系印章的丝带。

(66) 瑶草：香草，这里是少妇的自喻。徒：空。芳：指华年美貌。

(67) 流黄：一种黄色的绢，常用作帷幕。

(68) 春宫：女子居处。閟(bì)：关闭。

(69) 簟(diàn)：竹席。

(70) 釭(gāng)：灯。春、秋、夏、冬，写少妇一年四季的相思。

(71) 织锦曲：即回文诗。《晋书·列女传》载，前秦苻坚时，秦州刺史窦韬被徙沙漠，与妻苏蕙离别。苏氏思念丈夫，织锦为回文诗以寄赠。苏氏的回文诗共八百四十字，词甚凄惋，顺倒、横直、旁斜皆可读通。

(72) 傥：或。华阴：华阴山，即华山，在今陕西华阴南。上士：高士，这里指求仙的方士。

(73) 服食：炼丹吃药，以求成仙。《神仙传》载，魏人修芊曾在华阴山下的石室中服食黄精，后不知所去。

(74) 道已寂：指修道者已达到了虚静玄深的高超境界。未传：得道已深，但还未得真传。

(75) 丹灶：炼丹的炉灶。不顾：不管世事。

(76) 炼金鼎：在金鼎中炼丹药。方坚：意志正坚。

(77) 汉：河汉，天河。

(78) 骖(cān)：一车驾三马，这里是“乘”的意思。鸾：古代传说中凤凰一类的鸟。按：“驾鹤”、“骖鸾”，指已飞升成仙。

(79) 暂游万里：一瞬间可行万里。

(80) 少别千年：天上少别，人间已是千年。

(81) 谢：告辞。主人：指世上人。依然：依恋不舍的样子。

(82) 下：指人世间，承上段而来，与求仙升天相对。芍药之诗：《诗经·郑风·溱洧》：“维士与女，伊其相谑，赠之以芍药。”芍药，草本植物，初夏开花，有红、白等色。

(83) 佳人之歌：汉武帝时李延年歌：“北方有佳人，绝世而独立。”按：“芍药之诗”、“佳人之歌”，这里都喻男女相恋。

(84) “桑中”二句：《诗经·鄘风·桑中》：“期我乎桑中，要我乎上宫。”桑中、上宫，都是卫国的地名。鄘，亦为卫地，故称卫女。春秋时，卫国与陈国邻近，故陈娥也即是卫女。这里“桑中”、“上宫”泛指男女约会之地，“卫女”、“陈娥”泛指恋爱中的少女。

(85) 渌(lù)：清澈。

(86) 南浦：《楚辞·九歌·河伯》中有“送美人兮南浦”句。后以南浦泛指送别之地。浦，水边。

(87) 珪：圆形的美玉。

(88) 光阴往来：指时光流逝，季节更换。

(89) 思心徘徊：意为离别的愁情缠绵心中，不能摆脱。

(90) 别方不定：离别的地方各不相同。

(91) 别理千名：离别的原因有种种不同。千名，言其多。

(92) 心折骨惊：本应是“骨折心惊”，作者故作错乱的句法，是为了突出创痛之深。

(93) 渊、云：指王褒(字子渊)、扬雄(字子云)，两人皆西汉著名的辞赋家。墨妙：与下句之“笔精”都是形容文章的美妙精湛。

(94) 严、乐：指严安、徐乐，两人都是汉武帝时代有名的文章之士。金闺：即金马门，是汉时文学侍从之士待诏的地方。彦：有才学的人。

(95) 兰台：汉代宫中藏书之处，也是当时文雄会聚之地。英：杰出的文人。

(96) “赋有”句：《史记·司马相如列传》载，司马相如献《大人赋》，汉武帝大悦，“飘飘有凌云之气，似游天地之间”。称，赞誉。

(97) “辩有”句：战国齐人驺奭(shì)擅长辩论，文词华丽像雕缕龙文，时人称为“雕龙奭”。事见《史记·孟子荀卿列传》。声，声名。

(98) “谁能”二句，总结全文，极言别情痛苦之深，非文人笔墨所能描摹。

郦道元

郦道元(？—527),字善长,范阳涿鹿(今河北涿州)人。北魏地理学家、散文家。袭父爵为永宁伯。历官尚书主客郎、御史中尉等职。为官清正,不避权贵。后被谗出为关右大使,被害于赴任途中。有《水经注》四十卷。

《水经注》不仅是古代地理学、经济学、水利学、考古学等学科的重要文献,而且是北朝重要的山水散文集。书中有很多片段,精彩地描述了山川风物之美,文笔清丽,骈散兼施,峻洁层深,引人入胜。

水经注

江　水

【题解】 本篇节选自《水经注》卷三十四,篇名是后加的。江,指长江。文章描绘三峡雄峻的山川形势和四季奇丽的景色,文笔清丽,意境幽美。常以寥寥数语,勾画景物特征,极为隽永传神。又善融入游人心情,渲染气氛,使山水更具情趣。

自三峡七百里中[①],两岸连山,略无阙处[②]。重岩叠嶂[③],隐天蔽日,自非停午夜分[④],不见曦月[⑤]。至于夏水襄陵[⑥],沿泝阻绝[⑦]。或王命急宣[⑧],有时朝发白帝[⑨],暮到江陵[⑩],其间千二百里[⑪],虽乘奔御风[⑫],不以疾也[⑬]。春冬之时,则素湍绿潭[⑭],回清倒影[⑮]。绝巘多生怪柏[⑯],悬泉瀑布[⑰],飞漱其间[⑱],清荣峻茂[⑲],良多趣味[⑳]。每至晴初霜旦[㉑],林寒涧肃,常有高猿长啸,属引凄异[㉒],空谷传响,哀转久绝[㉓]。故渔者歌曰:"巴东三峡巫峡长[㉔],猿鸣三声泪沾裳。"

……

江水又东,径狼尾滩而历人滩。袁山松曰[㉕]:"二滩相去二里。人滩水至峻峭[㉖],南岸有青石,夏没冬出。其石嵚崟[㉗],数十步中悉作人面形[㉘],或大或小,其分明者须发皆具,因名曰人滩也。"

江水又东,径黄牛山下,有滩名曰黄牛滩。南岸重岭叠起,最外高崖间有石,色如人负刀牵牛[㉙],人黑牛黄,成就分明[㉚]。既人迹所绝,莫得究焉[㉛]。此岩既高,加以江湍纡回[㉜],虽途径信宿[㉝],犹望见此物。故行者谣曰:"朝发黄牛,暮宿黄牛。三朝三暮,黄牛如故。"言水路纡深,回望如一矣。

江水又东,径西陵峡。《宜都记》曰[㉞]:"自黄牛滩东入西陵界,至峡口百许里,山水纡曲,而两岸高山重嶂,非日中夜半,不见日月。绝壁或千许丈,其石彩色形容[㉟],多所像类[㊱]。林木高茂,略尽冬春[㊲]。猿鸣至清[㊳],山谷传响,泠泠不绝[㊴]。所谓三峡,此其一也。山松言:常闻峡中水疾,书记及口传悉以临惧相戒[㊵],曾无称有山水之美也。及余来践跻此境[㊶],既至欣然,始信耳闻之不如亲见矣。其叠崿秀峰[㊷],奇构异形,固难以辞叙[㊸]。林木萧森[㊹],离离蔚蔚[㊺],乃在霞气之表[㊻]。仰瞻俯映[㊼],弥习弥佳[㊽],流连信宿,不觉忘返。目所履历[㊾],未尝有也。既自欣得此奇观[㊿],山水有灵,亦当惊知己于千古矣[51]。"

【注释】

① 自:在。三峡:瞿塘峡(即广溪峡)、巫峡、西陵峡的总称,西起重庆奉节白帝城,东至湖北宜昌南津关,旧时沿途崖壁高出江面五百至千米以上,形势奇险。山峡全长今日计算约二百公里。

② 略无阙处:没有一点中断的地方。阙,同"缺",缺口。

③ 岩:高峻的山。嶂:像屏障似的山峰。

④ 自非:若非。停午:同"亭午",正午。夜分:半夜。

⑤ 曦月:日月。曦,日光。

⑥ 襄:上,漫上。陵:大的土山。

⑦ 沿:顺流而下。泝(sù):逆流而上。阻绝:交通阻断。

⑧ 或:有时。王命:指皇帝的命令。宣:宣布,传达。

⑨ 白帝:城名,在今重庆奉节东。

⑩ 江陵：今湖北江陵县。

⑪ "其间"句：按：这段路程今日计算约三百五十公里。

⑫ 奔：指奔驰的快马。御风：驾风。

⑬ 不以：不为，不算。疾：快。

⑭ 素：白色。湍（tuān）：急流。潭：深水。

⑮ 回清倒影：指素湍回射着清光，绿潭映出了倒影。

⑯ 巘（yǎn）：山峰。

⑰ 悬泉：从山崖上流下来的好像悬挂着的泉水。规模大的称瀑布。

⑱ 飞漱：飞荡喷射。

⑲ 清荣峻茂：水清、树荣、山峻、草茂。荣，繁盛。

⑳ 良：真，实在。

㉑ 晴初：初晴的日子。霜旦：秋冬降霜的早晨。

㉒ 属（zhǔ）引：指猿声连续不断。凄异：凄凉怪异。

㉓ 哀转：悲哀宛转。久绝：很久才消失。

㉔ 巴东：郡名，今四川云阳、重庆奉节一带。巫峡长：按，实际上三峡中以西陵峡为最长。

㉕ 袁山松：字乔孙，陈郡阳夏（今河南太康）人，东晋学者。官吴郡太守。博学能文，曾著《后汉书》百篇，今佚。

㉖ 至：极。峻峭：这里形容水势急速。

㉗ 嵚崟（qīn yín）：高峻的样子。

㉘ 悉：都，皆。

㉙ 负：背着。

㉚ 成就：指人和牛的形状、颜色。

㉛ 究：考察。

㉜ 江湍：长江的急流。纡回：曲折。

㉝ 信宿：两个晚上。再宿叫信。

㉞《宜都记》：书名，记宜都山水，有人以为即袁山松著《宜都山水记》。

㉟ 形容：形象，姿容。

㊱ 像类：类似某一种东西的形状。

㊲ 略尽：历尽。

㊳ 至清：极其凄清。

㊴ 泠（líng）泠：声音清越的样子。

㊵ 书记：书本记载。临惧：登临此境令人恐惧。

㊶ 践跻（jī）：登临。

㊷ 崿（è）：山崖。

㊸ 难以辞叙：很难用言语来叙说。

㊹ 萧森：树木高长竦立的样子。

㊺ 离离蔚蔚：繁荣茂盛的样子。

㊻ 表：外。

㊼ 仰瞻俯映：指抬头欣赏高山远树，俯身欣赏江水倒影。

㊽ 弥：愈。习：亲近熟悉。

㊾ 目所履历：亲眼所见到的。履历，足迹所至。

㊿ 自欣：自喜。

51 惊知己：惊喜地把探幽览胜之人引为知己。

杨衒之

杨衒之，杨或作阳，又误作羊，北平（今河北满城）人。北魏散文家。他在北魏担任过奉朝请、秘书监、抚军府司马、期城郡太守。武定五年（547），他行经北魏旧都洛阳，有感于丧乱之后，王公贵族靡费所建佛寺多已残毁，遂撰《洛阳伽蓝记》，记述了洛阳佛寺的盛衰。全书共五卷，文字骈散兼用，明净秀丽，表现力极强。

洛阳伽蓝记

法　云　寺

【题解】 本篇节选自《洛阳伽蓝记》卷四，篇名是后加的。伽（qié）蓝，梵语"僧伽蓝摩"的简称，意为佛寺。文章写洛阳大市的繁荣景况与市井趣闻，歌颂了下层人民的技艺与才智。每个方面只叙一个人物及故事，文字简练生动。写田僧超鼓吹、刘白堕酿酒，尤为神妙。

市东有通商、达货二里[①]，里内之人尽皆工巧屠贩为生[②]，资财巨万。有刘宝者，最为富室[③]。州郡都会之处皆立一宅[④]，各养马十匹。至于盐粟贵贱，市价高下，所在一例[⑤]。舟车所通，足迹所履[⑥]，莫不商贩焉[⑦]。是以海内之货，咸萃其庭[⑧]，产匹铜山[⑨]，家藏金穴[⑩]。宅宇逾制[⑪]，楼观出云[⑫]，车马服饰拟于王者[⑬]。

市南有调音、乐律二里，里内之人，丝竹讴歌[⑭]，天下妙伎出焉[⑮]。有田僧超者，善吹笳[⑯]，能为壮士歌、项羽吟[17]，征西将军崔延伯甚爱之[18]。正光末[19]，高平失据[20]，虎吏充斥[21]，贼帅万俟丑奴寇暴泾岐之间[22]，朝廷为之旰食[23]，诏延伯总步骑五万讨之[24]。延伯出师于洛阳城西张方桥，即汉之夕阳亭也。时公卿祖道[25]，车骑成列，延伯危冠长剑耀武于前[26]，僧超吹壮士笛曲于后，闻之者懦夫成勇，剑客思奋[27]。延伯胆略不群[28]，威名早著，为国展力[29]，二十余年，攻无全城[30]，战无横阵[31]，是以朝廷倾心送之[32]。延伯每临阵，常令僧超为壮士声，甲胄之士莫不踊跃[33]。延伯单马入阵，旁若无人，勇冠三军[34]，威振戎竖[35]。二年之间，献捷相继。丑奴募善射者射僧超亡，延伯悲惜哀恸[36]，左右谓伯牙之失钟子期不能过也[37]。后延伯为流矢所中[38]，卒于军中。于是五万之师，一时溃散。

市西有延酤、治觞二里[39]，里内之人多酝酒为业[40]。河东人刘白堕善能酿酒[41]。季夏六月[42]，时暑赫晞[43]，以罂贮酒[44]，暴于日中[45]，经一旬[46]，其酒味不动[47]。饮之香美，醉而经月不醒。京师朝贵多出郡登藩[48]，远相饷馈[49]，逾于千里[50]，以其远至，号曰鹤觞，亦名骑驴酒。永熙年中[51]，南青州刺史毛鸿宾赍酒之藩[52]，路逢贼盗，饮之即醉，皆被擒获，因此复名擒奸酒。游侠语曰[53]："不畏张弓拔刀，唯畏白堕春醪[54]。"

【注释】

① 市：指洛阳大市。二里：二条街。里，本是古代的一种居民组织，二十五家为里。

② 工巧：精于手艺。屠：宰牲口。贩：买贱卖贵。

③ 富室：富户。

④ 州郡都会：州郡首府。立：设置。

⑤ 所在一例：指刘宝各地分店货物的价格都一样。

⑥ 履：践，到。

⑦ 商贩：做生意。

⑧ 咸：都。萃：聚集。

⑨ 匹：比，相当。铜山：《史记·佞幸列传》载，汉文帝把蜀地严道县的铜山赐给邓通，准许他私自铸钱，邓氏钱以此遍布天下。

⑩ 金穴：《后汉书·郭皇后纪》载，东汉郭皇后的弟弟郭况，曾几次得到光武帝的赏赐，丰盛莫比，京城号郭家为金穴。

⑪ 逾制：古代各等级的人，其宅居、服饰、车马等都有一定的规格，超出规格，称逾制。逾，超越。

⑫ 观(guàn)：高大华丽的楼台。出云：高出云外。

⑬ 拟：相似。

⑭ 丝竹：指琴瑟一类的弦乐器和箫笛一类的管乐器。

⑮ 伎：通"妓"，乐工、歌妓。

⑯ 笳：胡笳，我国古代北方民族的一种乐器，类似笛子。

⑰ 壮士歌：疑即北朝乐府民歌《陇上歌》。西晋末年，陈安据秦州，自号秦州刺史。后被围败死，当地人为其作《陇上歌》，其辞有"陇上壮士有陈安，躯干虽小腹中宽，爱养壮士同心肝"云云。项羽吟：疑即项羽作《拔山歌》，其辞有"力拔山兮气盖世"云云。

⑱ 征西将军：北魏列为二品官。崔延伯：博陵人，胆气绝人，兼有谋略，屡立战功。后讨万俟丑奴，中流矢而死。

⑲ 正光：北魏孝明帝年号(520—524)。

⑳ 高平：今甘肃固原县。失据：失守。《资治通鉴》卷一百五十载，正光五年(524)夏，敕勒酋长胡琛据高平称高平王，魏将卢祖迁击破之，次年胡琛又占高平。

㉑ 虎吏：暴虐之吏。充斥：充满，众多之意。

㉒ 万俟(mò qí)丑奴：高平镇人，孝庄帝建义元年(528)，自称天子，后被尔朱天光所擒。寇暴泾岐时，为胡琛手下的大将。万俟，复姓。寇暴：抢掠行暴。泾：泾州，治所在今甘肃泾川北。岐：岐州，治所在今陕西凤翔南。

㉓ 旰(gàn)食：吃饭比平常晚，形容很忧虑。旰，日晚。

㉔ 诏：诏书，皇帝颁发的命令文告。总：统率。

㉕ 祖道：指饯行。祖，古代出行时祭路神。

㉖ 危冠：高冠。

㉗ 剑客：这里指勇士。

㉘ 不群：与众不同。

㉙ 展力：奋力。

㉚ 攻无全城：攻城必破。全，完好。

㉛ 战无横(hèng)阵：如决战，没有一个敌阵是强横不败的。横，强横。

㉜ 倾心：竭尽诚心。

㉝ 甲胄之士：即战士。甲胄，战士穿戴的盔甲。

㉞ 三军：全军。

㉟ 戎竖：敌人。戎，泛指西方少数民族。竖，小子，骂人

的话。

㊱ 恸(tòng):悲哀之至。

㊲ 伯牙、钟子期:都是春秋的人。《吕氏春秋·本味》载,伯牙善鼓琴,钟子期能听而知之。钟子期死,伯牙以世上无知音者而破琴绝弦,终身不复鼓琴。

㊳ 流矢:飞箭。《魏书·崔延伯传》:"延伯中流矢,为贼所害,士卒死者万余人。"

㊴ 延酤、治觞:指城西之里名,以酿酒出名。延,连续。酤,通"沽",卖酒。治,管理。觞,酒杯。

㊵ 酝(yùn)酒:酿酒。

㊶ 河东:郡名,今山西黄河以东一带。

㊷ 季夏:夏末。

㊸ 赫晞:炎热干燥。

㊹ 罂(yīng):盛酒浆的瓦器。

㊺ 暴:同"曝",曝晒。

㊻ 一旬:十天。

㊼ 不动:指酒味没有发生变化。

㊽ 朝贵:朝廷显贵。出郡登藩:到外郡做官或到封地去。藩,诸侯领地,这里泛指上任的地方。

㊾ 饷馈(xiǎng kuì):赠送。

㊿ 逾:超过。

51 永熙:北魏孝武帝年号(532—534)。

52 南青州:在今山东沂水一带。毛鸿宾:据《北史·毛遐传》附传,毛鸿宾有胆略,善骑射,俶傥不拘小节,曾为西兖州刺史,南青州刺史。赍(jī):携带。

53 游侠:本指好交游、重义轻生的勇侠之士,这里指上文"贼盗"一类的人。

54 春醪(láo):春酒。醪,汁滓混合的酒。

第七节　魏晋南北朝小说作品

干宝

干宝(?—336),字令升,新蔡(今属河南)人。东晋史学家、文学家。博学多才,好阴阳术数。东晋初年召为著作郎,领国史,著《晋纪》二十卷,时称"良史"。他收集古今神祇、灵异、人物变化之事,著《搜神记》三十卷。

《搜神记》原书至宋代已散佚,今本由后人缀辑增益而成。此书内容丰富,保存了很多有价值的鬼怪神异故事,在六朝志怪诸书中,成就突出,再加上对后代小说、戏曲和说唱文学影响很大,历来对其比较重视。当时刘惔称其为"鬼之董狐"。

搜　神　记

干将莫邪

【题解】 本篇选自《搜神记》卷十一,篇名是后加的。干将、莫邪,当时铸剑者夫妇之名。《吴越春秋》载:"干将,吴人;莫邪,干将之妻也。干将作剑,莫邪断发剪爪,投于炉中,金铁乃濡,遂以成剑。阳曰干将,阴曰莫邪。"干将、莫邪的故事揭露了统治者的暴虐,歌颂了人民不屈不挠的斗争意志。山中客的豪侠行为,体现了人民同仇敌忾的团结精神。故事情节富于变化,想象丰富,具有浪漫主义色彩。末段写侠客剑拟楚王,尤为惊心动魄。

楚干将、莫邪为楚王作剑,三年乃成,王怒,欲杀之。剑有雌雄。其妻重身当产[①]。夫语妻曰[②]:"吾为王作剑,三年乃成,王怒,往必杀我。汝若生子是男,大[③],告之曰:'出户望南山,松生石上,剑在其背。'"于是即将雌剑往见楚王[④]。王大怒,使相之[⑤]。剑有二,一雄一雌,雌来雄不来。王怒,即杀之。

莫邪子名赤,比后壮[⑥],乃问其母曰:"吾父所在?"母曰:"汝父为楚王作剑,三年乃成。王怒,杀之。去时嘱我语汝:'出户望南山,松生石上,剑在其背。'"子出户南望,不见有山,但睹堂前松柱下石砌之上[⑦]。即以斧破其背,得剑,日夜思欲报楚王[⑧]。

王梦见一儿眉间广尺[⑨]，言欲报仇。王即购之千金[⑩]。儿闻之亡去[⑪]，入山行歌[⑫]。客有逢者，谓："子年少，何哭之甚悲耶？"曰："吾干将、莫邪子也，楚王杀吾父，吾欲报之。"客曰："闻王购子头千金，将子头与剑来，为子报之。"儿曰："幸甚[⑬]！"即自刎，两手捧头及剑奉之[⑭]，立僵[⑮]。客曰："不负子也。"于是尸乃仆[⑯]。

客持头往见楚王，王大喜。客曰："此乃勇士头也，当于汤镬煮之。"[⑰]王如其言煮头，三日三夕不烂。头踔出汤中[⑱]，瞋目大怒[⑲]。客曰："此儿头不烂，愿王自往临视之[⑳]，是必烂也。"王即临之。客以剑拟王[㉑]，王头随堕汤中，客亦自拟己头，头复堕汤中。三首俱烂，不可识别，乃分其汤肉葬之，故通名三王墓。今在汝南北宜春县界[㉒]。

【注释】

① 重(chóng)身：双身，即怀孕。当产：临产。

② 语(yù)：告诉。

③ 大：长大成人。

④ 将：携带。

⑤ 相(xiàng)：察看。

⑥ 比(bì)：及至，等到。

⑦ 睹：看见。石砌：石阶。

⑧ 报楚王：向楚王报父仇。

⑨ 眉间广尺：两眉之间有尺把宽。

⑩ 购之千金：悬千金重赏捉拿他。

⑪ 亡去：逃走。

⑫ 行歌：边走边唱。

⑬ 幸甚：好极了。

⑭ 奉：献。

⑮ 立僵：尸体僵硬，直立不倒。

⑯ 仆：倒下。

⑰ 镬(huò)：锅一类的器物，似鼎而无足，秦汉时用作刑具，烹有罪之人。

⑱ 踔(chuō)：跳。

⑲ 瞋(chēn)目：睁大眼睛瞪人。

⑳ 临视：靠近汤镬观看。临，挨近。

㉑ 拟：对准。

㉒ 汝南：郡名。北宜春县：在今河南汝南西南。西汉时称宜春，东汉时改名北宜春。

刘义庆

刘义庆(403—444)，彭城(今江苏徐州)人。南朝宋文学家。宋宗室，袭封临川王。曾任平西将军、荆州刺史、江州刺史等职。谥康王。他爱好文学，门下招聚了不少才学之士。所撰甚多，以《世说新语》三卷流传最广，在后世有非常深远的影响。

《世说新语》分《德行》、《语言》、《政事》、《文学》等三十六门，所记人物言行，虽是一些零星片段，但由于取材典型，言简意赅，常常写得简净传神，耐人寻味。其语言质朴自然，意味隽永，别具一格。

世说新语

王子猷雪夜访戴

【题解】 本篇选自《世说新语》卷下《任诞第二十三》，篇名是后加的。故事体现了王子猷任真放达的风度。这种任真放达的行动为当时士族文人所崇尚，后人称之为"魏晋风度"。篇中所记人物言行，只是一些零星的生活片段，但言简意赅，生动地表现了人物的个性特点。

王子猷居山阴[①]，夜大雪，眠觉[②]，开室，命酌酒，四望皎然[③]。因起仿偟[④]，咏左思《招隐》诗[⑤]，忽忆戴安道[⑥]。时戴在剡[⑦]，即便夜乘小船就之。经宿方至[⑧]，造门不前而返[⑨]。人问其故，王曰："吾本乘兴而行，兴尽而返，何必见戴？"

【注释】

① 王子猷(yóu):名徽之,字子猷,琅邪临沂(今属山东)人,王羲之的儿子。历官参军、黄门侍郎。后弃官东归,居山阴。山阴:今浙江绍兴。

② 眠觉:睡醒。

③ 皎然:洁白光明的样子。

④ 仿偟:同"彷徨",逍遥自得。

⑤ 左思:西晋诗人,字太冲,齐国临淄(今山东淄博)人。他的《招隐》诗描写隐居田园的乐趣,歌咏隐士的清高生活。

⑥ 戴安道:戴逵,字安道。他博学多能,善属文,音乐、书画、雕刻方面也颇有修养,终生隐居不仕。

⑦ 剡(shàn):今浙江嵊县新昌一带。有剡溪,为曹娥江上游,自山阴可溯流而上。

⑧ 经宿:过了一夜。

⑨ 造:到。不前:这里指不进门。

石崇王恺斗富

【题解】 本篇选自《世说新语》卷下《汰侈第三十》,篇名是后加的。故事写晋石崇、王恺斗宝,暴露了某些豪门士族穷奢极欲的生活。篇中善以言行及细节勾画人物的神情语态。石崇的骄气凌人,王恺前后的心理变化,都写得栩栩如生。

石崇与王恺争豪①,并穷绮丽以饰舆服②。武帝③,恺之甥也,每助恺④。尝以一珊瑚树高二尺许赐恺,枝柯扶疏⑤,世罕其比。恺以示崇,崇视讫⑥,以铁如意击之⑦,应手而碎⑧。恺既惋惜,又以为疾己之宝⑨,声色甚厉。崇曰:"不足恨,今还卿。"乃命左右悉取珊瑚树,有三尺、四尺,条干绝世、光彩溢目者六七枚⑩,如恺许比甚众⑪。恺惘然自失⑫。

【注释】

① 石崇:字季伦,渤海南皮(今河北南皮东北)人。任荆州刺史时,以劫掠行商致富。官至卫尉。后为赵王伦所杀。他在河阳(今河南洛阳西北)筑有金谷别墅,以豪奢著名。王恺:字君夫,东海郯县(今山东郯城北)人。官至后军将军。

② 穷:竭尽。绮丽:有文彩的丝织品。舆服:车马服饰。

③ 武帝:晋武帝司马炎(265—290 年在位)。

④ 每:经常。

⑤ 枝柯:枝条。扶疏:繁茂的样子。

⑥ 讫:完毕。

⑦ 如意:器物名。由玉石或金属制成,用以搔背痒。因能解痒如人意,故名如意。

⑧ 应手:随手。

⑨ 疾己:妒忌自己。疾,通"嫉"。

⑩ 溢目:满目。

⑪ 如恺许比:像王恺那样的。许,这般。比,类似。

⑫ 惘然:失意的样子。

第八节 魏晋南北朝文学批评

刘勰

刘勰(约 465—约 532),字彦和,祖籍东莞莒(今山东莒县),世居京口(今江苏镇江)。南朝梁文学批评家。早孤,家贫不能婚娶,依当时著名和尚僧佑十余年,参与了佛经的整理工作。入梁后做过记室、参军等小官。晚年弃官为僧,改名慧地,不到一年即去世。

刘勰所撰文学批评巨著《文心雕龙》五十篇成于齐代,体大思深,不仅内容丰富,蕴藏深广,而且文字精严,色泽秀丽,偶对精工,为骈文中的佼佼者。

文心雕龙

情　　采

【题解】 本篇选自《文心雕龙》卷七,为全书的第三十一篇。文章论述了情与采相互依存而以情为主的重要关系。针对当时重文轻质的淫丽风气,作者提出要"为情而造文",并从不同角度阐发了质先于文、文质并重的文学主张。这些精邃的见解至今仍有一定的借鉴意义。

圣贤书辞①,总称文章②,非采而何③?夫水性虚而沦漪结④,木体实而花萼振⑤,文附质也⑥。虎豹无文⑦,则鞟同犬羊⑧;犀兕有皮⑨,而色资丹漆⑩,质待文也⑪。若乃综述性灵⑫,敷写器象⑬,镂心鸟迹之中⑭,织辞鱼网之上⑮,其为彪炳⑯,缛采名矣⑰。故立文之道⑱,其理有三⑲:一曰形文⑳,五色是也㉑;二曰声文㉒,五音是也㉓;三曰情文㉔,五性是也㉕。五色杂而成黼黻㉖,五音比而成《韶》《夏》㉗,五性发而为辞章,神理之数也㉘。

《孝经》垂典㉙,丧言不文㉚,故知君子常言未尝质也㉛。老子疾伪㉜,故称"美言不信",而五千精妙㉝,则非弃美矣。庄周云"辩雕万物㉞",谓藻饰也㉟。韩非云"艳乎辩说㊱",谓绮丽也㊲。绮丽以艳说,藻饰以辩雕,文辞之变,于斯极矣㊳。

研味《孝》、《老》,则知文质附乎性情㊴;详览《庄》、《韩》,则见华实过乎淫侈㊵。若择源于泾渭之流㊶,按辔于邪正之路㊷,亦可以驭文采矣㊸。夫铅黛所以饰容,而盼倩生于淑姿;文采所以饰言,而辩丽本于情性㊹。故情者文之经,辞者理之纬,经正而后纬成,理定而后辞畅,此立文之本源也㊺。

昔诗人什篇㊻,为情而造文㊼;辞人赋颂㊽,为文而造情㊾。何以明其然㊿?盖《风》、《雅》之兴,志思蓄愤[51],而吟咏情性,以讽其上[52],此为情而造文也。诸子之徒[53],心非郁陶[54],苟驰夸饰[55],鬻声钓世[56],此为文而造情也。故为情者要约而写真[57],为文者淫丽而烦滥[58]。而后之作者,采滥忽真,远弃《风》、《雅》,近师辞赋,故体情之制日疏[59],逐文之篇愈盛[60]。故有志深轩冕[61],而泛咏皋壤[62];心缠几务[63],而虚述人外[64]。真宰弗存[65],翩其反矣[66]。

夫桃李不言而成蹊[67],有实存也[68];男子树兰而不芳[69],无其情也[70]。夫以草木之微,依情待实[71],况乎文章,述志为本,言与志反[72],文岂足征[73]?

是以联辞结采[74],将欲明理;采滥辞诡[75],则心理愈翳[76]。固知翠纶桂饵[77],反所以失鱼。"言隐荣华[78]",殆谓此也[79]。是以"衣锦褧衣",恶文太章[80];《贲》象穷白,贵乎反本[81]。夫能设谟以位理[82],拟地以置心[83],心定而后结音[84],理正而后摛藻[85],使文不灭质,博不溺心[86],正采耀乎朱蓝,间色屏于红紫[87],乃可谓雕琢其章[88],彬彬君子矣[89]。

赞曰:言以文远[90],诚哉斯验[91]。心术既形[92],英华乃赡。吴锦好渝[93],舜英徒艳[94]。繁采寡情,味之必厌。

【注释】

① 书辞:著作,指儒家经典《诗》、《书》、《礼》、《乐》等。

② 文章:原来的意思是"文采"。《考工记》:"画缋之事,青与赤谓之文,赤与白谓之章。"

③ 采:文采,指优美的文辞。

④ 虚:指水性流动,随物成形。沦漪:水上微波。结:产生、形成。

⑤ 花萼(è):花朵。萼:花瓣下的绿色小片。振:开放。

⑥ 文附质:文采("沦漪"、"花萼")依附于质体("水"与"木")。

⑦ 文:皮毛上的花纹。

⑧ 鞟(kuò):没有毛的皮革。

⑨ 兕(sì):野牛一类野兽,皮像犀牛一样厚而坚韧,可制甲。

⑩ 色资丹漆:犀兕的皮质虽好,但须涂上红漆才美观。资,凭借。

⑪ 质待文：质体（“犀兕皮”）有赖于文采（“丹漆”）。

⑫ 若乃：至于。综述：这里是“抒写”的意思。性灵：性情。

⑬ 敷写：铺陈描写。器象：事物的形象。

⑭ 镂心：用心琢磨。镂，刻。鸟迹：指文字。传说最初的文字是黄帝的史官仓颉看见鸟兽的足迹而创造的（许慎《说文解字序》）。

⑮ 织辞：组织词句。鱼网：指纸。东汉蔡伦用树皮、破布、鱼网等造出了纸（《后汉书·蔡伦传》）。

⑯ 彪炳：光采鲜明。彪，原指虎纹。炳，明。

⑰ 缛采名矣：以文采丰富著称了。缛，繁盛。

⑱ 立文之道：指文艺创作的方法、途径。

⑲ 理：这里与上文的“道”同义。

⑳ 形文：表形的文艺创作。

㉑ 五色：青、黄、赤、白、黑。

㉒ 声文：表声的文艺创作。

㉓ 五音：宫、商、角、徵（zhǐ）、羽，我国古代音乐中的五种音阶。

㉔ 情文：表情志的文艺创作。

㉕ 五性：仁、义、礼、智、信。一说，五性指静、躁、力、坚、智。又说喜、怒、哀、乐、怨。

㉖ 杂：交错。黼黻（fǔ fú）：古代礼服上所绣的花纹。黼，用白、黑线绣成的图案。黻，用青、黑线绣成的图案。

㉗ 比（bì）：协调。《韶》《夏》：代指优美的音乐。《韶》，舜时的乐曲。《夏》，禹时的乐曲。

㉘ 神理之数：天然的法则。神理，自然之道。数，必然之理。

㉙《孝经》：儒家经典之一，论述封建孝道，孔门后学所著。垂典：流传下来的法度、礼制。

㉚ 丧言不文：居丧时的言辞不应讲究文采。《孝经·丧亲章》：“孝子之丧亲也，哭不偯（yǐ，哭的余声），礼无容，言不文。”

㉛ 常言：平日的言谈。未尝质：未尝没有文采。质，质朴。

㉜ 老子：姓李名耳，春秋时思想家，著有《老子》。疾：憎恶。《老子》第八十一章：“信言不美，美言不信。”

㉝ 五千：指《老子》一书。《老子》全书五千余字。

㉞ 辩雕万物：用巧妙的言辞来描绘万物。语见《庄子·天道》：“故古之王天下者……辩虽雕万物，不自说（悦）也。”辩，巧言。雕，细致地刻画。

㉟ 藻饰：用辞藻来修饰。

㊱ 艳乎辩说：辩说在于艳丽。语见《韩非子·外储说左上》：“艳乎辩说文丽之声。”

㊲ 绮丽：指言辞华美。

㊳ “绮丽”四句：意为以华丽的言辞使议论显得艳美，以辞藻修饰来巧妙地描绘事物，文辞的变化（指过分追求文采），至此达到极点了。

㊴ 文质：文采与本质。

㊵ 华实：文辞和内容。过乎：失于，即认为庄子、韩非不喜欢藻饰。淫侈：浮夸。

㊶ 泾渭：二水名，泾水浊，渭水清。

㊷ 按辔：手按马缰，掌握方向。按：文中以清流、正路比喻辞合于情；以浊流、邪路比喻辞过于情。

㊸ 驭文采：驾驭文采，意即能恰如其分地运用辞采。

㊹ “夫铅黛”四句：意为铅黛可以妆饰外容，但妩媚的情态却来自美丽的容貌；文采可以修饰语言，但文章的宏辩华丽却以真挚的感情为基础。铅，铅华，妇女搽脸用的粉。黛，妇女画眉用的青黑色颜料。盼倩：带着微笑的眼波流转。《诗经·卫风·硕人》：“巧笑倩兮，美目盼兮。”淑姿，美好的姿容。情性，思想感情。

㊺ “故情者”五句：刘勰在此以经线、纬线比情理与文辞的结合，又强调以情理为主。故纪昀评曰：“此一篇之大旨。”情、理，指文章的思想内容。经、纬，布的纵线、横线。

㊻ 诗人：指《诗经》的作者。什篇：即篇什，诗篇。

㊼ 为情而造文：为表达情志而写成作品。

㊽ 辞人：指汉代辞赋家。赋颂：辞赋。

㊾ 为文而造情：为写成作品而虚造情志。

㊿ 明其然：知其然。

51 志思蓄愤：内心积蓄着愤懑。司马迁《报任安书》：“《诗》三百篇，大抵贤圣发愤之所为作也。”

52 讽：以微言谏诤。《毛诗序》：“下以风刺上。”上：上位者，指统治者。

53 诸子：即上文的“辞人”。

54 郁陶（yáo）：感情郁积。

55 苟驰夸饰：任意使用夸饰的文辞。

56 鬻声钓世：意同“沽名钓誉”。鬻，买。钓世，谋取世间名利。

57 要约而写真：语言简练而写出真情。

58 淫丽而烦滥：文辞浮华而内容杂乱虚夸。滥，失真，不切实。

59 体情之制：抒写情志的作品。体，体现。疏，稀少。

60 逐文：追求辞藻。

61 志深轩冕：热衷于高官厚禄。轩，古代卿大夫以上所乘的有帷幕的高车。冕，帝王卿大夫所戴的礼帽。

62 泛咏皋壤：空泛地歌咏田野的隐逸生活。皋壤，水边的原野，指隐士所居之处。

⑥③ 几务：同“机务”，指朝廷上的政务。

⑥④ 虚述人外：空说世外的情趣。人外，尘世之外。

⑥⑤ 真宰：真心。宰，主宰，指心灵。

⑥⑥ 翩其反矣：指语言与情志恰好相反。翩，通“偏”。

⑥⑦ “夫桃李”句：《史记·李将军列传》：“谚曰：‘桃李不言，下自成蹊。’”谓桃李虽然不说话，但爱桃李花朵果实的人们接踵而来，以至树下自然踏成道路。蹊，小路。

⑥⑧ 有实存也：树上有甘美的果实存在。

⑥⑨ “男子”句：男人种的兰花即使好看，却没有香味。语见《淮南子·缪称训》：“男子树兰，美而不芳。”树，种植。

⑦⓪ 无其情也：指男子种兰缺乏女子那样的情味。

⑦① 依情待实：依靠真挚的感情，凭藉甘美的果实。依、待，都有“恃”的意思。

⑦② 言与志反：语言与情态相反。

⑦③ 征：取信，信服。

⑦④ 联辞结采：联缀辞句，使用藻采。

⑦⑤ 采滥辞诡：藻采浮华，文辞诡异。

⑦⑥ 心理：作者内心所蕴蓄的道理。翳：掩蔽。

⑦⑦ 翠纶：用翡翠鸟的羽毛作钓丝。桂饵：用肉桂作鱼饵。肉桂，一种珍贵的食物。《太平御览》卷八三四引《阙子》：“鲁人有好钓者，以桂为饵，黄金之钩，错以银碧，垂翡翠之纶……然其得鱼不几矣。”

⑦⑧ 言隐荣华：言语的真意为华美的采藻所掩蔽。语见《庄子·齐物论》：“言隐于荣华。”隐，埋没。荣，草的花。华，木的花。

⑦⑨ 殆：大概。

⑧⓪ “是以”二句：意为穿了锦绣衣裳，外加一件罩衫，这是因为嫌锦衣的文采过于显耀了。褧(jiǒng)衣，麻布罩衫。“衣锦褧衣”，是《诗经·卫风·硕人》中的成句。恶，讨厌。章，明显。

⑧① “《贲》(bì)象”二句：《周易》贲卦最后一爻的卦辞说：以白色为修饰没有忧患，可见，卦象也重在反本还原。贲，《周易》六十四卦之一。象，卦象。穷，探索到底。白，指本色。语见《周易·贲》：“上九，白贲，无咎。”(“上九”是贲卦的最后一爻，卦的每一横行叫一爻。)

⑧② “夫能”句：意为设置模子来安顿义理，即指选择合适的体裁来表现思想内容。夫，发语词，无义。谟，当作“模”。位，安置。

⑧③ “拟地”句：意为比照底色来安顿心情，即指选择适宜的风格来反映情性。

⑧④ 结音：协调音韵。

⑧⑤ 摛(chī)藻：铺陈词藻。

⑧⑥ “使文”二句：意为文采不掩盖内容，辞采富赡不淹没内心感情。即文与质要相称，情与采要相应。《庄子·缮性》：“文灭质，博溺心。”这里借用而又改变了原文的意义。

⑧⑦ “正采”二句：意为要使朱蓝正色(比喻文质相称、情采相应)大显光华，而对红紫杂色(比喻文灭质、博溺心)则要加以摒弃。正采，正色，古人以青、黄、赤、白、黑为正色。朱蓝，指正色中的“赤青”。间(jiàn)色，杂色，古人以赤白相间为红，以赤青相间为紫。屏，弃。

⑧⑧ 雕琢其章：善于修饰辞章。

⑧⑨ 彬彬君子：《论语·雍也》：“质胜文则野，文胜质则史；文质彬彬，然后君子。”彬彬，文质兼备的样子。君子，这里指好的作家。

⑨⓪ 言以文远：语出《左传·襄公二十五年》：“言之无文，行而不远。”意即语言要有文采才能流传久远。

⑨① 诚：确实。验：证明。

⑨② 形：显露。

⑨③ 吴锦好渝：吴地产的锦绫虽美却容易变色。渝，变化。

⑨④ 舜英：木槿花，朝开暮落，有花无实，所以说“徒艳”。

第四编　隋唐五代文学

第一章　隋唐五代文学发展概况

自东晋以来，北方和巴蜀地区十六国割据纷争，北魏统一北方后，南北朝又长期分裂，社会经济遭到非常严重的破坏。开皇元年(581)北周权臣杨坚废周自立，建立了隋朝，是为隋文帝。开皇九年(589)灭陈，统一了中国。但其子隋炀帝杨广继位以后，荒淫奢侈，暴虐无道，终于引发了全国性农民大起义。太原留守李渊乘机起兵，迅速壮大势力，于武德元年(618)灭隋，建立了唐朝。经过唐太宗李世民的贞观之治和唐玄宗李隆基的开元之治，唐帝国成为当时世界上最发达最先进的强国。但天宝十四载(755)爆发的安史之乱，使唐帝国元气大伤，一蹶不振。中唐以后，宦官专权和藩镇割据成为两大祸害，晚唐又发生了官僚集团之间的党争。开平元年(907)，朱温篡唐自立，建立后梁，维持了二百八十九年统治的唐朝终于覆灭。此后五十余年，历史进入了五代十国时期，社会又陷入大动荡大混乱之中，直至建隆元年(960)宋王朝建立，中国才又形成统一的政治局面。

这一段历史是中国由分裂走向统一，最后又陷入分裂的时期。其中唐代社会虽有安史叛乱和藩镇割据，但基本上是统一的，所以是中国封建经济和封建文化高度发展的时期，文学更是繁荣兴旺。因此，唐代文学自然成为本编论述的重点。

第一节　隋代文学概貌

隋代和秦代一样短暂，只有三十七年，但文学成就却比秦代大得多。清严可均辑《全上古三代秦汉三国六朝文》，其中《全隋文》共编了三十六卷，收了一百六十八人的作品。当然其中有大量的应用文，但文学作品也保留了不少。今人逯钦立辑《先秦汉魏晋南北朝诗》，其中《隋诗》共编了十卷，收了八十七人的作品，乐府和歌谣二卷还未计入。

不仅如此，隋朝在文学批评方面，还是一个转变风气的重要时期，直接影响到唐代。据《隋书·文学传论》，隋文帝想用行政干预和法律制裁的手段来扭转浮艳的文风。开皇四年(584)，他下诏宣布"公私文翰，并宜实录"，泗州刺史司马幼之因表文华艳而受到处罚。治书御史李谔的《上隋文帝书》，抨击六朝文风，力主崇实尚用，实为陈子昂诗歌革新理论的先驱。李谔说：

> 降及后代，风教渐落。魏之三祖，更尚文词，忽君人之大道，好雕虫之小艺。下之从上，有同影响，竞骋文华，遂成风俗。江左齐、梁，其弊弥甚，贵贱贤愚，惟务吟咏。遂复遗理存异，寻虚逐微，竞一韵之奇，争一字之巧。连篇累牍，不出月露之形；积案盈箱，唯是风云之状。世俗以此相高，朝廷据兹擢士。禄利之路既开，爱尚之情愈笃。于是闾里童昏，贵游总丱，未窥六甲，先制五言。至如羲皇、舜、禹之典，伊、傅、周、孔之说，不复关心，何尝入耳。以傲诞为清虚，以缘情为勋绩，指儒素为古拙，用词赋为君子。故文笔日繁，其政日乱，良由弃大圣之轨模，构无用以为用也。捐本逐末，流遍华壤，递相师祖，久而愈扇。

李谔对南朝文风的批评是中肯的，指出选拔官吏时只看文章、不问道德的倾向也是正确的。但也存在偏颇：一是重儒教，轻文学，把诗赋一律看成与政治对立的雕虫小技，这跟后来宋儒的重道弃文并无二致。二是将建安文学与南朝文学混为一谈，看不到"建安风骨"的重要性。三是否定了"诗缘情"理论的正确性，又夸大了文学的作用，将"政乱"完全归罪于"文繁"，不仅缺乏实事求是的精神，也跟他重儒轻文的观点互相矛盾。

隋代的文风比起梁、陈来已有了一些变化，即使是隋炀帝，从现存作品来看，宫体诗也极少。如不因人废言，他的诗也可适当予以肯定。

隋炀帝(569—618)，即杨广，隋文帝次子。开皇元年(581)封为晋王。仁寿四年(604)阴谋夺得帝位。在位十四年，大兴土木，纵情声色，役繁赋重，民不堪命，以至各地农民纷纷起义。后在江都为宇文化及所杀。他酷爱文学，工诗能文，奖励文士，还设"文才秀美科"，考试以诗赋为主，开创了以诗赋取士的制度。所作《拟饮马长城窟行》句云："千乘万骑动，饮马长城窟。秋昏塞外云，雾暗关山月。"确实写得颇有骨力和气派，所以清沈德潜说他边塞诗作是"风气将转之候也"(《古诗源例言》)。此外，《江都宫乐词》对七律的形成是有贡献的。一些写景名句也境界优美，如"寒鸦飞数点，流水绕孤村。斜阳欲落处，一望黯消魂"。前两句还被北宋著名词人秦观融入《满庭芳》词。

除炀帝外，隋代较有成就的著名作家有卢思道、薛道衡、杨素等。

卢思道(535—586)的诗风清丽流畅，苍劲有力。五言以《游梁城诗》为代表。七言以《从军行》和《听鸣蝉篇》为代表。《从军行》偶对贴切，声情流畅，气势充沛，实为初唐四杰七言歌行之先导。而《听鸣蝉篇》则词意清切，讽谕有力，寄托遥深，远远超出同咏诗人之上。卢思道的《劳生论》是一篇名文，写法模仿东方朔《答客难》和扬雄《解嘲》，而愤世疾俗之情却超过此两文。

薛道衡(540—609)是隋代著名作家，诗文俱佳，当时朝廷应用文多出自其手，房彦谦称他为"一代文宗，位望清显"。他的诗虽未完全摆脱齐梁艳靡藻绘，但已显露刚健清新之趋势。他的代表作是闺怨诗《昔昔盐》，通过环境描写和气氛渲染，烘托出闺妇怀念出征丈夫的微妙的心理活动，十分细腻而逼真。其中“暗牖悬蛛网，空梁落燕泥”一联，观察细致，属对精工，描绘入神，从环境的细节中透发出闺妇孤寂落寞的情怀，历来脍炙人口。据唐刘悚《隋唐嘉话》记载，隋炀帝杀薛道衡时曾说：“更能作‘空梁落燕泥’否？”由此可见此诗的知名度。此外，他的《豫章行》对初唐七言歌行的发展有一定的影响。《出塞》、《渡河北》等边塞诗，接近杨素之作，气势较为雄健，也是成功之作。他还有一首《人日思归》小诗，抒写思家深情，委婉含蓄，已极像唐人五绝。

杨素(544—606)工诗文，善草隶。为人奢华骄横，不可一世，甚至遭到炀帝忌恨，生病后盼其速死。杨素自知名位已极，最后拒药而死。据《隋书·杨素传》载，他曾以五言诗七百字赠播州刺史薛道衡。去世后，薛道衡叹曰：“人之将死，其言也善，岂若是乎？”这《赠薛播州诗》十四章是他的代表作。这组诗回忆身世，怀慕知己，悲叹迟暮，刚健质朴，警策凝练。此外，像《出塞》二首描绘边地荒凉景象，抒发了安边卫国不顾身的热情，笔力雄健，风格遒劲，一扫梁、陈轻靡之风。

第二节　唐代文学繁荣的历史文化背景

李渊父子乘隋末农民大起义的风云，建立起唐王朝。唐太宗李世民对人民的力量有比较清醒的认识，曾告诫他的后代说：“舟所以比人君，水所以比黎庶。水能载舟，亦能覆舟。”(《贞观政要·教戒太子诸王》)为此，唐王朝建立后，推行了不少开明的措施，如均田制和租庸调法，提高了农民劳动的积极性。再加上手工业和商业都得到了很大的发展，终于形成著名的贞观之治和开元之治。经济繁荣是文学繁荣的物质基础，但文学的发展和经济的发展又并不一定完全同步。比如贞观年间，经济高度繁荣，而文学则仍处于酝酿变革时期，梁、陈以来浮艳轻靡的风气仍相当严重。直到开元之治第二个经济高潮到来时，文学(主要是诗歌)才开始形成高潮。但杜甫等现实主义诗人许多划时代的作品，则是安史之乱发生以后、经济遭到大破坏时的产物。而散文和小说，要到贞元、元和之际才形成高潮，这又和中唐经济的恢复发展相一致。至于晚唐，政治和经济江河日下，而文学则如晚霞满天，这又跟政治、经济并不完全同步。但从总的趋势来看，如果唐代前期没有贞观之治和开元之治，也就不会出现文学发展的高潮。

由于文化的相对普及，打破了门阀世族对文化的垄断，因而文学发展到唐代，不再是帝王、宫廷御用文人和贵族、官僚的专用品，比如唐代诗人主要是出身寒素之家的庶族知识分子，也有婢妾、农夫、渔父、樵民、舟子和商人等。庶族文人和世族文人不同，他们比较接近民众，了解和关心民生疾苦，因地位低下，也更富有进取精神。他们大多经过十年寒窗之苦，靠科举考试走上政治舞台，因此在政治上大多有革新精神。再加上唐代帝王大多爱好、提倡和奖励文学，并以诗赋取士，大大刺激了人们诗文钻研的积极性。明胡震亨《唐音癸签》说：“唐试士初重策，兼重经，后乃觭重诗赋。……士益竞趋名场，殚工韵律。诗之日盛，尤其一大关键。”而在进士考试前后，“行卷”、“温卷”之风大盛，也大大刺激文士们努力去写作散文、诗歌、小说，以为进身之阶。宋赵彦卫《云麓漫钞》说：“唐世举人，先借当时显人以姓名达主司，然后投献所业。逾数日又投，谓之温卷，如《幽怪录》、《传奇》等皆是也。盖此等文备众体，可见史才、诗笔、议论。”这里所说“行卷”、“温卷”的作品主要指小说，但士子们投献得最多的还是诗，如白居易见顾况，因《赋得古原草送别》而大受称赞；李贺谒韩愈，因《高轩过》而大受褒扬。

唐代思想的活跃和文化艺术的高度繁荣也对文学的发展起着积极的推动作用。唐代统治者提倡三教合一，儒、释、道各家思想都得到极大的发展。各种宗教都可以自由传播，尤其是佛教，经过东汉魏晋南北朝，已经完全中国化，并且宗派林立，互争雄长，对文学产生了巨大的影响。特别是禅宗，提倡“教外别传，不立文字，直指人心，见性成佛”，废除烦琐的宗教仪式，机锋百出，非常适合文人的胃口。而禅宗的妙悟和诗歌创作中的灵感、想象又十分相通，禅趣、禅意的追求和诗境、诗味的深化关系极为密切。所以禅宗的发展对诗歌的繁荣影响至为深远。宋代以禅喻诗理论的兴盛，实际上在唐代已从创作和鉴赏的实践方面打下了基础。同时，唐代的文禁相当松弛，文人很少遇到因文字而贾祸的灾难，因而可以放言无忌。如白居易《长恨歌》劈头一句就是“汉皇重色思倾国”，把矛头直指唐玄宗，而唐宣宗不仅不怪罪，白居易去世后反写诗吊唁说：“童子解吟《长恨》曲，胡儿能唱《琵琶》篇。文章已满行人耳，一度思卿一怆然。”

唐代实行文化开放政策，中原文化与西域文化广泛交流、融合，使唐代的音乐、舞蹈、书法、绘画、雕塑等艺术都达到很高的水平，唐代作家不仅写出大量咏乐、咏舞、咏画、咏书法的杰出诗文，而且在创作诗文时吸收了这些艺术的某些手段，使诗文达到更高的艺术水平。例如王维，是一位在艺术上全面发展的大师，是唐代山水诗的大家，南宗山水画的祖师，书法被称为“能品”，还精通音乐，当过乐官。在他的诗歌中，就吸收了绘画中的敷彩设色和经营位置，书法中的骨力形势和高情深韵，音乐中的节奏鲜明和音律铿锵，使他的诗歌既有绘画美，又有音乐美；既有骨力，又有气韵。又如杜甫观公孙大娘弟子舞剑器而在诗歌创作上受到极大启发，白居易因听琵琶女弹奏受到感动而创作千古名篇《琵琶行》。所有这些，都说明姊妹艺术之间是相通的，其他艺术的繁荣兴盛都直接或间接地对文学产生了很大的影响。

除了上述种种外部条件外，唐代文学的繁荣还取决于自身内部条件的成熟。拿诗歌来说，《诗经》和《楚辞》分别是四言体和楚辞体的高潮，以后，这两种诗体便逐渐僵化，再也没有强健的生命力了。东汉至魏晋南北朝，是五言、七言诗兴起的时代，尤其是五言，在这段时间内产生了大量优秀作品。至南齐永明年间(483—493)，沈约等人发明了声韵学，将其运用入诗，产生了永明体的新诗。永明体讲究声韵格律，强调四声八病，从声律方面，为唐代近体诗的诞生准备了足够的条件。梁陈时期，宫体诗充斥诗坛，虽然其内容并不可取，但在形式格律声韵方面，却更加细密，更加接近唐代近体诗。经过初唐四杰和杜审言、沈佺期、宋之问等人的努力，近体诗终于成熟。而乐府、歌行及古风，经过唐人另辟蹊径，极力变化创新，也出现了波澜壮阔的宏伟局面。

拿散文来说，先秦历史散文和诸子散文成就辉煌，影响深远。及至汉代，以晁错、贾谊为代表的政论文和以司马迁《史记》、班固《汉书》为代表的历史散文在中国古代文学发展史上占有重要的地位。魏晋以后，散文逐渐骈偶化。至南北朝，完全是骈文占统治地位的时代。入唐，骈文写作仍占绝对优势，但反对骈文、主张恢复秦汉古文的呼声日益高涨，陈子昂、李华、萧颖士、独孤及等，都是韩柳古文运动的先驱，后经韩愈、柳宗元及其追随者们的努力，终于形成中唐散文创作的高潮。

再说小说的发展轨迹。从先秦神话和寓言的发轫，到六朝记人志怪小说的形成，经历了漫长的不自觉时期。到了唐代，在六朝记人志怪小说的基础上，唐人“始有意为小说”(鲁迅《中国小说史略》)，因而出现了大量文情并茂的传奇，标志着中国小说进入了成熟的阶段。至于变文，则源于佛教的宗教宣传，其中主要是佛教故事，但也有历史故事和现实生活故事。变文采用诗文相间、有说有唱的形式，既是对当时民间说话艺术的继承，又是后代诸宫调、弹词等说唱文学的源头。

词的诞生，跟唐代的新音乐燕乐有着密切关系。燕乐是隋末唐初“里巷之曲”跟“胡夷之乐”相融合后产生出来的新音乐。词是配合这种新音乐的唱词。因此，词的产生主要取决于诗歌与音乐内部条件的成熟。

总之，唐代的历史文化背景有足够的条件孕育和催生唐代文学宁馨儿，使它成为中国古典文学的一座高峰，沾溉后人，涵育百代。

第三节　唐诗发展的历史轨迹

唐诗是唐代文学的主体部分，标志着中国古典诗歌的最高成就。唐诗篇什极其繁富，仅据清初所辑《全唐诗》，就收录了有姓名可考的作者二千二百多人的诗篇四万八千九百多首，加上今人陈尚君所编《全唐诗补编》，共有作者三千六百余人，诗五万五千余首。至于失传的诗篇，那就更不知其数了。唐诗不仅数量繁多，存世作品远远超过了从先秦至南北朝诗篇的总和，而且流派纷呈，风格多样，题材丰富，体式齐备。在佳作如林、名家辈出的唐代诗坛上，王维、李白、杜甫、白居易、韩愈、李商隐是具有世界影响的大诗人，他们的优秀诗作，不仅是中国人民的宝贵财富，而且汇入世界文化洪流，成为世界人民瞩目的文学精品。

唐王朝共统治了二百八十九年。为了描述唐诗发展的历史轨迹，必须分期。目前都采用为学术界所公认的四唐说，即分成初唐(618—713)、盛唐(713—766)、中唐(766—835)、晚唐(835—907)四期。当然，如果细分，每期还可再分段研究。根据前人的研究和目前学术界较普遍的意见，还可以对四唐说作适当调整。

初唐诗歌

唐初诗坛仍然沉浸在梁陈萎靡秾艳的风气中，但是，毕竟时世已变。一代英主唐太宗(599—649)，已露出雄健高昂的气派，“如‘一朝辞此地，四海遂为家’，‘昔乘匹马去，今驱万乘来’，与风起云扬之歌，同其雄盼，自是帝者气象不侔”(明胡震亨《唐音癸签》)。又如虞世南(558—638)《蝉》云：“垂緌饮清露，流响出疏桐。居高声自远，非是借秋风。”托物咏怀，颇具个性。以蝉自况，寥寥数语，十分传神地塑造出一个清高自负的重臣形象，也颇有骨力。王绩淳朴、自然、恬淡的诗风，在初唐诗坛是独树一帜的。写作五言律诗的成功技巧，也对近体诗的发展、成熟、蔚为壮观，起了促进作用。

作为齐梁宫体诗余波的“绮错婉媚”的“上官体”仍占统治地位。上官仪(608—664)的作品多吟风弄月，歌功颂德。只是他对诗歌技巧的研究更加深细，他所提出的“六对”、“八对”的偶对技巧，对于律诗的形成和格律的完善，还是有贡献的。

在理论和创作实践上跟上官仪对立并体现诗风转变的作家，是王勃、杨炯、卢照邻、骆宾王，人称“初唐四杰”。杨炯在《王勃集序》中说：面对“骨气都尽，刚健不闻”的诗风，王勃“思革其弊，用光志业”，进行变革。卢照邻也主张“凡所著述，多以适意为宗，雅爱清灵，不以繁词为贵”(《驸马都尉乔君集序》)。大量写作五言律诗，是当时的风气。四杰的诗歌中，均保留有较多的五律。他们有心矫正六朝绮艳浮靡的风气，但由于积重难返，一时间还不能完全摆脱齐梁宫体诗的脂粉气；他们的五律，仍有平仄不协、粘对不合之处。四杰中，卢、骆年较长，王、杨年较幼。

卢照邻(约630—680后)写了不少五律，但严格合律的较少，而卢氏真正的杰作乃是七言歌行体的《长安古意》和《行路难》等。这些都是七古中的皇皇巨制，实开盛唐李杜等七古宏篇的风气。

骆宾王的代表作《在狱咏蝉》，已达到了寄托遥深、物我合一、形神兼备的很高境界。而他那些气势宏阔、流丽婉转、铺陈排比、声情并茂的七言歌行，则与卢照邻齐名，是对梁陈宫体诗的大胆改造，使其"由宫廷走向市井"（闻一多《唐诗杂论》）。经过四杰的改造，宫体诗的内容被抛弃了，而六朝诗歌的形式技巧则得到了进一步的运用与发展，盛唐七古创作的高潮已悄悄地在结胎、孕育，它的诞生已为期不远了。

王勃是四杰中寿命最短但诗歌成就最为杰出的一位诗人。他发展了七言古诗，完成了五言律诗，开始试作七言绝句。除了形式上的贡献外，他与卢、骆、杨一起，比较自觉地将诗歌从宫廷引向社会，从艳情引向个人抒怀，初步扭转了萎靡秾艳的诗风。

杨炯（650—?）在四杰中现存诗作最少，成就似亦稍差。他的代表作《从军行》，为盛唐边塞诗开了先河，反映了那个时代知识分子的积极进取精神，在文学史上是应当具有一定地位的。

与四杰同时，杜甫的祖父杜审言（约645—708）是以全力写作近体诗的一位重要诗人。他现存诗四十三首，倒有四十一首是近体诗。杜审言近体诗格律的精严，也是超出于诸家之上的。清王夫之《姜斋诗话》强调："近体梁陈已有，至杜审言始叶于度。"杜审言的五律成就最高，其代表作《秋夜》、《登襄阳城》、《夏日过郑七山斋》、《送崔独》等均严格合律。这类诗气象高华，已透露出盛唐某种气象。杜审言的五言排律大笔淋漓，气象万千，高华雄整，属对精严，其艺术成就和气势均超过骆宾王和宋之问。

在四杰、杜审言稍后，沈佺期与宋之问并称"沈宋"，在律诗形式建立上，作出了重要贡献。在他们手中，五律完全定型，七律也开始规范化。但二人都是宫廷诗人，以应制奉和、侍从宴游之作为主，内容上并无多少可取之处。再加上二人都谄事张易之，所以评论家亦鄙薄其人品。但他们的一些代表作，特别是那些富有生活实感的诗，不仅词采华丽，粘对合律，也颇为精警动人，对当时和后世影响较大，这是不能抹杀的。

沈佺期（约656—约714）七律特精，他的代表作是《古意呈补阙乔知之》（又题《独不见》），在艺术上已相当成熟，人物心情与环境气氛密切结合，情与景浑然一体，音调和谐婉转，格律精严；全诗曲折圆转，如弹丸脱手。但题材一般，构思也无甚新颖独到之处。此外如五律名篇《杂诗》一首，写闺怨也达到很高水平，"可怜闺里月，长在汉家营"一联，将闺妇和战士两地相思的深情，巧妙地通过一轮明月自然联系起来，情融景中，韵味悠然。

宋之问（约656—约713）尤擅五律，他的代表作是《题大庾岭北驿》，情景互相生发，平仄严格合律，为初唐五律名篇。此外，宋之问的五绝也颇有特色，如《渡汉江》云："近乡情更怯，不敢问来人。"写诗人从贬所逃归走近家乡时的心情极其真切。

真正彻底廓清华靡浮艳诗风、奠定盛唐诗歌基础的是陈子昂。他在文学理论和创作实践方面都作出了划时代的贡献。他的《修竹篇序》，是诗界革新的宣言书，但打的是复古的旗号：

> 文章道弊五百年矣！汉魏风骨，晋宋莫传，然而文献有可征者。仆尝暇时观齐梁间诗，采丽竞繁而兴寄都绝，每以永叹，思古人，常恐逶迤颓靡，风雅不作，以耿耿也。一昨于解三处，见明公咏《孤桐篇》，骨气端翔，音情顿挫，光英朗练，有金石声。遂用洗心饰视，发挥幽郁。不图正始之音，复睹于兹，可使建安作者相视而笑。

这篇短文，提出了当时诗歌创作中必须解决的三个重大问题：第一，从《诗经》起深刻反映社会现实的"风雅"优秀传统已中断了几百年，必须立即恢复；第二，摆正"采丽"和"兴寄"即内容与形式的关系，反对齐梁诗风的继续泛滥，是恢复"风雅"传统的具体途径；第三，提倡"汉魏风骨"，也就是提倡恢复古代的浪漫主义传统，标本便是东方虬的《孤桐篇》和陈子昂自己的《修竹篇》等，具体要求是“骨气端翔，音情顿挫，光英朗练，有金石声”，而做到了后面两点，也就达到了前面的目的，所以实际上三者是互相联系的。

陈子昂的诗歌，今存一百二十余首，大多是古体诗，“其诗以理胜情，以气胜辞”，也就是说，已具备了汉魏风骨。

综上所述，初唐这将近一百年的时间，从唐太宗的初露端倪，到四杰的有意革新而梁陈余波未尽，到杜、沈、宋完成近体诗格律的创建，再到陈子昂的横制颓波，在一步步接近盛唐，为“盛唐气象”的出现在酝酿着，盛唐骄子已在母体中躁动了。

盛唐诗歌

盛唐是唐诗发展过程中的黄金时期，大诗人辈出，佳作如林，美不胜收。其中最突出的是山水田园诗派、边塞诗派以及李白和杜甫的诗歌。

晋宋以来，以陶渊明、谢灵运为代表的山水田园诗得到了长足的发展。到了盛唐，僧徒、道士和隐逸之士多起来，他们一般都要占据佳山秀水、风景名胜之地，这就更为山水田园诗的大量产生准备了充足的条件。再加上不少人以隐逸作为仕进的手段，走“终南捷径”，于是写作山水田园诗的人就更多了。孟浩然、王维、储光羲、裴迪、丘为、祖咏、綦毋潜、常建、王湾等，都以山水田园诗闻名，而以孟浩然与王维为翘楚。

孟浩然(689—740)被人誉为“天下称其尽美矣”(唐王士源《孟浩然集序》)。他的诗大多是描写山林幽静的景物，田家怡然自乐的生活，个人求官不遂的失意和苦闷，诗人洁身自好的孤高情趣，羁旅他乡的客愁等。风格清悠淡远，韵致飘逸，跟他“骨貌淑清，风神散朗”的风貌完全一致。

王维(694—761)是一位在艺术上全面发展的大师，诗歌、绘画、书法、音乐，都有很深的造诣。王维早年有积极的人生态度和宏大的政治抱负，再加上他曾奉命出使塞上，有直接的边塞生活体验，因而写了不少边塞诗和游侠诗，如《陇西行》、《燕支行》、《从军行》、《陇头吟》、《老将行》、《少年行》、《使至塞上》等都是名篇。这些诗，笔力健壮，风格豪放，气势雄伟，英风侠气，跃然纸上，跟晚年幽静恬淡之作相比，简直判若两人。如：“日暮沙漠陲，战声烟尘里。尽系名王颈，归来献天子。”(《从军行》)“试拂铁衣如雪色，聊持宝剑动星文。愿得燕弓射大将，耻令越甲鸣吾军。莫嫌旧日云中守，犹堪一战立功勋。”(《老将行》)“出身仕汉羽林郎，初随骠骑战渔阳。孰知不向边庭苦，纵死犹闻侠骨香。”(《少年行》)将这些诗篇置于高适、岑参集子中也毫不逊色。

尽管如此，代表王维诗作典型风格，在文学史上享有极大声名的还是他的山水田园诗。

王维的山水田园诗，吸收了绘画的艺术技巧，注意浓淡相配，随类敷彩，又注意经营位置，虚实相生，所以被苏轼誉为是“诗中有画”的典范。王诗的音乐美，也早就引起了人们的注意，《史鉴类篇》说：“王维之作，如上林春晓，芳树微烘，百啭流莺，宫商迭奏……真所谓有声画也。”王维对于自然景物能进行高度的集中概括，常常达到景与情谐、气韵生动的境界。他的语言，精工而自然，朴素而秀雅，所以他成为盛唐追求宁静秀朗之美的代表诗人。王诗中禅宗寂灭的思想时有流露，因而在宁静秀朗的主导风格之外，还常常能发现他追求一种幽森冷清、孤寂无为的境界。明胡应麟《诗薮》说王维的五绝“穷幽极玄”，“却入禅宗”；又说《鸟鸣涧》、《辛夷坞》二诗，“读之身世两忘，万念皆寂”。

总之，王维山水田园诗在陶、谢的基础上又大大地开拓提高了一步，达到了前所未有的高度。他所创造的玲珑淡泊、无迹可寻的意境，被后代学者尊为神韵派的鼻祖，可见他在文学史上的重要地位。

自从南朝以来，边塞征戍的题材便逐渐为诗人所注目，成为吟咏的重要内容之一。其中以鲍照、吴均、卢思道、杨素、骆宾王、陈子昂等在这方面的成就较为突出，但还没有条件足以形成一个诗歌流派。到了盛唐，由于边塞战争频繁（包括抵御少数民族袭扰的战争和统治者穷兵黩武、开疆拓土的战争），士人邀功边庭以博取功名比由科举考试而进身更为容易，于是大批文士投身戎幕，奔赴边塞，再加上盛唐那种积极用世、昂扬奋发的时代气氛，奇情壮采的边塞征戍诗便大大发展起来，形成一股潮流，成为文学史上的大观。高适、岑参、王昌龄、李颀、王之涣、王翰、崔颢以及大诗人李白、杜甫、王维等，无不写出许多杰出的边塞诗来。但作为边塞诗派的代表诗人，当以高适、岑参、王昌龄为主。

高适的边塞诗，常常以概括性的描写来显示事物的典型情状，以精当的议论来评判是非、抒写感受，显得粗犷、豪健、悲壮、浑厚、深沉，给人以很有力度的感觉。所以唐殷璠说他“性拓落，不拘小节。其诗多胸臆语，兼有风骨”（《河岳英灵集》）。

岑参边塞诗中最为突出的是那些送别诗，他常常把重点落在对异域风光的尽情描绘上，不再去抒写那说滥了的离愁别恨。更重要的是，艰苦而充实的边庭戎伍生活是当时士人十分向往的，出塞从军建立功业已蔚然成风，而岑参的边塞诗正反映了时代的昂扬奋发的精神，体现了“盛唐气象”，他在诗中不再低唱儿女离别之情，而要高歌将士英勇之曲。

宋严羽说：“高、岑之诗悲壮，读之使人感慨。”（《沧浪诗话》）这是二人的相同处。清王士禛说：“高悲壮而厚，岑奇逸而峭。”（《师友诗传续录》）这是二人的相异处。大概高适喜欢采用夹叙夹议的写法来直抒胸臆，披肝沥胆，淋漓尽致，愤激不平之气多溢于言表，苍劲悲壮之音常蕴于气骨。而岑参则喜欢着力刻画边塞瑰奇风光，“体裁峻整，语亦造奇”（清鲍桂星《唐诗品》引徐献忠语）。

王昌龄诗的内容比较丰富，其中以边塞诗、闺怨诗和宫怨诗写得最出色。王昌龄极善于用绝句的形式来抒情，在绝句的创作上与李白齐名。他很讲究对所描写的景物和所要表现的思想感情进行提炼、概括，并能用极精炼而又富于启发性、暗示性的语言把广阔的背景、深长的情意熔铸在一起。他的绝句常常开头两句着意渲染一种浓烈的气氛，借以衬托感情，然后三、四两句把诗意升华到一种新的境界。特别是那些边塞诗，写得雄浑自然，而又韵味无穷。闺怨、宫怨诗则以蕴藉含蓄、讽意深婉著称。清沈德潜说：“七言绝句，贵言微旨远，语浅情深，如清庙之瑟，一倡而三叹，有余音者矣。开元之时，龙标（王昌龄）、供奉（李白），尤称神品。”（《清诗别裁集》）

在边塞诗人中，除上述高、岑、王三家的佳作外，李颀（？—约753）的《古从军行》、《古意》，崔颢（？—约754）的《雁门胡人歌》、《辽西》，王之涣的《凉州词》、《登鹳雀楼》，王翰的《凉州词》也都是脍炙人口的名篇，各擅胜场，有卓越的艺术成就，值得后世读者重视。

李白与杜甫，是唐诗的两座最挺拔的高峰，被今人誉为天空中的闪耀的“双子星”。韩愈曾以斩钉截铁的口气提出：“李杜文章在，光焰万丈长。”（《调张籍》）这是符合文学史的事实的。

李白诗内容极其丰富多彩，是一座瑰奇璀璨的诗歌宝库。李白继承并发展了屈原和庄子所开拓的浪漫主义传统，把中国古典浪漫主义诗歌创作推到一个新的高峰。他那天马行空、不可羁勒的气势，火焰般炽烈的政治热情，抚剑夜啸、嫉恶如仇的英风侠骨，蔑视权贵、笑傲王侯的不屈精神，功成身退、不求名利的飘逸作风，构成了独一无二的、异常激动人心的诗歌艺术，像一股极其强大的冲击波，冲刷着当时的诗坛。

安社稷、济苍生是李白奋斗一生、至死不渝的政治理想，“苟无济代心，独善复何益”是他政治理想的核心。抓住这一核心，李白诗中许多难题，诸如隐逸遁世、游仙入道、痛饮沉醉、人生如梦等都可迎刃而解；而对于他的蔑视权贵、暴露黑暗、怀才不遇、挥斥幽愤、颂战反战、歌颂爱情、同情妇女、热爱人民等积极方面，也能够更加深刻地予以理解。

李白抱负极大，自视极高，自信心极强。这一点在青年时代就表现出来了，如《上李邕》："大鹏一日同风起，扶摇直上九万里。假令风歇时下来，犹能簸却沧溟水。时人见我恒殊调，闻余大言皆冷笑。宣父犹能畏后生，丈夫未可轻年少。"借大鹏的形象表现诗人自己的壮志，批判世人目光短浅，不识人才，希望李邕能像孔子一样重视青年一代。但由于诗人这时阅世还未深，其批判的深度与广度都是不够的。

可是，诗人第一次入长安活动失败后，情况就不同了，如《行路难》三首所反映的思想就比《上李邕》要深刻得多了。李白第一次入长安，隐居终南，曳裾王门，历抵卿相，各种办法都使用过，仍然毫无结果，于是，政治思想比较成熟了，胸中怨气如海，考虑问题也比年轻时复杂得多了。第一首通过停杯、拔剑、渡河、登山等夸张的典型动作，强烈地发泄了怀才不遇的悲愤；垂钓、梦日的典故，表明虽然身在江湖，从政的愿望却极其迫切；破浪、济海的比喻，说明依然信心十足，对最高统治者仍抱有很大希望，因为第一次入长安，他并未能真正接触到卿相以上的人物，更不要说接近玄宗了。而这时的玄宗皇帝，尚颇能励精图治，这段时间内的宰相宋璟、张说、杜暹，也颇为贤明正直。第二首劈头就是"大道如青天，我独不得出"的愤辞，但大道如青天的比喻，正证明政治大局比较清明，诗人信心很足，只是愤恨不能用他。接着表明他不愿与斗鸡搏狗之徒为伍，以韩信受辱、贾谊遭忌自比，希望玄宗像燕昭王一样礼贤下士。但毕竟他未能像郭隗、剧辛、乐毅一样受到重视，所以高呼"行路难，归去来"，已萌退志。而第三首开头复又振起，对巢父、许由、伯夷、叔齐故作清高行为表示不满，仍意在积极用世；可又马上想起伍子胥、屈原、陆机、李斯等"功成不退皆殒身"的惨痛历史教训，世情如此险恶，不如像张翰那样及早抽身，去享受故乡的莼羹鲈鱼脍。"且乐生前一杯酒，何须身后千载名?"表面上的颓废旷达，掩不住骨子里不能用世的愤慨。诗歌情绪上的大起大伏，正反映了诗人思想斗争之反复激烈。诗人入世愈深，对政治的黑暗了解愈深，幽愤也愈益深广，用世之志也愈益坚固，牢骚语和人生如梦的话也愈多。这就是大诗人李白的特征。

诗人第二次入长安以后，由于亲眼目睹上至皇帝、下至弄臣的种种丑恶行为，因此，对于封建统治者"珠玉买歌笑，糟糠养贤才"，贤愚黑白颠倒的做法看得更清楚。他的愤恨也格外强烈。有的是直接指斥："青蝇易相点，白雪难同调。本是疏散人，屡贻褊促诮。"(《翰林读书言怀呈集贤诸学士》)"揄扬九重万乘主，谑浪赤墀青琐贤。……君王虽爱蛾眉好，无奈宫中妒杀人。"(《玉壶吟》)"斗鸡金宫里，蹴踘瑶台边。……当涂何翕忽，失路长弃捐。"(《古风》四十六)"安能摧眉折腰事权贵，使我不得开心颜。"(《梦游天姥吟留别》)"君不能狸膏金距学斗鸡，坐令鼻息吹虹霓。君不能学哥舒，横行青海夜带刀，西屠石城取紫袍。吟诗作赋北窗里，万言不直一杯水。……一谈一笑失颜色，苍蝇贝锦喧谤声。曾参岂是杀人者，谗言三及慈母惊。……君不见李北海，英风豪气今何在？君不见裴尚书，土坟三尺蒿棘居。少年早欲五湖去，见此弥将钟鼎疏。"(《答王十二寒夜独酌有怀》)或是写小人的妒忌中伤，或是写奸佞的飞扬跋扈，或是写自己的捐弃失路，或是写诗人的骯髒傲骨。尤其是最后一例，直接针对当时发生的一连串重大政治事件，浩气如虹，横扫骄将哥舒翰与权奸李林甫，毫无顾忌，充分体现了诗人嫉恶如仇、伉爽耿直的性格特征。

李白的政治抒情诗常常采用比兴手法。他惯于采用博喻，神话故事、历史典故、幻想情节、生活比喻和景物描写等交织在一起，五彩纷呈，众象奔凑。这种诗，往往立意隐晦，归趣难求，易于造成歧义。最典型的便是他的杰作《蜀道难》。这是一首通篇采用比兴手法的作品，蜀道难是比喻仕途艰难的。既然他第一次入长安碰壁后可以用行路难来比喻仕途艰难，为什么第二次入长安碰壁后不能用蜀道难来比喻仕途艰难呢？既然李白的绝大多数乐府诗都是沿用原来题意而拓深拓宽，而南朝诗人阴铿的《蜀道难》主旨是“蜀道难如此，功名讵可要”，那么李白为什么不能承袭阴铿诗意而拓深拓宽呢？

李白隐逸遁世、求仙访道、纵饮沉醉、慨叹人生无常的诗歌，数量不少，艺术质量也很高，有许多脍炙人口的名篇。如《玉壶吟》、《庐山谣寄卢侍御虚舟》、《襄阳歌》、《梁园吟》、《西岳云台歌送丹丘子》、《将进酒》、《陪侍御叔华登楼歌》、《把酒问月》、《月下独酌》等。但常常受到指责，罪名是“消极颓废”，甚至还有人根据这些诗篇，称李白为“颓废诗人”。这是对李白的误解和诬蔑。如果我们把这些诗跟李白一生热烈追求的政治目标联系起来，就能够理解这是诗人挥斥幽愤的一种特殊方式，是诗人傲骨的另一种表现形式，是对险恶世情的反拨。

李白的诗歌，具有强烈的自我表现的主观色彩，诗人的自我形象特别鲜明突出，耀人眼目。惊人的想象力，大胆的夸张，善于利用神话传说和幻想形式，使他的诗歌具有特别激动人心的艺术魅力。情绪上的大起大伏，风格上的豪放飘逸，结构上的跳跃腾挪，语言上的自然真率，音调上的铿锵响亮，更使他的诗歌艺术攀上了时代的高峰。

李白的个性自然奔放，豪迈不拘，因此，他运用得最多最出色的诗体是七言歌行、七绝，其次是五言、五律，七律写得最少。

杜甫是伟大的现实主义诗人，是集古典诗歌之大成者。明胡应麟说：“子建以至太白，诗家能事都尽，杜后起集其大成，一也。排律近体，前人未备，伐山道源，为百世师，二也。开元既往，大历继兴，砥柱其间，唐以复振，三也。”（《诗薮》）

杜甫继承了《诗经》、汉乐府、建安诗歌等现实主义的优良传统，杜诗具有善陈时事的特点，向有“诗史”之称。清浦起龙《读杜心解·少陵编年诗目谱》中说：“少陵之诗，一人之性情而三朝（按指玄宗、肃宗、代宗）之事会寄焉者也。……少陵为诗，不啻少陵自为谱矣。”他的诗，等于为唐朝玄宗、肃宗、代宗三代帝王编了一部历史，等于为诗人自己编了一部详细年谱，如果不具备善陈时事的诗史特色，岂能做到？

杜甫不再沿用乐府旧题，他写的叙事诗，常常“即事名篇，无复依傍”。举凡封建统治者骄奢淫逸，生活极端腐朽，残酷地剥削压榨人民；人民备受地租、捐税、官役、征兵以及天灾之苦，处于水深火热之中；安史叛乱给国家、民族、人民带来的深重灾难以及诗人足迹所到之处的山川形势、风土人情、物产气候等等，无一不在杜诗中得到逼真的反映。例如著名的“三吏”、“三别”便是杜甫在乾元二年（759）由洛阳折回华州时，根据沿途的见闻写成的。这里的人民曾遭受过安史叛军的摧残，现在又面临着唐王朝大肆征兵所造成的惨重灾难。诗人既同情人民的灾难，又从平叛救国的需要出发，安慰、勉励人民去打仗。态度看来是矛盾的，但十分真实地反映了当时的历史情况。

杜甫不仅以“即事名篇”的叙事诗写时事，还用咏怀、山水、赠别、纪行、咏史等抒情诗的形式来写时事，甚至于连一些咏物、咏画诗中都有时事的影子。《悲陈陶》、《悲青坂》、《塞芦子》、《喜闻官军已临贼境》、《收京三首》、《闻官军收河南河北》、《警急》、《王命》、《喜闻盗贼总退五首》等题目本身便是时事。又如《闻官军收河南河北》是诗人“生平第一首快诗”，快就快在军事形势好转，国家有了希望。

杜甫两个五古著名长篇《自京赴奉先县咏怀五百字》和《北征》，反映时事的深度和广度，功力的精湛与浑厚，都令人惊叹。举凡时代的动乱，国事的兴亡，战争对社会的破坏，民生的疾苦以及诗人家庭的遭遇，救国无路的悲愤，对统治者穷奢极侈地享乐的痛恨之情等等，无一不跃然纸上，作了入木三分的刻画描写。

在写景抒怀名篇中阑入国事,抒写忧国忧民之情,更是触目皆是。最著名的例子如《春望》,融家愁国恨于叙事写景,泯灭痕迹,天衣无缝。甚至像《白帝》这样纯属写景的题目,诗人竟以一半篇幅来感怀时事:“戎马不如归马逸,千家今有百家存?哀哀寡妇诛求尽,恸哭秋原何处村?”

杜诗不仅善陈时事,犹如史书,而且还能载史书之未备。清浦起龙《读杜心解·读杜提纲》指出,杜甫“代宗朝诗,有与国史不相似者。史不言河北多事,子美日日忧之;史不言朝廷轻儒,诗中每每见之。可见史家只载得一时事迹,诗家直显出一时气运。诗之妙,正在史笔不到处”。

杜诗第二个特色是地涵海负,千汇万状,几乎无事不可入诗。举凡政治、军事、经济、风土、人情、山川以及亲友宴饮、迎送、交游、官场应酬往来,无一不是诗料。可以用诗歌来议政、陈情、述怀、纪游、咏史、咏物、咏画、咏歌舞、论诗;可以用诗歌代奏章、信札、日记、谢帖等。诗歌到了杜甫手里,发挥了它的最大功能。但如果真的变成了奏章、信札、日记、谢帖,杜甫也不能称为“诗圣”了。杜诗的妙处在于既是奏章、信札、日记、谢帖,又是极佳的抒情诗和叙事诗。

清刘熙载《艺概·诗概》指出:“杜诗高、大、深俱不可及。吐弃到人所不能吐弃,为高;涵茹到人所不能涵茹,为大;曲折到人所不能曲折,为深。”杜诗之所以能如此,是诗人具有惊人的概括能力。诗人往往能将极丰富的内容,极深刻的思想,极沉挚的感情,用极精炼的语言概括出来。这样的例子,简直俯拾即是。且不说尽人皆知的“朱门酒肉臭,路有冻死骨”两句,其他如“会当凌绝顶,一览众山小”,“秦山忽破碎,泾渭不可求”,“落日照大旗,马鸣风萧萧”,“何时倚虚幌,双照泪痕干”,“影静千官里,心苏七校前”,“济时敢爱死,寂寞壮心惊”,“锦江春色来天地,玉垒浮云变古今”,“江间波浪兼天涌,塞上风云接地阴”,“无边落木萧萧下,不尽长江滚滚来”等等,或情内景外,或言此意彼,或寄托遥深,或尺幅千里,“准绳最密,神理纵横,陶炼极清,奇葩焕发,以至造化权舆,阴阳昏晓,飞潜动植,表里精粗,但经弱毫微点,靡不真色毕呈”(清杨伦《杜诗镜铨》附录引卢世漼语)。

杜诗的第三个特点是风格多样,各体兼善。明胡震亨《唐音癸签》指出:“盛唐一味秀丽雄浑,杜则精粗巨细,巧拙新陈,险易浅深,浓淡肥瘦,靡不毕具。”沉郁顿挫是他的主导风格,其他如雄浑、悲壮、奔放、瑰丽、质朴、简古、轻灵、细密等风格,无不具备。王安石曾赞赏杜诗风格的多样:“有平淡简易者,有绮丽精确者,有严重威武若三军之帅者,有奋迅驰骤若泛驾之马者,有淡泊简静若山谷隐士者,有风流蕴藉若贵介公子者。”(清杨伦《杜诗镜铨》附录引)

清沈德潜《唐诗别裁集》除对杜甫的绝句有所批评外,对其余各体均有极高评价。如于五古,称“少陵材力标举,篇幅恢张,纵横挥霍”;于七律,称“少陵胸次宏阔,议论开辟,一时尽掩诸家”。至于绝句,沈氏乃囿于其“格调说”诗学观而加以贬抑,实际上杜之绝句另有独到之处。清黄子云《野鸿诗的》认为杜甫诗“既不以句胜,并不以意胜,直以风韵动人,洋洋乎愈歌愈妙”。以上评价都是符合杜诗实际的。其中尤以七律为成就最高,不仅数量多,而且沉郁顿挫的特点表现得最明显。

总之,盛唐诗歌的成就,确实超过了过去任何时代,在这以后,也没有出现超越过它的时代。唐殷璠曾以“文质半取,《风》、《骚》两挟,言气骨则建安为传,论宫商则太康不逮”(《河岳英灵集》)来概括其巨大成就。由此可见它在整个诗歌发展史上的突出地位。

中唐诗歌

安史之乱发生后,全国人口锐减三分之二以上,经济濒临崩溃,政治很不景气,人们普遍存在着一种惶恐不安的心理。盛唐诗歌中那种昂扬奋发、雄健豪迈的气概不复存在;在诗歌形式和艺术上，再走老路也没有多大的发展前途了。于是诗人们求新求变的愿望越来越强烈，从各自特定的社会条件和文学素养出发，发展成各种风格流派，尽态极妍，争艳比美，使唐诗继盛唐之后又出现了第二个高潮。

至唐代宗大历五年(770)，盛唐第一流的大诗人王维、李白、杜甫、高适、岑参等零落殆尽，此后活跃在大历(766—784)诗坛上的一批诗人是刘长卿、顾况、韦应物和大历十才子以及李益等。

刘长卿天宝间已登进士第，其创作活动主要在大历和大历以后，与大历诗人钱起等齐名，故文学史都列入中唐。他的诗题材不外乎羁旅情怀、离愁别恨、闲适情趣，风格清淡闲雅，气韵流畅，音调谐美，意境寂寞幽冷，感情萧瑟哀怨，与大历十才子实际上并没有多大的区别。

顾况和韦应物处于李杜之后，元白、韩孟之前，在两个诗歌高峰的中间，都是力主创新的。他们不满意大历诗风的庸滥腐熟，顾况以狂放诡奇的面貌矫俗，韦应物以简净古淡的风貌矫俗，二人殊途而同归。

顾况(约730—806后)吸取了禅宗呵佛骂祖的精神，道家狂放超脱的风度，大胆批判现实，抒泄愤懑。为了贯彻这种批判精神，他继承和发展了《诗经·国风》和汉乐府民歌的优良传统，努力创作新乐府诗。如《上古之什补亡训传十三章》，成功地运用四言为主的形式，歌咏时事，揭露批判社会的阴暗面，爱憎分明，褒贬有力，显然是白居易《新乐府》和《秦中吟》的先导。其中尤以《囝》一章最为突出，为受到残酷摧残的阉奴大声呼号，惨晶泣血，"冤号满纸"(明钟惺《唐诗归》)。在艺术上运用对话体，以方言俗语入诗，"以其俚朴，反近风雅"(同上)。

韦应物的诗歌较真实地反映了现实生活，具有较浓厚的生活气息。他从儒家仁政爱民的信仰出发，不时地反躬自问，忧贫念苦："身多疾病思田里，邑有流亡愧俸钱。"(《寄李儋元锡》)"自惭居处崇，未睹斯民康。"(《郡斋雨中与诸文士燕集》)他跟农民有了不少共同的语言，喜农民之喜："是时粳稻熟，四望尽田畴。仰恩惭政拙，念劳喜岁收。"(《襄武馆游眺》)忧农民之忧："兵凶久相践，徭赋岂得闲?"(《高陵书情寄三原卢少府》)"氓税况重叠，公门极熬煎。"(《答崔都水》)

基于此，韦应物的田园诗，也有了他自己的鲜明特点，淳厚朴实，不仅具有较浓郁的生活气息，而且一反田园牧歌式的传统写法，真实地写出了农民的辛劳和痛苦，反映了唐代农民受剥削之惨重。

韦诗善写幽静清新而淡远优美的境界，如："漠漠帆来重，冥冥鸟去迟"(《赋得暮雨送李胄》)、"寒雨暗深更，流萤度高阁"(《寺居独夜寄崔主簿》)、"绿阴生昼静，孤花表春余"(《游开元精舍》)等，笔致细腻，极有韵味。总之，韦应物这种闲淡简净的诗风，对于大历诗坛上庸滥腐熟的风气是能矫枉纠偏的。

"大历十才子"的提法，最早见于姚合编选的《极玄集》"李端"条下，说李端"与卢纶、吉中孚、韩翃、钱起、司空曙、苗发、崔峒、耿湋、夏侯审唱和，号十才子"。此后宋人、清人以意加减，都不足为据。这十位诗人，除钱起(约720—约782)、卢纶、韩翃、司空曙成就较高外，其余诸人在后世影响不大，甚至有的诗人连作品都湮没殆尽，如吉中孚和夏侯审，《全唐诗》各仅存诗一首。大历十才子有少量反映战乱、关心民生疾苦的内容，但主要描写的是日常生活、个人情致、山水自然、名胜古迹、羁旅愁思，风格多萧散清寂，偏重于描述性、象征性意象的构建。

李益为七绝圣手，尤以边塞诗著称。每一篇出，常被配乐演唱或画为屏障。李益七绝中的边塞诗，常常是激昂中略带感伤，慷慨中混杂幽怨，有时甚至感伤幽怨成了主调。其中最享盛誉的是《夜上受降城闻笛》。李益的这一类边塞诗，从艺术上看，确实不比李白、王昌龄差，但气象则与盛唐大为不同，时代的阴影始终笼罩着。这一方面由于经历了安史之乱，国家元气大伤，此时边塞也常打败仗，再加战争绵延持久，必然要在诗中有所反映。另一方面，经过八年内乱，人们已厌倦战争、害怕战争，士人再也没有盛唐那种投笔从戎、建功边塞的豪情了。这种时代特点，必然要在文学作品中体现出来。

由上可见，大历在唐诗发展史上虽然是一个前承盛唐、后启元和的过渡时期，是两个高潮中的低谷，但还是力求新变、流派纷出的。

唐诗发展到贞元、元和之际(785—820)，又出现了第二个高潮。标志着这个高潮的，有韩愈、孟郊、贾岛、李贺、卢仝、白居易、元稹、张籍、王建、刘禹锡、柳宗元等一大批杰出的诗人。此外，还有数量更多的中小诗人，拱卫在他们的周围，出现了群星灿烂、云蒸霞蔚的景象。

大历十才子将近体诗的艺术技巧发展到极致的境地，刘、顾、韦、李又努力发挥他们各自的特长，力求新变，都在不同程度上为这个高潮的到来创造了条件。唐宪宗即位以后，在削藩斗争中取得相当成绩，被战乱破坏的经济得到一定程度的恢复，这些又在外部环境方面，为唐诗第二个高潮的出现，提供了必要的条件。古文创作和传奇小说高潮的到来也给诗歌发展以某种助力。许多大诗人穷愁潦倒、谪戍遭贬的个人不幸遭遇，在主观上激发了他们“不平则鸣”和以诗文在身后求不朽的创作热情，在客观上造成“文穷而后工”的效果和势态。于是，唐诗第二个高潮的到来，自然是瓜熟蒂落、水到渠成了。

这时期的诗歌可分为两派：一是通俗求实、情韵不匮的元白诗派，张籍、王建、李绅等属于这一派；二是奇崛峭僻、瘦硬生涩的韩孟诗派，贾岛、李贺、卢仝、刘叉等属于这一派。此外，还有个性突出、风格鲜明、各擅胜场的刘禹锡和柳宗元，不属上述任何一派。刘禹锡雄豪精醇，柳宗元峻洁幽深，在诗歌史上都有比较重要的地位。

这些诗人共同努力的目标是力求创新。由于创作的主观目的不一致，继承前人的主要方面不一样，就造成了不同的流派。元白诗派主张为君、为臣、为民创作，主张以诗歌去直接干预政治，他们强调学习《诗经》、汉乐府以来讽谕比兴的传统，赞扬杜甫“即事名篇”的新乐府，为了达到“易谕”、“深诫”、“传信”的目的，要求“其辞质而径”、“其言直而切”、“其事核而实”，也就是要求诗歌通俗易懂、质朴真实。当然，由于过分强调“径”和“直”，过分强调诗歌为政治服务，这派诗人的有些新乐府诗和古近体诗说教的意味太浓，略无余蕴。但是，一方面这派诗人后来在理论上有所纠正，比如白居易在《与元九书》中评论韦应物诗时，既强调“颇近兴讽”，也不忽视它的“才丽”、“高雅闲淡，自成一家之体”等艺术方面的因素；元稹在《叙诗寄乐天书》中，也谈到“模象物色”、“声势沿顺，属对稳切”等艺术方面的因素。另一方面这派中不少诗人的创作才华和文学素养也足以能在诗歌创作中补救其理论上的不足。所以，这派诗人的不少优秀作品，又能做到情韵不匮。

张籍、王建以擅长乐府诗著名，世称“张王乐府”。李绅(772—846)乐府诗已失传，而以“春种一粒粟”、“锄禾日当午”两首悯农的古风最为脍炙人口。

元稹世称“元才子”，与白居易齐名。他的乐府诗，“寓意古题，刺美见事”，最为警策。其他的诗，感物寓意，写得浅切而含蓄有味，语言通俗自然、朴素明快，真正做到了以“眼前景，口头语”而达到“沁人心脾，耐人咀嚼”的效果。他与白居易往复唱和，创建了属对精严、平仄协律的百韵以上的长篇排律，称之为“元和体”。元稹的悼亡诗和爱情诗，均以真挚细腻、语浅情深见长。而长篇名著《连昌宫词》则以“铺写详密，宛如画出”(明何良俊《四友斋丛说》)为人称道。

元白通俗诗派最杰出的诗人是白居易。他将自己的诗歌分为讽谕诗、闲适诗、感伤诗和杂律诗四大类。这种分类虽不够贴切，但却真切地反映了他的文学思想。他在《与元九书》中说：“自拾遗来，凡所适、所感，关于美刺兴比者；又自武德迄元和，因事立题，题为新乐府者，共一百五十首，谓之‘讽谕诗’。又或退公独处，或移病闲居，知足保和，吟玩性情者一百首，谓之‘闲适诗’。又有事物牵于外，情理动于内，随感遇而形于叹咏者一百首，谓之‘感伤诗’。又有五言、七言、长句、绝句，自一百韵至两韵者四百余首，谓之‘杂律诗’。”

他自己最看重的是讽谕诗，如著名的《秦中吟》十首和《新乐府》五十首，都是为了“救济人病，裨补时阙”而作的，是实现其“兼济天下”之志和现实主义诗论的杰作。深切体会下层人民的疾苦，痛人民之所痛，恨人民之所恨，愤怒控诉统治者的横征暴敛和揭露权贵们生活的豪奢淫逸是这类诗歌最突出的主题。清刘熙载说：“代匹夫匹妇语最难，盖饥寒劳困之苦，虽告人人且不知，知之必物我无间者也。杜少陵、元次山、白香山不但如身入闾阎，目击其事，直与疾病之在身者无异。”（《艺概·诗概》）

白氏最出名的是长篇歌行《长恨歌》、《琵琶行》。这类诗的巨大贡献在于把叙事和抒情艺术融为一体，以流走自如、秀丽多姿的语言，曲折动人的情节，悱恻缠绵的感情征服读者，在当时便不胫而走，在后代更是影响深远，历久不衰。

白居易的闲适诗是他在政治上受到打击后，感到“兼济天下”之志无法实现时，排解内心苦恼、表现其“独善其身”愿望的作品。这类诗，汲取了陶渊明和韦应物诗中的精华，淘洗熔铸，创造出明净自然、平坦美丽的独特风格来，抒写了诗人热爱人生的纯洁心灵和乐观旷达的世界观，当然也混和着佛家的人生无常、道家的消极无为和儒家的乐天知命思想。

白氏极善于描写亲友间的淳真友谊和自然界的美丽风光。如《自河南经乱关内阻饥兄弟离散各在一处因望月有感聊书所怀寄上浮梁大兄于潜七兄乌江十五兄兼示符离及下邽弟妹》，写动乱中的骨肉之情，情景交融，深挚动人，是白氏七律中的名篇。

白诗的语言通俗浅近、平淡自然，曾遭到一些人的非难。其实，这是颇不易到达的境界。清刘熙载《艺概·诗概》说：“常语易，奇语难，此诗之初关也；奇语易，常语难，此诗之重关也。香山用常得奇，此境良非易到。”

总之，白居易从理论和实践两个方面，为诗歌的通俗化、大众化作出了杰出的贡献。他的诗歌，有时虽有语太露、意太详、略无余韵的缺点，但他的成功之作“言浅而思深，意微而词显”（《一瓢诗话》），极受读者欢迎，甚至被晚唐诗人张为称之为“广大教化主”，可见其影响之大。晚唐的皮日休、陆龟蒙、杜荀鹤、聂夷中、罗隐，宋代的王禹偁、梅尧臣、张耒、苏轼、陆游，一直到清代的吴伟业、黄遵宪等，都受到过白居易不同程度的影响。

韩孟一派诗人，不论是韩愈、孟郊，还是贾岛、李贺、卢仝、刘叉，尽管成就有高低，影响有大小，但都极有创作个性。奇险怪僻、避熟就生是这一流派的共性，故前人有“元和之风尚怪”（王谠《唐语林》）的论断；至于个性，则是人各如面，大不相同的。韩愈的雄奇豪宕，孟郊的苦寒激愤，贾岛的幽细平淡，李贺的秾丽瑰奇，卢仝的诙诡怪诞，刘叉的峭拔锋利，使他们各自区别于其他的同派诗人。

这一派主张“物不得其平则鸣”（韩愈《送孟东野序》），主张“欢愉之辞难工，而穷苦之言易好也”（韩愈《荆潭唱和诗序》），赞扬诗胆大、气魄壮、风格高、骨力强。在语言的运用方面，主张惊俗、吐奇、险语、高词，既强调“横空盘硬语”，又强调“妥帖力排奡”（韩愈《荐士》）。这些主张的目的，一方面是对大历诗风的纠偏、对盛唐境界的突破，另一方面也是与元白诗风的竞争。

这一派在审美情趣上，以五彩斑烂、光怪陆离、枯槁萧瑟为美，甚至以丑为美；在主客体关系上，以诗人自我为核心，上天下地，以主观情思的变化作为诗篇构思的线索；在语言运用上，追求奇险生涩和自然流畅的结合，在不对称中求变。

孟郊一生穷愁潦倒，但性格耿介孤直。孟诗绝大多数是倾吐穷愁寒苦之声的，如他在第二次落第后写道："一夕九起嗟，梦短不到家。两度长安陌，空将泪见花。"(《再下第》)"食荠肠亦苦，强歌声无欢。出门即有碍，谁谓天地宽？"(《赠崔元亮》)"出门"两句，是最能表达他的心声的。苏东坡把孟郊与贾岛并列，称为"郊寒岛瘦"(《祭柳子文》)，又说孟郊"诗从肺腑出，出辄愁肺腑"(《读孟东野诗》)。孟郊写诗，苦心孤诣，惨淡经营，常常别出心裁，使人有耳目一新之感。

贾岛是韩孟诗派中的重要一员。他的诗，影响了唐末五代一大批诗人，影响了宋末的永嘉四灵，明末的竟陵派和清末的同光体。

贾岛诗在艺术上一个很大的特色是，从平淡中见隽永，从幽细中著滋味，诗人往往从幽细平淡的生活画面中慢慢咀嚼出醇厚浓郁的生活情味来，给人以美感教育。幽细与韩孟派奇险有相通之处，而平淡则是相异处。我们认为，风格的平淡并不等于感情的平淡，更不等于感情的枯寂。表面平淡，实质有境界，有韵味，要做到这一点并不容易。

贾岛不喜用典，往往就常情常景深入琢磨，反复锤炼，浓缩成蕴涵很深的精彩画面，用精粹的语言把它表达出来，使人悠然会心，不觉神往。他有些小诗，仿佛信口而出，纯任自然，如天际白云，舒卷自如："松下问童子，言师采药去。只在此山中，云深不知处。"(《寻隐者不遇》)别出心裁，全诗只写童子的对话，寻而不遇，有悠然之趣，无失意之情。

贾岛的诗题材比较狭窄，这是无庸讳言的缺点，但如果把他喜欢描写孤峭幽静的境界，精细地表现事物的理致也看成是他的缺点，那是很不公允的。

卢仝(约775—835)诗风诙诡怪诞，在韩孟诗派中，散文化的程度最深，意境、布局、句法、格律都力求创新。所以宋严羽在《沧浪诗话》中特立"卢仝体"，并说："天地间自欠此体不得。"他的代表作《月蚀诗》，长达一千七八百字，形象光怪陆离，句式参差不齐，是中国诗歌史上最具怪诞风格的一首长诗。

李贺追求诡异斑驳、幽怨哀艳的美，常以奇异、荒诞、阴晦、凄清的事物入诗，造成一种瑰奇怪谲的境界。李贺善于运用浪漫主义的创作方法，以诗人主观情思来结撰作品，诗思流动，变幻无穷，因此意象间跳跃性极强，时空跨度极大。如《梦天》的构思，天上地下，视角不断转换；沧海桑田，思路瞬息万变。

李贺也有少量直接反映民生疾苦的诗，"深刺当世之弊"。最著名的要数《老夫采玉歌》，侧重写采玉工的心理活动，而将采玉过程中的种种艰危之状，糅合在心理活动中一起写出，具体生动，情景交融。

韩孟诗派最突出的诗人当然是韩愈。韩诗有平易与险怪两类，两类中均有佳作。尽管平易一类诗中有不少脍炙人口的名篇，却并不能代表韩诗艺术的独特个性。只有另一类险怪的诗，才能代表韩愈的主导风格。舒芜评论说："一是在诗的内容上，通过'狠重奇险'的境界，追求'不美之美'；一是在诗的形式上，通过散文化的风格，追求'非诗之诗'：这就是诗人韩愈对中国诗歌艺术的发展所作的巨大贡献。"(《陈迩冬选注〈韩愈诗选〉序》)韩愈在后世诗论家口中常与杜甫一起并称为"杜韩"，这也充分证明韩诗的创造性在中国诗歌史上具有重要的意义。

平心而论，韩诗努力创新取得了很大成绩，为人所赞赏；韩诗刻意尚奇也带来某些缺点，为人所诟病。而写"不美之美"，开拓诗美的新领域，则更易引发争议。他有意识地追求反对称、反均衡、反和谐、反圆融之美，但有时争奇斗胜过了头，就会产生僻字连篇、诘屈聱牙、艰深晦涩、枯燥说教等弊病。这是毋庸讳言的。

柳宗元与刘禹锡诗歌独具一格，卓然成家。柳氏诗名多少为文名所掩，其诗风表现出激愤悲慨和凄清淡雅两个方面。前者是政治革新失败后悲愤难平和不甘屈服的表现，如名作《登柳州城楼寄漳汀封连四州刺史》、《江雪》，如“海畔尖山似剑铓，秋来处处割愁肠”（《与浩初上人同看山寄京华亲故》）、“一身去国六千里，万死投荒十二年”（《别舍弟宗一》）等都是；后者是政治上受打击后失意沉沦、独善其身的另一种心态，如名作《渔翁》、《柳州二月榕叶落尽偶题》，如“机心久已忘，何事惊麋鹿”（《秋晓行南谷经荒村》）、“来往不逢人，长歌楚天碧”（《溪居》）、“予心适无事，偶此成宾主”（《雨后晓行独至愚溪北池》）、“倚楹遂至旦，寂寞将何言”（《中夜起望西园值月上》）等，表面上的闲适淡雅，均掩不住骨子里的凄凉寂寞。柳宗元在诗歌史上的独特贡献在于将诗人浓烈的主体感情更多地融注于客体景物之中，带有更多骚人郁愤不平的色彩。

刘禹锡的诗，具有两方面的特色，一类诗写得深沉含蓄，精警超迈，骨力豪健，颇富哲理。如“马思边草拳毛动，雕盼青云睡眼开”（《始闻秋风》），“莫道桑榆晚，为霞尚满天”（《酬乐天咏老见示》）等，显示了他至死不渝的志节。怀古咏史诗则具有深沉的历史感和浓烈的时代精神，如《西塞山怀古》、《金陵怀古》、《金陵五题》、《蜀先主庙》等均以怀古咏史的手法，表现了诗人对历史深沉的思考，对现实尖锐的讽谕，耐人寻味。这类作品，为晚唐杜牧、李商隐、许浑等诗人的怀古咏史诗，作出了全新的开拓。

刘禹锡另一类学习民歌的作品，格调清新，自然流畅，“语语可歌”（明胡震亨《唐音癸签》），形成了文人向民歌学习的新风气，沾溉后人，影响深远。他写了不少《竹枝词》、《杨柳枝词》、《堤上行》、《踏歌词》、《浪淘沙》等仿民歌作品，一扫盛唐这类作品的书卷气，其真率、清新、自然的程度，跟真正的民歌几无二致。而其精练含蓄之处，则又从某种意义上提高了民歌。

柳宗元、刘禹锡还写了不少寄托深远、愤世嫉俗的禽鸟昆虫诗，如柳有《跂乌词》、《笼鹰词》、《放鹧鸪词》，刘有《聚蚊谣》、《飞鸢操》，继承了乐府民歌讽谕美刺的优秀传统。

晚唐诗歌

晚唐诗坛，随着唐王朝政治的日趋腐败，悲凉感伤乃至颓唐委靡的情调益浓，藻饰繁缛、纤细琐碎的风气渐盛，较之盛唐、中唐，总体成就远逊，但具体而论，还是有它的独到之处的。比如晚唐怀古咏史诗具有强烈的现实针对性和很高的艺术性，当刮目相看。晚唐诗人开拓了深情绵邈、托兴幽远的朦胧境界，这是前代所缺乏的。晚唐反映民生疾苦的诗，继承了盛、中唐新乐府诗的精神，有的用近体诗的形式来表现，也值得我们注意。此外，诗人在追求秾艳、清丽和淡泊之美的境界时，也有不少异于前代的创造。在诗体的运用上，七律和七绝也有了很大的发展。如明胡震亨《唐音癸签》卷十具体论述了唐代七律变化的情况，认为至晚唐，“温（庭筠）、李（商隐）之竞事组织，薛能（？—880）之过为芟刊，杜牧、刘沧之时作拗峭，韦庄、罗隐之务取条畅，皮日休、陆龟蒙之填塞古事，郑都官、杜荀鹤之不避俚俗，变又难可悉纪”。变就是创造发展，晚唐这么多诗人从不同的角度使七律发生新变，这种努力是值得肯定的，成绩也是斐然可观的。至于七绝，诚如明王世贞《艺苑卮言》所说：“七言绝句，盛唐主气，气完而意不尽工；中、晚唐主意，意工而气不甚完。然各有至者，未可以时代优劣也。”

许浑（约791—？）以怀古咏史诗著称，多用七律的形式，格律严整，属对精工，在豪宕流丽中寄寓着深沉的感慨。他常将景物依旧和人事已非作强烈对照，含有较深的哲理。如：“松楸远近千官冢，禾黍高低六代宫。”（《金陵怀古》）“鸟下绿芜秦苑夕，蝉鸣黄叶汉宫秋。”（《咸阳城东楼》）“鸦噪暮云归古堞，雁迷寒雨下空壕。”（《登洛阳故城》）

杜牧为晚唐杰出诗人，与李商隐并称“小李杜”。他的诗歌，内容比较丰富，有要求削平藩镇、收复河陇的政治诗，有揭露统治者荒淫无耻、醉生梦死的讽刺诗，有纵贯古今、包蕴深广的怀古咏史诗，有写景抒怀、俊逸豪爽的抒情短诗。

杜牧古体、近体俱精。他的古体诗，豪健跌宕，流丽之中骨气遒劲。他的近体诗，能于拗折峭健之中，具风流俊爽之美，气势豪宕而又情韵缠绵。杜牧尤其擅长七绝，在短短二十八字之中，描绘出一幅完整优美的图画，蕴涵着深曲的情思或寓意，使人玩味无穷。他精于安排音节的抑扬顿挫，故清沈德潜誉为“托兴幽微”，“远韵远神”(《唐诗别裁集》)。

李商隐为晚唐大家，与杜牧齐名，有“小李杜”之称，又与温庭筠并称“温李”。其诗风格幽深隐微，善于学习杜甫，与杜牧诗之清俊爽逸取径不同，尤工七律。李商隐除了咏史诗、政治诗之外，最负盛名的是无题诗。他的无题诗，内容相当复杂，既有寓意隐晦的政治诗，又有情意缠绵的爱情诗，还有托兴幽远的咏物诗。

李商隐继承了屈原、李白、李贺的积极浪漫主义精神，但在艺术上，更多地吸取了杜诗的营养，具有杜诗严谨、深沉、雄浑的特点。在语言上，他还吸取了齐梁诗的特点，追求密丽秾艳之美。李商隐在诗歌史上的最大贡献是，他开拓了深情绵邈、托兴幽远的朦胧境界，使抒情诗的意蕴更加含蓄深沉，对后代产生了深远的影响。尽管后来有宋代西昆体等流弊，但那是不善于学习的结果，不应归咎于李商隐。

温庭筠诗与李商隐齐名，世称“温李”。其诗在文学史上的地位不如其词，但诗词的风格却是一致的。温诗艳丽精工，细腻幽美，显示出诗向词发展的趋势。某些篇章气韵清澈，写景如画，明丽可爱，如《商山早行》，其中“鸡声茅店月，人迹板桥霜”一联为传诵千古的名句。七律《过陈琳墓》、《经五丈原》则沉郁苍凉，与其主导风格相异，可视为杜甫嫡传。

唐末有一批诗人，如皮日休(约838—约883)、杜荀鹤(846—904)、聂夷中(837—?)等，直接继承了盛、中唐新乐府诗的精神，有意创作反映民生疾苦的作品，有的仍用乐府诗的形式，有的则改用绝句和律诗的形式，并且从叙事为主发展到以抒情为主。这种用短章抒写民生疾苦的作法，对宋诗影响很大。此外，如郑谷(约851—?)、韦庄反映乱离的哀吟，罗隐(833—909)刺时讽世的愤辞，也都是末世之音的余响。

在唐末，还有一些诗人，饱经动乱，看破一切，用冷漠的态度来对待生活，在诗歌中追求一种淡泊的境界，如陆龟蒙(？—约881)的《和袭美春夕酒醒》等。

司空图(837—908)也是追求淡泊境界的著名诗人。传为他所作的《二十四诗品》虽然提倡多种风格，但对淡泊的风格评价极高，便是他这种审美倾向的理论表述。他的代表作是《归王官次年作》，与他的另一首作品《独望》一起，都表现了一种典型的淡泊意境。

第四节　古文运动的理论与实绩

先秦两汉，除诗赋外，不论经、史、文、哲，都是采用散体文的形式。进入魏晋，逐渐骈偶化。南北朝时期，则骈文大盛，除小说和少量历史、地理学术著作用散文外，其余都用骈文，甚至像刘勰《文心雕龙》这样体大思深的文学理论巨著也都全用骈文。骈文讲究声律、对偶、典故、词藻，在反映社会生活的深度和广度上有较多拘束与局限。再经过隋代、初唐、盛唐，到了韩柳的时代，已完全僵化，文体革新已是势在必行了。

古文这个概念，是由韩愈首先提出来的，以跟时文——骈文相对立。但主张文风改革，在隋代即已开始。至唐代，经过陈子昂、李华（约715—774）、萧颖士（717—759）、独孤及（725—777）等人的努力，已从理论和创作实践上，初步奠定了古文运动的基础。但是，由于习惯势力的强大，韩柳以前，散文始终未能取得统治地位。韩柳崛起，挽狂澜于既倒，终于扭转了一代文风。

韩柳发起古文运动，是打着儒学复古的旗号的。他们主张文道合一，道是内容、目的，文是形式、手段，文应为道服务。韩说："愈之为古文，是独取其句读不类于今者耶？思古人而不得见，学古道则兼通其辞。通其辞者，本志乎古道者也。"（《题欧阳生哀辞后》）柳说："文者以明道。"（《答韦中立论师道书》）不过，韩与柳所强调的儒学重点则稍有差异。韩特别强调儒家的仁义与道统，并以恢复从尧舜禹汤文武到周公孔孟的道统自许。柳也尊儒，但主张"以辅时及物为道"（《答吴武陵论非国语书》），主张通经以致用的儒学，而不拘拘于所谓道统。

韩柳主张革新文体，废除骈文，使用新鲜活泼的文学语言。他们不仅将先秦两汉的诸子散文、史传散文、政论散文作为楷模，还主张广取博采，学习屈原、司马相如、扬雄等人的辞赋作品和《尚书》、《周易》、《诗经》等古代应用公文、哲学著作和诗歌，从中吸取营养。在语言上，一方面力主创新，强调"惟陈言之务去"（韩愈《答李翊书》），强调"惟古于词必己出"（韩愈《樊绍述墓志铭》），认为可以不避"怪怪奇奇"（韩愈《送穷文》）；另一方面，主张建立自然的、通俗明畅的语言规范，强调应"文从字顺各识职"（韩愈《樊绍述墓志铭》）。韩柳散文，正是体现这些要求的标本。

此外，韩柳还主张提高作家修养，道德修养高了才能使文章"气盛言宜"。

韩柳所倡导的古文运动，不仅有完整的理论，而且有辉煌的实绩。他们各自创作了几百篇论、说、传、记、颂、赞、书、序、哀辞、祭文、碑志、状表、杂文、寓言等各种体裁的散文，大多新鲜活泼，文情并茂；再加上韩愈抗颜为师，"奋不顾流俗，犯笑侮，收召后学"（柳宗元《答韦中立论师道书》），柳宗元也热心地向青年传授古文技法，奖掖后进，不断壮大了古文运动的队伍，终于使天下文风翕然一变，为古代散文发展树立了一座不朽的丰碑。

第五节　传奇小说演变的历程

唐代文言短篇小说称为"传奇"，源于晚唐裴铏的小说集《传奇》。原为专名，后来才发展为一种文体的名称。唐代传奇极为繁荣，其原因是多方面的。

唐代自贞观之治以后，经济繁荣，文化发达，很多大城市先后形成。在这些大城市中，市民和统治者需要娱乐，民间"说话"艺术应运而生。段成式（803—863）《酉阳杂俎·贬误》即记载作者在太和年间观杂戏，有"市人小说"，讲扁鹊故事。而白行简著名传奇《李娃传》便是根据"一枝花话"编写出来的。此外，佛教徒宣讲变文，其中有很多佛经故事和世俗故事，促进了唐传奇的产生。

唐代进士考试之前，士人将自己的作品投献名公巨卿，以求延誉，从而提高录取的机会，名为"行卷"。因为传奇"文备众体"，又容易引起阅读兴趣，士人竞相为之，促进了传奇的创作。

古文运动的兴起，大大促进了散文的创作，写作散文的技巧，对提高传奇文的艺术水平，也直接起了促进作用。再加上韩愈、柳宗元也写过《毛颖传》、《河间传》等类似传奇小说的散文，虽遭到流俗的讥笑，柳宗元却力排众议，从理论上予以肯定。并且他还写了大量接近小说的寓言文，这对传奇的创作，也产生积极的影响。

魏晋南北朝的志怪志人小说，粗具梗概，文笔简约，缺乏引人入胜的力量。唐人不能满足，

"始有意为小说",从而促使传奇繁荣。鲁迅《中国小说史略》曾明确指出:"传奇者流,源盖出于志怪,然施之藻绘,扩其波澜,故所成就乃特异。其间虽亦或托讽谕以纾牢愁,谈祸福以寓惩劝,而大归则究在文采与意想,与昔之传鬼神明因果而外无他意者,甚异其趣矣。"

唐传奇的发展过程可分成三个阶段:发轫期,繁盛期,衰落期。

初唐至肃宗时为发轫期。这是从六朝志怪向成熟的传奇作品发展的一个过渡阶段,一方面六朝志怪小说的某些特征还未完全摆脱,另一方面,又开始具备唐人小说某些新素质。如隋末唐初王度的《古镜记》,以作者这个见证人为线条,将十多个有关古镜的神异故事串连起来,作了比较细致的描写。这可看作是由许多短小志怪故事联缀起来的长篇。又如无名氏的《补江总白猿传》,故事情节比较曲折完整,描写也较为生动,内容是写梁将欧阳纥之妻被白猿劫去,一个多月后,纥杀死白猿救回妻子,后生一子,状貌很像猿,而"文学善书,知名于时"。有人认为是攻击书法家欧阳询的。其怪诞荒唐处,未脱六朝窠臼。至于张鷟(658—730)的《游仙窟》,则假借遇仙,反映了古代文人与风月场的不解之缘,散韵相间,风格侧艳,描写粗疏,艺术上不太成熟。

自代宗至文宗朝为繁盛期。传奇小说的艺术完全成熟,最优秀的传奇名篇,几乎都产生于这一时期。鲁迅说:"惟自大历以至大中中,作者云蒸,郁术文苑,沈既济、许尧佐擢秀于前,蒋防、元稹振采于后,而李公佐、白行简、陈鸿、沈亚之辈,则其卓异也。"(《唐宋传奇集·叙例》)

这个时期,爱情题材的传奇最为突出。沈既济(约750—约797)《任氏传》,写人狐恋爱同居,为《聊斋志异》先导。李朝威《柳毅传》,写柳毅为龙女千里传书,人龙终成夫妇。陈玄祐《离魂记》,写倩娘为了爱情,可以魂离躯体去追随恋人,为明代汤显祖所作《牡丹亭》一剧本事。白行简《李娃传》写荥阳郑生热恋倡女李娃,几乎丧生,后来历尽艰辛,终成眷属。蒋防《霍小玉传》写才子李益,为了攀结高门,负心于多情的妓女霍小玉,终遭阴谴。元稹《莺莺传》写张生对莺莺始乱终弃,还为自己文过饰非,夸为"善于补过",是元代王实甫杂剧《西厢记》的蓝本。这些作品,不仅题材丰富多彩,美不胜收,而且故事情节生动曲折,引人入胜;人物形象活泼鲜明,典型性强;爱情描写细致缠绵,婉曲生姿。宋洪迈说:"唐人小说,不可不熟。小小情事,凄婉欲绝,洵有神遇而不自知者。与诗律可称一代之奇。"(《唐人说荟》例言引)

其他题材的作品成就也十分可观。沈既济《枕中记》和李公佐《南柯太守传》鄙视荣华富贵、功名利禄,认为不过是黄粱一梦、南柯一梦而已。陈鸿的《长恨歌传》和《东城老父传》则讽刺玄宗重色致乱和玩物丧志。李公佐《谢小娥传》和沈亚之《冯燕传》则塑造了为父报仇的侠女形象和犯法后勇于承担责任的豪侠形象。

自文宗朝至唐末为衰落期。所谓衰落,不是指数量,而是指质量。这个时期,单篇传奇很少,而传奇专集则大量涌现。如牛僧孺(780—848)《玄怪录》、李复言《续玄怪录》、郑还古《博异志》、薛用弱《集异记》、张读(834或835—?)《宣室志》、袁郊《甘泽谣》、裴铏《传奇》、康骈《剧谈录》、皇甫枚《三水小牍》等。这些传奇专集中的作品,水平并不一致,精品较少,篇幅短小,叙事简略,记述神怪的一般作品较多,仿佛又回到了六朝志怪的时代。

传奇专集中的精品,以表现侠客和爱情为主。如《甘泽谣》中的《红线》和《传奇》中的《聂隐娘》,写侠女行盗行刺,反映了唐末藩镇之间斗争十分激烈,有现实意义。侠女武艺超人,形象生动,为明清武侠小说的滥觞。《传奇》中的《裴航》写裴航在蓝桥驿遇上仙女,几经周折,终成连理。《三水小牍》中的《步飞烟》,写一爱情悲剧,委婉曲折,凄恻动人。《传奇》中的《昆仑奴》,则写一豪侠奴仆,为了成全其少主崔生的爱情,克服重重困难,逾垣十重,将勋臣家女伎红绡劫来,使其团圆。这篇传奇描写的重点已不是爱情而是侠义了。

唐传奇成果辉煌，对后世的文言短篇小说、话本小说、诸宫调讲唱文学、元人杂剧、南戏、明清传奇都产生了深远的影响。

第六节　佛教文化的影响与变文

隋唐时期，佛教已在中国生根，完全中国化了。唐代佛教教义研究高度发展，宗派繁多。再加上统治者大力提倡，崇佛之风遍及全社会。而儒、释、道三教合一的结果，使得无数文人倾心于佛教教义。特别是南宗禅建立后，强调顿悟，主张万法在心，不执外境，“佛是自性作，莫向身外求”（《坛经》），更方便了士大夫的学佛。在这种情况下，文学受佛教文化的影响已是必然之事。

首先，是佛教教义对作家世界观的影响。唐代许多著名散文家和诗人，如张说（667—731）、王维、李白、杜甫、李华、贾至（718—772）、独孤及、柳宗元、白居易、李商隐、司空图等都不同程度地倾心于佛教，世界观也不同程度地受到佛教教义的影响。王维受母亲影响，早年即信佛，夫人也信佛，女儿甚至落发出家。王维倾心于佛教的一个最明显的例子是他的名、字取法于《维摩诘经》中的维摩诘居士。维摩诘是中国大乘佛教在家信徒的理想榜样，他在世而又出世，既享尽人世间一切荣华富贵，又精通禅理，超脱人世。王维不仅名、字取法于他，那半官半隐、亦官亦隐的处世态度，不就是一个活脱脱的维摩诘居士吗？此外，王维那种消极退让的思想，也完全来之于佛教。当他在现实人生中碰到艰难时，便到佛教中去寻求自我解脱。他在《叹白发》诗中所说的“一生几许伤心事，不向空门何处销”，便是最好的证明。又如白居易，早年积极济世，关心民生疾苦，敢说敢为，写了那么多斗争性很强的讽谕诗，晚年却乐天知命，知足保和。其间转变的关键是在政治上受到挫折后转向空门，以佛理来自我解脱。《和梦游春诗一百韵》有句云：“人仕欲荣身，须臾成黜辱。合者离之始，乐兮忧所伏。……法句与心王，期君日三复。”《郡斋暇日忆庐山草堂兼寄二林僧社三十韵多叙贬官以来出处之意》写道：“谏诤知无补，迁移分所当。不堪匡圣主，只合事空王。”大体说来，他们在达时儒家思想占上风，在穷时则释、老思想占上风。

其次，是佛教意识对诗文创作的影响。王维诗中，创造了那么多空、寂、闲的境界，除了《辋川集》中那些脍炙人口的五绝外，其他这类表现禅趣的诗还很多。如：“行到水穷处，坐看云起时。”（《终南别业》）“但去莫复问，白云无尽时。”（《送别》）“人闲桂花落，夜静春山空。”（《鸟鸣涧》）“松风吹解带，山月照弹琴。”（《酬张少府》）随遇而安，物我两忘，从自然现象中悟出禅理，悟出宇宙与人生的真谛，这便是“禅悦”。华严宗倡“一花一世界，一叶一如来”；《大乘玄论》说“一切草木是佛性也”；天台宗、禅宗强调“木石有性，真如遍在”。这便是王维“禅悦”的根据。又如柳宗元“永州八记”中的首篇《始得西山宴游记》是一篇脍炙人口的名文，其中有一段精彩的文字：“悠悠乎与颢气俱而莫得其涯，洋洋乎与造物者游而不知其所穷。引觞满酌，颓然就醉，不知日之入。苍然暮色，自远而至，至无所见，而犹不欲归。心凝形释，与万化冥合。”人与大自然融化为一，从大自然中领悟到人生的真谛，这是跟王维相同的“禅悦”，这也是最令人陶醉的散文中的浓郁诗情。

最后，是佛教文学——变文对传奇创作的影响。变文是佛教徒宣讲佛理的一种讲唱文学样式，在当时颇能耸动听众，甚至传入宫廷，为帝王所欣赏。著名的佛经变文有《维摩诘经变文》、《大目乾连冥间救母变文》、《降魔变文》、《破魔变文》等，大多构思奇妙，想象惊人，绘声绘色，令人惊心动魄。变文中也有世俗故事，如《伍子胥变文》、《孟姜女变文》、《张义潮变文》等，或为历史故事，或为民间传说，或为当代时事，内容丰富多彩。变文在艺术上很有特色，在体制上采用散韵相同的形式。韵文部分一般用七言诗，间或杂有三、五、六言句式；散文部分多为浅近文言和四六骈语，也有使用白话口语的。变文的形式对传奇影响很大，初唐的《游仙窟》也采用散韵间杂的形式，与变文基本一致。中唐是变文盛行的时期，受其影响，传奇中也出现了不少程度不等的散韵合体的作品，如《柳毅传》、《莺莺传》、《长恨歌传》等。

第七节　词的兴起与唐五代词

词是一种配合音乐的诗歌。

词的异名很多。词的全称叫"曲子词"，简称为"词"。由于它要按曲调歌唱，又叫"倚声"，叫"乐府"(按：注意与汉魏六朝乐府相区别)。它的句式大多长短不齐，又叫"长短句"。早期的词，多从五、七言绝句变化而来，所以又称"诗余"。

词是中国诗体的一种，但它在形式上又有着和唐代近体诗不同的特点。词有自己的艺术特点，它比诗更适宜于抒发悱恻缠绵的感情，更适宜于描写细腻隐微的心理活动。清吴兴祚在为《词律》所作的序中说："词为曲所滥觞，寄情歌咏，既取丰神之蕴藉，尤贵音调之协和。"王国维在《人间词话》中说："词之为体，要眇宜修，能言诗之所不能言，而不能尽言诗之所能言。诗之境阔，词之言长。"

词的起源，诸说纷纭。一般都认为词产生于隋、唐之间，到中、晚唐才广泛流行起来。词的产生和发展，与音乐的发展变化和当时的社会需要有密切的关系。

隋唐是中国音乐发生剧变的时代。西北各少数民族和西域各国的音乐，因军事、通商和传教等各种关系，大量传入内地，于是便产生了被称为"夷胡里巷之曲"(《旧唐书・音乐志》)的新兴音乐。因为它在当时的宴会上作演奏用，所以叫"燕(宴)乐"。"燕乐"的声调和所用的乐器，既不同于汉魏以前结构板重、旋律缺乏变化的古乐(叫"雅乐")，也有别于汉魏以来节奏比较简单、舒缓的民间音乐(叫"清乐")，它热烈奔放，乐调繁复曲折，变化多端，令人感到悦耳新奇，于是"燕乐"便盛行于朝廷，广布于民间了。音乐的变化，自然影响到与音乐有着密切关系的词。词就是在这种环境下发育滋长起来的。

词的形式虽由音乐的形式所决定，但词的发展却在于民间，它有赖于商业经济发达与城市繁荣的社会基础。由乐工歌女唱的词，是配合歌舞的曲词。它既适合宫廷、豪门、富商的需要，同时也适合广大市民的需要。上层社会利用这些新兴的歌曲作为享乐生活的工具；民间的作品有许多用来歌唱歌妓的悲惨命运，反映其他社会性的题材。中、晚唐时，商业经济进一步发展繁荣，当时除长安、洛阳外，出现了许多繁华的商业都市。这样的社会环境，促进了音乐、歌舞、曲艺的发展。词起于民间，萌芽很早，但到中、晚唐才兴盛起来，这是商业城市的社会生活所决定的。

现存的唐代民间词，是清光绪二十五年(1899)在敦煌石窟中发现的曲子词写本残卷，所收曲子词有一百六十多首，除少数几首可知作者外，绝大部分是唐五代无名氏的民间作品。

敦煌曲子词题材广泛，有歌颂皇帝功德的，有宣扬菩萨灵验的，有反映边疆战争的，有描绘自然风光的。其中以表现妇女生活、抒写男女情爱的作品艺术性最高。如《菩萨蛮》：

枕前发尽千般愿，要休且待青山烂。水面上秤锤浮，直待黄河彻底枯。
白日参辰现，北斗回南面。休即未能休，且待三更见日头。

写女子对于爱情的坚贞不渝，连珠炮似的一口气说了五六个根本不能实现的比喻，语气决绝，意志坚定，爽快利落，民歌风味极浓。还有两首《望江南》，则表现妓女的感情和悲惨命运，极其真切：

天上月，遥望似一团银。夜久更阑风渐紧，为奴吹散月边云，照见负心人。

莫攀我，攀我太心偏。我是曲江临池柳，者人折了那人攀，恩爱一时间。

文人填词，始于盛唐。李白《清平调》等，为七言绝句入乐，即所谓“声诗”。传为李白所作的《菩萨蛮》、《忆秦娥》，则被人誉为“百代词曲之祖”。但历代均有人怀疑它们系后人伪托。

中唐以降，文人填词者渐多。张志和有《渔歌子》五首，当时和者甚众，还传入日本，可见其影响之大。戴叔伦(732—789)、韦应物有《调笑令》，写边塞生活和离别之情。王建有《宫中调笑》、《宫中三台》、《江南三台》。白居易、刘禹锡倡和的《忆江南》更为有名。相传白居易另有《花非花》一首、《如梦令》三首、《长相思》二首，刘禹锡另有《纥那曲》二首、《潇湘神》二首、《抛球乐》二首，但均不载于本集，后人多怀疑是否真出自他们之手。

进入晚唐，温庭筠是第一个大力填词的作家，今存词七十余首，是唐人词作传世最多者。其词富艳精工，秾丽绵密，被称为“花间鼻祖”。此外，晚唐还有杜牧、段成式、皇甫松、司空图、韩偓(约 842—923)、唐昭宗亦曾填过少量的词，其中皇甫松成就较大，今存十三首作品，都收在《花间集》中。

花间派词人，因后蜀赵崇祚所编《花间集》而得名。除温庭筠、皇甫松外，其余都是五代时人。其中韦庄、薛昭蕴、牛峤、张泌、毛文锡、牛希济、欧阳炯(896—971)、顾敻、魏承班(？—925)、鹿虔扆、阎选、尹鹗、毛熙震、李珣等，或为蜀人，或游宦于蜀。而和凝(895—955)、孙光宪(约 895—968)之作亦被收入《花间集》，可能是因词作风格相近之故。

韦庄为花间派五代词人之翘楚，今存词五十余首，不仅数量多，且艺术质量高。词风疏淡清朗，情深语秀，与温齐名，但温密韦疏，风格恰成鲜明对比。近人王国维《人间词话》说：“‘画屏金鹧鸪’，飞卿(温庭筠)语也，其词品似之；‘弦上黄莺语’，端己(韦庄)语也，其词品亦似之。”其余花间词人，大多也是用华丽的语言写男女情爱和游冶生活，成就高下不一。唯鹿虔扆《临江仙》“金锁重门”写兴亡之感，李珣、欧阳炯、孙光宪有些作品，写南国自然风光和风俗民情，清新可喜。孙光宪的《定西番》、《酒泉子》笔调雄放，为边塞词之祖。

南唐词以冯延巳和李璟(916—961)、李煜父子为代表。冯延巳存词一百余首，为五代词人中存词最多者。冯词意境深远广阔，语言清新婉约，表现手法丰富多变，感情层次顿挫沉郁，对北宋词影响很大。李璟词虽仅存四首，但都是精品。李煜词今存三十余首，虽然数量不太多，但感情真挚深沉，白描手法高超入神，语言清丽自然，富于个性，在词史上产生了深远的影响，有人曾将他比作词中之李白。宋词名家李清照、清词名家纳兰性德都受到他极大的影响。

第二章 唐五代作品选

第一节 初唐诗歌

王绩

王绩(585—644),字无功,号东皋子,绛州龙门(今山西河津)人。唐诗人。隋时官秘书省正字,出为六合县丞。入唐任太乐丞。不久弃官归隐东皋。

王绩过的是隐逸生活,他的诗歌,也主要反映隐逸情趣。他像陶渊明一样独来独往,恬淡而寡欲。但陶渊明在农村找到慰藉和归宿,王绩却感到寂寞和孤独。因此,陶诗使人感到宁静和欣慰,而王诗则使人感到彷徨和苦闷。其诗风清新朴素,意境高古。一些诗篇也流露出愤世嫉俗之情。如《过酒家五首》之二说:“此日长昏饮,非关养性灵。眼看人尽醉,何忍独为醒?”有《东皋子集》。

野望

【题解】 本篇选自《东皋子集》卷中。《野望》是王绩的代表作品。此诗可能作于唐初,因为诗中对山村秋景虽然写得清新秀美,充满宁静和谐的气氛,但尾联却表现出彷徨无依的苦闷和隐逸求安的意向,显然是对新朝(唐朝)的某种不满。

东皋薄暮望[①],徙倚欲何依[②]?
树树皆秋色,山山唯落晖。
牧人驱犊返,猎马带禽归。
相顾无相识,长歌怀采薇[③]。

【注释】

① 东皋：今山西河津东皋村。

② 徙倚：徘徊，彷徨。欲何依：化用曹操《短歌行》“月明星稀，乌鹊南飞。绕树三匝，何枝可依”诗意。

③ 采薇：据《史记·伯夷列传》载，殷亡后，伯夷、叔齐隐居首阳山，采薇而食，不食周粟，作歌曰：“登彼西山兮，采其薇矣。以暴易暴兮，不知其非矣。神农虞夏，忽焉没兮，我安适归矣？于嗟徂兮，命之衰矣！”薇，羊齿类草本植物，其嫩叶可食。

骆宾王

骆宾王（约638—约684），婺州义乌（今属浙江）人。唐文学家。初入道王李元庆幕府，历官武功、长安主簿，入朝为侍御史。后被贬为临海县丞，世称骆临海。晚年从徐敬业起兵反对武则天，撰《讨武曌檄》，为唐代名文。事败，或说被杀，或说脱走。

骆宾王命运坎坷，在他一生中，数蒙冤狱，三次从军出塞，因此，在他的诗中，充满着报效君国的献身精神、对受欺凌的弱小者的同情精神以及深刻揭露现实黑暗的批判精神。他的五律和五绝，写得苍劲激越，骨力刚健，很有特色。他的《帝京篇》是初唐七言歌行的名作，以纵横奔放、富丽铺张的诗笔，描绘出帝京宫殿的雄伟壮丽，游侠、权贵的纵情声色，志得意满之徒的转瞬失势，以及怀才不遇之士的满腔悲愤，在当时被称为绝唱。有《骆丞集》。

在狱咏蝉

【题解】 本篇选自《骆丞集》卷一。这是骆宾王五律的代表作。此诗写于仪凤三年（678）秋。骆宾王任侍御史时，触忤武后，被诬下狱，在狱中闻蝉鸣而自悲，写下了这首千古名作。首联、颔联蝉与“我”对举，颈联蝉“我”融合为一，尾联又从蝉“我”合一的境界跳出来，发出“谁为表予心”的呼告。此诗寄托遥深，物我合一，形神兼备，深耐咀嚼。

西陆蝉声唱[①]，南冠客思侵[②]。
那堪玄鬓影[③]，来对白头吟[④]。
露重飞难进，风多响易沉[⑤]。
无人信高洁，谁为表予心[⑥]？

【注释】

① 西陆：指秋天。《隋书·天文志》：“日循黄道东行……行东陆谓之春，行南陆谓之夏，行西陆谓之秋，行北陆谓之冬。”

② 南冠：《左传·成公九年》：“晋侯观于军府，见钟仪，问之曰：‘南冠而絷者谁也？’有司对曰：‘郑人所献楚囚也。’”后遂以南冠为囚犯的代称。侵：侵袭。

③ 玄鬓影：指蝉翼，跟下面所写诗人的白头形成鲜明对照。马缟《中华古今注》记魏文帝宫人莫琼树“始制为蝉鬓，望之缥缈如蝉翼，故曰‘蝉鬓’”，此处反过来以薄鬓喻蝉翼。

④ 白头吟：有双关的意思，既指秋蝉正对着诗人的白头哀吟，又暗用司马相如对卓文君爱情不专而卓文君作《白头吟》曲以自伤的典故。

⑤ 风多：指风大。响：声响，指秋蝉的鸣声。沉：消沉，沉没。

⑥ 表予心：表白我的心迹。

王勃

王勃（650—676），字子安，绛州龙门（今山西河津西）人。唐文学家。初为沛王府侍读，因撰《檄英王鸡》文而被逐。入蜀，补虢州参军，又因擅杀官奴当诛，遇赦除名。其父亦受累贬为交趾令。上元三年(676),王勃前往交趾探亲,渡海溺水,惊悸而死。

王勃的七古,篇幅上要比卢、骆短小些,也没有卢、骆那种宏壮激荡的气势,但悠扬宛转,清丽缠绵,别有一种动人的美感。他的诗歌成就最杰出的部分,是五律与五绝。明胡应麟《诗薮》说:“唐初五言律惟王勃‘送送多穷路’、‘城阙辅三秦’等作,终篇不著景物,而兴象婉然,气骨苍然,实首启盛、中妙境。五言绝亦舒写悲凉,洗削流调。究其才力,自是唐人开山祖。”他也是初唐著名的骈文家,名篇有《滕王阁序》等。有《王子安集》。

送杜少府之任蜀川

【题解】 本篇选自《王子安集》卷三。王勃在长安供职,一位姓杜的朋友要到四川去任县尉(唐人称县尉为少府),便写了这首诗来送别。这首诗极负盛名,因为它别开生面,既无一般应酬的客套话语,也无忧郁感伤的离别言辞,而是从“同是宦游人”的相同身份和立场,抒写了壮阔的、昂扬奋发的时代精神。此诗平仄协调,对仗工整,风格高朗,显示了五言律诗的逐渐趋向成熟和初唐萎靡诗风的逐步扭转,在文学史上有着比较重要的地位。尤其是颈联“海内存知己,天涯若比邻”,千百年来为人们普遍传诵。

城阙辅三秦,风烟望五津①。
与君离别意,同是宦游人②。
海内存知己,天涯若比邻③。
无为在歧路④,儿女共沾巾⑤。

【注释】

① “城阙”二句:首句写双方分手的地点,次句写友人要去的地方。城阙,指京城长安的城郭宫阙。辅三秦,以三秦为辅,是指长安位于三秦的中枢。今陕西一带,古代是秦国,项羽灭秦后,分设雍、塞、翟三国,故称三秦。五津,泯江从湔堰至犍为有五大渡口:白华津、万里津、江首津、涉头津、江南津,合称五津,这里借指四川。

② 宦游人:为了做官而离家远游四方的人。因王勃是绛州龙门(今山西河津)人,这时在长安做官,所以自称宦游人。

③ “海内”二句:化用曹植《赠白马王彪》“丈夫志四海,万里犹比邻。恩爱苟不亏,在远分日亲”诗意。海内,天下。存,有。比邻,近邻。

④ 无为:不要。歧路:岔路,指分手的地方。

⑤ 沾巾:因分别而哭泣,让涕泪沾湿了巾袖。

张若虚

张若虚,扬州(治今江苏扬州)人。唐诗人。曾任兖州兵曹。与贺知章、张旭、包融并称“吴中四士”。约为初、盛唐之交的诗人。

张若虚作品大多散佚不传,《全唐诗》仅录存其诗两首。一首是《代答闺梦还》,不过是沿袭齐梁风气的平凡之作;另一首《春江花月夜》,却是富有哲理的写景抒情杰作。清王闿运说:“张若虚《春江花月夜》用《西洲》格调,孤篇横绝,竟为大家。李贺、商隐,挹其鲜润;宋词、元诗,尽其支流。”(《湘绮楼论唐诗》)

春江花月夜

【题解】 本篇选自《乐府诗集》卷四十七。《春江花月夜》为乐府旧题,陈隋诗人常用来写浮艳的宫体诗。张若虚洗脱了六朝宫体诗的浓重脂粉气,在这首诗中创造了一个美丽、静谧、空灵、深邃的境界,将月夜美景、离愁别恨、人生哲理、宇宙意识等交融在一起来写,被闻一多誉为“诗中的诗,顶峰上的顶峰”(《宫体诗的自赎》),千百年来盛传不衰。

春江潮水连海平，海上明月共潮生[①]。滟滟随波千万里[②]，何处春江无月明？江流宛转绕芳甸[③]，月照花林皆似霰[④]。空里流霜不觉飞[⑤]，汀上白沙看不见[⑥]。江天一色无纤尘，皎皎空中孤月轮。江畔何人初见月？江月何年初照人？人生代代无穷已，江月年年望相似。不知江月待何人，但见长江送流水。白云一片去悠悠，青枫浦上不胜愁[⑦]。谁家今夜扁舟子[⑧]？何处相思明月楼[⑨]？可怜楼上月徘徊，应照离人妆镜台。玉户帘中卷不去，捣衣砧上拂还来[⑩]。此时相望不相闻，愿逐月华流照君[⑪]。鸿雁长飞光不度，鱼龙潜跃水成文[⑫]。昨夜闲潭梦落花[⑬]，可怜春半不还家。江水流春去欲尽，江潭落月复西斜。斜月沉沉藏海雾，碣石潇湘无限路[⑭]。不知乘月几人归，落月摇情满江树[⑮]。

【注释】

① "春江"二句：写春潮高涨，江海连成一片，月亮从地平线升起，远远望去，仿佛是从春潮中涌现出来的一样。

② 滟滟：月光在水面上动荡闪烁的样子。

③ 宛转：委婉曲折。芳甸：长满花草的原野，这里指江郊。

④ 霰(xiàn)：雪珠。此处形容皎洁的月光，照映着花朵，显得一片洁白。

⑤ 流霜：月光洁白如霜，流动似水。

⑥ 汀：江边的沙滩。

⑦ 青枫浦：一名双枫浦，在今湖南浏阳县浏水中。这里泛指与情人离别之处。

⑧ 扁(piān)舟子：在船上漂泊的游子。扁舟，小船。

⑨ 明月楼：借指在楼上对着月光思念游子的妇女。曹植《七哀》诗："明月照高楼，流光正徘徊。上有愁思妇，悲叹有余哀。"

⑩ "玉户"二句：是说思妇面对月光，挥遣不去，触处生愁。砧(zhēn)，捣衣用的石头。

⑪ 月华：月光。君：指游子。

⑫ "鸿雁"二句：鸿雁飞得虽远，但不能逾越月光飞到对方身边去传递信息；鱼龙在深水中跃动，激起水纹，夜深人静，更增加了离别的痛苦。

⑬ 闲潭：幽静的水潭。梦落花：比喻春天即将过去。

⑭ "碣石"句：意思是思妇游子一在天南，一在海北，相距遥远。碣石，山名，在今河北昌黎北。潇湘，水名，湘江流到湖南零陵西合潇水，称潇湘。

⑮ "落月"句：落月的残辉似乎满带着游子思妇的离情散落在江边的树丛中。

陈子昂

陈子昂(659—700)，字伯玉，梓州射洪(今属四川)人。初任麟台正字，迁右拾遗，正言极谏，不惧权贵，所陈政见多符合实际，切中时弊。后随武攸宜北征契丹，参谋军事，提出积极建议，不仅不被采纳，反受降职处分。诗人因壮志难酬，便辞官回乡，武三思嘱县令段简诬陷他，下狱而死。

陈子昂的吊古伤今诗写得极有分量。《蓟丘览古赠卢居士藏用七首》是抒写遭武攸宜压抑后满腔愤懑之情的一组力作。《感遇诗》三十八首是其代表作，这组诗多采用比兴手法，形象鲜明，骨气端翔，音情顿挫，光英朗练，在文学史上有着突出的地位。有《陈拾遗集》。

登幽州台歌

【题解】 本篇选自《陈拾遗集》附录《陈氏别传》，篇名为后人所加。万岁通天元年(696)，陈子昂以右拾遗随军参谋的身份，随武攸宜出征契丹。后来，由于他提出了不同的作战策略，反受到降职处分，便登上蓟北楼，感愤而作此歌。

诗人直抒胸臆，喷薄而出，把无尽的历史长河，无边的茫茫宇宙，浓缩在短短的四句诗中，作为"独怆然而涕下"的诗人自我形象的背景，蕴括了整整一代人怀才不遇、壮志难酬的悲愤。全诗笔力雄健，境界开阔，格调高昂，显示了一种悲壮的美，雄浑的美。

前不见古人，后不见来者[①]。念天地之悠悠，独怆然而涕下[②]。

【注释】

①“前不见”二句：像战国时燕昭王那样重用贤才的帝王，自己如今已无法见到；身后一定会有，但也无法见到。

②怆（chuàng）然：悲痛至极的样子。

第二节　盛唐诗歌

孟浩然

孟浩然（689—740），以字行，襄州襄阳（今湖北襄樊）人。唐诗人。他是一位不甘心隐居但终于只好以隐居终老的诗人。开元十六年（728）四十岁入长安应举前，曾隐居鹿门山。应举落第，遂还乡。开元二十五年（737），张九龄为荆州长史，署为从事。不久仍归襄阳。后病卒。

孟浩然的诗极大多数是五言，不少名作都清新自然，一往情深，全是朴茂淳真之态，绝无矫揉造作之情。他的诗大多采用白描手法，对仗工稳而不纤巧，写景浑成而不刻画，真正做到了“遇景入咏，不钩奇抉异，令龌龊束人口者，涵涵然有干霄之兴，若公输氏当巧而不巧者也”（唐皮日休《郢州孟亭记》）。孟诗冲淡中常露壮逸之气，如“日出气象分，始知江湖阔”、“中流见匡阜，势压九江雄。香炉初上日，瀑布喷成虹”、“气蒸云梦泽，波撼岳阳城”、“照日秋云迥，浮天渤澥宽。惊涛来似雪，一坐凛生寒”等，都是境界阔大、气势雄深之作，“精力雄健，俯视一切，正不可徒以清言目之”（清潘德舆《养一斋诗话》）。有《孟浩然集》。

临洞庭湖赠张丞相

【题解】 本篇选自《孟浩然集》卷三。开元二十一年（733）张九龄为丞相，孟浩然以此诗干谒，希望得到张九龄的援引，表述了自己积极用世的热情。此诗“前半望洞庭湖，后半赠张相公，只以望洞庭托意，不露干乞之痕”（清纪昀评《瀛奎律髓》）。写洞庭四句，显得意境开阔，气势磅礴。在孟诗清悠淡远的总体风格中，颇为突出。其中尤以“气蒸云梦泽，波撼岳阳城”一联，最为脍炙人口，论者以为堪与杜甫咏洞庭名句“吴楚东南坼，乾坤日夜浮”媲美。而最后两联，以“欲济”、“羡鱼”比喻自己求仕的迫切愿望，也极自然贴切。

八月湖水平，涵虚混太清[①]。
气蒸云梦泽[②]，波撼岳阳城[③]。
欲济无舟楫，端居耻圣明[④]。
坐观垂钓者，徒有羡鱼情[⑤]。

【注释】

①“八月”二句：秋季八月，湖水大涨，与岸齐平，水天相连，仿佛湖水涵容着天宇。虚、太清，均指天空。

②“气蒸”句：云梦泽（今湖北东南、湖南北部洼地总称）的广大范围，都在洞庭湖水气笼罩之中。

③“波撼”句：洞庭湖水波激荡，仿佛连岳阳城都被摇撼了。宋范致明《岳阳风土记》：“孟浩然洞庭诗有‘波撼岳阳城’，盖城据湖东北，湖面百里，常多西南风，夏秋水涨，涛声喧如万鼓，昼夜不息。”

④ 端居：即独处，隐居。耻：对不起。圣明：圣明盛世。

⑤ 徒：徒然。羡鱼情：典出《淮南子·说林训》："临河而羡鱼，不若归家织网。"

过故人庄①

【题解】 本篇选自《孟浩然集》卷四。此诗写诗人和农村朋友之间的深厚情谊，朴实淳挚，清悠淡远，代表了孟浩然的典型风格。诗中以田家优美的风光，村友间淳真的感情，与污浊黑暗、互相倾轧的官场生活，形成鲜明的对照。俞陛云说："诗写田家闲适之境，诵之觉九衢车马，尘起污人矣！"（《诗境浅说》）

此诗全用白描手法，对仗工稳而不纤巧，写景浑成而不刻画。如清沈德潜所说："孟诗胜人处，每无意求工，而清超越俗，正复出人意表。"（《唐诗别裁集》）

故人具鸡黍②，邀我至田家。
绿树村边合③，青山郭外斜。
开轩面场圃④，把酒话桑麻。
待到重阳日⑤，还来就菊花⑥。

【注释】

① 过：造访。故人：老朋友。

② 具：准备，备办。鸡黍：鸡和黄米饭，泛指农家招待客人的丰盛饭菜。《论语·微子》："子路从而后，遇丈人，以杖荷篠。……止子路宿，杀鸡为黍而食之。"

③ "绿树"句：绿树将村庄四面环合。

④ 轩：窗。场圃：打谷场和菜园子。

⑤ 重阳日：农历九月初九为重阳节。古人认为九是阳数，两个九，故称重阳。

⑥ 就菊花：指欣赏菊花。古代风俗，重阳节要登高、饮酒、赏菊。就，接近。

王维

王维（约694—761），字摩诘，蒲州（治今山西永济西）人。唐诗人。开元九年（721）登进士第，任大乐丞。后因伶人舞黄狮子事而受连累，贬为济州司库参军。开元二十二年（734）张九龄执政，授右拾遗。后迁监察御史。开元二十五年（737），张九龄为李林甫排斥，王维亦外放凉州为河西节度使幕府判官。唐玄宗天宝初年，在长安过着亦官亦隐的闲适生活。安史之乱起，他被叛军所俘，被迫接受伪职。叛乱平息后，以从贼论罪，被贬为太子中允。乾元二年（759）转为尚书右丞，世称王右丞。

王维的诗歌创作，以张九龄罢相为界，分为前后两期。前期他关心社会现实，政治上积极进取，写了不少关于游侠和边塞题材的作品，表现出昂扬的情调和豪放的气势。后期由于政治上受挫，思想日趋消极，中年以后在终南山庄和辋川别墅长斋奉佛，流连光景。这一时期写得较多的是表现田园生活、描绘自然山水的诗篇，境界恬淡幽静，有的诗还带有一种清冷孤寂的气氛。王维工诗善画，精通音律。他的山水田园诗善于用白描的手法，曲折尽态地描绘出大自然的美，构思精巧，语言洗练，富有诗情画意和音乐的美感，在艺术上有独到的造诣。他的诗各体皆长，而尤以五律成就最高。有《王右丞集》。

渭川田家

【题解】 本篇选自《王右丞集笺注》卷三。此诗选取了三个典型镜头，一是村晚归牧，二是蚕麦丰收，三是淳朴交谈，从而组成一幅夜幕降临时怡然自乐的农村和平宁静的生活图景。再借用《诗经·邶风·式微》之典，表现了诗人急于归隐的急迫心情。全诗纯用白描，不加雕琢，朴素清新，诗中有画。

斜光照墟落[①]，穷巷牛羊归[②]。野老念牧童，依杖候荆扉[③]。雉雊麦苗秀[④]，蚕眠桑叶稀。田夫荷锄立[⑤]，相见语依依[⑥]。即此羡闲逸，怅然歌式微[⑦]。

【注释】

① 墟落：村庄。
② 穷巷：偏僻简陋的里巷。
③ 荆扉：用柴草编织的门。
④ 雉雊(gòu)：野鸡鸣叫。
⑤ 立：《全唐诗》作“至”。
⑥ 依依：恋恋不舍的样子。
⑦ 歌：《全唐诗》作“吟”。式微：《诗经·邶风·式微》：“式微，式微，胡不归?”后世遂以提到“式微”来表示希望归隐田园之意。

山居秋暝

【题解】 本篇选自《王右丞集笺注》卷七。诗中先集中笔墨描绘了一幅新雨后的秋山晚景图：既有明月、苍松、清泉、白石、翠竹、红莲等美丽的自然景物，又有浣女、渔翁等自由自在、勤劳善良的人物。然后诗人衷心地表示愿意隐居于这个与黑暗污浊的官场社会相对照的理想境界里。此诗语言清新自然，简直跟口语差不多，仿佛毫不费力似的，其实乃是精心锤炼的结果，体现了本色美。

空山新雨后，天气晚来秋。
明月松间照，清泉石上流。
竹喧归浣女[①]，莲动下渔舟。
随意春芳歇[②]，王孙自可留[③]。

【注释】

① 竹喧：指竹林中人声喧闹。浣女：洗衣的女子。
② 随意：任随，听凭。春芳：春天的花草。歇：凋谢，枯萎。
③ “王孙”句：《楚辞·招隐士》说：“王孙游兮不归，春草生兮萋萋。”“王孙兮归来，山中兮不可以久留。”这是劝人不要到深山去隐居。现在王维反用其意，认为山中秋景胜过春景，希望能去隐居。王孙，贵族子弟，这里诗人用来自比。

终南山

【题解】 本篇选自《王右丞集笺注》卷七。开元末至天宝初，王维在终南别业居住，半官半隐，这首诗大约写于这个时期。终南山即秦岭，西起今甘肃天水，东至今河南陕县，绵延八百余里。此诗从终南主峰太乙落笔，然后总览全景，表现出一种磅礴气势。太乙连天，极言其高；连山接海，极夸其大。诗人壮笔淋漓，粗线勾勒，显得雄浑高华，气象万千，大有“造化钟神秀，阴阳割昏晓”(杜甫《望岳》)之势。

太乙近天都[①]，连山到海隅[②]。
白云回望合，青霭入看无[③]。
分野中峰变[④]，阴晴众壑殊[⑤]。
欲投人处宿[⑥]，隔水问樵夫。

【注释】

① 太乙：终南主峰，在长安西，今陕西武功境内。天都：天帝所住的地方。

② “连山”句：山峰绵延，直到海边。这是夸张的说法，实际上终南山并不延伸到海边。

③ 霭(ǎi)：雾气。入看无：远望似有青雾缭绕，近看却又没有了。

④ 分野：古代天文学名词，古人将天上的星宿和地上的区域对应起来，称为分野。

⑤ “阴晴”句：同一时间内，各山谷间阴晴都不同。

⑥ 人处：有人居住之处。

鹿　柴[1]

【题解】 本篇选自《王右丞集笺注》卷十三。这是作者《辋川集》中的第五首。《辋川集》是描写辋川别墅幽美风光的一组山水诗，收入王维和裴迪各二十首五绝。闻一多说：“王维独创的风格是《辋川集》，最富于个性，不是心境极静是写不出来的。这类诗境界到极静无思的程度，在静中诗人便觉得一切东西都有了生命。”(《闻一多选唐诗》)王维信仰禅宗，禅宗以无念为宗，追求心空、性空，在诗中常常追求空寂的境界。此诗境界幽静，气氛孤寂，色调清冷，表现了浓重的禅趣。

空山不见人，但闻人语响。
返景入深林[2]，复照青苔上。

【注释】

① 鹿柴(zhài)：辋川地名。柴，栅篱。

② 返景：指夕阳返照的余辉。景，影。

送元二使安西[1]

【题解】 本篇选自《王右丞集笺注》卷十四。这是一首极负盛名的送别诗。此诗感情恳挚热烈，表现了送别时的典型环境和典型情绪，再加上运用的是七绝这一种最便于歌唱的形式，后来演化成《阳关三叠》(又称《渭城曲》)，后两句反复叠唱数遍以充分表达离别之情，在唐宋间传唱不衰。白居易、李商隐俱有听唱阳关之句。由此可见，此诗影响之大。

渭城朝雨裛轻尘[2]，客舍青青柳色新[3]。
劝君更尽一杯酒[4]，西出阳关无故人[5]。

【注释】

① 安西：指安西都护府，治所初在西州(今新疆吐鲁番东南高昌故城)，开元、天宝间治龟兹(今新疆库车东)。

② 渭城：秦都咸阳故城，故址在今陕西咸阳东北渭水北岸。唐代从长安往西去的，多在渭城送别。裛(yì)：通“浥”，湿润。

③ 柳色新：柳树经过雨水的滋润，显得格外青翠新鲜。

④ 更尽一杯酒：再干一杯酒。

⑤ 阳关：在今甘肃敦煌西南，在古代，跟玉门关同为出塞必经之关口。因在玉门关南，故称阳关。

储光羲

储光羲(约706—约762)，润州延陵(今江苏丹阳西南)人。唐诗人。开元十四年(726)登进士第。历官安宜尉等。后辞官隐于终南山。又被召为太祝。天宝末迁监察御史。安禄山陷长安，被俘受伪职。乱平后，论罪系狱，贬谪岭南。

储光羲喜欢以渔父、樵子、牧童、莲娃、猎人、农夫等下层劳动者和田园风光为题材，风格比较质朴。清沈德潜认为“太祝诗学陶而得其真朴，与王右丞分道扬镳”。实际上他的诗还是比不上王、孟、韦、柳的。重要作品有《田家杂兴》、《田家即事》、《樵夫词》、《牧童词》等。储诗多五言古体，写景细致而有情趣。有《储光羲诗集》。

田家杂兴(其二)

【题解】 本篇选自《储光羲诗集》卷二。原作共八首，这里选的是第二首。诗写田园生活的乐趣：打猎捕鱼，种菜植树，优游不迫，兀然沉醉，不受官家束缚，不受名利羁牵。深得陶渊明诗作的精神。

众人耻贫贱，相与尚膏腴[①]。我情既浩荡，所乐在畋渔[②]。山泽时晦冥，归家暂闲居。满园种葵藿，绕屋树桑榆。禽雀知我闲，翔集依我庐。所愿在优游，州县莫相呼。日与南山老[③]，兀然倾一壶[④]。

【注释】

① 尚膏腴：追求富贵。膏腴，肥脂。此处用如"膏粱"。精美食品称"膏粱"，富贵人家子弟称"膏粱子弟"。

② 畋渔：打猎捕鱼。

③ 南山：扬雄《解嘲》："四皓采荣于南山。"《太平寰宇记》山南西道商州上洛县引《帝王世纪》曰："南山曰商山，又名地肺山，亦称楚山。"

④ 兀然：沉醉的样子。刘伶《酒德颂》："兀然而醉。"

王之涣

王之涣(688—742)，字季凌，绛州(治今山西新绛)人。唐诗人。以荫补衡水主簿，受谤去官，家居十五年。后又任文安县尉，卒于任所。

王之涣性格豪放，所作从军、出塞之诗，"传乎乐章，布在人口"(唐靳能《王之涣墓志铭》)。所作多散佚，《全唐诗》仅录存其诗六首。五绝《登鹳雀楼》和七绝《凉州词》为传诵千古的名篇，能代表盛唐气象。《凉州词》甚至被明人定为唐七绝的压卷之作。

凉州词(其一)

【题解】 本篇选自《万首唐人绝句》卷八。《文苑英华》卷一百九十七所录诗题作《出塞》，《乐府诗集》卷二十二同。原作共二首，这里选的是第一首。《凉州词》，凉州歌的唱词，宋郭茂倩《乐府诗集·近代曲词》有《凉州歌》，并引《乐苑》："《凉州》，宫调曲，开元中西凉府都督郭知远进。"凉州，治今甘肃武威。

诗一开始，就极其概括地描绘出凉州的苍茫景象，然后在无限开阔的背景下，来写作者的闻笛感受，所以诗的格调是高昂的。又由于作者从曲调的名称入手，联系自然界的杨柳、春风来构思，所以诗人对士兵的同情，在诗中又表现得十分含蓄。

黄河远上白云间[①]，一片孤城万仞山[②]。
羌笛何须怨杨柳，春风不度玉门关[③]。

【注释】

① "黄河"句：远望黄河，莽莽而去，消失在茫茫的白云中间。

② "一片"句：凉州府一座孤城坐落在万仞高山丛中。

③ "羌笛"二句：杨慎《升庵诗话》指出："此诗言恩泽不及于边塞，所谓君门远于万里也。"怨杨柳，指《折杨柳曲》音声哀怨。乐府《横吹曲辞·折杨柳歌辞》云："上马不捉鞭，反折杨柳枝。蹀坐吹长笛，愁杀行客儿。""怨杨柳"由此化出。李白《塞下曲》也有类似的描写："五月天山雪，无花只有寒。笛中闻折柳，春色未曾看。"按：原本"春风"作"春光"，据《能改斋漫录》、《演繁露》改。

王昌龄

王昌龄(约 694—约 756),字少伯,京兆长安(今陕西西安)人。唐诗人。出身寒微,青少年时期生活清苦。开元十五年(727)登进士第,授秘书省校书郎。开元二十七年(739)前后被贬岭南。北还后于开元末贬江宁丞,后又因事再贬龙标尉,世称王江宁,或王龙标。安史之乱发生后,他返回故乡,途中被刺史闾丘晓杀害。

王昌龄诗今存一百八十余首,其中八十余首是绝句。他的诗内容比较丰富,其中以边塞诗、闺怨诗和宫怨诗以及送别的七绝写得最出色。他的边塞诗充满积极昂扬的精神,像《从军行》,昂奋之情,溢出字面。宫怨诗以《长信秋词》(奉帚平明金殿开)一首为代表,闺怨诗则以《闺怨》(闺中少妇不知愁)一首为代表,俱措词委婉,浑然含蓄。送别诗以《芙蓉楼送辛渐》第一首为代表,诗中结句"一片冰心在玉壶"这一出色的点睛之笔使抽象的议论化为具体感人的形象,使诗意升华到一个崭新的境界,精彩而含蓄地表现了双方情谊的深重。他的七绝善于用精练明快的语言,表达深挚婉曲的感情,具有情韵深长的特点。明王世贞认为:"七言绝句,王少伯与太白争胜毫厘,俱是神品。"(《艺苑卮言》)有《王昌龄诗集》。

从军行(其四)

【题解】 本篇选自《全唐诗》卷一百四十三。《从军行》是乐府《相和歌辞·平调曲》旧题,前人多写军旅的苦辛。王昌龄的《从军行》共七首,这里选的是第四首。此诗一反传统的写法,直抒壮士们以身报国的壮志豪情,格调高昂。诗用较多篇幅先将战争的环境和艰苦的气氛极力渲染,最后下一句誓词,极有分量,酣畅淋漓地表现了盛唐戍边将士的精神风貌。

青海长云暗雪山①,孤城遥望玉门关②。
黄沙百战穿金甲③,不破楼兰终不还④!

【注释】

① "青海"句:青海的上空,乌云密布,范围极广,仿佛使雪山都变得暗淡无光了。

② "孤城"句:即"遥望孤城玉门关",为调平仄而倒置。玉门关在甘肃省,与青海在地理上相距甚远,实际上是望不见的,这是诗的夸张写法。

③ "黄沙"句:在黄沙千里的艰苦环境中,身经百战,将铁甲磨穿。

④ 楼兰:汉代西域国名,在今新疆鄯善东南。汉武帝时,遣使通大宛,楼兰阻挡道路,攻击汉使臣。元凤四年(前77),霍光派傅介子前往楼兰,用计斩其王。事见《汉书·傅介子传》。

出塞(其一)

【题解】 本篇选自《全唐诗》卷一百四十三。《出塞》为乐府《横吹曲》旧题,唐人乐府诗中,还有《前出塞》、《后出塞》、《塞上曲》、《塞下曲》等,都是从《出塞》演变而来,内容也都是描写边塞征戍的。王昌龄的《出塞》共二首,这里选的是第一首。

此诗托古讽今,慨叹无良将守边,致使匈奴频繁入侵。开篇用秦月汉关的典型景象,既渲染古塞的荒凉气氛,又点示边患的悠长频繁,征戍的艰辛困苦。最后两句作议论,情韵与风度俱胜,充分突出了全诗的主题思想。

秦时明月汉时关①,万里长征人未还②。
但使龙城飞将在③,不教胡马度阴山④。

【注释】

① “秦时”句：“秦”和“汉”，“明月”和“关”是互文见义，并不单指“明月”属于秦，“关”属于汉。而是说，月照关塞和边患不息的现象，从秦到汉，从汉到唐，一直是如此。

② “万里”句：此句包括无限感慨，其中有“可怜无定河边骨，犹是春闺梦里人”（陈陶《陇西行》）的悲哀，也有“一将功成万骨枯”（曹松《己亥岁》）的愤慨，但主要是希望朝廷任用良将，巩固边防，维护国家的安全统一。

③ 龙城飞将：合用卫青和李广两个典故，借指威震敌胆之良将。龙城，汉代匈奴大会祭天之处，在今蒙古塔米尔河岸车车尔勒格东。据《汉书·卫青霍去病传》载，元光六年（前129），卫青击匈奴至龙城，斩首虏数百。飞将，指李广。《史记·李将军列传》：“广居右北平，匈奴闻之，号曰‘汉之飞将军’。”

④ 阴山：在今内蒙古中部，是当时塞外屏障。

长信秋词（其三）

【题解】 本篇选自《全唐诗》卷一百四十三。诗题《乐府诗集》作《长信怨》，属《相和歌辞·楚调曲》。原作五首，这里选的是第三首。此诗咏班婕妤的故事。唐人宫怨诗多借以立言。班婕妤是汉成帝的嫔妃，美秀能文，深得宠爱。后成帝又宠幸赵飞燕和赵合德，因赵氏姊妹骄妒狠毒，她感到自己处境危险，便主动要求去长信宫侍奉太后，在凄凉寂寞中度过了一生。王昌龄这首诗，便是借这个凄惨的故事为宫女们诉怨。清沈德潜说：“昭阳宫，赵昭仪（即赵合德）所居，宫在东方，寒鸦带东方日影而来，见己之不如鸦也。优柔婉丽，含蕴无穷，使人一唱而三叹。”（《唐诗别裁集》）

奉帚平明金殿开①，且将团扇暂徘徊②。
玉颜不及寒鸦色，犹带昭阳日影来③。

【注释】

① 奉帚：捧着扫帚，打扫宫殿。班婕妤失宠后，曾作《自悼赋》，其中有句曰：“供洒扫于帷幄兮。”吴均《行路难》：“班姬失宠颜不开，奉帚供养长信台。”此用其意。

② “且将”句：班婕妤曾作《团扇歌》（一名《怨歌行》），辞曰：“新裂齐纨素，皎洁如霜雪。裁成合欢扇，团团如明月。出入君怀袖，动摇微风发。常恐秋节至，凉飚夺炎热。弃捐箧笥中，恩情中道绝。”通篇以秋扇被捐弃，比喻君恩中断。此诗即用其意。将，拿起。

③ “玉颜”二句：日影象征君王的恩宠，是说自己还不及寒鸦，婉曲中包括无限怨情。

闺　怨

【题解】 本篇选自《全唐诗》卷一百四十三。这首闺怨诗抓住了征妇严妆登楼观望春景时刹那间的心理变化来写，婉曲深细，含蓄有力，曾被人誉为“闺情之作，当推此首第一”（清黄生《唐诗摘抄》）。

闺中少妇不知愁，春日凝妆上翠楼①。
忽见陌头杨柳色②，悔教夫婿觅封侯③。

【注释】

① 凝妆：严妆，着意梳妆打扮。

② 杨柳色：古代有折柳送别的风俗，由柳色而想到离别。

③ 觅封侯：指从军，古人多去边塞建立军功，以取得封侯的奖赏。

高适

高适（约700—765），字达夫，一字仲武，渤海蓨（今河北景县）人。唐诗人。少时生活贫困，二十岁后漫游长安、蓟门、梁、宋等地，落拓失意，甚至“以求丐取给”（《旧唐书》本传）。天宝八载

(749)，经睢阳太守张九皋荐举，中有道科，获得一个封丘县尉的卑职。但不久，又因“拜迎长官心欲碎，鞭挞黎庶令人悲”(《封丘县》)而辞职。天宝十二载(753)，投奔河西节度使哥舒翰幕中掌书记。此后官运亨通，当了剑南西川节度使，官至散骑常侍，封渤海县侯，世称高常侍，或高渤海。

高适半生浪游，后又亲历边塞，与下层劳动人民接触较多，对征戍生活体会较深。他写了不少反映农民痛苦遭遇和抒写个人失意不平的诗。然而最能体现他创作成就和艺术风格的是他的边塞诗，代表作是《燕歌行》。在边塞诗中，他热情歌颂边防将士的战功和斗志，也揭露将帅与士兵的苦乐悬殊以及将帅的骄奢淫逸，还直言不讳地批评唐王朝安边政策的失当。但高适有时为了片面追求功名，也有盲目歌颂杀戮、歌颂不义之战的局限。高适的诗，最长于七言歌行，感情真挚爽朗，语言质朴精练，风格慷慨激昂，豪放悲壮。与岑参齐名，并称“高岑”。有《高常侍集》。

燕歌行

【题解】 本篇选自《高常侍集》卷一。《燕歌行》为乐府《相和歌辞·平调曲》旧题，前人多咏思妇怀念征人之情。高适此作，扩大了题材的范围。开元二十六年(738)，御史大夫兼河北节度副使张守珪部将拦击叛变的契丹余众，“及逢贼，初胜后败。守珪隐其败状，而妄奏克获之功，事颇泄”(《旧唐书·张守珪传》)。此诗显然是受了这件事的触发而写成的。诗中着力描绘了战士们慷慨应征、不畏寒苦、浴血奋战、以身许国的英雄气概，同时也深刻揭露了军中劳逸不均、苦乐悬殊的深刻矛盾。此诗音节浏亮，骈散兼用，激昂慷慨，苍凉悲壮。

开元二十六年，客有从元戎出塞而还者[①]，作《燕歌行》以示，适感征戍之事，因而和焉。

汉家烟尘在东北[②]，汉将辞家破残贼。男儿本自重横行[③]，天子非常赐颜色[④]。摐金伐鼓下榆关[⑤]，旌旆逶迤碣石间[⑥]。校尉羽书飞瀚海[⑦]，单于猎火照狼山[⑧]。山川萧条极边土[⑨]，胡骑凭陵杂风雨[⑩]。战士军前半死生[⑪]，美人帐下犹歌舞[⑫]。大漠穷秋塞草腓[⑬]，孤城落日斗兵稀。身当恩遇常轻敌[⑭]，力尽关山未解围[⑮]。铁衣远戍辛勤久[⑯]，玉箸应啼别离后[⑰]。少妇城南欲断肠[⑱]，征人蓟北空回首[⑲]。边庭飘飖那可度[⑳]，绝域苍茫无所有[㉑]。杀气三时作阵云[㉒]，寒声一夜传刁斗[㉓]。相看白刃血纷纷[㉔]，死节从来岂顾勋[㉕]？君不见沙场征战苦[㉖]，至今犹忆李将军[㉗]。

【注释】

① 元戎：《文苑英华》作“御史大夫张公”，指张守珪。

② 汉家：唐诗中多以汉代唐。烟尘：烽烟尘土，指代战争。

③ 横行：纵横驰骋，扫荡敌人。《史记·季布列传》载樊哙语：“臣愿得十万众，横行匈奴中。”

④ 非常赐颜色：格外给面子，即厚加赏赐。《新唐书·张守珪传》载，张于开元二十三年败契丹后，“入见天子，会藉田毕，即酺燕为守珪饮至，帝赋诗宠之……赐金彩，授二子官，诏立碑纪功”。

⑤ 摐(chuāng)：撞击。金：古代行军时用来壮军威的金属打击乐器。伐：敲打。榆关：山海关。

⑥ “旌旆(jīng pèi)”句：在碣石一带的山路上军旗连绵不断。旌，竿头饰有羽毛的旗。旆，大旗。逶迤(wēi yí)，连绵不断。碣石，山名，在今河北昌黎北。

⑦ 校尉：比将军低一级的武官。羽书：插有鸟羽的紧急军事情报，相当于后世的鸡毛信。瀚海：浩瀚如海的大沙漠。

⑧ 单于(chán yú)：匈奴王称单于，这儿借代敌方首领。猎火：打猎时燃起的火光。古代游牧民族在作战前，常举行大规模的校猎，以演习军事。狼山：在今内蒙古乌拉特旗一带有狼居胥山，但这里是泛指与敌军交战之处。

⑨ “山川”句：山川萧条，满目荒凉，直到边疆的尽头，道路多么遥远。极，穷尽。

⑩ “胡骑(jì)”句：敌人的马队凌逼，来势异常迅猛，如暴风骤雨一般。凭陵，恃仗暴力前来凌逼。

⑪ 半死生：死一半，活一半，伤亡极其惨重。

⑫ “美人”句：军中携妓在唐代是普遍现象，岑参《玉门关盖

将军歌》也反映了军队中这种腐败现象："暖屋绣帘红地炉，织成壁衣花氍毹。灯前侍婢泻玉壶，金铛乱点野酡酥……美人一双闲且都，朱唇翠眉映明胪。清歌一曲世所无，今日喜闻《凤将雏》。"

⑬"大漠"句：到了深秋季节，沙漠中所长的草都发黄枯萎了。腓(féi)，病，此指草木发黄枯萎。

⑭ 身当恩遇：身受皇帝的优厚待遇。

⑮"力尽"句：由于将军们轻敌冒进，结果使战士们用尽了气力，关山没有收复，也没有能够解围。

⑯ 铁衣：铁甲，借代戍边战士。

⑰ 玉箸(zhù)：形容眼泪双流像玉筷，借代闺中思妇。刘孝威《独不见》："谁怜双玉筯(同"箸")，流面复流襟。"

⑱"少妇"句：少妇在长安城南想望丈夫，柔肠寸断。

⑲ 空回首：回首空悲。

⑳ 那可度：要到哪一年才能度过？

㉑ 绝域苍茫：极其僻远的边疆杳无边际，一片荒凉。

㉒"杀气"句：整天充塞着浓烈的战争气氛。三时，指早、中、晚，即整天。阵云，战云，这儿指战争气氛。

㉓ 刁斗：军中巡更、煮饭两用的铜器。

㉔"相看"句：只看见雪亮的钢刀和满目的鲜血。

㉕ 死节：战士们为国捐躯、尽忠死节。岂顾勋：岂是为了个人的功勋？

㉖ 君不见：乐府诗在开头或结尾常用作提示语。君，泛称读者。

㉗ 李将军：指汉代名将李广。《史记·李将军列传》："广居右北平，匈奴闻之，号曰'汉之飞将军'。避之，数岁不敢入右北平。……广廉，得赏赐，辄分其麾下，饮食与士共之。……广之将兵，乏绝之处，见水，士卒不尽饮，广不近水；士卒不尽食，广不尝食。宽缓不苛，士以此爱乐为用。

别董大(其二)

【题解】 本篇选自《高常侍集》卷五。原作共二首，这里选的是第二首。高适的七绝，质朴刚健，多用白描手法来直抒胸臆。此诗送别的对象是董庭兰，董排行最大，为唐代著名的音乐家。前两句以壮阔苍凉的景色作为送别背景，替后两句送别作了铺垫；后两句不落常套，不作凄凉感伤的离别语，而用慷慨旷达的话来勉励对方，豁达超迈，别具一格。

千里黄云白日曛①，北风吹雁雪纷纷。
莫愁前路无知己，天下谁人不识君？

【注释】

① 黄云：塞外黄沙蔽天，风烟滚滚，故称黄云。白日曛：光亮的太阳也变得昏暗了。

岑参

岑参(约715—770)，江陵(今属湖北)人，郡望南阳(今属河南)。唐诗人。天宝三载(744)登进士第。天宝八载(749)随安西节度使高仙芝出塞，充节度使幕掌书记，至天宝十载(751)归长安。天宝十三载(754)又随北庭都护、伊西节度使封常清出塞，先任节度判官，后任支度副使。至德二载(757)入朝任右补阙。官至嘉州刺史，世称岑嘉州。

岑参是盛唐边塞诗派的代表作家。他先后两次出塞，正当壮盛之年。他亲身体验了艰苦的边塞戎伍生活，饱览了边疆雄奇壮丽的自然风光，感受了异族人民粗犷的性格、特异的风俗和新鲜优美的地方音乐、民族歌舞，在他的边塞诗中注入了新鲜的血液，融入了特异的奇情壮采。他的边塞诗代表作是《白雪歌送武判官归京》，运用奇特的想象、大胆的夸张和峭拔的语言，描绘出异域新奇瑰丽的风光，富有鲜明的个性和浓厚的浪漫主义色彩，给七言歌行的发展拓宽了道路。另外《轮台歌奉送封大夫出师西征》、《走马川行奉送出师西征》也是名作。宋陆游《夜读岑嘉州集》诗曾予以高度评价："公诗信豪伟，笔力追李杜。"有《岑嘉州诗》。

白雪歌送武判官归京

【题解】 本篇选自《岑嘉州诗》卷二。这是岑参在天宝十三载(754)任安西、北庭节度判官时的送别之作。它能不落常套,不再直接诉说那说滥了的离愁别恨,而是生动形象地刻画了中国西北少数民族地区的壮丽雪景,表现了极其豪迈的情调,在唐人送别诗中,是别具一格的。

诗篇构思新颖,想象丰富。全诗以"雪"为中心,紧扣"雪"来落笔。或正面直接写,或侧面间接写,始终不离"雪"字,而又将送别之情融化其中。通篇全用散句,一气流注,自然而顺畅,显得气势奔放,豪迈昂扬,跟《燕歌行》骈散兼用的写法不同。

北风卷地白草折①,胡天八月即飞雪②。忽如一夜春风来,千树万树梨花开③。散入珠帘湿罗幕④,狐裘不暖锦衾薄⑤。将军角弓不得控⑥,都护铁衣冷难着⑦。瀚海阑干百丈冰⑧,愁云惨淡万里凝⑨。中军置酒饮归客⑩,胡琴琵琶与羌笛⑪。纷纷暮雪下辕门⑫,风掣红旗冻不翻⑬。轮台东门送君去⑭,去时雪满天山路⑮。山回路转不见君,雪上空留马行处。

【注释】

① 白草:中国西北地区所特产的一种草,牛马所嗜,干枯时,成白色,性坚韧。

② "胡天"句:八月南方盛夏刚退,西北地区便漫天大雪了,可见严寒之甚。

③ "忽如"二句:仅仅一夜大雪,千枝万桠都粘满了白雪,远远望去,好像忽然刮来一阵浩荡的春风,一夜之间,催动得千万株梨树,都绽开了洁白的花朵。

④ "散入"句:雪花钻进珠帘之内,由于帐篷内烤火取暖,温度较高,转眼之间,浸湿了罗幕。

⑤ "狐裘"句:狐皮裘袄,毫无暖意,锦缎绸被,只嫌单薄。

⑥ 角弓不得控:兽角装饰的硬弓,冻得拉不开了。控,引,拉。

⑦ 都护:唐时置六都护府,各设大都护一员。这里是泛指。

⑧ "瀚海"句:戈壁滩上,百丈冰凌(指冰山雪谷),遍地纵横。阑干,纵横。

⑨ "愁云"句:万里长空,阴云惨淡,无边无际。

⑩ 中军:古代多分兵为左、中、右三军。中军是主帅亲自率领的军队。主帅所居营帐也叫中军,为主帅发号施令之处。诗中当指后者。

⑪ "胡琴"句:古人宴饮时常作乐侑酒,用的是胡琴、琵琶与羌笛等乐器。

⑫ 辕门:军营门。

⑬ "风掣(chè)"句:大风使劲吹刮,但红旗沾雪冻硬,再也不能翻卷飘动了。掣,牵曳。冻不翻,语出隋代虞世基《出塞》诗:"雾暗烽无色,霜旗冻不翻。"

⑭ 轮台:唐时属庭州,隶北庭都护府,置有静塞军。旧址在今新疆米泉。

⑮ 天山:山脉名,横亘新疆中部,蜿蜒起伏,全长六千余里。

逢入京使

【题解】 本篇选自《岑嘉州诗》卷七。天宝八载(749),安西四镇(龟兹、焉耆、于阗、疏勒)节度使高仙芝表奏岑参为右威卫录事参军,并充节度使掌书记。此诗便是诗人赴安西(治今新疆库车)幕府途中所作。这是岑参第一次出塞,所以心情格外矛盾激动。

此诗信口而出,不假雕饰,以自然真切见长。刘拜山评论说:"此诗妙在'马上'二句,思家情切,军事倥偬,都跃然纸上。"(《千首唐人绝句》)

故园东望路漫漫①,双袖龙钟泪不干②。
马上相逢无纸笔,凭君传语报平安。

【注释】

① 故园:岑参为江陵人,这里指京都长安。当时岑参单身赴任,家属留在长安附近杜陵山中的别业内,所以称长

安为故园。漫漫：漫长而遥远。 ② 龙钟：沾湿貌。

第三节 李　白

李白(701—762)，字太白，号青莲居士，自称祖籍陇西成纪(今甘肃静宁西南)，生于唐代安西都护府管辖的碎叶城(今吉尔吉斯斯坦托克马克附近)。唐诗人。五岁时随父迁居绵州彰明县(今四川江油)青莲乡。幼年受过很好的传统文化教育，青少年时代读过很多儒家经典著作和诸子百家之作，也接受过道家、纵横家和游侠思想的影响。

李白二十五岁时，出蜀远游。他抱着“使寰区大定，海县清一”(《代寿山答孟少府移文书》)的远大政治理想，希望干一番轰轰烈烈的事业，但一直未能实现。出蜀后，以安陆、任城为中心，南到江浙，北上太原，西入长安，东至鲁郡，先后漫游了很多地方，观赏了许多名山大川，结识了不少名人，写下不少诗文。

开元十八年(730)三十岁第一次入长安后，即隐居在终南山。他要以隐居为手段，抬高身价，得到君王重用，但毫无结果，遂于开元二十年(732)初夏离开长安。曾到汴州、宋州、襄阳、太原、雁门等地漫游。开元末携子女移居任城。天宝元年(742)第二次入长安，靠了玄宗妹持盈法师的推荐，应诏入京，供奉翰林。开始李白满以为多年的政治理想即将实现，不禁喜形于色，后知玄宗仅把他当作文学侍从看待，便“浪迹纵酒，以自昏秽”。他的放诞不羁，终于得罪了杨贵妃、高力士、张垍等，他们在玄宗面前进了谗言，李白终于被“赐金放还”。

天宝三载(744)春，李白离开长安，重新过他的漫游生活。在洛阳遇见杜甫，在汴州又遇见高适，这三位盛唐大诗人一起畅游梁园(今开封)、济南等地。李、杜结下了深厚的友谊，成为文学史上的佳话。从天宝四载(745)至安史之乱爆发(755)，李白足迹遍及梁宋、齐鲁、幽冀，并多次往返于东越、金陵、宣城。这段时间，他创作了大量表现他反抗精神和描绘祖国壮丽山河的优秀诗篇。

天宝十四载(755)安史之乱爆发，李白带领家眷南奔，后来，隐居于庐山屏风叠。次年，永王李璘以抗敌平乱为号召，由江陵率师东下，在其邀请下，李白参加了他的幕府。但永王其实别有用心，朝廷也视之为叛逆，派兵镇压。至德二载(757)，永王兵败被杀，李白逃到彭泽被逮捕，下浔阳狱，以“从逆”罪论死，幸得江南宣慰使崔涣与御史中丞宋若思力救，改判长流夜郎(今贵州正安西北)。行至巫山，遇赦放还，这时诗人已五十九岁了。

李白遇赦后，经过江夏、岳阳、浔阳到达江陵，往返于金陵、宣城之间。上元二年(761)，李白已六十一岁，听说李光弼率领大军去征讨史朝义，他便由当涂北上，准备请缨杀敌，但走到金陵，因病而退回。次年病死在他的族叔当涂县令李阳冰家中。

经过安史动乱，李白的诗当时便散失极多。李阳冰说：“自中原有事，公避地八年，当时著述，十丧其九，今所存者，皆得之他人焉。”(《草堂集序》)所以，李白诗流传至今的，仅一千首左右。但就是这些劫余流传下来的诗，内容仍是极其丰富博大的，形式仍是极其绚烂多彩的。

李白集子中最突出的诗篇是那些抒发政治热情，表现诗人济苍生、安社稷的崇高政治理想的诗歌。清刘熙载《艺概·诗概》将李白与杜甫并列评论说：“太白云‘日为苍生忧’，即少陵‘穷年忧黎元’之志也；‘天地至广大，何惜遂物情’，即少陵‘盘飧老夫食，分减及溪鱼’之志也。”李白抒发他的伟大政治抱负，常与批判臣佞君昏、群小当道、贤俊下沉的黑暗政治局面以及抒泄他怀才不遇的巨大愤懑结合在一起。如《将进酒》，尽管豪迈地宣称“天生我材必有用，千金散尽还复来”，但通篇抒写的是极其强烈的怀才不遇的悲愤。为了强压住这种悲愤，诗人宣称要以狂饮沉醉来麻痹自己："五花马，千金裘，呼儿将出换美酒，与尔同销万古愁！"但我们透过这些诗句所看到的却是诗人一颗剧烈跳动着的安社稷、济苍生的赤诚的心！

李白还常用歌颂历史上杰出的英雄人物的方式来表述自己的壮志。他诗中经常歌颂的历史人物有吕尚、管仲、范蠡、鲁仲连、诸葛亮、谢安等，尤其对于像范蠡那样功成身退，像鲁仲连那样立功不受赏的行为最为欣赏，他在《古风五十九首》之十四中表达了对他们的向往之情。其他诗中，也屡次写到。如《五月东鲁行》"我以一箭书，能取聊城功"；《留别王司马》"愿一佐明主，功成返旧林"；《在水军宴赠幕府诸侍御》"所翼旄头灭，功成追鲁连"等都是，足以说明"功成身退"乃是李白的最高政治理想。

李白还有一些抒写壮志难酬的政治抒情诗，常借用神话、传说、写景等比兴手法，写得扑朔迷离、曲折隐晦。如《蜀道难》通过"蜀道之难难于上青天"的极其夸张的描写和蜀道上"悲鸟号古木"、"子规啼夜月，愁空山"的阴惨气氛的极度渲染，来揭示李林甫当政时仕途的艰难、黑暗、险恶；又通过"剑阁峥嵘而崔嵬，一夫当关，万夫莫开。所守或匪亲，化为狼与豺。朝避猛虎，夕避长蛇，磨牙吮血，杀人如麻"的形象描绘，来揭露李林甫妒贤忌能，搞一名不取的欺骗性考试和残酷杀害大臣、名人韦坚、杜有邻、裴敦复、李适之、李邕等，使得"公卿为战栗"的滔天罪行。在《梁甫吟》中，先写吕尚遇文王、郦食其遇沛公，末写晏子二桃杀三士、周亚夫讥笑吴楚坐失剧孟等，均属于正用和反用历史典故，而中间描写诗人自己遭到统治者轻视排挤的场面则纯属神话和想象："我欲攀龙见明主，雷公砰訇震天鼓。帝旁投壶多玉女。三时大笑开电光，倏烁晦冥起风雨。阊阖九门不可通，以额叩关阍者怒。白日不照吾精诚，杞国无事忧天倾。猰貐磨牙竞人肉，驺虞不折生草茎。手接飞猱搏雕虎，侧足焦原未言苦。智者可卷愚者豪，世人见我轻鸿毛。"这虽然本于《离骚》"吾令帝阍开关兮，倚阊阖而望予"两句，但形象的丰富多彩，场面的复杂多变，感情的愤激深沉，含义的曲折深微，都远远超过了屈原的原作，带上李白自己许多鲜明的个性特征。

在李白诗集中，抒写隐逸、游仙之情的作品不少。这是李白抒泄他政治上壮志难酬、怀才不遇悲愤之情的另一种表现形式。还是清刘熙载《艺概·诗概》说得好："太白与少陵同一志在经世，而太白诗中多出世语者，有为言之也。屈子《远游》曰：'悲时俗之迫阨兮，愿轻举而远游。'使疑太白诚欲出世，亦将疑屈子诚欲轻举耶？"首先，李白不少隐逸、游仙诗是他在政治上遭到打击以后的泄愤之辞。如《翰林读书言怀呈集贤诸学士》结尾所说"严光桐庐溪，谢客临海峤。功成谢人间，从此一投钓"，是在"青蝇易相点，白雪难同调。本是疏散人，屡贻褊促诮"情况下的愤辞。再如名作《梦游天姥吟留别》，写梦游神仙境界，写得飘渺灵动，令人心旷神怡，结尾忽然缀上"且放白鹿青崖间，须行即骑访名山。安能摧眉折腰事权贵，使我不得开心颜"数语，所以清陈沆《诗比兴笺》指出此诗"盖寄去国离都之思"，说明游仙也是一种挥斥幽愤的手段。其次，隐逸和游仙境界都写得极美，是诗人所追求的理想境界，是污浊现实环境的一种鲜明对照。如名作《古风五十九首》之十九："西上莲花山，迢迢见明星。素手把芙蓉，虚步蹑太清。霓裳曳广带，飘拂升天行。邀我登云台，高揖卫叔卿。恍恍与之去，驾鸿凌紫冥。俯视洛阳川，茫茫走胡兵。流血涂野草，豺狼尽冠缨！"仙境与尘境的对比何等鲜明！用游仙的方式反映安史叛乱给人民带来的深重灾难，这是李白的独创。

李白对战争的态度极为鲜明，总原则是"乃知兵者是凶器，圣人不得已而用之"。因此，李白集子中既有反对穷兵黩武的拓边战争的反战诗，也有歌颂卫国安民、消弭边患的颂战诗。前者代表作有《战城南》和《古风五十九首》之三十四，后者代表作有《塞上曲》和《塞下曲》。《古风》三十四写那些被抓的士卒别妻离子，踏上拓边战争之路的惨状：“渡泸及五月，将赴云南征。怯卒非战士，炎方难远行。长号别严亲，日月惨光晶。泣尽继以血，心摧两无声。”据《资治通鉴》记载，天宝十载夏四月，朝廷大募两京及河南北兵以击南诏。人闻云南多瘴疠，未战士卒死者十八九，莫肯应募。杨国忠遣御史分道捕人，连枷送诣军所。于是行者愁怨，父母妻子送之，所在哭声震野。又据《旧唐书》载，征南诏士卒“凡举二十万众，弃之死地，只轮不返，人衔冤毒，无敢言者”。李白此诗写得多么深刻惨痛，丝毫不比杜甫《兵车行》和“三吏”、“三别”等杰作逊色。而《塞下曲》则有句云：“愿将腰下剑，直为斩楼兰。”“握雪海上餐，拂沙陇头寝。何当破月氏，然后方高枕。”“功成画麟阁，独有霍嫖姚。”“玉关殊未入，少妇莫长嗟。”“横行负勇气，一战静妖氛。”英雄报国之气，几欲扑面而来。

直接反映民生疾苦，尤其是同情各个阶层妇女不幸命运的诗，李白写得非常出色。如《丁都护歌》反映了吴地船夫拖船之苦，表现了诗人对他们的深切关怀与同情。李白表现妇女不幸生活的诗篇，写得最多的是征妇、商妇，其次是宫女。描写征妇的诗，由于战争性质不同，其着眼点也不一样。对于守疆卫土之战，征妇希望早日结束，丈夫早日回家团聚，如《子夜吴歌》之三、之四：“长安一片月，万户捣衣声。秋风吹不尽，总是玉关情。何日平胡虏，良人罢远征?”“明朝驿使发，一夜絮征袍。素手抽针冷，那堪把剪刀？裁缝寄远道，几日到临洮?”通过捣衣声和絮征袍的典型细节，极其细腻地表现了征妇的心理活动和绵绵深情，甚至被清王夫之认为“是天壤间生成好句，被太白拾得”(《船山唐诗评选》)。其他像《长干行》、《江夏行》和《巴女词》等，都是表现商妇的佳篇。如《长干行》既表现了商妇跟其夫青梅竹马、两小无猜的纯真感情，又抒写了商妇因丈夫外出经商而带来的萧瑟落寞之感。诗中有句云：“门前迟行迹，一一生绿苔。苔深不能扫，落叶秋风早。八月蝴蝶黄，双飞西园草。感此伤妾心，坐愁红颜老。早晚下三巴，愿将书报家。相迎不道远，直至长风沙!”环境气氛的渲染与心理活动的描写如此丝丝入扣、细腻逼真，充分体现了诗人对于商妇的深切同情。

李白的宫怨诗也写得极有特色，或者借古人古事以讽谕现实，如《妾薄命》借汉武帝金屋藏娇的故事来抒泄宫女失宠以后的怨愤之情：“雨落不上天，水覆难再收！君情与妾意，各自东西流！昔日芙蓉花，今成断根草。以色事他人，能得几时好!”结句真是以血泪铸成的警句，真能使妇女们心惊胆寒！而李白最为脍炙人口的宫怨诗，则是五绝《玉阶怨》：“玉阶生白露，夜久侵罗袜。却下水精帘，玲珑望秋月。”全诗无一“怨”字而怨情自见，写得蕴藉含蓄，极耐人寻味。

李白表现友情的诗篇大多写得语重心长、真挚热烈。名篇有《赠汪伦》、《沙丘城下寄杜甫》、《闻王昌龄左迁龙标遥有此寄》、《黄鹤楼送孟浩然之广陵》、《送友人》等。

李白的山水诗，大多写得雄伟奇特、气势磅礴，具有一股冲决一切的力量。如《公无渡河》“黄河西来决昆仑，咆哮万里触龙门”；《横江词》“一风三日吹倒山，白浪高于瓦官阁”；《渡荆门送别》“山随平野尽，江入大荒流”；《西岳云台歌送丹邱子》“西岳峥嵘何壮哉，黄河如丝天际来。黄河万里触山动，盘涡毂转秦地雷”；《送友人入蜀》“山从人面起，云傍马头生”；五古《望庐山瀑布》“挂流三百丈，喷壑数十里。欻如飞电来，隐若白虹起。初惊河汉落，半洒云天里。仰观势转雄，壮哉造化功。海风吹不断，江月落还空”等等，都具有这种特色。

当然，“李太白诗不专是豪放，亦有雍容和缓的”(宋朱熹《朱子语类》)。不仅在一些写景小诗中有这种特色，如《峨眉山月歌》、《清溪行》、《山中问答》、《宣城见杜鹃花》、《访戴天山道士不遇》、《秋浦歌》(部分)、《秋登宣城谢朓北楼》等；而且表现日常生活情趣、抒写友谊爱情的作品，如《春夜洛阳城中闻笛》、《静夜思》、《春思》、《越女词》、《夜泊牛渚怀古》、《听蜀僧濬弹琴》、《乌夜啼》等，也具有这种特色。李白在这些诗中，常常采用白描手法，脱口而出，不加修饰，纯任自然，语言极朴素，感情极真挚，民歌风味极浓，如白云之舒卷于天际，如月影之倒映于水中，如“明月直入，无心可猜”，如“清水出芙蓉，天然去雕饰”。

有《李太白文集》。

蜀道难

【题解】 本篇选自《李太白文集》卷二。《蜀道难》为乐府《相和歌辞·瑟调曲》旧题。《乐府诗集》引《乐府解题》云：“《蜀道难》备言铜梁、玉垒（二蜀中地名）之阻。”本篇继承了阴铿等人的写法。阴铿《蜀道难》共八句，前六句具体写蜀道艰难，最后两句点题：“蜀道难如此，功名讵可要？”李白绝大多数乐府诗都采用旧题材，再加以拓宽拓深。这里以蜀道之难来比喻仕途的艰难。

本篇有深沉的寄托，表面上写的是一幅惊心动魄的蜀地山川奇险图景，实际上以此暗寓仕途的险恶，抒发诗人遭谗被毁、怀才不遇的愤懑情绪。而这两者结合得很好，不露痕迹。本篇熔夸张、比喻、神话传说、真切的描写、强烈的抒情于一炉，表现了浓重的浪漫主义气息，有荡人心胸、令人魂悸魄动的艺术魅力。本篇句法长短错综，参差历落，骈散结合，写得极其自由而富有变化，充分体现了诗人放荡不拘的个性。

噫吁嚱，危乎高哉①！蜀道之难难于上青天。蚕丛及鱼凫，开国何茫然②？尔来四万八千岁③，不与秦塞通人烟④。西当太白有鸟道，可以横绝峨眉巅⑤。地崩山摧壮士死⑥，然后天梯石栈相钩连⑦。上有六龙回日之高标⑧，下有冲波逆折之回川⑨。黄鹤之飞尚不得过⑩，猿猱欲度愁攀援⑪。青泥何盘盘⑫，百步九折萦岩峦⑬。扪参历井仰胁息⑭，以手抚膺坐长叹⑮。问君西游何时还⑯？畏途巉岩不可攀⑰。但见悲鸟号古木⑱，雄飞雌从绕林间⑲。又闻子规啼夜月⑳，愁空山。蜀道之难难于上青天！使人听此凋朱颜㉑。连峰去天不盈尺，枯松倒挂倚绝壁。飞湍瀑流争喧豗㉒，砯崖转石万壑雷㉓。其险也若此，嗟尔远道之人胡为乎来哉！剑阁峥嵘而崔嵬㉔，一夫当关，万夫莫开。所守或匪亲，化为狼与豺㉕。朝避猛虎，夕避长蛇㉖，磨牙吮血㉗，杀人如麻。锦城虽云乐㉘，不如早还家。蜀道之难难于上青天！侧身西望长咨嗟㉙。

【注释】

① 噫吁（xū）嚱（xī）：惊叹词，蜀地方言，三词连用表示十分惊讶。

② 蚕丛、鱼凫：传说中的古蜀国两个开国国王。扬雄《蜀王本纪》：“蜀王之先，名蚕丛、柏灌、鱼凫、蒲泽、开明……从开明上至蚕丛，积三万四千岁。”（《蜀都赋》刘逵注引）此处三万四千岁并非纪实，下文四万八千岁更属夸张。茫然：时间渺远，事迹难考。

③ 尔来：自从那时（指蚕丛、鱼凫开国）以来。

④ 秦塞：秦地，秦中古称四塞之国，形容其险阻。

⑤ “西当”二句：意思是只有飞鸟可以横越蜀地险峻的山岭。太白，山名，又称太乙山，在今陕西周至县、眉县、太白之间，秦岭是主峰。鸟道，指只有飞鸟可飞过，实际上无路可通。横绝，横度。峨眉，山名，在今四川峨眉西南。颠，山顶。

⑥ “地崩”句：据《华阳国志·蜀志》载，秦惠王答应嫁五位美女给蜀王，蜀王派五个力士去迎娶。返回梓潼时，见一条大蛇钻进山洞，五个力士一齐拉住蛇尾，想把大蛇拽出来，结果此山崩塌，五个力士和五位美女都被压死，山也分为五岭。

⑦ 天梯：形容高峻入云的山路，好比登天的梯子一样。石栈：在无路可通的山崖险峻处，凿石架木而建成的栈道。

⑧ 六龙回日：古代神话，羲和每天驾着六龙所拉的车子载着太阳在空中奔走；蜀中高峰挡路，连羲和也只好回车。高标：最高峰，成为一方的标志。

⑨ 冲波逆折：激浪倒流的迂回曲折。回川：急流回旋的河。

⑩ 黄鹤：又名黄鹄，或谓即天鹅。朱骏声《说文通训定声·孚部》：“形似鹤，色苍黄，亦有白者，其翔极高，一名天鹅。”《楚辞·惜誓》：“黄鹄之一举兮，知山川之行曲。再举兮，睹天地之圜方。”

⑪ 猱（náo）：猿类动物，善攀援。

⑫“青泥”句：青泥岭上的山路是多么曲折盘旋。青泥，山名，即青泥岭，在今陕西略阳，据《元和郡县志》载，其上“悬崖万仞，山多云雨，行者屡逢泥淖，故号青泥岭”。

⑬百步九折：形容盘山道曲折旋转，拐弯极多。“百”、“九”均为虚数。萦：盘绕。

⑭“扪参”句：形容山高入云，仿佛一伸手便可摸到天上的星辰，向上仰望，使人屏息不敢透气。参，星宿名，西方白虎七宿中的末一宿，有星七颗。井，星宿名，南方朱鸟七宿中的第一宿，有星八颗。胁，通“翕”，敛。息，气息。

⑮抚膺：抚胸。

⑯君：此系泛指。

⑰巉(chán)岩：山石高峻貌。

⑱号(háo)：哀鸣。

⑲从：跟随。

⑳子规：即杜鹃鸟，蜀地最多，啼声哀怨，似乎在说“不如归去”。据《华阳国志·蜀志》载，古时有蜀王杜宇，号望帝，后禅位出奔，其魂魄化为杜鹃鸟。所以此鸟又称杜宇、望帝。

㉑凋朱颜：青春的红润的容颜变得憔悴了。

㉒“飞湍”句：山涧的急流和瀑布都发出巨大的声响。湍，急流。喧豗(huī)，哄闹的声音，这里形容水声很大。

㉓“砯(pīng)崖”句：水流撞击着山崖，使巨石转动，使千山万壑仿佛发出巨雷似的轰响。砯，本指水击崖石声，这里是撞击的意思。

㉔剑阁：在今四川剑阁北，即大剑山和小剑山之间的一条栈道，又名剑门关，以险要著称。峥嵘、崔嵬(wéi)：都是形容山势高峻和突兀不平的样子。

㉕“一夫”四句：化用张载《剑阁铭》语意：“一夫荷戟，万夫趑趄。形胜之地，匪亲勿居。”有政治寓意。当关，守住关口。莫开，没有人能攻下关口。或匪亲，如果不是亲近可靠之人。匪，同“非”。狼与豺，比喻害人者。

㉖猛虎、长蛇：喻指把持政权作恶害人的权奸。

㉗吮(shǔn)：吸取。

㉘锦城：即锦官城，成都的别称。

㉙咨嗟：叹息。

将进酒

【题解】 本篇选自《李太白文集》卷二。《将(qiāng)进酒》为乐府《鼓吹曲辞·汉铙歌》旧题，将，请。《乐府诗集》引《古今乐录》说：“汉鼓吹铙歌十八曲，九曰《将进酒》。”又《将进酒》解题：“古词曰：‘将进酒，乘大白。’大略以饮酒放歌为言。”

这是李白借传统题材来抒写胸中郁闷的名作。大约写于天宝三载(744)被玄宗“赐金放还”以后。诗中以纵酒高歌、及时行乐的浪漫情调纾解幽愤；形象奇瑰，气势奔放，激情澎湃，意气凌云，充分表现了李白傲岸不屈、放荡不拘的个性和充满自信、进取不息的精神。

君不见黄河之水天上来，奔流到海不复回①。君不见高堂明镜悲白发，朝如青丝暮成雪。人生得意须尽欢，莫使金樽空对月。天生我材必有用，千金散尽还复来②。烹羊宰牛且为乐，会须一饮三百杯③。岑夫子④，丹邱生⑤。将进酒，杯莫停⑥。与君歌一曲⑦，请君为我倾耳听。钟鼓馔玉不足贵⑧，但愿长醉不用醒。古来圣贤皆寂寞，唯有饮者留其名。陈王昔时宴平乐⑨，斗酒十千恣欢谑⑩。主人何为言少钱？径须沽取对君酌⑪。五花马⑫，千金裘，呼儿将出换美酒⑬，与尔同销万古愁。

【注释】

①“君不见”二句：因黄河发源地地势极高，河水奔腾直下，仿佛来自天上。其势一泻千里，奔流入海，不再回返。以此比兴时光飞速流逝，青春消逝，决不会再返老还童。

②千金散尽：李白一生，轻财好施，他曾在《上安州裴长史书》中说：“曩昔东游维扬，不逾一年，散金三十余万，有落魄公子，悉皆济之。”

③会须：应该。

④岑夫子：岑勋，南阳人，颜真卿所书《西京千福寺多宝佛塔感应碑》文的作者。

⑤丹邱生：元丹邱。二人都是李白的好友。

⑥“将进酒”二句：一本作“进酒君莫停”。

⑦与君：为你们。君，指岑夫子、丹邱生。

⑧钟鼓馔(zhuàn)玉：指代富贵豪奢的生活。权贵人家吃饭时鸣钟列鼎，饮食精美。东汉张衡《西京赋》：“去钟

鼎食。”

⑨ 陈王：曹植曾封陈王。平乐：宫观名。曹植的《名都篇》说：“归来宴平乐，美酒斗十千。”

⑩ 斗酒十千：酒美价昂，一斗酒值十千钱，这是夸张的说法。恣欢谑：尽情地欢饮嬉戏。

⑪ 径须：只管。沽：买酒。

⑫ 五花马：毛色斑驳的名马。

⑬ 千金裘：价值千金的皮袄。将出：拿出来。

月下独酌（其一）

【题解】 本篇选自《李太白文集》卷二十。原作四首，这里选的是第一首。这组诗是借饮酒来抒发世无知音的寂寞之感的。此首构想奇特，诗人邀月同饮，对影成三，与月同歌，跟影共舞，醒时交欢，醉后分散，出世偕游，相期云汉，充分表现出李白天马行空式的不受羁勒的个性。清沈德潜说：“脱口而出，纯乎天籁，此种诗人不易学。”（《唐诗别裁集》）

花间一壶酒，独酌无相亲。举杯邀明月，对影成三人。月既不解饮，影徒随我身。暂伴月将影[①]，行乐须及春。我歌月徘徊，我舞影凌乱。醒时同交欢，醉后各分散。永结无情游[②]，相期邈云汉[③]。

【注释】

① 将：相偕。

② 无情游：忘却世情之游，出世之游。

③ 相期：相约。邈：遥远。云汉：本指银河，这里泛指天上仙宫。

秋浦歌（其十五）

【题解】 本篇选自《李太白文集》卷六。原作十七首，这里选的是第十五首。诗为李白被谗出京后寓秋浦时所作。秋浦，唐时属池州，江南西道，在今安徽池州西。这首诗以夸张著名。李白素有匡时济世之大志，但在现实生活中却到处碰壁，无法实现，他愁思似海，常用夸张语来形容。这首诗就表现了这种愁思。刘拜山评论说：“‘白发’解‘秋霜’，‘缘愁’解‘三千’，所谓三折、倒装指此。若先言照镜而睹秋霜，次释白发因愁多所致，便直致矣。”（《千首唐人绝句》）

白发三千丈，缘愁似个长[①]。
不知明镜里，何处得秋霜[②]？

【注释】

① 缘：因为。个：这样。

② 秋霜：喻指白发。

闻王昌龄左迁龙标遥有此寄

【题解】 本篇选自《李太白文集》卷十一。王昌龄被贬为龙标（今湖南黔阳）尉，李白闻得此讯十分关切，竟至发出寄愁心以相随的奇想来表示宽慰，真是无其理而有其情。李锳说：“三四句言此心之相关，真是神驰到彼耳，妙在借明月以写之。”（《诗法易简录》）

杨花落尽子规啼[①]，闻道龙标过五溪[②]。
我寄愁心与明月，随君直到夜郎西[③]。

【注释】

① 子规：即杜鹃鸟。《楚辞·离骚》："恐鹈鴂之先鸣兮，使夫百草为之不芳"。鹈鴂，即杜鹃鸟。

② 五溪：指辰、酉、巫、武、沅五溪，在今湖南西部。

③ 君：原作"风"，据《李太白集注》引一本改。夜郎：汉西南古国名，在今贵州桐梓东。

梦游天姥吟留别

【题解】 本篇选自《李太白文集》卷十二。诗题一作《别东鲁诸公》。天宝三载(744)，李白为权贵谗毁排挤，被玄宗"赐金放还"。第二年，将由东鲁南游越中，写下了这首纪梦诗，以表现他追求光明自由、蔑视权贵的精神。诗篇采用化虚为实的手法，将梦中所见到的自然山水景物和神仙降临的场面具体、鲜明地描绘出来，显得异常绚丽动人。而诗中奇瑰变幻、惝恍迷离的色彩与氛围又不时提醒读者，这是一个远离现实的梦境，表现了诗人的彷徨与苦闷。篇末显示诗人嶙峋傲骨的警句，是统摄全篇形象、深化主题思想的点睛之笔。

海客谈瀛洲，烟涛微茫信难求[1]。越人语天姥，云霞明灭或可睹[2]。天姥连天向天横，势拔五岳掩赤城[3]。天台四万八千丈，对此欲倒东南倾[4]。我欲因之梦吴越，一夜飞度镜湖月[5]。湖月照我影，送我至剡溪[6]。谢公宿处今尚在[7]，渌水荡漾清猿啼。脚著谢公屐[8]，身登青云梯[9]。半壁见海日[10]，空中闻天鸡[11]。千岩万转路不定，迷花倚石忽已暝[12]。熊咆龙吟殷岩泉[13]，慄深林兮惊层巅[14]。云青青兮欲雨，水澹澹兮生烟[15]。列缺霹雳，丘峦崩摧[16]。洞天石扉[17]，訇然中开[18]。青冥浩荡不见底[19]，日月照耀金银台[20]。霓为衣兮风为马，云之君兮纷纷而来下[21]。虎鼓瑟兮鸾回车[22]，仙之人兮列如麻[23]。忽魂悸以魄动[24]，怳惊起而长嗟[25]。惟觉时之枕席[26]，失向来之烟霞[27]。世间行乐亦如此，古来万事东流水[28]。别君去兮何时还？且放白鹿青崖间，须行即骑访名山[29]。安能摧眉折腰事权贵[30]，使我不得开心颜！

【注释】

① "海客"二句：意指海外有三座仙山的传说，虚无飘缈，不可凭信。《史记·封禅书》云："自威、宣、燕昭使人入海求蓬莱、方丈、瀛洲，此三神山者，其传在勃海中，去人不远。患且至，则船风引而去。盖尝有至者，诸仙人及不死之药皆在焉。其物禽兽尽白，而黄金银为宫阙。未至，望之如云；及到，三神反居水下；临之，风辄引去，终莫能至云。"海客，来自海外的客人。微茫，依稀仿佛，虚无飘渺。

② "越人"二句：越人所讲的天姥山，在云霞里时隐时现倒是可以一游的。天姥(mǔ)，山名，在浙江天台西，临近剡溪。传说登山者曾听到过仙人天姥的唱歌，因此得名。白居易《沃洲山禅院记》："东南山水，越为首，剡为面，沃洲、天姥为眉目。"云霞，原作"云霓"，据《李太白集注》改。

③ "天姥"二句：天姥高连天，横亘云天外；其势超五岳，掩盖赤城岭。五岳，东岳泰山，西岳华山，南岳衡山，北岳恒山，中岳嵩山。赤城，山名，在今浙江天台北。

④ "天台"二句：连高达四万八千丈的天台山，也得拜倒在它(天姥山)的东南脚下。天台，山名，在浙江天台东北。

⑤ "我欲"二句：我因此根据越人关于天姥山的传说梦到吴越之地，一夜之间就飞度关山欣赏到镜湖的明月。镜湖，即鉴湖，在今浙江绍兴南。

⑥ 剡(shàn)溪：即曹娥江上游，在浙江嵊县南。

⑦ 谢公：谢灵运，晋末宋初著名山水诗人，他曾到天姥山去游览，在剡溪投宿。他的《登临海峤》诗写道："暝投剡中宿，明登天姥岑。"

⑧ 谢公屐：谢灵运所特制的登山木鞋，鞋底有活动的鞋齿，上山则去前齿，下山则去后齿。

⑨ 青云梯：高入云霄的山路。谢灵运《登石门最高顶》诗："惜无同怀客，共登青云梯。"

⑩ 半壁：半山峭壁。

⑪ 天鸡：《述异记》："东南有桃都山，上有大树名曰桃都，枝相去三千里，上有天鸡。日初出，照此木，天鸡则鸣，天下之鸡皆随之鸣。"

⑫ 暝：天黑。旧读去声。

⑬ "熊咆"句：岩泉发出的巨大轰响声，犹如熊咆龙吟。殷，

形容声音宏大响亮。

⑭ “慄深林”句：意指游山之人为树林的幽深恐怖而发抖，为高峰的层叠险峻而惊恐。

⑮ 澹澹：水波动荡的样子。

⑯ “列缺”二句：闪电巨雷，使山峦崩裂。

⑰ 洞天：神仙境界，道家称神仙所住的地方叫洞天。石扉：石门。

⑱ 訇(hōng)然：轰隆一声。

⑲ 青冥：青天。

⑳ 金银台：神仙所住的宫殿。郭璞《游仙诗》：“神仙排云出，但见金银台。”

㉑ 云之君：云神，泛指云中的神仙。

㉒ 虎鼓瑟：语出张衡《西京赋》：“白虎鼓瑟。”鸾：传说中凤一类的鸟。回车：此指驾车。

㉓ 列如麻：形容神仙排列像麻一样多。

㉔ 悸：心惊。

㉕ 怳：同“恍”，突然惊醒。

㉖ 觉：醒。

㉗ 向来：不久前，指梦境中。

㉘ 东流水：像江水东流，一去不返。

㉙ “且放”二句：将骑白鹿归隐名山，学道求仙。

㉚ 摧眉折腰：低眉弯腰，形容低声下气。

望庐山瀑布(其二)

【题解】 本篇选自《李太白文集》卷十八。原作二首，这里选的是第二首，《文苑英华》题《庐山瀑布》，《唐文粹》题《望庐山瀑布泉》，《万首唐人绝句》题《望庐山瀑布水》。庐山古名南嶂山，又名匡山，亦称匡庐，在今江西九江南。这是历代咏庐山瀑布最出色的一首。三、四两句，想落天外，以奇特恢宏的比拟，能传庐山瀑布之神。苏轼极赏此两句，曾用“帝遣银河一派垂，古来惟有谪仙词”的诗句来赞美它。

日照香炉生紫烟①，遥看瀑布挂前川②。
飞流直下三千尺，疑是银河落九天③。

【注释】

① 香炉：庐山香炉峰。《太平寰宇记》：“香炉峰在庐山西北，其峰尖圆，烟云聚散，如博山香炉之状。”紫烟：日光照射瀑布冲击出来的水气，反映出紫色的烟雾。

② “遥看”句：《太平御览》引周景式《庐山记》：“白水在黄龙南数里，即瀑布水也，土人谓之白水湖。其水出山腹，挂流三四百丈，飞湍于林峰之表，望之若悬素。”

③ “飞流”二句：以银河从高空落下，来比喻瀑布奔腾直下的声势。

送　友　人

【题解】 本篇选自《李太白文集》卷十四。此诗是天宝十三载(754)李白在宣城送别友人时所作。诗人借景作比，直抒胸臆，用依依落日喻故人深情，有妙语天成、风华逸宕之趣。这首五律以俊爽的笔调写别离之悲，率意而为，不受拘勒，一意贯注，流走自然，体现了诗人极深的艺术功力。

青山横北郭，白水绕东城①。
此地一为别，孤蓬万里征②。
浮云游子意，落日故人情③。
挥手自兹去，萧萧班马鸣④。

【注释】

① 青山：即李白“相看两不厌”的敬亭山，“兹山亘百里，合沓与云齐”(谢朓《游敬亭山》)。白水：即宛溪、句溪二水，李白曾以“两水夹明镜，双桥落彩虹”的美丽诗句来描写它，因其清莹澄澈之至，故称“白水”。

② 孤蓬：蓬草随风飘荡，落无定处，故诗中常用来喻游子。

③ “浮云”二句：浮云随风游动而无定迹，好比游子到处飘

泊而无固定的住处一样;而衡山的夕阳迟迟不肯隐没下去,好比老朋友之间的感情是不能遽然割断的。

④“挥手”二句:双方挥手告别,从此朋友愈走愈远了,双方的马由于相处时间已久,现在分道扬镳,它们也产生了离群之悲,发出了萧萧长鸣。末句语出《诗经·小雅·车攻》:“萧萧马鸣。”班马,离群的马。

第四节 杜 甫

杜甫(712—770),字子美,祖籍襄阳(今湖北襄樊),生于巩县(今河南巩义)。唐诗人。他是晋代名将、研治《春秋左传》的名家杜预的十三代孙,是初唐著名诗人杜审言的孙子。他曾自豪地说“诗是吾家事”,“吾祖诗冠古”。杜甫能成为一位伟大的诗人,是有一定的家学渊源的。

天宝五载(746)杜甫三十五岁以前,是壮游时期,先后漫游了吴、越、齐、鲁、梁、宋等地,扩大了眼界,丰富了生活,结识了不少名人。天宝三载(744)夏,与李白在洛阳相识;秋天与李白、高适同游梁、宋。次年春季与秋季,又两次与李白同游兖州,两人结下了深厚友谊。这段时间杜甫的诗大部分散失了,但从现存的少量作品特别是写景诗和咏画诗中,已可看出诗人杰出的才华、雄健的气势和宏伟的抱负。如“会当凌绝顶,一览众山小”(《望岳》),表现了诗人高瞻远瞩、雄视一切、信心百倍的气概。

从天宝五载(746)至天宝十四载(755),杜甫三十五岁至四十四岁,入长安谋取官职,希望能实现“致君尧舜上,再使风俗淳”的政治抱负。结果却困居长安十年。他曾参加特诏考试,结果宰相李林甫大搞阴谋,无一人及第。他曾到处干谒,却遍遭白眼。他曾向玄宗献《三大礼赋》,也毫无效果。生活折磨了杜甫,但也使诗人更加看清了现实的黑暗和统治者的罪恶,熟悉了人民的疾苦,形成第一个创作高潮。《兵车行》、《同诸公登慈恩寺塔》、《前出塞》、《丽人行》、《醉时歌》、《渼陂行》等名篇都是这个时期的作品。

天宝十四载(755)十一月,安史之乱爆发,仅半年,两京先后沦陷,玄宗奔蜀,大唐帝国岌岌可危,人民陷于水深火热之中。杜甫携家眷和人民一起向白水、鄜州逃难。天宝十五载(756)八月,他听说肃宗在灵武即位,想去投奔,途中被叛军俘获,押至长安。至德二载(757)四月,他只身逃出长安,奔往凤翔,被肃宗任为左拾遗,世称杜拾遗。为营救房琯,险些被论罪。长安收复后,杜甫携家入长安,仍任左拾遗。乾元元年(758)六月,诗人被贬为华州司功参军;冬,由华州赴洛阳。乾元二年(759)三月,由洛阳返华州,根据途中见闻感受,写成著名的“三吏”、“三别”等作品。七月,诗人弃官携家往秦州去避难,开始了他另一段艰难的生活。四十五至四十八岁,在杜甫一生中,算是真正当官过问国事的时期。但这四年中,当官时间实际上还不足三年;而又到处奔走,席不暇暖。一度陷贼,几经贬斥,家人飘零,幼子饿死。国事民生,一塌糊涂,诗人忧心如焚,惨目泣血。这是杜甫创作的第二个高潮。《自京赴奉先县咏怀五百字》、《哀江头》、《月夜》、《春望》、《羌村三首》、《北征》、《洗兵马》、《赠卫八处士》等重要作品都产生于这个时期,标志着杜甫的诗歌已达到了现实主义的高峰。

乾元二年(759)七月,杜甫弃官携家入秦州,开始了他的艰难的旅程。本想在秦州住下,但生活艰难,实在呆不下去,于是在十月,又去同谷。到了同谷,生活更惨,只好再往前走,终于在岁末,到达成都,暂时结束了多年来的漂泊生涯。在这半年的艰难旅途中,杜甫诗兴勃发,给我们留下了以《秦州杂诗二十首》和《乾元中寓居同谷县作歌七首》为代表的一百二十首诗,其中绝大多数都是纪行诗,“把边疆的危机、山川的形势,以及城郭村落、风土人情,都收入雄浑而健壮的诗篇中”(冯至《杜甫传》)。

上元元年(760)春,杜甫在成都浣花溪畔经营了一座草堂,住了下来。由于心情闲适,生活比较安定,写出了一批吟咏自然景物的诗。这段生活一直继续到宝应元年(762)秋徐知道叛乱、诗人避难至梓州为止。这段时间,他写出一批不同于以前任何一个时期作品风格的诗。其中名篇有《蜀相》、《狂夫》、《江村》、《春夜喜雨》、《客至》、《茅屋为秋风所破歌》等。

此后的两三年时间内,蜀中大乱,杜甫又奔走于梓州、汉州、成都间。从广德二年(764)六月起,杜甫在严武幕府当了半年节度参谋检校工部员外郎,世称杜工部。这段时间,杜甫除了继续写作关心民生疾苦和忧心国事的诗外,还写了不少送行诗、山水诗、咏物诗、咏画诗和论诗诗,都有相当突出的艺术成就。其中名篇有《戏为六绝句》、《闻官军收河南河北》、《有感五首》、《登楼》、《丹青引赠曹将军霸》、《宿府》等。

永泰元年(765)四月,严武死,杜甫失去依靠,决计携家东下。经嘉州、戎州、渝州、忠州而至云安,因肺病加剧,在云安养病。大历元年(766)夏,东下夔州,都督柏茂琳待之甚厚,杜甫便在夔州安居下来,在夔州不到两年时间,共写了四百三十多首诗,其创作力之旺盛令人惊讶。在忠州、夔州创作的名篇有《旅夜书怀》、《咏怀古迹五首》、《诸将五首》、《秋兴八首》、《阁夜》、《登高》、《观公孙大娘弟子舞剑器行》等。

大历三年(768)初,诗人出峡。以五十七岁衰病之身,经江陵、公安,暮冬到岳阳。大历五年(770)四月,避臧玠之乱,与苏涣同去衡州。因郴州刺史崔玮(杜甫之舅父)有书相招,至耒阳,阻于大水,决计回棹北归。这年冬天,病逝于去岳阳的一条孤舟上。临终前,仍然无比关切地牵挂着国运民生。这段时间的名篇有《短歌行赠王郎司直》、《江汉》、《登岳阳楼》、《小寒食舟中作》、《岁宴行》等。

杜甫漂泊西南的十一年(759—770),除在成都草堂三年多生活比较安定外,其余漫长的岁月都是十分艰辛的。可贵的是,无论诗人生活多么艰难,身体多么衰残(晚年疟疾、肺病、风痹、糖尿四种疾病交加),处境多么不利,始终念念不忘国家和人民,政治热情、创作热情始终高涨,从而形成他的第三个创作高潮。这十一年中,杜甫竟留下了一千多首诗(实际写的还不止此数),占今存诗作的十分之七强。而且诗歌内容更加丰富多彩,感情更加深沉,诗律更加细密。这真是文学史上罕见的奇迹。究其实,是诗人对于祖国和人民的一颗赤子之心,驱使着他的衰残之身创造出这一奇迹来的。

杜诗中最突出的部分是诗人怀着强烈的忧国忧民意识所写出来的政治抒情诗。五古长篇《自京赴奉先县咏怀五百字》、《北征》以及新乐府“三吏”、“三别”是政治抒情诗中成就最辉煌的杰作。《自京赴奉先县咏怀五百字》的价值不仅在于讽刺玄宗在骊山享乐的那一段和“朱门酒肉臭,路有冻死骨”两个名句,而应如清浦起龙《读杜心解》中所分析的那样去欣赏、领会,“是为集中开头大文章,老杜生平大本领。须用一片大魄力读去”。《北征》则是一首将家愁国恨交织在一起的杰作。而“三吏三别”更是对时事的直接反映,极其真实地反映了唐官军相州溃败后的情况。这六首诗都是五古,而结构各异。“三吏”为对话体,“三别”为独白体。《新安吏》是行客与新安吏对话,行客与中男母亲对话,以后者为主。《潼关吏》是“我”与潼关吏对话,双方对话并重。《石壕吏》是老妇与石壕吏对话,石壕吏只有怒吼声,具体话语省略,以老妇哀告为主。《新婚别》是新娘子对丈夫的独白,以比兴起。《垂老别》是老翁对妻子的独白,以直叙起。《无家别》是战败士兵的自我独白,以回忆起。笔法如此变化多端,真乃出神入化!

对于战争,杜甫跟李白一样清醒,坚决反对开疆拓土、穷兵黩武的掠夺性战争:“君已富土境,开边一何多?”“杀人亦有限,列国自有疆。苟能制侵陵,岂在多杀伤?”(《前出塞》)对于平定安史叛乱、安边卫民的战争他是热情支持的，在《闻官军收河南河北》这首七律中，诗人热情澎湃、欣喜欲狂，以挚情写出了生平第一首快诗。

杜甫对民生疾苦极为关怀，因此，他的诗集中，保留了大量直接反映民生疾苦的优秀诗篇。首先是揭露战争给人民带来的灾难，战争使大量男性青年战死沙场，造成田园荒芜，庄稼歉收，但租税反倒加重，弄得民不聊生。《兵车行》写道："君不闻汉家山东二百州，千村万落生荆杞。纵有健妇把锄犁，禾生陇亩无东西。"其次是揭示自然灾害使人民难以为生，如《秋雨叹三首》等。而揭露得最多的则是统治者的横征暴敛、残酷剥削。如《岁晏行》写道："高马达官厌酒肉，此辈杼轴茅茨空。"诗人对于剥削者的愤恨之情和对于人民的深厚同情充溢于字里行间。

杜甫对生活中的丑恶现象是极端憎恶的，而对生活中的美好事物则热情地予以赞颂。"新松恨不高千尺，恶竹应须斩万竿"(《将赴成都草堂途中有作先寄严郑公》)两句诗高度集中地概括了诗人鲜明的爱憎感情。杜甫对于山水、花鸟、虫鱼以及普通的日常生活，常常具有特殊的敏感和热爱，将它们表现得生意盎然。如："迟日江山丽，春风花草香。泥融飞燕子，沙暖睡鸳鸯。"(《绝句二首》之一)"两个黄鹂鸣翠柳，一行白鹭上青天。窗含西岭千秋雪，门泊东吴万里船。"(《绝句四首》之三)杜甫热爱生活，悲人悯物，在山水、花鸟、虫鱼中注入一股郁勃的生机，逼真地表现了大自然中健康的、富有朝气的事物，给人以无限的审美享受。

杜甫对家人和朋友都是一往情深的，在这方面他也给我们留下了许多杰出的诗篇。《月夜》是天宝十五载(756)八月，诗人被安史叛军掳至长安，于月下怀念寄居在鄜州的妻子儿女而作，由自己的对月怀人推想到妻子儿女的心情，由自己的徘徊难眠推想到妻子的深宵不寐，由目前两地望月、不得团聚之苦推想到将来一处赏月、双双团聚之乐，使人感到想象丰富，刻画入微，情真意切，曲折尽态。

杜甫表现友谊的名作也很多，《彭衙行》和《赠卫八处士》表现战乱中别人对他的生死友情，将会见场面写得具体真切，把深情寓于叙事中，手法十分高明。

杜甫与农民，已完全打破了等级隔阂，达到了亲密无间的程度。《羌村三首》写邻人对他的慰问，而《遭田父泥饮美严中丞》中的老农，则更加朴直豪爽、热情好客："高声索果栗，欲起时被肘。指挥过无礼，未觉村野丑。月出遮我留，仍嗔问升斗。"

有《杜工部集》。

丽人行

【题解】 本篇选自《杜诗详注》卷二。据《资治通鉴》载，天宝十一载(752)，李林甫死，杨国忠为右丞相，"居朝廷，攘袂扼腕，公卿以下，颐指气使，莫不震慴"。十二载冬，"杨国忠与虢国夫人居第相邻，昼夜往来，无复期度，或并辔走马入朝，不施障幕，道路为之掩目。三夫人(韩国、虢国、秦国三夫人，都是杨国忠的从姊妹)将从车驾幸华清宫，会于国忠第；车马仆从，充溢数坊，锦绣珠玉，鲜华夺目……杨氏五家，队各为一色衣以相别，五家合队，粲若云锦；国忠仍以剑南旌节引于其前"。

杜甫这首《丽人行》，便是采用"即事名篇"的新乐府诗的形式，对杨氏兄妹的骄奢淫佚进行深刻揭露和辛辣嘲讽的一个名篇。此诗主要用白描手法，似乎是纯客观的叙述与描写，实际上是以高度的写实来进行批判。

三月三日天气新，长安水边多丽人①。态浓意远淑且真②，肌理细腻骨肉匀③。绣罗衣裳照暮春④，蹙金孔雀银麒麟⑤。头上何所有？翠为匐叶垂鬓唇⑥。背后何所见？珠压腰衱稳称身⑦。就中云幕椒房亲⑧，赐名大国虢与秦⑨。紫驼之峰出翠釜⑩，水精之盘行素鳞⑪。犀箸厌饫久未下⑫，鸾刀缕切空纷纶⑬。黄门飞鞚不动尘⑭，御厨络绎送八珍⑮。箫鼓哀吟感鬼神，宾从杂遝实要津⑯。

后来鞍马何逡巡[17]，当轩下马入锦茵[18]。杨花雪落覆白蘋[19]，青鸟飞去衔红巾[20]。炙手可热势绝伦[21]，慎莫近前丞相瞋[22]。

【注释】

① “三月”二句：写上巳节长安人的游乐。三月三日，上巳节，古人在此日于水边祓除不祥，后来成为春游宴饮的节日。长安水边，指曲江，为唐代长安东南著名的风景区。唐康骈《剧谈录》：“其南有紫云楼、芙蓉苑，其西有杏园、慈恩寺。花卉环周，烟水明媚，都人游玩，盛于中和上巳之节，彩幄翠帱，匝于堤岸，鲜花健马，比肩击毂。”

② 态浓意远：姿态浓丽艳美，意气高逸不俗。淑且真：娴静而自然。

③ “肌理”句：皮肤细腻柔润，身材长得很匀称。

④ “绣罗”句：刺绣的罗纺在暮春烟景中闪耀着光华。

⑤ “蹙金”句：金线绣的孔雀，银线绣的麒麟。这里是说杨氏服饰贵如宫中御用之品。

⑥ “翠为”句：用翡翠制成花饰垂挂在鬓边。匐(è)叶，发髻上的花饰，制成叶子形状。鬓唇，鬓边。

⑦ “珠压”句：腰带上缀着宝珠，压使它下垂，衣服显得十分妥帖，合乎腰身。腰衱(jié)，腰带。

⑧ “就中”句：装饰有云彩图案的帐幕中，住的是后妃的亲属。就中，其中。云幕，《西京杂记》载，成帝设云幄、云帐、云幕于甘泉紫殿，世称三云殿。椒房，古代皇宫中用椒泥涂墙，既取其温暖，又辟除恶气，后世多以此借代后妃。

⑨ 赐名：赐以封号。虢(guó)与秦：唐制，文武官一品及国公母、妻封国夫人，相当于古代列国诸侯的母、妻，是最高的封号。杨贵妃有三姊，大姊嫁崔氏封韩国夫人，三姊嫁裴氏封虢国夫人，八姊嫁柳氏封秦国夫人。这里限于诗句字数，举二以概三。据史书记载，不仅虢国夫人与杨国忠有私，杨氏姊妹还秽乱宫闱。

⑩ 紫驼之峰：驼峰中的肉，为珍贵菜肴，味极美。翠釜：翠色的釜子(一种炊具)。

⑪ “水精”句：以水晶盘盛着白色的鲜鱼进奉。

⑫ “犀箸”句：这些贵妇人吃腻了山珍海味，筷子久久不想伸下去。犀箸，犀角制的筷子。

⑬ “鸾刀”句：厨师们拿着鸾刀将鱼肉等菜肴切细，做成精美食品，白白地忙乱了一阵子。

⑭ 黄门：宦官，东汉时黄门令由宦官担任，故称宦官为黄门。飞鞚(kòng)：飞奔的快马。鞚，马勒。不动尘：不起灰尘，形容马骑轻快。

⑮ 络绎：接连不断。八珍：泛指许多珍奇食品。

⑯ 宾从：奔走于杨氏门下的宾客与仆人。杂遝(tà)：杂乱众多。实要津：语涉双关，既指宾客充塞大道，又说他们占据着显要的官职。要津，指大道，引申为重要的地位。

⑰ 后来鞍马：指最后骑马到来的杨国忠。逡巡：本是迟疑徘徊的意思，这里形容杨国忠神态舒逸、大模大样、大摇大摆的神情。

⑱ 锦茵：锦制的地毯。

⑲ “杨花”句：杨花像大雪一样地飘落，覆盖在同类植物白蘋上面。古人有杨花入水化萍(萍之大者曰蘋)的说法，杜甫用来影射杨氏同姓兄妹的淫乱。又，北魏胡太后跟一个名叫杨白花的人私通，后来他惧罪南逃，改名杨华，胡太后思念他，作《杨白花歌》，其中有“杨花飘荡落南家”的句子。杜甫又暗用这个典故，来暗示讽意，实际上是一语双关。

⑳ “青鸟”句：青鸟衔去红手帕，为他们暗通消息。青鸟，仙鸟，西王母的使者，后来普遍用来指代在男女间传信的使者。

㉑ “炙手”句：气焰咄咄逼人，权势无与伦比。

㉒ 瞋(chēn)：发怒。

自京赴奉先县咏怀五百字

【题解】 本篇选自《杜诗详注》卷四。天宝十四载(755)冬十一月，杜甫从长安去奉先(今陕西蒲城)探望寄居在那里的家属，到家以后，写下了这首五古杰作。诗篇以纪行叙事为经线，议论抒怀为纬线，对十年困守于长安的生活体验与认识，作了深刻的总结。此诗先写诗人“窃比稷与契”、“穷年忧黎元”的积极用世之志，再写“朱门酒肉臭，路有冻死骨”的贫富悬殊现象，最后叙到家后“幼子饥已卒”、“忧端齐终南”的悲惨情景。并进而从个人的痛苦推及到“失业徒”、“远戍卒”这些“平人”的痛苦，表达了他忧国忧民的思想情怀。全诗将叙事、议论、抒情熔为一炉，高度精炼地概括了唐代安史叛乱前夕的社会现实，极其沉痛也极其充分地抒写了诗人的历史责任感。此诗沉郁顿挫，波澜壮阔，创造性地发展了五古这一传统诗歌形式，与《北征》堪称杜集五古中的双璧。

杜陵有布衣[1]，老大意转拙[2]。许身一何愚[3]，窃比稷与契[4]。居然成濩落[5]，白首甘契阔[6]。盖棺事则已，此志常觊豁[7]。穷年忧黎元[8]，叹息肠内热。取笑同学翁[9]，浩歌弥激烈[10]。非无江海志[11]，潇洒送日月。生逢尧舜君[12]，不忍便永诀。当今廊庙具[13]，构厦岂云缺？葵藿倾太阳[14]，物性固难夺[15]。顾惟蝼蚁辈[16]，但自求其穴。胡为慕大鲸[17]，辄拟偃溟渤[18]？以兹悟生理[19]，独耻事干谒[20]。兀兀遂至今[21]，忍为尘埃没[22]？终愧巢与由[23]，未能易其节[24]。沉饮聊自遣[25]，放歌破愁绝[26]。岁暮百草零，疾风高冈裂。天衢阴峥嵘[27]，客子中夜发[28]。霜严衣带断，指直不能结。凌晨过骊山[29]，御榻在嵽嵲[30]。蚩尤塞寒空[31]，蹴蹋崖谷滑[32]。瑶池气郁律[33]，羽林相摩戛[34]。君臣留欢娱，乐动殷胶葛[35]。赐浴皆长缨[36]，与宴非短褐[37]。彤庭所分帛[38]，本自寒女出。鞭挞其夫家，聚敛贡城阙[39]。圣人筐篚恩[40]，实欲邦国活[41]。臣如忽至理[42]，君岂弃此物？多士盈朝廷[43]，仁者宜战栗。况闻内金盘[44]，尽在卫霍室[45]。中堂舞神仙[46]，烟雾蒙玉质[47]。暖客貂鼠裘，悲管逐清瑟[48]。劝客驼蹄羹，霜橙压香橘。朱门酒肉臭[49]，路有冻死骨。荣枯咫尺异，惆怅难再述[50]。北辕就泾渭[51]，官渡又改辙[52]。群冰从西下[53]，极目高崒兀[54]。疑是崆峒来[55]，恐触天柱折[56]。河梁幸未坼[57]，枝撑声窸窣[58]。行旅相攀援[59]，川广不可越。老妻寄异县[60]，十口隔风雪。谁能久不顾？庶往共饥渴[61]。入门闻号咷[62]，幼子饿已卒。吾宁舍一哀，里巷亦呜咽。所愧为人父，无食致夭折。岂知秋禾登，贫窭有仓卒[63]。生常免租税，名不隶征伐[64]。抚迹犹酸辛[65]，平人固骚屑[66]。默思失业徒[67]，因念远戍卒[68]。忧端齐终南[69]，澒洞不可掇[70]。

【注释】

① 杜陵：在长安东南，秦时称杜县，汉时宣帝陵墓在此，因称杜陵。杜陵东南有宣帝许后墓地，称少陵。杜甫的远祖杜预是京兆杜陵人，杜甫又曾在少陵附近住过，所以他自称“杜陵布衣”、“杜陵野客”或“少陵野老”。布衣，没有官职的人。

② “老大”句：这里的“拙”和下句的“愚”都是指他坚决不肯趋时取巧，媚俗求进。

③ 许身：自我期许。身，自己。

④ 窃比：私下比拟。稷与契：舜的两个贤臣。稷为农官，教民播种五谷。契为司徒。

⑤ 居然：果然。濩（huò）落：同“瓠落”、“廓落”，大而无当，空廓无用。《庄子·逍遥游》：“剖之以为瓢，则瓠落无所容。非不呺然大也，吾为其无用而掊之。”

⑥ 甘契阔：甘愿辛劳勤苦。

⑦ 此志：指自比稷与契的大志。觊（jì）豁：希望实现。

⑧ 穷年：整年，终年。黎元：百姓。

⑨ “取笑”句：遭到同学辈耻笑。

⑩ “浩歌”句：旁人越是耻笑，自己的志向越是坚定。浩歌，放声歌唱。

⑪ 江海志：隐遁江海的志趣。

⑫ 尧舜君：借指唐玄宗，他一度曾励精图治，颇有作为。

⑬ 廊庙具：比喻担负朝廷重任的栋梁之材。

⑭ 葵藿：葵花和豆叶，偏义复词，只取葵花倾日义。

⑮ 物性：比喻自己忠于皇帝的天性。

⑯ 顾惟：转思。蝼蚁辈：比喻那种鼠目寸光，只知营利自肥的小人。

⑰ 胡为：何为，为什么。大鲸：比喻有伟大抱负的人物。

⑱ 辄拟：经常打算。偃溟渤：游息于大海之中，比喻施展抱负，干出一番轰轰烈烈的大事业来。

⑲ 以兹：根据上面所说的“蝼蚁”和“大鲸”的比喻。生理：生活中的哲理。

⑳ 事干谒：从事于谄媚请托、奔走求告的行为。

㉑ 兀兀：义同“矻（kū）矻”，劳碌辛苦的样子。

㉒ “忍为”句：岂能甘心像尘埃一样被埋没？

㉓ 巢与由：巢父与许由，帝尧时两位避世隐居的高士。

㉔ “未能”句：指不能以巢、由隐居的行为，易稷、契积极用世之志。

㉕ “沉饮”句：以饮酒来聊自排遣苦闷。

㉖ “放歌”句：以放声歌唱来破除极度发愁的心情。

㉗ “天衢”句：天空中寒气阴森。峥嵘，本义指山势高峻，这里形容寒气极浓重。

㉘ 客子：行人，杜甫自指。

㉙ 骊山：在今陕西临潼，长安东六十里，山上有温泉，华清宫在其上。

㉚ 御榻：帝王的坐榻，这里借指玄宗皇帝。嵽嵲（dié niè）：山势高峻，这里代指骊山。《雍录》：“温泉在骊山。秦汉

隋唐皆常游幸，惟玄宗特侈。盖即山建立百司庶府，各有寓止，于十月往，至岁尽乃还宫。又缘杨妃之故，其奢荡益著，大抵宫殿包裹骊山，而缭墙周遍其外，观风楼下，又有夹城可通禁中。”

㉛ 蚩尤：远古的部落首领，传说蚩尤曾与黄帝作战，兴大雾。这里借指雾气。

㉜ 蹴（cù）：踢。

㉝ 瑶池：神话中西王母与周穆王宴饮的地方，这里借指骊山温泉。郁律：热气蒸腾的样子。

㉞ 羽林：皇帝的禁卫军。摩戛（jiá）：武器互相撞击，形容禁卫军极多。

㉟ “乐动”句：乐声响彻云霄。殷（yǐn），震动。胶葛，广大旷远的样子。

㊱ 长缨：达官贵人的冠带，借指达官贵人。

㊲ 与：参加。短褐（hè）：粗布短衣，借指平民。

㊳ 彤庭：宫殿楹柱多用红漆涂饰，这儿借指朝廷。据《资治通鉴》载，天宝后期，府库中财物堆积如山，杨国忠建议把租税一律变成轻货（绢帛），输送京城。玄宗视金帛如粪土，毫无节制地赏赐给贵宠之家。

㊴ 城阙：这里指京城。

㊵ 筐篚（fěi）：方形与圆形的竹器，古代帝王以此盛绢帛等物赐给大臣。

㊶ 邦国活：使国家生存发展。

㊷ 忽：忽略，忽视。至理：最根本的道理，指“实欲邦国活”的道理。

㊸ 多士：众多的士大夫。

㊹ 内金盘：内府的金盘，古代称宫廷为大内。

㊺ 卫霍：汉武帝的外戚卫青、霍去病。这里借指杨贵妃的亲属。《杨妃外传》：“（玄宗）又赐虢国照夜玑，秦国七叶冠，国忠锁子帐，盖希代之珍。其恩宠如此。”

㊻ 舞神仙：像神仙一样的美女在翩翩起舞。

㊼ “烟雾”句：轻纱裹着美玉一般的身体。

㊽ “悲管”句：谓丝竹并奏，管弦齐鸣。

㊾ 朱门：豪贵之家。

㊿ “荣枯”二句：一方豪富奢华，一方冻馁死亡，咫尺之间，差异如此之大，我难过得再也叙述不下去了。

51 北辕：车辕向北，即北行。

52 官渡：官府设置的渡口。改辙：改道。杜甫北行至渭水，本拟渡河，因大水而改道。

53 “群冰”句：流水挟冰块从西面直冲下来。

54 崒（cù）兀：高峻而危险，这时形容冰山从上游冲下。

55 崆峒：山名，在今甘肃岷县。

56 “恐触”句：形容冰水汹涌，仿佛神话中共工怒触撑天的不周山，使人有天崩地塌之感。

57 坼：断裂。

58 “枝撑”句：桥梁受冰水强烈冲击，发出窸窸窣窣的声音。枝撑，桥柱交木。

59 行旅：行人。相攀援：相互牵引。

60 “老妻”句：当时杜甫的妻子寄居在奉先县。

61 “庶往”句：希望一起去过艰苦的生活。

62 号咷：大哭。

63 “贫窭（jù）”句：因贫穷而突然发生意外的变故（指幼子被饿死）。窭，穷。卒（cù），同“猝”。

64 “名不”句：兵役册上无名，没有服兵役的任务。

65 抚迹：反复思量生活中所发生的种种事件。

66 平人：平民，唐人避唐太宗李世民讳，改“民”为“人”。骚屑：动荡不安。

67 失业徒：失去土地的农民。当时土地已大量兼并，均田制遭到破坏，农民大量破产流亡。

68 远戍卒：久戍不归的士兵。

69 “忧端”句：对时局的忧虑像终南山一样高。

70 澒（hòng）洞：广漠无边的样子。掇（duō）：收拾。

春　望

【题解】 本篇选自《杜诗详注》卷四。至德元载（756）八月，杜甫被安史叛军掳至长安，过了半年多囚徒一样的生活。这时长安已被抢掠一空，满目荒凉，而家人久别，存亡莫卜。诗人家国之痛更加浓烈，便在第二年（757）暮春，写下了这首传诵千古的名作。这首诗情完全渗透在景中，已达到了水乳难分的程度。从景物描写中，我们清楚地听到了诗人心脏的跳动声，内心的哭泣声，清楚地看到了诗人伤国忧时念家的憔悴身影，见花下泪、闻鸟惊心的愁苦形象，具有极其强烈的感人力量。

国破山河在[①]，城春草木深[②]。
感时花溅泪[③]，恨别鸟惊心[④]。
烽火连三月[⑤]，家书抵万金。

白头搔更短[⑥],浑欲不胜簪[⑦]。

【注释】

① "国破"句:暗示国事全非。

② "城春"句:暗示人烟稀少。

③ "感时"句:感伤时局,对着盛开的春花而掉泪。

④ "恨别"句:愁恨别离,听到喧闹的鸟鸣而惊心。

⑤ 连三月:形容时间很久长。三,虚数。

⑥ "白头"句:满头白发,愈搔愈短。

⑦ "浑欲"句:简直连簪子也插不住了。

石壕吏

【题解】 本篇选自《杜诗详注》卷七。为"三吏"之一。乾元二年(759),杜甫从洛阳去华州(治今陕西华县),途经石壕镇(在今河南陕县东南),目击征役给人民带来的深重灾难,写下了这个名篇,表达了诗人对人民的深厚同情。诗篇用第一人称进行白描,因事情发生在夜里,无法目击,全靠耳闻,诗中全部情事均靠耳闻来摹写,读来如闻其声。诗人又在剪裁上下了极深的功夫,凡是一般的过渡、交代和通过上下文能体会的意思均略去,显得干净利落,耐人寻味。

暮投石壕村[①],有吏夜捉人。老翁逾墙走[②],老妇出看门。吏呼一何怒[③],妇啼一何苦。听妇前致词,三男邺城戍[④]。一男附书至[⑤],二男新战死。存者且偷生,死者长已矣。室中更无人[⑥],惟有乳下孙[⑦]。有孙母未去[⑧],出入无完裙[⑨]。老妪力虽衰[⑩],请从吏夜归。急应河阳役[⑪],犹得备晨炊[⑫]。夜久语声绝,如闻泣幽咽[⑬]。天明登前途,独与老翁别。

【注释】

① 投:投宿。

② 逾墙走:越墙逃跑。

③ 一何:何等,多么。

④ 邺城:今河南安阳县。戍:戍守,服兵役。此句至"犹得备晨炊"为老妇的致词。

⑤ 附书:托人带信。

⑥ 更无人:更没有可以应征服役的人。

⑦ 乳下孙:正在哺乳的孙儿。

⑧ 未去:没有改嫁。

⑨ 出入:偏义复词,偏用"出"义。

⑩ 老妪(yù):老太太,老妇自称。

⑪ "急应"句:当时唐军在邺城被叛军打败,郭子仪率军退守河阳,凡是抓到的壮丁,都送到河阳前线去。河阳,在黄河北岸,洛阳的对面,即今河南孟县。

⑫ 备:准备。晨炊:早饭。

⑬ 泣幽咽:哭不出声,暗泣。

新婚别

【题解】 本篇选自《杜诗详注》卷七。为"三别"之一。此诗也是乾元二年(759)诗人从洛阳去华州途中所作。此篇用新婚妇女对丈夫倾诉衷肠的口吻,诉说"暮婚晨告别"的无限凄苦之情。诗中新妇的心情无比曲折:先是写暮婚晨别,不合常情,夫往死地,痛断肝肠;接写欲随夫去,决无可能,妇女在军,兵气不扬;转念国事,复又勉励丈夫勿念新婚,去努力军务;最后以百鸟双翔为比,希望夫妇终能团聚。诗意层层转折,语语真切,曲曲地传出新妇的满腔心事,写得凄切动人。

兔丝附蓬麻[①],引蔓故不长。嫁女与征夫,不如弃路旁。结发为妻子[②],席不暖君床。暮婚晨告别,无乃太匆忙[③]?君行虽不远,守边赴河阳。妾身未分明,何以拜姑嫜[④]?父母养我时,日夜令我藏[⑤]。生女有所归[⑥],鸡狗亦得将[⑦]。君今往死地,沉痛迫中肠。誓欲随君去,形势反苍黄[⑧]。勿为新婚念,努力事戎行。妇女在军中,兵气恐不扬[⑨]。自嗟贫家女,久致罗襦裳[⑩]。罗襦不复施[11]，对君洗红妆[12]。仰视百鸟飞，大小必双翔。人事多错迕[13]，与君永相望。

【注释】

① 兔丝：菟丝子，属旋花科，蔓生植物，其茎必须缠绕在其他植物的枝干上，才能向上生长。蓬麻：蓬草和黄麻，都是草本植物，长不甚高，所以下文有"引蔓故不长"之语。

② 结发：《文选·苏子卿杂诗》："结发为夫妻，恩爱两不疑。"李善注："结发，始成人也，谓男年二十，女年十五时，取笄冠为义也。"

③ 无乃：岂不是。

④ "妾身"二句：古礼规定，女嫁三日告庙，称为成婚。婚礼已明，名分方定，才能去拜见公婆。如今暮婚晨别，只做了一夜新妇，名分还未定，如何去拜见公婆呢？姑嫜，公婆。

⑤ 藏：深居闺中，不外出。

⑥ 归：女子出嫁。

⑦ "鸡狗"句：即俗语"嫁鸡随鸡，嫁狗随狗"的意思。将，跟随，伴随。

⑧ 苍黄：同"仓皇"，指内心慌乱，没有主意。

⑨ "兵气"句：据《汉书·李陵传》记载，李陵有一次打仗时，发现士气不振，追查的结果，原来是不少士兵把妻子带到部队来的缘故。这句暗用此典。

⑩ "久致"句：好久才办成绮罗的新嫁衣。

⑪ 不复施：不再穿着。

⑫ "对君"句：当着你的面洗去脂粉，以示忠贞。

⑬ 错迕（wǔ）：错杂交迕，即不如意。

春夜喜雨

【题解】 本篇选自《杜诗详注》卷十。此诗是杜甫在上元二年（761）春寓居成都草堂时所作。这期间，他生活较安定，心情较舒畅，并常常参加一些力所能及的农事劳动，因此也更加关心农作物的生长。以"细推物理"著称的诗人，对春雨观察入微。这首诗不仅逼真地绘出了春雨之形，也精彩地传出了春雨之神：次序从春雨的发生写到春雨的形态，春雨的夜景以及春雨润物的功效；角度从概括议论入手，然后写到听觉形象、视觉形象；时间从夜里写到天明。层次清晰，结构严谨。全诗处处突出一个"喜"字，而又融情入景，不露痕迹。

好雨知时节，当春乃发生[1]。
随风潜入夜[2]，润物细无声[3]。
野径云俱黑，江船火独明。
晓看红湿处，花重锦官城[4]。

【注释】

① 发生：犹出现。

② 潜：偷偷地，暗暗地，悄悄地。

③ 润物：滋润万物。

④ 锦官城：成都的别名。

登　高

【题解】 本篇选自《杜诗详注》卷二十。大历二年（767）秋，杜甫流落到夔州，时局艰危，民生疾苦，诗人扶病登高，百感交集，赋成此诗。前半篇写景，境界开阔雄浑，秋意扑面而来；后半篇抒怀，感情深沉郁结，令人悲慨万端。明胡应麟《诗薮》曾誉之为"古今七言律第一"。

风急天高猿啸哀，渚清沙白鸟飞回[1]。
无边落木萧萧下，不尽长江滚滚来[2]。
万里悲秋常作客，百年多病独登台[3]。
艰难苦恨繁霜鬓[4]，潦倒新亭浊酒杯[5]。

【注释】

① 渚(zhǔ):水中小洲。回:回旋,盘旋。

② 萧萧:落叶声。

③ "万里"二句:罗大经曰:"万里,地辽远也;秋,时惨凄也;作客,羁旅也;常作客,久旅也。百年,暮齿也;多病,衰疾也;台,高迥处也;独登台,无亲朋也。十四字之间,含有八意,而对偶又极精确。"(《杜诗详注》引)

④ 艰难:指时局艰危。苦恨:恨到极点。繁霜鬓:鬓边白发增多。

⑤ 潦倒:衰颓,龙钟。新亭:当时杜甫因肺病而戒酒。亭,通停。

登岳阳楼

【题解】 本篇选自《杜诗详注》卷二十二。大历三年(768)春,杜甫由夔州出峡,因兵乱而靠一条小舟漂泊于江陵、公安等地。这年冬天,到了岳阳,登上城楼,看到烟波浩渺、气象万千的洞庭湖,家愁国恨涌上心头,百感交集,涕泗横流,写下了这首境界壮阔、诗情沉郁的杰作。全诗炼字有方,"坼"、"浮"、"无"、"有"等字都用得极其自然贴切而又精炼传神。

昔闻洞庭水[①],今上岳阳楼[②]。
吴楚东南坼[③],乾坤日夜浮[④]。
亲朋无一字[⑤],老病有孤舟[⑥]。
戎马关山北[⑦],凭轩涕泗流[⑧]。

【注释】

① 洞庭:中国著名大湖之一,在今湖南岳阳西,周围八百余里。

② 岳阳楼:在岳阳县西门上,下临洞庭湖。

③ "吴楚"句:中国东南方的吴楚两地由洞庭湖将其分开。坼,裂,此指分开。

④ "乾坤"句:整个天地仿佛日夜在水面浮动。

⑤ "亲朋"句:亲戚朋友没有一字信息寄来。

⑥ "老病"句:衰老病残之身存寄于一叶孤舟上。有,存。

⑦ "戎马"句:这年吐蕃在西北部入侵。

⑧ "凭轩"句:倚靠在船窗边,涕泪滚滚而下。

第五节　中唐诗歌

刘长卿

刘长卿(? —约789),字文房,河间(今属河北)人。唐诗人。天宝间登进士第,官长洲县尉。因事系狱,被贬为南巴尉。起为淮西鄂岳转运使留后,又受诬被贬为睦州司马。后官终随州刺史,世称刘随州。

刘长卿的诗长于五言,被称为"五言长城",其五律以研练深稳、情景交融见长。他的绝句苍秀淡雅,极富韵味,但又都笼罩着一层冷寂的烟雾,既无王、孟的蓬勃开阔、明朗俊秀,又无韦应物的淳厚朴实、生机活泼。有《刘随州集》。

逢雪宿芙蓉山主人

【题解】 本篇选自《刘随州集》卷一。此诗写诗人投宿山村的见闻,清妙逼真,山村的寂寞荒凉,村民的勤劳辛苦,都见于言外。正如清黄叔灿《唐诗笺注》所评:"上二句孤寂况味,犬吠人归,若惊若喜,景色入妙。"

日暮苍山远，天寒白屋贫①。

柴门闻犬吠，风雪夜归人。

【注释】

① 白屋：贫困的山民住所，以白茅盖顶或木材不加油漆，均称白屋。贫，此处作“萧条”解。

韦应物

韦应物（约737—约791），京兆万年（今陕西西安）人。唐诗人。少年时以三卫郎事玄宗，历任洛阳丞、高陵宰、鄠县令、栎阳令、滁州刺史、江州刺史、左司郎中、苏州刺史，世称韦左司，或韦苏州。

韦应物写了不少关心民生疾苦的诗，如《观田家》等，新乐府诗也写得很出色，如《杂体》五首之三。这类乐府诗，对于元、白所倡导的新乐府运动，是起过相当大的促进作用的。最能体现韦诗特色的是那些闲淡简净的写景咏怀诗，如《秋夜寄丘二十二员外》、《自巩洛舟行入黄河即事寄府县僚友》等都是脍炙人口的名作。有《韦苏州集》。

滁州西涧

【题解】 本篇选自《韦苏州集》卷八。建中四年（783）初夏，韦应物自尚书比部员外郎出为滁州（今安徽滁州）刺史，第二年（784）春天，写下了这首小诗。韦应物是一位关心民生疾苦的诗人，他在《滁州西涧》中表现出来的闲适舒散心情，是他在滁州宽征减税、简政养民的结果。

独怜幽草涧边生①，上有黄鹂深树鸣②。

春潮带雨晚来急，野渡无人舟自横。

【注释】

① 怜：爱。

② 黄鹂：黄莺。深树：深密的树林。

观田家

【题解】 本篇选自《韦苏州集》卷七。此诗是韦应物从建中四年（783）初夏至贞元元年（785）秋任滁州刺史期间所写。韦应物经过深入的观察、体验，对农民的痛苦有较深的认识，跟他们有了一些共同的语言。这首田园诗真切地写出了农民的喜悦和希望，辛劳和痛苦，反映了中唐时期农民受剥削的惨重，带有较浓厚的生活气息。特别是末尾两句，把自己所得的官禄与农民的辛勤劳动联系起来，为自己的无功受禄而深感惭愧，这种深刻的认识，显然来源于历年来当地方官时所得感性印象的积累、提炼和升华，是弥足珍贵的。此诗在艺术上纯用白描，朴素、自然、真切，深得陶渊明的真髓。

微雨众卉新①，一雷惊蛰始②。田家几日闲，耕种从此起。丁壮俱在野③，场圃亦就理④。归来景常晏⑤，饮犊西涧水⑥。饥劬不自苦⑦，膏泽且为喜⑧。仓廪无宿储⑨，徭役犹未已⑩。方惭不耕者⑪，禄食出闾里⑫。

【注释】

① 卉（huì）：草的总称。

② 惊蛰（zhé）：农业节气，在公历三月五日或六日，是春耕

开始的标志。惊蛰前后，春雷一响，冬眠的虫类都被惊醒。蛰者蛰伏，指冬眠。

③ 丁壮：成年的男劳力。

④ 场圃：场地和菜园。就理：整理收拾好。

⑤ "归来"句：从田里归来已很晚了。景，通"影"，指日光。晏，晚。

⑥ 犊：小牛，此处泛指耕牛。

⑦ 劬(qú)：过度劳累。

⑧ 膏泽：指春雨，俗语有"春雨贵如油"之比。

⑨ 廪(lǐn)：米仓。宿储：积存的余粮。

⑩ 徭役：统治者强制人民承担的无偿劳动。犹未已：还没有结束，即没完没了的意思。

⑪ 不耕者：不从事耕种的当官者，此处是作者自指。

⑫ 禄食：俸禄。闾里：乡里，民间。

卢纶

卢纶(748—约799)，字允言，河中蒲(今山西永济)人。唐诗人。早年避安史之乱，客居鄱阳。大历中被荐为集贤学士、秘书省校书郎。后曾为河中元帅府判官。官至检校户部郎中。是大历十才子之一。

卢纶诗有的写得雄劲有力，气概不凡。最负盛名的是《塞下曲》组诗，其二、其三是传诵千古的名篇。其他更多的诗以工于写景、善于抒写寂寞萧瑟之情取胜，与大历十才子的总体风格和谐一致。如《长安春望》，将长安的春色、乱世的漂泊和独客的苦闷糅合在一起来写，描写、叙事、抒情融为一体，很有感染力。有《卢纶诗集》。

塞下曲(其三)

【题解】 本篇选自《乐府诗集》卷九十三。此诗题一作《和张仆射塞下曲》，共六首，这里选的是第三首。卢纶的诗风轻捷明丽，偶然也有雄健的气概，此诗出色地描绘出一幅雪夜追赶逃敌的作战图，情景壮伟，音节迫促，画外传神，声情并茂。

月黑雁飞高，单于夜遁逃①。
欲将轻骑逐②，大雪满弓刀。

【注释】

① 单于：此处泛指敌酋。

② 将：带领，读平声。逐：追赶。

李益

李益(748—约829)，字君虞，陇西姑臧(今甘肃武威)人，家居郑州(今属河南)。唐诗人。大历四年(769)登进士第，曾任郑县尉、幽州节度使刘济从事、秘书少监。后官至礼部尚书。

李益曾居边塞十余年，出入戎幕，故其诗多写军中生活，意气慷慨，尤以七绝的成就最高。如《夜上受降城闻笛》等，格调较为悲凉。明胡应麟称其七绝以"神秀"见长，他说："七言绝，开元以下，便当以李益为第一。"(《诗薮》)有《李君虞诗集》。

夜上受降城闻笛

【题解】 本篇选自《文苑英华》卷二百十二。题原简作《闻笛》，据《唐音》改。此诗开篇用对偶句，以塞外荒寒景象起兴，同时巧嵌两个与战争有关的地点，暗示军旅生活的艰苦，引出触发乡愁的媒介。结句巧用"不知"和"尽"等字眼，强调乡愁是战士们的普遍情绪，并且一触即发，从而很含蓄地表达了浓烈的反战情绪。

回乐烽前沙似雪[①]，受降城下月如霜[②]。
不知何处吹芦管[③]，一夜征人尽望乡。

【注释】

① 回乐烽：回乐县的烽火台，回乐故城在今宁夏回族自治区灵武县西南。

② 受降城：唐高宗时朔方军总管在今内蒙境内筑了东、西、中三座受降城，此诗所指是西受降城，在今杭锦后旗乌加河北岸。

③ 芦管：一种管乐器。陈旸《乐书》："芦管之制，胡人截芦为之，大概与觱篥相类，出于北国者也。"

张籍

张籍（约767—约830），字文昌，祖籍苏州（治今江苏苏州），移居和州乌江（今安徽和县东北）。唐诗人。贞元十四年（798）登进士第。历官太常寺太祝、水部员外郎、国子监司业，世称张水部，或张司业。

张籍与王建齐名称"张王"，所作新题乐府，风格质实明快，活泼圆润，往往以细小的俚俗之事入诗，又反映比较普遍、比较重要的社会问题，以小见大的特色非常明显。除乐府外，张籍还取得多方面的成就，古风意致深远，律诗自然轻快，绝句清新朗秀。有《张司业集》。

节妇吟

【题解】 本篇选自《张司业集》卷二。此诗题下原有作者自注："寄东平李司空师道。"李师道是盘踞在今河北、山东地区的藩镇，因他曾任平卢淄青节度使、检校司空、同中书门下平章事，故称李司空。李师道想罗致张籍，为他效劳。张籍不愿意，可又不敢得罪他，便假托一女子忠于爱情，誓死不背叛自己的丈夫，以表示拒绝。此诗通篇用比喻，用笔曲折生动，含意深沉委婉。李师道读了，也无可奈何。

君知妾有夫，赠妾双明珠。感君缠绵意，系在红罗襦[①]。妾家高楼连苑起[②]，良人执戟明光里[③]。知君用心如日月[④]，事夫誓拟同生死。还君明珠双泪垂，何不相逢未嫁时[⑤]。

【注释】

① 襦：短袄。

② "妾家"句：我家住宅极其华丽，高大的楼房连接着繁茂的苑囿。

③ 良人：丈夫。执戟明光里：在明光宫里执戟，担任着侍卫皇帝的郎中官。

④ 用心如日月：用意如日月一样明显，意指光明磊落，无不可告人之隐私。

⑤ "何不"句："何"，《诗镜》作"恨"。

王建

王建（约767—约830），字仲初，许州（治今河南许昌）人。唐诗人。元和间任昭应县丞，长庆元年（821）迁太府寺丞，改秘书郎。大和初再迁太常寺丞。后又任陕州司马，世称王司马。

王建的新题乐府优于古题乐府，简括精粹稍逊于张籍，而细致含蓄则又过之。与张籍并称"张王"。他的绝句，婉转流畅，饶有韵致。《宫词》百首，尤为当时所传诵，被称为百代宫词之祖。有《王司马集》。

新嫁娘（其三）

【题解】 本篇选自《王司马集》卷七。原作三首，这里选的是第三首。此诗写新娘第一次下厨的心理活动，细腻深刻，朴素生动，有民歌风味。因此管世铭指出："王建之《新嫁娘》，即其乐府。"（《读雪山房唐诗钞凡例》）

三日入厨下[①]，洗手作羹汤。
未谙姑食性[②]，先遣小姑尝。

【注释】

① "三日"句：古代风俗，女子嫁后第三天，称为"过三朝"，要下厨做菜以奉公婆。

② 谙：熟悉。姑食性：婆婆的口味。姑，婆婆。

元稹

元稹（779—831），字微之，河南洛阳（今属河南）人，居京兆万年（今陕西西安）。唐诗人。幼聪颖。贞元九年（793）以明经擢第。元和元年（806）又举制科，对策第一。拜左拾遗，历监察御史。这个时期，他敢于抗争，希望革除弊政，不怕得罪宦官。因敢于言事，为执政者所忌，贬江陵士曹参军，移通州司马。又任祠部郎中、中书舍人。长庆二年（822）入相，出为同州刺史，转越州，兼浙东观察使。后为武昌军节度使。暴疾，卒于任所。

元稹的诗歌与白居易齐名，二人并称"元白"。他的诗歌主张与白居易一致，主张诗歌应反映民间疾苦，为政治服务。在《乐府古题序》中，他总结并宣扬了杜甫"即事名篇，无复依傍"的创作经验，反对"沿袭古题"，主张"刺美见事"，并写下了不少质朴深切、以意取胜的讽谕诗。《田家词》、《织妇词》等反映了民间的疾苦。著名长篇叙事诗《连昌宫词》通过安史之乱前后盛衰的对比，总结政治上成败的原因，旨在讽谕，被赞为"铺写详密，宛如画出"（明何良俊《四友斋丛说》）。元稹的悼亡诗和爱情诗也写得很有特色，尤其是悼亡抒情之作《遣悲怀》三首，语言浅近而感情深挚，颇为人们所传诵。有《元氏长庆集》。

闻乐天授江州司马

【题解】 本篇选自《元氏长庆集》卷二十。元和十年（815）三月元稹贬通州司马，同年八月，白居易贬江州司马。二人同病相怜，心境极其悲凉。此诗寄达江州后，白居易在《与元微之书》中说："此句他人尚不可闻，况仆心哉！至今每吟，犹恻恻耳。"由此可见其感人的力量。

残灯无焰影幢幢[①]，此夕闻君谪九江[②]。
垂死病中惊坐起，暗风吹雨入寒窗。

【注释】

① 影幢幢：阴影摇曳不定的样子。

② 九江：唐代的江州，隋时为九江郡，故称。

孟郊

孟郊（751—814），字东野，湖州武康（今浙江德清西）人。唐诗人。家境清寒。早年屡试不第，遂在湖州组织诗会，苦意吟诗。贞元十二年（796）登进士第，曾任溧阳尉、协律郎等职。最后赴兴元参加郑余庆幕府，暴病死于赴任途中。友人私谥贞曜先生。

孟郊一生困顿失意，但性格耿介孤直，不肯与世俗之徒同流。其诗作多有不平之鸣，表现了封建社会中落拓知识分子的辛酸、痛苦和激愤，也有一些反映民间疾苦的诗。他为诗尚古拙，好奇险，所作以五古和乐府为多，尤长于五古。其诗风与韩愈相近，并称“韩孟”。又与贾岛齐名，是有名的苦吟诗人。孟郊的创作态度严肃认真，力求奇险独创。他的诗句大都经过苦思锻炼，精心营构。部分诗作有过于求险务奇之弊。除了穷愁寒苦、惨淡经营的作品外，孟郊也有《游子吟》这样语言质朴自然、感情深挚动人的诗篇，颇为世人传诵。历代对于孟郊诗歌的评价虽褒贬不一，但其诗对后世的影响是明显的。有《孟东野诗集》。

游子吟

【题解】 本篇选自《孟东野诗集》卷一。孟郊五十岁时才得了卑微的溧阳县尉之职。孟郊以孝著称，对于县尉这样的卑职，他可以不放在心上；对于生他养他的母亲，他却是时刻挂在心上的。此诗题下自注：“迎母溧上作。”当是在溧阳所作。此诗选取慈母缝衣这一最普通的日常生活细节来表现伟大的母爱，以“临行密密缝”的典型动作，传达出“意恐迟迟归”的深微心理活动，表现得极其自然真切。结尾以大小悬殊的寸草与春晖对比，衬托出诗人纯真的亲子之情，感人至深。

慈母手中线，游子身上衣。临行密密缝，意恐迟迟归。谁言寸草心①，报得三春晖②？

【注释】

① 寸草：小草，诗人自比。

② 三春晖：春天的阳光，比喻伟大的母爱。春季有三个月，称孟春、仲春、暮春，统称三春。

寒地百姓吟

【题解】 本篇选自《孟东野诗集》卷三。孟郊写诗，常常别出心裁，使人有耳目一新之感。此诗设想奇特，寒地百姓竟愿身化飞蛾，被烧灼而死。温暖对于受冻的百姓来说，是生活的第一需要，这种想象看似无理，实为有情。加上此诗白描和对比手法运用得极其成功，所以成为传诵名篇。

无火炙地眠①，半夜皆立号②。冷箭何处来？棘针风骚骚③。霜吹破四壁④，苦痛不可逃。高堂捶钟饮，到晓闻烹炮⑤。寒者愿为蛾，烧死彼华膏⑥。华膏隔仙罗⑦，虚绕千万遭。到头落地死，踏地为游遨⑧。游遨者是谁？君子为郁陶⑨。

【注释】

① 炙地：用柴火烘热地面。

② 号：嚎叫，指冻得受不住了而发出呼号声。

③ “冷箭”二句：冷箭、棘针均比喻冷风。骚骚，风声。

④ 霜吹：霜风。

⑤ 烹炮：指富家烹食的香气。

⑥ 华膏：饰有华彩的灯烛。

⑦ 仙罗：轻柔的罗幔。

⑧ 游遨：遨游的人。

⑨ 郁陶（yáo）：悲愤郁积。

贾岛

贾岛（779—843），字阆仙，一作浪仙，范阳（治今河北涿州）人。唐诗人。出身寒微。三十岁之前栖身佛门，法名无本，喜吟诵之事。后与韩愈、孟郊、张籍等人结识交往，意气相投，互为酬唱。韩愈奇其才，劝他还俗应举，但屡试不第。开成二年（837）被任为长江主簿，世称贾长江。后又迁普州司仓参军,病卒于任所。

贾岛一生穷愁潦倒。他性情孤僻,对社会现实多取冷漠旁观态度。其诗作大多是与僧道、隐者的酬唱赠答,以及抒写自己凄苦困顿的生活境遇,风格清幽冷峭。他与孟郊同以苦吟著名,向有"郊寒岛瘦"之称。其诗以五律见长,以铸字炼句取胜,造语清奇,常有警句。有《长江集》。

忆江上吴处士

【题解】 本篇选自《长江集》卷五。贾岛中进士前结识一位吴处士,后来他离京赴闽,贾岛便写了这首诗怀念他。这首怀念朋友的作品,在平常的景物描写中,注入一股灏气,配上高昂的音节,形成雄壮的意境,从而烘染出真挚深厚的友谊。全诗骨气开张,诗情宛转。"秋风吹渭水,落叶满长安"一联,对仗自然,意境苍凉,形象饱满地传达出诗人忆念朋友的一片深情。

闽国扬帆去,蟾蜍亏复圆[①]。
秋风吹渭水,落叶满长安[②]。
此地聚会夕,当时雷雨寒[③]。
兰桡殊未返[④],消息海云端[⑤]。

【注释】

① "闽国"二句:吴处士乘船赴闽已经一个月。闽国,现在福建一带。蟾蜍,月的代称。《后汉书·天文志》注:"羿请无死之药于西王母,姮娥窃之以奔月,是为蟾蜍。"

② "秋风"二句:写深秋京城的萧瑟景象,以衬托友人去后诗人的寂寞心境。

③ "此地"二句:回忆夏天跟吴处士在长安聚会时正值雷雨。

④ 兰桡(ráo):木兰制的船桨,这里指船。

⑤ 海云端:海云生处,形容消息渺茫。

李贺

李贺(790—816),字长吉,福昌(今河南宜阳西)人。他是唐宗室郑王之后,家境早已衰落。才华出众,十几岁时已有诗名,受到韩愈等人的赏识和延誉。但因避父讳不能举进士,只做过一任职位卑微的奉礼郎。他不满于这个掌祭祀仪式的无聊官职,便以病辞官,在穷愁郁愤中度过了短暂的一生,死时仅二十七岁。

李贺是个有理想、有抱负的人,政治上的失意和生活上的困顿,使他一生处于理想和现实的尖锐矛盾之中,同时也使他对社会的黑暗和统治集团的腐败荒淫,有比较清醒的认识。他一生中的多数时间都在从事呕心沥血的诗歌创作,给我们留下了二百多首秾丽瑰奇的诗歌。在李贺的诗集中,抒写个人怀才不遇和愤懑不平的作品很多,写得也很有特色。他还写了一些揭露黑暗现实、反映劳动人民疾苦的诗篇。他的诗多有对鬼神世界的描写,曲折地表现了他对社会现实的厌恶与否定。李贺是中唐诗坛上独树一帜的浪漫主义诗人。他的诗歌想象丰富奇特,构思新巧精当,语言瑰丽奇峭,具有鲜明的形象性和独特的艺术风格。李贺诗歌的缺点在于反映生活的面比较狭窄,有些诗格调比较低沉,在艺术上有过于追求奇险而流于幽僻晦涩的毛病。有《昌谷集》。

金铜仙人辞汉歌

【题解】 本篇选自《昌谷集》卷二。唐宪宗李纯昏庸暴戾,求神拜佛,服食金丹。李贺看到宪宗如此昏愦,政治如此黑暗腐败,担心着唐王朝的覆灭,再加上自己怀才不遇,心中充满着愤郁不平之气。元和八年(813),李贺辞去奉礼郎的小官托病归故乡昌谷时，便借金铜仙人辞汉流泪的故事，来讽刺宪宗求神仙的荒唐愚蠢和抒发自己的忧国之情，写下了这首传诵千古的《金铜仙人辞汉歌》。

魏明帝青龙元年八月①，诏宫官牵车西取汉武帝捧露盘仙人，欲立置前殿。宫官既拆盘，仙人临载乃潸然泪下②。唐诸王孙李长吉遂作《金铜仙人辞汉歌》③。

茂陵刘郎秋风客④，夜闻马嘶晓无迹⑤。画栏桂树悬秋香，三十六宫土花碧⑥。魏官牵车指千里，东关酸风射眸子⑦。空将汉月出宫门，忆君清泪如铅水⑧。衰兰送客咸阳道⑨，天若有情天亦老⑩。携盘独出月荒凉，渭城已远波声小⑪。

【注释】

① 青龙元年八月：魏明帝拆迁铜人的事发生在青龙五年(237)，李贺为了暗示自己是在借题发挥，“故谬其辞”，把“青龙五年”故意写成“青龙元年八月”。

② “仙人”句：据史书记载，汉武帝刘彻轻信道士的胡言乱语，认为服食和着玉屑的露水可以长生不老，于是在建章宫造神明台，上面铸一金铜仙人，手捧承露盘，高二十丈，大七围，以此来承接露水。魏明帝曹睿青龙五年，准备把铜人从咸阳搬到洛阳，立在宫殿前边。搬迁过程中，因为铜人过重，搬迁实在困难，只好把它留在灞垒。后来的人加以附会，编了一个故事，说魏明帝搬迁铜人，在拆承露盘的时候，发出巨响，几十里外都听到，金铜仙人眼中流出了泪水，魏明帝不敢再搬了，只好让他留在灞垒。这个故事见《汉晋春秋》。

③ 唐诸王孙：李贺是唐高祖李渊叔父大郑王李亮的后代，故自称“诸王孙”。

④ 茂陵：汉武帝死后葬于茂陵，在今陕西兴平县东北。刘郎：对汉武帝轻蔑的称呼。秋风客：秋风中匆匆来去的过客，因汉武帝曾写过《秋风辞》，其结尾说：“欢乐极兮哀情多，少壮几时兮奈老何？”

⑤ “夜闻”句：意思是说，尽管汉武帝千方百计求神服药以望长生不老，到头来仍然像秋风中的过客，夜间乘着天上神马忽焉而逝，天明却不知魂魄归于何处了。

⑥ 三十六宫：泛指汉代宫苑。班固《西都赋》：“西郊则有上囿禁苑，林麓薮泽，陂池连乎蜀汉，缭以周墙四百余里，离宫别馆，三十六所。”土花：藓苔。

⑦ 酸风射眸(móu)子：本意指凄风刺目，铜人因不愿离开故土而心酸落泪。现在诗人想象风是酸的，酸风吹刮到眼珠上，当然要掉泪了。

⑧ “忆君”句：意指铜人留恋故宫，怀念旧主，不禁泪如泉涌，心情像铅一样沉重。由铜人而想到他掉的眼泪也与众不同，是“泪如铅水”。

⑨ 衰兰送客：宫中只有衰谢的兰花送别铜人，反衬铜人离宫时的凄凉。

⑩ “天若”句：诗人推想，冷漠无知的天，如果有感情的话，也会为同情铜人的遭遇而悲伤得衰老的吧？

⑪ “渭城”句：铜人只身远去，在故宫时听惯了的、感到无比亲切的渭水波声越来越小，渐渐地再也听不见了。

雁门太守行

【题解】 本篇选自《昌谷集》卷一。《雁门太守行》为乐府旧题，属《相和歌·瑟调曲》。古词述洛阳令德政之美，而不及雁门太守事；至梁简文帝的作品，才写到边城征战的题材。李贺此诗，是从梁简文帝的作品变化而来，但后来居上，远胜过简文帝之作。此诗歌颂危城将士奋勇苦战，誓死报国的壮志，色泽浓艳，想象瑰奇，比喻独到，描写真切，声情极其悲壮动人，是李贺的代表作之一。据唐张固《幽闲鼓吹》记载，元和二年(807)，李贺曾去拜谒韩愈，所呈诗卷的第一篇即《雁门太守行》，深得韩愈赞赏。

黑云压城城欲摧①，甲光向日金鳞开②。角声满天秋色里③，塞上燕脂凝夜紫④。半卷红旗临易水⑤，霜重鼓寒声不起⑥。报君黄金台上意⑦，提携玉龙为君死⑧。

【注释】

① “黑云”句：乌云压城，城仿佛立即要被摧毁似的，以此来形容敌军攻城声势浩大，危城形势十分紧急。

② “甲光”句：日光映照在战士铁甲的鳞片上，金光闪烁。

③ 角声：军中号角的声音。

④ “塞上”句：战士们的鲜血滴洒在塞土中，到了夜里，凝冻成燕脂一样的紫红色。

⑤ 易水：在今河北易县。战国时燕太子派荆轲去行刺秦王，在易水边上饯别，荆轲慷慨悲歌：“风萧萧兮易水寒，壮士一去兮不复还！”

⑥ “霜重”句：夜寒霜重，鼓声低沉而不响亮，暗示战争失利。

⑦ 黄金台：故址在河北易县东南，为燕昭王所筑，曾置千金于台上，以延揽人才。

⑧ 玉龙：指宝剑。

刘禹锡

刘禹锡(772—842)，字梦得，河南洛阳(今属河南)人。唐诗人。自称汉中山王刘胜之后。实为匈奴族后裔，其七世祖刘亮随魏孝文帝迁洛阳，始改汉姓。父刘绪因避安史之乱，寓居嘉兴，生刘禹锡。因此他的青少年时代是在江南度过的，曾从诗僧皎然、灵澈学诗。贞元九年(793)登进士第，同年又登博学宏词科，历任太子校书、渭南主簿、监察御史等职。永贞元年(805)，参加以王叔文为首的“永贞革新”集团，任屯田员外郎，判度支盐铁。失败后，被贬为朗州司马达十年之久。元和九年(814)年底应召回京，因写诗讥诮权贵，不久又外放连州刺史。后又调任夔州刺史、和州刺史，在地方上有所建树。大和元年(827)被召回长安，任主客郎中、集贤殿学士等闲散文职。以后又历任苏州、汝州、同州刺史。晚年官至太子宾客，世称刘宾客。

刘禹锡通过咏物、怀古、讽谕、抒情等不同方式，写下了不少具有丰富内容的诗篇，在一定程度上揭露了当时唐王朝内部的许多丑恶现象。长期的贬谪生活，使他有机会接近人民群众，写出了一些同情人民疾苦的诗篇。他善于向民歌学习，写了《竹枝词》、《浪淘沙》、《杨柳枝》等一批具有民歌风格的作品，或记地方风物，或写男女爱情，无不健康开朗、活泼清新。他的律诗、绝句均有较高的成就。有《刘梦得文集》。

酬乐天扬州初逢席上见赠

【题解】 本篇选自《刘梦得文集·外集》卷一。宝历二年(826)冬，刘禹锡罢和州刺史，白居易罢苏州刺史，二人在扬州相遇，结伴回京。白居易写了《醉赠刘二十八使君》诗相赠，对刘的遭遇表示深厚的同情。诗曰：“为我引杯添酒饮，与君把箸击盘歌。诗称国手徒为尔，命压人头不奈何。举眼风光长寂寞，满朝官职独蹉跎。亦知合被才名折，二十三年折太多。”刘禹锡便写了这首诗赠答。诗中对二十三年的贬谪生涯作了回顾，为世事的变迁无限伤感，对小人得志的世道无比愤慨，因白居易的纯真友情而表示十分慰藉。

巴山楚水凄凉地[①]，二十三年弃置身[②]。
怀旧空吟闻笛赋[③]，到乡翻似烂柯人[④]。
沉舟侧畔千帆过，病树前头万木春[⑤]。
今日听君歌一曲[⑥]，暂凭杯酒长精神[⑦]。

【注释】

① 巴山楚水：二十多年来，刘禹锡曾先后被贬谪到朗州(今湖南常德县)、连州(今广东连县)、和州(今安徽和县)、夔州(今重庆奉节县)等地当地方官，这些地方在唐代都比较荒僻。夔州古属巴，朗州古属楚，故以“巴山楚水”概括曾贬谪过的地方。

② 二十三年：刘禹锡从“永贞革新”失败(805)被贬到宝历二

年(826)冬被召回京,已跨过了二十二个年头,此时已到岁末,到达京城时,将跨到宝历三年(827),故刘、白二诗都说二十三年。弃置身:被抛弃而不受重用的人。

③ 闻笛赋:指西晋向秀的《思旧赋》。三国魏末嵇康、吕安被掌权的司马昭杀害后,向秀有一次经过他们的旧居,闻邻人笛声悲凉,思念故友,写下了这篇赋,以抒发对亡友的怀念。

④ 烂柯人:指王质。据《述异记》载,王质有一天入山砍柴,观两童子下棋,一局结束,王质手中斧柄已烂,回家已过百年,同辈都已去世。刘禹锡对二十余年的贬谪生活感到特别漫长,有恍如隔世之感,故用此典。

⑤ "沉舟"二句:诗人以"沉舟"、"病树"自喻,以"千帆"、"万木"喻在朝得势者,说明世事颠倒,小人得势,表示十分愤慨。今人通常借用此联来说明新生事物一定能战胜腐朽事物,与作者原意是相反的。

⑥ 歌一曲:指白居易《赠刘二十八使君》。

⑦ "暂凭"句:暂凭你(白居易)敬我的一杯酒把精神振作起来。

西塞山怀古

【题解】 本篇选自《刘梦得文集》卷二十四。西塞山在今湖北黄石,山势陡峭,面临长江,地形极为险要,是三国时东吴的江防要塞。长庆四年(824),刘禹锡由夔州刺史转任和州刺史,沿着长江东下,经过西塞山,有感于历史上晋灭东吴的史实,东吴虽占据险要地形,结果还是给晋打败了,可见地形险要不足恃,便写下了这首怀古诗。怀古其实是为了吊今,中唐以后,藩镇割据成了大唐帝国的巨大祸害,诗人以此来警告那些恃险割据者,希望他们不要重蹈历史复辙。此诗寓议于叙,笔力遒劲,气势豪雄,格局开阔动荡,曾被誉为千载绝作。

王濬楼船下益州[①],金陵王气黯然收[②]。
千寻铁锁沉江底[③],一片降幡出石头[④]。
人世几回伤往事[⑤],山形依旧枕寒流[⑥]。
今逢四海为家日[⑦],故垒萧萧芦荻秋[⑧]。

【注释】

① 王濬(jùn):西晋大将,太康元年(280)伐吴时任益州刺史,益州州治在成都。《晋书·王濬传》:"武帝谋伐吴,诏濬修舟舰。濬乃作大船连舫,方百二十步,受二千馀人。以木为城,起楼橹,开四出门,其上皆得驰马来往。"

② 金陵王气:《太平御览》卷一百七十载:"昔楚威王见此有王气,因埋金以镇之,故曰金陵。秦并天下,望气者言江东有天子气,凿地断连冈,因改金陵为秣陵。"这儿指东吴的气运。黯然,暗淡无光的样子。

③ "千寻"二句:指王濬水军巧破东吴千寻铁锁,突破东吴江防,直抵金陵,东吴终于被打败。

④ 降幡(fān):降旗。《晋书·王濬传》载王濬率大军进入南京城后,"(孙)皓乃备亡国之礼,素车白马,肉袒面缚,衔璧牵羊,大夫衰服,士舆榇",至垒门投降。石头:金陵又称石头城。

⑤ "人世"句:总括东晋、宋、齐、梁、陈等建都于金陵的王朝也都相继灭亡了。

⑥ "山形"句:西塞山依旧枕压在长江上。

⑦ 四海为家:即四海一家,指全国统一。

⑧ 故垒:指西塞山历史上遗留下来的营垒。

第六节 白居易

白居易(772—846),字乐天,号香山居士,原籍太原(今属山西),祖上迁居下邽(今陕西渭南北)。唐诗人。生于郑州新郑(今河南新郑),并在那里度过了少年时代。

白居易一生,约可分为三个时期:四十四岁贬江州司马前为"兼济天下"时期;四十四岁任江州司马至五十五岁罢苏州刺史为思想转折时期;五十五岁罢苏州刺史后至去世为"独善其身"的时期。

白居易的青少年时代，是在衣食不足、兵荒马乱中度过的，备尝了颠沛流离之苦。这对他后来刚直耿介性格的形成和前期关心民生疾苦的政治态度的确立有密切关系。

贞元十六年(800)，白居易登进士第。贞元十八年(802)，应拔萃科考试，入甲等，授秘书省校书郎。同时登科授职的还有元稹，元白订交，始于此时。"永贞革新"时，白居易有《为人上宰相书》予以支持。元和元年(806)，白居易与元稹罢校书郎，居华阳观，闭户累月，揣摩时事，写成《策林》七十五篇，后参加才识兼茂明于体用科考试及第，入四等，授盩厔县尉。这期间，他写了《长恨歌》等作品，显示出其创作倾向和艺术才能。

元和二年(807)十一月，白居易任翰林学士，后授左拾遗，他"食不知味，寝不遑安"，"有阙必规，有违必谏"(《初授拾遗献书》)，历尽谏职。三年的谏官生活，使白居易对当时政治的黑暗，有了广泛而深刻的认识。为了针砭时弊，他有意识地写了许多政治讽谕诗。

元和五年(810)，白居易秩满当改官，授京兆府户曹参军。元和六年(811)四月至元和九年(814)冬，白居易丁母忧居下邽渭村，过着隐居的生活，对民生的疾苦有了进一步的了解。

元和九年冬，授太子左赞善大夫。元和十年(815)六月，遭旧官僚集团诬陷，被贬为江州司马。在这样的境遇下，他只能放浪于山水诗酒间，安时顺命，独善其身。然而，他的内心是异常痛苦的，在这时期的诗文中，不时闪烁出激愤的思想火花。著名的《琵琶行》诗与《与元九书》都是此期所作。

元和十三年(818)十二月，他迁任忠州刺史。在忠州一年多，诗人心情极其苦闷、消沉，唯有借酒浇愁。他效仿巴、渝民歌，写了《竹枝词》。

长庆二年(822)白居易任杭州刺史。面对名山胜水，白居易心情比较舒畅。在杭州三年，他非常关心人民生活，留下不少惠政，尤其在农田水利建设方面做出不少成绩，蓄积湖水，保护堤防。公务之暇，他写了不少优秀的游览诗、山水诗。

长庆四年(824)五月杭州刺史任满，白居易以太子左庶子奉召回京。宝历元年(825)三月，任苏州刺史，在任还不满两年，第二年秋，因眼病久而免郡事。在苏州刺史任上，他关心苏州人民的疾苦，尽力做了不少好事，所以当他离任回京时，人民长途远送，依依不舍。

此后，白居易从大和元年(827)三月回朝任秘书监起，直至会昌六年(846)八月去世，二十年间，历任刑部侍郎、河南尹、太子宾客、太子少傅等职，最后以刑部尚书致仕。这段时间，白居易的经济地位、生活状况、思想境界都发生很大的变化。官阶从八品升到二品，月俸从一万六千升到十万，晚年定居于洛阳，他的知足保和与独善其身的想法已成了主导思想。他参禅、学道、饮酒、游山玩水；标榜在家出家，称香山居士；标榜中隐于留守司，号醉吟先生。他的创作也发生了变化，写了大量闲适诗。

白诗现存近三千首。讽谕诗中的代表作品有《观刈麦》、《杜陵叟》、《重赋》、《卖炭翁》、《红线毯》、《买花》、《轻肥》、《歌舞》等。这些诗大多选取典型事例和细节，作形象的刻画，然后通过鲜明的对比，触目惊心地揭示贫富悬殊极大、对立严重，从而达到讽谕的目的。如通过杜陵叟之口直接控诉："剥我身上帛，夺我口中粟。虐人害物即豺狼，何必钩爪锯牙食人肉!"等于指着统治者的鼻子在痛骂。《轻肥》、《买花》等篇在形象地揭露权贵们的骄奢淫逸之后，篇末以强烈对比的警句收篇："是岁江南旱，衢州人食人。""一丛深色花，十户中人赋。"起到了振聋发聩的作用。

白居易的讽谕诗题材十分广泛，几乎涉及了当时社会弊端的各个方面。如《上阳白发人》、《陵园妾》暴露宫廷的黑暗，揭示宫女的惨痛结局；《母别子》揭露权贵抛弃结发之妻，另寻新欢；

《海漫漫》讽刺帝王求仙之妄;《两朱阁》揭露统治者信佛成风,滥建佛寺;《新丰折臂翁》反对穷兵黩武,妄开边衅;《太行路》刺人情反复,人心险恶;《道州民》揭露以矮民为贡品的罪恶行为,歌颂清官阳城罢除陋政之可贵;《黑潭龙》讽刺贪官;《秦吉了》同情冤民等。

在白氏的其他三类诗中,也不乏杰作。其中最出名的是《长恨歌》和《琵琶行》这两首长篇叙事诗。清赵翼甚至说"此即无全集,而二诗已自不朽"(《瓯北诗话》)。

《长恨歌》前半篇虽有少量讽刺语揭露李、杨二人纵情误国,但从全篇来看,作者着意渲染的还是李、杨悱恻缠绵、生死不渝的爱情。全诗故事完整,情节曲折生动,叙事与抒情水乳交融,诗句美丽流畅,音节和谐,气氛浓郁,确是叙事诗中的上乘之作。

《琵琶行》写于元和十一年(816),这首长篇叙事诗中,诗人的感情和琵琶女的感情相互交流渗透,达到了主宾融化为一的境界。全诗结构严谨,叙事婉转周详,酣畅飞动。景物的描绘,气氛的渲染,音乐的摹写,都带有浓厚的抒情味,能为情节的发展和人物形象的塑造服务。其音乐摹写尤为出色,其最大特色是不孤立地写声音,而是把环境描写,气氛渲染,听者感受,弹奏者的技艺情态,琵琶声调的优美而富于变化等糅合在一起来写,使人有身临其境之感。

白居易的写景佳作中,既有短篇和中篇,亦有长篇巨制。如《暮江吟》仅用四句,便出色地描绘出一幅色彩瑰丽无比的秋江暮色图。而《钱塘湖春行》则在严格遵守七律的格律中显示出挥洒自如的美,将西湖早春之美景和诗人愉快明净的心境融合得那么水乳难分、天衣无缝,令人惊叹不已。《游悟真寺诗一百三十韵》长达一千三百字,运用散文游记的笔法记叙了五昼夜游山寺的经过,曲折多变,挥洒自如,真是一首杰作。总之,在中唐诗坛,白居易、元稹为代表的尚俗一派与以韩愈、孟郊为代表的尚奇一派双峰并峙,为当时诗坛留下了洋洋大观。

有《白氏长庆集》。

长恨歌

【题解】 本篇选自《白氏长庆集》卷十二。此诗写于元和元年(806)白居易三十五岁时。当时,陈鸿写了一篇传奇《长恨歌传》,贯彻了"惩尤物,窒乱阶,垂于将来"的意图。而白居易的《长恨歌》却主要歌颂了李、杨的爱情。并且白诗的艺术性大大超过了陈传,故其影响也比陈传大得多。白居易曾自称"一篇长恨有风情,十首秦吟近正声"(《编集拙诗成一十五卷因题卷末戏赠元九李二十》)。他的这类长篇叙事诗具有故事性强,人物形象鲜明,布局完整严密,语言和谐流畅,词藻丰赡秀美,气势动荡舒展,韵味和美悠扬等特点,影响至为深远。

《长恨歌》在唐代就已不胫而走,家喻户晓,还流传到少数民族地区。据《唐诗纪事》记载,唐宣宗曾作吊唁白居易的诗云:"童子解吟《长恨》曲,胡儿能唱《琵琶》篇。文章已满行人耳,一度思卿一怆然。"

汉皇重色思倾国[①],御宇多年求不得[②]。杨家有女初长成,养在深闺人未识[③]。天生丽质难自弃[④],一朝选在君王侧。回眸一笑百媚生,六宫粉黛无颜色[⑤]。春寒赐浴华清池[⑥],温泉水滑洗凝脂[⑦],侍儿扶起娇无力,始是新承恩泽时[⑧]。云鬓花颜金步摇[⑨],芙蓉帐暖度春宵[⑩]。春宵苦短日高起,从此君王不早朝。承欢侍宴无闲暇,春从春游夜专夜[⑪]。后宫佳丽三千人,三千宠爱在一身。金屋妆成娇侍夜[⑫],玉楼宴罢醉和春。姊妹弟兄皆列土[⑬],可怜光彩生门户。遂令天下父母心,不重生男重生女[⑭]。骊宫高处入青云,仙乐风飘处处闻。缓歌慢舞凝丝竹[⑮],尽日君王看不足。渔阳鼙鼓动地来[⑯],惊破霓裳羽衣曲[⑰]。九重城阙烟尘生[⑱],千乘万骑西南行。翠华摇摇行复止[⑲],西出都门百余里。六军不发无奈何,宛转蛾眉马前死[⑳]。花钿委地无人收,翠翘金雀玉搔头[㉑]。君王掩面救不得,回看血泪相和流。黄埃散漫风萧索,云栈萦纡登剑阁[㉒]。峨嵋山下少人行[㉓],旌旗无光日色薄[㉔]。蜀江水碧蜀山青,圣主朝朝暮暮情。行宫见月伤心色,夜雨闻铃肠断声[㉕]。天旋日转回龙驭[26]，到此踌躇不能去。马嵬坡下泥土中，不见玉颜空死处[27]。君臣相顾尽沾衣，东望都门信马归[28]。归来池苑皆依旧，太液芙蓉未央柳[29]。芙蓉如面柳如眉，对此如何不泪垂？春风桃李花开日，秋雨梧桐叶落时。西宫南苑多秋草[30]，宫叶满阶红不扫。梨园弟子白发新[31]，椒房阿监青娥老[32]。夕殿萤飞思悄然，孤灯挑尽未成眠。迟迟钟鼓初长夜，耿耿星河欲曙天[33]。鸳鸯瓦冷霜华重[34]，翡翠衾寒谁与共[35]？悠悠生死别经年，魂魄不曾来入梦。临邛道士鸿都客[36]，能以精诚致魂魄[37]。为感君王辗转思，遂教方士殷勤觅[38]。排空驭气奔如电，升天入地求之遍。上穷碧落下黄泉[39]，两处茫茫皆不见。忽闻海上有仙山，山在虚无缥缈间。楼阁玲珑五云起[40]，其中绰约多仙子[41]。中有一人字太真，雪肤花貌参差是[42]。金阙西厢叩玉扃[43]，转教小玉报双成[44]。闻道汉家天子使，九华帐里梦魂惊[45]。揽衣推枕起徘徊，珠箔银屏迤逦开[46]。云鬓半偏新睡觉，花冠不整下堂来。风吹仙袂飘飖举，犹似霓裳羽衣舞。玉容寂寞泪阑干[47]，梨花一枝春带雨。含情凝睇谢君王[48]，一别音容两渺茫。昭阳殿里恩爱绝[49]，蓬莱宫中日月长[50]。回头下望人寰处，不见长安见尘雾。唯将旧物表深情，钿合金钗寄将去[51]。钗留一股合一扇，钗擘黄金合分钿[52]。但令心似金钿坚，天上人间会相见。临别殷勤重寄词，词中有誓两心知。七月七日长生殿[53]，夜半无人私语时。在天愿作比翼鸟[54]，在地愿为连理枝[55]。天长地久有时尽，此恨绵绵无绝期[56]。

【注释】

① 汉皇：以汉代唐是唐代诗人惯用的手法，此处指唐玄宗。倾国：绝色美女。据《汉书·外戚传》，汉武帝的宠姬李夫人，在入宫前，其兄李延年曾在汉武帝面前唱了一首夸示其妹美貌的歌辞，其中有“北方有佳人，绝世而独立，一顾倾人城，再顾倾人国”的句子。后来，“倾城倾国”就成为美女的代称。

② 御宇：御临宇内，即统治天下。

③ “杨家”二句：杨玉环原为玄宗子寿王李瑁的妃子。后被玄宗看中，为了遮人耳目，先将她度为女道士，号太真，至天宝四载，册封为贵妃。本诗这么写是为尊者讳。

④ 丽质：美丽的姿质。

⑤ 六宫粉黛：宫内所有嫔妃。

⑥ 华清池：骊山华清宫内的温泉浴池，玄宗与杨贵妃每年冬季都要去避寒。

⑦ 凝脂：指美女白嫩柔润的皮肤。《诗经·硕人》：“肤如凝脂。”

⑧ 恩泽：指玄宗对贵妃的宠爱。

⑨ 金步摇：首饰的一种。《释名·释首饰》：“步摇，上有垂珠，步则摇也。”《杨太真外传》：“是夕，授金钗钿盒，上又自执丽水镇库紫磨金琢成步摇至妆阁，亲与插鬓。”

⑩ 芙蓉帐：色泽像木芙蓉花一样艳丽的丝帐。

⑪ 夜专夜：夜夜专宠。

⑫ 金屋：用阿娇之典。《汉武故事》载：“帝为胶东王，数岁，长公主抱置膝上，问曰：‘儿欲得妇否？’曰：‘欲得。’……指其女阿娇：‘好否？’笑对曰：‘好，若得阿娇作妇，当作金屋贮之。’”

⑬ “姊妹”句：杨玉环得宠后，姊妹弟兄都封官进爵：宗兄铦为鸿胪卿、锜为侍御史、钊（即杨国忠）为右丞相，三位姐姐分别被封为韩国、虢国、秦国夫人。

⑭ “不重”句：陈鸿《长恨歌传》：“故当时谣咏有云：‘生女勿悲酸，生男勿喜欢。’又曰：‘男不封侯女作妃，看女却为门上楣。’其为人心羡慕如此。”

⑮ 凝丝竹：管弦乐器奏出舒缓的旋律。《文选》李善注：“徐引声谓之凝。”

⑯ “渔阳”句：天宝十四载（755）十一月，平卢、范阳、河东三镇节度使安禄山在范阳起兵叛唐，范阳属渔阳郡。鼙（pí）鼓，骑兵用的小鼓。

⑰ 霓裳羽衣曲：西域舞曲的一种，于开元中传入中土，成为流行舞曲。

⑱ 九重城阙：指京城长安。《楚辞·九辩》：“君之门以九重。”烟尘生：指战乱起来。天宝十五载（756）六月，安禄山陷潼关，玄宗仓皇出逃，准备入川。

⑲ 翠华：以翠羽为饰的旗，皇帝的仪仗，这里借指皇帝的车驾。

⑳ “六军”二句：指玄宗行至马嵬驿（在今陕西兴平西），军士哗变，杨妃被赐死。《长恨歌传》：“潼关不守，翠华南幸，出咸阳，道次马嵬亭。六军徘徊，持戟不进。从官郎吏伏上马前，请诛晁错（借指杨国忠）以谢天下。国忠奉氂缨盘水死于道周。左右之意未决。上问之，当时敢言者请以贵妃塞天下怨，上知不免，而不忍见其死，反袂掩

面，使牵之而去。仓皇展转，竟死于尺组之下。”六军，古代天子六军，这里指护卫皇帝的羽林军。宛转，柔婉凄恻的情态。蛾眉，美女的眉毛。《诗经·硕人》：“螓首蛾眉。”后用来借代美女。

㉑“花钿(tián)”二句：是说花钿、翠翘、金雀、玉搔头都委地无人收，限于字数，所以拆成两句说。花钿，镶嵌金花的首饰。翠翘(qiáo)，一种状如翠鸟翘尾的钗。金雀，一种雀形的金钗。玉搔头，玉簪。

㉒云栈：高入云霄的栈道。萦纡：萦回曲折。剑阁：即剑门关，在今四川剑阁县北，两山峭壁中断如剑，两崖相对如门。

㉓“峨嵋”句：从长安去成都，并不经过峨嵋(眉)山，此处泛指蜀中的山。

㉔日色薄：日光暗淡。

㉕行宫：皇帝出行时临时住处。夜雨闻铃：郑处诲《明皇杂录》补遗：“明皇既幸蜀，西南行，初入斜谷，霖雨涉旬，于栈道雨中闻铃音，与山相应。上既悼念贵妃，采其声为《雨霖铃曲》以寄恨焉。”这句暗用其事。

㉖天旋日转：比喻时局转危为安。至德二载(757)十月，郭子仪收复长安，十二月，玄宗回京。回龙驭：指皇帝的车驾返回。

㉗空死处：空见死处，因诗句字数关系承上省。

㉘信马归：意指无心策马，任马自由行走。

㉙太液：汉宫廷中池名。未央：汉宫名。这儿泛指宫廷池苑。

㉚西宫：太极宫。南苑：兴庆宫。玄宗回京后，开始住在兴庆宫，因邻近大街，常跟外界接触，肃宗担心他复辟，便将他软禁在太极宫甘露殿。

㉛梨园弟子：玄宗精通音律，曾亲自在梨园教练歌舞艺人，这批人如今都已年老。

㉜椒房：后妃住的宫殿，用椒泥涂壁，故称椒房。阿监：宫中女官。青娥老：青春的美好容颜变得衰老了。

㉝耿耿：微明。

㉞鸳鸯瓦：两片嵌合在一起的瓦。

㉟翡翠衾(qīn)：绣有翡翠鸟图案的被子。

㊱临邛(qióng)：今四川邛崃。鸿都：东汉洛阳宫门名，这里借指长安。这句是说，在长安作客的临邛道士。

㊲致：招致。

㊳方士：道士。

㊴碧落：天上。黄泉：地下。

㊵“楼阁”句：华美精巧的楼阁耸立在五色的彩云之中。

㊶绰约：体态轻盈美丽。

㊷参差(cēn cī)：这里是仿佛义。

㊸金阙：金碧辉煌的神仙宫殿。玉扃(jiōng)：美玉制成的门户。

㊹“转教”句：意指仙府深幽，消息无法径直传递，须辗转传报。小玉，白居易自注：“夫差女小玉。”双成，神话中西王母的侍女。小玉与双成在这里借指服侍杨妃的侍女。

㊺九华帐：彩饰华丽的床帐。张华《博物志》：“汉武帝好仙道，祭祀名山大泽，以求神仙之道。时西王母遣使乘白鹿告帝当来，乃供帐九华殿以待之。”

㊻珠箔(bó)：用珍珠穿成的帘子。银屏：用银丝镶嵌图案的屏风。迤逦(yǐ lǐ)：接连不断。

㊼阑干：纵横。

㊽含情凝睇：满含深情地注视着。

㊾昭阳殿：汉成帝后赵飞燕所住宫殿，这里借指杨妃生前所住宫殿。

㊿蓬莱宫：神话中海外三仙山之一，这里泛指仙境。

(51)钿合：镶珠宝的金盒，用以装金钗。

(52)钗擘(bò)黄金：将黄金钗分开为二。合分钿：将钿盒分成两半。

(53)长生殿：华清宫宫殿名。

(54)比翼鸟：雌雄双飞鸟。《尔雅·释地》：“南方有比翼鸟焉，不比不飞，其名谓之鹣鹣。”

(55)连理枝：枝干交结在一起生长的树木。

(56)“此恨”句：离别之恨永远难消，篇末点题之笔。

轻　肥

【题解】 本篇选自《白氏长庆集》卷二。此诗是《秦中吟》十首中的第七首。《秦中吟》自序说：“贞元、元和之际，予在长安，闻见之间有足悲者。因直歌其事，命为《秦中吟》。”这组诗是作者“为时为事”而作诗的文学主张的重要标本，一诗歌一事，针对性极强，讽刺揭露社会弊病极为尖锐深刻，他曾自诩“闻《秦中吟》，则权豪贵近者相目而变色矣”(《与元九书》)。此诗通过强烈对比，揭露达官贵人的生活豪奢淫逸至极，而江南在同时却发生人食人的惨剧，令人震惊，发人深省。

意气骄满路[1]，鞍马光照尘[2]。借问何为者？人称是内臣[3]。朱绂皆大夫[4]，紫绶或将军[5]。

夸赴军中宴[⑥]，走马去如云。尊罍溢九酝[⑦]，水陆罗八珍[⑧]。果擘洞庭橘[⑨]，脍切天池鳞[⑩]。食饱心自若[⑪]，酒酣气益振[⑫]。是岁江南旱，衢州人食人[⑬]。

【注释】

① 骄满路：形容意气骄横，不可一世。

② 光照尘：形容鞍马豪华光亮。

③ 内臣：宦官，太监。

④ "朱绂(fú)"句：是说宦官的职位都很高。朱绂，红色的朝服。

⑤ 紫绶：系印的紫色丝带。唐制官分九品，四品、五品衣绯(朱)，二品、三品佩紫绶。

⑥ 军中：宦官手中掌握指挥神策军的军权。

⑦ 尊、罍：都是酒器。九酝：经过多次酝酿而制成的美酒。

⑧ 八珍：泛指山珍海味。本指八种烹饪方法，《周礼·天官·膳夫》："珍用八物。"郑玄注："珍，谓淳熬、淳母、炮豚、炮牂、捣珍、渍、熬、肝膋也。"后指八种珍贵食品，名目说法不一。

⑨ 洞庭橘：江苏太湖洞庭山所产名橘，称为"洞庭红"。

⑩ 天池鳞：海中所产名贵的鱼。天池，海的别称。

⑪ 心自若：心里泰若无事。

⑫ "酒酣"句：酒后气势更加嚣张，志得意满，旁若无人。

⑬ 衢州：今浙江衢州。

上阳白发人

【题解】 本篇选自《白氏长庆集》卷三。此诗为《新乐府》五十首之第七首，作于元和四年(809)任左拾遗时。这是白居易继承和发展杜甫"即事名篇"的新乐府精神积极干政的一组大型组诗，其总序说："凡九千二百五十二言，断为五十篇。篇无定句，句无定字，系于意，不系于文。首句标其目，卒章显其志，《诗三百》之义也。其辞质而径，欲见之者易谕也；其言直而切，欲闻之者深诫也；其事核而实，使采之者传信也；其体顺而肆，可以播于乐章歌曲也。总而言之，为君、为臣、为民、为物、为事而作，不为文而作也。"

此题有小序说："愍怨旷也。"诗篇通过一位上阳白发宫女"入时十六今六十"的生活悲剧，深刻揭露了封建社会嫔妃制度的罪恶。为了满足帝王一人的淫欲，千千万万少女被葬送了青春，她们享受不到家庭的温暖和人伦之乐趣，遭到得宠者的侧目和妒忌，"一生遂向空房宿"，在泪水中度过凄苦的一生。

此诗概括性极强，既揭示了宫女们普遍的命运，又突出了典型的"这一个"："同时采择百余人，零落年深残此身"。接着，对"这一个"作了具体细致的描写，别亲族时吞声悲痛，但还交织着希望；遭妒后谪居冷宫，便断送了一生幸福。诗中通过典型细节的描写，心理活动的刻画，自然景物的烘托，凄苦气氛的渲染，把上阳白发宫女的痛苦再现纸上，淋漓尽致，凄恻动人。

上阳人[①]，红颜暗老白发新[②]。绿衣监使守宫门[③]，一闭上阳多少春。玄宗末岁初选入，入时十六今六十。同时采择百余人，零落年深残此身[④]。忆昔吞悲别亲族，扶入车中不教哭。皆云入内便承恩，脸似芙蓉胸似玉。未容君王得见面，已被杨妃遥侧目[⑤]。妒令潜配上阳宫[⑥]，一生遂向空房宿。宿空房，秋夜长，夜长无寐天不明。耿耿残灯背壁影，萧萧暗雨打窗声。春日迟，日迟独坐天难暮。宫莺百啭愁厌闻，梁燕双栖老休妒[⑦]。莺归燕去长悄然，春往秋来不记年。唯向深宫望明月，东西四五百回圆[⑧]。今日宫中年最老，大家遥赐尚书号[⑨]。小头鞋履窄衣裳，青黛点眉眉细长[⑩]。外人不见见应笑，天宝末年时世妆。上阳人，苦最多。少亦苦，老亦苦，少苦老苦两如何？君不见昔时吕向美人赋[⑪]，又不见今日上阳宫人白发歌！

【注释】

① 上阳：宫名，在东都洛阳皇城的西南，唐高宗上元年间(674—676)所建。

② 红颜暗老：青春美颜在不知不觉中消逝褪色了。

③ 绿衣监使：穿绿色公服的六七品宫监。

④ 残：残留，只剩下。

⑤ 侧目：因妒忌而怒视的样子。

⑥ 潜配：秘密地发配。

⑦ “梁燕”句：写上阳宫女的心理活动，因为自己长期幽闭深宫，红颜已老，不再羡慕梁燕之双栖了。

⑧ “唯向”二句：上阳人在宫中望着月亮东升西沉、圆而复缺，已有四五百回了。也就是说，这位宫女入宫已经四十多年了。

⑨ 大家：宫中口语，称皇帝为“大家”。尚书：指女尚书，宫中女官名。因唐代自安史叛乱后，皇帝从未到过东都。“遥赐尚书号”，意指从长安遥加以女尚书的封号，是虚衔而非实职。

⑩ “小头”二句：窄袖窄衣襟，穿小头鞋，画细长眉，是天宝末流行的时妆。上阳宫人因跟外界隔绝，不了解时妆，故照旧打扮。

⑪ 吕向美人赋：作者在句后自注：“天宝末，有密采艳色者，当时号花鸟使。吕向献《美人赋》以讽之。”

钱塘湖春行

【题解】 本篇选自《白氏长庆集》卷二十。此诗是长庆三年(823)春白居易任杭州刺史时写的。这是白集中写景诗的代表作。它不仅写出诗人的活动，从动态中捕捉住西湖的春光，而且处处抓住早春所特有的景物来写。莺是“早莺”，燕是“新燕”，花是“乱花”，草是“浅草”。因为早春天寒，黄莺才去“争暖树”；因为新燕乍到，它才忙着“啄春泥”；因为花儿刚刚盛开，所以“渐欲迷人眼”；因为草儿刚刚抽芽，所以“才能没马蹄”。每一个字的运用，都那么精确细致，恰到好处，体现了诗人艰苦的锤炼功夫。

孤山寺北贾亭西[①]，水面初平云脚低[②]。
几处早莺争暖树[③]，谁家新燕啄春泥？
乱花渐欲迷人眼，浅草才能没马蹄。
最爱湖东行不足，绿杨阴里白沙堤[④]。

【注释】

① 孤山：在西湖的里湖和外湖之间，孤峰独秀。上有孤山寺，南朝陈文帝天嘉初年建。贾亭：又名贾公亭，《唐语林》：“贞元中，贾全为杭州(刺史)，于西湖造亭，贾公亭，未五六十年，废。”

② 云脚：接近地面的云气。

③ 暖树：向阳的树木。

④ 白沙堤：又名十锦塘，位于杭州西城外，春天桃柳满堤，景色秀丽，简称白堤。今人或误以为白居易所筑，实非。

第七节　韩愈和柳宗元

韩愈(768—824)，字退之，河南南阳(今河南孟县)人。唐文学家。自谓郡望昌黎，世称韩昌黎。少孤，由兄韩会抚养。贞元八年(792)登进士第。先在董晋、张建封幕府任职，后至京师，任四门博士、监察御史，贬山阳令。元和元年(806)授国子博士。元和十二年(817)随同裴度平定淮西藩镇之乱，升任刑部侍郎。元和十四年(819)上疏谏迎佛骨，极言佞佛之危害，被贬为潮州刺史。后历国子监祭酒、京兆尹、兵部侍郎，官至吏部侍郎，世称韩吏部。谥文，世称韩文公。

韩愈极力反对骈文，努力写作散体文。他的议论文、杂文、书信、送人序文、墓志铭都写得很好。

一、韩愈的散文正说反说，波澜翻滚。苏洵评论说：“韩子之文，如长江大河，浑浩流转……万怪惶惑，而抑遏蔽掩，不使自露。而人望其渊然之光，苍然之色，亦自畏避，不敢迫视。”(《嘉祐集·上欧阳内翰第一书》)韩愈的议论文，继承了孟子散文纵横雄肆的特点，错综开阖，笔力千钧。例如《原毁》，是批判当时士大夫喜欢毁谤别人、抬高自己的恶习的一篇力作。全篇以“古之君子，其责己也重以周，其待人也轻以约"，与"今之君子则不然，其责人也详，其待己也廉"来构成正反对比。而在论述"古之君子"和"今之君子"时，又分别以"责己"与"待人"或"责人"与"待己"作正反对比。在这层层深入的两两对比中，使"今之君子"显出了喜欢毁谤别人的原形，文章并进一步尖锐地指出其根本原因在于"怠"和"忌"，"怠者不能修，而忌者畏人修"。接着，又用两段结构完全相同的文字对当时士大夫的心理作了淋漓尽致的刻画：赞誉某人时，绝大多数人都是反感的；毁谤某人时，绝大多数人都是高兴的。作者便是在这一正一反的强烈对比中，深刻揭露了"事修而谤兴，德高而毁来"的恶浊社会相。

二、韩愈的杂文托兴悠远，寄慨遥深。他常常不从正面立论，甚至将正意隐藏在形象的背后，十分耐人寻味。如《进学解》，主要是抒发作者自己"公不见信于人，私不见助于友，跋前踬后，动辄得咎"，"冬暖而儿号寒，年丰而妻啼饥"的怀才不遇的满腔悲愤的。可是韩愈偏偏不从正面来透发这层意思，而是塑造了一个豁达大度、乐天知命的国子先生的形象来自我解嘲。然而，细心的读者会发现，这自我解嘲中却饱含着作者辛酸的泪水。这种独特的散文艺术表现手法，真正取得了"长歌之悲，甚于痛哭；嘻笑之怒，甚于裂眦"的强烈效果。

三、韩愈的书信广譬博喻，因人陈词。韩愈的书信，或论文，或泄愤，或请托，广譬博喻，妙趣横生，因人陈词，灵活多变。例如文学创作中文气与言辞的关系这样一个深奥的创作理论问题，经过韩愈一个巧妙的比喻，就要言不烦地阐述得明明白白："气，水也；言，浮物也；水大而物之浮者大小毕浮。气之与言犹是也；气盛，则言之短长与声之高下者皆宜。"(《答李翊书》)

四、韩愈的送人序文借题发挥，委婉多姿。韩愈的送人序，常常熔叙事、描写、议论、抒情于一炉，而每篇又各有所侧重。作者往往借题发挥，切中时弊，而文笔又变化百出，摇曳生姿。如《送李愿归盘谷序》，借李愿之口，将达官贵人讲排场、贪享受、抖威风、争宠妒的糜烂生活，跟高人逸士坐茂树、濯清泉、绝名利、避刑戮的简朴生活作了鲜明的对比。接着，对承颜望色、不顾廉耻地追求功名利禄的小人的丑态作了淋漓尽致的刻画，实际上是一篇批判当时丑恶的社会现象的檄文。又如《送董邵南序》，第一段写董生怀才不遇，现在到贤人侠士的故乡燕赵之地去，照理应当有所遇合，能发挥自己的才智。这是顺着董生到燕赵去的意图说的，是文章的一纵。第二段写世易时移，燕赵如今已是叛贼的巢穴，是否仍能保持古代贤人侠士的遗风，这就要靠你此行的结果来证明了。这是逆着董生到燕赵去的意图说的，是文章的一收。第三段希望董生到了燕赵，有所遇合，要劝那里的豪杰之士都归顺唐朝，为天子做事。这是明纵暗收。总之，这篇文章写得极其委婉深曲，真有一唱三叹之妙。

五、韩愈的墓志铭随事赋形，各肖其人。虽然也有少量谀墓之作，但大部分是写人散文中的精品，结构重点，因人而异，篇篇不同。韩愈的碑志刻画人物，常常学习司马迁写《史记》的手法，不平均使用气力，而是抓住能突现人物精神面貌的典型事件和典型细节，泼以重彩浓墨。如《国子助教河东薛君墓志铭》写薛公达"佐凤翔军，军帅武人，君为作书奏，读不识句，传一幕以为笑。不为变。后九月九日，大会射，设标的，高出百数十尺，令曰：'中，酬锦与金若干。'一军尽射莫能中。君执弓，腰二矢，指一矢以兴，揖其帅曰：'请以为公欢。'遂适射所。一座皆起随之。射三发，连三中，的坏不可复射。中，辄一军大呼以笑；连三大呼笑。帅益不喜"，仅一百二三十字，就将薛公达英奇磊落、多才多艺的性格刻画得淋漓尽致，而那位军帅武人不学无术、骄横跋扈的神态也跃然纸上。如《故太学博士李君墓志铭》，写法十分奇特，只开头寥寥数语直接写到传主李于："初于以进士为鄂岳从事，遇方士柳泌，从受药法，服之，往往下血，比四年，病益急，乃死。"以下六百余字竟没有一字涉及李于的，而是历举七个有名位的人士炼丹服食而致死的事，并加以议论。文中尖锐地指出："蕲（求）不死，乃速得死，谓之智，可不可也？"清何焯说："时主（当代皇帝）好方士，服金丹，公之为世诫者，微词也。"（《义门读书记》）因而，与其说这是一篇墓志铭，倒不如说是一篇可与《论佛骨表》列为姐妹篇的声讨道教迷信的战斗檄文。

即使写完全相同的人和事，也能在表现手法和语句组织上极尽变化之能事。如《故太学博士李君墓志铭》中写七个有名位的人士，都因迷信方士之妄说，炼丹服食而致死，其事相同而其表现手法却迥异。或详，或略；或从正面揭露，或从侧面点示；或自道痛时之苦况，或描绘死时之惨状；或临死方悟，或至死不悟。文笔参差历落，错综变化，如神龙之夭矫腾挪，不可捉摸。

韩愈的诗歌创作也有很大成就。他的诗有写得极平易的。如《山石》一篇，诗人用极细致的笔触和极自然鲜艳的色彩，为我们描绘了一幅令人心旷神怡的初夏山景图。汪佑南《山泾草堂诗话》说："通体写景处句多浓丽，即事写怀，以淡语出之。浓淡相间，纯任自然，似不经意，而实极经意之作也。"此诗通体单行，无一偶句，结尾四句全是散文句法，甚至用上文言虚词"哉"，是散文化的典范。《八月十五夜赠张功曹》以宾主二人问答的形式，叙写诗人和张署遭受贬谪以后的痛苦生活和悲惨情怀。它实处用虚笔，虚处用实写，虚实相间，反客为主，写得形象鲜明，自然真挚，抑扬顿挫，情韵兼美。它首尾照应，结构严谨，风格轻巧圆润，在韩集中亦不可多得。《听颖师弹琴》以博喻手法摹写琴声的优美动听，极尽抑扬顿挫、腾挪变化之能事；并且，"无端而来，无端而止，章法奇诡极矣"（高步瀛《唐宋诗举要》）。《左迁至蓝关示侄孙湘》为韩集中七律名篇，是诗人上疏谏迎佛骨后被贬潮州刺史赴任途中所作。此诗真切地描写了诗人受贬后的复杂心情，有痛苦，有怅恨，有愤懑，有担忧，有决心，然而决无悔恨。在艺术上，沉郁顿挫，有开有阖，前后照应，上下勾连，风清骨峻，精警动人。而七绝《早春呈水部张十八员外二首》之一则是绝妙的写景诗："天街小雨润如酥，草色遥看近却无。最是一年春好处，绝胜烟柳满皇都。"以"润如酥"来形容滋润万物的绵绵春雨，以"遥看近却无"来描绘早春似有似无的绿意，都是入神之笔；三、四句再以烟柳全盛时的暮春景色一陪衬，一对比，立即将早春景色写活了。

险怪一类的代表作品有《苦寒》、《南山诗》、《游青龙寺赠崔大补阙》、《元和圣德诗》、《记梦》、《孟东野失子》、《陆浑山火一首和皇甫湜用其韵》、《月蚀诗效玉川子作》、《送无本师归范阳》等。这一类诗，诗人奇想天外，幻笔多姿，怪怪奇奇，磊磊落落，笔若悬河，滔滔不绝，使人神惊目迷，叹为观止。如《苦寒》篇，诗人竟设想火星被冻得站错位置，六龙被冻脱须髯，窗间雀冻得受不住了，甘心受炮炙之苦。《南山诗》采用赋体铺排手法，极力刻画形容终南山的千奇百怪景象，光怪陆离，雄奇纵恣，是一篇杰作。诗中连用五十一个"或"字和十四组叠字，一气奔注，滔滔泉涌，万象奔凑，万怪惶惑，非有巨大的才力和丰富的知识、深厚的生活积累以及精细深入的观察是无法办到的。《游青龙寺赠崔大补阙》则以描绘寺中万株柿树叶红果熟的景象最为壮观。一般来说，色彩斑斓还比较容易形容，上下左右一片红色就颇难于措辞了，而韩愈却通过极其丰富的联想，运用一连串瑰奇无比的比喻，采用极度夸张的重彩浓墨，把万株柿树的壮观景象，活泼泼地烘染出来，逼真传神，真是大手笔。《孟东野失子》是韩愈写给好友孟郊，抚慰他"连产三子，不数日辄失之，几老，念无后以悲"的一首安慰诗，但通篇没有直接写一句安慰语，而是对孟郊讲了一个似乎很荒诞的故事：诗人责备苍天不公，"上呼无时闻，滴地泪到泉。地祇为之悲，瑟缩久不安"，于是派灵龟去上扣天门，继续责问苍天，苍天振振有辞地讲了一番"有子且勿喜，无子固勿叹"的道理，居然说服了灵龟，灵龟向地祇复命，地祇又命灵龟托梦给孟郊，向他转告上天的话，孟郊听后，竟然"收悲以欢忻"。我们也完全相信，孟郊收到韩愈这首诗后，定会破涕为笑的。因为在这个荒诞的故事中，的确包含着至情至理。在封建社会中，因不肖子孙而惨遭灭门之祸的事例难道还少吗？用怪诞的形式表现至情至理，这便是韩诗成功的秘诀。

《陆浑山火一首和皇甫湜用其韵》更是一篇以险怪出名的杰作。全诗描写陆浑山失火的情景，百兽俱惊，万怪咸集，天上地下，使人目眩耳聋。其中尤以描写火神祝融逞威的一段，最为精彩。诗人以花卉来比拟火色，以音乐来比拟山火燃烧时发出的各种声响，又以仪仗和侍从来比拟山火的各种形态，还以酒肉来比拟在山火中遭殃的飞禽走兽，最后以火神酒醉来比拟山火的威力。总之，这一段紧扣住火神祝融这条主线，多角度地展开想象，化丑为美，可以"作一帧西藏曼荼罗画观"(清沈曾植《海日楼札丛》)。

韩诗还极擅长于以小喻大、瓮中窥天。如《落齿》所写本是一件极平凡的生活小事，内容竟如此丰富，心理变化竟如此夭矫曲折，由念耻到忧死，由忧死到听其自然，由听其自然到看透生命底蕴，由看透生命底蕴到以祸为福，曲曲道来，如数家常，如道衷肠，极其自然，极其真率，不仅可以反映作者豁达的人生态度和诙谐的性格特征，而且还能看到他怀才不遇、自嘲自解的特殊心理状态。

有《昌黎先生集》。

柳宗元(773—819)，河东解(今山西运城西)人。唐文学家。世称柳河东。贞元九年(793)，登进士第。贞元十二年(796)，授秘书省校书郎。贞元十四年(798)，登博学宏词科，授集贤殿书院正字。贞元十七年(801)，为蓝田尉。贞元十九年(803)，回京城任监察御史里行。在这期间，结识了王叔文、王伾。永贞元年(805)，顺宗即位，开始了政治革新，柳宗元被任为礼部员外郎。但仅半年，由于旧官僚集团势力的强大，顺宗被迫下台，宪宗即位，对"永贞革新"集团严厉镇压，柳宗元被贬为永州司马。这是他一生的转折点。此后，他在荒凉的永州，当了十年无足轻重的地方官。元和十年(815)三月，又迁到荒僻的柳州，当了四年柳州刺史，世称柳柳州。直至元和十四年(819)十月病逝为止，享年仅四十七岁。

柳宗元的散文，与韩愈齐名，内容丰富，形式多样。大致可分为论说文、寓言文、传记文、山水游记和杂文五类。

一、柳宗元的论说文，观点鲜明，论证严密，笔锋犀利。他的哲学论文，反对迷信思想，宣传朴素唯物主义和无神论。如《贞符》和《天说》以及《非国语》等。《天对》则对屈原《天问》所提出的一百七十二个问题逐一予以解答，虽然亦有牵强之处，但从总体上说，则闪耀着思想的光芒。长篇政治论文《封建论》，论述郡县制比分封制优越，驳斥各种复辟分封制的谬论，还强调任人唯贤，反对世袭。此文滔滔雄辩，规模宏阔，气势豪健，林纾赞为"古今至文，直与《过秦》抗席"(《韩柳文研究法》)。

柳宗元的文学论文，阐述了许多进步的文学观点，推动了当时的古文运动。如《答韦中立论师道书》，宣传"文以明道"，"道"固然为儒家之道，但"明道"与"载道"仍有明显的不同。书中又主张广泛地吸取古代经典的不同优点，融会贯通，加以活用，熔铸成自己的东西。在这封信中，还总结了散文创作的经验，提倡散文应写得奥而明，通而节，清而重。即深刻含蓄而不艰奥难懂，明快流畅而不流于浅薄；文势畅达而又有节制，一泻千里而又能曲折变化；风格应清新俊爽而又凝重不俗。这些主张不仅是正确的、全面的，更可贵的是在柳氏散文创作的实践中都得到了很好的贯彻运用。

二、柳宗元的寓言文继承了先秦诸子、《国语》、《战国策》的传统并有所创新。先秦寓言大多用来作譬喻议论说理，柳宗元的寓言文则已成为揭露、讽刺、抨击当时社会丑恶现象的独立的文体。这些寓言文往往写得形象鲜明，造意新奇，寓意深刻，讽刺辛辣，真正做到了嬉笑怒骂，皆成文章。如《三戒》，写了三个值得警戒的故事。《临江之麋》写一只惯受主人宠爱的小鹿外出对野狗也极亲热，结果被野狗吃掉。《黔之驴》写一只外强中干的庞然大物驴子，终于被机智的小老虎吃掉。《永某氏之鼠》则写肆无忌惮、作恶多端的老鼠，终于被彻底消灭。《蝜蝂传》以喜欢爬高负重的小虫来讽刺士人的贪婪敛财和升官欲望。《罴说》则揭露并无真才实学的人虚声惑众是维持不久的，一旦原形毕露，便会自食其果。这些寓言文大多写得不粘不脱，不即不离，即既逼真地刻画了各种物态，又不拘泥这个具体的物，而是有更深广的寄托，使人读后能产生许多联想，受到很大的启发。

三、柳宗元的传记文有两类，一类是为传主存史实，歌颂传主的，如《段太尉逸事状》、《童区寄传》、《唐故特进南公睢阳庙碑》、《故银青光禄大夫右散骑常侍轻车都尉宜城县开国伯柳公行状》等；另一类是别有寄托的，如《宋清传》、《种树郭橐驼传》、《梓人传》、《李赤传》等。前者主要继承了《史记》、《汉书》的传统而又有所创新。如《段太尉逸事状》选取了严惩郭晞部下暴卒、卖马代农民交租、拒纳朱泚贿赂这三件典型事例来表现段太尉嫉恶如仇、爱民如子和守廉拒腐的高尚品格。作者有意调动时间次序，把卖马偿租调到严惩暴卒之后，使三件事，由大到小，鱼贯排列，把最能震撼读者之心的事件放在文章开头，先入为主，先声夺人，效果相当强烈。

另一类有寄托的传记文，则采用杂文笔法，记叙传主的事迹，主要突出其与寓意相关的部分。如《宋清传》取传主卖药时不论贫富贵贱都给予好药的典型事例，揭露世态炎凉、交友之道浅薄的行为。《梓人传》则写传主身为木匠而"家不居砻斫之器"，"其床阙足而不能理，将求他工"，从而遭到人们讥笑；可他指挥营造官署宫室时气概不凡，百工"皆环立向之"，"莫敢自断者"，其具体做法是"画宫于堵，盈尺而曲尽其制，计其毫厘而构大厦，无进退焉"。从而说明身为宰相者也应像这位梓人那样，"能者进而由之，使无所德；不能者退而休之，亦莫敢愠。不衒能，不矜名，不亲小劳，不侵众官，日与天下之英材讨论其大经，犹梓人之善运众工而不伐艺也。夫然后相道得而万国理矣"。这样的传记文，由于传主的事迹和作者的寓意扣得很紧，所以都能做到主旨鲜明，说理深切，耐人寻味。这确为柳宗元所独创。但这类传记文不免存在虚构的痕迹，不能当信史去读。

四、山水游记是柳宗元散文中最精彩的部分，不仅能"漱涤万物，牢笼百态"，而且感情沉郁，寄慨遥深，从而形成了一种峻洁层深的风格。现存柳氏山水游记近三十篇，《永州八记》为最精彩的代表作。其中《始得西山宴游记》、《钴鉧潭记》、《钴鉧潭西小丘记》、《至小丘西小石潭记》为元和四年(809)秋所作，《袁家渴记》、《石渠记》、《石涧记》、《小石城山记》为元和七年(812)秋所作。这是一组精心安排的游记作品，分之则独立成章，合之则成一整体。以《始得西山宴游记》冠首，是为游览之始，为后七记张本；以《小石城山记》殿后，为前数记之总结。

柳宗元山水游记的一个重要特征是，能深入观察，抓住景物的个性特征，精心描绘，细致入微，往往形神兼备，富有活泼的生机，具有引人入胜的艺术魅力。如同样写石，《钴鉧潭西小丘记》和《至小丘西小石潭记》的写法截然不同，前者用比喻法，不仅用牛、马、熊、罴等各种动物来比奇石的形状，而且化静为动，以正在运动的牛、马、熊、罴的不同动作，生动逼真地写出了奇石的形态，令人叹为观止。后者用白描法，突出全石为潭底的特征：潭以整块石头为底，这是极少见的；更加奇怪的是，近岸之处，潭底的石头翻卷过来露出水面，有的变为水中高地，有的变为潭中小岛，有的显出凹凸的或平展的岩面。寥寥二十个字，写出了小石潭独特的结构，奇异的景观，暗示了潭名的由来，照应了上文的"水尤清冽"，并为下文潭鱼的"皆若空游无所依"的描写垫了底。真是做到了"一语胜人千百"。又如同样写水，《至小丘西小石潭记》和《钴鉧潭记》的写法也全然不同。前者采用衬托法，以精雕细琢的笔墨显示了潭鱼的特征；以潭鱼的生动活泼，反衬出潭水已清澈透明至极，仿佛使人已忘记了水的存在。后者采用细描法，全从水的动态着笔，如何奔注，如何曲折，如何荡击，如何徐行，一笔不懈，一字不苟，将钴鉧潭整个个性特征都活泼泼地呈现在读者面前。前者是不写之写，后者是极写之写，真是各有佳境，各擅胜场。

柳宗元的山水游记，另一个重要特征是寓情于景，融情入物，托物寄兴，意含言外。这就是他自己所说的，“投迹山水地，放情咏《离骚》”（《游南亭夜还叙志七十韵》），使他的山水游记，充满着屈原式的愤慨与忧郁，意境冷隽幽深，语言峭刻精炼，风格凄清挺拔，感情沉郁愤慨，具有与众不同的特色。例如《始得西山宴游记》中“然后知是山之特立，不与培塿为类”，含有以山自比，蔑视政治上那些反对派的意味。而《钴鉧潭西小丘记》中慨叹小丘之美被遗弃而无人赏识那段文章，是话外有话的，即明显地与自己被放逐的命运联系在一起。《小石城山记》在描写了小石城山之特异的美景以后，发了一通“造物者有无”的议论，更是借题发挥，说明天帝造物不公，使有才能者处于无用之地，其愤慨之情，溢于言表。至于《至小丘西小石潭记》中“坐潭上，四面竹树环合，寂寥无人，凄神寒骨，悄怆幽邃，以其境过清，不可久居，乃记之而去”的描写，则更是柳宗元在政治上遭到沉重打击后凄寒心境的生动写照。

五、柳宗元的杂文，写得尖锐犀利，一针见血。有的采用散体文的形式，如《捕蛇者说》，夹叙夹议，将赋敛之毒与毒蛇之毒作了对比，指出前者甚于后者，蒋氏三代人以捕蛇为业，父、祖均死于蛇毒，蒋氏本人也“几死者数矣”，但仍不愿改行去忍受赋敛之毒。如此对比，真有振聋发聩之力！还有不少杂文，采用骚赋的形式，如《吊屈原文》、《骂尸虫文》、《宥蝮蛇文》、《憎王孙文》等，或吊古伤今，或指桑骂槐，或托物寄讽，或直抒胸臆，深得楚骚的批判精神。所以宋严羽在《沧浪诗话》中赞扬说：“唐人惟柳子厚深得骚学，退之、李观皆所不及。”

柳宗元的诗均是贬谪以后所作，因此，大多表现出峻洁、凄清以至幽冷的境界。如《江雪》中“独钓寒江雪”的渔翁的形象，正深刻表现了诗人在政治革新失败后既感到十分孤独而又不甘心屈服的特殊的心绪。又如名作《渔翁》末两句“回看天际下中流，岩上无心云相逐”，则表现了柳宗元在政治上遭到沉重打击后准备独善其身的另一种心态。

柳宗元有一部分诗表现出激愤悲慨的风格特点，仍然跟他政治上受打击密切相关。除名作《登柳州城楼寄漳汀封连四州刺史》外，还有《哭吕衡州》、《哭连州凌员外司马》等，都是痛悼在“永贞革新”中失败的同志的。由于柳宗元最后的十四五年都是在荒僻的边远地区度过的，所以他的乡愁也特别浓烈凄苦。如《与浩初上人同看山寄京华亲故》构思新警脱俗，境界幽峭奇僻，感情沉挚浓烈，真是不可多得的佳作。

柳宗元的田园诗，充满了同情农民的激情，叙事周到、质朴，别具风采。对农民之苦，表现得特别真切、深刻。

柳宗元还有一些风格淡雅、意味隽永的作品，像《溪居》、《饮酒》、《秋晓行南谷经荒村》、《晨诣超师院读禅经》、《南涧中题》等，是学习陶渊明、谢灵运的，被苏轼赞为“发纤秾于简古，寄至味于淡泊”。就是这类诗歌，使柳宗元得以与王维、孟浩然、韦应物并称“王孟韦柳”。

有《柳河东集》。

韩愈

山　石

【题解】 本篇选自《昌黎先生集》卷三。《山石》属于韩诗中的平易者。此诗用开头二字为题，这是继承了《诗经》的传统的。这类诗的题目，是不能概括诗的主要内容的。此诗并不是写山石，而是写诗人在一个初夏的黄昏去游山寺，第二天清晨独自返回这一过程中的所见所闻所感。诗人用极细致的笔触和极鲜艳的色彩，为我们描绘了一幅令人心旷神怡的初夏山景图。

山石荦确行径微[①]，黄昏到寺蝙蝠飞。升堂坐阶新雨足，芭蕉叶大栀子肥[②]。僧言古壁佛画好[③]，以火来照所见稀[④]。铺床拂席置羹饭[⑤]，疏粝亦足饱我饥[⑥]。夜深静卧百虫绝，清月出岭光入扉[⑦]。天明独去无道路，出入高下穷烟霏[⑧]。山红涧碧纷烂漫[⑨]，时见松枥皆十围[⑩]。当流赤足蹋涧石[⑪]，水声激激风吹衣[⑫]。人生如此自可乐，岂必局束为人鞿[⑬]？嗟哉吾党二三子[⑭]，安得至老不更归[⑮]。

【注释】

① 荦(luò)确：崎岖不平。微：狭小。《诗经·七月》："遵彼微行。"微行，小路。

② 栀子：即栀子花，属茜草科常绿灌木，夏天开白花，香味浓郁。

③ 佛画：唐代寺庙壁画大多画佛像或佛经故事。

④ 稀：依稀，模糊。

⑤ 羹饭：泛指饭菜。

⑥ 疏粝：简单的菜和糙米做的饭。

⑦ 扉：门户。

⑧ 烟霏：流动的烟雾。

⑨ 山红涧碧：满山通红，涧水澄碧。纷烂漫：色彩斑斓。

⑩ 枥：即栎树，俗称柞树，为北方饲养野蚕的重要树种。十围：民间以两手拇指食指相合一圈为一围，这里泛指树干粗壮。

⑪ 蹋：同"踏"。

⑫ 激激：涧水流淌的哗哗声。吹：一本作"生"。

⑬ 局束：局促，拘束。语出《史记·灌夫列传》："局趣效辕下驹。"局趣，是同"局促"。为人鞿：为人所控制，不自由。

⑭ 吾党二三子：志同道合的几个朋友。

⑮ 不更归：还不归隐，"更不归"的倒文。

左迁至蓝关示侄孙湘

【题解】 本篇选自《昌黎先生集》卷十。元和十四年(819)正月，诗人上疏谏迎佛骨，触怒了宪宗，降职为潮州(今属广东)刺史。赴任途经蓝关(即蓝田关，又称峣关，在今陕西蓝田东南)，正逢天下大雪，碰到他的侄孙韩湘，就把满腔的心事写在这首诗中告诉他。这首诗真切地描写了诗人受贬谪以后的复杂心情，有痛苦，有怅恨，有愤懑，有担忧，有决心，然而绝无悔恨。诗人这种坚持正义的精神是可贵的，值得称道的。从艺术上看，全诗脉络连贯，布局严密，沉郁顿挫，有开有阖，前后照应，上下勾连，风清骨峻，精警动人，不愧是韩集中的一首力作。

一封朝奏九重天[①]，夕贬潮州路八千[②]。
欲为圣明除弊事[③]，岂将衰朽惜残年[④]。
云横秦岭家何在[⑤]？雪拥蓝关马不前[⑥]。
知汝远来应有意[⑦]，好收吾骨瘴江边[⑧]。

【注释】

① 封：封事，上给皇帝的奏章。朝(zhāo)奏：早上呈上奏本。与下文"夕贬"对举，极言被贬谪速度之快。朝、夕均非实指。九重天：指皇帝。宋玉《九辩》："君之门以九重。"

② 路八千：极言潮州距京城之远，不是实指八千里。

③ 圣明：圣主明君。弊事：指迎佛骨的迷信活动。"圣明"、"弊事"相映成趣，语含讽刺。

④ 惜残年：顾惜老命，韩愈当时已五十二岁，故云。

⑤ 秦岭：《读史方舆纪要》："蓝田县：秦岭在县东南，即南山别出之岭，凡入商、洛、汉中者，必越岭而后达。"

⑥ 马不前：用《离骚》"仆夫悲余马怀兮，蜷局顾而不行"句意。

⑦ 汝：指侄孙韩湘。

⑧ “好收”句：潮州在当时是十分荒僻的瘴疠之地，诗人对自己被贬谪到那儿十分悲观，所以嘱咐侄孙到江（即潮州的韩江）边去收他的尸骨。

张中丞传后叙

【题解】 本篇选自《昌黎先生集》卷十三。张巡（709—757）是唐代抗击安史叛军的著名英雄，邓州南阳（今河南邓县）人，开元末进士。安禄山反，张巡与许远同守睢阳（今河南商丘），诏拜张巡为御史中丞。他与许远同心协力，以微弱的兵力坚守孤城，牵制住十余万叛军，对保卫江淮，保证唐军的给养，起了重大作用。睢阳被困经年，终因兵尽粮绝、外援不至而陷落，张巡、许远与部将三十六人均英勇不屈，壮烈牺牲。韩愈此文，补叙了张、许二人的事迹，夹叙夹议，带着强烈的感情，为二人辩诬雪谤，采用正反对比、虚实映衬的手法，使人物精光四射。

元和二年四月十三日夜[1]，愈与吴郡张籍阅家中旧书[2]，得李翰所为《张巡传》[3]。翰以文章自名[4]，为此传颇详密。然尚恨有阙者：不为许远立传[5]，又不载雷万春事首尾[6]。

远虽材若不及巡者，开门纳巡，位本在巡上。授之柄而处其下[7]，无所疑忌，竟与巡俱守死，成功名，城陷而虏，与巡死先后异耳[8]。两家子弟材智下，不能通知二父志[9]，以为巡死而远就虏，疑畏死而辞服于贼[10]。远诚畏死，何苦守尺寸之地，食其所爱之肉[11]，以与贼抗而不降乎？当其围守时，外无蚍蜉蚁子之援[12]，所欲忠者，国与主耳，而贼语以国亡主灭。远见救援不至，而贼来益众，必以其言为信，外无待而犹死守，人相食且尽，虽愚人亦能数日而知死处矣[13]。远之不畏死亦明矣。乌有城坏其徒俱死，独蒙愧耻求活？虽至愚者不忍为。呜呼！而谓远之贤而为之邪。说者又谓远与巡分城而守，城之陷，自远所分始[14]。以此诟远[15]，此又与儿童之见无异。人之将死，其藏腑必有先受其病者；引绳而绝之，其绝必有处[16]。观者见其然，从而尤之[17]，其亦不达于理矣！小人之好议论，不乐成人之美[18]，如是哉！如巡、远之所成就，如此卓卓[19]，犹不得免，其他则又何说！当二公之初守也，宁能知人之卒不救，弃城而逆遁[20]；苟此不能守，虽避之他处何益？及其无救而且穷也，将其创残饿羸之余[21]，虽欲去，必不达。二公之贤，其讲之精矣[22]。守一城，捍天下[23]，以千百就尽之卒，战百万日滋之师，蔽遮江淮，沮遏其势[24]，天下之不亡，其谁之功也！当是时，弃城而图存者，不可一二数[25]；擅强兵坐而观者，相环也。不追议此，而责二公以死守，亦见其自比于逆乱[26]，设淫辞而助之攻也[27]。

愈尝从事于汴、徐二府[28]，屡道于两府间[29]，亲祭于其所谓双庙者[30]。其老人往往说巡、远时事云。

南霁云之乞救于贺兰也[31]，贺兰嫉巡、远之声威功绩出己上，不肯出师救；爱霁云之勇且壮，不听其语，强留之。具食与乐，延霁云坐[32]。霁云慷慨语曰：“云来时，睢阳之人，不食月余日矣。云虽欲独食，义不忍；虽食，且不下咽！”因拔所佩刀，断一指血淋漓，以示贺兰。一座大惊，皆感激为云泣下。云知贺兰终无为云出师意，即驰去；将出城，抽矢射佛寺浮图[33]，矢著其上砖半箭[34]，曰：“吾归破贼，必灭贺兰，此矢所以志也[35]。”愈贞元中过泗州[36]，船上人犹指以相语。城陷，贼以刃胁降巡，巡不屈，即牵去，将斩之；又降霁云，云未应。巡呼云曰：“南八[37]，男儿死耳，不可为不义屈！”云笑曰：“欲将以有为也，公有言，云敢不死！”即不屈[38]。

张籍曰：有于嵩者，少依于巡，及巡起事，嵩常在围中。籍大历中于和州乌江县见嵩[39]，嵩时年六十余矣。以巡初尝得临涣县尉[40]，好学，无所不读。籍时尚小，粗问巡、远事，不能细也。云巡长七尺余，须髯若神[41]。尝见嵩读《汉书》，谓嵩曰：“何为久读此？”嵩曰：“未熟也。”巡曰：“吾于书，读不过三遍，终身不忘也。”因诵嵩所读书，尽卷不错一字。嵩惊，以为巡偶熟此卷，因乱抽他帙以试[42]，无不尽然。嵩又取架上诸书试以问巡，巡应口诵无疑。嵩从巡久，亦不见巡常读书也。为文章，操纸笔立书，未尝起草。初守睢阳时，士卒仅万人[43]，城中居人户亦且数万，巡因一见问姓名，其后无不识者。巡怒，须髯辄张。及城陷，贼缚巡等数十人坐，且将戮，巡起旋[44]，其众见巡起，或起或泣。巡曰："汝勿怖！死，命也。"众泣不能仰视。巡就戮时，颜色不乱，阳阳如平常[45]。远宽厚长者，貌如其心[46]，与巡同年生，月日后于巡，呼巡为兄，死时年四十九。嵩贞元初死于亳、宋间[47]，或传嵩有田在亳、宋间，武人夺而有之，嵩将诣州讼理[48]，为所杀。嵩无子。张籍云。

【注释】

① 元和二年：公元807年。

② 吴郡：今江苏苏州。

③ 李翰：字子羽，官至翰林学士，张巡的好友。安史叛乱中，李曾同张巡一起在睢阳，目睹张守城的情况。事后，有人诬张投敌，李即写了《张中丞传》，表彰了张的英雄业迹，并上疏肃宗，为其辩诬。

④ 自名：自称，自许。

⑤ 许远：字令威，杭州盐官(今浙江海宁)人。安史乱时，任睢阳太守，叛将尹子奇来侵犯睢阳，许远向当时担任真源县令的张巡告急，张即率兵入睢阳，与许共守危城。睢阳陷落后，许远被俘往洛阳，至偃师，也不屈而被害。

⑥ 雷万春：张巡部下猛将，后与张同时牺牲。有人认为，"雷万春"当作"南霁云"，因此文后半篇只写到南霁云，根本没有涉及雷万春的事。

⑦ "远虽"四句：据《资治通鉴》卷二百十九载，张巡入睢阳后，督励将士，昼夜苦战。远谓巡曰："远懦，不习兵，公智勇兼济；远请为公守，公请为远战。"自是之后，远但调军粮，修战具，居中接应而已，战斗筹画，一出于巡。

⑧ "与巡"句：谓许、张二人遇难同在一月，只是具体日期稍有先后。至德二载(757)十月，睢阳陷落后，张巡、许远等被俘，叛军杀张及其部下三十六人，解送许去洛阳报功，到了偃师，许亦不屈被害。

⑨ "两家"二句：大历中，张巡子去疾曾上书，说城陷时，张巡及部下三十多人都割心剖肌，惨毒备至，而许远独生。巡临死时恨远心不可测，误国家事。请追夺远官爵，以刷冤耻。诏下尚书省，使去疾与许远子许岘及百官议。其实张巡死时，其子尚幼，以上所说，皆传闻不实之辞。事见《新唐书·许远传》。不能通知二父志，即指这件事。通知，通晓。

⑩ 辞服：请降。

⑪ "食其"句：《资治通鉴》卷二百二十载："尹子奇久围睢阳，城中食尽……罗雀掘鼠；雀鼠又尽，巡出爱妾，杀以食士；远亦杀其奴；然后括城中妇人食之，继以男子老弱。人知必死，莫有叛者。"

⑫ 蚍蜉(pí fú)蚁子之援：形容极微小的援助。

⑬ "虽愚人"句：即使是愚蠢的人，也能数着日子而知道自己将死在什么地方。

⑭ 自远所分始：是从许远分守的地方攻开缺口的。

⑮ 诟(gòu)：责骂，诽谤。

⑯ "引绳"二句：把绳子拉断，总有一个断点。

⑰ 尤之：以之为尤，归罪于它。

⑱ "不乐"句：不喜欢成全别人的好事。《论语·颜渊》："子曰：'君子成人之美，不成人之恶，小人反是。'"

⑲ 卓卓：特异，杰出。

⑳ "弃城"句：放弃睢阳城而预先逃跑。当时确有此议，而张、许坚决反对。《新唐书·张巡传》："贼知外援绝，围益急，众议东奔，巡、远议，以睢阳江淮保障也，若弃之，贼乘胜鼓而南，江淮必亡。且帅饥众行，必不达。"

㉑ 创残饿羸之余：指久经战斗后那些因受伤而残废的和挨饿而十分瘦弱的士兵。

㉒ "其讲"：此句谓关于二公之贤，李翰的评论十分精到。其，指李翰。详见下注。

㉓ "守一城"二句：李翰《进张中丞传表》中说："巡退军睢阳，扼其咽领，前后拒守。自春徂冬，大战数十，小战数百，以少击众，以弱击强，出奇无穷，制胜如神，杀其凶丑几十余万。贼所以不敢越睢阳而取江淮，江淮所以保全者，巡之力也。"司马光《资治通鉴考异》则从另一角度来立论，认为睢阳虽然重要，但如果不是张巡善于用兵，则"贼若欲取江淮，绕出其外，睢阳岂能障之哉！盖巡善用兵，贼畏巡为后患，不灭巡则不敢越过其南耳"。这个见解很独到，也很中肯。

㉔ 沮(jǔ)遏：阻止。沮，阻。

㉕ "弃城"二句：安禄山反叛后，地方官吏弃城逃跑以保全自己生命的，不是一个两个。

㉖ 自比：自附。

㉗ 淫辞：指那些歪曲事实、毁谤张巡和许远的流言蜚语。

㉘ "愈尝"句：我韩愈曾在汴州(今开封)和徐州二幕府先后任职。贞元十二年(796)，董晋任宣武军节度使，镇汴州，韩愈为推官；贞元十五年(799)，宁武军节度使张建封，驻徐州，召韩愈为推官。

㉙ 屡道：多次路过。

㉚ 双庙：《新唐书·张巡传》："天子下诏，赠巡扬州大都督，远荆州大都督……皆立庙睢阳，岁时致祭。"

㉛ 南霁云：魏州顿丘（今河南清丰）人，少微贱，为人操舟。安禄山反，钜野尉张沼起兵讨贼，拔以为将。后为尚衡前锋，至睢阳，与张巡计事，感巡厚恩，遂为张巡部将。见《新唐书·南霁云传》。贺兰：河南节度使贺兰进明，他拥兵观望，拒救睢阳，成为历史的罪人。

㉜ 延：请。

㉝ 浮图：佛塔。

㉞ "矢著"句：箭射中塔上的砖头，有半个箭头深。

㉟ 志：通"识"，作标记。

㊱ 泗州：唐属河南道，州治临淮（今江苏泗洪东南），是贺兰进明驻节之地。

㊲ 南八：即南霁云，排行第八。

㊳ 即不屈：意为便不屈而死。

㊴ 乌江县：今安徽和县乌江镇。

㊵ "以巡"句：于嵩因为能追随张巡死守睢阳的缘故，事后被任命为临涣（今安徽宿县西北）县尉。

㊶ 髯（rán）：两颊上的胡子。

㊷ 他帙（zhì）：其他的书。帙，本义是书套，借指书。

㊸ 仅万人：近万人，差不多一万人。此处"仅"训"多"而不像一般训"少"。段玉裁《说文解字注》："唐人文字，仅，多训庶几之几。如杜诗：'山城仅百层。'韩文：'初守睢阳时，士卒仅万人。'又：'家累仅三十口。'"

㊹ 起旋：起来小便。《左传》定公三年："夷射姑旋焉。"杜预注："旋，小便。"

㊺ 阳阳：神色自若，安详镇定。

㊻ 貌如其心：相貌和内心一样诚实宽厚。

㊼ 亳（bó）：今安徽亳州。宋：今河南商丘。

㊽ "嵩将"句：于嵩将要到州里去进行诉讼。诣，往，到。

进 学 解

【题解】 本篇选自《昌黎先生集》卷十二。《旧唐书·韩愈传》："复为国子博士，愈自以才高，累被摈黜，作《进学解》以自喻。执政揽其文，……以其有史才，改比部郎中，史馆修撰。"据此，此文当作于元和八年(813)。文章学习东方朔的《答客难》和扬雄的《解嘲》，以师生对话形式，自解自嘲，正意反说，语含讽刺，指责执政者不明不公，发泄了自己怀才不遇的牢骚，总结了治学修业的经验。此文骈散兼施，整齐严密而又灵动活泼。语言精炼生动，富有表现力和创造性，其中不少成语一直到现在还活在书面语言中。

国子先生晨入太学[①]，招诸生立馆下，诲之曰："业精于勤[②]，荒于嬉；行成于思[③]，毁于随。方今圣贤相逢[④]，治具毕张[⑤]，拔去凶邪[⑥]，登崇畯良[⑦]。占小善者率以录[⑧]，名一艺者无不庸[⑨]。爬罗剔抉[⑩]，刮垢磨光[⑪]。盖有幸而获选，孰云多而不扬[⑫]。诸生业患不能精[⑬]，无患有司之不明[⑭]；行患不能成，无患有司之不公。"

言未既[⑮]，有笑于列者曰："先生欺余哉！弟子事先生，于兹有年矣[⑯]。先生口不绝吟于六艺之文[⑰]，手不停披于百家之编[⑱]。记事者必提其要，纂言者必钩其玄[⑲]。贪多务得，细大不捐[⑳]。焚膏油以继晷，恒兀兀以穷年[㉑]。先生之业，可谓勤矣。觝排异端，攘斥佛老[㉒]，补苴罅漏，张皇幽眇[㉓]。寻坠绪之茫茫，独旁搜而远绍[㉔]。障百川而东之，回狂澜于既倒[㉕]。先生之于儒，可谓有劳矣。沉浸醲郁[㉖]，含英咀华[㉗]。作为文章，其书满家。上规姚姒[㉘]，浑浑无涯[㉙]。周诰殷盘[㉚]，佶屈聱牙[㉛]。《春秋》谨严[㉜]，《左氏》浮夸[㉝]。《易》奇而法[㉞]，《诗》正而葩[㉟]。下逮《庄》《骚》，太史所录[㊱]，子云、相如，同工异曲[㊲]。先生之于文，可谓闳其中而肆其外矣[㊳]。少始知学，勇于敢为；长通于方，左右具宜[㊴]。先生之于为人，可谓成矣。然而公不见信于人，私不见助于友。跋前踬后[㊵]，动辄得咎[㊶]。暂为御史[㊷]，遂窜南夷[㊸]。三年博士[㊹]，冗不见治[㊺]。命与仇谋，取败几时[㊻]。冬暖而儿号寒，年丰而妻啼饥。头童齿豁[㊼]，竟死何裨[㊽]？不知虑此，而反教人为[㊾]？"

先生曰："吁！子来前[㊿]！夫大木为杗[51]，细木为桷[52]，欂栌侏儒[53]，椳闑扂楔[54]，各得其宜[55]，施以成室者[56]，匠氏之工也。玉札丹砂[57]，赤箭青芝[58]，牛溲马勃[59]，败鼓之皮[60]，俱收并蓄，待用无遗者，医师之良也。登明选公，杂进巧拙[61]，纡馀为妍[62]，卓荦为杰[63]，校短量长[64]，惟器是适者[65]，宰相之方也。昔者孟轲好辩[66]，孔道以明[67]，辙环天下[68]，卒老于行[69]；荀卿守正[70]，大论是弘[71]，逃谗于楚，废死兰陵[72]。是二儒者，吐辞为经[73]，举足为法[74]，绝类离伦，优入圣域[75]，其遇于世何如也[76]！今先生学虽勤而不繇其统[77]，言虽多而不要其中[78]，文虽奇而不济于用，行虽修而不显于众[79]。犹且月费俸钱，岁靡廪粟[80]；子不知耕，妇不知织；乘马从徒[81]，安坐而食；踵常途之促促，窥陈编以盗窃[82]。然而圣主不加诛[83]，宰臣不见斥[84]，非其幸欤？动而得谤，名亦随之[85]，投闲置散，乃分之宜[86]。若夫商财贿之有亡，计班资之崇庳[87]，忘己量之所称，指前人之瑕疵[88]，是所谓诘匠氏之不以杙为楹[89]，而訾医师以昌阳引年，欲进其豨苓也[90]。"

【注释】

① 国子先生：即国子博士，韩愈自称。国子博士是官名，国子先生是称呼。国子监是唐代主管国家教育政令的机构，文中所说的太学实际上是指国子学。韩愈是国子博士。

② 业精：学业精进。

③ 行成：德行成就。

④ 圣贤：圣君贤臣。

⑤ 治具毕张：法令得以全部实施。《史记·酷吏列传》："法令者，治之具。"

⑥ 拔去：除掉。凶邪：凶险邪恶的小人。

⑦ 登崇：提拔。畯良：才智优异的良才。畯，同"俊"。

⑧ "占小善"句：稍有点特长的人，都能录用。率，都。

⑨ "名一艺"句：有一技之长的人没有不用的。名：以……著称。庸，用。

⑩ 爬罗：爬梳搜罗。剔抉：挑选抉择。

⑪ 刮垢：刮去污垢。磨光：磨砺使之光亮。比喻精心培养造就人才。

⑫ "盖有幸"二句：大概只有缺乏真才实学的人侥幸被选用的，哪会有博学多才的人不被举拔的呢？

⑬ 患：怕，担心。

⑭ 有司：官吏，因其各有专司，故称。

⑮ 既：完，毕。

⑯ 于兹有年矣：至今有好几年了。

⑰ 六艺：即六经，《诗》、《书》、《礼》、《乐》、《易》、《春秋》。

⑱ 披：翻阅。百家：指先秦诸子百家。

⑲ "记事"二句：读记事一类书，必定提挈出它的要点来；读理论一类书，必定深入探索它的玄妙深奥的含义。后来，"钩玄提要"成为一种重要的读书方法。

⑳ "贪多"二句：在知识上不满足地求多，一定要求得收获；小的大的都不放弃。

㉑ "焚膏油"二句：点起灯烛接续日光，即夜以继日；经常勤苦辛劳，坚持终年如此。膏，油脂。晷（guǐ）：日影。兀兀，辛劳勤苦的样子。穷年，终年，整年。

㉒ "觝（dǐ）排"二句：抑制排击非儒家的学说，指责驳斥佛教和道教。道教徒尊老子为其始祖，故道教简称"老"。其实老子属于先秦道家学派，与道教并不是一回事。

㉓ 补苴（jū）罅（xià）漏：弥补缺漏的地方。张皇幽眇，张大阐发深微奥妙的地方。

㉔ "寻坠绪"二句：寻求长久失传的儒家道统，独自从各方面搜索而将它继承下来。坠绪，本义是失落的事业，这里指儒家的道统。韩愈在《原道》中指出，这个道由尧、舜、禹、汤、文、武、周公、孔子传到孟子，孟轲一死，"不得其传焉"，言下欲以继承儒家道统自任。绍，绍传，继承。

㉕ "障百川"二句：防堵百川泛滥使它东流入海，把已经漫溢的狂涛挽转回来。意即挽回历史的逆流。之，用作动词，往。

㉖ 沉浸酞郁：深入地体会儒家经典的深厚浓郁的意味。沉浸，潜心于，深入地体会。酞郁，本指酒味的醇厚馥郁。

㉗ 含英咀（jǔ）华：仔细玩味儒学的精妙之处。含、咀，都作咀嚼品味讲。英、华，都是花，借指精华。

㉘ 上规姚姒（sì）：向上以《尚书》中的《虞书》《夏书》为规范。上规，向上取法于。以下直至"同工异曲"各分句都是"上规"的宾语。姚，虞舜的姓，指《虞书》。姒，夏禹的姓，指《夏书》。

㉙ 浑浑无涯：深远无边。

㉚ 周诰：《尚书·周书》中有《大诰》、《康诰》、《酒诰》、《召诰》、《洛诰》等，这里指《周书》。殷盘：《尚书·商书》中有《盘庚》，这里指《商书》。

㉛ 佶（jié）屈聱（áo）牙：指殷周的文章艰涩拗口，难以诵读。

㉜ 《春秋》谨严：《春秋》文字简约严谨，暗寓褒贬。

㉝ 《左氏》浮夸：韩愈认为《左传》文辞华美夸张。这里的"浮夸"一词和现在的含义不同，不是贬辞。

㉞ 《易》奇而法：《易经》的卦象变化奇妙而又有规则。

㉟ 《诗》正而葩（pā）：正，内容纯正无邪。葩，花，引申为文

辞华丽、华美。

㊱“下逮”二句：向下直到《庄子》、《离骚》和太史公司马迁所写的《史记》。

㊲“子云”二句：子云，扬雄的字；相如，司马相如。这儿指两人的辞赋作品。同工异曲，本义是乐工技巧相同，但奏出的曲调不一样，这里用作比喻，是说以上所有著作内容有相同之处，而其艺术成就与风格却各有特色。

㊳闳（hóng）其中而肆其外：文章内容深广而文辞奔放。闳，博大，深广。中，指文章的内容。肆，奔放，放纵。外，指文章的形式。

㊴“少始”四句：从小就开始懂得勤奋学习，敢作敢为；长大以后，通达事理，左右逢源，各得其宜。

㊵跋前踬（zhì）后：进退两难。语出《诗经·豳风·狼跋》：“狼跋其胡，载踬其尾。”意思是说，狼向前走就踩着颔下垂肉，向后退又被尾巴绊倒。

㊶动辄得咎：动不动就得罪于人。

㊷暂为御史：当了短时期的御史。韩愈在贞元十九年（803）任监察御史，不久就被贬为阳山（今广东阳山东）令。暂，短暂。

㊸遂窜南夷：就被放逐到南方荒僻落后的地区阳山去。

㊹三年博士：一作“三为博士”，即第三次当国子博士（元和七年二月至八年三月），这与他的生平完全吻合。

㊺冗不见治：身居这种闲散职位，无治绩可言。冗：闲散。见：同“现”，表现，显露。

㊻“命与”二句：命运总是和仇敌相合，经常遭到挫败。谋，相合。

㊼头童齿豁：头发脱秃，牙齿破缺。童，人老秃顶，如山无草木。《释名·释长幼》：“山无草木者曰童。”

㊽竟死何裨（bì）：直到老死，又有什么好处？

㊾反教人：反而来教训别人。为：疑问助词。

㊿子来前：你过来。

51 宋（máng）：屋梁。

52 桷（jué），方形椽子。

53 欂（bó）：壁柱。栌（lú）：斗拱。侏儒：原义矮人，这里指侏儒柱，即梁上短柱。

54 椳（wēi）：门枢。闑（niè）：门框中间所竖短木，两扇门关合时止于此。扂（diàn）：门闩。楔（xiē）：竖立于门两旁，用以保护门扇的短木。

55 各得其宜：分别安置在最适宜的地方。

56 施以成室：用这些材料造成房屋。

57 玉札：地榆。丹砂：朱砂。

58 赤箭：天麻。青芝：又名龙芝，灵芝的一种。以上为名贵药材。

59 牛溲：牛尿，一说车前草。马勃：菌类药物，可止血。

60 败鼓之皮：破鼓皮。以上为廉价药材。

61 “登明”二句：提拔人才看得明白，选用人才公正合理；聪明的和笨拙的都能量才录用。

62 纡馀为妍：以为人和缓周备为美。纡馀，屈曲周备。妍，美。

63 卓荦（luò）为杰：以才干超绝为杰出。

64 较短量长：比较人才的长处和短处。

65 惟器是适：按照材器能力合适地安排。

66 孟轲好辩：《孟子·滕文公下》：“公都子曰：‘外人皆称夫子好辩，敢问何也？’孟子曰：‘予岂好辩者？予不得已也。’”

67 孔道以明：使孔子的学说得以阐明。因孟子曾驳斥杨朱的“为我”说和墨翟的“兼爱”说，故云。

68 辙环天下：孟轲周游列国，车迹环绕天下。

69 卒老于行：终于在周游奔波之中度过他的一生。

70 守正：遵循正统的学说。

71 大论是宏：荀子伟大的论著得以发扬光大。

72 “逃谗”二句：荀子曾游学于齐，齐人谗毁他，他逃到楚国；春申君任命他为兰陵（今山东枣庄市）令，春申君死后，他被罢官，在兰陵讲学，直到老死。

73 吐辞为经：吐出的言辞即成为经典。

74 举足为法：一举一动足可成为人们的楷模。

75 “绝类”二句：出类拔萃，超出同类，优异至极，足以进入圣人的行列。

76 “其遇”句：他们在世上的遭遇如何呢？

77 繇：同“由”。统：系统，指儒家道统。

78 不要（yāo）其中（zhòng）：没说到合乎事理的要害上。要，求。中，合乎事理。

79 修：美好。

80 靡：通“糜”，费。廪：仓库，国库。

81 从徒：让奴仆跟随自己。从，使动用法。

82 “踵常途”二句：拘谨小心地按照常规办事，在旧籍中窃取陈腐之见而缺乏创见。这是韩愈自谦之辞。

83 诛：责备，惩罚。

84 斥：训斥，批判。

85 名亦随之：名声也跟着受到损害。

86 “投闲”二句：自己被安排在闲散的官位上，是才分所适合的。

87 “若夫”二句：至于考虑俸禄的有或无，计较地位的高和低。若夫，至于。亡，通“无”。

88 “忘己量”二句：(那便是)忘记了自己的地位和能力是否相称，喜欢挑剔执政者的微小毛病。

89 诘：责问。杙(yì)：小木桩。楹(yíng)：厅堂前部的柱子。这句是说，那就等于质问工匠为什么不用小的木料去做大柱(显然是极不合时宜的)。

90 “而訾(zǐ)”二句：(那就等于)责问医生不该用昌阳作为延年益寿的药，反而要进用猪苓来延年了。訾，非议，讥评。昌阳，昌蒲，能祛邪、延年。引年，延年益寿。豨苓(xī líng)，又称猪苓，利尿药。

祭十二郎文

【题解】 本篇选自《昌黎先生集》卷二十三。十二郎，名老成，为韩愈二兄韩介之子，过继给长兄韩会为嗣。韩愈三岁丧父，由长兄嫂抚养成人，跟其侄老成长期生活在一起，名分为叔侄，感情如手足。韩愈出仕后，两人各奔东西。老成去世的噩耗突然传来，韩愈痛不欲生，写下了这篇椎心泣血的祭文。文中对自己不幸的遭遇、凄凉的家世、兄嫂抚养的恩情，从幼与十二郎朝夕相处的情景、自己的未老先衰、十二郎的善后等絮絮道来，真挚哀痛，呜咽顿挫，为祭文中之千年绝调。

年月日[1]，季父愈闻汝丧之七日[2]，乃能衔哀致诚[3]，使建中远具时羞之奠[4]，告汝十二郎之灵。

呜呼！吾少孤[5]，及长，不省所怙[6]，惟兄嫂是依。中年兄殁南方[7]，吾与汝俱幼，从嫂归葬河阳[8]，既又与汝就食江南[9]，零丁孤苦，未尝一日相离也。吾上有三兄[10]，皆不幸早世，承先人后者[11]，在孙惟汝，在子惟吾，两世一身[12]，形单影只，嫂常抚汝指吾而言曰：“韩氏两世，惟此而已！”汝时尤小，当不复记忆；吾时虽能记忆，亦未知其言之悲也。

吾年十九，始来京城。其后四年，而归视汝[13]。又四年，吾往河阳省坟墓[14]，遇汝从嫂丧来葬[15]。又二年，吾佐董丞相于汴州[16]，汝来省吾，止一岁[17]，请归取其孥[18]。明年，丞相薨[19]，吾去汴州，汝不果来。是年，吾佐戎徐州[20]，使取汝者始行，吾又罢去[21]，汝又不果来。吾念汝从于东[22]，东亦客也，不可以久；图久远者，莫如西归，将成家而致汝[23]。呜呼！孰谓汝遽去吾而没乎！吾与汝俱少年，以为虽暂相别，终当久相与处，故舍汝而旅食京师，以求斗斛之禄[24]。诚知其如此，虽万乘之公相[25]，吾不以一日辍汝而就也。

去年孟东野往，吾书与汝曰[26]：“吾年未四十[27]，而视茫茫[28]，而发苍苍[29]，而齿牙动摇。念诸父与诸兄[30]，皆康强而早世[31]，如吾之衰者，其能久存乎？吾不可去，汝不肯来，恐旦暮死，而汝抱无涯之戚也[32]。”孰谓少者殁而长者存，强者夭而病者全乎？呜呼！其信然邪？其梦邪？其传之非其真邪[33]？信也，吾兄之盛德而夭其嗣乎[34]？汝之纯明而不克蒙其泽乎[35]？少者强者而夭没，长者衰者而存全乎？未可以为信也。梦也，传之非其真也？东野之书，耿兰之报[36]，何为而在吾侧也？呜呼！其信然矣！吾兄之盛德而夭其嗣矣！汝之纯明宜业其家者[37]，不克蒙其泽矣！所谓天者诚难测，而神者诚难明矣！所谓理者不可推，而寿者不可知矣[38]！虽然，吾自今年来，苍苍者或化而为白矣[39]，动摇者或脱而落矣[40]。毛血日益衰，志气日益微[41]，几何不从汝而死也[42]！死而有知，其几何离？其无知，悲不几时，而不悲者无穷期矣[43]！汝之子始十岁[44]，吾之子始五岁[45]，少而强者不可保，如此孩提者[46]，又可冀其成立邪[47]？呜呼哀哉！呜呼哀哉！

汝去年书云：“比得软脚病[48]，往往而剧。”吾曰：“是疾也，江南之人，常常有之。”未始以为忧也。呜呼！其竟以此而殒其生乎[49]？抑别有疾而至斯乎？汝之书，六月十七日也。东野云，汝殁以六月二日。耿兰之报无月日。盖东野之使者不知问家人以月日；如耿兰之报，不知当言月日。东野与吾书，乃问使者，使者妄称以应之耳[50]。其然乎？其不然乎？

今吾使建中祭汝，吊汝之孤与汝之乳母[51]。彼有食可守以待终丧[52]，则待终丧而取以来；如不能守以终丧，则遂取以来[53]。其余奴婢，并令守汝丧。吾力能改葬，终葬汝于先人之兆[54]，然后惟其所愿[55]。

呜呼！汝病吾不知时，汝殁吾不知日，生不能相养以共居，殁不得抚汝以尽哀，敛不凭其棺，窆不临其穴[56]，吾行负神明而使汝夭，不孝不慈，而不能与汝相养以生，相守以死；一在天之涯，一在地之角，生而影不与吾形相依，死而魂不与吾梦相接，吾实为之，其又何尤[57]！彼苍者天，曷其有极[58]！自今以往，吾其无意于人世矣！当求数顷之田于伊、颍之上[59]，以待余年，教吾子与汝子，幸其成；长吾女与汝女[60]，待其嫁，如此而已！呜呼！言有穷而情不可终，汝其知也邪？其不知也邪！呜呼哀哉！尚飨[61]！

【注释】

① 年月日：某年某月某日的省写。

② 季父：排行最小的叔父。

③ 衔哀致诚：含着悲痛的心情向死者表达诚意。

④ “使建中”句：派建中从远处备办了时鲜祭品。建中，与下文的耿兰可能都是韩愈家中的仆人。时羞之奠，应时新鲜的祭品。羞，同“馐”。

⑤ 吾少孤：我从幼丧父。《孟子·梁惠王下》：“幼而无父曰孤。”

⑥ 不省（xǐng）所怙（hù）：不记得父亲的容貌。省，知。所怙，指父亲。《诗经·小雅·蓼莪》：“无父何怙？”怙，依靠。

⑦ “中年”句：大历十二年（777）五月，韩愈之兄韩会由起居舍人贬为韶州（治所在今广东曲江）刺史，不久死于任所，年四十二。当时韩愈十岁。

⑧ 河阳：在今河南孟县西，为韩氏祖坟所在地。

⑨ 就食江南：建中二年（781），藩镇反叛，中原混乱，韩愈随长嫂迁居宣州（今安徽宣城），时韩愈十四岁。他的《复志赋》写道：“值中原之有事兮，将就食于江之南。”《祭郑夫人文》曰：“既克返葬，遭时艰难。百口偕行，避地江渍。”

⑩ 吾上有三兄：指韩会、韩介和另一位早夭的兄长。

⑪ 先人：指过世的父亲韩云卿。

⑫ 两世一身：韩愈同辈弟兄，只剩他一人；韩老成同辈弟兄，也只剩老成一人。

⑬ “吾年”四句：贞元二年（786），韩愈十九岁，至长安应举，至贞元八年（792）春，方进士及第，中间曾回宣州一次。

⑭ 省（xǐng）坟墓：指省视祭扫坟墓。

⑮ “遇汝”句：韩愈大嫂郑氏死于贞元九年（793），贞元十一年（795），韩愈祭扫祖坟，老成亦奉其母郑夫人灵柩来葬，两人相会于河阳。

⑯ 董丞相：贞元十二年（796），董晋以检校尚书左仆射、同中书门下平章事任宣武节度使，汴、宋、亳、颍等州观察使，韩愈在其幕中担任节度推官。

⑰ 止一岁：住了一年。

⑱ 孥（nú）：这儿是妻与子的统称。

⑲ 丞相薨（hōng）：贞元十五年（799）二月，董晋死。唐代称二品以上官员之死为“薨”。

⑳ “吾佐”句：贞元十五年（799）秋，韩愈到徐州，在武宁军节度使张建封幕中任节度推官。佐戎，参赞军务。

㉑ “使取”二句：派去接你的人才动身，我又罢职而去。贞元十六年（800）五月，张建封死，韩愈离徐州去洛阳。

㉒ 东：汴州和徐州都在韩愈老家河阳东边。

㉓ “莫如”二句：不如西归河阳，把家安顿好，再接你来同住。

㉔ “故舍”二句：韩愈在贞元十七年（801）到长安，调四门博士；贞元十九年（803），迁监察御史。斗斛之禄，微薄的俸禄。

㉕ 万乘之公相：拥有万乘兵车的国公宰相。这里极力形容官高禄厚。

㉖ “去年”二句：贞元十八年（802），孟郊（字东野）出任溧阳尉，韩愈托他带信给老成。

㉗ “吾年”句：当时韩愈三十五岁。

㉘ 视茫茫：眼睛昏花，视物模糊不清。

㉙ 发苍苍：头发灰白。

㉚ 诸父：伯父、叔父辈。

㉛ 康强：身体健康。早世：过早地去世。

㉜ 无涯之戚：无边无际的悲哀。

㉝ “其信然”三句：难道真是这样吗？大约是做梦吧？还是传来的消息不确切呢？

㉞ 盛德：盛大的美德。嗣：后代。

㉟ 纯明：纯洁聪明。不克：不能。蒙其泽：承受他的恩泽。

㊱ “东野”二句：老成死后，孟郊在溧阳写信向韩愈报告噩耗，耿兰也从宣州家中专程送来报丧的信。

㊲ 宜业其家：应该继承先人的家业。

㊳“所谓”四句：所谓天道实在难以预测，神机真是难以明白；所谓天理不可推求，寿命的长短也无法预知了。

㊴“苍苍”句：黑头发有的已变白了。

㊵“动摇”句：动摇的牙齿有的已经脱落下来了。

㊶“毛血”二句：意指身体一天差似一天，精神一天不如一天。毛血，毛发血气，指体质。志气，神志精气，指精神。

㊷几何：多少时间，指很短的时间。

㊸“死而”五句：死后（指老成）如果有知觉的话，那么我们分离的时间不会太长（作者预测自己不会长寿）。死后如果没有知觉的话，那么我悲伤的时间也不会太长（仍指韩愈自己活得不长），而不悲伤的时间却是没有穷尽的（意指自己不久将死，死后没有知觉，当然不会再悲伤了）。

㊹“汝之子”句：老成有二子，长名湘，次名滂。滂出嗣给老成之兄百川为子，一般出嗣之子不再算，所以这里指湘。

㊺吾之子始五岁：韩愈长子昶，贞元十五年（799）生，老成死时，年五岁。

㊻孩提：需人提抱的孩子。

㊼冀其成立：希望他们长大成人有所作为。

㊽软脚病：脚气病，此病主要症状是腿肿、脚软弱无力。

㊾殒（yǔn）其生：丧失生命。

㊿“使者”句：使者信口编造来应付东野罢了。

51 吊汝之孤：慰问你（老成）的儿子。

52 终丧：守满三年丧期。《孟子·滕文公上》：“三年之丧……自天子达于庶人，三代共之。”

53 “则遂”句：那就把老成之子及其乳母接来。

54 先人之兆：祖先的墓地。

55 “然后”句：是说等十二郎安葬后，其余奴婢的去留，听其自愿。

56 “敛不凭”二句：收殓老成时不能亲至其棺旁凭吊，将老成之棺下穴安葬时不能亲临吊唁。敛，同“殓”。窆（biǎn），将棺材葬到墓穴里。

57 “吾实”二句：这其实是我自己造成的，又能怨恨谁呢？

58 “彼苍”二句：青青的老天啊，我的痛苦哪有尽头啊！语出《诗经·唐风·鸨羽》：“悠悠苍天，曷其有极！”

59 伊、颍：即今河南省境内的伊水和颍水。

60 长：养育。

61 尚飨（xiǎng）：希望死者来享受祭品。

柳宗元

登柳州城楼寄漳汀封连四州刺史

【题解】 本篇选自《柳河东集》卷四十二。永贞元年（805），王叔文革新集团失败，柳宗元等八人都被贬为州郡司马。至元和十年（815），凌准、韦执谊已死，程异已先被起用，柳宗元调任柳州（治今广西柳州）刺史，韩泰调任漳州（治今福建漳浦）刺史，韩晔调任汀州（治今福建长汀）刺史，陈谏调任封州（治今广东封开）刺史，刘禹锡调任连州（治今广东连州）刺史。名为调升，实际上都是边远荒僻地区，因此柳宗元到达柳州后，登上城楼远望，想起四位挚友跟自己一样遭到如此不公平的待遇，百感交集，满怀抑郁，写下了这一激越凄楚的名篇。这首诗通过狂风暴雨中景物的描写，抒发了诗人对于挚友的无比关切之情和聚首无期的怅惘。诗人愁思如海，哀肠百结，采用“赋而比”的手法，将眼前景与心中情密合无垠。

城上高楼接大荒①，海天愁思正茫茫②。
惊风乱飐芙蓉水③，密雨斜侵薜荔墙④。
岭树重遮千里目⑤，江流曲似九回肠⑥。
共来百越文身地⑦，犹自音书滞一乡⑧。

【注释】

① 接：目接，远眺。大荒：泛指边远荒僻之地。

② “海天”句：愁思像大海和天空一样茫茫无边。

③ 惊风：疾风。飐（zhǎn）：吹动。芙蓉：荷花。

④ 侵：泼打。薜荔：一种缘壁而生的常绿蔓生植物。

⑤ 重遮：重重叠叠地遮挡着。千里目：远望之目光。

⑥ 九回肠：九曲回肠，形容愁思的抑郁缠结。语出司马迁《报任安书》：“肠一日而九回。”

⑦ 百越：即百粤，南方少数民族之泛称。文身，在皮肤上刺花纹，是古代少数民族的习俗。

⑧ 犹：仍然，还是。滞：阻隔不通。

渔 翁

【题解】 本篇选自《柳河东集》卷四十三。此诗作于永州。诗人寄情山水，抒写孤愤。诗中那个隐身于绿水青山之间、悠然自得、放声长啸、无心竞逐的渔翁，正是诗人自己的身影。有的诗论家认为前四句极有神韵，末两句似为蛇足，但若细细玩味，可知结尾两句其实是揭示渔翁品格的点睛之笔，不是可有可无的。

渔翁夜傍西岩宿①，晓汲清湘燃楚竹②。烟销日出不见人，欸乃一声山水绿③。回看天际下中流④，岩上无心云相逐⑤。

【注释】

① 西岩：即西山，柳宗元有《始得西山宴游记》。

② 清湘：清彻的湘水。《湘中记》："湘水至清，虽深五六丈，见底。"

③ 欸乃（ǎi nǎi）一声：棹歌一声。唐代湘中棹歌中有《欸乃曲》。此句是说，渔歌一唱，仿佛山水更绿了。

④ "回看"句：船下中流后，回看西山，远在天边。

⑤ "岩上"句：以白云在山头自由飘荡喻渔翁无竞逐名利之心。

段太尉逸事状

【题解】 本篇选自《柳河东集》卷八。段太尉（719—783），名秀实，字成公，汧阳（今陕西千阳）人。玄宗时，举明经，弃去而从军，积功劳至泾州刺史兼泾原郑颍节度使。建中四年（783），因反对朱泚称帝，遇害，追赠太尉。元和九年（814），柳宗元在永州贬所，写了此文，送给正在当史馆修撰的韩愈，供修史时作参考。"逸事状，则但录其逸者，其所已载，不必详焉。"（明徐师曾《文体明辨序说》）但宋代宋祁修《新唐书》时，却将全文采纳，成为《段秀实传》的主要部分。由此可见这篇传记文的信实程度和影响之大。

这篇传记文，主要选择了三个典型事件来表现段太尉其人：诛暴卒以整军容，表现其刚毅沉勇；卖马代偿租谷以解民痛，表现其仁厚慈惠；拒贿以远奸佞，表现其廉洁和节操。这三件事，由大到小，由重到轻，由详到略，把足以震撼人心的杀暴卒一事放在文章开头，先声夺人，具有振聋发聩的力量。明蒋之翘说："《段太尉逸事状》，群指为与韩退之《张中丞传后叙》旗鼓相当之作，韩作俊逸，柳作缜密，俱擅胜场。"（章士钊《柳文指要》引）

太尉始为泾州刺史时①，汾阳王以副元帅居蒲②，王子晞为尚书③，领行营节度使④，寓军邠州⑤，纵士卒无赖⑥。邠人偷嗜暴恶者⑦，率以货窜名军伍中⑧，则肆志⑨，吏不得问。日群行丐取于市⑩，不嗛⑪，辄奋击，折人手足，椎釜鬲瓮盎盈道上⑫，袒臂徐去⑬，至撞杀孕妇人。邠宁节度使白孝德以王故⑭，戚不敢言⑮。

太尉自州以状白府⑯，愿计事⑰。至则曰："天子以生人付公理⑱，公见人被暴害⑲，因恬然⑳。且大乱，若何？"孝德曰："愿奉教。"太尉曰："某为泾州，甚适，少事，今不忍人无寇暴死㉑，以乱天子边事。公诚以都虞候命某者㉒，能为公已乱㉓，使公之人不得害㉔。"孝德曰："幸甚！"如太尉请㉕。

既署一月㉖，晞军士十七人入市取酒，又以刃刺酒翁㉗，坏酿器，酒流沟中。太尉列卒取十七人㉘，皆断头注槊上㉙，植市门外㉚。晞一营大噪，尽甲㉛。孝德震恐，召太尉曰："将奈何？"太尉曰："无伤也㉜，请辞于军㉝。"孝德使数十人从太尉，太尉尽辞去，解佩刀，选老躄者一人持马㉞，至晞门下㉟。甲者出，太尉笑且入，曰："杀一老卒，何甲也？吾戴吾头来矣。"甲者愕，因谕曰："尚书固负若属耶？副元帅固负若属耶㊱？奈何欲以乱败郭氏！为白尚书，出听我言。"晞出见太尉，太尉曰："副元帅勋塞天地，当务始终㊲；今尚书恣卒为暴㊳，暴且乱，乱天子边，欲谁归罪㊴？罪且及副元帅。今邠人恶子弟以货窜名军籍中，杀害人，如是不止，几日不大乱㊵？大乱由尚书出，人皆曰尚书倚副元帅，不戢士㊶，然则郭氏功名，其与存者几何㊷？"言未毕，晞再拜曰："公幸教晞以道，恩甚大，愿奉军以从。"顾叱左右曰："皆解甲，散还火伍中㊸，敢哗者死！"太尉曰："吾未晡食㊹，请假设草具[45]。”既食，曰：“吾疾作，愿留宿门下。”命持马者去，旦日来。遂卧军中。晞不解衣，戒候卒击柝卫太尉[46]。旦，俱至孝德所，谢不能[47]，请改过。邠州由是无祸。

先是，太尉在泾州为营田官[48]，泾大将焦令谌取人田，自占数十顷[49]，给与农[50]，曰：“且熟，归我半[51]。”是岁大旱，野无草，农以告谌。谌曰：“我知入数而已[52]，不知旱也。”督责益急[53]，且饥死，无以偿，即告太尉。太尉判状，辞甚巽[54]，使人求谕谌[55]。谌盛怒，召农者曰：“我畏段某耶？何敢言我[56]！”取判铺背上，以大杖击二十，垂死，舆来庭中[57]。太尉大泣曰：“乃我困汝[58]。”即自取水洗去血，裂裳衣疮，手注善药[59]。旦夕自哺农者，然后食。取骑马卖，市谷代偿[60]，使勿知。

淮西寓军帅尹少荣[61]，刚直士也。入见谌，大骂曰：“汝诚人耶？泾州野如赭[62]，人且饥死，而必得谷；又用大杖击无罪者。段公，仁信大人也[63]，而汝不知敬。今段公唯一马，贱卖市谷入汝，汝又取不耻[64]。凡为人傲天灾[65]，犯大人，击无罪者，又取仁者谷，使主人出无马[66]，汝将何以视天地[67]，尚不愧奴隶耶[68]？”谌虽暴抗[69]，然闻言则大愧流汗，不能食，曰：“吾终不可以见段公。”一夕自恨死[70]。

及太尉自泾州以司农征[71]，戒其族[72]：“过岐[73]，朱泚幸致货币[74]，慎勿纳。”及过，泚固致大绫三百匹，太尉婿韦晤坚拒，不得命[75]。至都，太尉怒曰：“果不用吾言！”晤谢曰：“处贱，无以拒也[76]。”太尉曰：“然终不以在吾第[77]。”以如司农治事堂[78]，栖之梁木上[79]。泚反，太尉终[80]，吏以告泚。泚取视，其故封识具存[81]。

太尉逸事如右。

元和九年月日，永州司马员外置同正员柳宗元谨上史馆[82]。今之称太尉大节者，出入以为武人一时奋不虑死[83]，以取名天下，不知太尉之所立如是。宗元尝出入岐、周、邠、斄间[84]，过真定[85]，北上马岭[86]，历亭鄣堡戍[87]，窃好问老校退卒[88]，能言其事。太尉为人姁姁[89]，常低首拱手行步，言气卑弱，未尝以色待物[90]。人视之，儒者也。遇不可，必达其志，决非偶然者[91]。会州刺史崔公来[92]，言信行直[93]，备得太尉遗事[94]，复校无疑[95]。或恐尚逸坠[96]，未集太史氏[97]，敢以状私于执事[98]。谨状。

【注释】

① 泾州刺史：广德二年(764)至大历三年(768)段秀实为泾州刺史。泾州，唐代属关内道，治所在今甘肃泾川北。

② 汾阳王：指郭子仪。上元三年(762)，郭子仪进爵汾阳郡王。广德二年(764)，为关内、河东副元帅，河中节度使，镇河中。蒲：州名，唐属河东道，曾改为河中府，治所在今山西永济。

③ “王子晞(xī)”句：郭晞为郭子仪第三子，善骑射，通谋略，屡有战功，拜殿中监，加御史中丞。文中说郭晞在广德二年(764)即为“尚书”，当系误记。据《新唐书·郭子仪传附子晞传》，在大历中，郭晞才加检校工部尚书。

④ 领：兼任，代理。行营节度使：副元帅军营的统领。这时郭子仪自行营入朝，让郭晞代理军务。

⑤ 寓军：在辖区外驻军。邠(bīn)州：治所在今陕西彬县。

⑥ 纵：放纵。无赖：横行不法。

⑦ “邠人”句：邠州人中那些诈伪、贪婪、凶残、邪恶的人。偷，轻薄欺诈。嗜，贪婪。

⑧ “率以”句：甚至通过行贿在军队里列上自己的名字。货，财物。窜名，指把名字混入军队的名册中。

⑨ 肆志：不受约束，肆意胡为。

⑩ 丐取：本义是乞讨，这儿指强行索取。

⑪ 不嗛(qiè)：不能满足。嗛，通“慊”。

⑫ 椎(chuí)：敲破。鬲(lì)：古代烹饪用具，形似鼎而矮小，三足，中空。瓮(wèng)：盛液体的陶器。盎(àng)：腹大口小的陶制盆器。

⑬ 袒臂徐去：袒露着臂膀扬长而去。

⑭ 白孝德：李光弼部将，广德二年为邠宁节度使。以王故：因为汾阳王的缘故。

⑮ 戚：忧虑有所顾忌。

⑯ “太尉”句：段太尉从泾州以官府公文禀报邠宁节度使衙门。白，禀报。府，白孝德的官署。

⑰ 愿计事：希望商议公事。

⑱ “天子”句：皇上把老百姓交给您治理。生人，生民，百姓，因避唐太宗李世民讳而改“民”为“人”。理，治，因避唐高宗李治讳而改“治”为“理”。

⑲ 暴害：残害。

⑳ 因恬（tián）然：仍旧如此安然自适。

㉑ 无寇暴死：无敌寇侵害而惨遭杀害。

㉒ “公诚”句：您如果委任我当都虞候的话。都虞候，中唐时，藩镇所设置的执法官。

㉓ 已乱：制止暴乱。

㉔ 不得害：不受害。

㉕ 如太尉请：按照太尉的请求办理，意指任命段秀实为都虞候。

㉖ 既署一月：段秀实代理都虞候已经一月。署，代理某官职。

㉗ 酒翁：酿酒的技工。

㉘ 列卒：布置士兵。取：逮捕。

㉙ “皆断”头句：都被砍下脑袋，挂在长矛上示众。槊（shuò），一种长矛。

㉚ 植：竖立。

㉛ 尽甲：全都披上铠甲。甲，用作动词。

㉜ 无伤：不妨，不要紧。

㉝ 请辞于军：请让我到军营中去解说。

㉞ 老躄（bì）：跛足老人。持马：牵马。

㉟ 门下：军营门前。

㊱ 固：难道。负：亏待。若属：你们。

㊲ “副元帅”二句：郭子仪副元帅的功勋充满天地之间，应当使他名节有始有终，不受亏损。

㊳ 恣：放纵。

㊴ 欲谁归罪：（天子）将归罪于谁？

㊵ “几日”句：不大乱能维持几天？意思不久即要发生大乱。

㊶ 不戢（jí）士：不管理约束士兵。

㊷ “其与”句：哪还能保留多少呢？

㊸ 火伍：唐代兵制，十人为火，五人为伍。此处指队伍。

㊹ 晡（bū）食：晚饭。晡，申时，即下午三至五时。

㊺ 草具：粗劣食品。

㊻ “戒候卒”句：告诫巡逻守卫的士兵要敲梆打更保卫太尉。

㊼ 谢不能：道歉说自己没有治军的才能。

㊽ 营田官：掌管屯垦的营田副使。唐制，诸军万人以上置营田副使一人。

㊾ 自占：占为己有。

㊿ 给与农：交给农民耕种。

51 “且熟”二句：将来庄稼成熟，一半归我。

52 入数：应交纳的田租数目。

53 督责：催逼索取。

54 巽（xùn）：同“逊”，谦逊，这里指言辞委婉谦和。

55 求谕谌：请求焦令谌谅解。

56 言我：说我，议论我，此处引申为控告我。

57 舆来庭中：抬到段太尉的庭院里。

58 乃我困汝：是我使你受害。困，困厄，受罪，这里作使动用法。

59 “裂裳”二句：衣（yì）疮，包扎伤口。手注善药，亲手敷上好药。

60 市谷：买谷。

61 淮西寓军帅：暂时调驻泾州的淮西军帅。安史乱后，吐蕃时时扰边，唐室常调别处军队移驻防守。

62 野如赭（zhě）：田野一片赤土，即赤地千里的意思。

63 仁信大人：仁慈有信义、道德修养很高的人。

64 不耻：不以为耻。

65 傲：轻视。

66 主人：指段秀实，因尹少荣是客军将领，故称段为主人。

67 视天地：面对天地，指活在世上。

68 “尚不”句：在奴隶面前你不感到羞愧吗？

69 暴抗：凶暴强横。

70 “一夕”句：据旧注，焦令谌至大历八年（773）还活着，柳文中采用的是民间传闻，以此来突出段秀实的行为影响之大。

71 以司农征：建中元年（780），朝廷以司农卿的官委任段秀实，召他入京。征，征辟。

72 戒其族：告诫他的亲属。

73 岐：唐代州名，治所在今陕西凤翔。

74 幸致货币：如果赠送钱物。

75 不得命：得不到对方的同意，即推辞不掉。

76 “处贱”二句：所处职位卑贱，因此无法拒绝。

77 “然终”句：即使这样，也终究不能把这些东西放在我家里。

78 如：送往。治事堂：办公的厅堂。

79 栖：安放。

80 “泚反”二句：建中四年（783）十月，泾原节度使姚令言部在京城长安哗变，拥立朱泚，朱泚谋自立为帝，召段议事，段唾朱泚面大骂，又用象笏击中朱泚额头，溅血满地，遂遇害。

㉛ 封识(zhì):封皮上的标志。

㉜ 员外置:定员以外设置的官。同正员:地位待遇与正员相同。

㉝ 出入:不外乎。

㉞ 周:指周代的"周原",故址在今陕西岐山东北。斄(tái):同"邰",今陕西武功西南。

㉟ 真定:地名,不详何处。

㊱ 马岭:山名,在今甘肃庆阳西北。

㊲ 亭鄣(zhàng):岗亭和障碍物。堡戍:堡垒,哨所。

㊳ 窃:私下。老校退卒:年老的下级军官和退伍士兵。

㊴ 呴(xǔ)呴:和悦的样子。

⑩ 以色待物:用严厉的脸色待人。

⑪ "遇不可"三句:遇到他不同意的事,一定要按自己的主张去办,决不会因某种偶然的因素而改变。

⑫ 崔公:崔能,字子才,元和九年(814)任永州刺史。

⑬ 言信行直:说话诚恳,行为正直。

⑭ 备得:详细地获得。

⑮ 复校(jiào):反复核对。

⑯ 逸坠:遗失散落。

⑰ "未集"句:还没有集中到史官那里。太史氏,指史官。

⑱ "敢以"句:大胆地把这些逸事写成行状私下里交给您。敢,表敬副词。

钴鉧潭西小丘记

【题解】 本篇选自《柳河东集》卷二十九。这是《永州八记》中的第三篇。此篇慨叹小丘之美被人遗弃,明显地寄托着作者遭放逐于僻地的身世之感。而"秽草刈,恶木去,嘉木立,美竹露,奇石显"的描写中显然也包含着只有小人去位,贤臣才能施展抱负的喻意。作者还通过深入的观察,抓住景物的个性特征,精心描绘,细致入微,往往形神兼备,富有活泼的生机,具有引人入胜的艺术魅力。如此篇以动物的不同动作来喻写奇石的形态,化静为动,惟妙惟肖,使人叹为观止。

得西山后八日,寻山口西北道二百步,又得钴鉧潭。西二十五步,当湍而浚者为鱼梁[①]。梁之上有丘焉,生竹树。其石之突怒偃蹇[②],负土而出,争为奇状者,殆不可数。其嵚然相累而下者[③],若牛马之饮于溪;其冲然角列而上者[④],若熊罴之登于山[⑤]。

丘之小不能一亩[⑥],可以笼而有之[⑦]。问其主,曰:"唐氏之弃地,货而不售[⑧]。"问其价,曰:"止四百。"余怜而售之。李深源、元克己时同游[⑨],皆大喜,出自意外。即更取器用,铲刈秽草,伐去恶木,烈火而焚之。嘉木立,美竹露,奇石显。由其中以望,则山之高,云之浮,溪之流,鸟兽之遨游,举熙熙然回巧献技[⑩],以效兹丘之下。枕席而卧,则清泠之状与目谋[⑪],潆潆之声与耳谋[⑫],悠然而虚者与神谋,渊然而静者与心谋。不匝旬而得异地者二[⑬],虽古好事之士,或未能至焉。

噫,以兹丘之胜,致之沣、镐、鄠、杜[⑭],则贵游之士争买者,日增千金而愈不可得。今弃是州也,农夫渔父过而陋之。贾四百[⑮],连岁不能售。而我与深源、克己独喜得之,是其果有遭乎[⑯]?书于石,所以贺兹丘之遭也。

【注释】

① "当湍(tuān)"句:正当水流急而深的地方有一道捕鱼的堰。湍,急流。浚(jùn),深。鱼梁,堵水的石堰,中间空缺一小段,安放竹制的捕鱼器,鱼只能进而不能出,用它捕鱼。

② 突怒:突然高起。偃蹇(yǎn jiǎn):屈曲貌。

③ 嵚(qīn)然:山势耸立的样子。

④ 冲然:向前突起的样子。

⑤ 罴:熊的一种,又叫人熊或马熊。

⑥ 不能:不足,不到。

⑦ 笼:用作动词,装入笼中。这里是包笼起来占有它的意思,形容山丘很小。

⑧ 货而不售:作价待卖而尚未脱售。

⑨ 李深源、元克己:作者友人。李原任太府卿,元原任侍御史,此时都贬谪到永州。

⑩ 举:都,全。熙熙然:和乐的样子。

⑪ "则清泠"句:那清凉明净的泉水眼睛看了感到十分舒适和谐。谋,合,指客观景物与主体器官十分和谐。

⑫ 潆潆:形容泉水声音的象声词。

⑬ 不匝(zā)旬:不到一旬,即不满十天。

⑭ 沣:借作"丰",古地名,在今陕西户县东,周文王所都。镐(hào):古地名,在今西安西南,周武王所都。鄠(hù):汉县名,今陕西省户县,汉上林苑所在。杜:旧县名,在今西安东南,亦称杜陵。以上四地是唐代京都近郊,是权贵们集中居住的地方。

⑮ 贾(jià):"价"的古字。

⑯ 遭:遭遇,这里指被赏识。

至小丘西小石潭记

【题解】 本篇选自《柳河东集》卷二十九。这是《永州八记》中的第四篇。此篇以描写小石潭境地的幽静清冷、潭水的洁净透明和潭鱼的活泼有趣取胜。此文层次极清晰,结构极严谨:先写小石潭的被发现和它的全貌;次写潭水的清彻和游鱼的活泼,由远及近,由粗览到细看;再写潭水的源头,又由近及远,由俯瞰到远眺;最后再写感受和游人,总结全文。此文意境冷隽幽深,语言峭刻精炼,创造性地吸取了《水经注》和《楚辞》的优点。

从小丘西行百二十步,隔篁竹①,闻水声,如鸣珮环②,心乐之。伐竹取道,下见小潭,水尤清冽③。泉石以为底④,近岸卷石底以出⑤,为坻,为屿,为嵁,为岩⑥。青树翠蔓⑦,蒙络摇缀⑧,参差披拂⑨。

潭中鱼可百许头⑩,皆若空游无所依⑪。日光下澈⑫,影布石上⑬,佁然不动⑭;俶尔远逝⑮,往来翕忽⑯,似与游者相乐。

潭西南而望⑰,斗折蛇行⑱,明灭可见⑲。其岸势犬牙差互⑳,不可知其源。

坐潭上,四面竹树环合,寂寥无人,凄神寒骨,悄怆幽邃㉑,以其境过清,不可久居,乃记之而去。

同游者:吴武陵,龚古㉒,余弟宗玄。隶而从者,崔氏二小生㉓:曰恕己,曰奉壹。

【注释】

① 篁(huáng)竹:竹林。

② 如鸣珮环:水声清脆悦耳,有如佩在身上的玉饰互相碰撞而发出的声响一般。

③ 清冽(liè):清冷澄彻。

④ 泉石:一作"全石",整块大石。

⑤ 卷石底以出:潭底的大石向上翻卷,露出水面。

⑥ "为坻(chí)"四句:坻,水中高地。屿(yǔ),小岛。嵁(kān),不平的石头。岩,高耸的大石。

⑦ 蔓:藤蔓。

⑧ 蒙络摇缀:缠绕蒙罩,连缀摇动。

⑨ 参差披拂:长短不齐,随风飘荡。

⑩ 鱼可百许头:大约有鱼一百来条。可,大约,估测之词。

⑪ 空游:在空中游动。形容潭水清到透明的程度。

⑫ 日光下澈:日光向下透过(潭水)。澈,通"彻",穿透。

⑬ 布:映布,铺开。

⑭ 佁(yǐ)然:呆呆的样子。

⑮ 俶(chù)尔:突然。

⑯ 翕(xī)忽:迅速。

⑰ "潭西南"句:向潭的西南方向望去。

⑱ 斗折蛇行:小溪像北斗星那样曲折,像蛇在爬行时那样蜿蜒。

⑲ 明灭可见:(由于小溪蜿蜒曲折)远远望去,或隐或现,隐的一段暗而不可见,明的一段则清晰可见。

⑳ 犬牙差互:溪岸犬牙交错。

㉑ 悄怆(chuàng)幽邃(suì):凄凉幽深。悄,忧伤凄凉。

㉒ 吴武陵:信州(今江西上饶)人,元和初进士,元和三年(808)被贬谪永州,有才气,柳宗元很推重他。龚古:无考。

㉓ 隶而从者:跟随同来的人。小生:年轻人。指柳宗元姐夫崔简的两个儿子。

蝜蝂传

【题解】 本篇选自《柳河东集》卷十七。在先秦诸子散文和历史散文中,寓言曾大量出现,但那是作为辩论中的一种证据出现的,没有独立性。在柳宗元手里,它成为独立的文学样式,标志着中国寓言文学发展的新阶段。柳氏寓言，有骚体、赋体和散文体三种，三体各有特色，各有精品。本文则是散文体中的精品之一。

蝜蝂者[①]，善负小虫也[②]。行遇物，辄持取[③]，卬其首负之[④]。背愈重，虽困剧不止也[⑤]。其背甚涩，物积，因不散，卒踬仆不能起[⑥]。人或怜之[⑦]，为去其负。苟能行[⑧]，又持取如故。又好上高[⑨]，极其力不已[⑩]。至坠地死[⑪]。

今世之嗜取者，遇货不避[⑫]，以厚其室[⑬]。不知为己累也[⑭]，唯恐其不积[⑮]。及其怠而踬也[⑯]，黜弃之[⑰]，迁徙之[⑱]，亦以病矣[⑲]。苟能起，又不艾[⑳]。日思高其位，大其禄，而贪取滋甚[㉑]，以近于危坠，观前之死亡不知戒[㉒]。虽其形魁然大者也，其名人也，而智则小虫也[㉓]。亦足哀夫[㉔]！

【注释】

① 蝜蝂：(fù bǎn)一种黑色的小虫，又叫负版。
② 善负：善于用背载物。
③ 辄持取：总是将物取来。
④ 卬(áng)：同"昂"，此处是抑首背物之意。
⑤ "背愈重"二句：背上的东西越来越重，即使极其疲乏也不停止。
⑥ "其背"四句：蝜蝂的背部很粗糙，东西堆积在上面，因而不易散落，(堆得太重太多)终于跌倒在地，爬不起来了。
⑦ 或：有。
⑧ 苟能行：如果还能爬行。
⑨ 好(hào)：喜爱，喜欢。
⑩ "极其"句：用尽气力还不停止。
⑪ 至：直到。
⑫ 货：财物。
⑬ 厚其室：使家里的财物积聚起来。厚，使丰厚，使动用法。
⑭ 累：牵累。
⑮ "唯恐"句：只担心他的财物积聚得不多。
⑯ 怠：懈怠。
⑰ 黜弃：罢官。
⑱ 迁徙：放逐。
⑲ 以：通"已"。病：受害。
⑳ 艾(yì)：悔改。
㉑ 滋甚：更加厉害。
㉒ 戒：鉴戒。
㉓ "虽其"三句：虽然他的形体是魁伟高大的，名称叫做人，而见识却跟小虫一样。
㉔ 亦足哀夫：也实在可悲啊。

第八节　晚唐诗歌

杜牧

杜牧(803—853)，字牧之，京兆万年(今陕西西安)人。唐文学家。出身于高门士族，祖父杜佑为中唐名相和杰出的史学家，家学渊源深厚。大和二年(828)登进士第。又登制科，授弘文馆校书郎。历左补阙、膳部及比部员外郎。会昌二年(842)起历任黄、池、睦州刺史，大中二年(848)入为司勋员外郎。官至中书舍人，居长安城南樊川别墅，世称杜樊川。他早年抱有经世之志，喜谈兵议政。但晚唐衰败的政治和现实使其理想落空，于是便放浪形骸，纵情声色。"十年一觉扬州梦，赢得青楼薄倖名"(《遣怀》)，便是他这方面生活的自白。但他又谴责达官贵人的纵情声色："商女不知亡国恨，隔江犹唱后庭花。"(《泊秦淮》)这种矛盾的言行，正说明晚唐士人的极端苦闷。

杜牧最推崇李、杜、韩、柳，并主张"凡为文以意为主，以气为辅，以辞采章句为之兵卫"(《答庄充书》)。所以他的诗文内容充实，艺术性强，在晚唐有较突出的地位。他的诗与李商隐齐名，并称"小李杜"。清刘熙载云："杜樊川诗雄姿英发，李樊南诗深情绵邈。"(《艺概·诗概》)这是极好的概括与对比。他的古体诗针对当时政治腐败、藩镇跋扈、边患严重等重大社会问题痛下针砭，往往写得画面宏阔，意气纵横，豪健峭拔，感人至深。他的近体也多佳作，尤其长于七绝，为晚唐一大家。其中一些咏史、写景的作品，清新俊逸，明丽自然，独具特色。他的名文《阿房宫赋》，骈散兼用，别开生面，历来脍炙人口。有《樊川文集》。

赤　壁

【题解】 本篇选自《樊川文集》卷四。这是一首咏史诗，它从赤壁之战的遗物“折戟”写起，意谓这是一场奠定三国鼎立局势的战争，关系重大，举足轻重，如果不是周瑜得天时之助而打败曹操的话，江东孙氏的霸业就要落空。咏史诗不同于史论，它必须运用形象思维，借助于某些典故或细节来表现，因此对这类诗不能死扣字面去讲。

折戟沉沙铁未销①，自将磨洗认前朝②。
东风不与周郎便③，铜雀春深锁二乔④。

【注释】

① 折戟：被折断的古代兵器。戟，一种能刺能勾的古兵器，实为矛与戈的混合体。销：销蚀。

② 将：拿起。认前朝：认得出这是前朝的遗物。

③ “东风”句：东汉建安十三年（208），曹操亲率大军进攻东吴，因北方士兵不惯于水战，用铁链将船舰连结起来，吴军主将周瑜趁东南风起，利用火攻，向西北方向延烧，曹军大败。

④ 铜雀：曹操在邺城（今河北临漳）所建台名，上有楼，楼顶立有一丈五尺高的大铜雀，故名。二乔：乔家两姐妹，东吴著名美女，称为大乔小乔。大乔嫁孙策，小乔嫁周瑜。

江南春绝句

【题解】 本篇选自《樊川文集》卷三。此诗以简净俊爽的笔调描绘江南春景，色泽绚丽，形象鲜明，犹如一幅绝妙的青绿山水画。

千里莺啼绿映红，水村山郭酒旗风。
南朝四百八十寺①，多少楼台烟雨中②。

【注释】

① “南朝”句：宋、齐、梁、陈四朝皇帝及世族大家都信佛，梁武帝尤甚，曾三度舍身出家。《南史·郭祖深传》载：“时帝大弘释典，将以易俗，故祖深尤言其事，条以为：‘都下佛寺，五百余所，穷极宏丽，僧尼十余万，资产丰沃。所在郡县，不可胜言……’”

② 楼台：指琳宫梵宇的建筑，杜牧另有“倚遍江南寺寺楼”之句。

山　行

【题解】 本篇选自《樊川文集·外集》。诗人悲秋，自古皆然。杜牧这首小诗，独能从萧瑟的秋景中观赏胜于烂漫春光的红叶，从清新明快的格局中自然流露出一股由衷的喜悦之情。这便是它成功的秘诀。俞陛云《诗境浅说续编》云：“诗人之咏及红叶者多矣……惟杜牧诗专赏其色之艳，谓胜于春花。当风劲霜严之际，独绚秋光，红黄绀紫，诸色咸备，笼山络野，春花无此大观，宜司勋（按杜牧曾任司勋员外郎）特赏于艳李秾桃外也。”

远上寒山石径斜①，白云生处有人家。
停车坐爱枫林晚②，霜叶红于二月花③。

【注释】

① 寒山：这里指深秋季节的山。

② 坐：因为。

③ 霜叶：经霜的枫叶。

泊秦淮

【题解】 本篇选自《樊川文集》卷四。此诗揭露统治阶级一味醉生梦死、腐化堕落，丝毫也不关心人民的命运、国家的前途。诗人担心靡靡之音，将是亡国的预兆。首句通过写景渲染气氛，次句叙事，三、四两句夹叙夹议。"不知"、"犹唱"二词用得极好，既为"商女"开脱了责任，表明唱者无心卖唱，听者有意堕落，把批判的矛头直指那班达官贵人；同时，又曲折地表达了诗人忧愤的深广，心情的沉痛。此诗写得曲折含蓄，富有神韵，被前人评为"托兴幽微"、独具"远韵远神"的"绝唱"，确是当之无愧的。

烟笼寒水月笼沙①，夜泊秦淮近酒家。

商女不知亡国恨②，隔江犹唱后庭花③。

【注释】

① "烟笼"句："烟笼寒水"和"月笼沙"互文见义，意为迷蒙的烟雾和朦胧的月光，笼罩着秦淮河的流水和沙滩。

② 商女：以卖唱为生的歌妓。

③ 隔江：秦淮河横贯金陵城，沿河两岸酒家林立。歌妓在酒店卖唱为达官贵人侑酒，从船中听去，故云"隔江"。后庭花：即《玉树后庭花》。南朝陈后主耽于声色，作此曲，内容主要是写妃嫔的美色。他不理朝政，与狎客、妃嫔宴饮赋诗作乐，终至亡国。后人将此曲视为亡国之音。

李商隐

李商隐(813—858)，字义山，号玉谿生，又号樊南生，原籍怀州河内(今河南沁阳)，祖父时迁居郑州荥阳(今属河南)。唐文学家。他处于唐王朝日趋没落的时代，当时统治阶级内部朋党之争十分激烈，社会危机极其严重。李商隐怀着为唐王朝建功立业的志愿，早年在牛(僧孺)党重要成员令狐楚的幕中任职，并与其子令狐绹交游。开成二年(837)登进士第。后因入李(德裕)党成员王茂元幕掌书记，并娶其女为妻，受到牛党排挤。尽管他本人无党派门户之见，却成了牛、李党争的牺牲品。开成四年(839)任秘书省校书郎，调弘农尉。会昌二年(842)以书判拔萃授秘书省正字。大中元年(847)以后，他先后入桂林、徐州、梓州幕府，长期过着幕僚生活，郁郁不得志。大中十二年(858)去官回郑州，不久病逝。

李商隐的诗歌创作中，政治诗占了很大比重。晚唐政治上的三大祸害——宦官专权、藩镇割据和朋党相争，在他的诗中都有深刻的反映。他抨击当时腐朽黑暗的政治，用各种方式抒写伤时忧乱的感慨和自己失意的心情。他写过不少怀古咏史诗，借古喻今，讽刺时政，写得委曲含蓄，词微意深。他的无题诗反映出他在政治上、男女情爱上以及其他方面有着难言之隐。这类诗大多以象征隐约的辞意，含蓄婉转地抒情言志，写得哀怨秾丽而又幽微朦胧，给人以强烈的感受。李商隐的诗具有很高的艺术成就，尤以七律成就为高。他的诗作构思缜密，文字华美，对偶工巧，色彩浓艳。但有的诗用典太多，词意过于晦涩，流露出较浓重的感伤情调。李商隐的骈文也很出色，是当时有声誉的骈文家。有《李义山诗集》、《樊南文集》。

无题

【题解】 本篇选自《李义山诗集》卷上。此篇是描写爱情的无题诗的代表作之一。此诗以颔联"春蚕到死丝方尽，蜡炬成灰泪始干”最为脍炙人口，这不仅由于所用比喻极其新鲜、贴切，还因为感情极为执著沉挚，已达到生死不渝的地步，无愧于“深情绵邈”的赞语。而全诗构思缜密，达意婉曲，情韵优美，语言清丽，韵律铿锵，的确是李集中的七律精品。

相见时难别亦难①，东风无力百花残②。
春蚕到死丝方尽③，蜡炬成灰泪始干④。
晓镜但愁云鬓改⑤，夜吟应觉月光寒⑥。
蓬山此去无多路，青鸟殷勤为探看⑦。

【注释】

① “相见”句：男女双方会面，机会极其难得，因此见面重又分离，便更加难分难舍了。

② 东风无力：暮春的东风微和，吹得人懒洋洋的。

③ “春蚕”句：以“丝”谐音“思”，即诗人对于对方的思念之情。

④ “蜡炬”句：以烛泪（蜡油）比喻诗人因思念情人而感伤掉下的眼泪。

⑤ 镜：照镜。云鬓改：乌云般浓黑柔美的鬓发改了颜色，喻青春年华的消逝。

⑥ 夜吟：夜里吟诗，抒发想念之情。以上两句为诗人悬想对方的情景。

⑦ 蓬山：蓬莱山，传说中海上三座神山之一，此处指对方住处。青鸟：神话中西王母的信使，这里借指为他们传递情书信使。

马嵬（其二）

【题解】 本篇选自《李义山诗集》卷上。原作共二首，这里选的是第二首。安禄山叛变后，潼关失守，唐玄宗仓皇奔蜀，行至马嵬驿（故址在今陕西兴平县西），军队哗变，杀杨国忠，迫使玄宗令杨贵妃自缢，史称“马嵬之变”。唐人以此题材为诗文内容者甚多，一般都归罪贵妃。此诗则立意超群，把讽刺矛头直至唐玄宗，指出他贵为天子，倒不如民间夫妇能白头偕老。全诗采用倒叙手法，先叙贵妃死后玄宗招魂之举纯属渺茫，再追叙马嵬兵变事，复逆挽出致祸根由为迷恋女色（即“七夕笑牵牛”句），最后用对比法冷冷一收，令人深思。

海外徒闻更九州①，他生未卜此生休②。
空闻虎旅传宵柝③，无复鸡人报晓筹④。
此日六军同驻马⑤，当时七夕笑牵牛⑥。
如何四纪为天子⑦，不及卢家有莫愁⑧。

【注释】

① 徒闻：徒然听说。有虚无渺茫、难以凭信之意。更九州：九州之外更有九州。战国时邹衍曾说过，中国的九州是海内小九州，海外还有大九州。（详见《史记·邹衍列传》）

② 他生：来世。卜：预卜。此生休：今生再也不能团聚了。

③ “空闻”句：宿在马嵬驿，只能听到禁卫军晚上巡逻时的梆子声。虎旅，指皇帝的禁卫军。宵柝（tuò），晚上巡逻时打更报警的梆子。

④ “无复”句：再也不能像过去在皇宫中那样晏然高卧，等待鸡人报晓了。鸡人，宫中不准养鸡，专设司晨报晓的卫士，称为鸡人。晓筹，鸡人敲击更筹（竹签）报晓。

⑤ 六军同驻马：指马嵬事变发生那天（天宝十五载六月十四日）禁卫军驻马不前，要求诛杀杨氏兄妹事。

⑥ “当时”句：天宝十载七月初七晚上，玄宗与贵妃盟誓，愿世世为夫妇，他们哂笑天上的牛郎织女，一年只能会面一次。

⑦ 四纪：十二年为一纪，玄宗共当了四十五年皇帝，接近四纪，故云。

⑧ “不及”句：一个当皇帝的，保护不了自己的后妃，还不如民间夫妇能白头偕老。莫愁：古女子名。此用萧衍《河

中之水歌》:“莫愁十三能织绮,十四采桑南陌头,十五嫁为卢家妇,十六生儿字阿侯。”

贾　生

【题解】 本篇选自《李义山诗集》卷中。这首咏史诗,以贾谊故事为出发点,“纯用议论,然以唱叹出之,故佳”(清纪昀《玉谿生诗说》)。责问汉文帝表面尊重贾谊,但所问的不是有关国计民生大事,而仅仅是有关鬼神迷信之事。寓意深远,感慨系之,令人寻绎不尽。

宣室求贤访逐臣①,贾生才调更无伦②。
可怜夜半虚前席③,不问苍生问鬼神④。

【注释】

① 宣室:未央宫前殿正室。逐臣:贾谊曾贬谪长沙,故称逐臣。

② 无伦:无与伦比。

③ 虚前席:古人席地而坐,谈话投机时往往移席向前,靠近对方。汉文帝听贾谊谈话时,虽也有此动作,但他不问苍生问鬼神,所以虚前席的动作是徒然的。

④ “不问”句:《史记·屈原贾生列传》:“后岁余,贾生征见。孝文帝方受厘,坐宣室。上因感鬼神事,而问鬼神之本,贾生因具道所以然之状。至夜半,文帝前席。既罢,曰:‘吾久不见贾生,自以为过之,今不及也。’居顷之,拜贾生为梁怀王太傅。”

夜雨寄北

【题解】 本篇选自《李义山诗集》卷上。此诗是大中二年(848)诗人滞留巴蜀时为怀念他的妻子王氏而作。此诗构思颇为独到,采用透过一层的写法。诗人滞留在巴山,又当秋雨绵绵之时,必然十分怀念妻子。但诗人不正面写怀念之情,而是设想在归家之后,跟妻子一起在西窗剪烛夜话,那时将细细回忆今日巴山夜雨时的孤独之情。如此便更觉愁苦。

君问归期未有期,巴山夜雨涨秋池①。
何当共剪西窗烛,却话巴山夜雨时②?

【注释】

① 巴山:《明一统志》:“四川保宁府(今阆中县)有大巴岭、小巴岭相接,世传九十里巴山是也。”这里泛指巴蜀地区的山。

② 何当:何时。却:回溯。

聂夷中

聂夷中(837—?),字坦之,河东(今山西永济)人,一说中都(今河南洛阳)人。唐诗人。家境贫寒。咸通十二年(871)登进士第,官华阴县尉。

聂夷中常用短篇五古的形式来反映民生疾苦,质朴深刻,一针见血。其中《咏田家》、《田家》揭露农民受剥削之惨重,形象而深刻,清沈德潜《唐诗别裁集》认为“言简意足,可匹柳文”。《公子行二首》、《公子家》则讽刺贵族公子,尖刻泼辣。《杂怨二首》则表现战乱使人民骨肉离散,凄苦沉痛。今人辑有《聂夷中诗》。

公　子　家

【题解】 本篇选自《文苑英华》卷三百二十三。聂夷中早年家境贫寒,对生活的艰辛有较深切的体会,所以他的诗大多能反映民生的疾苦。他的五绝,“洗练精悍,颇似孟郊”(富寿荪、刘拜山《千首唐人绝句》)。

种花满西园①,花发青楼道。
花下一禾生,去之为恶草②。

【注释】

① 西园:借指贵公子游宴之地。语出曹植《公宴》:“清夜游西园,飞盖相追随。”

② “花下”二句:写贵公子爱花贱禾,讥讽其不知稼穑之艰难。

田家

【题解】 本篇选自《万首唐人绝句》卷二十一。此诗用官家早早修仓来反衬剥削之惨重,比直说催租显然要耐人寻味。

父耕原上田,子劚山下荒①。
六月禾未秀,官家已修仓。

【注释】

① 劚(zhú):斫地,开垦。

杜荀鹤

杜荀鹤(846—904),字彦之,号九华山人,池州石埭(今安徽石台东北)人。唐诗人。初读书九华山。后屡试不第,大顺二年(891)方中进士,时已四十六岁。以世乱归旧山。出为田頵幕僚,天复三年(903)出使朱温处。次年,朱温奏为翰林学士、主客员外郎,不久病卒。

杜荀鹤今存诗都是近体诗。其中表现山林生活、寂静境界的作品,是学习贾岛的;表现民生疾苦的作品,则是学习张籍、白居易的。但这些作品,只是学习新乐府的精神和通俗浅近的语言,而不用乐府古体诗的形式。他常把丰富的内容压缩在律绝短篇之内,精炼蕴藉,对比鲜明,颇能师古而翻新。有《唐风集》。

山中寡妇

【题解】 本篇选自《唐风集》卷二。晚唐不少诗人把新乐府的精神引入近体,创作了许多反映民生疾苦的近体诗,杜荀鹤是其中的佼佼者。他的这类七言律诗,语言通俗清新,不严格遵守格律,被后人称为“杜荀鹤体”。这首诗通过对逃税逃到深山的一个寡妇的描写,深刻揭示了唐末赋税兵役对人民的严重危害。此诗将寡妇的形象、艰难的生活和对生活的感慨三者糅合起来写,语言质朴,感情真挚,感染力很强。

夫因兵死守蓬茅①,麻苎衣衫鬓发焦②。
桑柘废来犹纳税③,田园荒后尚征苗④。
时挑野菜和根煮,旋斫生柴带叶烧⑤。
任是深山更深处,也应无计避征徭⑥。

【注释】

① 蓬茅：用蓬蒿茅草盖的简陋草屋。

② 鬓发焦：鬓发枯涩发黄。

③ "桑柘（zhè）"句：意为种桑柘的田地都已荒废，早就不养蚕了，但还得交纳丝税。

④ "田园"句：意为劳动力缺乏致使田园荒芜了，但官家还是照常征收田赋。

⑤ 旋斫（zhuó）：现砍。带叶烧：砍来的柴草不等晒干就带着叶子去烧（干后叶会脱掉）。

⑥ 征徭：赋税和徭役。

第九节　唐五代词

敦煌曲子词

鹊踏枝

【题解】 本篇选自《敦煌曲子词集》上卷。《鹊踏枝》，词调名，又名《蝶恋花》，上片、下片各四仄韵。本篇为早期作品，格式还未定型。这首词采用拟人化的手法，让少妇和灵鹊（即喜鹊）对话。通过这一场巧妙的、富有戏剧性的对话，把这位少妇对于丈夫的思念之情淋漓尽致地表达出来了。全词构思独到，想象奇特，语言明快，妙趣横生，具有浓厚的民间文学的特色。

叵耐灵鹊多满语[①]，送喜何曾有凭据？几度飞来活捉取[②]，锁上金笼休共语[③]。　比拟好心来送喜[④]，谁知锁我在金笼里[⑤]。欲他征夫早归来[⑥]，腾身却放我向青云里[⑦]。

【注释】

① 叵（pǒ）耐：不可忍耐。满语：谎话。应写作"瞒语"或"谩语"。

② 几度：几次。

③ 金笼：金丝编织的鸟笼，这儿指精致的鸟笼。

④ 比拟：本来打算，本想。

⑤ "谁知"句：依后世定格，这一句应为七字，"在"字类似元明散曲中的衬字。

⑥ 征夫：指那个少妇出远门的丈夫。

⑦ "腾身"句：依后世定格，这一句应为七字，"却"、"向"两字类似元明散曲中的衬字。腾身，跃起身子。

张志和

张志和，初名龟龄，字子同，号烟波钓徒、玄真子，婺州金华（今属浙江）人。唐词人。肃宗时擢明经，授左金吾录事参军，赐名志和。后贬南浦尉，遇赦后浪迹江湖以终。每垂钓，不设饵，志不在鱼也。

张志和书、画、音乐俱精。现存《渔歌子》五首，写江南景色如画，渔父生活悠闲淡泊，反映了江湖隐者的生活情趣。清刘熙概《艺概·词概》评论说："太白《菩萨蛮》、《忆秦娥》，张志和《渔歌子》，一忧一乐，归趣难名。"

渔歌子（其一）

【题解】 本篇选自《花庵词选》卷一。原作五首，这里选的是第一首。《渔歌子》，唐教坊曲名，后用作词调，又名《渔父》、《渔父乐》、《渔父引》，四平韵。清张宗楗《词林纪事》引《乐府纪闻》载，"张志和尝谒颜真卿于湖州，以舴艋敝，请更之，愿为浮家泛宅往来苕、霅（zhá）间，作《渔歌子》云云"。颜真卿任湖州刺史在大历七年至十二年（772—777），此词当作于这段时间。这首词将江南水乡的景色和渔父的生活写得很美，实际上是自道其隐遁渔家的乐趣的，"自乐其乐，无风波之患"（清黄苏《蓼园词选》）。

西塞山前白鹭飞①,桃花流水鳜鱼肥②。青箬笠③,绿蓑衣④,斜风细雨不须归。

【注释】

① 西塞山:在今浙江吴兴县西南。

② 鳜(guì)鱼:即桂花鱼,大口细鳞,色青黄,有黑斑,味极鲜嫩可口,为江南著名的食用鱼。

③ 箬(ruò)笠:用箬竹叶编制的笠帽。

④ 蓑(suō)衣:用棕榈丝或茅草等编织的雨衣。

温庭筠

温庭筠(约801—866),原名岐,字飞卿,太原祁县(今属山西)人。唐诗人、词人。《旧唐书》本传说他"士行尘杂,不修边幅,能逐弦吹之音,为侧艳之词"。屡试不第,至四十八岁,方授隋县尉。后为人幕僚,又官方城尉、国子助教。他才思敏捷,八叉手而成八韵考试律赋一首,人称"温八叉"。但不为人看重,终生潦倒。

温庭筠的诗与李商隐齐名,并称"温李"。温诗风格华丽,内容比较广泛,或吊古伤今,或悯农劳苦,或写羁旅行役之苦辛,或抒怀才不遇之愤慨,或咏物寄兴,或托史抒怀。写男女之情只是温诗的一部分,并且亦有不少佳作。

温庭筠的词今存七十余首,与韦庄齐名,并称"温韦"。温庭筠是文人中第一个大量作词的人,又被《花间集》置于首位,对词的发展影响极大,被称为"花间鼻祖"。温词多写妇女生活,但所写妇女类型很广泛,不仅有贵族少妇、闺阁千金,还有思妇、商妇、官女、歌妓、采莲女子以至女道士,真可称得上写妇女的圣手。温词秾丽绵密,精艳绝人,然不出绮怨。他非常善于通过环境和物态的描写来烘托人的动态和心理活动,极其细腻传神;亦能自如地运用白描手法写词。有《温庭筠诗集》、《金荃词》。

菩萨蛮

【题解】 本篇选自《花间集》卷一。《菩萨蛮》,唐教坊曲名,后用作词调,上片、下片各两仄韵、两平韵,平仄递转。在敦煌词和温词中,此调用得最多,是当时流行歌曲之一。这是温庭筠所作多首《菩萨蛮》词中的第一首,写一个贵族妇女早上醒来梳洗打扮的情景,在一片秾丽绵密、精艳华贵的描写中,衬托出这个贵族女子的娇美、懒散和精神上的空虚。在艺术上,这首词善于用物来烘托人的动态和心理活动,极其细腻动人。全词镂金错采,针线绵密,语言华丽,音节流畅,词意蕴藉,是温词中的代表作。

小山重叠金明灭①,鬓云欲度香腮雪②。懒起画蛾眉,弄妆梳洗迟③。　照花前后镜,花面交相映④。新帖绣罗襦,双双金鹧鸪⑤。

【注释】

① "小山"句:形容这位贵妇云髻高耸,仿佛重重叠叠的小山,在朝阳的映照下,金首饰忽明忽暗,光影闪烁不定。前人释为屏风,似于义未合。唐诗中用山来喻发髻是不乏其例的。

② "鬓云"句:如云一样的鬓发几乎要遮住雪白的香腮。鬓云,鬓发如云,形容头发的浓黑、蓬松。度,度过,这里指遮住。

③ 蛾眉:眉毛细长弯曲如蚕蛾之触须,语出《诗经·卫风·硕人》"螓首蛾眉"。

④ "照花"二句:用前后镜照着美容,漂亮的面容在前后镜中交相辉映。花,借代美妇人的面容,所谓"花容月貌"。

⑤ "新帖"二句:穿上绣罗短袄,上面有成双成对用金箔贴

成的鹧鸪的图案。帖，同“贴”，将花饰图案贴制在衣服上。

韦庄

韦庄（约 836—910），字端己，长安杜陵（今陕西西安东南）人。五代前蜀诗人、词人。广明元年（880）应举入长安，为黄巢军所困，后游江南，经过金陵、苏州、扬州、浙西、湖北、湖南、江西、安徽，都有题咏。乾宁元年（894）登进士第，授校书郎。后入蜀。光化三年（900）除左补阙。天复元年（901）为王建掌书记。唐亡，王建在蜀称帝，韦庄屡官至吏部侍郎，兼平章事。谥文靖。

韦庄诗以忧时伤乱为重点，对战乱中人民所受的苦难深表同情，对官军残害人民的罪行进行了深刻揭露。他最负盛名的是长篇叙事诗《秦妇吟》，此诗长达一千六百余字，在唐诗中首屈一指，确为杰作。

韦庄词风格疏淡清朗，情深语秀，恰与温庭筠词形成鲜明对照，在词史上占有重要地位，与温并称“温韦”。清周济《介存斋论词杂著》说：“端己词，清艳绝伦，初日芙蓉春月柳，使人想见风度。”他描写男女情爱真挚朴茂，具有民歌风味。有《浣花集》。

菩萨蛮

【题解】 选自《花间集》卷二。韦庄《菩萨蛮》共五首，这里选的是第二首。这组词当是韦庄青年时期游江南时所作。此词夸江南景佳人美，值得留恋，值得终老于此。“春水”一联，具有浓郁的诗情画意，为传诵千古的名句。

人人尽说江南好，游人只合江南老①。春水碧于天，画船听雨眠。　垆边人似月②，皓腕凝霜雪③。未老莫还乡，还乡须断肠④。

【注释】

① 只合：只应。

② 垆边人：指当垆卖酒的女子。垆，古代酒店里用土砌成四边隆起、中间可安放酒瓮的台。似月：是说江南酒店里当垆的女子都像明月一样皎洁美好。

③ “皓腕”句：是说当垆女洁白的双腕简直赛过霜雪。强调肤色洁白即是夸其美，并与上句“垆边人似月”相呼应。

④ “未老”二句：言人未年老不要返回故乡，反衬江南景佳人美，太值得留恋了。

冯延巳

冯延巳（903—960），又名延嗣，字正中，广陵（今江苏扬州）人。五代南唐词人。南唐烈祖李昪时为秘书郎，迁驾部郎中、元帅府掌书记。中主李璟时累官至中书侍郎同平章事。罢为太子少傅。又领潞州节度使，再以左仆射同平章事。改太子太傅。谥忠肃。

冯延巳词今存者皆为小令。王国维《人间词话》称其“深美闳约”，又说：“冯正中词虽不失五代风格，而堂庑特大，开北宋一代风气，与中、后二主词皆在《花间》范围外。”冯词除《谒金门》“风乍起”等几首闻名外，以《鹊踏枝》最引人注目。此调他共填十四阕。他的词，采用顿挫沉郁的笔法，委婉曲折地反复抒写，形成意蕴深美的境界。这种境界对宋词影响很大，这是冯延巳在词的发展史上的贡献。有《阳春集》。

谒金门

【题解】 本篇选自《花庵词选》卷一。《谒金门》，唐教坊曲名，后用作词调，上片、下片各四仄韵。此词写一个女子怀念情人的心态，通过池水涟漪的比兴和富有特征性动作的描写，曲折深细地传出她的感情波澜，语言清隽，形象鲜明。尤以起首两句为佳，宋马令《南唐书》载："元宗（中主李璟）乐府辞云：'小楼吹彻玉笙寒'，延巳有'风乍起，吹绉一池春水'之句，皆为警策。元宗尝戏延巳曰：'吹绉（皱）一池春水，干卿何事？'延巳曰'未如陛下小楼吹彻玉笙寒。'元宗悦。"这两句妙在采用赋而兴的手法，既是对眼前实景的生动描绘，又含有象征比拟女子感情涟漪的言外之意，所以格外精彩。

风乍起，吹皱一池春水。闲引鸳鸯香径里[①]，手挼红杏蕊[②]。　斗鸭阑干独倚[③]，碧玉搔头斜坠[④]。终日望君君不至[⑤]，举头闻鹊喜[⑥]。

【注释】

① 闲引：无聊地逗引。香径：花丛间的小路。

② "手挼（ruó）"句：双手无意识地将杏花搓揉成碎片，以示女子内心的苦闷无聊。

③ 斗鸭阑干：三国时有斗鸭的游戏，但宋人怀疑鸭是否能斗。俗语说："鸡对头，鸭朋友。"的确，即使陌生的鸭放在一起，也显得很和气，决不会斗的。所以，此处应释"斗"为"逗"，似较通达。

④ 碧玉搔头：用碧玉制成的簪子。斜坠：斜挂着快要坠下她也没察觉，以显示其心事太重了。

⑤ 君：指女子心心念念想着的情人，用第二人称更显亲切。

⑥ 闻鹊喜：《开元天宝遗事》："时人之家，闻鹊声皆为喜兆，故谓灵鹊报喜。"

李煜

李煜（937—978），字重光，初名从嘉，号钟隐，徐州（治今江苏徐州）人，一说湖州（治今浙江湖州）人。五代南唐词人。南唐后主，世称李后主。中主李璟第六子，建隆二年（961）继位。在位庸弱无能，宋开宝八年（975），宋军灭南唐，他被俘至汴京，软禁三年，每日以泪洗面，写词怀念故国，终于被宋太宗发现，赐牵机药将他毒死。

李煜词纯用白描，直抒胸臆，超逸绝伦，虚灵在骨，在词史上具有特别突出的地位。他的词，可以分为三个时期。从少年时代，至乾德二年（964）大周后之死为第一个时期，这时期的词华艳温馨。从大周后之死至开宝八年（975）国破北迁为第二个时期，这时期的词暗淡萧索。从国亡被俘至太平兴国三年（978）被害为第三个时期，这时他从帝王变为阶下囚，屈辱、痛心、悔恨，几种感情交织。《人间词话》所说"后主之词真所谓以血书者也"，主要是指这个时期的词。此期词哀怨凄绝，《破阵子》（四十年来家国）、《浪淘沙》（帘外雨潺潺）、《虞美人》（春花秋月何时了）等都是代表作。故王国维说："词至李后主而眼界始大，感慨遂深，遂变伶工之词而为士大夫之词。"（《人间词话》）原有集，已散佚，后人将他的词与其父李璟的词合编为《南唐二主词》。

虞美人

【题解】 本篇选自《草堂诗余》卷一。《虞美人》，唐教坊曲名，后用作词调，常格上片、下片各两仄韵、两平韵。此词作于降宋后。唐圭璋《唐宋词简释》说："此首感怀故国，悲愤已极……末以问答语，吐露心中万斛愁恨，令人不堪卒读。通首一气盘旋，曲折动荡，如怨如慕，如泣如诉。"

春花秋月何时了？往事知多少[①]！小楼昨夜又东风，故国不堪回首月明中[②]。　雕栏玉砌应犹在，只是朱颜改[③]。问君能有几多愁？恰似一江春水向东流[④]。

【注释】

① 何时了：何时结束，即希望它赶快结束，以免触景伤怀。

② “小楼”二句：关押词人的小楼，昨夜又刮起了东风，在溶溶月色的朗照下，真不忍回想故国啊！

③ “雕栏”二句：故宫中的雕栏玉砌大概依然如故吧，可是人的青春容颜改变了，迅速地衰老了。

④ “问君”二句：罗大经《鹤林玉露》：“诗家……有以水喻愁者，李颀曰：‘请量东海水，看取浅深愁。’李后主云：‘问君能有几多愁，恰似一江春水向东流。’秦少游云：‘飞红万点愁如海。’是也。”

浪淘沙

【题解】 本篇选自《花庵词选》卷一。《浪淘沙》，唐教坊曲名，后用作词调，又名《卖花声》，常格上片、下片各四平韵。唐圭璋《唐宋词简释》说：“此首殆后主绝笔，语意惨然。五更梦回，寒雨潺潺，其境之黯淡凄凉可知。……自知相见无期，而下世亦不久矣。故‘流水’两句，即承上申说不久于人世之意，水流尽矣，花落尽矣，春归去矣，而人亦将亡矣。将四种了语，并合一处作结，肝肠断绝，遗恨千古。”

帘外雨潺潺[①]，春意阑珊[②]。罗衾不耐五更寒[③]。梦里不知身是客[④]，一晌贪欢[⑤]。　独自莫凭阑，无限江山。别时容易见时难。流水落花春去也[⑥]，天上人间[⑦]。

【注释】

① 潺(chán)潺：雨声。

② 阑珊：衰残，将尽。

③ 罗衾：绸被。

④ “梦里”句：梦中忘记了自己做了囚徒。“客”是委婉的说法。

⑤ 一晌(shǎng)贪欢：在梦中贪恋片刻的欢乐。

⑥ 春：原本作“归”，据《花草粹编》卷九改。

⑦ 天上人间：像天上人间一样悬隔，永远再无见面的机会。

乌夜啼

【题解】 本篇选自《花庵词选》卷一。《花草粹编》等选本词调名作“相见欢”。《乌夜啼》，唐教坊曲名，后用作词调，又名《相见欢》、《上西楼》等，五平韵。黄昇《唐宋诸贤绝妙词选》说：“此词最凄惋，所谓‘亡国之音哀以思’。”此词也是李煜当了阶下囚以后的作品。上片以凄凉萧飒的清秋景色作为独立在西楼而默默无言的主人公的背景，烘染出他的满腔愁绪，“此种无言之哀，更胜于痛哭流涕之哀”（唐圭璋《唐宋词简释》）。下片用白描手法直写离愁，“剪不断，理还乱”两个短句，形象至极，深切至极。

无言独上西楼，月如钩。寂寞梧桐深院锁清秋[①]。
剪不断，理还乱，是离愁。别是一般滋味在心头[②]。

【注释】

① 锁清秋：把秋景锁闭在院子里，言外之意是人也被锁在深院中，失去了自由。

② “别是”句：亡国之君的滋味，是痛？是悔？是恨？是怨？连他自己也难以说清，所以只能说是别样的滋味。

第十节　唐代传奇

白行简

白行简（约776—826），字知退，华州下邽（今陕西渭南北）人。唐文学家。白居易之弟。元和二年(807)登进士第，授秘书省校书郎。元和九年(814)入剑南东川节度使卢坦幕掌书记。后历任左拾遗、主客员外郎、主客郎中等职。

白行简原有文集二十卷，"文笔有兄风，辞赋尤称精密，文士皆师法之"(《旧唐书·白行简传》)。但早已散佚，现仅存赋十八篇，传奇《李娃传》、《三梦记》两篇。《李娃传》是一篇杰出的传奇，白行简也因此孤篇而在文学史上享名。《三梦记》有人考证为伪作，因篇末所署"会昌二年"为公元842年，白行简已死去十六年。

李娃传

【题解】 本篇选自《太平广记》卷四百八十四。在《李娃传》中，一个妓女被豪门贵族明媒正娶，并被封为诰命夫人。这实在是一种浪漫主义的大胆设想，是对封建门阀制度的一个有力的冲击。它也是暴露娼妓制度罪恶的一份宣言书。李娃精心护理荥阳生，等其康复以后，又努力督促他读书，走上中举做官的"正道"。这一方面固然出于对那种"互设诡计，舍而逐之，殆非人"罪行的忏悔，但也未尝没有真诚恋爱的因素。而李娃又是一个十分清醒的妓女，她深知和荥阳生之间等级的鸿沟是无法填平的。荥阳公为其子嫖妓，已将其打死过一次，岂能容其娶娼妓为妻？于是，她割弃情爱，坚决要跟荥阳生分手，并劝他"结媛鼎族，以奉蒸尝"，这正是李娃性格的光辉之处，也是作者描写成功之处。

这篇小说，故事完整，情节曲折生动，主要人物李娃、荥阳生、荥阳公均个性鲜明，很有深度和力度。作品对于某些社会风尚的描写，比如妓院设骗局坑害人的场面以及凶肆比唱哀歌的场面，生动逼真，惟妙惟肖，无实际生活体验者，决难臻此妙境。

这篇小说的语言也很精炼准确，雅洁隽美。无论是对于人物的肖像、动态、心理的描写，还是对场面的刻画、情节的交代，都能做到恰如其分、丝丝入扣。

这篇小说故事来源于说话《一枝花》，而元人杂剧《李亚仙花酒曲江池》和明人传奇《绣襦记》又取材于此。

汧国夫人李娃①，长安之倡女也②。节行瑰奇③，有足称者，故监察御史白行简为传述④。

天宝中⑤，有常州刺史荥阳公者⑥，略其名字不书。时望甚崇，家徒甚殷。知命之年⑦，有一子，始弱冠矣⑧，隽朗有词藻⑨，迥然不群，深为时辈推伏。其父爱而器之，曰："此吾家千里驹也⑩。"应乡赋秀才举⑪，将行，乃盛其服玩车马之饰，计其京师薪储之费⑫，谓之曰："吾观尔之才，当一战而霸⑬。今备二载之用，且丰尔之给⑭，将为其志也⑮。"生亦自负，视上第如指掌⑯。自毗陵发⑰，月余抵长安，居于布政里⑱。

尝游东市还⑲，自平康东门入⑳，将访友于西南。至鸣珂曲㉑，见一宅，门庭不甚广，而室宇严邃。阖一扉，有娃方凭一双鬟青衣立㉒，妖姿要妙㉓，绝代未有。生忽见之，不觉停骖久之㉔，徘徊不能去。乃诈坠鞭于地，候其从者，敕取之㉕，累眄于娃㉖。娃回眸凝睇，情甚相慕。竟不敢措辞而去。生自尔意若有失，乃密征其友游长安之熟者，以讯之。友曰："此狭邪女李氏宅也㉗。"曰："娃可求乎？"对曰："李氏颇赡㉘，前与之通者多贵戚豪族，所得甚广。非累百万，不能动其志也。"生曰："苟患其不谐，虽百万，何惜。"

他日，乃洁其衣服，盛宾从而往扣其门。俄有侍儿启扃㉙。生曰："此谁之第耶？"侍儿不答，驰走大呼曰："前时遗策郎也㉚！"娃大悦曰："尔姑止之，吾当整妆易服而出。"生闻之私喜。乃引至萧墙间㉛，见一姥垂白上偻㉜，即娃母也。生跪拜前致词曰："闻兹地有隙院，愿税以居㉝，信乎㉞？"姥曰："惧其浅陋湫隘，不足以辱长者所处，安敢言直耶㉟？"延生于迟宾之馆㊱，馆宇甚丽。与生偶坐㊲，因曰："某有女娇小，技艺薄劣，欣见宾客，愿将见之。"乃命娃出。明眸皓腕，举步艳冶。生遂惊起，莫敢仰视。与之拜毕，叙寒燠㊳，触类妍媚㊴，目所未睹。复坐，烹茶斟酒，器用甚洁。久之，日暮，鼓声四动。姥访其居远近，生绐之曰："在延平门外数里㊵。"冀其远而见留也。姥曰："鼓已发矣。当速归，无犯禁。"生曰："幸接欢笑，不知日之云夕。道里辽阔，城内又无亲戚，将若之何？"娃曰："不见责僻陋，方将居之，宿何害焉。"生数目姥。姥曰："唯唯㊶。"生乃召其家童，持双缣㊷，请以备一宵之馔。娃笑而止之曰："宾主之仪，且不然也[43]。今夕之费，愿以贫窭之家，随其粗粝以进之。其余以俟他辰。"固辞，终不许。俄徙坐西堂，帏幕帘榻，焕然夺目；妆奁衾枕，亦皆侈丽。乃张烛进馔，品味甚盛。彻馔[44]，姥起。生娃谈话方切，诙谐调笑，无所不至。生曰："前偶过卿门，遇卿适在屏间，厥后心常勤念，虽寝与食，未尝或舍。"娃答曰："我心亦如之。"生曰："今之来，非直求居而已，愿偿平生之志，但未知命也若何？"言未终，姥至。询其故，具以告。姥笑曰："男女之际，大欲存焉[45]。情苟相得，虽父母命，不能制也。女子固陋，曷足以荐君子之枕席[46]？"生遂下阶，拜而谢之曰："愿以己为厮养[47]。"姥遂目之为郎[48]。饮酣而散。及旦，尽徙其囊橐[49]，因家于李之第。

自是生屏迹戢身[50]，不复与亲知相闻。日会倡优侪类[51]，狎戏游宴[52]。囊中尽空，乃鬻骏乘及其家童。岁余，资财仆马荡然。迩来姥意渐怠[53]，娃情弥笃。他日，娃谓生曰："与郎相知一年，尚无孕嗣。常闻竹林神者，报应如响[54]，将致荐酹求之[55]，可乎？"生不知其计，大喜。乃质衣于肆[56]，以备牢醴[57]，与娃同谒祠宇而祷祝焉，信宿而返[58]。策驴而后，至里北门，娃谓生曰："此东转小曲中，某之姨宅也。将憩而觐之，可乎？"生如其言。前行不逾百步，果见一车门。窥其际，甚弘敞。其青衣自车后止之曰："至矣。"生下，适有一人出访，曰："谁？"曰："李娃也。"乃入告。俄有一妪至，年可四十余，与生相迎，曰："吾甥来否？"娃下车，妪迎访之[59]，曰："何久疏绝？"相视而笑。娃引生拜之。既见，遂偕入西戟门偏院[60]。中有山亭，竹树葱茜[61]，池榭幽绝。生谓娃曰："此姨之私第耶？"笑而不答，以他语对。俄献茶果，甚珍奇。食顷，有一人控大宛[62]，汗流驰至，曰："姥遇暴疾颇甚，殆不识人，宜速归。"娃谓姨曰："方寸乱矣[63]，某骑而前去，当令返乘，便与郎偕来。"生拟随之。其姨与侍儿偶语[64]，以手挥之，令生止于户外，曰："姥且殁矣，当与某议丧事以济其急。奈何遽相随而去？"乃止，共计其凶仪斋祭之用[65]。日晚，乘不至。姨言曰："无复命，何也？郎骤往觇之，某当继至。"生遂往，至旧宅，门扃钥甚密，以泥缄之[66]。生大骇，诘其邻人。邻人曰："李本税此而居[67]，约已周矣[68]。第主自收。姥徙居，而且再宿矣。"征徙何处[69]，曰："不详其所。"生将驰赴宣阳[70]，以诘其姨，日已晚矣，计程不能达[71]。乃弛其装服[72]，质馔而食[73]，赁榻而寝。生恚怒方甚，自昏达旦，目不交睫。质明[74]，乃策蹇而去[75]。既至，连扣其扉，食顷无人应。生大呼数四，有宦者徐出。生遽访之："姨氏在乎？"曰："无之。"生曰："昨暮在此，何故匿之？"访其谁氏之第，曰："此崔尚书宅。昨者有一人税此院，云迟中表之远至者，未暮去矣。"

生惶惑发狂，罔知所措，因返访布政旧邸，邸主哀而进膳。生怨懑，绝食三日，遘疾甚笃。旬余愈甚。邸主惧其不起，徙之于凶肆之中[76]。绵缀移时[77]，合肆之人共伤叹而互饲之。后稍愈，杖而能起。由是凶肆日假之[78]，令执繐帷[79]，获其直以自给。累月，渐复壮。每听其哀歌，自叹不及逝者[80]，辄呜咽流涕，不能自止。归则效之。生，聪敏者也，无何，曲尽其妙，虽长安无有伦比。

初，二肆之拥凶器者，互争胜负。其东肆车舆皆奇丽，殆不敌，唯哀挽劣焉[81]。其东肆长知生妙绝，乃醵钱二万索顾焉[82]。其党耆旧[83]，共较其所能者，阴教生新声，而相赞和。累旬，人莫知之。其二肆长相谓曰："我欲各阅所拥之器于天门街[84]，以较优劣。不胜者罚直五万，以备酒馔之用，可乎？"二肆许诺。乃邀立符契，署以保证，然后阅之。士女大和会[85]，聚至数万。于是里胥告于贼曹[86]，贼曹闻于京尹[87]。四方之士，尽赴趋焉，巷无居人。自旦阅之，及亭午[88]，历举辇舆威仪之具，西肆皆不胜，师有惭色，乃置层榻于南隅[89]，有长髯者拥铎而进[90]，翊卫数人[91]。于是奋髯扬眉，扼腕顿颡而登[92]，乃歌《白马》之词[93]。恃其夙胜[94]，顾眄左右，旁若无人。齐声赞扬之，自以为独步一时，不可得而屈也。有顷，东肆长于北隅上设连榻[95]，有乌巾少年，左右五六人，秉翣而至[96]，即生也。整衣服，俯仰甚徐，申喉发调，容若不胜[97]。乃歌《薤露》之章[98]，举声清越，响振林木，曲度未终，闻者歔欷掩泣。西肆长为众所诮，益惭耻。密置所输之直于前，乃潜遁焉。四座愕眙[99]，莫之测也。

先是，天子方下诏，俾外方之牧[100]，岁一至阙下[101]，谓之入计。时也适遇生之父在京师，与同列者易服章窃往观焉[102]。有老竖[103]，即生乳母婿也，见生之举措辞气，将认之而未敢，乃泫然流涕。生父惊而诘之。因告曰："歌者之貌，酷似郎之亡子[104]。"父曰："吾子以多财为盗所害，奚至是耶？"言讫，亦泣。及归，竖间驰往，访于同党曰："向歌者谁[105]？若斯之妙欤？"皆曰："某氏之子。"征其名，且易之矣。竖凛然大惊，徐往，迫而察之。生见竖，色动回翔[106]，将匿于众中。竖遂持其袂曰："岂非某乎？"相持而泣。遂载以归。至其室，父责曰："志行若此，污辱吾门，何施面目[107]，复相见也！"乃徒行出，至曲江西杏园东[108]，去其衣服，以马鞭鞭之数百。生不胜其苦而毙，父弃之而去。其师命相狎昵者阴随之，归告同党，共加伤叹。令二人赍苇席瘗焉[109]。至，则心下微温。举之，良久，气稍通。因共荷而归，以苇筒灌勺饮，经宿乃活。月余，手足不能自举，其楚挞之处皆溃烂，秽甚。同辈患之，一夕弃于道周。行路咸伤之，往往投其余食，得以充肠。十旬，方杖策而起。被布裘，裘有百结，褴褛如悬鹑[110]。持一破瓯，巡于闾里，以乞食为事。自秋徂冬，夜入于粪壤窟室[111]，昼则周游廛肆。

一旦大雪，生为冻馁所驱，冒雪而出。乞食之声甚苦，闻见者莫不凄恻。时雪方甚，人家外户多不发。至安邑东门[112]，循里垣北转第七八，有一门独启左扉，即娃之第也。生不知之，遂连声疾呼饥冻之甚，音响凄切，所不忍听。娃自阁中闻之，谓侍儿曰："此必生也，我辨其音矣。"连步而出。见生枯瘠疥厉[113]，殆非人状，娃意感焉，乃谓曰："岂非某郎也？"生愤懑绝倒，口不能言，颔颐而已[114]。娃前抱其颈，以绣襦拥而归于西厢，失声长恸曰："令子一朝及此，我之罪也！"绝而复苏。姥大骇，奔至，曰："何也？"娃曰："某郎。"姥遽曰："当逐之，奈何令至此？"娃敛容却睇曰[115]："不然。此良家子也。当昔驱高车，持金装，至某之室，不逾期而荡尽。且互设诡计，舍而逐之，殆非人。令其失志，不得齿于人伦[116]。父子之道，天性也，使其情绝，杀而弃之，又困踬若此[117]。天下之人，尽知为某也。生亲戚满朝，一旦当权者熟察其本末，祸将及矣。况欺天负人，鬼神不佑，无自贻其殃也。某为姥子，迨今有二十岁矣。计其资，不啻值千金[118]。今姥六十余，愿计二十年衣食之用以赎身，当与此子别卜所诣[119]。所诣非遥，晨昏得以温凊[120]，某愿足矣。"姥度其志不可夺，因许之。给姥之余，有百金。北隅四五家税一隙院，乃与生沐浴，易其衣服；为汤粥，通其肠，次以酥乳润其脏。旬余，方荐水陆之馔[121]。头巾履袜，皆取珍异者衣之。未数月，肌肤稍腴；卒岁，平愈如初。

异时，娃谓生曰："体已康矣，志已壮矣。渊思寂虑[122]，默想曩昔之艺业[123]，可温习乎？"生思之，曰："十得二三耳。"娃命车出游，生骑而从。至旗亭南偏门鬻坟典之肆[124]，令生拣而市之，计费百金，尽载以归。因令生斥弃百虑以志学，俾夜作昼，孜孜矻矻[125]。娃常偶坐，宵分乃寐。伺其疲倦，即谕之缀诗赋[126]。二岁而业大就，海内文籍，莫不该览[127]。生谓娃曰："可策名试艺矣[128]。"娃曰："未也。且令精熟，以俟百战。"更一年，曰："可行矣。"于是遂一上登甲科[129]，声振礼闱[130]。虽前辈见其文，罔不敛衽敬羡[131]，愿友之而不可得。娃曰："未也。今秀士[132]，苟获擢一科第，则自谓可以取中朝之显职[133]，擅天下之美名。子行秽迹鄙，不侔于他士[134]。当砻淬利器[135]，以求再捷，方可以连衡多士[136]，争霸群英。"生由是益自勤苦，声价弥甚。其年，遇大比[137]，诏征四方之隽。生应直言极谏科[138]，策名第一[139]，授成都府参军[140]。三事以降[141]，皆其友也。将之官，娃谓生曰："今之复子本躯，某不相负也。愿以残年，归养老姥。君当结媛鼎族[142]，以奉烝尝[143]。中外婚媾，无自黩也[144]，勉思自爱！某从此去矣。"生泣曰："子若弃我，当自刭以就死。"娃固辞不从。生勤请弥恳。娃曰："送子涉江，至于剑门[145]，当令我回。"生许诺。

月余，至剑门。未及发而除书至[146]，生父由常州诏入，拜成都尹，兼剑南采访使[147]。浃辰[148]，父到。生因投刺[149]，谒于邮亭[150]。父不敢认，见其祖父官讳，方大惊，命登阶，抚背恸哭移时，曰："吾与尔父子如初。"因诘其由，具陈其本末。大奇之，诘娃安在。曰："送某至此，当令复还。"父曰："不可。"翌日，命驾与生先之成都，留娃于剑门，筑别馆以处之。明日，命媒氏通二姓之好，备六礼以迎之[151]，遂如秦晋之偶[152]。

娃既备礼，岁时伏腊[153]，妇道甚修，治家严整，极为亲所眷。向后数岁，生父母偕殁，持孝甚至。有灵芝产于倚庐[154]，一穗三秀[155]。本道上闻[156]。又有白燕数十[157]，巢其层甍[158]。天子异之，宠锡加等。终制[159]，累迁清显之任[160]。十年间，至数郡。娃封汧国夫人。有四子，皆为大官；其卑者犹为太原尹[161]。弟兄姻媾皆甲门[162]，内外隆盛，莫之与京[163]。

嗟乎！倡荡之姬，节行如是，虽古先烈女，不能逾也。焉得不为之叹息哉！予伯祖尝牧晋州[164]，转户部[165]，为水陆运使[166]。三任皆与生为代[167]，故谙详其事[168]。贞元中[169]，予与陇西李公佐话妇人操烈之品格[170]，因遂述汧国之事。公佐拊掌竦听[171]，命予为传。乃握管濡翰[172]，疏而存之[173]。时乙亥岁秋八月[174]，太原白行简云。

【注释】

① 汧(qiān)国夫人：唐制，文武一品官及国公之母与妻，封为国夫人。汧，汧阳，治所在今陕西陇县。

② 倡女：即娼女，妓女。

③ 节行瑰奇：道德节操和所作所为奇特可贵。

④ 监察御史：官名，职务是纠察百官，巡按州县。

⑤ 天宝：唐玄宗李隆基年号，共十五年(742—756)。

⑥ 常州刺史荥阳公：常州刺史是荥阳人，因为是望族，故称荥阳公。荥阳，今河南荥阳县。

⑦ 知命之年：五十岁。《论语·为政》："五十而知天命。"

⑧ 弱冠：男子到了二十岁称弱冠。古代男子二十岁行"冠礼"，戴上成人的帽子，表示已成年了，但体犹未壮，故称弱冠。

⑨ "隽朗"句：俊秀聪慧，富有文才。

⑩ 千里驹：日行千里的骏马，比喻年少英俊。

⑪ "应乡"句：由州郡保送，进京参加秀才考试。

⑫ "乃盛"二句：就多多供应服饰玩好和车马的装饰用品，算好他在京城的柴米等生活费用。盛，使丰盛，用作动词。计，算清。

⑬ 一战而霸：参加一次考试便能高中。

⑭ 丰尔之给：对你的供给特别丰厚，指多给盘缠钱。

⑮ 为(wéi)其志：帮助你实现志愿。

⑯ "视上第"句：把进士及第看得很容易。

⑰ 毗陵：古郡名，唐代为常州晋陵郡，治今江苏常州。

⑱ 布政里：长安皇城西第一街第四坊。

⑲ 东市：唐代长安有东西二市，为商业集中之地。

⑳ 平康：平康里，是长安娼妓聚居的地方。

㉑ 鸣珂曲：长安里名。

㉒ 青衣：婢女，古代贫贱人家女子多穿青衣，亦多被出卖为婢女，故名。

㉓ 妖姿：艳美的姿色。要妙：美好。

㉔ 停骖：停住马。

㉕ 敕取之：命令(仆人)拾取马鞭。

㉖ 累眄(miǎn)于娃：不断地斜着眼睛偷看那个美女。眄，斜视。娃，美女。

㉗ 狭邪女：妓女。狭邪，同"狭斜"。古乐府《长安有狭斜行》中有句云："堂上置樽酒，作使邯郸倡。"后因称妓女住处为狭斜，狎妓饮酒的行为为狭斜行。

㉘ 赡(shàn)：富裕。

㉙ 启扃(jiōng)：开门闩。扃，门闩。

㉚ 遗策郎：掉了马鞭的青年男子。郎，对青年男子的通称。

㉛ 萧墙：屏风，照壁。

㉜ 垂白：头发快白了，即花白的意思。上偻(lǚ)：驼背。

㉝ 税：租赁。

㉞ 信乎：确实吗？

㉟ 安敢：怎么敢。直：同"值"，指租金。

㊱ 延：引导，引入。迟(zhì)宾之馆：招待宾客的客厅。迟，接待，招待。

㊲ 偶坐：并坐，两个人坐在一起。

㊳ 叙寒燠(yù)：寒暄，说问寒问暖的应酬话。燠，暖，热。

㊴ 触类妍媚：一举一动、浑身上下都是妩媚美丽。

㊵ 延平门：长安西城门，距平康里甚远。

㊶ 唯唯：恭敬的应答声。

㊷ 缣(jiān):带黄色的细绢,汉以后常用作货币,这里作为贵重的见面礼。
㊸ “宾主”二句:宾主之间的礼节是不该如此的。意指李娃是主人,理应设宴招待客人,而荥阳生是客人,怎能叫他第一次见面就破费。
㊹ 彻馔:把酒菜撤下,即饭毕之意。
㊺ “男女”二句:语出《礼记·礼运》:“饮食男女,人之大欲存焉。”
㊻ 荐君子之枕席:为先生侍寝。君子,古时对男性的尊称。
㊼ 厮养:下层奴仆。
㊽ 目之为郎:承认他为女儿的郎君。
㊾ 尽徙其囊橐(tuó):将自己全部财物都搬过来了。囊橐,装钱物的口袋。
㊿ 屏(bǐng)迹戢(jí)身:深居简出。屏、戢,隐藏。
51 侪(chái)类:同类的人。
52 狎(xiá)戏:亲近戏耍。
53 迩来:近来。
54 报应如响:神所给的报应,如声之回响。指很灵验。
55 致荐酹(lèi):用酒食祭祀。
56 质衣:典当衣物。
57 牢醴:古时祭祀用的牛、羊、猪叫牢,祭祀用的甜酒叫醴。
58 信宿:连宿两夜。
59 迎访之:迎出来问她。
60 戟门:唐制:三品以上官员得立戟于门。
61 葱茜(qiàn):苍翠茂盛。
62 控大宛:骑着骏马。大宛,汉代西域国,以产骏马出名,这里大宛即大宛马的省称。
63 方寸:指心。心仅有方寸之地。
64 偶语:两人私语。
65 凶仪:丧礼。
66 缄(jiān):封。
67 税:租借。
68 约已周:租约已满期。
69 征徙何处:问搬迁到哪里去了。
70 宣阳:唐长安城里名,位于平康里之南。
71 计程:计算路程,估计路上所需时间。
72 弛:松缓,引申为脱下。
73 质馔:以财物抵押食物。
74 质明:天刚亮。
75 策蹇(jiǎn):骑着驴子。蹇,跛驴。
76 凶肆:专门出售丧葬用品的商店。
77 绵缀:缠绵委顿,精神萎靡,形容病情很重。
78 日假之:每天要用他。
79 繐(suì)帷:灵帐。
80 逝者:死去的人。
81 哀挽:出丧时唱的挽歌,专唱挽歌为业者,称为“挽歌郎”。
82 醵(jù)钱:多人一起凑钱。顾:同“雇”。
83 耆旧:老手,老前辈。
84 阅:陈列,展览。天门街:在长安宫城承天门外。
85 大和会:大聚会。《尚书·周书·康诰》:“四方民大和会。”伪孔传:“四方之民大和悦而集会。”
86 里胥:古代乡里之职,等于地保之类。贼曹:州郡掌管治安的佐吏。
87 京尹:京兆尹的简称,京城地区的行政长官。
88 亭午:正午。
89 层榻:高脚椅子。
90 铎:唱挽歌时用的大铃。
91 翊(yì)卫:护卫的人。
92 扼腕:一手握住另一手的手腕,情绪激动时的一种动作。顿颡:点头。
93 《白马》之词:《后汉书·范式传》载,张劭死,将葬,范式“素车白马,号哭而来”。后人于是以“素车白马”为送葬之词。
94 恃其夙胜:仗恃着是原来所擅长的。
95 连榻:并坐的长椅。
96 翣(shà):用羽毛制成的掌扇,为出殡时的仪物。
97 容若不胜:看上去像是不会唱歌的样子。不胜,不能胜任。
98 《薤露》之章:属古乐府《相和歌·相和曲》,相传原是东齐的歌谣,为出殡时挽柩的人所唱的挽歌,专以此曲送王公贵人出殡。后来作为一般的送葬曲。
99 愕眙(chì):惊呆的样子。
100 外方之牧:指州牧,即刺史。
101 阙下:京城。阙,皇宫前的城楼。
102 易服章:脱去官服穿上便服。
103 老竖:老仆人。
104 郎:这里是奴仆对少主人的称呼。
105 向歌者谁:原先那个唱歌的人是谁。
106 回翔:回旋躲藏。
107 何施面目:有什么脸面。
108 曲江:为唐代长安游览胜地,在长安城南,周围有杏园、芙蓉苑、慈恩寺、紫云楼、乐游原等。
109 赍(jī):持,带。瘗(yì):埋。

⑩ 悬鹑：鹑鸟秃尾，倒悬时如破衣，因此衣衫破烂称“悬鹑”。

⑪ 粪壤窟室：指污秽不洁的居处。

⑫ 安邑：长安里名。

⑬ 疥厉：生疥癞疮，毛发脱落。

⑭ 颔颐：点头。

⑮ 敛容却睇：正着脸色回头斜视。

⑯ “不得”句：不能排列在人的类别里，即不当人看。

⑰ 困踬(zhì)：困厄潦倒。踬，跌倒，也指处于困境。

⑱ 不啻(chì)：不止，不下于。

⑲ 别卜所诣：另找住处。

⑳ “晨昏”句：早晚可以侍候问安。《礼记·曲礼上》：“凡为人子之礼，冬温而夏凊清，昏定而晨省。”凊(qìng)，凉。

㉑ “方荐”句：才进奉山珍海味。

㉒ 渊思寂虑：深思熟虑。

㉓ 艺业：指科举考试用的文章。

㉔ 旗亭：酒楼。鬻坟典之肆：书店。古代有三坟、五典，这里泛指书籍。

㉕ 孜孜矻(kū)矻：勤奋不懈。

㉖ 缀诗赋：写作诗赋。诗赋是唐代进士科主要考试科目。

㉗ 该览：备览，全读遍了。

㉘ 策名试艺：报名参加科举考试。

㉙ 甲科：甲等。唐初取士，明经有甲乙丙丁四科，进士有甲乙二科。

㉚ 礼闱：即礼部。科举考试归礼部掌管。

㉛ 敛衽：整理衣襟，表示敬意。

㉜ 秀士：应试者的通称。

㉝ 中朝：朝廷。

㉞ 不侔：不及，不能相比。

㉟ 砻淬(cuì)：磨炼。

㊱ 连衡：这里是结交的意思。

㊲ 大比：这里指三年一次的科举考试。

㊳ 直言极谏科：唐代科举项目之一。

㊴ 策名：列名，题名。

㊵ 成都府：治所在今四川成都。参军：府尹的佐吏。

㊶ 三事：即三公。《新唐书·百官志》：“太尉、司徒、司空各一人，是为三公，皆正一品。”

㊷ 结媛鼎族：同豪门贵族女子结婚。

㊸ 烝尝：秋、冬祭祀。主持祭祀为古代家庭主妇的重要家务。

㊹ “中外”二句：应当跟高门豪族通婚，不要降低自己的身份(意指跟李娃这样的妓女结婚)。中外，内外亲戚，这里是偏义复词，单指外戚。自黩，自污，自己贬低自己。

㊺ 剑门：唐县名，故址在今四川剑阁东北。

㊻ 除书：任命书。

㊼ 剑南：道名，治所在今四川成都。采访使：即采访处置使，职掌监察州县，举善纠恶。

㊽ 浃辰：自子至亥十二辰为一周，即十二日。浃，周匝。

㊾ 投刺：送上名片。

㊿ 邮亭：传送文书并供住宿的驿馆。

151 六礼：古代婚礼的六道程序：纳采、问名、纳吉、纳徵、请期、亲迎。

152 秦晋：春秋时秦晋两国世代为婚姻，后来称通婚的男女两家为“秦晋”。

153 岁时伏腊：逢年过节。伏日在夏，腊日在冬，都是古代的节日。

154 灵芝：瑞草。倚庐：守丧时居住的草房。

155 一穗三秀：一根穗上开三朵花。

156 本道：成都府属剑南道，故称本道。

157 白燕：古人认为是祥瑞的鸟。

158 层甍(méng)：高耸的屋脊。

159 终制：三年守丧期满。

160 清显之任：清闲显要的官职。

161 太原：府名，治所即今太原市。

162 甲门：高门豪族。

163 莫之与京：没有谁能比得上。京，大。

164 牧晋州：担任晋州刺史。

165 户部：尚书省六部之一，掌全国土地、户籍、赋税及财政收支等事务。

166 水陆运使：掌管洛阳、长安间的粮米运输事务。

167 三任皆与生为代：三任官都跟荥阳生为前后任。

168 谙详：熟悉。

169 贞元：唐德宗李适年号(785—805)。

170 陇西李公佐：唐传奇著名作者，字颛蒙，陇西(今属甘肃)人。

171 拊掌：同“抚掌”。竦听：敬听。

172 握管濡翰：执笔蘸墨。管，笔管。濡，沾湿。翰，毛笔。

173 疏：分条记录。

174 乙亥岁：指贞元十一年(795)，干支纪年为乙亥年。

第五编　宋　代　文　学

第一章　宋代文学发展概况

第一节　宋代文学的历史背景和基本特点

宋代是国势积弱而文化昌盛的时代。宋太祖、太宗两代相继，逐步削平了五代十国，结束了分裂割据的局面。但宋代三百年间始终未曾完全统一过，开国之初，石晋割让给契丹的燕云十六州，宋人无力收复。其后金又代辽，元又代金，此外还有西夏，边患不息。宋代统治者对外战争受挫折后，便不图自振，畏之如虎狼，事之如君父，不惜岁奉币帛，以求苟安。此种对外政策负担既重，内部又耗费极大，造成积贫积弱的局面，终至北宋亡于金，南宋亡于元，民族矛盾贯穿赵宋王朝的始终。有志之士莫不与广大群众一样痛恨外敌内奸，誓雪国耻。尤其是南宋时期，只剩下半壁江山，更是志图恢复，力挽危亡。所以宋代文学充满了爱国主义的精神，与汉唐的盛世气象大异，不是洋溢着民族自豪感，而是充满着不甘民族蒙羞的愤慨。

宋代统治阶级内部，北宋已有和战之争，到了南宋就更为激烈。但北宋自中期以后，主要是革新与守旧之争。“一朝天子一朝臣”，新旧两党随着最高统治者的更替，无论哪党上台，都必欲尽除异己而后快，政局动荡不定，政策时废时复。新党得势最久，后来他们内部又有派系斗争，争权夺利。到南渡时期，民族矛盾激化成为主要矛盾，金兵不仅灭亡了北宋，而且大举渡江，南宋亦几乎不保。宋王朝内部和战之争也随之空前激化。此后这种斗争虽有高低起伏，却是绵延不绝。宋王朝的建立起于兵变，宋代君主为防这种兵变又在自己身上重演，并鉴于唐代藩镇之祸，就一贯实行文官政治，不仅宰相必用读书人，连掌握兵权的枢密使也由文官充任。文人高居要位，参与朝政，他们自然要用文学作为政治斗争的武器。所以宋代文学的政治性特别强。

宋代实行高度的中央集权制度，政治机构臃肿，设官互相牵制。每遇荒年，又恐饥民作乱，大量招募入伍。冗官冗兵，虚耗俸饷，又岁输大量币帛以奉外敌，开支巨大。于是赋税繁苛，人民负担沉重，加以贪吏邀功希宠，中饱自肥，农民全部收入，甚至不够上交官府，阶级矛盾遂逐渐加剧。宋代文人大多出身于中下层，对吏情民隐，比较了解，所以宋代文学中关怀民生疾苦，谴责苛政暴吏的作品也相当多。

宋代学术思想有很大的发展。经学自汉儒以来，重在章句训诂，至唐初太宗令孔颖达等撰《五经正义》，依旧注作疏解，颁于学宫，付国子监施行，迄于宋初，相袭而无异辞。自孙复著《春秋尊王发微》，不信《左传》，欧阳修著《诗本义》，怀疑毛、郑（汉儒毛亨、郑玄），新风渐开。学者不满足于依附汉唐门户，不局限于传疏，转而寻求义理，直接研究经典原著，独立思考，独抒己见。周敦颐号为大儒，而采道家学说，二程（颢、颐）继之，并吸收禅学，而成为理学。至南宋中叶，朱熹集其大成。禅家除自有著述外，亦多能诗。许多文学家兼明理学，喜与僧游，也注重思辨。禅学、理学的思想观念就常会渗入他们的作品之中。他们又常用文学作为政治斗争的武器，因而议论性、思辨性又成为宋代文学的显著特色。

宋代科技也有较大进步。由于造纸业和印刷术的进步，刻书业成为一个新兴的行业，书籍印行多，流通广，知识传播便利。教育事业也发达起来，州郡遍设学校，书院众多，私人讲学之风亦盛。于是出现了封建文化的全面高涨。宋代的文人一般比前人知识广博，基础深厚，于是在诗歌创作中喜用典故，甚至用僻典、佛典，常化用前人诗句，书卷气较重。而最主要的是善于学习，他们学习传统，继承传统，在此基础上，又求突破传统，超越传统，不断求新求变，努力开拓，终于脱出前人窠臼，独辟蹊径，诗词、散文都取得异于前代的卓越成就。

宋代城市经济繁荣，商业、手工业都很兴旺，从业人数众多，形成了市民阶层。为适应市民对文化的需要，通俗文艺有了很大的市场，出现了白话小说，为明清小说的繁荣开辟了道路。戏曲由词曲联唱发展为表演故事，南戏的流行，为元明清戏曲的兴盛打下了基础。汴杭等大都市极为繁华，歌馆林立，竞为新声艳曲。士大夫之家，征歌选舞，并畜家伎。这种社会环境为词的高度发展提供了最适宜的气候和土壤。

北宋中后期，党争愈演愈烈，党祸亦随之愈酷。朋党彼此排挤，互相攻击，明枪暗箭，防不胜防。上了台也阻力重重，地位难以巩固，只恐变生不测。失败者便被贬斥，往往窜逐荒远，更是忧愤郁结，苦闷难言。文人既多居官职，不免卷入旋涡，或者牵连得罪。在宦海沉浮中常常会对整个人生潜心思考。庄子的虚无主义，禅学的空无之说，影响就更深。于是出世入世的矛盾便常常成为思想上自我斗争的焦点。对精神上的苦闷强作解脱，便是他们常有的心态。有些人不能自制，感伤愈甚；有些人谨言慎行，力求涵养心性，保持情操的高洁；有些人比较通达，常思游心物外，寄情山水，寻求忘我的境地，于是与当时山水画家物我无间的美学思想相互影响。这些思想情绪也会在一个人的心头上交替起伏，有时也不免要发抒忧愤，进入文学作品中便是主体意识的增强。所以宋代文学于反映现实之外，又有注重表现个人内心世界的特点，即使写景咏物，也不重形似，而重神似，实质上是将外物作为作家心境的投影或陪衬，所谓“无我之境”，也是自我表现的一种微妙的方式。

第二节　宋代散文

宋代散文是在古文运动中发展起来的。在中唐，韩愈、柳宗元等已经开展了一次古文运动，苏轼称韩愈为“文起八代之衰”(《潮州韩文公庙碑》),成绩是巨大的,这给宋人树立了极好的榜样。宋代古文运动从始至终都是以韩愈作旗帜的,他们大力表彰韩文,号召向韩愈学习,继承和发扬他的优点,沿着“文从字顺”的路子开拓前进,终使天下士子靡然向风,形成了平易晓畅的风格,这种风格代表了宋代散文最显著的特征,标志着古文运动的胜利。宋代散文家极善于创造性地学习,学韩柳而不似韩柳,各各形成了自己的艺术风格。如将韩柳与欧苏比较,则“韩如潮,柳如泉,欧如澜,苏如海”(宋李涂《文章精义》)。王安石、曾巩、苏洵和苏辙也都有其个人的风格。唐宋八大家的古文传统,元明清历代相承,如长江巨流,滔滔不绝。宋文由于比唐文更便于表达,切于实用,并且在内容、形式、语言、技巧等各个方面都有新的创造和发展,因而与唐文并驾齐驱,影响同样深广。

宋代散文除发扬了韩、柳长于议论的传统外,又注重叙事和抒情。古文家欧、曾又是历史家,叙事严谨条畅,讲究法度。史学家司马光(1019—1086)、经学家刘敞(1019—1068)等也兼擅古文。宋人以文为诗,反过来也影响到散文,使散文中具有诗意,富于抒情的色彩。他们又把晚唐偶尔出现的韵散结合的辞赋大加开扩,更多穿插古文的笔法,变律赋为文赋。许多学者和评论家也运用古文这个轻便的工具,写成了各种各类短小精悍的笔记文,体式不拘一格,生动活泼,既有知识性,又有可读性。所以宋代散文是在继承唐代古文传统的基础上向纵深发展,并且更加多样化了。

宋代文学的发展大致可分为四期,即南北宋各分前后两期,但难以用确定的年代来划分各时期的界线。在各个时期中,各体文学的发展情况也不尽相同,一般地说,以北宋后期和南宋前期为兴盛时期。

北宋前期散文

北宋开国之初,文人多是五代旧臣,仍然承袭着五代的文风,骈四俪六,雕章琢句。这种华美的文风,由南唐过来的徐铉(917—992)可为代表。柳开(947—1000)最早提倡古文,他认为“古文者非在辞涩言苦”,“在于古其理,高其意,随言短长,应变作制,同古人之行事”。他宣扬文道合一,自称“吾之道,孔子、孟轲、扬雄、韩愈之道;吾之文,孔子、孟轲、扬雄、韩愈之文也”,把道统与文统合一,以继承韩愈自任。但他的理论并不很新鲜,自己的写作也不免“辞涩言苦”,所以影响甚微,但其开先声的功绩是不可埋没的。和他同时的王禹偁(954—1001)也抱有“革弊复古”的愿望,他批评五代以来“秉笔多艳冶”,主张远绍六经,近师韩愈。他认为文章是“传道而明心”,不在于“模其语”,所以应该做到“句之易道,义之易晓”。他的写作实践了他的主张,《待漏院记》、《唐河店妪传》都是他的名篇。但他的主张并未被普遍接受。

仁宗初期,西昆体统治文坛。其领袖人物是杨亿(974—1020)和刘筠(970—1030)、钱惟演(977—1034)。他们同在秘阁,在修书之余,与同人作诗唱和,编为《西昆酬唱集》(西昆是秘阁的代称),这就是西昆体得名的由来。他们的诗文都效法李商隐,所以西昆体的文章总是骈四俪六,堆砌典故,但内容大都空虚无物。与之同时,穆修(979—1032)起而反对,指责他们制造“浮轨滥辙”,提倡韩柳古文。到仁宗时,石介(1005—1045)更是反西昆的猛将,他攻击杨亿“唱淫辞哇声,变天下正音四十年……斯文遂丧”(《与君贶学士书》),指责西昆体“穷妍极态,缀风月,弄花草,淫巧侈丽,浮华纂组”,“蠹伤圣人之道”(《怪说》)。他和他前辈一样推崇韩愈,而道学气更重。他们起了古文运动先驱的作用。

稍后,欧阳修出来提倡古文,才真正形成了一个运动,取得巨大的成功。其原因是:

第一,有理论实践,又有创作实绩。他推崇韩愈,认为道对文起决定作用。他说:“道纯则充于中者实，中充实则发为文者辉光”(《答祖择之书》)。但他并不像柳开、穆修等人那样只以孔孟的仁义之道为道，而是重在“切于事实”(《与张秀才第二书》)。因此他反对“务高言而鲜事实”，反对溺于文而“弃百事不关于心”(《与吴充秀才书》)，主张“事信言文”(《代人上王枢密求先集序》)。他还认为道又是作者的道德修养，要求作者“务深讲而笃信之”(《与张秀才第二书》)。但是有德者并不是必有言，而是“有能有不能”(《送徐无党南归序》)，并不把德与言、道与文混同起来。这种理论比他的先驱者们高明得多。在古文的写作上，韩愈主张“文无难易，唯其是耳”。欧阳修只取其“易”的一面，弃其“难”的一面，自成平易晓畅、委婉舒徐的风格。这就便于实用，符合散文发展的方向。他的文章又足为典范，所以“天下翕然师尊之”，欧阳修自然居于运动的领导地位。

第二，有一支强大的写作队伍。欧阳修于仁宗天圣八年(1030)进士及第后，和尹洙(1001—1047)、梅尧臣(1002—1060)等，在西京留守钱惟演的幕下，就“相与作为古文”，并补缀《韩昌黎文集》(《六一题跋》)，以为号召；此外，苏舜钦(1008—1049)、石延年(994—1041)等也是他的同道，一开始便羽翼已成。在他的诱导和提拔之下，曾巩、王安石和苏氏父子又都先后登上文坛。他们前呼后应，此唱彼和，声势浩大，锐不可挡。欧阳修既是文坛领袖，又是一代名臣。嘉祐二年(1057)他以翰林学士知贡举，又坚决打击了“险奇怪涩”的太学体，“场屋之习，从是遂变”(《宋史·本传》)。

第三，配合当时的政治革新运动，符合形势的需要。范仲淹(989—1052)在天圣二年(1024)提出的改革时弊的主张，就包括对文风的改革：“敦谕词臣，兴复古道……以救斯文之薄而厚其风化”(《奏上时务书》)。欧阳修是范仲淹实行“庆历新政”的积极拥护者和支持者，欧阳修“中于时病而不为空言”(《与黄校书论文章书》)的文学主张，就是与政治革新相呼应的。古文平易又便于用为战斗的工具。虽然“庆历新政”很快因阻力很大而失败了，但它的影响是不小的。

欧阳门下士中，苏洵(1009—1066)、曾巩年龄较长，王安石出身较早，都属于这一时期；苏轼、苏辙年龄较小，主要活动在元丰、元祐前后，应归属北宋后期。

北宋后期散文

这时期是苏轼继欧阳修之后入主文坛。经过仁宗嘉祐二年欧阳修知贡举时古文与时文两派的一场严重的较量之后，古文运动已经取得了决定性的胜利，再没有任何势力和它抗衡了。“长育成就，至嘉祐末，号称多士”(苏轼《六一居士集序》)，已是古文极盛之时，苏轼便是在那场较量中崭露其峥嵘的头角。神宗元丰而后，老成逐渐凋谢，苏轼文誉日隆。元祐中，苏轼为翰林学士，领袖群伦。黄庭坚、秦观、晁补之(1053—1110)、张耒(1054—1114)，号称苏门四学士；加陈师道、李廌(1059—1109)，又称苏门六君子。此外在他的周围还有文同(1018—1079)、孔平仲等人。凡是在苏轼逝世之前，登上文坛的作家几乎无不受其熏陶、表扬或荐拔，苏门之盛超过欧门，人才之众多于嘉祐。这固然是前辈的流风遗韵的影响所致，也是苏轼辛勤培养之功。但苏轼培养后进，又与欧阳修有所不同。欧阳修最着力处在古文，门下士都以古文见称。苏轼却不拘一格，门下士各有所长，而以诗词名家者为多；虽然也都能作古文，却只有苏辙尚可追蹑欧王。苏轼本人的散文内容深广，艺术性强，自由挥洒，无不如意，不愧为欧阳修的继承人，所以能夺曾、王之席而与欧齐名，成为北宋古文运动的代表人物。其弟苏辙的文气说，源于《孟子》，其说具见于《上枢密韩太尉书》。他的文章不如其兄的才华横溢，但也有秀杰之气。《黄州快哉亭记》是他的代表作。

南宋前期散文

这一时期的散文，主调是主抗战、反投降，表忠良、斥奸邪，正气凛然，充满着爱国的激情。如陈东(1086—1127)《上高宗第一疏》、胡铨(1102—1180)《戊午上高宗封事》、岳飞(1103—1142)

《五岳祠盟记》、辛弃疾《美芹十论》、陈亮（1143—1194）《中兴五论》、叶适（1150—1223）《上孝宗皇帝劄子》等都是向朝廷条陈恢复大计，关系中兴大业的。文理都是明畅条达，而文气则慷慨激昂，是北宋古文运动在新形势下的继承和发展。

这一时期的笔记文，孟元老的《东京梦华录》记述北宋汴京朝市盛况以及礼制风习，借寓故国之思，"详不近杂，质不坠俚"（明胡震亨跋），对后期同类文章颇有影响。唯"诱导乱亡之事，绝不因事而见"（同上），是其缺点。其他笔记文多是综合性的，其中成就最高的是陆游的《老学庵笔记》。他的《入蜀记》是一系列的游记，文笔优美。他还有许多题跋，可继美东坡。就文学性而论，陆游是南宋最优秀的散文作家。

南宋后期散文

这时期前阶段的散文仍是以笔记文为多。而以宋亡后周密（1232—约1298）所作的《武林旧事》为较优。武林为南宋首都临安之别称，其书略仿《东京梦华录》旧例，而"恻恻兴亡之隐，实曲寄于言外"（清人《四库总目提要》），思想性更强，文采也更胜。

南宋亡国前后的散文，爱国主义精神又复振起。这些作家有的亲临前线，杀敌救亡，以身殉国；有的在宋亡以后，也抗节不屈，不肯仕元。最著名的是文天祥的《指南录后叙》，文中历叙其九死一生、脱离虎口、奔赴国难的经过，表现了他百折不挠的民族气节和鞠躬尽瘁的报国精神。谢翱（1249—1295）《登西台恸哭记》是哭文天祥的，并借以抒亡国之恸。谢枋得（1226—1289）的《却聘书》则是坚拒元朝的征聘的。这些作品都有强烈的感染力。

第三节　宋代诗歌

诗发展到唐代，已是各体皆备，风格、流派众多，成就登峰造极，给宋人留下了极为宝贵和丰富的遗产，这给宋人的学习借鉴造成了极为有利的条件。但是盛极难继，横在宋人面前的是几乎不可逾越的高峰，这对他们又是极为不利的条件。这就迫使宋人既要善于学习，又要自谋出路。宋代的杰出诗人，都很有自立的精神，他们既学习唐代，又充分发挥自己知识渊博、基础雄厚的优势，必欲与之并驾齐驱，分庭抗礼。他们着重从艺术构思、手法技巧、篇章结构、遣词造句等方面去创新，更把笔锋深入到内心世界，刻画精神生活，表达思想见解；并适当吸收哲理禅机，以丰富作品的内容，终于形成了与唐诗不同的特色。这就是宋诗获得新发展的原因。其成就虽稍逊于唐，其影响并不亚于唐，后代的诗歌便出现了尊唐和宗宋两大派系，非此即彼，都不能越出唐宋两代的范围。

一般所说唐宋诗的区别，主要是艺术旨趣和风格的区别。宋严羽说："本朝人尚理而病于意兴，唐人尚意兴而理在其中。"（《沧浪诗话·诗评》）这是尊唐抑宋之论。但他所说的尚理与尚意兴，则确能界别唐宋诗的主要特点。钱钟书说："唐诗多以丰神情韵擅长，宋诗多以筋骨思理见胜。"（《谈艺录》）这是比较公允的评价。唐诗主意兴，所以空灵蕴藉，情韵悠长，多用比兴；宋诗主思理，所以精深质实，意旨醒豁，常夹议论。与此相关，唐诗气象高华，境界阔大；宋诗骨力瘦劲，格调高雅。唐代诗人以强烈的激情去感受现实生活，不尚雕琢；宋代诗人以冷静的态度去体察人情物理，力求精妙。所以唐诗之美在于自然浑成，声圆调响；宋诗之美在于穷形尽相，辞工意新。这些区别的造成，主要是时代精神变迁和诗艺发展的结果，也是宋代诗人们善于学习力求创新的结果。所以清吴之振等《宋诗钞序》说："宋人之诗，变化于唐，而出其所自得，皮毛落尽，精神独存。”

北宋前期诗歌

北宋初期的诗坛主要流行着西昆体。“杨刘风采，耸动天下”（宋欧阳修《六一诗话》），其实他们的诗也和文同样是“浮华纂组”的。他们学李商隐的诗不太注意它的思想内容，只追求形式美。这些诗重雕琢，功力是深厚的，可药滑易之弊，扫鄙芜之气，也有些诗是有现实意义的。如刘筠《堠子》诗“空呈厚貌临官道，大有人从捷径过”，显系讽谕时政。杨亿《汉武》诗则是借咏史讽刺宋真宗封禅求仙。他们作《宣曲》诗，或谓颇指宫掖。于是真宗下诏禁文体浮艳（详见陆游《渭南文集》的《西昆诗跋》）。不过就西昆的总体而言，影响确是不好的。

宋初诗家除西昆派外，以隐逸诗人林逋（957—1029）最为著名，他的梅花诗“疏影横斜水清浅，暗香浮动月黄昏”一联，尤为人所称道。王禹偁主要学白居易，风格较为清新、平易。

欧阳修出，与梅尧臣、苏舜钦等人一道，力矫昆体，诗风大变，宋诗的独特风貌才开始形成。欧阳修的诗主要学韩愈，兼效李白，但转为平易流畅，不像韩诗艰涩奇崛。他主要是学韩的“以文为诗”，开创了宋诗散文化、议论化的风气，为王安石、苏轼等人开辟了道路。

梅尧臣的诗平淡闲远，间亦出以怪巧，世人因以欧、梅比唐之韩、孟。元龚啸评其诗说：“去浮靡之习于昆体极弊之际，存古淡之道于诸大家未起之先。”在诗文革新运动中，他也是很有功绩的。苏舜钦与梅尧臣齐名而风格不同，他的诗粗犷豪迈，痛快淋漓，对诗文革新也起了不小的作用。

继欧阳修而起的是王安石。王安石的诗更爱发议论，精严深刻，而少含蓄，并时有奇字、险韵、拗句，进一步形成了宋诗的特点，晚年诗风则近于晚唐。

北宋后期诗歌

把北宋古文运动扩大为诗文革新运动，到苏轼才获得最后的也是最大的成功。宋诗的特色，梅欧已奠其基，王安石踵事增华，一直沿着散文化、议论化的方向发展，王安石又喜使事用典，已开以学问为诗之风。而苏轼、黄庭坚则成为宋诗最典型的代表作家。

北宋之诗以苏轼为最高，而黄庭坚在当代的影响则出其上。苏黄并称，风格却不同。吴可《藏海诗话》说：“东坡豪，山谷奇。”杨万里《江西宗派诗序》说：“苏似李，黄似杜。”苏轼的才力极高，变化莫测，人不可及。黄庭坚的诗自锻炼出，有法度可循，所以宗奉者极多，形成了江西诗派。“夺胎换骨”，“点铁成金”，即为升堂入室的阶梯。此法虽前人早已有之，到黄庭坚才总结出来。《答洪驹父书》说：“自作语最难，老杜作诗，退之作文，无一字无来处。……古之能为文章者，真能陶冶万物，虽取古人之陈言入于翰墨，如灵丹一粒，点铁成金也。”又惠洪《冷斋夜话》引黄庭坚的话说：“不易其意而造其语，谓之换骨法；窥入其意而形容之，谓之夺胎法。”所谓点铁成金，只是取古人陈言，加工精制，作为陶冶万物的工具。所谓夺胎换骨，只是袭用和深化前人的诗意，而用自己的语言表现出来，为的是创造性学习和运用，做到“以故为新”。但这只是他诗论的一个方面，而不是全部，后人却把这两条作为黄庭坚和江西诗派的创作纲领，而忽视他诗论的其他方面，加上黄庭坚本人也是以文字、学问为诗，有时未免追求太过，这就也产生了不良的影响。

江西诗派之称，始自吕本中（1084—1145）作《江西宗派图》，已在庭坚殁后。图首列黄庭坚，为诗派之祖，下列其追随者二十五人，其中以陈师道为最著，至并称“黄陈”。陈师道作诗力求简古，终生苦吟。他远宗杜甫，近师黄庭坚，但也批评黄诗“过于出奇”。他那些以平易朴实的语句描述亲友关系的诗更为真挚感人。他的《春怀示邻里》诗，则是宋诗中的名作。

张耒的诗风不同于苏黄，他学白居易、张籍，平易浅近，较多关怀现实之作。

南宋前期诗歌

这时期是江西诗派统治文坛。这派的理论家吕本中，他最著名的论点是“学诗当识活法”。他说：“所谓活法者，规矩具备，而能出于规矩之外；变化不测，而亦不背于规矩也。是道也，盖有定法而无定法，无定法而有定法。”活法的标准是：“好诗流转圆美如弹丸”（均见《夏均父诗集序》）。所以作诗不能专事模仿，必须“悟入”，而“悟入又必自工夫中来”（《童蒙诗训》，见郭绍虞《宋诗话辑佚》）。另一个论点是“规摹令大，涵养吾气”（《与曾吉甫论诗第二帖》）。这是因为“近世江西之学者，虽左规右矩，不遗余力，而往往不知出此，故百尺竿头，不能更进一步，亦失山谷之旨也”。他的理论是有针对性的，不仅对江西派是一剂良药，而且有普遍的参考价值。

陈与义（1090—1139）不在吕本中所列《宗派图》中，他早期的作品，深受黄、陈的影响；南渡以后，更学习杜甫现实主义的精神，多感愤沉郁之音。所以严羽说他“亦江西之派而小异”（《沧浪诗话》），到元初方回以杜甫为江西派初祖，谓“简斋（陈与义字）诗独是格高，可及子美”（《瀛奎律髓》），把他与黄、陈并列为三宗。

到了这时期的后阶段，出现了尤、陆、范、杨四大家，宋诗的发展又到了黄金时代。尤袤（1127—1194）的诗集已佚，存者甚少，从存世的作品看，质量亦不甚高，不知何以列为大家。陆游的诗最受人崇敬的是那些现实主义的杰作，被认为是杜甫之后最伟大的爱国诗人。他的反映农村生活的诗也别有情趣。范成大、杨万里也都有反映现实表现爱国精神的名篇。范的农村诗最为著名，有田园诗人之称。杨万里擅长写生，笔调灵活新奇，被人称为活法诗、新体诗。这固然受了吕本中提倡活法的影响，但主要是师法自然。就艺术创新来说，杨胜于陆；全面地看，则陆胜于杨。他们原先也都是学江西诗派的，后来冲破了江西派的藩篱而自成一家。陆逼似杜，杨有些近李。他们在南宋诗坛的地位则颇似北宋的苏、黄。

南宋后期诗歌

这时期江西诗派已衰落，反江西之诗派兴起。较早的姜夔也如陆游、杨万里，先学江西，后又脱出江西，自成一家。他的《白石道人诗说》标举“自然高妙”，他的诗也大抵臻于自然。

公开反对江西诗派的是四灵诗派。这“四灵”是徐玑（1162—1214），号灵渊；徐照（？—1211），字灵辉；翁卷，字灵舒；赵师秀（1170—1219），字灵秀。四人都是永嘉人，又称永嘉诗派。他们反对江西派“资书以为诗”，就“捐书以为诗”。江西派师法杜甫，他们便师法晚唐，主要是学晚唐的贾岛、姚合。他们“以浮声切响、单字只句计工拙”，专工五律，局度狭小。但较善写景，也有些名作，影响颇大。

四灵派的扩大便是江湖派，流品颇杂，但也主要是隐士和小官。江湖派是以临安书商兼诗人陈起（？—1256）刻印《江湖小集》而得名的。他们各体都作，持律较宽，反映了一些现实。这派中有成就的诗人是刘克庄、戴复古（1167—？）、方岳（1199—1262），他们的诗作较一般江湖派诗人要有深度。

到宋亡前后，爱国诗多了起来，仍以文天祥为最突出。《过零丁洋》慷慨悲壮，“人生自古谁无死，留取丹心照汗青”，表现了他不惜为国牺牲的决心；《正气歌》则气势磅礴，表现了他的忠贞坚毅的气节；《金陵驿》则是写永别故国之痛，沉挚悲凉，都感人至深。汪元量（约1241—约1317）的《醉歌》、《湖州歌》、《越州歌》都是用七绝联章的形式，把目睹的南宋覆灭、六宫北迁的情景如实地描写出来，饱含辛酸之泪。他如谢翱、林景熙（1242—1310）、郑思肖（1241—1318）、谢枋得等南宋遗民的诗，个人风格虽各有不同，但都沉郁悲凉，充满了亡国之痛、故国之思，与“四灵”、“江湖”局促于个人生活小圈子里的低吟是大不相同的。

第四节 宋代的词

词至宋始臻于极盛，达到顶峰，与唐诗媲美，成为一代文学的代表。词在中唐，仍是流行于民间的群众创作，在文人不过是偶一为之，形式也近于绝句。晚唐五代作者渐众，为词的发展建立了基础，但也只有小令。到宋初，词还是一种新兴的诗体。在它的领域内，还有许多处女地正待开发，足够宋人去施展他们的才力，这是词在宋代发展很快的原因。不仅诗人以余力写词，而且涌现了大批专业词人，有些词人还精通音律，能制曲创调；有些歌伎也能自为新词。于是体制逐渐完备，由小令发展到中调和长调，调式也日益繁多，表现力不断增强，并且扩大了题材范围，提高了艺术境界，形成了不同的风格流派。在词史上，宋词地位之高，无与伦比。

宋词的流派有三种分法：(一)按时期划为北宋和南宋：大抵北宋词较自然，明朗流畅；南宋颇雕饰，隐晦曲折。北宋多应歌之作，为适应歌曲的需要，务求当行本色；南宋多应社之作，欲于翰墨场中争胜，便竞尚技巧。(二)按风格分为婉约与豪放二派。明确分此两派始于明张綖《诗余图谱》，他说："词体大略有二：一婉约，一豪放，盖词情蕴藉、气象恢宏之谓耳。"大抵豪放近于阳刚，婉约近于阴柔。(三)按代表作家分为三派：即晏(殊、几道)欧(阳修)词派、苏(轼)辛(弃疾)词派、周(邦彦)姜(夔)词派。晏、欧基本上承袭了五代遗风，而更为清丽。这派因为欧阳、二晏都是江西人所以又称江西词派。苏、辛是两宋豪放派的作家。周、姜则是两宋婉约派中讲究格律的一派，又称格律派。

北宋前期词

北宋建国之初，还没有人以词名家，只是文人偶一为之，几乎留下了半个世纪的空白，到晏殊、欧阳修等人才大量作词，词风始盛。最早领袖词坛的是晏殊。晏殊出生早、地位高，爱荐拔人才，真、仁两朝许多重要的政治家、文学家如范仲淹、富弼(1004—1083)、宋祁(998—1061)、欧阳修、张先、梅尧臣等，都出其门下，影响很大，因而有晏欧一派。这派的词基本上是承袭五代遗风，他们严守诗庄词媚的界限，视词为小道，所以写的都是作者个人的生活情趣。他们多数是达官贵人，词的风格也显得雍容华贵。晏殊词集，名为《珠玉》，也确是珠圆玉润，不用镂金错彩，而自有富贵气象。写闺情也不浓妆艳抹，而是表现人物神情风貌，比起"花间"南唐还是有所发展的。欧阳修的词与晏殊大致相同，而更为清隽疏朗。《采桑子》十首专写颍州西湖风景，已稍稍逸出"艳科"的范围。《朝中措》写平山堂，实是写他自己这个醉翁，更有豪放的风韵。

范仲淹的词今存五首，其中《苏幕遮》、《御街行》以柔情丽语著称，《渔家傲》写边塞，悲壮苍凉，对后来的豪放派有影响。

张先(990—1078)好为艳词，风格与晏、欧相近。他和宋祁都善于炼字，所以宋被称作"红杏枝头春意闹尚书"，张被称为"张三影"。但张先写了不少慢词，又与晏、欧绝大多数都是小令有所不同，他对词体的发展作出了一定的贡献。

晏几道(1038—1110)的词标志着五代词风的结束。晏几道是晏殊的第七子，中年落寞，其词常怀念过去的豪华生活，哀感顽艳，艺术表现力超过其父。

当晏、欧统治词坛的时候，柳永的词则广泛地流传于民间。他也是写男欢女爱，离愁别恨，但比较通俗。他一生落魄，风流放浪，因此为士大夫所轻鄙。但是他不像士大夫全是把歌妓作为取乐的工具，而时或流露出真感情。他大量制作慢词，擅长铺叙白描，发展了词的艺术形式和表现手法，在晏、欧之外，独树一帜。因此柳永在词的发展史上有着开拓性的功绩。

北宋后期词

苏轼创为豪放词，一洗绮罗香泽之态，新天下耳目。在此稍前，唯王安石之词尚能“一洗五代旧习”（清刘熙载《艺概·词曲概》），《桂枝香》“金陵怀古”，感慨兴亡，苏轼深为赞叹。但他作词不多，且“未能涉乐必笑，言哀已叹”（同上），远不足以导扬词风。苏轼才是异军突起，堂庑特大，此后形成一大流派。他是将诗文革新运动的精神贯彻到词作中来的。

这时期的婉约派大家，前有秦观，后有周邦彦。贺铸则出入于豪婉两派之间，成就稍逊于秦、周。秦观在宋词发展的过程中，居于柳周之间。柳、秦词都有俗雅二类，柳以俗为主，秦以雅为主。至周邦彦中年以后则全是雅词，号为集大成。他熔前人诗句入词，比秦更为典丽。周邦彦又工铺叙，精于音律，审定古调，复增慢曲，词体大有发展。所作格律精严，成为格律派之祖。

词至李清照，又是婉约词风的一大发展。李清照不仅近嗣秦、周，而且远师李煜。清沈谦《填词杂说》道：“男中李后主，女中李易安，极是当行本色。”说得极为中肯。李清照写有《词论》，主张词“别是一家”，严分诗词界限。词本起于民间，不仅声调合律，而且语言通俗，这才是它的当行本色。五代及晏、欧诸人尚为浅易，柳词且有全用口语者。但此后日趋雅化，精细有余，生趣渐少。李清照后出，以浅俗之语，发清新之思，委婉曲折，无不尽意。风格极似李煜而又过之，极善以俗为雅而鄙柳永为“词语尘下”。她恢复了词的本色，而又前进了一大步。至南渡以后，其词涵蕴更深，情调大异，全是血泪写成。她最重要的作品也在南渡后。但其婉约的基本风格并无重大变化，所以置于北宋后期。

南宋前期词

这时期的词豪放是其主流。因为这种词风最适于表现爱国的热情，所以苏轼开创的这一宗派到靖康之变以后始大盛。文武大臣如李纲（1083—1140）、岳飞等都写有忠义奋发、豪放激宕的词篇。词人如张元幹（1091—约1170）、张孝祥（1132—1170）等此种作品更多。这就形成了一个爱国主义新传统，为辛派的出现奠定了雄厚的基础。辛弃疾比起苏轼来，是突出了爱国主义精神，更多英武慷慨之气。苏词于豪放中有旷达，辛词于豪放中有沉郁。再就是词体更趋解放，苏轼以诗为词，辛弃疾则进而以文为词。

这时期辛派词人最著名的是辛弃疾的好友陈亮，还有刘过（1154—1206）。他们的词显得粗豪一些，高者几可以与辛并驾。陆游大部分词是豪放的，也有一些是婉约的。

南宋后期词

经过几十年宋金对峙相对稳定的局面，“暖风薰得游人醉，直把杭州作汴州”（宋林升《题临安邸》），婉约词又复兴起来，出现了一些大家。但是在前期豪放词独盛之后，婉约词家也思有所变革，姜夔是这派中的代表人物。他作诗脱出江西派，却用江西诗法入词。因此他特别重视气骨，熔成了清刚的风格，完全摆脱了传统歌词中那种香艳、软媚和甜熟的习气。造语则力求典雅，不仅化用前人的诗句，而且运用了大量的典故；不仅不用俗语口语，而且变平易晓畅为隐晦生涩，把词完全雅化了，成为典型的文人词。从此南宋婉约词的面貌与北宋大异，畛域分明。

姜夔年辈晚于辛弃疾，自称“稼轩辛公深服其长短句”（见宋周密《齐东野语》），又几度作词次稼轩韵。正当辛词风行的时候，他也接受了一些辛词的影响。清周济《宋四家词选序论》说：“白石脱胎稼轩，变雄健为清刚，变驰骤为疏宕。”这种变化虽不很明显，但如《长亭怨慢》（渐吹尽枝头香絮）、《凄凉犯》（绿杨巷陌秋风起）确有些辛词的影子。他作诗从江西派脱出后，又步入晚唐，作词又以晚唐的深情绵邈脱去辛派的粗犷，但有疏宕而无豪宕。不过，他也把与辛相同的关切时事之心暗暗地蕴藏于自己的词中，变直抒胸臆为比兴寄托，真正提高了婉约词的品格。

姜词主要是继承周邦彦，所以周、姜并称。二人都精通音律，而格律成派，实自姜始。周构思精密，轨辙分明；姜落想超妙，去留无迹。周典丽，姜清刚。周质实，姜清空。周集前人大成，姜启后人新途，尤为雅士所喜。清朱彝尊说："词莫善于姜夔，宗之者张辑、卢祖皋、史达祖、吴文英、蒋捷、王沂孙、张炎、周密、陈允平、张翥、杨基，皆具夔之一体。"(《黑蝶斋诗余序》)可见姜派之盛。

史达祖词以咏物见称，技法精妙，而格调不高。

吴文英与姜夔实同祖清真，而姜清空疏宕，吴质实密丽。姜词运用黄庭坚的诗法，吴词多采李贺、李商隐的诗艺。姜由北宋词的软熟发展为南宋的生新，吴则由南宋的清泚返回到北宋的秾挚。但吴也受姜词的影响，词境幽邃而晦涩更甚。而且吴也有自己的艺术特点，这就是奇思丽采。他不用传统以意贯串的构思，而擅长潜气内转；他善锻炼字面，境界眩人眼目；所以也能与姜夔齐名，而自成一派，宗之者又并称周吴。至清代婉约词家，便依傍姜吴而分流。

宋末张炎又批评吴词"如七宝楼台，眩人眼目，碎拆下来，不成片段"(《词源》)，而主姜夔，复返密丽为清空。他赞美姜词"如野云孤飞，去留无迹"(同上)。他自己的词也空灵疏畅，直继姜夔，人称姜张派。

王沂孙(？—约1290)词风和张炎相近，周密词风在姜吴之间。这些词家主要活动在宋亡之后，常以身世之感寄家国之悲，手法隐晦曲折。

这时期的辛派词人，以刘克庄最为杰出。他奋雄心，唱高调，淋漓痛快，而少沉著。他写小词也用重笔，如《玉楼春》："男儿西北有神州，莫滴水西桥畔泪。"是纯粹的豪放派。

至宋亡前后，文天祥作词不多，但质量较高。他的词辞意凄苦，而意气激昂，风格与他的诗文相似。那"荒城颓壁"的残破景象和怒发冲冠的高昂气概，极能表现出他那知其不可为而为之的顽强精神。

这阶段的豪放词家当以刘辰翁(1232—1297)为巨擘，他不像张(炎)、王(沂孙)那样只用侧笔，常用中锋突进的笔势来表达自己奔放的感情，具有格外感人的力量。至于辞多凄苦，则是南宋遗民的共同特点。

此外，还有蒋捷(约1245—1305后)，他写词不拘一格，或似辛，或似姜，艺术造诣较高，但略嫌尖巧。

第五节　宋代话本

话本是说话人所用的底本，说话就是讲故事。说话的渊源很早，但到唐朝才发展成一门艺术。元稹在《酬翰林白学士代书一百韵》长诗中"翰墨题名尽，光阴听话移"两句下自注云："又尝于新昌宅说《一枝花话》，自寅至巳，犹未毕词。"后来，白居易的弟弟白行简的著名传奇小说《李娃传》，就是根据《一枝花话》写成的。有的在宫廷和官邸里讲，有的在社会上讲。在社会上讲的故事，叫市民小说。宋代有了容纳各种技艺的演出的场所，叫做瓦肆、瓦舍和瓦子。一所瓦舍又分设若干座勾栏，供各种技艺分别上演。说话是其中的一种，成了专门的职业。《武林旧事》记载的说话人姓名就有近百之多。他们组织了书会，书会中也有为他们编写底本的下层知识分子。他们讲的故事又分门别类，其中以小说和讲史二类为最发达，小说又比讲史更发达。小说多取材于现实，一般一次讲完。讲史取材于历史(包括本朝史事)，由于内容多，便需要连续讲若干次，一次叫一回，后代发展为章回小说的形式。讲史带有评论性，所以又叫评话，或平话，“平”也就是“评”的意思。它们的底本都是用白话写成的，运用白话的能力已经达到了相当高的水平，可以说是中国早期的白话小说。

宋代小说话本散佚很多，尚存二十多种，散见于《京本通俗小说》、《清平山堂话本》以及明人编的《喻世明言》、《警世通言》、《醒世恒言》。但这些书收录的也有元人的作品。内容可分为四类，即：爱情类、公案类、侠义类、神怪类。后一类思想和艺术都较低劣。此外还有些反映民族矛盾的作品。

爱情类小说较多。《快嘴李翠莲》内容和形式都很有特色。李翠莲是个“姿容出众”的少女，而且女红针指、书史百家无所不通。尤其突出的是有一张“问一答十，问十答百”的“快嘴”，又“从小生得有志气”。临出嫁时，父母教她不要多言多语以致失了礼节，她还是放开喉咙，爱说便说，评长论短，异常泼辣。结婚的当天，她不肯受封建礼俗的摆布，骂了媒婆，训斥了丈夫，顶撞了公婆，不几天就被婆家休了，她毫不懊悔。回到娘家，又受到父母兄嫂的埋怨。难以容身，就去寺庙削发为尼。她的结局是悲剧性的，深刻地反映了封建社会妇女的悲惨命运。这篇话本不同于古代流行小说的反包办婚姻，又脱出了一见倾心、中遭磨难、最后团圆的三段式的陈套，并用快板的形式来表现李翠莲的快嘴，这些都是别开生面，最有特色的。《碾玉观音》也是这类小说话本中的优秀之作，表现了王府婢女与碾玉匠的爱情悲剧。

公案类小说最著名的是《错斩崔宁》。说的是陈二姐的丈夫深夜酒醉归来，说已经把她典当给别人，这本是戏言，陈二姐却信以为真，回娘家去告诉父母，半路上碰见了一个陌生的男人，叫做崔宁，同路而行。不料她的丈夫被贼人杀死了，她和崔宁被人当做奸夫淫妇，杀害亲夫，捉到官府。府尹将他们屈打成招，判了死刑，以致含冤而死。说话人接着指出这宗案件的可疑之处，认为仔细一些就可以审得明白。并批判问官糊涂：“不想捶楚之下，何求不得。”还说：“做官的切不可率意断案，任情用刑，也要求个公平明允。”毫不含糊地揭露了封建官吏的昏庸腐朽，草菅人命，并对他们提出了警告。

侠义类小说可举《宋四公大闹禁魂张》为例。故事叙述了侠盗宋四公打抱不平，惩罚了为富不仁、爱财如命的绰号禁魂张的财主张富，又和徒弟赵正等人盗取了钱大王的三万贯财物和羊脂白玉带，当面剪走京师府尹身上金鱼带的“挞尾”，割掉来追捕他们的马观察的一半衫褑，搅得开封府人仰马翻，官僚们惊惶失措。侠盗劫富济贫、专和官府作对的行为，在一定程度上反映了广大人民群众反剥削压迫的思想。

这些话本大都以市井平民为主人公，反映了市民阶层与封建势力之间的矛盾冲突，表达了市民阶层的理想和愿望，但他们也存在着一些消极落后的思想观念。

小说话本的艺术成就较高，最突出的特点是以情节曲折、布局巧妙引人入胜。故事不仅有头有尾，来龙去脉交代得一清二楚，而且展开了激烈的冲突，制造了紧张的场面，善于使用伏笔，造成悬念；又往往出现偶然的巧合和复杂的变化，出人意外。有些话本还塑造出了个性鲜明的人物形象。更有重要意义的是显示了白话文体的巨大艺术表现力，虽然还有粗糙和其他不足之处，却展现了美好的前途，开创了中国文字语言的一个新阶段，为以后的小说、戏曲采用白话文体开了良好的先例。

宋代讲史话本，公认的有《新编五代史平话》和《大宋宣和遗事》两种。《新编五代史平话》是经过元人修订刊印的，分梁、唐、晋、汉、周五部，每部两卷。梁汉两部今只存上卷，内容是叙述五代的兴亡，大致依据史书，也采用了一些民间传说，反映了军阀割据，连年战乱的状况，人民在这种状况下所遭受的痛苦也有了一些表现。关于黄巢、朱温、刘知远、郭威等人的故事比较生动。

《大宋宣和遗事》也经过了元人的一些修饰。全书分元、亨、利、贞四集，除开头一节以外，从王安石变法写到宋高宗临安建都。其中梁山伯聚义的故事已粗具规模，有了《水浒传》的一些主要情节。但内容庞杂，文体不一，既有文言，又有白话。

此外《全相平话五种》，可能是元人的作品，有些部分也可能承袭了宋人讲史的底本。包括《武王伐纣平话》、《七国春秋平话》、《秦并六国平话》、《前汉书平话》和《三国志平话》。大致依照正史，但插进了较多的民间流传的故事和虚构的成分。其中以《三国志平话》为较优，它已经把曹操作为老奸巨猾的形象来刻画，而且刻画得还比较生动。《大唐三藏取经诗话》一般认为是宋刊本，讲的是唐僧玄奘和白衣秀才猴行者经历许多磨难上天竺取经的故事，性质比较复杂。

这些讲史话本既大都取材于正史，在思想观点上自然不免受到封建史学家的影响，但又杂有民间故事，有些地方反映了人民的思想和愿望。艺术质量虽然大都粗糙，但对明代的《三国演义》、《西游记》和《封神演义》等长篇白话小说的创作很有影响。

小说话本的结构一般包括题目、入话、正话和篇尾四个部分。题名大多是人名、地名或物名，有的则概括了主要故事情节，如《快嘴李翠莲记》、《志诚张主管》、《碾玉观音》、《错斩崔宁》、《陈巡检梅岭失妻记》等。入话又称得胜头回或笑耍头回，或在正话开始之前，引用一些与正话相关的诗词，对正话的主题思想加以解释；或先讲一两段与正话相类、相反的小故事以引入正话。入话可长可短，灵活机动，具有引发下文、肃静讲场、启发思考、聚集听众的作用。正话即主要的故事，散文与韵文交错使用，一般以散文叙述故事，以韵文描绘环境和人物心理。篇尾是话本的煞尾，一般是以篇幅短小的诗词来总结全篇主旨，往往含有较强的劝诫和评论的味道。

讲史话本内容丰富，一般均需多次才能讲完，这就是后代长篇章回小说的滥觞。

第六节　宋代诗话词话

诗话、词话是一种漫谈诗坛、词坛轶事，品评诗词作品，探讨诗词作法，追溯诗词源流的著作。它是在唐宋以来诗词高度繁荣的基础上产生和发展起来的。

宋代是诗话著作极为繁荣的时期。据郭绍虞《宋诗话考》所列，如今仍在流传的宋诗话四十二部，如今仅部分流传或由他人纂辑成书的宋诗话四十六部，如今已佚而仅知其名的宋诗话五十一部，共计有一百三十九部之多，真是洋洋大观！

第一部以“诗话”命名的书是欧阳修的《六一诗话》，共二十八则。不久，有司马光的《续诗话》（又名《司马温公诗话》）和刘攽（1023—1089）的《中山诗话》（又名《刘贡父诗话》）。从此以后，宋人诗话之作一发而不可收，并且影响到金、元、明、清诸朝，使它成为中国古代文学史上评论诗词的一种独特形式。

诗话是一种笔记体的短札，一事一则，有话即长，无话即短，自由灵活，漫笔而书，目的是“以资闲谈”（欧阳修《六一诗话》），所以读来感到生动活泼，轻松贴近。但因其不注重周密考订，有时也会影响到它的学术价值。

《六一诗话》中，最有名的一则是记载梅尧臣谈写诗主张“意新语工”的：

圣俞尝语予曰：“诗家虽率意，而造语亦难。若意新语工，得前人所未道者，斯为善也。必能状难写之景如在目前，含不尽之意见于言外，然后为至矣。贾岛云：‘竹笼拾山果，瓦瓶担石泉。’姚合云：‘马随山鹿放，鸡逐野禽栖。’等是山邑荒僻，官况萧条，不如‘县古槐根出，官清马骨高’为工也。”余曰：“语之工者固如是。状难写之景，含不尽之意，何诗为然？”圣俞曰：“作者得于心，览者会以意，殆难指陈以言也。虽然，亦可略道其仿佛：若严维‘柳塘春水漫，花坞夕阳迟’，则天容时态，融和骀荡，岂不如在目前乎？又若温庭筠‘鸡声茅店月，人迹板桥霜’，贾岛‘怪禽啼旷野，落日恐行人’，则道路辛苦，羁愁旅思，岂不见于言外乎？”

欧阳修与梅尧臣在诗文革新运动中志同道合，他标举梅这段论诗的精辟言论，意在强调诗歌既要善于状物写景，真切反映客观现实，又要善于抒写感情，深沉含蓄。这确是诗歌艺术中极为重要的两条艺术规律，值得人们高度重视。

司马光《续诗话》中，最有名的一条是：

《诗》云：“牂羊坟首，三星在罶。”言不可久。古人为诗，贵于意在言外，使人思而得之，故言之者无罪，闻之者足以戒也。近世诗人，唯杜子美最得诗人之体。如“国破山河在，城春草木深。感时花溅泪，恨别鸟惊心”。“山河在”，明无余物矣；“草木深”，明无人矣；花鸟，平时可娱之物，见之而泣，闻之而悲，则时可知矣。他皆类此，不可遍举。

这则诗话，对上引《六一诗话》所强调的“意新语工”、“意在言外”是具体深入的发挥和补充。

此后，出现了宣传江西诗派诗歌理论的一批诗话，如陈师道的《后山诗话》、吴可的《藏海诗话》、吴幵的《优古堂诗话》、许觊的《彦周诗话》、吕本中的《紫薇诗话》、葛立方（？—1164）的《韵语阳秋》、刘克庄的《后村诗话》等。他们倡奇险，尚古硬，推尊杜甫、黄庭坚，指点作诗路径，讲究“夺胎换骨”、“点铁成金”的语言文字技巧，提倡悟入法，评论前人的诗作，有许多可取的意见。特别是像《后山诗话》和《韵语阳秋》，也批评江西派中一些人过于求奇求巧的毛病，而主张在自然中出奇，更是值得重视的意见。

当江西诗派诗风风靡一时之际，也出现了一批反江西派的诗话，如魏泰的《临汉隐居诗话》、叶梦得（1077—1148）的《石林诗话》、张戒的《岁寒堂诗话》等，批评江西诗派都能切中要害，并强调“天然工妙”，主张作诗要有“余味”。以后南宋著名诗人杨万里的《诚斋诗话》又继续发挥“余味”说而产生较大的影响。

在宋代诗话中，能提出比较系统的诗学理论，具有较高学术价值的是姜夔的《白石道人诗说》和严羽的《沧浪诗话》。《白石道人诗说》强调“理高妙”、“意高妙”、“想高妙”和“自然高妙”，十分注重诗歌的内容和构思；又针对江西诗派轻狂浅露的诗风，力主诗要写得“沉著”、“含蓄”、“精深”、“蕴藉”。

《沧浪诗话》是一部有系统的诗歌理论著作，其主要批判矛头，也是对准江西诗派的。他强调“兴趣”、“妙悟”，好诗应“不落言筌”、“无迹可求”，反对以学问为诗、以文字为诗，反对诗歌过分散文化、议论化：

夫诗有别材，非关书也；诗有别趣，非关理也。然非多读书，多穷理，则不能极其至。所谓不涉理路，不落言筌者，上也。诗者，吟咏情性也。盛唐诸人惟在兴趣，羚羊挂角，无迹可求。故其妙处透彻玲珑，不可凑泊，如空中之音，相中之色，水中之月，镜中之象，言有尽而意无穷。近代诸公乃作奇特解会，遂以文字为诗，以才学为诗，以议论为诗。夫岂不工，终非古人之诗也。盖于一唱三叹之音，有所歉焉。且其作多务使事，不问兴致；用字必有来历，押韵必有出处，读之反复终篇，不知着到何处。其末流甚者，叫噪怒张，殊乖忠厚之风，殆以骂詈为诗。诗而至此，可谓一厄也。

严羽又以禅喻诗，强调"大抵禅道惟在妙悟，诗道亦在妙悟"。他的理论，影响深远，清代王士禛的神韵说诗论，亦渊源于此。

宋诗话中亦有谈论词的言论，如《后山诗话》、《艇斋诗话》、《诗人玉屑》、《苕溪渔隐丛话》等。现在存世的第一部有价值的专门词话是南宋王灼的《碧鸡漫志》。他批判当时倚声填词忽视思想内容的不良倾向："今人独重女音，不复问能否，而士大夫所作歌词，亦尚婉媚，古意尽矣。"他评论五代以来的词作，非常推重苏轼的豪放词："东坡先生以文章余事作诗，溢而作词曲，高处出神入天，平处尚临镜笑春，不顾侪辈。或曰，长短句中诗也。为此论者，乃是遭柳永野狐涎之毒。诗与乐府同出，岂当分异？"当然，《碧鸡漫志》对柳永词和李清照词的评论亦多有失当之处，这反映了王灼的士大夫偏见。

沈义父的《乐府指迷》和张炎的《词源》是格律词派两部重要词话。《乐府指迷》开卷第一条"论作词之法"即提出论词的四项标准：

盖音律欲其协，不协则成长短之诗；下字欲其雅，不雅则近乎缠令之体；用字不可太露，露则直突而无深长之味；发意不可太高，高则狂怪而失柔婉之意。

此书评论词作家，以周邦彦为最高榜样，指出："凡作词，当以清真为主。盖清真最为知音，且无一点市井气。下字运意，皆有法度，往往自唐宋诸贤诗句中来，而不用经史中生硬字面，此所以为冠绝也。学者看词，当以周词集解为冠。"从以上两条，可知这部词话的宗旨重在格律。

《词源》上卷专论音律，下卷论作词的原则、方法、技巧和风格，并对词人作评论。张炎十分注重炼字炼句，提出要"字字敲打得响"，"一个生硬字用不得"，还要在用虚字上下功夫；强调"于好发挥笔力处，极要用工"；指出用典故要"融化不涩"，"不为事所使"。在风格上，他极力推崇"清空"和"雅正"，以姜夔为最高榜样，赞扬姜词"如野云孤飞，去留无迹"。他既不满意吴文英词的质实，也不满意辛弃疾和刘过词的豪宕，称之为"长短句之诗耳"。由此可见，同样注重格律，沈义父与张炎的看法也并不相同。

第二章　宋代作品选

第一节　北宋前期

范仲淹

范仲淹(989—1052),字希文,苏州吴县(今江苏苏州)人。宋政治家、文学家。大中祥符八年(1015)登进士第。景祐二年(1035)以天章阁待制权知开封。次年被指为朋党,贬知饶州。宝元三年(1040)任陕西经略安抚副使,驻守西北边疆,令西夏不敢侵犯。迁枢密副使。庆历三年(1043)任参知政事。谥文正。

范仲淹是一代名臣,政治上主张改革。诗词文章皆有佳作。存词仅五首,有风格健举者,亦有言浅情深、善写柔情者。有《范文正公全集》。

渔家傲

【题解】 本篇选自《范文正公全集·补编》卷一。《渔家傲》,词调名,上片、下片各五仄韵。此词作于陕西经略安抚副使任内,表现边地的艰苦生活和功业未成、欲归不得的复杂心情,风格苍凉悲壮。这在北宋词中是颇为罕见的。

塞下秋来风景异,衡阳雁去无留意①。四面边声连角起②。千嶂里,长烟落日孤城闭。　　浊酒一杯家万里③,燕然未勒归无计④。羌管悠悠霜满地⑤。人不寐,将军白发征夫泪。

【注释】

① 衡阳雁去:雁向衡阳飞去。衡阳(今属湖南)旧城南有回雁峰,相传大雁至此不再南飞。

② 边声:边地的声音,如马鸣、风号等。角:军中号角。

③ 浊酒:未经过滤的米酒。

④ 燕(yān)然未勒:《后汉书·窦宪传》载,窦宪

追击北单于，登燕然山(今蒙古国的杭爱山)，去塞三千余里，刻石记功而还。勒，刻。

⑤ 羌(qiāng)管：即羌笛，出自羌(古代西北少数民族)地。

晏殊

晏殊(991—1055)，字同叔，抚州临川(今江西抚州)人。宋词人。景德二年(1005)以神童召试，赐同进士出身。一生仕途较为顺利，真宗时官至左庶子，仁宗时官至集贤殿大学士、同中书门下平章事兼枢密使。生当盛世，位至极品，秉性刚峻，爱重人才。谥元献。

晏殊是北宋最早大量写词的人。词风承袭南唐，受冯延巳影响尤深，所作温润秀洁，闲雅有情思，能引起读者对人生的体味。他善于写欢愉，却又常带有淡淡的哀愁。也工诗。有《珠玉词》。清人辑有《晏元献遗文》。

浣溪沙

【题解】 本篇选自《珠玉词》。《浣溪沙》，唐教坊曲名，后用作词调，上片三平韵，下片两平韵。此词写悼惜春残而引起的年华易逝的伤感，但花落而又燕来，又引起对宇宙人生哲理的深沉思索。其中"无可奈何"一联，既情思缠绵，又属对工巧流利，音节谐婉，虽然苦心经营，却无斧凿痕迹。

一曲新词酒一杯，去年天气旧亭台。夕阳西下几时回？　无可奈何花落去，似曾相识燕归来。小园香径独徘徊①。

【注释】

① 香径：花间小路。

柳永

柳永(约987—1053)，原名三变，改名永，字耆卿，建宁军崇安(今福建武夷山市)人。宋词人。排行第七，世称柳七。少年风流，放荡不羁，常游歌楼酒肆，过着"倚红偎翠"，"浅斟低唱"的生活。屡屡科场失意，景祐元年(1034)方登进士第。嘉祐间官屯田员外郎，年已六十余。

柳永终生潦倒，混迹于乐工歌妓之间，为他们谱写歌词。因此内容也大都不离艳情和离愁别绪，同时发泄了怀才不遇的愤慨和对功名利禄的蔑视，表现了对风尘女子的同情。又工于描写羁旅行役，模景设色。他精通音律，善于铺叙点染，创制了许多慢词。他又善于以俚语、口语入词，适合一般市民需要，所以传播很广，"凡有井水处，皆能歌柳词"(宋叶梦得《避暑录话》)。此外他也有一部分雅词对后来的秦观有很大影响。有《乐章集》。

八声甘州

【题解】 本篇选自《乐章集》。《八声甘州》，词调名，常格上片、下片各四平韵。这是写思归的词。上片景中含情，下片情中带景。苏轼不甚喜柳词，却称赞"霜风凄紧"三句为"不减唐人高处"(宋赵令畤《侯鲭录》)。

对潇潇暮雨洒江天①，一番洗清秋②。渐霜风凄紧，关河冷落，残照当楼。是处红衰翠减③，苒苒物华休④。惟有长江水，无语东流。　不忍登高临远，望故乡渺邈，归思难收。叹年来踪迹，何事苦淹留？想佳人、妆楼颙望⑤，误几回、天际识归舟？争知我、倚阑干处⑥，正恁凝愁⑦。

【注释】

① 潇潇：雨势急骤的样子。

② "一番"句：经过一番风雨的洗涤，就成了清凉的秋天。

③ "是处"句：到处花木衰谢。李商隐《赠荷花诗》："翠减红衰愁煞人"。

④ 苒苒：渐渐。物华：自然景物。

⑤ 颙(yōng)望：抬头远望。

⑥ 争：怎。

⑦ 恁(nèn)：这样。

望海潮

【题解】 本篇选自《乐章集》。《望海潮》，词调名，上片五平韵，下片六平韵。全词概括了钱塘江的雄壮，西湖的清丽和杭州的繁华，表现了太平时期生产发展，都市繁荣的局面，题材新颖。

东南形胜[1]，三吴都会[2]，钱塘自古繁华[3]。烟柳画桥，风帘翠幕[4]，参差十万人家[5]。云树绕堤沙[6]，怒涛卷霜雪[7]，天堑无涯[8]。市列珠玑[9]，户盈罗绮[10]，竞豪奢。　重湖叠巘清嘉[11]。有三秋桂子[12]，十里荷花。羌管弄晴，菱歌泛夜[13]，嬉嬉钓叟莲娃。千骑拥高牙[14]。乘醉听箫鼓，吟赏烟霞[15]。异日图将好景[16]，归去凤池夸[17]。

【注释】

① 形胜：形势优越，风景优美之地。

② 三吴：泛指长江下游一带。

③ 钱塘：古县名，治今浙江杭州，宋时与仁和县同为两浙路及临安府治所。

④ 风帘翠幕：挡风的帘子，翠色的帷幕。

⑤ 参差(cēn cī)：形容房屋高低不齐。

⑥ 云树：茂密高大的树木。堤沙：就是土堤。堤，指钱塘江大堤。

⑦ 怒涛：汹涌的潮水。霜雪：比喻白色的浪花。

⑧ 天堑(qiàn)：天然的壕沟。堑，沟，防御工事。此指钱塘江。

⑨ 玑：不圆的珠子。

⑩ 绮(qǐ)：有花纹的丝织品。

⑪ 重湖：西湖分里湖和外湖，故称。叠巘(yǎn)：重叠的峰峦。清嘉：清秀美好。

⑫ 三秋：此指农历九月。桂子：桂花。

⑬ "羌管"二句：白天管弦齐奏，夜晚歌声泛起。羌管，此处泛指乐器。弄，吹奏。菱歌，采菱舟上的歌声。泛，浮。

⑭ 高牙：军前大旗，旗杆用象牙装饰，此借指高级官吏。

⑮ 烟霞：形容山水景物。

⑯ 图将：描绘得。

⑰ 凤池：凤凰池，本皇帝禁苑中的池沼，此处即指朝廷。

欧阳修

欧阳修(1007—1072)，字永叔，号醉翁、六一居士，吉州吉水(今属江西)人。宋文学家。天圣八年(1030)登进士第。景祐三年(1036)，范仲淹批评时政，遭到贬谪，欧阳修时为馆阁校勘，为之鸣不平，被贬知夷陵。庆历三年(1043)，范仲淹任参知政事，实行新政，欧阳修为谏官，积极支持新政。范仲淹和支持新政的宰相杜衍相继罢官外放，欧阳修又上书直言极谏，遭到保守派诬陷，贬知滁州。徙知扬州、颍州、应天府，奉诏修撰《唐书》，擢翰林学士，权知礼部贡举，累迁至枢密副使、参知政事。熙宁四年(1071)，以太子少师致仕，居颍州。次年病逝。谥文忠。

欧阳修是北宋诗文革新运动的领袖，创作以散文的成就为最高，为唐宋八大家之一。他取法韩愈的"文从字顺"而自成风格，纡徐委备，流畅圆融，富于情致。议论从容不迫，又很有力量。他又是史学家，和宋祁等人共同编写了《新唐书》，独力撰修了《新五代史》，极重剪裁，以简练著称。《新五代史》的叙论总结了历史教训，又是很好的议论文。他的碑铭传记文，事信言文，简而有法。《泷冈阡表》是为其父母墓前撰作的碑文，不铺张，不藻饰，只述家教，语语入情。他的杂记文，事实只记大略，写景不多渲染，常借以寄兴发慨，议论成分较重，富于抒情色彩，章法多变，而又严谨。《丰乐亭记》仅前后叙事写景，中间生出大段议论，就当地今昔的变化，说明北宋“休养生息，涵煦百年”的功效，反复唱叹。他的哀祭文是比较典型的抒情散文。《祭石曼卿文》“感念畴昔，悲凉凄怆”，类似骚赋的写法，而行以古文的气势，突兀峥嵘，抑扬顿挫。他又变骈赋为散文赋。《秋声赋》以有形之物状无形之声，铺张排比，而又参差错落，声韵铿锵，而又灵活流动，最后引入对人生深沉的思考，诗意盎然。

欧阳修的诗具有较强的现实性，风格清朗，亦如其文。他学韩愈以文为诗，促使诗体向散文化、议论化的方向发展，较易于畅所欲言，而又保持其固有的体式和特殊的韵味，初步形成了宋诗的特色，体现了他革新的精神。其中亦有颇为豪纵之作，这又是受李白的影响。

欧阳修的词多是小令，风格与晏殊相近，也深受冯延巳的影响，而深婉过于晏殊，题材也更广泛。他还有些词写得比较豪爽。故清冯煦谓其词“疏隽开子瞻，深婉开少游”(《宋六十家词选例言》)。这就对“花间”、南唐的范围有所突破。

欧阳修还写有《六一诗话》，开创了以随笔漫谈的方式评诗的新文体。

有《欧阳文忠公文集》、《六一词》。

五代史伶官传序

【题解】 本篇选自《新五代史》卷三十七。这是欧阳修《五代史》(后人称为《新五代史》，以别于宋初薛居正等所著的《五代史》)中《伶官传》的序论。伶官是供奉内廷授有官职的乐工和杂戏演员。《伶官传》就是记载后唐庄宗李存勗宠爱的伶官郭门高等败政乱国的史实。这篇序论则是以李存勗的兴亡作为典型事例，推导出“盛衰之理”由于“人事”的历史教训，即：“忧劳可以兴国，逸豫可以亡身”；“祸患常积于忽微，而智勇多困于所溺”。旨在防微杜渐，力戒享乐腐化。清沈德潜说是“抑扬顿挫，深得《史记》神髓”(《唐宋八家文读本》引)。

呜呼！盛衰之理，虽曰天命，岂非人事哉①！原庄宗之所以得天下②，与其所以失之者，可以知之矣。

世言晋王之将终也③，以三矢赐庄宗而告之曰：“梁，吾仇也④；燕王，吾所立⑤；契丹与吾约为兄弟⑥，而皆背晋以归梁。此三者，吾遗恨也。与尔三矢，尔其无忘乃父之志⑦！”庄宗受而藏之于庙⑧。其后用兵，则遣从事以一少牢告庙⑨，请其矢⑩，盛以锦囊⑪，负而前驱，及凯旋而纳之⑫。

方其系燕父子以组⑬，函梁君臣之首⑭，入于太庙，还矢先王，而告以成功，其意气之盛，可谓壮哉！及仇雠已灭⑮，天下已定，一夫夜呼，乱者四应⑯，仓皇东出，未及见贼，而士卒离散。君臣相顾，不知所归；至于誓天断发，泣下沾襟⑰，何其衰也⑱！岂得之难而失之易欤？抑本其成败之迹而皆自于人欤⑲？《书》曰：“满招损，谦受益⑳。”忧劳可以兴国，逸豫可以亡身㉑，自然之理也。故方其盛也，举天下之豪杰莫能与之争㉒；及其衰也，数十伶人困之而身死国灭㉓，为天下笑。

夫祸患常积于忽微㉔，而智勇多困于所溺㉕，岂独伶人也哉！作《伶官传》。

【注释】

① “盛衰”三句：作者认为国家盛衰兴灭的道理不在于天命，而在于人事。“虽曰”、“岂非”的作用，是对天命论先让一步，然后用反问的语气强调人事来加以否定。这是针对以前一些人(包括薛居正)的错误观点来说的。

② 原：推究某事的原因。庄宗：指后唐皇帝李存勗。李存勗于公元923年建立后唐，定都洛阳。

③ 世言：社会上传说。晋王：李存勗之父李克用，唐封为晋王，据有今山西省一带地区，驻太原。梁开平二年(908)病终。

④ 吾仇也：后梁太祖朱温称帝前曾被黄巢部队围困，向李

克用求救，得以解围。温请克用赴宴，诱致酒醉，乘机谋杀，克用险被害死，从此结下深仇。

⑤ 吾所立：唐末刘仁恭曾因兵败投奔李克用，克用任用他为幽州留后，并为他向唐请命，得任为卢龙节度使。后来他背叛李克用，克用亲往讨伐，又被打败。刘仁恭子刘守光囚父自立，依附梁。梁开平三年(909)封刘守光为燕王，时李克用已死。这里所称燕王是笼统的说法。

⑥ "契丹"句：天祐元年(904)，李克用与契丹首领耶律阿保机盟于云州，约为兄弟，谋共攻梁。阿保机归后背约与梁通好，约共灭晋。

⑦ 乃父：你父亲。

⑧ 庙：指皇帝的宗庙，即后文所称的太庙。

⑨ 从事：僚属。少牢：古代祭祀用一豖(猪)一羊，称为少牢。

⑩ 请：取出的敬辞。

⑪ 盛(chéng)：装。锦囊：锦制的袋子。

⑫ 纳：送回。

⑬ "方其"句：天佑九年(912)，李存勗攻破幽州，俘虏了刘仁恭，刘守光出逃，次年也被逮捕。又次年，存勗捆绑仁恭、守光归至太原，杀守光。又械送仁恭至代州克用墓前，把他杀死。组，丝绳。

⑭ "函梁"句：同光元年(923)，后唐军攻入梁都开封，梁末帝朱友贞及其侍卫官皇甫麟自杀，李存勗取下这两人的头用匣子装着，归献太庙。函，匣子，这里用作动词。

⑮ 仇雠(chóu)：仇敌。

⑯ "一夫"二句：同光四年(926)，贝州军士皇甫晖乘夜杀其将，起兵攻占邺城，邢州、沧州驻军相继响应，汴州李嗣源也叛变。

⑰ "仓皇"七句：同光四年，李存勗匆忙从洛阳率军二万五千人东进汴州，途中知李嗣源叛变，被迫回军，至汜水已失万余人。至右桥，君臣同哭，其亲信百余人截断头发(表示不惜断头)，立誓效忠。

⑱ 何其：多么地。

⑲ 抑：或。本：推究。迹：事迹。自：由。

⑳《书》：《尚书》的简称。下引二句，出自伪古文《尚书》的《大禹谟》篇。

㉑ 逸豫：安乐。

㉒ 举：全。

㉓ "数十"句：李存勗宠信伶人郭从谦(艺名郭门高)，令其统领亲军。同光四年四月，伶人随郭从谦作乱，进攻宫城，存勗中箭而死。李嗣源继位。嗣源只是克用养子，本为应州胡人，无姓氏。国号虽未变，血统已换，故云国灭。

㉔ 忽微：古代两个极小的计量单位，这里指极细小的事情。

㉕ 所溺：所溺迷的人或事物。

醉翁亭记

【题解】 本篇选自《欧阳文忠公文集》卷三十九。仁宗庆历五年(1045)，欧阳修贬知滁州。治滁一年，已有政绩，得与民同乐。这是他"得之心而寓之酒"的真乐，以醉翁自号并以名亭，其意实亦在此。山水之间，只是寄兴。通篇以"乐"字立骨，充满着乐观的情调，表现了他不以一时失败而消极颓放的坦荡胸怀。这也就是受到政敌打击后对他们的一个很好的回答。行文骈散兼用，舒卷自如。以"者"、"也"表唱叹，既热烈酣畅，又从容不迫。情景兼胜，音调谐美，如诗如赋。

环滁皆山也[①]。其西南诸峰，林壑尤美。望之蔚然而深秀者[②]，琅邪也[③]。山行六七里，渐闻水声潺潺而泻于两峰之间者[④]，酿泉也[⑤]。峰回路转，有亭翼然临于泉上者[⑥]，醉翁亭也。作亭者谁？山之僧智仙也[⑦]。名之者谁？太守自谓也[⑧]。太守与客来饮于此，饮少辄醉，而年又最高，故自号曰醉翁也。醉翁之意不在酒，在乎山水之间也。山水之乐，得之心而寓之酒也。

若夫日出而林霏开[⑨]，云归而岩穴暝[⑩]，晦明变化者[⑪]，山间之朝暮也。野芳发而幽香，佳木秀而繁阴[⑫]，风霜高洁[⑬]，水落而石出者[⑭]，山间之四时也。朝而往，暮而归，四时之景不同，而乐亦无穷也。

至于负者歌于途[⑮]，行者休于树，前者呼，后者应，伛偻提携[⑯]，往来而不绝者，滁人游也。临溪而渔，溪深而鱼肥；酿泉为酒，泉香而酒洌[⑰]；山肴野蔌[⑱]，杂然而前陈者，太守宴也。宴酣之乐，非丝非竹[⑲]；射者中[⑳]，弈者胜[㉑]，觥筹交错[㉒]，起坐而喧哗者，众宾欢也。苍颜白发，颓然乎其间者[㉓]，太守醉也。

已而夕阳在山[24]，人影散乱，太守归而宾客从也。树林阴翳[25]，鸣声上下，游人去而禽鸟乐也。然而禽鸟知山林之乐，而不知人之乐；人知从太守游而乐，而不知太守之乐其乐也[26]。醉能同其乐，醒能述以文者，太守也。太守谓谁？庐陵欧阳修也[27]。

【注释】

① “环滁”句：朱熹《朱子语类》：“顷有人买得他《醉翁亭记》稿，初说滁州四面有山，凡数十字，末后改定，只曰‘环滁皆山也’五字而已。”

② 蔚然：草木茂盛的样子。深秀：幽深秀美。

③ 琅邪（yá）：即琅琊，山名，在滁州西南隅。

④ 潺（chán）潺：流水声。

⑤ 酿泉：水清可以酿酒，故以酿名泉。

⑥ 翼然：形容亭角翘起，如鸟振翅欲飞。

⑦ 智仙：琅琊山琅琊寺的僧人。

⑧ 太守自谓：太守自称醉翁。太守，本是汉代一郡的行政长官，宋时是州（军）县制，一州的行政长官称知军州事。这里的太守是袭用旧称。

⑨ 林霏：树林中的雾气。开：消散。

⑩ 云归：云回到山中。古人认为云是从山中出来的。

⑪ 晦明：阴晴。

⑫ 秀：茂盛。繁阴：浓密的树阴。

⑬ 风霜高洁：风高霜洁。

⑭ 水落而石出：水位降落，水底石头露出。

⑮ 负者：肩挑背扛的人。

⑯ 伛偻（yǔ lǚ）：弯腰驼背，指老年人。提携：牵领，指小孩。

⑰ “泉香”句：何焯《义门读书记》：“东坡书此文，改‘泉冽而酒香’作‘泉香而酒冽’，倒转则句响，亦《月令》水泉必香也。”冽，清。

⑱ 山肴（yáo）：野味。蔌（sù）：蔬菜。

⑲ 丝：弦乐器。竹：管乐器。

⑳ 射：古代饮宴时投壶的游戏，把箭投入壶中，以中否决胜负。又：作者有《九射格》说：“九射之格，其物九，为一大侯（射布，即箭靶），而寓以八侯：熊当中，虎居上，鹿居下，雕、雉、猿居右，雁、兔、鱼居左。而物各有筹。射中其物，则视筹所在而饮之。”或当谓此。

㉑ 弈：下围棋。

㉒ 觥（gōng）：酒器。筹：行酒令的筹码。

㉓ 颓然：形容酒醉时昏昏然将要倒下的样子。乎：于。

㉔ 已而：过了不久。

㉕ 阴翳（yì）：树阴掩蔽。

㉖ 乐其乐：乐他们之所乐。

㉗ 庐陵：古郡名，隋时治所在今江西吉水东北。欧阳修先世为庐陵大族。

戏答元珍

【题解】 本篇选自《欧阳文忠公文集》卷十一。景祐三年（1036）欧阳修贬知峡州夷陵。这是他第一次被贬谪。这首诗作于次年春。诗中寄寓了虽贬处僻远，皇恩不至，时光虚逝，终将归朝有日的意思，表现对前途的乐观和自信。诗句清雅，抑扬交错。元珍，丁宝臣字，时为峡州军事判官。

春风疑不到天涯，二月山城未见花[①]。
残雪压枝犹有橘，冻雷惊笋欲抽芽[②]。
夜闻归雁生乡思，病人新年感物华[③]。
曾是洛阳花下客[④]，野芳虽晚不须嗟[⑤]。

【注释】

① “春风”二句：此诗一本题为《戏答元珍花时久雨之什》，花时久雨，故花迟迟未开。首句从王之涣《凉州词》“春风不度玉门关”化出。

② “残雪”二句：作者《峡州至喜堂记》：“有橘柚茶笋四时之味。”冻雷，寒雷。

③ 物华：美丽的景物。

④ “曾是”句：欧阳修于仁宗天圣八年（1030）至景祐元年（1034）曾任西京（洛阳）留守推官，写过《洛阳牡丹记》。洛阳以牡丹城著称。

⑤ 野芳：野花。

踏莎行

【题解】 本篇选自《六一词》。《踏莎行》，词调名，上片、下片各三仄韵。这词写远行人的离愁，上片从行人的角度写，下片从行人的心眼中写思妇，复由思妇的心眼中写到行人，即柳永《八声甘州》"想佳人，妆楼颙望"之意。又善于运用比喻，显得委婉缠绵。

候馆梅残[①]，溪桥柳细，草薰风暖摇征辔[②]。离愁渐远渐无穷，迢迢不断如春水[③]。　寸寸柔肠[④]，盈盈粉泪，楼高莫近危阑倚[⑤]。平芜尽处是春山，行人更在春山外[⑥]。

【注释】

① 候馆：旅馆。

② 草薰风暖：江淹《别赋》："闺中风暖，陌上草薰。"薰，香。征辔：驭马的缰绳。

③ "离愁"二句：李煜《虞美人》："问君能有几多愁，恰似一江春水向东流。"又《清平乐》："离恨恰如春草，更行更远还生。"

④ 寸寸：断成一寸寸似的。

⑤ 危阑：高楼上的栏杆。危，高。阑，同"栏"。

⑥ "平芜"二句：从李商隐《无题》诗"刘郎已恨蓬山远，更隔蓬山一万重"化来，不显痕迹。平芜，平坦的草地。

曾巩

曾巩（1019—1083），字子固，建昌南丰（今属江西）人。宋文学家。世称曾南丰。嘉祐二年（1057）登进士第。历知齐州、沧州。迁史馆修撰。官至中书舍人。谥文定。

曾巩在同辈中最早受知于欧阳修，并主动投入他的门下。他的创作受欧阳修影响最深，风格也最为相近，在诗文革新运动中成为欧阳修的得力助手，因此世称欧曾。他的创作成就主要在散文方面，"纡徐而不烦，简奥而不晦"（《宋史》本传）。尤长于议论，严密周致，雍容平和。为唐宋八大家之一。亦能诗。有《元丰类稿》。

秃秃记

【题解】 本篇选自《元丰类稿》卷十七。这篇文章在《元丰类稿》中别具一格。他以太史公史传的笔法作记，只叙其人其事，最后才发出一点议论，但在叙事中已寓有褒贬。所叙孙齐灭伦的罪行令人发指，执法犯法，官官相护的黑幕也令人愤慨。文极峻洁，而来龙去脉，无不赅备。

秃秃，高密孙齐儿也[①]。齐明法，得嘉州司法[②]。先娶杜氏，留高密。更绐娶周氏[③]，与抵蜀。罢归[④]，周氏恚齐绐[⑤]，告县[⑥]。齐赀谢得释[⑦]。授歙州休宁县尉[⑧]，与杜氏俱迎之官[⑨]，再期[⑩]得告归[⑪]。周氏复恚，求绝[⑫]。齐急曰："为若出杜氏[⑬]。"祝发以誓[⑭]。周氏可之[⑮]。

齐独之休宁，得娼陈氏，又纳之。代受抚州司法[⑯]，归间周氏[⑰]，不复见，使人窃取其所产子，合杜氏、陈氏载之抚州[⑱]。明道二年正月至[⑲]。是月，周氏亦与其弟来，欲入据其署[⑳]，吏遮以告齐[㉑]。齐在宝应佛寺受租米，趋归，捽挽置庑下[㉒]，出伪券曰[㉓]："若傭也[㉔]，何敢尔[㉕]！"辨于州[㉖]，不直[㉗]。周氏诉于江西转运使[㉘]，不听。久之，以布衣书里姓联诉事[㉙]，行道上乞食。

萧贯守饶州[㉚]，驰告贯。饶州，江东也[㉛]，不当受诉。贯受不拒，转运使始遣吏祝应言为覆[㉜]。周氏引所产子为据，齐惧子见事得[㉝]，即送匿旁方政舍[㉞]。又惧，则收以归，搤其咽[㉟]，不死。陈氏从旁引儿足，倒持之，抑其首瓮水中，乃死，秃秃也。召役者邓旺，穿寝后垣下为坎[㊱]，深四尺，瘗其中[㊲]，生五岁云[㊳]。狱上[㊴]，更赦[㊵]，犹停齐官，徙濠州[㊶]，八月也。

庆历三年十月二十二日[㊷]，司法张彦博改作寝庐[㊸]，治地得坎中死儿[㊹]，验问知状者[㊺]，小吏熊简对如此。又召邓旺诘之，合狱辞留州者[46]，皆是。惟杀秃秃状盖不见[47]。与予言而悲之，遂以棺服敛之[48]，设酒脯奠焉[49]。以钱与浮图人昇伦买砖为圹[50]，城南五里张氏林下瘗之，治地后十日也。

呜呼！人固择于禽兽夷狄也[51]。禽兽夷狄于其配合孕养[52]，知不相祸也，相祸则其类绝也久矣。如齐何议焉！买石刻其事，纳之圹中，以慰秃秃，且有警也[53]。事始末，惟杜氏一无忌言[54]。二十九日，南丰曾巩作。

【注释】

① 高密：县名，今属山东。

② 嘉州：古州名，治今四川乐山。司法：即司法之官。

③ 绐(dài)：骗。

④ 罢：罢职。

⑤ 恚(huì)：怨恨。

⑥ 告县：向县府告状。

⑦ 赀(zī)谢：拿钱赔礼。释：和解。

⑧ 歙(shè)州：古州名，治今安徽歙县。休宁：县名，今属安徽。尉：掌管一县治安的官。

⑨ 迎之官：接往任所。

⑩ 再期(jī)：第二年。期，一周年。

⑪ 告：告假。

⑫ 绝：离婚。

⑬ 若：你。出：休弃。

⑭ 祝发：截断头发。

⑮ 可：同意。

⑯ 代受：调任。代谓交代旧职，受谓受任新职。抚州：古州名，治今江西抚州。

⑰ 间：避开。

⑱ 合：和。载：乘车。

⑲ 明道二年：公元1032年。明道，宋仁宗赵祯年号。

⑳ 据：处。署：官署。

㉑ 遮：阻拦。

㉒ 捽(zuó)：揪。置：放到。庑(wǔ)：正房对面和两侧的小屋子。

㉓ 券：证券，契约。

㉔ 若傭也：你是佣人。

㉕ 何敢尔：怎么敢这样？

㉖ 辨：到州政府去分辨(真伪)。

㉗ 不直：冤不得伸。

㉘ 转运使：原为管理经济之官，宋代变为高级地方行政长官。

㉙ 书里姓联诉事：写明乡里姓氏和诉讼的事。

㉚ 萧贯：新喻(今江西新余)人，字贯之，举进士甲科，仁宗时官至兵部员外郎。临事敢为，不苟合于时。守饶州：任知饶州军事。饶州，古州名，治今江西鄱阳。

㉛ 江东：宋代大行政区江南东路，治所在今南京。抚州属江南西路，西路治所在今南昌。

㉜ 覆：复审。

㉝ 子见(xiàn)事得：儿子出现了，与事实符合。得，符合。

㉞ 方政：指地方行政官。

㉟ 搤(è)：同“扼”。

㊱ 穿：挖通。寝：寝室。垣：矮墙。即围墙。坎：坑。

㊲ 瘗(yì)：掩埋。

㊳ 云：助词，无义。

㊴ 狱上：案件上报。

㊵ 更(gēng)赦：经历了大赦。

㊶ 徙：流放。濠州：古州名，治今安徽凤阳临淮关西。

㊷ 庆历三年：公元1043年。庆历，宋仁宗赵祯年号。

㊸ 改作寝庐：改建宿舍。

㊹ 治地：平整地基。

㊺ 验问：查问。状：情况。

㊻ “合狱辞”句：对证留存在州里的案卷。

㊼ 盖：助词，无义。

㊽ 敛：通“殓(liàn)”，给死人穿上衣服，装进棺材；装殓。

㊾ 脯(fǔ)：肉干。

㊿ 浮图人：佛教徒，僧人。圹：墓穴。

(51) 择：有别于。

(52) 配合：配偶。孕养：生养(的人)。

(53) 警：警诫的意思。

(54) 一无忌言：全无顾忌地说了。

王安石

王安石(1021—1086)，字介甫，号半山，抚州临川(今江西抚州)人。宋政治家、文学家。庆历二年(1042)登进士第。嘉祐三年(1058)提点江东刑狱,上书主张“改易更革”。熙宁二年(1069),任参知政事,领制置三司条例司,开始变法。次年升同中书门下平章事。熙宁七年(1074)罢相,知江宁府。次年复相,又次年罢相,居江宁府东门和钟山之间的半山园。初封舒国公,改封荆国公,世称王荆公。卒谥文,世称王文公。

王安石的文学主张是“务为有补于世”(《上人书》),但也不忽视文辞的修饰作用。他的文章以论说为主,识见高卓,论点明确,说理透辟,笔锋犀利,具有很强的概括力和逻辑性。长文如《上仁宗皇帝言事书》,首创改革,并认为关键在于人才,中心突出,逐层推进,一气呵成。短文如《答司马谏议书》,就来书中对新法的责难逐一批驳,以少胜多,既毫不妥协,又不盛气凌人。他的记叙文也多有议论,借题发挥。总体风格是精悍、严密、劲峭、斩截,体现了他那种政治家刚毅果断的风貌。

王安石前期的诗爱发议论,他最崇敬杜甫的现实主义和人道主义精神,对弊政多所揭露,为改革造舆论;还有许多咏史诗通过评论古人表示自己的政治见解和态度,语虽质直,但识见过人,有感而发,也足以警动人心。至如《明妃曲》、《桃源行》等,都是思想性、艺术性结合得很好的。自熙宁五年申请退休后,对政治生涯逐渐厌倦,诗风渐变。著名的《泊船瓜洲》便是再度入相时作的,才复出,便思归。隐居半山后,诗风大变。他确是想寄情山水,悠然物外,只做个诗人,但还是无法忘怀世事。

王安石作词不多。《桂枝香·金陵怀古》,寓有伤时之意,景色壮丽,感慨深沉。

有《临川先生文集》。

读《孟尝君传》

【题解】 本篇选自《临川先生文集》卷七十一。《孟尝君传》是《史记》中的一篇传记文。孟尝君是战国时齐国的公子田文,为齐相,以善养士著名。本文作出反驳,不满一百字,而立案、翻案、申述、总断,四层转折,曲尽抑扬吞吐之妙。

世皆称孟尝君能得士,士以故归之,而卒赖其力,以脱于虎狼之秦①。嗟呼,孟尝君特鸡鸣狗盗之雄耳②!岂足以言得士!不然,擅齐之强③,得一士焉,宜可以南面而制秦④,尚何取鸡鸣狗盗之力哉?夫鸡鸣狗盗之出其门,此士之所以不至也。

【注释】

① “而卒赖”二句:孟尝君出使到秦国,被秦昭王扣留。孟尝君有个门客会做贼,夜晚装作狗样溜到秦宫偷到狐白裘。孟尝君把裘献给昭王的宠妃,要她说情,才得释放。半夜跑到了函谷关,秦昭王后悔,派人追来,按规定要到鸡叫才会打开关门。孟尝君门客中又有一个人会作鸡叫,惹得那里的鸡都叫了,这才得出关。卒,终于。

② 特:只是。雄:头子。

③ 擅:有。

④ “宜可”句:意思是应该可以制服秦国,使秦王来齐朝拜。宜,应该。南面,古代帝王坐朝面向南面。

河　北　民

【题解】 本篇选自《王荆文公诗笺注》卷二十一。本诗作于庆历六年(1046)。当时辽和西夏不时侵扰,北宋王朝一贯奉行“守内虚外”的政策,岁奉币帛给辽夏,以求苟安。朝廷加重对全国人民的压榨,黄河以北边地人民更是深受其害,国势亦积贫积弱。这诗便反映了这种局面。在王安石前期的政治诗中,是议论较少,描述较为具体的。他仿效了白居易新乐府“首章标其目,卒章显其志”的作法,风格也很相似。

河北民，生近二边长苦辛[①]。家家养子学耕织，输与官家事夷狄[②]。今年大旱千里赤[③]，州县仍催给河役[④]。老少相携来就南[⑤]，南人丰年自无食。悲愁白日天地昏，路旁过者无颜色[⑥]。汝生不及贞观中，斗粟数钱无兵戎[⑦]。

【注释】

① 二边：指北宋与辽夏交界的地区。

② 输与：交纳给。官家：官府。夷狄：辽和西夏。

③ 千里赤：河北广大地区寸草不长。赤，空。

④ 给河役：给防治黄河做工。

⑤ 就南：到河南来要饭，即逃荒到黄河以南。

⑥ 路旁过者：路边经过的人。杜甫《兵车行》："道旁过者问行人。"无颜色：指面容惨淡，为他们悲愁。

⑦ "汝生"二句：唐太宗在贞观十五年（641），说他有二喜。连年丰收，长安斗粟值三四钱，是一喜；北方少数民族久已归服，边境无忧，是二喜。贞观，唐太宗年号。

明妃曲（其一）

【题解】 本篇选自《王荆文公诗笺注》卷六。原诗共二首，这里选的是第一首。前半叙事，结以"当时枉杀毛延寿"，用意不在于为毛延寿翻案，而是讽刺汉元帝的昏庸。后半说昭君到匈奴后，家人劝她不要思念汉朝，因为"人生失意无南北"，这是作者假托之词。第二首还说："汉恩自浅胡自深，人生乐在相知心。"作年是仁宗嘉祐四年（1059），前一年他向仁宗上了万言书，主张变法，却毫无反应，可能有失意之感，因而借题发挥。不仅艺术性强，而且能言人所不能言和不敢言，轰动一时，欧阳修、司马光、梅尧臣、曾巩等都纷纷酬和，但也受到一些人的严厉指责。

明妃初出汉宫时，泪湿春风鬓脚垂[①]。低徊顾影无颜色[②]，尚得君王不自持[③]。归来却怪丹青手[④]，入眼平生未曾有。意态由来画不成，当时枉杀毛延寿[⑤]。一去心知更不归，可怜著尽汉宫衣[⑥]。寄声欲问塞南事[⑦]，只有年年鸿雁飞[⑧]。家人万里传消息，好在毡城莫相忆[⑨]。君不见咫尺长门闭阿娇[⑩]，人生失意无南北[⑪]。

【注释】

① 春风：一作本义解，谓泪湿春风为眼泪沾湿了春风。一解作美丽的面貌，杜甫《咏怀古迹》的咏明妃一首说："画图省识春风面。"这里省"面"字，以形容语代本体。鬓脚：由鬓边下垂的头发。

② 低徊：徘徊。无颜色：失去了本来的脸色，意为脸上显出愁苦的样子。

③ 尚得：还能引得。不自持：无法控制自己。意思是一见到就情不自禁地爱上她了。

④ 归来：送走后归来。丹青手：画师。

⑤ 毛延寿：是给宫女画像的一个著名的画师。

⑥ 著尽汉宫衣：从汉宫带来的衣服都穿烂了，没有再可穿的了。言在匈奴之久。

⑦ 寄声：捎带口信去。塞南：边塞以南，指汉朝管辖的地区。

⑧ "只有"句：只有靠年年鸿雁的飞去飞来。《汉书·苏武传》有雁足传书的传说。后人就常用它来表示传递书信。

⑨ 好在：好好地住在。毡城：匈奴人住在毡制的帐篷里，所以把他们的居住地叫毡城。

⑩ 不见：犹言不闻。咫（zhǐ）尺：距离很近。古代以八寸为咫。长门：宫名。阿娇：汉武帝陈皇后的小名，失宠后被禁闭在长门宫内。

⑪ 无南北：不论南北。南，指塞南汉朝的地方。北，指塞北匈奴的地方。

出　郊

【题解】 本篇选自《王荆文公诗笺注》卷四十二。此诗描写初夏田野风光。前两句"写绿"，后两句写"光景"而实言"情"。安石有《半山春晚即事》五律一首，起联说："春风取花去，酬我以清阴。"结联说："惟有北山鸟，经过遗好音。"高步瀛评为"寓感愤于冲夷之中，令人不觉，全由笔妙"（《唐宋诗举要》）。可与此诗互参。

川原一片绿交加①，深树冥冥不见花。

风日有情无处著②，初回光景到桑麻③。

【注释】

① 交加：交相映衬。

② 风日：风和太阳。著：放置。

③ 回：转到。意思是由照拂花枝转到桑麻上来。景：同“影”。

第二节 苏轼与苏辙

苏轼(1037—1101)，字子瞻，号东坡居士，眉州眉山(今属四川)人。宋文学家。父苏洵、弟苏辙，都是古文大家。嘉祐二年(1057)登进士第，深得主考官欧阳修赏识。嘉祐六年(1061)授大理评事，签书凤翔府判官。熙宁二年(1069)还朝，因反对新法，引起了变法派的不满，他要求外任，于是出为杭州通判，转知密州、徐州、湖州。御史中丞李定等上章攻击苏轼以诗文“讪谤朝廷”，致使他被捕受讯，史称“乌台诗案”。出狱后贬黄州团练副使。元丰三年(1080)二月到达黄州，在五年谪居生活中，他写下了许多著名的诗词文。

元丰八年(1085)，哲宗立，高太后听政，起用旧党司马光为相，苏轼也得起复，累升为翰林学士。因反对司马光尽废新法，又要求外任。元祐四年(1089)，出知杭州。一度复为翰林学士。又连知颍州、扬州、定州。元祐八年(1093)，哲宗亲政，新党当权之后，苏轼谪到惠州安置，再贬儋州。元符三年(1100)，徽宗即位，苏轼才得遇赦内迁。次年在常州病卒。南宋时追谥文忠。

苏轼思想复杂，他的政治观点是儒家的，处世哲学是佛老的。为官时儒家思想为主导，谪居时佛老思想又占上风。他那种随缘自适的态度，表现了他对人生的热爱，使他经受得住越来越重的折磨，保持了自己的政治品格。虽然有时也不免偏于消极，但总的说来，是消极中有积极，超脱中有执著，忧愁苦闷中有开朗乐观。佛老的虚无主义思想和孔孟的现实主义精神就这样以他特有的方式达到矛盾的统一。

苏轼的文学思想虽然也和一般古文家一样重道，但却更重文。他认为文学创作的基本任务就是要准确地表达事物固有之“理”。所以他反复地强调“辞达”。他的文学思想的根源是儒家格物致和、经世致用的思想和道家顺应自然、自由通脱的思想的融合，他的理论也是他的经验之谈。

苏轼的散文自由挥洒，不拘一格，最能体现他的基本风格。他在欧阳修倡导的平易文风的基础上，广泛地吸收了前人的长处。他的议论文纵横捭阖，汪洋恣肆，观点鲜明，不为空言。他的政论文从儒家的政治理想出发，直抒己见，常能击中时弊，提出对策，具体论证。他的史论文善于翻空出奇，发前人之所未发，读之可以拓宽人们的思路。他的记叙文，常是夹叙夹议，随机生发，变化多端。如《喜雨亭记》，起首用“亭以雨名，志喜也”破题，次释“志喜”似承题。以后却先记“亭”，次记“雨”，再记“喜”，把题目倒过来分写。然后由亭上举酒属客，开出波澜，虚实并用，正反相生，因小见大，返无为有，总不离“喜雨亭”三字，而以名亭结，首尾相应。几乎完全撇开了写亭必须描景的陈套，独辟蹊径。他的许多杂文小品，如书札、题跋、札记、随笔之类，涉及面广，大都信手写来，皆成妙谛，甚至嬉笑怒骂，皆成文章，真如行云流水，确系姿态横生。如《记承天寺夜游》，全文仅八十四字，却写出了谪居生活之闲，访友赏月之乐，由乐与闲，结出感叹。写来似漫不经心，却情景交融，其暂得排解而终难排解的苦闷心情，不露一字，味极隽永。他的散文赋比欧阳修更为解放。前后两篇《赤壁赋》是其代表作，前篇尤脍炙人口。

苏轼的诗论和文论有其一致性。他称赞王维"诗中有画",又说:"论画以形似,见与儿童邻。论诗必此诗,定非知诗人。诗画本一律,天工与清新。"(《书鄢陵王主簿所画折枝》)诗须有画境,作画不能拘泥形迹,作诗亦不能局限题面,要如"风行水上",自然成文(参阅苏洵《仲兄字文甫说》),才能"无穷出清新"(《书晁补之所藏与可画竹》)。

苏轼诗内容深广,笔法多变,纵横如意。艺术成就最高的是抒写个人情怀的诗。他常在忧患余生中探索人生的奥秘,咀嚼人生的意义,脱去题面拘束,余味无穷。苏诗最大的特点是议论化、散文化。清赵翼《瓯北诗话》说:"以文为诗,自昌黎始。至东坡益大放厥词,别开生面,成一代之大观。"他的议论化往往是和形象化在一起的,散文化也仍然具有诗的特殊韵味。有议论而不觉,形散而神不散。由于以文为诗,扩大了诗的领域,丰富了诗的表现能力,能做到"有必达之隐,无难显之情"(《瓯北诗话》),汪洋闳肆,变化万状。这在七言古诗中尤能发挥尽致。如《书王定国所藏烟江叠嶂图》,再现画境,纵笔作烟云变态,宛如实境,全诗舒卷自如,变化不测,却气完神足,最能体现"行云流水"、"姿态横生"的风格。苏诗长于用比喻,新鲜、贴切,增强了美感,显出了深厚的生活基础,丰富的想象和联想的能力。《和子由渑池怀旧》前四句用雪泥鸿爪之喻,有出奇之妙,而自然合律。《百步洪》"有如兔走鹰隼落,骏马下注千丈坡;断弦离柱箭脱手,飞电过隙珠翻荷"四句连用七喻,密集而不见堆垛,极有气势。

苏轼的词更具有革新的精神,他有意与当时流行的柳词立异,要在婉约词风之外创立自成一家的豪放词。所谓豪放大约包括两方面的意义:一是在思想内容上,要突破词的传统的狭窄范围,不限于男女之情和离愁别恨,重在言壮夫之志,舒豪士之气,写达人之怀,开辟广阔的天地。二在艺术风格上是要扫除俗艳,变纤柔婉媚为豪迈高旷,变幽微隐约为宏放排宕,如天风海涛,清壮顿挫。苏轼本是大诗人,才气过人,而作词较晚。他把作诗的雄厚功力运用到作词中去,"以诗为词",这就突破了词为艳科的局限,破除了词是小道的观念,大凡诗的题材、语言和表现手法都可以入词,做到"无意不可入,无事不可言"(刘熙载《艺概》),从而扩大了词的领域,开拓了词的意境,丰富了词的词汇和技巧,提高了词的地位。苏轼又是大文豪,本是"以文为诗",因而也给词带进了一些散文化的倾向,更易表现骏发迈往之气、横放杰出之姿。熙宁七年(1074)移知密州,马上寄其弟苏辙的《沁园春》就有了这种倾向,虽然还不免有些粗率,也已经开了豪放词的先声,再加精进,就渐趋成熟。在写出猎的《江城子》和咏中秋的《水调歌头》就是成熟的标志。及至黄州,《念奴娇》"大江东去"一阕乃登峰造极。苏词也有婉约作品,但仍"有一洗万古凡马空气象"(元好问《新轩乐府引》),因为他变柳永的俗艳为雅隽,变晏欧的清丽为韶秀。例如写悼亡的《江城子》(十年生死两茫茫),也是写爱情,而且情深似海,却毫无装点。又如《贺新郎》上片也是写美人的,同样毫无脂粉气。此外,苏轼还有些农村词,不仅有田舍风光,而且有农民生活,都是词苑新葩。

苏轼继欧阳修之后主盟文坛数十年,完成了北宋的诗文革新运动,并开创了豪放词派。北宋文学至此便得到了全面的发展,进入最高的水平。苏轼在文学史上的地位是很突出的,影响也是极为深远的。

有《东坡全集》、《东坡词》。

苏辙(1039—1112),字子由,号颍滨遗老,眉州眉山(今属四川)人。宋文学家。苏轼之弟。嘉祐二年(1057)登进士第。王安石以执政领三司条例,命苏辙为其属,因与王政见不合,出为河南推官。累迁尚书右丞、门下侍郎。哲宗亲政后,多次被贬官。晚年隐居颍川,筑室自题曰"遗老斋"。谥文定。

苏辙的散文既明白晓畅,又委婉曲折,且气度恢宏,为世所重,与其父苏洵、其兄苏轼并称"三苏”，均在唐宋八大家之列。亦能诗。有《栾城集》。

苏轼

文与可画筼筜谷偃竹记

【题解】 本篇选自《东坡全集》卷三十六。文与可，名同，梓潼(今四川绵阳县)人，善画，亦工诗。筼筜(yún dāng)谷，在洋州(今陕西洋县)。偃竹，偃卧形的竹子。《筼筜谷偃竹》是文同赠给苏轼的一幅墨竹画。二人是中表兄弟。文同死后半年，苏轼偶见此画，抚今追昔，信笔抒写，既突出了文同的画技，又展示了文同的个性，还从一些琐事戏言中表现了两人亲密无间的情谊，是一篇饱含深情的悼念文章；但写法上完全打破常规，从文同的画竹理论写起，以后又始终扣牢爱竹、画竹来写，故又是一篇很好的抒情小品。“画竹必先得成竹于胸中”和“内外不一，心手不相应”的创作体验，不仅适用于绘画，也可作文艺创作的一般规律。正如苏轼《答谢民师书》所说的，“能使是物了然于心”，复“能使是物了然于口与手”，才能创造艺术精品。所以这又是一篇很好的创作论。

竹之始生，一寸之萌耳①，而节叶具焉。自蜩腹蛇蚹②，以至于剑拔十寻者③，生而有之也。今画者乃节节而为之，叶叶而累之，岂复有竹乎④？故画竹必先得成竹于胸中⑤，执笔熟视，乃见其所欲画者，急起从之，振笔直遂⑥，以追其所见，如兔起鹘落⑦，少纵则逝矣⑧。与可之教予如此，予不能然也，而心识其所以然⑨。夫既心识其所以然而不能然者，内外不一，心手不相应⑩，不学之过也。故凡有见于中而操之不熟者⑪，平居自视了然⑫，而临事忽焉丧之⑬，岂独竹乎⑭？子由为《墨竹赋》以遗与可曰⑮：“庖丁，解牛者也，而养生者取之⑯；轮扁，斫轮者也，而读书者与之⑰。今夫子之托于斯竹也⑱，而予以为有道者⑲，则非耶⑳？”子由未尝画也，故得其意而已。若予者，岂独得其意，并得其法。

与可画竹，初不自贵重。四方之人持缣素而请者㉑，足相蹑于其门㉒。与可厌之，投诸地而骂曰：“吾将以为袜！”士大夫传之，以为口实㉓。及与可自洋州还㉔，而余为徐州㉕，与可以书遗余曰：“近语士大夫，吾墨竹一派近在彭城㉖，可往求之，袜材当萃于子矣㉗。”书尾复写一诗，其略曰：“拟将一段鹅溪绢㉘，扫取寒梢万尺长㉙。”予谓与可：“竹长万尺，当用绢二百五十匹㉚。知公倦于笔砚，愿得此绢而已。”与可无以答，则曰：“吾言妄矣，世岂有万尺竹哉！”余因而实之㉛，答其诗曰：“世间亦有千寻竹，月落空庭影许长㉜。”与可笑曰：“苏子辩则辩矣㉝。然二百五十匹绢，吾将买田而归老焉。”因以所画筼筜谷偃竹遗予曰：“此竹数尺耳，而有万尺之势。”筼筜谷在洋州，与可尝令予作洋州三十咏㉞，筼筜谷其一也。予诗云：“汉川修竹贱如蓬㉟，斤斧何曾赦箨龙㊱？料得清贫馋太守，渭滨千亩在胸中㊲。”与可是日与其妻游谷中，烧笋晚食，发函得诗，失笑喷饭满案㊳。

元丰二年正月二十日㊴，与可没于陈州㊵。是岁七月七日，予在湖州曝书画㊶，见此竹，废卷而哭失声㊷。昔曹孟德祭桥公文，有车过腹痛之语㊸。而予亦载与可畴昔戏笑之言者㊹，以见与可与予亲厚无间如此也㊺。

【注释】

① 萌：萌芽。

② 蜩(tiáo)腹蛇蚹(fù)：形容笋出土后包着一层层的壳。蜩，蝉，腹下有一条条的横纹。蚹，蛇腹下代足爬行的横鳞。

③ 剑拔：像长剑的挺拔直长。寻：古代长度单位，八尺为寻，或云七尺、六尺。

④ “今画者”三句：谓当时的一派画家画竹，一节一节、一叶一叶地添上去，是画不成竹子的。意思是不能传神。

⑤ “故画竹”句：所以画竹先要有现成的竹子在心中。成竹，包括竹的形态和神韵。后衍为“胸有成竹”的成语，谓处事先有主见。

⑥ 振笔直遂：挥动笔杆不停地画下去直至完成。遂，完成。

⑦ 兔起鹘(hú)落：兔的起跑，鹘的落下，都是很迅速的。喻所要描写的对象其形象呈现于胸中极为短暂。鹘，一种猛禽，即隼。

⑧ 少纵即逝：稍微松懈一下，它就消逝了。

⑨ “予不能然”二句，我做不到，但心里能认识到这样做的道理。

⑩ “内外”二句：谓想的和画的不一致，即想得到，画不成，手不应心。

⑪ 有见于中：心里已经意识到。操：操作。

⑫ 平居：平时。自视：自己认为。了然：十分清楚。

⑬ 临事：到要做的时候。忽焉：忽然。

⑭ 岂独竹乎：“竹”上省“画”字。

⑮ 子由：苏轼之弟苏辙的字。《墨竹赋》收入其所著《栾城集》卷十七。

⑯ “庖丁”三句：庖，指厨师。丁，人名。古可以职业代姓，故称庖丁。解，剖。养生，保养身体。取，取法。“庖丁解牛”是《庄子·养生主》中的一则寓言。大意是庖丁熟悉牛身的全部构造，知道它哪里有空隙，就顺着那空隙伸进刀子去解剖，既不坏刀刃，又不费力气。文惠君从中领悟到养生之道。

⑰ “轮扁”三句：轮，指制造车轮的木工，代姓。扁，人名。斲，同“斫”，指斫木为轮。与，赞许。“轮扁斫轮”是《庄子·天道》中的一则寓言。大意是轮扁对齐桓公说他自己斲轮，得心应手，高明的技能只能从实践得来，而无法言传，所以书上所载只是古人的糟粕。这番话得到齐桓公的赞成。

⑱ 夫子：对他人的敬称。托于斯竹：把自己所领悟的道理寄托在画竹上。

⑲ 有道者：有道术的人，深知事物内在规律的人。

⑳ 非耶：难道不是吗？

㉑ 缣素：古代丝织品统称绢。颜色微黄的绢叫缣，洁白的叫素。古代用绢作画。

㉒ 足相蹑(niè)：足踩足，形容登门求画的人不断地来。

㉓ 口实：话柄。

㉔ 洋州：文同神宗熙宁八年(1075)知洋州，熙宁十年还京。

㉕ 为徐州：任知徐州事。徐州，治所为今江苏徐州市。

㉖ “吾墨竹”句：我的墨竹画这一派近来已在彭城。彭城，宋徐州治所。

㉗ 袜材：作袜子的材料，指求画人的缣素。萃：聚集。子：称苏轼。

㉘ 鹅溪绢：鹅溪在四川盐亭西北，所产绢是适于作画的名绢。

㉙ 扫取：用画笔扫成。寒梢：梢指竹，竹耐寒，故称。

㉚ 匹：四十尺，绸、布计量的单位。

㉛ 实：证实。

㉜ 许：如此。

㉝ 辩则辩矣：辩是善辩的。指善于诡辩。

㉞ 洋州三十咏：熙宁九年(1076)作于密州，题作《和文与可洋州园池三十首》。洋州，古州名，治今陕西洋县。

㉟ 汉川：汉江，流经洋州。修：长。蓬：草名。

㊱ 斤斧：二字同义，即斧头。箨(tuò)龙：竹笋。箨，竹笋上的皮。

㊲ 渭滨千亩：《史记·货殖列传》：“渭川千亩竹，……此其人皆与千户侯等。”渭，水名。

㊳ 失笑：忍不住发笑。案：桌。

㊴ 元丰二年：公元1079年。元丰为宋神宗年号。

㊵ 陈州：古州名，治今河南淮阳。文同调知湖州，行经陈州的宛丘驿病逝。

㊶ 湖州：古州名，治今江苏湖州。文同卒，湖州遗缺，由苏轼继任。

㊷ 废卷：放下画卷。失声：不能成声，即呜咽。

㊸ “昔曹”二句：孟德，曹操字。桥公，即桥玄。曹操与桥玄为友，玄死，曹操祭文中有云：“又承从容约誓之言：‘殂逝之后，路有经由，不以斗酒只鸡过相沃酹，车过三步，腹痛勿怪。’虽临时戏笑之言，非至亲之笃好，谁肯为此辞乎？”见《三国志·魏书·武帝纪》裴松之注。

㊹ 畴(chóu)昔：从前。

㊺ 亲厚无间：关系亲密，没有隔阂。

赤壁赋

【**题解**】 本篇选自《东坡全集》卷三十三。此赋因有续篇《后赤壁赋》，故在一些选本中也称《前赤壁赋》，作于黄州贬所。他内心极度苦闷，力求自我解脱，于是便试图解决一个关于宇宙和人生的哲学问题，即变与不变的问题。从变的方面看，宇宙间一切事物无不随时变化；从不变的方面看，则物与我皆无尽。这样的观点在客观上是有积极意义的。但苏轼却是从《庄子·齐物论》的观点出发的，《齐物论》是唯心主义的相对论，把生死、寿夭、荣辱、得失都等量齐观，一切归于虚无，这就容易产生消极苟安的心理。不过苏轼却只是借此求得身处逆境中的精神支柱，做到随缘自适，而不流于颓丧，基调还是乐观的。

这是一篇散文赋，挥洒自如，不受赋体的拘束，具有豪迈奔放的特色；同时又保留了赋体常用的主客对话的形式。韵语与散句并用，骈偶与单行相间，活而不乱，整而不板。就地取材，把情景事理熔为一炉，紧扣江山风月和主一客一主的结构方式，表现作者谪居中的追求、失望和达观的心灵历程，构成乐一悲一乐的三部曲。

壬戌之秋①，七月既望②，苏子与客泛舟游于赤壁之下③。清风徐来，水波不兴。举酒属客④，诵明月之诗⑤，歌窈窕之章⑥。少焉⑦，月出于东山之上，徘徊于斗、牛之间⑧。白露横江⑨，水光接天。纵一苇之所如⑩，凌万顷之茫然⑪。浩浩乎如冯虚御风⑫，而不知其所止；飘飘乎如遗世独立⑬，羽化而登仙⑭。

于是饮酒乐甚，扣舷而歌之⑮，歌曰："桂棹兮兰桨⑯，击空明兮溯流光⑰。渺渺兮余怀⑱，望美人兮天一方⑲。"客有吹洞箫者，倚歌而和之⑳。其声呜呜然，如怨如慕，如泣如诉，余音袅袅㉑，不绝如缕㉒，舞幽壑之潜蛟㉓，泣孤舟之嫠妇㉔。

苏子愀然㉕，正襟危坐㉖，而问客曰："何为其然也？"客曰："'月明星稀，乌鹊南飞'，此非曹孟德之诗乎㉗？西望夏口㉘，东望武昌㉙，山川相缪㉚，郁乎苍苍㉛，此非孟德之困于周郎者乎㉜？方其破荆州㉝，下江陵，顺流而东也，舳舻千里㉞，旌旗蔽空，酾酒临江㉟，横槊赋诗㊱，固一世之雄也，而今安在哉！况吾与子渔樵于江渚之上，侣鱼虾而友麋鹿㊲，驾一叶之扁舟，举匏樽以相属㊳。寄蜉蝣于天地㊴，渺沧海之一粟㊵。哀吾生之须臾㊶，羡长江之无穷。挟飞仙以遨游㊷，抱明月而长终㊸。知不可乎骤得，托遗响于悲风㊹。"

苏子曰："客亦知夫水与月乎？逝者如斯㊺，而未尝往也㊻；盈虚者如彼㊼，而卒莫消长也㊽。盖将自其变者而观之，则天地曾不能以一瞬㊾；自其不变者而观之，则物与我皆无尽也㊿。而又何羡乎[51]？且夫天地之间，物各有主。苟非吾之所有，虽一毫而莫取。惟江上之清风，与山间之明月，耳得之而为声，目遇之而成色，取之无禁，用之不竭，是造物者之无尽藏也[52]，而吾与子之所共适[53]。"

客喜而笑，洗盏更酌。肴核既尽[54]，杯盘狼籍[55]。相与枕藉乎舟中[56]，不知东方之既白[57]。

【注释】

① 壬戌：宋神宗元丰五年(1082)。

② 既望：旧历每月十五日叫望，十六日叫既望。既，已。

③ 赤壁：苏轼所游是黄州之西的赤壁，在湖北蒲圻西北，长江南岸，苏轼权且把它当作三国赤壁之战的赤壁观。此后黄州赤壁，人称东坡赤壁。

④ 属(zhǔ)：劝。

⑤ 明月之诗：指《诗经·陈风》的《月出》篇。一说指曹操《短歌行》，因其中有"明明如月，何时可掇"和"月明星稀，乌鹊南飞"之句。今人多取前说。

⑥ 窈窕(yǎo tiǎo)之章：指上述《月出》篇中的第一章："月出皎兮，佼人僚兮。舒窈纠兮，劳心悄兮。"窈纠与"窈窕"声近义同。

⑦ 少焉：一会儿。

⑧ 斗、牛：二星宿名。

⑨ 白露：指白茫茫的水汽。

⑩ 纵：任凭。一苇：代指小船。《诗经·卫风·河广》："谁谓河广？一苇杭之。"所如：飘往哪里去。如，往。

⑪ 凌：在……上。万顷之茫然：即茫然之万顷。赋中常用的倒装结构。万顷，形容江面宽广。

⑫ 浩浩乎：浩浩荡荡地。冯：同"凭"。虚：太虚，天空。

⑬ 遗世独立：脱离人世，独自存在。

⑭ 羽化：《抱朴子·对俗》："古之得仙者，或身生羽翼，变化飞行。"可译为变出了双翅。

⑮ 扣舷(xián)：敲着船边。

⑯ "桂棹(zhào)"句：棹桨都是拨水划船的工具，夸饰为用桂树和木兰树制成的。

⑰ 击：指桨击拨着。空明：指清彻透明的江水。溯：逆流而上。流光：指浮动着月光的水波。

⑱ 渺渺：悠远。

⑲ 美人：指心中所思慕的人，与现代通指美丽的女性大异。一说喻宋神宗。

⑳ 倚歌：按着歌声的曲调。和：伴奏。

㉑ 余音：尾声。袅(niǎo)袅：宛转纤细。

㉒ 缕(lǚ)：细丝。

㉓ 幽壑：深渊。

㉔ 嫠(lí)妇：寡妇。

㉕ 愀(qiǎo)然：面容忧愁的样子。

㉖ 正襟：整理衣襟。危坐：端坐。

㉗ 孟德：曹操的字。上二句引自他的《短歌行》。

㉘ 夏口：今湖北武汉的武昌区。

㉙ 武昌：今湖北鄂城。

㉚ 缪(liǎo)：同"缭"，缭绕。

㉛ 郁：指山树的茂密。苍苍：苍翠。

㉜ 困于周郎：被周瑜打败。事在汉献帝建安十三年(208)赤壁之战中。周郎，吴将周瑜，年二十四为吴中郎将，吴中皆呼为周郎。

㉝ 方：当。荆州：辖七郡，州治在今湖北襄樊襄阳区。赤壁之战前，荆州降曹。

㉞ 舳舻(zhú lú)千里：战船首尾衔接，千里不绝。

㉟ 酾(shī)：过滤，此指斟。

㊱ 横槊(shuò)：横握着长矛。

㊲ 麋(mí)：一种体型高大的鹿。

㊳ 匏(páo)樽：葫芦壳制成的酒器。匏，葫芦的一种。

㊴ 寄蜉蝣(fú yóu)：如蜉蝣之寄寓。蜉蝣，一种夏秋之交生于水边，只能活几个小时的小虫。

㊵ 渺：渺小。其下是比喻语。

㊶ 须臾(yú)：短暂。

㊷ 挟：带。遨(áo)游：游玩。

㊸ 长终：永远过到底。

㊹ 遗响：余音，此指箫声。

㊺ 逝者如斯：《论语·子罕》："子在川上曰：逝者如斯夫，不舍昼夜。"斯，指水。

㊻ 未尝往：没有流去，谓江水仍存。

㊼ 盈虚：圆缺。彼：指月。

㊽ 卒莫消长：始终没有消失和增长。

㊾ 曾：还。瞬：一眨眼。

㊿ 物与我：万物和我们。我，指整体而言。

51 何羡：应上文"羡长江之无穷"。

52 造物者：指大自然。藏(zàng)：宝藏。

53 适：享受。东坡自书此赋作"食"，也是享受的意思。

54 肴核：荤菜和果品。

55 狼籍：杂乱。形容食残之状。

56 枕藉(jiè)：枕靠着睡。

57 既白：已经发白。

游金山寺

【题解】 本篇选自《施注苏诗》卷四。熙宁四年(1071)十一月，苏轼赴杭州通判任，经过镇江时，写了这首诗。镇江有金山，在长江中，后与南岸相连。山上有寺，因称之为金山寺。诗中记在此寺所见江景，自昼经暮至夜，各有特色。笔法随时变化，不落陈套。起宦游，结归田，中间贯以望乡、羁愁，忽幻出江神见怪，却仍是一气直下，表现了抑郁失意的心情。情景相生，异常融洽。

我家江水初发源[①]，宦游直送江入海[②]。闻道潮头一丈高，天寒尚有沙痕在[③]。中泠南畔石盘陀[④]，古来出没随涛波。试登绝顶望乡国[⑤]，江南江北青山多[⑥]。羁愁畏晚寻归楫[⑦]，山僧苦留看落日。微风万顷靴文细[⑧]，断霞半空鱼尾赤[⑨]。是时江月初生魄[⑩]，二更月落天深黑。江心似有炬火明[⑪]，飞焰照山栖乌惊。怅然归卧心莫识，非鬼非人竟何物[⑫]？江山如此不归山[⑬]，江神见怪惊我顽[⑭]。我谢江神岂得已[⑮]，有田不归如江水[⑯]！

【注释】

① "我家"句：《尚书·禹贡》："岷山导江。"以为长江发源于岷山。岷山在四川北部，岷江从此山发源，南流经眉山，至乐山入长江。苏轼是眉山人，故云家于长江发源处。

② "宦游"句：苏轼因作官外出，路经镇江，已近海边。故云。

③ "天寒"句：此时天寒水落，沙岸上还留有涨潮的痕迹。

④ 中泠：泉名，在金山西北。盘陀：山石大而不平，即指金山。

⑤ 乡国：家乡。

⑥ "江南"句：意谓山多挡住了视线。

⑦ 羁愁：旅客思乡的愁绪。畏晚：怕天晚。归楫：指回镇江的船。楫本小桨，用以代船。

⑧ 万顷：指宽阔的江面。靴文：靴子的花纹，比喻波纹。

⑨ 鱼尾赤：鲤鱼赤尾，故以喻片片晚霞之色。

⑩ 初生魄：初发光。魄，光。古称哉（始）生魄为初三的月光。

⑪ 炬火明：火炬的亮光。

⑫ "非鬼"句：指那似火焰的东西。此上四句作者自注："是夜所见如此。"

⑬ 江山如此：意谓江山有如此的美景。

⑭ 见怪：责怪我。"见"是古汉语中表示对我如何之词，现代汉语中尚残存此种用法。顽：愚蠢。

⑮ 谢：告诉。岂得已：不得已。

⑯ "有田"句：如果我有田而不归耕，有江水为证。这是指着水发誓的话。古人指物为誓常用"有如"，意谓有那……作证。如，彼。此省"有"字。

六月二十七日望湖楼醉书（其一）

【题解】 本篇选自《施注苏诗》卷四。此诗作于熙宁五年（1072）六月二十七日，时苏轼在杭州通判任上。原作共五首，这里选的是第一首。望湖楼在西湖边。诗写湖上暴雨忽又暴晴的景象，笔调极为灵活。正是"水光潋滟晴方好，山色空濛雨亦奇"的具体描绘，暴晴暴雨正是江南夏天特有的气象。

黑云翻墨未遮山，白雨跳珠乱入船①。
卷地风来忽吹散，望湖楼下水如天。

【注释】

① 跳珠：形容雨珠打入湖中又溅了起来。

有美堂暴雨

【题解】 本篇选自《施注苏诗》卷七。通篇皆写暴雨，先是迅雷、浓云、疾风起势，令人震炫。随即湖水猛涨，而雨势仍急。湖光雨声，虽亦炫目震耳，却有奇美。结联不过是白雨跳珠乱入"堂"，而如此使事，又增奇趣。

游人脚底一声雷，满座顽云拨不开①。
天外黑风吹海立②，浙东飞雨过江来③。
十分潋滟金樽凸④，千杖敲铿羯鼓催⑤。
唤起谪仙泉洒面⑥，倒倾鲛室泻琼瑰⑦。

【注释】

① 顽云：浓云。顽，有凝聚不散之意。

② 黑风：暴风。疾风暴至，天昏地暗，故称。海立：杜甫《朝献太清宫赋》："九天之云下垂，四海之水皆立。"

③ "浙东"句：杭州在钱塘江西岸，其东为大海。浙东和浙西以钱塘江为界。

④ 潋滟：水满溢的样子。

⑤ 敲铿：敲击。"铿"本为状声之词。羯鼓：南北朝时自西域输入的一种乐器。用山桑木制成，形状像漆桶，横放架上，两手拿鼓杖敲击。

⑥ "唤起"句：《旧唐书·李白传》："玄宗度曲，欲造乐府新词，亟召白，白已卧于酒肆矣。召入，以水洒面，即令秉笔，顷之成十余章。"又："初贺知章见白，赏之曰：'此天上谪仙人也。'"此因飞雨洒面而忆及李白作诗故事，隐有自比之意。

⑦ 鲛室：鲛人之室。《博物志》说："南海外有鲛人，水居如鱼，不废织锦，其眼能泣珠。"《左传·成公十七年》："初声伯梦涉洹，或与己琼瑰，食之，泣而为琼瑰，盈其怀。"注："琼瑰，珠也。"瑰，应读作 huái，喻雨，又暗喻美句。古人常用珠玑喻美好的文辞。

六月二十日夜渡海

【题解】 本篇选自《施注苏诗》卷三十八。此诗作于元符三年（1100）六月二十日。苏轼接奉诏命，仍以琼州

(治今海南琼山)别驾移廉州(治今广西合浦)安置,因得从儋州(今海南儋县西北)迁回大陆。这时诗人已经六十三岁了。前四句既是写实,又是暗喻时局。后四句则是自叙。全诗表现了对时局变化的喜悦,又表示了不以个人得失存心的意思。

参横斗转欲三更①,苦雨终风也解晴②。
云散月明谁点缀③?天容海色本澄清④。
空余鲁叟乘桴意⑤,粗识轩辕奏乐声⑥。
九死南荒吾不恨⑦,兹游奇绝冠平生⑧。

【注释】

① 参(shēn)横斗转:参和斗,二星宿名。"横"和"转"都是指星宿位置的移动。欲:将。

② 苦雨:久下成灾的雨。终风:整天刮着的风。解:懂得,会。

③ "云散"句:《世说新语·言语》:"司马太傅斋中夜坐,于时天月明净,都无纤翳,太傅叹以为佳。谢景重在坐,答曰:'意谓乃不如微云点缀。'太傅因戏曰:'卿居心不净,乃复强欲滓秽太清邪!'"清王文诰注此句说:"问章惇也。"似是。按苏轼贬海南,实出新党宰相章惇之意。此时徽宗已立,政局正在发生有利于旧党的变化。

④ "天容"句:补足上句的意思,说时局本来是好的,只是一时被章惇之流弄坏了,现在又将恢复原来的清平。

⑤ "空余"句:谓放逐海外空有行道之心,不可能实现。鲁叟,孔子。桴(fú),竹筏。《论语·公冶长》:"子曰:'道不行,乘桴浮于海。'"

⑥ "粗识"句:表面上是说略识海上涛声之美,实谓略识老庄之道。轩辕,黄帝。《庄子·天运》:"(黄)帝张《咸池》之乐于洞庭之野。"并谓北门成闻而惧惑,黄帝即以道解之。洞庭湖浩渺如海,与苏轼居于海岛近似。用典也甚切合。

⑦ "九死"句:谓虽久谪海南,九死一生,却不悔恨自己以前的言行。《楚辞·离骚》:"亦余心之所善兮,虽九死其犹未悔。"即用此意。南荒,南方荒远之地,指海南岛。

⑧ 兹游:指此次渡海,兼指此次远贬海外的整个历程。冠(guàn)平生:为平生第一。

江 城 子

密州出猎

【题解】 本篇选自《东坡词》。《江城子》,一名《江神子》,词调名,常格上片、下片各五平韵。此词作于熙宁八年(1075),即苏轼知密州第二年的冬天。作者《与鲜于子骏书》说:"数日前猎于郊外,所获颇多,作得一阕,令东州壮士抵掌顿足而歌之,吹笛击鼓以为节。颇壮观也。"当即指此词。看来作者是以能作壮词而自豪的。词中确是充满了爱国的豪情和建功立业的渴望。形象威武,场面热烈,声调激越。这一首豪放词,对辛弃疾影响尤巨。密州,古州名,治今山东诸城。

老夫聊发少年狂①,左牵黄,右擎苍②,锦帽貂裘③,千骑卷平冈④。为报倾城随太守⑤,亲射虎,看孙郎⑥。　酒酣胸胆尚开张⑦,鬓微霜,又何妨?持节云中,何日遣冯唐⑧?会挽雕弓如满月⑨,西北望,射天狼⑩。

【注释】

① 老夫:苏轼这年才四十岁,就自称老夫,古人往往有这样的举动。狂:狂热之情。

② "左牵"二句:左手牵黄犬,右手托苍鹰。黄,指黄犬。苍,指苍鹰。鹰、犬都能追捕猎物。

③ 锦帽貂裘:锦蒙帽,貂鼠皮袄,汉羽林军的服装。此指出猎时也用武士装束。

④ 千骑(jì):谓率领着成千兵马。卷:意为像卷起一阵风一样卷上了。平冈:平平的山冈。平,谓不陡峻。

⑤ 为报:为了报答。倾城:谓州人倾城而出。

⑥ "亲射"二句:这两句是倒装的。孙郎,谓孙权,郎是六朝

前对少年的美称。《三国志·吴主传》载权"亲乘马射虎于庱亭"。此处苏轼以孙权自喻。

⑦"酒酣"句:(射了虎)酒喝得尽兴的时候,心胸开廓了,胆量又壮大了。尚,又。

⑧"持节"二句:汉文帝使冯唐持节赦魏尚,复以为云中守,拜冯唐为车骑都尉,管领中尉及郡国车战的士兵。作者以冯唐自比(此用俞平伯之说,详见其所著《唐宋词选释》)。节,符节,是使者所持的凭证。云中,今山西大同市和内蒙古托克托县一带。

⑨会:定将。雕弓:雕有花纹的弓。如满月:弓弦拉满略成圆形,故用以为喻。

⑩天狼:星名。古人以为此星是侵掠、贪残的象征,此处代指西夏。本年七月,西夏胁迫北宋割地七百里。

水调歌头

丙辰中秋欢饮达旦大醉作此篇兼怀子由

【题解】 本篇选自《东坡词》。《水调歌头》,词调名,常格上片、下片各四平韵。这篇也是在密州作的,当时与弟苏辙(子由)已七年未能相聚,对月有怀,自生离愁;且与王安石政见不合,不无抑郁之情。他幻想超脱尘世而又爱恋人间,伤离恨别而又处以达观。词中反映了他这种矛盾的心情,但主导思想是倾向现实,基调还是健康的。苏词以豪放著称,而多偏于旷放,从这个意义说来,这首词更有代表性。词中主人似仙似凡,如妄如痴,终为达者,却仍富人情味。这词起得奇突,结得绵长。由飘忽到沉思,由欢乐到愁恨,其关捩在于弄影只是乘醉自娱,舞罢兴阑,就不免生孤独之感。豪放中具沉著,激动中有冷静。词题之丙辰为熙宁九年(1076)。

明月几时有?把酒问青天[①]。不知天上宫阙,今夕是何年[②]?我欲乘风归去,又恐琼楼玉宇[③],高处不胜寒。起舞弄清影[④],何似在人间[⑤]?　　转朱阁,低绮户[⑥],照无眠[⑦]。不应有恨,何事长向别时圆?人有悲欢离合,月有阴晴圆缺,此事古难全。但愿人长久,千里共婵娟[⑧]。

【注释】

①"明月"二句:李白《把酒问月》:"青天有月来几时?我今停杯一问之。"

②"不知"二句:唐人小说《周秦行记》:"不知今夕是何年。"

③琼楼玉宇:指月中宫殿。《大业拾遗记》:"俄见月规半天,琼楼玉宇烂然。"

④弄:戏耍。清影:指自己的影子。

⑤何似:哪像。词意是起舞弄影亦有似神仙之乐,而无不胜寒之忧,人间胜于天上。

⑥"转朱阁"二句:是说月亮由朱红楼阁的东面转到了西面,又降低到和雕花的门窗相并,差不多是一整夜了。

⑦无眠:是说睡不着觉的人。

⑧"千里"句:谢庄《月赋》:"隔千里兮共明月。"此用其意。婵娟,谓月亮姣好,词中代指月亮。

定风波

三月七日沙湖道中遇雨雨具先去同行皆狼狈余独不觉已而遂晴故作此

【题解】 本篇选自《东坡词》。《定风波》,唐教坊曲名,后用作词调,常格上片三平韵,错叶两仄韵,下片两平韵,错叶四仄韵。本篇为元丰五年(1082)三月七日在黄州作。篇中只写了一件生活小事,却借晴雨变化中的不喜不惧,表现了自己不计较宦途升沉,随遇而安的旷达胸怀。以曲笔写胸臆,笔调仍是豪放,意旨却甚含蓄。结尾言尽意不尽,耐人寻味。沙湖,在黄州东南三十里。

莫听穿林打竹声,何妨吟啸且徐行[①]。竹杖芒鞋轻胜马[②],谁怕?一蓑烟雨任平生[③]。　　料峭春风吹酒醒[④],微冷,山头斜照却相迎。回首向来萧瑟处[⑤],归去,也无风雨也无晴[⑥]。

【注释】

① 吟啸：吟诗，长啸，表示从容闲雅。

② 芒鞋：草鞋。

③ “一蓑”句：披着一件蓑衣，任凭风雨吹打，度此一生。

④ 料峭：形容风寒。

⑤ 向来：刚才。萧瑟：风雨声。

⑥ “也无”句：谓无雨无晴，心情也是一样平静。

苏辙

黄州快哉亭记

【题解】 本篇选自《栾城集》卷二十四。此文写于元丰六年（1083），当时苏辙因反对王安石的变法被贬为监筠州（今江西高安）盐酒税，颇为失意，但他与其兄一样，为人豁达开朗，故借描写形胜以抒不计得失的开朗情怀。全文紧扣“快哉”二字来叙述、写景、议论、抒情，中心明确，首尾一贯，显得既洒脱，又雄放。

江出西陵[1]，始得平地。其流奔放肆大，南合湘、沅，北合汉、沔[2]，其势益张。至于赤壁之下，波流浸灌，与海相若[3]。清河张君梦得，谪居齐安[4]，即其庐之西南为亭，以览观江流之胜，而余兄子瞻名之曰“快哉”。

盖亭之所见，南北百里，东西一舍[5]。涛澜汹涌，风云开阖。昼则舟楫出没于其前，夜则鱼龙悲啸于其下，变化倏忽，动心骇目，不可久视。今乃得玩之几席之上[6]，举目而足。西望武昌诸山，冈陵起伏，草木行列，烟消日出，渔夫樵父之舍皆可指数。此其所以为“快哉”者也。至于长洲之滨，故城之墟，曹孟德、孙仲谋之所睥睨，周瑜、陆逊之所骋骛[7]，其流风遗迹，亦足以称快世俗。

昔楚襄王从宋玉、景差于兰台之宫[8]，有风飒然至者，王披襟当之，曰：“快哉此风！寡人所与庶人共者耶？”宋玉曰：“此独大王之雄风耳，庶人安得共之！”玉之言，盖有讽焉。夫风无雌雄之异，而人有遇不遇之变。楚王之所以为乐，与庶人之所以为忧，此则人之变也，而风何与焉？士生于世，使其中不自得[9]，将何往而非病？使其中坦然不以物伤性，将何适而非快？今张君不以谪为患，窃会计之余功，而自放山水之间[10]，此其中宜有以过人者。将蓬户瓮牖无所不快[11]，而况乎濯长江之清流，揖西山之白云[12]，穷耳目之胜以自适也哉！不然，连山绝壑，长林古木，振之以清风，照之以明月，此皆骚人思士之所以悲伤憔悴而不能胜者，乌睹其为快也哉[13]？

元丰六年十一月朔日[14]，赵郡苏辙记。

【注释】

① 西陵：即西陵峡，长江三峡之一，在湖北巴东、宜昌之间。

② 湘、沅：湘江与沅江，在湖南省境内，北入洞庭湖，与长江汇合。汉、沔：汉水与沔水实际是一条水，源于陕西西南，称沔水，至汉中，称汉水，流至武汉入长江。

③ 与海相若：跟大海一样。

④ 清河：今河北清河县。张君梦得：即张怀民，苏轼的好友。齐安：古郡名，即黄州。

⑤ 一舍：古代以三十里为一舍。

⑥ 玩之几席之上：坐靠在亭子内的几席上就能够尽情地赏玩。

⑦ 曹孟德：曹操。孙仲谋：孙权。睥睨：侧目斜视。周瑜：三国时吴国主将。陆逊：吴国的将军。驰骛：奔走追逐。

⑧ “昔楚”句：宋玉《风赋》：“楚襄王游于兰台之宫，宋玉、景差侍。有风飒然而至，王乃披襟而当之曰：‘快哉此风！寡人所与庶人共者邪？’宋玉对曰：‘此独大王之风耳。庶人安得而共之！’王曰：‘夫风者，天地之气，溥畅而至，不择贵贱高下而加焉。今子独以为寡人之风，岂有说乎？’宋玉对曰：‘臣闻于师，枳句来巢，空穴来风，其所托者然，则风气殊焉。’王曰：‘夫风始安生哉？’宋玉对曰：‘夫风生于地，起于青苹之末，侵淫溪谷，盛怒于土囊之口，缘泰山之阿，舞于松柏之下，飘忽淜滂，激飏熛怒，耾耾雷声，回穴错迕，蹶石伐木，梢杀林莽。至其将衰也，被丽披离，冲孔动楗，眴焕粲烂，离散转移。故其清凉雄风，则飘举升降，乘凌高城，入于深宫。邸华叶而振气，徘徊于桂椒之间，翱翔于激水之上，将击芙蓉之精，猎蕙

草，离秦蘅，概新夷，被荑杨，回穴冲陵，萧条众芳，然后徜徉中庭，北上玉堂，跻于罗帷，经于洞房，乃得为大王之风也。故其风中人，状直憯悽惏慄，清凉增欷，清清泠泠，愈病析酲，发明耳目，宁体便人，此所谓大王之雄风也。'王曰：'善哉论事！夫庶人之风，岂可闻乎？'宋玉对曰：'夫庶人之风，塕然起于穷巷之间，堀堁扬尘，勃郁烦冤，冲孔袭门，动沙堁，吹死灰，骇溷浊，扬腐馀，邪薄入瓮牖，至于室庐。故其风中人，状直憞溷郁邑，殴温致湿，中心惨怛，生病造热，中唇为胗，得目为蔑，啗齰嗽获，死生不卒，此所谓庶人之雌风也。'"

⑨ 其中：他的心中。

⑩ "窃会"二句：在从事赋税钱谷等事务的闲暇中，一心去游山玩水。

⑪ 蓬户瓮牖（yǒu）：以蓬草为门，破瓮为窗。形容家境贫寒。

⑫ 西山：指樊山，在鄂城县西。

⑬ 乌睹：哪儿看得出。

⑭ 朔日：旧历每月初一日。

第三节　北宋后期

黄庭坚

黄庭坚（1045—1105），字鲁直，号山谷道人、涪翁，洪州分宁（今江西修水）人。宋诗人。治平四年（1067）登进士第，历任叶县尉、知太和县等职。元丰八年（1085），任秘书省校书郎，后兼《神宗实录》检讨官。绍圣元年（1094），以修《神宗实录》不实的罪名，贬涪州别驾，黔州安置，后徙戎州。徽宗立，召还，行至江陵，因作《荆南承天院塔记》被谤，羁管宜州，卒于当地。

黄庭坚初期因作地方官，诗的现实性较强，中期因在馆阁，为生活视野所限，现实性有所减弱，但艺术性增强了。晚期处境艰危，现实性愈弱，但有时也忍不住要发泄一下，只是说得更委婉了。如果我们换个角度看，那主体意识却是很强的，由着重客体转向主体，也是宋诗和唐诗不同的一大特色，因而也是黄庭坚的一大创新。风格的生硬奇峭，使宋诗面貌大异，则是另一特色，也可以说是又一创新。多有拗句是形成他这种风格的一个重要因素，这是杜甫作过尝试以后的大发展，看似破除格律，实则更难掌握。但有些诗如《雨中登岳阳楼望君山》等也清新流畅。至于搜罗僻典，缀葺奇字，作艰涩语，过求生拗，则是一病。词风多是豪放，与秦观齐名，并称"秦七黄九"，其实成就不及秦。他还擅长书法，与苏轼、米芾、蔡襄并称"北宋四大家"。

有《山谷集》、《山谷琴趣外篇》。

寄黄几复

【题解】 本篇选自《山谷集》卷九。此诗作于元丰八年（1085），当时黄庭坚监德州（治今山东德州）德平镇。黄几复，名介，南昌（今属江西）人，与黄庭坚于熙宁九年（1076）同科出身，在岭南做官十年，当时是知四会县。诗中深致久别相忆之情，颔联以此意境从句中宣出，语极平常，而愈觉新颖。至于旧典新用，篇中累见，是其所长。

我居北海君南海①，寄雁传书谢不能②。
桃李春风一杯酒，江湖夜雨十年灯③。
持家但有四立壁④，治病不蕲三折肱⑤。
想得读书头已白⑥，隔溪猿哭瘴溪藤⑦。

【注释】

① "我居"句：《左传·僖公四年》："君处北海，寡人处南海，唯是风马牛不相及也。"引的是春秋时楚使对齐侯说的

话，齐在北方，楚在南方，都近海。德平旧属齐，四会旧属楚，相距遥远，但《左传》意在说明下句"风马牛不相及"，即互不相干，而诗意却在说明下句音讯难通。

② 寄雁传书：出《汉书·苏武传》。寄，托。谢不能：出《汉书·项籍传》。谢，辞谢。"寄雁传书"原是熟烂的典故，反用便出新意，即音讯难通，正是化腐臭为神奇。但旧又有雁飞不过衡阳（属湖南）的传说，当然也飞不到岭南（广东），"谢不能"也就不足为怪，所以张耒称为"奇语"。

③ "桃李"二句：上句写昔时两人的欢聚，下句写十年分离的孤寂，对照分明。相忆之情，不言而喻。

④ 四立壁：《史记·司马相如列传》："家徒四壁立。"山谷律诗中常有拗句，此句亦其著例。

⑤ "治病"句：《左传·定公十三年》："三折肱知为良医。"本谓治病经验丰富，便能成为良医。此诗用此典，联系下句，当是以"三折肱"代良医，喻善理县政，而不追求良吏的声名。蕲，求。

⑥ "想得"句：我想得到你读书已读白了头，以见其读书之勤之久，志在追求学问。"想得"与"雁不传书"、"头已白"与"十年"暗相呼应。"想得"并遥贯上联。

⑦ 猿哭：意谓与书声相应和者仅此。杜甫《九日》："殊方落日玄猿哭。"瘴（zhàng）溪：瘴气笼罩的溪流。旧说岭南多瘴气，故云。瘴气是亚热带地区山林中湿热蒸发易生传染病的疫气。

雨中登岳阳楼望君山二首

【题解】 本篇选自《山谷集》卷十一。此二诗作于崇宁元年（1102）二月，作者手书此二诗跋语云："崇宁之元正月二十三日，夜发荆州，二十六日至巴陵。数日阴雨，不可出。二月朔旦，独上岳阳楼。太守杨器之、监郡黄彦并来，率同游君山。"（黄罃《山谷先生年谱》）第一首抒写投荒万死后生还的喜悦。第二首写君山的美景，结句写想象中之景，尤为出色。此二诗写得雄奇激宕，兀傲蟠屈，是黄庭坚的代表作。

投荒万死鬓毛斑①，生入瞿塘滟滪关②。
未到江南先一笑，岳阳楼上对君山③。

满川风雨独凭栏，绾结湘娥十二鬟④。
可惜不当湖水面⑤，银山堆里看青山⑥。

【注释】

① 投荒：流放到荒僻的地方。黄庭坚于绍圣二年（1095）贬涪州别驾，安置黔州，徙戎州，谪居四川共六年，至元符三年（1100）始得放还。

② 生入：活着回到。瞿塘：长江三峡之一，在重庆奉节东，两岸悬崖壁立，江流湍急。滟滪（yàn yù）关：即滟滪堆。瞿塘峡口的险滩。

③ 岳阳楼：在今湖南岳阳市旧县城西门上，面临洞庭湖。君山：在洞庭湖中，亦名洞庭山。

④ "绾结"句：君山形状好像湘娥所绾结的十二个发髻。湘娥，相传舜之二妃溺死于湘江，为湘水女神，号湘夫人，住于君山。

⑤ "可惜"句：可惜当时不在洞庭湖湖面上乘舟划船。

⑥ 银山堆：指洞庭湖中的滔天波浪。青山：指君山。

念　奴　娇

【题解】 本篇选自《山谷词》。此词当是谪置黔州期间来永安探亲时所作。词写明月、美酒、名曲，身置诸少年间，共为游乐，欢畅之中，表现了超轶绝尘的豪放气概，可以看出作者谪居生活中的精神风貌。宋胡仔《苕溪渔隐丛话》后集记黄庭坚作此词，"文不加点，或以为可以继东坡赤壁之歌"。

八月十七日，同诸甥步自永安城楼①，过张氏小园待月。偶有名酒，因以金荷酌众客。客有孙彦立，善吹笛。援笔作乐府长短句，文不加点。

断虹霁雨，净秋空、山染修眉新绿[②]。桂影扶疏[③]，谁便道、今夕清辉不足？万里青天，姮娥何处[④]？驾此一轮玉。寒光零乱，为谁偏照醽醁[⑤]？　　年少从我追游[⑥]，晚凉幽径，绕张园森木。共倒金荷[⑦]，家万里、难得尊前相属。老子平生，江南江北，最爱临风曲。孙郎微笑，坐来声喷霜竹[⑧]。

【注释】

① 永安：夔州首县，即今重庆奉节。

② 修眉：纤长的眉毛，此以形容远山。

③ 桂影：传说月中有桂树。扶疏，枝叶繁茂。

④ 姮娥：又称嫦娥，传说为月中仙子。

⑤ 醽(líng)醁：酒名。

⑥ 年少：指序中所言诸甥。绍圣四年(1097)庭坚外兄张向任夔州路提举常平。

⑦ 金荷：荷叶形的金属酒杯。

⑧ 声喷霜竹：言笛声之激越。霜竹，指笛。

秦观

秦观(1049—1100)，字太虚，又字少游，号淮海居士，高邮军高邮(今属江苏)人。宋词人。熙宁十年(1077)到徐州拜谒苏轼，苏轼誉为屈宋之才，推荐他的诗给王安石，王安石谓为清新婉丽似鲍谢。元丰八年(1085)登进士第。哲宗元祐中，苏轼曾向朝廷推荐他，后官至秘书省正字，兼国史院编修。绍圣初，因与苏轼关系被列入旧党，累贬至编管雷州。徽宗立，放还，行至藤州病卒。

秦观是个深于情的词人，早期生涯漂泊，后来仕途坎坷，不曾过几年舒心的日子，所以词的内容总离不开情和愁，两者又常常凝结难分，凄楚动人，而未免伤感忒甚，气格较弱。然而思深意婉，辞情相称，韵味隽永，精妙绝伦。亦工诗。有《淮海集》、《淮海居士长短句》。

踏莎行

【题解】 本篇选自《淮海集·长短句》卷中。《踏莎行》，词调名，上片、下片各三仄韵。绍圣四年(1097)二月，秦观被加重处分，编管横州，临行前作于郴州贬所。词中以凄迷之景衬孤独之感、绝望之情，末又怨水东流，表现无可奈何的沉痛心境。黄庭坚说"此词高绝"(宋胡仔《苕溪渔隐丛话》引)，苏轼"绝爱其尾两句，自书于扇曰'少游已矣，虽万人何赎'"(前书引《冷斋夜话》)。王国维则赏其"可堪"二句，谓为"有我之境"(《人间词话》)。

雾失楼台，月迷津渡[①]，桃源望断无寻处[②]。可堪孤馆闭春寒[③]，杜鹃声里斜阳暮[④]。　　驿寄梅花[⑤]，鱼传尺素[⑥]，砌成此恨无重数[⑦]。郴江幸自绕郴山，为谁流下潇湘去[⑧]？

【注释】

① "雾失"二句：言雾浓月淡，望不见楼台和渡口。津渡，即渡口。

② "桃源"句："望"字点明上两句是望中景，此句是望中情。桃源，即陶渊明《桃花源记》所写的避世之处。望断，望至目力所及的极远之处。

③ 可堪：怎能禁受。二字贯至下句。闭：此字两用，既指孤馆深闭，又指春寒不散。

④ 杜鹃：鸟名，相传鸣声似"不如归去"。斜阳暮：日斜至暮。

⑤ "驿寄"句：陆凯《赠范晔诗》："折梅逢驿使，寄与陇头人。江南何所有，聊赠一枝春。"此指远方亲友寄来的慰问品。

⑥ "鱼传"句：古乐府《饮马长城窟行》："客从远方来，遗我双鲤鱼。呼童烹鲤鱼，中有尺素书。"此指远方亲友寄来的慰问信。尺素，古人以一尺大小的素绢用作信笺。此即指书信。

⑦ "砌成"句：总上二句，言亲友纷纷慰问，反更加重自己的愁恨。"砌"字炼，如砖墙越砌越高，非常形象化。一说"寄"、"传"皆自"我"出，亦可通，但不及此说之深曲。

⑧“郴江”二句：此从戴叔伦《湘南即事》“沅湘日夜东流去，不为愁人住少时”化出，而语意生新，无理之问，正是无可奈何的表现。郴江，在郴州东，发源黄岑山，合他水入耒水，一名黄水。幸自，本自。谁，何。

鹊 桥 仙

【题解】 本篇选自《淮海集·长短句》卷中。《鹊桥仙》，词调名，常格上片、下片各两仄韵。梁宗懔《荆楚岁时记》：“七月七日，为牵牛织女聚会之夜。”唐韩鄂《岁华纪丽·七夕》“鹊桥”注引《风俗通》：“织女七夕当渡河，使鹊为桥。”古代歌咏此事的诗词极多，此篇独能别出心裁，不落陈套。既描写了牛女相恋的复杂心情，又表现了对爱情永恒不渝的坚定信念，在淮海词中格调最高。

纤云弄巧①，飞星传恨②，银汉迢迢暗渡③。金风玉露一相逢④，便胜却、人间无数。　　柔情似水，佳期如梦，忍顾鹊桥归路⑤？两情若是久长时，又岂在、朝朝暮暮⑥。

【注释】

①“纤云”句：纤美的云彩做弄出新巧的花样。此句能令人联想织女织锦手艺之巧，又暗切乞巧节（旧俗以七夕为向织女乞求巧艺的乞巧节）。

②“飞星”句：流星传递终年不见的愁恨。牛女本为二星，此句令人想及牛女相会一年只有此一度的传说。此句连上句都是酝酿气氛，却又富于暗示性。

③“银汉”句：织女悄悄地渡过迢迢的银河。银汉，银河。

④金风：古人谓秋于五行属金，故金风即为秋风。玉露：白露，以玉喻白。

⑤忍顾：怎忍回头去看。

⑥朝朝暮暮：宋玉《高唐赋》：“朝朝暮暮，阳台之下。”此句用其字面，言不在于朝暮相聚。

贺铸

贺铸（1052—1125），字方回，号庆湖遗老，越州山阴（今浙江绍兴）人，生长卫州（今河南卫辉）。宋词人。宋太祖贺皇后族孙。少时豪爽使气，负一时之名。初任右班殿直。后曾任泗州、太平州通判。以朝奉郎致仕。沉沦下僚，郁郁不得志。晚年隐于苏州城外之横塘，卒于常州。

贺铸词风格多样，有豪放的，接近苏轼；有婉约的，又似秦观，而以介于二者之间的为佳。亦工诗。有《庆湖遗老集》、《东山词》。

青 玉 案

【题解】 本篇选自《乐府雅词》卷中。《青玉案》，词调名，上、下片各五仄韵。此词作于横塘，是词人晚年的作品，却写得深情绵邈，无限怅惘，很像是单相思，其实是写年华虚度的闲愁。黄庭坚有诗云：“解道江南断肠句，只今惟有贺方回。”即指此词。又因结句为“梅子黄时雨”连上二句以景喻情，极凄迷清奇，被人称作贺梅子。

凌波不过横塘路①，但目送，芳尘去②。锦瑟华年谁与度③？月台花榭，琐窗朱户④，惟有春知处。　　碧云冉冉蘅皋暮⑤，彩笔新题断肠句⑥。试问闲愁都几许⑦？一川烟草⑧，满城风絮⑨，梅子黄时雨⑩。

【注释】

①凌波：形容美人步履的轻盈。曹植《洛神赋》：“凌波微步，罗袜生尘。”

②芳尘：形容此美人行走时扬起的轻尘。

③锦瑟华年：指此美人的青春时期。李商隐《锦瑟》诗：“锦瑟无端五十弦，一弦一柱思华年。”

④琐窗：雕有连锁形花纹的窗。

⑤碧云：江淹《休上人怨别》：“日暮碧云合，佳人殊未来。”冉冉：流动的样子。蘅皋：生长着杜蘅的水边高地。此

指“目送芳尘”的男子游憩之处。杜蘅，香草。

⑥ 彩笔：五彩笔，语出《南史·江淹传》。谓能发挥才华之笔。

⑦ 都：一共。

⑧ 烟草：如烟的草色，言其茂盛。

⑨ 风絮：风中的柳絮。

⑩ “梅子”句：江南旧历四五月间多雨，正值梅子成熟，俗称梅雨。

陈师道

陈师道(1053—1102)，字履常，又字无已，号后山居士，徐州彭城(今江苏徐州)人。宋诗人。元祐二年(1087)经苏轼等人推荐，授徐州教授。迁颍州教授，绍圣初被罢官。元符三年(1100)授秘书省正字，不久病逝。

陈师道是江西诗派重要诗人，与黄庭坚并称“黄陈”，以苦吟著称。据《江西宗派图》载，黄庭坚曾说过：“履常，天下士也，读书如禹之治水，知天下之络脉。作诗得老杜句法，今之诗人，不能当也。为文深知古人之关键，其论事救首救尾，如常山之蛇，时辈未见其比。”江西诗派的所谓一祖三宗，三宗之一便是陈师道。有《后山集》、《后山诗话》。

别三子

【题解】 本篇选自《后山集》卷一。元丰七年(1084)，由于生活困难，陈师道曾将妻儿寄住在外家。这是别离时写的诗。元祐二年(1087)陈师道在徐州任教授职，经济情况有了好转，妻儿方得回家。此诗用白描手法，语言浅切，感情深挚。

夫妇死同穴，父子贫贱离。天下宁有此[①]？昔闻今见之。母前三子后，熟视不得追。嗟乎胡不仁，使我至于斯！有女初束发，已知生离悲。枕我不肯起，畏我从此辞。大儿学语言，拜揖未胜衣。唤爷我欲去[②]，此语那可思！小儿襁褓[③]间，抱负有母慈。汝哭犹在耳，我怀人得知！

【注释】

① 宁(nìng)：岂。

② 爷：父亲。

③ 襁褓(qiǎng bǎo)：背婴儿的宽带和包婴儿的被子。

周邦彦

周邦彦(1056—1121)，字美成，号清真居士，杭州钱塘(今浙江杭州)人。宋词人。元丰七年(1084)，入京为太学生，因献《汴都赋》擢为太学正。后任庐州教授、知溧水县等。徽宗时为徽猷阁待制，提举大晟府(宫廷音乐机关，负责整理古乐，创制新调)，只两年又放外任。

周邦彦词流传甚广，声誉甚高，崇奉者众，对南宋词家以及清代常州词派都很有影响。他融会了温、韦以来传统的优点，并善于从晚唐诗歌中采择隽语，又精通声律，言情体物，富艳精工，音节谐美。长调铺叙委婉，组织严密，功力极深。王国维《清真先生遗事》中甚至将其比作“词中老杜”。但内容多写闺情、羁旅，词境较狭窄。有《片玉词》，又称《清真集》。

兰陵王

【题解】 本篇选自《片玉词》卷上。《兰陵王》，词调名，第一段七仄韵，第二段五仄韵，第三段六仄韵。此词声情并茂，“绍兴初，都下盛行”(宋毛幵《樵隐笔录》)。一本题作《咏柳》，实只首段借柳起兴，由折柳赠行旧俗引出迭次送别，而其最深层则是自伤倦客京华，欲归还留。运笔极尽吞吐回旋之能事，铺叙情景而以叙事为钩连，组织得又很绵密。

柳阴直[①]，烟里丝丝弄碧。隋堤上[②]，曾见几番，拂水飘绵送行色[③]？登临望故国[④]。谁识，京华倦客[⑤]？长亭路[⑥]，年去岁来，应折柔条过千尺[⑦]。　闲寻旧踪迹。又酒趁哀弦，灯照离席。梨花榆火催寒食[⑧]。愁一箭风快，半篙波暖，回头迢递便数驿[⑨]。望人在天北[⑩]。　凄恻，恨堆积。渐别浦萦回[⑪]，津堠岑寂[⑫]。斜阳冉冉春无极[⑬]。念月榭携手，露桥闻笛[⑭]。沉思前事，似梦里，泪暗滴。

【注释】

① 柳阴直：长堤种柳自成直行，故柳阴也成直行。

② 隋堤：汴河堤，是隋炀帝时兴筑的。

③ 飘绵：飘落柳花。

④ 故国：此指故乡。

⑤ 京华倦客：作者自称，时已久居汴京，却不甚得意，因感厌倦。

⑥ 长亭：古时驿路上十里一长亭，五里一短亭，以供行人休息或饯别送行。

⑦ 折柔条：即折柳条以送行人，此沿旧习。

⑧ 榆火催寒食：古以清明前两天为寒食节。寒食禁火，节后改取新火。唐宋时代朝廷于清明日赐百官榆柳之火(钻榆、柳所取之火)。这里只用以装点时令。催，催促，表示寒食节又匆匆地过去了。

⑨ “愁一箭”三句：周济《宋四家词选》说这“愁”字是“代行者设想”。其实作送者之辞亦通。愁，谓愁其“一箭风快”，“其”字省。一箭风快，行船顺风，其快如箭。半篙波暖，水只淹没半篙，气候已变得温暖。

⑩ “望人”句：上文“愁”字直贯至本句，言愁其回望时，送行者已远在天北。并暗示行者往南，正是向作者故乡前进。

⑪ 别浦：分别处的河流。

⑫ 津堠：渡口守望的处所。

⑬ “斜阳”句：斜阳渐渐西沉，而春光仍是无穷无限。

⑭ “念月榭”二句：叙回想别前夜游的情景。

苏　幕　遮

【题解】 本篇选自《片玉词》卷上。《苏幕遮》，词调名，上片、下片各四仄韵。周词以富丽精工著称，此词却清新淡远，别具一格。上片写初阳映照圆叶簇拥中的荷花迎风高举的神态，以引起下片小戢轻舟的归梦，有悠然神往之致。

燎沉香[①]，消溽暑[②]。鸟雀呼晴，侵晓窥檐语[③]。叶上初阳干宿雨[④]，水面清圆[⑤]，一一风荷举[⑥]。　故乡遥，何日去？家住吴门[⑦]，久作长安旅[⑧]。五月渔郎相忆否？小楫轻舟，梦入芙蓉浦[⑨]。

【注释】

① 燎：烧。沉香：沉香木做的香料，极名贵。木质重，入水则沉，故名。

② 溽(rǔ)暑：潮湿闷热的天气。溽，湿。

③ 侵晓：近晓。

④ 宿雨：昨夜的雨水。

⑤ “水面”句：荷叶露出水面，清润溜圆。

⑥ “一一”句：一朵朵的荷花在晨风中高高挺起。与下片芙蓉浦遥相呼应。

⑦ 吴门：即今苏州，旧属吴郡，作者钱塘人，钱塘旧曾属吴郡，故自称家住吴门，然亦不必呆看。

⑧ 长安：汉唐故都，即今西安，借指北宋都城汴京。

⑨ “小楫”二句：梦中划着小船进入故乡的荷花塘。芙蓉，荷花的旧称。

李清照

李清照(1084—约1155)，号易安居士，济南章丘(今属山东)人。宋女词人。父亲李格非是知名的学者。清照“自少即有诗名，才力华赡，逼近前辈”（宋王灼《碧鸡漫志》）。十八岁与太学生诸城赵明诚结婚，夫妻志趣相投，都爱好诗词，互相唱和。喜金石字画和古籍，相与赏玩和整理。及随宋室南渡，不及数年，明诚病逝，清照时为四十六岁。自后便一直过着孤苦伶仃的生活，辗转流离于浙东各地。七十二岁以后，下落不明。

李清照是中国文学史上最杰出的女性文学家，婉约词的大家。她用浅语写深情，以白描现清景，并注重声律，使词从日趋典雅复归于当行本色，而风韵天然。前期的词以真实的女性身份表露自己的情感，塑造的是多愁善感的纤柔的少妇形象，却又高尚、优雅，和男性词人笔下代言式的女性形象颇异其趣，从而为传统词坛吹入了清风。后期由于时代的苦难和个人的不幸遭遇，使她的词情变得凄凉深沉。除了个别篇章如元宵词的《永遇乐》直接触及一些社会生活以外，读者也只能以知人论世的方式去品味它的社会意义。这是因为她坚持词“别是一家”的主张，把词看作纯文学，政治性、现实性多表现在她的诗文中。有《漱玉词》。今人辑有《李清照集》。

醉花阴

【题解】 本篇选自《漱玉词》。《醉花阴》，词调名，上、下片各三仄韵。伊世珍《琅嬛记》：“易安以重阳《醉花阴》词函致明诚。明诚叹赏，自愧弗逮，务欲胜之。一切谢客，忘食忘寝者三日夜，得五十阕。杂易安作，以示友人陆德夫。德夫玩之再三，曰：‘只三句绝佳。’明诚诘之。答曰：‘莫道不销魂，帘卷西风，人似黄花瘦。’政易安作也。”这三句妙在帘内外人与黄花对照，相思之苦从西风中的瘦影和孤芳的情怀中隐隐透出。

薄雾浓云愁永昼①，瑞脑销金兽②。佳节又重阳③，玉枕纱厨④，半夜凉初透。　　东篱把酒黄昏后⑤，有暗香盈袖。莫道不消魂⑥，帘卷西风，人比黄花瘦⑦。

【注释】

① 薄雾浓云：形容闺房中薰香的烟气。

② 瑞脑：一种香料。金兽：刻有兽形的铜香炉。

③ 佳节：原本作“时节”，据《草堂诗余》改。重阳：旧历九月九日。

④ 玉枕：瓷枕。纱厨：纱帐，其形如厨，故称。

⑤ 东篱：代指菊圃。陶渊明《饮酒》：“采菊东篱下。”

⑥ 消魂：形容极度的愁苦。消，同“销”。江淹《别赋》：“黯然销魂者，惟别而已矣。”

⑦ 黄花：菊花。比：原本作“似”，据《全芳备祖集》改。

一剪梅

【题解】 本篇选自《漱玉词》。《一剪梅》，词调名，常格上片、下片各三平韵。此为与丈夫别后的相思之词。结尾二句一向为人所激赏，是因为它渲染了那无计消除之情明去暗来，十分形象生动，句极流利而又工整，语极轻快而意沉重。此种好处易见，至于空际转身之妙，便须从“忽见陌头杨柳色”的唐诗中去借照。

红藕香残玉簟秋①。轻解罗裳，独上兰舟②。云中谁寄锦书来③？雁字回时④，月满西楼。⑤花自飘零水自流⑥。一种相思，两处闲愁⑦。此情无计可消除，才下眉头，却上心头⑧。

【注释】

① 红藕：红荷。玉簟：竹席的美称。

② 兰舟：相传鲁班用木兰树造船，后用此作船的美称。

③ 锦书：书信的美称。前秦苏蕙织锦为回文诗，寄其夫窦滔，后世多以锦书指男女间的情书。

④ 雁字：雁群飞在天空中排成人字或一字，雁字即为雁群。雁又有传书的传说。

⑤ “月满”句：表示夜深。

⑥ 自：副词，言不依人意志但顺其性而行，约略相当于今语

的"总是那样地"。

⑦ 闲愁:私人生活中的愁苦。

⑧ "才下"二句:范仲淹《御街行》:"都来此事,眉间心上,无计相回避。"

声声慢

【题解】 本篇选自《漱玉词》。《声声慢》,词调名,有平韵与仄韵两格,仄韵格上、下片各五仄韵,例叶入声韵。此词为李清照南渡后晚年所作。词中以残秋景色作陪衬,倾吐她在丈夫死后的孤苦无依的哀愁。这是悲剧的时代造成个人生活的悲剧,因而有一定的社会意义。情调不免低沉,而艺术性极高。善于用铺叙的手法,把孤独的生活表现得集中突出。善于以浅语表深情,而叠字之多有如连珠,毫无堆砌之弊,难度之高,无人能及。又"黑"字、"得"字都是险韵,却押得极工极稳。皆因难见巧。

寻寻觅觅[①],冷冷清清,凄凄惨惨戚戚[②]。乍暖还寒时候,最难将息[③]。三杯两盏淡酒,怎敌他、晓来风急[④]?雁过也,正伤心,却是旧时相识[⑤]。　满地黄花堆积,憔悴损[⑥],如今有谁堪摘[⑦]?守着窗儿,独自怎生得黑[⑧]?梧桐更兼细雨,到黄昏、点点滴滴。这次第[⑨],怎一个愁字了得[⑩]?

【注释】

① 寻寻觅觅:谓若有所失,茫茫寻找。

② 戚戚:深愁之感。

③ 将息:调养。

④ 敌:抵御。晓:《历代诗余》等作"晓"。

⑤ 旧时相识:是指雁曾为她传书,暗寓今"没个人堪寄"(《孤雁儿》)之意。

⑥ 憔悴损:憔悴到快要枯萎了。

⑦ 谁:何。

⑧ 怎生:怎么。黑:谓天黑。

⑨ 次第:情况。

⑩ 了得:说得尽。

第四节　南宋前期

陈与义

陈与义(1090—1139),字去非,号简斋,河南洛阳(今属河南)人。宋诗人。政和三年(1113)上舍及第。初官开德府教授。宣和间累迁符宝郎。南渡后,初任兵部员外郎。绍兴六年(1136)擢中书舍人,次年拜参知政事。病退。再知湖州,卒。

陈与义诗前期风格清俊,南渡后感时抚事,苍凉雄浑,上追杜甫,下启陆游。元吴师道《吴礼部诗话》云:"世称宋诗人,句律流丽,必曰陈简斋。"元方回将其与黄庭坚、陈师道一起推为江西诗派三宗。亦能词。有《简斋集》、《无住词》。

渡江

【题解】 本篇选自《简斋集》卷十。这是陈与义在绍兴二年(1132)初到临安(今浙江杭州)时所作。他认为南宋虽只剩下半壁江山,但仍有可为。元方回在《瀛奎律髓》中说:"简斋绍兴初避地广南,赴召由闽入越。……诗逼老杜,于渡浙江所题如此,可谓亦壮矣哉。"

江南非不好,楚客自生哀[①]。
摇楫天平渡[②],迎人树欲来。

雨馀吴岫立，日照海门开[③]。

虽异中原险，方隅亦壮哉[④]。

【注释】

① 楚客：楚客原指屈原。屈原忠而被谤，身遭放逐，流落他乡，故称“楚客”。后用来泛指客居他乡的人。这里是陈与义自称。他原是洛阳人，现在家乡已被金人占领，自己却流落江南，才如此称呼。

② 摇楫：划桨，行船。天平渡：是“渡平天”的倒装，意指渡过水天相连、水与天平的浙江。

③ 吴岫（xiù）：吴山，又称胥山，在钱塘江北岸。海门：指钱塘江口。

④ 方隅：边境，这里指当时京城临安（今浙江杭州）的城墙与濠河。

张元幹

张元幹（1091—1161），字仲宗，号芦川居士，福州永福（今福建永泰）人，一说福州长乐（今属福建）人。宋词人。宣和七年（1125），任陈留县丞。靖康元年（1126），曾居李纲幕中。南渡后，绍兴元年（1131）以将作监致仕，寓居福州。绍兴八年（1138），高宗要向金拜表称臣，李纲上书反对，张元幹作《贺新郎》词支持李纲。胡铨上书请斩秦桧，谪往福州签判，后于绍兴十二年（1142）被除名编管新州，张元幹又写了一首《贺新郎》送他，因此被削除官籍。这两首词是他的代表作，发抒悲愤，风格豪放。有《芦川归来集》、《芦川词》。

贺　新　郎

送胡邦衡待制赴新州

【题解】 本篇选自《芦川词》。《贺新郎》，又名《贺新凉》、《金缕曲》，词调名，上片、下片各六仄韵。胡邦衡即胡铨，新州治今广东新兴。清人《四库全书总目》说这首和送李纲的那首同调词“慷慨悲凉，数百年后，尚想其抑塞磊落之气”。

梦绕神州路[①]。怅秋风、连营画角[②]，故宫离黍[③]。底事昆仑倾砥柱[④]，九地黄流乱注[⑤]？聚万落千村狐兔[⑥]。天意从来高难问，况人情老易悲难诉[⑦]。更南浦，送君去[⑧]。　　凉生岸柳催残暑[⑨]。耿斜河[⑩]、疏星淡月，断云微度[⑪]。万里江山知何处[⑫]？回首对床夜语[⑬]。雁不到、书成谁与[⑭]？目尽青天怀今古[⑮]，肯儿曹恩怨相尔汝[⑯]？举大白[⑰]，听《金缕》[⑱]。

【注释】

① 神州：指中原沦陷区。

② 画角：有彩画的号角。

③ 故宫：指汴京宫殿。离黍：《诗经·王风》里有《黍离》诗，是东周大夫经过西周故都时，看见故宫毁坏后长满了禾黍的感伤之作。首句是“彼黍离离”。离离，茂盛貌。

④ 底事：为什么。昆仑倾砥柱：喻北宋王朝的崩溃。《神异经·中荒经》：“昆仑之山，有铜柱马，其高入天，所谓天柱也。”《列子·汤问》：“共工氏与颛顼争为帝，怒而触不周之山（在昆仑西北），折天柱，绝地维。”

⑤ 九地：遍地。黄流乱注：洪水泛滥，喻金兵攻入中原地区，到处横行。《水经注·河水》谓黄河发源于昆仑。

⑥ 万落千村：千万座村庄。落，村落。狐兔：喻当地人民逃亡死伤殆尽，成为狐兔等野兽的世界。范云《渡黄河》诗：“不睹人行迹，但见狐兔兴。”

⑦ “天意”二句：杜甫《暮春江陵送马大卿公恩命追赴阙下》诗：“天意高难问，人情老易悲。”

⑧ “更南浦”二句：江淹《别赋》：“送君南浦，伤如之何。”南浦，送别的地方。

⑨ 催：赶走。

⑩ 耿：明亮。斜河：天河。

⑪ 断云：一片浮云。

⑫ “万里”句：是说明胡邦衡的贬所远隔万里江山，竟不知其在何处。此极言其远。

⑬ 对床夜语：指彼此相聚时的对谈。白居易《招张司业诗》：“能来同宿否？听雨对床眠。”

⑭ “雁不到”二句：谓新州距离遥远，写成了书信也无法投寄。参阅范仲淹《渔家傲》注①。谁与，谓给谁投递。

⑮ “目尽”句：放眼看天下，怀想古今大事。

⑯ 肯：怎肯。诗词中“肯”、“敢”等字常是用作反问。儿曹相尔汝：像孩子们那样只谈论彼此的私人恩怨。韩愈《听颖师弹琴》：“昵昵儿女语，恩怨相尔汝。”

⑰ 大白：酒杯名。

⑱《金缕》：即《金缕曲》。

岳飞

岳飞（1101—1141），字鹏举，相州汤阴（今属河南）人。宣和四年（1122）应募从军，官至河南、北诸路招讨使，枢密副使。封武昌郡开国公。他是南宋抗金名将，誓要恢复中原，还我河山，屡败金兵，战功卓著。为秦桧所忌，连用十二道金牌召回，解除其兵权。不久又以“莫须有”的罪名将岳飞下狱杀害。孝宗时追谥武穆，宁宗时追封鄂王。

岳飞作品不多，但都写得很有气魄。有《岳武穆集》。

满　江　红

【题解】 本篇选自《花草粹编》卷十七。《满江红》，词调名，上片四仄韵，下片五仄韵。这首词表现了争取抗金胜利的坚强意志和昂扬奋发的战斗精神，慷慨激烈，直抒胸臆，是千古传诵的爱国主义的名篇，一直令人鼓舞。

怒发冲冠①，凭阑处、潇潇雨歇②。抬望眼、仰天长啸③，壮怀激烈。三十功名尘与土④，八千里路云和月⑤。莫等闲、白了少年头⑥，空悲切！　靖康耻⑦，犹未雪；臣子恨，何时灭！驾长车⑧、踏破贺兰山缺⑨。壮志饥餐胡虏肉，笑谈渴饮匈奴血。待从头、收拾旧山河，朝天阙⑩。

【注释】

① 怒发冲冠：愤怒得头发直竖，冲起了帽子。这是夸张的说法。《史记·刺客列传》：“士皆瞋目，发尽上指冠。”

② 潇潇：形容雨势的急骤。

③ 抬望眼：抬起头张眼远望。

④ “三十”句：三十多岁了，虽然建立了一些战功，还像尘土一样轻微，不值得一提。这时岳飞三十多岁。

⑤ “八千”句：距离抗战胜利还有很遥远的路程和时间。云，指白天。月，指夜晚。

⑥ 等闲：随便。

⑦ 靖康耻：靖康二年（1127）金兵攻陷汴京掳走徽、钦二宗的国耻。

⑧ 长车：大车，指战车。

⑨ 贺兰山：在今宁夏回族自治区和内蒙古自治区的交界处。此泛指金人占领下的关山。缺：叫它残缺。

⑩ 天阙：皇宫。

范成大

范成大（1126—1193），字致能，号石湖居士，平江吴县（今江苏苏州）人。宋诗人。绍兴二十四年（1154）登进士第，授徽州司户参军。仕途比较顺利。乾道六年（1170），奉命出使金国，索取河南陵寝地。他作了“不戮则执”的准备，到金后，慷慨陈词，全节而归，为南北朝野所称道，迁中书舍人。累官至四川制置使，还做过参知政事。晚年退居苏州之石湖。谥文穆。

范成大最著名的诗是两组七言绝句：一组是他出使金国时作的爱国诗，共七十二首；另一组是他晚年退隐石湖时作的田园诗，总题《四时田园杂兴》，共六十首，比较全面系统地描绘了江南农村的生活图景。范成大因此而有田园诗人之称。但他这组诗又和前人以表现闲适为特征的田园诗有显著的不同，真实地反映了农村人民的生活，现实性很强，艺术上也清新圆润，朴实亲切。有《石湖居士诗集》、《石湖词》等。

州　桥

【题解】 本篇选自《石湖居士诗集》卷十二。这是作者出使金国时所作的一批诗中的一首。州桥是汴京由南门通往宫城正门的大街上的一座桥，正当皇帝车驾必经之路。诗中表现了中原人民渴望恢复的心情。末句一“真”字包含千言万语。

州桥南北是天街①，父老年年等驾回②。
忍泪失声询使者③，几时真有六军来④？

【注释】

① 天街：京城的街道。
② 驾：皇帝的车驾。
③ 使者：作者自指。
④ 六军：周代天子有六军，此处泛指宋军。

夏日田园杂兴十二绝（其十一）

【题解】 本篇选自《石湖居士诗集》卷二十七。此诗是《四时田园杂兴》组诗中《夏日田园杂兴十二绝》的第十一首，揭露租税的苛杂，封建统治者的压榨无孔不入，弄得民不聊生，笔势十分沉重。

采菱辛苦废犁鉏①，血指流丹鬼质枯②。
无力买田聊种水③，近来湖面亦收租。

【注释】

① 废犁鉏(chú)：意谓已无田可耕，无地可种。鉏，同“锄”。
② 血指流丹：手指被菱刺破，血冻得通红。鬼质：像饿鬼一样的形体。
③ 种水：指在水中种菱。

秋日田园杂兴十二绝（其八）

【题解】 本篇选自《石湖居士诗集》卷二十七。此诗是《四时田园杂兴》组诗中《秋日田园杂兴十二绝》的第八首，描写丰收时的繁忙和欢畅情景。与上一首相比，笔势显得十分轻快。

新筑场泥镜面平，家家打稻趁霜晴①。
笑歌声里轻雷动②，一夜连枷响到明③。

【注释】

① 霜晴：霜后的晴天。
② 轻雷：比喻打稻声。
③ 连枷：一种脱粒的农具。

杨万里

杨万里(1127—1206)，字廷秀，号诚斋，吉州吉水（今属江西）人。宋诗人。绍兴二十四年

(1154)登进士第，授赣州司户参军。孝宗时知筠州。光宗即位，召为秘书监。又出为江东转运副使，致仕而归。家居十五年，因愤韩侂胄当国，屡召不出。八十岁时，病中闻韩侂胄仓卒北伐，料知必败，愤恨而卒。谥文节。杨万里曾上《千虑策》陈述政见，为枢密使虞允文、宰相陈俊卿器重。为人忠直敢言，屡触忤权贵，冒犯皇帝，因此不得大用。

杨万里以诗著名。他初学江西体，后学陈师道五律，后又学王安石七绝，后又学唐人绝句。到五十二岁，领悟到更应当取法自然，创造了自己的"诚斋体"。他善于捕捉自然界中那些转瞬即逝的奇景，运用比较接近口语的诗句活灵活现地描绘出来，时有奇趣，令人耳目一新。但有时出手太快，不能耐人咀嚼。杨万里还有不少深刻反映现实的诗，在秘书监任上接伴金国使臣时作的一批诗，感时伤事，写得沉郁顿挫，偶然也插入一二令人意想不到的奇句，尤为突出。此外还有一些同情人民疾苦的诗。有《诚斋集》。

闲居初夏午睡起二绝句（其一）

【题解】 本篇选自《诚斋集》卷三。原作共二首，这里选的是第一首。这诗作于乾道二年（1166），当时作者因父丧守制闲居在家，生活平淡得"无情思"，偶见儿童追捉柳花，他又发现了一片活泼泼的天趣，心胸不觉开朗活脱起来。这后二句是本诗主旨所在。当时又是焚去少作江西体诗稿的后四年，大约正开始学半山七字绝句的时候。前二句描写初夏景色，清新工致，"留"字、"分"字是锤炼的句眼。

梅子留酸软齿牙[①]，芭蕉分绿与窗纱[②]。
日长睡起无情思[③]，闲看儿童捉柳花[④]。

【注释】

① 留酸：齿颊中留有余酸。软：原本作"溅"，据《宋诗钞》改。

② 与：原作"上"，据《宋诗钞》改。

③ 无情思：没有情趣，无精打采。这"思"字是名词，旧读去声。

④ 柳花：即柳絮，又叫杨花。

宿灵鹫禅寺（其二）[①]

【题解】 本篇选自《诚斋集》卷十三。原作共二首，这里选的是第二首。淳熙六年（1179）作。这诗讽刺一些士人在野时慷慨激昂地议论时事，到入朝为官，便缄口不言了，原来在野时的慷慨激昂是做出来的。古人常把在山出山比作在野在朝。杜甫《佳人》诗："在山泉水清，出山泉水浊。"诗意由此脱胎。但确又是写景诗，短短四句却有许多转折回旋，运笔极为灵活。冷嘲不露痕迹，且很有风趣，能令人疏瀹性灵。

初疑夜雨忽朝晴，乃是山泉终夜鸣。
流到前溪无半语，在山做得许多声。

【注释】

① 灵鹫寺：当在江西广丰东灵鹫山上。

初入淮河四绝句（其一）

【题解】 本篇选自《诚斋集》卷二十七。原作共四首，这里选的是第一首。淳熙十六年（1189）十二月，金人循例遣使来贺明年元旦，作者奉派为接伴使。北行入淮，此境此事极大地触动了诗人的忧国之情。此诗表面上看似乎还平和，实则满腔悲愤。

船离洪泽岸头沙[①]，人到淮河意不佳。

何必桑乾方是远[②]，中流以北即天涯[③]。

【注释】

① 洪泽：湖名，在今江苏、安徽之间，和淮河相通。沙：指沙洲。

② 桑乾(gān)：河名，即永定河上游，源出山西马邑桑乾山，流经北京市郊，至天津入海河。唐人诗歌以桑乾河北为塞北。远：谓边远地区。

③ 中流：指淮河中流，宋金两国当时的分界。天涯：亦指边远地区。这句的言外之意，是说金人已经占领了淮河以北的广大地区，宋朝丧失了半壁江山。

张孝祥

张孝祥(1132—1170)，字安国，号于湖居士，历阳乌江(今安徽和县)人。宋文学家。绍兴二十四年(1154)进士第一。授镇东军签判。孝宗时，任中书舍人。后为建康留守，积极赞助张浚北伐的计划，受到主和派的打击，因而免职。后任为知潭州、荆南湖北路安抚使。以显谟阁直学士致仕，不久病卒。

张孝祥诗词皆追踪苏轼，尤长于词，气势豪迈，热情奔放，一些名篇影响颇大。有《于湖居士文集》、《于湖居士长短句》。

六州歌头

【题解】 本篇选自《于湖居士文集》卷三十一。《六州歌头》，词调名，常格上、下片各八平韵。隆兴元年(1163)，张浚指挥的北伐军在符离战败，次年宋金订立了隆兴和议。时张孝祥为建康留守，于席上作此词，张浚读了，罢席而入。词的上片描写中原沦陷区敌骑纵横令人痛心的凄凉景象。下片表现对这场屈辱的和议的愤慨，对渴望北伐的中原人民的同情，以及自己报国壮志不能实现的感叹。充分利用这个词调句短节促、音调激越悲凉的特点，起伏跌宕，笔酣墨饱，有强烈的感人力量。

长淮望断[①]，关塞莽然平[②]。征尘暗[③]，霜风劲，悄边声[④]。黯销凝[⑤]。追想当年事[⑥]，殆天数[⑦]，非人力；洙泗上[⑧]，弦歌地[⑨]，亦膻腥[⑩]。隔水毡乡[⑪]，落日牛羊下[⑫]，区脱纵横[⑬]。看名王宵猎[⑭]，骑火一川明[⑮]。笳鼓悲鸣[⑯]，遣人惊。　　念腰间箭，匣中剑，空埃蠹[⑰]，竟何成？时易失，心徒壮，岁将零[⑱]。渺神京[⑲]。干羽方怀远[⑳]，静烽燧[㉑]，且休兵。冠盖使[㉒]，纷驰骛，若为情[㉓]？闻道中原遗老，常南望、翠葆霓旌[㉔]。使行人到此，忠愤气填膺[㉕]，有泪如倾。

【注释】

① 长淮：长长的淮河。全句是说向着淮河一带极目远望。绍兴十一年(1141)，宋金订立和议，以淮河为分界线。

② “关塞”句：边塞地区只是一片辽阔空旷的平原。莽然，辽阔空旷貌。暗指南宋撤尽沿淮的守备，边境空虚。

③ 征尘：飞尘。

④ 悄边声：静悄悄的，一点边地上特有的声音都听不见了。以上都是望中景。

⑤ 黯销凝：黯然神伤。黯，神情沮丧貌。销凝，因有感而出神。

⑥ 当年事：指金人占领中原。

⑦ 殆：大概是，揣想之词。天数：天命。此句及下句，是愤激语。指南宋当局不抗战或偶遭失败便慌忙乞和。

⑧ 洙泗上：洙水源出山东曲阜北，泗水流经曲阜。孔子是曲阜人。所以用“洙泗上”代表中国文化发达的地区。

⑨ 弦歌地：《史记·孔子世家》：“三百五篇，孔子皆弦歌之。”因用弦歌地表示诗书礼乐之邦。弦歌，弹琴唱歌。

⑩ 膻(shān)腥：牛羊肉的气味。北方游牧地区的民族多吃牛羊肉，此用以指女真族。意思是说也被女真族统治了

(金国是女真族建立的)。

⑪ “隔水”句:只隔着淮河就是居住毡帐的地方,金国的占领地区。北方民族是住毡帐的。

⑫ “落日”句:《诗经·王风·君子于役》:“日之夕矣,羊牛下来。”

⑬ 区(ōu)脱:匈奴语所称的边境上的土堡。纵横:谓纵横遍布,到处都是。

⑭ 名王:匈奴诸王中的显贵者。此指敌方将帅。猎:古代常借打猎来练兵。

⑮ 骑火:马队的火光。

⑯ 笳(jiā):古代西北民族吹奏的一种管乐器,又称胡笳。

⑰ 空埃蠹(dù):徒然被灰尘蒙掩,蠹虫侵蚀。蠹,咬蚀器物的小虫子。

⑱ 岁将零:岁月将尽。

⑲ 渺神京:旧京渺茫。神京,京城,指汴京。句意是收复之期渺茫。仍受过片“念”字领。

⑳ “干羽”句:谓正用礼乐感化远方的民族,实指南宋朝廷向金妥协投降。《尚书·大禹谟》:“帝乃大布文德,舞干羽于两阶,七旬,有苗格。”干,盾牌,也用作舞具。羽,雉尾的羽毛作成的舞具。

㉑ 静烽燧:熄灭烽烟,谓平静无战事。烽燧即烽烟,古代的军事通讯设施。边境上筑有高土台,见有敌人侵犯,就在台上高烧柴草,作为信号,以相传告。

㉒ 冠盖使:指派去求和的使臣。冠,冠服。盖,车盖,代表有盖的马车。二者皆官员使用。

㉓ 若为情:何以为情,有什么面情。

㉔ 翠葆:翠色鸟羽装饰的车盖。霓旌:像虹霓一样的彩旗。二者都是皇帝所用。意思是希望南宋出师北伐,恢复中原。

㉕ 填膺:填胸,满怀。

第五节 陆 游

陆游(1125—1210),字务观,号放翁,越州山阴(今浙江绍兴)人。宋诗人。出身于世代仕宦家庭。绍兴二十三年(1153)参加进士考试,名列秦桧孙子秦埙之前,他又喜论恢复,语触秦桧,竟遭黜落。回乡后,致力于诗歌创作,同时研读兵书,学习剑法。到秦桧死后五年(1158),方得出仕,任宁德主簿。孝宗即位,召见陆游,赐进士出身,擢圣政所检讨官。乾道二年(1166),已是北伐失败、张浚罢相后的第四年了,陆游在隆兴通判任上,仍以“力说张浚用兵”的罪名被免职。

乾道五年(1169),陆游起复为夔州通判。乾道八年(1172),四川宣抚使王炎邀请为干办公事,襄赞军务。当时王炎驻军南郑,积极备战,以图恢复。陆游来到了这个军事重地后,考察地理形势,了解民情敌情,迫切期待朝廷恢复兴师故土,但只能归于失望。就在这一年秋冬间,王炎调回临安,陆游也调任成都安抚使参议官,后任蜀州通判,摄知嘉州。淳熙二年(1175),范成大为四川制置使镇守成都,陆游任他的参议官。

淳熙五年(1178),陆游被召回临安,此后断断续续地在福建、江西、浙江等地任职,入朝官至礼部郎中,因坚持抗金,作诗抒愤,竟以“嘲弄风月”的罪名而遭罢免。这年他六十五岁。此后二十年间除曾有十二个月出任修史官以外,都是在山阴三山村度过的。

陆游是个产量极多的诗人,现存诗歌约九千三百首。他的创作道路和他的生活道路大体上是一致的。约可分三期。第一期为入蜀前,即四十五岁以前,存诗仅二百首左右。这一时期,他主要是向书本学习,在技巧上下功夫,而阅历未深。第二期是入蜀后至六十五岁罢归的二十年。这是陆游诗歌创作最辉煌的时期。特别是到了南郑,临近前线,军中沸腾的生活,大大鼓舞了他的雄心,从此以后,他的爱国诗多起来了,风格豪壮悲愤。第三期是六十六岁罢归山阴后,又历二十年,作诗最多,今存近六千五百首,占全集三分之二强。由于居住农村,年老身闲,写的大多是田园诗,其中又大多是闲适诗,风格则变为平淡。不过爱国热情还时时会迸发出来,到临终还作《示儿》念念不忘恢复中原。以上三个时期写作的侧重点虽各有不同,但始终贯穿着爱国主义的精神。

陆游的创作中最有价值的部分是他那大量的爱国诗。它的内容很广，约可分为三个方面：（一）一贯坚持抗金的主张，渴望从军杀敌，尽复故地。《书愤》说："壮心未与年俱老，死去犹能作鬼雄。"确是满腔热血时时在沸腾，发出了时代的最强音。（二）揭露和讽刺投降派阻挠抗敌、危害国家的罪行，发抒壮志难酬的悲愤。他对投降派恨之入骨，就是死了也要把他们消灭："肝心独不化，凝结变金铁。铸为上方剑，衅以佞臣血。"（《书志》）（三）歌颂故土人民的怀念故国行为，同情他们惨遭金统治者残酷压迫的痛苦和渴望恢复的心理。

陆游还同情一般劳动人民的疾苦。农民走投无路，逼上梁山，他又表示理解："吏或无佳政，盗贼起齐民。"（《两樟》）因此他反对统治者暴力镇压："奈何一朝愤，直欲事殴攘。"（《疾小愈纵笔作短歌》）这在封建士大夫中尤为难得。陆游也热爱生活，他热情地描写了祖国的山川风物，歌唱生活中的美好事物。

陆游于诗歌各体兼擅，尤以七律为最，属对之工，名标诗史。宋刘克庄说："古人好对偶，被放翁用尽。"（《后村诗话》）他的七绝也有写得很悲壮的。他的古体诗也长于七言，篇幅都不甚长，而气势奔放。

陆游初学江西体，主要是学曾几、吕本中，后学杜甫。他那高度的爱国主义和现实主义精神，以及卓越的艺术成就，在文学史上产生了极深远的影响。宋亡前后，影响尤著。如林景熙《题陆放翁诗卷后》说："来孙却见九州同，家祭如何告乃翁？"清末帝国主义侵略日深，救国呼声日高，对陆游的诗歌更有深切的体会。梁启超《读陆放翁集》二首给予了热烈的赞扬，称为"亘古男儿一放翁"。

陆游兼长写词，但作得不太多，其中有飘逸的闲适词，流丽的爱情词，也有悲壮的爱国词。"其激昂感慨者，稼轩不能过。"（刘克庄《后村诗话》）如《谢池春》云："壮岁从戎，曾是气吞残虏。阵云高，狼烟夜举。朱颜青鬓，拥琱戈西戍。笑儒冠自来多误。"逼肖稼轩。他的闲适词，也不是高蹈远引，而是出于无奈。如《鹊桥仙》云："时人错把比严光，我自是无名渔父。"语含愤激。他的爱情词以题沈园的《钗头凤》为最佳。此外咏梅的《卜算子》哀婉而又劲健，也很著名。

陆游的散文也各体俱备，短章为多，也更为精美。日记体的《入蜀记》，如记巴东、巫山等许多则，都是很优美的游记。他如《老学庵笔记》颇有识见，笔调活泼，也值得称道。在南宋的散文作家中，可以算是一大宗匠。

有《剑南诗稿》、《渭南文集》、《放翁词》。

游山西村

【题解】 本篇选自《剑南诗稿》卷一。乾道二年（1166），作者自隆兴通判罢归山阴，此诗或是次年所作。他住在镜湖边的三山村，喜爱农民的热情淳厚，愿和他们交朋友，共享丰年的欢乐；也热爱山村的绮丽风光以及简朴的风俗。这些在这首诗中都生动地表现出来了。三、四两句真所谓"状难写之景如在目前"（梅尧臣语），却似毫不费力。

莫笑农家腊酒浑①，丰年留客足鸡豚②。
山重水复疑无路，柳暗花明又一村。
箫鼓追随春社近③，衣冠简朴古风存。
从今若许闲乘月④，拄杖无时夜叩门⑤。

【注释】

① 腊酒：头年腊月（农历十二月）酿造的酒。

② 足鸡豚（tún）：有足够待客的鸡豚。豚，小猪，此指猪肉。

③ 追随：逐队而来，连续不断。春社：古代以立春后的第五个戊日为春社日，民间在这天祭祀社神（即土地神），来祈求丰年。

④ 闲乘月：得闲时，就趁着月色夜游而来。

⑤ 无时：随时。

剑门道中遇微雨

【题解】 本篇选自《剑南诗稿》卷三。乾道八年（1172）冬，陆游由南郑赴成都府安抚使任参议官，这诗是经过剑门的途中作的。作者志在杀敌报国，却由国防前线调回后方，感到非常失望。诗中表达了他这种心情，表达方式却很委婉，自问是否该是个诗人，实是发泄不甘只作个诗人的愤慨。陈衍《石遗室诗话》认为此诗"直摩唐贤之垒"，是《剑南诗稿》中七绝的"最上峰"。剑门，指四川剑阁县北的高山。

衣上征尘杂酒痕[①]，远游无处不消魂[②]。
此身合是诗人未[③]？细雨骑驴入剑门[④]。

【注释】

① 征尘：旅途中沾上的飞尘。

② 消魂：伤神。

③ 合：应该。未：否。

④ "细雨"句：晚唐诗人郑綮说："诗思在灞桥风雨中驴子上。"见《唐诗纪事》《古今诗话》。这句是补足上句，说明何以有此一问。

金错刀行

【题解】 本篇选自《剑南诗稿》卷四。此诗乾道九年（1173）十月在嘉州（今四川乐山县）作。通过京华结交和汉滨从军，作者深信爱国志士甚多，必可消灭强大的敌人，收复失去的国土。诗中表扬意气风发的豪壮气概，也是对那些畏葸软弱丧失民族自信心的人的激励和鞭策。

黄金错刀白玉装[①]，夜穿窗扉出光芒。丈夫五十功未立[②]，提刀独立顾八荒[③]。京华结交尽奇士[④]，意气相期共生死[⑤]。千年史策耻无名[⑥]，一片丹心报天子。尔来从军天汉滨[⑦]，南山晓雪玉嶙峋[⑧]。呜呼楚虽三户可亡秦[⑨]，岂有堂堂中国空无人[⑩]！

【注释】

① "黄金"句：用黄金装饰刀身，白玉装饰刀柄。错，用金涂饰。

② 五十：此时作者四十九岁，五十取其整数。

③ 八荒：八方荒远之地。这句的意思是虽有宝刀而四顾茫然，竟无用武之地。为结二句张本。

④ 京华：首都。指南宋的都城临安。奇士：才能出众的人。

⑤ 意气：豪侠的气概。相期：互相期望和勉励。全句是说秉着豪侠的气概，以同生共死互相期望和鼓励。

⑥ 千年史策：千年流传的史册。耻无名：以（史册上）没有自己的名字为耻辱。

⑦ 尔来：近来。天汉：指汉水。汉水发源于今陕西西南的宁强，流经汉中地区。这是说在四川宣抚使的戎幕中任干办公事。

⑧ 南山：终南山。玉嶙峋（lín xún）：皓洁如玉，参差矗立。言下有岂能"如此江山坐付人"之意。

⑨ "呜呼"句：楚南公说："楚虽三户，亡秦必楚。"见《史记·项羽本纪》。三户，极言其少。

⑩ 堂堂：正大的样子。

书　愤

【题解】 本篇选自《剑南诗稿》卷十七。此诗作于淳熙十三年(1186)春。当时陆游退居在山阴,自述早年满怀豪情地观看瓜渡战船,谈论北伐;亲跨散关战马,驰骋西陲,以为中原可复,大业将兴。不料旋即成为泡影。至今仍是世事多艰,恢复无期,壮志未酬,年华虚逝,不禁感慨重重,无限愤懑。结尾对诸葛亮上表出师,力图恢复中原,十分敬羡,深惜当今无人可比。通篇沉郁顿挫,而三、四两句异常雄浑,全用名词组成,充满战斗气氛,力量充足,神采飞动,尤为出色,真可上追杜甫。

早岁那知世事艰①,中原北望气如山②。
楼船夜雪瓜洲渡③,铁马秋风大散关④。
塞上长城空自许⑤,镜中衰鬓已先斑。
出师一表真名世⑥,千载谁堪伯仲间⑦?

【注释】

① 世事艰:指南宋投降派阻挠北伐造成的困难。

② 气如山:豪气涌积如山,极言其壮盛。

③ "楼船"句:隆兴二年(1164)二月,陆游任镇江通判。时张浚以右丞相都督江淮东西路军马,增置江淮战舰,往来经过镇江,对陆游顾遇甚厚。幕僚们也常借宿通判衙门,相与论议。四月,罢江淮都督府,张浚罢相判福州。楼船,高大的战船。瓜洲渡,江防要地,与镇江隔江相对。

④ "铁马"句:乾道八年(1172),陆游在南郑幕中,积极参与王炎进兵长安的筹备,曾披甲骑马,涉过渭河,与金兵在大散关发生遭遇战。这年九月,王炎奉调回朝,陆游不久便往成都。铁马,披着铁甲的战马。大散关,在今陕西宝鸡市西南,当时宋金西以大散关为界。

⑤ 塞上长城:南朝宋名将檀道济北伐有功,因遭宋文帝刘义隆疑惧被杀,逮捕时,檀道济悲愤地说:"乃自坏汝万里之长城。"陆游引用此典,也以万里长城自期。

⑥ 出师一表:即一篇《出师表》,蜀汉后主建兴五年(227)诸葛亮由汉中出师前上的奏表。名世:扬名于世。

⑦ 伯仲:兄弟间长幼的次序,借用来衡量人物,指大致相等。杜甫《咏怀古迹》的第五首,称赞诸葛亮为"伯仲之间见伊吕"。伊:伊尹,相商汤。吕:吕望,相周武王。皆开国元勋。陆游则谓千载之下,无人可与诸葛亮相比。

沈园(其一)

【题解】 本篇选自《剑南诗稿》卷三十八。原作共二首,这里选的是第一首。陆游初娶唐琬,夫妻恩爱。但陆游母亲不喜欢唐琬,迫使他们夫妻分离。绍兴二十五年(1155)春末,两人在禹迹寺旁的沈园相遇。这时陆已另娶,唐琬已改嫁赵士程。陆游非常伤感,便题《钗头凤》一词于园壁。词云:"红酥手,黄縢酒,满城春色宫墙柳。东风恶,欢情薄。一怀愁绪,几年离索。错!错!错!　春如旧,人空瘦,泪痕红浥鲛绡透。桃花落,闲池阁。山盟虽在,锦书难托。莫!莫!莫!"唐琬读了此词,不久病死。绍熙壬子(1192),陆游复至其地,又作了一首七律,有"林亭感旧空回首,泉路凭谁说断肠"之句。庆元己未(1199),陆游作此二绝,这年他已七十五岁了。陈衍《宋诗精华录》评曰:"无此绝等伤心之事,亦无此绝等伤心之诗。就百年论,谁愿有此事?就千秋论,不可无此诗。"沈园,故址在今绍兴市区东南。

城上斜阳画角哀,沈园非复旧池台。
伤心桥下春波绿①,曾是惊鸿照影来②。

【注释】

① 桥下春波:此桥后人便命名为春波桥。

② 惊鸿:曹植《洛神赋》:"翩若惊鸿。"惊飞的鸿雁体态轻盈,因用以形容洛神的风姿,后常用来比喻美人,此指唐琬。

诉衷情

【题解】 本篇选自《放翁词》。《诉衷情》，词调名，上片、下片各三平韵。此词为陆游晚年所作。主题是他诗词中常见的。结构打破了词分片则分意的常例，只以起二句写昔，余皆写今。但"关河"、"天山"是旧地，"貂裘"是旧衣。写今天又常关合当年，作出了强烈的对比，显得激昂回荡，慷慨生哀。

当年万里觅封侯①，匹马戍梁州②。关河梦断何处③？尘暗旧貂裘④。　胡未灭，鬓先秋⑤，泪空流。此生谁料，心在天山⑥，身老沧洲⑦！

【注释】

① 当年：指乾道八年，陆游四十八岁的时候。觅封侯：寻求建立边功取得封侯的机会。《后汉书·班超传》记班超少有大志，尝投笔叹曰："大丈夫无他志略，犹当效傅介子、张骞立功异域，安能久事笔研间乎！"后果立功西域，封定远侯。

② 梁州：治所即是南郑，今陕西汉中市。

③ 关河：关塞和河防。梦断：梦不到。何处：即不知它在何处。此反诘语。

④ "尘暗"句：灰尘把旧时貂裘的颜色都变得暗淡了。《战国策·秦策一》载苏秦"说秦王，书十上而不行；黑貂之裘敝，黄金百斤尽，资用乏绝，去秦而归"。

⑤ 鬓先秋：鬓发早已变白了。秋天草木变衰，因用以形容发白。

⑥ 天山：在今新疆境内，是汉唐时代的边境，此处借指边防前线。

⑦ 沧洲：水边，古时隐者常居之处。陆游晚年居住在镜湖边的三山村。

跋李庄简公家书

【题解】 本篇选自《渭南文集》卷二十七。庄简是李光的谥号。李光，字泰发，上虞(今属浙江)人。高宗时官至参知政事，因反对向金称臣纳贡及撤防，在殿上愤斥秦桧，罢归乡里。两年后又贬谪到海南，历十一年才放还。跋中回忆李光罢相后与陆宰的谈论，寥寥数语，而人物忠愤刚烈之气毕现于颜貌口吻之间，使人如亲见亲闻。跋是写在书籍、字画、碑帖等后面的题识，这是宋代才开始盛行的新文体，篇幅短小，写法比较自由。

李丈参政罢政归乡里时①，某年二十矣②。时时来访先君③，剧谈终日④。每言秦氏，必曰咸阳⑤，愤切慨慷，形于色辞。一日平旦来共饭⑥，谓先君曰："闻赵相过岭，悲忧出涕⑦。仆不然，谪命下，青鞋布袜行矣⑧，岂能作儿女态邪⑨！"方言此时，目如炬，声如钟，其英伟刚毅之气，使人兴起⑩。

后四十年，偶读公家书。虽徙海表⑪，气不少衰，丁宁训戒之语，皆足垂范百世。犹想见其道青鞋布袜时也。

淳熙戊申五月己未⑫，笠泽陆某题⑬。

【注释】

① "李丈"句：李光于绍兴九年(1139)罢相，在家乡居住二年。丈，对长辈的敬称。参政：参知政事的简称。罢政：罢免执政的职务。参知政事是副宰相，执政官。

② "某年"句：某，作者自指。其时陆游只有十六七岁，"二十"当是举整数。如此称数，古书常见。

③ 先君：对自己已逝世的父亲的尊称。

④ 剧谈：畅谈。

⑤ 咸阳：秦都，秦桧专权，故李光以暴秦为喻。

⑥ 平旦：天刚亮。

⑦ "闻赵相"二句：赵相，指赵鼎，高宗时宰相，因倾向抗金，与秦桧不合，屡遭贬谪，最终贬死于今海南崖县。过岭，赵鼎由福建漳州贬广东潮州，须经揭阳岭，当指此。

⑧ 青鞋布袜：平民服装。杜甫《奉先刘少府新画山水障

歌》:“吾独何为在泥滓,青鞋布袜从此始。”

⑨ 儿女态:形容感情脆弱,临别啼哭的情态。

⑩ 兴起:振奋。

⑪ 海表:海外,此指海南岛。李光先谪琼州(治今海南琼山),又谪昌化军(治今海南儋县),皆在海南岛。

⑫ 淳熙戊申:孝宗淳熙十三年(1188)。

⑬ 笠泽:松江(今称吴淞江)的别名。陆游祖籍甫里(今江苏苏州市),在松江之滨,故称。

第六节 辛弃疾

辛弃疾(1140—1207),字幼安,号稼轩,济南历城(今山东济南)人。宋词人。出生时,北方广大地区包括他的家乡被金占领已经十三年。他在金占区长大,宋故土人民的深受苦难激发了他力图恢复的雄心。绍兴三十一年(1161),耿京起兵抗金,聚众二十余万。辛弃疾也招集了两千多人参加,并在军中掌书记。辛弃疾劝耿京与南宋联系,耿京就派辛弃疾等人奉表南归。次年北返,闻耿京已被叛徒张安国杀害,便带领五十骑冲进敌营,活捉了这个叛徒,缚在马上,驰归建康。南宋朝廷任命他为江阴签判。

辛弃疾南归的第二年(1163),张浚在符离北伐失败,宋金议和。乾道五年(1169),虞允文为相。在这期间,辛弃疾向孝宗进献了《美芹十论》,后来又写了《九议》呈给虞允文,都是关于恢复大业的议论,都没有被采纳。后历任滁州知州、江西提点刑狱、知隆兴府、江西安抚使、荆湖北路转运副使、知潭州、荆湖南路安抚使等职。在任上他打击豪强,汰除贪吏,赈济灾荒,安定民生,做了不少好事。同时积极为北伐事业准备力量,并在湖南创建了一支雄镇一方的“飞虎军”。淳熙八年(1181)冬他遭弹劾落职,便住到带湖新居。后来又爱铅山瓢泉之美,移居瓢泉。闲居期间,除一度任职福建外,前后达二十年之久。嘉泰三年(1203),辛弃疾起用为浙东安抚使,次年改知镇江府,已经六十五岁,他还是积极地作北伐的准备工作,可是开禧元年(1205)便罢归铅山,后两年便长逝了。

辛弃疾的文学创作以词为主,他的词作今存六百多首,不但在数量上超过了他的前辈和同辈,而且在质量上也是最高的。他的词内容非常丰富,广泛而深刻地反映了自己所处的时代,突出地表现了他的爱国主义精神。这在许多方面都和陆游的诗歌相同,陆诗辛词是南宋文学史上的两座并峙的高峰。

辛弃疾的爱国词在他的词集中占居主导地位,有着显著的特色。最突出的是恢复中原的英雄抱负和驰骋疆场的强烈愿望。表现为:(一)“以气节自负,以功业自许”,也以此勉励他人。他与陈亮唱酬的《贺新郎》词称许和勉励陈亮说:“我最爱君中宵舞,道男儿到死心如铁。看试手,补天裂。”(二)直接描写火热的战斗场面,热烈歌颂抗金斗争。他的《鹧鸪天》词云:“壮岁旌旗拥万夫,锦襜突骑渡江初。燕兵夜娖银胡䩮,汉箭朝飞金仆姑。”回忆在起义军中与金兵鏖战的情况,多么威武雄壮、惊心动魄。(三)有时也借登临怀古来表达他对这种战斗生活和英雄业绩的向往。他的《永遇乐》词缅怀刘裕北伐的雄姿壮概:“想当年,金戈铁马,气吞万里如虎。”

但是辛弃疾的雄武之才不得施其用。恢复之志,领兵北伐之愿,始终不能实现,词中便常表现出他的悲愤。南来之初,连年投闲置散,沉沦下僚,请缨无路,不胜抑郁,而豪情英气终不可遏,这在登建康赏心亭的《水龙吟》词中表现得最为集中突出。

辛弃疾在上饶、铅山闲居时,写过一些农村词,描写了山野风光,关心年岁的丰歉和农民的苦乐,羡慕农村生活的自在安恬。

辛弃疾继苏轼开辟的豪放词风之后,大加发展,于南宋词坛之上屹然别立一宗,“大声鞺鞳,小声铿镝，横绝六合，扫空万古”（刘克庄《辛稼轩集序》），文人之词在他的笔下遂一变而成为豪杰之词。他本是文武全才，既有用兵韬略，又有战斗经历，非如书生徒作豪语；又才大功深，满腹诗书，供其驱遣，非但格高调响，而且韵美词工。所以既是英雄本色，又是乐府当行。

辛词境界阔大，气魄雄伟。使用的艺术手法非常丰富，把词的表现功能发挥到极致。除了多用比兴外，也善用赋体，如《八声甘州》叙李广故事，《破陈子》叙自己在起义军中的往事，都是以叙事为主。又常即事叙景和插入议论，如写带湖新居将成的《沁园春》：“意倦须还，身闲贵早，岂为莼羹鲈脍哉！秋江上，看惊弦雁避，骇浪船回。”他也用比兴，特别是效《离骚》的美人香草，那些所谓闲愁闲情，多是忧国之情。如写元夕的《青玉案》：“众里寻他千百度，那人却在，灯火阑珊处。”有时又是直抒胸臆，如《丑奴儿》：“而今识尽愁滋味，欲说还休，欲说还休，却道天凉好个秋。”有时更幻出奇想，如《沁园春》中竟对酒杯训话：“杯汝来前。”结尾写“杯再拜道，麾之即去，招之须来”。这不是游戏之笔，而是大发牢骚，却写得很有风趣。

辛弃疾以文为词，比苏轼以诗为词更为解放。例如上举将止酒的《沁园春》就全是用散文句法。《贺新郎》“绿树听鹈鴂”一阕集古人怨别五事，如拟江淹《别赋》，与李白之拟江淹《恨赋》相似。

由于以文为词，他的词汇语汇便特别丰富，一般词人只是融化诗语入词，他却是经、史、子、集之语，无不供其驱遣，虽“拉杂应用”，而“弥见其笔力之峭”（吴衡照《莲子居词话》）。他更喜欢用典，以“用事多”（岳珂《桯史》）出名。他虽大量运用典故，却无堆垛之弊，又用得恰切，能够丰富词的意境。他还运用俗语、谚语入词。他的语言能俗能雅，而以“雄深雅健”为主。

辛弃疾将豪放词推上了顶峰，但他也作婉约词，刘克庄且说：“其秾纤丽密者，亦不在小晏、秦郎之下。”（《辛稼轩集序》）如《祝英台近》词，清沈谦即评为“昵狎温柔，魂消意尽”（《填词杂说》）。因为豪婉兼善，故能豪而不粗，婉而不弱，刚柔相济，恰到好处。各篇比较，又由豪婉刚柔成分多寡的不同，衍为风格的多样化，不过豪放仍是其主调。

有《稼轩词》，或称《稼轩长短句》。今人辑有《辛稼轩诗文钞存》。

水龙吟

登建康赏心亭[①]

【题解】 本篇选自《稼轩词》卷二。《水龙吟》，词调名，上、下片各四仄韵。此词约作于淳熙元年（1174），辛弃疾南来已经十二年了。秋色无边，登亭远目，只觉美丽的遥岑“献愁供恨”。这愁恨实是沦陷区人民的愁恨。“江南游子”对此也引起愁恨重重。故土未复，久欲挥戈北上，而当局置之不顾，以致沉沦下僚，有志难伸。愁极恨极，也无人理会。自念既与张翰之秋风思归有原则上的区别，更羞为许汜之求田问舍，本不为个人着想。可是年光虚度，无路请缨，只有涕泪空流。无限感怆，万分激动，原为“无人会登临意”而发，其登临之意下片似欲一吐为快，却只写到“休说”、“羞见”之事而止，正是“欲说还休”，说又何用！然此意上片已从远目而看吴钩中暗暗透出，既不直露，亦不晦涩。

楚天千里清秋[②]，水随天去秋无际。遥岑远目[③]，献愁供恨[④]，玉簪螺髻[⑤]。落日楼头，断鸿声里[⑥]，江南游子[⑦]。把吴钩看了[⑧]，阑干拍遍[⑨]，无人会、登临意[⑩]。　　休说鲈鱼堪脍，尽西风、季鹰归未[⑪]？求田问舍，怕应羞见，刘郎才气[⑫]。可惜流年[⑬]，忧愁风雨[⑭]，树犹如此[⑮]！倩何人唤取[⑯]，红巾翠袖[⑰]，揾英雄泪[⑱]？

【注释】

① 赏心亭：在建康（今南京）西面水西门城上，下临秦淮，为　　设险之地。

② 楚天：南方的天空。

③ 遥岑：遥远的山。远目：远望。

④ 献愁供恨：承上句以山拟人，实是作者北望遥岑而产生家国之愁、失意之恨。

⑤ 玉簪：绾结头发的装饰品，比拟尖峭的峰顶。螺髻(jì)：螺壳形的发髻。本是妇女的发型，用以比拟螺旋形的山头。

⑥ 断鸿：失群孤雁。

⑦ 江南游子：离乡游宦江南的人，作者自指。此句是上文"献"、"供"的宾语(对象)又是下句"看"、"拍"的主语。

⑧ 吴钩：相传是吴王阖闾制造的宝刀，似剑而弯曲。

⑨ 阑干：同"栏杆"。

⑩ 会：领会，理解。

⑪ "休说"三句：张翰，字季鹰，西晋吴郡(治今江苏苏州)人，在洛阳齐王府做官，见秋风起，想起了家乡的菰菜、莼羹、鲈鱼脍，便辞官归里。不久，齐王败，当时人都说他见机(见《世说新语·识鉴》)。脍，细切的肉。这三句是说自己的思归与张翰的动机和目的都不相同，而且故土未复，想归去也不可能。

⑫ "求田"三句：《三国志·陈登传》记刘备批评许汜求田问舍，无救世之意，活该被人轻视。刘郎，指刘备。这三句是说忘了国家，只顾个人利益，又恐为英雄所羞。既是说自己不效许汜，也带有讥世之意。求田问舍，买田置屋。

⑬ 流年：似流水一样的年华。谓其不断流逝。

⑭ 风雨：暗指国家处于风雨飘摇之中，局势动摇、危险。

⑮ 树犹如此：《世说新语·言语》载东晋桓温北伐，经过金城见前所种柳树都已长得很大，感叹说："木犹如此，人何以堪！"本篇只引用桓温上句，省略下句，略如歇后语。

⑯ 倩：请托。唤取：唤来。

⑰ 红巾翠袖：妇女装饰，此指歌妓。

⑱ 揾(wèn)：揩拭。

菩 萨 蛮

书江西造口壁

【题解】 本篇选自《稼轩词》卷四。宋罗大经《鹤林玉露》说此词："盖南渡之初，虏人追隆祐太后御舟至造口，不及而还，幼安由此起兴。"造口在今江西万安西南六十里，皂口溪由此流入赣江，隆祐由此奔至赣州。淳熙二年(1175)，辛弃疾任江西提点刑狱，衙门设在赣州。七月到任，次年秋他调，此词即是这年余之间，经造口所题，篇幅甚短，而内涵极大。"借水怨山"(清周济《宋四家词选》)而"大声镗鞳"(梁令娴《艺蘅馆词选》)。

郁孤台下清江水①，中间多少行人泪②。西北望长安③，可怜无数山④。　　青山遮不住，毕竟东流去⑤。江晚正愁余⑥，山深闻鹧鸪⑦。

【注释】

① 郁孤台：在今赣州市内田螺岭上，已重修，登台东北望，可见章贡二水会合后向北流去。清江：指赣江。

② 行人：指隆裕太后一行人以及避兵南奔的人们。

③ 长安：唐汉故都，即今陕西西安，此借指北宋都城汴京。

④ "可怜"句：暗指汴京沦陷，高宗、孝宗两朝未能恢复，北伐大计，长期受投降派阻挠。

⑤ "青山"二句：暗指投降派不能不使人民的血泪枉然付之东流。

⑥ 愁余：使我愁，谓愁恢复之志难遂。余，我。

⑦ 鹧鸪(zhè gū)：南方的一种鸟，似鸡而小，传说它的叫声像"行不得也哥哥"。暗指朝廷总谓"恢复之事行不得也"(见罗大经《鹤林玉露》)，意含忧与怨。

摸 鱼 儿

淳熙己亥自湖北漕移湖南同官王正之置酒小山亭为赋①

【题解】 本篇选自《稼轩词》卷二。《摸鱼儿》，又名《摸鱼子》、《迈陂塘》，唐教坊曲名，后用作词调，常格上片六仄韵，下片七仄韵。此词上片怨春光消逝，下片恨妒妇相欺，皆所谓"闲愁"，实是暗喻国运衰微。当权派的忌贤，可惜，可怨，可恨，可悲，却无可挽回，而坐视又所不忍。语极沉痛，意极愤激，回肠荡气，莫此为甚。弃疾志在前方杀敌，总不能如愿，调来调去，此次又是管钱粮，内心极为不满。题中离别与置酒，词中无一语涉及，完全扔了旧套，只顾向好友自诉心曲，却又有难言之隐。通篇全用比兴，题材、意象、手法，皆婉约派所常用。一腔哀怨，都从缠绵宛转中流出，愈出愈激，终不似弱女子掩袂呜咽，柔中有刚。传说宋孝宗“见此词颇不悦”(见宋罗大经《鹤林玉露》)。

更能消、几番风雨②，匆匆春又归去。惜春长怕花开早，何况落红无数③。春且住，见说道、天涯芳草无归路④。怨春不语。算只有殷勤⑤，画檐蛛网，尽日惹飞絮⑥。　长门事⑦，准拟佳期又误⑧。蛾眉曾有人妒⑨。千金纵买相如赋⑩，脉脉此情谁诉⑪？君莫舞⑫，君不见、玉环飞燕皆尘土⑬。闲愁最苦⑭。休去倚危阑⑮，斜阳正在，烟柳断肠处⑯。

【注释】

① 淳熙己亥：孝宗淳熙六年(1179)。自湖北漕移湖南：由湖北转运副使调任湖南转运使。移，调任。小山亭：在武昌湖北转运使衙门内。

② 更：再。消：吃得消、经受。

③ 落红：落花。

④ “见说”句：见说道，即听说。这句说，听说芳草长遍了天涯，已经遮断了春的归路。

⑤ 算：算起来。

⑥ 尽日：整日。惹：招惹。絮：柳絮。

⑦ 长门事：汉武帝陈皇后失宠后贬居长门宫的事。

⑧ 准拟：料定。

⑨ 蛾眉：美女像蛾须一般细曲的眉毛，常作美女的代称，此指陈皇后。

⑩ “千金句”：陈皇后曾以重金请司马相如写《长门赋》进呈武帝，想感动武帝，复得亲幸。纵，纵然，即使。

⑪ 脉脉：形容不说话，只用眼睛传情。一说脉脉为“默默”的假借字。谁诉：怎能诉说得出。谁，何。

⑫ 君：你，指妒忌别人的人。舞：形容得意的状态。意即高兴得手舞足蹈。

⑬ 玉环：唐玄宗宠爱的杨贵妃。安史之乱，玄宗奔蜀，至马嵬坡为卫队所逼，把杨贵妃缢死。飞燕：汉成帝宠妃，姓赵，后失宠废为庶人，自缢死。皆尘土：皆成尘土。此二人都以善妒著称。

⑭ 闲愁：精神上的愁苦。

⑮ 危阑：高楼上的栏杆。

⑯ 烟柳断肠处：晚烟笼罩柳树，令人悲极之处。

沁　园　春

灵山齐庵赋时筑偃湖未成①

【题解】 本篇选自《稼轩词》卷一。《沁园春》，词调名，上片四平韵，下片五平韵。据词题，知在灵山的齐庵所作。灵山是上饶西北一座绵亘百余里的大山。辛弃疾的带湖居第即在灵山脚下附郭处，规模宏大。齐庵当是其建筑群外之一所。作词之时，当在庆元二年(1196)再到期思(瓢泉)卜筑之后，将迁新居之前。上片写那里的全景，下片专写其中三数峰；上片全用白描，境界壮阔，气势飞动，下片迭用比喻，以人状物，异常别致。两片都有“我”在其中，生动地表现他的闲居生活，虽似悠然自得，却隐含着满腹牢骚。

叠嶂西驰，万马回旋，众山欲东②。正惊湍直下③，跳珠倒溅；小桥横截，缺月初弓④。老合投闲⑤，天教多事，检校长身十万松⑥。吾庐小，在龙蛇影外⑦，风雨声中⑧。　争先见面重重⑨，看爽气朝来三四峰⑩。似谢家子弟，衣冠磊落⑪；相如庭户，车骑雍容⑫。我觉其间，雄深雅健，如对文章太史公⑬。新堤路，问偃湖何日，烟水濛濛⑭？

【注释】

① 偃湖：疑在铅山的期思。序云“时筑偃湖未成”，当是“再到期思卜筑”〔《沁园春》(一水西来)的标题〕的工程之一(参阅《铅山县志》)。

② “叠嶂”三句：重重峰峦如万马西驰，忽回旋而东。

③ 惊湍：狂奔的急流。

④ “小桥”二句：小桥横跨急流之上，形状像引弓微弯的新月。

⑤ 投闲：投置于闲散之地。

⑥ “天教”二句：老天却令我多寻事做，去捡点十万颗长松。这是聊作解嘲之句。检校，查核，又为虚衔的加官。

⑦ 龙蛇：比喻松树的形状。

⑧ 风雨声：形容松涛的声响。

⑨ “争先”句：谓朝雾消散时，群峰先后显露。

⑩ 爽气朝来：《世说新语·简傲》：“西山朝来，致有爽气。”三四：或作“三数”。

⑪ “似谢家”二句：《世说新语·言语》：“谢太傅安问诸子侄：‘子弟亦何预人事，而正欲使其佳？’诸人莫有言者。车骑（谢玄）答曰：‘譬如芝兰玉树，欲使其生于阶庭耳！’”此以谢家子弟磊落的气概比喻群峰的形态。磊落，庄重、大方。

⑫ “相如”二句：《史记·司马相如列传》：“相如之临邛，从车骑，雍容闲雅甚都（美）。”雍容，从容。

⑬ “雄深”二句：刘禹锡《唐故尚书礼部员外郎柳君集记》载，韩愈评柳宗元的文章说：“雄深雅健，似司马子长。”司马子长即太史公司马迁。

⑭ “新堤”三句：意即问偃湖新堤何日筑成。堤，即偃湖的围堤。“新堤路”也在问中，“问”字倒置在下。

清平乐

村 居

【题解】 本篇选自《稼轩词》卷四。《清平乐》，词调名，上片四仄韵，下片三平韵。此词写一家农民的生活，老夫妻在茅檐下亲热相处，喝酒对谈，过着清闲的生活。大、中两儿，分搞农副业，小儿顽皮，却也爱劳动。“卧剥莲蓬”，显得活泼可爱。朴素的笔调正宜表现朴素的生活，写出来就是一幅配置得很好的素描，二老一小的形象最为生动。通篇都是以农民为正面描写的对象，农民成了词中的主人公，这是以前少见的。

茅檐低小，溪上青青草。醉里吴音相媚好，白发谁家翁媪[①]？　　大儿锄豆溪东，中儿正织鸡笼。最喜小儿亡赖[②]，溪头卧剥莲蓬。

【注释】

① 媪（ǎo）：老年妇女。

② 亡（wú）赖：同“无赖”，本为狡猾义，在小孩就是顽皮，其实是写他活泼可爱，反语愈见亲昵。

鹧鸪天

代 人 赋

【题解】 本篇选自《稼轩词》卷三。《鹧鸪天》，词调名，上片、下片各三平韵。此词写景，笔触较工细。上片有静有动，有声有色，充满了生气，洋溢着泥土的芳香。连晚景也很美，金黄的斜阳光洒满了树枝，把栖鸦都缩成了小黑点。“破”字、“些”字、“点”字都下得极工。下片拓开，由近及远，突出一面酒旗，增加了一种欢乐的气氛。结联以城市与农村对比，城中虽然繁华，却忧风愁雨，好景不长；农村虽然简朴，却平实劲健，一片生机。真正美好的春光不在城市，而在农村。这表现了作者对农村生活的热爱和他的美学思想的一个方面。全篇清新刚健，意味深长。

陌上柔桑破嫩芽[①]，东邻蚕种已生些[②]。平冈细草鸣黄犊，斜日寒林点暮鸦[③]。　　山远近，路横斜，青旗沽酒有人家[④]。城中桃李愁风雨，春在溪头荠菜花[⑤]。

【注释】

① 陌上：田间的路边。破：绽，冒出。

② 些：旧读（xiā），属麻韵。一点点。

③ 点暮鸦：暮色中几点乌鸦的黑影。

④ 青旗：青布做的酒招。沽酒：卖酒。

⑤ 荠菜：一种野菜，开白花。

第七节 南宋后期

姜夔

姜夔（约1155—1209），字尧章，号白石道人，饶州鄱阳（今属江西）人。宋词人。一生没有中过科举，没有做过官，成为江湖游士。诗人萧德藻赏识他，带他住在湖州。后来结识了退休在苏州的范成大，又得交南宋大将张俊的后代张鉴，便依张鉴住在杭州，经常往来于苏杭之间，卒于西湖寓所。

姜夔作诗从江西派走向晚唐，颇有风神。他的词比诗成就更高，影响更大。有些篇章反映了一些现实，更多的是抒写个人身世飘零之感和相思离别之情。但他以瘦硬之笔抒写柔情，扫除了传统的软媚习气，使南北宋的婉约词风有明显的区别。又善于以清隽的笔调构造幽冷凄寂的境界。如《踏莎行》之写离魂："淮南皓月冷千山，冥冥归去无人管。"境界幽深，情致浓艳。尤工咏物，如《念奴娇》写荷花："嫣然摇动，冷香飞上诗句。"神态逼肖，幽艳动人，寄托了他孤高的情怀。他精通乐律，多自度曲。后来张炎亦首重乐律，最尊白石，形成姜张词派。有《白石道人诗集》、《白石道人歌曲》。

扬州慢

【题解】 本篇选自《白石道人歌曲》卷四。《扬州慢》，词调名，上、下片各四平韵。淳熙三年（1176），姜夔自鄂中沿江东下，路过扬州，写了这首自度曲，当时才二十二岁。扬州是隋唐时代极为繁华的都市，宋高宗建炎三年（1129）和绍兴三十一年（1161），金兵两次南犯，扬州都惨遭巨劫。此为第二次劫后十五年，还是极度萧条，词人怵目惊心，不禁兴黍离之悲。词中感慨今昔，异常凄怆。上片着重写景，紧扣词序。清陈廷焯谓写"兵灾后情景逼真。'犹厌言兵'四字，包括无限伤乱语，他人累千百言，亦无此韵味"（《白雨斋词话》）。下片着重抒情。唐人咏扬州以杜牧数诗为最著名，因以"杜郎重到须惊"寄慨。"波心荡、冷月无声"，写萧条景象而出以清秀之笔，最具特色。

淳熙丙申至日[①]，予过维扬[②]，夜雪初霁，荠麦弥望[③]。入其城则四顾萧条，寒水自碧。暮色渐起，戍角悲吟[④]。予怀怆然，感慨今昔，因自度此曲。千岩老人以为有黍离之悲也[⑤]。

淮左名都[⑥]，竹西佳处[⑦]，解鞍少驻初程[⑧]。过春风十里[⑨]，尽荠麦青青。自胡马窥江去后[⑩]，废池乔木，犹厌言兵[⑪]。渐黄昏、清角吹寒[⑫]，都在空城。　杜郎俊赏[⑬]，算而今、重到须惊。纵豆蔻词工[⑭]，青楼梦好[⑮]，难赋深情[⑯]。二十四桥仍在[⑰]，波心荡、冷月无声[⑱]。念桥边红药[⑲]，年年知为谁生？

【注释】

① 淳熙丙申至日：宋孝宗淳熙三年（1176）的冬至日。

② 维扬：即扬州。

③ 荠麦：野麦。

④ 戍角：驻军吹的号角。

⑤ 千岩老人：萧德藻自号。黍离：《诗经·王风》篇名。旧说周大夫过西周旧都，见宫室长满禾黍；感怀故国而作此诗。

⑥ 淮左：宋朝设置淮南路，后分为东西二路。淮南东路称淮左，扬州是其首府。

⑦ 竹西：亭名。在扬州城东禅智寺侧，地甚清幽。杜牧《题扬州禅智寺》诗："谁知竹西路，歌吹是扬州。"

⑧ 初程：首次经过扬州的行程。

⑨ 春风十里：指扬州昔时的繁华街道。杜牧《赠别》："娉娉袅袅十三余，豆蔻梢头二月初。春风十里扬州路，卷上珠帘总不如。"

⑩ 胡马窥江：此指金兵的第二次南下。

⑪ "废池"二句：说战乱后只剩下废池和大树，至今还令人憎厌金兵的破坏。

⑫ 清角吹寒：凄清的号角声在寒风中吹起来了。

⑬ 杜郎：指杜牧。俊赏：风流俊逸，喜爱游赏名胜。

⑭ 豆蔻词：指其《赠别》诗，见注⑨。豆蔻初夏开花，二月初尚未开，因以喻少女。

⑮ 青楼梦：杜牧《遣怀》诗："十年一觉扬州梦，赢得青楼薄幸名。"青楼，风月场所。

⑯ 难赋深情：承上言纵有杜牧那样的才华，也难表达此时悲怆的深情。

⑰ 二十四桥：杜牧《寄扬州韩绰判官》诗："二十四桥明月夜，玉人何处教吹箫。"二十四桥有二说，一说是扬州有二十四座桥，一说二十四桥只是一桥，"因古之二十四美人吹箫于此，故名"，一名红药桥。联系下文"念桥边红药"，以后说为切。

⑱ "波心"句：只有波心荡漾着冷月，没有一点声响。这无声之声也包括玉人箫声以及其他一切音响。

⑲ 红药：即芍药花。

刘克庄

刘克庄(1187—1269)，初名灼，更名克庄，字潜夫，号后村居士，兴化军莆田(今属福建)人。宋诗人、词人。嘉定二年(1209)以荫补将仕郎，十七年(1224)知建阳，因作《落梅诗》触怒权贵，罢官。淳祐初特赐同进士出身。累官至秘书监、工部尚书兼侍读。以龙图阁直学士致仕。谥文定。

刘克庄是南宋后期重要诗词作家，为辛派词人，风格豪放。清冯煦《蒿庵论词》云："后村词，与放翁、稼轩，犹鼎三足。其生丁南渡，拳拳君国，似放翁。志在有为，不欲以词人自域，似稼轩。如《玉楼春》云：'男儿西北有神州，莫滴水西桥畔泪。'《忆秦娥》云：'宣和宫殿，冷烟衰草。'伤时念乱，可以怨矣。又其宅心忠厚，亦往往于词得之。《满江红》送宋惠父入江西幕云：'帐下健儿休尽锐，草间赤子俱求活。'《贺新郎》寿张史君云：'不要汉庭夸击断，要史家编入循良传。'《念奴娇》寿方德润云：'须信谄语尤甘，忠言最苦，橄榄何如密。'胸次如此，岂翦红刻翠者比邪。"有《后村先生大全集》、《后村别调》。

玉楼春

戏林推①

【题解】 本篇选自《后村先生大全集》卷一百九十一。《玉楼春》，又名《木兰花》，词调名，上片、下片各三仄韵。唐圭璋《唐宋词简释》云："此首题作'戏林推'，实含有无限家国之感。起言推之游侠生活，次言推之日夜豪情。换头，言冶游之无益，隐有劝勉之意。篇末唤醒痴迷，似当头棒喝，惊动非常。"

年年跃马长安市②，客舍似家家似寄。青钱换酒日无何③，红烛呼卢宵不寐④。　易挑锦妇机中字，难得玉人心下事⑤。男儿西北有神州，莫滴水西桥畔泪⑥。

【注释】

① 林推：姓林的推官。推官为州郡长官的僚属。《花庵词选》题作"戏呈林节推乡兄"。

② 长安：这里借唐京城长安指代南宋京城临安(今浙江杭州)。

③ 青钱：古代铜币因成色不同而分为青钱、黄钱。日无何：据下句，指每天沉迷于赌博中，不过问其他事情。

④ "红烛"句：指夜间点亮蜡烛通宵赌博。呼卢，赌博时呼喝之声。古樗蒲法，五子俱黑为"卢"，二雉三黑为"雉"，皆为胜彩，故赌徒于赌博时呼之，希望得彩获胜。

⑤ "易挑"二句：意指妻子的爱情是具体实在的，而妓女的心事就难以捉摸了。锦妇机中字：指晋窦滔妻苏蕙所作织锦回文《璇玑图》。滔仕苻坚为秦州刺史，获罪远徙流沙，蕙作回文七言诗织于锦上以寄滔，辞甚凄楚。玉人，美人，这里指妓女。

⑥ “男儿”二句：意指中原尚未恢复，男儿不应该为妓女流泪。水西桥，杭州无水西桥，当指清泠桥西熙春楼一带妓女聚居之处。

吴文英

吴文英（约1200—约1260），字君特，号梦窗，又号觉翁，庆元鄞县（今浙江宁波）人。宋词人。早年曾作苏州常平仓司幕僚，后在绍兴游浙东安抚使吴潜幕，在杭州为荣王府门客。精音律，能自度曲。

吴文英词宗周邦彦，喜从李贺、李商隐的诗中采择字面，秾丽瑰奇。且又意象密集，喜用典，用代字。艺术性很高，而旨意晦昧，脉络难寻，亦如诗家之有李商隐。但也有少数词篇如《风入松》（听风听雨过清明）等较为疏朗清快。内容主要是描写个人身世之感和相思之情，很少反映社会现实。有《梦窗词》。

八声甘州

灵岩陪庾幕诸公游[①]

【题解】 本篇选自《梦窗词·乙稿》卷二。此词上片写古迹，时空错杂，虚实结合，似真似幻，似见似闻。下片说古事，醉者固自取灭亡，醒者亦只应能游钓远祸，不禁感慨横生，而问天无语，只觉人生易老。俯视则景象凄茫，仰观才见秋高境旷，姑且呼酒登台，以图一快。通篇命意全是从“渺”、“幻”生出，奇情丽采，艺术性极高，思想性也较强。前人谓寓有伤时之意，也可供参考。

渺空烟四远[②]，是何年、青天坠长星[③]？幻苍崖云树[④]，名娃金屋[⑤]，残霸宫城[⑥]。箭径酸风射眼[⑦]，腻水染花腥[⑧]。时靸双鸳响[⑨]，廊叶秋声[⑩]。　宫里吴王沉醉[⑪]，倩五湖倦客[⑫]，独钓醒醒[⑬]。问苍天无语[⑭]，华发奈山青[⑮]。水涵空、阑干高处[⑯]，送乱鸦斜日落渔汀[⑰]。连呼酒、上琴台去[⑱]，秋与云平[⑲]。

【注释】

① 灵岩：山名，在江苏苏州市西三十里，上有春秋时吴王夫差馆娃宫遗址。庾幕：掌管钱粮的提举常平司的幕府。庾，仓库。

② “渺空烟”句：写渺渺茫茫，天空中云烟弥漫，四望天际。“渺”是领字，领下三句。这句是写空间渺茫。

③ 长星：彗星。彗星的出现和陨落，古人认为是不祥的征兆。词人从灵岩的“灵”字和吴国的灭亡着眼，想象出灵岩就是青天坠落的彗星。用泛问句，暗示此事亦是渺茫。此词凭空起笔，忽又暗落到实处。

④ “幻苍崖”句：“幻”字领下三句，从“渺”字生出。这句是说长星变成了灵岩。云树，茂密如云的树林。

⑤ “名娃”句：指吴王夫差为西施建造的馆娃宫。今灵岩山顶的秀峰寺，传为馆娃遗址。名娃，著名的美女，指西施。娃是吴楚间的方言。金屋，《汉武故事》载武帝刘彻幼时，他的姑母指所生女阿娇戏谓彻说：等长大了，把她嫁给你。刘彻说：“若得阿娇作妇，当以金屋贮之。”

⑥ 残霸：吴王夫差曾一度和齐国争霸，后国灭身亡，霸业有始无终，故云残霸。“残”字有讽意。

⑦ 箭径：即采香径，是香山下的一条小溪，夫差种香于香山，使美人泛舟采之，故名采香径。自灵岩望之，其直如矢，故又名箭径。见范成大《吴郡志·古迹》。酸风：冷风，刺眼发酸，故称酸风。李贺《金铜仙人辞汉歌》：“东关酸风射眸子。”

⑧ 腻水：染有油脂的脏水。染花腥：谓腻水把花也涂上了腥气。腥字从腻字而来。香溪成了腥溪，极言宫女弃脂粉之多，也寓有讽意。杜牧《阿房宫赋》：“渭流涨腻，弃脂水也。”

⑨ 时靸（sǎ）句：靸，拖鞋，此处用作动词。双鸯，一双鸳鸯履，即妇女所穿的绣花鞋。

⑩ 廊叶秋声：是说现在只是廊上秋风卷落叶，还似是西施等宫女们靸着绣花木屐走响的声音。虚实结合得妙。廊，指响屧廊。《吴郡志·古迹》：“响屧廊在灵岩山寺。

相传吴王令西施辈步屧(木底鞋),廊虚而响,故名。”

⑪ “宫里”句:李白《乌栖曲》:“吴王宫里醉西施。”此句承上启下,是双片词的寻常结构。两片分写景与情,亦属常见。

⑫ “倩五湖”句:“倩”字直贯下二句,是讽刺夫差自取灭亡。倩,请。五湖倦客,指范蠡。赵晔《吴越春秋·勾践伐吴外传》载范蠡佐越王勾践灭吴后,“乘扁舟,出三江,入五湖,人莫知其所之”。徐氏补注引张勃《吴录》:“五湖者,太湖之别名,以其周围五百里,故以五湖为名。”倦客,倦于从政的游客。

⑬ 独钓:指隐居生涯。醒醒:非常清醒。“醒”字旧读平声。“醒”与上文的“醉”,构成强烈的存亡对比。灭吴兴越,范蠡功最高。蠡致书大夫文种,说勾践不可与共安乐,种不悟,终遭杀身之祸,独醒含此意。

⑭ “问苍天”句:借“问”字为转折。“苍天”一词宾语、主语两用。

⑮ “华发”句:无奈人生易老,只有山色长青。这是一般的人生感慨,也是作者的身世之感。这时作者不过三十来岁,也许像潘岳“年三十有二,始见二毛”(《秋兴赋》)。二毛,杂有黑白二色的头发,即华发。

⑯ 水涵空:谓太湖的水涵容天空,极言其宽阔。阑干:同“栏杆”。

⑰ 送:目送。渔汀:水边捕鱼的地方。汀,沙洲。

⑱ 上琴台去:有“更上一层楼”之意。琴台,在灵岩山西北绝顶,也是春秋时吴国的遗迹。

⑲ 秋与云平:秋色与白云一样高。

文天祥

文天祥(1236—1283),初名云孙,字天祥,更名天祥,字宋瑞,又字履善,号文山,吉州庐陵(今江西吉安)人。宋诗人。宝祐三年(1255)进士第一。德祐元年(1275)春,元兵大举渡江,直逼临安,他奉诏起兵勤王,以全部家产助军,招募义兵,抗击元军。德祐二年(1276),任右丞相兼枢密使,奉命出使元营,被扣留。南宋朝廷随即投降。他被元军押解北上,至镇江逃出,历尽艰危来到温州,拥立端宗,继续抗元。端宗死,帝昺即位,加少保,封信国公。这年(1278)十二月,他在广东海丰的五坡岭兵败被俘。次年二月,南宋灭亡;十月,天祥被解至燕京,囚禁三年多,不屈而死。

文天祥的诗以德祐元年起兵抗元为界,可分为前后期。前期学江湖派,佳作不多。后期崇尚杜甫,所作诗记录了他抗元斗争的经历,是他爱国主义精神和坚持民族气节的真实写照。兵败被捕后过零丁洋,他写道:“人生自古谁无死?留取丹心照汗青。”(《过零丁洋》)可以说,他后期的每一首诗都是正气歌,发自忠肝义胆,不事雕饰,而感人至深。

文天祥词作甚少,内容和风格与他的诗是一致的。他的文章很多。《指南录后序》是其代表作。文中记叙他出使金营,抗颜力争及中途脱出,九死一生的历险经过,充分地表现了他坚持大节和艰苦奋斗的爱国精神。有《文山先生全集》。

正气歌并序

【题解】 本篇选自《文山先生全集》卷十四。此诗在燕京狱中作。诗前长序着重描写牢狱的卑隘阴陋和环境的恶劣,列举了足以造成瘟疫的七气,最后才转到正气“以一敌七”,正是为了突出正气的伟力和他那不可折服的斗争精神。

诗首先把正气描写为充塞于天地之间的浩然之气,强调在国家民族危亡的关头,它表现为可歌可泣的正义行为。接着展示了一座英雄画廊作为典型。后文自叙牢狱生活,表现了坚持民族气节、视死如归的精神。至于节奏的强烈,声调的高昂,感情由激越到镇定,在南宋亡国的挽歌声中是极为难得的。

余囚北庭[①],坐一土室。室广八尺,深可四寻[②],单扉低小,白间短窄[③],污下而幽暗[④]。当此夏日,诸气萃然[⑤]:雨潦四集[⑥],浮动床几,时则为水气;涂泥半朝,蒸沤历澜[⑦],时则为土气;乍晴暴热,风道四塞,时则为日气;檐阴薪爨[⑧],助长炎虐，时则为火气；仓腐寄顿[9]，陈陈逼人[10]，时则为米气；骈肩杂遝[11]，腥臊污垢，时则为人气；或圊溷[12]，或毁尸，或腐鼠，恶气杂出，时则为秽气。叠是数气[13]，当侵沴[14]，鲜不为厉[15]。而予以孱弱俯仰其间[16]，于兹二年矣，无恙。是殆有养致然[17]，然尔亦安知所养何哉[18]？孟子曰："我善养吾浩然之气[19]。"彼气有七，吾气有一，以一敌七，吾何患焉！况浩然者，乃天地之正气也。作《正气歌》一首。

天地有正气，杂然赋流形[20]。下则为河岳，上则为日星。于人曰浩然，沛乎塞苍冥[21]。皇路当清夷[22]，含和吐明庭[23]。时穷节乃见[24]，一一垂丹青[25]。在齐太史简[26]，在晋董狐笔[27]。在秦张良椎[28]，在汉苏武节[29]。为严将军头[30]，为嵇侍中血[31]。为张睢阳齿[32]，为颜常山舌[33]。或为辽东帽，清操厉冰雪[34]。或为《出师表》，鬼神泣壮烈[35]。或为渡江楫，慷慨吞胡羯[36]。或为击贼笏，逆竖头破裂[37]。是气所旁薄，凛烈万古存[38]。当其贯日月，生死安足论[39]！地维赖以立，天柱赖以尊[40]。三纲实系命[41]，道义为之根[42]。嗟予遘阳九[43]，隶也实不力[44]。楚囚缨其冠[45]，传车送穷北[46]。鼎镬甘如饴[47]，求之不可得。阴房阒鬼火[48]，春院闳天黑[49]。牛骥同一皂[50]，鸡栖凤凰食[51]。一朝蒙雾露，分作沟中瘠[52]。如此再寒暑，百沴自辟易[53]。哀哉沮洳场[54]，为我安乐国。岂有他缪巧[55]，阴阳不能贼[56]。顾此耿耿存[57]，仰视浮云白[58]。悠悠我心悲[59]，苍天曷有极[60]？哲人日已远[61]，典刑在夙昔[62]。风檐展书读[63]，古道照颜色[64]。

【注释】

① 北庭，指元大都燕京（今北京市）。

② 可：大约。

③ 白间：指窗户。

④ 污（wū）下：低下。

⑤ 萃然：会集。

⑥ 雨潦（lǎo）：雨后积水。

⑦ 蒸沤（ōu）：夏天污水蒸发出的水泡。历澜：谓似零乱的波纹。历，乱。

⑧ 薪爨（chuàn）：烧柴做饭。

⑨ 仓腐：粮仓里腐烂的粮食。寄顿：贮积。

⑩ 陈陈：《史记·平准书》："太仓之粟，陈陈相因。"只用"陈陈"，当是歇后语。意思仍是陈的又堆上陈的，一层层堆压。逼人：是指陈腐的粮食发出的腐气逼人鼻孔。

⑪ 骈肩：并肩。杂遝（tà）：纷乱堆集。

⑫ 圊溷（qīng hùn）：厕所。

⑬ 叠：重叠。犹言"积"。

⑭ 当：相当于。侵沴（lì）：瘟疫。

⑮ 鲜（xiǎn）：少。为厉：生病。

⑯ 孱（chán）弱：虚弱。俯仰：作生活解。

⑰ "是殆"句：这大概是有修养才得如此。

⑱ 然尔：然而。

⑲ "我善"句：语出《孟子·公孙丑上》。浩然之气，最大最刚的精神力量。

⑳ 杂然：分别地。赋：赋予，给予。流形：各种物体。流，品类。形，物体。

㉑ 沛乎：充分地。塞：布满。苍冥：天空。

㉒ 皇路：国运。清夷：清平。

㉓ "含和"句：就会在清明的朝廷上表现为和谐的气氛。

㉔ "时穷"句：时局危难的时候，就会表现为气节。

㉕ 垂丹青：长留在史册之中。丹青，彩画，指史册。

㉖ "在齐"句：春秋时期，齐国的大臣崔杼杀了国君，齐国的太史把崔杼的罪行记在史册上，崔杼把他杀了，他的两个弟弟继续这样写，崔杼又把他们杀了。太史的又一个弟弟还是这样写，崔杼无法，只得让他写下来。事载《左传》襄公二十五年。简，竹片。古时无纸，写在简上。

㉗ "在晋"句：春秋时期，晋灵公想杀大夫赵盾，赵盾出奔。后赵盾的族侄赵穿杀了灵公，赵盾回朝未加惩办。晋太史董狐便在史册上写下"赵盾弑其君"。事见《左传》宣公二年。

㉘ "在秦"句：张良一家几代为韩相，韩为秦灭，张良要为韩报仇。趁着秦始皇出巡的机会，请大力士用大椎去刺杀秦始皇，但没击中。事见《史记·留侯世家》。

㉙ "在汉"句：西汉苏武出使匈奴，匈奴逼他投降，他不肯，就把他放到北海边去牧羊。苏武始终拿着汉朝的使节，表示忠于汉朝。过了十九年，才得归汉。节，古代使臣用作身份证的东西。见《汉书·苏武传》。

㉚“为严”句：东汉末，刘备引兵进取西川，命张飞攻巴郡，俘获了守将严颜。张飞叫他投降，他说：“我州但有断头将军，无降将军。”见《三国志·张飞传》。

㉛“为嵇”句：西晋嵇绍官侍中，惠帝时，皇室内阋，嵇绍用自己的身体挡住射来的乱箭来保卫惠帝，中箭而死，鲜血溅在惠帝衣服上。后来有人要洗这衣服，惠帝说：“此嵇侍中血，勿洗。”见《晋书·嵇绍传》。

㉜“为张”句：唐朝安禄山反，张巡守睢阳，每次督战必大喊大叫，咬牙切齿，把牙齿都咬碎了。后城破被俘，敌将问他为什么这样，他说：“吾欲气吞逆贼，但力不遂耳。”敌将用刀剔开他的口，看他的牙齿，只剩下两三颗。见《旧唐书·张巡传》。

㉝“为颜”句：唐朝颜杲卿为常山太守，安史之乱，常山失陷，颜被俘，拒不投降，还当面大骂安禄山。安禄山钩断他的舌头，他仍是骂不停嘴，直到断气。见《新唐书·颜杲卿传》。

㉞“或为辽东帽”二句：三国时魏国人管宁，避乱辽东，常戴白色的帽子，拒绝征聘。这诗称赞他：清高的操行磨砺得像冰雪一样。见《三国志·管宁传》。

㉟“或为《出师表》”二句：诸葛亮为蜀相，在北伐前向后主上《出师表》，诚恳地提出了批评和建议；并表示自己不计较个人的成败得失，为统一事业奋斗到底的决心。见《三国志·诸葛亮传》。

㊱“或为渡江楫”二句：东晋祖逖（tì）誓图恢复中原，出为豫州刺史，渡江北上时，敲着船桨发誓说：“祖逖不能清中原而复济者，有如大江。”后果收复黄河以南失地。见《晋书·祖逖传》。胡、羯（jié），指当时占据北中国的西北诸民族。

㊲“或为击贼笏（hù）”二句：唐德宗时，朱泚谋反，段秀实用朝笏猛击泚头，同时唾面大骂，被朱泚杀害。见《旧唐书·段秀实传》。逆竖，反贼。

㊳“是气”二句：凡是充满了这种正气的人，都表现为尊严而壮烈，他的精神万古长存。旁薄，磅礴，充满。

㊴“当其”二句：当这股正气激扬起来直贯日月的时候，个人的生和死不值得计较。

㊵“地维”二句：是说天地都依赖正气而存在。地维，古人认为地是方形，地维就是地的四角。出《淮南子》。天柱，撑天柱，出《神异经》。

㊶“三纲”句：三纲的命运也是要依靠正气来维系。三纲，封建伦理观念中的三种权力，即君为臣纲，夫为妻纲，父为子纲。实，是。一说：“为”犹“与”也。与常解异。

㊷之：其，它的，即正气的。

㊸遘阳九：遭厄运。遘，遭。阳九，不吉利的年头。

㊹“隶也”句：这句似是自责，其实是慨叹南宋内有奸臣，外有强敌，无力挽救宋朝的灭亡。隶，贱臣，作者自称。也，助词无义。不力，没有尽到力。

㊺“楚囚”句：是说自己成了俘虏。春秋时，楚人钟仪为郑国俘虏，送到晋国，他坐在囚车里还是戴着楚国的帽子，表示不忘本国。缨，系帽子的带子，此用作动词。

㊻传车：官办交通站的车子。穷北：荒远的北方。

㊼鼎镬（huò）：大锅。古代一种极残酷的刑罚，把人放在大锅里煮死，俗谓下油锅。饴（yí）：糖浆。

㊽“阴房”句：牢房里幽暗中闪烁着鬼火。阴房，牢房。阒（qù），幽暗。

㊾春院：春天牢院也是紧闭着，就像黑夜。閟（bì）：关闭。

㊿牛骥：比喻平常的人和杰出的人。骥，良马。皂：马槽。

51 鸡栖：鸡笼，比喻监狱。

52 “一朝”二句：一旦受着风露的侵袭得病而死，必然成为扔在沟壑里的枯骨。分（fèn），料必。瘠（jí），瘦骨。

53 沴（lì）：病毒。辟易：退避。

54 沮洳（jù rù）场：低下阴湿的地方。

55 缪巧：诡计巧法。

56 阴阳：寒热二气。贼：害。

57 耿耿：谓心地光明。此指忠心。

58 浮云白：白云的飘浮。它的寓意似是视为不义的富贵如浮云，指决不贪图富贵，去投降敌人。《论语·述而》：“不义而富且贵，于我如浮云。”如浮云，据朱熹集注，是毫不动心的意思。

59 悠悠：久久地。

60 “苍天”句：苍天呀！这哪有尽头呢？曷，哪。极，尽头。

61 哲人：贤人。此指上列忠义之人。

62 典刑：模范，榜样。刑，同“型”。夙昔：一夕。意思是就好像在昨天。

63 风檐：透风的屋檐边。

64 古道：传统的美德。照颜色：照耀在我的面前。

张炎

张炎（1248—1314后），字叔夏，号玉田，又号乐笑翁，祖籍凤翔（今属陕西），寓居临安（今浙江杭州）。宋词人。南宋大将张俊的后代。宋亡后，一度北游，复南归，往来浙东、苏州一带。终落魄而卒。

张炎是宋代重要的词论家，所著《词源》，推崇前辈姜夔，标举清空，是系统的词学专书，对后代影响很大。作为宋代格律派词人的殿军，他的词精于声律，风格清畅流丽。清刘熙载《艺概》评云："张玉田词清远蕴藉，凄怆缠绵，大段瓣香白石，亦未尝不转益多师。"有《山中白云词》。

解 连 环

孤 雁

【题解】 本篇选自《山中白云词》卷一。《解连环》，词调名，上片、下片各五仄韵。这是词人以离群孤雁的悲哀来抒写自己亡国后哀怨的心境。词起笔侧入，"怅离群"以下切到主题。全篇在描写、渲染所咏对象的孤独上着眼，写雁便是写人，极缠绵幽渺之能事。"写不成书，只寄得、相思一点"两句，尤为新警，最饶风致，为词人赢得"张孤雁"的美誉。

楚江空晚。怅离群万里，怳然惊散[①]。自顾影、欲下寒塘，正沙净草枯，水平天远。写不成书，只寄得、相思一点[②]。料因循误了，残毡拥雪，故人心眼[③]。 谁怜旅愁荏苒[④]？谩长门夜悄，锦筝弹怨[⑤]。想伴侣、犹宿芦花，也曾念春前，去程应转。暮雨相呼，怕蓦地、玉关重见[⑥]。未羞他、双燕归来，画帘半卷[⑦]。

【注释】

① 怳(huǎng)然：失意的样子。怳，同"恍"。

② "写不"二句：雁群飞行时，排成"一"字队或"人"字队。现在写的是孤雁，排不成队，也就不能形成字，所以也就"写不成书，只寄得、相思一点"。

③ "料因循"三句：拖拖拉拉的，怕因此耽误了在大雪中吞吃残毡而坚持气节的老朋友。《汉书·苏武传》载匈奴"幽武置大窖中，绝不饮食。天雨雪，武卧啮雪与毡毛并咽之，数日不死"。

④ 荏苒：绵绵不断。

⑤ "谩长门"二句：以嫔妃被幽禁于冷宫的哀怨来比拟孤雁的哀怨。用的是汉武帝的陈皇后失宠后被幽禁在长门宫的典故。

⑥ "暮雨"二句：是说将要与群雁重逢而不再孤独，还怕这一刻又变为虚幻。

⑦ "未羞"二句：这是雁与燕子相比。意思是说，当画帘半卷双燕归来时，就不会因孤独而感到羞愧了。

第八节 宋代话本

碾玉观音[①]

【题解】 本篇选自《京本通俗小说》。明冯梦龙将篇名改为《崔待诏生死冤家》，收入其所编订的《警世通言》。小说以碾玉观音为线索，叙述了王府婢女璩秀秀和碾玉匠崔宁的爱情悲剧。作品生动地塑造了璩秀秀这个人物的形象，她大胆地追求爱情，坚决地维护爱情，勇敢地反抗王府的压迫，争取人身自由和幸福生活。她逃出了王府，和崔宁做了夫妻，但被王府发现，捉了回去。璩秀秀惨遭杀害，她的鬼魂仍和崔宁共同生活。最后又被王府发现，连人鬼夫妻也做不成了。情节虽然离奇，却植根于现实生活，深刻地反映了下层市民追求幸福的强烈愿望和封建贵族官僚对他们的迫害。秀秀的勇敢、执著，崔宁的谨厚、怯懦，以及咸安郡王的凶暴、残忍，都刻画得比较生动鲜明。白话文体的运用，得心应手，流畅自然。

上

山色晴岚[②]景物佳，煖烘回雁起平沙[③]。东郊渐觉花供眼[④]，南陌依稀草吐芽[⑤]。

堤上柳，未藏鸦[⑥]，寻芳趁步到山家[⑦]。陇头几树红梅落，红杏枝头未着花。

这首《鹧鸪天》说孟春景致[⑧]，原来又不如"仲春词"做得好：

每日青楼醉梦中[⑨]，不知城外又春浓。杏花初落疏疏雨，杨柳轻摇淡淡风。浮画舫[⑩]，跃青骢[⑪]，小桥门外绿阴笼。行人不入神仙地，人在珠帘第几重[⑫]？

这首词说仲春景致，原来又不如黄夫人做着"季春词"又好[⑬]：

先自春光似酒浓，时听燕语透帘栊[⑭]。小桥杨柳飘香絮，山寺绯桃散落红[⑮]。莺渐老，蝶西东，春归难觅恨无穷。侵阶草色迷朝雨，满地梨花逐晓风。

这三首词，都不如王荆公看见花瓣儿片片风吹下地来[⑯]；原来这春归去，是东风断送的[⑰]。有诗道：

春日春风有时好，春日春风有时恶。不得春风花不开，花开又被风吹落。

苏东坡道[⑱]：不是东风断送春归去，是春雨断送春归去。有诗道：

雨前初见花间蕊，雨后全无叶底花。蜂蝶纷纷过墙去，却疑春色在邻家。

秦少游道[⑲]：也不干风事，也不干雨事，是柳絮飘将春色去。有诗道：

三月柳花轻复散，飘飏澹荡送春归[⑳]。此花本是无情物，一向东飞一向西。

邵尧夫道[㉑]：也不干柳絮事，是蝴蝶采将春色去。有诗道：

花正开时当三月，蝴蝶飞来忙劫劫[㉒]。采将春色向天涯，行人路上添凄切。

曾两府[㉓]道：也不干蝴蝶事，是黄莺啼得春归去。有诗道：

花正开时艳正浓，春宵何事老芳丛[㉔]？黄莺啼得春归去，无限园林转首空。

朱希真道[㉕]：也不干黄莺事，是杜鹃啼得春归去。有诗道：

杜鹃叫得春归去，物边啼血尚犹存[㉖]。庭院日长空悄悄，教人生怕到黄昏。

苏小妹道[㉗]：都不干这几件事，是燕子衔将春色去。有《蝶恋花》词为证：

妾本钱塘江上住，花开花落，不管流年度。燕子衔将春色去，纱窗几阵黄梅雨。　斜插犀梳云半吐[㉘]，檀板轻敲[㉙]，唱彻《黄金缕》。歌罢彩云无觅处[㉚]，梦回明月生南浦。

王岩叟[㉛]道：也不干风事，也不干雨事，也不干柳絮事，也不干蝴蝶事，也不干黄莺事，也不干杜鹃事，也不干燕子事，是九十日春光已过，春归去。曾有诗道：

怨雨怨风两俱非，风雨不来春亦归。腮边红褪青梅小[㉜]，口角黄消乳燕飞。蜀魄健啼花影去[㉝]，吴蚕强食柘桑稀。直恼春归无觅处，江湖辜负一蓑衣[㉞]。

说话的因甚说这春归词[㉟]？绍兴年间[㊱]，行在有个关西延州延安府人[㊲]，本身是三镇节度使、咸安郡王[㊳]。当时怕春归去，将带着许多钧眷游春[㊴]。至晚回家，来到钱塘门里[㊵]，车桥前面。钧眷轿子过了，后面是郡王轿子到来。只听得桥下裱褙铺里一个人叫道[㊶]："我儿出来看郡王。"当时郡王在轿里看见，叫帮总虞候道[42]："我从前要寻这个人，今日却在这里。只在你身上，明日要这个人入府中来。"当时虞候声诺来寻[43]。这个看郡王的人是甚色目人[44]？正是：

尘随车马何年尽？情系人心早晚休[45]？

只见车轿下一个人家，门前出着一面招牌，写着"璩家装裱古今书画"。铺里一个老儿，引着一个女儿，生得如何？

云鬓轻笼蝉翼，娥眉淡拂春山[46]。朱唇缀一颗樱桃，皓齿排两行碎玉。莲步半折小弓弓[47]，莺啭一声娇滴滴。

便是出来看郡王轿子的人。虞候即时来他家对门一个茶坊里坐定，婆婆把茶点来[48]。虞候道："启请婆婆，过对门裱褙铺里，请璩大夫来说话[49]。"婆婆便去请到来，两个相揖了就坐。璩待诏问："府干有何见谕[50]？"虞候道："无甚事，闲问则个[51]。适来叫出来看郡王轿子的人，是令爱么？"待诏道："正是拙女，止有三口。"虞候又问："小娘子贵庚？"待诏应道："一十八岁。"再问："小娘子如今要嫁人，却是趋奉官员[52]？"待诏道："老拙家寒[53]，那讨钱来嫁人[54]，将来也只是献与官员府第。"虞候道："小娘子有甚本事？"待诏说出女孩儿一件本事来，有词寄《眼儿媚》为证[55]：

深闺小院日初长，娇女绮罗裳。不做东君造化[56]，金针刺绣群芳样。　斜枝嫩叶包开蕊[57]，唯只欠馨香。曾向园林深处，引教蝶乱蜂狂。

原来这女儿会绣作。虞候道："适来郡王在轿里，看见令爱身上系着一条绣裹肚[58]。府中正要寻一个绣作的人，老丈何不献与郡王？"璩公归去与婆婆说了，到明日写一纸献状[59]，献来府中。郡王给与身价，因此取名秀秀养娘[60]。

不则一日[61]，朝廷赐下一领团花绣战袍，当时秀秀依样绣出一件来。郡王看了欢喜道："主上赐与我团花战袍，却寻甚么奇巧的物事献与官家[62]？"去府库里寻出一块透明的羊脂美玉来，即时叫将门下碾玉待诏道："这块玉堪做甚么？"内中一个道："好做一副劝杯[63]。"郡王道："可惜恁般一块玉，如何将来只做得一副劝杯[64]！"又一个道："这块玉上尖下圆，好做一个摩侯罗儿[65]。"郡王道："摩侯罗儿只是七月七日乞巧[66]使得，寻常间又无用处。"数中一个后生[67]，年纪二十五岁，姓崔名宁，趋事郡王数年，是升州建康府人[68]；当时叉手向前[69]，对着郡王道："告恩王，这块玉上尖下圆，甚是不好，只好碾一个南海观音。"郡王道："好！正合我意。"就叫崔宁下手，不过两个月，碾成了这个玉观音。郡王即时写表进上御前，龙颜大喜。崔宁就本府增添请给[70]，遭遇郡王[71]。

不则一日，时遇春天，崔待诏游春回来，入得钱塘门，在一个酒肆与三四个相知方才吃得数杯，则听得街上闹炒炒，连忙推开楼窗看时，见乱烘烘道："井亭桥有遗漏[72]！"吃不得这酒成，慌忙下酒楼看时，只见：

初如萤火，次若灯火。千条蜡烛焰难当，万座糁盆敌不住[73]。六丁神推倒宝天炉[74]，八力士放起焚山火[75]。骊山会上，料应褒姒逞娇容[76]；赤壁矶头，想是周郎施妙策[77]。五通神牵住火葫芦[78]，宋无忌赶番赤骡子[79]。又不曾泻烛浇油，直恁的烟飞火猛[80]！

崔待诏望见了，急忙道："在我本府前不远！"奔到府中看时，已搬挈得罄尽[81]，静悄悄地无一个人。崔待诏既不见人，且循着左手廊下入去。火光照得如同白日，去那左廊下，一个妇女摇摇摆摆从府堂里出来，自言自语，与崔宁打个胸厮撞[82]。崔宁认得是秀秀养娘，倒退两步，低身唱个喏[83]。原来郡王当日尝对崔宁许道："待秀秀满日[84]，把来嫁与你。"这些众人都撺掇道[85]："好对夫妻！"崔宁拜谢了，不则一番。崔宁是个单身，却也痴心；秀秀见恁地个后生，却也指望。当日有这遗漏，秀秀手中提着一帕子金珠富贵[86]，从左廊下出来，撞见崔宁，便道："崔大夫，我出来得迟了，府中养娘，各自四散，管顾不得。你如今没奈何，只得将我去躲避则个。"

当下崔宁和秀秀出了府门，沿着河走到石灰桥。秀秀道："崔大夫，我脚疼了，走不得。"崔宁指着前面道："更行几步，那里便是崔宁住处。小娘子到家中歇脚，却也不妨。"到得家中坐定，秀秀道："我肚里饥，崔大夫与我买些点心来吃。我受了些惊，得杯酒吃更好。"当时崔宁买将酒来，三杯两盏，正是：

三杯竹叶[87]穿心过，两朵桃花上脸来。

道不得个"春为花博士[88]，酒是色媒人"。秀秀道："你记得当时在月台上赏月，把我许你，你兀自拜谢[89]。你记得也不记得？"崔宁叉着手，只应得喏。秀秀道："当日众人都替你喝采：'好对夫妻！'你怎地倒忘了？"崔宁又则应得喏。秀秀道："比似只管等待[90]，何不今夜我和你先做夫妻，不知你意下如何？"崔宁道："岂敢！"秀秀道："你知道不敢，我叫将起来，教坏了你[91]，你却如何将我到家中？我明日府里去说！"崔宁道："告小娘子：要和崔宁做夫妻不妨；只一件，这里住不得了。要好趁这个遗漏，人乱时，今夜就走开去，方才使得。"秀秀道："我既和你做夫妻，凭你行。"当夜做了夫妻。

四更已后，各带着随身金银物件出门。离不得饥餐渴饮[92]，夜住晓行，迤逦来到衢州[93]。崔宁道："这里是五路总头[94]，是打那条路去好？不若取信州路上去[95]。我是碾玉作，信州有几个相识，怕那里安得身。"即时取路到信州。住了几日，崔宁道："信州常有客人到行在往来，若说道我等在此，郡王必然使人来追捉，不当稳便[96]。不若离了信州，再往别处去。"两个又起身上路，径取潭州[97]。

不则一日，到了潭州，却是走得远了。就潭州市里[98]，讨间房屋，出面招牌，写着"行在崔待诏碾玉生活"[99]。崔宁便对秀秀道："这里离行在有二千余里了，料得无事。你我安心，好做长久夫妻。"潭州也有几个寄居官员，见崔宁是行在待诏，日逐[100]也有生活得做。崔宁密使人打探行在本府中事，有曾到都下的，得知府中当夜失火，不见了一个养娘，出赏钱寻了几日，不知下落。也不知道崔宁将他走了，见在潭州住[101]。

时光似箭，日月如梭，也有一年之上。忽一日，方早开门，见两个着皂衫的[102]，一似虞候、府干打扮，入来铺里坐地[103]，问道："本官听得说有个行在崔待诏[104]，教请过来做生活。"崔宁分付了家中，随这两个人到湘潭县路上来[105]。便将崔宁领到宅里，相见官人，承揽了玉作生活。回路归家，正行间，只见一个汉子，头上带个竹丝笠儿，穿着一领白段子两上领布衫[106]，青白行缠扎着裤子口[107]，着一双多耳麻鞋[108]，挑着一个高肩担儿；正面来，把崔宁看了一看。崔宁却不见这汉面貌，这个人却见崔宁，从后大踏步尾着[109]崔宁来。正是：

谁家稚子鸣榔板[110]？惊起鸳鸯两处飞。

【注释】

① 碾(niǎn)：磨，此指雕刻。

② 晴岚(lán)：山林间晴天出现的雾气。

③ "煖烘"句：暖气烘得雁儿从平坦的沙洲上起飞北返。煖，同"暖"。

④ 供眼：供人观赏。

⑤ 南陌：城南的路边。

⑥ "堤上"二句：是说堤上柳树的枝叶还没长得茂密，遮不住乌鸦。

⑦ 趁步：漫步，随便行走。

⑧ 孟春：农历正月。下文的"仲春"是农历二月，"季春"是农历三月。

⑨ 青楼：妓女居住的地方。下文"神仙地"，也是这种地方。

⑩ 画舫(fǎng):有彩画的船。

⑪ 青骢(cōng):黑色的马。

⑫ 人:指美人。

⑬ 黄夫人:或许是指宋朝女词人孙道绚,她是黄铢的母亲。

⑭ 栊:窗。

⑮ 绯:红。

⑯ 王荆公:即王安石。此诗王安石的集中不载。

⑰ 断送:打发,遣送。

⑱ “苏东坡”句:文中所引诗实为唐末王驾所作,题为《晴景》,文字稍异。

⑲ “秦少游”句:此诗秦观集中不载。

⑳ 澹荡:恬静和畅,此处作荡漾解。

㉑ “邵尧夫”句:邵尧夫即邵雍,有《击壤集》,不载此诗。

㉒ 劫劫:同“汲汲”,忙碌的样子。

㉓ “曾两府”句:曾两府,指曾公亮或曾布。宋朝中书省和枢密院分掌军政大权,称为两府。做过两府长官的人,也称两府。

㉔ 老芳丛:使繁花衰萎。

㉕ 朱希真:即朱敦儒,南宋初词人。

㉖ 杜鹃:鸟名,啼声悲苦。物边:当是“吻边”的误字。

㉗ 苏小妹:传说为苏轼的妹妹,实无其人。下引《蝶恋花》词,张宗楠《词林纪事》卷七载为秦观“足司马才仲梦中苏小小词”。注引宋人何远《春渚纪闻》。“足”是原文未完,为它续完的意思。

㉘ 犀梳:犀牛角制成的梳子。云半吐:是说头发一半露在梳子外面。云,形容古代女子的头发,此即以云代发。

㉙ 檀板:檀木制成的夹板,歌舞演奏时拍打的乐器。

㉚ 彩云:歌舞女的借喻。

㉛ 王岩叟:字彦霖,宋哲宗时为侍御史,后擢知枢密院。

㉜ 腮边红褪:是说梅子上面的花朵枯谢了。腮是形容花蒂边梅子的形状。

㉝ 蜀魄:杜鹃鸟的别名。传说杜鹃鸟是古蜀帝的魂魄化成的。

㉞ 一蓑衣:指一渔翁。常借指隐士。

㉟ 说话的:说话人自称。因甚:为什么。

㊱ 绍兴:宋高宗赵构年号(1131—1162)。

㊲ 行在:皇帝出行所在之地。此指临安。关西:指陕西。延州:北宋升为延安府,治所为延安县(今陕西延安市)。

㊳ 三镇节度使咸安郡王:指南宋名将韩世忠。韩世忠于绍兴十三年封咸安郡王,十七年改镇南、武安、宁国节度使。但小说说的事情不一定是真实的。

㊴ 将带:带领。钧眷:对官宦家属的尊称。

㊵ 钱塘门:临安的一个城门。

㊶ 裱褙(biǎo bèi)铺:装裱字画的店铺。

㊷ 帮总虞候:古代军事长官亲随听差的小官。

㊸ 声诺:唱声“诺”,表示答应。

㊹ 甚色目人:什么样的人。色目,有身份、等级、类别的意思。

㊺ 早晚:此指何时,唐宋人俗语。

㊻ “蛾眉”句:弯弯的眉毛用黛绿色画得像春天里远山的轮廓。

㊼ 莲步:古代女子的小脚。折(zhǎ):拇指和食指伸开的距离。小弓弓:指古时缠足女子穿的鞋,形曲如弓,故称。

㊽ 把茶点来:把茶泡来。点是一种泡茶的方法。

㊾ 大夫:对手艺人的尊称。下文的“待诏”也是。

㊿ 府干:对官府差役和富贵人家差役的尊称。

51 则个:用在句末加强或减弱语气的助词,相当于“罢了”、“一下罢”。

52 却是:还是。趋奉:伺候。

53 老拙:老汉自谦之辞,可译作“我这笨老头儿”。

54 讨钱:寻钱,弄得钱来。

55 词寄《眼儿媚》:用《眼儿媚》词调填的词。

56 “不做”句:不是春天的神会化育百草千花。

57 包:同“苞”。

58 裹肚:围裙。

59 献状:进献女儿的文书,实即卖身契。

60 养娘:婢女。

61 则:止,只。

62 物事:东西。官家:皇帝。

63 劝杯:专为敬酒、劝酒用的长颈大酒杯。

64 将来:拿来。

65 摩侯罗儿:梵语音译。一种形似小孩的玩具,传自西域。

66 乞巧:农历七月七日夜,古时妇女敬月亮,作为向织女乞巧。

67 数中:内中,这些人里面。

68 升州建康府:升州,宋时升为建康府,即今江苏南京市。

69 叉手:即拱手,作揖的手势。

70 请给:指俸金、粮饷、工资之类。

71 遭遇:是说受到赏识。

72 遗漏:失慎,此指失火。

73 糁(sǎn)盆:当作籸(shēn)盆,旧俗除夕祭祖敬神,架起松柴来烧,叫做籸盆。

74 六丁神:民间传说的火神。

⑮ 八力士：八位天神。

⑯ "骊山"二句：周幽王宠爱王后褒姒，为了引得她一笑，在骊山举起了烽火，诸侯以为有寇警，都领兵来会合，褒姒这才笑了。事见《史记·周本纪》。骊山，在今陕西临潼县。

⑰ "赤壁矶"二句：指三国时赤壁之战，周瑜用火攻烧了曹军的战舰事。矶，水边石滩。

⑱ 五通神：民间传说的火神。

⑲ 宋无异：古代传说的一位火神的姓名。

⑳ 直：竟。恁的：如此，这样，有时又可作"怎样"解。后文"凭地"同。

㉑ 罄(qìng)：空。

㉒ 打个胸厮撞：互相当胸撞着。厮，相。

㉓ 唱个喏(rě)：古时男子作揖时发出"喏"声以表示敬意，叫做唱喏。下文"声喏"也是。

㉔ 满日：满期。此指届满卖身期限。

㉕ 撺掇(cuàn duo 轻声)：怂恿。

㉖ 富贵：指贵重东西。

㉗ 竹叶：竹叶青，酒名。

㉘ 博士：指媒介者。

㉙ 兀(wù)自：还。

⑳ 比似：像这样。

⑨¹ 教坏了你：叫你坏了名声。

⑨² 离不得：免不得。

⑨³ 迤逦(yǐ lǐ)：一路转转弯弯。衢州：今浙江衢县。

⑨⁴ 五路总头：交通枢纽。

⑨⁵ 信州：今江西上饶市。

⑨⁶ 不当：不太。稳便：稳当。

⑨⁷ 径取：直往。潭州：今湖南长沙市。

⑨⁸ 市：街。

⑨⁹ 生活：手艺，生意。

⑩⁰ 日逐：每天。

⑩¹ 见：同"现"。

⑩² 着皂衫的：穿黑衫的人。皂衫，官府差役穿的服装。

⑩³ 坐地：坐着。下文"住地"即住着。

⑩⁴ 本官：此指自己的上司。

⑩⁵ 湘潭县：今湖南湘潭市。

⑩⁶ 段："缎"的简写。两上领：古时衣领用另一种料子缝缀的，叫两上领。

⑩⁷ 青白行缠：青白两色相间的裹腿。

⑩⁸ 多耳：有许多纽襻(用于穿带子)。

⑩⁹ 尾着：跟随着。

⑪⁰ 稚子：小孩。鸣榔板：渔民捕鱼时在船上敲木板，作出声来，惊赶鱼儿入网。榔板，又叫响板。

下

竹引牵牛花满街[1]，疏篱茅舍月光筛[2]。琉璃盏内茅柴酒[3]，白玉盘中簇豆梅。　　休懊恼，且开怀，平生赢得笑颜开。三千里地无知己，十万军中挂印来。

这支《鹧鸪天》词是关西秦州雄武军刘两府所作[4]。从顺昌入战之后[5]，闲在家中，寄居湖南潭州湘潭县。他是个不爱财的名将，家道贫寒，时常到村店中吃酒。店中人不识刘两府，谑呼罗唣[6]。刘两府道："百万番人[7]，只如等闲[8]。如今却被他们诬罔[9]！"做了这支《鹧鸪天》，流传直到都下。当时殿前太尉是阳和王[10]，见了这词，好伤感："原来刘两府直恁孤寒！"教提辖官差人送一项钱与刘两府[11]。今日崔宁的东人郡王[12]，听得说刘两府恁地孤寒，也差人送一项钱与他。却经由潭州路过，见崔宁从湘潭路上来，一路尾着崔宁到家，正见秀秀坐在柜身子里[13]。便撞破他们道："崔大夫，多时不见，你却在这里！秀秀养娘他如何也在这里？郡王教我下书来潭州，今遇着你们。原来秀秀养娘嫁了你，也好。"当时諕杀崔宁夫妻两个[14]，被他看破。

那人是谁？却是郡王府中一个排军[15]，从小伏侍郡王，见他朴实，差他送钱与刘两府。这人姓郭名立，叫做郭排军。当下夫妻请住郭排军，安排酒来请他，分付道："你到府中，千万莫说与郡王知道。"郭排军道："郡王怎知得你两个在这里？我没事却说什么？"当下酬谢了出门。回到府中，参见郡王，纳了回书，看看郡王道："郭立前日下书回，打潭州过，却见两个人在那里住。"郡王问："是谁？"郭立道："见秀秀养娘并崔待诏两个，请郭立吃了酒食，教休来府中说知。"郡王听说，便道："叵耐这两个做出这事来[16]！却如何直走到那里？"郭立道："也不知他仔细。只见他在那里住地，依旧挂招牌做生活。"郡王教干办去分付临安府[17]，即时差一个缉捕使臣[18]，带着做公的[19]，备了盘缠[20]，径来湖南湘潭府，下了公文，同来寻崔宁和秀秀。却似：

皂雕追紫燕[21]，猛虎啖羊羔。

不两月，捉将两个来，解到府中，报与郡王得知，即时升厅。原来郡王杀番人时，左手使一口刀，叫做"小青"；右手使一口刀，叫做"大青"；这两口刀不知剁了多少番人。那两口刀，鞘内藏着[22]，挂在壁上。郡王升厅，众人声喏，即将这两个人押来跪下。郡王好生焦躁，左手去壁牙上取下小青[23]，右手一掣[24]，掣刀在手，睁起杀番人的眼儿，咬得牙齿剥剥地响，当时諕杀夫人，在屏风背后道："郡王，这里是帝辇之下[25]，不比边庭上面。若有罪过，只消解去临安府施行[26]，如何胡乱凯得人[27]？"郡王听说道："叵耐这两个畜生逃走，今日捉将来，我恼了，如何不凯？既然夫人来劝，且捉秀秀入府后花园去；把崔宁解去临安府断治[28]。"

当下喝赐钱酒赏犒捉事人[29]。解这崔宁到临安府，一一从头供说："自从当夜遗漏，来到府中，都搬尽了。只见秀秀养娘从廊下出来，揪住崔宁道：'你如何安手在我怀中，若不依我口，教坏了你！'要共逃走。崔宁不得已，与他同走。只此是实。"临安府把文案呈上郡王。郡王是个刚直的人，便道："既然恁地，宽了崔宁，且与从轻断治。崔宁不合在逃，罪杖[30]，发遣建康府居住。"当下差人押送。

方出北关门，到鹅项头，见一顶轿儿，两个人抬着，从后面叫："崔待诏且不得去[31]！"崔宁认得像是秀秀的声音，赶将来又不知恁地，心下好生疑惑。伤弓之鸟，不敢揽事，且低着头只顾走。只见后面赶将上来，歇了轿子，一个妇人走出来，不是别人，便是秀秀。道："崔待诏，你如今去建康府，我却如何？"崔宁道："却是怎地好？"秀秀道："自从解你去临安府断罪，把我捉入后花园，打了三十竹篦[32]，遂便赶我出来。我知道你建康府去，赶将来同你去。"崔宁道："恁地却好。"讨了船，直到建康府。押发人自回。若是押发人是个学舌的，就有一场是非出来。因晓得郡王性如烈火，惹着他不是轻放手的；他又不是王府中人，去管这闲事怎地？况且崔宁一路买酒买食，奉承他得好，回去时，就隐恶而扬善了。

再说崔宁两口在建康居住，既是问断了[33]，如今也不怕有人撞见，依旧开个碾玉作铺。浑家道[34]："我两口却在这里住得好。只是我家爹妈，自从我和你逃去潭州，两个老的吃了些苦；当日捉我入府时，两个去寻死觅活。今日也好教人去行在取我爹妈来这里同住。"崔宁道："最好。"便教人到行在取他丈人丈母。写了他地理脚色与来人[35]，到临安府寻见他住处，问他邻舍，指道："这一家便是。"来人去门首看时，只见两扇门关着，一把锁锁着，一条竹竿封着。问邻舍："他老夫妻那里去了？"邻舍道："莫说！他有个花枝也似女儿，献在一个奢遮去处[36]，这个女儿不受福德，却跟一个碾玉的待诏逃走了。前日从湖南潭州捉将回来，送在临安府吃官司。那女儿吃郡王捉进后花园里去。老夫妻见女儿捉去，就当下寻死觅活，至今不知下落。只恁地关着门在这里。"来人见说，再回建康府来，兀自未到家。

且说崔宁正在家中坐，只见外面有人道："你寻崔待诏住处，这里便是。"崔宁叫出浑家来看时，不是别人，认得是璩公、璩婆。都相见了，喜欢的做一处。

那去取老儿的人，隔一日才到，说如此这般，寻不见，却空走了这遭。两个老的且自来到这里了。两个老人道："却生受你[37]！我不知你们在建康住，教我寻来寻去，直到这里。"其时四口同住，不在话下。

且说朝廷官里[38]，一日到偏殿看玩宝器，拿起这玉观音来看，这个观音身上，当时有一个玉铃儿失手脱下。即时问近侍官员："却如何修理得？"官员将玉观音反复看了，道："好个玉观音！怎地脱落了铃儿。”看到底下，下面碾着三字“崔宁造”。“恁地容易。既是有人造，只消得宣这个人来教他修整[39]。”敕下郡王府，宣取碾玉匠崔宁。郡王回奏：“崔宁有罪，在建康府居住。”

即时使人去建康取得崔宁到行在歇泊[40]了。当时宣崔宁见驾，将这玉观音教他领去用心整理。崔宁谢了恩，寻一块一般的玉，碾一个铃儿接住了，御前交纳；破分请给养了崔宁[41]，令只在行在居住。崔宁道：“我今日遭际御前[42]，争得气，再来清湖河下，寻间屋儿开个碾玉铺，须不怕你们撞见。”可煞事有斗巧[43]，方才开得铺三两日，一个汉子从外面过来，就是那郭排军，见了崔待诏便道：“崔大夫恭喜了！你却在这里住。”抬起头来，看柜身里却立着崔待诏的浑家。郭排军吃了一惊，拽开脚步就走[44]。浑家说与丈夫道：“你与我叫住那郭排军，我相问则个。”正是：

平生不作皱眉事，世上应无切齿人。

崔待诏即时赶上扯住。只见郭排军把头只管侧来侧去，口里喃喃地道：“作怪，作怪！”没奈何只得与崔宁回来，到家中坐地。浑家与他相见了，便问：“郭排军！前者我好意留你吃酒，你却归来说与郡王，坏了我两个的好事。今日遭际御前，却不怕你去说。”郭排军吃他相问得无言可答，只得道一声“得罪”，相别了，便来到府里，对着郡王道：“有鬼！”郡王道：“这汉则甚[45]？”郭立道：“告恩王，有鬼！”郡王问道：“有甚鬼？”郭立道：“方才打清湖河下过，见崔宁开个碾玉铺，却见柜身里一个妇女，便是秀秀养娘。”郡王焦躁道：“又来胡说！秀秀被我打杀了，埋在后花园，你须也看见，如何又在那里？却不是取笑我！”郭立道：“告恩王，怎敢取笑！方才叫住郭立，相问了一回。怕恩王不信，勒下军令状了去[46]。”郡王道：“真个在时，你勒军令状来。”那汉也是合苦[47]，真个写一纸军令状来。郡王收了，叫两个当直的轿番[48]，抬一顶轿子，教：“取这妮子来[49]，若真个在，把来凯取一刀；若不在，郭立你须替他凯取一刀！”郭立同两个轿番，来取秀秀。正是：

麦穗两岐[50]，农人难辨。

郭立是关西人，朴直，却不知军令状如何胡乱勒得。三个一径来到崔宁家里。那秀秀兀自在柜身里坐地，见那郭排军来得恁地慌忙，却不知他勒了军令状来取你。郭排军道：“小娘子！郡王钧旨[51]，教命取你则个。”秀秀道：“既如此，你们少等，待我梳洗了同去。”即时入去梳洗，换了衣服，出来上了轿，分付了丈夫。两个轿番便抬着径到府前。郭立先入去。

郡王正在厅上等待。郭立唱了喏道：“已取到秀秀养娘。”郡王道：“着他入来。”郭立出来，道：“小娘子，郡王教你进来。”掀起帘子看一看，便是一桶水倾在身上，开着口，则合不得，就轿子里不见了秀秀养娘，问那两个轿番，道：“我不知。则见他上轿，抬到这里，又不曾转动。”那汉叫将入来道：“告恩王，恁地真个有鬼！”郡王道：“却不叵耐[52]！”教人：“捉这汉，等我取过军令状来，如今凯了一刀！”先去取下小青来，那汉从来服侍郡王，身上也有十数次官了[53]，盖缘是粗人[54]，只教他做排军。这汉慌了道：“见有两个轿番见证，乞叫来问。”即时叫将轿番来，道：“见他上轿，抬到这里，却不见了。”说得一般，想必真个有鬼，只消得叫崔宁来问[55]，便使人叫崔宁来到府中，崔宁从头至尾说了一遍。郡王道：“恁地，又不干崔宁事，且放他去。”崔宁拜辞去了。郡王焦躁，把郭立打了五十背花棒[56]。

崔宁听得说浑家是鬼，到家中问丈人、丈母。两个面面厮觑[57]，走出门，看着清湖河里扑通地都跳下水去了。当下叫救人，打捞，便不见了尸首。原来当时打杀秀秀时，两个老的听得说，便跳在河里，已自死了。这两个也是鬼。

崔宁到家中，没情没绪，走进房中，只见浑家坐在床上。崔宁道：“告姐姐，饶我性命！”秀秀道：“我因为你，吃郡王打死了，埋在后花园里。却恨郭排军多口，今日已报了冤仇，郡王已将他打了五十背花棒。如今都知道我是鬼，容身不得了。”道罢，起身双手揪住崔宁，叫得一声，四肢倒

地。邻舍来看时,只见:

两部脉尽总皆沉[58],一命已归黄壤下。

崔宁也被扯去和父母四个一块儿做鬼去了。后人评论得好:

咸安王捺不下烈火性,郭排军禁不住闲磕牙[59]。
璩秀娘舍不得生眷属[60],崔待诏撇不脱鬼冤家。

【注释】

① 牵牛:花名。
② 筛(shāi):漏下来。
③ 茅柴酒:一种味苦的烈性酒。
④ 秦州雄武军:治今甘肃天水市。刘两府:指南宋名将刘锜,曾任枢密副都承旨,加太尉。都承旨:掌承宣旨令,总领院内事务。太尉,武官最高级。
⑤ 顺昌入战:绍兴十年(1140),刘锜在顺昌(今安徽阜阳)战役中大败金兵。
⑥ 讙(huān)呼罗皂(zào):叫嚷,吵闹。
⑦ 番人:指金兵。
⑧ 等闲:平常。
⑨ 诬罔:此处用作轻蔑。
⑩ 殿前太尉:宋代最高军事长官。阳和王:当为杨和王,即南宋抗金将领杨沂中(后改名存中),死后追封和王。
⑪ 提辖:官名。宋代文武官中都有此官。此指武官,置于州郡,掌管地方部队和治安工作。
⑫ 东人:东家,主人。
⑬ 柜身子:柜台。
⑭ 謕(xià)杀:吓坏。
⑮ 排军:即牌军、卫兵。
⑯ 叵(pǒ)耐:不可容忍,可恶。
⑰ 干办:干事,办事员。
⑱ 缉捕使臣:搜捕案犯的差役头目。
⑲ 做公的:公差。
⑳ 盘缠:路费。
㉑ 皂雕:黑色的老鹰。
㉒ 鞘(qiào):装刀剑的套子。
㉓ 壁牙:壁上的钉子。
㉔ 掣(chè):抽。
㉕ 帝辇(niǎn)之下:皇帝所在的地方。辇,皇帝用的车驾。
㉖ 只消:只要。
㉗ 剀:砍。
㉘ 断治:判决处理。
㉙ 捉事人:捉拿案犯的人。
㉚ 罪杖:判处为打棍子。杖:刑具。此处用作动词。
㉛ 且不得去:暂且不要走。
㉜ 竹篦(bì):竹板子。
㉝ 问断:判决。
㉞ 浑家:妻子。
㉟ 地理:住址。脚色:身份、履历,面貌等。
㊱ 奢遮去处:阔绰的人家。
㊲ 生受:有劳,难为(道谢的话)。
㊳ 官里:指皇帝。
㊴ 宣:召。
㊵ 歇泊(bó):安顿,安排住处。
㊶ 破分:破格。
㊷ 遭际御前:受到皇帝赏识。
㊸ 可煞:真真。斗巧:碰巧。
㊹ 拽(zhuài)开:拉开。
㊺ 则甚:做什么。
㊻ 勒下:立下,写下。军令状:古代军队里保证完成任务,如没完成,甘受严厉处分的凭据。
㊼ 合苦:合该受苦。
㊽ 当直:当班。轿番:轿夫,轿班。
㊾ 妮(nī)子:婢女,丫头。
㊿ 麦穗两歧:一根麦秆上长出两支麦穗。
51 钧旨:对上级命令的尊称。
52 却不叵耐:还不可恶。
53 官:指提升为官的机会。
54 盖缘:大概因为,就因为。
55 只消得:只要。
56 背花棒:打在背上的重棒。
57 厮觑(qù):互相对看。
58 “两部”句:两腕的脉搏都没有了。
59 闲磕(kē)牙:多嘴。
60 生眷属:指活着的丈夫。眷属,夫妻。

第六编 辽金元文学

第一章　辽金元文学发展概况

第一节　辽金文学概况

辽为契丹族所建立的、统治中国北部的一个王朝，基本上与北宋相对峙。由契丹族领袖耶律阿保机创建，国号初称契丹，后改称为辽。保大五年(1125)被金所灭。再过两年，宋室南渡，北宋结束。辽前后共历九帝，统治二百十年，与北宋对峙一百六十六年。

辽正处于由奴隶制向封建制过渡的时期，统治者有意识地刻印和翻译大量汉文典籍，有意吸收汉族文化，以提高契丹族的文化素养。文学方面，白居易与苏轼对辽影响最大。辽圣宗耶律隆绪(983—1031在位)曾在诗作中明确宣称"乐天诗集是吾师"，并亲自将白氏《讽谏集》译成契丹文，令群臣诵读。苏轼的《眉山集》问世不久，范阳书肆便有了翻刻本，时人指出："子瞻名重当代，外至夷虏，亦爱服如此。"(王辟之《渑水燕谈录》)

由于战乱频仍，辽代文集大多散佚，如今仅留下少量诗文。其中散文大多为应用文，艺术性较低，文学价值不大；而诗歌则稍有成就。建国之初，中原入辽的汉族文士赵延寿(？—948)，官至枢密使兼政事令，今存《失题》诗一首，逼真地反映了北方游牧民族的生活情景，诗风豪健朴直，颇受宋朝文人赞扬。

辽诗保留得较多的是帝王后妃之作。如辽道宗耶律弘基(？—1101)，今存《题李俨黄菊赋》诗一首，较有韵致，诗作既赞黄菊又赞赋，妙语双关。

耶律弘基的皇后萧观音(1040—1075)失宠后，写了十首《回心院词》，现举两首：

> 装绣帐，金钩未敢上。解却四角夜光珠，不教照见愁模样。装绣帐，待君贶。

剔银灯，须知一样明。偏是君来生彩晕，对妾故作青荧荧。剔银灯，待君行。

哀怨悱恻，脉脉含情，深刻细腻地描绘了独处冷宫的后妃们的心态，跟唐代宫怨诗、北宋宫怨词正是一脉相承。据史载，这十首《回心院词》写成后，曾令乐官赵惟一演奏，遭仇人耶律乙辛诬陷，变成萧观音"私通"赵惟一的罪证，结果酿成一场大悲剧，赵被满门抄斩，萧被迫自尽。

此外，如天祚帝耶律延禧之妃萧瑟瑟，看到帝王昏庸、权奸擅权，曾写《讽谏歌》直接谏诤，还作《咏史》篇托古讽今。

总之，辽代诗歌具有一定水平，在中国文学史上亦应占有一定的地位。

金为女真族所建立的、统治中国北部的一个王朝。由女真族完颜部领袖阿骨打创建。金太宗天会三年(1125)灭辽，迁都中都(今北京)。天会四年(1126)灭北宋，迁都开封。天兴三年(1234)，在蒙古和南宋联合进攻下，金终于灭亡。再过四十余年，南宋亦被蒙古所灭，是为元朝。金前后共历九帝，共统治一百二十年，跟南宋对峙了一百零八年。

女真族原是中国东北境内一个比较落后的游牧民族，文化素养很低，农业生产原始，进入中原后，逐步完成了由奴隶制向封建制的过渡。金初，女真族曾企图用强硬的行政手段在辽、宋旧地的汉人中推行女真文化，但最终失败了，相反，在高度发达的汉文化的潜移默化作用下，女真贵族亦被同化了。女真统治者看到汉文化不可抗拒的巨大威力，便转而大力提倡汉文化，用女真文字翻译汉文经史，要女真人尊孔读经，并兴建太学，奖励诗文创作。天会元年(1123)，开科取士，到了世宗(1162—1189在位)、章宗(1190—1208在位)之时，科举已同汉族王朝一样成为仕进要途。至此时，汉语亦几乎成为女真族的通用语。

金初，文人学士都来自辽、宋旧臣，文学成就亦平平，无可多述。金太宗完颜晟(1127—1135在位)即位后，罗致了大批宋朝文人，如宇文虚中、吴激、蔡松年、高士谈(？—1146)、刘著等，使金代文坛发生了根本变化，出现了生机勃勃的景象，其中尤以诗词的成就最为突出。

宇文虚中(1097—1146)今存诗五十多首，多为留金以后的作品，抒故国之思，悲怨交织，极为沉痛。他的诗作《在金日作》中急切盼望返宋、不甘心留金以及对投降者憎恨的心情都表现得相当充分，这典型地反映了当时一批被扣文士的心境。

吴激(1090—1142)于靖康末使金被扣，跟宇文虚中遭遇相似。他精于书画，诗词俱能，但词作的沉痛感人实超过其诗。如《人月圆·宴张侍御家有感》：

南朝千古伤心地，犹唱《后庭花》。旧时王谢、堂前燕子，飞向谁家。　　恍然一梦，仙肌胜雪，宫鬓堆鸦。江州司马，青衫泪湿，同是天涯。

《归潜志》说："彦高(吴激字)词集，篇数虽不多，皆精微尽善。虽多用前人诗句，其剪裁缀点若天成，真奇作也。先人尝云：'诗不宜用前人语，若夫乐章，则剪裁古人语亦无害，但要能用尔。'如彦高《人月圆》，半是古人句，其思致含蕴甚远，不露圭角，不犹胜于宇文自作者哉？"元好问于《中州乐府》此词后附记说："彦高北迁后，为故宫人赋此，时宇文叔通亦赋《念奴娇》，先成，而颇近鄙俚，及见彦高此作，茫然自失。是后，人有求作乐府者，叔通即批云：吴郎近以乐府名天下，可往求之。"从这两条材料，可见此词在当时享名之高，影响之大。

蔡松年(1107—1159)的《大江东去》(即《念奴娇》)二首，用苏轼《赤壁怀古》、《中秋》原韵，写得慷慨悲凉，意境与苏词极相似。如："西州扶病，至今悲感前杰。　　我梦卜筑萧闲，觉来岩桂，十里幽香发。磈磊胸中冰与炭，一酌春风都灭。""感时怀古，酒前一笑都释。　　千古栗里高情，雄豪割据，戏马空陈迹。醉里谁能知许事？俯仰人间今昔。"

金代中期的代表诗人有蔡珪、刘迎、党怀英、赵元等，他们有意学习苏轼、黄庭坚诗风，针砭时弊，言志抒怀，或质朴浑厚，自然真挚；或拙朴奇崛，避熟求生。如蔡珪（？—1174）《秋日和张温仲韵二首》将曲折多变的心理活动与深沉的人生感触融化在弹琴、把卷、倾尊等日常生活细节的叙述和月色、露华等寻常景物的描写中，读来自然亲切，富有韵味。又如刘迎（？—1180）《莫州道中》将对世事的忧患与思亲之至情交融成一片，境界阔大深沉，音调婉转流畅。

如果说蔡珪、刘迎以近体律绝取胜的话，那么赵元则以古体歌行取胜，如他的《邻妇哭》，反映民生疾苦，尖锐深刻，继承了杜甫"三吏"、"三别"的传统；采用乐府民歌体，笔势自然凝练，体现了汉乐府民歌生动泼辣的精神。而党怀英（1134—1210）则在学习陶渊明、谢灵运的同时，又采纳黄庭坚朴拙奇崛的笔法。如《夜发蔡口》一诗，元好问《中州集》认为他"诗似陶谢，奄有魏晋"，确是的评。需要补充的是，他还常常融入黄庭坚的奇崛生硬的笔法。

金代后期诗人，以赵秉文、完颜璹、王若虚、李俊民、元好问等为代表。他们以沉痛的笔调表现战乱，诉说人民的苦难，抒发亡国之痛，把金诗推向高潮。

赵秉文（1159—1232）工书画，善诗文，是党怀英之后金代文坛领袖。其诗远宗李、杜，近学苏、黄，清新豪放，不拘一格。如《庐州城下》表现战乱的手法和沉郁顿挫的特色，在很大程度上来自杜甫。

完颜璹（1172—1232）为女真族诗人之冠。他的诗风流丽委婉，属对自然工巧，善用众多的景物来烘托情思。

王若虚（1174—1243）为金末文坛领袖，论诗主张自得、求真，反对雕琢，因而推崇白居易、苏轼，不遗余力地抨击江西诗派。他的诗虽有议论化的倾向，但有的直抒胸臆，纯朴自然，颇令人喜爱。

李俊民（1176—1260）感时伤乱的作品写得颇为沉郁、幽深。诗中运用了很多杜甫丧乱诗里的典故，表明自己忧国伤时的感慨更甚于杜甫，因而其诗也像杜诗一样感人至深。

元好问为金代最杰出的诗人，他广泛地继承了中国古典诗歌的现实主义传统，深刻反映了金元之际的社会矛盾、人民的苦难和诗人的沧桑之感，诗风雄浑悲壮，骨力豪健，充满大厦既倒、孤木难撑而又不甘心寂寞的悲剧色彩，成了金代诗歌极好的总结。

诸宫调是宋金元时期流行的一种说唱体文学形式，是在词、大曲、唱赚的基础上发展起来的。它取同一宫调的若干曲牌联成短套，首尾一韵，再用不同宫调的许多短套联成长篇，以说唱长篇故事。郑振铎在《痀偻集·宋金元诸宫调考》一文中说："词只是抒情的短曲，最长也不过是一百余字；大曲进步了，却也只是用十个八个同样的曲调来反复咏唱着一件故事的歌体；唱赚更进步了，它的作者懂得用同一宫调中的好几个不同的曲调组成一个有引子有尾声的套数来歌唱。但诸宫调作者的能力与创作欲更为弘伟，他竟取了若干套不同宫调的套数，连续起来歌咏一件故事。《西厢记诸宫调》所用的这样不同宫调的套数，竟有一百九十二套（内二套是只曲）之多，《刘知远诸宫调》虽为残存少半的残本，竟也存有不同宫调的套数八十套之多。这种伟大的创作气魄，诚是前无古人的！"

今存金代诸宫调，残本有《刘知远诸宫调》，全本有董解元《西厢记诸宫调》（简称《董西厢》，以区别于《王西厢》——元人王实甫的《西厢记》杂剧）。前者约产生于12世纪，后者约产生于13世纪。《董西厢》的出现，在中国曲艺史和戏曲史上，是一件大事。从内容上讲，《董西厢》彻底改造了唐传奇文《莺莺传》，改变了原来的矛盾冲突，塑造出崭新的形象。《莺莺传》的矛盾在崔莺莺、张生之间，张对崔始乱终弃，还美其名曰"善于补过"。《董西厢》则改为以张生、莺莺、红娘为一方，以老夫人、郑恒为另一方展开矛盾，主题思想上升为反对封建礼教、反对婚姻上的封建门阀观念。《王西厢》的基本思想和情节，正是由《董西厢》确定下来的。《董西厢》的出现，表明说唱艺术无论在文学上还是在音乐上都已经完全成熟，而说唱艺术的成熟，则为戏曲的产生在文学上和音乐上铺平了道路。元代钟嗣成《录鬼簿》认为董解元是北曲的首创人。在唱腔音乐上，金代诸宫调是元代北曲的先行者。元杂剧中的《王西厢》在文学上正是《董西厢》进一步的戏剧化；在音乐上，四折一楔子的曲牌联套体，也正是诸宫调音乐向戏剧化迈进的重大一步。

金代的院本杂剧，据元陶宗仪《辍耕录》所载，共有六百九十种之多，是以短暂演出形式为限，包括述说与代言，或亦装扮人物而作故事的片断表演。院本的发达，为元代用北曲谱成表演故事的杂剧打好了一些基础。特别是那些具有故事情节的院本，如《蝴蝶梦》、《兰昌宫》、《鸳鸯简》、《月夜闻筝》、《张生煮海》、《淹蓝桥》等，到元代都写成了杂剧，由此更可见出金院本对元杂剧的直接影响。

第二节 元代文学的特殊历史文化背景

元帝国统治中国后，实行民族压迫、民族歧视政策，把中国人分为四等：蒙古人、色目人（较早被征服的西域各部族，亦称“诸国人”）、汉人（较早被统治的黄河流域的汉人、金人等）、南人（淮水以南的汉人）。这四种人在政治、法律、军事、经济上的地位，都是不一样的。

元代的统治凡九十年（1277—1367，元朝建立应从 1271 年算起，但那时还未统一全国），在起初的三十多年中，没有进行科举考试，直到元仁宗延祐二年（1315）才开科考试，但仍把蒙古人、色目人和汉人、南人分开举行。凡进士授官，蒙古人比色目人高一级，色目人比汉人、南人高一级，其待遇仍然不平等。汉族的知识分子，只有把自己的才华和学问，寄托在写作散曲和创作杂剧剧本的事业中。

当时的知识分子，摆脱了传统的儒家思想的束缚，都愿投身于通俗文艺。如杨显之为艺人加工演出脚本，马致远与艺人花李郎、红字李二合写《黄粱梦》，关汉卿面敷粉墨，跟艺人同台演出。当时钟嗣成《录鬼簿》序说：“若夫高尚之士，性理之学，以为得罪于圣门者，吾党且噉蛤蜊（以野味比喻当时的通俗文艺杂剧），别与知味者道。”明确宣告了他们这批杂剧作家不同于封建正统文人。这一时期还专门出现了为艺人写作的书会，这些杂剧作家被尊称为书会才人。

大都市的畸形繁荣是促使元杂剧繁荣的经济原因。圈地的结果，使良田变成草地，农民变成农奴、工匠。元朝统治者为了享乐，对工匠比较优待，建立各类作坊，把他们集中在大都市。由于交通相当发达，商业繁荣，城市人口集中，促使大都市畸形繁荣。贵族、官吏、地主、豪商都需娱乐享受。下层人民同样需要文化娱乐，以求得一个抒愁解闷、倾泄痛苦、表达愿望的场所。这就大大刺激了包括杂剧在内的一切都市文艺的繁荣兴盛。现存元刊杂剧，不是印着“大都新编”，便是标明“古杭新刊”，这说明元代一些杂剧作家，前期聚集在大都，后期聚集在杭州。这也有力地证明了城市经济繁荣对于元杂剧兴盛的刺激作用。

元曲繁盛，还取决于艺术自身的发展条件。中国古代的诗歌，跟音乐的关系极为密切，无论是从诗到词，还是从词到曲，都体现出一种与音乐结合而发展，与音乐脱离而衰落的规律。词进入南宋，逐渐与音乐脱离，变成案头文学，再加上它远离民间，逐渐变成文人的专利品，人民便回到民间小调中去吸取音乐与文学的营养。恰在此时，辽、金、元统治者入主中原，少数民族的音乐风靡一时，刚健清新、幽默泼辣、口语化程度很高的散曲便应运而生。而散曲的勃兴又促进了杂剧的定型。

再从戏剧本身的发展来看，北宋后期在汴京上演的杂剧，脚色已增至四五人，有的剧目如《目连救母》，可以连演七八天。它的演出内容，已远远超过隋唐以来以副净、副末的插科打诨来吸引观众的参军戏。当时在汴京的瓦舍和相国寺等处演出的还有傀儡戏、皮影戏、舞队、清唱、说话、说唱、杂技等各种民间艺术。这就为元杂剧综合各种伎艺，表演人物故事，形成比较完整的舞台艺术，创造了有利条件。以表演人物故事为主的金院本，有说有唱的诸宫调，经过长期酝酿，融合了各种伎艺，形成新的表演艺术；从契丹、女真、蒙古等少数民族传来的歌曲，跟北方民间流行曲调相结合，形成新的乐曲体系，使元杂剧从内容到形式都走向成熟。

第三节　元杂剧的盛况

元杂剧是指13世纪前半叶，即蒙古灭金（1234）前后，以宋杂剧和金院本为基础，融合宋金以来的音乐、说唱、舞蹈等艺术而形成的戏曲艺术。它是以中国北方流行的曲调演唱的，因此也称北曲或北杂剧。元杂剧先在中国北方流行，到13世纪80年代，即元灭南宋（1279）以后，又逐渐在中国南方流行。元代后期，杂剧逐渐衰落，继宋元南戏而发展起来的明代传奇，起而代之。

元杂剧的作家与作品情况，主要靠三部专著著录：元钟嗣成《录鬼簿》著录一百二十五人，剧本四百五十多种；明贾仲明《录鬼簿续编》著录七十一人（有部分明代剧作家），剧本一百五十六种；明朱权《太和正音谱》著录一百九十一人（亦有部分明代剧作家），剧本五百六十多种。三书合计，去其重复的和明代的，约有元杂剧作家二百多人，剧本七百多种。比起唐代诗人、宋代词人来，当然数量不算多，但唐、宋两朝都统治了近三百年，元朝只有九十多年；同时，诗词篇幅短，写作较容易，杂剧篇幅长，写作较艰难，元代杂剧能取得如此成绩，足可与唐诗、宋词鼎足而三了。元杂剧亡佚过半，今仅存二百多种，这是非常可惜的事。

元杂剧的题材非常广泛丰富，所反映的生活面极为深广。如根据题材来分，可分成清官断案剧、忠义豪杰剧、婚姻爱情剧、遭困遇厄剧、伦理道德剧、避世隐逸剧、神仙道化剧等。元胡祗遹《送宋氏序》说："上则朝廷君臣政治之得失，下则闾里市井父子、兄弟、夫妇、朋友之厚薄，以至医药、卜筮、释道、商贾之人情物性，殊方异域风俗语言之不同，无一物不得其情，不穷其态。"本朝人即已深刻认识到杂剧反映现实的深广、塑造人物的多样，更无论后代了。

元杂剧的发展，一般分为三期：

第一期（1234年金亡—1276年宋亡），为元杂剧的黄金时期，著名剧作家如关汉卿、白朴（1226—1312后）、马致远、王实甫、高文秀、康进之、张国宾等，都产生在这一时期。他们的籍贯，差不多都是北方几省（河北、山西、山东等），而以大都为活动中心。这一期杂剧作品质朴、浑厚、本色，质量很高。可称得上是人才荟萃，名作如林，盛况空前绝后。

元杂剧中第一流作品，如关汉卿的《窦娥冤》、《救风尘》、《望江亭》、《单刀会》，白朴的《梧桐雨》，马致远的《汉宫秋》，王实甫的《西厢记》，康进之的《李逵负荆》，李好古的《张生煮海》，高文秀的《双献功》，纪君祥的《赵氏孤儿》等，都纷纷出现在这时期，争妍媲美，盛极一时。《赵氏孤儿》于18世纪被译成英、俄、德、法等国文字，风行欧洲，产生了深远的世界影响。

第二期（1277—1340），为元杂剧的转变期，名作家有宫天挺、郑光祖、曾瑞、乔吉等人。他们之中很多是浙江人，或为北方人而流寓南方，以杭州为活动中心。这期比前期人才少，流传下来的作品也不多，表现了元杂剧由盛而衰的转变过程。这期和后期有些杂剧作家兼写南戏，反映了北杂剧逐渐为南戏所取代的情况。

这期杂剧作品，比前期远为逊色，比较著名的有郑光祖的《倩女离魂》、《王粲登楼》，宫天挺的《范张鸡黍》、《七里滩》，乔吉的《金钱记》、《扬州梦》等。

第三期（1341—1367），为元杂剧衰落期，较有名的剧作家有秦简夫、萧德祥、罗贯中等，作品有秦简夫的《东堂老》、罗贯中的《风云会》等。但总的说来，作家与作品更加寥落，成了元杂剧的尾声。

总之，元杂剧的形成，是中国戏曲艺术发展到成熟阶段的重要标志。它的部分优秀剧目，如《窦娥冤》、《救风尘》、《西厢记》、《汉宫秋》、《梧桐雨》、《赵氏孤儿》、《秋胡戏妻》、《李逵负荆》等，七百多年来被改编成各种新的戏曲形式，一直延续到现在，影响至为深远。

第四节　南戏的兴起

从北宋末叶到元末明初，在中国南方流行着一种戏曲艺术，叫做南戏，亦称戏文。元灭南宋，南戏传播到北方。元末明初，南戏与北杂剧融合，发展成明清传奇。因此，南戏不仅在宋元之际有其独立存在的历史意义，还对后代戏曲产生极为深远的影响。

南戏萌芽于南方民间的“村坊小曲”，初为歌舞小戏。明徐渭《南词叙录》说：“永嘉杂剧（按即南戏）兴，则又即村坊小曲而为之，本无宫调，亦罕节奏，徒取其畸农、市女顺口可歌而已。”又说：“其曲，则宋人词而益以里巷歌谣，不叶宫调，故士夫罕有留意者。”据王国维在《宋元戏曲考》中统计，南戏曲调来源于唐、宋词的有一百九十首，占总数五百四十三首的三分之一。这些词体歌曲无论是风格、情趣，还是曲调形式，唱词格式，都丰富多彩，富有变化，非常适合南戏表现各种人物的感情。此外，南曲中还有大曲、诸宫调、唱赚等传统音乐成分。南戏音调与南方语言是一致的，旋律柔美，节奏多舒缓婉转。待到南北合套以后，兼有北曲、南曲的优长，音域更加宽广，表现更加丰富。

南戏剧本，采用分场的形式，即以人物上场下场作为界线，把剧本分成若干段落，每一段落各成一场。剧本开头有一段介绍剧本创作意图和全剧情节大意的开场戏，叫做“副末开场”或“家门大意”。这种形式，一直被明清传奇所继承。此外，杂剧除《西厢记》比较特殊外，一般每本杂剧都由末或旦一唱到底，其余脚色只能念台白。而南戏的各行脚色都可以唱，这就使南戏的演唱灵活自如，并且给曲、白、科介的综合运用，提供了有利于舞台演出的条件，从而显示出南戏的优越性。杂剧为南戏所融合和取代，便成为势所必然的了。

由于南戏主要是民间作品，刊刻付印机会不多，再加上政府的禁毁，文人的歧视、排斥，流传下来的极少。据钱南扬《戏文概论》等书的辑录，迄今共有二百三十八个宋元南戏剧目，而流传至今的完整剧目，只有十八个，仅十三分之一。

在这十八种南戏剧目中，以《琵琶记》和“荆、刘、拜、杀”（即《荆钗记》、《刘知远白兔记》、《拜月亭记》、《杀狗记》的简称）五本最为重要。周贻白《中国戏曲发展史纲要》指出：“《琵琶记》与《荆》、《刘》、《拜》、《杀》这五本元代南戏，如果把彼此的故事情节汇合起来看，其间有一个共同的特点，那就是剧中人物都系以妇女为中心，或写其贤孝，或写其贞烈，或写其矢志不渝，或写其深明大义，都是在作者笔下被肯定的人物。如《琵琶记》中的赵五娘、《荆钗记》中的钱玉莲、《白兔记》中的李三娘、《拜月亭记》中的王瑞兰、《杀狗记》中的杨氏，在每一本戏里，都处于主要地位，性格明朗，品德崇高。如果反过来看，在男性方面，这些人的配偶，除《荆钗记》中的王十朋写得较有骨气，《拜月亭记》中的蒋世隆与王瑞兰尚能相称外，其他如《琵琶记》的蔡伯喈、《白兔记》的刘知远、《杀狗记》的孙华，都只是一种陪衬，或用作对照的人物，不是性格模糊，便是行动摇摆。而这些妇女，除《杀狗记》的杨氏，仅写其智慧明达外，其他几个，都曾经历过一番悲苦的境遇，然后才以团圆终场。……由宋到元，中国的妇女，不但为封建礼教所束缚，同时在社会生活中绝无地位，显然是一个受压迫的阶层。这些作者，外表上是同情于当时的妇女们所处地位，因而对妇女们的美德致以歌颂，同时也为男性的负义忘恩作辩护；而其所歌颂的妇女美德，多半又附带着礼教的宣扬，借使妇女们能够自守范围，不失规矩。”这段话比较扼要地论述了这五个南戏剧本内容的复杂性，有助于我们对这些南戏的深刻理解。

第五节　元散曲的繁荣

散曲是对戏曲而言的。戏曲有曲文、宾白、科介，是专在舞台演出的。而散曲则没有宾白、科介，是用来清唱的。它虽然兼有音乐的特点，但从根本上说，仍属于诗歌的范畴。散曲是构成戏曲的基础，但散曲又是独立的一种诗歌体裁。

元代散曲的繁荣兴盛，是由下列原因促成的：

一、是处于民族重压下汉族知识分子抒发愤懑的最新形式。杂剧还是代言体，而散曲可以直接抒写心曲。如关汉卿在他留下来的十八个杂剧中，所写曲词都是代人物立言，用来塑造人物形象的，而他的著名套曲〔南吕·一枝花〕《不伏老》却表现了自己顽强不屈，誓与统治者抗争到底的坚强个性。

二、散曲是唐宋词发展演变的结果。词起源于民间，流传于街头巷尾，形式活泼，通俗易懂，音乐性强，适合于歌唱。在它的初期，饱含着人民群众的思想感情，普遍为民间歌女伶人所传唱，拥有广大的听众。但发展到后期，内容日益狭窄空虚，堆砌词藻，专重形式，变成文人的案头之作。而此时的民间艺人，仍要歌唱，于是他们化旧纳新，散曲便逐渐产生。又经过乐师的正谱，文人的修辞，作者渐多渐精，曲调日高日繁，便逐渐形成一种与词不同的新诗体。

三、受到外来音乐的影响。金元之际，胡乐大量传入中国。随着胡乐番曲的流行，原来婉约的词，便不能适应新乐的要求，于是，按新曲来谱词的要求便提了出来，新的散曲便勃然兴起。明王世贞《曲藻序》说：“曲者词之变，自金元入主中国，所用胡乐，嘈杂凄紧，缓急之间，词不能按，乃更为新声以媚之。”

元散曲语言通俗生动，口语化程度极高，幽默感极强；更由于它平、上、去三声互叶，多用衬字，形式极为自由活泼，因而在中国最讲格律最受限制的格律诗中，是一种最解放的诗体。

元散曲的内容，大多抒写汉族知识分子在元蒙统治者重压下的愁苦郁闷，更有把写散曲作为逃避现实的工具者。再加上元代刑法森严，知识分子虽对现实极端不满而不敢直言，只好采取曲折隐晦的手法，因此，散曲内容多写山水宴饮，男女欢情，隐逸生活，或抒泄个人的牢愁，表现与世隔绝的闲情逸致与逃避现实、及时行乐的消极思想，有时甚至还有低级趣味、色情描写等。但瑕不掩瑜，从总体上看，它是新兴的文体，闪耀着新思想的光芒：它表现了对元蒙统治者的强烈不满，常借古讽今，深刻暴露统治者的罪恶和社会的极端黑暗；它真切地反映了下层人民的痛苦生活，表现了对民生疾苦的关注之情；它反对封建包办婚姻，歌颂了男女青年纯真的爱情；它描绘了大自然秀美的风光，表现了对祖国奇山异水的热爱，等等。

元代散曲散佚很多，今人隋树森所辑《全元散曲》收散曲作家二百二十余人，作品四千三百多首（套），其中小令三千八百五十余首，套曲四百五十余套。

元散曲创作也与杂剧一样，可以大致分为初、中、晚三期（也有只分前后两期的）。初期作品，通俗本色，浑厚质朴，多属"盛元体"。这期重要作家有杨果（1197—1269）、刘秉忠（1216—1274）、王和卿、王恽（1227—1304）、卢挚（约1242—约1315）、关汉卿、白朴、姚遂（1238—1313）、马致远、王实甫等。此期内散曲成就最突出者，或为兼作杂剧的名家，如关汉卿、白朴、马致远；或为官僚兼文士，如卢挚、姚燧。此期以豪放本色为主，以尖新清丽之作为辅。

中期作品，豪放清丽兼善。这期重要作家有曾瑞（约1260—约1330）、睢景臣、乔吉、刘时中、任昱、薛昂夫（约1267—约1350）、张养浩、贯云石（1286—1324）等。除少数作家如睢景臣、刘时中保持并发展了前期通俗、本色、泼辣的特色外，大多数作家，特别像乔吉等，开始注意字句的锤炼和词藻的追求，不用或少用衬字，使散曲逐渐趋向于凝练化。

晚期作品，以清丽为主，豪放为辅。这期比较重要的作家有张可久、徐再思、吴西逸、张鸣善、钟嗣成（约1275—1345后）、刘庭信、倪瓒（1301—1374）、汤式等。这期的散曲作家如张可久更加注意雕琢，讲究技巧，作品趋向于追求精致小巧，已完全失去浑朴本色，而近于令词了。

第六节　元代诗词文概况

元代的诗词，成就远不如宋代，特色也远不如杂剧和散曲。但也不是一无可述。如清顾嗣立编纂的《元诗选》（包括《癸集》）共收诗人二千六百多家，此外，顾氏未见的集子尚有五十多家，《永乐大典》中尚有不少元人的诗，可见为数相当可观。而今人唐圭璋所编《全金元词》中收录了元代二百十二位词家的三千七百二十多首词，数目也相当可观。

元诗初期，由于作者都是从宋金过来的，因此诗风基本上保持着宋金的旧貌。如从南宋过来的刘辰翁、方回（1227—1307）、戴表元（1244—1310）、仇远（1247—1326）、赵孟頫（1254—1322）等崇尚唐调，诗风清丽婉约；从金过来的元好问、郝经（1223—1275）、刘因（1249—1293）、王恽等，仍是学习苏轼，诗风清淡古朴，豪放自然。而契丹族诗人耶律楚材（1190—1244）多写塞外风光和殊方习俗，诗风本色天然。

元诗中期，开始形成南北统一的诗风。虞集（1272—1348）、杨载（1271—1323）、范梈（1272—1330）和揭傒斯（1274—1344），号称元代四大家。虞集曾对另外三人作过评价，他说："仲弘（杨载）诗如百战健儿，德机（范梈）诗如唐临晋帖，曼硕（揭傒斯）诗如美女簪花。"他自评为"汉廷老吏"。其实，这仅仅是对诗歌技巧所作的某些比方，从作品题材的广泛性和反映社会问题的深刻性来说，虞、杨实不如范、揭；从技巧上来说，虞风格严峻，声律圆熟，杨诗风含蓄，注重炼句，范、揭确实不如。实际上是四家各有所长，亦各有所短。

值得特别提出的是，此时涌现出一批能运用汉文写作的少数民族诗人，其中特别著名的有贯云石、萨都剌、马祖常（1279—1338）。贯云石为维吾尔族诗人，他的散曲成就最大，但诗名亦不小，明李日华说："元贯云石号酸斋，风流跌宕。人知其工小词乐府（指散曲），而不知其歌行奇诡激烈，即卢玉川（卢仝）、李商隐不是过。”（《恬致堂诗话》）萨都剌为回族诗人，诗风清新绮丽，自成一家，以山水诗最见功力，亦能写豪迈奔放之作。马祖常祖先本西域色目人，后并入蒙古。他的诗圆密清峻，藻丽遒劲，并有直接反映民生疾苦之作。

元诗末期，直接揭露社会黑暗和反映时代丧乱的作品增多，朱德润（1294—1365）、谢应芳（1296—1392）、张翥（1287—1368）、王冕（1319—1388）等都有这方面的诗作。朱德润的《水深围》写道："东南民力日渐穷，不愿为农愿为盗。人生盗贼岂愿为，天生衣食官迫之。"直接揭示了官逼民反的事实，尖锐泼辣，一针见血。此期其他的著名诗人有张雨（1277—约 1348）、李孝光（1285—1350）、杨维桢（1296—1370）、吴莱（1297—1340）、傅若金（1304—1343）等。

元词可分前后两期。前期为蒙古时期，词坛情况跟元初诗坛差不多。南宋入元的词人（这里不包括宋遗民），如赵孟頫等人的词都重在伤今，追怀南宋，表现国破家亡的隐痛。由金入元的词人，如元好问、白朴、王恽、刘因等人的词都重在吊古，大多描写战乱给人们带来的痛苦，抒发浓重的古今沧桑之感。这两类词都以内容的充实深厚、情感的真挚痛切取胜。这一期较有特色的词人还有张之翰（1243—1296）、刘敏中（1243—1318）等。

后期为元朝统一中国时期。这期的重要词人有张埜、张雨、张翥、许有壬（1287—1364）、倪瓒、萨都剌、邵亨贞（1309—1401）等，议论行藏出处、表现仕隐的矛盾和叹老嗟卑是这期词的主要内容。到元明换代之际，则又产生对战乱不息的浩叹、厌倦和咀咒。这期词人中，最负盛名的是张翥、许有壬和萨都剌。张翥的词，以感情细腻、意境含蓄著称；许有壬的词，境界高迈，有"长枪大戟"的气度；萨都剌的怀古词，融化前人成句，清旷雄奇，自成一格。

元代的散文，重要作家有王恽、姚燧、柳贯（1270—1342）、袁桷（1266—1327）、欧阳玄（1273—1357）、黄溍（1277—1357）、苏天爵（1294—1352）等。

第二章　辽金元作品选

第一节　元　好　问

元好问(1190—1257)字裕之,号遗山,太原秀容(今山西忻县)人。金元之际文学家。系出北朝魏鲜卑贵族拓跋氏,唐著名诗人元结后裔。

元好问是在文学领域全面发展的作家,其中以诗歌和文学批评的成就最大。他的生平和诗歌创作道路可分为前、中、后三期。

前期(1217前)。二十八岁前,为元好问创作准备和初露头角时期。十四岁起在老师郝天挺的教导下,潜心经传,留意百家,刻苦学诗。六年而业成。这时期他已写出一批反映现实的作品,初步显示了他的创作才华。《金史》本传说他"下太行,渡大河,为《箕山》、《琴台》等诗,礼部赵秉文见之,以为近代无此作也,于是名震京师。"二十四岁时,中都被围。二十五岁时,故乡容秀城陷,惨遭蒙古军屠城之祸。以后,他避难于福昌三乡,二十八岁那年,完成了著名的《论诗绝句三十首》。翁方纲《石洲诗话》认为"先生一生识力皆具于此,未可以少作目之"。这组论诗绝句,提倡创造性地继承古代现实主义优良诗歌传统,反对西昆、江西派挦扯古人、偏重形式,反对金人迷信苏轼,强调汉魏风骨,赞扬陶渊明的天然、真淳,批判雕镂刻琢之风,在文学批评史上具有极其重要的地位。

中期(1218—1234)。从二十九岁至四十五岁,为诗歌创作的黄金时期。兴定五年(1221)元好问登进士第,不就选。正大元年(1224)中博学宏词科,授儒材郎,充国史院编修。历内乡令、南阳令。正大八年(1231)秋他受诏入都;天兴元年(1232)困居围城,官尚书省左掾、左司都事。次年正月京城降元;五月,他与被俘官民渡黄河至山东,被羁管于聊城。经历世变,对于金统治者的腐朽和蒙军的凶暴有了更加深刻的认识,好比杜甫经历了安史之乱一样，凡所寓目，凡所感触，均有诗作。此期佳作如《郁郁》、《家山归梦图三首》、《虎害》、《乙酉六月十一日雨》、《颍亭留别》、《宿菊潭》、《宛丘叹》、《壬辰十二月车驾东狩后即事五首》、《俳体雪香亭杂咏》、《癸巳四月二十九日出京》、《癸巳五月三日北渡三首》、《续小娘歌十首》、《南冠行》、《甲午除夜》等，均是名篇，无论思想性还是艺术性，都达到当时最高水平。

后期(1235—1257)。从四十六岁至六十八岁去世，为遗民生活时期。元太宗七年(1235)，元好问脱离羁管，移居冠氏。为搜寻史料和采集诗作，编纂成金诗总集《中州集》(附金词总集《中州乐府》)和金代君臣言行录《壬辰杂编》这两部文学与历史巨著，为保留金文化作出了杰出的贡献。此外，他还在此期间编成《东坡乐府集选》(已佚)和《唐诗鼓吹》(今存)两部文学选本。此期的诗，除继续抒写亡国哀痛外，出现了大量写景诗和唱和诗，特别是长篇纪游诗如《涌金亭示同游诸君》、《游黄华山》、《游龙山》、《泛舟大明湖》等的创作，笔力苍劲，气势磅礴，创造性继承和发展了韩愈七古真髓，开拓了诗歌新境界。

元好问的词兼有婉约、豪放的特色，郝经《祭遗山先生文》称其"乐章之雅丽，情致之幽婉，足以追稼轩"；张炎《词源》说他"深于用事，精于炼句，风流蕴藉处，不减周、秦"。他的散曲，清润疏俊，迥出时流，开创了元曲本色派的先声。他的存世散曲虽然不多，却是文学史上变词为曲的第一人，因此在曲史上应有相当的地位。他的文章继承了欧、苏传统，各体皆备，语言平易自然，风格清新雄健，亦颇具特色。

有《遗山先生文集》、《遗山乐府》。

壬辰十二月车驾东狩后即事(其二)[①]

【题解】 本篇选自《遗山先生文集》卷八。原作共五首，这里选的是第二首。天兴元年(1232)正月，蒙军大破金兵于钧州黄榆店，金兵大将多战死。三月，金京被围，议和后蒙军方退。七月，蒙古使臣至金被杀，蒙军截断汴京粮道，城内百姓饿死无数，出现人食人惨象。十二月，金哀宗亲征失败，退走归德。时诗人在汴京任职，未能随哀宗东退，复被蒙军围困。第二年(1233)春天，金京守将投降，元好问跟其他官员一起被押送到山东聊城囚禁。这组诗是汴京再度被围时所写。诗中反映了蒙军的残暴，山河破碎，生灵涂炭，欲哭无泪，沉郁顿挫，类似杜甫《春望》一类名作。

惨淡龙蛇日斗争[②]，干戈直欲尽生灵[③]。
高原水出山河改[④]，战地风来草木腥[⑤]。
精卫有冤填瀚海[⑥]，包胥无泪哭秦庭[⑦]。
并州豪杰今谁在[⑧]？莫拟分军下井陉[⑨]？

【注释】

① 壬辰：天兴元年(1232)。车驾：皇帝所乘坐的车马。狩：原指狩猎，这里借作金帝败退的婉词。

② "惨淡"句：《后汉书·郑玄传》："岁在龙蛇贤人嗟。"辰属龙，巳属蛇，壬辰十二月恰在龙年与蛇年交接之际，古人认为是不吉利的年头。又《阴符经》："天发杀机，龙蛇起陆。"此处两典合用，其意是说，蒙、金发生战争，景象极为阴暗凄惨。

③ 直欲：简直想。尽生灵：把老百姓杀尽。

④ "高原"句：《诗·小雅·十月之交》："高岸为谷，深谷为陵。"以陵谷变迁喻局势变化极速，金国面临覆灭危机。

⑤ "战地"句：形容战争极为残酷，杀戮极多，连战地上的草木都充满血腥味。

⑥ "精卫"句：《山海经·北山经》载，炎帝的小女到东海去游泳而溺死，其魂变成精卫鸟，常衔西山之木石以填东海。此处喻金人对蒙军怀有极大仇恨，誓将报复。

⑦ "包胥"句：春秋之时，吴伐楚，楚大夫申包胥向秦求救，

秦王不肯发兵，申包胥在秦廷哭了七天七夜，泣尽继之以血，秦国终于出兵。此处喻汴京被围，求救无门。

⑧ 并州：今山西太原一带。

⑨ 莫拟：莫非正打算。井陉(xíng)：关隘名，在今河北井陉北。

癸巳五月三日北渡（其一）①

【题解】 本篇选自《遗山先生文集》卷十二。原作三首，这里选的是第一首。天兴三年(1233)五月，元好问与其他金国官员、后妃、文物、财宝被蒙军押送北去聊城，途中，据他亲目所睹惨况，写成此组诗。形象生动逼真，文辞凄切感人，读后极易使人联想起南宋末汪元量的《湖州歌》。

道旁僵卧满累囚②，过去旃车似水流③。
红粉哭随回鹘马④，为谁一步一回头？

【注释】

① 癸巳：天兴三年(1233)。

② 累囚：用绳索连成一串的囚犯。

③ 旃(zhān)车：用毛毡作篷的车，此处指蒙军满载掳掠来的人和物的车子。

④ 红粉：被蒙军掳掠的金国妇女。回鹘(hú)：即北方少数民族回纥，盛产名马。

清　平　乐

【题解】 本篇选自《遗山先生新乐府》卷四。这首闺怨词写得清丽细腻，情景交融。元词多慷慨悲凉之境，近苏、辛；这首小令却别具风格，近李清照。可见大诗人无所不能。

离肠宛转，瘦觉妆痕浅①。飞去飞来双语燕，消息知郎近远。　　楼前小雨珊珊②，海棠帘幕轻寒。杜宇一声春去，树头无数青山。

【注释】

① “瘦觉”句：人因愁苦而消瘦，懒于去梳妆打扮。浅，形容脂粉已退色。

② 珊珊：本玉声，此处作雨声。白居易《新栽竹》诗：“珠洒雨珊珊。”

第二节　关　汉　卿

关汉卿，号已斋，大都(今北京)人。元戏曲和散曲作家。他还身兼导演，并亲自面傅粉墨，登台演出。

据元末杂剧作家钟嗣成的《录鬼簿》记载：“关汉卿，大都人，太医院尹，号已斋叟。”一般都以这条资料为据，但实际上关于关汉卿的名字、籍贯、官职都有一些不同的记载。

他的名字，元熊自得《析津志》(析津为北京古名)载：“关一斋字汉卿。”看来“汉卿”或为名或为字是不成问题的，因为跟他同时代的剧作家高文秀被人呼为“小汉卿”，比他稍晚的剧作家沈和甫被称为“蛮子汉卿”。但他另一名或字，究竟是“已斋”还是“一斋”，却颇难判断了。

他的籍贯，《录鬼簿》作大都人；《析津志》作燕人；《祈州志》(乾隆二十年修)作祈州(今河北安国县)人；《元史类编》作解州(今山西解县)人。前二书作者为元人，时代较早，且大都即北京，燕为北京西南，地望一致，比较可信。

他的官职，《录鬼簿》作“太医院尹”，天一阁藏明蓝格抄本《录鬼簿》、明抄《说集》本《录鬼簿》、明末孟称舜刊《古今名剧今选》附录本《录鬼簿》均作“太医院户”。查《金史》、《元史》“百官志”中都没有“太医院尹”这一官职。如果是“太医院户”，那就不是官职，是隶属于太医院的“医户”，《元史》中有“敕太医院领诸路医户、惠民药局”的记载，一旦编籍于“医户”，可以享受某些“杂泛差役，并行蠲免”的优待。关氏社会地位低微，一生从未做过官，看来是可信的。

他的生卒年，郑振铎《插图本中国文学史》假定1214年生，1300年卒；其《关汉卿戏曲集序》则进一步认为，生于1210年左右，卒于1298年至1300年之间，享年最高为九十岁。孙楷第《关汉卿行年考》认为生于1241年至1250年之间，卒于1320年至1324年之间，享年最高八十三岁。中国社科院文学研究所编《中国文学史》认为生于1229年至1241年间，卒于1297年至1307年间，享年最高七十八岁。游国恩主编《中国文学史》认为约生于金宣宗贞祐、元光(1213—1222)间，死于元成宗大德(1297—1307)间。《中国大百科全书·中国文学》卷王季思所撰条目认为约生于1220年左右，卒于大德元年(1297)以后。各家所定生年，出入太大，最早的和最迟的竟相差四十年；卒年除一家较迟外，其余比较一致，都定于大德年间。考元末朱经《青楼集·序》载：“我皇元初并海宇，而金之遗民若杜散人、白兰谷、关已斋辈，皆不屑仕进，乃嘲弄风月，流连光景。”明著杜善夫、白朴、关汉卿是由金入元的作家，因此《中国大百科全书·中国文学》卷“关汉卿”条将其生年估计在1220年左右，将其卒年定在1300年左右，比较合理。

关于关汉卿的生活情况，他自已有〔南吕·一枝花〕《不伏老》套曲作了具体描绘。他多方面地接触到、体会到人世间的种种悲欢哀乐和世态人情；他出入瓦舍、妓院，与书会才人、民间艺人为伍；他性格坚强，多才多艺，尤其酷爱戏剧艺术，不仅写了大量杂剧剧本，还“躬践排场，面敷粉墨，以为我家生活，偶倡优而不辞”(明臧懋循《元曲选序》)。

据吴晓铃所编《关汉卿杂剧全目》，关氏一生共写杂剧六十七种，现存十八种，其中末本六种：《包待制智斩鲁斋郎》、《关大王独赴单刀会》、《关张双赴西蜀梦》、《温太真玉镜台》、《山神庙裴度还带》、《尉迟恭单鞭夺槊》；旦本十二种：《感天动地窦娥冤》、《赵盼儿风月救风尘》、《诈妮子调风月》、《望江亭中秋切鲙旦》、《杜蕊娘智赏金线池》、《闺怨佳人拜月亭》、《邓夫人苦痛哭存孝》、《刘夫人庆赏五侯宴》、《状元堂陈母教子》、《包待制三勘蝴蝶梦》、《钱大尹智宠谢天香》、《钱大尹智勘绯衣梦》。这十八种杂剧中，个别剧目如《裴度还带》、《单鞭夺槊》的作者尚有争议。

关剧最大的特色之一是，关心妇女命运，把妇女问题作为严重的社会问题提出来，以女性为主角的旦本戏共占了现存杂剧的三分之二。这类杂剧，刻画了三种类型的妇女形象：一是敢于同权豪势要斗争的刚强女性，如《望江亭》中的谭记儿，《窦娥冤》中的窦娥。二是被排斥在主流社会之外的风尘女子，如《救风尘》中赵盼儿和宋引章，《金线池》中的杜蕊娘，《谢天香》中的谢天香。三是门第婚姻藩篱的冲决者，如《拜月亭》中的瑞兰，《调风月》中的燕燕。

关剧的另一个特色是针对性、斗争性都很强。元代社会的群魔——权豪势要、皇亲国戚、贪官污吏、土豪劣绅、地痞流氓、衙内公子、鸨母嫖客，在他的生花妙笔下，一个个丑态毕露，威风扫地。而对那些正面的英雄人物和善良的受害人物，关氏则寄予满腔热情与同情。他秉笔如史，爱憎分明，决无丝毫含糊之处。

关剧在艺术上是古典戏曲的高峰，他善于提炼激动人心的戏剧情节，通过尖锐的戏剧冲突来塑造人物形象；关剧的过场戏很简洁，戏剧场面善于随步换形，富于变化；关剧的语言生动活泼，本色当行，他极善于熔铸民间俗语和古典诗词，做到浑然一体，不露痕迹。臧懋循《元曲选序》赞扬他真正做到了“人习其方言,事肖其本色,境无旁溢,语无外假”。

除杂剧外,关汉卿还写有一批散曲,今存套数十三套,小令五十七首,残曲四首。郑振铎评论说:“他的作风,无论在小令或套数里,所表现的都是深刻细腻,浅而不俗,深而不晦的,正是雅俗所共赏的最好的作品。”(《插图本中国文学史》)

窦娥冤

第三折

【题解】 本篇选自《全元戏曲》第一卷。原作四折,这里选的是第三折。关汉卿的名剧《窦娥冤》取材于“东海孝妇”的故事,而它的根子却深深地扎在元代社会的现实生活中。它写出如下一个悲惨的故事:山阳书生窦天章无力还债,就将七岁的女儿窦娥给了蔡婆来抵债。窦娥长大与蔡子结婚,不久又当了寡妇,婆媳相依为命。一次,蔡婆向赛卢医索债,被赛骗至郊外,想勒死她以赖债,被流氓张驴儿父子无意中撞着,惊走赛卢医,驴儿父子强迫蔡婆招赘,遭到窦娥的坚决反抗。张驴儿趁蔡婆生病服药之机,想用毒药毒死蔡婆,霸占窦娥,谁知阴错阳差,却把他自己的父亲毒死。张驴儿便嫁祸给窦娥,到官府告状,贪官桃杌要在蔡婆身上施以酷刑,窦娥为了救护婆婆,甘冒杀人罪名。结果赃官屈斩窦娥。后来,窦娥的父亲窦天章官至肃政廉访使,到山阳考核吏治,窦娥冤魂托梦给父亲,要求为她伸冤。最后,终于查明真相,昭雪了这件大冤案。

本折主要写窦娥被绑赴法场问斩前后的情况,充分表现了窦娥善良孝顺的优秀品质和坚强不屈的反抗精神。而窦娥死后三桩誓愿的体现,是关汉卿浪漫主义创作方法的巨大成功。窦娥形象的塑造,为中国古典悲剧艺术提供了典型范例。

(外扮监斩官上[①],云)下官监斩官是也。今日处决犯人,着做公的把住巷口[②],休放往来人闲走。(净扮公人,鼓三通,锣三下科)(刽子磨旗、提刀[③],押正旦带枷上)(刽子云)行动些[④],行动些,监斩官去法场上多时了。(正旦唱)

〔**正宫·端正好**[⑤]〕 没来由犯王法,不提防遭刑宪,叫声屈动地惊天。顷刻间游魂先赴森罗殿[⑥],怎不将天地也生埋怨[⑦]?

〔**滚绣球**〕 有日月朝暮悬,有鬼神掌著生死权。天地也,只合把清浊分辨,可怎生错看了盗跖颜渊[⑧]?为善的受贫穷更命短,造恶的享富贵又寿延。天地也,做得个怕硬欺软,却原来也这般顺水推船。地也,你不分好歹何为地?天也,你错勘贤愚枉做天!哎,只落得两泪涟涟。

(刽子云)快行动些,误了时辰也[⑨]。(正旦唱)

〔**倘秀才**〕 则被这枷扭的我左侧右偏,人拥的我前合后偃,我窦娥向哥哥行有句言[⑩]。(刽子云)你有甚么话说?(正旦唱)前街里去心怀恨,后街里去死无冤,休推辞路远。

(刽子云)你如今到法场上面,有什么亲眷要见的,可教他过来,见你一面也好。(正旦唱)

〔**叨叨令**〕 可怜我孤身只影无亲眷,则落的吞声忍气空嗟怨。(刽子云)难道你爷娘家也没的?(正旦云)止有个爹爹,十三年前上朝取应去了,至今杳无音信。(唱)早已是十年多不睹爹爹面。(刽子云)你适才要我往后街里去,是甚么主意?(正旦唱)怕则怕前街里被我婆婆见。(刽子云)你的性命也顾不得,怕他见怎的?(正旦云)俺婆婆若见我披枷带锁,赴法场餐刀去呵,(唱)枉将他气杀也么哥[⑪],枉将他气杀也么哥。告哥哥,临危好与人行方便。

(卜儿哭上科,云)天那,兀的不是我媳妇儿!(刽子云)婆子靠后!(正旦云)既是俺婆婆来了，叫他来，待我嘱咐他几句话咱。（刽子云）那婆子近前来，你媳妇要嘱咐你话哩。（卜儿云）孩儿，痛杀我也！（正旦云）婆婆，那张驴儿把毒药放在羊肚儿汤里，实指望药死了你，要霸占我为妻。不想婆婆让与他老子吃，倒把他老子药死了。我怕连累婆婆，屈招了药死公公，今日赴法场典刑。婆婆，此后遇着冬时年节，月一十五，有瀽不了的浆水饭[12]，瀽半碗儿与我吃；烧不了的纸钱，与窦娥烧一陌儿[13]。则是看你死的孩儿面上。（唱）

〔**快活三**〕 念窦娥葫芦提当罪愆[14]，念窦娥身首不完全，念窦娥从前已往干家缘[15]。婆婆也，你只看窦娥少爷无娘面。

〔**鲍老儿**〕 念窦娥伏侍婆婆这几年，遇时节将碗凉浆奠。你去那受刑法尸骸上烈些纸钱[16]，只当把你亡化的孩儿荐[17]。（卜儿哭科，云）孩儿放心，这个老身都记得。天那，兀的不痛杀我也！（正旦唱）婆婆也，再也不要啼啼哭哭，烦烦恼恼，怨气冲天。这都是我做窦娥的没时没运，不明不暗，负屈衔冤。

（刽子做喝科，云）兀那婆子靠后，时辰到了也。（正旦跪科）（刽子开枷科）（正旦云）窦娥告监斩大人，有一事肯依窦娥，便死而无怨。（监斩官云）你有甚么事？你说。（正旦云）要一领净席，等我窦娥站立；又要丈二白练[18]，挂在旗枪上。若是我窦娥委实冤枉，刀过处头落，一腔热血休半点儿沾在地下，都飞在白练上者。（监斩官云）这个就依你，打甚么不紧[19]。（刽子做取席站科，又取白练挂旗上科）（正旦唱）

〔**耍孩儿**〕 不是我窦娥罚下这等无头愿[20]，委实的冤情不浅。若没些儿灵圣与世人传，也不见得湛湛青天[21]。我不要半星热血红尘洒，都只在八尺旗枪素练悬。等他四下里皆瞧见，这就是咱苌弘化碧[22]，望帝啼鹃[23]。

（刽子云）你还有甚的说话，此时不对监斩大人说，几时说那？（正旦再跪科，云）大人，如今是三伏天道，若窦娥委实冤枉，身死之后，天降三尺瑞雪，遮掩了窦娥尸首。（监斩官云）这等三伏天道，你便有冲天的怨气，也召不得一片雪来，可不胡说！（正旦唱）

〔**二煞**〕 你道是暑气暄[24]，不是那下雪天，岂不闻飞霜六月因邹衍[25]？若果有一腔怨气喷如火，定要感的六出冰花滚似绵[26]，免着我尸骸现。要甚么素车白马[27]，断送出古陌荒阡[28]！

（正旦再跪科，云）大人，我窦娥死的委实冤枉，从今以后，着这楚州亢旱三年。（监斩官云）打嘴，那有这等说话！（正旦唱）

〔**一煞**〕 你道是天公不可期，人心不可怜，不知皇天也肯从人愿。做甚么三年不见甘霖降，也只为东海曾经孝妇冤[29]。如今轮到你山阳县。这都是官吏每无心正法，使百姓有口难言。

（刽子做磨旗科，云）怎么这一会儿天色阴了也？（内做风科）（刽子云）好冷风也！（正旦唱）

〔**煞尾**〕 浮云为我阴，悲风为我旋，三桩儿誓愿明题遍。（做哭科，云）婆婆也，直等待雪飞六月，亢旱三年呵，（唱）那其间才把你个屈死的冤魂这窦娥显。

(刽子做开刀)(正旦倒科)(监斩官惊云)呀,真个下雪了,有这等异事!(刽子云)我也道平日杀人,满地都是鲜血。这个窦娥的血都飞在那丈二白练上,并无半点落地,委实奇怪。(监斩官云)这死罪必有冤枉。早两桩儿应验了,不知亢旱三年的说话,准也不准?且看后来如何。左右,也不必等待雪晴,便与我抬他尸首,还了那蔡婆婆去罢。(众应科,抬尸下)

【注释】

① 外:杂剧角色"外末"、"外旦"、"外净"的省称,这儿指"外末",是指"正末"以外的次要角色。

② 做公的:衙门里的皂隶。

③ 磨旗:挥动旗子开路。

④ 行动些:快些走。

⑤ 正宫:宫调名。元北曲中剧曲、散曲都有不同的宫调,一般用到的是六宫十一调,常用者只有五宫四调,通称"九宫"。端正好:与下面的"滚绣球"、"倘秀才"、"叨叨令"、"快活三"、"鲍老儿"、"耍孩儿"、"二煞"、"一煞"、"煞尾"都是北曲曲牌名。

⑥ 森罗殿:迷信的说法,指阴间阎王审案的厅堂,又称阎罗殿,阎王殿。

⑦ "怎不"句:怎能不埋怨天地?

⑧ "可怎生"句:可怎么看错了坏人和好人。盗跖,春秋时"大盗"柳下跖,后代作为坏人的代称。颜渊,孔子的学生,贫而好学,后代作为好人的代称。

⑨ 误了时辰:古代斩犯人限定时辰。

⑩ 哥哥行:哥哥那里。行(háng),指示处所的助词,一般用在人称名词后边。

⑪ 也么哥:语助词,无义,能加强语气。依曲律这两句都有这三字。

⑫ 瀽(jiǎn):倒,泼。这里指浇奠酒浆,祭供饭菜。

⑬ 一陌儿:一百张(纸钱)。陌,通"百"。

⑭ 葫芦提:糊里糊涂,不明不白。罪愆(qiān):罪过。

⑮ 干家缘:料理家务。

⑯ 烈:焚烧。

⑰ 荐:这里指祭奠。

⑱ 白练:白绸子。

⑲ 打甚么不紧:没什么要紧。

⑳ 无头愿:没头没脑的誓愿。

㉑ "也不"句:也就显不出这深远湛蓝的天是不可欺的。

㉒ 苌弘化碧:苌弘是传说中周朝的忠臣。碧是青绿色的宝石。《庄子·外物》:"苌弘死于蜀,藏其血,三年而化为碧。"

㉓ 望帝啼鹃:蜀王杜宇号望帝,为其臣逼迫而逊位,其魂化为杜鹃,啼声凄厉。见《华阳国志·蜀志》。

㉔ 暄:暖。

㉕ "岂不闻"句:邹衍是战国时燕国的忠臣,相传他被诬下狱,曾仰天大哭,时值盛夏,居然感动上天而降霜。后来,"六月飞霜"成为冤狱的代称。

㉖ 六出冰花:指雪。雪是六瓣晶体。

㉗ 素车白马:东汉时,范式乘白车白马去为好友张劭吊丧。后人便以"素车白马"借指吊丧送葬。

㉘ 断送:这里指发送、葬送。

㉙ 东海曾经孝妇冤:事见《汉书·于定国传》。东海有一孝妇,少寡亡子,婆婆劝其改嫁,她为了照顾婆婆矢志不嫁。婆婆不愿拖累她,就上吊而死。小姑不明真相告官,问官不察,竟将孝妇问斩。据《搜神记》所载,孝妇名周青,临刑时,指着身边竹竿对人说:"青若有罪愿杀,血当顺下;青若枉死,血当逆流。"后来果然应验,而东海地方也因此大旱三年。后于定国为之申雪,天方下雨。

单刀会

第四折

【题解】 本篇选自《全元戏曲》第一卷。原作四折,这里选的是第四折。这是一个优秀的历史剧,主要写鲁肃为了索取荆州,摆下"鸿门宴",请关羽赴宴,准备以武力劫持。关羽明知山有虎,偏向虎山行,只带了周仓等少数随从,单刀赴宴。在宴会上,关羽义正辞严地驳斥了对方的无理要求,揭露了鲁肃的不良用心,运用机智使东吴不敢轻举妄动,终于从容胜利返回。此剧集中塑造了关羽这个人民喜爱的三国英雄人物,英风豪气,在剧本中充分表现出来。本折主要写关羽在宴会上跟鲁肃斗争的情景,是全剧的高潮部分。

(鲁肃上,云)欢来不似今朝,喜来那逢今日?小官鲁子敬是也。我使黄文持书去请关公,欣喜许今日赴会。荆襄地合归还俺江东。英雄甲士已暗藏壁衣之后,令江上相候,见船到便来报我知道。(正末关公引周仓上,云)周仓,将到那里也?(周云)来到大江中流也。(正末云)看了这大江,是一派好水也呵!(唱)

〔双调·新水令[①]〕 大江东去浪千叠,引着这数十人驾着这小舟一叶。又不比九重龙凤阙,可正是千丈虎狼穴。大丈夫心别,我觑这单刀会似赛村社[②]。

(云)好一派江景也呵!(唱)

〔驻马听〕 水涌山叠,年少周郎何处也?不觉的灰飞烟灭,可怜黄盖转伤嗟。破曹的樯橹一时绝,鏖兵的江水犹然热[③]。好教我情惨切!(云)这也不是江水,(唱)二十年流不尽的英雄血。

(云)却早来到也,报复去[④]。(卒报科)(做相见科)(鲁云)江下小会,酒非洞里之长春[⑤],乐乃尘中之菲艺[⑥]。猥劳君侯屈高就下[⑦],降尊临卑,实乃鲁肃之万幸也!(正末云)量某有何德能,着大夫置酒张筵?既请必至。(鲁云)黄文,将酒来。二公子满饮一杯。(正末云)大夫饮此杯。(把盏科)(正末)想古今咱这人过日月好疾也呵!(鲁云)过日月是好疾也。光阴似骏马加鞭,浮世似落花流水。(正末唱)

〔胡十八〕 想古今立勋业,那里也舜五人汉三杰[⑧]?两朝相隔数年别,不甫能见者[⑨],却又早老也。开怀的饮数杯,(云)将酒来。(唱)尽心儿待醉一夜。

(把盏科)(正末云)你知"以德报德,以直报怨"么[⑩]?(鲁云)既然将军言"以德报德,以直报怨",借物不还者谓之"怨",想君侯文武全才,通练兵书,习《春秋左传》,济拔颠危,匡扶社稷,可不谓之仁乎?待玄德如骨肉,觑曹操若仇雠,可不谓之义乎?辞曹归汉,弃印封金,可不谓之礼乎?坐服于禁,水淹七军[⑪],可不谓之智乎?且将军仁、义、礼、智俱足,惜乎止少个"信"字,欠缺未完。若再得全个"信"字,无出君侯之右也!(正末云)我怎生失信?(鲁云)非将军失信,皆因令兄玄德公失信。(正末云)我哥哥怎生失信来?(鲁云)想昔日玄德公败于当阳之上,身无所归,因鲁肃之故,屯军三江夏口。鲁肃又与孔明同见我主公,即日兴师拜将,破曹兵于赤壁之间。江东所费巨万,又折了首将黄盖。因将军贤昆玉无尺寸之地[⑫],暂借荆州以为养军之资,数年不还。今日鲁肃低情曲意,暂取荆州,以为救民之急。待仓廪丰盈,然后再献与将军掌领。鲁肃不敢自专,君侯台鉴不错[⑬]。(正末云)你请我吃筵席来那,是索荆州来?(鲁云)没,没,没……我则这般道。孙刘结亲以为唇齿,两国正好和谐。(正末唱)

〔庆东原〕 你把我真心儿待,将筵宴设,你这般攀今览古,分甚枝叶?我跟前使不着你"之乎者也""诗云子曰",早该豁口截舌[⑭]。有意说孙刘,你休目下翻成吴越[⑮]。

(鲁云)将军原来傲物轻信!(正末云)我怎么"傲物轻信"?(鲁云)当日孔明亲

言："破曹之后，荆州即还江东。"鲁肃亲为代保。不思旧日之恩，今日恩变为仇，犹自说"以德报德，以直报怨"。圣人道："信近于义，言可复也[16]。""去食去兵，不可去信[17]。""大车无輗，小车无軏，其何以行之哉[18]？"今将军全无仁义之心，枉作英雄之辈。荆州久借不还，却不道"人无信不立"！（正末云）鲁子敬，你听的这剑戒么[19]？（鲁云）剑戒怎么？（正末云）我这剑戒：头一遭诛了文丑，第二遭斩了蔡阳。鲁肃呵，莫不第三遭到你也？（鲁云）没，没……我则这般道来。（正末云）这荆州是谁的？（鲁云）这荆州是俺的。（正末云）你不知道，听我说。（唱）

〔沉醉东风〕 想着俺汉高皇图王霸业，汉光武秉正除邪。汉王允将董卓诛，汉皇叔把温侯灭[20]。俺哥哥合承受汉家基业。则你这东吴国的孙权，和俺刘家却是甚枝叶[21]？请你个不克己先生自说[22]！

（鲁云）那里甚么响？（正云）这剑戒二次也！（鲁云）却怎么说？（正云）这剑按天地之灵，金火之精，阴阳之气，日月之形。藏之则神鬼遁迹，出之则魑魅潜踪。喜则恋鞘沉沉而不动，怒则跃匣铮铮而有声。今朝席上，倘有争锋，恐君不信，拔剑施呈。吾当摄剑[23]，鲁肃休惊！这剑果有神威不可当，庙堂之器岂寻常。今朝索取荆州事，一剑先交鲁肃亡。（唱）

〔雁儿落〕 则为你三寸不烂舌，恼犯我三尺无情铁。这剑饥餐上将头，渴饮仇人血。

〔得胜令〕 则是条龙向鞘中蛰[24]，唬得人向坐间呆。今日故友每才相见，休是俺弟兄每相间别[25]。鲁子敬听着，你心内休乔怯[26]。畅好是随邪[27]，休怪我十分酒醉也。

（鲁云）臧宫动乐。（臧宫上，云）天有五星，地攒五岳。人有五德，乐按五音。五星者：金木水火土。五岳者：常、恒、泰、华、嵩。五德者：温良恭俭让。五音者：宫商角徵羽[28]。（甲士拥上科）（鲁云）埋伏了者！（正末击案，怒云）有埋伏也无埋伏？（鲁云）并无埋伏。（正末云）若有埋伏，一剑挥之两段！（做击案科）（鲁云）你击碎菱花[29]……（正云）我特来破镜[30]！（唱）

〔搅筝琶〕 却怎生闹炒炒军兵列，上来的休遮莫当拦截！（云）当着我的，呵呵！（唱）我着他剑下身亡，目前流血。便有那张仪口蒯通舌[31]，休那里躲闪藏遮。好生的送我到船上者，我与你慢慢的相别。

（鲁云）你去了倒是一场伶俐[32]。（黄文云）将军，有埋伏哩！（鲁云）迟了我的也，（关平领众将上，云）请父亲上船，孩儿每来迎接哩。（正末云）鲁肃，休惜殿后[33]。（唱）

〔离亭宴带歇指煞〕 我则见紫袍银带公人列[34]，晚天凉风冷芦花谢，我心中喜悦。昏惨惨晚霞收，冷飕飕江风起，急飐飐云帆扯。承管待承管待，多承谢多承谢。唤梢公慢者，缆解开岸边龙，船分开波中浪，棹搅碎江心月。正欢娱有甚进退，且谈笑不分明夜[35]。说与你两件事先生记者：百忙里称不了老兄心，急切里倒不了俺汉家节。（下）

【注释】

① 双调：宫调名。新水令：与下面的"驻马听"、"胡十八"、"庆东原"、"沉醉东风"、"雁儿落"、"得胜令"、"搅筝琶"、

“离亭宴带歇指煞”都是北曲曲牌名,“离亭宴带歇指煞”是带过曲,由两支小令合成。

② 赛村社:民间自行组织表演技艺的团体,常在节日进行演出竞赛,称赛村社。

③ 犹然:仍然,依然。

④ 报复:回报,禀报。

⑤ “酒非”句:意指这里没有好酒。长春,美酒名。

⑥ “乐乃”句:意指这里也没有精彩的音乐歌舞等技艺。尘中,世俗的。菲艺,菲薄的技艺,不像样的技艺。

⑦ 猥劳:辱劳,有劳。猥,谦词。

⑧ 舜五人:舜手下的五位贤臣:禹、弃、契、皋陶、后夔。汉三杰:辅佐刘邦定天下的张良、萧何、韩信。

⑨ 不甫能:好不容易。

⑩ 以德报德,以直报怨:语出《论语·宪问》。意为应当以恩德来报答别人对你的好处,以公正的态度来对待别人的怨恨。

⑪ “坐服”二句:曹操曾派于禁统领七路兵马,攻打樊城,庞德为先锋,后来关羽决襄江之水淹了七军,生擒庞德。

⑫ 贤昆玉:对别人兄弟的美称。

⑬ 台鉴不错:您裁夺得很对。台,敬词,您,尊驾。鉴,审察。

⑭ 豁口截舌:割开嘴,截断舌头。意为怪他多嘴,讲了不该讲的话。

⑮ 吴越:敌国,对头。因春秋时吴、越是两个敌对的国家。

⑯ 信近于义,言可复也:语见《论语·学而》。意为所守的约言符合义,说的话就能兑现。

⑰ 去食去兵,不可去信:语见《论语·颜渊》。原文是说,对于人民来说,兵、食、信三者,不得已要去其二,应去兵、食。意思是说,对于人民来说,守信用最为重要。

⑱ “大车”三句:语见《论语·为政》,其前还有“人而无信,不知其可也”两句。整段话的意思是:作为一个人,却不讲信誉,不知那怎么可以。譬如大车子没有安横木的輗,小车子没有安横木的軏,如何能走呢?輗(ní)、軏(yuè),车前横木上的关键。

⑲ 剑戒:指宝剑鸣响。

⑳ 温侯:指吕布。吕布原为董卓部将,后为曹操、刘备所擒杀。

㉑ 枝叶:瓜葛,这里指亲属关系。

㉒ 不克己:不肯吃亏。

㉓ 摄剑:拔剑。

㉔ 蛰:冬眠,这儿指藏匿不出。

㉕ 间别:离间,断绝。

㉖ 乔怯:假装害怕。

㉗ 随邪:歪邪,不正经。

㉘ 宫商角徵羽:古代对尊敬人物的名字应避讳,现在居然对“羽”字不避讳,当臧宫念到“羽”字时,甲士拥上,这显然是个暗号,是对关羽的大不敬。

㉙ 菱花:指镜子,因古代铜镜背面多菱花图案。

㉚ 破镜:喻示决裂之意。又鲁肃字子敬,“敬”与“镜”谐音,直呼此音,也不避讳,以牙还牙。

㉛ 张仪口,蒯(kuǎi)通舌:张仪是战国时辩士,蒯通为汉代辩士,两人皆能言善辩,故称。

㉜ 伶俐:此处作干净利落讲。

㉝ “鲁肃”二句:关羽命令鲁肃在后面护送。殿,部队的后军。

㉞ 紫袍银带:都是古代官员服饰,借代高级官员。公人列:官员们排成队。

㉟ 不分明夜:不分白天和黑夜。

第三节　马致远和王实甫

马致远,号东篱,大都(今北京)人。元戏曲和散曲作家。与关汉卿、郑光祖、白朴合称“元曲四大家”。

他的生卒年约为1250—1321年。因张可久生于1270年左右,所作散曲〔双调·庆东原〕已称马致远为先辈,故马致远生年当在1250年左右。又因至治元年(1321),马致远还作有〔中吕·粉蝶儿〕《至治华夷》套曲,而周德清于泰定元年(1324)所写的《中原音韵序》中说到马致远等名公已死,故他的卒年当在1321—1324年之间。

马致远早年曾努力追求过功名,可能多次碰壁,遭到失败,他在〔南吕·金字经〕中发出慨叹:“夜来西风里,九天雕鹗飞。困煞中原一布衣。悲!故人知不知?登楼意,恨无上天梯。”经过多次努力，大约在三十五六岁时，当过江浙省务提举之类小官。但他终于忍受不了仕途的挫折、官场的倾轧，约在五十岁左右，看破红尘，退居山林，过了二十多年隐逸生活。在元贞、大德年间(1295—1307)，他在杭州参加了"元贞书会"，跟艺人花李郎、红字李二等一起编剧，成了著名的杂剧作家。

马致远一生著有杂剧十六种，今存七种：《破幽梦孤雁汉宫秋》、《江州司马青衫泪》、《半夜雷轰荐福碑》、《开坛阐教黄粱梦》(与李时中、花李郎、红字李二合著)、《吕洞宾三醉岳阳楼》、《马丹阳三度任风子》、《西华山陈抟高卧》。另有《刘阮误入桃源洞》第四折残曲。

马致远的杂剧贯串着对现实的批判精神，如《荐福碑》揭露当时的社会是："这壁拦住贤路，那壁又挡住仕途。如今这越聪明越受聪明苦，越痴呆越享了痴呆福，越糊涂越有了糊涂富。则这有银的陶令不休官，无钱的子张学干禄。"

马致远杂剧以"神仙道化剧"为主，上列七种的后四种即是，所以元人称他为"马神仙"。这一方面反映了马致远消极遁世的处世态度，但另一方面也反映了他对现实的愤慨与绝望。马致远对现实采取强烈的否定态度，他在杂剧中所颂扬的是一些儒生、道士与隐者。他的思想在元代具有代表性，对后世影响很大。他对是非不分、贤愚不辨的社会现象感到十分愤慨，乃至绝望，于是便企图从修真养性、隐居乐道中寻找精神寄托。他的消极情绪极为明显，但在悲凉的思绪中，回荡着难以遏制的激怒，这就造成一种悲凉豪放的风格特征。明朱权《太和正音谱》论述他的曲词风格说："马东篱之词，如朝阳鸣凤。其词典雅清丽……有振鬣长鸣、万马皆喑之意。又若神凤飞鸣于九霄，岂可与凡鸟共语哉?"这一点在其代表作《汉宫秋》中表现尤其突出。

马致远的散曲也有颇高成就，今存小令一百十五首，套数十六套，残套七篇。他的散曲，风格豪放，技巧高超，曾被人誉为元曲第一。套曲数〔双调·夜行船〕《秋思》为第一，小令以〔越调·天净沙〕《秋思》为第一，后人誉之为"秋思之祖"。

王实甫，一作王实父，名德信，大都(今北京)人，以字行。元杂剧作家。王国维根据《丽春堂》杂剧"谱金完颜某事"，剧末有"早先声把烟尘扫荡，从今后四方八荒万邦，齐仰贺当今皇上"，认为王实甫是由金入元的人。隋树森《全元散曲》也认为王实甫"约与关汉卿同时"。这个说法大体是可信的。

明陆采叙《南西厢》提到："逮金董解元演为《西厢记》，元初盛行……至都事王实甫，易为套数。"而王实甫〔商调·集贤宾〕《退隐》套曲中也写到"想着那红尘黄阁昔年羞，到如今白发青衫此地游"。可见王实甫早年确实当过都事之类中级官吏，由于仕途坎坷，后来便归隐了。又据贾仲明为王实甫所作〔凌波仙〕吊词云："风月营，密匝匝列旌旗。莺花寨，明飐飐排剑戟。翠红乡，雄纠纠施谋智。作词章，风韵美。"可见王实甫晚年也跟关汉卿一样，跟戏剧艺人打成一片。

王实甫共作杂剧十四种，今存《崔莺莺待月西厢记》、《四丞相歌舞丽春堂》、《吕蒙正风雪破窑记》三种，《韩彩云丝竹芙蓉亭》与《苏小卿月夜贩茶船》各存残曲一折。散曲方面，仅存小令一首，套数二套，残曲一套。

《西厢记》不仅是王实甫的代表作，而且是整个元代杂剧中最优秀的剧目之一。《西厢记》批判了婚姻爱情中的封建门阀观念，对张生和莺莺的爱情作了热烈的歌颂，塑造了张生、莺莺、红娘、老夫人等典型形象。它改变了元杂剧一本四折的传统格式，而创造性地运用了五本联套的格式。它情节曲折，波澜迭起，悬念丛生，引人入胜；心理描写细致深刻，曲折入微。它的曲词华美，具有诗的意境。朱权《太和正音谱》评王实甫的曲词"如花间美人"，又称其"铺叙委婉，深得骚人之趣。极有佳句，若玉环之出浴华清，绿珠之采莲洛浦”。

马致远

汉 宫 秋

第三折

【题解】 本篇选自《全元戏曲》卷二。原作四折，这里选的是第三折。《汉宫秋》是马致远的代表作。此剧改变了历史上有关昭君和番的情节，以汉王朝和匈奴之间的民族矛盾为背景，以汉元帝和王昭君的爱情为重点，描写了在民族矛盾十分尖锐的情况下，呼韩邪单于按照毛延寿所献美人图索取昭君为阏氏，满朝文臣武将均束手无策，而昭君为了“得息刀兵”，使两国和好，便挺身而出，愿去和番，表现出满腔的爱国热情。结果昭君来到汉番交界处的黑龙江边时，乘祭奠之机跳江自杀了。呼韩邪单于发现自己上了毛延寿的当，痛恨他挑起祸衅，破坏了两国关系，便派人将他绑送汉朝治罪，“依旧与汉朝结和，永为甥舅”。最后，毛延寿落得个身败名裂的可耻下场。

本折，写昭君出塞那天，汉元帝亲自到灞陵桥上饯别，与昭君难分难舍的情景。

《汉宫秋》是以浓郁的抒情取胜的，第三折更能体现这种特色。尤其是最后四支曲辞，一气呵成，连成了一片，情景交融，音韵铿锵，节奏鲜明，文情并茂，构成了一幅绝妙的出塞图。清梁廷枏《曲话》赞美此剧曲词说：“写景写情，当行出色，元曲中第一义也。”

（番使拥旦上，奏胡乐科）（旦云）妾身王昭君，自从选入宫中，被毛延寿将美人图点破，送入冷宫。甫能得蒙恩幸①，又被他献与番王形像②。今拥兵来索，待不去，又怕江山有失；没奈何将妾身出塞和番。这一去，胡地风霜，怎生消受也！自古道：“红颜胜人多薄命，莫怨春风当自嗟③。”（驾引文武内官上④，云）今日灞桥饯送明妃⑤，却早来到也。（唱）

〔**双调·新水令**⑥〕 锦貂裘生改尽汉宫妆，我则索看昭君画图模样。旧恩金勒短，新恨玉鞭长⑦。本是对金殿鸳鸯，分飞翼怎承望⑧！

（云）您文武百官计议，怎生退了番兵，免明妃和番者。（唱）

〔**驻马听**〕 宰相每商量，大国使还朝多赐赏。早是俺夫妻悒怏⑨，小家儿出外也摇装⑩。尚兀自渭城衰柳助凄凉⑪，共那灞桥流水添惆怅⑫。偏您不断肠，想娘娘那一天愁都撮在琵琶上。

（做下马科）（与旦打悲科）（驾云）左右慢慢唱者，我与明妃饯一杯酒。（唱）

〔**步步娇**〕 您将那一曲阳关休轻放⑬，俺咫尺如天样⑭。慢慢的捧玉觞⑮，朕本意待尊前挨些时光。且休问劣了宫商⑯，您则与我半句儿俄延着唱。

（番使云）请娘娘早行，天色晚了也。（驾唱）

〔**落梅风**〕 可怜俺别离重，你好是归去的忙。寡人心先到他李陵台上⑰，回头儿却才魂梦里想，便休题贵人多忘⑱。

（旦云）妾这一去，再何时得见陛下？把我汉家衣服都留下者。正是：今日汉宫人，明朝胡地妾⑲。忍着主衣裳，为人作春色⑳。（留衣服科）（驾唱）

〔**殿前欢**〕 说什么留下舞衣裳，被西风吹散旧时香㉑。我委实怕宫车再过青苔巷，猛到椒房㉒。那一会想菱花镜里妆，风流相，兜的又横心上㉓。看今日昭君出塞，几时似苏武还乡㉔？

(番使云)请娘娘行罢,臣等来多时了也。(驾云)罢罢罢!明妃,你这一去,休怨朕躬也[25]。(做别科,驾云)我那里是大汉皇帝!(唱)

〔**雁儿落**〕 我做了别虞姬楚霸王[26],全不见守玉关征西将[27]。那里取保亲的李左车,送女客的萧丞相[28]?

(尚书云)陛下不必挂念。(驾唱)

〔**得胜令**〕 那里也架海紫金梁[29]?枉养着那边庭上铁衣郎[30]。您也要左右人扶侍,俺可甚糟糠妻不下堂[31]?您但提起刀枪,却早小鹿儿心头撞[32]。今日央及煞娘娘[33],怎做的男儿当自强!

(尚书云)陛下,咱回朝去罢。(驾唱)

〔**川拨棹**〕 怕不待放丝缰,咱可甚鞭敲金镫响[34]。你管燮理阴阳[35],掌握朝纲。治国安邦,展土开疆。假若俺高皇,差你个梅香[36]。背井离乡,卧雪眠霜。若是他不恋恁春风画堂[37],我便官封你一字王[38]。

(尚书云)陛下不必苦死留他,着他去了罢。(驾唱)

〔**七弟兄**〕 说甚么大王、不当、恋王嫱,兀良[39],怎禁他临去也回头望!那堪这散风雪旌节影悠扬,动关山鼓角声悲壮[40]。

〔**梅花酒**〕 呀!俺向着这迥野悲凉[41]。草已添黄,兔早迎霜[42]。犬褪得毛苍,人搠起缨枪。马负着行装,车运着糇粮[43],打猎起围场[44]。他他他,伤心辞汉主;我我我,携手上河梁[45]。他部从入穷荒,我銮舆返咸阳。返咸阳,过宫墙;过宫墙,绕回廊;绕回廊,近椒房;近椒房,月昏黄;月昏黄,夜生凉;夜生凉,泣寒螀[46];泣寒螀,绿纱窗;绿纱窗,不思量!

〔**收江南**〕 呀!不思量除是铁心肠,铁心肠也愁泪滴千行。美人图今夜挂昭阳[47],我那里供养,便是我高烧银烛照红妆[48]。

(尚书云)陛下回銮罢,娘娘去远了也。(驾唱)

〔**鸳鸯煞**〕 我则索大臣行说一个推辞谎[49],又则怕笔尖儿那火编修讲[50]。不见他花朵儿精神,怎趁那草地里风光?唱道伫立多时[51],徘徊半晌。猛听的塞雁南翔,呀呀的声嘹亮。却原来满目牛羊,是兀那载离恨的毡车半坡里响[52]。(下)

(番王引部落拥昭君上,云)今日汉朝不弃旧盟,将王昭君与俺番家和亲。我将昭君封为宁胡阏氏[53],坐我正宫。两国息兵,多少是好。众将士,传下号令,大众起行,望北而去。(做行科)(旦问云)这里甚地面了?(番使云)这是黑龙江[54],番汉交界去处。南边属汉家,北边属我番国。(旦云)大王,借一杯酒,望南浇奠,辞了汉家,长行去罢。(做奠酒科,云)汉朝皇帝,妾身今生已矣,尚待来生也。(做跳江科)(番王惊救不及,叹科,云)嗨!可惜,可惜!昭君不肯入番,投江而死。罢罢罢!就葬此江边,号为青冢者[55]。我想来,人也死了,枉与汉朝结下这般仇隙,都是毛延寿那厮搬弄出来的。把都儿[56],将毛延寿拿下,解送汉朝处治。我依旧与汉朝结和,永为甥舅,却不是好?(诗云)则为他丹青画误了昭君,背汉主暗地私奔。将美人图又来哄我,要索取出塞和亲。岂知道投江而死,空落的一见消魂。似这等奸邪逆贼,留着他终是祸根。不如送他去汉朝哈喇[57],依还的

甥舅礼两国长存。(下)

【注释】

① "甫能"句谓刚刚取得皇帝的宠幸。

② 形像:指画像、图像。

③ "红颜"二句:为欧阳修《再和明妃曲》中的诗句。

④ 驾:在元杂剧中专指帝王。

⑤ 明妃:晋石崇《明君词·序》曰:"王明君者,本为王昭君,以触文帝(按指司马昭)讳改焉。"

⑥ 双调:宫调名。新水令:与下面的"驻马听"、"步步娇"、"落梅风"、"殿前欢"、"雁儿落"、"得胜令"、"川拨棹"、"七弟兄"、"梅花酒"、"收江南"、"鸳鸯煞"都是北曲曲牌名。

⑦ "旧恩"二句:已过去的恩爱像马笼头一样短,新出现的离恨像马鞭一样长。

⑧ 怎承望:怎么能料到?

⑨ 早是:本来已是。悒怏:郁郁不欢。

⑩ 摇装:亦写成"遥装"、"遥妆"。沈约《却出东门行》:"摇装非短晨,还歌岂明发?"明代姜准《岐海琐谈》说,远行的人选好吉日出门,亲友们在江边饯行,船移动后并不立即出发,依然返回,另日再出发。这种风俗,叫做"遥妆"。

⑪ 尚兀自:还能够。渭城衰柳:王维《送元二使安西》有句云:"渭城朝雨浥轻尘,客舍青青柳色新。"

⑫ 灞桥:在陕西长安县东二十五里,唐人常于此送别,故又名销魂桥。

⑬ 一曲阳关:后人将王维《送元二使安西》诗谱为《阳关三迭》曲,因诗中后两句是"劝君更尽一杯酒,西出阳关无故人"。

⑭ 咫尺如天样:用咫尺天涯来暗喻难分难舍,行一步都极其困难。

⑮ 玉觞:玉制的酒杯。

⑯ 劣了宫商:音调不协。宫商,代宫、商、角、徵、羽五音。

⑰ 李陵台:在今内蒙波罗城。

⑱ 题:同"提"。

⑲ "今日"二句:李白《王昭君》中诗句。

⑳ "忍着"二句:陈师道《妾薄命》中诗句。

㉑ "被西风"句:元代诗人元淮《昭君出塞》以此句入诗(去掉第一字)。

㉒ 椒房:用椒泥涂壁的皇后居室。

㉓ 兜的:突然地。

㉔ 苏武还乡:苏武出使匈奴,匈奴逼他投降,他坚不屈服,被囚十九年,始得回国。事见《汉书·苏武传》。

㉕ 朕躬:第一人称代词,皇帝专用。

㉖ 我做了句:我像项羽在垓下被围、四面楚歌、凄凉地跟虞姬诀别一样。

㉗ 守玉关征西将:把守玉门关的班超。

㉘ "那里"二句:汉文帝讽刺那些文武大臣们,除了保亲送女客外,一无用处。

㉙ "那里也"句:哪里有架海金梁呢? 比喻无得力的将相。

㉚ 边庭上铁衣郎:穿铁甲的守边将士。

㉛ 糟糠妻:共患难的妻子。汉光武帝想把湖阳公主嫁给宋弘,要他先休掉妻子。宋弘说:"贫贱之交不可忘,糟糠之妻不下堂。"

㉜ "却早"句:谓心里似有小鹿在乱撞,形容心情紧张。

㉝ 央及:连累,同"殃及"。

㉞ "咱可"句:形容凯旋而归的气概。

㉟ 燮理阴阳:指大臣治理国家。

㊱ 梅香:婢女代称。

㊲ 恁:如此,这样。

㊳ 一字王:最高的爵位。辽代封王用一个字的,地位最尊,如赵王。汉代无此制度,这是借用。

㊴ 兀良:蒙古语译音,是"天啊"、"我的乖乖"之类惊诧词。

㊵ "那堪"二句:杜甫《阁夜》诗:"五更鼓角声悲壮,三峡星河影动摇。"曲中化用其意。

㊶ 迥野:辽阔的原野。

㊷ "草已"二句:时已深秋。

㊸ 糇(hóu)粮:干粮。

㊹ "打猎"句:打猎的撤起了围场。

㊺ "携手"句:《文选·李少卿与苏武诗》:"携手上河梁,游子暮何之。"表示惜别之意。

㊻ 寒螀(jiāng):寒蝉。

㊼ 昭阳:宫殿名,常是皇后所居。

㊽ 高烧银烛照红妆:苏轼《海棠》诗中名句。

㊾ 推辞谎:推托的话。

㊿ 火:同"伙"。编修:编写国史的官员。

(51) 唱道:一作"畅道",正是,真是。

(52) 毡车:游牧民族用毡作篷的车子,多为贵族妇女所乘坐。

(53) 阏氏(yān zhī):匈奴皇后。

(54) 黑龙江:应指黑河。

(55) 青冢:王昭君墓,在今呼和浩特市南,因墓多长青草,故名。

㊻ 把都儿：蒙古语，勇士。

㊼ 哈喇：蒙古语，杀。

〔越调〕天净沙[①]

秋　　思

【题解】 本篇选自《中原音韵》卷下。这首被誉为"秋思之祖"（元周德清《中原音韵·小令定格》）的散曲小令，所写虽是传统题材，但由于诗人构思新颖独特，表现手法和敷彩设色的手段又与众不同，所以成为元曲小令中脍炙人口的精品。此曲开头三句，不用一个动词或其他联系词语，只将九种典型景物很精炼地组合在一起，强烈地渲染出萧瑟孤寂、冷落荒漠的晚秋气氛，给漂泊在天涯的断肠人酿造一个典型环境，接着点明时间是"夕阳西下"的黄昏，又加上凄暗的色彩，最后出现中心形象，水到渠成地完成了整个艺术构思。

枯藤老树昏鸦，小桥流水人家，古道西风瘦马[②]。夕阳西下，断肠人在天涯[③]。

【注释】

① 越调：宫调名。天净沙：北曲曲牌名。

② 古道：古老荒凉的小路。

③ 断肠人：这里指漂泊天涯、内心极其伤感的游子。

王实甫

西　厢　记

长亭送别

【题解】 本篇选自《全元戏曲》卷二。原作五本二十一折，这里选的是第四本第三折，标题是后加的。《西厢记》是中国古典爱情剧中的杰作。它的故事情节，来源于唐代著名传奇元稹的《莺莺传》，跟金代董解元《西厢记诸宫调》有更密切的关系。书生张珙与相国小姐崔莺莺在普救寺一见钟情，但碍于封建礼教，两人无法见面。正巧叛将孙飞虎带兵围寺，索取莺莺，情况十万火急，老夫人声言谁能解除这个危难就将小姐许配他为妻。张生靠友人白马将军杜确的帮助，解除了围寺之危，而老夫人又借口小姐早已许配给郑恒为妻而赖婚，要莺莺与张生认作兄妹，使得张生因此相思成疾。由于丫鬟红娘从中撮合、帮助，莺莺经过激烈的思想斗争，终于冲破了封建礼教大防，与张生自由结合了。老夫人出于无奈，只得被迫同意他们的婚事，但又强调相国门中从来不招白衣女婿，强迫张生上京应试。张生经过奋斗，考中状元，最后与莺莺团圆。此剧抛弃了《莺莺传》中"时人多许张为善补过者"的糟粕，改变了张生忍情弃莺莺的悲剧情节，将传奇中莺莺与张生的矛盾冲突改为老夫人、郑恒为一方，莺莺、张生、红娘为另一方的矛盾冲突，使剧本的思想性大大提高了，从"忍情补过"一跃而为反抗封建礼教，追求个性解放，显示了质的飞跃。在这转变过程中，《西厢记诸宫调》起了极大的作用。

《西厢记》关目紧凑，剧情波澜起伏，引人入胜；人物性格鲜明生动，对人物心理活动的描写细腻深刻、微妙逼肖、入木三分；曲词清丽华美，抒情气氛极浓，具有诗情画意。因此几百年来传演不衰，影响深远，如今已是家喻户晓。

《西厢记》对元杂剧一本四折、由一个角色演唱到底的体例作了大胆改革，不仅篇幅大为增加，而且末、旦甚至副角都可演唱。这就大大推进了元杂剧向明清传奇迅速发展。

本折写张生与莺莺私合后，老夫人逼迫他进京赶考，莺莺在长亭给张生饯行，通过词采缤纷、情景交融、流畅圆美的一支支曲辞，倾吐出她的痛苦、怨恨、满腔希望和缠绵不已的复杂心情，成为《西厢记》中最为脍炙人口的片段。

（夫人、长老上云[①]）今日送张生赴京，十里长亭[②]，安排下筵席；我和长老先行，不见张生、小姐来到。（旦、末、红同上）（旦云）今日送张生上朝取应，早是离人伤感，况值那暮秋天气，好烦恼人也呵！悲欢聚散一杯酒，南北东西万里程。（唱）

〔正宫·端正好[3]〕 碧云天，黄花地[4]。西风紧，北雁南飞。晓来谁染霜林醉？总是离人泪。

〔滚绣球〕 恨相见得迟，怨归去得疾。柳丝长玉骢难系[5]，恨不倩疏林挂住斜晖。马儿迍迍的行[6]，车儿快快的随。却告了相思回避，破题儿又早别离[7]。听得道一声去也松了金钏，遥望见十里长亭减了玉肌。此恨谁知？

（红云）姐姐今日怎么不打扮？（旦云）你那知我的心哩？

〔叨叨令〕 见安排着车儿马儿不由人熬熬煎煎的气，有甚么心情花儿靥儿打扮的娇娇滴滴的媚[8]？准备着被儿枕儿则索昏昏沉沉的睡，从今后衫儿袖儿都揾湿做重重叠叠的泪[9]。兀的不闷杀人也么哥！兀的不闷杀人也么哥！久已后书儿信儿索与我凄凄惶惶的寄[10]。

（做到[11]，见夫人科）（夫人云）张生和长老坐，小姐这壁坐，红娘将酒来。张生，你向前来，是自家亲眷，不要回避。俺今日将莺莺与你，到京师休辱末了俺孩儿[12]，挣揣一个状元回来者[13]。（末云）小生托夫人余荫，凭着胸中之才，视官如拾芥耳[14]。（洁云[15]）夫人主张不差，张生不是落后的人。（把酒了，坐）（旦长吁科）（唱）

〔脱布衫〕 下西风黄叶纷飞，染寒烟衰草萋迷[16]。酒席上斜签着坐的[17]，蹙愁眉死临侵地[18]。

〔小梁州〕 我见他阁泪汪汪不敢垂[19]，恐怕人知。猛然见了把头低，长吁气，推整素罗衣。

〔幺篇〕 虽然久后成佳配，奈时间怎不悲啼[20]。意似痴，心如醉。昨宵今日，清减了小腰围。

（夫人云）小姐把盏者！（红递酒）（旦把盏长吁科，云）请吃酒！（唱）

〔上小楼〕 合欢未已，离愁相继。想着俺前暮私情，昨夜成亲，今日别离。我谂知这几日相思滋味[21]，却原来比别离情更增十倍。

〔幺篇〕 年少呵轻远别，情薄呵易弃掷。全不想腿儿相挨，脸儿相偎，手儿相携。你与俺崔相国做女婿妻荣夫贵[22]，但得一个并头莲煞强如状元及第[23]。

（夫人云）红娘把盏者！（红把酒科）（旦唱）

〔满庭芳〕 供食太急，须臾对面，顷刻别离。若不是酒席间子母每当回避，有心待与他举案齐眉[24]。虽然是厮守得一时半刻，也合着俺夫妻每共桌而食。眼底空留意，寻思起就里，险化做望夫石[25]。

（红云）姐姐不曾吃早饭，饮一口儿汤水。（旦云）红娘，甚么汤水咽得下！

〔快活三〕 将来的酒共食，尝着似土和泥。假若便是土和泥，也有些土气息泥滋味。

〔朝天子〕 暖溶溶玉醅，白泠泠似水，多半是相思泪[26]。眼面前茶饭怕不待要吃[27]，恨塞满愁肠胃。蜗角虚名，蝇头微利[28]，拆鸳鸯在两下里。一个这壁，一个那壁，一递一声长吁气[29]。

（夫人云）辆起车儿[30]，俺先回去，小姐随后和红娘来。（下）（末辞洁科）（洁云）此一行别无话儿，贫僧准备买登科录看[31]，做亲的茶饭少不得贫僧的。先生在意，鞍马上保重者！从今经忏无心礼，专听春雷第一声。（下）（旦唱）

〔四边静〕 霎时间杯盘狼籍，车儿投东，马儿向西。两意徘徊，落日山横翠。知他今宵宿在那里？有梦也难寻觅。

张生，此一行得官不得官，疾早便回来。（末云）小生这一去，白夺一个状元，正是:青霄有路终须到,金榜无名誓不归。(旦云)君行别无所赠,口占一绝,为君送行:"弃掷今何在,当时且自亲。还将旧来意,怜取眼前人[32]。"(末云)小姐之意差矣,张珙更敢怜谁?谨赓一绝[33],以剖寸心:"人生长远别,孰与最关亲?不遇知音者,谁怜长叹人?"(旦唱)

〔耍孩儿〕 淋漓襟袖啼红泪[34],比司马青衫更湿[35]。伯劳东去燕西飞[36],未登程先问归期。虽然眼底人千里,且尽生前酒一杯。未饮心先醉[37],眼中流血,心内成灰。

〔五煞〕 到京师服水土,趁程途节饮食,顺时自保揣身体[38]。荒村雨露宜眠早,野店风霜要起迟。鞍马秋风里,最难调护,最要扶持。

〔四煞〕 这忧愁诉与谁?相思只自知,老天不管人憔悴。泪添九曲黄河溢,恨压三峰华岳低[39]。到晚来闷把西楼倚,见了些夕阳古道,衰柳长堤。

〔三煞〕 笑吟吟一处来,哭啼啼独自归。归家若到罗帏里,昨宵个绣衾香暖留春住,今夜个翠被生寒有梦知。留恋你别无意,见据鞍上马,阁不住泪眼愁眉。

(末云)有甚言语嘱咐小生咱?(旦唱)

〔二煞〕 你休忧文齐福不齐[40],我只怕你停妻再娶妻[41]。你休要一春鱼雁无消息[42],我这里青鸾有信频须寄[43],你却休金榜无名誓不归。此一节君须记,若见了那异乡花草,再休似此处栖迟。

(末云)再谁似小姐?小生又生此念。(旦唱)

〔一煞〕 青山隔送行,疏林不做美,淡烟暮霭相遮蔽。夕阳古道无人语,禾黍秋风听马嘶。我为甚么懒上车儿内,来时甚急,去后何迟?

(红云)夫人去好一会,姐姐,咱家去!(旦唱)

〔收尾〕 四围山色中,一鞭残照里[44]。遍人间烦恼填胸臆,量这些大小车儿如何载得起[45]?

(旦、红下)(末云)仆童赶早行一程儿,早寻个宿处。泪随流水急,愁逐野云飞。(下)

【注释】

① 长(zhǎng)老:对佛寺中住持僧的尊称,这里指法本。

② 十里长亭:古代建在路旁供行人休息的亭子。《白孔六帖》:"十里一长亭,五里一短亭。"李白《菩萨蛮》:"玉阶空伫立,宿鸟归飞急。何处是归程?长亭更短亭。"

③ 正宫:宫调名。端正好:与下面的"滚绣球"、"叨叨令"、"脱布衫"、"小梁州"、"上小楼"、"满庭芳"、"快活三"、"朝天子"、"四边静"、"耍孩儿"、"五煞"、"四煞"、"三煞"、"二煞"、"一煞"、"收尾"都是北曲曲牌名。"幺篇"则是依前一曲牌再写一首或若干首。

④ "碧云"二句:化用范仲淹《苏幕遮》词"碧云天,黄叶地"句意。

⑤ 玉骢:马的美称,原指青白毛色的马。

⑥ 迍(tún)迍:行动迟缓的样子。

⑦ "却告了"二句:刚结束了相思,又开始了离别。破题儿,唐宋人称诗赋的开头为破题,引申为事情的开始。

⑧ 靥(yè)儿:面颊上的酒涡。古代妇女有在酒涡处施朱粉打扮的习惯。一说是指古代妇女面部妆点的一种花饰。

⑨ 揾(wèn):揩拭。

⑩ 索:须。凄凄惶惶:这里是勤勤、频频的意思。

⑪ 做到:剧中人做表示到达的动作。

⑫ 辱末:即辱没。

⑬ 挣揣:也写作"挣阘(chuài)",博取,夺取。

⑭ 如拾芥:像拾取小草那样容易,喻事情轻而易举,功名富贵唾手可得。

⑮ 洁云:指法本和尚说。元代俗称和尚为洁郎,"洁"为洁郎的省称。

⑯ 衰草萋迷：枯草遍地，景象凄清。

⑰ 斜签着坐的：斜插着坐的那个人，指张生。因面对着长辈老夫人，是晚辈侍坐的一种姿势。

⑱ 死临侵地：死气沉沉，憔悴无力。

⑲ 阁泪汪汪不敢垂：强忍住泪水不让它掉落下来。宋代某妓《鹧鸪天》词："尊前只恐伤郎意，阁泪汪汪不敢垂。"

⑳ 奈时间：无奈眼前这个时候。

㉑ 谂知：深知，熟知。

㉒ 妻荣夫贵：夫荣妻贵是封建社会中的普遍现象和观念。如今崔氏门第高，自己已是相国小姐，张生不必上京赶考，就可凭相国女婿身份取得功名富贵，何必多此一举？莺莺在这里有埋怨老夫人之意。

㉓ 并头莲：即并蒂莲，以喻夫妻恩爱。煞强如：的确赛过。

㉔ 举案齐眉：东汉梁鸿的妻子孟光，每当家里吃饭时，总是把放食器的盘子托得与眼眉齐平，送到梁鸿面前，以示尊敬。见《后汉书·逸民传》。后常用这个典故表示夫妻相敬相爱。

㉕ 望夫石：民间传说思妇伫立远望，盼夫归来，久候不至，遂化为石。初见载于刘义庆《幽明录》。

㉖ "暖溶溶"三句：暖溶溶的美酒，像水一样澄澈清莹，大多是相思泪化成的。范仲淹《苏幕遮》词："酒入愁肠，化作相思泪。"此处反用范词。

㉗ 怕不待要吃：难道不要吃。

㉘ "蜗角"二句：虚妄可笑的名誉，微不足道的利益。语出《庄子·则阳》："有国于蜗之左角者，曰触氏，有国于蜗之右角者，曰蛮氏，时相与争地而战，伏尸数万。"

㉙ 一递一声：莺莺与张生不断唉声叹气，一声接着一声。

㉚ 辆起车儿：套上车子。辆，用作动词。

㉛ 登科录：科举考试后中了进士的姓名录。

㉜ "弃掷"四句：此处引用元稹《莺莺传》中莺莺谢绝张生的原诗。

㉝ 赓(gēng)：续和。

㉞ 红泪：悲泪，血泪。据《拾遗记》载，魏文帝时，常山薛灵芸被选入宫，"别父母，以玉唾壶承泪，壶则红色。既发常山，及至京师，壶中泪凝如血"。

㉟ "比司马"句：形容离别时凄苦到极点。白居易《琵琶行》结尾："座中泣下谁最多？江州司马青衫湿。"

㊱ "伯劳"句：比喻离别。乐府诗《东飞伯劳歌》："东飞伯劳西飞燕，黄姑(牵牛)织女时相见。"伯劳，鸟名，一名䴗(jú)，略大于雀，胸腹部茶色，尾与翼呈黑褐色。

㊲ "未饮"句：此处引用刘禹锡《酬令狐相公杏园下饮有怀见寄》诗中之句。

㊳ "顺时"句：根据气候变化，自己保重身体。揣身体，文弱的身体。揣，即囊揣，软弱的意思。

㊴ "泪添"二句：极力夸喻泪多、恨极。九曲黄河，黄河自积石山到龙门的一段弯曲很多，有九曲黄河之称。三峰华岳，华山以落雁峰、朝阳峰、莲花峰最为高峻，被誉为"天外三峰"。

㊵ 文齐福不齐：古时成语，意指文章写得好，运气却不济。

㊶ 停妻再娶妻：再婚。封建时代的律法有"停妻再娶"条。当时考中进士者常有再婚于权贵的恶劣行为，所以莺莺以此诫张生。

㊷ 一春鱼雁无消息：意为一去之后杳无音信。语出秦观《鹧鸪天》词。

㊸ 青鸾：古代传说中能报信的鸟，为西王母的使者。

㊹ "四围"二句：据马致远《寿阳曲》"四围山一竿残照里"句变化而来，意为在夕阳照着四面青山的晚景中策马远去。

㊺ 这些大小车儿：应读成"这些大——小车儿"，意即这么一点点小的车子。

第四节　元代南戏

高明

高明(约1301—1371)，字则诚，号莱根道人，瑞安(今属浙江)人。元戏曲作家。早年热衷于功名，当过处州录事、江浙行省掾吏、四明都事、江南行台掾、福建行省都事等，参加过元朝征讨方国珍的浙东阃幕，因意不合而辞职归隐。隐居于宁波栎社沈家楼写《琵琶记》。入明，朱元璋征召他去南京修《元史》，以老病力辞，不久即去世。

高明原有《柔克斋集》二十卷，大多散失，现仅存诗词五十多首。所作南戏《闵子骞单衣记》已佚，现仅存《琵琶记》，为南戏中最负盛名的优秀之作。

琵 琶 记

五娘吃糠

【题解】 本篇选自《全元戏曲》第十卷。原作四十二出，这里选的是第二十出，标题是后加的。此剧所写的蔡伯喈故事，很早便在民间流传，南宋陆游有"身后是非谁管得，满村听说蔡中郎"的诗句；南戏戏文中，有《蔡二郎赵贞女》，此剧虽已佚失，但明徐渭《南词叙录》著录了此剧，题下注云："即旧伯喈弃亲背妇，为暴雷震死，里俗妄作也。"《琵琶记》在民间传说和民间戏文的基础上进行改编，改变了原来的情节和立意，作者在剧本开头借副末开场作了交代："今来古往，其间故事几多般。少甚佳人才子，也有神仙幽怪，琐碎不堪观。正是：不关风化体，纵好也徒然。……休论插科打诨，也不寻宫数调，只看子孝与妻贤。"很显然，高明创作此剧的目的是要通过歌颂孝子贤妻来感化世道人心，因而造成此剧思想内容上的复杂性。蔡伯喈新婚不久，父亲命他进京赶考，他辞试不从；只得去应考，中了状元，牛丞相要招他为婿，又辞婚不从；皇帝任命他当官，又辞官不从。最后只好当官、入赘。而妻子赵五娘在家乡发生严重灾荒后，虽以惊人的毅力和献身精神竭力侍养公婆，公婆仍被饿死。她又祝发买葬，罗裙包土，妥善处理了公婆的丧事，然后怀抱琵琶，历尽千辛万苦，进京寻夫。当牛小姐知道实情以后，就不顾父亲的拦阻，跟蔡伯喈、赵五娘一起奔丧回家，克尽孝道。最后终于感化了牛丞相，为蔡家讨得一门旌表，以大团圆结束。据此，无可讳言，《琵琶记》确有劝忠劝孝、宣扬封建伦理道德的局限。但它又确实暴露了封建制度某种罪恶，宣泄了人们对封建制度的满腔怨情。明徐渭说："《琵琶》一书，纯是写怨：蔡母怨蔡公，蔡公怨其子，赵氏怨夫婿，牛氏怨严亲，伯喈怨试、怨婚、怨及第，殆极乎之致矣。"(《南词叙录》)而最可贵的是，此剧塑造了赵五娘的光辉形象。她善良纯真，勤俭朴实，克己尽职，自我牺牲，是中国古代下层妇女的典型。在这位典型的贤妻良母身上当然也打上了封建烙印，但更多的是美好品质。

此剧艺术性较强。全剧两条线索交叉进行，蔡伯喈这条线，突出了牛府的荣华富贵；赵五娘这条线，突出了蔡家的贫病交迫，对比鲜明，感人至深。心理描写细腻深刻。曲白有的典雅优美，有的通俗本色，基本上符合人物个性与环境特点。

本出写赵五娘在连年饥荒的艰苦关头典尽衣服首饰，千方百计换来米粮奉养公婆，自己却瞒着婆婆咽糠，虽遭婆婆怀疑而毫无怨言，显示了她的崇高品质。

(旦上，唱)

〔**山坡羊**[①]〕 乱荒荒不丰稔的年岁[②]，远迢迢不回来的夫婿。急煎煎不耐烦的二亲，软怯怯不济事的孤身己[③]。衣尽典，寸丝不挂体。几番要卖了奴身已，争奈没主公婆教谁管取？(合)思之，虚飘飘命怎期？难挨，实丕丕灾共危[④]。

〔**前腔**〕 滴溜溜难穷尽的珠泪，乱纷纷难宽解的愁绪。骨崖崖难扶持的病体[⑤]，战钦钦难挨过的时和岁[⑥]。这糠呵，我待不吃你，教奴怎忍饥？我待吃呵，怎吃得？(介)苦！思量起来不如奴先死，图得不知他亲死时。(合前[⑦])

(白)奴家早上安排些饭与公婆，非不欲买些鲑菜[⑧]，争奈无钱可买。不想婆婆抵死埋冤，只道奴家背地吃了甚么。不知奴家吃的却是细米皮糠，吃时不敢教他知道，只得回避。便埋冤杀了，也不敢分说。苦！真实这糠怎的吃得。(吃介)(唱)

〔**孝顺歌**〕 呕得我肝肠痛，珠泪垂，喉咙尚兀自牢嗄住[⑨]。糠！遭砻被舂杵，筛你簸扬你，吃尽控持。悄似奴家身狼狈[⑩]，千辛万苦皆经历。苦人吃着苦味，两苦相逢，可知道欲吞不去[⑪]。(吃吐介)(唱)

〔**前腔**〕 糠和米，本是两倚依，谁人簸扬你作两处飞？一贱与一贵，好似奴家共夫婿，终无见期。(白)丈夫，你便是米么，(唱)米在他方没寻处。(白)奴便是糠么，怎的把糠救得人饥馁？好似儿夫出去，怎的教奴，供给得公婆甘旨[12]？(不吃放碗介)(唱)

〔**前腔**〕 思量我生无益，死又值甚的！不如忍饥为怨鬼。公婆年纪老，靠着奴家相依倚，只得苟活片时。片时苟活虽容易，到底日久也难相聚。谩把糠来相比，(白)这糠尚兀自有人吃，(唱)奴家骨头，知他埋在何处？

(外、净上探，白[13])媳妇，你在这里说什么？(旦遮糠介)(净搜出打旦介)(白)公公，你看么？真个背后自逼逻东西吃[14]，这贱人好打！(外白)你把他吃了，看是甚么物事？(净慌吃介，吐介)(外白)媳妇，你逼逻的是甚么东西？(旦介)(唱)

〔**前腔**〕 这是谷中膜，米上皮，将来逼逻堪疗饥。(外、净白)这是糠，你却怎的吃得？(旦唱)尝闻古贤书，狗彘食人食[15]，(白)公公，婆婆，(唱)须强如草根树皮。(外、净白)这的不嘎杀了你？(旦唱)嚼雪餐毡苏卿犹健[16]，餐松食柏到做得神仙侣[17]，纵然吃些何虑？(白)公公，婆婆，别人吃不得，奴家须是吃得。(外、净白)胡说！偏你如何吃得？(旦唱)爹妈休疑，奴须是你孩儿的糟糠妻室[18]！

(外、净哭介，白)原来错埋冤了人，兀的不痛杀了我！(倒介)(旦叫介，唱)

〔**雁过沙**〕 他沉沉向迷途，空教我耳边呼。公公，婆婆，我不能尽心相奉事，番教你为我归黄土。公公，婆婆，教人道你死缘何故？公公，婆婆，你怎生割舍抛弃了奴？

(白)公公，婆婆。(外醒介，唱)

〔**前腔**〕 媳妇，你耽饥事公姑[19]。媳妇，你耽饥怎生度？错埋冤你也不肯辞，我如今始信有糟糠妇。媳妇，我料应不久归阴府。媳妇，你休便为我死的把生的受苦。(旦叫婆婆介，唱)

〔**前腔**〕 婆婆，你还死教奴家怎支吾[20]？你若死教我怎生度？我千辛万苦回护丈夫，如今到此难回护。我只愁母死难留父，况衣衫尽解，囊箧又无[21]。(外叫净介，唱)

〔**前腔**〕 婆婆，我当初不寻思，教孩儿往皇都。把媳妇闪得苦又孤，把婆婆送入黄泉路，只怨是我相耽误。我骨头未知埋在何处所？

(旦白)婆婆都不省人事了，且扶入里面去。正是：青龙共白虎同行，吉凶事全然未保[22]。(并下)(末上白[23])福无双至犹难信，祸不单行却是真。自家为甚说这两句？为邻家蔡伯喈妻房，名唤做赵氏五娘子，嫁得伯喈秀才，方才两月，丈夫便出去赴选。自去之后，连年饥荒，家里只有公婆两口，年纪八十之上，甘旨之奉，亏杀这赵五娘子，把些衣服首饰之类尽皆典卖，籴些粮米做饭与公婆吃，他却背地里把些细米皮糠逼逻充饥。唧唧[24]，这般荒年饥岁，少甚么有三五个孩儿的人家，供膳不得爹娘。这个小娘子，真个今人中少有，古人中难得。那公婆不知道，颠倒把他埋怨。今来听得他公婆知道[25]，却又痛心，都害了病。俺如今去他家里探取消息则个。(看介)这个来的却是蔡小娘子，怎生恁地走得慌？(旦慌走上介，白)天有不测风云，人有旦夕祸福。(见末介)公公，我的婆婆死了。(末介)我却要来。(旦白)公公，我衣衫首饰尽行典卖，今日婆婆又死，教我如何区

处？公公可怜见，相济则个。（末白）不妨，婆婆衣衾棺椁之费皆出于我[26]，你但尽心承值公公便了[27]。（旦哭介，唱）

〔**玉包肚**〕 千般生受[28]，教奴家如何措手？终不然把他骸骨，没棺椁送在荒丘？（合）相看到此，不由人不珠泪流，正是不是冤家不聚头[29]。（末唱）

〔**前腔**〕 不须多忧，送婆婆是我身上有[30]。你但小心承直公公，莫教又成不救。（合前）（旦白）如此，谢得公公！只为无钱送老娘。（末白）娘子放心，须知此事有商量。（合）正是：归家不敢高声哭，只恐人闻也断肠。（并下）

【注释】

① 山坡羊：与下文的“孝顺歌”、“雁过沙”、“玉包肚”都是南曲曲牌名。北曲也有〔山坡羊〕曲牌，与南曲不同。玉包肚，多作“玉抱肚”。“前腔”则指用前一曲牌再写一首或若干首，类似北曲的“幺篇”。

② 稔（rěn）：庄稼成熟叫“稔”。

③ 软怯怯：娇弱貌。孤身已：孤单的自己一人。

④ 实丕丕：实实在在。

⑤ 骨崖崖：瘦骨棱棱。

⑥ 战钦钦：战战兢兢。

⑦ 合前：戏文中的过曲，常连用两支以上，最后几句相同的，称“合头”。“合前”即“合头同前”的省称。

⑧ 鲑（xié）菜：泛指鱼类菜肴。

⑨ 牢嘎（shà）住：紧紧地卡住。

⑩ 悄似：完全像，非常像。

⑪ 可知道：难怪。

⑫ 甘旨：美好的食物。

⑬ 外、净：南戏中角色名称。此处外扮蔡公，净扮蔡婆。

⑭ 逼逻：安排，张罗。

⑮ 狗彘（zhì）食人食：语出《孟子·梁惠王》：“狗彘食人食而不知检。”原意是说，用人的食物去饲养猪狗的浪费行为，国王却不知检点。赵五娘断章取义，意思恰恰相反，连猪狗吃的东西，都拿来给人吃。

⑯ 苏卿：汉武帝时，苏武出使匈奴，匈奴逼他投降，苏武不屈，被关在大窖中，绝饮食。“天雨雪，武卧啮雪，与旃毛并咽之”，得以不死。事见《汉书·苏武传》。

⑰ 餐松食柏：道教徒编的《列仙传》一类书宣称，神仙不食人间烟火，以松柏果实为粮。这里却是比喻无粮可吃。

⑱ 糟糠妻室：贫贱时同艰苦共患难的妻子。《后汉书·宋弘传》载，光武帝想把其姊湖阳公主嫁给宋弘，宋委婉地拒绝，说：“臣闻贫贱之交不可忘，糟糠之妻不下堂。”

⑲ 耽饥：忍饥。

⑳ 支吾：对付，应付，支持。

㉑ 囊箧（qiè）：口袋和箱子，这里借指资财。

㉒ “青龙”二句：宋人俗语，吉凶未定之意。青龙，吉星。白虎，凶星。

㉓ 末：南戏中角色名称。这里扮演张大公。

㉔ 唧唧：同“啧啧”，赞叹声。

㉕ 今来：近来。

㉖ 衾（qīn）：这里指殓尸的衣被。

㉗ 承值：侍奉、看护。

㉘ 生受：道谢语，难为、有劳、麻烦。

㉙ 不是冤家不聚头：此处意为，今世能成为一家人，前世也有缘分。

㉚ “送婆婆”句：意为给你婆婆送葬的事包在我身上。

第五节　元代散曲

刘时中

刘时中，元散曲作家。〔正宫·端正好〕《上高监司》套曲的作者。这个刘时中是谁，历来有不同看法，一说是石州（今山西中阳）之刘时中，另一说是古洪（今江西南昌）之刘时中。石州之刘时中名刘致（约1258—1335后），时中是他的字，号逋斋，历任永州新判、河南行省掾、翰林待制、浙江行省都事等职，今存散曲小令六十余首。古洪之刘时中（约1310—1354后），亦号逋斋，生平不详，大概是个落魄文人，今存散曲如算上《上高监司》前后套总共三套。也有人说两者是一人。

〔正宫〕端正好

上高监司（前套）

【题解】 本篇选自《阳春白雪·后集》卷三。前套由十五支曲子组成，反映了至正年间(1341—1370)江西大旱后农村的惨况。灾民剥树皮、挖野菜，死尸填街塞巷，乳哺儿被抛入长江。殷实户、私牙子勾结官府，趁火打劫，利用“义仓”中饱私囊，加重了人民的灾难。后套由三十四支曲子组成，为元曲之冠，揭露了江西钞法的种种弊端，贪官、奸商沆瀣一气，狼狈为奸，为破坏钞法的罪魁祸首。作者表示深恶痛绝，并提出改革的办法。这两套套曲语言朴素平实，描写细致，并打破了套曲的篇幅限制，取得了较大的成就。

〔正宫·端正好[1]〕 众生灵遭魔障，正值着时岁饥荒。谢恩光，拯济皆无恙，编作本词儿唱。

〔滚绣球〕 去年时正插秧，天反常，那里取及时雨降？旱魃生四野灾伤[2]。谷不登，麦不长，因此万民失望。一日日物价高涨，十分料钞加三倒[3]，一斗粗粮折四量[4]。煞是凄凉。

〔倘秀才〕 殷实户欺心不良，停塌户瞒天不当[5]。吞象心肠歹伎俩[6]。谷中添秕屑，米内插粗糠，怎指望他儿孙久长。

〔滚绣球〕 甑生尘老弱饥[7]，米如珠少壮荒。有金银那里每典当？尽枵腹高卧斜阳[8]。剥榆树餐，挑野菜尝。吃黄不老胜如熊掌[9]，蕨根粉以代糇粮。鹅肠苦菜连根煮，荻笋芦蒿带叶哇[10]。则留下杞柳株樟。

〔倘秀才〕 或是捶麻柘稠调豆浆，或是煮麦麸稀和细糠。他每早合掌擎拳谢上苍。一个个黄如经纸[11]，一个个瘦似豺狼，填街卧巷。

〔滚绣球〕 偷宰了些阔角牛，盗斫了些大叶桑。遭时疫无棺活葬，贱卖了些家业田庄。嫡亲儿共女，等闲参与商[12]。痛分离是何情况？乳哺儿没人要撇入长江。那里取厨中剩饭杯中酒，看了些河里孩儿岸上娘。不由我不哽咽悲伤。

〔倘秀才〕 私牙子船湾外港[13]，打过河中宵月朗。则发迹了些无徒米麦行[14]。牙钱加倍解，卖面处两般装，昏钞早先除了四两[15]。

〔滚绣球〕 江乡相，有义仓，积年系税户掌。借贷数补搭得十分停当，都侵用过将官府行唐[16]。那近日劝粜到江乡，按户口给月粮。富户都用钱买放，无实惠尽是虚桩。充饥画饼诚堪笑，印信凭由却是谎。快活了些社长知房[17]。

〔伴读书〕 磨灭尽诸豪壮，断送了些闲浮浪。抱子携男扶筇杖，尪羸伛偻如虾样[18]。一丝好气沿途创，阁泪汪汪。

〔货郎儿〕 见饿莩成行街上[19]，乞出拦门斗抢。便财主每也怀金鹄立待其亡[20]。感谢这监司主张，似汲黯开仓[21]。披星戴月热中肠，济与粜亲临发放。见孤孀疾病无皈向，差医煮粥分厢巷。更把赃输钱分例米，多般儿区处最优长。众饥民共仰，似枯木逢春，萌芽再长。

〔叨叨令〕 有钱的贩米谷置田庄添生放[22]，无钱的少过活分骨肉无承望。有钱的纳宠妾买人口偏兴旺，无钱的受饥馁填沟壑遭灾障。小民好苦也么哥，小民好苦也么哥，便秋收鬻妻卖子家私丧。

〔三煞〕 这相公爱民忧国无偏党，发政施仁有激昂。恤老怜贫，视民如子，起死回生，扶弱催强。万万人感恩知德，刻骨铭心，恨不得展草垂缰。覆盆之下，同受太阳光。

〔二煞〕 天生社稷真卿相，才称朝廷作栋梁。这相公主见宏深，秉心仁恕，治政公平，莅事慈祥。可与萧曹比并，伊傅齐肩，周召班行[23]。紫泥宣诏[24]，花衬马蹄忙。

〔**一煞**〕 愿得早居玉笋朝班上，伫看金瓯姓字香。入阙朝京，攀龙附凤，和鼎调羹，论道兴邦。受用取貂蝉济楚[25]，衮绣峥嵘，珂珮丁当。普天下万民乐业，都知是前任绣衣郎。

〔**尾声**〕 相门出相前人奖，官上加官后代昌。活彼生灵恩不忘，粒我蒸民德怎偿[26]。父老儿童细较量，樵叟渔夫常论讲。共说东湖柳岸旁，那里清幽更舒畅。靠着苏云卿圃场[27]，与徐孺子流芳挹清况[28]。盖一座祠堂人供养，立一统碑碣字数行。将德政因由都载上，使万万代官民见时节想。

【注释】

① 正宫：宫调名。端正好：与下面的“滚绣球”、“倘秀才”、“伴读书”、“货郎儿”、“叨叨令”、“三煞”、“二煞”、“一煞”、“尾声”都是北曲曲牌名。

② 旱魃(bá)：旱神，一名旱母。《神异经》：“魃所见之国大旱，赤地千里。”

③ 料钞：元朝初年新发行的钞票，以丝料作本，故名“料钞”。加三倒：旧钞贬值，调换新钞时，贴加三成。

④ 折四量：钞票贬值，只能打四折去量粮（古代买粮用升斗去量，不用秤称）。

⑤ 停塌户：囤粮户。

⑥ 吞象心肠：贪心至极。俗谚有“人心不足蛇吞象”之语。

⑦ 甑：饭锅。

⑧ 枵(xiāo)腹：空着肚子。

⑨ 黄不老：跟下文的蕨、鹅肠苦菜都是野菜。

⑩ 啡(chuáng)：同“噇”，吞咽。

⑪ 经纸：抄写佛经的黄纸。

⑫ 参与商：参星居西，商星居东，此见彼隐，不能同时出现，喻骨肉分离。

⑬ 私牙子：私商。

⑭ 无徒：无赖之徒。

⑮ 昏钞：破烂的纸币。

⑯ 行唐：蒙蔽，搪塞。

⑰ 知房：指吏、户、礼、兵、刑、工六房管事的书办。

⑱ 尫(wāng)羸(léi)伛偻：瘦弱驼背。

⑲ 饿莩(piǎo)：饿死的人。

⑳ 怀金鹄立：身上藏着金银，伸着颈项，踮起脚跟站着。

㉑ 汲黯：《史记·汲黯传》载，汲黯因公路过河南，当时河南发生水旱灾害，民不聊生，汲黯发放仓粟，赈济灾民。

㉒ 生放：放债生利。

㉓ 萧曹：萧何、曹参相汉高祖。伊傅：伊尹相汤，傅说传说相殷高宗。周召：周公旦、召公奭相周成王。此六人都是历史上著名的贤相。

㉔ 紫泥：古代书缄均用泥封加印，皇帝诏书用紫泥。

㉕ 貂蝉：汉侍中之冠，以貂尾为饰。

㉖ 粒我蒸民：使我人民都有饭吃。粒，原义是粮食，此处作动词用。蒸民，众民。

㉗ 苏云卿：《宋史·隐逸传下·苏云卿》：“绍兴间，来豫章东湖，结庐独居……披荆畚砾为圃，艺植耘芟，灌溉培壅，皆有法度。”

㉘ 徐孺子：后汉南昌人，名徐穉，为时所重，家贫不应征辟，世称南州高士。

张养浩

张养浩(1270—1329)，字希孟，号云庄，济南历城（今山东济南）人。初为东平学正，历任礼部令史、堂邑县尹、监察御史、翰林待制、翰林直学士、礼部侍郎、礼部尚书、中书参议，以正直敢谏著称。至治元年(1321)弃官归隐。天历二年(1329)，关中大旱，他被召为陕西行台中丞，治旱救灾，到官四月，劳瘁而死。

张养浩现存小令一百六十一首，套数二套，内容多描写隐居生活，表现了对仕途险恶愤慨，偶亦有关心民生疾苦之作。其风格飘逸婉丽兼而有之。有《归田类稿》、《云庄休居自适小乐府》。

〔中吕〕山坡羊①

潼关怀古

【题解】 本篇选自《云庄休居自适小乐府》。此曲是作者在天历二年(1329)出任陕西行台中丞时，目睹大旱给人民带来深重苦难的情况下写成的。作者高瞻远瞩，把历代皇朝的兴亡和人民联系起来，深刻地指出不管是谁兴谁亡，都是老百姓受苦。全曲感情深沉浓郁，叙事、议论、抒情融为一体，气势磅礴，结句尤其警拔。

峰峦如聚[2]，波涛如怒，山河表里潼关路[3]。望西都[4]，意踌躇[5]，伤心秦汉经行处[6]，宫阙万间都做了土[7]。兴，百姓苦！亡，百姓苦[8]！

【注释】

① 中吕：宫调名。山坡羊：北曲曲牌名。

② 峰峦如聚：大小山峰重重叠叠，仿佛堆聚在一起。

③ 山河表里：潼关一带，形势险要，外有黄河为表，内有华山为里。潼关是历代军事重镇。

④ 西都：指长安。

⑤ 意踌躇：心中犹豫、徘徊，思潮起伏激荡。

⑥ “伤心”句：谓经过秦汉的故都，内心十分伤感。

⑦ 宫阙：宫殿。做了土：变成灰土。

⑧ “兴”四句：兴、亡，指历代皇朝的更替。

张可久

张可久（1280—约 1352），字小山，庆元路（治今浙江宁波）人，流寓杭州（今属浙江）。延祐末任绍兴路吏，泰定初任衢州首领官。后又担任桐庐典史、徽州路税务大使。晚年归隐杭州。他到过江、浙、皖、闽、湘、赣，游览了很多名山胜水，而以在杭州西湖住得最久。

张可久是专写散曲的作家，今存小令八百五十五首，套曲九套，数量为元散曲之冠。他的散曲，多写山水游乐、风花雪月、男女爱情，语言华丽，风格典雅，意境幽远，形式整齐，技巧娴熟，尤以写景抒情见长。他还善于熔铸诗词作法入曲，讲究词藻、格律、韵味，离本色渐远，但很受文人欢迎。有《小山乐府》。

〔中吕〕卖花声[1]

怀　古

【题解】 本篇选自《新刊张小山北曲联乐府》卷下。这首小令同情人民的苦难，为民生疾苦发出沉重的叹息，是《小山乐府》中难得之作。作者选择典型历史事件，跨度大，概括性强。

美人自刎乌江岸[2]，战火曾烧赤壁山，将军空老玉门关[3]。伤心秦汉，生民涂炭[4]，读书人一声长叹。

【注释】

① 中吕：宫调名。卖花声：北曲曲牌名。

② “美人”句：指项羽垓下被围，乌江自刎，美人虞姬亦自刎。

③ “将军”句：定远侯班超，在西域 31 年，年老上书请还，有“但愿生入玉门关”之语。

④ 涂炭：指陷入困境，如坠泥涂炭火中。

乔吉

乔吉（约 1280—1345），字梦符，号笙鹤翁，又号惺惺道人，太原（今属山西）人，流寓杭州（今属浙江）。他美仪容，善辞章，博学多能。曾提出“凤头、猪肚、豹尾”作曲六字要诀。

乔吉作有杂剧十一种，今存《两世姻缘》等三种。散曲尤为著名，今存小令二百零九首，套曲十一套，是仅次于张可久的多产作家。他终生潦倒，落拓江湖，故散曲多啸傲山水、闲适颓放和青楼调笑之作，偶亦有不满现实之作。风格清丽，注重词藻、格律和锤炼，少用衬字，表现出典雅化的倾向。有《乔梦符小令》。

〔双调〕折桂令①

荆溪即事

【题解】 本篇选自《乔梦符小令》。此曲从荆溪两岸的荒凉景象，写到狐狸、鸟鼠横行，抒发了作者对元代吏治黑暗的极端不满。比喻贴切，笔法犀利、灵活。

问荆溪溪上人家②，为甚人家，不种梅花？老树支门，荒蒲绕岸，苦竹圈笆。 庙无僧狐狸弄瓦③，官无事乌鼠当衙④。白水黄沙，倚遍阑干，数尽啼鸦。

【注释】

① 双调：宫调名。折桂令：北曲曲牌名。

② 荆溪：水名，在江苏宜兴南，流入太湖。

③ 弄瓦：指踩瓦。弄，或作"漾"。

④ "官无事"句：表面上写衙门清静，老鼠出没，门可罗雀，实际上喻吏役横行，人民不敢登门。乌，或作"鸟"。

第六节　元代诗词

萨都剌

萨都剌（1307—1355），字天锡，号直斋，西域回族人。因祖、父留镇云州、代州，遂居于雁门（今山西代县）。泰定四年（1327）登进士第，授镇江录事司达鲁花赤，转南台掾史。入京任翰林应奉。历燕南河北道经历、江浙行省郎中等，官至南台侍御史。

萨都剌是元代著名的少数民族诗人，诗学晚唐温庭筠和李商隐，清新绮丽，自成一家。艳情乐府诗特别著名，于浓艳细腻之中，得自然生动之趣。词学苏东坡和辛弃疾，境界开阔，情绪悲壮，含蓄深广。有《雁门集》。

念奴娇

登石头城

【题解】 本篇选自《雁门集·附卷》。萨都剌这首《念奴娇》，全照苏轼《念奴娇·赤壁怀古》的韵脚押韵，境界也与苏词比较接近：上片吊古，词人登高怀古，指出六朝的一切繁华，皆成陈迹；下片伤今，写出"鬼火高低明灭"的一片凄凉景象，感慨极其深沉。

石头城上①，望天低吴楚②，眼空无物。指点六朝形胜地③，惟有青山如壁。蔽日旌旗，连云樯橹④，白骨纷如雪⑤。一江南北，消磨多少豪杰⑥？ 寂寞避暑离宫⑦，东风辇路⑧，芳草年年發。落日无人松径里，鬼火高低明灭⑨。歌舞尊前，繁华镜里，暗换青青髮⑩。伤心千古，秦淮一片明月⑪。

【注释】

① 石头城：东汉建安十七年（212）孙权下令修筑，旧址在今南京草场门附近。

② 吴楚：泛指长江中下游地区。

③ 指点：议论，评论。形胜：地理形势险要、地理条件优越的地方。

④ 樯橹：本义是桅杆船舰，这里借指水军船队。

⑤ 纷：乱而多。

⑥ 消磨：原义是消耗，这里指消逝、死去。

⑦ 离宫：皇帝外出时临时居住的宫殿，亦称行宫。

⑧ 辇(niǎn)路：帝王车驾所经过的道路。

⑨ 明灭：一会儿亮，一会儿暗。

⑩ 暗换：在不知不觉中改变。青青鬓：这里指黑头发。

⑪ 秦淮：秦淮河发源于江苏溧水县，流到南京，绕城南、城西而入长江。

王冕

王冕(1287—1359)，字元章，号煮石山农、会稽外史、梅花屋主等，诸暨(今属浙江)人。出身农家，白天放牛，晚上到寺庙长明灯下读书。后师从韩性，应科举未中，即弃去不为。曾北游大都，客秘书卿泰不华家，泰不华欲推荐他到翰林院任职，被他拒绝。后隐居绍兴九里山。

王冕是元末杰出的诗人、画家，以善画花卉著称。他的诗，能深刻揭露元朝统治者对江南人民敲骨吸髓的掠夺，写出江南的水旱灾害，人民流离失所，在死亡线上痛苦挣扎的惨景，较有深度。在艺术上，“多排奡遒劲之气，不可拘以常格。然高视阔步，落落独行”(清人《四库全书简明目录》)。有《竹斋诗集》。

墨梅(其三)

【题解】 选自《竹斋诗集》卷四。原作共四首，这里选的是第三首。王冕善画墨梅，花密枝繁，笔墨淡雅，别具一格。他又喜写咏梅诗，《墨梅》就是他的题画诗。墨梅颜色淡雅、香溢乾坤的品格正是作者雅洁耿介品格的象征。

我家洗研池头树①，个个花开淡墨痕。
不要人夸好颜色②，只留清气满乾坤③。

【注释】

① “我家”句：意谓我闲居家中洗净砚台磨好墨汁画了一幅池边梅花图。研(yàn)，同“砚”。

② “不要”句：不希望人们夸奖它色泽浓艳。意思是墨梅保持它淡雅素净的品格，并不想投合庸人的审美情趣。

③ “只留”句：意思是墨梅只留下清香的气味，这香气充满于天地之间。

第七编　明代文学

第一章　明代文学发展概况

第一节　明代社会概况

元末大规模的农民起义，彻底摧毁了元朝的统治，朱元璋夺取了起义的果实，相继征服了陈友谅、张士诚、方国珍等南方割据势力，于洪武元年(1368)建立了明王朝，逐步完成了全国的统一，结束了元末的动荡局面。明王朝建立后，朱元璋鉴于“民急则乱”的历史教训，提倡节约，实行安养生息的政策，采取了一系列恢复农业生产的措施，使农民回归田园，鼓励开荒，兴修水利，减轻赋税，抑制豪强，恢复商业和手工业，生产力有相应的发展。明初洪武、永乐、宣德年间经济比较繁荣，生活比较安定。

政治上，朱元璋实行集权统治，一切军政大权由皇帝总揽。朱元璋为了巩固统治，竭力排除异己，大兴冤狱，杀戮功臣，仅左丞相胡惟庸一案就延续十年，“所连及坐诛者三万余人”，大将军蓝玉一案“列侯以下坐党夷灭者不可胜数”。明朝恶性发展了秦以来的封建专制统治。

思想上，朱元璋大力提倡程(颐、颢)、朱(熹)理学，实行严格的思想统治，《四书》、《五经》、《性理大全》为国子监、府、州、县学生员必读之书，制订了八股取士的科举制度，以此来约束读书人的思想。对文人学士一方面采取优抚政策，开设文华堂，广聚文学人才。明成祖永乐年间又征召三千文士编纂《永乐大典》笼络人心。另一方面采取高压手段，大兴文字狱，文人因一字一句之误而被害者不计其数。还规定士大夫不为君用者，罪该抄杀。明初著名诗人高启因不受朱元璋征召，被借故腰斩。方孝孺不为明成祖朱棣草登位诏书，被灭十族，坐死的亲故门生达八百七十三人。

明中叶，农业手工业继续有所发展，由于农业手工业的发展促进了商业经济的发达，靠手工业商业致富的人多了起来，城市日趋繁荣，市民阶层人数不断增加，小说戏曲受到普遍欢迎，于是，小说戏曲创作也日趋繁荣，成为明代文学成绩最显著的部分。在手工业商业经济发达的同时，明朝政治则日趋腐败，自弘治、正德、嘉靖以后，皇帝昏庸，穷奢极欲，皇室贵胄、显宦豪绅，凭借特权大量兼并土地，大建皇庄，使许多农民失去土地，被迫流亡，不少农民流入城市变为雇佣劳动者。原先明朝为了强化君主专制，重用太监，太监成为皇帝的耳目爪牙，专门以窥察隐情，陷害异己为能事；到了中叶以后，皇帝昏聩，宦官乘机抓权，挟制内阁，大权落在宦官手中。武宗朱厚照的太监刘瑾权倾朝野，逞霸作势，利用厂、卫等特务组织，残害贤良，士民切齿痛恨。明世宗朱厚熜迷信道教，经年不朝，政局混乱，嘉靖年间严嵩父子执政二十多年，军政败坏，人民灾难深重。到了穆宗朱载垕隆庆年间，张居正执政，革除弊政，平均赋役，制止兼并，清理土地，查饬边军积弊，巩固国防，进行了一系列改革，对稳定政局，恢复经济，起了一定作用。可是，到神宗朱翊钧万历中期，改革派被排斥，皇帝荒淫残暴，挥霍无度，财政面临绝境，于是就派出大批太监充当盐矿税使，到处搜刮财物，激起各地人民的反抗。上层统治集团荒淫无耻，上行下效，社会风气堕落败坏，万历后期正直的士大夫起来和腐朽的阉党进行斗争。熹宗朱由校天启年间，宦官魏忠贤把持朝政，迫害东林党人，使东林党和阉党斗争更为激烈。东林党以后又有复社、几社继续和阉党斗争，这场斗争一直延续到明亡。由于东林党和后起的复社等既是政治团体，又是文学结社，因此，这场斗争不仅和明中晚期的政治形势密切相关，同时对明中晚期的文学也有直接影响。

随着朝政的黑暗腐败，腐朽的思想统治也随之动摇，弘治、正德年间，著名思想家王守仁（1472—1529）继承发扬了南宋陆九渊（1139—1193）的心学，认为理在自心，主张知行合一，反对程朱束缚人性的“存天理，去人欲”的理学。虽然王守仁思想是主观唯心的，但对动摇明朝僵化的思想统治起了积极作用。嘉靖、万历年间，工商经济出现“机户出资，机工出力，相依为命”的雇佣劳动者与资本占有者之间新的关系，是资本主义生产关系的萌芽。随着这种生产关系的出现，思想界更趋活跃，以王艮（1483—1540）为代表的王学左派发展了王守仁思想的积极因素，认为“圣人之道无异于百姓之道……百姓日用处，即是圣人之条理处”。在王学左派思想影响下，思想界、文学界出现了一批富有叛逆精神的代表人物，著名的有李贽、袁宏道、汤显祖、徐渭等，他们猛烈反对封建礼教，产生了不少优秀作品。李贽（1527—1602）大胆地提出不要以孔子之是非为是非，认为穿衣吃饭就是道，是人生的最基本要求，因而“道”不在于禁欲，而在于满足人们的需要；在文学思想方面，他提倡“童心”，认为“天下至文”皆自“童心”出，童心即是“绝假纯真，最初一念之本心”，他强调创作要出于“自然”，认为好的作品都是“发愤”之作。李贽思想对明中晚期文学创作影响很大。

明末农民起义和市民运动此起彼伏连续不断，统治阶级内部斗争也越来越激烈，明王朝与蒙古族、满族及倭寇之间的战争也不时发生。自光宗朱常洛到南明淮王朱常清，是一个改朝换代、社会变动异常激烈的年代。由于统治阶级搜刮无厌，诛求不息，弄得民不聊生，灾荒连年，爆发了大规模的农民起义。李自成领导的农民军打到北京，崇祯帝朱由检自缢。李自成入京后，政权尚未巩固，吴三桂又引清兵入关，打败了李自成军。这时民族矛盾成为主要矛盾，各地人民对清军展开英勇的抵抗，有些作家直接参加了这场斗争，写出了许多富于民族主义精神，光辉感人的诗篇。

从明太祖洪武到明孝宗弘治百余年间属明代文学的前期，在前期一些有重大影响的作品大都产生于元末。明初对文人的思想控制极严，文学传世之作极少，文坛几乎全由皇亲藩邸和宰辅权臣把持。歌功颂德，点缀升平，表彰节孝，成了明初文学的主调。

明中叶以后，统治阶级内部矛盾加深，程朱理学影响削弱，城市经济发达，思想界出现了王艮、李贽等一批有影响的“异端人物”，文学创作趋向活跃，小说戏曲的成绩尤为显著，民歌、散文也富有特色。明中后期的文学不仅远远超过前期，而且明朝的小说、传奇已可以和唐诗、宋词、元曲媲美，成为明代文学突出的标志。

第二节　明代小说的兴起

明代流传下来有名可考的长篇小说有九十多部，“三言”、“二拍”所收近二百篇短篇白话小说中，大部分是明代的，此外，存世的文言笔记小说有四百多种。由此可见明代小说创作之繁荣。

小说发展至明代，具有三个显著的特征：一是改变了历来轻视小说的传统观念，开始重视小说的文学价值。比如李贽认为，《水浒传》是天下之至文，有跟《史记》相等的思想艺术价值。冯梦龙认为“三言”是六经国史之辅。二是小说体制的改变，短篇发展为长篇，涌现了大批宏篇巨制的章回小说。三是小说语言的变化，从唐宋传奇的纯粹文言到半文半白的通俗文言，以至纯熟流利的白话，这是小说史上的一大进步。

鲁迅《中国小说史略》将明代小说归为四大类：一、讲史，二、神魔小说，三、人情小说，四、拟宋市人小说(拟话本)。

讲史

讲史一般根据某一朝代的历史事件敷衍而成小说，通称演义。明代著名的演义首推《三国演义》。《三国演义》弘治甲寅刊本题为“晋平阳侯陈寿史传，后学罗本贯中编次”。《三国演义》的故事，起于汉灵帝中平元年(184)“祭天地桃园结义”，终于晋武帝太康元年(281)“王濬智取石头城”，先后叙述了近百年的历史，描写了魏、蜀、吴三国的兴衰始末，内容大都根据陈寿的《三国志》和裴松之的注，其中也吸取了宋平话和元戏曲中有关三国故事中的情节和细节。清人章学诚说它“七实三虚”，七分是史实，三分是虚构。《三国演义》以宏伟的画面，庞大的结构，反映三国时期尖锐复杂的政治、军事斗争，成功地塑造了诸葛亮、关羽、张飞、周瑜、曹操、刘备等众多的人物形象，是一部妇孺皆知、很有影响的历史小说，受《三国演义》的影响，明代相继产生的历史小说有《列国志传》、《全汉志传》、《隋唐演义》等，明代的演义上起虞夏下至唐宋几乎都写到了，大都模仿《三国演义》，但思想性和艺术性都不及《三国演义》。

讲史小说的另一种形式，是描写英雄人物的传奇，其中成就最高的是《水浒》。《水浒》的故事大部分取自南宋以来有关梁山人物的传说。梁山首领宋江实有其人，《宋史》记载，宋江等啸聚梁山泊时，其势甚盛，“转略十郡，官军莫敢撄其锋”(《宋史》卷三百五十三)，被《水浒》作者采用的前作有宋遗民龚开作的《宋江三十六人赞》及产生于宋元间的《大宋宣和遗事》，《遗事》记述了当时讲史话本中的原始面貌。施耐庵的《水浒传》是在宋元讲史和民间传说的基础上进行了再创造，大大地丰富了故事情节，塑造了许多未见于史传的人物形象，虚构成分比《三国演义》多得多。《水浒》描写一支农民起义部队从形成到发展的英雄事迹，及后来由受招安到灭亡的惨痛悲剧。作者深刻地描写了“官逼民反”的历史事实，揭露了封建统治阶级的罪恶，热情地歌颂了起义英雄的高贵品质和反抗精神，塑造了武松、鲁智深、李逵、林冲、宋江等众多个性鲜明的人物形象。《水浒》是中国古典小说现实主义成熟的标志，在中国小说发展史上有巨大影响。《水浒》之后着重描写英雄传奇的有写杨家将抗辽的《北宋志传》，有写明朝开国功臣业绩的《皇明英烈传》等。

这类小说的特点是：对荒淫、腐朽的统治集团作了深刻揭露，揭示了农民起义的社会根源，以大量篇幅从正面描写了农民战争；塑造了一批圣君贤相和上层英雄人物，也塑造了一批出身微贱的下层英雄人物，后者在文学史上尤其具有划时代的意义；抵御民族侵略也成为这些小说的重要内容；在艺术上，突破了正史的束缚，采用虚实结合的写法，逐步摆脱了历史演义的模式，开创了英雄传奇的新流派，塑造了杰出的类型化人物形象，也塑造出一些典型化的人物形象。

神魔小说

明中叶嘉靖前后出现一种专门描写神魔之争的小说，鲁迅称其为“神魔小说”，最著名的是吴承恩的《西游记》。《西游记》以唐僧西天取经为故事的基本线索，着重描写孙悟空大闹天宫的叛逆精神，以及他皈依佛门后，和猪八戒、沙和尚一起保护唐僧到西天取经，一路上跟各色各样的妖魔及种种险恶的自然环境展开英勇机智的斗争，历经九九八十一难，终于到达西天取到真经，自己也“功成正果”的曲折历程。在吴承恩创作《西游记》的前几百年，一直流传着有关唐僧取经的故事。唐朝《大唐大慈恩寺三藏法师传》和南宋人编的《大唐三藏取经诗话》及民间流传有关取经的故事，及宋元时期表现唐僧、孙行者故事的平话和杂剧等，这些都为吴承恩创作《西游记》提供了生动的人物原型和丰富的素材。《西游记》是一部群众创作和作家创作相结合的作品，充分显示了吴承恩再创作的才华。他以惊人的想象力，丰富了取经的故事情节；他以诙谐风趣的艺术手段冲淡了原来取经故事中的宗教色彩，将原来宣扬佛教精神的故事，改为带有民主色彩的神话，使具有叛逆精神的孙悟空成为作品的主要人物，将原来居于中心地位的唐僧退居于次要地位，并对他在与邪恶斗争中是非不分的态度予以讽刺批评；将现实生活中的善恶之争，巧妙地渗透在神魔之争的浪漫主义的艺术形象中。这一切使《西游记》成为风格独特的优秀的神话小说。《西游记》的成功，使不少作者竞相仿造，出现了不少《西游记》的续书，如无名氏的《续西游记》、董说（1620—1686）的《西游补》等。此外，尚有不少作者在神魔小说魅力的吸引下，借历史题材来描写神魔斗争，如罗懋登的《三宝太监西洋记通俗演义》、许仲琳（或谓作者佚名）的《封神榜演义》等。这类小说的产生，艺术上受《西游记》的影响，但也和嘉靖以来道教佛教相继盛行的社会风尚有关。

神魔小说的特点是：它的奇幻瑰异的想象，深受佛教、道教的影响；大胆运用夸张想象，制造远离生活和现实的情节，往往寓意较为抽象和隐晦；其思想教化的功能减弱，其娱乐性、幻设性的比重则大大增加。

世情小说

在神魔小说盛行的同时，又突起一种描绘人生悲欢离合、世态炎凉及男女风流韵事的小说，其中也有借世情变迁来宣扬因果报应的，当时称为“世情书”。在众多世情小说中，最著名的数《金瓶梅》。《金瓶梅》一书借《水浒传》中之西门庆为话题，叙写西门庆一家之事。西门庆原有一妻三妾，后又勾上潘金莲，毒死潘夫武大郎，纳潘为妾，复又通奸潘婢春梅；后又谋取李瓶儿家产，纳李瓶儿为妾。《金瓶梅》系金莲、瓶儿、春梅三人各取一字，合而成为小说名。西门庆勾结官府，贿赂权贵蔡京，谋得金吾卫前千户之职，仗势欺人，横行乡里。后来李瓶儿和西门庆先死，潘金莲为武松所杀，春梅也纵欲暴亡。在金兵到清河时，西门庆元配妻携遗腹子孝哥逃难，路上遇到普净和尚，普净以佛法感悟孝哥，终于使孝哥出家当和尚。《金瓶梅》先写贪淫，后说空寂，渗透了因果轮回思想。它暴露了明中叶以后，封建统治阶级内部上下勾结，狼狈为奸，虐害百姓的罪恶行径，及明争暗夺、荒淫无耻的糜烂生活，是当时社会风气的反映。《金瓶梅》对揭露明代官商勾结，鱼肉人民的黑暗面，有其积极意义。但书中对性行为的过多描写则影响不良。《金瓶梅》是中国

第一部纯粹由文人创作的长篇小说，不过，它的作者是谁说法不一，至今尚无定论。和《金瓶梅》同时的世情小说《玉娇李》等，已失传。由于《金瓶梅》是中国第一部以家庭生活为题材的长篇小说，对后来小说创作影响颇大。

当时，除“神魔”、“世情”两大小说主流外，还流行“公案”小说，大多写清官断案的故事，这类小说中没有出现艺术成就高的作品。在民间有影响的公案小说有李春芳（1510—1584）的《海刚峰先生居官公案传》、余象斗的《皇明诸司公案传》和无名氏的《龙图公案》等。

世情小说的特点是：以家庭盛衰、婚姻爱情和各种社会世态为描写对象，其内容情节贴近普通的日常生活，小说人物的塑造也从理想化转换为写实，为小说表现现实生活、使小说更贴近社会开辟了一个新的天地；这些作品，或者是文人在小说话本和讲史话本的基础上改写成的作品，或者是作家一无依傍地根据社会现象创作的作品，作家的创造性劳动大大增加。

拟话本

话本起自唐宋间，大都出于市井说书人之口，“说话之事，虽在说话人各运匠心，随时生发，而仍有底本以作凭依，是为‘话本’”（鲁迅《中国小说史略》）。话本就是“说话”艺人的底本，是随民间“说话”艺术发展的一种文学形式。明朝随着城市的发展，爱好“说话”的市民越来越多，同时印刷术又相当发达，书商就大量刊行话本，请文人编辑话本，加工修改，并进一步模拟话本进行写作，于是就出现了供人们案头阅读的话本，称为“拟话本”。天启年间，著名的通俗文学家冯梦龙在广泛收集宋元话本和明代拟话本的基础上，经过加工整理编成《喻世明言》（初名《古今小说》）、《警世通言》、《醒世恒言》三部短篇小说集，简称“三言”。“三言”每一集各收短篇小说四十篇，共一百二十篇。其中不乏优秀之作，如有蔑视门第，追求真挚爱情的《卖油郎独占花魁》；有表现市井之民重信义，济危扶困精神的《施润泽滩阙遇友》；有描写封建统治集团内部矛盾的如《卢太学诗书傲王侯》；有歌颂生死不渝深情厚谊的《俞伯牙摔琴哭知音》；有表现妇女悲惨命运，斥责贪利忘义之徒的《杜十娘怒沉百宝箱》等，这些作品都不同程度地反映了资本主义萌芽时期的新思想。但“三言”中也有表现神仙道化，宣扬封建礼教，反映消极、腐朽、庸俗思想的篇什。从总体上说，“三言”在中国小说史上是三部有价值的白话短篇小说集。明末凌濛初（1580—1644）看到冯梦龙的“三言”行世颇捷，便仿照“三言”，收集、整理、创作了《初刻拍案惊奇》、《二刻拍案惊奇》二部白话短篇小说集，通称“二拍”。“二拍”比较注意对市民和商业的描写，反映了明代商业经济的活跃，市民意识的发展，但其中表现封建迷信，宣扬因果报应，描写色情淫秽等不健康作品较“三言”多。“二拍”虽和“三言”齐名，但成就不及“三言”。除“三言”、“二拍”外，明人创作的拟话本尚有《石点头》、《醉醒石》、《西湖二集》等，影响都不及“三言”。

这类小说的特点是：题材广泛，内容复杂，更加贴近社会生活；让普通市井细民、下层劳动者成为作品的主人公，这是小说史上令人瞩目的成就；既注意故事的完整、情节的生动曲折，又注意通过典型的细节来表现人物，表现手法丰富多彩；文人创作的拟话本，吸取了民间艺术说话艺术中的优秀成分，摒弃了说话艺术中的不健康部分，大大提高了它的艺术水平，更便于案头阅读。

第三节　明代戏曲的发展

明代戏曲分传奇和杂剧两类，是在宋元南戏和金元杂剧的基础上发展衍化而来。明代传奇是南戏的发展。南戏在宋元时是指用南曲演唱的戏剧形式，最早流行于浙东温州一带，称为永嘉杂剧。南曲戏文是和北曲杂剧相对而言的。北方杂剧是以北曲演唱的戏曲形式，以一宫调一套曲子为一折。通常每本杂剧规定为四折，角色有末、旦、净等。每一剧由正末或正旦一人唱到底，正末唱的叫末本，正旦唱的叫旦本。明代杂剧继承了元杂剧的演唱形式，有时一折写一个故事(类似独幕剧)，也有以几个故事分成几折合成一片(类似短剧的合编)。传奇的特点是不限出数，一般都是三五十出的长篇，角色分生、旦、外、贴、丑、净、末等，一出戏可以由多种角色同时出场；明传奇以南曲为主，同时兼用北曲。嘉靖时传奇的形式更加丰富，唱腔变化多了，不同地域有不同唱腔，流行的有弋阳腔、余姚腔、海盐腔等，影响最大的是昆腔。昆腔始于元末，盛行在苏州、昆山一带，后经魏良辅的改革，昆腔更加优美动听，既保持南曲清柔婉转的特点，又吸收北曲激昂慷慨的声腔，使昆腔在南戏诸腔中占独特优势。

嘉靖年间产生了《宝剑记》、《鸣凤记》、《浣纱记》三部重要传奇。《宝剑记》作者是李开先(1502—1568)，他曾上疏议论朝政，受严嵩同党的倾轧而罢官，闲居后专力从事词曲，借传奇"以诋严嵩父子"。《宝剑记》写林冲被逼上梁山故事，但并不是《水浒》中林冲故事的复述，它着力刻画林冲勇于向高俅、童贯斗争的英雄性格，较《水浒》中的林冲斗争性更强。《宝剑记》表现林冲与高俅的矛盾，由单纯的私仇改成林冲两次上本弹劾高俅贪赃枉法，结党营私，着重展示邪恶和正义的斗争，赋予林冲的故事以新的意义，抒发了作者对当时现实不满的心情。

《鸣凤记》传为嘉靖时主盟文坛二十年的王世贞所作，又说是王世贞的门人所作。但这两说都根据不足，故一般作为无名氏的作品。剧中描写杨继盛等人与权臣严嵩的斗争。以戏曲直接反映时事，《鸣凤记》是第一部。

《浣纱记》的作者是梁辰鱼(约1521—1594)，他为人磊落不羁，蔑视功名，在当时曲坛颇负盛誉。《浣纱记》通过范蠡与西施爱情离合的故事，表现春秋时代吴越兴亡的历史，并以西施溪边浣纱与范蠡相爱时的定情之物一缕纱贯串全剧，结构完整，上演后受到普遍欢迎。同时，《浣纱记》是第一部昆腔传奇，梁辰鱼使清唱发展成为舞台演唱的戏曲新腔，这是具有历史意义的重大改革。从此，昆腔的影响越来越大，文人学士，争用昆腔新声撰作传奇，学习昆腔的人日益增多，甚至发展到"歌儿舞女，不见伯龙，自以为不祥也"。

明传奇作者中影响最大、成就最高的是汤显祖，他著有《还魂记》(即《牡丹亭》)、《邯郸记》、《南柯记》、《紫钗记》，因四剧都有梦的情节，合称"玉茗堂四梦"或"临川四梦"。《牡丹亭》是他的力作，也是中国浪漫主义戏剧的杰作。与汤显祖为代表的临川派并峙曲坛的是以沈璟为代表的吴江派。沈璟(1553—1610)的传奇创作主张本色当行，讲求声律，与尚才情的曲家异趣。他的代表作是传奇《义侠记》，另有《红蕖记》、《博笑记》等。明代著名的传奇还有高濂(约1527—约1603)的《玉簪记》、周朝俊(约1580—1624后)的《红梅记》、孙钟龄的《东郭记》、张四维的《双烈记》等。

明代传奇不断发展，而杂剧却走向衰落。明代杂剧不如元代，但在中叶以后也有成就较高的作家和作品，著名的杂剧家有朱有燉、王九思、康海、徐渭等。

朱有燉(1379—1439)是明代以词曲闻名的藩王。在明初皇帝与藩王间的权力斗争中，周王朱有燉父子先后遭到打击，故深自韬晦，沉湎声色，寄情词曲，以消磨岁月。他一生共作三十一种杂剧，至今全部保留，这是戏曲史上罕见的。在他的杂剧中，《香囊怨》和《团圆梦》写婚姻恋爱故事，以悱恻缠绵见长；《仗义疏财》和《豹子和尚》写水浒英雄故事，以豪放壮烈见长。他的杂剧，艺术成就比较突出，钱谦益《列朝诗集》说他的杂剧"音律谐美，流传内府，至今中原弦索多用之"。李梦阳的《汴中元宵》绝句曰："中山孺子倚新妆，赵女燕姬总擅场。齐唱宪王新乐府，金梁桥外月如霜。”由此可见朱有燉杂剧影响之大。

王九思(1468—1551)较著名的杂剧是《杜甫游春记》,剧中的杜甫并不体现唐朝大诗人杜甫的精神面貌,而是借题发挥,塑造一个不满黑暗现实,狂放自傲的杜甫形象,借他来表达王九思自身的坎坷遭遇,表示对官场腐败的痛恨,吐露其不平之气。

康海(1475—1540)撰有《东郭先生误救中山狼》杂剧,揭露狼阴险凶残的本性,同时也批评东郭先生不分敌我、广施仁慈的错误。《中山狼》是寓言剧,作者通过对狼的鞭挞,骂尽世上一切负国负友、无信无义之徒。

徐渭(1521—1593)是明代有代表性的画家,诗文也有成就,奇肆恣纵,不循故常。他的杂剧代表作是《四声猿》,包括《渔阳弄》、《雌木兰》、《女状元》、《玉禅师》四出杂剧。《渔阳弄》写祢衡在阎罗殿对着曹操鬼魂,再一次击鼓骂曹。徐渭借骂曹揭露当朝权臣借刀杀人、狠毒虚伪的罪恶,强烈地抒发了自己对现实的不满和愤懑之情,表现了一位有正义感的古代知识分子对封建压迫的抗争。《雌木兰》演木兰代父从军,为国立功,赞美巾帼英雄胜过七尺须眉。《女状元》演黄春桃女扮男装,考取状元,并在审理案件时表现出惊人的才能,“世间好事属何人,不在男儿在女子”,有力地批判了封建礼教重男轻女思想。《玉禅师》揭露官场与佛门的虚伪和腐败,但该剧宣扬因果轮回、封建迷信思想,成就不如其他三剧。徐渭的杂剧也和他的书画一样,充满愤世嫉俗的叛逆精神,表现了一个追求个性自由的知识分子对沉重的封建压迫的对抗。《四声猿》在当代就评价很高,王骥德《曲律》说:“徐天池先生《四声猿》,故是天地间一种奇绝文字……刳肠呕心,可泣鬼神,惜不多作。”又说:“徐天池先生所为《四声猿》,高华爽俊,秾丽奇伟,称词人极则,追躅元人。”袁宏道也说:“余少时过里肆中,见北杂剧有《四声猿》,意气豪达,与近时书生所演传奇绝异。”(《徐文长传》)稍后于徐渭的尚有徐复祚(1590—约 1629)的《一元钱》、王衡(1561—1609)的《真傀儡》等描绘世态、讽刺朝政的杂剧,有一定影响。

第四节 明代的诗和文

明初著名的诗文家有宋濂、刘基、高启,他们皆由元入明,经历过元末社会大动荡,作品有较深刻的内容,对扭转元末纤弱萎靡的文风起过良好的作用。

宋濂被朱元璋称为“开国文臣之首”。他擅长散文,笔法简洁,行文自然,尤其是传记文写得最好,善于以人物自己的语言行动来显示人物性格。如《王冕传》写王冕贫苦“依僧寺以居”,勤奋好学的精神,刻画得细腻动人;《送东阳马生序》以自己求学的经过勉励后生,要刻苦读书,讲道理如说家常,亲切感人。

刘基诗文兼长,他在元末写的寓言集《郁离子》用寓言形式展示他对世事的洞察力,有些文字形象生动,哲理性强,是中国古代文学史上仅见的一部寓言专集,意在“矫元室之弊,有激而言也”(徐一夔《郁离子序》)。他学识渊博,论事颇有胆识。《楚有养狙以为生者》一章,发挥了庄子“狙公赋”的寓意,提醒统治者要注意民心,压迫欺骗过甚,必将遭到人民的反对。杂文《卖柑者言》以浅显的文字,形象地揭露元末官僚们“金玉其外,败絮其中”的腐朽本质。刘基诗风雄浑奔放,苍凉悲壮,成就较高。他的一千二百字长诗《二鬼》,以二鬼比喻他和宋濂二人,通过离奇变幻的神话故事,幻想他们要在动乱中重建封建秩序的理想,但在当时,他们的理想难以实现,为此而深感苦闷。刘基的佳作多出在元末,晚期诗除《二鬼》外,多是叹老伤怀之作,成就不及前期。

高启才华横溢，为明代成就最高的诗人之一，诗风清新劲拔，众体兼长。他的乐府诗《养蚕词》、《打麦词》、《采茶词》描写农村生活，朴素真实。他的七律佳作颇多，七古《登金陵雨花台望大江》景色壮丽，气象雄伟，笔法豪放，抒发他对祖国统一，“从今四海永为家，不用长江限南北”的喜悦之情。可惜盛年被害，才华未得充分发挥。

台阁体和茶陵诗派。从明成祖永乐到明孝宗弘治时期，诗坛出现以“三杨”（杨士奇，1365—1444；杨荣，1371—1440；杨溥，1375—1446）为代表的“台阁体”。三杨先后都官拜大学士，所作都是歌功颂德、粉饰太平的作品，形式雍容典雅，内容平庸乏味。当时一些官僚文人都模仿“台阁体”，大写逢迎应酬之作，这种风气严重地抑制了明代前期诗文的生气。不过在台阁体盛行的同时，也有像民族英雄于谦（1398—1457）含意深刻的咏物诗（如《石灰吟》：“千锤万凿出深山，烈火焚烧若等闲。粉骨碎身浑不怕，要留清白在人间”）和反对侵略的爱国主义诗篇，但这样的诗人当时很少。

后于于谦五十年，诗坛出现李东阳为首的茶陵派。李东阳（1447—1516）官至大学士，他以台阁大臣地位主持诗坛，颇有声望，是台阁体到前后七子的过渡人物。他强调宗法杜甫，刻意学习杜诗的法度音调，试图以复古来扭转台阁体呆板僵化的诗风，但他长期身居高位，对社会现实终嫌隔膜，“忧国只凭书卷里，放朝长忆漏声中”（《立秋雨不止再和师召韵四首》其四），学习杜甫多流于形式。

前七子的复古。弘治、正德年间，以李梦阳（1473—1530）、何景明为首的前七子提倡学习秦汉古文和汉魏盛唐的诗歌，来反对索然无味的台阁诗和千篇一律的八股文，起了积极作用。前七子指李梦阳、何景明、徐祯卿（1479—1511）、边贡（1476—1532）、康海、王九思、王廷相（1474—1544）。他们正处在太监刘瑾等八虎专权时，政治上敢于和宦官集团斗争，曾写过一些有现实意义的作品，如何景明的《岁晏行》描写徭夫的痛苦，官府的残酷，“一年征求不少蠲，贫家卖男富卖田”，读来触目惊心，这是复古派诗歌积极的一面。如李梦阳《登太华山绝顶》：“苍龙半挂秦川雨，石马长嘶汉苑风。地敞中原秋色尽，天开万里夕阳空。”以写景直抒爱国之情，气象雄浑。但他们主张“文必秦汉，诗必盛唐”，一味尊古，忽视继承和发展的关系，专事模仿古人的技法，使他们的作品成为仿古拟古的假古董。因为刻意仿古，后来唐宋派古文家讥笑他们以模拟剽窃为能。他们反对台阁体和八股文是有积极意义的，但过分强调复古，作茧自缚，则走向另一个极端。当时在前七子之外独树一帜的诗人另有文徵明（1470—1559）、杨慎（1488—1559）等。

后七子的复古。嘉靖、隆庆年间，以李攀龙（1514—1570）、王世贞为首的后七子，再一次发起复古运动，前后七子发动的复古运动长达百年之久。后七子指李攀龙、王世贞、谢榛（1495—1575）、宗臣、梁有誉（1519—1554）、吴国伦（1524—1593）、徐中行（1517—1578）。李攀龙主张文必西汉，诗必盛唐，为诗步趋盛唐格调，而贻人优孟衣冠之讥。但其七言近体也有一些气度高华的佳作。由于李攀龙去世较早，后七子中影响最大自然就非王世贞莫属了。王世贞学问渊博，“声华意气，笼盖海内。一时士大夫及山人、词客、衲子、羽流，莫不奔走门下，片言褒赏，声价骤起”（《明史》本传）。王世贞的诗文，多数也是摹拟古人的，同前七子一样，主张今之作者只要“琢字成辞，属辞成篇，以求当于古之作者”，也就是模仿古人成法就是了。以观点言，他是彻底的复古主义者，不过王世贞为官于严嵩专权时期，与严嵩有世仇，而与抗倭明将戚继光交往密切，使他对当时政局有比较清醒的认识，因此他的诗文和戏曲创作有一定思想意义。尤其在复古运动后期，复古主义的弊病日益明显，反对的人也越来越多，这就促使王世贞等修正复古主义的观点，认识到“代不能废人，人不能废篇，篇不能废句”，一代有一代之文，不再一味强调复古了。在后七子中以散文闻名的宗臣(1525—1560)，作文有自己的风格，较少摹拟之习。他的《报刘一丈书》深刻揭露官场丑恶，文字辛辣，值得一读。复古派在明代诗文发展过程中起过一定的积极作用，但也带来模拟、雷同、缺乏创作个性的弊端。

唐宋派的散文。在七子派显赫之时，唐宋派作家就批评他们专以模拟古人为事，文章佶屈聱牙，难以卒读。王慎中(1509—1559)、唐顺之(1507—1560)等为纠正七子派"文必秦汉"之弊，主张改变学秦汉之文为学唐宋之文。在后七子再次发起复古运动后，茅坤(1512—1601)、归有光等又起而与之抗衡。前后七子崇秦汉薄唐宋，他们则既肯定三代两汉文的传统地位，更重视唐宋文的继承发展，推崇韩愈、柳宗元、欧阳修、曾巩、苏洵、苏轼、苏辙、王安石的散文。他们反对复古派对秦汉文的刻意模仿，主张文章要直写胸臆，并提倡平易自然的文风。唐顺之的《文编》除选秦汉古文外，大量选韩、柳、欧、三苏、曾、王的散文。茅坤又专编《八大家文钞》，编定后"其书盛行海内，乡里小儿无不知有茅鹿门者"(《明史》本传)。因王慎中、唐顺之、茅坤、归有光等趣尚相同，今人就称之为"唐宋派"。唐宋派中散文成就最高的是归有光，归文善于抒情、记事，文章不加雕琢而风味超然，如《项脊轩志》、《先妣事略》、《寒花葬志》等都是即事抒情，淡泊无华而亲切感人，"无意于感人，而欢愉惨恻之思，溢于言表"(王锡爵《归公墓志铭》)，当时人推崇他为"今之欧阳修"。唐宋派文章除归有光外，可传之作不多，一般都缺乏深意，不少应酬捧场文章更是枯窘乏味，有些表彰孝子节妇的文章，道学气味很重；而且他们只着眼于散文，很少涉及诗歌，因而他们尚无力全面地消除复古派的影响。

公安派和竟陵派。比唐宋派更有力抨击复古派的是公安派。在公安派之前，李贽就提出："诗何必古选？文何必先秦？"认为文章不得以时之先后论高低。李贽的思想给公安派的影响很深。公安派的主要人物是"公安三袁"，即袁宗道(1560—1600)、袁宏道、袁中道(1570—1623)三兄弟，都是湖广公安(今属湖北)人。公安派反对贵古贱今，反对模拟古人，认为文学是随时代发展而变化的，不同的时代便有各种不同的文学。袁宗道说："夫时有古今，语言亦有古今。今文所诧为奇字奥句，安知非古之街谈巷语耶。"(《论文上》)袁宏道说："文之不能不古而今也，时使之也……夫古有古之时，今有今之时，袭古人语言之迹，而冒以为古，是处严冬而袭夏之葛者也。"(《雪涛阁集序》)袁中道说："天下无百年不变之文章。"主张文随世变，反对泥古不化，是公安派的基本思想。公安派还主张文章要从自己胸臆中流出，要独抒性灵，"率性所行，是谓真人"(袁宏道《识张幼于箴铭后》)，文不真诚就不能动人，一人文章就要有一人的真面目，因此他们十分重视民间故事和民歌，因为这是妇人孺子的真声，有"自然之趣"。强调诗文要独抒性灵，不拘格套，"以心摄境，以腕运心，则性灵无不毕达"(江盈科《敝箧集序》)。公安派的创作活动着重于散文，他们的散文都是他们性灵的自然流露，语言冲淡自然，活泼流利，明净脱俗，特别是袁宏道的游记、尺牍、小品，很有特色。但由于只谈性灵，而"心灵无涯，搜之愈出"，文章全系于个人性情，题材比较狭窄，写景虽独辟蹊径，但有重大意义的文章则少见。

同公安派一起反对复古主义的还有以竟陵人钟惺(1572—1624)、谭元春(1586—1637)为代表的竟陵派。竟陵派也主张文学创作应抒写"性灵"，但他们认为公安派作品俚俗浮浅，想以"幽深孤峭"的格调来济公安派浅俗之弊，并提出要学习"古人精神"，刻意追求文字寓意的深奥，结果却造成自己文章晦涩之弊。竟陵派对明后期文学的影响不如公安派大。在公安和竟陵之后，晚明出现了富有特色的小品散文，代表作家是张岱。张岱沿袭公安派、竟陵派的主张，提倡任情适性文风，作品题材广泛，写山水风景、社会生活、风俗民情等都有佳作，著有《陶庵梦忆》、《西湖梦寻》，其中《西湖七月半》等篇清新明丽，细致动人，体现了晚明散文的艺术特色。

明末爱国的诗文家。明末民族矛盾和阶级矛盾十分尖锐，在与阉党斗争和抗清斗争中，复社文人表现了高尚的民族气节。张溥(1601—1640)是复社的领袖，他的《五人墓碑记》歌颂苏州市民在与阉党斗争中被害五人的英勇事迹，文笔感人，是一篇政治性、思想性很强的散文。陈子龙与夏允彝(1596—1645)等结几社与复社相呼应，清兵破南京后，他在松江起兵抗清，失败后又继续集结太湖兵抗清，事泄被捕，解送途中投水而死。他的诗文忧时言志，反映民间疾苦，诗风沉雄郁勃。明亡后，他怀念故国，哀悼殉国烈士，写了十首《秋日杂感》，感情沉痛，豪放悲壮，为晚明诗坛的力作。夏完淳(1631—1647)是夏允彝之子，与陈子龙有师生之谊，明亡后"揭竿报国，束发从军"，参加抗清斗争，事败被执，英勇就义，年仅十七。他是一位杰出的诗人，牺牲时所作的诗正气磅礴，悲壮淋漓。《大哀赋》斥责统治者的腐败，眷念故国，慷慨悲歌，凄楚激昂，表现了强烈的爱国主义精神。明末爱国诗人还有瞿式耜(1590—1650)、张煌言(1620—1664)等，他们坚持抗清斗争，在斗争中写下了许多诗篇，表现了至死不屈的民族气节。

明代诗文，流派较多，这种现象固然和明代文士喜结社的风气有关，但也表明诗文创作到了明代，比较注意风格理论和继承革新问题的探讨，不是毫无意义的。但是各个流派对他们认识到的部分真理强调过分，入主出奴，门户成见很深，分析问题缺乏辩证态度，影响创作和理论的发展和提高。明代散文有其特色，成就较大，但诗的成就，从总体上说不仅远逊唐宋，而且不及清代。

第五节　明代的散曲和民歌

明代散曲创作在明中叶后有较大发展，不少诗、文、戏曲作家都兼作散曲，著名的有王磐、陈铎、冯惟敏、薛论道、沈仕、祝允明、唐寅等。明代散曲内容涉及面比较广泛，风格也比较多样，有描写官场黑暗和民间疾苦的，有描写风情闺怨、嘲风弄月的，有即景抒怀、借物吟志的，有描写苍凉悲壮的边塞景象的等。如王磐(1470—1530)的〔朝天子〕《咏喇叭》：

> 喇叭，唢呐，曲儿小腔儿大。官船来往乱如麻，全仗你抬声价。军听了军愁，民听了民怕，哪里去辨什么真共假。眼见的吹翻了这家，吹伤了那家。只吹的水尽鹅飞罢！

以官船号角"喇叭"为题目，讽刺宦官擅权，作威作福，搜刮民财，鱼肉百姓，人人望而生畏的景象，是明散曲中有现实意义的佳作。如陈铎(1488—1521)的〔醉太平〕《挑担》：

> 麻绳是知己，扁担是相识。一年三百六十回，不曾闲一日。担头上讨了些儿利，酒房中买了一场醉。肩头上少了几层皮，常少柴没米。

用明白的口语，倾诉小贩的辛苦，表达作者对劳动人民的同情。如冯惟敏(1511—约 1580)的〔粉蝶儿〕《下第嘲友人乘独轮车》：

> 问先生何处安歇？刚要宁帖，又上摇车。休说才华，莫谈星命，总是饶舌。赤紧的状元花状元红让了人也，安排着将军来将军去怎肯亏折？未了的冤业，终有个结绝。投至得卷土重来，那其间再辨龙蛇。

对科举制度进行了辛辣的嘲讽，体现出作者对社会现实的清醒认识。如薛论道(1522—约 1593)的〔黄莺儿〕《塞上重阳》：

荏苒又重阳，拥旌旄倚太行。登临疑是青霄上。天长地长，云茫水茫。胡尘静扫山河壮。望遐荒，王庭何处？万里尽秋霜。

以苍劲的笔调，描绘边疆风光，表达将士们捍卫祖国的壮志，是散曲中的豪放之作。如沈仕(1488—1565)的〔懒画媚〕《春闺即事》：

东风吹粉酿梨花，几日相思闷转加。偶闻人语隔窗纱，不觉猛地浑身乍。却原来是架上鹦哥不是他。

这首散曲，生动细腻地描绘闺中女子思念心上人的心情和形态，是南曲柔婉风格的代表作。沈仕有散曲集《唾窗绒》，以写男女之情轰动一时，仿效他的人很多。明代散曲有不少优秀之作，但也有不少点缀升平、格调不高的作品。

明代的中晚期，民歌很盛行，很有特色，被认为明代文学之"一绝"。卓人月说："我明诗让唐，词让宋，曲又让元，庶几〔吴歌〕、〔挂枝儿〕、〔罗江怨〕、〔打枣竿〕、〔银绞丝〕之类，为我明一绝。"(陈宏绪《寒夜录》引)明代民歌新鲜活泼，朴实动人，多数描写男女爱情生活，表现对封建礼教的不满和反抗，是新兴市民阶层思想意识的一种表现。如："傻俊角，我的哥，和块黄泥捏咱两个。捏一个儿你，捏一个儿我。捏的来一似活托，捏的来同床上歇卧。将泥人儿摔碎，着水儿着和过。再捏一个你，再捏一个我。哥哥身上也有妹妹，妹妹身上也有哥哥。"(陈所闻《南宫词》)这首民歌用大胆坦荡的语言，形象地描绘一对青年男女离不开、割不断的爱情。有的民歌敢于面对现实，勇敢地讽刺无道的权臣，斗争性很强，如："可笑严介溪，金银如山积，万锯信手施。尝将冷眼看螃蟹，看你横行得几时。"(朱国祯《涌幢小品》)有的民歌反映苦难深重的百姓，盼望农民起义军早来解救的心情，如："朝求升，暮求合，近来贫汉难存活。早早开门拜闯王，管教大小都欢悦。"(计六奇《明季北略》)这类民歌民谣对壮大农民军声势，起了重大作用。明代民歌表现的内容是多样的，以反映男女爱情婚姻的占多数，其中虽也掺杂淫词滥调，但多数是健康的。民歌的特点是短小精练，质朴动人，自由活泼，毫不雕琢，这无疑给长期在台阁体和复古主义统治下沉闷的文坛，吹入一股清风，因而民歌不仅为广大平民所喜爱，也为士大夫中人所喜爱。李贽和公安三袁都很推重民歌，认为民歌多真声。冯梦龙在编小说集"三言"同时，还编印过两部民歌集《挂枝儿》和《山歌》，收录吴中的民歌八百多首，认为这些作品是"民间性情之响"，"天地间自然之文"，充分肯定民歌的意义和作用，认为山歌"若夫借男女之真情，发名教之伪药，其功于《挂枝儿》等"(《山歌序》)。

一个时代的文学有一个时代文学的特点，明代文学亦然。在诗、词、曲、文等方面，明代没有超过前朝的成就。到了明代中晚期出现了资本主义的萌芽，思想上也出现追求个性发展的民主主义因素，虽然还十分稚弱，但也给文学创作输入了新的时代意识。随着城市经济的发展，市民阶层人数的增多，适应市民需要的小说、戏剧就有了新的发展。明代的小说、传奇、民歌，不论是内容和艺术形式，都显示了独特的光彩。明代文学这方面的成就，超过了前朝，并为清代小说、戏曲的进一步发展奠定了基础。

第二章　明代作品选

第一节　罗贯中和《三国演义》

罗贯中，名本，字贯中，号湖海散人，杭州（今属浙江）人，祖籍太原（今属山西）。生卒年不详，鲁迅《中国小说史略》大致定为1330—1400年，其时正处于元末民族矛盾、阶级矛盾都很尖锐的动乱时期。罗贯中一生奔走，有政治抱负和军事才能，但“与人寡合”，不与时俗同流。王圻《稗史汇编》说他是“有志图王者”，曾参加过反元的起义，与张士诚有往来。据说当他看到朱元璋得天下的大局将定，就结束政治生涯，专心致力于“传神稗史”，用文学创作来寄托自己的理想和抱负。相传他曾写过《十七史演义》的巨著，流传的有《三国志通俗演义》、《隋唐两朝志传》、《残唐五代史志传》、《三遂平妖传》等；他还参加过《水浒传》的编写。除小说创作外，罗贯中还有多方面的艺术才能，贾仲明《录鬼簿续编》说他写“乐府隐语，极为清新”，他编写的杂剧有《赵太祖龙虎风云会》、《忠正孝子连环谏》、《三平章死哭蜚虎子》等，其中《赵太祖龙虎风云会》比较出名。

罗贯中用力最大，影响最广，艺术上最为成功的要数《三国志通俗演义》（简称《三国演义》）。《三国演义》主要描写三国时期魏、蜀、吴之间的斗争，主要人物和事件大部分采取陈寿的《三国志》及裴松之的《三国志注》，同时广泛征引有关三国的野史杂传，小说情节较史书《三国志》所记丰富许多，其中有不少传说和虚构。创作思想和陈寿《三国志》的基本观点也不相同，陈寿《三国志》尊曹魏为正统，罗贯中《三国演义》则拥刘反曹，尊蜀为正统。《三国演义》的情节线索及人物塑造大都以蜀为中心，小说有意识地将刘备宽仁与曹操残忍作对比，褒刘贬曹倾向十分明显。其他着力刻画的人物如关羽、张飞、诸葛亮等都在蜀，并着力表现了他们忠于蜀汉的思想品质。罗贯中这一思想固然受朱熹《通鉴纲目》以蜀为正统观点的影响，但也是他那圣君贤相，主辅合德的政治理想的反映。

《三国演义》结构宏伟，将三国时期近百年来头绪纷繁的政治、军事斗争和各种错综复杂的事件、众多的人物关系，形象地反映在一个一个场面中，叙述事件，前呼后应，有条不紊；情节结构波澜起伏，扣人心弦。如果作者没有一定的政治、军事斗争的经验和高超的艺术才能是难以做到的。《三国演义》艺术成就最高的是对战争的描写。整部小说贯穿着大大小小的战役，但它写战争却不是单纯地写烽火连天，刀光剑影的厮杀，勇士猛将的拼搏，而是通过每一战役反映三国政治形势的发展和变化，展示主帅、谋士和将领的谋略、才识和性格。写战争双方的胜负，不取决于军事力量的强弱，而取决于"时势"和谋略；描写战局不光是写出了复杂的场面，更主要的是展示了人物在特定环境中的作为，从而丰富了人物性格的内涵。罗贯中将这些复杂的战役描写得活而不乱，环环紧扣，时松时紧，引人入胜，既写出了波澜壮阔的战争场景，又展示了明争暗斗的曲折隐情，从而显示三方主帅、谋士的智能才略和个性。在曹孙对抗中，写出曹操的骄横和孙权的谨慎；在孙刘矛盾中，写出了周瑜的雄才大略和狭隘忌才的双重性格，也写出了诸葛亮棋高一着的智慧和雍容沉博的气度。这些人物特点都是在双方较量和各自的行动中显示出来的，因此给读者的印象特别深刻。

《三国演义》描写人物采用大雕和细琢相结合的手法，善于用人物自身的语言、动作、内心活动以及环境的烘托来表现人物的精神风貌，没有脸谱化。描写曹操，既写他的奸诈，也写他的坦荡；既写他的多疑，也写他的豪爽；既写他的骄横傲慢，也写他有容人的肚量，使小说中的曹操成为出色的艺术典型。作者塑造诸葛亮则是集百善于一身：他料事如神，克敌制胜，是智慧的化身；他辅佐刘备，鞠躬尽瘁，是贤相的楷模；他处事谨慎而临危不惧，是人中的豪杰；他淡泊明志，克己奉公，是道德的完人……作者将这一历史人物理想化了，却没有概念化。诸葛亮的形象是通过生动的情节，惊心动魄的斗争，和与强大对手的较量而完美起来的，写得有血有肉，成为家喻户晓、老幼皆知的人物。

在塑造人物形象时，《三国演义》一方面借助于史实，作为人物的骨干；一方面运用艺术虚构，作为人物的血肉。其艺术虚构主要采取如下三种方法：一是移花接木，将历史上某一人物的故事根据人物性格发展移给另一个人。如"鞭打督邮"由刘备而移给张飞，"温酒斩华雄"由孙坚而移给关羽，"草船借箭"由周瑜而移给孔明等。二是扩充衍化，将正史上所记的简略情节扩充衍化成有声有色的场面。如将《三国志》中仅四十个字的简单描写衍化成"赵子龙单骑救主"的生动场面描写，将《三国志》中"由是先主遂诣亮，凡三往，乃见"这十二个字的简单描写衍化成"三顾草庐"的精细描写。三是在民间传说的基础上加以渲染而构成绝妙的篇章，如"借东风"、"三气周瑜"、"断桥退曹"、"空城计"等都是。

《三国演义》的语言"文不甚深，言不甚俗"，用的虽是文言，但并不难读，有它自己的风格。

隆中决策[①]

【题解】 本篇选自《三国演义》第三十八回"定三分隆中决策，战长江孙氏报仇"，标题为编者所加。这一回据陈寿《三国志》及裴松之注所载史实敷演而成。描写刘备三顾茅庐，终于在第三次见到了诸葛亮。诸葛亮看到刘备三次登门求教的诚意，就和他推心置腹，纵论天下大事，并提出三国鼎足而立的战略思想，显示诸葛亮未出茅庐就对天下事了如指掌的过人智慧，并写刘备听孔明一席言后茅塞顿开的心情，为以后刘备和孔明主佐合德，同心兴汉的亲密关系奠定了基础，是《三国演义》重要回目之一。

却说玄德访孔明两次不遇，欲再往访之。关公曰："兄长两次亲往拜谒，其礼太过矣。想诸葛亮有虚名而无实学，故避而不敢见。兄何惑于斯人之甚也！"玄德曰："不然。昔齐桓公欲见东郭野人，五反而方得一面[②]。况吾欲见大贤耶？"张飞曰："哥哥差矣。量此村夫，何足为大贤！今番不须哥哥去；他如不来，我只用一条麻绳缚将来！"玄德叱曰："汝岂不闻周文王谒姜子牙之事乎？文王且如此敬贤，汝何太无礼！今番汝休去，我自与云长去。"飞曰："既两位哥哥都去，小弟如何落后！"玄德曰："汝若同往，不可失礼。"飞应诺。

于是三人乘马引从者往隆中。离草庐半里之外，玄德便下马步行，正遇诸葛均。玄德忙施礼，问曰："令兄在庄否？"均曰："昨暮方归。将军今日可与相见。"言罢，飘然自去。玄德曰："今番侥幸得见先生矣！"张飞曰："此人无礼！便引我等到庄也不妨，何故竟自去了！"玄德曰："彼各有事，岂可相强。"三人来到庄前叩门，童子开门出问。玄德曰："有劳仙童转报：刘备专来拜见先生。"童子曰："今日先生虽在家，但今在草堂上昼寝未醒。"玄德曰："既如此，且休通报。"分付关、张二人，只在门首等着。玄德徐步而入，见先生仰卧于草堂几席之上。玄德拱立阶下。半晌，先生未醒。关、张在外立久，不见动静，入见玄德犹然侍立。张飞大怒，谓云长曰："这先生如何傲慢！见我哥哥侍立阶下，他竟高卧，推睡不起！等我去屋后放一把火，看他起不起！"云长再三劝住。玄德仍命二人出门外等候。望堂上时，见先生翻身将起，——忽又朝里壁睡着。童子欲报。玄德曰："且勿惊动。"又立了一个时辰，孔明才醒，口吟诗曰：

大梦谁先觉？平生我自知。草堂春睡足，窗外日迟迟。

孔明吟罢，翻身问童子曰："有俗客来否？"童子曰："刘皇叔在此，立候多时。"孔明乃起身曰："何不早报！尚容更衣。"遂转入后堂。又半晌，方整衣冠出迎。玄德见孔明身长八尺，面如冠玉[③]，头戴纶巾[④]，身披鹤氅[⑤]，飘飘然有神仙之概。玄德下拜曰："汉室末胄、涿郡愚夫，久闻先生大名，如雷贯耳。昨两次晋谒[⑥]，不得一见，已书贱名于文几[⑦]，未审得入览否[⑧]？"孔明曰："南阳野人，疏懒性成，屡蒙将军枉临，不胜愧赧。"二人叙礼毕，分宾主而坐，童子献茶。茶罢，孔明曰："昨观书意，足见将军忧民忧国之心；但恨亮年幼才疏，有误下问。"玄德曰："司马德操之言，徐元直之语，岂虚谈哉？望先生不弃鄙贱，曲赐教诲[⑨]。"孔明曰："德操、元直，世之高士。亮乃一耕夫耳，安敢谈天下事？二公谬举矣。将军奈何舍美玉而求顽石乎？"玄德曰："大丈夫抱经世奇才，岂可空老于林泉之下？愿先生以天下苍生为念，开备愚鲁而赐教。"孔明笑曰："愿闻将军之志。"玄德屏人促席而告曰[⑩]："汉室倾颓，奸臣窃命[⑪]，备不量力，欲伸大义于天下，而智术浅短，迄无所就。惟先生开其愚而拯其厄[⑫]，实为万幸！"孔明曰："自董卓造逆以来，天下豪杰并起。曹操势不及袁绍，而竟能克绍者，非惟天时，抑亦人谋也。今操已拥百万之众，挟天子以令诸侯，此诚不可与争锋。孙权据有江东，已历三世，国险而民附[⑬]，此可用为援而不可图也。荆州北据汉、沔，利尽南海，东连吴会，西通巴、蜀，此用武之地，非其主不能守[⑭]：是殆天所以资将军，将军岂有意乎？益州险塞，沃野千里，天府之国，高祖因之以成帝业；今刘璋暗弱，民殷国富，而不知存恤，智能之士，思得明君。将军既帝室之胄，信义著于四海，总揽英雄[⑮]，思贤如渴，若跨有荆、益，保其岩阻，西和诸戎，南抚彝、越，外结孙权，内修政理；待天下有变，则命一上将将荆州之兵以向宛、洛，将军身率益州之众以出秦川，百姓有不箪食壶浆以迎将军者乎？诚如是，则大业可成，汉室可兴矣。此亮所以为将军谋者也。惟将军图之。"言罢，命童子取出画一轴，挂于中堂，指谓玄德曰："此西川五十四州之图也。将军欲成霸业，北让曹操占天时，南让孙权占地利，将军可占人和。先取荆州为家，后即取西川建基业，以成鼎足之势，然后可图中原也。"玄德闻言，避席拱手谢曰："先生之言，顿开茅塞，使备如拨云雾而睹青天。但荆州刘表、益州刘璋，皆汉室宗亲，备安忍夺之？"孔明曰："亮夜观天象，刘表不久人世；刘璋非立业之主：久后必归将军[16]。"玄德闻言，顿首拜谢。只这一席话，乃孔明未出茅庐，已知三分天下，真万古之人不及也！后人有诗赞曰：

豫州当日叹孤穷，何幸南阳有卧龙。欲识他年分鼎处，先生笑指画图中。

玄德拜请孔明曰："备虽名微德薄，愿先生不弃鄙贱，出山相助。备当拱听明诲。"孔明曰："亮久乐耕锄，懒于应世，不能奉命[17]。"玄德泣曰："先生不出，如苍生何！"言毕，泪沾袍袖，衣襟尽湿。孔明见其意甚诚，乃曰："将军既不相弃，愿效犬马之劳。"玄德大喜，遂命关、张入，拜献金帛礼物。孔明固辞不受。玄德曰："此非聘大贤之礼，但表刘备寸心耳[18]。"孔明方受。于是玄德等在庄中共宿一宵。次日，诸葛均回，孔明嘱咐曰："吾受刘皇叔三顾之恩，不容不出。汝可躬耕于此，勿得荒芜田亩。待我功成之日，即当归隐。"后人有诗叹曰：

身未升腾思退步，功成应忆去时言。只因先主丁宁后，星落秋风五丈原。

又有古风一篇曰：

高皇手提三尺雪，芒砀白蛇夜流血。平秦灭楚入咸阳，二百年前几断绝。
大哉光武兴洛阳，传至桓灵又崩裂。献帝迁都幸许昌，纷纷四海生豪杰。
曹操专权得天时，江东孙氏开鸿业。孤穷玄德走天下，独居新野愁民厄。
南阳卧龙有大志，腹内雄兵分正奇。只因徐庶临行语，茅庐三顾心相知。
先生尔时年三九，收拾琴书离陇亩。先取荆州后取川，大展经纶补天手。
纵横舌上鼓风雷，谈笑胸中换星斗。龙骧虎视安乾坤，万古千秋名不朽。

玄德等三人别了诸葛均，与孔明同归新野。玄德待孔明如师，食则同桌，寝则同榻，终日共论天下之事。孔明曰："曹操于冀州作玄武池以练水军，必有侵江南之意。可密令人过江探听虚实。"

玄德从之，使人往江东探听。

【注释】

① 隆中：山名，在今湖北襄阳市西二十里，汉末，诸葛亮避乱隐居于此。

② "昔齐桓"二句：春秋时齐桓公亲自去看一个小臣，去三次都见不到，旁人劝齐桓公不要去了，他不听，终于在第五次去时见到了这个小臣。所谓东郭野人就是指故事里的小臣。

③ "面如"句：面孔白润得像玉。冠玉，缀在帽子上的宝玉。

④ 纶(guān)巾：用丝带制成的一种头巾。诸葛亮常戴此头巾，后来人们就叫它为"诸葛巾"。

⑤ 鹤氅(chǎng)：羽毛做成的大衣。

⑥ 昨：前些日子。

⑦ 书贱名于文几：留一封信在您的书案上。

⑧ "未审"句：不知道您看到过没有。

⑨ 曲赐教诲：请给我详尽地教导。

⑩ 屏(bǐng)人：叫旁人走开。屏，排除。促席：移动座席靠近诸葛亮。

⑪ 窃命：窃取政权。

⑫ 拯其厄：拯救我的困难。厄，危难。

⑬ "国险"句：地势险要，人民归附。

⑭ 其主：有能力占有这个地方的人。

⑮ 总揽英雄：广泛地罗致英雄好汉。

⑯ 归：归附。

⑰ 奉命：从命，接受您的邀请。

⑱ 寸心：小小的心意。

第二节　施耐庵和《水浒传》

施耐庵，生平不详，一般认为他是元末明初时人。虽然《水浒传》故事早已家喻户晓，妇孺皆知，而《水浒传》作者是谁，却说法不一。或认为是施耐庵，或认为是罗贯中，或认为是施、罗合作，当代学术界大都认为《水浒传》的作者是施耐庵。根据《水浒传》对在封建统治下官逼民反种种社会现象的深刻揭露，对农民起义队伍的形成、壮大和失败过程的真实描写，可以推想施耐庵对元末社会大动荡及农民大起义情况了解得十分深刻，民间传说施耐庵曾参加过元末农民起义是可能的。

《水浒传》是反映中国封建社会农民起义的小说，全面地描写了农民起义斗争由个人反抗到集体行动，从无组织到有组织，从小山头到大山头，从一股股武装汇集成巨大的起义洪流，与封建反动势力展开轰轰烈烈的斗争，最后由于起义军历史的局限性及首领宋江接受招安，一支伟大的农民起义军消散零落，以悲剧性失败告终。《水浒传》展示了封建社会农民起义的发生、发展和失败的全过程，是一部伟大的现实主义小说。

《水浒传》深刻揭露了封建社会的黑暗和腐朽，封建统治阶级的罪恶，反映了被压迫人民的痛苦。小说开头先写破落户子弟高俅因踢球得到徽宗皇帝的宠信，被提拔为殿帅府太尉，他和蔡京、童贯、杨戬等串通一气，构成最高统治集团。在他们下面有一帮亲属门客组成的心腹党羽，如梁世杰、蔡九知府、慕容知府、高廉、贺太守等，他们各霸一方，上下依托，朋比为奸。在这群官僚之下又有一伙伙贪官污吏、土豪恶霸，上下一体，横行乡里，形成一层一层的封建统治势力。他们欺压百姓，残害忠良，鱼肉人民，无恶不作，迫使被压迫人民忍无可忍，逼上梁山，起来造反。这构成了《水浒传》的重要内容。小说另一方面的重要内容，是着力描写各路英雄聚义梁山后，“八方共域、异姓一家”，“替天行道”，势众力强，在晁盖、宋江统领下，和官军、土豪展开声势浩大的斗争，取得了两赢童贯，三败高俅，三打祝家庄，智取大名府等一系列辉煌胜利。小说还有一方面的内容着重表现宋江等接受招安后，奉诏平辽，征讨方腊，虽然得胜回朝，可是一百零八将只剩下二十七个，那些仅存的梁山好汉，虽然名义上得到一官半职，但个个受奸臣的打击、排挤、陷害，最后两个忠于朝廷的领袖宋江和卢俊义，一个被御赐药酒毒死，一个吃了有水银的御膳，落河而死。他们为求生存而上梁山，后来却因招安而丧生，这是梁山泊义军的大悲剧，同时，也暴露了封建统治者的阴险和狠毒。《水浒传》作者最后描写了招安后的悲剧，寓意是深刻的。毛泽东曾经说过：“由于当时还没有新的生产力和新的生产关系，没有新的阶级力量，没有先进的政党，因而这种农民起义和农民战争得不到如同现在所有的无产阶级和共产党的正确领导，这样就使当时的农民革命陷于失败，总是在革命中和革命后被地主和贵族利用了去，当作他们改朝换代的工具。”(《中国革命和中国共产党》)梁山泊起义英雄的悲剧正是在这样的历史条件下发生的。

《水浒传》成功地再现了农民起义的历史真实，有很高的艺术成就。它塑造了众多英雄人物，精确地写出了一百零八将“相貌语言，南北东西虽各异；心情肝胆，忠诚信义并无别”的同中有异的特征。其中有一二十个人物，人人个性鲜明，刻画得栩栩如生，如李逵的勇猛和鲁莽；武松的正直和剽悍；鲁智深“戒刀杀尽不平人”的刚烈；林冲由忍气吞声到坚决斗争的性格发展；宋江扶危济困的英雄气概和愚忠愚孝的封建观念所构成的双重性格，无不刻画得精细入微。这许多个性鲜明的形象，是中国古典小说中众所周知的典型。

《水浒传》故事富有极浓厚的传奇色彩，情节引人入胜，一波未平，一波又起，起伏跌宕，变化莫测。每一个故事的高潮，都能紧紧扣住读者的心弦。如“拳打镇关西”、“智取生辰纲”、“宋江杀惜”、“武松打虎”、“血溅鸳鸯楼”、“江州劫法场”、“三打祝家庄”等等，数百年来一直脍炙人口。但《水浒传》并不是单纯地为了追求故事情节的曲折离奇而迎合读者的，而是紧紧围绕“官逼民反”这一中心思想，把故事情节和人物性格融合在一起来写，所以在艺术上成就极高。

《水浒传》明快、洗练的语言特色及人物语言的性格化是很值得我们学习的。人物语言真可说是一人一声口，如李逵、武松、鲁智深同为武人，却各有其声口，各见其性情。这就是《水浒》刻画人物的深刻之处。所以鲁迅指出，《水浒传》“是能使读者由说话看出人来的”。

《水浒传》叙事以白描为主，简洁明快，活泼流畅，没有赘言冗语，如“景阳岗武松打虎”、“林教头风雪山神庙”、“李逵大闹忠义堂”、“鲁智深醉打山门”等都是能一口气读完的好文章。

智取生辰纲

【题解】 本篇选自《水浒传》第十五回“杨志押送金银担，吴用智取生辰纲”，标题为编者所加。这一回是后来梁山泊英雄聚义的前奏，描写晁盖、吴用、公孙胜、刘唐、三阮等一批上梁山的好汉，用计谋劫取梁中书孝敬他老丈人蔡京生辰的不义之财，明确提出“取非其有官皆盗，损彼盈余盗是公”，即贪官就是盗贼，劫贪官不义之财是正义行为的思想，这也是以后“八方共域，异姓一家”梁山聚义的思想基础。

这一回还提出“力则力取，智则智取”的战略战术，特别突出一个“智”字。情节安排，环环扣紧，杨志押送生辰纲过黄泥岗，白胜卖酒，众军士被蒙汗药所蒙，生辰纲被劫，每一情节都围绕着“智取”这一中心。

话说当时公孙胜正在阁儿里对晁盖说这北京生辰纲是不义之财[①]，取之何碍。只见一个人从外面抢将入来，揪住公孙胜道：“你好大胆！却才商议的事，我都知了也。”那人却是智多星吴学究。晁盖笑道：“教授休慌，且请相见。”两个叙礼罢，吴用道：“江湖上久闻人说入云龙公孙胜一清大名，不期今日此处得会！”晁盖道：“这位秀才先生，便是智多星吴学究。”公孙胜道：“吾闻江湖上多人曾说加亮先生大名，岂知缘法却在保正庄上得会。只是保正疏财仗义，以此天下豪杰，都投门下。”晁盖道：“再有几个相识在里面，一发请进后堂深处相见。”

三个人入到里面，就与刘唐、三阮都相见了。正是：

金帛多藏祸有基，英雄聚会本无期。
一时豪侠欺黄屋，七宿光芒动紫薇。

众人道：“今日此一会，应非偶然，须请保正哥哥正面而坐。”晁盖道：“量小子是个穷主人，怎敢占上！”吴用道：“保正哥哥年长，依着小生，且请坐了。”晁盖只得坐了第一位，吴用坐了第二位，公孙胜坐了第三位，刘唐坐了第四位，阮小二坐了第五位，阮小五坐第六位，阮小七坐第七位。却才聚义饮酒，重整杯盘，再备酒肴，众人饮酌。吴用道：“保正梦见北斗七星坠在屋脊上，今日我等七人聚义举事，岂不应天垂象！此一套富贵，唾手而取。前日所说央刘兄去探听路程从那里来，今日天晚，来早便请登程。”公孙胜道：“这一事不须去了。贫道已打听，知他来的路数了，只是黄泥冈大路上来。”晁盖道：“黄泥冈东十里路，地名安乐村，有一个闲汉，叫做白日鼠白胜，也曾来投奔我，我曾赍助他盘缠。”吴用道：“北斗上白光，莫不是应在这人？自有用他处。”刘唐道：“此处黄泥冈较远，何处可以容身？”吴用道：“只这个白胜家便是我们安身处，亦还要用了白胜。”晁盖道：“吴先生，我等还是软取，却是硬取？”吴用笑道：“我已安排定了圈套，只看他来的光景，力则力取，智则智取。我有一条计策，不知中你们意否？如此，如此。”晁盖听了大喜，攧着脚道：“好妙计！不枉了称你做智多星！果然赛过诸葛亮！好计策！”吴用道：“休得再提，常言道：‘隔墙须有耳，窗外岂无人。’只可你知我知。”晁盖便道：“阮家三兄且请回归，至期来小庄聚会；吴先生依旧自去教学；公孙先生并刘唐，只在敝庄权住。”当日饮酒至晚，各自去客房里歇息。

次日五更起来，安排早饭吃了，晁盖取出三十两花银，送与阮家三兄弟道：“权表薄意，切勿推却。”三阮那里肯受。吴用道：“朋友之意，不可相阻。”三阮方才受了银两。一齐送出庄外来，吴用附耳低言道：“这般这般，至期不可有误。”三阮相别了，自回石碣村去。晁盖留住公孙胜、刘唐在庄上，吴学究常来议事。正是：

取非其有官皆盗，损彼盈余盗是公。
计就只须安稳待，笑他宝担去匆匆。

话休絮繁，却说北京大名府梁中书收买了十万贯庆贺生辰礼物完备[②]，选日差人起程，当下一日在后堂坐下，只见蔡夫人问道：“相公，生辰纲几时起程？”梁中书道：“礼物都已完备，明后日便用起身。只是一件事，在此踌躇未决。”蔡夫人道：“有甚事踌躇未决？”梁中书道：“上年费了十万贯收买金珠宝贝，送上东京去[③]；只因用人不着，半路被贼人劫将去了，至今无获。今年帐前眼见得又没个了事的人送去，在此踌躇未决。”蔡夫人指着阶下道：“你常说这个人十分了得，何不着他，委纸领状[④]，送去走一遭，不致失误。”

梁中书看阶下那人时，却是青面兽杨志。梁中书大喜，随即唤杨志上厅说道：“我正忘了你，你若与我送得生辰纲去，我自有抬举你处。”杨志叉手向前禀道：“恩相差遣，不敢不依！只不知怎地打点？几时起身？”梁中书道：“着落大名府差十辆太平车子，帐前拨十个厢禁军监押着车，每辆个各插一把黄旗，上写着‘献贺太师生辰纲’。每辆车子再使个军健跟着，三日内便要起身去。”杨志道：“非是小人推托，其实去不得，乞钧旨别差英雄精细的人去。”梁中书道：“我有心要抬举你，这献生辰纲的札子内，另修一封书在中间，太师跟前重重保你受道敕命回来，如何倒生支调[⑤]，推辞不去？”杨志道：“恩相在上，小人也曾听得上年已被贼人劫去了，至今未获，今岁途中盗贼又多，此去东京，又无水路，都是旱路。经过的是紫金山、二龙山、桃花山、伞盖山、黄泥冈、白沙坞、野云渡、赤松林，这几处都是强人出没的去处。更兼单身客人亦不敢独自经过，他知道是金银宝物，如何不来抢劫？枉结果了性命，以此去不得。”梁中书道：“恁地时[⑥]，多着军校防护送去便了。”杨志道：“恩相便差五百人去，也不济事；这厮们一声听得强人来时，都是先走了的。”梁中书道：“你这般地说时，生辰纲不要送去了？”杨志又禀道：“若依小人一件事，便敢送去。”梁中书道：“我既委在你身上，如何不依你说。”杨志道：“若依小人说时，并不要车子，把礼物都装做十余条担子，只做客人的打扮行货；也点十个壮健的厢禁军，却装做脚夫挑着；只消一个人和小人去，却打扮做客人，悄悄连夜上东京交付，恁地时方好。”梁中书道：“你甚说的是。我写书呈重重保你受道诰命回来。”杨志道：“深谢恩相抬举。”当日便叫杨志一面打拴担脚[⑦]，一面选拣军人。

次日，叫杨志来厅前伺候，梁中书出厅来问道：“杨志，你几时起身？”杨志禀道：“告复恩相，只在明早准行，就委领状。”梁中书道：“夫人也有一担礼物，另送与府中宝眷，也要你领。怕你不知头路，特地再教奶公谢都管，并两个虞候，和你一同去。”杨志告道：“恩相，杨志去不得了。”梁中书说道：“礼物都已拴缚完备，如何又去不得？”杨志禀道：“此十担礼物都在小人身上，和他众人，都由杨志，要早行，便早行；要晚行，便晚行；要住，便住；要歇，便歇；亦依杨志提调。如今又叫老都管并虞候和小人去，他是夫人行的人，又是太师府门下奶公，倘或路上与小人别拗起来[⑧]，杨志如何敢和他争执得？若误了大事时，杨志那其间如何分说？”梁中书道：“这个也容易，我叫他三个都听你提调便了。”杨志答道：“若是如此禀过，小人情愿便委领状；倘有疏失，甘当重罪。”梁中书大喜道："我也不枉了抬举你，真个有见识！"随即唤老谢都管并两个虞候出来，当厅分付道："杨志提辖情愿委了一纸领状，监押生辰纲，十一担金珠宝贝，赴京太师府交割，这干系都在他身上。你三人和他做伴去，一路上早起，晚行，住歇，都要听他言语，不可和他别拗。夫人处分付的勾当，你三人自理会，小心在意，早去早回，休教有失。"老都管一一都应了。

当日杨志领了，次日早起五更，在府里把担仗都摆在厅前，老都管和两个虞候又将一小担财帛，共十一担，拣了十一个壮健的厢禁军，都做脚夫打扮。杨志戴上凉笠儿，穿着青纱衫子，系了缠带行履麻鞋，跨口腰刀，提条朴刀；老都管也打扮做个客人模样；两个虞候假装做跟的伴当。各人都拿了条朴刀，又带几根藤条。梁中书付与了札付书呈[9]，一行人都吃得饱了，在厅上拜辞了梁中书。看那军人担仗起程。杨志和谢都管、两个虞候监押着，一行共是十五人，离了梁府，出得北京城门，取大路投东京进发。此时正是五月半天气，虽是晴明得好，只是酷热难行。昔日吴七郡王有八句诗道：

> 玉屏四下朱阑绕，簇簇游鱼戏萍藻。
> 簟铺八尺白虾须，头枕一枚红玛瑙。
> 六龙惧热不敢行，海水煎沸蓬莱岛。
> 公子犹嫌扇力微，行人正在红尘道。

这八句诗单题着炎天暑月，那公子王孙在凉亭上水阁中浸着浮瓜沉李，调冰雪藕避暑，尚兀自嫌热；怎知客人为些微名薄利，又无枷锁拘缚，三伏内，只得在那途路中行。今日杨志这一行人要取六月十五日生辰，只得在路途上行。自离了这北京五七日，端的只是起五更，趁早凉便行，日中热时便歇。

五七日后，人家渐少，行路又稀，一站站都是山路。杨志却要辰牌起身[10]，申时便歇。那十一个厢禁军，担子又重，无有一个稍轻，天气热了行不得，见着林子，便要去歇息，杨志赶着催促要行。如若停住，轻则痛骂，重则藤条便打，逼赶要行。两个虞候虽只背些包裹行李，也气喘了行不上。杨志也嗔道："你两个好不晓事！这干系须是俺的，你们不替洒家打这夫子，却在背后也慢慢地挨，这路上不是耍处！"那虞候道："不是我两个要慢走，其实热了行不动，因此落后。前日只是趁早凉走，如今怎地正热里要行，正是好歹不均匀。"杨志道："你这般说话，却似放屁！前日行的须是好地面，如今正是尴尬去处[11]，若不日里赶过去，谁敢五更半夜走？"两个虞候口里不道，肚中寻思："这厮不直得便骂人。"杨志提了朴刀，拿着藤条，自去赶那担子。

两个虞候坐在柳阴树下，等得老都管来，两个虞候告诉道："杨家那厮，强杀只是我相公门下一个提辖，直这般会做大老！"都管道："须是相公当面分付道休要和他别拗，因此我不做声，这两日也看他不得，权且耐他。"两个虞候道："相公也只是人情话儿，都管自做个主便了。"老都管又道："且耐他一耐。"

当日行到申牌时分，寻得一个客店里歇了。那十个厢禁军雨汗通流，都叹气吹嘘，对老都管说道："我们不幸，做了军健，情知道被差出来，这般火似热的天气，又挑着重担，这两日又不拣早凉行，动不动老大藤条打来，都是一般父母皮肉，我们直恁地苦！"老都管道："你们不要怨怅，巴到东京时，我自赏你。"众军汉道："若是似都管看待我们时，并不敢怨怅。"

又过了一夜，次日天色未明，众人起来，都要趁凉起身去。杨志跳起来喝道："那里去！且睡了，却理会。"众军汉道："趁早不走，日里热时走不得，却打我们。"杨志大骂道："你们省得甚么？"拿了藤条要打，众军忍气吞声，只得睡了。当日直到辰牌时分，慢慢地打火，吃了饭走，一路上赶打着，不许投凉处歇。那十一个厢禁军口里喃喃讷讷地怨怅，两个虞候在老都管面前絮絮聒聒地搬口;老都管听了,也不着意,心内自恼他。

话休絮繁,似此行了十四五日,那十四个人没一个不怨怅杨志。当日客店里辰牌时分慢慢地打火,吃了早饭行,正是六月初四时节,天气未及晌午,一轮红日当天,没半点云彩,其日十分大热。古人有八句诗道:

祝融南来鞭火龙,火旗焰焰烧天红。
日轮当午凝不去,万国如在红炉中。
五岳翠干云彩灭,阳侯海底愁波竭。
何当一夕金风起,为我扫除天下热。

当日行的路,都是山僻崎岖小径,南山北岭,却监着那十一个军汉,约行了二十余里路程。那军人们思量要去柳阴树下歇凉,被杨志拿着藤条打将来,喝道:"快走!教你早歇!"众军人看那天时,四下里无半点云彩,其时那热不可当。但见:

热气蒸人,嚣尘扑面。万里乾坤如甑,一轮火伞当天。四野无云,风寂寂树焚溪坼;千山灼焰,咇剥剥石裂灰飞。空中鸟雀命将休,倒攧入树林深处;水底鱼龙鳞角脱,直钻入泥土窖中。直教石虎喘无休,便是铁人须汗落。

当时杨志催促一行人在山中僻路里行,看看日色当午,那石头上热了,脚疼走不得。众军汉道:"这般天气热,兀的不晒杀人!"杨志喝着军汉道:"快走,赶过前面冈子去,却再理会。"正行之间,前面迎着那土冈子。众人看这冈子时,但见:

顶上万株绿树,根头一派黄沙。嵯峨浑似老龙形,险峻但闻风雨响。山边茅草,乱丝丝攒遍地刀枪;满地石头,碜可可睡两行虎豹,休道西川蜀道险,须知此是太行山。

当时一行十五人奔上冈子来,歇下担仗,那十四人都去松阴树下睡倒了。杨志说道:"苦也!这里是甚么去处,你们却在这里歇凉?起来快走!"众军汉道:"你便剁做我七八段,其实去不得了!"杨志拿起藤条,劈头劈脑打去,打得这个起来,那个睡倒,杨志无可奈何。

只见两个虞候和老都管气喘急急,也巴到冈子上松树下坐了喘气[12]。看这杨志打那军健,老都管见了说道:"提辖,端的热了走不得,休见他罪过。"杨志道:"都管,你不知这里正是强人出没的去处,地名叫做黄泥冈。闲常太平时节,白日里兀自出来劫人,休道是这般光景,谁敢在这里停脚!"两个虞候听杨志说了,便道:"我见你说好几遍了,只管把这话来惊吓人!"老都管道:"权且教他们众人歇一歇,略过日中行如何?"杨志道:"你也没分晓了!如何使得?这里下冈子去,兀自有七八里没人家,甚么去处,敢在此歇凉!"老都管道:"我自坐一坐了走,你自去赶他众人先走。"

杨志拿着藤条喝道:"一个不走的,吃俺二十棍。"众军汉一齐叫将起来,数内一个分说道:"提辖,我们挑着百十斤担子,须不比你空手走的,你端的不把人当人!便是留守相公自来监押时,也容我们说一句,你好不知疼痒,只顾逞辩[13]!"杨志骂道:"这畜生不怄死俺!只是打便了。"拿起藤条,劈脸便打去。老都管喝道:"杨提辖,且住!你听我说:我在东京太师府里做奶公时,门下官军,见了无千无万,都向着我喏喏连声。不是我口栈[14],量你是个遭死的军人[15],相公可怜抬举你做个提辖,比得芥菜子大小的官职,直得恁地逞能!休说我是相公家都管,便是村庄一个老的,也合依我劝一劝;只顾把他们打,是何看待?"杨志道:"都管,你须是城市里人,生长在相府里,那里知道途路上千难万难。"老都管道:"四川、两广也曾去来,不曾见你这般卖弄。"杨志道:"如今须不比太平时节。”都管道：“你说这话，该剜口割舌，今日天下恁地不太平？”

杨志却待再要回言，只见对面松林里影着一个人，在那里舒头探脑价望，杨志道：“俺说甚么？兀的不是歹人来了！”撇下藤条，拿了朴刀，赶入松林里来喝一声道：“你这厮好大胆，怎敢看俺的行货！”正是：

说鬼便招鬼，说贼便招贼。却是一家人，对面不能识。

杨志赶来看时，只见松林里一字儿摆着七辆江州车儿，七个人脱得赤条条的在那里乘凉，一个鬓边老大一搭朱砂记，拿着一条朴刀，望杨志跟前来，七个人齐叫一声：“呵也！”都跳起来，杨志喝道：“你等是甚么人？”那七人道：“你是甚么人？”杨志又问道：“你等莫不是歹人？”那七人道：“你颠倒问，我等是小本经纪，那里有钱与你？”杨志道：“你等小本经纪人，偏俺有大本钱！”那七人问道：“你端的是甚么人？”杨志道：“你等且说那里来的人？”那七人道：“我等弟兄七人是濠州人，贩枣子上东京去，路途打从这里经过，听得多人说这里黄泥冈上时常有贼打劫客商。我等一面走，一头自说道：‘我七个只有些枣子，别无甚财赋。’只顾过冈子来。上得冈子，当不过这热，权且在这林子里歇一歇，待晚凉了行。只听得有人上冈子来，我们只怕是歹人，因此使这个兄弟出来看一看。”杨志道：“原来如此，也是一般的客人。却才见你们窥望，惟恐是歹人，因此赶来看一看。”那七个人道：“客官请几个枣子了去。”杨志道：“不必。”提了朴刀，再回担边来。老都管道：“既是有贼，我们去休。”杨志说道：“俺只道是歹人，原来是几个贩枣子的客人。”老都管道：“似你方才说时，他们都是没命的！”杨志道：“不必相闹，只要没事便好；你们且歇了，等凉些走。”众军汉都笑了。杨志也把朴刀插在地上，自去一边树下坐了歇凉。

没半碗饭时，只见远远地一个汉子挑着一副担桶，唱上冈子来，唱道：“赤日炎炎似火烧，野田禾稻半枯焦。农夫心内如汤煮，公子王孙把扇摇。”那汉子口里唱着，走上冈子来，松林里头歇下担桶，坐地乘凉。众军看见了，便问那汉子道：“你桶里是甚么东西？”那汉子应道：“是白酒。”众军道：“挑往那里去？”那汉子道：“挑出村里卖。”众军道：“多少钱一桶？”那汉子道：“五贯足钱。”众军商量道：“我们又热又渴，何不买些吃，也解暑气。”正在那里凑钱，杨志见了，喝道：“你们又做甚么？”众军道：“买碗酒吃。”杨志调过朴刀杆便打，骂道：“你们不得洒家言语，胡乱便要买酒吃，好大胆！”众军道：“没事又来鸟乱[16]！我们自凑钱买酒吃，干你甚事？也来打人！”杨志道：“你这村鸟[17]，理会的甚么！到来只顾吃嘴！全不晓得路途上的勾当艰难，多少好汉，被蒙汗药麻翻了[18]！”那挑酒的汉子看着杨志冷笑道：“你这客官好不晓事！早是我不卖与你吃[19]，却说出这般没气力的话来[20]！”

正在松树边闹动争说，只见对面松林里那伙贩枣子的客人都提着朴刀，走出来问道：“你们做甚么闹？”那挑酒的汉子道：“我自挑这酒过冈子村里卖，热了，在此歇凉，他众人要问我买些吃，我又不曾卖与他；这个客官道我酒里有甚么蒙汗药，你道好笑么？说出这般话来！”那七个客人说道：“我只道有歹人出来，原来是如此，说一声也不打紧。我们正想酒来解渴，既是他们疑心，且卖一桶与我们吃。”那挑酒的道：“不卖！不卖！”这七个客人道：“你这鸟汉子也不晓事，我们须不曾说你。你左右将到村里去卖，一般还你钱，便卖些与我们，打甚么不紧？看你不道得舍施了茶汤，便又救了我们热渴。”那挑酒的汉子便道：“卖一桶与你，不争[21]，只是被他们说的不好，又没碗瓢舀吃。”那七人道：“你这汉子忒认真！便说了一声，打甚么不紧？我们自有椰瓢在这里。”只见两个客人去车子前取出两个椰瓢来，一个捧出一大捧枣子来，七个人立在桶边，开了桶盖，轮替换着舀那酒吃，把枣子过口。无一时，一桶酒都吃尽了。七个客人道：“正不曾问得你多少价钱？”那汉道：“我一了不说价[22]，五贯足钱一桶，十贯一担。”七个客人道：“五贯便依你五贯，只饶我们一瓢吃。”那汉道：“饶不的，做定的价钱。”一个客人把钱还他，一个客人便去揭开桶盖，兜了一瓢，拿上便吃，那汉去夺时，这客人手拿半瓢酒，望松林里便走，那汉赶将去。只见这边一个客人从松林里走将出来，手里拿一个瓢，便来桶里舀了一瓢酒，那汉看见，抢来劈手夺住，望桶里一倾，便盖了桶盖，将瓢望地下一丢，口里说道：“你这客人好不君子相！戴头识脸的，也这般罗唣！”

那对过众军汉见了，心内痒起来，都待要吃，数中一个看着老都管道：“老爷爷与我们说一声，那卖枣子的客人卖他一桶吃了，我们胡乱也买他这桶吃，润一润喉也好。其实热渴了，没奈何。这里冈子上又没讨水吃处，老爷方便。”老都管见众军所说，自心里也要吃得些，竟来对杨志说：“那贩枣子客人已买了他一桶酒吃，只有这一桶，胡乱教他们买吃些避暑气，冈子上端的没处讨水吃。”杨志寻思道：“俺在远处望这厮们都买他的酒吃了，那桶里当面也见吃了半瓢，想是好的。打了他们半日，胡乱容他卖碗吃罢。”杨志道：“既然老都管说了，教这厮们买吃了，便起身。”

众军健听了这话，凑了五贯足钱，来买酒吃。那卖酒的汉子道：“不卖了！不卖了！这酒里有蒙汗药在里头！”众军陪着笑说道：“大哥直得便还言语[23]！”那汉道：“不卖了！休缠！”这贩枣子的客人劝道：“你这个鸟汉子，他也说得差了，你也忒认真！连累我们也吃你说了几声。须不关他众人之事，胡乱卖与他众人吃些。”那汉道：“没事讨别人疑心做甚么？”这贩枣子客人把那卖酒的汉子推开一边，只顾将这桶酒提与众军去吃。那军汉开了桶盖，无甚舀吃，陪个小心，问客人借这椰瓢用一用。众客人道：“就送这几个枣子与你们过酒。”众军谢道：“甚么道理。”客人道：“休要相谢，都是一般客人，何争在这百十个枣子上。”众军谢了，先兜两瓢，叫老都管吃一瓢，杨提辖吃一瓢，杨志那里肯吃。老都管自先吃了一瓢，两个虞候各吃一瓢。众军汉一发上，那桶酒登时吃尽了。杨志见众人吃了无事，自本不吃，一者天气甚热，二乃口渴难熬，拿起来只吃了一半，枣子分几个吃了。那卖酒的汉子说道：“这桶酒被那客人饶一瓢吃了，少了你些酒，我今饶了你众人半贯钱罢。”众军汉凑出钱来还他。那汉子收了钱，挑了空桶，依然唱着山歌，自下冈子去了。

那七个贩枣子的客人，立在松树傍边，指着这一十五人说道：“倒也！倒也！”只见这十五个人头重脚轻，一个个面面厮觑，都软倒了。那七个客人从松树林里推出这七辆江州车儿，把车子上枣子丢在地上，将这十一担金珠宝贝都装在车子内，遮盖好了，叫声：“聒噪[24]！”一直望黄泥冈下推了去。正是：

诛求膏血庆生辰，不顾民生与死邻。
始信从来招劫盗，亏心必定有缘因。

杨志口里只是叫苦，软了身体，挣扎不起；十五人眼睁睁地看着那七个人都把这金宝装了去，只是起不来、挣不动、说不的。我且问你，这七人端的是谁？不是别人，原来正是晁盖、吴用、公孙胜、刘唐、三阮这七个。却才那个挑酒的汉子，便是白日鼠白胜。却怎地用药？原来挑上冈子时，两桶都是好酒。七个人先吃了一桶，刘唐揭起桶盖，又兜了半瓢吃，故意要他们看着，只是叫人死心塌地。次后吴用去松林里取出药来，抖在瓢里，只做走来饶他酒吃，把瓢去兜时，药已搅在酒里，假意兜半瓢吃，那白胜劈手夺来，倾在桶里，这个便是计策。那计较都是吴用主张[25]，这个唤做“智取生辰纲”。

原来杨志吃的酒少，便醒得快，爬将起来，兀自捉脚不住。看那十四个人时，口角流涎，都动不得，正应俗语道：“饶你奸似鬼，吃了洗脚水。”杨志愤闷道：“不争你把了生辰纲去[26]，教俺如何回去见得梁中书？这纸领状须缴不得，就扯破了。如今闪得俺有家难奔[27]，有国难投，待走那里去？不如就这冈子上寻个死处。”撩衣破步，望着黄泥冈下便跳。正是断送落花三月雨，摧残杨柳九秋霜。毕竟杨志在黄泥冈上寻死，性命如何，且听下回分解。

【注释】

① 生辰纲:即运送庆贺生辰的寿礼的运输队。古时称货物结帮同行为纲。

② 北京大名府:大名府即今河北大名县,北宋时称为"北京"。梁中书:名世杰,是行都大名府的留守,统管辖区的军政事务,中书是给他加的官衔。

③ 东京:指北宋都城开封府。北宋以京都开封府为东京,另建行都三个,以河南府(洛阳)为西京,大名府为北京,应天府(商丘)为南京。

④ 委纸领状:具立一张运送寿礼的责任文书,是军令状的一种。

⑤ 支调:支吾推托的言词。

⑥ 恁(rèn)地:如此,这样。

⑦ 打拴担脚:收拾包装整理好担子。打拴,包扎。

⑧ 别拗(niù):固执,不合作。

⑨ 札付书呈:书信公文。

⑩ 辰牌:古代司时用铜壶滴水方法,报时用对牌,一天分十二时辰。辰牌相当于今之上午7时至9时。下文中申时,相当于今之下午3时至5时。

⑪ 尴尬去处:这里指环境险恶,是一个容易出事的地方。

⑫ 巴到:挣扎着赶到。

⑬ 逞辩:耍嘴皮子。

⑭ 口栈:说话刻薄。

⑮ 遭死的:犯了死罪的人。这里指杨志以前失陷花石纲等犯过罪的事。

⑯ 鸟乱:瞎捣乱。鸟,旧小说中用作骂人的话。

⑰ 村鸟:夯货。

⑱ 蒙汗药:古代一种放在酒里的麻醉药剂。

⑲ 早是:幸好。

⑳ 没气力的话:不近人情的无聊话。

㉑ 不争:不在乎。

㉒ 一了不说价:一向不还价。

㉓ 直得便还言语:意为值得为这点事争论顶嘴么。

㉔ 聒噪(guō zào):对不起,打搅了。

㉕ 计较:计划、计策。

㉖ 不争:只为,就因为。

㉗ 闪得:害得,弄得。

第三节　吴承恩和《西游记》

吴承恩,字汝忠,号射阳山人,淮安(今属江苏)人。约生活在1500—1582年之间。曾祖父、祖父任教县学,官位不显,父吴锐因家境穷困,弃学经商,喜研读群书,为人正派,有正义感。吴承恩自幼聪明,爱读书,早有才名。他生性诙谐,谈吐幽默,好奇闻逸事,广泛搜集野言稗史,尤其喜爱唐人传奇和民间文学。早年致力科举,与沈坤、朱同藩、李春芳三人为莫逆之交,后来沈坤等人都经科举而飞黄腾达,李春芳还官至首辅,而才气超于他们的吴承恩却屡试不中,这对他打击很大,此后他就淡于功名,落拓不羁,在"泥途困穷"中,逐渐养成了"迂疏漫浪"的性格。中年以后才补为岁贡生。因母老家贫,迫于生计,曾出任长兴县丞,不久因"耻折腰",终于拂袖而归。此后,曾一度担任过荆府纪善的闲职,无所事事。晚年归居乡里,以诗酒自娱,放浪形骸,清贫而终。

吴承恩传世之作《西游记》充分显示他博学多识,机智风趣,观察入微,想象丰富,语言幽默的创作才华。《西游记》故事由三部分组成:一是写孙悟空的出世和大闹天宫的故事;二是写唐僧身世、魏征斩龙、唐太宗入冥的故事,介绍取经的缘由;三是写孙悟空皈依佛门,和猪八戒、沙和尚一起保护唐僧到西天取经,一路上跟妖魔和险恶的自然环境作斗争,经历九九八十一难,终于取到真经,成了"正果",这是全书的主体部分。

吴承恩创作《西游记》,将历代关于唐僧取经的传统题材加以改造,并注入他对现实生活的认识、感受,运用浪漫主义的想象结合有现实意义的寓言进行再创作,使《西游记》成为中国第一部浪漫主义色彩最浓的长篇小说。作者充分运用想象、幻想、夸张、变形的艺术手法,在人物塑造上既有浓厚的神奇色彩,又富于人情味;既有超自然的神性,又有社会化的人性。作者将动物的本性、人世的人性和理想化的神性,三者融为一体,成功地创造了孙悟空这一不朽的形象。孙悟空原是一只石猴，有机灵、急躁、喜动的猴性，又有一个筋斗十万八千里，七十二种变化的超人本领，生就一种藐视一切，敢于反抗，勇于斗争的叛逆性格，后来又炼成一副能辨别人妖的火眼金睛，是斩妖驱魔的英雄。作者描写孙悟空闹天宫、战神将、驱妖雾、斩恶魔，寓意至深。他曾说："虽然吾书名为志怪，盖不专明鬼，时记人间变异，亦微有鉴戒寓焉。"（《禹鼎志序》）说明他创作神话小说是想借神话故事来讽刺世情、针砭时弊的。鲁迅在《中国小说史略》中说"讽刺揶揄则取当时世态，加以铺张描写"，又说"述变幻恍惚之事，亦每杂解颐之言，使神魔皆有人情，精魅亦通世故"，对《西游记》的创作思想和艺术特点作了简要的概括。《西游记》还善于通过复杂尖锐的矛盾和连锁曲折的故事情节来表现人物性格。八十一难组成了四十多个自成一体的小故事，既相对独立，各具特色，又互相勾连，服从降魔取经的统一构思。《西游记》吸收了苏北方言的精华，诙谐风趣，幽默自然，通俗简净，颇具特色。

吴承恩也工诗文，所作"师心匠意，不傍人门户篱落"（李维桢《吴射阳先生集选叙》）。有《射阳先生存稿》。

三调芭蕉扇

【题解】 本篇选自《西游记》第六十一回"猪八戒助力败魔王，孙行者三调芭蕉扇"，标题为编者所加。唐僧师徒四人，取经途中在火焰山受阻，须向铁扇仙借芭蕉扇扇灭火焰方能通过。但铁扇仙因孙悟空与她儿子红孩儿有隙，便不肯将扇借给孙悟空，悟空只好变着法儿去盗取芭蕉扇。第一次变作蟭蟟虫，钻进铁扇仙肚子里，结果拿来一把不管用的假芭蕉扇；第二次变作铁扇仙丈夫牛魔王，虽然拿到了芭蕉扇，结果被牛魔王发觉，便变作猪八戒模样诓了回去；第三次孙悟空只好与牛魔王力拼夺取芭蕉扇，各显神通，各变法道，争战不息，最终因邪不胜正，牛魔王被降伏。孙悟空得到芭蕉扇，扇灭火焰，唐僧师徒顺利通过火焰山，继续西行。

这一回围绕芭蕉扇，着力描写孙悟空、猪八戒和牛魔王的拼杀及孙悟空和牛魔王的变形斗法，神兵天将降伏牛魔王的故事，情节并不复杂，但是作者想象奇特，文字跌宕腾挪，变化莫测，将怪诞的事件描绘得有声有色，煞有介事，形成浓郁的浪漫气氛。

话表牛魔王赶上孙大圣，只见他肩膊上掮着那柄芭蕉扇，怡颜悦色而行。魔王大惊道："猢狲原来把运用的方法儿也叨餂得来了[①]。我若当面问他索取，他定然不与。倘若扇我一扇，要去十万八千里远，却不遂了他意？我闻得唐僧在那大路上等候。他二徒弟猪精，三徒弟沙流精，我当年做妖怪时，也曾会他。且变作猪精的模样，返骗他一场。料猢狲以得意为喜，必不详细提防。"好魔王，他也有七十二变，武艺也与大圣一般，只是身子狼犺些，欠钻疾，不活达些[②]；把宝剑藏了，念个咒语，摇身一变，即变作八戒一般嘴脸，抄下路，当面迎着大圣，叫道："师兄，我来也！"

这大圣果然欢喜。古人云："得胜的猫儿欢似虎"也，只倚着强能，更不察来人的意思。见是个八戒的模样，便就叫道："兄弟，你往那里去？"牛魔王绰着经儿道："师父见你许久不回，恐牛魔王手段大，你斗他不过，难得他的宝贝，教我来迎你的。"行者笑道："不必费心，我已得了手了。"牛王又问道："你怎么得的？"行者道："那老牛与我战经百十合，不分胜负。他就撇了我，去那乱石山碧波潭底，与一伙蛟精、龙精饮酒。是我暗跟他去，变作个螃蟹，偷了他所骑的辟水金睛兽，变了老牛的模样，径至芭蕉洞哄那罗刹女。那女子与老孙结了一场干夫妻，是老孙设法骗将来的。"牛王道："却是生受了[③]。哥哥劳碌太甚，可把扇子我拿。"孙大圣那知真假，也虑不及此，遂将扇子递与他。

原来那牛王，他知那扇子收放的根本；接过手，不知捻个甚么诀儿，依然小似一片杏叶，现出本象。开言骂道："泼猢狲！认得我么？"行者见了，心中自悔道："是我的不是了！"恨了一声，跌足高呼道："咦！逐年家打雁，今却被小雁儿鹐了眼睛。"狠得他爆躁如雷，掣铁棒，劈头便打，那魔王就使扇子扇他一下；不知那大圣先前变蟭蟟虫入罗刹女腹中之时，将定风丹噙在口里，不觉的咽下肚里，所以五脏皆牢，皮骨皆固；凭他怎么扇，再也扇他不动。牛王慌了，把宝贝丢入口中，双手轮剑就砍。那两个在那半空中这一场好杀：

齐天孙大圣，混世泼牛王，只为芭蕉扇，相逢各骋强。粗心大圣将人骗，大胆牛王把扇诓。这一个，金箍棒起无情义；那一个，双刃青锋有智量。大圣施威喷彩雾，牛王放泼吐毫光。齐斗勇，两不良，咬牙锉齿气昂昂。播土扬尘天地暗，飞砂走石鬼神藏。这个说："你敢无知返骗我！"那个说："我妻许你共相将！"言村语泼，性烈情刚。那个说："你哄人妻女真该死！告到官司有罪殃！"伶俐的齐天圣，凶顽的大力王，一心只要杀，更不待商量。棒打剑迎齐努力，有些松慢见阎王。

且不说他两个相斗难分。却表唐僧坐在途中，一则火气蒸人，二来心焦口渴，对火焰山土地道："敢问尊神，那牛魔王法力如何？"土地道："那牛王神通不小，法力无边，正是孙大圣的敌手。"三藏道："悟空是个会走路的，往常家二千里路，一霎时便回，怎么如今去了一日？断是与牛王赌斗。"叫："悟能，悟净！你两个，那一个去迎你师兄一迎？倘或遇敌，就当用力相助，求得扇子来，解我烦躁，早早过山，赶路去也。"八戒道："今日天晚，我想着要去接他，但只是不认得积雷山路。"土地道："小神认得。且教卷帘将军与你师父做伴，我与你去来。"三藏大喜道："有劳尊神，功成再谢。"

那八戒抖擞精神，束一束皂锦直裰，搴着钯，即与土地纵起云雾，径向东方而去。正行时，忽听得喊杀声高，狂风滚滚。八戒按住云头看时，原来孙行者与牛王厮杀哩。土地道："天蓬不上前，还待怎的？"呆子掣钉钯，厉声高叫道："师兄，我来也！"行者恨道："你这夯货，误了我多少大事！"八戒道："师父教我来迎你，因认不得山路，商议良久，教土地引我，故此来迟；如何误了大事？"行者道："不是怪你来迟。这泼牛十分无礼！我向罗刹处弄得扇子来，却被这厮变作你的模样，口称迎我，我一时欢悦，转把扇子递在他手，他却现了本象，与老孙在此比并，所以误了大事也。"八戒闻言大怒。举钉钯，当面骂道："我把你这血皮胀的遭瘟！你怎敢变作你祖宗的模样，骗我师兄，使我兄弟不睦！"你看他没头没脸的使钉钯乱筑。那牛王，一则是与行者斗了一日，力倦神疲；二则是见八戒的钉钯凶猛，遮架不住，败阵就走。只见那火焰山土地，帅领阴兵，当面挡住道："大力王，且住手。唐三藏西天取经，无神不保，无天不佑，三界通知，十方拥护。快将芭蕉扇来扇息火焰，教他无灾无障，早过山去；不然，上天责你罪愆，定遭诛也。"牛王道："你这土地，全不察理！那泼猴夺我子，欺我妾，骗我妻，番番无道。我恨不得囫囵吞他下肚，化作大便喂狗，怎么肯将宝贝借他！"

说不了，八戒赶上骂道："我把你个结心癀[4]！快拿出扇来，饶你性命！"那牛王只得回头，使宝剑又战八戒。孙大圣举棒相帮。这一场在那里好杀：

成精豕，作怪牛，兼上偷天得道猴。禅性自来能战炼，必当用土合元由。钉钯九齿尖还利，宝剑双锋快更柔。铁棒卷舒为主仗，土神助力结丹头。三家刑克相争竞，各展雄才要运筹。捉牛耕地金钱长，唤豕归炉木气收。心不在焉何作道，神常守舍要拴猴。胡乱嚷，苦相求，三般兵刃响搜搜。钯筑剑伤无好意，金箍棒起有因由。只杀得星不光兮月不皎，一天寒雾黑悠悠！

那魔王奋勇争强，且行且斗，斗了一夜，不分上下，早又天明。前面是他的积雷山摩云洞口，他三个与土地、阴兵，又喧哗振耳，惊动那玉面公主，唤丫鬟看是那里人嚷。只见守门小妖来报："是我家爷爷与昨日那雷公嘴汉子并一个长嘴大耳的和尚同火焰山土地等众厮杀哩！"玉面公主听言，即命外护的大小头目，各执枪刀助力。前后点起七长八短，有百十余口。一个个卖弄精神，拈枪并棒，齐告："大王爷爷，我等奉奶奶内旨，特来助力也！"牛王大喜道："来得好！来得好！"众妖一齐上前乱砍。八戒措手不及，倒拽着钯，败阵而走。大圣纵筋斗云，跳出重围。众阴兵亦四散奔走。老牛得胜，聚众妖归洞，紧闭了洞门不题。

行者道："这厮骁勇！自昨日申时前后，与老孙战起，直到今夜，未定输赢，却得你两个来接力。如此苦斗半日一夜，他更不见劳困。才这一伙小妖，却又莽壮。他将洞门紧闭不出，如之奈何？"八戒道："哥哥，你昨日巳时离了师父，怎么到申时才与他斗起？你那两三个时辰，在那里的？"行者道："别你后，顷刻就到这座山上，见一个女子，问讯，原来就是他爱妾玉面公主。被我使铁棒唬他一唬，他就跑进洞，叫出那牛王来。与老孙劖言劖语，嚷了一会，又与他交手，斗了有一个时辰。正打处，有人请他赴宴去了。是我跟他到那乱石山碧波潭底，变作一个螃蟹，探了消息，偷了他辟水金睛兽，假变牛王模样，复至翠云山芭蕉洞，骗了罗刹女，哄得他扇子。出门试演试演方法，把扇子弄长了，只是不会收小。正掮了走处，被他假变做你的嘴脸，返骗了去。故此耽搁两三个时辰也。"

八戒道："这正是俗语云：'大海里翻了豆腐船，汤里来，水里去。'如今难得他扇子，如何保得师父过山？且回去，转路走他娘罢！"土地道："大圣休焦恼，天蓬莫懈怠。但说转路，就是入了傍门，不成个修行之类，古语云：'行不由径。'岂可转走？你那师父，在正路上坐着，眼巴巴只望你们成功哩！"行者发狠道："正是，正是！呆子莫要胡谈！土地说得有理。我们正要与他：

> 赌输赢，弄手段，等我施为地煞变。自到西方无对头，牛王本是心猿变。今番正好会源流，断要相持借宝扇。趁清凉，息火焰，打破顽空参佛面。行满超升极乐天，大家同赴龙华宴！"

那八戒听言，便生努力。殷勤道：

> "是，是，是！去，去，去！管甚牛王会不会，木生在亥配为猪，牵转牛儿归土类。申下生金本是猴，无刑无克多和气。用芭蕉，为水意，焰火消除成既济。昼夜休离苦尽功，功完赶赴'盂兰会'。"

他两个领着土地、阴兵一齐上前，使钉钯，轮铁棒，乒乒乓乓，把一座摩云洞的前门，打得粉碎。唬得那外护头目，战战兢兢，闯入里边报道："大王！孙悟空率众打破前门也！"那牛王正与玉面公主备言其事，懊恨孙行者哩。听说打破前门，十分发怒，急披挂，拿了铁棍，从里边骂出来道："泼猢狲！你是多大个人儿，敢这等上门撒泼，打破我门扇？"八戒近前乱骂道："泼老剥皮！你是个甚样人物，敢量那个大小！不要走！看钯！"牛王喝道："你这个囔糟食的夯货，不见怎的！快叫那猴儿上来！"行者道："不知好歹的餉草⑤！我昨日还与你论兄弟，今日就是仇人了！仔细吃吾一棒！"那牛王奋勇而迎。这场比前番更胜。三个英雄，厮混在一处。好杀：

> 钉钯铁棒逞神威，同帅阴兵战老牺。牺牲独展凶强性，遍满同天法力恢。使钯筑，着棍擂，铁棒英雄又出奇。三般兵器叮当响，隔架遮拦谁让谁？他道他

为首，我道我夺魁。土兵为证难分解，木土相煎上下随。这两个说："你如何不借芭蕉扇！"那一个道："你焉敢欺心骗我妻！赶妾害儿仇未报，敲门打户又惊疑！"这个说："你仔细堤防如意棒，擦着些儿就破皮！"那个说："好生躲避钯头齿，一伤九孔血淋漓！"牛魔不怕施威猛，铁棍高擎有见机。翻云覆雨随来往，吐雾喷风任发挥。恨苦这场都拚命，各怀恶念喜相持。丢架手，让高低，前迎后挡总无亏。兄弟二人齐努力，单身一棍独施为。卯时战到辰时后，战罢牛魔束手回。

他三个舍死忘生，又斗有百十余合。八戒发起呆性，仗着行者神通，举钯乱筑。牛王遮架不住，败阵回头，就奔洞门。却被土地、阴兵拦住洞门，喝道："大力王，那里走！吾等在此！"那老牛不得进洞，急抽身，又见八戒、行者赶来，慌得卸了盔甲，丢了铁棍，摇身一变，变做一只天鹅，望空飞走。

行者看见，笑道："八戒！老牛去了。"那呆子漠然不知，土地亦不能晓，一个个东张西觑，只在积雷山前后乱找。行者指道："那空中飞的不是？"八戒道："那是一只天鹅。"行者道："正是老牛变的。"土地道："既如此，却怎么好？"行者道："你两个打进此门，把群妖尽情剿除，拆了他的窝巢，绝了他的归路，等老孙与他赌变化去。"那八戒与土地，依言攻破洞门不题。

这大圣收了金箍棒，捻诀念咒，摇身一变，变作一个海东青，飕的一翅，钻在云眼里，倒飞下来，落在天鹅身上，抱住颈项嗛眼。那牛王也知是孙行者变化，急忙抖抖翅，变作一只黄鹰，反来嗛海东青。行者又变作一个乌凤，专一赶黄鹰。牛王识得，又变作一只白鹤，长唳一声，向南飞去。行者立定，抖抖翎毛，又变作一只丹凤，高鸣一声。那白鹤见凤是鸟王，诸禽不敢妄动，刷的一翅，淬下山崖，将身一变，变作一只香獐，乜乜些些[⑥]，在崖前吃草。行者认得，也就落下翅来，变作一只饿虎，剪尾跑蹄，要来赶獐作食。魔王慌了手脚，又变作一只金钱花斑的大豹，要伤饿虎。行者见了，迎着风，把头一晃，又变作一只金眼狻猊，声如霹雳，铁额铜头，复转身要食大豹。牛王着了急，又变作一个人熊，放开脚，就来擒那狻猊。行者打个滚，就变作一只赖象，鼻似长蛇，牙如竹笋，撒开鼻子，要去卷那人熊。

牛王嘻嘻的笑了一笑，现出原身，——一只大白牛。头如峻岭，眼若闪光。两只角，似两座铁塔。牙排利刃，连头至尾，有千余丈长短；自蹄至背，有八百丈高下。——对行者高叫道："泼猢狲！你如今将奈我何？"行者也就现了原身，抽出金箍棒来，把腰一躬，喝声叫：长！"长得身高万丈，头如泰山，眼如日月，口似血池，牙似门扇，手执一条铁棒，着头就打。那牛王硬着头，使角来触。这一场，真个是撼岭摇山，惊天动地！有诗为证。诗曰：

道高一尺魔千丈，奇巧心猿用力降。
若得火山无烈焰，必须宝扇有清凉。
黄婆矢志扶元老，木母留情扫荡妖。
和睦五行归正果，炼魔涤垢上西方。

他两个大展神通，在半山中赌斗，惊得那过往虚空，一切神众与金头揭谛、六甲六丁、一十八位护教伽蓝都来围困魔王。那魔王公然不惧，你看他东一头，西一头，直挺挺，光耀耀的两只铁角，往来抵触；南一撞，北一撞，毛森森，筋暴暴的一条硬尾，左右敲摇。孙大圣当面迎，众多神四面打，牛王急了，就地一滚，复本象，便投芭蕉洞去。行者也收了法象，与众多神随后追袭。那魔王闯入洞里，闭门不出。概众把一座翠云山围得水泄不通。

正都上门攻打，忽听得八戒与土地、阴兵嚷嚷而至。行者见了，问曰："那摩云洞事体如何？"八戒笑道："那老牛的娘子，被我一钯筑死，剥开衣看，原来是个玉面狸精。那伙群妖，俱是些驴、骡、犊、特、獾、狐、狢、獐、羊、虎、麋、鹿等类。已此尽皆剿戮，又将他洞府房廊放火烧了。土地说他还有一处家小，住居此山，故又来这里扫荡也。"行者道："贤弟有功。可喜！可喜！老孙空与那老牛赌变化，未曾得胜。他变做无大不大的白牛，我变了法天象地的身量。正和他抵触之间，幸蒙诸神下降。围困多时，他却复原身，走进洞去矣。"八戒道："那可是芭蕉洞么？"行者道："正是！正是！罗刹女正在此间。"八戒发狠道："既是这般，怎么不打进去，剿除那厮，问他要扇子，倒让他停留长智，两口儿叙情！"

好呆子，抖擞威风，举钯照门一筑，忽辣的一声，将那石崖连门筑倒了一边。慌得那女童忙报："爷爷！不知甚人把前门都打坏了！"牛王方跑进去，喘嘘嘘的，正告诉罗刹女与孙行者夺扇子赌斗之事，闻报，心中大怒。就口中吐出扇子，递与罗刹女。罗刹女接扇在手，满眼垂泪道："大王！把这扇子送与那猢狲，教他退兵去罢。"牛王道："夫人啊，物虽小而恨则深。你且坐着，等我再和他比并去来。"那魔重整披挂，又选两口宝剑，走出门来。正遇着八戒使钯筑门，老牛更不打话，掣剑劈头便砍。八戒举钯迎着，向后倒退了几步，出门来，早有大圣轮棒当头。那牛魔即驾狂风，跳离洞府，又都在那翠云山上相持。众多神四面围绕，土地兵左右攻击。这一场，又好杀哩：

> 云迷世界，雾罩乾坤。飒飒阴风砂石滚，巍巍怒气海波运。重磨剑二口，复挂甲全身。结冤深似海，怀恨越生嗔。你看齐天大圣因功绩，不讲当年老故人。八戒施威求扇子，众神护法捉牛君。牛王双手无停息，左遮右挡弄精神。只杀得那过鸟难飞皆敛翅，游鱼不跃尽潜鳞。鬼泣神嚎天地暗，龙愁虎怕日光昏！

那牛王拚命捐躯，斗经五十余合，抵敌不住，败了阵，往北就走。早有五台山秘魔岩神通广大泼法金刚阻住，喝道："牛魔，你往那里去！我蒙释迦牟尼佛祖差来，布列天罗地网，至此擒汝也！"正说间，随后有大圣、八戒、众神赶来。那魔王慌转身，向南而走；又撞着峨眉山清凉洞法力无量胜至金刚挡住，喝道："吾奉佛旨，在此正要拿你也！"牛王心慌脚软，急把身往东便走，却逢着须弥山摩耳崖毗卢沙门大力金刚迎住，喝道："老牛何往！我蒙如来密令，教来捕获你也！"牛王又悚然而退，向西就走；又遇着昆仑山金霞岭不坏尊王永住金刚敌住，喝道："这厮又将安走！我领西天大雷音寺佛老亲言，在此把截，谁放你也！"那老牛心惊胆战，悔之不及。见那四面八方都是佛兵天将，真个似罗网高张，不能脱命。正在仓惶之际，又闻得行者帅众赶来，他就驾云头，望上便走。

却好有托塔李天王并哪吒太子，领鱼肚药叉、巨灵神将，幔住空中，叫道："慢来！慢来！吾奉玉帝旨意，特来此剿除你也！"牛王急了，依前摇身一变，还变做一只大白牛，使两只铁角去触天王。天王使刀来砍。随后孙行者又到。哪吒太子厉声高叫："大圣，衣甲在身，不能为礼。愚父子昨日见佛如来，发檄奏闻玉帝，言唐僧路阻火焰山，孙大圣难伏牛魔王，玉帝传旨，特差我父王领众助力。"行者道："这厮神通不小！又变作这等身躯，却怎奈何？"太子笑道："大圣勿疑，你看我擒他。"

这太子即喝一声"变！"变得三头六臂，飞身跳在牛王背上，使斩妖剑望颈项上一挥，不觉得把个牛头斩下。天王丢刀，却才与行者相见。那牛王腔子里又钻出一个头来，口吐黑气，眼放金光。被哪吒又砍一剑，头落处，又钻出一个头来。一连砍了十数剑，随即长出十数个头。哪吒取出火轮儿挂在那老牛的角上，便吹真火，焰焰烘烘，把牛王烧得张狂哮吼，摇头摆尾。才要变化脱身，又被托塔天王将照妖镜照住本象，腾那不动，无计逃生，只叫"莫伤我命！情愿归顺佛家也！"哪吒道："既惜身命，快拿扇子出来！"牛王道："扇子在我山妻处收着哩。"

哪吒见说，将缚妖索子解下，跨在他那颈项上，一把拿住鼻头，将索穿在鼻孔里，用手牵来。孙行者却会聚了四大金刚、六丁六甲、护教伽蓝、托塔天王、巨灵神将并八戒、土地、阴兵，簇拥着白牛，回至芭蕉洞口。老牛叫道："夫人，将扇子出来，救我性命！"罗刹听叫，急卸了钗环，脱了色服，挽青丝如道姑，穿缟素似比丘，双手捧那柄丈二长短的芭蕉扇子，走出门；又见有金刚众圣与天王父子，慌忙跪在地下，磕头礼拜道："望菩萨饶我夫妻之命，愿将此扇奉承孙叔叔成功去也！"行者近前接了扇，同大众共驾祥云，径回东路。

…………

孙大圣执着扇子，行近山边，尽气力挥了一扇，那火焰山平平息焰，寂寂除光；又扇一扇，只闻得习习潇潇，清风微动；第三扇，满天云漠漠，细雨落霏霏。有诗为证。诗曰：

火焰山遥八百程，火光大地有声名。
火煎五漏丹难熟，火燎三关道不清。
时借芭蕉施雨露，幸蒙天将助神功。
牵牛归佛休颠劣，水火相联性自平。

此时三藏解燥除烦，清心了意。四众皈依，谢了金刚，各转宝山。六丁六甲，升空保护。过往神祇四散。天王、太子，牵牛径归佛地回缴。止有本山土地，押着罗刹女，在旁伺候。

行者道："那罗刹，你不走路，还立在此等甚？"罗刹跪道："万望大圣垂慈，将扇子还了我罢。"八戒喝道："泼贱人，不知高低！饶了你的性命，就彀了，还要讨甚么扇子，我们拿过山去，不会卖钱买点心吃？费了许多精神力气，又肯与你！雨蒙蒙的，还不回去哩！"罗刹再拜道："大圣原说扇息了火还我。今此一场，诚悔之晚矣。只因不倜傥，致令劳师动众。我等也修成人道，只是未归正果。见今真身现象归西，我再不敢妄作。愿赐本扇，从立自新，修身养命去也。"土地道："大圣！趁此女深知息火之法，断绝火根，还他扇子，小神居此苟安，拯救这方生民，求些血食，诚为恩便。"行者道："我当时问着乡人说：'这山扇息火，只收得一年五谷，便又火发。'如何始得除根？"罗刹道："要是断绝火根，只消连扇四十九扇，永远再不发了。"

行者闻言，执扇子，使尽筋力，望山头连扇四十九扇，那山上大雨淙淙。果然是宝贝：有火处下雨，无火处天晴。他师徒们立在这无火处，不遭雨湿。坐了一夜，次早才收拾马匹、行李，把扇子还了罗刹。又道："老孙若不与你，恐人说我言而无信。你将扇子回山，再休生事。看你得了人身，饶你去罢！"那罗刹接了扇子，念个咒语，捏做个杏叶儿，噙在口里。拜谢了众圣，隐姓修行。后来也得正果，经藏中万古流名。罗刹、土地，俱感激谢恩，随后相送。行者、八戒、沙僧，保着三藏遂此前进，真个是身体清凉，足下滋润。诚所谓：坎离既济真元合，水火均平大道成。毕竟不知几年才回东土，且听下回分解。

【注释】

① 叨餂（tāo tiǎn）：义同"饕餮"。这里作骗术解释。

② 活达：灵便、活络的意思。

③ 生受：说自己的时候，是受苦受罪的意思，就是活受罪的省词；对别人说，有难为、有劳的意思。

④ 结心癀（huáng）：牛病的一种，症状是胆汁凝结成粒状或块，一般称为牛黄。这里是诅咒生病的意思。

⑤ 餇（gōu）草：骂人的话，吃草的货、吃草的畜生。

⑥ 乜（miē）乜些些：形容痴痴呆呆的样子。

第四节　冯梦龙和"三言"

冯梦龙(1570—1646),字犹龙,号墨憨子,吴县(今江苏苏州)人。曾任寿宁知县。清兵入关后,进行抗清宣传,后忧愤而死。冯梦龙是明末著名的通俗文学家,一生致力于通俗文学的搜集、研究和创作,编辑出版了许多小说、戏曲、民歌、散曲等作品。特别是在小说的整理和创作上,贡献尤大。他编纂的《喻世明言》(即《古今小说》)、《警世通言》、《醒世恒言》三书(并称"三言"),都是短篇小说集,共收宋元"话本"和明人"拟话本"一百二十篇,其中有些是他自己创作的。"三言"中的作品,大都具有比较鲜明的市民文学的特色。

冯梦龙具有进步的文学观点,他提出山歌要"真",戏曲要"当场敷演",小说要"通俗化"、可以虚构等主张,都是从文学的社会作用和教育意义出发的。他在《太霞新奏》中说:"子犹诸曲,绝无文采,然有一字过人,曰真。"在《叙山歌》中说:"但有假诗文,无假山歌,则以山歌不与诗文争名,故不屑假。"又说山歌"借男女之真情,发名教之伪药"。在《酒家佣传奇序》中说:"世人勿但以故事阅传奇,直把作一具青铜镜,朝夕照自家面孔可矣。"特别是他在《警世通言序》中说:"野史尽真乎?曰:不必也。尽赝乎?曰:不必也。然则,去其赝而存其真乎?曰:不必也。……事真理不赝,即事赝而理亦真。"野史指的是小说,他认为小说不全是真人真事,小说不能脱离实际任意虚构,小说也不是真人真事和假人假事的凑合。他所说的事,指故事情节;理,指现实生活的情理。只要合乎社会真实和历史真实,即使故事情节是虚构的,其所反映的问题也是真实的。这是十分通达和进步的文学观。冯梦龙不仅创作极为丰富,还具有如此进步的文学观,故被郑振铎誉为"明季文坛一怪杰"(《插图本中国文学史》)。

除了"三言"外,冯梦龙还增补罗贯中《平妖传》为《新平妖传》,改写余劭鱼《列国志传》为《新列国志传》,编刊《墨憨斋定本传奇》,其中自撰《双雄记》、《万事足》两种,改订他人之作十余种。另编有时调集《挂枝儿》、《山歌》,散曲选集《太霞新奏》,以及笔记小品《智囊》、《智囊补》、《笑府》、《古今谈概》、《情史类略》。

杜十娘怒沉百宝箱(节选)

【题解】 本篇选自《警世通言》第三十二卷《杜十娘怒沉百宝箱》,选的是这一篇的后半部分。小说描写名妓杜十娘为了求得真诚的爱情和独立的人格,决心从良,嫁给官家子弟李甲。而李甲懦怯自私,在途中竟将她出卖给富家子孙富。十娘痛心绝望,抱着平生积蓄"百宝箱"投江自尽。杜十娘之死是对心地卑劣的纨袴子弟的鞭笞,也是对歧视妇女的封建思想的抗议。小说对杜十娘追求自由美好生活和痛心绝望时的内心活动刻画得细腻真实;小说写杜十娘先不将"百宝箱"告知李甲,当李甲将她出卖后,出示"百宝箱"和自身一起怒沉江底的情节,出人意料。这一构思十分精彩,有强烈的悲剧效果,显示出杜十娘性格的刚毅和李甲之辈情操的卑劣。

再说李公子同杜十娘行至潞河①,舍陆从舟,却好有瓜洲差使船转回之便②,讲定船钱,包了舱口。比及下船时,李公子囊中,并无分文余剩。

你道杜十娘把二十两银子与公子,如何就没了?公子在院中嫖得衣衫蓝缕,银子到手,未免在解库中取赎几件穿着③,又制办了铺盖,剩来只勾轿马之费。

公子正当愁闷,十娘道:"郎君勿忧,众姊妹合赠,必有所济。"乃取钥开箱。公子在傍,自觉惭愧,也不敢窥觑箱中虚实。只见十娘在箱里取出一个红绢袋来,掷于桌上道:"郎君可开看之。"公子提在手中，觉得沉重，启而观之，皆是白银，计数整五十两。十娘仍将箱子下锁，亦不言箱中更有何物。但对公子道："承众姊妹高情，不惟途路不乏，即他日浮寓吴越间，亦可稍佐吾夫妻山水之费矣。"公子且惊且喜道："若不遇恩卿，我李甲流落他乡，死无葬身之地矣！此情此德，白头不敢忘也！"自此每谈及往事，公子必感激流涕，十娘亦曲意抚慰。一路无话。

不一日，行至瓜洲，大船停泊岸口。公子别雇了民船，安放行李，约明日侵晨，剪江而渡[4]。其时仲冬中旬，月明如水，公子和十娘坐于舟首。公子道："自出都门，困守一舱之中，四顾有人，未得畅语。今日独据一舟，更无避忌。且已离塞北，初近江南，宜开怀畅饮，以舒向来抑郁之气，恩卿以为何如？"十娘道："妾久疏谈笑，亦有此心。郎君言及，足见同志耳。"

公子乃携酒具于船首，与十娘铺毡并坐，传杯交盏。饮至半酣，公子执卮对十娘道："恩卿妙音，六院推首[5]，某相遇之初，每闻绝调[6]，辄不禁神魂之飞动。心事多违，彼此郁郁，鸾鸣凤奏，久矣不闻。今清江明月，深夜无人，肯为我一歌否？"十娘兴亦勃发，遂开喉顿嗓，取扇按拍，呜呜咽咽，歌出元人施君美《拜月亭》杂剧上"状元执盏与婵娟"一曲[7]，名《小桃红》。真个：

声飞霄汉云皆驻，响入深泉鱼出游。

却说他舟有一少年，姓孙，名富，字善赉，徽州新安人氏。家资巨万，积祖扬州种盐[8]。年方二十，也是南雍中朋友。生性风流，惯向青楼买笑，红粉追欢，若嘲风弄月，到是个轻薄的头儿。事有偶然，其夜亦泊舟瓜洲渡口，独酌无聊。忽听得歌声嘹亮，凤吟鸾吹，不足喻其美。起立船头，伫听半晌，方知声出邻舟。正欲相访，音响倏已寂然。乃遣仆者潜窥踪迹，访于舟人，但晓得是李相公雇的船，并不知歌者来历。孙富想道："此歌者必非良家，怎生得他一见？"展转寻思，通宵不寐。挨至五更，忽闻江风大作，及晓，彤云密布，狂雪飞舞。怎见得，有诗为证：

千山云树灭，万径人踪绝。
扁舟蓑笠翁，独钓寒江雪[9]。

因这风雪阻渡，舟不得开，孙富命艄公移船，泊于李家舟之傍。孙富貂帽狐裘，推窗假作看雪。值十娘梳洗方毕。纤纤玉手，揭起舟傍短帘，自泼盂中残水，粉容微露，却被孙富窥见了，果是国色天香，魂摇心荡，迎眸注目，等候再见一面，杳不可得。沉思久之，乃倚窗高吟高学士《梅花诗》二句道[10]：

雪满山中高士卧，月明林下美人来。

李甲听得邻舟吟诗，舒头出舱，看是何人。只因这一看，正中了孙富之计。孙富吟诗，正要引李公子出头，他好乘机攀话。当下慌忙举手，就问："老兄尊姓何讳？"李公子叙了姓名乡贯，少不得也问那孙富。孙富也叙过了，又叙了些太学中的闲话，渐渐亲热。孙富便道："风雪阻舟，乃天遣与尊兄相会，实小弟之幸也。舟次无聊，欲同尊兄上岸，就酒肆中一酌，少领清诲，万望不拒。"公子道："萍水相逢，何当厚扰？"孙富道："说那里话！'四海之内，皆兄弟也'。"喝教艄公打跳[11]，童儿张伞，迎接公子过船，就于船头作揖，然后让公子先行，自己随后，各各登跳上涯。

行不数步，就有个酒楼。二人上楼，拣一副洁净座头，靠窗而坐。酒保列上酒肴。孙富举杯相劝，二人赏雪饮酒。先说些斯文中套话，渐渐引入花柳之事。二人都是过来之人，志同道合，说得入港[12]，一发成相知了。

孙富屏去左右，低低问道："昨夜尊舟清歌者何人也？"李甲正要卖弄在行，遂实说道："此乃北京名姬杜十娘也。"孙富道："既系曲中姊妹，何以归兄？"公子遂将初遇杜十娘，如何相好，后来如何要嫁，如何借银讨他，始末根由，备细述了一遍。孙富道："兄携丽人而归，固是快事，但不知尊府中能相容否？"公子道："贱室不足虑。所虑者老父性严，尚费踌躇耳！"孙富将机就机，便问道："既是尊大人未必相容，兄所携丽人，何处安顿？亦曾通知丽人，共作计较否？"公子攒眉而答道："此事曾与小妾议之。"孙富欣然问道："尊宠必有妙策。"公子道："他意欲侨居苏杭，流连山水，使小弟先回，求亲友宛转于家君之前，俟家君回嗔作喜，然后图归。高明以为何如？"孙富沉吟半晌，故作愀然之色道："小弟乍会之间，交浅言深，诚恐见怪。"公子道："正赖高明指教，何必谦逊？"孙富道："尊大人位居方面[13]，必严帷薄之嫌[14]，平时既怪兄游非礼之地，今日岂容兄娶不节之人。况且贤亲贵友，谁不迎合尊大人之意者？兄枉去求他，必然相拒。就有个不识时务的进言于尊大人之前，见尊大人意思不允，他就转口了。兄进不能和睦家庭，退无词以回复尊宠，即使流连山水，亦非长久之计。万一资斧困竭[15]，岂不进退两难！"

公子自知手中只有五十金，此时费去大半，说到资斧困竭，进退两难，不觉点头道是。孙富又道："小弟还有句心腹之谈，兄肯俯听否？"公子道："承兄过爱，更求尽言。"孙富道："疏不间亲，还是莫说罢。"公子道："但说何妨？"孙富道："自古道'妇人水性无常'，况烟花之辈，少真多假。他既系六院名姝，相识定满天下；或者南边原有旧约，借兄之力，挈带而来，以为他适之地。"公子道："这个恐未必然。"孙富道："既不然，江南子弟，最工轻薄，兄留丽人独居，难保无逾墙钻穴之事[16]，若挈之同归，愈增尊大人之怒。为兄之计，未有善策。况父子天伦，必不可绝。若为妾而触父，因妓而弃家，海内必以兄为浮浪不经之人。异日妻不以为夫，弟不以为兄，同袍不以为友[17]，兄何以立于天地之间？兄今日不可不熟思也！"

公子闻言，茫然自失，移席问计："据高明之见，何以教我？"孙富道："仆有一计，于兄甚便；只恐兄溺枕席之爱[18]，未必能行，使仆空费词说耳！"公子道："兄诚有良策，使弟再睹家园之乐，乃弟之恩人也，又何惮而不言耶？"孙富道："兄飘零岁余，严亲怀怒，闺阁离心，设身以处兄之地，诚寝食不安之时也。然尊大人所以怒兄者，不过为迷花恋柳，挥金如土，异日必为弃家荡产之人，不堪继承家业耳！兄今日空手而归，正触其怒。兄倘能割衽席之爱，见机而作，仆愿以千金相赠。兄得千金，以报尊大人，只说在京授馆，并不曾浪费分毫，尊大人必然相信。从此家庭和睦，当无间言[19]，须臾之间，转祸为福。兄请三思。仆非贪丽人之色，实为兄效忠于万一也。"

李甲原是没主意的人，本心惧怕老子，被孙富一席话，说透胸中之疑，起身作揖道："闻兄大教，顿开茅塞。但小妾千里相从，义难顿绝，容归与商之。得其心肯，当奉复耳。"孙富道："说话之间，宜放婉曲。彼既忠心为兄，必不忍使兄父子分离，定然玉成兄还乡之事矣。"二人饮了一回酒，风停雪止，天色已晚。孙富教家童算还了酒钱，与公子携手下船。正是：

逢人且说三分话，未可全抛一片心。

却说杜十娘在舟中，摆设酒果，欲与公子小酌，竟日未回，挑灯以待。公子下船，十娘起迎。见公子颜色匆匆，似有不乐之意，乃满斟热酒劝之。公子摇首不饮，一言不发，竟自上床睡了。

十娘心中不悦，乃收拾杯盘，为公子解衣就枕，问道："今日有何见闻，而怀抱郁郁如此？"公子叹息而已，终不启口。问了三四次，公子已睡去了。十娘委决不下，坐于床头而不能寐。

到夜半，公子醒来，又叹一口气。十娘道："郎君有何难言之事，频频叹息？"公子拥被而起，欲言不语者几次，扑簌簌掉下泪来。

十娘抱持公子于怀间，软言抚慰道："妾与郎君情好已及二载，千辛万苦，历尽艰难，得有今日。然相从数千里，未曾哀戚；今将渡江，方图百年欢笑，如何反起悲伤？必有其故。夫妇之间，死生相共，有事尽可商量，万勿讳也！"

公子再四被逼不过，只得含泪而言道："仆天涯穷困，蒙恩卿不弃，委曲相从，诚乃莫大之德也。但反覆思之，老父位居方面，拘于礼法，况素性方严，恐添嗔怒，必加黜逐，你我流荡，将何底止？夫妇之欢难保，父子之伦又绝。日间蒙新安孙友邀饮，为我筹及此事，寸心如割！"

十娘大惊道："郎君意将如何？"公子道："仆事内之人，当局而迷。孙友为我画一计颇善，但恐恩卿不从耳！"十娘道："孙友者何人？计如果善，何不可从？"公子道："孙友名富，新安盐商，少年风流之士也。夜间闻子清歌，因而问及。仆告以来历，并谈及难归之故。渠意欲以千金聘汝，我得千金，可藉口以见吾父母；而恩卿亦得所天[20]。但情不能舍，是以悲泣。"说罢，泪如雨下。

十娘放开两手，冷笑一声道："为郎君画此计者，此人乃大英雄也！郎君千金之资，既得恢复，而妾归他姓，又不致为行李之累，发乎情，止乎礼，诚两便之策也。那千金在那里？"公子收泪道："未得恩卿之诺，金尚留彼处，未曾过手。"十娘道："明早快快应承了他，不可挫过机会。但千金重事，须得兑足，交付郎君之手，妾始过舟，勿为贾竖子所欺[21]。"

时已四鼓，十娘即起身挑灯梳洗道："今日之妆，乃迎新送旧，非比寻常。"于是脂粉香泽，用意修饰，花钿绣袄，极其华艳，香风拂拂，光采照人。

装束方完，天色已晓。孙富差家童到船头候信。十娘微窥公子，欣欣似有喜色，乃催公子快去回话，及早兑足银子。公子亲到孙富船中，回复依允。孙富道："兑银易事，须得丽人妆台为信。"公子又回复了十娘。十娘即指描金文具道："可便抬去。"孙富喜甚，即将白银一千两，送到公子船中。

十娘亲自检看，足色足数，分毫无爽。乃手把船舷，以手招孙富。孙富一见，魂不附体。十娘启朱唇，开皓齿道："方才箱子可暂发来，内有李郎路引一纸[22]，可检还之也。"

孙富视十娘已为"瓮中之鳖"，即命家童送那描金文具，安放船头之上。十娘取钥开锁，内皆抽替小箱[23]。十娘叫公子抽第一层来看，只见翠羽明珰，瑶簪宝珥，充仞于中[24]，约值数百金。十娘遽投之江中。李甲与孙富及两船之人，无不惊诧。又命公子再抽一箱，乃玉箫金管；又抽一箱，尽古玉紫金玩器，约值数千金。十娘尽投之于大江中。岸上之人，观者如堵，齐声道："可惜，可惜！"正不知什么缘故。最后又抽一箱，箱中复有一匣。开匣视之，夜明之珠，约有盈把。其他祖母绿、猫儿眼[25]，诸般异宝，目所未睹，莫能定其价之多少。众人齐声喝采，喧声如雷。十娘又欲投之于江。李甲不觉大悔，抱持十娘恸哭。那孙富也来劝解。

十娘推开公子在一边，向孙富骂道："我与李郎备尝艰苦，不是容易到此；汝以奸淫之意，巧为谗说，一旦破人姻缘，断人恩爱，乃我之仇人。我死而有知，必当诉之神明，尚妄想枕席之欢乎！"又对李甲道："妾风尘数年[26]，私有所积，本为终身之计。自遇郎君，山盟海誓，白首不渝。首出都之际，假托众姊妹相赠，箱中韫藏百宝，不下万金。将润色郎君之装，归见父母，或怜妾有心，收佐中馈[27]，得终委托，生死无憾。谁知郎君相信不深，惑于浮议[28]，中道见弃，负妾一片真心。今日当众目之前，开箱出视，使郎君知区区千金，未为难事。妾椟中有玉[29]，恨郎眼内无珠。命之不辰[30]，风尘困瘁，甫得脱离，又遭弃捐，今众人各有耳目，共作证明，妾不负郎君，郎君自负妾耳！"

于是众人聚观者，无不流涕，都唾骂李公子负心薄倖。公子又羞又苦，且悔且泣。方欲向十娘谢罪，十娘抱持宝匣，向江心一跳。众人急呼捞救。但见云暗江心，波涛滚滚，杳无踪影。可惜一个如花似玉的名姬，一旦葬于江鱼之腹。

三魂渺渺归水府，七魄悠悠入冥途。

当时旁观之人，皆咬牙切齿，争欲拳殴李甲和那孙富。慌得李、孙二人，手足无措，急叫开船，分途遁去。李甲在舟中，看了千金，转忆十娘，终日愧悔，郁成狂疾，终身不痊。孙富自那日受惊得病，卧床月余，终日见杜十娘在傍诟骂，奄奄而逝。人以为江中之报也。

却说柳遇春在京坐监完满，束装回乡，停舟瓜步[31]。偶临江净脸，失坠铜盆于水，觅渔人打捞。及至捞起，乃是个小匣儿。遇春启匣观看，内皆明珠异宝，无价之珍。遇春厚赏渔人，留于床头把玩。是夜梦中见江中一女子，凌波而来，视之，乃杜十娘也。近前万福，诉以李郎薄倖之事。又道："向承君家慷慨，以一百五十金相助，本意息肩之后[32]，徐图报答。不意事无终始；然每怀盛情，悒悒未忘。早间曾以小匣托渔人奉致，聊表寸心，从此不复相见矣。"言讫，猛然惊醒，方知十娘已死，叹息累日。

后人评论此事，以为孙富谋夺美色，轻掷千金，固非良士，李甲不识杜十娘一片苦心，碌碌蠢才，无足道者。独谓十娘千古女侠，岂不能觅一佳侣，共跨秦楼之凤[33]，乃错认李公子，明珠美玉，投于盲人，以致恩变为仇，万种恩情，化为流水，深可惜也！

【注释】

① 潞河：北京市通县以下的北运河，也称白河。

② 瓜洲：镇名，在今江苏邗江县南部大运河入长江处，与镇江市隔江斜对，向来是长江南北水运交通要冲。

③ 解库：当铺。

④ 剪江而渡：犹跨江而渡。

⑤ 六院：明初南京的妓院，后成为妓院的代称。

⑥ 绝调：卓绝的音调。

⑦《拜月亭》：又名《幽闺记》，南戏剧目。相传为施惠（字君美）所作，写蒋世隆与王瑞兰、陀满兴福与蒋瑞莲的婚姻故事。

⑧ 种盐：即制盐。因盐出自盐田，故谓种盐。

⑨ "千山"四句：此为唐柳宗元诗《江雪》，但文字有三处出入。"云树灭"原作为"鸟飞绝"，"人踪绝"原作为"人踪灭"，"扁舟"原作为"孤舟"。

⑩ 高学士：指明初诗人高启，字季迪，自号青丘子，曾任翰林院编修，故称高学士。

⑪ 打跳：铺好跳板。

⑫ 入港：这里指言语很投机。

⑬ 位居方面：旧时以担任一省最高长官为方面官。李甲父亲是布政使，是明代省级最高长官，所以说位居方面。

⑭ 帷薄：幔帘，用以隔离内外室之物。帷薄之嫌，指不合封建规矩的男女交往。

⑮ 资斧：盘缠、旅费。

⑯ 逾墙钻穴之事：指偷情、幽会之类的事情。

⑰ 同袍：《诗经·秦风·无衣》："岂曰无衣，与子同袍。"原指军人相称，这里指朋友。

⑱ 枕席之爱：与下文衽席之爱一样，皆指夫妻之爱。

⑲ 间（jiàn）言：挑拨离间之言。

⑳ 所天：丈夫。

㉑ 贾（gǔ）竖子：犹言"市侩"，对商人的蔑称。

㉒ 路引：出行所领的执照。

㉓ 抽替：抽屉。

㉔ 充牣：充满。

㉕ 祖母绿、猫儿眼：均为名贵的宝石。

㉖ 风尘：这里指妓女艰苦屈辱的生活。

㉗ 佐中馈：帮助主妇料理饮食家务，即为妾。中馈，妻子的代称。

㉘ 浮议：没有根据的流言蜚语。

㉙ 椟（dú）：木箱。

㉚ 命之不辰：命运不佳。不辰，生不逢时。

㉛ 瓜步：即上文的瓜洲。步，通"埠"。一说瓜步为镇名，在今江苏省六合县东南瓜步山下。

㉜ 息肩：放下担子，指获得安定生活。

㉝ 共跨秦楼之凤：比喻美满的婚姻。神话传说，春秋时萧史善吹箫，秦穆公以女弄玉嫁之。夫妻恩爱，一日萧史教弄玉吹箫，招来赤龙、紫凤。于是萧史乘龙，弄玉跨凤，一同升天。见《列仙传》。

第五节　汤显祖和《牡丹亭》

汤显祖(1550—1616),字义仍,号若士,临川(今江西抚州)人。早有才名,十一岁能作诗,二十一岁中举,学识渊博,精通古文、诗、词,博识天官、地理、医药、卜筮,无书不读。万历十一年(1583)登进士第,先后任南京太常寺博士、南京礼部主事等职。万历十九年(1591)上《论辅臣科臣疏》批评神宗朱翊钧即位后的朝政,得罪当朝,被贬为徐闻典史。次年调任遂昌知县,任内为地方办了不少好事,抑制豪强,关心民间疾苦,除夕放囚犯与家人团聚,任事有胆有识。汤显祖本想有所作为,但是眼看国事日非,朝政腐败,便淡了仕进之心,于万历二十六年(1598)弃官归里,专门写作,传世之作《牡丹亭》就写于此时。

汤显祖早年受他老师罗汝芳影响,接受了左派王学思想,很赞赏"百姓日用即是道"的观点,怀疑程朱理学,反对封建教条,主张个性解放;推重李贽和达观(紫柏)禅师,因为他们都反对假道学和虚伪礼教,主张率性求真。左派王学思想对汤显祖崇尚真性情,反对假道学创作思想的形成,起了积极作用,他曾说"世之假人常为真人苦"(《答王宇廉太史》)。他的作品为了达情而不惜违理,他认为"情有者理必无,理有者情必无"(《寄达观》),情与理是对立的。他这一观点主要是反对为了维护封建秩序而强制扼杀人性的宋明理学。他反对复古派专事摹拟古人,没有今人生气的文风,认为文章之妙在于"自然灵气"。他和重性灵的"公安派"思想接近,是从李贽、徐渭到以袁宏道为首的"公安派"之间的重要人物。

在当时曲坛上,存在着以汤显祖为领袖的临川派与以沈璟为领袖的吴江派的对立。临川派以才情胜,吴江派以声律胜。王骥德《曲律》云:"临川尚趣,直是横行;组织之工,几与天孙争巧,而屈曲聱牙,多令歌者龃舌。吴江曾为临川改易《还魂》字句之不协者,吴吏部(天成)玉绳以致临川。临川不怿,复书吏部曰:'彼恶知曲意哉?余意所至,不妨拗折天下人嗓子。'"汤显祖在《答吕姜山》信中说:"凡文(指戏曲曲文)以意、趣、神、色为主,四者到时,或有丽词俊音可用,尔时能一一顾九宫四声否?如必按字模声,即有窒滞迸拽之苦,恐不能成句矣。"临川派与吴江派的对立,某种意义上是当时剧坛上革新派与保守派的对立。

汤显祖的戏曲创作有传奇《玉茗堂四梦》(《还魂记》、《紫钗记》、《邯郸记》、《南柯记》,也称《临川四梦》)和《紫箫记》。他自认为"一生四梦中,得意处惟在《牡丹》"。《牡丹亭》(即《还魂记》)不仅是汤显祖的代表作,也是中国戏曲史上影响很大的浪漫主义杰作。

《牡丹亭》描写南安太守杜宝之女丽娘,正值芳年,读了《诗经·关雎》后,引起伤春之感,不顾父母约束,和丫鬟春香同到花园寻春,看到园中姹紫嫣红的美景无缘欣赏,甚是伤感,回房后春思昏昏,在睡梦中见一书生持半枝垂柳前来求爱,丽娘不禁情动,双双在牡丹亭畔幽会。醒来后丽娘幽思成疾,一病不起。在临死之际要求其母将她葬在花园中的梅树下,并嘱咐春香将其自画像藏在太湖石底。接着,杜宝升任淮阳安抚使,委托丽娘之师陈最良安葬丽娘,并在园中为她建梅花观。三年后,书生柳梦梅赴京应试,借宿在梅花观中,在太湖石下拾得杜丽娘画像,爱不释手,发现此画像就是他以前梦见到说有姻缘之分的佳人,引起他万种情思。此时杜丽娘魂游后园,两人相见,再度幽会,丽娘嘱告柳梦梅,要他掘墓开棺,于是杜丽娘死而复生,两人终于结为夫妻。

《牡丹亭》全剧五十五出,情节虽由话本《杜丽娘慕色还魂》(见《燕居笔记》)而来,但其奇丽的构思,深刻的主题,鲜明生动的形象,都是话本所难以比拟的。作者借此表达了对追求真诚、自由、爱情的男女青年的同情，和对摧残青年身心的封建礼教的蔑视，这种思想在当时是大胆的，进步的，较一般的爱情剧有更深刻的思想内涵。

《牡丹亭》中杜丽娘的形象塑造得十分成功。她本是在严格的封建官宦家庭和腐儒陈最良教育训导下成长的少女，性情温顺，但她深居闺阁，生活空虚，处于青春时期，内心感到寂寞，有难言的精神苦恼。因此当塾师陈最良向她解释《关雎》，灌输"有风有化，宜室宜家"的封建教条时，却激发了丽娘与封建礼教相悖的情思，叹惜人不如鸟，鸟可以自由地追求自己之所爱，而她却不能，当她游园时看到姹紫嫣红的春色，更感到良辰美景虚度的苦闷。她长期被关闭的心扉打开了，被压抑的情思激荡了，她渴望着爱，在生活中得不到的爱，就托之于梦中的少年，摆脱了封建礼教的约束，超越了生死的界限，大胆地追求她理想中的爱，终于和她思念中的人结为夫妻。杜丽娘的艺术形象，激起许多男女青年的共鸣。

《牡丹亭》词曲优美，以典丽著称，善于通过形象鲜明的景色描写来烘托人物的心理动态，如《惊梦》中一曲《皂罗袍》："原来姹紫嫣红开遍，似这般都付与断井颓垣。良辰美景奈何天，赏心乐事谁家院……"更是几百年来传诵不歇的名句。

汤显祖也工诗文，有《红泉逸草》、《问棘邮草》、《玉茗堂集》。

闺塾

【题解】 本篇是《牡丹亭》的第七出。《闺塾》是后世经常上演的剧目，称为《春香闹学》。春香是杜丽娘的侍女，陪伴丽娘读书。她对老学究陈最良迂腐思想十分反感，总要寻些事来嘲笑陈最良，反对封建教条。杜丽娘对陈最良的教育也很反感，但出于礼貌不像春香那样公然反抗。她在塾中读《关雎》一诗，唤起她对爱的渴望，引起她感春、伤春的情怀。《闺塾》三个人物各有性格特点，展开维护封建礼教和反对封建教条的冲突十分自然，表现得很有情趣。

(末上)"吟馀改抹前春句，饭后寻思午晌茶。蚁上案头沿砚水，蜂穿窗眼咂瓶花。"我陈最良杜衙设帐[①]，杜小姐家传《毛诗》[②]，极承老夫人管待。今日早膳已过，我且把毛注潜玩一遍[③]。(念介)"关关雎鸠[④]，在河之洲。窈窕淑女，君子好逑。"好者，好也；逑者，求也。(看介)这早晚了，还不见女学生进馆，却也娇养的凶；待我敲三声云板[⑤]。(敲云板介)春香，请小姐上书。

〔**绕地游**〕 (旦引贴捧书上)素妆才罢，缓步书堂下，对净几明窗潇洒。(贴)昔氏贤文[⑥]，把人禁杀，恁时节则好教鹦哥唤茶[⑦]。

(见介)(旦)先生万福[⑧]。(贴)先生少怪。(末)凡为女子，鸡初鸣，咸盥、漱、栉、笄，问安于父母[⑨]。日出之后，各供其事。如今女学生以读书为事，须要早起。(旦)以后不敢了。(贴)知道了。今夜不睡，三更时分，请先生上书。(末)昨日上的《毛诗》，可温习？(旦)温习了。则待讲解。(末)你念来。(旦念书介)"关关雎鸠，在河之洲。窈窕淑女，君子好逑。"(末)听讲："关关雎鸠"，雎鸠是个鸟；"关关"，鸟声也。(贴)怎样声儿？(末作鸠声)(贴学鸠声诨介[⑩])(末)此鸟性喜幽静，在河之洲。(贴)是了。不是昨日是前日，不是今年是去年，俺衙内关着个斑鸠儿，被小姐放去，一去去在何知州家。(末)胡说，这是兴[⑪]。(贴)兴个甚的那？(末)兴者起也，起那下头。窈窕淑女，是幽闲女子，有那等君子好好的来求他。（贴）为甚好好的求他？（末）多嘴哩。（旦）师父，依注解书，学生自会。但把《诗经》大意，敷衍一番[12]。

〔掉角儿〕（末）论六经《诗经》最葩[13]，闺门内许多风雅。有指证姜嫄产哇[14]，不嫉妒后妃贤达[15]。更有那咏鸡鸣伤燕羽，泣江皋思汉广[16]，洗净铅华[17]。有风有化[18]，宜室宜家[19]。（旦）这经文偌多[20]？（末）诗三百，一言以蔽之，没多些，只无邪两字，付与儿家。

书讲了。春香取文房四宝来模字[21]。（贴下取上）纸、笔、墨、砚在此。（末）这什么墨？（旦）丫头错拿了，这是螺子黛，画眉的。（末）这什么笔？（旦作笑介）这便是画眉细笔。（末）俺从不曾见。拿去，拿去！这是什么纸？（旦）薛涛笺[22]。（末）拿去，拿去！只拿那蔡伦造的来[23]。这是什么砚？是一个是两个？（旦）鸳鸯砚。（末）许多眼[24]？（旦）泪眼[25]。（末）哭什么子？一发换了来。（贴背介）好个标老儿[26]！待换去。（下，换上）这可好？（末看介）着。（旦）学生自会临书。春香还劳把笔[27]。（末）看你临。（旦写字介）（末看惊介）我从不见这样好字。这什么格？（旦）是卫夫人传下"美女簪花"之格[28]。（贴）待俺写个奴婢学夫人[29]。（旦）还早哩。（贴）先生，学生领出恭牌。（下）（旦）敢问师母尊年？（末）目下平头六十。（旦）学生待绣对鞋儿上寿，请个样儿。（末）生受了[30]。依《孟子》上样儿，做个"不知足而为屦"罢了[31]。（旦）还不见春香来。（末）要唤他么？（末叫三度介）（贴上）害淋的。（旦作恼介）劣丫头哪里来？（贴笑介）溺尿去来。原来有座大花园，花明柳绿，好耍子哩！（末）哎也！不攻书，花园去。待俺取荆条来。（贴）荆条做什么？

〔前腔〕女郎行那里应文科判衙[32]？止不过识字儿书涂嫩鸦[33]。（起介）（末）古人读书，有囊萤的[34]，趁月亮的[35]。（贴）待映月辉蟾蜍眼花[36]，待囊萤把虫蚁儿活支煞[37]。（末）悬梁、刺股呢？（贴）比似你悬了梁损头发，刺了股添疤痆[38]，有甚光华？（内叫卖花介）（贴）小姐，你听一声声卖花，把读书声差[39]。（末）又逗引小姐哩。待俺当真打一下。（末作打介）（贴闪介）你待打，打这哇哇，桃李门墙[40]，崄把负荆人唬煞[41]。

（贴抢荆条投地介）（旦）死丫头，唐突了师父[42]，快跪下。（贴跪介）（旦）师父看他初犯，容学生责认一遭儿。

〔前腔〕手不许把秋千索拿，脚不许把花园路踏。（贴）则瞧罢。（旦）还嘴，这招风嘴把香头来绰疤[43]，招花眼把绣针儿签瞎[44]。（贴）瞎了中甚用？（旦）则要你守砚台跟书案，伴"诗云"陪"子曰"，没的争差[45]。（贴）争差些罢。（旦挦贴发介[46]）则问你几丝儿头发，几条背花[47]？敢也怕些些夫人堂上那些家法。

（贴）再不敢了。（旦）可知道？（末）也罢，松这一遭儿。起来！（贴起介）

〔尾声〕（末）女弟子则争个不求闻达[48]，和男学生一般儿教法。你们工课完了方可回衙。咱和公相陪话去。（合）怎辜负的这一弄明窗新绛纱[49]。

（末下）（贴作背后指末骂介）村老牛，痴老狗，一些趣也不知。（旦作扯介）死丫头，"一日为师，终身为父"，他打不的你？俺且问你那花园在哪里？（贴做不说）

（旦做笑问介）（贴指介）兀那不是！（旦）可有什么景致？（贴）景致么，有亭台六七座，秋千一两架；绕的流觞曲水[50]，面着太湖山石。名花异草，委实华丽。（旦）原来有这等一个所在，且回衙去。

（旦）也曾飞絮谢家庭[51]（李山甫），（贴）欲化西园蝶未成[52]（张泌）。

（旦）无限春愁莫相问（赵嘏），（合）绿阴终借暂时行（张祜）。

【注释】

① 设帐：教书。汉朝马融讲学时设绛纱帐，后来以“设帐”称教书。

②《毛诗》：汉初毛亨著《毛诗故训传》是解释《诗经》的一部书，后世以《毛诗》作为《诗经》的代称。

③ 潜玩：用心细细玩味。

④“关关雎鸠”四句：是《诗经·周南·关雎》第一节。《关雎》是一首爱情诗。

⑤ 云板，一种外形如云头的铁制敲打乐器，封建时代官府和贵族家庭用它来向后堂通报事情。

⑥ 昔氏贤文：用格言编成的儿童启蒙读本。

⑦ 恁(rèn)时节：这时候。

⑧ 万福：古时妇女见面行礼时的颂词。

⑨“鸡初”三句：鸡初鸣，咸盥、漱、栉、笄、问安于父母，这些都是古代妇女的生活守则。见《礼记·内则》。盥(guàn)，洗手。栉(zhì)，整理头发。笄(jī)，插戴发簪。

⑩ 诨(hùn)：插科打诨。古代戏曲中配角用诙谐语逗趣。

⑪ 兴：诗歌创作的常用表现手法，假托某物，引起关联性的触发，然后导出正题。

⑫ 敷衍：原意为铺陈演绎，这里是解释的意思。

⑬ 葩(pā)：花，这里指文采华丽。

⑭ 姜嫄(yuān)产哇：哇，通“娃”。古代传说，姜嫄是有邰之女，黄帝曾孙帝喾(kù)的妃子，她在天帝的大脚趾印上踩了一脚，因而有孕，生了后稷。见《诗经·大雅·生民》。

⑮“不嫉妒”两句：《诗经·周南》中的《樛木》、《螽斯》两首诗旧注为写后妃之德的。

⑯“更有那”四句：咏鸡鸣，指《诗经·齐风·鸡鸣》篇；伤燕羽，指《诗经·邶风·燕燕》篇；泣江皋，指《诗经·召南·江有汜》篇；思汉广，指《诗经·周南·汉广》。这四首诗都是写男女爱情的。

⑰ 洗净铅华：铅华是妇女化妆的铅粉，洗净铅华，脱净脂粉气，质朴无华。

⑱ 有风有化：有关于风化，指有教育意义。

⑲ 宜室宜家：夫妇和睦，一家和顺。室，夫妻住房。家，整个家庭。

⑳ 偌(ruò)多：这么多。

㉑ 模字：临帖学字。

㉒ 薛涛笺：唐代四川名妓薛涛喜用自制的彩色笺，文人竞相模仿，风行一时，世称薛涛笺。

㉓ 蔡伦：东汉人，相传为纸的发明者。见《后汉书》本传。

㉔ 眼：砚眼，广东高要县端溪出产的端砚，带有天然斑点，称为眼。

㉕ 泪眼：端砚上的眼，有活眼、泪眼、死眼之分，不很清澈的叫泪眼，泪眼次于活眼，优于死眼。

㉖ 标老儿：即脾气执拗的老头儿。俗称爱发脾气的人为“标”。

㉗ 把笔：指初习字时，指导者在旁扶执笔者的手练习运笔。

㉘ 卫夫人：名铄，晋代有名的书法家，相传王羲之的书法为她所传。美女簪花：形容书法娟秀。格：范本。

㉙ 奴婢学夫人：本意是学不像。这里是春香随意杜撰的一种书法格式。

㉚ 生受：难为、麻烦的意思，客气话。

㉛ 不知足而为屦(jù)：语出《孟子·告子》，原意为不知道脚的尺码就去做鞋。这里用来讽刺陈最良的迂腐和书呆子气。

㉜ 女郎行(háng)：女孩儿家。应文科判衙：应文科，应科举考试。判衙，做官理事。

㉝ 书涂嫩鸦：信手涂鸦，胡乱写字。这里指随便写几个字儿。

㉞ 囊萤：晋代车胤(yìn)家贫买不起灯油，夏天他捉萤火虫装在绢袋里，夜晚借光读书。见《晋书·车胤传》。

㉟ 趁月亮：南齐江泌家贫点不起灯，常在月光下读书。见《南齐书·江泌传》。

㊱ 蟾蜍：指月亮。传说中月亮里有蟾蜍，古人常以蟾蜍借代月亮。

㊲ 活支煞：活活地弄死。

㊳ 疤痆(nà)：疤痕。

㊴ 差：同“岔”，打扰。

㊵ 桃李门墙：指贤德之士任教的地方。桃李，比喻学生。门墙，指师门。

㊶ 崄：同“险”。负荆人：请罪人，典出《史记·廉颇蔺相如列传》，这里指有过错的人。唬(xià)煞：吓坏了。

㊷ 唐突：冒犯、冲撞的意思。

㊸ 招风嘴：招惹是非的嘴。下句“招花”意同。绰：通“戳”。

㊹ 签：刺。

㊺ 争差：差错。

㊻ 挦(xún)：扯、拔。

㊼ 背花：背上挨打后留下的伤痕。

㊽ 争：差别。不求闻达：不想名声远扬，地位显达。

㊾ 一弄：一派。

㊿ 流觞曲水：古代风俗，三月初三“修禊(xì)日”，在水边举行祭祀活动，人们排列在水边，让盛有酒的杯子顺流而下，遇到水湾(曲水)处停在谁面前，谁就拿起来喝。这里指美好的景色。

51 “也曾”句：这里杜丽娘说自己像晋代谢道蕴那样有诗才。谢曾以“柳絮因风起”咏而出名。见《世说新语·言语》。

52 “欲化”句：意为春香希望化成蝴蝶去游花园，但因受到陈最良的责难，竟不能达此目的。“化蝶”典见《庄子·齐物论》。

游　园

【题解】 本篇选自《牡丹亭》第十出《惊梦》，选的是这一出的前半部分，后世常称《游园》。《惊梦》一出写因游园而得梦，昆曲演出时通称为《游园·惊梦》，即前半为《游园》，后半为《惊梦》。

游园惊梦表现杜丽娘青春的觉醒和被压抑感情的解放。大好春光唤醒了她幽闭的心灵，激起她对自由幸福爱情的热烈追求，终于在梦中冲破了封建的藩篱，得到了她所渴望的爱。本出戏写得既大胆又含蓄，情景交融，情文并茂，词曲典丽，富于浪漫色彩。

〔**绕地游**〕 (旦上)梦回莺啭，乱煞年光遍[1]。人立小庭深院。(贴)炷尽沉烟[2]，抛残绣线，恁今春关情似去年。

《乌夜啼》 (旦)“晓来望断梅关[3]，宿妆残。(贴)你侧着宜春髻子恰凭栏[4]。(旦)翦不断，理还乱[5]，闷无端。(贴)已分付催花莺燕借春看。”(旦)春香，可曾叫人扫除花径？(贴)分付了。(旦)取镜台衣服来。(贴取镜台衣服上)云髻罢梳还对镜。罗衣欲换更添香[6]。镜台衣服在此。

〔**步步娇**〕 (旦)袅晴丝吹来闲庭院[7]，摇漾春如线。停半晌整花钿[8]。没揣菱花[9]，偷人半面，迤逗的彩云偏[10]。(行介)步香闺怎便把全身现！

(贴)今日穿插的好。

〔**醉扶归**〕 (旦)你道翠生生出落的裙衫儿茜[11]，艳晶晶花簪八宝填[12]，可知我常一生儿爱好是天然[13]。恰三春好处无人见[14]。不提防沉鱼落雁鸟惊喧[15]，则怕的羞花闭月花愁颤[16]。

(贴)早茶行了，请行。(行介)你看：画廊金粉半零星，池馆苍苔一片青。踏草怕泥新绣袜[17]，惜花疼煞小金铃[18]。(旦)不到园林，怎知春色如许？

〔**皂罗袍**〕 原来姹紫嫣红开遍[19]，似这般都付与断井颓垣。良辰美景奈何天，赏心乐事谁家院[20]！恁般景致，我老爷和奶奶，再不提起。(合)朝飞暮卷[21]，云霞翠轩。雨丝风片，烟波画船，锦屏人忒看的这韶光贱[22]。

(贴)是花都放了，那牡丹还早。

〔**好姐姐**〕 (旦)遍青山啼红了杜鹃[23]，荼蘼外烟丝醉软[24]。春香呵，牡丹虽好，他春归怎占的先[25]！(贴)成对儿莺燕呵，(合)闲凝眄，生生燕语明如翦[26]，呖呖莺歌溜的圆。

(旦)去罢。(贴)这园子委是观之不足也。(旦)提他怎的！(行介)

〔**隔尾**〕 观之不足由他缱[27]，便赏遍了十二亭台是枉然。到不如兴尽回家闲过遣。

（作到介）（贴）开我东阁门，展我东阁床。瓶插映山紫[28]，炉添沉水香[29]。小姐，你歇息片时，俺瞧老夫人去也。（下）

【注释】

① “乱煞”句：眼花缭乱的春光到处都是。

② 炷（zhù）：焚烧。沉烟：沉香燃烧的烟，这里借指沉香。沉香是名贵的香料。

③ 梅关：在今江西大庾岭，宋代蔡挺置。这里是虚指。

④ 侧着：歪戴在一边。宜春髻子：饰有宜春彩燕的发髻。相传古代妇女在立春那天，剪彩色为燕子状，戴在头上，上贴“宜春”二字。

⑤ “翦不断”二句：翦，同“剪”，李煜词《乌夜啼》中的句子，这里比喻杜丽娘无法摆脱因长期禁锢而产生的苦闷。

⑥ “云髻”二句：引自薛逢《宫词》，见《全唐诗》。

⑦ 袅（niǎo）晴丝：袅，飘忽不定。晴丝，春日晴朗天飘荡在空中的游丝。

⑧ 花钿：古代妇女鬓发两边的装饰物。

⑨ 没揣：不料。菱花：镜子。

⑩ 迤（yǐ）逗：牵引，引惹。彩云：式样美丽的发式。

⑪ 翠生生：形容色彩鲜艳。出落的：显得。茜（qiàn）：鲜红色。

⑫ 艳晶晶：光彩绚烂夺目。花簪：用珍宝嵌镶成的簪子。八宝：泛指各种珍宝。

⑬ 爱好：爱美。

⑭ 三春好处：比喻自己的美貌。

⑮ 沉鱼落雁：鱼见了沉入水底，雁见了从天上停落下来。形容女子的美丽。

⑯ 羞花闭月：花儿见了含羞不敢开放，月亮见了将自己隐蔽起来。形容女子的美丽。

⑰ 泥：玷污。

⑱ “惜花”句：事见《开元天宝遗事》：“天宝初，宁王至春时，于后园中纫红丝为绳，密缀金铃，系于花梢之上；每有鸟鹊翔集，则全园吏掣铃索以惊之。盖惜花之故也。”疼煞，因惜花驱鹊勤于掣铃，以致小金铃被拉得疼煞。

⑲ 姹紫嫣红：形容百花盛开，鲜艳美丽。

⑳ 谁家：哪一家。以上两句出自谢灵运《拟魏太子邺中集诗序》：“天下良辰、美景、赏心、乐事，四者难并。”

㉑ 朝飞暮卷：语出王勃《滕王阁诗》：“画栋朝飞南浦云，朱帘暮卷西山雨。”

㉒ 锦屏人：幽居深闺，不能领略自然美景的女子。忒（tè）：太。韶光：春光。

㉓ 啼红了杜鹃：开遍了红杜鹃。传说杜鹃鸟叫时，口中血滴在花瓣上，花红似血。

㉔ 荼蘼（tú mí）：即酴醿，一种落叶灌木，晚春初夏开白花。烟丝：即游丝。

㉕ “牡丹”二句：皮日休咏牡丹诗有“独占人间第一春”句。牡丹在春末时才开花，故有此反问。这句意思是，牡丹虽美，但它开得那么迟，怎能占春花中第一呢？这里饱含了杜丽娘对青春被耽误的幽怨和伤感。

㉖ “生生”句：乳燕柔美的叫声明快如剪。

㉗ 缱（qiǎn）：留恋。

㉘ 映山紫：杜鹃花的一种。

㉙ 沉水香：沉香的别称。

第六节　明代诗歌

高启

高启（1336—1374），字季迪，号槎轩，又号青丘子，长洲（今江苏苏州）人。元末家居城北，与徐贲、张羽等九人以诗酒相过从，时称“北郭十友”。后避乱移居吴淞江边青丘。明洪武二年（1369）召入京城编修《元史》，次年授翰林院国史编修。擢户部右侍郎，固辞不受，赐金放还。洪武七年（1374），苏州知府魏观因改修府治得罪被杀，因高启曾为魏观撰《上梁文》，被明太祖视作党人，逮赴应天（今南京），腰斩于市。

高启才思俊逸，他的诗体制不一，能兼师众长，风格多样，佳作不少，为明代成就最高的诗人之一。亦工词与古文。有《高太史大全集》。

登金陵雨花台望大江[①]

【题解】 本篇选自《高太史大全集》卷十一。此诗作于明太祖洪武二年(1369),当时作者在南京修《元史》。诗人以沉雄、豪壮的笔调,描绘了河山的壮丽,表达了诗人对祖国统一的喜悦的心情。全诗波澜壮阔,一气呵成,是高启优秀作品之一。

大江来从万山中,山势尽与江流东。钟山如龙独西上[②],欲破巨浪乘长风[③]。江山相雄不相让,形势争夸天下壮。秦皇空此瘗黄金[④],佳气葱葱至今王[⑤]。我怀郁塞何由开?酒酣走上城南台[⑥]。坐觉苍茫万古意,远自荒烟落日之中来[⑦]。石头城下涛声怒[⑧],武骑千群谁敢渡?黄旗入洛竟何祥[⑨]?铁锁横江未为固[⑩]。前三国,后六朝[⑪],草生宫阙何萧萧!英雄乘时务割据,几度战血流寒潮[⑫]。我今幸逢圣人起南国[⑬],祸乱初平事休息[⑭]。从今四海永为家,不用长江限南北[⑮]。

【注释】

① 金陵:今南京市。雨花台:在南京市南聚宝山上,地据冈阜最高处,遥望长江,俯瞰城市,历历在目。

② 钟山:也叫紫金山,在南京市中山门外。独西上:是说钟山山势与众不同,沿江山势均由西向东,独独钟山由东向西上升,正与长江流向相反。

③ 乘长风:语出《南史·宗悫传》:"愿乘长风破万里浪。"

④ "秦皇"句:据《太平御览》卷一百七十引《金陵图》云:"秦并天下,望气者言江东有天子气,凿地断连冈,因改金陵为秣陵。"又,《丹阳记》:"秦始皇埋金杂玉以压天子气。"此用其事,是说秦始皇埋金于此,企图镇压王气,徒劳无益。瘗(yì),埋。

⑤ 佳气:指天子气。葱葱:茂盛的样子。《后汉书·光武帝纪论》:"气佳哉,郁郁葱葱然!"至今王(wàng):指朱元璋如今做了皇帝,建都金陵。

⑥ 城南台:即雨花台。

⑦ "坐觉"二句:是说万古苍茫的感觉是由远方荒烟落日的景色所引起。坐,因。

⑧ 石头城:故址在今南京市草场门附近。原为楚金陵城,孙权由京口迁金陵后重建改名。六朝时,江流迫近山麓,城负山临江,当交通要冲。

⑨ 黄旗入洛:三国时,吴主孙皓因迷信"黄旗紫盖见于东南"的谣言,认为是吴灭晋之兆,"即载其母妻及后宫数千人"到洛阳去,想当天子,"以顺天命"。途中遇大雪,"道途陷坏,士卒寒冻殆死。皆曰:若遇敌,便当倒戈耳"。孙皓无奈,只得返回。后降于晋,举家西迁。见《三国志·吴书·孙皓传》注引《江表传》。

⑩ 铁锁横江:晋太康元年(280),王濬率水军攻吴。吴在长江险要处用铁缆拦江封锁,并在江中暗置铁锥。结果仍被王濬攻破,孙皓投降,吴亡。见《晋书·王濬传》。

⑪ 六朝:指先后建都于建康(今南京市)的东吴、东晋、宋、齐、梁、陈六朝。诗中三国与六朝对举,三国专指东吴。

⑫ "英雄"二句:是说六朝的开国英雄乘机来这里建都时多致力于割据,但最后无不一一覆灭。

⑬ 圣人:此处指明太祖朱元璋。南国:指朱元璋起兵的濠州(今安徽凤阳一带)。

⑭ 祸乱:指元末大乱。

⑮ "从今"二句:是说全国统一,长江不应再作南北的界限。

何景明

何景明(1483—1521),字仲默,号大复,信阳(今属河南)人。弘治十五年(1502)进士,授中书舍人。正德初,因忤刘瑾罢官。后因李东阳之荐复职。进吏部员外郎,官至陕西提学副使。嘉靖时引疾归。他是前七子代表人物之一。在七子中,他的地位仅次于李梦阳,"天下语诗文,必并称何、李"(《明史·何景明传》)。他主张文宗秦汉,古诗宗汉魏,近体诗宗盛唐。他的大多数诗文模拟痕迹较重,但功力颇深。其诗之佳者具有清丽俊秀的特色。有《大复集》。

鲥　鱼

【题解】 本篇选自《大复集》卷二十六。此诗讽刺了封建帝王为个人口体之养，不惜劳民伤财，并且将名贵的贡品赐给宦官而不荐宗庙，借此来评论朝政不修，用意深刻。

五月鲥鱼已至燕[①]，荔枝卢橘未能先[②]。
赐鲜遍及中珰第[③]，荐熟谁开寝庙筵[④]？
白日风尘驰驿骑[⑤]，炎天冰雪护江船[⑥]。
银鳞细骨堪怜汝，玉箸金盘敢望传[⑦]。

【注释】

① "五月"句：旧历五月为鲥鱼捕捞季节。鲥鱼是江南水产珍品，味鲜美，故一上市即为贡品运到北京。燕（yān），北京旧称。

② 卢橘：一说为金橘，汁多而味甜，为橘中佳品；一说为枇杷。唐玄宗时以荔枝为贡品，唐德宗时，以枇杷为贡品，鲥鱼与二者并提可见其珍贵。先：驾乎其上。

③ 中珰：宦官。宦官执事宫中，称为中人、中官，以貂尾金珰为冠饰。

④ 荐熟：荐新，以新熟的五谷或时鲜果品献祭宗庙。寝庙：宗庙。《礼记·月令》注："凡庙，前曰庙，后曰寝。"

⑤ 驿骑（jì）：驿卒。此句指陆运，驿卒为递送鲥鱼时策马奔驰于烈日风尘之中。

⑥ 冰雪：用冰护鱼以防变质。此句指水运。

⑦ 玉箸金盘：皇帝赐食臣子时所用餐具。杜甫《野人送朱樱》诗："金盘玉箸无消息，此日尝新任转蓬。"传：颁赐。

王世贞

王世贞（1526—1590），字元美，号凤洲，又号弇州山人，太仓（今属江苏）人。嘉靖二十六年（1547）进士，授刑部主事。历山东按察副使、浙江右参政、山西按察使。万历二年（1574）以副都御史巡抚郧阳。官至南京刑部尚书。

王世贞早年与李攀龙同为"后七子"领袖。李攀龙死后，独主诗坛二十年，主张文必西汉，诗必盛唐。晚年对此理论有所匡正。王世贞的诗歌取材赡博，除了一部分模拟痕迹较为严重的作品外，诸体诗中都有一些颇见艺术匠心的佳作。他的词则受传统束缚较大，题材较为单调。有《弇州山人四部稿》。

登太白楼

【题解】 本篇选自《弇州山人四部稿》卷二十四。李白喜饮后作诗，与酒结下了不解之缘，故唐宋以来关于李白酒楼的题咏颇多。王世贞《登太白楼》以议论开篇，从空中落笔，情景融合，气势雄健，颇能写出"诗仙"李白的胸襟气魄。

昔闻李供奉[①]，长啸独登楼[②]。
此地一垂顾，高名百代留[③]。
白云海色曙，明月天门秋[④]。
欲觅重来者，潺湲济水流[⑤]。

【注释】

① 李供奉：李白。《新唐书·文艺传·李白传》："知章见其文，叹曰：'子谪仙人也。'言于玄宗，召开金銮殿，论当世事，奏颂一篇。帝赐食，亲为调羹。有诏供奉翰林。"后人于是就称李太白为供奉。

② 楼：李白酒楼。相传在任城县（今属山东省济宁市），因李白曾登此楼而得名。

③ "此地"二句：言此楼一经"诗仙"登临，遂扬名天下，流芳百世。

④ 天门：此处作天空解。

⑤ "欲觅"二句：言只见济水昼夜流淌不息，却没有一个像李白这样的人来登此楼。

陈子龙

陈子龙（1608—1647），字卧子，号大樽，华亭（今上海松江）人。早年受东林党影响，后加入复社，又与夏允彝结几社。崇祯十年（1637）登进士第，授绍兴推官，进兵科给事中。南明弘光时因朝政腐败而辞官归里。清兵破南京后，在松江起兵，兵败后在太湖继续抗清，被清军俘获后寻机投水而死。清乾隆时追谥忠裕。

陈子龙是云间诗派、词派的主要代表，与李雯、宋征舆并称"云间三子"。他的诗风格苍凉悲壮，被认为是明诗的殿军。词婉丽淳厚，是清词复兴的滥觞。有《陈忠裕公全集》。

秋日杂感（其二）

【题解】 本篇选自《陈忠裕公全集》卷十七。原作共十首，这里选的是第二首。此诗是陈子龙的代表作，写于顺治三年（1646），题下原有注语"客吴中作"。这时原来跟诗人一起抗清的吴易等已在杭州就义。诗人对国事日颓的局面深感悲哀。

行吟坐啸独悲秋，海雾江云引暮愁。
不信有天常似醉①，最怜无地可埋忧②。
荒荒葵井多新鬼③，寂寂瓜田识故侯④。
见说五湖供饮马，沧浪何处着渔舟？

【注释】

① 有天常似醉：用天帝醉酒后赐秦缪公鹑首之地的典故。典出于张衡的《西京赋》："昔者大帝说秦缪公而觐之，飨以钧天广乐。帝有醉焉，乃为金策锡用此土而翦诸鹑首。"鹑首，指"十二分野"之一。中国古代星占学的迷信观点认为，人间祸福同天上星象有联系，因根据星辰的十二缠次（后亦根据二十八宿）将地上的州、国划分为十二个区域，使两者相对应，并根据某一天区星象的变异来预测、附会相应地区的凶吉。这种划分，在天称"十二分星"，在地称"十二分野"。鹑首指秦国雍州一带。

② 埋忧：排除忧愁。

③ "荒荒"句：指太湖义军首领吴易等被杀事。葵井，长满冬葵的井台。

④ 故侯：用秦亡后东陵侯邵平隐居长安城东种瓜之典。据《史记·萧相国世家》载：邵平，秦之东陵侯。秦亡不仕，隐居长安城东，种瓜为业。这里是诗人抒发沧桑之慨。

第七节 明代散文

宋濂

宋濂（1310—1381），字景濂，号潜溪，又号玄真子，浦江（今属浙江）人。年少时勤奋自学，后以文章闻名于时。元至正间荐授翰林编修，辞不就。隐居龙门山十余年。后朱元璋征聘他到应天(今南京)，任江南儒学提举，给太子讲经。历纂修《元史》总裁、国子监司业、侍讲学士，官至翰林学士承旨、知制诰。洪武十年(1377)，以年老辞官归家。不久因长孙宋慎犯罪受累，谪徙四川茂州，病死途中。

宋濂学识渊博，被尊为开国文臣之首。他的散文以传记小品和记叙性散文最为出色。其传记小品文，人物形象生动，性格鲜明。其寓言体散文和写景散文，也有不少佳作。有《宋文宪公全集》。

送东阳马生序

【题解】 本篇选自《宋文宪公全集》卷三十二。作者以简洁朴实的语言，叙述年轻时求学的困难和刻苦学习的经历，并以此与当时太学生良好的学习条件进行对比，勉励后辈珍惜这个优越条件，专心求学，立志成才。

余幼时即嗜学[①]，家贫，无从致书以观[②]，每假借于藏书之家，手自笔录，计日以还[③]。天大寒，砚冰坚[④]，手指不可屈伸，弗之怠[⑤]。录毕，走送之[⑥]，不敢稍逾约。以是人多以书假余[⑦]，余因得遍观群书。既加冠[⑧]，益慕圣贤之道，又患无硕师名人与游[⑨]，尝趋百里外，从乡之先达[⑩]，执经叩问[⑪]。先达德隆望尊，门人弟子填其室[⑫]，未尝稍降辞色[⑬]。余立侍左右，援疑质理[⑭]，俯身倾耳以请[⑮]，或遇其叱咄[⑯]，色愈恭、礼愈至，不敢出一言以复。俟其欣悦，则又请焉。故余虽愚，卒获有所闻[⑰]。

当余之从师也，负箧曳屣[⑱]，行深山巨谷中。穷冬烈风[⑲]，大雪深数尺，足肤皲裂而不知。至舍，四肢僵劲不能动[⑳]，媵人持汤沃灌[㉑]，以衾拥覆[㉒]，久而乃和。寓逆旅[㉓]，主人日再食[㉔]，无鲜肥滋味之享。同舍生皆被绮绣[㉕]，戴朱缨宝饰之帽，腰白玉之环，左佩刀，右备容臭[㉖]，烨然若神人[㉗]，余则缊袍敝衣处其间[㉘]，略无慕艳意[㉙]，以中有足乐者[㉚]，不知口体之奉不若人也[㉛]。盖余之勤且艰若此。今虽耄老[㉜]，未有所成，犹幸预君子之列[㉝]，而承天子之宠光[㉞]，缀公卿之后[㉟]，日侍坐备顾问，四海亦谬称其氏名[㊱]，况才之过于余者乎？

今诸生学于太学[㊲]，县官日有廪稍之供[㊳]，父母岁有裘葛之遗[㊴]，无冻馁之患矣；坐大厦之下而诵诗书，无奔走之劳矣。有司业、博士为之师[㊵]，未有问而不告、求而不得者也。凡所宜有之书，皆集于此，不必若余之手录，假诸人而后见也。其业有不精，德有不成者，非天质之卑[㊶]，则心不若余之专耳，岂他人之过哉！

东阳马生君则[㊷]，在太学已二年，流辈甚称其贤[㊸]。余朝京师，生以乡人子谒余[㊹]，撰长书以为贽[㊺]，辞甚畅达。与之论辨，言和而色夷[㊻]，自谓少时用心于学甚劳，是可谓善学者矣！其将归见其亲也，余故道为学之难以告之。谓余勉乡人以学者，余之志也；诋我夸际遇之盛而骄乡人者[㊼]，岂知余者哉！

【注释】

① 嗜学：喜欢读书学习。

② 致：得到，此处有“买”的意思。

③ 计日以还：按照约定的日期归还。

④ 砚冰坚：砚台的墨水结成了坚冰。

⑤ 弗之怠：不因此而懈怠。

⑥ 走送之：急忙把书送还。走，跑。

⑦ 假：通“借”。

⑧ 加冠：古人二十岁男子行加冠礼，表示已经成年。

⑨ 硕师：大师。与游：指同硕师、名人结交，请教学问。

⑩ 先达：有德行学问而显达的前辈。

⑪ 执经叩问：手持书本去请教。

⑫ 填：充满。

⑬ 稍降辞色：稍微表示一点客气。辞，言辞。色，脸色。

⑭ 援疑质理：提出疑难问题，询问其中道理。

⑮ 俯身倾耳：弓腰侧耳，表示恭敬。

⑯ 叱咄（chì duō）：斥责。

⑰ 卒获有所闻：最终获得不少教益。

⑱ 负箧（qiè）：背着箱子。曳屣（xǐ）：拖着鞋子。

⑲ 穷冬：深冬。

⑳ 僵劲：僵硬。

㉑ 媵（yìng）人：此处指旅舍的仆役。持汤沃灌：拿热水给自己喝。

㉒ 以衾拥覆：用被子紧紧盖住。

㉓ 寓：寄宿。

㉔ 日再食：一天供给两顿饭。

㉕ 被：通"披"。

㉖ 容臭：香袋。

㉗ 烨（yè）然：光彩夺目的样子。

㉘ 缊（yùn）袍：以乱麻为絮的袍子。缊，乱麻。

㉙ 略无慕艳意：毫无羡慕的意思。

㉚ 以中有足乐者：因为（学问）中间有令人十分快乐的地方。

㉛ 口体之奉：生活享受。

㉜ 耄（mào）老：衰老。古时八九十岁称为耄，泛指老年。其时作者已六十九岁。

㉝ 预君子之列：加入了有德行知识的读书人行列。

㉞ 宠光：恩宠荣光。

㉟ 缀（zhuì）：连缀；此处为追随之意。

㊱ 谬称：不适当的称道，谦词。

㊲ 太学：此处指国子监，明朝设在京师的最高学府。

㊳ 县官：此处作"朝廷"解。廪稍：朝廷免费供给的膳食。

㊴ 裘：皮衣。葛：夏布衣。遗（wèi）：赠送。

㊵ 司业、博士：均为国子监的教官，司业地位更高些。

㊶ 天质之卑：天资的低下。

㊷ 东阳：今浙江省东阳县，当时与浦江同属金华府。

㊸ 流辈：同辈。

㊹ 谒（yè）：拜访。

㊺ 贽（zhì）：初次见面时送的礼物。本句意为写了一封长信作为见面礼。

㊻ "言和"句：说话和气，神色和悦。

㊼ 诋：毁谤。际遇：遭遇，一般指好的机遇。

刘基

刘基（1311—1375），字伯温，号犁眉公，青田（今属浙江）人。元元统元年（1333）进士，授高安县丞，历江浙儒学副提举、江浙元帅府都事等职。后因遭排挤，弃官归乡。元至正二十年（1360）起，协助朱元璋建立明王朝，为明朝开国功臣之一。官至御史中丞兼太史令，封诚意伯。后遭朱元璋疑忌，忧愤而死。正德间追谥文成。

刘基是元末明初著名的诗文作家，他相当数量的讽谕诗，描绘元末明初的社会动乱，在一定程度上反映了人民的疾苦。他的散文体裁多样，内容丰富，风格古朴浑厚。其中以寓言体散文最为出色。亦工词。有《诚意伯文集》。

卖柑者言

【题解】 本篇选自《诚意伯文集》卷八。这是一篇讽刺散文。作品通过卖柑者和作者的辩论，揭露和抨击了封建统治者"金玉其外，败絮其中"，表里不一的本质。构思巧妙，语言犀利，文字简练而生动有力。

杭有卖果者[①]，善藏柑[②]，涉寒暑不溃[③]。出之煜然[④]，玉质而金色，置于市，贾十倍[⑤]，人争鬻之[⑥]。予贸得其一，剖之，如有烟扑口鼻，视其中，则干若败絮。予怪而问之曰："若所市于人者[⑦]，将以实笾豆、奉祭祀、供宾客乎[⑧]？将衒外以惑愚瞽也[⑨]？甚矣哉，为欺也！"

卖者笑曰："吾业是有年矣[⑩]。吾赖是以食吾躯[⑪]。吾售之，人取之，未尝有言，而独不足子所乎[⑫]？世之为欺者不寡矣[⑬]，而独我也乎？吾子未之思也[⑭]。今乎佩虎符，坐皋比者[⑮]，洸洸乎干城之具也[⑯]，果能授孙吴之略耶[⑰]？峨大冠，拖长绅者[⑱]，昂昂乎庙堂之器也[⑲]，果能建伊皋之业耶[⑳]？盗起而不知御，民困而不知救，吏奸而不知禁，法斁而不知理[㉑]，坐糜廪粟而不知耻[㉒]。观其坐高堂，骑大马，醉醇醴而饫肥鲜者[㉓]，孰不巍巍乎可畏[㉔]，赫赫乎可象也[㉕]，又何往而不金玉其外[㉖]，败絮其中也哉？今子是之不察[㉗]，而以察吾柑！"

予默默无以应。退而思其言，类东方生滑稽之流[28]。岂其愤世嫉邪者耶？而托乎柑以讽耶[29]？

【注释】

① 杭：杭州。

② 柑：果名，形似橘而大。

③ 涉：历经。溃：腐烂。

④ 煜然：光彩夺目的样子。

⑤ 贾：通"价"。

⑥ 鬻(yù)：卖，也可解作"买"。此处指"买"的意思。

⑦ 若：你。市：卖。

⑧ 实：充实，装满。笾(biān)豆：古代祭祀或宴会时，盛果品等物的竹器叫笾，盛肉食等物的木器叫豆。

⑨ 衒(xuàn)：夸耀。愚瞽：傻子和瞎子。

⑩ 业是：从事这种职业。

⑪ 以食(sì)吾躯：靠它来供养我的生活。

⑫ 足：满足。子：对对方的尊称。所：所需要的。

⑬ 寡：少。

⑭ 吾子：对对方的尊称。

⑮ 虎符：古代调兵遣将的凭据。皋比(pí)：虎皮，指铺着虎皮的将帅坐椅。

⑯ 洸(guāng)洸：威武的样子。干城之具：卫国将才。干，盾。具，才，人才。

⑰ 孙吴：古代著名军事家孙武和吴起。

⑱ 峨：高。大冠：官帽。长绅：古代士大夫腰上拖着的带子。

⑲ 庙堂之器：朝廷里的大臣。器，有才干的人。

⑳ 伊皋：指古代著名的政治家伊尹和皋陶(yáo)。伊尹是商汤的贤相，皋陶相传为舜时的刑官。

㉑ 斁(dù)：败坏。

㉒ 糜：浪费。廪(lǐn)：米仓。

㉓ 醇醲(chún nóng)：美酒。饫(yù)：饱食。

㉔ 巍巍：高不可攀的样子。

㉕ 赫赫：气势很盛的样子。象：效法。

㉖ 何往而不：哪儿不是。

㉗ 是：指上文中的文臣武将。

㉘ 东方生：东方朔，字曼倩，汉武帝时人，诙谐滑(gǔ)稽，善讽谏。

㉙ 托：假借。讽：讽劝。

归有光

归有光(1506—1571)，字熙甫，号震川，又号项脊生，昆山(今属江苏)人。早年屡试不第。曾在嘉定讲学二十余年，颇有名声。嘉靖四十年(1561)登进士第，授长兴知县，迁顺德通判。官至南京太仆寺丞。

归有光是明朝后期的著名散文家。他反对风靡一时的后七子复古主义文风，推崇唐宋散文。他的散文，内容多写身边琐事。一些记叙、抒情散文，注重细节，刻绘生动，即事抒情，具有浓郁的人情味，真切感人，"无意于感人，而欢愉惨恻之思，溢于言语之外"(王锡爵《归公墓志铭》)，被今人归为唐宋派。有《震川先生集》。

项脊轩志

【题解】 本篇选自《震川先生集》卷十七。这是一篇抒情散文。作者通过对项脊轩前后变化和几件小事的记述，写出了对祖母、母亲和妻子三代女性的真挚感情，写出了亲人们生前对自己的关怀以及自己对她们的深切怀念。文章简练生动，亲切感人。

项脊轩[1]，旧南阁子也。室仅方丈，可容一人居。百年老屋，尘泥渗漉[2]，雨泽下注，每移案，顾视无可置者[3]。又北向，不能得日，日过午已昏。余稍为修葺[4]，使不上漏；前辟四窗，垣墙周庭[5]，以当南日，日影反照，室始洞然[6]。又杂植兰桂竹木于庭，旧时栏楯[7]，亦遂增胜。借书满架，偃仰啸歌，冥然兀坐[8]，万籁有声[9]。而庭阶寂寂，小鸟时来啄食，人至不去。三五之夜[10]，明月半墙，桂影斑驳，风移影动，珊珊可爱[11]。

然余居于此，多可喜，亦多可悲。先是庭中通南北为一；迨诸父异爨[12]，内外多置小门墙，往往而是[13]。东犬西吠，客逾庖而宴[14]，鸡栖于厅。庭中始为篱，已为墙，凡再变矣。家有老妪，尝居于此。妪，先大母婢也[15]，乳二世[16]，先妣抚之甚厚[17]。室西连于中闺，先妣尝一至。妪每谓余曰："某所而母立于兹[18]。"妪又曰："汝姊在吾怀，呱呱而泣；娘以指扣门扉曰：'儿寒乎？欲食乎？'吾从板外相为应答……"语未毕，余泣，妪亦泣。余自束发[19]，读书轩中。一日，大母过余曰："吾儿，久不见若影[20]，何竟日默默在此，大类女郎也？"比去[21]，以手阖门，自语曰："吾家读书久不效，儿之成，则可待乎！"倾之，持一象笏至[22]，曰："此吾祖太常公宣德间执此以朝[23]，他日汝当用之！"瞻顾遗迹，如在昨日，令人长号不自禁。

轩东，故尝为厨，人往，从轩前过。余扃牖而居[24]，久之，能以足音辨人。轩凡四遭火，得不焚，殆有神护者。

项脊生曰[25]："蜀清守丹穴，利甲天下，其后秦皇帝筑女怀清台[26]。刘玄德与曹操争天下，诸葛孔明起陇中[27]，方二人之昧昧于一隅也[28]，世何足以知之？余区区处败屋中，方扬眉瞬目[29]，谓有奇景；人知之者，其谓与埳井之蛙何异[30]？"

余既为此志，后五年，吾妻来归[31]，时至轩中，从余问古事，或凭几学书。吾妻归宁[32]，述诸小妹语曰："闻姊家有阁子，且何谓阁子也？"其后六年，吾妻死，室坏不修。其后二年，余久卧无聊，乃使人复葺南阁子，其制稍异于前。然自后余多在外，不常居。

庭有枇杷树，吾妻死之年所手植也，今已亭亭如盖矣[33]。

【注释】

① 项脊轩：归有光的书房。作者远祖道隆曾在太仓县项脊泾居住，作者以项脊名轩，有纪念先祖的意思。

② 渗漉（shèn lù）：渗漏。

③ "每移"二句：每每移动桌子，环顾四周没有可以放置桌子的地方。

④ 修葺（qì）：修理。

⑤ 垣墙周庭：垣墙圈围着庭院。

⑥ 洞然：明亮的样子。

⑦ 栏楯（shǔn）：栏杆。楯，栏杆的横木。

⑧ 冥然兀坐：静静地端坐。

⑨ 万籁（lài）：比喻大自然的一切声响。籁，从孔穴里发出的声音，泛指声音。

⑩ 三五之夜：阴历十五的夜晚。

⑪ 珊珊可爱：风吹桂树发出玉佩般悦耳的声音。

⑫ "迨诸父"句：等到伯叔父们各起炊灶。迨，等到。诸父，伯、叔父。异爨（cuàn），各自分居自炊。

⑬ 往往：到处。

⑭ 逾庖而宴：经过厨房去赴宴。

⑮ 先大母：已故的祖母。

⑯ 乳二世：喂养了两代。

⑰ 先妣（bǐ）：已故的母亲。

⑱ 而：同"尔"。兹：这里。

⑲ 束发：古人以十五岁为成童之年，把头发束起来盘在头顶上。

⑳ 若：你。

㉑ 比去：等到离开时。

㉒ 象笏（hù）：象牙制成的朝板，古时大臣朝见君主时手执此物。

㉓ 太常公：指太常寺卿夏昶。宣德：明宣宗年号（1426—1435）。

㉔ 扃牖（jiōng yǒu）：关上窗户。扃，关闭门窗。

㉕ 项脊生：作者自称。

㉖ "蜀清"三句：出自《史记·货殖列传》。巴蜀有一个叫清的寡妇，守着祖先遗留的丹砂矿，牟取厚利，财富为天下第一，秦始皇曾为她修了一座女怀清台。

㉗ 陇中：应作"隆中"。

㉘ 昧昧：不明，即声名不显。

㉙ 扬眉瞬目：形容得意洋洋的样子。

㉚ 埳（kǎn）井之蛙：浅井里的青蛙，比喻见闻短浅之人。出自《庄子·秋水》篇。

㉛ 来归：嫁到我家来。

㉜ 归宁：妻子回娘家省亲。

㉝ 亭亭如盖：高高挺立如同一把伞。

袁宏道

袁宏道（1568—1610），字中郎，号石公，公安（今属湖北）人。万历二十年（1592）进士，历任吴县知县、顺天府教授、国子监助教、礼部主事、吏部员外郎等职，官至吏部郎中，居官共五六年。淡于名利，清廉自守。晚年定居沙市。

袁宏道与兄宗道、弟中道并称"三袁"，都是晚明反复古主义运动的公安派代表人物。在三袁中，宏道成就较大。他反对前后七子的模拟之风，主张写"自己胸臆流出"的诗文，强调"独抒性灵，不拘格套"（《序小修诗》），追求艺术上的情趣和新奇。他还重视向民歌学习，把民歌视为"真声"。其作品清新明快，直率自然，山水游记成就较高。有《袁中郎全集》。

满井游记①

【题解】 本篇选自《袁中郎全集》卷十七。此文写于万历二十七年（1599）二月，其时作者在北京任顺天府儒学教授。这篇游记文情并茂，作者抓住京郊的早春景色特征，运用生动的比喻，细致地描绘了它们的形象和情态，渲染出蓬勃的春意。字里行间洋溢着作者轻松愉快的心情。

燕地寒②，花朝节后③，余寒犹厉。冻风时作④，作则飞沙走砾，局促一室之内⑤，欲出不得。每冒风驰行，未百步，辄返。

廿二日，天稍和，偕数友出东直⑥，至满井。高柳夹堤⑦，土膏微润⑧。一望空阔，若脱笼之鹄⑨。于时冰皮始解，波色乍明，鳞浪层层，清澈见底，晶晶然如镜之新开，而冷光之乍出于匣也⑩。山峦为晴雪所洗⑪，娟然如拭，鲜妍明媚，如倩女之靧面⑫，而髻鬟之始掠也⑬。柳条将舒未舒，柔梢披风，麦田浅鬣寸许⑭。游人虽未盛，泉而茗者⑮，罍而歌者⑯，红装而蹇者⑰，亦时时有。风力虽尚劲，然徒步则汗出浃背。凡曝沙之鸟⑱，呷浪之鳞⑲，悠然自得，毛羽鳞鬣之间⑳，皆有喜气。始知郊田之外，未始无春，而城居者未之知也。

夫能不以游堕事㉑，而潇然于山石草木之间者，惟此官也㉒。而此地适与余近，余之游将自此始㉓，恶能无纪㉔？已亥之二月也㉕。

【注释】

① 满井：地名，在北京东郊。《长安客话》四记满井曰："出安定门，循古濠而东之里许，有古井一，径五尺余。飞泉突出，冬夏不竭。好事者凿石栏以束之。水常浮起，散漫四溢。井傍苍藤丰草，掩映小亭。都人探为奇胜。"

② 燕（yān）：古国名，在今河北省北部一带，后人常以燕作为北京代称。

③ 花朝节：即所谓百花生日。具体日期各时各地不一。宋以后一般都以二月十二日为花朝节。

④ 冻风时作：寒风经常地刮。

⑤ 局促：拘束。这里有困居的意思。

⑥ 东直：东直门，北京内城东面靠北的一个城门，与西直门遥遥相对。

⑦ 高柳夹堤：高高的柳树生长在堤的两旁。

⑧ 土膏微润：肥沃的土地微微有点湿润。

⑨ "若脱笼"句：谓自己离开局促的小屋来到郊外，就像离开笼子的鸟儿，心情轻松愉快。鹄（hú），天鹅，一说即黄鹄，形似鹤，毛色苍黄。

⑩ 冷（líng）光：清光。匣：镜匣。

⑪ 晴雪：被阳光融化的积雪。

⑫ 倩（qiàn）女：美丽的少女。靧（huì）面：洗脸。

⑬ 髻鬟：环形的发结。掠：用手轻拂。

⑭ 浅鬣（liè）：短短的鬃毛。这里形容麦田中的嫩苗。

⑮ 泉而茗者：汲泉水而煮茶的人。这里"泉"、"茗"都作名词用。

⑯ 罍（léi）而歌者：拿着酒具，唱着歌儿的人。罍，酒具，小

口深腹，有盖，形状像壶。

⑰ 红装而蹇(jiǎn)者：穿着红色服装，骑着驴子的妇女。

⑱ 曝沙：在沙滩上晒太阳。

⑲ 呷(xiā)浪之鳞：在波浪中吞吐水花的鱼。

⑳ 毛羽鳞鬣：鸟类的羽毛和鱼类的鳞鳍，这里借代鸟鱼。鬣，鱼类颌旁的鳍。

㉑ 堕事：耽误正事。

㉒ 此官：作者自称，当时他担任顺天府儒学教授，是个闲职。

㉓ 自此始：作者于万历二十六年(1598)就写有《游满井》诗。这里指万历二十七年游满井自此始。

㉔ 恶(wū)能：怎能。

㉕ 己亥：万历二十七年(1599)。万历是明神宗朱翊钧的年号。

张岱

张岱(1597—1689)，字宗子，又字石公，号陶庵，又号蝶庵，山阴(今浙江绍兴)人，侨寓杭州。年少时生活优裕，过着游山玩水、读书品艺的纨绔生活，一生未曾做官。明亡后，避居浙江剡溪山中。在国破家亡之际，回首二十年前的繁华靡丽生活，写成《陶庵梦忆》和《西湖梦寻》两书，以抒发他对故国乡土的追恋之情。

张岱的散文题材范围广阔，文笔活泼清新，描写细腻生动，是晚明小品文的代表作家。他的散文，融取众长，有公安派的清新，竟陵派的冷峭，两派的诙谐风趣，则兼而有之。具体地说，他的散文笔墨精炼，风神绰约，诗情浓郁；善于描绘人物的肖像、神态，往往刻画入微，栩栩如生；善于运用对比反衬手法，在轻松的嬉笑中蕴藏着冷峻的讽意。另有《琅嬛文集》、《张子诗秕》。

西湖七月半

【题解】 本篇选自《陶庵梦忆》卷七。本文介绍了当时杭州人七月半游西湖的盛况，对达官贵人和所谓风雅之士游湖看月的种种情态作了细致的描绘。许多人名为看月，实为买醉求欢，庸俗无聊，作者自认为只有他们少数人才是真正欣赏西湖月色的雅士。本文文笔洒脱、自然，是一幅形象生动的风俗画。

西湖七月半，一无可看，只可看看七月半之人。看七月半之人，以五类看之。其一，楼船箫鼓，峨冠盛筵[①]，灯火优傒[②]，声光相乱[③]，明为看月而实不见月者，看之；其一，亦船亦楼，名娃闺秀，携及童娈[④]，笑啼杂之，环坐露台[⑤]，左右盼望，身在月下而实不看月者，看之；其一，亦船亦声歌，名妓闲僧，浅斟低唱，弱管轻丝，竹肉相发[⑥]，亦在月下，亦看月而欲人看其看月者，看之；其一，不舟不车[⑦]，不衫不帻[⑧]，酒醉饭饱，呼群三五，跻入人丛，昭庆、断桥[⑨]，嘄呼嘈杂[⑩]，装假醉，唱无腔曲[⑪]，月亦看，看月者亦看，不看月者亦看，而实无一看者，看之；其一，小船轻幌[⑫]，净几暖炉，茶铛旋煮[⑬]，素瓷静递[⑭]，好友佳人，邀月同坐，或匿影树下[⑮]，或逃嚣里湖[⑯]，看月而人不见其看月之态，亦不作意看月者[⑰]，看之。

杭人游湖，巳出酉归[⑱]，避月如仇。是夕好名，逐队争出，多犒门军酒钱，轿夫擎燎[⑲]，列俟岸上[⑳]。一入舟，速舟子急放断桥[㉑]，赶入胜会。以故二鼓以前，人声鼓吹[㉒]，如沸如撼[㉓]，如魇如呓[㉔]，如聋如哑。大船小船一齐凑岸，一无如见，止见篙击篙[㉕]，舟触舟，肩摩肩，面看面而已。少刻兴尽，官府席散，皂隶喝道去[㉖]。轿夫叫船上人怖以关门[㉗]，灯笼火把如列星，一一簇拥而去。岸上人亦逐队赶门，渐稀渐薄，顷刻散尽矣。吾辈始舣舟近岸[㉘]。断桥石磴始凉，席其上[㉙]，呼客纵饮。此时月如镜新磨，山复整妆，湖复颒面[㉚]，向之浅斟低唱者出[㉛]，匿影树下者亦出，吾辈往通声气[㉜]，拉与同坐。韵友来，名妓至，杯箸安，竹肉发。月色苍凉，东方将白，客方散去。吾辈纵舟，酣睡于十里荷花之中，香气拍人，清梦甚惬[㉝]。

【注释】

① 峨冠：高高的官帽，这里借代封建士大夫之流。

② 优傒：倡优歌妓和奴仆。

③ 声光相乱：声光交织相错。

④ 童娈：娈童，美貌少年。

⑤ 露台：楼台上的平台。

⑥ 竹肉相发：箫笛声伴着歌唱声。竹，指竹制乐器。肉，指歌喉。

⑦ 不舟不车：不乘舟船，不坐车。

⑧ 不衫不帻：不穿长衫，不戴头巾。帻，古代男子包头的头巾。

⑨ 昭庆、断桥：昭庆寺、断桥都是西湖名胜。

⑩ 嚎(xiāo)呼：高声乱嚷。

⑪ 无腔曲：不成腔调的歌曲。

⑫ 轻幌：细薄帷幔。

⑬ 茶铛(chēng)：烧茶的小锅。

⑭ 素瓷：精致素雅的瓷杯。

⑮ 匿影树下：藏身在树影下。

⑯ 逃嚣：避开嚣闹。里湖：里西湖，比较僻静。

⑰ 作意：故意做作。

⑱ 巳出酉归：巳时出城，酉时返城。巳时，约今之上午9时至11时之间；酉时，约今之下午5时至7时之间。

⑲ 擎燎：举着火把。

⑳ 列俟岸上：列队等候在岸上。

㉑ 速：催促。急放：迅速奔赴。

㉒ 鼓吹：打击乐和吹奏乐的音乐声。

㉓ 如沸如撼：如开水沸腾声，又如物体震撼声。

㉔ 如魇如呓：如梦魇，又如呓语。

㉕ 止见：只见。

㉖ 皂隶：官府的衙役。

㉗ 怖以关门：用关城门来威吓游客，促其早归。

㉘ 舣舟近岸：摆船靠岸。

㉙ 席其上：在(石磴)上摆开酒宴。

㉚ 颒(huì)面：洗面，这里指西湖重新呈现出明净的样子。

㉛ 向之：以前。

㉜ 往通声气：走过去打招呼。

㉝ 惬：适意。

第八编　清代文学（含近代）

第一章　清代文学发展概况

第一节　清代社会概况

明万历四十四年(1616)，女真族统治者努尔哈赤在东北地区建立了大金(史称后金)王朝。明崇祯九年(1636)，努尔哈赤第四子皇太极改国号为清，定族名为满洲。崇祯十七年(1644)，李自成军攻入北京，明思宗朱由检自缢身死。其时皇太极已死，子清世祖福临继位，改元顺治，睿亲王多尔衮摄政，得吴三桂之助入关，击败李自成军，夺取了中央政权。康熙二年(1663)，清圣祖玄烨完全清除了南明抗清势力，进一步加强了中央集权。

为了巩固政权，缓和汉民族和其他民族的反抗，安定社会秩序，清初，满族统治者实行了招民垦荒、蠲免租赋等一系列恢复农村经济的措施；在政治上，拉拢汉族地主阶级，建立满、汉地主阶级的联合专制统治。经过几十年的休养生息，社会又逐渐恢复了繁荣。康熙、雍正时期，农业、手工业、商业都有较大发展。

乾隆时期，清代的经济高度繁荣。农业生产的发展，促进了手工业的发达，从而也促进了商业交通和城市贸易的兴盛，一度被摧残的东南沿海资本主义萌芽又重新抬头。然而，经济的繁荣又刺激了统治者的贪欲。乾隆中期以后，土地兼并日益严重，朝政日趋腐败，大小官僚贪污成风，人民的不满情绪越来越高涨。农民抗租、夺粮、夺地的斗争此起彼伏。乾隆末年和嘉庆、道光年间，农民起义与少数民族起义相继爆发，主要有川、楚白莲教起义，湘、贵苗民起义，北方天理教起义，新疆维吾尔族人民起义，湖南瑶族人民起义等，清王朝陷入严重的政治危机。

随后，欧洲殖民主义的侵入，又进一步加深了社会危机，终于导致了道光二十年(1840)鸦片战争的爆发，自此揭开了近代资产阶级民主革命的序幕。

从清初到鸦片战争的近二百年间，文化思想领域的统治也很严酷。清王朝为了控制知识分子的思想，采取了怀柔与高压相结合的政策，一方面沿袭明朝旧制，以八股取士，并不断扩充科举录取名额，颁布捐纳制度，开设博学鸿词科，尽力拉拢愿为清王朝效力的汉族知识分子。另一方面竭力推崇程朱理学，以束缚人民的思想；严禁文人结社，大兴文字狱，有的案件竟牵连到几百人甚至上千人，企图用血腥的恐怖手段，镇压汉族知识分子在思想上和文化上的反抗，以期达到强化思想统治的目的。在这种形势下，文化思想领域的斗争也就更加激烈。

在反对民族压迫，反对封建专制的斗争中，出现了一批具有民族意识和民主倾向的思想家，其中清初的顾炎武、黄宗羲、王夫之最著名，稍后则有唐甄(1630—1704)、颜元(1635—1704)、李塨(1659—1733)等。他们对封建君主专制制度，对宋明以来的理学末流，都进行了猛烈深刻的批判，并发展了中国传统哲学，提出了带有民主性的政治主张。这些进步思想家的理论，在许多方面突破了儒家传统观念的束缚，对清代文学有积极的影响。

但是，这些先进思想家的理论和主张，后来却无法绍述。比如顾炎武鉴于宋明理学末流的空疏，提倡“经世致用”，用考证方法治学，企图通过经史的研究来达到唤醒人们民族意识的目的。然而由于清代文禁森严，文字狱案经常发生，乾隆、嘉庆时期，乾嘉学派便逐渐放弃了顾炎武等经世致用的精神，走上了纯粹考据的道路。清代文学创作中的复古主义倾向，也与这种学风有关。

清代是古代文学史上最后一个重要阶段。清代的文学成就以小说最引人瞩目，无论文言、白话，短篇、长篇，都出现了高峰。文言短篇小说集《聊斋志异》，长篇白话小说《儒林外史》、《红楼梦》，都是中国小说史上璀璨的明珠。戏曲文学也获得很大成就，《清忠谱》、《长生殿》、《桃花扇》就是杰出的代表。清代诗词骈散文无论在数量或质量上，都大大超过了元、明时代，呈现出一种复兴的局面。

一般认为，中国古代文学发展到鸦片战争(道光二十年，1840)以前告终；鸦片战争之后，开始了近代文学阶段。

第二节 清代诗词文

清诗

在中国诗歌发展史上，清诗是唐宋之后又一个重要时期，流派纷呈，诗学主张也多样，有其不可忽视的艺术价值。

清初诗坛的情况不同于唐、宋的开国时期。唐、宋两朝建立之初，诗坛并不繁荣，唐和北宋建国后，都要经过一个世纪以上，诗才大放光芒。而清代之前的明末，诗歌已出现好的转机，明清易代的战乱与痛苦，反而使清初的诗坛显得活跃而多彩。这一时期的诗人，大体可分为两类：一类是原为明臣后来仕清的，如清初诗坛盟主钱谦益和吴伟业，还有施闰章、宋琬等；另一类是坚持气节，不肯仕清或继续进行抗清斗争的遗民，如顾炎武、屈大均、吴嘉纪等。

钱谦益是比所有清初诗人年岁大一辈的老诗人，他继明开清，宗盟诗坛五十年。他的诗初宗盛唐，后广泛学习唐宋各名家而有所创新，对转变明末复古主义诗风有较大贡献。他的诗雄奇瑰异，辞采丰缛，用典切当，技巧纯熟，在当时颇有盛名。他长于抒情，尤工七律。他的《后秋兴》是和杜甫《秋兴》而作的组诗，步原韵至十三叠，共一百零四首。它结合时事，抒发故国之思，及靦颜仕清、复国无望的复杂痛苦心情。这种大型组诗，就其体制和气魄而言，在前代诗人创作中还未曾见过，故陈寅恪誉之为“明清之诗史，较杜陵尤胜一筹，乃三百年来之绝大著作也”(《柳如是别传》)。

钱氏之外，清初诗坛声望最高的当推吴伟业。吴伟业的诗在取法盛唐及元白诸家、深得现实主义传统这一点上相当杰出。内容多为歌咏明清之际的重大史事，抒发家国兴亡的身世之感，不仅有很高的艺术水平，且具有一定的史料价值。他擅长七言歌行，工于叙事，措词华美而情调哀怨，讽刺也含蓄婉曲。其代表作《圆圆曲》借吴三桂、陈圆圆的故事，反映明末清初错综复杂的社会矛盾，讥讽为女色引清兵入关的叛降求荣行为。此诗兼有初唐体歌行藻饰用典和白居易《长恨歌》叙事之所长，广为传诵。此外，叙写南明亡国惨事的七言长诗《楚两生行》、《萧史青门曲》等也很有名。《四库全书总目》评其诗“格律本乎四杰而情韵为深，叙述类乎香山而风华为胜”。赵翼更是称赞“梅村之后，欲举一家列唐宋诸公之后者，实难其人”(《瓯北诗话》)。

此外，宣城(今安徽宣州)人施闰章(1618—1683)和莱阳(今属山东)人宋琬(1614—1673)，号“南施北宋”，也是当时声誉卓著的诗人。施闰章长于写景的五言律诗，诗风清远。宋琬曾蒙冤下狱三年，多有感伤忧患之作，诗风雄健。

遗民诗人中，顾炎武、黄宗羲、王夫之(1619—1692)三人是清初的思想家，主要成就不在诗歌上，但他们的诗都洋溢着爱国的热情，感情沉痛，气势豪壮。特别是顾炎武，他诗学杜甫，功力极深。作诗主性情，不贵奇巧。他的诗多写重大时事，抒发反清复明志向和亡国之痛，如《海上》、《秋山》、《京口即事》等篇，都直接描写当时重大的史实。他擅长用典，熨帖切当，无生硬堆砌之弊。七律深沉悲壮，如“十年天地干戈老，四海苍生痛哭深”(《海上》)，苍凉沉郁，诗风近乎杜甫、陆游、元好问。

吴嘉纪(1618—1684)终生穷困，年轻时从事过烧盐劳动，后漫游各地，参加过抗清活动。他反映农民、盐民、灾民疾苦和揭露清军暴行的诗较有特色。诗的语言朴素，风格接近唐代新乐府诗派。

屈大均(1630—1696)明亡时年仅十五岁，清兵入广州前后，曾参加抗清义军，失败后削发为僧。中年还俗，结交顾炎武、朱彝尊等，继续进行抗清活动。他推崇李白，自称“生平好嗜太白，以太白为师”(《与石濂书》)。诗多写抗清的经历和情怀，如“故国江山徒梦寐，中华人物又销沉”(《壬戌清明作》)、“万里悲风随出塞，三年明月照思乡”(《紫荆关道中送客》)等，其志趣与顾炎武相似，但风格俊逸明快，有慷慨奇崛之气。

其他著名遗民诗人有阎尔梅(1603—1662)、杜濬(1611—1687)、方文(1612—1669)、钱澄之(1612—1693)、归庄(1613—1673)、陈恭尹(1631—1700)等。他们比起前代遗民诗人来，更具有自身的特色。不少遗民诗人都长期参加了南明政权或抗清斗争，失败后，或流亡各地，或削发为僧，耳濡目染，感而为诗，无不浸透着强烈的切身感受，语语出自肺腑，虽无意求工，却往往具有震撼人心的艺术感染力。有的则以诗纪事，反映南明小朝廷的斗争史实，堪称一代诗史，弥足珍贵。

康熙时，王士禛诗名最著。他继钱谦益、吴伟业之后，成为文坛领袖，某些人推尊他为清代第一诗人。他是“神韵说”的倡导者。所谓“神韵”，是指诗中所表现的风神韵致。他强调“兴会神到”、“得意忘言”，要求笔调清幽淡雅，富有情趣、风韵和含蓄性，与司空图说的“不着一字，尽得风流”或严羽说的“妙悟”、“羚羊挂角，无迹可求”近似。他推崇盛唐王孟一派清淡闲远的境界，并以王孟诗派的作品为主，选编成《唐贤三昧集》，作为张扬“神韵说”的诗学范本。“神韵说”对元明以来生硬模仿唐诗语调的拟古诗风，起到一定的补救作用，运用到对自然景物的描写上，也能表现出自然清新的意境和情致。王士禛很少有重大社会题材内容的诗作。他的诗以七绝最有特色，

《真州绝句》是他“兴会神到”的代表作，确有一种清新蕴藉的风致。但这种主张，宜于作绝句，不宜于作长篇；宜于写景，不宜于表现社会重大题材。这是神韵派的局限。

与王士禛齐名的朱彝尊，论诗亦崇唐而以学力、辞藻见长，诗也写得清新浑朴，与王士禛为南北二大宗，时称“南朱北王”。但朱的影响不及王，而更以词著称。稍后于王士禛的知名诗人还有查慎行、赵执信等。查慎行（1650—1727）的诗善用白描，刻画工细，意境清新。他是清前期取径宋诗的主要代表人物。赵执信（1662—1744）他是王士禛的甥女婿，但不满王的“神韵说”，诗风清新峭拔，思路劖刻。

从康熙末年到乾隆、嘉庆年间，继“神韵派”之后，又产生了许多诗歌流派。但总起来看，复古主义和形式主义的倾向比较严重。只有少数作家具有革新精神，在诗歌中表现了鲜明的个性和真率的感情。

沈德潜（1673—1769）官至礼部侍郎加尚书衔，地位高而诗作平庸，是个台阁体诗人。论诗倡“格调说”，古体宗汉魏，近体宗盛唐，形式上讲究格律声调，内容上强调“温柔敦厚”的诗教，诗多歌功颂德之辞，缺少现实生活内容，但所编《古诗源》和《唐诗别裁》却是研究古典诗歌的两部很有价值的选本。

与沈德潜同时的郑燮是个很有个性的诗人，他的诗恰好与沈德潜相反，不肯拟古而自成一家，多揭露官吏贪酷、抒写民生疾苦及磊落胸怀之作。诗风质朴泼辣，不避俚俗，以白描胜。

以厉鹗（1692—1752）为代表的浙派诗人在当时也有较大的影响。厉鹗的诗作幽新隽妙，以刻琢研炼为工，有修洁自喜之致，但格局不大。另一浙籍诗派秀水派也是当时的重要诗派，领袖人物是钱载（1708—1793），他的诗造语盘崛，用笔拗折。

乾隆时期影响最大的诗人当推袁枚，他论诗倡“性灵说”，认为“诗有性情而后真”，“诗之传者，都自性灵，不关堆垛”（《随园诗话》），格调即在性情之中。他的《遣兴》诗说明了他的论诗观点：“但肯寻诗便有诗，灵犀一点是吾师。夕阳芳草寻常物，解用都为绝妙词。”这些主张，对冲破当时流行的拟古主义、形式主义诗风起到了很大的作用，使诗歌创作得到一定的解放。但由于他过分强调抽象的个人“性情遭际”，忽视诗人的社会实践和作品的社会意义，这就使他的诗多半是吟风弄月、自我消遣或应酬之作，在艺术上能以明快的语言直抒性情，写得清新灵巧，但时或流于浮滑，格调不高。

与袁枚同属性灵派的有蒋士铨和赵翼。他们合称“江右三大家”（又称“乾隆三大家”）。蒋士铨（1725—1784），虽也承认“性灵说”，但诗作却受黄庭坚影响，讲究骨力。赵翼（1727—1814）论诗主独创，反摹拟，和袁枚相近。因为他是史学家，特别强调从发展、变化的观点论诗：“诗文随世运，无日不趋新。”（《论诗》）“李杜诗篇万口传，至今已觉不新鲜。江山代有才人出，各领风骚数百年。”（《论诗》）他的诗风格明快，清新自然，且长于诙谐议论，但时或流于琐碎。

乾隆、嘉庆时的翁方纲（1733—1818），以治经学及金石著名，论诗主“肌理说”。肌理，比喻作诗所用的材料、结构和表现的思想。他认为学问、考据都是写诗的材料，都可以组织结构在诗中，而根源应是儒家的六经，结果产生了枯燥无味、令人生厌的“学问诗”。虽然“肌理说”在当时影响不大，但在考据学盛行的情况下，也形成了“学问诗”的流派，并对近代的宋诗运动产生一定影响。

清代中叶晚辈诗人中，黄景仁值得特别提出。黄景仁是一位极有才华的薄命诗人。他落魄江湖，怀才不遇，短暂的一生都在贫病愁苦中度过。诗学唐人，兼有各家之长，而尤重李白。有些作品激昂豪宕，情思奔放，和李白诗风逼肖。但多数诗作有较浓重的感伤情绪。如“十有九人堪白眼，百无一用是书生”，“悄立市桥人不识，一星如月看多时”，表现了他的落魄生涯和孤寂心境。

他重视文学创作，淡于功名利禄，曾写过“文章草草皆千古，仕宦匆匆仅十年”的警世名言。他的诗工于七言，歌行与律绝都写得相当出色。所作诗歌，从内容上说，多抒发穷愁不遇、寂寞凄怆的情怀。《别老母》、《杂感四首》、《癸巳除夕偶成》等，都写得低沉苍凉，但语调清新，感情真挚动人。他的爱情诗，如《感旧》、《绮怀》等，缠绵悱恻。还有一些诸如观潮之类的诗，也写得极生动而有气势。总之，不论哪一方面，都有佳作为人传诵。黄景仁不但在当时甚负盛名，对后来的诗人影响也很大。郁达夫说：“要想在乾、嘉两代诗人中，求一些语语沉痛、字字辛酸的真正具有诗人气质的诗，自然非黄仲则莫属了。”（《关于黄仲则》）此外，洪亮吉（1764—1849）、黎简（1747—1799）、宋湘（1756—1826）、王昙（1760—1817）、张问陶（1764—1814）、舒位（1765—1815）等也是乾嘉时期比较出色的诗人。

清词

清代词的创作呈现中兴之象，词学的研究和词集的整理刊印，也取得可观的成绩。清词人中最重要的是康熙朝的三大家，即陈维崧、朱彝尊和纳兰性德。直至乾隆、嘉庆时期，多数词人都不出这三家门户。

陈维崧善诗，工骈文，尤长于词，为清初阳羡词派（宜兴旧称阳羡）领袖。早年生活优裕，入清后，生活颠沛，旅食四方，悲歌慷慨一寄于词，风格追步苏、辛，无论长调小令，不拘写景抒情，都能出以豪情壮语，风格雄浑，成为豪放派在清代的杰出代表。他的词今存《迦陵词》三十卷，凡四百十六种词调，一千六百余首，填词之富，古今称最。词多抒身世之感、怀旧之情，也有反映社会黑暗、民生疾苦之作。如《醉落魄·咏鹰》，借咏鹰抒发其年华虽老，意气未衰，想要奋起扫除社会邪恶势力的壮心；《贺新郎·纤夫词》，写清初统治者强征船夫给人民带来的灾难。陈廷焯《白雨斋词话》说他的词“气魄绝大，骨力绝遒”。在雄浑苍凉的主导风格之外，他还能写婉丽娴雅之作，如出另一人之手。真是壮柔并妙，长短俱佳。所以，从总体上说，陈维崧是清代词坛上成就最大的词人。

朱彝尊继承李清照词“别是一家”的观点，主张严格区分诗与词的界线，认为词应保持婉约的传统。但他推崇、效法的是南宋姜夔、张炎一派的词，主张写词要句琢字炼，归于清空醇雅，成为南宋格律派的余波。他所作的词多写琐事，记宴游或咏物言情，风格妍雅清丽。他是浙西词派（也称“浙派”）的开创者和领袖。代表作有《桂殿秋》（思往事）、《卖花声》（衰柳白门湾）等。他编选的《词综》，选取唐、五代、宋、金、元词六百六十家二千二百五十首，是中国词学方面的一种重要选本。

纳兰性德出身满洲贵族，为武英殿大学士明珠的长子，他深得康熙帝垂青，常随从巡行各地。但他性情淡泊，放达不拘，以御前侍卫为难以解脱的束缚，因此，“身在高门广厦，常有山泽鱼鸟之思”（韩菼《纳兰君神道碑铭》）。他诗词皆擅，词尤出色。作词强调比兴与情致，常直抒胸臆，好用白描而不加雕饰，词风婉约清新，与李煜极其相似，故词论家有“重光后身”之称。他不仅风格上像李后主，理论上也推重李后主：“花间之词如古玉器，贵重而不适用；宋词适用而少贵重；李后主兼而有之，更饶烟水迷离之致。”他的词以小令见长，多写相思离别之情，花月失意之感，一些怀恋亲人、描写自然景物的小令，如《南乡子·为亡妇题照》、《长相思》（山一程）、《如梦令》（万帐穹庐人醉）等，感情真挚，深婉缠绵，蕴含着浓重的哀愁。王国维在《人间词话》中推崇他“真切如此，北宋以来，一人而已”，可谓赞赏备至。

康熙朝的著名词人还有顾贞观（1637—1714）、曹贞吉（1634—1698）等。顾贞观写寄给当时被远谪宁古塔（今黑龙江宁安）的诗人吴兆骞的《金缕曲》（季子平安否）、（我亦飘零久）两首，词中设想朋友的辛酸，倾诉自己的思念，宛转反复，如话家常，具有深切的动人力量。

雍正、乾隆时期，厉鹗作为浙西词派的后继代表而享有重名。他的词窈曲幽深，清雅精致，但沉厚之味不足。代表作有《百字令·月夜过七里滩……》、《齐天乐·吴江望隔江霁雪》等。

嘉庆时，江苏常州人张惠言不满浙西派末流的颓靡空虚，又另创常州词派。其影响历清中叶而直到近代，比浙西派深远。常州派强调词的比兴作用和社会意义，以推尊词的地位，这对纠正当时词坛空虚肤廓的风气，起到一定的积极作用。他自己的词作在一定程度上与其理论相符，沉着厚重，但内容仍较狭窄。代表作有《水调歌头·春日赋杨生子掞》五首等。张惠言之后，又有周济(1781—1839)进一步发展了张惠言的词论，强调作词要有寄托，要充分展开联想的翅膀，使感情得以深入；词写成后，又要像没有寄托，"寄意题外，包蕴无穷"(《介存斋论词杂著》)，把经过长期酝酿的深挚情感自然地表现出来。

在常州词派势盛而浙西词派余波未尽之时，也有一些词人自树一帜，不为依傍。如龚自珍、项廷纪(1798—1835)、蒋春霖(1818—1868)等，他们的词作各有特色。

清代古文、骈文

清初散文大致上沿着明代唐宋派的路线向前发展，像顾炎武、黄宗羲、王夫之等学者，主要写经世致用之文。顾炎武为文凝练劲健，他的书信笔锋锐利，议论文简明宏伟，记事文如《吴同初行状》、《书吴潘二子事》等，或揭露清军屠城罪行，或表彰志士高风亮节，读来情景如在目前，人物跃然纸上。黄宗羲的政论笔锋犀利，说理透辟；其他散文质朴流畅，能直抒胸臆。他为文强调"情至"与文、道、学的统一，《原君》、《原臣》等文具有进步的民主性思想。王夫之著作宏富，其文论和杂文感情洋溢，恣肆纵横，有大家气度。

另外，较重要的作家有侯方域、魏禧、汪琬和稍晚的全祖望等。侯方域富于才气，为文能不尽拘古法而常有生动的描写，他的《马伶传》、《李姬传》赞扬下层人物，吸收了小说气氛渲染、细节描写等表现手法，成就较高。魏禧(1624—1681)爱好《左传》和苏洵的文章，他为文有凌厉雄杰、刚劲慷慨之气，内容多表彰有民族气节的人和事，叙事简洁，又善议论。《大铁椎传》是他的代表作。汪琬(1624—1691)的散文讲究规矩法度，写得疏畅条达。他的《江天一传》表彰抗清死难烈士，文字朴实，生动感人。从总体上看，汪文简净平实超过侯、魏，而才气藻采却颇有不如。全祖望写了不少传记散文。碑铭如《忠介钱公第二碑铭》、《亭林先生神道表》、《梨洲先生神道碑文》等，是记叙清代重要人物和学术文艺的文章。他的《梅花岭记》融写人、叙事、议论、抒情于一体，在描述明清之际坚持民族气节的志士的散文中独具一格。

清中叶的袁枚、纪昀(1724—1805)等，也都善于写散文。郑燮的散文不受各家各派的程规约束，自出手眼，独具真挚感人的魅力。沈复(1763—?)的自传体散文《浮生六记》，以纯朴的文笔，记叙自己大半生的经历，欢愉与愁苦两相对照，真切感人。

康熙至乾隆年间产生的桐城派，是清代影响最大的一个散文流派，他们的文论形成一个完整的体系。桐城派由康熙时方苞奠基开创，其后刘大櫆、姚鼐等进一步加以发展。他们都是安徽桐城人，故名。

方苞为文以《左传》、《史记》为准则，推崇韩、柳，讲究"义法"。他说："'义'即《易》之所谓'言有物'也；'法'即《易》之所谓'言有序'也。义以为经而法纬之，然后为成体之文。"(《又书货殖传后》)这里说的"义"指文章的中心思想，"法"指表达中心思想或基本观点的形式技巧。方苞提出文章要重"清真雅正"和"雅洁"，告诫门人"古文中不可入语录中语，魏晋六朝人藻丽俳语，汉赋中板重字法，诗歌中隽语，南、北史佻巧语"(沈莲芳《书方望溪先生传后》)。可见他的"义法论"给古文写作规定了许多限制，是一种典型的儒家正统派理论。他自己写的散文，以所标“义法”及“清真雅正”为旨归，写得简练雅洁，没有枝蔓芜杂的毛病，开创清代古文的新面貌。他的《左忠毅公逸事》、《狱中杂记》等文章，不限于“阐道翼教”，而是深刻地反映历史和现实，所以成就较高。

刘大櫆（1698—1779）在方苞“义法论”的基础上，进一步探求文章的艺术性，着重探讨“神气”、“音节”和“字句”的关系，对“义”和“法”的关系，以及掌握“法”的途径，作了比较具体的分析。刘大櫆为文喜欢铺张排比，辞藻气势较方苞为盛，而雅洁淡远则不如。

姚鼐（1732—1815）进一步发展了桐城派的理论，提出义理、考证、辞章三者兼备的观点；以“神理气味”、“格律声色”区别文章的精粗；还把文章的风格概括为“阳刚”、“阴柔”两大类，认为“阳刚之美”和“阴柔之美”都是文章所需要的，不能偏废。姚鼐的散文风格简洁清淡，雍容和易，在桐城派诸家中最富情韵，较优秀的有《袁随园君墓志铭》、《登泰山记》、《游媚笔泉记》等。

桐城派的旁支阳湖派形成于乾隆后期和嘉庆年间，以阳湖（今江苏常州）人恽敬（1757—1817）和张惠言、李兆洛（1769—1841）为代表。他们接受桐城派的主张，致力于唐宋古文，但又主张兼学诸子百家，主张文章要合骈、散两体之长。他们虽对桐城派“平钝”的弊病有所纠正，但自己的文章却不如桐城派雅洁自然。

清代，骈文也很盛行，出现了很多骈文作家。清初有陈维崧、吴绮（1619—1694）等。清中叶有袁枚、汪中、胡天游（1696—1758）、吴锡麒（1746—1818）、洪亮吉、阮元（1746—1809）等，呈现“中兴”的气象，成为与桐城派尖锐对立的一个文派。骈文作家以汪中的成就最突出。他的骈文，在清代骈文中格调最高。他善于“状难写之情，含不尽之意”（李详《汪容甫先生赞序》），悲情抑郁，沉博绝丽。著名的《哀盐船文》是他二十七岁时所作，对扬州江面某次盐船失火时，人声哀号、衣絮乱飞的惨状和大火前后的氛围作了形象的描述，对船民的不幸遭难表示深切的同情，描写生动，文笔高古，当时主讲扬州安定书院的杭世骏评为“惊心动魄，一字千金”。其他如《黄鹤楼铭》、《广陵对》、《自叙》、《经旧苑吊马守真文》等，都是传诵一时的名文。

清代诗话、词话、文论、曲话等理论著作十分丰富，对历代创作作了一定的总结；对格律、语言、章法等的研究著作也很多。此外，文学书籍的整理也取得较大成绩，选本的数量颇为可观，值得重视。

第三节 清代小说

小说发展到清代，不论是短篇、长篇，文言、白话，其成就都超过前代。清代成了古典小说的高峰时期。许多进步的思想通过小说传达给读者；对于封建社会黑暗面的揭露，小说比其他文学形式更广泛深入。于是，小说的读者面迅速扩大，清王朝也因此把小说视为洪水猛兽，多次下令查禁、销毁。

从清初到清中叶，出现了一些最优秀的作品，如文言短篇小说集《聊斋志异》，白话长篇小说《儒林外史》、《红楼梦》。

1.《聊斋志异》

在中国文言短篇小说中，成就最高的要数蒲松龄的《聊斋志异》。作者用了他毕生的精力撰写了这部书。《聊斋志异》中虽有部分作品出自作者的亲身见闻，但绝大多数则是记述当时民间和下层文士的故事传说。作者在《聊斋自志》中谈到这部小说集的创作时说：“才非干宝，雅爱搜神；情类黄州，喜人谈鬼。闻则命笔，遂以成编。久之，四方同人又以邮筒相寄，因而物以好聚，所积益夥。”邹弢《三借庐笔谈》载，蒲松龄作《聊斋志异》时，常设茶烟于道旁，“见行者过，必强与语，搜奇说异，随人所知”，“偶闻一事，归而粉饰之”。这传说虽未必完全可信，但可见题材来源的广泛。

《聊斋志异》大都借狐鬼故事曲折地反映现实生活，表明作者的爱憎态度。全书以描写爱情婚姻的作品为最多，表现了反对封建礼教的精神，如《青凤》、《婴宁》、《莲香》等；也有抨击腐朽罪恶的科举制度的，如《叶生》、《司文郎》等；还有揭露现实政治腐败和统治阶级对人民残酷压迫的，如《促织》、《席方平》等。此外，歌颂人民高尚的道德情操，讽刺生活中丑恶现象的，描写人情风俗、花木鸟兽的，都有佳作。

蒲松龄在《聊斋志异》中，把自己在现实生活里所体察到的各种人物个性，以及种种人情世态，巧妙地概括在神鬼怪异身上，塑造了一系列个性鲜明的生动的艺术形象，使作品中出现的“花妖狐魅，多具人情，和易可亲，忘为异类；而又偶见鹘突，知复非人”（鲁迅《中国小说史略》）。《聊斋志异》的故事，大都情节曲折，想象丰富，文势起伏，结构严密。作者还将古语典故与口语方言自然地结合起来，创造出一种简洁古雅、活泼生动的文学语言，具有独特的风格。此外，一篇的结尾，常有“异史氏曰”一段，是作者对作品意义的评论或补充阐发，颇多深刻的思想。

2.《儒林外史》

吴敬梓的《儒林外史》是中国古代最杰出的长篇讽刺小说，它全面而深刻地揭示了科举制度给社会带来的严重祸害，开创了小说直接评价现实生活的范例。作品一开始就把斗争的锋芒指向八股取士制度。作者在楔子中，借“辞却功名富贵”的元末诗人王冕之口批评了用《四书》、《五经》、八股文取士之法，并把社会上热衷功名富贵的恶习以及种种腐败现象，都归之于八股取士制度。闲斋老人在《儒林外史序》里指出：小说“以功名富贵为一篇之骨”，对于功名富贵的态度又因人而异：“有心艳功名富贵而媚人下人者；有倚仗功名富贵而骄人傲人者；有假托无意功名富贵，自以为高，被人看破耻笑者；终乃以辞却功名富贵，品地最上一层为中流砥柱。”前三种属同一类，他们都是八股取士的直接产物，都热衷于功名富贵，以致弄得丑态百出。后一种则属另一类，是作者寄托理想的正面人物，他们看破了功名富贵，品格高尚，与儒林群丑形成鲜明的对照。

《儒林外史》艺术上的独创性在于对讽刺艺术的运用已达到了至善至美的境地。作者在全面吸取并总结前人讽刺艺术的基础上加以丰富提高，使之上升为一种成熟的讽刺文学。鲁迅曾经给予高度的评价，他说：“迨吴敬梓《儒林外史》出……于是说部中乃始有足称讽刺之书。”

《儒林外史》讽刺艺术的深刻性在于以科举制度为中心，把封建末世习以为常的种种不合理乃至罪恶、腐朽现象，加以概括、集中，使之典型化，让人认识它的本质，从而清醒起来，感奋起来。作者对丑恶现实的抨击，是“秉持公心”的，非“私怀怨毒，乃逞恶言”之书可比。

《儒林外史》的讽刺形式，婉曲诙谐，深刻犀利，表面上是喜剧性的，骨子里却是悲剧性的，起到了“戚而能谐”的作用。面对小说中一连串荒唐可笑的描写，人们会禁不住发笑，但笑过之后，心情却是沉重的，它留给人们一连串发人深省的思考。

在讽刺的具体手法上，作者并不直接表示自己的好恶，而是从日常生活中选取典型事例和典型细节，让事实本身说话，使人感到揭示对象的可笑和小说情节的真实，从而收到“无一贬词，而情伪毕露”的讽刺效果。

《儒林外史》的结构独具特点，全书没有贯串始终的主要人物和中心事件，而是由许多分散的人物和自成段落的故事前后衔接而成。这种结构形式外表上看是松散的，但其内部的思想逻辑却很严密。作者在一个明确的主题思想指导下，对所有人物和故事作了恰当的安排，把各个阶层的众多人物和形形色色的社会现象，一一展现在读者面前。这种综合了短篇小说和长篇小说的某些特点创造出来的崭新结构形式，很适合表现本书特定内容的需要。

《儒林外史》奠定了中国古典讽刺小说的基础，为以后讽刺小说的发展开辟了广阔的道路。

3.《红楼梦》

当吴敬梓在南京创作他的杰出讽刺小说《儒林外史》时，曹雪芹则在北京呕心沥血地撰写他的不朽巨著《红楼梦》。这两部名著南北辉映，一时成为文坛的奇观。

《红楼梦》是中国古典长篇小说中最优秀的一部。作者生前已写完小说的初稿，因八十回后的原稿在一次誊清时，被借阅者"迷失"了五六回，以致未能将全书传抄流播。作者死后，这部分残缺的原稿也就散佚了。现见的一百二十回本，后四十回系后人续写，经高鹗、程伟元收得，整理补缀而成，于乾隆末年刊行。

《红楼梦》的版本，一般说可以分为两个系统：(一)八十回抄本系统，多数题名《石头记》，大都同时抄录作者亲友脂砚斋等人的评语，故称"脂本"。脂砚斋等人的评语，对了解作者家世、生平、思想、创作情况以及八十回后佚稿内容等等都很有价值。(二)一百二十回刊本系统，多数题名《红楼梦》，已删去脂评，只留白文，或附有后人评语。不但添加了续补文字，且对原作文字也作了较多改动。后四十回续书，在小说的主题、情节、人物的思想性格和命运上，都对原作有不同程度的改变，有的还违反了作者的本意，但基本上还保留了黛玉病死、宝玉出家的悲剧结局。

《红楼梦》通过贾府由盛至衰过程的描写，展现了封建社会充满尖锐矛盾和严重弊端的广阔的现实生活画面。封建宗法制的官僚贵族大家庭贾府，是清王朝统治下整个封建宗法社会的缩影；这个典型的官僚贵族大家庭的彻底崩溃，是封建统治阶级已经"运终数尽"的明证。尽管由于历史条件的局限，作者不可能预见封建主义社会制度的最后崩溃，但他还是写出了封建社会末期的许多特征，而从这些特征中，人们可以看出封建社会正在趋向灭亡。小说在描写和控诉封建统治种种罪恶的同时，也对封建伦理道德、宗法观念等意识形态，作了广泛的批判性揭露。小说还通过贾宝玉等形象的塑造，表现了某些具有初步民主主义的新思想和新理想。

《红楼梦》艺术上的巨大成就，十分突出地表现在人物形象的塑造上。小说的作者在广阔的社会背景上，以精雕细刻的工夫，刻画出一大批代表不同阶级、不同思想、个性鲜明的活灵活现的典型形象。这些形象有着丰富的内涵，性格具有多层次，因而显得特别逼真和传神。

《红楼梦》取材于作者亲睹亲闻、亲身经历的现实生活，这是古典小说中的一大突破。作者在小说的一开始，就郑重地申明：不蹈历来野史的旧辙，更反对才子佳人小说的"千部一腔，千人一面"，而是根据自己"半世亲睹亲闻"来创作的。"至若离合悲欢、兴衰际遇，则又追踪蹑迹，不敢稍加穿凿，徒为供人之目而反失其真传者"。这些都表现了作者可贵的现实主义精神。

全书结构的有机完整、宏伟严谨，也是其他小说所没有的。在清代文网森严的特定历史条件下，作者借"闺阁琐事"的形式，用"儿女笔墨"，以假存真，深刻地概括现实，这是小说典型化表现方法的特殊性。小说还广泛吸收了诗歌、散文、戏剧、绘画、音乐、建筑、雕刻等祖国民族文化的多方面精华，把它们熔铸在整个艺术形象里，使得《红楼梦》的艺术形象格外丰富多彩并闪耀着诗意的光辉，从而大大增强了小说震撼人心的悲剧美。正是由于这样，《红楼梦》的文学艺术基础表现得特别深厚，大大高出于一般文学作品，显示出它独有的多样性、丰富性和独创性。

除了上述三部小说之外，还有一些有一定价值的作品。长篇小说有以下几部：

1. 陈忱(1613—?)《水浒后传》，四十回。这部小说是百回本《水浒》的续书，写征方腊后，未死的一些头领重又在各地起义，参加抗金斗争，最后在李俊领导下，飘浮海外，创立基业。这可能是作者对当时在台湾坚持抗清的郑成功寄予希望的反映，有借历史总结明亡教训的意味。小说的人物性格，基本上符合《水浒》，个别人物有所发展。

2. 褚人获《隋唐演义》，一百回。小说自隋文帝即位伐陈起写起，止于唐明皇避安史之乱至蜀，又重返长安。重点写宫廷生活的荒淫糜烂和罗成、单雄信、秦琼、程咬金等英雄的勇敢侠义。小说文笔比较流畅，某些片段（如秦琼当锏卖马）写得生动，人物形象鲜明。但书中多杂有迷信思想，叙述也冗长繁复。

3. 无名氏《说唐演义全传》，六十八回。小说叙述的故事比《隋唐演义》短，起于隋文帝平陈，终于唐太宗统一。它是民间传说性质的英雄故事，书中描写了隋炀帝的荒淫残暴，塑造了瓦岗寨起义英雄的群像。文笔活泼粗犷，热情饱满。局限性在于写农民起义而不认识本质，讲"气数"，颂扬"真命天子"，表现出浓厚的封建正统观点。

4. 钱彩、金丰《说岳全传》，八十回。小说以岳飞及其将士的抗金故事为中心，揭露张邦昌、秦桧等与金贵族勾结的罪行，是历史与传说的杂糅。岳飞的民族英雄形象深入人心，主要靠这部小说。小说有感人的悲剧气氛，但也带有封建伦理色彩。在揭露投降派面目时，寄托着明遗民的反清情绪。此书曾于乾隆年间被查禁。

5. 西周生《醒世姻缘传》（又名《恶姻缘》），一百回。乾隆年间，有人认为西周生即蒲松龄。小说叙述狄西陈两世恶姻缘的因果报应故事。小说不仅广泛描写了封建社会里城镇和都市的世情风俗，还尽情刻画了地主官僚阶级的官场和家庭生活，现实性较强。作者观察细致，语言生动，但迷信思想较浓厚，且有一些猥亵文字。

6. 李汝珍（1763—1828）《镜花缘》，一百回。小说叙述唐敖等游历海外的种种奇异见闻和唐闺臣等一百个女子都考中才女后宴饮赋诗的故事，内容庞杂，涉猎的知识面广阔。小说颂扬女性的才能，充分肯定女子的社会地位，批判男尊女卑、女子无才便是德的封建观念。前半部富于想象，充满海外传奇的浪漫色彩；后半部过于卖弄才艺学识，罗列材料，人物形象性不足，流于呆板枯燥。它在《红楼梦》之后，算是比较优秀的作品。

7. 李海观（1707—1790）《歧路灯》，一百零八回。描写年轻书生谭绍闻丧父后受母溺爱，又被人引诱而腐化堕落，终至倾家荡产。后来浪子回头，重新做人。小说反映的社会生活面较广，人物多至二百余，有一定的艺术性，缺点是教化意识过浓。

中篇白话小说有：

1. 名教中人《好逑传》（又名《侠义风月传》），十八回。写有侠义行为的秀才铁中玉和聪慧贞节的女子水冰心的恋爱婚姻故事。文笔在明清之际诸多才子佳人小说中属于上乘。但小说的主题是提倡青年男女遵守封建道德，反对自由恋爱。此书 18 世纪传入欧洲，有多种文字的译本。

2. 荻岸山人编次《平山冷燕》，二十回。描写燕白颔和山黛、平如衡和冷绛雪两对青年的婚姻故事。小说的主旨是颂扬女子才情，情节未脱才子佳人的窠臼，但在同类小说中算是写得好的。

3. 荑荻散人编次《玉娇梨》，二十回。写苏友白与白红玉、卢梦梨两个女子的姻缘故事。《玉娇梨》和《平山冷燕》两书的名目，明显蹈袭《金瓶梅》，但内容弃绝猥亵而较风雅。

短篇小说方面，白话小说集有笔炼阁主人（疑即徐述夔）的《五色石》、草亭老人（即杜纲）的《娱目醒心编》、艾衲居士（疑即范希哲）的《豆棚闲话》，以及李渔的《连城璧》（又名《无声戏》）、《十二楼》等。文言短篇小说集继《聊斋志异》之后，纪昀的《阅微草堂笔记》可算是较突出的作品。此书否定蒲松龄“用传奇法而以志怪”的创造性贡献，“尚质黜华，追踪晋宋”，仿效六朝志怪笔记小说，标榜真实记录和记事简要客观，体例与《聊斋志异》有别。由于作者见多识广，学力甚深，又长于文笔，因而隽思妙语，随处可见。但内容谨遵封建礼教，多因果报应之说。此外，较有价值的，尚有袁枚的《新齐谐》（原名《子不语》）、和邦额（1736—?）的《夜谈随录》、沈起凤（1741—?）的《谐铎》等。

第四节　清代戏曲

清代的戏曲，成就最高的是清初，著名的作家和作品，都集中在这一时期。清中叶，传奇和杂剧已渐趋衰落，地方戏曲则开始盛行。到了鸦片战争前夕，传奇和杂剧的创作更加沉寂，地方戏曲则得到很大的发展。

清初最杰出的戏曲作家是钱塘（今浙江杭州）人洪昇和曲阜（今属山东）人孔尚任，并称“南洪北孔”，最优秀的剧作是二人分别所撰的传奇《长生殿》和《桃花扇》。此外，尚有一大批著名的戏曲作家和较优秀的戏本，其中佼佼者是李玉，其代表作为《清忠谱》。

东南沿海一带，向来是戏曲演出最盛的地区。清初，昆曲的发源地吴县（今江苏苏州）一带出现了以李玉为中心的一批思想倾向和艺术风格相近的作家，写出了一批较为成功的传奇作品。

他们的作品中，描写重大历史事件和当前政治斗争的内容增加，而描写儿女风情的则相对减少；现实主义的描绘加强，而浪漫主义色彩则相对淡薄。

李玉（约 1611—约 1681）号一笠庵主人，他在明末作有“一笠庵四种曲”，即传奇《一捧雪》、《人兽关》、《永团圆》、《占花魁》，俗称“一人永占”。其中以《一捧雪》和《占花魁》的成就较高。《一捧雪》写明代权奸严世蕃迫害太仆卿莫怀古，抢夺莫家所藏的一只九世相传的玉杯“一捧雪”的故事，剧本通过政治迫害的复杂情节，反映了封建官场的险恶残酷和正直善良人们所遭受的苦难命运。《占花魁》是根据《醒世恒言》中著名的拟话本《卖油郎独占花魁》改编而成，它保留了原作的主题和情节，反映的社会面却更加广阔。明亡后，李玉对现实的认识更为深刻，作品的思想内容和艺术成就一般都超过前期，重要的作品有传奇《万里缘》、《牛头山》、《千钟禄》（又名《千忠戮》）、《清忠谱》等，其中最优秀的是《清忠谱》。

《清忠谱》系李玉原作，由朱??、毕魏、叶时章等参与修改润色。作品以明后期东林党人和苏州人民反抗阉党魏忠贤黑暗统治的斗争为题材，是“事俱按实”的历史戏。它赞美东林党人周顺昌清廉耿直、嫉恶如仇的品格和气节，谴责魏忠贤及其党徒的凶恶残暴，颂扬以颜佩韦为代表的城市下层人民主持正义、反抗暴政的精神，但也表现了作者的封建正统思想。这个剧艺术上最有特色的是对于声势浩大的群众场面的生动描绘，作者通过台上角色与后台的联系和对后台的反应，让观众感到似乎有成百上千的人在行动，写得头绪纷繁而有条不紊，层次分明而气氛紧张。在中国古代戏曲中，这种直接表现波澜壮阔的群众斗争的场面，是很少见的。

在吴县作家群（今人称“苏州派”）中，除李玉外，还有朱??（字素臣）及其弟朱佐朝（字良卿）、毕魏（字万后）、叶时章（字雉斐）等人，也写了一些有一定影响的传奇作品，如《十五贯》（朱??）、《渔家乐》（朱佐朝）、《三报恩》（毕魏）、《琥珀匙》（叶时章）等。

吴伟业和尤侗是属于苏州派之外的“案头之曲”作家。他们的作品大都借历史故事表现个人的怀才不遇或故国之思，意境近于诗歌，不适合舞台演出。吴伟业撰有传奇《秣陵春》，杂剧《临春阁》等。尤侗(1618—1704)撰有传奇《钧天乐》,杂剧《读离骚》、《吊琵琶》、《桃花源》等。

这个时期,还出现了著名的戏曲理论家李渔。李渔(1611—1680)的《闲情偶寄》一书是中国最早系统论述戏曲的著作,论戏曲的部分见书中的"词曲部"和"演习部"。"词曲部"从结构、词采、音律、宾白、科诨、格局六方面论戏曲文学;"演习部"从选剧、变调、授曲、教白、脱套五方面论戏曲表演。李渔的理论自成体系,以丰富的实践经验为基础,有许多独到的见解。他关于创作的理论主旨是:戏剧必须突出主题,严密组织,前后照应,减少头绪;人物穿插、情节布置要入情入理;语言要通俗,有个性,有机趣,以达到真实动人为目的。这些观点,具有一定的美学价值。他创作的《比目鱼》、《风筝误》、《意中缘》、《奈何天》等十种传奇,合称《笠翁十种曲》,体现了他"填词之设,专为登场"的理论,比较适合舞台演出,但思想深度不够,有些还流于浮滑。

稍后于吴县作家群,洪昇的《长生殿》和孔尚任的《桃花扇》相继问世,并引起轰动。

《长生殿》是敷演历史传统题材中唐明皇与杨贵妃的爱情故事,写成于作者四十四岁那年(康熙二十七年,1688)。作者自谓"盖经十余年,三易稿而始成"(《例言》)。剧本的初稿名为《沉香亭》,以李白为中心人物。后来感到"排场近熟",于是"去李白,入李泌辅肃宗中兴"事,二稿更名为《舞霓裳》。直至三稿,因"念情之所钟,在帝王家罕有",乃"专写钗盒情缘",最后定名为《长生殿》。在这长达十余年的创作过程中,作者在剧本的题材、主题、结构、词语、曲调等方面都作了细致、反复的推敲,付出了艰巨的劳动。

《长生殿》一方面歌颂唐明皇和杨贵妃生死不渝的爱情,一方面又揭示沉湎于这种爱情而荒废政事所带来的恶果,思想内容相当复杂。剧中描写的李、杨爱情,包含着作者的爱情理想,有一定民主思想的因素;剧本联系爱情描写所揭示的广阔社会背景、阶级矛盾、统治阶级内部矛盾和民族矛盾,在封建社会更具有普遍意义。因此,尽管剧本的主题思想存在着矛盾,却依然表现了作者进步的思想倾向。

《长生殿》具有鲜明的艺术特色,在创作方法上,将现实主义与浪漫主义交织在一起,并在剧本的前后部分各有侧重。前半部分继承元代白朴杂剧《梧桐雨》等通过爱情故事反映一代兴亡的手法,以更多的批判态度揭露封建统治者的昏庸腐朽和封建政治的黑暗,基本上采用现实主义的创作方法。后半部分吸取了明代汤显祖传奇《牡丹亭》的浪漫主义手法,通过一些幻想的形式,歌颂精诚感动天地的爱情。作者在剧中塑造了李隆基、杨玉环、郭子仪、雷海清、李龟年、杨国忠、安禄山等众多人物形象,并把自己的理想和爱憎熔铸在人物形象之中,表现了强烈的感情色彩和鲜明的倾向性。

《长生殿》不仅场面壮丽,情节曲折,而且曲词清丽流畅,具有浓郁的诗情画意和抒情色彩。此剧一经演出,便风靡剧坛,受到普遍的欢迎。"一时朱门绮席,酒社歌楼,非此曲不奏,缠头为之增价。"(徐麟《长生殿序》)

《桃花扇》是一部"以传奇为信史"的历史剧,它以"明朝末年南京近事"为题材,"有凭有据"地记录了南明弘光朝覆亡的历史,全剧以复社文人侯方域和秦淮名妓李香君离合悲欢的爱情故事为主线贯串始终。剧本表现的主题,并不局限于对侯、李坚贞爱情的歌颂,而是有着更广泛、更深刻的社会内容。全剧始终紧密结合明清之际的历史展开情节,把侯、李的爱情和国家兴亡的命运紧密联系在一起,"借离合之情,写兴亡之感",达到了同类历史剧前所未有的艺术水平。作者敢于把整个时代的兴亡放在自己的艺术视野之内,企图通过这个剧本来探索、总结一个历史时期、一个王朝兴亡的社会原因。在这一点上,表现了孔尚任作为一个艺术家的气魄和胆识。

《桃花扇》具有深刻的批判内容,它集中地反映南明弘光小朝廷的昏庸腐朽,统治阶级内部派系斗争的尖锐激烈，从而导致覆亡的命运。作者以鲜明的爱憎态度，严厉谴责马士英、阮大铖等权奸祸国殃民的罪行，热情地赞扬史可法等民族英雄和李香君、柳敬亭、苏昆生等下层人民的崇高品质，从而激发人们的民族意识和爱国思想。

《桃花扇》在人物形象的塑造上相当成功。剧中的人物，从皇帝到歌妓，各色人等有名姓可考者有将近三十人之多，可以说作者是把南明社会各阶层的代表性人物都写进戏里去了。作者对于这些人物的安排处理，是紧紧服从于"借离合之情，写兴亡之感"这一总体艺术构思的。作者不仅善于运用写史笔法，寄寓褒贬之意，而且以他卓越的文学才能，对人物性格作了精细的刻画，来概括和反映现实生活。因此，每一个出场人物都显得个性鲜明，没有丝毫的概念化。

剧中刻画得最成功的是李香君的形象。李香君是个多才多艺的妓女，与复社人士关系很密切。她仰慕复社文士，才与侯方域结合，当她知道阉党的阴谋之后，毅然拔簪脱衣，掷之于地，并将阮大铖的箱笼全部退回。后来，升任弘光朝巡抚的田仰要将李香君带往任所，李香君表示已嫁给侯方域，决不改志。马士英派人去抢，李香君拼死抗拒，将脸撞破，血染诗扇。当马、阮征歌选舞，以酒色媚君之时，李香君趁机慷慨陈辞，痛斥马、阮，搅散了他们的筵席。以上这些描写，鲜明地揭示了李香君深明大义、嫉恶如仇的性格，充分体现了中国妇女富贵不能淫，贫贱不能移，威武不能屈的高贵品质。

剧本在刻画人物时，既褒贬分明，又不绝对化。比如对侯方域这一正面类的人物，既赞赏他最后拒绝阮大铖的聘礼、投奔史可法的举动，又对他为了聘礼曾经产生动摇给予批判；又如对于杨龙友这个反面类的人物，既否定他对阉党帮闲帮凶的一面，同时又肯定他倾向复社的一面。

剧本在表现汉民族的思想感情上是极其大胆的。如《誓师》一出，写史可法在外无救兵、内无粮草的情况下激励士兵向清军作殊死斗争的场面，写得动人心魄；在《沉江》一出中，作者抒写了这位民族英雄临死前沉痛壮烈的情怀，又借侯方域、柳敬亭等人之口，对史可法的殉国行为表达了深切的悼念。在清初严酷的文化专制主义禁锢下，作者公然对史可法的抗清业绩与爱国行为作了赞颂，而且把抨击的矛头直接指向清统治者，反映了作者内心强烈的民族意识。

剧本在语言的运用上有独到之处。作者认为曲词和说白应各有职司，严格分工，而又互相配合，曲白相生。剧中，曲词多用于绘景、抒情；说白则用于一般情节的交代和事实的说明。曲词和说白配合得当，又随着剧情的变化表现出不同的风格，如在写儿女之情时，表现得艳丽秀媚；在写国家大事时，则表现得激昂慷慨。此外，作者尚雅避俗，曲词主张用典，信手拈来，不露堆砌痕迹，可谓化腐朽为神奇；说白很重视语言的抑扬铿锵，主张"宁不通俗，不肯伤雅"。因此，剧本典雅的风格突出，而泼辣生动稍嫌不足。

清中叶，传奇和杂剧趋向衰落，地方戏曲开始繁荣。

明嘉靖间魏良辅改革昆山腔后，传奇、杂剧是以昆腔（又称昆曲）形式演唱的，被称为"雅部"，各种地方戏曲（如弋阳腔、梆子腔、秦腔、二黄调等）的演唱，被称为"花部"（又称"乱弹"）。清中叶时，雅部衰而花部兴，即原来占统治地位的昆曲衰落而其他地方戏曲兴起。地方戏曲的剧本保存下来的很少，已难作直接的评价。昆曲演唱的传奇、杂剧，这个时期较突出的作家有杨潮观和蒋士铨。

杨潮观（1712—1791）将自己的杂剧作品集命名为《吟风阁杂剧》，共收短剧二十二种，每种一出，都是独立的故事，相当于独幕剧，短小精悍，别具一格。这是他在四川做官期间写的，内容以写前贤政绩、官民关系的最多、最出色；此外，也写历史人物和民间传说，多与四川有关。《吟风阁杂剧》的长处是敢于面对现实，作品的思想意义一般都不错；剧情故事新奇，宾白文字流畅、明快。

不足的是情节过于简单，变化少，韵文文采不够，且有不合律处。

蒋士铨的传奇、杂剧今存十六种，有合集《藏园九种曲》（一名《红雪楼九种曲》），较有名的有：传奇《临川梦》，以汤显祖的主要事迹为题材，是传记性质的剧本，结尾处让汤显祖入梦，同他“临川四梦”中的人物淳于棼、卢生、霍小玉等见面，富有浪漫主义色彩；传奇《冬青树》，写宋末民族英雄文天祥抗元的壮烈事迹；杂剧《四弦秋》，演白居易《琵琶行》的内容，“送客”一折，刻画诗人抑郁心情很成功，颇为人们传唱。

清中叶以后，雅部戏曲创作衰颓，定型化的以典雅著称的昆曲，已经在文人手里趋于僵死。它典雅的词藻，过分地方性、程式化的音乐唱腔等宫廷化和贵族化倾向，均为社会中下层民众所难以接受。而内容取材于民间传说或当代现实，音乐变化自由丰富，角色行当精细齐全，表现手段多姿多彩的地方戏曲（即称为“花部”或“乱弹”的），则如雨后春笋。由于它深得人民喜爱，故由乡间流入城市，逐步取代昆曲而占领戏剧舞台。

在地方戏曲中，清初最主要的四种声腔（弋阳腔、徽调、二黄、秦腔）到这时已开始融合。徽调吸收弋阳等声腔，传入都城北京，成为南方声腔的代表；而传入北京的秦腔则代表了北方声腔。这两种声腔由对立而最后统一，到道光年间，产生了一种新的混合体，即以西皮和二黄为基调的皮黄戏（京剧的滥觞）。至于京剧则综合中国古典戏曲多方面的艺术经验，发展成为全国性的剧种并取代昆曲在舞台上的统治地位，这段时间的戏曲文学，已属于近代文学史的论述范围了。

第五节　近代文学概况

随着鸦片战争的爆发，西方资本主义侵入，中国的封建经济基础日趋瓦解，产生了软弱的民族资产阶级。受西方资本主义思想影响的知识分子开始要求资产阶级的民主权利，要求学习西方，改良封建政治，因而产生了改良主义的维新运动。这个运动虽因戊戌变法而彻底失败，但是促进了人民的觉醒。宣统三年（1911），孙中山领导的辛亥革命，终于推翻了清朝的统治。

自鸦片战争至五四运动的八十年，是中国旧民主主义革命时期，即近代史时期。这一时期的文学，称为近代文学或晚清文学。

与近代史的革命潮流发展相适应，近代文学的发展大致可分为三个时期：道光、咸丰朝（鸦片战争和太平天国时期）；同治、光绪朝（资产阶级改良主义运动时期）；清末民初（资产阶级民主革命时期）。

道光、咸丰年间的文学

帝国主义的入侵和清王朝的日趋腐败，使封建统治阶级内部发生分化。一部分开明派呼吁变革，并开始向西方寻求真理。文学也突破死气沉沉的局面，呈现出流派竞起、作家众多的繁荣复杂景象。

这个时期文学上的主要成就在诗文，尤其是诗。龚自珍虽然基本上生活在鸦片战争之前，却是这个时期首开文学新风气而且影响最深远的作家，他的诗文创作都很有特色。此外，魏源、林则徐（1785—1850）、张维屏（1780—1859）、贝青乔（1810—1863）、姚燮（1805—1864）、朱琦（1803—1861）、鲁一同（1805—1863）等也写了不少反侵略的爱国诗篇。

龚自珍生活在中国面临内忧外患、社会矛盾日趋尖锐的时期。他关心国家命运，迫切要求改革内政；面对民族危机，希望清王朝振作起来抵抗列强的侵略。他的诗歌以抒发感慨、议论政事为主，交织着愤世伤时和忧国忧民的思想，表现出对美好未来的朦胧向往。在艺术表现方面，形式不拘一格，语言雅俗兼长，构思奇特，想象丰富，有鲜明的积极浪漫主义色彩。思想的深刻性和艺术的独创性，使他的诗歌别开生面，形成了不同于唐宋诗的新风貌。主要诗作有《咏史》、《能令公少年行》、《己亥杂诗》等。龚自珍的散文，除大量政治和学术论文外，还有些文艺性杂文，内容亦多关涉时事政治，思想深刻，笔力遒劲，战斗性强。较著名的有《说张家口》、《书居庸关》、《己亥六月重过扬州记》、《病梅馆记》等。

魏源（1794—1857）像龚自珍一样，站在改革派的立场上，对政治的黑暗和社会的弊端进行了猛烈抨击。他的诗歌真实反映复杂动乱的现实和人民的痛苦，歌颂林则徐等人的抗英斗争。《寰海十章》、《秋兴十首》就是形象鲜明、感情充沛的优秀之作。

这个时期，传统诗文也出现变化，这就是所谓"宋诗运动"的形成和桐城派古文的"中兴"。宋诗运动以学习宋诗为旨归，对乾隆、嘉庆时期陈陈相因的诗坛有所冲击，形成了新的创作风尚。重要作家有程恩泽（1785—1837）、祁寯藻（1793—1866）、郑珍（1806—1864）、何绍基（1799—1873）等。使桐城派古文形成"中兴"局面的著名作家是梅曾亮（1786—1856），他与管同（1780—1831）、方东树（1772—1851）、姚莹（1785—1853）并称"姚门四杰"，都是姚鼐的高足弟子。

这个时期，古典小说明显地呈现出衰落的状态。当时除了一些侠义小说（如无名氏的《施公案》）和狭邪小说（如陈森的《品花宝鉴》、魏秀仁的《花月痕》等）外，还出现了攻击农民起义的《荡寇志》（俞万春著）和宣扬封建道德的《儿女英雄传》（文康著），它们在艺术上都还有一些长处。

同治、光绪年间的文学

清代同治、光绪年间，帝国主义列强对中国的侵略压迫日益严重，清统治阶级日益腐朽昏昧，中国已逐渐变为半殖民地半封建的社会。中华民族与帝国主义的矛盾空前尖锐，斗争激烈而复杂。一部分统治阶级中有见识的爱国者，呼吁救亡图存，要求建立资产阶级政治制度。这一运动的代表人物，往往也是文学上的代表人物，如黄遵宪、康有为、梁启超、谭嗣同、严复等。他们自觉地使文学为改良运动服务。

戊戌变法前后，梁启超提出了"诗界革命"、"文界革命"和"小说界革命"的明确主张。在"第一要新意境，第二要新语句"（《夏威夷游记》）和"以旧风格含新意境"（《饮冰室诗话》）的理论指导下，梁启超与康有为（1858—1927）、严复（1854—1921）、夏曾佑（1863—1924）、谭嗣同（1865—1898）、丘逢甲（1864—1912）等陆续试作了许多"新派诗"，在争取群众、作启蒙宣传方面起了作用。"诗界革命"不但扩大了诗歌的题材，还孕育了诗歌的新形式，使诗歌向口语化、大众化的方面迈进了一大步。

黄遵宪是资产阶级改良派在文学方面有成就的诗人，是改良主义文学提出"诗界革命"的一面旗帜。他从理论和实践两方面为诗歌改良运动开辟了道路。他主张"我手写我口"，要求"诗之外有事，诗之中有人"，即要求诗歌表现自己的思想感情，不去模拟古人；要求诗歌为事而作，反映现实的生活和斗争。他自觉地以诗歌反映近代的重大历史事件，呼吁人们维新救国。他的"纪写时事"的作品，洋溢着深沉的爱国主义精神，如写于甲午战争期间的《悲平壤》、《哀旅顺》、《哭威海》、《降将军歌》、《台湾行》、《度辽将军歌》等十几首诗，控诉帝国主义者的侵略罪行，谴责清廷的腐败无能，表达了诗人对国家前途和民族命运的深深忧虑。他的诗歌反映了中国近代社会的主要矛盾和危机，被后人誉为"诗史"。

这个时期，康有为、梁启超的政论散文写得生气蓬勃，显示了"文界革命"的成就。其中，以梁启超的新体散文影响最大。他的散文平易畅达，条理明晰，往往夹杂着口语、韵语和外国语法，半文半白，纵笔所至，不受束缚；而且笔锋饱蘸激情，议论淋漓酣畅，富有鼓动性和感染力。《少年中国说》、《新民说》、《谭嗣同传》等可作代表。这种新体散文，对一切传统古文是一次猛烈冲击，为晚清的文体解放和“五四”的白话运动开辟了道路。

翻译文学的兴起，也是改良运动的重要内容。这个时期著名的翻译家严复、林纾（1852—1924），分别以各自熟练的古文翻译西方社会科学和文学作品，对传播新思想、新文化起到了积极的作用，产生了广泛的影响。

这个时期的传统诗文仍在继续发展。宋诗运动的发展，出现了以陈三立（1852—1937）、郑孝胥（1860—1938）、沈曾植（1850—1922）、范当世（1854—1905）、陈衍（1856—1937）、陈宝琛（1848—1935）等为代表的所谓“同光体”。此外，还有其他取径不同的诗派，主要有以王闿运（1833—1916）、邓辅纶（1828—1893）、高心夔（1835—1883）为代表的汉魏六朝派，以张之洞（1837—1909）、易顺鼎（1858—1920）、樊增祥（1846—1931）为代表的唐宋兼采派，以李希圣（1864—1905）、曾广钧（1866—1929）为代表的晚清西昆派等，趋尚各不相同，影响也有大有小。后期桐城派古文则出现了以张裕钊（1823—1894）、吴汝伦（1840—1903）、黎庶昌（1837—1897）为代表的作家。张、吴、黎与薛福成（1838—1894）一起并称“曾门四弟子”，也是以曾国藩（1811—1872）为首的湘乡派古文的主要代表。在词的领域中，常州词派兴盛，主要词人有谭献（1832—1901）、王鹏运（1849—1904）、朱孝臧（1857—1931）、况周颐（1859—1926）、郑文焯（1856—1918）、文廷式（1856—1904）等。王、朱、况、郑并称“清季四家”，他们与文廷式的词可以称为旧时代词创作的一代尾声。晚清学者更在词集整理和词学研究上取得显著成绩。谭献辑有清词总集《箧中词》，朱孝臧刻有收录一百六十余家词的《彊村丛书》。陈廷焯（1853—1892）的《白雨斋词话》和况周颐的《蕙风词话》是词学名著。王国维（1877—1927）的《人间词话》也是这种风气下的产物。

清末民初文学

清代末年到民国初期，是中国资本主义得到进一步发展，资产阶级民主革命取得伟大胜利又转为失败的时期。以孙中山为代表的资产阶级中下层，积极进行推翻清王朝的民族民主革命运动。各种文学形式一时都成为革命斗争的工具，进步的文学得到进一步的发展。

这个时期诗歌的突出特点和成就，是以南社为中心，以南社诗人柳亚子、高旭（1877—1925）、陈去病（1874—1933）、马君武（1881—1940）、苏曼殊（1884—1918）、周实（1885—1911）等为代表，慷慨高歌民族民主革命。其中，声名最著的当推柳亚子。

柳亚子（1887—1958）的诗歌，受龚自珍影响非常显著。他在这个时期的诗作，内容多为追悼民族英雄和革命烈士，抨击清王朝的黑暗统治，揭发袁世凯的窃国罪行，饱含着爱国主义和民主主义的激情，具有强烈的战斗性。如《题张苍水集》、《吊鉴湖秋女士》、《孤愤》、《自题磨剑室诗词》等，都是感人之作。在各体诗中，尤工七律，写得流转自如。

章太炎和秋瑾，是资产阶级革命派中两位优秀的诗文作家。

章太炎（1869—1936），名炳麟，他的文学成就主要在散文。他是著名的学者，其散文以广博深厚的学识为基础，内容翔实，词锋锐利，“所向披靡，令人神旺”（鲁迅《关于太炎先生二三事》）。著名的有《驳康有为论革命书》、《革命军序》等。由于他对古代语言文字有深入的研究，写文章便也喜欢用艰深古奥的字句，有时佶屈聱牙，令人难以索解。他的诗不如散文，多为五言，也有文辞过于曲折古奥之病。

秋瑾（1878—1907），号鉴湖女侠，是这个时期最杰出的女诗人。早期诗词多抒写个人幽怨，进入20世纪以后的作品，一变早期低沉幽怨的情调，浸透着爱国热忱和革命激情，或哀叹祖国灾难的深重，或抒发献身革命的豪情壮志，或表现争取民族解放和妇女解放的美好理想，格调雄健，音节浏亮，富有积极浪漫主义色彩。

随着改良主义运动的发展，古典小说也出现了新局面。辛亥革命前涌现的大批新小说中，影响最大的是一批揭露社会黑暗和官场腐败的小说。这类小说，继承了《儒林外史》的传统讽刺手法，但它的讽刺是外在、夸张和漫画式的，虽然读来一时痛快，却缺乏深刻感人的力量，从艺术上说，还没有达到“讽刺”的深度，所以鲁迅别谓之“谴责小说”。尽管谴责小说的思想和艺术未能达到清中叶以前长篇巨著的高度，但在当时是具有重要社会意义和巨大战斗作用的。其中比较优秀的是被称为晚清四大谴责小说的《官场现形记》、《二十年目睹之怪现状》、《老残游记》和《孽海花》。

1.《官场现形记》

作者李宝嘉(1867—1906)。全书共六十回，由许多相对独立的短篇蝉联而成。小说从改良主义的立场出发，对清末大小官僚的迎合奉承、拍马钻营、蒙混欺诈、罗织倾轧、贪婪暴虐、虚伪冷酷、崇洋媚外等种种丑态恶习，作了大胆、全面而详尽的揭露，画出了一幅清末官场群丑图，具有较高的认识价值。

2.《二十年目睹之怪现状》

作者吴沃尧(1866—1910)。全书共一百零八回。这是一部带有自传性质的作品。小说以主人公“九死一生”(作者的影子)二十年间耳闻目见的无数怪现状为线索，联缀起众多短小的故事，反映了晚清极端腐败的社会政治，描绘出一幅幅行将崩溃的清帝国社会图卷。

3.《老残游记》

作者刘鹗(1857—1909)。全书共二十回，未完，署名洪都百炼生作。小说通过江湖医生老残的行踪见闻，反映了晚清社会吏治的黑暗残酷和民不聊生的情况。作者站在封建统治阶级洋务派的立场上，一方面批评清王朝的腐败，一方面攻击和咒骂正在兴起的资产阶级革命运动，这就使作品带上复杂的倾向。小说语言清新流利，写景状物细腻真切，构成一幅幅优美的风景画和风俗画。

4.《孽海花》

作者曾朴(1872—1935)。小说的初印本原署“爱自由者发起，东亚病夫编述”。“东亚病夫”即曾朴，“爱自由者”是他的好友诗人金天羽(1874—1947)。小说的前六回原为金天羽所写，后由曾朴修改并续写。修改本共三十回，未完。小说以状元金雯青和妓女傅彩云的婚姻故事为线索，描写了清代同治末年到戊戌政变前夕三十年间的政治、外交和社会变革情况，对封建统治阶级的腐朽和帝国主义的侵略野心，作了一定程度的揭露和批判。在艺术上，鲁迅评它“结构工巧，文采斐然”(《中国小说史略》)。《孽海花》称得上近代小说中思想和艺术成就都比较高的一部。

在戏曲方面，这时杂剧和传奇都已接近尾声，地方戏曲却大为盛行，其中京剧的发展较快、较完美。《打渔杀家》、《群英会》、《四进士》、《玉堂春》等，都是较有成就的剧本。这一时期的京剧，还在传统的基础上吸收新思想，采用新题材，编演了不少优秀的新戏。满族作家汪笑侬(1858—1918)是突出的代表。他编过不少剧本，借历史故事宣传爱国思想，如《哭祖庙》、《将相和》、《博浪锥》、《骂王朗》等。此外，汪笑侬还编演过时装新戏，是旧戏改良中的创举。

为了适应现实斗争的需要，一种新颖的戏剧艺术——话剧艺术在外国文化的影响下应运而生。辛亥革命前后，出现过不少话剧团体，如春柳社、春阳社、进化团等，都演过反映群众革命要求的话剧，在革命宣传中起了很大作用。

这一时期，保守的传统诗文主要在北京活动。在上海，则出现了以“鸳鸯蝴蝶派小说”和“黑幕小说”为代表的流派。鸳鸯蝴蝶派以“游戏笔墨，备人消闲”为主要宗旨，大都以爱情婚姻为题材，写男女之间相爱，像一对蝴蝶、一双鸳鸯一样分不开。它迎合了有闲阶级和小市民的口味。虽然有的作品反映了一定的社会内容，具有进步意义，但就其主导倾向来说是消极病态的。黑幕小说的宗旨是所谓揭露社会的黑暗，实际是不加批判地记录各种犯罪作恶的材料，沦为作恶为奸的教科书，鲁迅称之为“谤书”，是“谴责小说”的堕落。

近代文学（晚清文学）的发展，除了明显地表现出文学的政治性和战斗性大大加强，文学反映现实的领域空前扩大，现实主义和浪漫主义的优良艺术传统得到继承和发展等特点外，还表现出明显的过渡状态。新的资产阶级文学虽已兴起，但还较软弱和不彻底；旧的封建文学虽已江河日下，但仍继续存在。虽有新诗体、新文体和白话小说，但影响还不够深广，旧形式和旧风格尚未完全突破，艺术形象不够成熟，通俗化也不彻底。尽管如此，近代文学毕竟为从旧文学逐渐发展到“五四”以后的新文学准备了一定的历史条件。

第二章 清代作品选

第一节 清代诗词

钱谦益

钱谦益(1582—1664),字受之,号牧斋,晚号虞山蒙叟、东涧遗老、绛云老人等,常熟(今属江苏)人。明万历三十八年(1610)进士。为东林党重要成员。崇祯初,官至礼部右侍郎。南明弘光时官礼部尚书。清兵南下,迎降,授礼部右侍郎,值秘书院事,不久即告病归里,秘密从事抗清活动。

钱谦益博览群籍,善诗能文,而诗尤胜,与吴伟业、龚鼎孳并称"江左三大家"。钱谦益论诗文,一面倡"情真"、"情至"以反对明代前后七子的模拟、竟陵派的狭窄,一面倡学问以反对公安派的空疏肤浅。他的诗转益多师,不拘一格,才学兼资,藻思洋溢。明亡后的诗篇,寄寓身世之感、家国之恨,尤有特色。有《初学集》、《有学集》、《投笔集》等。所撰《杜诗笺注》和编选的明代诗歌总集《列朝诗集》有较高的学术价值。

后秋兴之十三(其二)[①]

【题解】 本篇选自《投笔集》。本诗为《后秋兴》大型组诗第十三叠中的第二首,作于南明永历帝朱由榔被擒杀之后,抒发了作者感到复明无望、日暮途穷的深沉痛苦。由于在当时的形势下,国事颇涉忌讳,而作者本人又已仕清,所以诗中大量采用隐喻和借代的修辞手法,隐晦曲折地表达了复杂的感情。诗歌的技巧熟练,语言极富形象性和暗示性。

海角崖山一线斜,从今也不属中华[②]。
更无鱼腹捐躯地,况有龙涎泛海槎[③]。
望断关河非汉帜,吹残日月是胡笳[④]。
嫦娥老大无归处,独倚银轮哭桂花[⑤]。

【注释】

① 后秋兴：唐代杜甫有《秋兴八首》，钱谦益十三次步其韵写成组诗，共一百零四首，题为《后秋兴》。作者自注："自壬寅七月至癸卯五月，讹言繁兴，鼠忧（即瘋忧，忧惫之病）泣血，感恸而作，犹冀其言之或诬也。"壬寅即清康熙元年（1662），这一年南明永历帝朱由榔被清平西王吴三桂所杀，至此，南明的几个政权全都灭亡。这首诗即咏此事。

② "海角"二句：借宋朝亡国事喻南明永历政权的覆灭。崖山，又称崖门山，在广东新会大海中，故此诗称"海角崖山"。崖山形势险要，是宋末抗元的最后一个据点。1279年，元军攻破崖山，陆秀夫背着宋朝小皇帝赵昺，于此投海而死，南宋遂亡。

③ "更无"二句：说自己已不能像陆秀夫一样投海殉国，葬身鱼腹；更何况永历帝流亡海外，传闻已不在人间。龙涎，一种珍贵的香料，系抹香鲸的分泌物。因为龙可作皇帝的代称，故借用。槎，用竹木编成的筏子，这里泛指船。张华《博物志》载："天河与海通，近世有人居海渚者，年年八月有浮槎去来不失期。"这里借这个典故说人已离世登仙。永历帝朱由榔于清顺治三年（1646）即位，后因清军追击，不断败退，一直逃亡到缅甸。顺治十八年，缅甸迫于清朝压力，将之扣押，交给吴三桂。次年在昆明被害。一说"龙涎泛海槎"是指清王朝有力地控制了海外交通。

④ "望断"二句：指明王朝从此被满族灭亡。汉帜，暗指明王朝的统治。"日"、"月"合成"明"字，暗指明朝。胡笳，古代北方少数民族的一种管乐器，军中多吹奏。这里代指满族军事力量。

⑤ "嫦娥"二句：嫦娥，传为后羿之妻，窃不死之药奔月，这里作者借传说中的仙子嫦娥奔月隐喻己之降清。老大无归，意取李商隐《常娥》："嫦娥应悔偷灵药，碧海青天夜夜心。"银轮，指月亮。桂花，传说月中有桂树，这里暗指南明永历帝朱由榔，他是明神宗的孙子，崇祯时封永明王，南明隆武时袭封桂王。

吴伟业

吴伟业（1609—1671），字骏公，号梅村，太仓（今属江苏）人。早年师事张溥，为复社成员。明崇祯四年（1631）成进士，官至左庶子。南明弘光时官少詹事，因与马士英、阮大铖不合，辞官归里。清顺治十年（1653）在清廷的逼迫下出任秘书院侍讲，升国子监祭酒。两年后辞归，隐居乡里。

吴伟业的诗，"少作大抵才华艳发，吐纳风流，有藻思绮合、清丽芊眠之致。及乎遭逢丧乱，阅历兴亡，激楚苍凉，风骨弥为遒上"（《四库全书总目》）。与钱谦益、龚鼎孳并称"江左三大家"。亦工词。有《梅村集》，别本称《梅村家藏稿》。

织 妇 词

【题解】 本篇选自《梅村集》卷七。这首诗通过织妇明亡前后的不同遭遇，揭露了清朝统治者对人民的掠夺和催逼，形象鲜明，语意含蓄，在叙事中透露出作者对明室的怀念和对清统治者的愤慨。

黄茧缫丝不成匹，停梭倚柱空太息①。少时织绮贡尚方②，官家曾给千金直③。孔雀蒲桃新样改④，异缀奇文不遑识⑤。桑枝渐枯蚕已老，中使南来催作早⑥。齐纨鲁缟车班班⑦，西出玉关贱如草⑧。黄龙袱子紫橐驼⑨，千箱万叠奈尔何！

【注释】

① 太息：出声长叹。

② 少时：年少时，暗指明朝未亡时。绮：即今之细绫，一种素地织纹起花的丝织品。尚方：官名，掌管供应制造帝王所用的器物。这里指宫廷的供应部门。

③ 直，同"值"。

④ 孔雀、蒲桃：均为锦的名称，见陆翙《邺中记》。这里指清统治者要织妇改织的新花样。

⑤ 缀（niè）：《六书故》："丝接歧也。"异缀奇文，指织锦的奇异纹采。遑（huáng）：闲暇。

⑥ 中使：帝王宫廷中派出的使者，多由宦官充任。

⑦ 齐纨鲁缟：齐国产的白色细绢和鲁国产的细白生绢，都是古代名贵的丝织品；这里泛指向江南人民剥夺来的各种丝织品。班班：繁密，众多。

⑧ 玉关：即玉门关，古代通往西域的要道。西出玉关，是一种隐晦的说法，实际上指通过山海关运往清留都盛京（今辽宁沈阳）。

⑨ 黄龙袱子：绣有黄龙图案的包袱。紫橐（tuó）驼：紫色的大口袋。都是皇家的专用物。橐驼，即骆驼。因为口袋装得鼓鼓囊囊的，很像突起的驼峰，故称。

顾炎武

顾炎武（1613—1682），初名绛，字忠清，改名炎武，字宁人，晚年化名蒋山佣，学者称亭林先生，昆山（今属江苏）人。明崇祯末年参加复社反对宦官专权的斗争。南明弘光时官兵部司务。清兵南下时，他参加了昆山、嘉定一带人民的抗清斗争。清顺治十三年（1656）只身北上，遍历华北各地，继续进行反清复明活动。晚年定居华阴，专事著述，卒于曲沃。

顾炎武学识广博，著作宏富，其文学成就主要以诗见称。他的诗歌创作现实性和政治性十分强烈，带有明显的史诗特色。诗风沉郁苍凉，刚健古朴，其精神骨力，接近杜甫。有《亭林诗集》、《文集》。

精　卫[①]

【题解】 本篇选自《亭林诗集》卷一。这是一首明志之作，写于清顺治四年（1647）。当时清政权正在逐渐巩固，各地抗清的义军渐次失败，只在东南海隅和西南方还有微弱的抗清力量，其斗争前途的渺茫，正与精卫衔微木填沧海相仿佛。诗人以精卫自况自勉，表明形势虽然不利，自己的力量又那么微小，但反清复明的决心至死不渝。诗歌运用问答形式，有力地突出了精卫的坚强意志。诗人在《日知录》里提出过“保天下”的著名观点。他说：“保天下者，匹夫之贱，与有责焉耳矣。”后人把它概括为“天下兴亡，匹夫有责”这一响亮的口号。这口号是我们理解这首诗的重要出发点。

万事有不平，尔何空自苦[②]？长将一寸身[③]，衔木到终古[④]。我愿平东海，身沉心不改。大海无平期，我心无绝时[⑤]。呜呼！君不见西山衔木众鸟多，鹊来燕去自成窠[⑥]。

【注释】

① 精卫：古代神话中的鸟名。据《山海经·北山经》载，相传炎帝少女名女娃，游东海溺而不返，冤魂化为精卫鸟，常衔西山之木石往填东海。精卫填海的故事，体现了中华民族不屈不挠的民族性。后人常以它比喻复仇者奋不顾身的精神和坚韧不拔的意志。

② 尔：你，指精卫。空：徒然地。自苦：自取忧苦。

③ 将：以，用。一寸身：微弱的身躯。

④ 终古：久远。这里是生命与共的意思。以上四句是问精卫，意思是说，天地间不平的事太多了，你为何要以自己微弱的身躯，无休止地衔木填海，白白地自找苦吃？以下四句是拟精卫的答辞，比喻自己决心恢复明朝，粉身碎骨在所不惜，不达目的，誓不罢休。

⑤ 绝：尽，止。

⑥ “君不见”二句：以鹊、燕衔木自营窠巢，反衬精卫衔木填海的意志。鹊、燕之喻，含有对那些置天下兴亡于不顾，而自图安乐的降清、仕清之徒的鄙视和嘲讽。

陈维崧

陈维崧（1625—1682），字其年，号迦陵，宜兴（今属江苏）人。明诸生。出生于讲究气节的文学世家，为复社重要成员陈贞慧之子。幼受家学，少时作文敏捷，词采瑰玮，吴伟业曾誉之为“江左三凤凰”之一。明亡后，流寓四方。清康熙十八年（1679）举博学鸿词科，授翰林院检讨，参加纂修《明史》。

陈维崧的词数量有一千六百多首，题材广阔，风格以豪放为主，兼有清真娴雅之作。他能熔不同风格于一炉，抒写自如。陈廷焯评论说："国初词家，断以迦陵为巨擘。""迦陵词气魄绝大，骨力绝遒，填词之富，古今无两。"（《白雨斋词话》）亦工骈文与诗。有《湖海楼全集》。

贺新郎

纤夫词①

【题解】 本篇选自《迦陵词全集》卷二十七。清朝初年，为了镇压南方各民族的反抗，清廷曾屡次发动大规模的军事行动。这首词所写的强征纤夫的事件，就是这种军事行动的一个组成部分。作者运用直叙其事的白描手法，形象地勾勒出一幅封建统治者强征民伕、奴役人民的悲惨的现实生活图景，表达了对灾难深重的贫苦农民的深切同情。上片开头三句写真王拜印的场面，与下片丁男、病妇诀别时的凄景形成鲜明对照。下片以特写镜头，写一个被抓的船夫与他患病妻子诀别的惨痛场面，以小见大，从一个家庭的被破坏，展现出捉船拉伕对社会生产力的破坏和给社会生活带来的灾难性影响。词的语言朴实，不加雕饰，特别是丁男与病妇的对话，描摹得如泣如诉，令人不忍卒读。

战舰排江口②。正天边、真王拜印，蛟螭蟠钮③。征发棹船郎十万，列郡风驰雨骤④。叹闾左、骚然鸡狗⑤。里正前团催后保⑥，尽累累、锁系空仓后⑦。捽头去⑧，敢摇手⑨？　稻花恰趁霜天秀⑩，有丁男、临歧诀绝⑪，草间病妇。此去三江牵百丈⑫，雪浪排樯夜吼⑬。背耐得、土牛鞭否⑭？好倚后园枫树下，向丛祠、亟倩巫浇酒。神祐我，归田亩⑮。

【注释】

① 纤夫：在岸上拉纤挽船前进的船工。

② "战舰"句：谓清军的战舰排列在长江的口岸边。

③ "正天边"二句：正在这时候，天边真正的王在拜受带有蛟龙印钮的大印。天边，指清朝的都城北京。真王拜印，进爵的真王举行拜印的仪式。真王，实授的王号，系对权摄的假王而言。《史记·淮阴侯列传》载，韩信平齐，欲称王，不敢直说，借口齐人伪诈多变，须有假王镇服，汉王刘邦为权宜之计，派人承认他说："大丈夫定诸侯即为真王耳，何以假为？"于是立韩信为齐王，并征其兵伐楚。真王，这里借指清朝权位很高的军事统帅。《清史列传·达素传》载，顺治十六年（1659），郑成功破镇江，进军江宁，清廷命内大臣达素为安南将军，率师前往镇压。蛟、螭（chī），二者皆为传说中的龙属动物。蟠，盘曲，蜷伏。钮，印鼻，印章上端提系处。王印的印钮雕为蛟龙蟠绕状，以见印之高贵，职权之威重。

④ "征发二句"：征集十万壮丁为纤夫的命令下达各州郡，就像狂风暴雨一样紧急。棹（zhào）船郎，船夫，这里指纤夫。棹，船桨。

⑤ 闾左：居住在闾里之左的贫苦农民。古时以二十五家为闾。骚然鸡狗：即鸡犬不宁，形容骚扰之甚。

⑥ 里正：里长。古时以五家为邻，五邻为里。前团、后保：指前村后村。团、保，都是古时户籍编制单位。

⑦ 累累：形容众多、联贯成串的样子。系：捆缚。

⑧ 捽（zuó）头：揪住头发。

⑨ 敢：岂敢。摇手：摆手拒绝。

⑩ 秀：禾稻吐穗扬花。

⑪ 丁男：成年男子；这里指被征的棹船郎。临歧诀绝：临上路前话别。歧，岔路口。诀绝，长别。

⑫ 三江：《吴地记》以松江、娄江、东江为三江。这里泛指长江下游。百丈：指用以牵船的篾缆。

⑬ 排：冲击。樯：船的桅杆。

⑭ 土牛：古代迎春时所用的土制春牛。用鞭子捶打土牛，称作鞭春。《礼记·月令》："季冬之月，出土牛以送寒气。"这句说，你能像土牛一样耐得住吏卒的鞭打么？按："此去"三句，是病妇对丁男讲的话，表示担忧和牵挂。

⑮ "好倚"四句：此为丁男回答病妇的话。好，好好地。丛祠，乡野林间的神祠。亟倩，急请。这四句说，你好好地倚靠在后园的枫树下，赶快请女巫向荒野丛林中的祠庙去浇酒祭神，祈求神灵保佑我早归田里。

朱彝尊

朱彝尊(1629—1709),字锡鬯,号竹垞,又号金风亭长、小长芦钓鱼师,秀水(今浙江嘉兴)人。早年曾参加抗清活动。康熙十八年(1679)举博学鸿词,授检讨,入直南书房。出典江南省试。通经史,工诗古文辞,尤以词享名。

朱彝尊是浙西词派的领袖,取径姜夔、张炎,标举清空醇雅,在清代影响很大。他的诗则是清代浙派的开山祖,宗唐而不拘执,与王士禛并称"南朱北王"。有《曝书亭集》。

卖花声[①]

雨花台

【题解】 本篇选自《曝书亭集》卷二十四。《卖花声》,词调名,即《浪淘沙》。此词通过对雨花台一带衰败景象的描写,抒发了词人对以往繁华热闹景象的怀恋之情。

衰柳白门湾,潮打城还[②]。小长干接大长干[③]。歌板酒旗零落尽,剩有渔竿[④]。　　秋草六朝寒[⑤],花雨空坛[⑥]。更无人处一凭栏[⑦]。燕子斜阳来又去,如此江山。

【注释】

① 卖花声:词调名,又名《浪淘沙》,双调,五十四字。

② "衰柳"二句:白门湾,六朝时建业(今江苏南京)的西门也称白门,多柳树。潮打城还,潮水撞击城墙后又回了过去。这种现象连续不断,暗寓经历了无数岁月。

③ 小长干、大长干:六朝时建业两条热闹繁华的巷子。

④ "歌板"二句:繁华的往年景象全已成空,只剩下渔翁垂钓的萧瑟气象了。歌板,唱歌时打节拍的鼓板,借代繁华景象。

⑤ "秋草"句:六朝繁华的景象早就像秋草一样衰败了。暗示清朝的繁荣也终将消亡。

⑥ 花雨空坛:雨花台空空如也。

⑦ 凭栏:靠着栏干望远。

王士禛

王士禛(1634—1711),字子真,又字贻上,号阮亭,又号渔洋山人,新城(今山东桓台)人。因避清世宗胤禛讳,被改名士正,乾隆时又诏改士祯。顺治十五年(1658)进士,授扬州推官。历官礼部主事、户部郎中、侍讲学士、国子监祭酒、兵部侍郎、刑部尚书。谥文简。

王士禛论诗标举"神韵说",认为写景贵在清远,写情贵在朦胧,用词贵在清俊。他反对明人模拟唐诗格调形式,强调诗要写得含蓄有味。这种主张,宜作绝句小诗,不宜作长篇。所以,最能表现他风格特色的,是五、七言近体诗,特别是一些描写山水风光和抒发个人情怀的七言绝句。他是康熙年间的诗坛领袖,与朱彝尊并称"南朱北王"。名声很高。亦工词与古文。有《带经堂集》、《渔洋山人精华录》。

真州绝句(其四)[①]

【题解】 本篇选自《渔洋山人精华录》卷四。原作共五首,这里选的是第四首。这是一首写真州景物的小诗。诗人以清新淡雅的语言,展现了傍晚江岸的景物和渔家的生活镜头,既富田园气息,又含不尽之意。设色布局,写来如画。据《渔洋诗话》说,这首诗曾被江淮间画家广泛地选作绘画的题材。

江干多是钓人居[②],柳陌菱塘一带疏[③]。
好是日斜风定后[④],半江红树卖鲈鱼[⑤]。

【注释】

① 真州：即今江苏仪征，位于长江北岸，明清之际，是扬州通往金陵（今南京市）的要道，城南沿江一带风景幽美。此诗作于康熙元年（1662），作者当时任扬州推官。

② 江干：江岸，江边。钓人：渔家。

③ "柳陌"句：渔家的屋舍疏疏落落地点缀在柳荫路和菱荷塘之间。

④ 好是：最美的是。这里指最逗人爱赏的时刻。

⑤ 半江：江的一侧。红树：江边的柳树为斜日所照而呈红色。鲈鱼：一种体扁、口阔、鳞细、味美的鱼，产于长江中下游，以初夏为最盛。

纳兰性德

纳兰性德（1654—1685），原名成德，字容若，号楞伽山人。满洲正黄旗人，大学士明珠长子。康熙十五年（1676）进士，授三等侍卫，后晋为一等。自幼敏悟，好读书。康熙十七年（1678），他的词集《侧帽集》问世时，年仅二十五岁。继而，另一词集《饮水词》又在吴中刊行。不幸英年早逝。

纳兰性德的词很受人们喜爱，这不仅因为他的词作缠绵婉丽易于感人，其情思的幽深，风格的清新，也是重要原因。其所交游，如顾贞观、朱彝尊、陈维崧等，皆一时俊彦。与顾贞观尤为契厚，曾与之合选《今词初集》。有《通志堂集》、《纳兰词》。

长　相　思[①]

【题解】 本篇选自《通志堂集》卷七。《长相思》，词调名，上片、下片各三平韵，一叠韵。这首词作于康熙二十一年（1682）随清圣祖东巡关外途中。词以白描手法，直抒胸臆地写出塞外风雪之夜的景物，抒发了由此而引起的思乡之情。词中"夜深千帐灯"一句，写塞外旷野的夜景，境界阔大，形象真切，神秘深邃，"可谓千古壮观"（王国维《人间词话》）。作者出身满洲贵族，官至一等侍卫，虽然荣宠一时，但他对无聊的官场和扈驾行旅的生活极为厌恶。作者精神生活中这一突出的现象，是我们理解这首词的关键。作者曾痛苦地诉说道："我本落拓人，无为自解束。倜傥寄天地，樊笼非所欲。"（《拟古》）这首词的上下两片，各用叠韵二句反复，真切地传达出作者心中这种难忍的郁闷和痛苦。词意缠绵，凄婉动人，颇似南唐后主。

山一程，水一程，身向榆关那畔行[②]。夜深千帐灯[③]。　　风一更，雪一更，聒碎乡心梦不成[④]。故园无此声。

【注释】

① 长相思：又名《双红豆》，唐教坊曲名，后用为词调。双调，三十六字，平韵。

② 榆关：一作"渝关"，旧时常作山海关的别称，在今河北省秦皇岛市东北。那畔：那边，指关外。清留都盛京（今辽宁省沈阳市）在山海关外。

③ 千帐灯：指卫军营地众多的帐幕透出灯光。

④ 聒（guō）碎：搅碎，扰乱。聒，声音喧杂；这里指风雪声。

郑燮

郑燮（1693—1765），字克柔，号板桥，兴化（今属江苏）人。幼年家境贫寒。乾隆元年（1736）成进士，官范县、潍县知县。勤修吏治，以岁饥为民请赈济，得罪豪绅去职。归居扬州，以卖画为生。

郑燮具有多方面的文学、艺术才能，擅画竹、兰、石。又工书法，他的诗、书、画人称"三绝"。是清中叶著名的扬州八怪之一。平生狂放不羁，多愤世嫉俗的言论与行动。其诗作多反映社会黑暗，同情人民疾苦，富有现实意义。大量题画诗都有寄托。他的诗歌特点是，表现真率性情，多用白描，明白流畅。也善填词，风格如其诗。有《板桥集》。

竹石

【题解】 本篇选自《板桥集·题画》。这是作者题自作竹石画的诗。这首诗托物言志，借题发挥，在对岩竹坚定、强毅的赞颂中，寄寓了作者对生活、艺术和道德的理想，既是画格、诗格的自立之言，又是人格的自励之语。

咬定青山不放松，立根原在破岩中。
千磨万击还坚劲，任尔东西南北风。

袁枚

袁枚(1716—1797)，字子才，号简斋，钱塘(今浙江杭州)人。乾隆四年(1739)进士，历官溧水、江浦、沭阳、江宁知县。三十三岁即辞官，在江宁小仓山购置花园，称随园，在此度过了近五十年优游自在的闲适生活。

袁枚论诗主"性灵说"，他把性灵(即性情天分)视为先天条件，把学识看成后天努力。他的诗主要特点是抒写性灵，表现个人生活遭际中真实的感受、情趣和识见，追求真率自然、清新灵巧的艺术风格。一些作品流于浅滑，格调不高。他是乾隆朝的代表性诗人，与赵翼、蒋士铨并称"乾隆三大家"。有《小仓山房诗集》、《文集》及《随园诗话》。

马嵬(其四)[①]

【题解】 本篇选自《小仓山房诗集》卷八。原作四首，作于乾隆十七年(1752)。这里选的是第四首。马嵬驿的李、杨死别和石壕村的夫妻生离，都是安史之乱造成的。白居易的《长恨歌》和杜甫的《石壕吏》，分别是反映这些情事的名篇。《马嵬》这首诗，表面上是将白居易《长恨歌》与杜甫《石壕吏》相比，但深一层的诗意独到，讥刺显然。它告诉人们，在动乱的年代，普通百姓所遭受的苦难，要比宫廷皇家多得多。作者希望大家把同情的目光转向"人间"。这首诗构思新颖，跳出了同类题材的诗直接指责李、杨荒淫贾祸的窠臼。

莫唱当年长恨歌[②]，人间亦自有银河[③]。
石壕村里夫妻别[④]，泪比长生殿上多[⑤]。

【注释】

① 马嵬(wéi)：在今陕西兴平县西。唐天宝十四载(755)安史乱起，玄宗与杨贵妃逃蜀，途经马嵬驿，护卫的士兵杀死杨国忠，并要求玄宗将贵妃处死，认为安史之乱是由于杨氏兄妹误国所致。玄宗无奈，命高力士缢死杨妃。白居易《长恨歌》写唐玄宗和杨贵妃的爱情悲剧故事，流传很广。

② "莫唱"句："莫唱"，并无轻视《长恨歌》的意思；作者在《仿元遗山论诗》诗中，用"妙咏香山长庆篇"(指《长恨歌》)来说吴伟业写的《圆圆曲》哀婉动人，有使人"一读一缠绵"的艺术效果。这句强调指出，不要把同情离别的着眼点放在帝妃哀艳动人的爱情故事上。

③ "人间"句：在人间像银河阻隔着牛郎、织女的悲剧还多着呢。

④ 石壕村：在今河南陕县东南。杜甫《石壕吏》写安史乱中，县吏强行征兵，迫得老夫妻离散的惨状。

⑤ 长生殿：唐时宫殿名，在骊山华清宫内。陈鸿《长恨歌传》载，天宝十载(751)"秋七月，牵牛织女相见之夕"，唐玄宗与杨贵妃在长生殿"凭肩而立，因仰天感牛女事，密相誓心，愿世世为夫妇。言毕，执手各呜咽"。但从诗的主题看，这句的"泪"，并非指《长恨歌传》所写李、杨在长生殿上密誓时的"呜咽"，而是指百姓遭受的苦难更多。

黄景仁

黄景仁(1749—1783),字仲则,又字汉镛,号鹿菲子,武进(今江苏常州)人。家境贫寒。四岁丧父。十六岁应童子试,三千人中名列第一。十七岁补博士弟子员,但从此屡应乡试都不中。长年奔走四方以谋生计。曾游湖南按察使王太岳、太平知府沈业富、安徽学政朱筠之幕。乾隆四十一年(1776)清高宗东巡,召试,列二等,授武英殿书签官,纳资为县丞,未补官而卒,年仅三十五岁。

黄景仁短暂的一生大都在贫病愁苦中度过,所作诗歌多抒发穷愁不遇、寂寞凄怆的情怀。他诗学唐人,兼有各家之长。翁方纲评他的诗"能诣前人所未造之地,凌厉奇矫,不主故常"。洪亮吉称赞他的诗"见者以为谪仙人(李白)复出也"。亦工词。有《两当轩全集》、《竹眠词》。

都门秋思(其三)①

【题解】 本篇选自《两当轩全集》卷十三。原作四首,这里选的是第三首。诗作于乾隆四十三年(1778)秋。上一年,作者请好友洪亮吉代为典当家产,筹措路费,将全家从南方迁至北京。这首诗抒述了作者一家在北京的穷愁困苦的生活情状。通过一个落魄而多才的知识分子的感受,我们可以认识到"乾隆盛世"的社会生活的某些真相。诗写得盘转折叠,情思深沉,于苦闷消沉之中见出郁愤不平。结末二句以浅近之语写真实境况,尤为酸楚动人。无怪陕西巡抚毕沅"见《都门秋思》诗,谓价值千金,姑先寄五百金,速其西游"(陆继辂《春芹录》)。

五剧车声隐若雷②,北邙惟见冢千堆③。
夕阳劝客登楼去,山色将秋绕郭来④。
寒甚更无修竹倚⑤,愁多思买白杨栽⑥。
全家都在风声里,九月衣裳未剪裁⑦。

【注释】

① 都门:京都城门;这里指北京。秋思:秋天的愁思。

② 五剧:道路纵横交错的地方;这里指北京城繁华的街道。隐:隐隐,形容声音大。

③ 北邙(máng):洛阳城北的北邙山。汉魏以来,王侯公卿贵族多葬于此,后人常用以泛指墓地;这里指满目悲凉的京郊。冢(zhǒng):坟堆。这一句与首句写京城繁华形成鲜明的对照。

④ "夕阳"二句:写自己悲苦的情怀难以排遣。上句暗用王粲《登楼赋》的典故(即文人思乡、怀才不遇之意,感伤气氛很重),说想借登高远眺来遣散愁思;下句说,城外蜿蜒的山峦,带着浓重的秋色扑面而来,更加重了心中的愁思。将,带,送。郭,外城。

⑤ "寒甚"句:化用杜甫《佳人》"天寒翠袖薄,日暮倚修竹"的诗意,并翻进一层,说自己"更无修竹倚",凄苦穷愁的处境更甚于杜甫所写的佳人。

⑥ 白杨:又叫大叶杨,落叶乔木。《古诗十九首》有"白杨多悲风,萧萧愁杀人"之句。古人多栽白杨于墓地,住宅前则忌种此树。《宋书·萧惠开传》载,萧惠开把书斋前的花草全部铲除,种上一排排白杨。他常对人说:"人生不得行胸怀,虽寿百岁,犹为夭也。"诗人正用此意,意谓愁苦之事太多,还不如早早死去。厌世颓伤语中,蕴涵着生不逢时、志不得展的强烈愤慨。

⑦ "九月"句:反用《诗经·豳风·七月》"九月授衣(九月该是准备寒衣的时候)"句意,说九月的天气已凉,御寒的衣服却无着落。

张惠言

张惠言(1761—1802),原名一鸣,字皋闻,又字皋文,号茗柯,武进(今江苏常州)人。嘉庆四年(1799)进士,官编修。精于经学,尤善治《周易》、《仪礼》。

张惠言工为文，少学司马相如、扬雄辞赋，后学韩愈、欧阳修古文，与恽敬一同开创阳湖派。他在词学上贡献尤大，针对浙西词派末流的空疏，从儒家学说中取则，开创了常州词派，主张意内言外，比兴寄托，以将词体上接《风》、《骚》，在清代中后期词坛产生了很大的影响。他自己的一些词作，被谭献评为“胸襟学问，酝酿喷薄而出，赋手文心，开倚声家未有之境”（《箧中词》）。有《茗柯文集》、《茗柯词》，编有《词选》。

木兰花慢

杨　花

【题解】 本篇选自《茗柯词》。此词对杨花的情态作了极其逼真细致的描写，表面上全是咏物，实际上寄托着无限身世之感。可与苏轼《水龙吟》咏杨花词合看。

侭飘零尽了，何人解、当花看[①]？正风避重帘，雨回深幕，云护轻幡[②]。寻他一春伴侣，只断红、相识夕阳间[③]。未忍无声委地，将低重又飞还。　　疏狂情性，算凄凉、耐得到春阑[④]。便月地和梅，花天伴雪，合称清寒。收将十分春恨，做一天、愁影绕云山。看取青青池畔，泪痕点点凝斑。

【注释】

① “侭飘零”二句：任凭它飘零干净，又有什么人能将它当花看？

② 幡：一种窄长的旗子，垂直悬挂。

③ 断红：落花。

④ 春阑：春残，春天结束。

龚自珍

龚自珍（1792—1841），字尔玉，又字璱人；更名易简，字伯定；又更名巩祚，号定庵，又号羽琌山民，仁和（今浙江杭州）人。著名文字学家段玉裁的外孙。道光九年（1829）成进士，先后任内阁中书、礼部主事。道光十九年（1839）辞官南归。道光二十一年（1841）暴卒于江苏丹阳书院。

龚自珍才华横溢，他的性格和思想在那个时代颇有独特性。他对封建正统的经籍既熟读而又不满，交游重气息相投而不趋炎附势。这种不受传统束缚的精神使他仕途不得志，却使他的诗词文具有激动人心的艺术力量。龚自珍的诗着眼于现实政治和社会形势，发抒感慨，纵横议论。他以深刻的思想性和独创的艺术性开创了近代诗的新风貌。有《定庵文集》、《定庵词》。

己亥杂诗（其五）[①]

【题解】 本篇选自《定庵文集·补编》卷四。《己亥杂诗》是作者于道光十九年（1839）辞官南归后，又北上迎接家眷的往返途中所作的大型组诗，共三百十五首，均为七言绝句（其中有些是古绝）。这组诗题材广泛，内容丰富，既是作者对前半生生活经验的形象化总结，又是当时社会现实的真实写照。这里选的是其中的第五首，写作者辞官离京，远去天涯的无边愁思，表达了自己政治理想至死不变的执著态度。作者以“落红”自喻，含意深刻，耐人寻味。

浩荡离愁白日斜[②]，吟鞭东指即天涯[③]。
落红不是无情物，化作春泥更护花[④]。

【注释】

① 己亥：道光十九年，公元1839年。

② "浩荡"句：在无边无际的离愁中，眼看夕阳又西下了。作者自幼居住北京，祖父和父亲都曾在北京做官，他从二十九岁起在北京任官职，和许多有革新思想的朋友交往。对他来说，北京可称是第二故乡。如今壮志未酬，行将远离，不能不勾起无限的愁思。

③ "吟鞭"句：化用唐刘禹锡《和令狐相公别牡丹》"莫道两京非远别，春明门（长安的东门）外即天涯"诗意，说自己离开京师回南方，马鞭东指，从此便同朝廷远隔了。吟鞭，诗人的马鞭。东指，作者当日从北京外城东面的广渠门出城。这首诗的前两句，用楚辞庄忌《哀时命》"处卓卓而日远兮，志浩荡而伤怀"的诗意，表现作者关心国事而又志不得伸的愁苦感情。

④ "落红"二句：落花并不是无情的东西，它怀恋大自然，即使委落尘埃，也要化作春泥，护育新花生长。作者以落花自比，寄托了要培植人才，为国家和社会竭尽余力的怀抱。

黄遵宪

黄遵宪（1848—1905），字公度，嘉应州（今广东梅州）人。出身官绅家庭。光绪二年（1876）中举人，次年出国。十几年间，历任驻日使馆参赞、驻美国旧金山总领事、驻英使馆参赞、驻新加坡总领事。长年的外交生涯，使他对西方资本主义国家的政治制度、经济生活有所了解，同时也受到西方自由、平等、民主等思想的熏陶。光绪二十年（1894）回国后，积极投入康有为、梁启超为首的改良主义运动，参加强学会，创办《时务报》，宣传维新思想。光绪二十四年（1898）戊戌变法失败后，隐居乡里。

黄遵宪是近代诗界革命的旗帜，他自觉地以诗歌来反映近代中国的重大历史事件，呼吁人们维新救国，内容丰富，可称一代诗史。有《人境庐诗草》、《日本杂事诗》。

哀旅顺[①]

【题解】 本篇选自《人境庐诗草》卷八。这首诗作于光绪二十一年（1895）。以饱满的爱国热情，赞颂了旅顺的自然天险，对旅顺轻易陷于敌手表示了极大的悲愤。在揭露帝国主义列强侵略行径的同时，对清统治者不战自溃的腐败和无能作了无情的鞭挞。诗的开头八句以自豪的口吻描绘旅顺的险要形势和雄厚军力；接着六句用欲抑先扬的手法，从侧面描写虎视眈眈的侵略者久存觊觎，但又不敢轻举妄动；最后两句以急转直下的笔势，写旅顺的失陷。虽然没有直接写清军首领的庸懦无能和敌人侵占旅顺的经过，但无穷的悲愤和深深的谴责，已在不言之中。

海水一泓烟九点[②]，壮哉此地实天险。炮台屹立如虎阚[③]，红衣大将威望俨[④]。下有洼地列巨舰[⑤]，晴天雷轰夜电闪[⑥]。最高峰头纵远览，龙旗百丈迎风飐[⑦]。长城万里此为堑[⑧]，鲸鹏相摩图一啖[⑨]，昂头侧睨何眈眈[⑩]，伸手欲攫终不敢[⑪]。谓海可填山易撼，万鬼聚谋无此胆。一朝瓦解成劫灰[⑫]，闻道敌军蹈背来[⑬]。

【注释】

① 旅顺：又名旅顺口，位于辽东半岛南端，是一个形势险固的深水港湾。光绪六年（1880）辟为军港。李鸿章耗巨资经营了十余年。光绪二十年（1894）甲午战争爆发时，旅顺港驻有六军，共三十余营，有炮台二十二座，大炮七八十尊；其后路大连湾也有炮台六座，新式大炮二十二尊。但李鸿章所派的统领者大都是贪鄙庸劣之辈，且各不相统属。是年九月二十六日（1894年10月24日）夜，日军渡鸭绿江侵入中国东北，十月十日（11月7日）占领大连后又向旅顺发起进攻，十月二十五日（11月22日）椅子山炮台失陷，各炮台守兵相继溃败，旅顺遂为日军占领。

② "海水"句：化用李贺《梦天》"遥望齐州九点烟，一泓海水杯中泻"诗意，是说从天上遥望大海和九州（中国）国土，形象地写出旅顺港的地理环境。泓，形容水深

而广大。烟，烟尘。烟九点，九州遥望似烟尘九点。

③ “炮台”句：写沿海防守森严，炮台如怒虎屹立。虎阚（hǎn），虎发怒的样子。

④ 红衣大将：大炮台。据《清文献通考》载，清代有红衣大炮，“钦定名，镌曰‘天佑助威大将军’”。俨（yǎn）：庄严。

⑤ 洼地：指船坞。

⑥ “晴天”句：比喻军舰上日夜不停的炮击演习。

⑦ 龙旗：清朝国旗，旗上绣有龙的图形。飐（zhǎn）：招展。

⑧ 堑（qiàn）：防御用的壕沟，这里形容地势险要。

⑨ 鲸鹏：喻指帝国主义列强。相摩：争先恐后的样子。啖（dàn）：吞吃。

⑩ 睨（nì）：斜视。眈（dān）眈：凶狠贪婪地注视。

⑪ 攫（jué）：抓。

⑫ 劫灰：劫火之余灰。劫火，佛教用语，指佛教传说中的一种能使世上一切毁灭的灾火。这里指被兵火毁坏后的残迹。

⑬ 蹈背：从背后攻上来。这句点出旅顺陷落的情况。中日战争中，日军知旅顺正面难攻，就袭击花园港，进占大连湾，从背后包抄旅顺，旅顺终致失陷。

陈三立

陈三立（1852—1937），字伯严，号散原，义宁（今江西修水）人。光绪十五年（1889）进士，官吏部主事。其父陈宝箴为湖南巡抚，积极支持变法运动，他助父多有筹划。戊戌政变发生后，与其父同被革职，永不叙用。遂侍父隐居南昌西山。后期转向保守，以遗老自居。日军侵占北平后，他深怀忧愤，不食而卒。

陈三立是清末民国间同光体诗派的旗帜，取径黄庭坚，而骨格坚苍，自具面目。旧派的郑孝胥称其“莽苍排奡之意态，卓然大家”（《散原精舍诗序》），新派的梁启超谓其“酝深俊微，于唐人集中罕见伦比”（《饮冰室诗话》）。有《散原精舍诗》。

十一月十四日夜发南昌月江舟行（其二）

【题解】 本篇选自《散原精舍诗》卷上。原作共四首，作于光绪二十九年（1903）。这里选的是第二首。此诗连用三个妙喻描绘月夜江上舟行的感受，准确细腻，十分逼真。

露气如微虫，波势如卧牛。
明月如茧素①，裹我江上舟。

【注释】

① 茧素：白色的丝绸。

秦淮酒座遇北妓按歌有京师之声感赋（其二）

【题解】 本篇选自《散原精舍诗》卷上。原作共二首，作于光绪二十九年（1903）。这里选的是第二首。据《庚子纪事》记载，庚子之乱，“合城之人，死者六成，逃者三成”。此诗由眼前歌妓奏乐联想到庚子之乱，感慨深沉。

依稀北乱满胡尘①，莺燕惊飞照海滨②。
今夕琵琶如饭甑③，江湖看作太平人④！

【注释】

① 北乱：指庚子年（1900）八国联军侵入北京烧杀抢掠的事件。

② 莺燕惊飞：指歌妓们四处惊逃。借以反映北京城男女老少逃难的情景。

③ 琵琶如饭甑(zèng):抱着琵琶卖唱的歌妓比饭甑还多。甑,陶制的蒸食炊器,底部有孔。

④ “江湖”句:指歌妓们流落江湖卖唱,却被看作歌舞升平,成了点缀太平之人。

梁启超

梁启超(1873—1929),字卓如,号任公、饮冰室主人,新会(今属广东)人。光绪十五年(1889)举人。他是康有为的弟子,早年极力鼓吹变法维新,参加公车上书,组织强学会,主编《时务报》,是近代改良运动的中心人物和杰出宣传家。戊戌变法失败后逃往日本。民国成立后,出任共和党党魁,又创建进步党。先后任北洋政府司法总长、财政总长。晚年为清华研究院国学导师,专心研究学问。

梁启超在文学领域也很有影响,曾提出“诗界革命”、“小说界革命”等口号。他兼擅诗词、小说、散文,也写过一些戏剧。散文创作号“新民体”,力破旧格,声名尤著。有《饮冰室合集》。

水调歌头

【题解】 本篇选自《乙丑重编饮冰室文集》第九编。此词写于戊戌变法失败后乘船逃往日本之时。词情慷慨激昂,豪气十足。

拍碎双玉斗,慷慨一何多[①]!满腔都是血泪,无处著悲歌。三百年来王气[②],满目山河依旧,人事竟如何?百户尚牛酒[③],四塞已干戈。 千金剑,万言策,两蹉跎[④]。醉中呵壁自语,醒后一滂沱[⑤]。不恨年华去也,只恐少年心事,强半为销磨。愿替众生病,稽首礼维摩[⑥]。

【注释】

① “拍碎”二句:用鸿门宴上范增不接受刘邦所赠玉斗的典故。形容变法失败,大势已去,悲愤至极。

② “三百”句:指清朝统治中国已将近三百年。王气,王朝的气运,国家的命运。

③ “百户”句:统治者还在酒醉金迷。牛酒,以肥牛美酒指代荒淫奢侈的生活。

④ “千金剑”三句:指武略文谋全部落空。

⑤ 滂沱:痛哭流涕、泪水纵横的样子。

⑥ 愿替众生病:希望能改变大众的病态。稽首礼维摩:向佛祖顶礼朝拜。这是以维摩来代表无边法力,表达了诗人在变法失败后仍要毫不气馁地去寻求救国救民新方略的决心。

秋瑾

秋瑾(1875—1907),原名闺瑾,字璇卿、旦吾,留学日本时改名瑾,字竞雄,别署鉴湖女侠、汉侠女儿,山阴(今浙江绍兴)人。自幼聪敏有大志,工诗文词,又能习马舞剑。后目睹祖国的内忧外患,渴望吸收外国自强的经验以振兴祖国,于光绪三十年(1904)冲破封建家庭的束缚,赴日本留学,积极参加留日学生的革命活动,次年加入同盟会。回国后,在上海创办中国公学和《中国女报》,提倡女权,宣传革命。并奔走各地,组织光复军,与徐锡麟分头准备安徽、浙江两省的起义。事败被捕,在绍兴轩亭口就义,年仅三十三岁。

秋瑾的诗歌创作,前期多以五、七言律诗和绝句抒写个人幽怨。光绪二十六年(1900)庚子事变以后的诗歌,以献身革命、谋求民族解放与妇女解放为基调。这一时期,除五、七言律诗和绝句外,又采用了篇幅较长的歌行体。绝大部分诗篇都洋溢着爱国主义激情,充满着挽救危亡、振兴祖国的激情。有《秋瑾集》。

黄海舟中日人索句并见日俄战争地图[①]

【题解】 本篇选自《秋瑾集》。作于光绪三十一年(1905)赴日舟中。这首诗表达了作者面对祖国山河任人宰割的形象所表示的强烈忧虑和愤懑。诗人先述自己只身渡海,往返于日本和祖国之间的行踪,次叙面对日俄战争地图的感慨,最后抒发誓死收复祖国领土和主权的壮志。诗人把自己的爱国深情和多难的祖国融为一体,抒发了为反侵略、救国难而不惜以身殉国的英雄气概。

万里乘风去复来[②],只身东海挟春雷[③]。
忍看图画移颜色[④]?肯使江山付劫灰[⑤]!
浊酒不销忧国泪[⑥],救时应仗出群才[⑦]。
拼将十万头颅血,须把乾坤力挽回[⑧]!

【注释】

① 日人:指日本的银澜使者。索句:求诗。日俄战争:光绪三十年(1904),日、俄帝国主义为了重新分割中国东北和朝鲜,进行了一场战争,陆上战场主要在中国东北境内,海上战场则在中国黄海。对此,腐败的清廷竟宣布"中立",使大好河山任人蹂躏,人民遭受深重灾难。

② 去复来:作者于光绪三十年(1904)夏秋间留学日本,同年冬回国省亲。这次是再赴日本,故云。

③ 挟春雷:比喻胸怀革命壮志。

④ 忍:岂忍。图画:即地图。移颜色:世界地图上,用不同的颜色区别国界。地图改变了颜色,即指中国领土被帝国主义国家侵占。日、俄战争以沙俄失败而告终,后经美国斡旋,日、俄签订《朴茨茅斯条约》,俄国将侵占中国东北的所得利益及旅顺、大连湾的租借权让给日本。

⑤ 肯:岂肯。劫灰:劫火之灰。付劫灰,这里指沦陷、葬送。

⑥ 不销:难销。

⑦ "救时"句:用杜甫《诸将》"安危须仗出群才"诗意。救时,解救危急的时局。出群才,超群出众的人才。

⑧ "拼将"二句:宁使千万人抛头颅洒热血,也要把祖国丧失的领土和主权收复回来。乾坤,原指天地,这里引申为受蹂躏的祖国领土和主权。

第二节 清代散文

黄宗羲

黄宗羲(1610—1695),字太冲,号南雷,又号梨洲,余姚(今属浙江)人。明诸生。他的父亲黄尊素是明末东林党著名人物,为阉党杀害。黄宗羲早年即参与反阉党的斗争,后来成为复社领导人之一。清兵入关后,他在浙东一带参加抗清活动,南明鲁王任他为左都御史。义军失败后,隐居著书讲学,拒不接受清廷的征聘。他与王夫之、顾炎武并称明末清初三大思想家,又是当时重要的史学家。他的民主主义思想,曾给清末改良主义维新派和资产阶级革命派以很大影响。

黄宗羲著作宏富。《明夷待访录》一书,突出地批判封建专制制度,带有鲜明的民主思想色彩,集中表现了他的进步思想。他的传状、碑志文,涉及面很广,从不同的角度反映了明清之际大变动的社会面貌。有《南雷文案》、《南雷诗历》。

原　君[①]

【题解】 本篇选自《明夷待访录》。本文是《明夷待访录》的第一篇,是反封建专制主义色彩很深的政论文。文章就古代设立君主的本意和君主的真正职责进行探讨和论述,一方面颂扬古代的贤君,同时大胆抨击了把天下当作个人私产的后世君主；指出君主的职分应该是为天下兴利除弊，而不应该给天下带来祸害；对那些固守君臣之道而盲目忠君的小儒作了尖锐的讽刺。作者极力赞扬古之人君，把社会动乱和王朝兴替的原因归结为人的自私本性，反映了他认识上的局限性。本文在写作上，论证有力，对比鲜明，说理透彻，有严密的逻辑性。

有生之初，人各自私也，人各自利也[②]。天下有公利而莫或兴之[③]，有公害而莫或除之。有人者出[④]，不以一己之利为利，而使天下受其利；不以一己之害为害，而使天下释其害[⑤]。此其人之勤劳[⑥]，必千万于天下之人。夫以千万倍之勤劳，而己又不享其利，必非天下之人情所欲居也[⑦]。故古之人君[⑧]，量而不欲入者[⑨]，许由、务光是也[⑩]；入而又去之者[⑪]，尧、舜是也；初不欲入而不得去者，禹是也[⑫]。岂古之人有所异哉？好逸恶劳，亦犹夫人之情也[⑬]。

后之为人君者则不然。以为天下利害之权皆出于我[⑭]，我以天下之利尽归于己，以天下之害尽归于人，亦无不可。使天下之人不敢自私，不敢自利[⑮]，以我之大私为天下之大公[⑯]。始而惭焉，久而安焉。视天下为莫大之产业，传之子孙，受享无穷。汉高帝所谓"某业所就，孰与仲多"者[⑰]，其逐利之情，不觉溢之于辞矣[⑱]。此无他[⑲]，古者以天下为主，君为客[⑳]，凡君之所毕世而经营者[㉑]，为天下也。今也以君为主，天下为客，凡天下之无地而得安宁者，为君也[㉒]。是以其未得之也，屠毒天下之肝脑[㉓]，离散天下之子女，以博我一人之产业[㉔]，曾不惨然[㉕]，曰："我固为子孙创业也[㉖]。"其既得之也，敲剥天下之骨髓，离散天下之子女，以奉我一人之淫乐[㉗]，视为当然，曰："此我产业之花息也[㉘]。"然则为天下之大害者，君而已矣！向使无君[㉙]，人各得自私也，人各得自利也。呜呼！岂设君之道固如是乎[㉚]？

古者天下之人爱戴其君，比之如父，拟之如天，诚不为过也。今也天下之人怨恶其君[㉛]，视之如寇仇[㉜]，名之为独夫[㉝]，固其所也[㉞]。而小儒规规焉以君臣之义无所逃于天地之间[㉟]，至桀、纣之暴[㊱]，犹谓汤、武不当诛之，而妄传伯夷、叔齐无稽之事[㊲]。乃兆人万姓崩溃之血肉[㊳]，曾不异夫腐鼠[㊴]？岂天地之大，于兆人万姓之中，独私其一人一姓乎[㊵]！是故武王，圣人也；孟子之言[㊶]，圣人之言也。后世之君，欲以如父如天之空名，禁人之窥伺者[㊷]，皆不便于其言，至废孟子而不立[㊸]，非导源于小儒乎？

虽然[㊹]，使后之为君者[㊺]，果能保此产业，传之无穷，亦无怪乎其私之也[㊻]。既以产业视之[㊼]，人之欲得产业，谁不如我[㊽]？摄缄縢，固扃镭[㊾]，一人之智力，不能胜天下欲得之者之众，远者数世，近者及身，其血肉之崩溃在其子孙矣[㊿]。昔人愿世世无生帝王家[51]，而毅宗之语公主[52]，亦曰："若何为生我家！"痛哉斯言！回思创业时其欲得天下之心，有不废然摧沮者乎[53]？是故明乎为君之职分，则唐、虞之世，人人能让[54]，许由、务光非绝尘也[55]；不明乎为君之职分，则市井之间[56]，人人可欲[57]，许由、务光所以旷后世而不闻也[58]。然君之职分难明，以俄顷淫乐不易无穷之悲，虽愚者亦明之矣[59]！

【注释】

① 原君：从根本上推论做君主的道理。原，推究本源。

② "有生"三句：人类社会开始的时候，每个人就是自私自利的。生，生命，人类。

③ 莫或兴之：没有什么人去兴办它。或，指人。兴，举办。

④ 有人者出：有这么一个人出来。

⑤ 释：免除，去掉。

⑥ 此：则，那么。

⑦ "必非"句：意思是按常规而论，一定不是天下人所愿意做的。居，处于那个地位。

⑧ 古之人君：指古人对君主这个地位的看法。

⑨ "量而"句：考虑了而不愿接受君位的。量，衡量(利弊)。入，这里是就其位的意思。

⑩ 许由、务光：都是传说中的上古高士。传说唐尧要让君位给许由，许由不受，逃至箕山隐居；商汤要让君位给务

光，务光不受，并引以为耻，负石自沉于庐水而死。事见《庄子·让王》和《列仙传》。

⑪“人而”句：当了君主以后又离开的。这里指下文的尧、舜(两人都是上古君主)。相传尧得天下，年老时让位给舜，舜后来又让位给禹。

⑫“初不”二句：意思是说最初不愿就君位，而最终无法离开的是禹。传说禹因治水有功，舜要让君位给他，他起初不愿接受，舜死之后，他不得已才做了君主；以后他又想让位给益，而百姓不从，却尊奉禹的儿子启为君。事见《孟子·万章上》。

⑬“亦犹”句：也还就是人的本性啊。指人怕劳苦，所以不愿就君位。犹夫，好像，如同。夫，语气调。

⑭利害之权：指对别人施恩或加害的权柄。

⑮“不敢”二句：不敢顾及自己的私利。

⑯大私：最大的私利，即君主的私利。公：即天下人的公利。

⑰“汉高帝”句：据《史记·高祖本纪》记载，汉高祖刘邦在庆祝未央宫建成时，大宴诸侯及群臣。他向太上皇(高祖之父)祝酒时说：“原先您嫌我游手好闲，不能治产业，不如我二哥勤劳。今天我所成就的这份家业比起他来，究竟谁多呢?”孰与，用于表示比较选择的句中。仲，排行第二，这里指刘邦的二哥，据说他善于经营生产，常受其父夸奖。

⑱溢之于辞：从言辞中流露出来。

⑲此无他：这没有别的原因。

⑳客：客体，即“副”、“次”的意思。

㉑毕世：终生，一辈子。

㉒“凡天下”二句：普天下没有一个地方能得到安宁，都是因为有了君主的缘故。

㉓“屠毒”句：(君主为取得天下)使人民肝脑涂地。屠，宰杀。毒，毒害。

㉔博：博取，换取。

㉕曾不惨然：竟不觉得惨痛。

㉖固：本来，理所当然地。

㉗奉：供。

㉘花息：利息。

㉙向：原先。使：假如。

㉚“岂设”句：难道设立君主的意义本来竟是这样的吗?固，乃，竟。

㉛恶(wù)：恨。

㉜寇仇：仇敌。《孟子·离娄下》：“君之视臣如土芥，则臣视君如寇仇。”

㉝独夫：指众叛亲离的暴君。

㉞固其所也：这本是他们应得的下场。指天下人怨恨其君，把他们放在仇敌和独夫的地位是该当的。

㉟小儒：指目光褊狭、迂腐浅薄的读书人。规规焉：形容谨小慎微的样子。焉：语气助词。君臣之义：指君主可以主宰天下，臣子只能效忠君主的伦理关系。无所逃于天地之间：普天下任何情况下都适用的，无所逃避的。意思是说，君臣之义是绝对真理。

㊱至桀、纣之暴：甚至像桀、纣那样的暴君。桀是夏代末一个君主，纣是商代末一个君主。商汤伐桀，周武王伐纣。

㊲伯夷、叔齐：相传为兄弟二人，是殷代贵族孤竹君的儿子。《史记·伯夷列传》根据《庄子》和《吕氏春秋》，说周武王伐纣时，他们叩马而谏，认为“以臣弑君”，不算仁，表示反对。殷亡后，他们耻食周粟，饿死在首阳山。唐代韩愈为此写过《伯夷颂》，宋代吹捧伯夷的人也很多。黄宗羲认为这事是小儒妄传的无法考证的荒唐说法。无稽，无从考究。

㊳乃：至于。兆人万姓：指千百万老百姓。兆，百万。

㊴曾：竟。腐鼠：发臭的死老鼠，这里比喻不值一顾的东西。这里是说小儒把千百万老百姓的生命看得一钱不值。

㊵私：偏爱。

㊶孟子之言：指孟子赞成诛桀伐纣以及“民为贵，社稷次之，君为轻”一类的话。

㊷窥伺：指待机夺取君位。窥，偷看。伺，等待时机。

㊸“皆不”二句：意思是说后世君主觉得孟子的话不利于他们的统治，竟至取消孟子的牌位，不许放在孔庙里配享。废孟子而不立，指明太祖朱元璋见到《孟子》“民为贵，社稷次之，君为轻”一类话，便下诏毁去孔庙中孟子的牌位，后又下诏修订《孟子》，凡书中含有“民贵君轻”思想的章节，都予删除。

㊹虽然：虽然如此。

㊺使：假使。

㊻私之：据为己有。

㊼“既以”句：既然把江山看作产业。

㊽我：指君主。

㊾“摄缄縢”二句：意思是把箱子用绳捆紧，用锁锁牢。摄，勒紧。缄，结扎。縢(téng)，绳子。扃(jiǒng)，关钮。鐍(jué)，锁钥。语出《庄子·胠箧》。原意说，为了防止偷窃，就把箱子锁严绑牢，但大盗来了，正好连同箱子一起搬去。这里用来说明君主采取各种手段固守君位，其实是徒劳无益的。

㊿“远者”三句：大意是君主不能常保天下，迟早会遭杀身

之祸。句中的“其”字,前一个是副词,表示推测、估计,相当于“也许”、“恐怕”;后一个是代词,指君主。

[51] 昔人:指南朝宋顺帝刘准。《资治通鉴·齐纪一》记载,顺帝刘准被臣子逼迫退位出宫时,他哭着说:“愿后身世世勿复生帝王家。”

[52] 毅宗:即明崇祯帝朱由检(死后被南明谥为思宗,后改谥毅宗)。李自成率起义军攻入北京时,崇祯帝在自缢前用剑砍杀他的女儿长平公主,说:“若(你)何为生我家?”语(yù):对……说。

[53] “回思”二句:回想(那些开国君主)创业时,(如果知有今日)那种要得天下的野心,还有不灰心丧气的吗?废然,颓丧的样子。摧沮(jǔ),灰心失意的样子。

[54] “是故”三句:所以明白了做君主的职责和本分,那么就会像唐尧、虞舜时代一样,人人都能推让。唐,尧的国号;尧称陶唐氏。虞,舜的国号;舜称有虞氏。

[55] 绝尘:超凡出世,指许由、务光不是超绝尘世的人。

[56] 市井之间:本指做买卖的地方。这里泛指民间。

[57] 可欲:都可争夺君位。

[58] 旷后世而不闻:后世绝迹而听不到(许由、务光这样的人)。旷,空,绝。

[59] “然君”三句:意思是由于君主的职分一般人难以真正懂得,也就难免有无穷之悲。但是,不应因有片刻的淫乐就去换取这无穷之悲,这个道理是愚人也明白的。俄顷,片刻。易,换取。

侯方域

侯方域(1618—1654),字朝宗,商丘(今属河南)人。明诸生。明末为复社重要成员,抨击阉党余孽阮大铖等人,为阮所忌恨。清兵入关后,阮大铖助马士英在南京拥立福王,建立弘光小朝廷,乘机残酷迫害复社人士,他因此投奔史可法避祸。后又返居乡里。后曾应清顺治八年(1651)河南乡试,中副榜举人。未几病死。

侯方域早年即以诗文名世,他擅长散文,尊崇唐宋八大家,以写作古文雄视当世。在清初与魏禧、汪琬并称“国初三大家”。其人物传记大都情节曲折,形象生动,有唐代传奇笔法和短篇小说的特点。其论文、书信,或痛斥权贵,或直抒怀抱,具有流畅恣肆的特色。有《壮悔堂文集》、《四忆堂诗集》。

马伶传[1]

【题解】 本篇选自《壮悔堂文集》卷五。这篇传记体文,写一位姓马的戏曲演员潜心学艺的过程。马伶有强烈的事业心,在失败面前并不气馁;为了提高自己的表演技艺,竟远走数千里,求为门卒,去观察、模仿自己的表演对象,从而塑造出具有高度典型意义的舞台艺术形象,赢得了观众和同行的赞赏。这个故事告诉人们,有志者事竟成,只要我们善于总结失败的教训,顽强刻苦地学习、探索,就一定能有所创造,取得成功。同时,作者采用“皮里阳秋”的手法,把矛头指向顾秉谦一类佞臣,讽刺他们就是当代的“活严嵩”。全文故事性强,文笔简洁曲折,人物形象鲜明生动。

马伶者,金陵梨园部也[2]。金陵为明之留都[3],社稷、百官皆在[4],而又当太平盛时,人易为乐[5]。其士女之问桃叶渡、游雨花台者,趾相错也[6]。梨园以技鸣者,无虑数十辈[7]。而其最著者二[8]:曰兴化部,曰华林部[9]。

一日,新安贾合两部为大会[10],遍征金陵之贵客文人[11],与夫妖姬静女[12],莫不毕集[13]。列兴化于东肆[14],华林于西肆。两肆皆奏《鸣凤》所谓椒山先生者[15]。迨半奏[16],引商刻羽[17],抗坠疾徐[18],并称善也。当两相国论河套[19],而西肆之为严嵩相国者曰李伶[20],东肆则马伶。坐客乃西顾而叹[21],或大呼命酒[22],或移座更近之[23],首不复东[24]。未几,更进,则东肆不复能终曲[25]。询其故[26],盖马伶耻出李伶下[27],已易衣遁矣[28]。

马伶者,金陵之善歌者也。既去[29],而兴化部又不肯辄以易之[30],乃竟辍其技不奏[31],而华林部独著。

去后且三年[32]，而马伶归。遍告其故侣[33]，请于新安贾曰：“今日幸为开宴[34]，招前日宾客[35]，愿与华林部更奏《鸣凤》[36]，奉一日欢[37]。”既奏，已而论河套[38]，马伶复为严嵩相国以出[39]，李伶忽失声[40]，匍匐称弟子[41]。兴化部是日遂凌出华林部远甚[42]。

其夜，华林部过马伶曰[43]：“子[44]，天下之善技也[45]，然无以易李伶[46]。李伶之为严相国至矣[47]，子又安从授之而掩其上哉[48]？”马伶曰：“固然[49]。天下无以易李伶，李伶即又不肯授我[50]。我闻今相国昆山顾秉谦者[51]，严相国俦也[52]。我走京师，求为其门卒三年[53]，日侍昆山相国于朝房[54]，察其举止[55]，聆其言语[56]，久乃得之[57]。此吾之所为师也。”华林部相与罗拜而去[58]。

马伶名锦，字云将，其先西域人[59]，当时犹称马回回云[60]。

侯方域曰：异哉！马伶之自得师也。夫其以李伶为绝技，无所干求[61]，乃走事昆山[62]，见昆山犹之见分宜也[63]。以分宜教分宜[64]，安得不工哉[65]！呜呼！耻其技之不若[66]，而去数千里为卒三年，倘三年犹不得，即犹不归尔。其志如此，技之工又须问耶？

【注释】

① 马伶：姓马的戏曲演员。伶，旧时对戏曲艺人的称呼。

② 金陵：今江苏省南京市。梨园部：戏班子。梨园原是唐玄宗教练宫廷歌舞艺人的场所，后人因称戏班为梨园。

③ 留都：明朝最初定都南京，明成祖（朱棣）永乐十九年（1421）迁都北京，南京仍保留京城建制，称为留都或南都。

④ “社稷”句：皇帝祭祀土神和谷神的社稷坛和中央机构的建制都保存下来。为了和北京的机构及职官有所区别，在南京的机构或官名前都加一“南”字。

⑤ 易为乐：经常寻欢作乐。易，容易，轻易；引申为经常，习惯。

⑥ “其士女”二句：当地男女寻访桃叶渡、游览雨花台的人很多。士女，是对中上层男女的美称。问，探寻，游访。桃叶渡，南京名胜之一，在秦淮河与青溪合流处，相传晋代王献之曾于此作歌送其爱妾桃叶渡河，因而得名。雨花台，在南京中华门外，相传梁武帝时云光法师在此讲授佛经，感动神灵，降下花来，故称雨花台。雨，落。趾相错，脚趾相互交错，形容人多。

⑦ 技，指演技。鸣：知名，闻名。无虑：不下，至少有。数十辈：几十个。辈，这里与“个”、“位”同义。

⑧ 著：著名。

⑨ 兴化部、华林部：都是当时戏班的名字。

⑩ 新安：歙（shè）州与徽州所辖地（今安徽歙县）的别称。贾（gǔ）：商人。

⑪ 征：招请，邀集。

⑫ 妖姬：美女。妖，妩媚，艳丽。姬，对妇女的美称。静女：温柔的姑娘。

⑬ 毕集：全部来到。

⑭ 列：安排。肆：瓦肆，娱乐场，这里指剧场。唐代白行简的传奇《李娃传》中有东西两肆歌者比赛的情节，本文是模仿《李娃传》这一部分的笔调，所以用“肆”，其实指并列的两个剧场。

⑮ 奏：演奏，演出。《鸣凤》：即传奇《鸣凤记》，明代王世贞作，演杨继盛与奸相严嵩斗争而被害惨死的故事。椒山先生：即杨继盛，字仲芳，号椒山，明代容城（今属河北）人，嘉靖进士，官至南京兵部右侍郎。

⑯ 迨（dài）：等到。半奏：演到一半。

⑰ 引商刻羽：指运用漫长的商音和深沉的羽音奏出美妙的旋律。引，延长。刻，深。商、羽，中国古代音乐五音（宫、商、角、徵、羽）之一。

⑱ 抗坠疾徐：指音调抑扬顿挫，富有变化。抗，高昂。坠，低沉。疾，快速。徐，缓慢。

⑲ 两相国论河套：是《鸣凤记》第六出《河套》（二相争朝）中的情节。两相国，即夏言、严嵩。当时夏言任华盖殿大学士，严嵩任谨身殿大学士。按明制，大学士算入阁，是宰相职，所以称两相国。论河套，指当时河套地区被北方少数民族政权占据，主战派夏言与求和派严嵩为是否出兵收复这一地区而进行的激烈争论。河套，指今内蒙古和宁夏境内贺兰山以东、狼山和大青山以南、黄河沿岸的地区，因黄河由此流成一个大弯子，故名。

⑳ 为：扮演。

㉑ 西顾：朝西看。叹：赞叹。

㉒ 或：有的人。命酒：叫人拿酒来喝，表示兴奋、赞赏。

㉓ 更近之：更靠近西肆。

㉔ 首不复东：头不再朝东看。

㉕ 终曲：演唱完毕。

㉖ 询:询问,打听。故:原因。

㉗ 盖:推原之词,表示原因或理由。耻出李伶下:以表演水平在李伶之下而感到羞耻。

㉘ 易衣:脱去戏装,换上便服。遁:逃跑。

㉙ 既去:离开以后。

㉚ 辄(zhé)以易之:就用另一个演员代替他。

㉛ "乃竟"句:于是竟然停止,不再表演他们的技艺。辍(chuò),停止,中断。

㉜ 且:将近。

㉝ 故侣:指原戏班里的同事。

㉞ 幸为开宴:希望为此(指下文"更奏《鸣凤》")举行宴集(指演出会)。

㉟ 前日:指三年前。

㊱ 更奏:再次演出。

㊲ 奉:进献。

㊳ 已而:不久,接着。

㊴ 复为:再次扮演。以:而。

㊵ 失声:不由自主地叫出声来。指李伶对马伶的高超技艺不觉发出惊叹声。

㊶ 匍匐(pú fú):拜倒在地。称弟子:自称弟子。

㊷ 是日:指演出这一天。凌出:超过。远甚:很远。

㊸ 华林部:指华林部的人。过:走访。

㊹ 子:您,古时对男子的敬称。

㊺ 善技:有高超技艺的演员。

㊻ 无以易李伶:不能替代李伶,意思是比不上李伶(指三年前的事)。

㊼ 至:到顶,尽善尽美。

㊽ 安从授之:从哪里得到指教。掩:掩盖,超过。

㊾ 固然:确实如此。

㊿ 即:通"则"。

51 今相国:当朝的相国。昆山:今江苏省昆山市。顾秉谦:昆山人,万历进士,因趋附魏忠贤,官至相国。

52 俦(chóu):同类,一类。

53 门卒:守门的人。这里泛指在门下当差,随主人出入,在身边伺候的差役。

54 日:每日。朝房:百官上朝前休息的地方。

55 察:观察。举止:一举一动,指姿态与风度。

56 聆(líng):听。言语:说话。这里指说话的声音、腔调和表情。

57 得之:指掌握了顾秉谦的行动、语言的特点。

58 罗拜:围着(马伶)下拜。

59 先:先世,祖先。西域:泛指今甘肃省玉门关以西的广大地区。

60 回回:旧时对回族人的俗称。

61 干求:请求。

62 事:服侍。

63 分宜:代指分宜(今属江西)人严嵩。

64 "以分宜"句:用严嵩(指顾秉谦)来教严嵩的扮演者。

65 工:精妙。

66 不若:不如,比不上。

方苞

方苞(1668—1749),字凤九,号灵皋,又号望溪,桐城(今属安徽)人。早年求学刻苦,青年时即有文名。康熙四十五年(1706)成进士。以母病未出仕。康熙五十年(1711)因戴名世《南山集》案受牵连下狱。后免罪入旗籍。雍正时赦归原籍。授左中允,历侍讲学士、内阁学士,官至礼部侍郎,以足疾辞官归。

方苞是桐城派古文的创始人。他论文讲求"义法",主张文章要阐明中心思想或基本观点,语言要朴素雅洁,平淡自然。他的散文,以所标"义法"及"清真雅正"为旨归,写得简练雅洁,开创了清代古文的新面貌。有《望溪先生文集》。

左忠毅公逸事[①]

【题解】 选自《望溪先生文集》卷九。本篇记述了明末东林党人左光斗生前视学和下狱两件逸事,生动地表现了他知人的远见和以国事为重,不计较个人生死荣辱的品质;也写了他和史可法的亲密关系。文章写得严整简洁而又鲜明生动,体现了作者的文学主张。文章的第一部分重点表现左光斗的爱才,通过解貂、掩户、面署第一以及和夫人对话,突出了左光斗耿介无私、为国奖掖人才的品格。第二部分重点表现左光斗的赤胆忠心和嫉恶如仇。描述史可法微服探监的一段文字,感情饱满,笔力遒劲,如闻其声,如见其人。第三部分转而写史可法的精心治军,忠于职守，以及他对左光斗家属的态度，表现了左光斗的言传身教对史可法的深刻影响，是前两部分文字顺理成章的自然发展。第四部分补叙“逸事”的由来，并与文章开头一句呼应，加强了文章的真实性与感染力。通篇以写左光斗为主，以史可法为陪衬，使左、史二人的形象都很鲜明饱满。

先君子尝言②：乡先辈左忠毅公视学京畿③，一日，风雪严寒，从数骑出微行④，入古寺，庑下一生伏案卧⑤，文方成草⑥，公阅毕，即解貂覆生⑦，为掩户⑧。叩之寺僧⑨，则史公可法也⑩。及试，吏呼名至史公，公瞿然注视⑪，呈卷，即面署第一⑫。召入，使拜夫人，曰：“吾诸儿碌碌⑬，他日继吾志事，惟此生耳。”

及左公下厂狱⑭，史朝夕狱门外；逆阉防伺甚严⑮，虽家仆不得近⑯。久之，闻左公被炮烙⑰，旦夕且死⑱；持五十金，涕泣谋于禁卒⑲，卒感焉⑳。一日，使史更敝衣草屦㉑，背筐，手长镵㉒，为除不洁者，引入，微指左公处。则席地倚墙而坐，面额焦烂不可辨，左膝以下，筋骨尽脱矣。史前跪，抱公膝而呜咽。公辨其声而目不可开，乃奋臂以指拨眦㉓，目光如炬，怒曰：“庸奴！此何地也？而汝来前！国家之事，糜烂至此。老夫已矣，汝复轻身而昧大义㉔，天下事谁可支拄者！不速去，无俟奸人构陷㉕，吾今即扑杀汝！”因摸地上刑械，作投击势。史噤不敢发声㉖，趋而出。后常流涕述其事，以语人，曰：“吾师肺肝，皆铁石所铸造也！”

崇祯末㉗，流贼张献忠出没蕲、黄、潜、桐间㉘。史公以凤庐道奉檄守御㉙。每有警，辄数月不就寝，使将士更休，而自坐幄幕外㉚。择健卒十人，令二人蹲踞而背倚之，漏鼓移㉛，则番代㉜。每寒夜起立，振衣裳，甲上冰霜迸落，铿然有声。或劝以少休，公曰：“吾上恐负朝廷，下恐愧吾师也。”

史公治兵，往来桐城，必躬造左公第㉝，候太公、太母起居㉞，拜夫人于堂上。

余宗老涂山㉟，左公甥也，与先君子善，谓狱中语，乃亲得之于史公云。

【注释】

① 左忠毅公：即左光斗（1575—1625），字遗直，号浮丘，明万历进士，累官左佥都御史。刚直敢言。因劾阉党魏忠贤三十二罪，被诬下狱，死于狱中。忠毅是他的谥号。逸事：同“轶事”，史书不曾记载的事迹。

② 先君子：对死去父亲的尊称。这里指作者的父亲方仲舒（字逸巢）。

③ 乡先辈：同乡的长一辈人。左光斗和作者同为安徽桐城人，所以这样称呼。视学：朝廷派官员去考察学政。京畿（jī）：国都所在地及其行政官署所辖的地区。《明史·左光斗传》载，万历四十八年（1620），左光斗督畿辅学政。

④ 从数骑：几个骑马的随从跟着。微行：帝王或高官改换装束、掩藏身份出行。这里指没有用应有的排场外出。

⑤ 庑（wǔ）：廊下小屋。

⑥ 文方成草：文章刚写成草稿。

⑦ 解貂覆生：脱下貂皮袍子盖在书生的身上。

⑧ 为掩户：替书生把门窗关上。

⑨ 叩之寺僧：向庙里的和尚打听书生的情况。叩：询问。

⑩ 史公可法：史可法（1602—1645），字宪之，号道邻，祥符（今河南开封）人，寄籍大兴（今北京）。明崇祯进士。清兵入关时，他任南明兵部尚书，坚守扬州，城破，自杀不成，为清兵所执，从容就义。

⑪ 瞿然：吃惊而注视的样子。

⑫ 面署第一：当面批为第一名。

⑬ 碌碌：平庸无能。

⑭ 厂狱：明代由宦官操纵的特务机关东厂所设的监狱。左光斗于天启四年（1624）被陷入狱，第二年被阉党收买的狱卒击毙于狱中。

⑮ 逆阉：叛逆的太监，指魏忠贤一伙。防伺：防备看守。

⑯ 虽：即使。

⑰ 炮（páo）烙：相传为殷代纣王时的一种酷刑。用火烧热铜柱，让犯人在柱上爬行。后泛指用烧红的铁灼烫犯人的酷刑。

⑱ 旦夕且死：很快就会死去。且，将，就要。

⑲ 谋：商量，求情。禁卒：看守监牢的狱卒。

⑳ 感：感动。

㉑ 更敝衣草屦（jù）：换上破衣草鞋。

㉒ 手：作动词用，即手拿着。长镵（chán）：一种有曲柄的掘土工具。

㉓ 眦（zì）：眼眶。

㉔ 昧大义：不明事理。

㉕ “无俟”句：不要等着阉党来构陷。构陷，设计陷害，使人获罪。

㉖ 噤：闭口。

㉗ 崇祯：明思宗朱由检的年号（1628—1644）。

㉘ 流贼：封建士大夫对流动作战的农民起义军的污蔑称呼。明代特指李自成、张献忠所领导的农民军。张献忠（1606—1646）：明末农民起义领袖。在陕西米脂起义后，曾转战于豫、鄂、皖、川等地。崇祯十七年（1644）在四川成都称帝。清顺治三年（1646）战死于四川凤凰山。蕲（qí）、黄：今湖北省蕲春、黄冈二县。潜、桐：今安徽潜山、桐城二县。

㉙ 以凤庐道：以统辖凤阳府、庐州府的道员身份。明代省下设分守道、分巡道等官，管辖几个府的事务。道的长官称为道员。檄（xí）：古代官府用以征召、晓谕或声讨的文书。这一段写了史可法防御农民起义军，反映了作者的局限。

㉚ 幄幕：军中的营幕。

㉛ 漏鼓移：指过了一个更次。漏，古代用滴水计时的器具（漏壶）。鼓，军中报时的更鼓。古时分一夜为五更（一更约两小时），每过一更，都要击鼓报时。

㉜ 番代：轮流替换。

㉝ 躬造：亲临。第：府第，住宅。

㉞ 候起居：问候起居，即请安。太公、太母：指左光斗的父母。

㉟ 宗老：本家的前辈。涂山：方苞族祖父方文的号。方文，字尔止，明遗民，清初隐居南京。

全祖望

全祖望（1705—1755），字绍衣，号谢山，鄞县（今浙江宁波）人。乾隆元年（1736）进士，选庶吉士。同年举博学鸿词，因已入翰林院，不与试。次年散馆以知县候选，乃辞官归里，专心著述，不复出仕。为人有气节，富有爱国心。

全祖望上承清初黄宗羲经世致用之学，勤奋攻读，博通经史，为清代浙东史学名家。他写了不少传记散文，有碑铭、传论、简帖等，其中不少是记叙清代重要人物和学术文艺的文章。他的文章不拘成法。诗歌多注意评骘人物，表彰忠义。有《鲒埼亭集》、《鲒埼亭诗集》。

梅花岭记[①]

【题解】 本篇选自《鲒埼亭集·外编》卷二十。本文根据史可法在扬州殉难，其衣冠葬于梅花岭上的事实，以“梅花岭”命题，热情歌颂了以史可法为首的抗清烈士和以钱烈女为代表的广大人民忠贞爱国、临难不苟、大义凛然的高贵品质，对降清的洪承畴之流作了辛辣的讽刺，同时也抒发了作者自己强烈的民族感情。文章是作者在扬州凭吊史可法墓后写的，意在保存史实，表彰忠烈，教育后人。梅花历来被看作是一种气节的象征，在梅花岭上安葬史可法，正使他尽忠报国、壮烈牺牲的精神有所寄托。文章情景交汇，托物寓意，烈士的崇高精神与“梅花如雪，芳香不染”的高雅意境自然巧合，使《梅花岭记》的篇名含有纪实和象征的双重意义。本文在写法上，以叙事为主，议论为辅，用笔有热有冷，寓褒贬美刺于纪实之中，笔端饱含着丰富的感情。

顺治二年乙酉四月[②]，江都围急[③]，督相史忠烈公知势不可为[④]，集诸将而语之曰：“吾誓与城为殉[⑤]，然仓皇中不可落于敌人之手以死[⑥]，谁为我临期成此大节者[⑦]？”副将军史德威慨然任之[⑧]。忠烈喜曰：“吾尚未有子，汝当以同姓为吾后[⑨]，吾上书太夫人[⑩]，谱汝诸孙中[⑪]”。

二十五日，城陷[⑫]。忠烈拔刀自裁[⑬]，诸将果争前抱持之，忠烈大呼德威，德威流涕不能执刃[⑭]，遂为诸将所拥而行。至小东门，大兵如林而至[⑮]。马副使鸣騄、任太守民育及诸将刘都督肇基等皆死[⑯]。忠烈乃瞠目曰[⑰]：“我史阁部也[⑱]。”被执至南门[⑲]，和硕豫亲王以先生呼之[⑳]，劝之降，忠烈大骂而死。

初，忠烈遗言：“我死，当葬梅花岭上。[㉑]”至是，德威求公之骨不可得[㉒]，乃以衣冠葬之[㉓]。或曰：城之破也，有亲见忠烈青衣乌帽，乘白马，出天宁门投江死者[24]，未尝殒于城中也[25]。自有是言，大江南北，遂谓忠烈未死。已而英、霍山师大起[26]，皆托忠烈之名，仿佛陈涉之称项燕[27]。吴中孙公兆奎以起兵不克[28]，执至白下[29]。经略洪承畴与之有旧[30]，问曰："先生在兵间，审知故扬州阁部史公果死耶[31]，抑未死耶？"孙公答曰："经略从北来[32]，审知故松山殉难督师洪公果死耶，抑未死耶？"承畴大恚[33]，急呼麾下驱出斩之[34]。

呜呼！神仙诡诞之说[35]，谓颜太师以兵解[36]，文少保亦以悟大光明法蝉蜕[37]，实未尝死。不知忠义者圣贤家法[38]，其气浩然[39]，长留天地之间，何必出世入世之面目[40]？神仙之说，所谓为蛇画足[41]。即如忠烈遗骸，不可问矣[42]。百年而后[43]，予登岭上，与客述忠烈遗言，无不泪下如雨，想见当日围城光景，此即忠烈之面目，宛然可遇[44]，是不必问其果解脱否也，而况冒其未死之名者哉！

墓旁有丹徒钱烈女之冢[45]，亦以乙酉在扬，凡五死而得绝[46]，时告其父母火之，无留骨秽地[47]。扬人葬之于此。江右王猷定、关中黄遵岩、粤东屈大均[48]，为作传、铭、哀辞[49]。

顾尚有未尽表章者[50]。予闻忠烈兄弟，自翰林可程下[51]，尚有数人，其后皆来江都省墓[52]。适英、霍山师败，捕得冒称忠烈者，大将发至江都[53]，令史氏男女来认之。忠烈之第八弟已亡，其夫人年少有色[54]，守节，亦出视之。大将艳其色[55]，欲强娶之。夫人自裁而死。时以其出于大将之所逼也，莫敢为之表章者。忠烈尝恨可程在北[56]，当易姓之间[57]，不能仗节[58]，出疏纠之[59]，岂知身后乃有弟妇以女子而踵兄公之馀烈乎[60]！梅花如雪，芳香不染[61]。异日有作忠烈祠者[62]，副使诸公谅在从祀之列[63]，当另为别室以祀夫人[64]，附以烈女一辈也[65]。

【注释】

① 梅花岭：在江苏江都县（今扬州市）广储门外。明万历中，扬州知府吴秀疏通河道，堆土成岭，便在岭上栽植了许多梅树，因命名为"梅花岭"。明末，抗清将领史可法在扬州殉难后，他的衣冠即葬于岭上。

② 顺治二年乙酉：即公元1645年。时为南明弘光二年。顺治，清世祖爱新觉罗·福临的年号（1644—1661）。

③ 江都：县名，今属江苏，是清代扬州府治所在地。围急：清兵于四月十三日取泗州，十四日渡淮，十九日兵围扬州。清豫亲王多铎统率十余万人攻扬州，扬州守军仅万余。史可法督众坚守，自守西门。

④ 督相史忠烈公：指史可法。可法字宪之，一字道邻，祥符（今河南开封）人，当时以兵部尚书、武英殿大学士在扬州督师。清兵围攻扬州，他孤军坚守，终因兵败城破，壮烈殉国。督相，明代大学士相当于宰相职位，史可法以大学士身份督师，故称督相。忠烈，史可法死后，南明隆武帝朱聿键赐谥为"忠靖"。清乾隆时，改谥为"忠正"。"忠烈"当是全祖望等对他的私谥。

⑤ 与城为殉：与扬州城共存亡。殉，殉难、殉国，指为国家的危难而献出生命。

⑥ 仓皇：指城破时的匆促慌乱。

⑦ 临期：到时候，指城破之时。大节：殉国之节，忠于国家民族的节操。

⑧ 副将军：职位在总兵之下。史德威：平阳（今山西临汾）人，当时任阁部标下、总统内五营、副总兵管、都督同知，是史可法的部将。他后来写了《维扬殉节纪略》一卷，记史可法守卫扬州及殉节的经过。慨然任之：意气慷慨地答应承担这一工作。

⑨ 后：后嗣。这里指儿子。

⑩ 太夫人：汉代制度，列侯之母才称太夫人。后来凡官僚豪绅的母亲，不论存亡，均称太夫人。这里史可法指自己的母亲尹氏。

⑪ 谱：这里作动词用，即列名于谱。旧时各姓氏都有宗谱、族谱或家谱，记载本姓本族的世系。

⑫ 城陷：清兵围困扬州后，以大炮四面攻城。二十五日，炮摧城西北隅，崩声如雷，清兵遂攻入扬州。

⑬ 自裁：自刎，自杀。

⑭ 刃：刀剑之类的兵器。

⑮ 大兵：指清兵。

⑯ 马副使鸣騄：马鸣騄，陕西褒城人，本为扬州知府，这时任督理扬州军务的副帅。任太守民育：任民育，字时泽，山东济宁人，这时任扬州知府（太守是汉代官名，这里指知府），扬州城破，他穿着官服，捧着官印，端坐堂上，被

杀。刘都督肇基:刘肇基,字鼎维,辽东人,史可法部下都督,当时守卫扬州北门,城破后,率部下四百人巷战,格杀数百人。后终因寡不敌众,全部牺牲。

⑰ 瞠(chēng)目:瞪目而视。

⑱ 史阁部:明代大学士算入阁,史可法是大学士兼兵部尚书,故称。阁,内阁。部,兵部。

⑲ 被执:被清兵执持,被俘。

⑳ 和硕豫亲王:清太祖努尔哈赤第十五子,名多铎,崇德元年(1636)四月,封为豫亲王。和硕,满语,原是“一方”的意思,后来常作为一种美称加在亲王公主前边。多铎是清军主要将领之一。

㉑ “我死”二句:据徐鼒《小腆纪年附考》卷十载:扬州围急,史可法“乃为书辞其母及妻与伯叔兄弟,呼部将史德威诀曰:‘我无子,汝为我嗣,以奉我母。我不负国,汝无负我。我死,当葬我于高皇帝侧(指南京明孝陵),其或不能,梅花岭可也。’”

㉒ 求公之骨不可得:据《明史 · 史可法传》说,因为当时天气热,战场上的尸体都腐烂了,所以无法辨认史可法的遗骸。

㉓ 以衣冠葬之:为史可法筑衣冠冢是在他死后第二年的清明后一日,家人举袍笏招魂,葬于梅花岭。

㉔ 天宁门:扬州城北门。江:长江。

㉕ 殒(yǔn):死亡。

㉖ 英、霍山师大起:史可法死后,先后有人在英山(今属湖北)、霍山(今属安徽)一带组织军队,抵抗清兵,他们多假借史可法的名义。

㉗ “仿佛”句:好像当年陈涉起义时假借项燕的名义。陈涉,楚国人,秦末农民军领袖,他起义时,为了号召群众,曾经假托秦公子扶苏、楚将项燕的名义。

㉘ 吴中:今江苏吴县,春秋时为吴国都。孙兆奎:字君宜,吴江举人,曾与吴日星合兵抗清,兵败被俘,后被杀于南京。不克:失败。克,胜。

㉙ 白下:古地名,今南京市西北。唐朝初年,曾将金陵改称白下,所以白下后来为南京的别称。

㉚ 经略:官名,明代于用兵时设置,掌管一路或数路军政事务,权任极重,在总督之上。洪承畴:字彦演,号亨九,福建南安人。明万历进士。明末曾任蓟辽总督,在松山(今辽宁锦县南)与清军作战时失败投降,后被任命为七省经略。松山初败时,曾一度传说他已殉难,为此,明崇祯帝朱由检还曾哭祭过他。有旧:有老交情。

㉛ 审:确实。

㉜ 从北来:指从山海关外来。孙兆奎回答的几句,是尖刻讽刺洪承畴的话,他明知审问他的就是洪承畴,故意如此反问,使洪承畴当众出丑,狼狈不堪。

㉝ 恚(huì):恼怒。

㉞ 麾(huī)下:部下。麾,古代用以指挥军队的旗帜。

㉟ “神仙”句:神仙家那些怪异荒唐的说法。诡诞,怪异虚妄。

㊱ 颜太师:指唐大臣颜真卿,德宗时曾任太子太师,后被叛将杀死,传说十五年后,他的仆人又在洛阳同德寺看到他,因此,当时人说他成了仙。兵解:道家称学道的人死于兵刃为兵解,意即借兵刃解脱躯壳而成仙。

㊲ 文少保:南宋末丞相文天祥。他起兵抗元,兵败被俘,囚于燕京三年余,坚贞不屈,英勇就义。因曾封少保信国公,故称文少保。悟大光明法蝉蜕(tuì):指文天祥死后解脱成佛。文天祥在狱中曾作诗说:“谁知真患难,忽遇大光明。”后人就加以附会,说他悟大光明法成了佛。悟:透彻的理解。大光明法,佛家的一种出世法,据说佛教始祖释迦牟尼在成佛前作波罗奈国王,称大光明,布施一切。蝉蜕,蝉脱去外壳,这里比喻人解脱肉体而成仙。

㊳ “不知”句:不知道忠义正是儒家相传的立身准则。家法,世代相传的法规。

㊴ 气:指精神。这里形容忠义之气。浩然:盛大刚直的样子。

㊵ “何必”句:意谓为忠义而死,精神不朽,何必说他是成仙成佛或问他形骸是否存在呢?出世,指脱离尘世,成仙成佛。入世,相对出世而言,指活在世上。

㊶ 为蛇画足:即画蛇添足。喻多此一举,反不恰当。

㊷ 问:访求。

㊸ 百年而后:全祖望南来北往,常经过扬州。他死前一年(1754),还在扬州养病,上距史可法殉难之时为百年左右。

㊹ 宛然可遇:仿佛可见。

㊺ 丹徒:即今江苏镇江。钱烈女:名淑贤,清兵攻破扬州时,她自杀殉国,年仅十六岁。冢(zhǒng):坟墓。

㊻ 五死而得绝:自杀五次才气绝身亡。

㊼ “时告”二句:死时要求她的父母把她火化,不愿把尸骨留在沦陷了的土地上。火,火化,火葬。秽地,被敌侵占因而弄脏了的地方。

㊽ 江右:指今江西省。王猷定:字于一,号轸石,江西南昌人,曾在史可法幕中任文书,明亡后隐居不出。著有《四照堂集》。关中:指今陕西省。黄遵岩:清初诗人,生平未详。粤东:指今广东省。屈大均:字介子,号翁

山，番禺（今广东广州）人。清初诗人，曾参加抗清，失败后一度落发为僧。著有《屈翁山诗集》、《广东新语》等。

㊾ 传：传记。铭：指墓志铭，记载死者生平的文章。传为散文，叙事；铭为韵文，颂德。刻在石上，立在墓前。哀辞：哀悼死者的文章。

㊿ 顾：但是。表章：表扬。章，同“彰”。

51 翰林可程：史可法之弟史可程，明崇祯进士，选翰林院庶吉士，曾投降李自成，后又降清。

52 省墓：扫墓。省（xǐng），探视。

53 发：押送。

54 有色：姿容美丽。

55 艳：羡慕。

56 北：指今北京市。

57 当易姓之间：指当农民起义军攻入北京，明王朝灭亡之时。易姓，封建帝王把国家看作一人一姓的私产，因此称改朝换代为易姓。

58 仗节：保护气节。仗，执持。

59 出疏纠之：指史可法向南明朝廷上疏检举他。疏，呈给皇帝的奏章。纠，检举，弹劾。

60 踵：继承。兄公：指丈夫之兄。余烈：遗留下来的美德。

61 不染：不沾染污浊。

62 异日：他日。祠：祠堂，祭祀祖先或英烈的建筑。

63 副使诸公：指和史可法一起殉难的副使马鸣騄等人。谅：想必。从祀：附祭，跟着祠堂中的主要祭祀对象共同享受祭祀。

64 夫人：指史太夫人。

65 附：归入。

汪中

汪中（1745—1794），字容甫，江都（今江苏扬州）人。乾隆四十二年（1777）贡生。以母老不赴朝考，遂绝仕进。他自幼丧父，家中贫困，无钱上学，由母亲教读。后因帮助书商贩书，有机会遍读经史百家之书，由此研治学问，成为通儒。以游幕为生，后受邀至杭州校《四库全书》，病卒于西湖僧寺。

汪中不但是清代朴学扬州学派的主要代表之一，也是清代骈文的代表作家。王念孙称其所作“合魏晋宋作者而铸成一家之言，渊雅醇茂，无意摹放而神与之合”（《述学序》）。亦工诗。有《述学》、《容甫遗诗》。

哀盐船文

【题解】 本篇选自《述学·补遗》。《哀盐船文》是汪中骈文的代表作，描写了仪征盐船失火，烧毁了盐船一百余艘，死伤一千多人的惨景，读后令人感慨万分。杭世骏曾为此文作序，序文说：“哀盐船文者，江都汪中之所作也。中早学六义，又好深湛之思，故指事类情，申其雅志[①]。采遗制于《大招》，激哀音于变徵[②]，可谓惊心动魄，一字千金者矣。或疑中方学古之道，其言必期于有用，若此文将何用邪？答曰：中目击异灾，迫于其所不忍，而饰之以文藻。当人心肃然震动之时，为之发其哀矜痛苦，而不忘天之降罚，且闵死者之无辜；而吁嗟噫歆[③]，散其冤抑之气，使人无逢其灾害，是小雅之旨也，君子故有取焉。若污为故楮，识李华之精思；传之都下，写左思之赋本[④]；文章遇合之事，又末而无足数也。”

乾隆三十五年十二月乙卯，仪征盐船火，坏船百有三十，焚及溺死者千有四百。是时盐纲皆直达[⑤]，东自泰州，西极于汉阳，转运半天下焉。惟仪征绾其口[⑥]。列樯蔽空，束江而立，望之隐若城郭。一夕并命，郁为枯腊，烈烈厄运，可不悲邪[⑦]？

于时玄冥告成，万物休息，穷阴涸凝，寒威凛栗，黑眚拔来，阳光西匿[⑧]。群饱方嬉，歌咢宴食，死气交缠，视面惟墨[⑨]。夜漏始下，惊飚勃发，万窍怒号，地脉荡决[⑩]。大声发于空廓，而水波山立。

于斯时也，有火作焉。摩木自生，星星如血。炎光一灼，百舫尽赤。青烟睒睒，熛若沃雪[⑪]。蒸风气以为霞，炙阴崖而焦爇。始连楫以下碇[⑫]，乃焚如以俱没。跳踯火中，明见毛发。痛謈田田[13]，狂呼气竭。转侧张皇，生涂未绝[14]。倏阳焰之腾高，鼓腥风而一吷[15]。洎埃雾之重开，遂声销而形灭。齐千命于一瞬，指人世以长诀。发冤气之焄蒿，合游氛而障日[16]。行当午而迷方，扬沙砾之嫖疾。衣缯败絮，墨查炭屑[17]，浮江而下，至于海不绝。

亦有没者善游，操舟若神，死丧之威，从井有仁，旋入雷渊，并为波臣[18]。又或择音无门，投身急濑，知蹈水之必濡，犹入险而思济；挟惊浪以雷奔，势若阱而终坠；逃灼烂之须臾，乃同归乎死地[19]。积哀怨于灵台，乘精爽而为厉[20]。出寒流以浃辰，目眗眗而犹视[21]。知天属之来抚，慭流血以盈眦；诉强死之悲心，口不言而以意[22]。

若其焚剥支离，漫漶莫别，圜者如圈，破者如玦[23]。积埃填窍，攦指失节。嗟狸首之残形，聚谁何而同穴[24]。收然灰之一抔，辨焚馀之白骨[25]。呜呼，哀哉！

且夫众生乘化，是云天常，妻孥环之，绝气寝床[26]。以死卫上，用登明堂，离而不惩，祀为国殇[27]。兹也无名，又非其命，天乎何辜，罹此冤横？游魂不归，居人心绝。麦饭壶浆，临江呜咽。日堕天昏，凄凄鬼语。守哭迍邅，心期冥遇[28]。惟血嗣之相依，尚腾哀而属路[29]。或举族之沉波，终狐祥而无主[30]。悲夫！丛冢有坎，泰厉有祀[31]，强饮强食，冯其气类。尚群游之乐，而无为妖祟[32]！人逢其凶也邪？天降其酷也邪？夫何为而至于此极哉！

【注释】

① 六义：指风、雅、颂、赋、比、兴。深湛：同"深沉"。指事类情，申其雅志：叙事抒情，申明他向来的志趣。

② "采遗"二句：继承了楚辞《大招》篇的精神，用变徵之声来激发哀音。王逸《大招》序："屈原放流九年，忧思烦乱，精神越散，与形离别。恐命将终，所行不遂。故愤然大招其魂。"

③ 吁嗟噫歆：叹息着呼喊鬼神来享受食物。

④ "若污为"四句：有唐代李华写出故意弄脏变成旧书蒙骗萧颖士的《吊古战场文》那样的精思，有晋代左思写出令洛阳纸贵的《三都赋》那样的才气。《新唐书·李华传》载李华"文辞绵丽，少宏杰气，颖士健爽自肆，时谓不及颖士，而华自疑过之。因著《吊古战场文》，极思研搉，已成，污为故书，杂置梵书之庋。它日，与颖士读之，称工，华问：'今谁可及？'颖士曰：'君加精思，便能至矣。'华愕然而服"。《晋书·左思传》载左思写《三都赋》成，"于是豪贵之家竞相传写，洛阳为之纸贵"。

⑤ 盐纲：即盐运。古代运输大批货物时，常将车辆船只编立字号，称为一纲。

⑥ 仪征绾其口：仪征是控制盐运的水路要口。

⑦ "一夕"四句：一个晚上，同时死亡，烧烤成肉干，遭遇到熊熊大火灾难，怎能不使人感到悲哀呢？腊（xī）：干肉。

⑧ "于时"六句：指写寒冬的气候。玄冥，主管冬令的神。穷阴，极其阴冷的严冬天气。涸凝，凝固冻结。黑眚（shěng），黑色云雾。

⑨ "群饱"四句：（运盐的船民）边吃饭边徒手唱歌，全都吃饱了，正在嬉戏，却不知死气已经缠住他们，看他们的脸上全是晦色。

⑩ "夜漏"四句：计时的漏壶刚下滴，天色刚晚，暴风突然发生，千穴万孔都怒号起来，江水也振荡起来。地脉，指江水。因为水行地中，像人体的脉络一样。

⑪ "青烟"二句：火光闪动，青烟滚滚，像用热汤浇雪一样迅速。睒（shǎn）睒，闪烁。熛（biāo），疾速。

⑫ 连樯：船与船相连。下碇：抛锚。

⑬ 痛謈田田：痛苦地捶胸，发出哇哇的喊叫声。田田，象声词，形容捶胸的声音。

⑭ 生涂：活路。

⑮ "倏阳焰"二句：瞬间火焰腾空而起，鼓起一阵腥风，呻吟声越来越微小。吷（xuè），微小的声音。

⑯ "发冤气"二句：冤气蒸发，混合着江面上游动的雾气，障天蔽日。

⑰ 墨查：烧焦的木头。查：借为"渣"。

⑱ "亦有"六句：也有善于潜水的人，他们驾船极其熟练，怀着仁爱之心，冒着死亡的危险去救人，一会儿也沉入水底，同被溺死。雷渊，水底。波臣，水族，水中生物。

⑲ "又或"八句：有的逃生无路，就跳入急流，也明知跳水必被淹没，但仍存有入险而活命的希望。在惊浪中翻滚奔流，像是冒升上来又终于沉没下去，虽然逃出了顷刻间被烧烂的危险，但仍然难以逃出死亡的命运。

⑳ "积哀怨"二句：内心充满哀怨，魂魄变成厉鬼。灵台，

心。精爽，精魂。

㉑“出寒流”二句：十二天以后从寒流中打捞上来的尸体，眼睛仍然睁得大大的。浃辰，古代以干支纪日，从子至亥十二天一个周期称为浃辰。睊(juàn)睊，视貌。

㉒“知天属”四句：(死者)知道亲属来安抚，伤痛的血泪充满眼眶，诉说横遭惨祸而死的悲哀，显示口虽已不能言而心意犹在。慭(yìn)，伤。

㉓“若其”四句：谓大火焚烧后尸体支离破碎，一片模糊，难以辨认，有的弯曲得像个圆圈，有的破裂得犹如碎玦。

㉔“积埃”四句：泥土埋住了七窍与断指碎骨，可叹啊，形体如此残缺不全，也不知谁与谁同穴而葬。

㉕“收然灰”二句：收起一把骨灰，辨认烧剩的白骨。

㉖“且夫”四句：况且大众随顺大自然而变化(指自然死亡)，这是正常的，那时妻子与儿女环绕在他身边，在床上断气。

㉗“以死”四句：用死来保卫皇上(国家)，便能登上策功的厅堂，虽然遭遇死亡却不悔恨，因为能成为国殇而受到祭祀。

㉘“守哭”二句：守在尸体旁徘徊哭泣，希望能在阴间遇见。迍邅(zhūn zhān)，此指滞留不行。

㉙“惟血嗣”二句：只有血亲才能依靠，满含着悲哀而上路。

㉚“或举族”二句：有的全族人都被沉没，极其孤伤而没有祭主。狐祥，孤伤，无子无孙。

㉛从冢：许多人埋葬在一起的乱坟岗。坎：墓穴。泰厉：祭祀死而无后的人的祠堂。

㉜无为妖祟：不要兴妖作祟。

梁启超

见前诗词部分。

论小说与群治之关系

【题解】 本篇选自《乙丑重编饮冰室文集》第二集。此文最初发表于1902年11月14日《新小说》第一号。文章论述了小说对于人的思想、道德、情操影响的深刻，从而呼吁“今日欲改良群治，必自小说界革命始；欲新民，必自新小说始”。

欲新一国之民，不可不先新一国之小说。故欲新道德，必新小说；欲新宗教，必新小说；欲新政治，必新小说；欲新风俗，必新小说；欲新学艺，必新小说；乃至欲新人心，欲新人格，必新小说。何以故？小说有不可思议之力支配人道故。

吾今且发一问：人类之普通性，何以嗜他书不如其嗜小说？答者必曰：“以其浅而易解故，以其乐而多趣故”。是固然。虽然，未足以尽其情也。文之浅而易解者，不必小说，寻常妇孺之函札，官样之文牍，亦非有艰深难读者存也。顾谁则嗜之？不宁惟是[①]。彼高才赡学之士能读《坟》、《典》、《索》、《丘》[②]，能注虫鱼草木，彼其视渊古之文与平易之文，应无所择，而何以独嗜小说？是第一说有所未尽也。小说之以赏心乐事为目的者固多，然此等顾不甚为世所重。其最受欢迎者，则必其可惊可愕可悲可感，读之而生出无量噩梦，抹出无量眼泪者也。夫使以欲乐故而嗜此也，而何为偏取此反比例之物而自苦也？是第二说有所未尽也。吾冥思之，穷鞫之[③]，殆有两因。凡人之性，常非能以现境界而自满足者也；而此蠢蠢躯壳，其所能触能受之境界，又顽狭短局而至有限也。故常欲于其直接以触以受之外，而间接有所触有所受，所谓身外之身，世界外之世界也。此等识想，不独利根众生有之，即钝根众生亦有焉。而导其根器，使日趋于钝，日趋于利者，其力量无大于小说。小说者，常导人游于他境界，而变换其常触常受之空气者也。此其一。人之恒情，于其所怀抱之想像，所经阅之境界，往往有行之不知，习矣不察者。无论为哀、为乐、为怨、为怒、为恋、为骇、为忧、为惭，常若知其然而不知其所以然。欲摹写其情状，而心不能自喻，口不能自宣，笔不能自传。有人焉，和盘托出，彻底而发露之，则拍案叫绝曰：善哉，善哉！如是，如是！所谓“夫子言之，于我心有戚戚焉[④]”。感人之深，莫此为甚。此其二。此二者实文章之真谛，笔舌之能事。苟能批此窾，导此窍[5]，则无论为何等之文，皆足以移人；而诸文之中能极其妙而神其技者，莫小说若。故曰小说为文学之最上乘也。由前之说，则理想派小说尚焉；由后之说，则写实派小说尚焉。小说种目虽多，未有能出此两派范围外者也。

抑小说之支配人道也，复有四种力。一曰熏。熏也者，如入云烟中而为其所烘，如近墨朱处而为其所染，《楞伽经》所谓"迷智为识，转识成智"者[6]，皆恃此力。人之读一小说也，不知不觉之间而眼识为之迷漾，而脑筋为之摇扬，而神经为之营注。今日变一二焉，明日变一二焉，刹那刹那，相断相续，久之而此小说之境界，遂入其灵台而据之[7]，成为一特别之原质之种子。有此种子故，他日又更有所触所受者，旦旦而熏之，种子愈盛，而又以之熏他人。故此种子遂可以遍世界，一切器世间、有情世间之所以成、所以住[8]，皆此为因缘也。而小说则巍巍焉具此威德以操纵众生者也。二曰浸。熏以空间言，故其力之大小，存其界之广狭；浸以时间言，故其力之大小，存其界之长短。浸也者，入而与之俱化者也。人之读一小说也，往往既终卷后数日或数旬而终不能释然。读《红楼》竟者，必有余恋，有余悲；读《水浒》竟者，必有余快，有余怒。何也？浸之力使然也。等是佳作也，而其卷帙愈繁、事实愈多者，则其浸人也亦愈甚。如酒焉，作十日饮，则作百日醉。我佛从菩提树下起，便说偌大一部《华严》[9]，正以此也。三曰刺。刺也者，刺激之义也。熏、浸之力，利用渐，刺之力，利用顿；熏、浸之力，在使感受者不觉，刺之力，在使感受者骤觉。刺也者，能入于一刹那顷，忽起异感而不能自制者也。我本蔼然和也，乃读林冲雪天三限，武松飞云浦厄，何以忽然发指？我本愉然乐也，乃读晴雯出大观园，黛玉死潇湘馆，何以忽然泪流？我本肃然庄也，乃读实甫之《琴心》、《酬简》，东塘之《眠香》、《访翠》，何以忽然情动？若是者，皆所谓刺激也。大抵脑筋愈敏之人，则其受刺激力也愈速且剧，而要之必以其书所含刺激力之大小为比例。禅宗之一棒一喝，皆利用此刺激力以度人者也。此力之为用也，文字不如语言。然语言力所被，不能广、不能久也，于是不得不乞灵于文字。在文字中，则文言不如其俗语，庄论不如其寓言。故具此力最大者，非小说末由。四曰提。前三者之力，自外而灌之使入；提之力，自内而脱之使出，实佛法之最上乘也。凡读小说者，必常若自化其身焉，入于书中，而为其书之主人翁。读《野叟曝言》者，必自拟文素臣；读《石头记》者，必自拟贾宝玉；读《花月痕》者，必自拟韩荷生若韦痴珠；读梁山泊者，必自拟黑旋风若花和尚。虽读者自辩其无是心焉，吾不信也。夫既化其身以入书中矣，则当其读此书时，此身已非我有，截然去此界以入于彼界。所谓华严楼阁，帝网重重，一毛孔中万亿莲花，一弹指顷百千浩劫，文字移人[10]，至此而极。然则吾书中主人翁而华盛顿，则读者将化身为华盛顿；主人翁而拿破仑，则读者将化身为拿破仑；主人翁而释迦、孔子，则读者将化身为释迦、孔子；有断然也。度世之不二法门，岂有过此？此四力者，可以卢牟一世，亭毒群伦[11]。教主之所以能立教门，政治家所以能组织政党，莫不赖是。文家能得其一，则为文豪；能兼其四，则为文圣。有此四力而用之于善，则可以福亿兆人；有此四力而用之于恶，则可以毒万千载。而此四力所以最易寄者惟小说。可爱哉小说！可畏哉小说！

小说之为体，其易入人也既如彼，其为用之易感人也又如此，故人类之普通性，嗜他文不如其嗜小说。此殆心理学自然之作用，非人力之所得而易也。此又天下万国凡有血气者莫不皆然，非直吾赤县神州之民也。夫既已嗜之矣，且遍嗜之矣，则小说之在一群也，既已如空气、如菽粟，欲避不得避，欲屏不得屏，而日日相与呼吸之餐嚼之矣。于此其空气而苟含有秽质也，其菽粟而苟含有毒性也，则其人之食息于此间者必憔悴，必萎病，必惨死，必堕落，此不待蓍龟而决也。于此而不洁净其空气，不别择其菽粟，则虽日饵以参苓，日施以刀圭，而此群中人之老病死苦，终不可得救。知此义，则吾中国群治腐败之总根原，可以识矣。吾中国人状元宰相之思想何自来乎？小说也。吾中国人佳人才子之思想何自来乎？小说也。吾中国人江湖盗贼之思想何自来乎？小说也。吾中国人妖巫狐鬼之思想何自来乎？小说也。若是者，岂尝有人焉，提其耳而诲之，传诸钵而授之也？而下自屠爨贩卒、妪娃童稚，上至大人先生、高才硕学，凡此诸思想必居一于是，莫或使之。若或使之，盖百数十种小说之力直接间接以毒人如此其甚也。即有不好读小说者，而此等小说既已渐渍社会成为风气，其未出胎也，固已承此遗传焉；其既入世也，又复受此感染焉，虽有贤智，亦不能自拔，故谓之间接。今我国民惑堪舆[⑫]，惑相命，惑卜筮，惑祈禳；因风水而阻止铁路，阻止开矿；争坟墓而阖族械斗，杀人如草；因迎神赛会，而岁耗百万金钱，废时生事，消耗国力者，曰惟小说之故。今我国民慕科第若膻，趋爵禄若鹜，奴颜婢膝，寡廉鲜耻，惟思以十年萤雪，暮夜苞苴[⑬]，易其归骄妻妾、武断乡曲一日之快，遂至名节大防，扫地以尽者，曰惟小说之故。今我国民轻弃信义，权谋诡诈，云翻雨覆，苛刻凉薄，驯至尽人皆机心，举国皆荆棘者，曰惟小说之故。今我国民轻薄无行，沉溺声色，绻恋床第，缠绵歌泣于春花秋月，销磨其少壮活泼之气；青年子弟，自十五岁至三十岁，惟以多情、多感、多愁、多病为一大事业，儿女情多，风云气少，甚者为伤风败俗之行，毒遍社会，曰惟小说之故。今我国民绿林豪杰，遍地皆是，日日有桃园之拜，处处为梁山之盟，所谓"大碗酒、大块肉，分秤称金银，论套穿衣服"等思想，充塞于下等社会之脑中，遂成为哥老、大刀等会，卒至有如义和拳者起，沦陷京国，启召外戎，曰惟小说之故。呜呼！小说之陷溺人群，乃至如是，乃至如是！大圣鸿哲数万言谆诲之而不足者，华士坊贾一二书败坏之而有馀[⑭]。斯事既愈为大雅君子所不屑道，则愈不得不专归于华士坊贾之手，而其性质，其位置，又如空气然，如菽粟然，为一社会中不可得避、不可得屏之物。于是华士坊贾，遂至握一国之主权而操纵之矣。呜呼！使长此而终古也，则吾国前途，尚可问耶？尚可问耶？故今日欲改良群治，必自小说界革命始；欲新民，必自新小说始。

【注释】

① 不宁惟是：不但如此。

② 《坟》、《典》、《索》、《丘》：就是《左传·昭公十二年》中所说的三坟、五典、八索、九丘的省略说法。是传说中中国最古老的书籍。

③ 冥思之，穷鞫之：苦苦思索，深入探索。

④ "所谓"二句：夫子言之，于我心有戚戚焉，语见《孟子·梁惠王》。戚戚，心情激动的样子。

⑤ "苟能"二句：批此窾，导此窍，语见《庄子·养生主》："批大郤，导大窾。"指打动人的心灵，启发人的感情。

⑥ "《楞伽经》"二句：《楞伽经》，佛经名，对中国佛教影响颇大。据说菩提达摩曾以此经授慧可，并云："我观汉地，唯有此经，仁者依行，自得度世。"迷智为识，转识成智，谓佛的圣智一迷误，就成为凡夫的见识；凡夫的见识一转化，就成为佛的圣智。

⑦ 灵台：心。

⑧ 器世间：指一切众生依之而住的国土世界。因国土世界好像器物，能容纳众生居住。有情世间：陈义孝《佛学常见辞汇》："有情世间即众生由惑造业所感的生死存亡的色身，也就是有情的正报；器世间即众生所依靠的宇宙国土，也就是有情的依报。"

⑨ 《华严》：即《华严经》，具名《大方广佛华严经》，是佛成道后在菩提场等处，藉普贤、文殊诸大菩萨显示佛陀的因行果德如杂华庄严，广大圆满、无尽无碍妙旨的要典。

⑩ "所谓"四句：指小说所虚构的境界极吸引人，能使人想象到空中楼阁，天帝的重重网络，一个毛孔中现出亿万个坐在莲花座上的佛身，一弹指的瞬间联系到千百万年漫长的时间。

⑪ "可以"二句：可以规模一世，化育万物。卢牟，规模。《淮南子·要略》："原道者，卢牟六合，混沌万物，象太一之容，测窈冥之深，以翔虚无之轸，托小以苞大，守约以治广，使人知先后之祸福，动静之利害。"亭毒，养育，培育。《老子》："长之育之，亭之毒之。"

⑫ 堪舆：看风水。

⑬ 苞苴：贿赂。

⑭ 华士：浮华之士。坊贾：书商。

第三节 蒲松龄和《聊斋志异》

蒲松龄(1640—1715),字留仙,号剑臣,又号柳泉居士,淄川(今山东淄博)人。清小说家。出身于没落的乡绅家庭,自幼聪明,童年时跟着父亲读书,"经史皆过目能了"(蒲箬《柳泉公行述》)。十九岁时初应童子试,以县、府、道三个第一名补博士弟子员,时任山东学政的著名诗人施闰章非常欣赏他的文才。但他此后屡次应乡试却都不中,除了出外游学和曾在江苏宝应、高邮作过一年多幕宾外,长期在家乡过着贫困的塾师生活。直到康熙四十九年(1710)七十一岁时,才补上个岁贡生。艰难的时世和坎坷的遭遇,对蒲松龄的思想有重大的影响,促使他把满腔愤激之情倾注在其代表作文言短篇小说集《聊斋志异》的创作中。

蒲松龄的著作,还有文集十三卷,诗集六卷,词集一卷,戏曲三出,俚曲十四种,都收在今人所辑《蒲松龄全集》中。

聊斋是蒲松龄书斋的名称,因为这部小说集里大部分作品是写狐鬼神怪的故事,所以叫"志异"。由于清代大兴文字狱,思想禁锢十分严酷,作者不能公开揭露黑暗现实,只得借助于神仙鬼狐故事,曲折地进行揭露和嘲讽。此书的创作从他年轻时就开始了,一直到暮年方才完成,熔铸了他一生的心血。

《聊斋志异》共十二卷四百九十一篇。作者从民间故事中汲取了丰富的营养,并继承了六朝志怪和唐代传奇的传统,把志怪和传奇的各自特色加以融汇和发展,用传奇法以志怪,使作品既保持了志怪神奇怪异的特点,又富有传奇的现实性、生动性和人情味。

《聊斋志异》的重要主题之一,是暴露封建吏治的黑暗和腐败,鞭挞贪官污吏、土豪劣绅残害人民的种种罪行,如《促织》、《席方平》、《梦狼》、《商三官》、《窦氏》等。《促织》写成名初因官府逼迫缴纳促织导致家破人亡,后其子魂化促织,又得官致富的过程,揭露统治阶级玩物殃民。《席方平》写席廉得罪富豪羊某,羊某先死,贿嘱冥吏使榜席廉而死,席廉子席方平赴地下代父伸冤,羊某又贿通城隍、郡司、冥王,冥王对席方平施以种种酷刑,借阴司影射现实。

《聊斋志异》的另一个重要内容是抨击科举制度的种种弊端。作者一生失意于科场,对此有切身的感受,因而这类作品爱憎分明,生活气息浓,思想和艺术成就都比较高,如《王子安》、《司文郎》、《叶生》、《于去恶》、《贾奉雉》等。《王子安》写王子安在考试之后,醉梦中被狐戏弄,以为自己高中了,便出耀乡里,辱骂长班,露出种种丑恶,导致妻儿讪笑,狐鬼奚落。《司文郎》写一盲僧,在把文章烧成灰烬以后,能用鼻子嗅出文章的好坏,辛辣地嘲讽了幸进的考生和有眼无珠的试官。

反对封建婚姻、封建礼教的束缚,歌颂爱情,是《聊斋志异》的另一个重要主题。这类作品在全书中数量最多。有的是人和人的恋爱,有的是人和狐鬼精灵的恋爱。许多故事写得淋漓酣畅,动人心魄,构成全书中最精彩的部分,如《婴宁》、《鸦头》、《细侯》、《红玉》等。《婴宁》塑造了一个不受封建礼教约束的少女婴宁的形象。婴宁生长于远离世俗的深山幽谷之中,保持着纯洁娇憨、嬉不知愁的天真性格,同世俗的虚伪矫情形成鲜明的对照。作品对婴宁的赞赏,正是对污浊世风的鄙夷。《鸦头》写狐妓鸦头身陷勾栏,过着非人的生活,她不甘忍受侮辱,毅然随情人私奔,后被鸨母追回,囚禁暗室,虽鞭创肤裂,饥火煎心,仍矢志不贰,终于和情人团聚。作品突出地描写了鸦头的反抗性格,赞扬了她忠于爱情的可贵品质。

此外,书中还有不少有意义的速写、寓言、民间传闻等,从不同方面反映了当时的社会风貌。

《聊斋志异》不仅具有高度的思想性，而且具有高度的艺术性。

《聊斋志异》所写的大多是幻异故事。在这些作品中，既有现实主义的描写，也有浪漫主义的想象，两者常常结合起来，以反映当时的社会现实，寄寓作者的理想。《聊斋志异》极善于处理情节发展中的矛盾冲突，采用翻真为幻、突变方式、荒诞离奇的偶然性和不落俗套的崭新方式来展开和解决矛盾冲突，使人既惊讶于它的离奇怪异，又佩服于它的合情合理。

《聊斋志异》在人物描写方面具有很高的成就，在两三千字的短小篇幅里，能把人物写得鲜明、生动。《聊斋志异》极善于运用对照、烘托和典型细节来塑造人物形象，能在主题相同、情节相近、性格相似的作品中塑造出完全不同的人物形象来。如《青凤》中的耿去病，《章阿端》中的戚生，《小谢》中的陶望三，三人都不怕鬼，狂放倜傥，而且都为炫耀自己有胆量而居住在多生怪异的废宅之中，性格也基本相似，但蒲松龄通过具体描写，又显示了他们同中之异：耿去病狂放中具有一种目中无人的富贵公子气，戚生从胆气中表现出幽默风趣的特点，陶望三则在倜傥之中蕴涵着庄重不苟。《聊斋志异》所塑造的人物形象，又能鲜明地突出它的主要特征。如《婴宁》突出描写了婴宁爱笑喜花的个性。从她含笑拈花第一次出场开始，作品处处写笑写花，借以表现她的美丽心灵。全篇有十多处写她的笑，但无一处重复雷同；结尾写她所生的幼婴也见人辄笑，大有母风，更使人感到余音袅袅。写她喜花，不仅写她拈花、簪花，还写她种花、买花，写她所居的山村、宅舍处处皆花。通过写笑写花，把人写得极妍尽态。又如《劳山道士》写王生学道不能受苦，学到一点法术便回家炫耀，结果碰壁倒地，受到人们的讥笑。作品的描写虽然简短，却使王生不求其道，只求其术而又自鸣得意的形象跃然纸上。

《聊斋志异》内容丰富，故事情节大都曲折多变，起伏跌宕，往往具有强烈的戏剧性，借以展示生活的复杂多样。作者善于把复杂的内容浓缩于简短的篇幅之中，写得线索分明，结构严谨，体现了短篇小说篇幅小、容量大的艺术特征。《聊斋志异》结构形式多样，或截取生活横断面，采用横式结构；或写一人一生、多人一生，采用纵式结构；或以某一事物，如一块奇石、一只促织来结构作品。显得结构新颖，不入窠臼，如奇峰叠嶂，往往柳暗花明，引人入胜。

此外，《聊斋志异》的语言也很有特色。作者创造性地运用古代的文学语言，同时大量提炼和融汇当时的方言俗语，从而形成一种既典雅工丽又生动活泼的语言风格，较好地表达出作品的思想内容。

青　凤

【题解】 本篇选自《聊斋志异》卷一。本篇写的是耿去病和狐女青凤相恋的故事。它通过狐女青凤在爱情、婚姻上的经历，反映出封建礼教对于妇女的人身束缚和精神压抑，也反映出妇女们对于幸福的追求和向往。耿生勇敢狂放，不避险恶，他对青凤一往情深，自见青凤之后，便魂牵梦萦，未尝片刻忘怀；当他在清明扫墓的归途中无意救了青凤，也未因其为异类而见憎。青凤虽是狐女，但美丽温柔，富有人情；她爱慕耿生，在爱情上却表现得怯懦羞涩，她的性格全然是封建社会中处于“闺训”束缚下的少女典型。本篇故事曲折变幻，扣人心弦，作者通过细节和对话，把人物形象刻画得栩栩如生。

太原耿氏，故大家①，第宅弘阔。后凌夷②，楼舍连亘③，半旷废之。因生怪异，堂门辄自开掩，家人恒中夜骇哗。耿患之，移居别墅，留老翁门焉④。由此荒落益甚，或闻笑语歌吹声。

耿有从子去病⑤，狂放不羁。嘱翁有所闻见，奔告之。至夜，见楼上灯光明灭，走报生。生欲入觇其异⑥。止之，不听。门户素所习识，竟拨蒿蓬，曲折而入。登楼，殊无少异。穿楼而过，闻人语切切⑦。潜窥之，见巨烛双烧，其明如昼。一叟儒冠南面坐⑧，一媪相对，俱年四十余。东向一少年，可二十许；右一女郎，才及笄耳⑨。酒胾满案⑩，团坐笑语。生突入，笑呼曰：“有不速之客一人来[11]！”群惊奔匿。独叟出叱问：“谁何人人闺闼[12]？”生曰：“此我家闺闼，君占之。旨酒自饮[13]，不一邀主人，毋乃太吝[14]？”叟审睇曰[15]：“非主人也。”生曰：“我狂生耿去病，主人之从子耳。”叟致敬曰：“久仰山斗[16]！”乃揖生入[17]。便呼家人易馔[18]。生止之。叟乃酌客。生曰：“吾辈通家[19]，座客无庸见避，还祈招饮。”叟呼：“孝儿！”俄少年自外入。叟曰：“此豚儿也[20]。”揖而坐。略审门阀[21]，叟自言：“义君姓胡[22]。”生素豪，谈议风生；孝儿亦倜傥[23]。倾吐间，雅相爱悦[24]。生二十一，长孝儿二岁，因弟之[25]。叟曰：“闻君祖纂《涂山外传》[26]，知之乎？”答：“知之。”叟曰：“我涂山氏之苗裔也[27]。唐以后，谱系犹能忆之[28]；五代而上[29]，无传焉。幸公子一垂教也[30]。”生略述涂山女佐禹之功[31]，粉饰多词，妙绪泉涌[32]。叟大喜，谓子曰：“今幸得闻所未闻。公子亦非他人，可请阿母及青凤来共听之，亦令知我祖德也。”孝儿入帏中[33]。少时，媪偕女郎出。审顾之，弱态生娇，秋波流慧，人间无其丽也。叟指妇云：“此为老荆[34]。”又指女郎：“此青凤，鄙人之犹女也[35]。颇惠，所闻见，辄记不忘，故唤令听之。”生谈竟而饮[36]，瞻顾女郎，停睇不转[37]。女觉之，辄俯其首。生隐蹑莲钩[38]，女急敛足，亦无愠怒。生神志飞扬，不能自主，拍案曰：“得妇如此，南面王不易也[39]！”媪见生渐醉，益狂，与女俱起，遽搴帏去[40]。生失望，乃辞叟出。而心萦萦，不能忘情于青凤也。

至夜，复往，则兰麝犹芳[41]，而凝待终宵，寂无声欬。归与妻谋，欲携家而居之，冀得一遇。妻不从。生乃自往，读于楼下。夜方凭几，一鬼披发入，面黑如漆，张目视生。生笑，染指研墨自涂，灼灼然相与对视[42]。鬼惭而去。次夜，更既深，灭烛欲寝，闻楼后发扃[43]，辟之闸然[44]。生急起窥觇，则扉半启。俄闻履声细碎，有烛光自房中出。视之，则青凤也。骤见生，骇而却退，遽阖双扉。生长跽而致词曰[45]：“小生不避险恶，实以卿故。幸无他人，得一握手为笑，死不憾耳。”女遥语曰：“惓惓深情[46]，妾岂不知。但叔闺训严[47]，不敢奉命。”生固哀之云：“亦不敢望肌肤之亲，但一见颜色足矣。”女似肯可，启关出[48]，捉之臂而曳之。生狂喜，相将入楼下[49]，拥而加诸膝。女曰：“幸有夙分[50]；过此一夕，即相思无用矣。”问：“何故？”曰：“阿叔畏君狂，故化厉鬼以相吓，而君不动也。今已卜居他所[51]，一家皆移什物赴新居，而妾留守，明日即发。”言已，欲去，云：“恐叔归。”生强止之，欲与为欢。方持论间[52]，叟掩入。女羞惧无以自容，俯首倚床，拈带不语。叟怒曰：“贱婢辱吾门户！不速去，鞭挞且从其后！”女低头急去，叟亦出。尾而听之，诃诟万端[53]。闻青凤嘤嘤啜泣[54]。生心意如割，大声曰：“罪在小生，于青凤何与？倘宥凤也[55]，刀锯斧钺[56]，小生愿身受之！”良久，寂然。生乃归寝。自此第内绝不复声息矣。

生叔闻而奇之，愿售以居，不较直[57]。生喜，携家口而迁焉。居逾年，甚适，而未尝须臾忘凤也。

会清明上墓归，见小狐二，为犬逼逐。其一投荒窜去；一则惶急道上。望见生，依依哀啼。阘耳戢首[58]，似乞其援。生怜之，启裳襟，提抱以归。闭门，置床上，则青凤也。大喜，慰问。女曰：“适与婢子戏，遘此大厄[59]。脱非郎君[60]，必葬犬腹。望无以非类见憎。”生曰：“日切怀思，系于魂梦。见卿如获异宝，何憎之云！”女曰：“此天数也[61]”！不因颠覆[62]，何得相从？然幸矣，婢子必以妾为已死，可与君坚永约耳[63]。”生喜，另舍舍之。

积二年余，生方夜读，孝儿忽入。生辍读[64]，讶诘所来。孝儿伏地，怆然曰：“家君有横难[65]，非君莫拯。将自诣恳[66]，恐不见纳，故以某来。”问：“何事？”曰：“公子识莫三郎否？”曰：“此吾年家子也[67]。”孝儿曰：“明日将过。倘携有猎狐，望君留之也。”生曰：“楼下之羞，耿耿在念，他事不敢预闻[68]。必欲仆效绵薄[69]，非青凤来不可。”孝儿零涕曰：“凤妹已野死三年矣！”生拂衣曰[70]：“既尔，则恨滋深耳[71]！”执卷高吟，殊不顾瞻。孝儿起，哭失声，掩面而去。生如青凤所[72]，告以故。女失色曰：“果救之否？”曰：“救则救之；适不之诺者[73]，亦聊以报前横耳[74]。”女乃喜曰：“妾少孤[75]，依叔成立。昔虽获罪，乃家范应尔[76]。”生曰：“诚然。但使人不能无介介耳[77]。卿果死，定不相援。”女笑曰：“忍哉！”次日，莫三郎果至，镂膺虎韔[78]；仆从甚赫[79]，生门逆之[80]。见获禽甚多，中一黑狐，血殷毛革[81]；抚之，皮肉犹温。便托裘敝[82]，乞得缀补。莫慨然解赠。生即付青凤。乃与客饮。客既去，女抱狐于怀，三日而苏，展转复化为叟[83]。举目见凤，疑非人间。女历言其情。叟乃下拜，惭谢前愆[84]。喜顾女曰：“我固谓汝不死，今果然矣。”女谓生曰：“君如念妾，还乞以楼宅相假，使妾得以申返哺之私[85]。”生诺之。叟赧然谢别而去[86]。入夜，果举家来。由此如家人父子，无复猜忌矣。生斋居[87]，孝儿时共谈宴。生嫡出子渐长[88]，遂使傅之[89]；盖循循善教，有师范焉[90]。

【注释】

① 故大家：原是大户人家。

② 凌夷：同“陵夷”。陵，山丘。夷，平。凡事始盛终衰，如山丘之渐平，称为陵夷。引申为衰落的意思。

③ 连亘(gèn)：接连不断。

④ 门：作动词用，看门。

⑤ 从子：侄儿。

⑥ 觇(chān)：窥视。

⑦ 切切：形容声音细小轻微。

⑧ 儒冠：戴着儒生的帽子。南面坐：坐北朝南，这是旧时尊长的位置。

⑨ 及笄(jī)：古代称女子十五岁为及笄年，表示已成年。笄，女子盘发用的簪子。

⑩ 胾(zì)：大块肉。

⑪ 不速之客：不请自来的客人。速，邀请。

⑫ 闺闼(tà)：女子住的内室。闺，女子的卧室。闼，小门。

⑬ 旨酒：美酒。

⑭ 毋乃：岂不是。

⑮ 审睇：细看。

⑯ 久仰山斗：恭维对方的客套话，意谓仰望人如仰望泰山北斗。久仰，仰慕已久。

⑰ 揖：即拱手礼。古人见面，自上而下拱手，表示敬礼。

⑱ 易馔：更换酒食，这是对晚来客人尊敬的一种表示。馔(zhuàn)，食物。

⑲ 通家：原指世代有交谊的人家；这里因胡叟住在己家，意为亲如一家。

⑳ 豚儿：对人称自己儿子蠢笨的谦词。豚(tún)，小猪。

㉑ 门阀：家族履历。

㉒ 义君：唐宋以来，统治者为了提倡封建伦理道德，把一些三四代以上兄弟同堂的大地主家庭封为义门。义君，是对家长的尊称。这里是胡叟对其先世的敬称。

㉓ 倜傥(tì tǎng)：豪爽而不拘小节。

㉔ 雅：极，很。

㉕ 弟之：把他当作弟弟。弟，作动词用，把(某人)当作弟弟。

㉖ 纂：编辑。《涂山外传》：作者虚构的书名。据古代传说，禹在涂山娶九尾白狐为妻，称涂山氏。见《吴越春秋·越王无余外传》。外传，正史以外的别传。

㉗ 苗裔：后代。

㉘ 谱系：这里指宗族繁衍的系统。

㉙ 五代：指唐以前的五代，即宋、齐、梁、陈、隋。

㉚ 垂教：教导。垂，谦词，表示对方居高以示下。

㉛ 涂山女佐禹之功：这是耿去病夸饰敷衍传说之词。

㉜ 妙绪：美妙的情思。

㉝ 帏中：内室。帏，布幔。

㉞ 老荆：老妻。古代贫家妇女以荆条作钗，叫荆钗，故借以谦称妻子。

㉟ 犹女：侄女。

㊱ 竟：结束，完毕。

㊲ 停睇：目不转睛地注视。睇(dì)，流盼，斜视。

㊳ 隐蹑：暗中轻踩。莲钩：旧指女子的小脚。

㊴ 南面王：指帝王。古代帝王的座位都朝南，故称南面王。易：交换。

㊵ 遽：急忙。搴(qiān)帏：掀起帏幔。

㊶ 兰麝：兰花、麝香。指代青凤身上的香气。

㊷ 灼灼然：鲜明的样子。这里指目光射人的样子。

㊸ 发扃(jiōng)：开门。扃，门栓。

㊹ 闸(pēng)然：形容开关门的声音。这里指开门声。

㊺ 长跽(jì)：长跪，跪而耸身直腰。

㊻ 惓(quán)惓：即“拳拳”，形容情怀真挚。

㊼ 闺训：封建家庭约束妇女的训条。

㊽ 启关：开门。关，门栓。

㊾ 相将：一起。

㊿ 夙(sù)分：前世注定的缘分。

(51) 卜居：选择住处。

(52) 持论：各持己见，相持不下。

(53) 诃诟(gòu):大声责骂。
(54) 嘤嘤:细微的声音。啜泣:抽噎哭泣的样子。
(55) 宥(yòu):原谅。
(56) 钺(yuè):大斧。
(57) 不较直:不计较价钱。直,同"值"。
(58) 阘(tà)耳戢(jí)首:垂耳缩头。
(59) 遘(gòu)此大厄:遇到这样的大灾难。
(60) 脱非:若不是。
(61) 天数:即命中注定的意思。
(62) 颠覆:这里指受磨难。
(63) 坚永约:坚守爱情的誓约。
(64) 辍(chuò):停止。
(65) 家君:对人称自己的父亲。横难:意外的灾难。
(66) 将自诣恳:打算亲自来恳求。
(67) 年家子:科举时代,凡某科同年登榜的人彼此互称年家,同辈称年兄,长辈称年伯,而晚辈之人则互称年家子。
(68) 不敢预闻:不愿意听。"不敢"是婉转语气。
(69) 效绵薄:尽微薄的力量。这是帮助别人时的谦词。
(70) 拂衣:拂袖,表示愤慨。
(71) 滋深:更深。
(72) 如:到……去。
(73) 不之诺:即"不诺之",不答应他的意思。
(74) 横(hèng):蛮不讲理。
(75) 少孤:指父亲早死。
(76) 家范应尔:家规应该如此。
(77) 介介:耿耿于怀。
(78) 镂膺虎韔:指莫三郎坐骑和佩戴的华贵。镂(lòu)膺,雕金花的马勒带。虎韔(chàng),虎皮做的弓袋。
(79) 赫:显赫,有气派。
(80) 门逆:在门口迎接。
(81) 血殷毛革:血把皮毛染成暗红色。殷,暗红色,这里作动词用。
(82) 便托裘敝:于是借口皮衣破旧了。
(83) 展转:形容屈伸转动的样子。
(84) 愆(qiān):过失。
(85) 返哺之私:指孝养父母的愿望。传说乌是孝鸟,乌雏长成后能衔食回巢喂养老乌,叫做"返哺"。
(86) 赧(nǎn):羞愧脸红的样子。
(87) 斋居:住在书房里。
(88) 嫡出子:正妻生的儿子。
(89) 遂使傅之:就请(孝儿)做他的师傅。傅,教育,辅导。
(90) 有师范焉:有老师的样子。师范,师表,学习的楷模。

第四节　吴敬梓和《儒林外史》

吴敬梓(1701—1754),字敏轩,一字粒民,晚号文木老人、秦淮寓客。清小说家。他出身于"科第仕宦多显者"的官绅家庭。十三岁丧母,十四岁随父宦游大江南北。雍正元年(1723)补博士弟子员。父亲去世后,由于他慷慨好施,旷达不羁,不久便将家业荡尽,亲友故交或拒之门外,或避于路途,使他饱尝世态炎凉。三十三岁时移家南京,开始卖文生涯。乾隆元年(1732)朝廷开博学鸿词科,安徽巡抚推荐他参加,他托病不赴。此后,他的生活更为艰苦,靠卖书和朋友的接济过活,但对社会现实的认识却日益深刻。他怀着愤世嫉俗的心情,创作了《儒林外史》。用近十年的时间,在五十岁以前完成了这部长篇小说。晚年,他的生活更加困顿,有时甚至衣食无着。最终在扬州去世。

吴敬梓的著作另有《文木山房集》。

《儒林外史》全书共五十五回,四十万字。小说里的人物,大多依据当时的真人真事写成。为了避免文字狱的迫害,作者故意把故事的背景移至明代,而实际上是清统治下的18世纪中国封建社会的写照。作者通过《儒林外史》,表达了他反对科举、鄙薄功名富贵的基本思想。小说主要描写封建社会中各种类型的"儒",辛辣地讽刺了"无行文人"醉心于功名利禄的种种丑态,抨击了腐蚀士人灵魂的科举制度,对八股文及醉心于八股文的腐儒,更是作了无情的鞭挞。此外,对理学末流的虚伪,官吏乡绅的贪暴,以及其他黑暗现象,都有所揭露和抨击。

《儒林外史》最主要的成就是它成功地描写了封建社会中不同类型的知识分子：有利禄熏心、热衷功名的学子，如周进、匡超人等；有不学无术、趋炎附势的名流，如季萧苇、景兰江、赵雪斋等；有敲骨吸髓、贪婪成性的达官猾吏，如王惠、汤奉、潘三等；有蛮横狡诈、鱼肉乡里的土豪劣绅，如严致中、张静斋等；以及道德堕落、到处招摇的骗子，如权勿用、牛浦郎等。通过这些人物形象，从各个不同角度揭露了科举制度是怎样麻痹和毒害人们头脑，使人精神堕落、道德败坏、生活腐朽的。如范进一生醉心于科举功名，从二十岁开始应考，直考到胡子都花白了，还没有考中。五十四岁那年，他总算中了举人，竟高兴得发了疯。如马二先生，他忠厚善良，但头脑简单，尽管二十多年科场不利，但他仍然把科举考试看作天经地义的事，毫不怀疑地宣传举业至上。又如受马二先生宣传毒害的匡超人，本来心地纯厚，后来考取了秀才，结识了名士景兰江、赵雪斋等人，看到他们经常和官僚来往，各处诗选上都刻着他们的诗，便也学着作歪诗，打秋风，甚至在赌场抽头，伪造印信，冒名代考，堕落成为忘恩负义、不知羞耻的无赖。

《儒林外史》不仅深刻地批判了八股科举制度，而且对僵化的封建礼教、虚伪的理学末流进行了无情的嘲笑和鞭笞。如严监生的舅子王德、王仁兄弟俩都是秀才，都在教馆，他们嘴里讲的是“我们念书的人，全在纲常上做工夫”，实际上满心想着的全是雪花银子。又如做了三十年秀才的王玉辉，是个受理学毒害极深而几乎丧失人的常性的迂拙夫子，他恪守封建道德，当听到女儿要为夫殉节时，竟对女儿说：“这是青史上留名的事，我难道反拦阻你！你竟是这样做吧！”女儿绝食而死后，他老伴哭得死去活来，他却仰天大笑道：“死的好！死的好！”

《儒林外史》还辛辣地讽刺了昏庸无能、贪赃枉法的官僚和爱财如命、悭吝成性的地主。如南昌太守王惠，念念不忘“三年清知府，十万雪花银”的“通例”，刚到任的第一件事是打听“地方人情，可还有甚么出产？词讼里可也略有些甚么通融”；做的第一件事是“钉了一把头号的库戥，把六房书办都传进来，问明了各项内的余利，不许欺隐，都派‘入官’”。又如严监生，他贪婪无厌，剥削成癖，家有十多万银子，自己病得饮食不进、卧床不起了，还念念不忘打发管庄的仆人下乡收早稻；家里米烂成仓、牛马成行，可平时连猪肉也舍不得买一斤，临死时还因为灯盏里多点了一根灯草，迟迟不肯断气。这些描写，有力地揭示了剥削阶级的本性。

和尖刻的讽刺相辅，《儒林外史》还热情歌颂了一批正直仁善的人物，如卖画为生的王冕，卖艺为生的鲍文卿，卖文为生的杜少卿等。在这些正面人物的身上，倾注了作者对他们的爱，寄托了作者的理想与主张。但是作者所塑造的正面人物，理想光芒比较微弱；那些有学问、有德行的真儒，往往具有复古色彩；其所描绘的自食其力的人物，也是徒具劳动者身份而附着名士的灵魂。

《儒林外史》集中国讽刺文学之大成，其讽刺艺术的特色是“戚而能谐，婉而多讽”（鲁迅《中国小说史略》）。作者善于运用精练的语言，通过生动的细节描写，尖锐地揭示出人物言行的矛盾，并用漫画式的夸张，剖示人物的精神世界，收到深刻的讽刺效果。

具体地说，《儒林外史》精湛的讽刺艺术，主要表现在如下几方面：一、构思极朴实，造型极精确，处处保持生活本身所固有的“自然”形态，以高度的写实性来讽刺。如范进居丧尽礼，在酒宴上装模作样不肯用银筷银杯和象牙筷，却大吃虾丸子。连苏轼是哪个朝代的人都不懂，居然充当主考官。全照生活的本色如实地描绘出来，平平淡淡，琐琐屑屑，似乎没有什么尖锐的东西，但仔细一想，却不禁令人捧腹大笑。二、将人物冠冕堂皇的言词跟其卑鄙肮脏的行为对照，让人物的灵魂自我暴露。如严贡生初逢张静斋，就自我吹嘘“为人真率”，“从不晓得占人寸丝半粟的便宜”，接着就揭露他强占邻居的猪。三、寓嬉笑怒骂于情节和场面描写中，不著一字，尽得风流。如马二先生游西湖，不观赏山光水色，见女人不敢仰视，对皇帝御书恭敬朝拜，见好东西胡乱买了吃，却不知滋味。作者未加一字褒贬，其愚拙保守和酸腐气却跃然纸上。四、嬉笑中隐藏着深沉的悲哀。鲁迅说过："泪和笑只隔一张纸，恐怕只有尝过泪的深味的人，才真正懂得人生的笑。"《儒林外史》中最惹人发笑的片段，往往是内在悲剧性最强烈的地方。如王玉辉听到女儿殉夫饿死的消息时，仰天大笑说："死的好，死的好！"这确是令人感到十分可笑的事，但笑过之后冷静沉思，却令人感到悲哀，僵化的科举制度和腐朽的理学末流把人性异化得不成样子，封建礼教杀了人却让被杀者亲人心安理得，这是多么令人震撼的悲剧！

《儒林外史》的结构也颇有特点。作品意在写出"儒林"一群，故常以一回或数回为一环，次第展开一个个生活画面，几回书写几个人的一段故事，这样一环扣住一环，环环相生，由此及彼，人物各有起落。这种"虽云长篇，颇同短制"（鲁迅《中国小说史略》）的结构，具有长篇与短篇融合的特点，成为一种独创的文学形式。

《儒林外史》对后世文学的影响很大，晚清盛极一时的谴责小说如《官场现形记》、《二十年目睹之怪现状》等，就借鉴了它不少的创作经验。

严贡生和严监生[①]

【题解】 本篇选自《儒林外史》第五回《王秀才议立偏房，严监生疾终正寝》、第六回《乡绅发病闹船家，寡妇含冤控大伯》、第七回《范学道视学报师恩，王员外立朝敦友谊》，题目为编者所加。本篇通过严氏的家庭纠葛，借严贡生、严监生和王德、王仁两对亲兄弟的无耻行径，揭开了封建社会生活的一角。作者运用准确、鲜明、带有个性化的语言，表现了人物的思想感情、精神面貌和性格特征，勾画出三种不同类型的儒林败类的丑恶嘴脸：严贡生敲诈勒索，横行乡里；严监生爱财如命，悭吝成性；王氏兄弟口不离圣贤，却行同猪狗。他们四人都是科举制度的产物，对他们的揭露，就从侧面反映并抨击了科举的弊端和罪恶。本篇讽刺的最大特点是通过人物自己的行动，"从场面和情节中自然而然地流露出来"，而不是"特别把它指点出来"（恩格斯《致敏·考茨基》）。作者善于通过巧妙的构思，将笔下的反面人物推进到情节的漩涡中心，把矛盾着的事物同时表现在一个人的身上，让他当场出丑，从而收到强烈的讽刺效果。本篇在结构上也颇有特色，在二"严"的传记中包孕了二"王"的故事，用二"王"的故事来充实二"严"传记的内容。这种彼此映照、相互补充的关联结构，极其节省地刻画出一批魑魅魍魉的丑恶形象。

汤知县正要退堂[②]，见两个人进来喊冤，知县叫带上来问。一个叫做王小二，是贡生严大位的紧邻。去年三月内，严贡生家一口才过下来的小猪[③]，走到他家去，他慌送回严家。严家说，猪到人家，再寻回来，最不利市[④]，押着出了八钱银子[⑤]，把小猪就卖与他。这一口猪在王家已养到一百多斤，不想错走到严家去，严家把猪关了。小二的哥子王大走到严家讨猪。严贡生说，猪本来是他的。"你要讨猪，照时值估价[⑥]，拿几两银子来，领了猪去。"王大是个穷人，那有银子，就同严家争吵了几句，被严贡生几个儿子，拿拴门的闩，赶面的杖[⑦]，打了一个臭死，腿都打折了，睡在家里。所以小二来喊冤。知县喝过一边，带那一个上来问道："你叫做什么名字？"那人是个五六十岁的老者，禀道："小人叫做黄梦统，在乡下住。因去年九月上县来交钱粮，一时短少，央中向严乡绅借二十两银子[⑧]，每月三分钱[⑨]，写立借约，送在严府，小的却不曾拿他的银子。走上街来，遇着个乡里的亲眷，他说有几两银子借与小的，交个几分数[⑩]，再下乡去设法，劝小的不要借严家的银子。小的交完钱粮，就同亲戚回家去了。至今已是大半年，想起这事来，问严府取回借约。严乡绅问小的要这几个月的利钱。小的说：'并不曾借本，何得有利？'严乡绅说小的当时拿回借约，好让他把银子借与别人生利；因不曾取约，他将二十两银子也不能动，误了大半年的利钱，该是小的出。小的自知不是，向中人说，情愿买个蹄酒上门取约[⑪]。严乡绅执意不肯，把小的的驴和米同梢袋都叫人短了家去[⑫]，还不发出纸来[⑬]。这样含冤负屈的事，求大老爷做主！"知县听了，说道:“一个做贡生的人,忝列衣冠[14],不在乡里间做些好事,只管如此骗人,其实可恶!”便将两张状子都批准,原告在外伺候。

早有人把这话报知严贡生。严贡生慌了,自心里想:“这两件事都是实的,倘若审断起来,体面上须不好看。‘三十六计,走为上计’!”卷卷行李,一溜烟急走到省城去了。

知县准了状子,发房出了差[15],来到严家,严贡生已是不在家了,只得去会严二老官[16]。二老官叫做严大育,字致和,他哥字致中,两个人是同胞弟兄,却在两个宅里住。这严致和是个监生[17],家私豪富,足有十多万银子。严致和见差人来说了此事,他是个胆小有钱的人,见哥子又不在家,不敢轻慢,随即留差人吃了酒饭,拿两千钱打发去了,忙着小厮去请两位舅爷来商议[18]。

他两个阿舅姓王,一个叫王德,是府学廪膳生员[19];一个叫王仁,是县学廪膳生员。都做着极兴头的馆[20],铮铮有名[21];听见妹丈请,一齐走来。严致和把这件事从头告诉一遍。“现今出了差票在此[22],怎样料理?”王仁笑道:“你令兄平日常说同汤公相与的,怎的这一点事就吓走了?”严致和道:“这话也说不尽了:只是家兄而今两脚站开,差人却在我这里吵闹要人,我怎能丢了家里的事,出外去寻他? 他也不肯回来。”王仁道:“各家门户,这事究竟也不与你相干。”王德道:“你有所不知。衙门里的差人,因妹丈有碗饭吃,他们做事,‘只拣有头发的抓’[23],若说不管他,就更要的人紧了。如今有个道理,是‘釜底抽薪[24]’之法。只消央个人去把告状的安抚住了,众人递个拦词[25],便歇了。谅这也没有多大的事。”王仁道:“不必又去央人,就是我们愚兄弟两个去寻了王小二、黄梦统,到家替他分说开;把猪也还与王家,再折些须银子给他养那打坏了的腿[26];黄家那借约,查了还他。一天的事[27],都没有了。”严致和道:“老舅怕不说的是! 只是我家嫂也是个糊涂人,几个舍侄,就像生狼一般,一总也不听教训。他怎肯把这猪和借约拿出来?”王德道:“妹丈,这话也说不得了。假如你令嫂、令侄拗着,你认晦气,再拿出几两银子,折个猪价,给了王姓的;黄家的借约,我们中间人立个纸笔与他[28],说寻出作废纸无用[29]。这事才得落台[30],才得个耳根清静。”

当下商议已定,一切办的停妥。严二老官连在衙门使费共用去了十几两银子,官司已了。过了几日,整治一席酒,请二位舅爷来致谢。两个秀才,拿班做势[31],在馆里又不肯来。严致和吩咐小厮去说:“奶奶这些时心里有些不好[32]。今日一者请吃酒,二者奶奶要同舅爷们谈谈。”二位听见这话,方才来。严致和即迎进厅上。吃过茶,叫小厮进去说了。丫鬟出来请二位舅爷。进到房内,抬头看见他妹子王氏,面黄肌瘦,怯生生的[33],路也走不全[34],还在那里自己装瓜子,剥栗子,办围碟[35]。见他哥哥进来,丢了过来拜见。奶妈抱着妾出的小儿子[36],年方三岁,带着银项圈,穿着红衣服,来叫舅舅。二位吃了茶,一个丫鬟来说:“赵新娘进来拜舅爷。”二位连忙道:“不劳罢。”坐下说了些家常话,又问妹子的病。“总是虚弱,该多用补药。”说罢,前厅摆下酒席,让了出去上席。

叙些闲话,又提起严致中的话来。王仁笑着问王德道:“大哥,我倒不解,他家老大那宗笔下[37],怎得会补起廪来的?”王德道:“这是三十年前的话。那时宗师都是御史出来[38],本是个吏员出身[39],知道什么文章!”王仁道:“老大而今越发离奇了,我们至亲,一年中也要请他几次,却从不曾见他家一杯酒。想起还是前年出贡竖旗杆[40],在他家扰过一席。”王德愁着眉道:“那时我不曾去。他为出了一个贡,拉人出贺礼,把总甲、地方都派分子[41],县里狗腿差是不消说,弄了有一二百吊钱,还欠下厨子钱,屠户肉案子上的钱,至今也不肯还。过两个月在家吵一回,成什么模样!”严致和道:“便是我也不好说。不瞒二位老舅,像我家还有几亩薄田,日逐夫妻四口在家度日[42],猪肉也舍不得买一斤,每当小儿子要吃时,在熟切店内买四个钱的哄他就是了。家兄寸土也无,人口又多,过不得三天,一买就是五斤,还要白煮的稀烂;上顿吃完了,下顿又在门口赊鱼。当初分家,也是一样田地,白白都吃穷了。而今端了家里花梨椅子[43],悄悄开了后门,换肉心包子吃。

你说这事如何是好!”二位哈哈大笑,笑罢,说:“只管讲这些混话,误了我们吃酒。快取骰盆来[44]。”当下取骰子送与大舅爷:“我们行状元令[45]。”两位舅爷,一个人行一个状元令,每人中一回状元吃一大杯。两位就中了几回状元,吃了几十杯。却又古怪:那骰子竟像知人事的,严监生一回状元也不曾中。二位拍手大笑。吃到四更尽鼓[46],跌跌撞撞,扶了回去。

自此以后,王氏的病,渐渐重将起来。每日四五个医生用药,都是人参、附子[47],并不见效。看看卧床不起,生儿子的妾在旁侍奉汤药,极其殷勤;看他病势不好,夜晚时,抱了孩子在床脚头坐着哭泣,哭了几回。那一夜道:“我而今只求菩萨把我带了去,保佑大娘好了罢。”王氏道:“你又痴了,各人的寿数,那个是替得的?”赵氏道:“不是这样说。我死了值得什么;大娘若有些长短,他爷少不得又娶个大娘。他爷四十多岁,只得这点骨血[48],再娶个大娘来,各养的各疼。自古说:‘晚娘的拳头,云里的日头。’这孩子料想不能长大,我也是个死数,不如早些替了大娘去,还保得这孩子一命!”王氏听了,也不答应。赵氏含着眼泪,日逐煨药煨粥[49],寸步不离。一晚,赵氏出去了一会,不见进来。王氏问丫鬟道:“赵家的那里去了?”丫鬟道:“新娘每夜摆个香桌在天井里哭求天地,他仍要替奶奶,保佑奶奶就好。今夜看见奶奶病重,所以早些出去拜求。”王氏听了,似信不信。次日晚间,赵氏又哭着讲这些话。王氏道:“何不向你爷说明白,我若死了,就把你扶正做个填房[50]?”赵氏忙叫请爷进来,把奶奶的话说了。严致和听不得这一声[51],连三说道:“既然如此,明日清早就要请二位舅爷说定此事,才有凭据。”王氏摇手道:“这个也随你们怎样做去。”

严致和就叫人极早去请了舅爷来,看了药方,商议再请名医。说罢,让进房内坐着,严致和把王氏如此这般意思说了,又道:“老舅可亲自问声令妹。”两人走到床前,王氏已是不能言语了,把手指着孩子,点了一点头。两位舅爷看了,把脸木丧着[52],不则一声。须臾,让到书房里用饭,彼此不提这话。吃罢,又请到一间密屋里。严致和说起王氏病重,吊下泪来道:“你令妹自到舍下二十年,真是弟的内助!如今丢了我,怎生是好!前日还向我说,岳父岳母的坟,也要修理。他自己积的一点东西,留与二位老舅做个遗念。”因把小厮都叫出去,开了一张橱,拿出两封银子来,每位一百两,递与二位老舅。“休嫌轻意。”二位双手来接。严致和又道:“却是不可多心,将来要备祭桌,破费钱财,都是我这里备齐,请老舅来行礼。明日还拿轿子接两位舅奶奶来,令妹还有些首饰,留为遗念。”交毕,仍旧出来坐着。外边有人来候,严致和去陪客去了,回来见二位舅爷哭得眼红红的。王仁道:“方才同家兄在这里说,舍妹真是女中丈夫,可谓王门有幸。方才这一番话,恐怕老妹丈胸中也没有这样道理,还要恍恍忽忽,疑惑不清,枉为男子。”王德道:“你不知道,你这一位如夫人关系你家三代[53]。舍妹殁了,你若另娶一人,磨害死了我的外甥,老伯老伯母在天不安,就是先父母也不安了。”王仁拍着桌子道:“我们念书的人,全在纲常上做工夫[54]。就是做文章代孔子说话,也不过是这个理。你若不依,我们就不上门了!”严致和道:“恐怕寒族多话[55]。”两位道:“有我两人做主。但这事须要大做,妹丈,你再出几两银子,明日只做我两人出的,备十几席,将三党亲戚都请到了[56],趁舍妹眼见,你两口子同拜天地祖宗,立为正室,谁人再敢放屁!”严致和又拿出五十两银子来交与,二位义形于色去了[57]。

过了三日,王德、王仁,果然到严家来,写了几十副帖子,遍请诸亲六眷[58],择个吉期,亲眷都到齐了,只有隔壁大老爹家五个亲侄子一个也不到。众人吃过早饭,先到王氏床面前写立王氏遗嘱。两位舅爷王于据、王于依都画了字[59]。严监生戴着方巾,穿着青衫,披了红绸;赵氏穿着大红,戴了赤金冠子[60]。两人双拜了天地,又拜了祖宗。王于依广有才学,又替他做了一篇告祖先的文,甚是恳切。告过祖宗,转了下来,两位舅爷叫丫鬟在房里请出两位舅奶奶来,夫妻四个,齐铺铺请妹夫、妹妹转在大边[61],磕下头去,以叙姊妹之礼。众亲眷都分了大小[62]。便是管事的管家、家人、媳妇、丫鬟、使女，黑压压的几十个人[63]，都来磕了主人、主母的头。赵氏又独自走进房内拜王氏做姐姐。那时王氏已发昏去了。行礼已毕，大厅、二厅、书房、内堂屋，官客并堂客[64]，共摆了二十多桌酒席。吃到三更时分，严监生正在大厅陪着客，奶妈慌忙走了出来说道："奶奶断了气了。"严监生哭着走了出去，只见赵氏扶着床沿，一头撞去，已经哭死了。众人且扶着赵氏灌开水，撬开牙齿[65]，灌了下去。灌醒了时，披头散发，满地打滚，哭的天昏地暗。连严监生也无可奈何。管家都在厅上，堂客都在堂屋候殓，只有两个舅奶奶在房里，乘着人乱，将些衣服、金珠、首饰，一掳精空[66]；连赵氏方才戴的赤金冠子滚在地下，也拾起来藏在怀里。严监生慌忙叫奶妈抱起哥子来[67]，拿一搭麻替他披着[68]。那时衣衾棺椁，都是现成的。入过了殓，天才亮了。灵柩停在第二层中堂内。众人进来参了灵，各自散了。次日送孝布，每家两个[69]，第三日成服[70]，赵氏定要披麻戴孝[71]。两位舅爷断然不肯道："'名不正则言不顺'，你此刻是姊妹了，妹子替姐姐只戴一年孝，穿细布孝衫，用白布孝箍[72]。"议礼已定，报出丧去。自此，修斋理七[73]，开丧出殡，用了四五千两银子，闹了半年，不必细说。赵氏感激两位舅爷入于骨髓，田上收了新米，每家两石；腌冬菜，每家也是两石；火腿每家四只；鸡、鸭、小菜不算。

不觉到了除夕。严监生拜过了天地祖宗，收拾一席家宴[74]。严监生同赵氏对坐，奶妈带着哥子坐在底下。吃了几杯酒，严监生吊下泪来，指着一张橱里，向赵氏说道："昨日典铺内送来三百两利钱[75]，是你王氏姐姐的私房[76]。每年腊月二十七八日送来，我就交与他，我也不管他在那里用。今年又送这银子来，可怜就没人接了！"赵氏道："你也莫要说大娘的银子没用处，我是看见的。想起一年到头，逢时遇节，庵里师姑送盒子[77]，卖花婆换珠翠[78]，弹三弦琵琶的女瞎子不离门，那一个不受他的恩惠？况他又心慈，见那些穷亲戚，自己吃不成，也要把人吃[79]；穿不成的，也要把人穿。这些银子，够做什么？再有些也完了。倒是两位舅爷从来不沾他分毫。依我的意思，这银子也不费用掉了，到开年替奶奶大大的做几回好事[80]，剩来的银子，料想也不多，明年是科举年[81]，就是送与两位舅爷做盘程[82]，也是该的。"严监生听着他说，桌子底下一个猫就扒在他腿上，严监生一靴头子踢开了。那猫吓的跑到里房内去，跑上床头。只听得一声大响，床头上掉下一个东西来，把地板上的酒坛子都打碎了。拿烛去看，原来那瘟猫把床顶上的板跳塌一块，上面掉下一个大篾篓来。近前看时，只见一地黑枣子拌在酒里，篾篓横睡着。两个人才扳过来，枣子底下，一封一封，桑皮纸包着[83]。打开看时，共五百两银子。严监生叹道："我说他的银子那里就肯用完了！像这都是历年聚积的，恐怕我有急事，好拿出来用的。而今他往那里去了！"一面哭着，叫人扫了地，把那个干枣子装了一盘，同赵氏放在灵前桌上。伏着灵床子，又哭了一场。因此，新年不出去拜节，在家哽哽咽咽，不时哭泣；精神颠倒，恍惚不宁。过了灯节后[84]，就叫心口疼痛。初时撑着，每晚算帐，直算到三更鼓。后来就渐渐饮食少进，骨瘦如柴，又舍不得银子吃人参。赵氏劝他道："你心里不自在，这家务事就丢开了罢。"他说道："我儿子又小，你叫我托那个？我在一日，少不得料理一日。"不想春气渐深，肝木克了脾土[85]，每日只吃两碗米汤，卧床不起。及到天气和暖，又强勉进些饮食，挣起来家前屋后走走。挨过长夏，立秋以后病又重了，睡在床上。想着田上要收早稻，打发了管庄的仆人下乡去，又不放心，心里只是急躁。

那一日，早上吃过药，听着萧萧落叶打的窗子响，自觉得心里虚怯，长叹了一口气，把脸朝床里面睡下。赵氏从房外同两位舅爷进来问病，就辞别了到省城里乡试去[86]。严监生叫丫鬟扶起来强勉坐着。王德、王仁道："好几日不曾看妹丈，原来又瘦了些，喜得精神还好。"严监生请他坐下，说了些恭喜的话，留在房里吃点心，就讲到除夕晚里这一番话，叫赵氏拿出几封银子来，指着赵氏说道："这倒是他的意思，说姐姐留下来的一点东西，送与二位老舅添着做恭喜的盘费。我这病势沉重，将来二位回府，不知可会的着了？我死之后，二位老舅照顾你外甥长大，教他读读书，挣着进个学，免得像我一生，终日受大房里的气[87]！”二位接了银子，每位怀里带着两封，谢了又谢，又说了许多安慰宽心的话，作别去了。

自此，严监生的病一日重似一日，再不回头。诸亲六眷都来问候。五个侄子穿梭的过来陪郎中弄药[88]。到中秋以后，医家都不下药了。把管庄的家人都从乡里叫了上来。病重得一连三天不能说话。晚间挤了一屋的人，桌上点着一盏灯。严监生喉咙里痰响得一进一出，一声不倒一声的[89]，总不得断气，还把手从被单里拿出来，伸着两个指头。大侄子走上前来问道：“二叔，你莫不是还有两个亲人不曾见面？”他就把头摇了两三摇。二侄子走上前来问道：“二叔，莫不是还有两笔银子在那里，不曾吩咐明白？”他把两眼睁的滴溜圆，把头又狠狠摇了几摇，越发指得紧了。奶妈抱着哥子插口道：“老爷想是因两位舅爷不在跟前，故此记念。”他听了这话，把眼闭着摇头，那手只是指着不动。赵氏慌忙揩揩眼泪，分开众人，走上前道：“爷，别人都说的不相干，只有我能知道你的心事。你是为那灯盏里点的是两茎灯草，不放心，恐费了油。我如今挑掉一茎就是了。”说罢，忙走去挑掉一茎。众人看严监生时，点一点头，把手垂下，登时就没了气。合家大小号哭起来，准备入殓，将灵柩停在第三层中堂内。

次早，着几个家人小厮满城去报丧。族长严振先，领着合族一班人来吊孝，都留着吃酒饭，领了孝布回去。赵氏有个兄弟赵老二在米店里做生意，侄子赵老汉在银匠店扯银炉[90]，这时也公备个祭礼来上门[91]。僧道挂起长旛，念经追荐。赵氏领着小儿子，早晚在柩前举哀[92]。伙计、仆从、丫鬟、养娘[93]，人人挂孝。门口一片都是白。

看看闹过头七，王德、王仁科举回来了，齐来吊孝，留着过了一日去。又过了三四日，严大老官也从省里科举了回来。几个儿子都在这边丧堂里。大老爹卸了行李，正和浑家坐着，打点拿水来洗脸[94]；早见二房里一个奶妈，领着一个小厮，手里捧着端盒和一个毡包[95]，走进来道：“二奶奶拜上大老爹，知道大老爹来家了，热孝在身，不好过来拜见。这两套衣服和这银子，是二爷临终时说下的，送与大老爹做个遗念。就请大老爹过去。”

严贡生打开看了，簇新的两套缎子衣服，齐整整的二百两银子，满心欢喜，随向浑家封了八分银子赏封，递与奶妈，说道：“上复二奶奶，多谢，我即刻就过来。”打发奶妈和小厮去了，将衣裳和银子收好，又细问浑家，知道和儿子们都得了他些别敬[96]，这是单留与大老官的；问毕，换了孝巾，系了一条白的腰绖[97]，走过那边来。到柩前叫声“老二”，干号了几声，下了两拜，赵氏穿着重孝，出来拜谢；又叫儿子磕伯伯的头，哭着说道：“我们命苦！他爷半路里丢了去了，全靠大爷替我们做主！”严贡生道：“二奶奶，人生各禀的寿数[98]。我老二已是归天去了。你现今有恁个好儿子[99]，慢慢的带着他过活，焦怎的？”赵氏又谢了，请在书房，摆饭请两位舅爷来陪。

须臾，舅爷到了，作揖坐下。王德道：“令弟平日身体壮盛，怎么忽然一病就不能起？我们至亲的也不曾当面别一别，甚是惨然。”严贡生道：“岂但二位亲翁，就是我们弟兄一场，临危也不得见一面。但自古道：‘公而忘私，国而忘家。’我们科场是朝廷大典，你我为朝廷办事，就是不顾私亲，也还觉得于心无愧。”王德道：“大先生在省，将有大半年了？”严贡生道：“正是。因前任学台周老师举了弟的优行[100]，又替弟考出了贡。他有个本家在这省里住，是做过应天巢县的[101]，所以到省去会会他。不想一见如故，就留着住了几个月，又要同我结亲，再三把他第二个令爱许与二小儿了。”王仁道：“在省就住在他家的么？”严贡生道：“住在张静斋家，他也是做过县令的，是汤父母的世侄[102]；因在汤父母衙门里同席吃酒认得，相与起来。周亲家家，就是静斋先生执柯作伐[103]王仁道：“可是那年同一位姓范的孝廉同来的[104]？”严贡生道：“正是。”王仁递个眼色与乃兄道[105]：“大哥，可记得就是惹出回子那一番事来了的[106]。”王德冷笑了一声。

一会摆上酒来，吃着又谈。王德道：“今岁汤父母不曾入帘[107]？”王仁道：“大哥，你不知道么？因汤父母前次入帘，都取中了些陈猫古老鼠的文章，不入时目[108]，所以这次不曾来聘。今科十几位帘官，都是少年进士，专取有才气的文章。”严贡生道：“这倒不然。才气也须是有法则。假若不照题位[109]，乱写些热闹话，难道也算有才气不成？就如我这周老师，极是法眼[110]，取在一等前列，都是有法则的老手。今科少不得还在这几个人内中。”严贡生说此话，因他弟兄两个在周宗师手里都考的是二等。二人听这话，心里明白，不讲考校的事了[111]。酒席将阑，又谈到前日这一场官事：“汤父母着实动怒，多亏令弟看的破，息下来了。”严贡生道：“这是亡弟不济。若是我在家，和汤父母说了，把王小二、黄梦统这两个奴才，腿也砍折了！一个乡绅人家，由得百姓如此放肆！”王仁道：“凡事只是厚道些好。”严贡生把脸红了一阵，又彼此劝了几杯酒。奶妈抱着哥子出来道：“奶奶叫问大老爹，二爷几时开丧？又不知今年山向可利[112]，祖茔里可以葬得[113]，还是要寻地？费大老爹的心，同二位舅爷商议。”严贡生道：“你向奶奶说，我在家不多时耽搁，就要同二相公到省里去周府招亲。你爷的事，托在二位舅爷就是。祖茔葬不得，要另寻地。等我回来斟酌。”说罢，叫了扰[114]，起身过去。二位也散了。

过了几日，大老爷果然带着第二个儿子往省里去了。赵氏在家掌管家务，真个是钱过北斗[115]，米烂成仓，童仆成群，牛马成行，享福度日。不想皇天无眼，不佑善人，那小孩子出起天花来，发了一天热，医生来看，说是个险症，药里用了犀角、黄连[116]，几日不能灌浆[117]，把赵氏急的到处求神许愿，都是无益。到七日上，把个白白胖胖的孩子跑掉了[118]。赵氏此番的哭泣，不但比不得哭大娘，并且比不得哭二爷，直哭得眼泪都哭不出来。整整的哭了三日三夜，打发孩子出去[119]。叫家人请了两位舅爷来商量，要立大房里第五个侄子承嗣[120]。二位舅爷踌躇道：“这件事，我们做不得主。况且大先生又不在家，儿子是他的，须是要他自己情愿，我们如何硬做主？”赵氏道：“哥哥，你妹夫有这几两银子的家私，如今把个正经主儿去了[121]，这些家人小厮都没个投奔，这立嗣的事是缓不得的。知道他伯伯几时回来？间壁第五个侄子才十一二岁，立过来，还怕我不会疼热他，教导他？他伯娘听见这个话，恨不得双手送过来。说是他伯伯回来，也没得说。你做舅舅的人，怎的做不得主？”王德道：“也罢，我们过去替他说一说罢。”王仁道：“大哥，这是那里话？宗嗣大事[122]，我们外姓如何做得主？如今姑奶奶若是急的很，只好我弟兄两人公写一字[123]，他这里叫一个家人连夜到省里请了大先生回来商议。”王德道：“这话最好，料想大先生回来也没得说。”王仁摇着头笑道：“大哥，这话也且再看。但是不得不如此做。”赵氏听了这话，摸头不着，只得依着言语，写了一封字，遣家人来富连夜赴省接大老爹。

来富来到省城，问着大老爹的下处的高底街。到了寓处门口，只见四个戴红黑帽子的[124]，手里拿着鞭子，站在门口；吓了一跳，不敢进去。站了一会，看见跟大老爹的四斗子出来，才叫他领了他进去。看见敞厅上，中间摆着一乘彩轿，彩轿旁边竖着一把遮阳[125]，遮阳上帖着“即补县正堂[126]”。四斗子进去请了大老爹出来，头戴纱帽，身穿圆领补服[127]，脚下粉底皂靴。来富上前磕了头，递上书信。大老爹接着看了，道：“我知道了。我家二相公恭喜[128]，你且在这里伺候。”来富下来，到厨房里，看见厨子在那里办席。新人房在楼上，张见摆的红红绿绿的，来富不敢上去。直到日头平西，不见一个吹手来。二相公戴着新方巾，披着红，簪着花，前前后后走着着急，问吹手怎的不来。大老爹在厅上嚷成一片声，叫四斗子快传吹打的。四斗子道：“今日是个好日子，八钱银子一班叫吹手还叫不动，老爹给了他二钱四分低银子[129]，又还扣了他二分戥头[130]，又叫张府里押着他来；他不知今日应承了几家，他这个时候怎得来？”大老爹发怒道：“放狗屁！快替我去！来迟了，连你一顿嘴巴！”四斗子骨都着嘴[131]，一路絮聒了出去[132]，说道：“从早上到此刻，一碗饭也不给人吃，偏生有这些臭排场！”说罢，去了。

直到上灯时候，连四斗子也不见回来。抬新人的轿夫和那些戴红黑帽子的又催的狠。厅上的客说道：“也不必等吹手，吉时已到，且去迎亲罢。”将掌扇掮起来，四个戴红黑帽子的开道，来富跟着轿，一直来到周家。那周家敞厅甚大，虽然点着几盏灯烛，天井里却是不亮。这里又没有个吹打的，只得四个戴红黑帽子的，一递一声，在黑天井里喝道，喝个不了。来富看见，不好意思，叫他不要喝了。周家里面有人吩咐道：“拜上严老爷，有吹打的就发轿，没吹打的不发轿。”正吵闹着，四斗子领了两个吹手赶来，一个吹箫，一个打鼓，在厅上滴滴打打，总不成个腔调。两边听的人笑个不住。周家闹了一回，没奈何，只得把新人轿发来了。新人进门，不必细说。

过了十朝，叫来富同四斗子去写了两只高要船[133]。那船家就是高要县的人。两只大船，银十二两，立契到高要付银。一只装的新郎、新娘，一只严贡生自坐。择了吉日，辞别亲家，借了一副“巢县正堂”的金牌，一副“肃静”、“回避”的白粉牌，四根门枪[134]，插在船上；又叫了一班吹手，开锣掌伞，吹打上船。船家十分畏惧，小心伏侍，一路无话。

那日将到了高要县，不过二三十里路了，严贡生坐在船上，忽然一时头晕上来，两眼昏花，口里作恶心，哕出许多清痰来[135]。来富同四斗子，一边一个，架着膊子[136]，只是要跌。严贡生口里叫道：“不好！不好！”叫四斗子快丢了去烧起一壶开水来。四斗子把他放了睡下，一声不倒一声的哼。四斗子慌忙同船家烧了开水，拿进仓来。严贡生将钥匙开了箱子，取出一方云片糕来，约有十多片，一片一片，剥着吃了几片，将肚子揉着，放了两个大屁，登时好了。剩了几片云片糕，搁在后鹅口板上[137]，半日也不来查点。那掌舵驾长害馋痨[138]，左手扶着舵，右手拈来，一片片的送在嘴里了。严贡生只作不看见。

少刻，船拢了码头。严贡生叫来富作速叫两乘轿子来，摆齐执事[139]，将二相公同新娘先送了家里去；又叫些码头上人来把箱笼都搬了上岸，把自己的行李也搬上了岸。船家、水手都来讨喜钱。严贡生转身走进仓来，眼张失落的[140]，四面看了一遭，问四斗子道：“我的药往那里去了？”四斗子道：“何曾有甚药？”严贡生道：“方才我吃的不是药？分明放在船板上的！”那掌舵的道：“想是刚才船板上的几片云片糕？那是老爷剩下不要的，小的大胆就吃了。”严贡生道：“吃了好贱的云片糕！你晓得我这里头是些什么东西？”掌舵的道：“云片糕不过是些瓜仁、核桃、洋糖、粉面做成的了，有什么东西？”严贡生发怒道：“放你的狗屁！我因素日有个晕病，费了几百两银子合了这一料药，是省里张老爷在上党做官带了来的人参[141]，周老爷在四川做官带了来的黄连。你这奴才！‘猪八戒吃人参果，全不知味！’说的好容易！是云片糕！方才这几片，不要说值几十两银子，‘半夜里不见了枪头子，攮到贼肚里[142]’。只是我将来再发了晕病，却拿什么药来医？你这奴才，害我不浅！”叫四斗子开拜匣[143]，写帖子，“送这奴才到汤老爷衙里去，先打他几十板子再讲！”掌舵的吓了，陪着笑脸道：“小的刚才吃的甜甜的，不知道是药，只说是云片糕。”严贡生道：“还说是云片糕！再说云片糕，先打你几个嘴巴！”

说着，已把帖子写了，递给四斗子。四斗子慌忙走上岸去。那些搬行李的人帮船家拦着。两只船上船家都慌了，一齐道：“严老爷，而今是他不是，不该错吃了严老爷的药；但他是个穷人，就是连船都卖了，也不能赔老爷这几十两银子。若是送到县里，他那里耽得住？如今只是求严老爷开恩，高抬贵手，恕过他罢。”严贡生越发恼得暴躁如雷，搬行李的脚子走过几个到船上来道[144]：“这事原是你船上人不是。方才若不如是着紧的问严老爷要喜钱、酒钱，严老爷已经上轿去了。都是你们拦住那严老爷，才查到这个药。如今自知理亏，还不过来向严老爷跟前磕头讨饶！难道你们不赔严老爷的药，严老爷还有些贴与你不成[145]？”众人一齐捺着掌舵的磕了几个头。严贡生转弯道：“既然你众人说，我又喜事匆匆，且放着这奴才，再和他慢慢算帐！不怕他飞上天去！”骂毕，扬长上了轿[146]，行李和小厮跟着，一哄去了。船家眼睁睁看着他走去了。

严贡生回家，忙领了儿子和媳妇拜家堂[147]；又忙的请奶奶来一同受拜。他浑家正在房里抬东抬西，闹得乱哄哄的。严贡生走来道：“你忙什么？”他浑家道：“你难道不知道家里房子窄瘪瘪的？统共只得这一间上房，媳妇新新的，又是大家子姑娘，你不挪与他住？”严贡生道：“呸！我早已打算定了，要你瞎忙！二房里高房大厦的，不好住？”他浑家道：“他有房子，为甚的与你的儿子住？”严贡生道：“他二房无子，不要立嗣的？”浑家道：“这不成，他要继我们第五个哩。”严贡生道：“这都由他么？他算是个什么东西！我替二房立嗣，与他什么相干？”他浑家听了这话，正摸不着头脑。只见赵氏着人来说：“二奶奶听见大老爷回家，叫请大老爷说话。我们二位舅老爷，也在那边。”严贡生便走过来，见了王德、王仁，“之乎也者”了一顿，便叫过几个管事的人来吩咐：“将正宅打扫出来，明日二相公同二娘来住。”赵氏听得，还认他把第二个儿子来过继，便请舅爷，说道：“哥哥，大爷方才怎样说？媳妇过来，自然在后一层；我照常住在前面，才好早晚照顾；怎倒叫我搬到那边去？媳妇住着正屋，婆婆倒住着厢房，天地世间，也没有这个道理！”王仁道：“你且不要慌，随他说着，自然有个商议。”说罢，走出去了。彼此谈了两句淡话[148]，又吃了一杯茶。王家小厮走来说：“同学朋友候着作文会[149]。”二位作别去了。

严贡生送了回来，拉一把椅子坐下，将十几个管事的家人都叫了来，吩咐道：“我家二相公明日过来承继了，是你们的新主人，须要小心伺候。赵新娘是没有儿女的[150]，二相公只认得他是父妾，他也没有还占着正屋的[151]。吩咐你们媳妇子把群屋打扫两间[152]，替他搬过东西去；腾出正屋来，好让二相公歇宿，彼此也要避个嫌疑。二相公称呼他‘新娘’，他叫二相公、二娘是‘二爷’、‘二奶奶’。再过几日，二娘来了，是赵新娘先过来拜见，然后二相公过去作揖。我们乡绅人家，这些大礼，都是差错不得的。你们各人管的田房、利息帐目，都连夜趱造清完[153]，先送与我逐细看过，好交与二相公查点。比不得二老爹在日，小老婆当家，凭着你们这些奴才朦胧作弊！此后若有一点欺隐，我把你这些奴才，三十板一个，还要送到汤老爷衙门里追工本饭米哩[154]！”众人应诺下去，大老爹过那边去了。

这些家人、媳妇领了大老爹的言语，来催赵氏搬房；被赵氏一顿臭骂，又不敢就搬。平日嫌赵氏装尊作威作福[155]，这时偏要领了一班人来房里说：“大老爹吩咐的话，我们怎敢违拗？他到底是个正经主子。他若认真动了气，我们怎样了得？”赵氏号天大哭，哭了又骂，骂了又哭，足足闹了一夜。次日，一乘轿子，抬到县门口，正值汤知县坐早堂，就喊了冤。知县叫补进词来[156]，随即批出：“仰族亲处复[157]。”

赵氏备了几席酒，请来家里。族长严振先，乃城中十二都的乡约[158]，平日最怕的是严大老官，今虽坐在这里，只说道：“我虽是族长，但这事以亲房为主[159]。老爷批处，我也只好拿这话回老爷。”那两位舅爷，王德、王仁，坐着就像泥塑木雕的一般，总不置一个可否。那开米店的赵老二、扯银炉的赵老汉，本来上不得台盘[160]；才要开口说话，被严贡生睁开眼睛，喝了一声，又不敢言语了。两个人自心里也裁划道[161]：“姑奶奶平日只敬重的王家哥儿两个，把我们不瞅不睬；我们没来由，今日为他得罪严老大，‘老虎头上扑苍蝇’怎的？落得做好好先生。”把个赵氏在屏风后急得像热锅上蚂蚁一般，见众人都不说话，自己隔着屏风请教大爷，数说这些从前已往的话。数了又哭，哭了又数；捶胸跌脚，号做一片。严贡生听着，不耐烦道：“像这泼妇，真是小家子出身！我们乡绅人家，那有这样规矩！不要恼犯了我的性子，揪着头发，臭打一顿，登时叫媒人来领出发嫁！”赵氏越发哭喊起来，喊的半天云里都听见，要奔出来揪他，撕他，是几个家人媳妇劝住了。众人见不是事，也把严贡生扯了回去。当下各自散了。

次日，商议写复呈。王德、王仁说：“身在黉宫[162]，片纸不入公门[163]。”不肯列名。严振先只得混账复了几句话[164]，说：“赵氏本是妾扶正，也是有的；据严贡生说与律例不合，不肯叫儿子认做母亲，也是有的。总候大老爷天断[165]。”那汤知县也是妾生的儿子，见了复呈道：“‘律设大法，理顺人情[166]’，这贡生也忒多事了！”就批了个极长的批语，说：“赵氏既扶过正，不应只管说是妾。如严贡生不愿将儿子承继，听赵氏自行拣择，立贤立爱可也[167]。”严贡生看了这批，那头上的火直冒了有十几丈，随即写呈到府里去告。府尊也是有妾的[168]，看着觉得多事，“仰高要县查案”。知县查上案去，批了个“如详缴[169]”。严贡生更急了，到省赴按察司一状[170]。司批：“细故赴府、县控理[171]。”严贡生没法了，回不得头，只得飞奔到京，想冒认周学召的亲戚，到部里告状。一直来到京师，周学道已升做国子监司业了[172]。大着胆，竟写一个“姻眷晚生”的帖[173]，门上去投。长班传进帖[174]，周司业心里疑惑，并没有这个亲戚。正在沉吟，长班又送进一个手本[175]，光头名字，没有称呼，上面写着“范进”。周司业知道是广东拔取的，如今中了，来京会试，便叫快请进来。范进进来，口称恩师，叩谢不已。周司业双手扶起，让他坐下，开口就问：“贤契同乡[176]，有个什么姓严的贡生么？他方才拿姻家帖子来拜学生[177]，长班问他，说是广东人。学生却不曾有这门亲戚。”范进道：“方才门人见过[178]，他是高要县人，同敝处周老先生是亲戚[179]。只不知老师可是一家？”周司业道：“虽然是同姓，却不曾序过[180]。这等看起来，不相干了。”即传长班进来吩咐道：“你去向那严贡生说，衙门有公事，不便请见，尊帖也带了回去罢。”长班应诺回去了。

【注释】

① 贡生：科举时代，挑选府、州、县生员（秀才）中成绩或资格优异者，升入京师的国子监（太学）肄业，称为贡生。监生：在国子监肄业的人，在清代可以通过捐纳取得。

② 汤知县：指高要县（今属广东）的知县。

③ 过下来：生下来。

④ 利市：吉利。

⑤ 押着：逼着。

⑥ 时值：当时的市价。

⑦ 赶面：今通作擀面。

⑧ 央中：请托中人。中人，这里指借钱时的介绍人。

⑨ 每月三分钱：指月息三分。

⑩ 交个几分数：交纳一部分。

⑪ 蹄酒：猪蹄和酒。

⑫ 梢袋：装粮食的长口袋。梢，一般写作“捎”。短：拦路抢夺的意思。

⑬ 纸：指借约。

⑭ 忝列衣冠：这里是也算有士大夫身份的意思。忝（tiǎn），辱没，勉强。衣冠，指士绅。

⑮ 发房出了差：分发到管这种案子的房里（房，相当于现在的“科”），派出差役去传人。

⑯ 二老官：二爷，二相公。

⑰ 监生：明清时，入国子监就读者，统称监生。

⑱ 着：这里是派遣的意思。小厮：指年轻的童仆。

⑲ 府学：府里学官的衙门。下文“县学”是县里学官的衙门。廪（lǐn）膳生员：简称廪生。秀才中学行优秀的，经过学官推选和考试，就能补上“廪生”的名额。补廪生以后，每月可以领到一石米的膳费，所以称廪膳生员。

⑳ 做着极兴头的馆：教着极兴旺的私塾（意思是学生多，收入多）。

㉑ 铮铮有名：名声很响亮。

㉒ 差票：衙门的传票。

㉓ 有头发的：指有钱的。

㉔ 釜底抽薪：从锅（釜）底抽掉烧柴（薪），使锅里的水不沸腾。这里的意思是从根本上解决。

㉕ 拦词：由地方或家族的头面人物呈请官府免予审问这个案子的呈文。

㉖ 些须：少许。

㉗ 一天的事：天大的事。

㉘ 纸笔：指字据。

㉙ 寻出：指寻出原借约。

㉚ 落台：下台阶，了结。

㉛ 拿班做势:装模作样,装腔作势。

㉜ 奶奶:指严致和的妻子王氏。

㉝ 怯生生的:衰弱的样子。

㉞ 走不全:走不稳。

㉟ 围碟:酒席上在正菜前先上的装干鲜果品的小碟子。

㊱ 妾出的:姨太太生的。妾,指下文的赵新娘。新娘,这里是对姨太太的一种称呼。

㊲ 那宗笔下:那样的文章。

㊳ 宗师:清代称"提督学政"为宗师。提督学政,科举时代掌管全省教育的官。御史出来:从御史当中选派到外省来的。

㊴ 吏员生身:意思是说不是科举正途出身。

㊵ 出贡竖旗杆:秀才取得贡生资格后,就可以和举人、进士一样,在宗祠或家门前竖起旗杆,表示荣耀。

㊶ 把总甲、地方都派分子:叫总甲、地方都出一份贺礼。总甲、地方,都是地方上承应官差的人。总甲,官差头目。地方,即地保,相当于后世的保长。

㊷ 日逐:每日。

㊸ 花梨椅子:花梨木(一种质地坚实的木头)制的椅子。

㊹ 骰盆:掷骰子用的盆子。骰(tóu)子,一般叫"色(shǎi)子",一种赌具。用骨头、木头等制成的立体小方块,六面分刻一、二、三、四、五、六点。

㊺ 状元令:酒令的一种。

㊻ 四更尽鼓:报四更的鼓已经敲过了。

㊼ 人参、附子:都是补药。

㊽ 骨血:亲生的儿子。

㊾ 煨(wēi):用微火慢慢地煎煮。

㊿ 扶正做个填房:在封建多妻制度下,妻为正房,妾为偏房(侧室)。妻死后续娶的叫填房,把妾转为妻叫扶正。

51 听不得:巴不得听到。

52 把脸木丧着:死板板地哭丧着脸。

53 如夫人:也称"如君",对别人的妾的客气称呼。

54 纲常:指三纲五常的大道理。三纲指君为臣纲,父为子纲,夫为妻纲。五常即仁、义、礼、智、信。

55 寒族:指本族的人。这是谦虚的说法。

56 三党:指父族、母族、妻族。

57 义形于色:正义之气见于神色。

58 诸亲六眷:所有的亲戚。六眷,指叔伯、兄弟、姑姊、诸舅、妻党、婿党六方面的亲属。

59 于据:王德的字。于依:王仁的字。

60 赤金冠子:纯金制的戴在发髻上的首饰。

61 齐铺铺:整整齐齐地。大边:上首的正座。旧日接待宾客或宴会就座,以左边为大。

62 分了大小:(同赵氏)分清行辈。

63 媳妇:这里指家人的妻子,也是仆人。

64 官客并堂客:男客和女客。堂客,这里泛指妇女。

65 撬(qiào):用棍、棒等拨、挑东西。

66 掳(luǒ):抢。

67 哥子:小孩子。

68 一搭麻:一缕麻。

69 两个:两匹。

70 成服:举行成服(每个亲属按一定规矩穿上孝服)的仪式。

71 赵氏定要披麻戴孝:披麻戴孝是妾对主母的丧服。赵氏费尽心机谋求"扶正",这时仍故意表示是妾的身份,目的是让他人说出"你此刻是姊妹了"这句话,以巩固已取得的地位。

72 孝箍:围在头上表示戴孝的箍。

73 修斋理七:人死后四十九天内,每隔七天请和尚道士念经超度亡灵。

74 收拾:安排。

75 典铺:当铺。

76 私房:私下积蓄的钱。

77 师姑送盒子:尼姑送礼拜节。

78 换珠翠:卖珠子、翡翠。

79 把:给。

80 好事:指念经超度。

81 科举年:考试的年头。

82 盘程:盘缠,旅费。

83 桑皮纸:用桑树皮制成的纸。

84 灯节:元宵节。元宵赏灯,所以叫"灯节"。

85 肝木克了脾土:意思是肝气旺盛,损害脾胃。中医用金木水火土五行来比内脏各部分。

86 乡试:考举人。

87 大房里:指严贡生家。

88 郎中:医生。

89 一声不倒一声的:一声连一声地。

90 老汉:安徽方言,最小的儿子叫老汉。扯银炉:做拉风箱化银子的活儿。

91 公备:合伙备办。

92 举哀:祭奠时放声号哭,表示哀悼。

93 养娘:保姆,女仆。

94 打点:吩咐。

95 端盒:盛礼物的盒子。

⑯ 别敬：另外的礼物。
⑰ 腰绖（dié）：麻腰带。
⑱ 各禀的寿数：各有命中注定的寿数。
⑲ 恁（nèn）：这样，如此。
⑩ 学台：对提督学政的尊称。举了弟的优行：认为我有优良的品行加以保举。
⑩ 应天巢县：应天府巢县的知县。巢县（今属安徽），明代属应天府（南京）。
⑩ 汤父母：指上文的汤知县。旧时称本县的县官为父母官。世侄：朋友的侄子。
⑩ 执柯作伐：即做媒。《诗经・伐柯》以执斧伐木比喻托人说媒，后人就用“执柯”或“作伐”表示做媒的意思。柯，斧柄。
⑩ 姓范的孝廉：指范进。孝廉：举人。
⑩ 乃兄：他哥哥。
⑩ 惹出回子那一番事来：第四回“荐亡斋和尚吃官司，打秋风乡绅遭横事”里说，张静斋和范进到汤知县那里作客，张静斋给汤知县出主意，处罚了一个卖牛肉的回民，惹起回民的反抗。
⑩ 入帘：做帘官。帘官，乡试时阅卷的官。
⑩ 不入时目：不合时下一般人的眼光。
⑩ 不照题位：不按照题目的要求。
⑩ 极是法眼：鉴别（文章）的眼力极高。
⑪ 考校的事：科场考试的事情。
⑪ 山向可利：坟地风水吉利不吉利。
⑪ 茔：坟。
⑪ 叫了扰：说一声“打扰”。
⑪ 钱过北斗：钱积得比北斗星还高。
⑪ 犀角、黄连：都是凉药。
⑪ 灌浆：天花出足。
⑪ 跑掉了：死了。
⑪ 打发孩子出去：叫人把孩子抬出去埋葬。
⑫ 承嗣：过继做儿子。
⑫ 正经主儿：家庭里正式的主人。指那死了的孩子。
⑫ 宗嗣：传宗接代。
⑫ 字：信。
⑫ 戴红黑帽子的：指雇用的差人。
⑫ 遮阳：掌扇（长柄的大扇），旧时官府所用的仪仗之一。
⑫ 即补县正堂：一种官衔，就是候补县官。
⑫ 补服：有补子的礼服。补子，钉在衣服前后心的一块方缎子，上面绣着表示品级的花纹。
⑫ 恭喜：指办喜事。
⑫ 低银子：成色不足的银子。
⑬ 扣了他二分戥头：戥子称得不够分量，少给了二分银子。戥（děng），秤金、银、药品等东西的小秤。
⑬ 骨都着嘴：噘着嘴。
⑬ 絮聒：嘟嘟囔囔。
⑬ 写：立约租雇的意思。旧时车行、船行承接生意，大都要写个包运无失的字据给租运的人。
⑬ 门枪：一种仪仗。
⑬ 哕（yuě）：呕吐。
⑬ 膊子：胳膊。
⑬ 后鹅口板：船尾的船板。
⑬ 掌舵驾长：掌舵的艄公。
⑬ 执事：仪仗。
⑭ 眼张失落的：东张西望，像丢了东西似的。
⑭ 上党：在今山西长治县附近，这个地方产的人参很有名，叫“党参”。
⑭ 攮（nǎng）：刺，戳。
⑭ 拜匣：盛名帖的盒子。
⑭ 脚子：脚夫。
⑭ 贴与：倒贴给。
⑭ 扬长：大模大样、毫不在乎的样子。
⑭ 家堂：供祖先牌位的地方。
⑭ 淡话：无关紧要的敷衍话。
⑭ 作文会：举行文会（吟诗作文的集会）。
⑮ 新娘：妾的别称。这里表示严贡生不承认赵氏是主妇，仍把她看作妾。
⑮ 没有还占着正屋的：没有还占着正屋的道理。
⑮ 群屋：正屋以外的房屋。
⑮ 趱（zǎn）造清完：赶紧造册清理完毕。
⑮ 追工本饭米：追回工资和饭钱。
⑮ 装尊：摆主人架子。
⑮ 补进词来：在衙门前口头喊冤，官府允准后要补写状纸。词，指状纸。
⑮ 仰族亲处复：命令同族的亲戚处理，并把结果回复。仰，以尊命卑，旧时公文中上对下的用语。
⑮ 都：相当于街。乡约：相当于乡长。
⑮ 亲房：本支，嫡亲家族。指严贡生。
⑯ 台盘：大场面。
⑯ 裁划：盘算。
⑯ 身在黉（hóng）宫：指有禀生身份。黉宫，官学。黉，古代的学校。
⑯ 公门：衙门。

⑭ 混账：含混、敷衍。

⑮ 天断：明断。

⑯ 律设大法，理顺人情：法律设立各种重要条例，那道理却是顺应人情的。

⑰ 立贤立爱：立她认为好的或喜爱的人为嗣。

⑱ 府尊：知府。

⑲ 如详缴：照报告中对原案处理的办法处理，并且准予销案。详，指下级衙门给上级衙门的报告。缴，销案。

⑰ 按察司：省司法长官的衙门。

⑰ 细故：小事。控理：控告、处理。

⑰ 国子监司业：国子监副长官。

⑰ 姻眷晚生：向有亲戚关系的长辈递送名帖时的谦称。

⑰ 长班：听差（听候差遣的人）。

⑰ 手本：明、清时下属见上司或门生见座师、房师的折叠式名帖。投帖人应在名字上写卑职、晚生等自称。清代有一个时期不准试官同中举的人攀师生关系，所以说手本上"光头名字，没有称呼"。

⑰ 贤契：义同"贤友"，是旧时老师对学生的客气称呼。

⑰ 学生：这是老师对学生表示客气的自称。

⑰ 门人：门生、弟子。

⑰ 周老先生：就是上文所说的严贡生的亲家。

⑱ 不曾序过：意思是没有宗族关系。序，指按宗族的谱系排辈分。这里点明上文严贡生说他在省中联姻的亲家是周学台本家的话，也是吹牛。

第五节　曹雪芹和《红楼梦》

曹雪芹（1615—1763），名霑，字梦阮，雪芹为其号，又号芹圃、芹溪，祖籍辽阳（今属辽宁）。清小说家。先世原是汉族，后为满洲正白旗包衣。曾祖曹玺、祖父曹寅及父辈曹颙、曹頫先后长期任江宁织造，曹寅还兼理过苏州织造和两淮盐政，尤其深得清圣祖的信任、赏识。清圣祖六次南巡，五次以江宁织造署为行宫，四次由曹寅负责接驾。

清世宗继位后，杀戮和他争位的兄弟及其羽臣，排斥和打击清圣祖生前的宠臣。雍正五年（1727），曹頫因"骚扰驿站"等罪名革职，家产被抄没。次年，全家由南京迁回北京，家道遂衰。乾隆八年（1743），屈复作《曹荔轩织造》诗忆曹寅，诗中有"何处飘零有子孙"之句（《消暑诗十六首》之十二），可知前此不久，曹家已子孙流散、彻底败落了。曹雪芹晚年住在北京西郊的山村，生活十分穷苦，"满径蓬蒿老不华，举家食粥酒常赊"（敦诚《赠曹雪芹》），过着极为艰难的日子。

曹雪芹的一生，恰好经历了家庭由盛而衰的重大转折。生活的巨大变化，使他深感世态炎凉，对封建社会和封建政治的黑暗有了清醒的认识，对封建统治阶级的腐朽及其没落命运有了深切的体验。他用自己的毕生精力，创作了《红楼梦》这部伟大的长篇小说。

曹雪芹开始创作《红楼梦》当在他的青年时期。经过十年的辛勤劳动，至迟在乾隆十九年（1754）以前就已经基本完成了小说的初稿，前八十回已加批抄出，只有个别未分回、未标目和缺失、破失的地方待补缀；八十回后的原稿，在一次誊清时，有五、六回被借阅者遗失，以至未能传抄出来。作者未及重新补写遗失部分便去世了。留存于脂砚斋、畸笏叟等亲友手中的后半部残稿，后来也中断了线索，终至于散失。曹雪芹唯一的爱子夭亡，使他忧伤成疾，终因贫困无医，遂至不起。他死时，不过四十几岁，时间当在1764年的春天（其卒年有乾隆二十七年的"壬午除夕"、二十八年的"癸未除夕"、二十九年的"甲申春"三说，以"甲申说"较成理，后两说的时间是1764年2月1日和此后不久）。

贾宝玉是小说的主要中心人物。他作为荣国府嫡派子孙，又聪明灵秀，是贾氏家族寄予重望的继承人。但他看到家庭内部的腐朽丑恶，以及周围环境的庸俗虚伪，精神上一直感到空虚和苦闷。他鄙弃功名利禄，痛恨八股文，不肯"留意孔孟之间，委身于经济之道"，不愿走读书应举、"为官做宦"的生活道路。对于子曰诗云的儒学经典及程朱理学，则表示大胆的怀疑。他轻视"男尊女卑”、“尊卑有序”、“贵贱有别”等封建伦常和秩序：在长幼嫡庶关系方面，他不十分重视封建的等级和名分；在主奴关系方面，他对奴仆的态度比较宽厚，甚至能体贴同情他们；在男女关系方面，他赞美纯洁、善良、有才能的女性，而对那些世俗观念很深的须眉男子，则表示厌恶。他的这些言行，在统治阶级看来是大逆不道的，因此造成他与封建势力之间的正面冲突和矛盾（如第三十三回写宝玉挨打）。贾宝玉作为统治阶级的叛逆者，本来已不满现实，后来又经历了一系列变故，对现实的丑恶有了更深的认识和体验，他的愤恨、憎恶和悲观失望情绪就随之而增，最后终于看破红尘，出家为僧。贾宝玉的“偏僻”、“乖张”，其实就是曹雪芹“步兵白眼向人斜”（敦诚《赠曹雪芹》）、鄙视流俗、不恤人言的傲岸态度的表露。曹雪芹借贾宝玉“撒手悬崖”的结局，写出了他胸中的块垒，发抒了他想与黑暗污浊的现实决裂的愤激心情。

在叛逆的道路上，贾宝玉得到林黛玉的同情和支持。他们在共同志趣的基础上，达到了了解和默契，产生了深挚的爱情。林黛玉父母早亡，无依无靠，不得不依傍外祖母家生活。寄人篱下的生活遭遇，使她对封建时代加在妇女身上的种种压迫有了更深切的体验。林黛玉为人坦率真诚，并不重视“温柔敦厚”的封建礼教要求，不会向封建家长逢迎讨好，因此被视为“孤高”、“刻薄”。她不遵从“女子无才便是德”的封建信条，不讲“仕途经济”，从来不曾劝贾宝玉去“立身扬名”。对于贾宝玉的许多“偏僻”、“乖张”行为，她不但不“规劝”，而且常常采取同情或支持的态度。所以贾宝玉格外敬重她，把她视为“知己”。

贾宝玉和林黛玉的爱情悲剧，是小说的中心故事，是贯穿全书的主要线索。它是整个贾府悲剧的有机组成部分，全书所有的人物和事件，几乎都和它有联系。虽然曹雪芹没有把这个悲剧写完，但脂砚斋的评语和小说第五回所写的《红楼梦》十二支曲，已经告诉我们这个爱情故事的不幸结局。“都道是金玉良缘，俺只念木石前盟。空对着山中高士晶莹雪，终不忘世外仙姝寂寞林。叹人间美中不足今方信，纵然是齐眉举案，到底意难平。”（〔终身误〕）贾宝玉后来虽然和薛宝钗结了婚，却仍然不能忘怀林黛玉，他一片痴情地爱着林黛玉，而在心灵深处始终与薛宝钗是隔膜和疏远的。

曹雪芹对宝黛爱情的讴歌，反映了他对爱情的理想。小说通过贾宝玉对“金玉良缘”与“木石前盟”的选择，展开了两种思想、两种生活道路的矛盾冲突，从而表明宝黛的爱情是以具有共同的志趣和理想为基础的。这就与前代文学作品所描写的“郎才女貌”、“一见钟情”、“金榜题名”的爱情俗套大不一样。作者赋予宝黛的爱情以新的色彩，新的内容，使他们的爱情具有深刻的反封建意义。

《红楼梦》在艺术上多方面创造性地继承了中国古代文学的优秀传统。它以巨大的艺术表现力，描写了四百多个人物，塑造了众多的艺术典型。作品善于通过大的事件和大的场面，把人物安置在矛盾冲突的漩涡中来表现他们的性格，并善于从日常生活中选取看来平淡无奇，却具有典型意义的情节和细节，以细腻入微的心理描写，多侧面地展示出人物复杂的性格。如王熙凤、薛宝钗、史湘云、刘姥姥、探春、迎春、晴雯、袭人、贾母、贾政等等，都是个性鲜明，塑造得极其成功的艺术形象。《红楼梦》人物描写的艺术极为高超，所写人物不仅是现实与理想的高度结合，而且能充分显示人物性格的复杂性。鲁迅说：“至于说到《红楼梦》的价值，可是中国底小说中实在是不可多得的。其要点在敢于如实描写，并无讳饰，和从前的小说叙好人完全是好，坏人完全是坏的，大不相同，所以其中所叙的人物，都是真的人物。”（《中国小说的历史的变迁》）《红楼梦》不仅能在大体相同的生活境遇中写出大不相同的人物性格来，还常常有意让不同性格的人物相互映衬对比。例如林黛玉与薛宝钗的对比，林黛玉与史湘云的对比，薛宝钗与史湘云的对比，贾宝玉与贾环的对比，贾宝玉与甄宝玉的对比，元春、迎春、探春、惜春四姐妹的对比，袭人与晴雯的对比，尤二姐与尤三姐的对比等等，都极精彩，也极深刻。

小说的情节结构，改变了以往传统小说情节和人物单线发展的特点，创造了一个宏大完整而又自然的艺术结构，使众多的人物活动于同一空间和时间，使情节的推移具有整体性。《红楼梦》采用了主干挺拔、枝桠横生的独特结构。贾宝玉梦游太虚幻境、秦可卿出殡、元妃省亲、宝玉挨打、探春理家、抄检大观园等情节和场面描写构成了全书的主干，其他许多典型细节描写，则是全书的枝桠。此外，还特意塑造了贾雨村、刘姥姥这两个人物，使之在全书的结构上起到了重要的穿针引线的作用。作者除了赋予贾雨村以丰富的社会内容，使他成为贪官污吏和忘恩负义的典型，充当揭露封建官僚机构黑暗腐朽的反面教员外，还让他在全书的开头和结尾扮演了报幕人的角色，对于交代贾、史、王、薛四大家族和情况，对于暗示全书某些重要的情节发展起到了关键的作用。小说还通过刘姥姥三进荣国府的描写，让她作为见证人，亲眼看到荣国府由繁荣到衰落、到破败的全过程，使她在全书的结构上起着极其重要的贯穿联络和对比衬托的作用。在写法上，曹雪芹喜欢把未来要发生的事情，人物以后的遭遇和归宿，预先通过各种形式向读者提明或作出暗示，有时用判词歌曲，有时用诗谜谶语，有时用脂评所谓“千里伏线”，有时用某一件事或一段描写“为后文作引”等等。同时，曹雪芹还根据当时的政治气候和表达内容的实际需要，以石头来代替自己作为故事的经历者和叙述者，虚构了它与主人公贾宝玉天生有缘、形影相随，但又并非一体的微妙关系：通过甄真贾假、此隐彼显的两条线，来写自己“历过一番梦幻之后”的真实故事。这种特殊的结构形式和叙述方式，是《红楼梦》不同于其他小说的一个显著特点，它完全是曹雪芹的独创。

小说的景物描写非常成功，它能很好地烘托人物性格和渲染环境气氛，达到情景交融、如诗如画的地步。小说的语言生动形象、准确凝练，往往只需用三言两语，就勾画出一个活生生的具有鲜明个性特征的形象。不仅作品的叙述语言具有高度的艺术表现力，就连小说里的诗词曲赋也能与叙事融成一体，为塑造典型性格服务，做到诗如其人，切合小说中人物的身份和口气。鲁迅说：“自有《红楼梦》出来以后，传统的思想和写法都打破了。”（《中国小说的历史的变迁》）这是颇有灼见的。

《红楼梦》的影响是巨大的。这部小说一问世，就惊动了当时的社会。人们争相阅读传抄，不惜重金购求；更有读者被书中的人物故事感动得“呜咽失声”。当时社会上流行着这样的话：“开谈不说《红楼梦》，读尽诗书是枉然。”（得硕亭《草珠一串》）足见小说受到尊崇和热爱的程度。后来研究《红楼梦》的学问甚至被称为“红学”。随之，还出现了许多续书和根据这部小说改编的戏曲和说唱。

《红楼梦》的影响还远及国外。早在道光二十二年（1842），就有一部分被译成英文。此后各种外国文字的译本陆续出现。至于研究《红楼梦》的各种外文论著，那就为数更多了。

黛玉葬花

【题解】 本篇选自《红楼梦》第二十六回《蜂腰桥设言传心事，潇湘馆春困发幽情》、第二十七回《滴翠亭杨妃戏彩蝶，埋香冢飞燕泣残红》，篇名为编者所加。“黛玉葬花”是《红楼梦》作者着力摹写的文字，是小说的重要章节之一。它在整部小说中是群芳归宿的艺术象征。红消香断的落花，象征着以林黛玉为代表的大观园众姊妹未来的共同的悲剧命运。林黛玉所吟咏的“葬花词”，更是她感叹身世遭遇的全部哀音的代表。“一年三百六十日，风刀霜剑严相逼。”借大自然的淫威，写出现实环境的冷酷无情和自身忍受熬煎的痛苦；“质本洁来还洁去，不教污淖陷渠沟。”又借净土掩埋落花，来表达自己宁死也要保持洁白操守的高傲心志。这首风格上仿效“初唐体”的歌行，通俗流畅,婉转缠绵,淋漓尽致地抒发了林黛玉内心的抑郁与哀伤,有着很强的艺术感染力。诗的感伤情绪虽然浓重,但它符合林黛玉所处的特定的环境地位所形成的多愁善感的思想性格。写在同一回里的"宝钗扑蝶"情节,在塑造人物形象、表现环境气氛以及运笔的风格技巧上,都与"黛玉葬花"形成鲜明的对照和强烈的反差。这样组合,在艺术上能收到彼此映衬、相得益彰的效果。本篇还写到晴雯、红玉、凤姐、探春等许多人物,也都各具个性特点。此外,本篇中用以写景绘形的骈词骊句,语言简洁,隽永雅致,富有诗词的悠然韵味。

却说那林黛玉听见贾政叫了宝玉去了,一日不回来,心中也替他忧虑。至晚饭后,闻听宝玉来了,心里要找他问问是怎么样了。一步步行来,见宝钗进宝玉的院内去了,自己也便随后走了来。刚到了沁芳桥,只见各色水禽都在池中浴水,也认不出名色来,但见一个个文彩炫耀,好看异常,因而站住看了一会。再往怡红院来,只见院门关着,黛玉便以手扣门。

谁知晴雯和碧痕正拌了嘴,没好气,忽见宝钗来了,那晴雯正把气移在宝钗身上,正在院内抱怨说:"有事没事跑了来坐着,叫我们三更半夜的不得睡觉!"忽听又有人叫门,晴雯越发动了气,也并不问是谁,便说道:"都睡下了,明儿再来罢!"林黛玉素知丫头们的情性,他们彼此顽耍惯了,恐怕院内的丫头没听真是他的声音,只当是别的丫头们来了,所以不开门,因而又高声说道:"是我,还不开么?"晴雯偏生还没听出来,便使性子说道:"凭你是谁,二爷吩咐的,一概不许放人进来呢!"林黛玉听了,不觉气怔在门外,待要高声问他,逗起气来,自己又回思一番:"虽说是舅母家如同自己家一样,到底是客边[1]。如今父母双亡,无依无靠,现在他家依栖。如今认真淘气[2],也觉没趣。"一面想,一面又滚下泪珠来。正是回去不是,站着不是。正没主意,只听里面一阵笑语之声,细听一听,竟是宝玉、宝钗二人。林黛玉心中益发动了气,左思右想,忽然想起了早起的事来:"必竟是宝玉恼我要告他的原故。但只我何尝告你了,你也打听打听,就恼我到这步田地。你今儿不叫我进来,难道明儿就不见面了!"越想越伤感起来,也不顾苍苔露冷,花径风寒,独立墙角边花阴之下,悲悲戚戚呜咽起来。

原来这林黛玉秉绝代姿容,具希世俊美,不期这一哭,那附近柳枝花朵上的宿鸟栖鸦一闻此声,俱忒楞楞飞起远避[3],不忍再听。真是:

花魂默默无情绪,鸟梦痴痴何处惊[4]?

因有一首诗道:

颦儿才貌世应希[5],独抱幽芳出绣闺[6]。
呜咽一声犹未了,落花满地鸟惊飞[7]。

那林黛玉正自啼哭,忽听院门响处,只见宝钗出来了,宝玉袭人一群人送了出来。待要上去问着宝玉,又恐当着众人问羞了宝玉不便,因而闪过一旁,让宝钗去了,宝玉等进去关了门,方转过来,犹望着门洒了几点泪。自觉无味,方转身回来,无精打彩的卸了残妆。

紫鹃、雪雁素日知道林黛玉的情性:无事闷坐,不是愁眉,便是长叹,且好端端的不知为了什么,常常的便自泪道不干的。先时还有人解劝,怕他思父母,想家乡,受了委曲,只得用话宽慰解劝。谁知后来一年一月的竟常常的如此,把这个样儿看惯,也都不理论了。所以也没人理,由他去闷坐,只管睡觉去了。那林黛玉倚着床栏杆,两手抱着膝,眼睛含着泪,好似木雕泥塑的一般,直坐到二更多天方才睡了。一宿无话。

至次日乃是四月二十六日,原来这日未时交芒种节[8]。尚古风俗:凡交芒种节的这日,都要设摆各色礼物,祭饯花神,言芒种一过,便是夏日了,众花皆卸,花神退位,须要饯行。然闺中更兴这件风俗，所以大观园中之人都早起来了。那些女孩子们，或用花瓣柳枝编成轿马的，或用绫锦纱罗叠成干旄旌幢的[9]，都用彩线系了。每一颗树上，每一枝花上，都系了这些物事。满园里绣带飘飘，花枝招展，更兼这些人打扮得桃羞杏让，燕妒莺惭，一时也道不尽。

且说宝钗、迎春、探春、惜春、李纨、凤姐等并巧姐、大姐、香菱与众丫鬟们在园内玩耍，独不见林黛玉。迎春因说道："林妹妹怎么不见？好个懒丫头！这会子还睡觉不成？"宝钗道："你们等着，我去闹了他来。"说着便丢下了众人，一直往潇湘馆来。正走着，只见文官等十二个女孩子也来了，上来问了好，说了一回闲话。宝钗回身指道："他们都在那里呢，你们找他们去罢。我叫林姑娘去就来。"说着便逶迤往潇湘馆来[10]。忽然抬头见宝玉进去了，宝钗便站住低头想了想：宝玉和林黛玉是从小儿一处长大，他兄妹间多有不避嫌疑之处，嘲笑喜怒无常；况且林黛玉素习猜忌，好弄小性儿的。此刻自己也跟了进去，一则宝玉不便，二则黛玉嫌疑。罢了，倒是回来的妙。想毕抽身回来。

刚要寻别的姊妹去，忽见前面一双玉色蝴蝶，大如团扇，一上一下迎风翩跹，十分有趣。宝钗意欲扑了来玩耍，遂向袖中取出扇子来，向草地下来扑。只见那一双蝴蝶忽起忽落，来来往往，穿花度柳，将欲过河去了。倒引的宝钗蹑手蹑脚的，一直跟到池中滴翠亭上，香汗淋漓，娇喘细细。宝钗也无心扑了，刚欲回来，只听滴翠亭里边嘁嘁喳喳有人说话。原来这亭子四面俱是游廊曲桥，盖造在池中水上，四面雕镂槅子糊着纸[11]。

宝钗在亭外听见说话，便煞住脚往里细听，只听说道："你瞧瞧这手帕子，果然是你丢的那块，你就拿着；要不是，就还芸二爷去。"又有一人说话："可不是我那块！拿来给我罢。"又听道："你拿什么谢我呢？难道白寻了来不成。"又答道："我既许了谢你，自然不哄你。"又听说道："我寻了来给你，自然谢我；但只是拣的人，你就不拿什么谢他？"又回道："你别胡说。他是个爷们家，拣了我的东西，自然该还的。我拿什么谢他呢？"又听说道："你不谢他，我怎么回他呢？况且他再三再四的和我说了，若没谢的，不许我给你呢。"半晌，又听答道："也罢，拿我这个给他，算谢他的罢。——你要告诉别人呢？须说个誓来。"又听说道："我要告诉一个人，就长一个疔，日后不得好死！"又听说道："嗳呀！咱们只顾说话，看有人来悄悄在外头听见。不如把这槅子都推开了，便是有人见咱们在这里，他们只当我们说顽话呢。若走到跟前，咱们也看的见，就别说了。"

宝钗在外面听见这话，心中吃惊，想道："怪道从古至今那些奸淫狗盗的人，心机都不错。这一开了，见我在这里，他们岂不臊了。况才说话的语音，大似宝玉房里的红儿的言语。他素昔眼空心大，是个头等刁钻古怪东西[12]。今儿我听了他的短儿，一时人急造反，狗急跳墙，不但生事，而且我还没趣。如今便赶着躲了，料也躲不及，少不得要使个'金蝉脱壳'的法子[13]。"犹未想完，只听"咯吱"一声，宝钗便故意放重了脚步，笑着叫道："颦儿，我看你往那里藏！"一面说，一面故意往前赶。那亭内的红玉、坠儿刚一推窗，只听宝钗如此说着往前赶，两个人都唬怔了。宝钗反向他二人笑道："你们把林姑娘藏在那里了？"坠儿道："何曾见林姑娘了。"宝钗道："我才在河那边看着林姑娘在这里蹲着弄水儿的。我要悄悄的唬他一跳，还没有走到跟前，他倒看见我了，朝东一绕就不见了。别是藏在这里头了。"一面说，一面故意进去寻了一寻，抽身就走，口内说道："一定是又钻在山子洞里去了。遇见蛇，咬一口也罢了。"一面说一面走，心中又好笑：这件事算遮过去了，不知他二人是怎样。

谁知红玉听了宝钗的话，便信以为真，让宝钗去远，便拉坠儿道："了不得了！林姑娘蹲在这里，一定听了话去了！"坠儿听说，也半日不言语。红玉又道："这可怎么样呢？"坠儿道："便是听了，管谁筋疼，各人干各人的就完了。"红玉道："若是宝姑娘听见，还倒罢了。林姑娘嘴里又爱刻薄人，心里又细，他一听见了，倘或走露了风声，怎么样呢？”二人正说着，只见文官、香菱、司棋、待书等上亭子来了。二人只得掩住这话，且和他们顽笑。

只见凤姐儿站在山坡上招手叫，红玉连忙弃了众人，跑至凤姐跟前，堆着笑问：“奶奶使唤作什么事？”凤姐打谅了一打谅[14]，见他生的干净俏丽，说话知趣，因笑道：“我的丫头今儿没跟进我来。我这会子想起一件事来，要使唤个人出去，不知你能干不能干，说的齐全不齐全？”红玉笑道：“奶奶有什么话，只管吩咐我说去。若说的不齐全，误了奶奶的事，凭奶奶责罚就是了。”凤姐笑道：“你是那位小姐房里的？我使你出去，他回来找你，我好替你说的。”红玉道：“我是宝二爷房里的。”凤姐听了笑道：“嗳哟！你原来是宝玉房里的，怪道呢。也罢了，等他问，我替你说。你到我们家，告诉你平姐姐：外头屋里桌子上汝窑盘子架儿底下放着一卷银子[15]，那是一百六十两，给绣匠的工价，等张材家的来要，当面称给他瞧了，再给他拿去。再里头床头间有一个小荷包拿了来。”

红玉听说撤身去了，回来只见凤姐不在这山坡子上了。因见司棋从山洞里出来，站着系裙子，便赶上来问道：“姐姐，不知道二奶奶往那里去了？”司棋道：“没理论。”红玉听了，抽身又往四下里一看，只见那边探春、宝钗在池边看鱼。红玉上来陪笑问道：“姑娘们可知道二奶奶那去了？”探春道：“往你大奶奶院里找去。”红玉听了，才往稻香村来，顶头只见晴雯、绮霰、碧痕、紫绡、麝月、待书、入画、莺儿等一群人来了。晴雯一见了红玉，便说道：“你只是疯罢！院子里花儿也不浇，雀儿也不喂，茶炉子也不炖[16]，就在外头逛。”红玉道：“昨儿二爷说了，今儿不用浇花，过一日浇一回罢。我喂雀儿的时候，姐姐还睡觉呢。”碧痕道：“茶炉子呢？”红玉道：“今儿不该我炖的班儿，有茶没茶别问我。”绮霰道：“你听听他的嘴！你们别说了，让他逛去罢。”红玉道：“你们再问问我逛了没有。二奶奶使唤我说话取东西的。”说着将荷包举给他们看，方没言语了，大家分路走开。晴雯冷笑道：“怪道呢！原来爬上高枝儿去了[17]，把我们不放在眼里。不知说了一句话半句话，名儿姓儿知道了不曾呢，就把他兴的这样！这一遭半遭儿的算不得什么，过了后儿还得听呵！有本事从今儿出了这园子，长长远远的在高枝儿上才算得。”一面说着去了。

这里红玉听说，不便分证[18]，只得忍着气来找凤姐儿，到了李氏房中，果见凤姐儿在这里和李氏说话儿呢。红玉上来回道：“平姐姐说，奶奶刚出来了，他就把银子收了起来，才张材家的来讨，当面称了给他拿去了。”说着将荷包递了上去，又道：“平姐姐教我回奶奶：才旺儿进来讨奶奶的示下[19]，好往那家子去。平姐姐就把那话按着奶奶的主意打发他去了。”凤姐笑道：“他怎么按我的主意打发去了？”红玉道：“平姐姐说：我们奶奶问这里奶奶好。原是我们二爷不在家，虽然迟了两天，只管请奶奶放心。等五奶奶好些，我们奶奶还会了五奶奶来瞧奶奶呢。五奶奶前儿打发了人来说，舅奶奶带了信来了，问奶奶好，还要和这里的姑奶奶寻两丸延年神验万全丹。若有了，奶奶打发人来，只管送在我们奶奶这里。明儿有人去，就顺路给那边舅奶奶带去的。”

话未说完，李氏道：“嗳哟哟！这些话我就不懂了。什么‘奶奶’、‘爷爷’的一大堆。”凤姐笑道：“怨不得你不懂，这是四五门子的话呢。”说着又向红玉笑道：“好孩子，难为你说的齐全。别象他们扭扭捏捏的蚊子似的。嫂子你不知道，如今除了我随手使的几个丫头老婆之外，我就怕和他们说话。他们必定把一句话拉长了作两三截儿，咬文咬字，拿着腔儿，哼哼唧唧的，急的我冒火，他们那里知道！先时我们平儿也是这么着，我就问着他：难道必定装蚊子哼哼就是美人了？说了几遭才好些儿了。”李宫裁笑道：“都像你泼皮破落户才好[20]。”凤姐又道：“这一个丫头就好。方才两遭，说话虽不多，听那口声就简断。”说着又向红玉笑道：“你明儿伏侍我去罢。我认你作女儿，我一调理你就出息了[21]。”

红玉听了，扑哧一笑。凤姐道："你怎么笑？你说我年轻，比你能大几岁，就作你的妈了？你还做春梦呢！你打听打听，这些人头比你大的大的，赶着我叫妈，我还不理。今儿抬举了你呢？"红玉笑道："我不是笑这个，我笑奶奶认错了辈数了。我妈是奶奶的女儿，这会子又认我作女儿。"凤姐道："谁是你妈？"李宫裁笑道："你原来不认得他？他是林之孝之女。"凤姐听了十分诧异，说道："哦！原来是他的丫头。"又笑道："林之孝两口子都是锥子扎不出一声儿来的。我成日家说[22]，他们倒是配就了的一对夫妻，一个天聋，一个地哑。那里承望养出这么个伶俐丫头来！你十几岁了？"红玉道："十七岁了。"又问名字，红玉道："原叫红玉的，因为重了宝二爷，如今只叫红儿了。"

凤姐听说将眉一皱，把头一回，说道："讨人嫌的很！得了玉的益似的，你也玉，我也玉。"因说道："既这么着肯跟，我还和他妈说：'赖大家的如今事多，也不知这府里谁是谁，你替我好好的挑两个丫头我使。'他一般答应着。他饶不挑[23]，倒把这女孩子送了别处去。难道跟我必定不好？"李氏笑道："你可是又多心了。他进来在先，你说话在后，怎么怨的他妈！"凤姐道："既这么着，明儿我和宝玉说，叫他再要人，叫这丫头跟我去。可不知本人愿意不愿意？"红玉笑道："愿意不愿意，我们也不敢说。只是跟着奶奶，我们也学些眉眼高低[24]，出入上下，大小的事也得见识见识。"刚说着，只见王夫人的丫头来请，凤姐便辞了李宫裁去了。红玉回怡红院去，不在话下。

如今且说林黛玉因夜间失寐，次日起来迟了，闻得众姊妹都在园中作饯花会[25]，恐人笑他痴懒，连忙梳洗了出来。刚到了院中，只见宝玉进门来了，笑道："好妹妹，你昨儿可告我了不曾？教我悬了一夜心。"林黛玉便回头叫紫鹃道："把屋子收拾了，撂下一扇纱屉[26]；看那大燕子回来，把帘子放下来，拿狮子倚住[27]；烧了香就把炉罩上。"一面说一面又往外走。宝玉见他这样，还认作是昨日中晌的事，那知晚间的这段公案[28]，还打恭作揖的[29]。林黛玉正眼也不看，各自出了院门，一直找别的姊妹去了。宝玉心中纳闷，自己猜疑：看起这个光景来，不像是为昨日的事；但只昨日我回来的晚了，又没有见他，再没有冲撞了他的去处了。一面想，一面由不得随后追了来。

只见宝钗、探春正在那边看鹤舞，见黛玉去了，三个一同站着说话儿。又见宝玉来了，探春便笑道："宝哥哥，身上好？我整整的三天没见你了。"宝玉笑道："妹妹身上好？我前儿还在大嫂子跟前问你呢。"探春道："宝哥哥，你往这里来，我和你说话。"宝玉听说，便跟了他，离了钗、玉两个，到了一棵石榴树下。探春因说道："这几天老爷可曾叫你？"宝玉笑道："没有叫。"探春说："昨儿我恍惚听见说老爷叫你出去的。"宝玉笑道："那想是别人听错了，并没叫的。"探春又笑道："这几个月，我又攒下有十来吊钱了。你还拿了去，明儿出门逛去的时候，或是好字画，好轻巧顽意儿，替我带些来。"宝玉道："我这么城里城外、大廊小庙的逛，也没见个新奇精致东西，左不过是那些金玉铜磁没处撂的古董，再就是绸缎吃食衣服了。"探春道："谁要这些。怎么像你上回买的那柳枝儿编的小篮子，整竹子根抠的香盒儿，胶泥垛的风炉儿，这就好了。我喜欢的什么似的，谁知他们都爱上了，都当宝贝似的抢了去了。"宝玉笑道："原来要这个。这不值什么，拿五百钱出去给小子们，管拉一车来。"探春道："小厮们知道什么。你拣那朴而不俗、直而不拙者，这些东西，你多多的替我带了来。我还像上回的鞋作一双你穿，比那一双还加工夫，如何呢？"

宝玉笑道："你提起鞋来，我想起个故事：那一回我穿着，可巧遇见了老爷，老爷就不受用[30]，问是谁作的。我那里敢提'三妹妹'三个字，我就回说是前儿我生日，是舅母给的。老爷听了是舅母给的，才不好说什么，半日还说：'何苦来！虚耗人力，作践绫罗，作这样的东西。'我回来告诉了袭人，袭人说这还罢了，赵姨娘气的抱怨的了不得：'正经兄弟，鞋搭拉袜搭拉的没人看的见，且作这些东西！'"探春听说，登时沉下脸来，道："这话糊涂到什么田地！怎么我是该作鞋的人么？环儿难道没有分例的[31]，没有人的？一般的衣裳是衣裳，鞋袜是鞋袜，丫头老婆一屋子，怎么抱怨这些话！给谁听呢！我不过是闲着没事儿，作一双半双，爱给那个哥哥兄弟，随我的心。谁敢管我不成！这也是白气。”宝玉听了，点头笑道：“你不知道，他心里自然又有个想头了。”探春听说，益发动了气，将头一扭，说道：“连你也糊涂了！他那想头自然是有的，不过是那阴微鄙贱的见识。他只管这么想，我只管认得老爷、太太两个人，别人我一概不管。就是姊妹弟兄跟前，谁和我好，我就和谁好，什么偏的庶的[32]，我也不知道。论理我不该说他，但忒昏愦的不象了！还有笑话呢：就是上回我给你那钱，替我带那顽的东西。过了两天，他见了我，也是说没钱使，怎么难，我也不理论。谁知后来丫头们出去了，他就抱怨起来，说我攒的钱为什么给你使，倒不给环儿使呢。我听见这话，又好笑又好气，我就出来往太太跟前去了。”正说着，只见宝钗那边笑道：“说完了，来罢。显见的是哥哥妹妹了，丢下别人，且说梯己去[33]。我们听一句儿就使不得了！”说着，探春、宝玉二人方笑着来了。

宝玉因不见了林黛玉，便知他躲了别处去了，想了一想，索性迟两日，等他的气消一消再去也罢了。因低头看见许多凤仙石榴等各色落花，锦重重的落了一地[34]，因叹道：“这是他心里生了气，也不收拾这花儿来了。待我送了去，明儿再问着他。”说着，只见宝钗约着他们往外头去。宝玉道：“我就来。”说毕，等他二人去远了，便把那花兜了起来，登山渡水，过树穿花，一直奔了那日同林黛玉葬桃花的去处来。将已到了花冢，犹未转过山坡，只听山坡那边有呜咽之声，一行数落着[35]，哭的好不伤感。宝玉心下想道：“这不知是那房里的丫头，受了委曲，跑到这个地方来哭。”一面想，一面煞住脚步，听他哭道是：

花谢花飞花满天，红消香断有谁怜？
游丝软系飘春榭[36]，落絮轻沾扑绣帘[37]。
闺中女儿惜春暮，愁绪满怀无释处[38]。
手把花锄出绣帘[39]，忍踏落花来复去[40]？
柳丝榆荚自芳菲[41]，不管桃飘与李飞。
桃李明年能再发，明年闺中知有谁？
三月香巢已垒成，梁间燕子太无情。
明年花发虽可啄，却不道人去梁空巢也倾。
一年三百六十日，风刀霜剑严相逼。
明媚鲜妍能几时，一朝飘泊难寻觅。
花开易见落难寻，阶前闷杀葬花人。
独把花锄泪暗洒，洒上空枝见血痕[42]。
杜鹃无语正黄昏，荷锄归去掩重门。
青灯照壁人初睡，冷雨敲窗被未温。
怪侬底事倍伤神[43]？半为怜春半恼春：
怜春忽至恼忽去，至又无言去不闻。
昨宵庭外悲歌发，知是花魂与鸟魂[44]？
花魂鸟魂总难留，鸟自无言花自羞。
愿侬胁下生双翼，随花飞到天尽头。
天尽头，何处有香丘[45]？
未若锦囊收艳骨，一抔净土掩风流[46]。

质本洁来还洁去，不教污淖陷渠沟[47]。
尔今死去侬收葬，未卜侬身何日丧[48]？
侬今葬花人笑痴，他年葬侬知是谁？
试看春残花渐落，便是红颜老死时。
一朝春尽红颜老，花落人亡两不知。

宝玉听了不觉痴倒。

【注释】

① 客边：以客人的身份寄居在别人家里。

② 淘气：这里是怄气的意思。

③ 忒(tè)楞楞：象声词，形容鸟飞的声音。

④ “花魂”二句：见林黛玉哭泣，花为之神魂颠倒，默默伤感；鸟也从梦中惊起，弄得痴痴呆呆。

⑤ 颦(pín)儿：相传西施心痛时“捧心而颦”，样子很好看（见《庄子·天运》）。林黛玉“眉尖若蹙”，贾宝玉因此送她一表号（字），叫“颦颦”，是暗取其意。

⑥ 幽芳：这里指幽怨感伤的情怀和孤芳自傲的操守。绣闺：绣房。

⑦ “落花”句：以花鸟拟人，说不忍听黛玉的哭声，极写她的悲泣令人悯恻；又兼应诗的首句说黛玉的貌美。后文黛玉葬花是小说中的重要文字，所以预先用黛玉哭花阴的细节作引；有了这一番渲染，更增强了后文的艺术效果。

⑧ 芒种：二十四节气之一，多在公历6月6日前后。

⑨ 干：盾牌。旄、旌、幢：都是古代的旗子。旄，旗杆顶端缀有牦牛尾的旗。旌，与旄相似，另有五彩折羽装饰。幢，形状像伞。

⑩ 逶迤：沿着弯曲的道路。

⑪ 槅(gé)子：窗上用木条作成的格子。这里指窗子。

⑫ 刁钻古怪：狡猾而性情怪癖。

⑬ 金蝉脱壳：蝉由幼虫变为成虫时，要脱掉外壳（蝉蜕）。喻以假象作掩蔽暗中溜走。“金蝉脱壳”是古代“三十六计”第二十一计，属于“混战计”中的一计。

⑭ 打谅：打量，仔细地看。

⑮ 汝窑：北宋时建于汝州（今河南省临汝县）的瓷器窑。

⑯ 烧(lóng)：即烧火；升火。

⑰ 爬上高枝儿：比喻依附地位高的人。

⑱ 分证：分辩。

⑲ 示下：吩咐。

⑳ 泼皮破落户：泼皮，无赖。破落户，原指先前有钱有势而后来败落的人家。小说中戏称王熙凤“破落户”，是以“破落户”谐“泼辣货”音。李宫裁当面说凤姐“泼皮破落户”，含戏谑的意思。

㉑ 调理：训练，管教。

㉒ 成日家：北京方言，整天、每天的意思。

㉓ 饶：连词，跟“不但”的意思相近。

㉔ 眉眼高低：指待人接物时能够察貌辨色，根据不同情况，区别对待不同的人和事。

㉕ 饯花会：为饯别残花而举行的仪式。

㉖ 撂(liào)下：放下。纱屉(tì)：旧时的窗户分里外两层，外层窗棂是用纸糊或木板装的，白天可以卸下来或支起来，晚间再安上或放下。里层用纱糊，透明而通气，叫“纱屉”。

㉗ 狮子：这里指一种压帘用的带座的石狮子。

㉘ 公案：原指疑难案件，泛指有纠纷或离奇的事情。

㉙ 打恭：也作“打躬”，弯下身子施礼。作揖：行拱手礼。

㉚ 受用：舒服，高兴。

㉛ 分例：即月例或月钱，封建大家庭里的成员从管家人那里领取的每月的费用。

㉜ 偏的庶的：指偏房（妾）所生的子女。

㉝ 梯己：即梯己话，贴心话或知心话。

㉞ 锦重重：颜色鲜艳并繁多零乱。

㉟ 一行：一面，一边。数落：不住嘴地列举叙述。

㊱ 榭：筑在台上的房子。

㊲ 絮：柳絮，柳花。

㊳ 无释处：没有排遣的地方。

㊴ 把：拿。

㊵ 忍：岂忍。

㊶ 榆荚：榆树的实。榆未生叶时先生荚，色白，像是成串的钱，俗称榆钱。芳菲：花草芳香。

㊷ “洒上”句：与两个传说有关：一、湘妃哭舜，泣血染竹成斑。所以黛玉号“潇湘妃子”。二、蜀帝魂化杜鹃鸟，啼血染花枝，花即杜鹃花。所以下句接言“杜鹃”。

㊸ 侬：“我”的俗语，吴地乐府民歌中多用。底事：何事，什

么事。

㊹ 知是:哪里知道是……还是……

㊺ 香丘:香坟,指花冢。以花拟人,所以下句用“艳骨”。

㊻ 一抔(póu)净土:一抔,一捧。抔,双手捧物。《史记·张释之列传》:“取长陵一抔土”,比喻盗开坟墓。后人就以“一抔土”代指坟墓。这里“一抔净土”指花冢。

㊼ 污淖(nào):被污秽的泥水所弄脏。

㊽ 卜:预知。

第六节 《长生殿》和《桃花扇》

洪昇(1645—1704),字昉思,号稗畦,又号稗村、南屏樵者,钱塘(今浙江杭州)人。清戏曲作家。出身于没落的望族,从小就受到较好的文化教养,很早就显露才华,但在京城做了二十多年国子监生,不曾有过一官半职。其间又遭家难,父亲几乎被充军。家难使他生活相当清苦,但他禀性高傲,不偶流俗。三十几岁就写成《长生殿》初稿,经三次易稿、十余年努力,于康熙二十七年(1688)改定脱稿。剧本问世后,名噪一时,到处传抄、搬演。次年,因在佟皇后丧期内招伶人演唱该剧而遭弹劾,被革去监生籍,不得不还乡。晚年过着寄情山水、抑郁清苦的生活。康熙四十三年(1704)七月,江宁织造曹寅招伶人演《长生殿》全剧,请他作上宾。演出结束后,他返经乌镇,因酒醉失足,落水而死。

洪昇是清代极负盛名的戏曲家,除《长生殿》外,还著有杂剧《四婵娟》等多种,以及诗集《稗畦集》、《稗畦续集》、《啸月楼集》三种。诗作大多感叹自己失意穷愁,调子悲郁凄凉,间或有同情民间痛苦、感慨兴亡之作。

《长生殿》所写的是以安史之乱为背景的唐明皇与杨贵妃的爱情故事。这个故事,既有历史上真人真事为依据,又受相当久远、广泛的民间传说和文人创作的影响。取材于这一故事的文学作品,著名的有唐代白居易的《长恨歌》和陈鸿的《长恨歌传》,宋代乐史的《杨太真外传》,元代白朴的《唐明皇秋夜梧桐雨》杂剧,明代屠隆的《彩毫记》传奇和吴世美的《惊鸿记》传奇。洪昇创作时是深受这些作品感动和影响的,他在“自序”中说:“余览白乐天《长恨歌》及元人《秋雨梧桐》剧,辄作数日恶(即要难过好几天)。”正因为如此,《长生殿》不仅继承了上述两部作品的情节,还吸收了其中大量的词句。在继承前人的同时,作者还发挥了巨大的创造性。一方面,他改造、充实了李、杨的爱情故事,借以表现自己“精诚不散”、生死不渝的爱情理想,构成了“借太真外传谱新词,情而已”的爱情主题;另一方面,他又在爱情故事中大大增加了政治和社会生活内容,借以总结朝代兴亡的教训,构成“乐极哀来,垂戒来世,意即寓焉”的政治主题。全剧五十出,除首出介绍剧情外,前二十四出以李、杨爱情悲剧为基本线索,运用现实主义笔触,穿插、铺写了许多政治社会内容,剧本的政治主题主要在这一部分体现;后二十五出运用浪漫主义笔触,写李、杨的悔恨、相思和天上团圆,剧本的爱情主题主要在这部分完成。

剧本在表现政治主题方面取得较大的成绩。作者围绕李、杨的爱情悲剧,以揭露、抨击的态度写了杨国忠之流的误国勾当,皇亲国戚的腐化生活,官僚集团的投降变节行为,安禄山一伙谋反叛国的罪恶;同时写出了这一切对于国家和人民造成的危害和苦难。对于风流天子李隆基(在表现爱情主题时,他被作为正面人物肯定)的昏庸腐败、不理朝政,也给予了一定程度的谴责。从历史的角度看,剧本对酿成安史之乱的阶级斗争背景作了真实的反映;从现实的角度看,剧本探索和总结了明朝灭亡的教训,表现了作者的亡明之痛,流露出对异族统治的不满情绪。

在爱情主题的表现上,作者基本上没有像历代封建卫道者那样把安史之乱完全归罪于杨玉环,有意回避了历史与传说中杨玉环和寿王、安禄山的关系,添写了她平时对爱情的渴望和怕被遗弃的忧虑，添写了她在马嵬兵变时的以身当难和死而无怨。对于李隆基，作者有意突出其风流天子的形象，尽量使他同政治少发生关系，而让杨国忠作为他政治上的替身；还写了他同杨玉环感情的逐步深化，突出了他们的爱情基础。

《长生殿》在艺术上有不少成功的地方值得借鉴。在结构上，作品前半部分充分把握传奇规模巨大的特点，以李、杨的宫廷爱情生活为主线，又有机地辅以政治斗争、社会生活的副线，使两条线索并行发展，两种场面交替出现，相互穿插映衬，深刻地表现了政治主题。在语言方面，作者善于根据剧情的需要，依据人物的身份、性格和所处的环境气氛，写出风格各异而又清丽流畅的曲辞，并使用不同色彩和乐曲与曲辞紧密配合，增强了抒情的色彩和艺术的感染力。

孔尚任(1648—1718)，字聘之，又字季重，号东塘，又号岸堂、云亭山人，曲阜(今属山东)人。清戏曲作家。孔子六十四代孙。二十岁前后应试考取县学生员，后参加岁考，没有录取。靠捐纳得了国子监生。三十一岁时居于县北石门山中，过着闭门读书、养亲不仕的生活。其间耳闻李香君血溅诗扇的故事及南明遗事，开始酝酿《桃花扇》的创作。

康熙二十一年(1682)应衍圣公孔毓圻之请，修《家谱》、《阙里志》。康熙二十四年(1685)，清圣祖南巡北归，到曲阜祭孔，他被荐御前讲经，受到褒奖，被任为国子监博士，到北京任职。次年又被派往淮扬一带参加治河工程，在江淮间踏遍明末四镇激战之地，参拜了明代的宫、陵和史可法的衣冠冢，与那里的明朝遗老诗酒唱和，搜集了大量明末掌故；同时，也接触到社会现实，看到了吏治的黑暗。这些，为他《桃花扇》的创作积累了丰富的素材，创作遂由酝酿趋于成熟。回京后，虽继续任官，却主要以读书写作和搜求古物自娱。康熙三十四年(1695)迁户部主事，奉命在宝泉局监铸钱币。康熙三十八年(1699)，他的《桃花扇》传奇定稿，上演后轰动一时。次年他升为户部员外郎，不久因事罢官，两年后回乡，在郁愤和困顿中度过了晚年。

孔尚任是清代著名的戏曲家，他的文学成就是多方面的，除《桃花扇》外，还有与顾彩合撰的传奇《小忽雷》，诗文集有《湖海集》、《岸堂稿》、《长留集》等。

《桃花扇》全剧四十出，是通过明末复社文人侯方域与秦淮歌妓李香君悲欢离合的故事来反映南明一代兴亡的巨型历史剧。作者自称"《桃花扇》一剧，皆南朝(指南明)新事"，他之所以要"借离合之情，写兴亡之感"，目的是为了"场上歌舞，局外指点，知三百年之基业，隳于何人？败于何事？消于何年？歇于何地？不独令观者感激涕零，亦可惩创人心，为末世之一救矣"。在众多反映历史的剧作中，《桃花扇》创作思想的明确程度可谓首屈一指。

《桃花扇》的思想意义，首先在于以舞台的艺术形象再现了明亡前夕的历史真实面貌，揭示了南明王朝衰亡的必然性。作者是带着愤慨的心情来总结这一沉痛的历史教训的，表现了强烈的爱国情绪和一定的民族意识。

《桃花扇》的"兴亡之感"是通过"离合之情"来表现的，贯穿全剧的还是李、侯的悲欢离合的爱情故事。作者写李、侯的爱情关系，是紧紧结合当时的政治斗争，在民族矛盾和阶级矛盾相互交织的情况下逐步展开的。他们洁身自爱，反抗权奸，他们爱情的开端、发展和结局，都从属于进步的政治观点，与国家民族的安危共命运。作者正是通过这种事不离情、情不离事的艺术构思，把"离合之情"和"兴亡之感"融合起来，使"南朝兴亡，遂系之桃花扇底"。剧中刻画最成功的艺术形象是李香君，而李香君最动人之处，就在于她忠于爱情的坚贞品德是同她鲜明进步的政治态度、蔑视权奸的反抗精神紧密结合在一起的。剧本结局时李、侯双双出家的悲剧性处理，不仅打破了历来爱情剧大团圆的俗套，而且深刻地反映了他们爱情的破灭和国家民族的危亡的紧密联系。

就离合之情和兴亡之感结合的完美程度而言，就爱情故事具有的政治含义的深刻程度而言，《桃花扇》在中国古典戏剧史上也是首屈一指的。

《桃花扇》在人物塑造上相当成功。作者对剧中各类人物有着鲜明的态度：对于李香君、柳敬亭、苏昆生等"在野贤人"满腔热情地歌颂；对于马士英、阮大铖等祸国殃民的权奸则深恶痛绝，无情揭露；对于以侯方域为代表的复社文人，在肯定他们爱国热忱和正义感的同时，又批评了他们动摇的政治态度和软弱无能的性格。对于全剧众多的人物，作者分别主次，给予不同分量的笔墨，既使主要人物有充分的表现机会，形象突出，又使次要人物的刻画发挥了衬托主要人物、完成主题的作用。

《桃花扇》在历史真实与艺术真实的结合方面，也取得了完美的统一。剧中所描写的主要人物和主要事件，都是有历史依据的，但作者并没有拘泥于历史事实而忽略了文学作品的艺术典型概括。正如作者在剧本的《凡例》中说的："朝政得失，文人聚散，皆确考时地，全无假借。至于儿女钟情、宾客解嘲，虽稍有点染，亦非乌有子虚之比。"因此可以说，《桃花扇》是一部比较严格的历史剧。

此外，《桃花扇》结构安排的别具匠心，词曲、说白的独特风格，都对人物性格的刻画和戏剧情节的开展起着很好的作用。

洪昇

惊　变

【题解】 本篇为《长生殿》第二十四出。剧中生角为唐明皇（玄宗），旦角为杨贵妃。《惊变》这出戏，谴责了唐明皇沉溺声色、荒废朝政的行为，揭示了统治阶级荒淫与国家变乱之间的内在联系。它是《长生殿》剧情发展的大关目，有结上起下的作用。这场戏演唱时，可分为《小宴》（由开场至〔南扑灯蛾〕曲）和《惊变》（接上至〔南尾声〕曲）两部分。作者有意将唐明皇、杨贵妃宴乐御花园的热场戏，与唐明皇惊闻安禄山兵犯长安而失魂落魄的冷场戏置于同一出内，使剧情由喜变悲，气氛由热烈转为凄凉；两相映衬，对比鲜明，造成了强烈的艺术效果。剧中对人物的神情与心理活动的刻画描摹，皆细腻入微，活脱逼真，达到了淋漓尽致的程度。

（丑上）玉楼天半起笙歌，风送宫嫔笑语和。月殿影开闻夜漏[①]，水晶帘卷近秋河[②]。咱家高力士[③]，奉万岁爷之命，着咱在御花园中，安排小宴，要与贵妃娘娘同来游赏，只得在此伺候。（生、旦乘辇[④]，老旦、贴随后，二内侍引，行上）

〔**北中吕粉蝶儿**[⑤]〕　天淡云闲，列长空数行新雁。御园中秋色斓斑：柳添黄，蘋减绿，红莲脱瓣。一抹雕阑，喷清香桂花初绽。

（到介）（丑）请万岁爷娘娘下辇。（生、旦下辇介）（丑同内侍暗下）（生）妃子，朕与你散步一回者。（旦）陛下请。（生携旦手介）（旦）

〔**南泣颜回**〕　携手向花间，暂把幽怀同散。凉生亭下，风荷映水翩翻。爱桐阴静悄，碧沉沉并绕回廊看。恋香巢秋燕依人，睡银塘鸳鸯蘸眼[⑥]。

（生）高力士，将酒过来[⑦]，朕与娘娘小饮数杯。（丑）宴已排在亭上，请万岁爷娘娘上宴。（旦作把盏，生止住介）妃子，坐了。

〔**北石榴花**〕　不劳你玉纤纤，高捧礼仪烦。子待借小饮对眉山[⑧]。俺与你浅斟低唱，互更番，三杯两盏，遣兴消闲。妃子，今日虽是小宴，倒也清雅。回避了御厨中，回避了御厨中烹龙炰凤堆盘案[9]，呫呫哑哑，乐声催趱[10]。只几味脆生生[11]，只几味脆生生蔬和果清肴馔，雅称你仙肌玉骨美人餐[12]。

妃子，朕与你清游小饮，那些梨园旧曲[13]，都不耐烦听他。记得那年在沉香亭上赏牡丹，召翰林李白，草《清平调》三章[14]，令李龟年度成新谱[15]，其词甚佳，不知妃子还记得么？（旦）妾还记得。（生）妃子可为朕歌之，朕当亲倚玉笛以和。（旦）领旨。（老旦进玉笛，生吹介，旦按板介[16]）

〔**南泣颜回**〕[17]　花繁，秾艳想容颜，云想衣裳光璨。新妆谁似？可怜飞燕娇懒[18]。名花国色[19]，笑微微常得君王看。向春风解释春愁，沉香亭同倚阑干。

（生）妙哉！李白锦心，妃子绣口，真双绝矣！宫娥，取巨觞来，朕与妃子对饮。（老旦、贴送酒介）（生）

〔**北斗鹌鹑**〕　畅好是喜孜孜驻拍停歌[20]，喜孜孜驻拍停歌，笑吟吟传杯送盏。妃子干一杯。（作照干介）不须他絮烦烦射覆藏钩[21]，闹纷纷弹丝弄板。（又作照杯介）妃子再干一杯。（旦）妾不能饮了。（生）宫娥每跪劝。（老旦、贴）领旨。（跪旦介）娘娘请上这一杯。（旦勉饮介）（老旦、贴作连劝介）（生）我这里无语持觞仔细看，早子见花一朵上腮间[22]。（旦作醉介）妾真醉矣！（生）一会价软咍咍柳亸花欹[23]，软咍咍柳亸花欹，困腾腾莺娇燕懒。

妃子醉了。宫娥每，扶娘娘上辇进宫去者。（老旦、贴）领旨。（作扶旦起介）（旦作醉态呼介）万岁。（老旦、贴扶旦行。旦作醉态介）

〔**南扑灯蛾**〕　态恹恹轻云软四肢，影蒙蒙空花乱双眼；娇怯怯柳腰扶难起，困沉沉强抬娇腕，软设设金莲倒褪，乱松松香肩亸云环；美甘甘思寻凤枕，步迟迟倩宫娥搀入绣帏间。

（老旦、贴扶旦下）（丑同内侍暗上）（内击鼓介）（生惊介）何处鼓声骤发？（副净急上）渔阳鼙鼓动地来，惊破霓裳羽衣曲[24]。（问丑介）万岁爷在那里？（丑）在御花园内。（副净）军情紧急，不免径入。（进见介）陛下，不好了！安禄山起兵造反[25]，杀过潼关，不日就到长安了！（生大惊介）守关将士何在？（副净）哥舒翰兵败已降贼了[26]。（生）

〔**北上小楼**〕　呀，你道失机的哥舒翰，称兵的安禄山，赤紧的离了渔阳[27]，陷了东京[28]，破了潼关。唬得人胆战心摇，唬得人胆战心摇，肠慌腹热，魂飞魄散，早惊破月明花粲[29]。

卿有何策，可退贼兵？（副净）当日臣曾再三启奏禄山必反，陛下不听，今日果应臣言。事起仓卒，怎生抵敌？不若权时幸蜀，以待天下勤王[30]。（生）依卿所奏。快传旨：诸王百官，即时随驾幸蜀便了。（副净）领旨。（急下）（生）高力士，快些整备军马，传旨令右龙武将军陈元礼，统领羽林军士三千，扈驾前行[31]。（丑）领旨。（下）（内侍）请万岁爷回宫。（生转行叹介）唉！正尔欢娱，不想忽有此变，怎生是了也！

〔**南扑灯蛾**〕　稳稳的宫庭宴安，扰扰的边廷造反，冬冬的鼙鼓喧，腾腾的烽火黫[32]。的溜扑碌臣民儿逃散[33]，黑漫漫乾坤覆翻，磣磕磕社稷摧残[34]，磣磕磕社稷摧残，当不得萧萧飒飒西风送晚，黯黯的一轮落日冷长安。

（向内问介）宫娥每，杨娘娘可曾安寝？（老旦、贴内应介）已睡熟了。（生）不要惊他，且待明早五鼓同行。（泣介）天那！寡人不幸，遭此播迁，累他玉貌花容，驱驰道路，好不痛心也！

〔**南尾声**〕　在深宫兀自娇慵惯，怎样支吾蜀道难？（哭介）我那妃子呵！愁杀你玉软花柔要将途路趱。

宫殿参差落照间（卢纶），渔阳烽火照函关[35]（吴融）。

遏云声绝悲风起（胡曾）[36]，何处黄云是陇山[37]（武元衡）。

【注释】

① 闻夜漏：夜间静寂，听得见漏壶滴水的声音。夜漏，古代用铜壶滴漏计时，故夜间的时刻称夜漏。

② 近秋河：极言楼之高。秋河：银河的别称。

③ 高力士：唐宦官。高州良德（今广东高州东北）人。本姓冯，收养于高姓宦官，改姓。玄宗时知内侍省事，封渤海郡公。肃宗时放逐巫州，途闻上皇（玄宗）崩，呕血而死。

④ 辇（niǎn）：古代帝王乘坐的车。

⑤ 传奇多用南曲，兼有南北合套，此出即是。凡生所唱，多系北曲，旦角则唱南曲，间有变异。

⑥ 蘸（zhàn）眼：耀眼，引人注目。蘸，以物沾水或沾取他物。

⑦ 将酒：拿酒。

⑧ 子待：只待，只要。眉山：形容女子的眉毛如远山；这里代指杨贵妃。这句与前句玉手高擎，暗合"举案齐眉"的典故。举案齐眉，妻子（孟光）把食案高举过头，表示对丈夫（梁鸿）的尊敬。见《后汉书·梁鸿传》。后来引申作夫妇互相敬爱。

⑨ 烹龙炰（páo）凤：喻指烧煮各种山珍海味。盘案：放菜的器具。

⑩ 趱（zǎn）：催促。

⑪ 脆生生：很脆。生生，形容脆的程度。

⑫ 雅称：非常适合，配得上。

⑬ 梨园：唐玄宗时教练宫廷歌舞艺人的场所。

⑭ "记得那年"三句：《杨太真外传》载，时禁中重木芍药（即牡丹），"上因移植于兴庆池东沉香亭前。会花方繁开，上乘照夜白（骏马名），妃以步辇从。诏选梨园弟子中尤者，得乐十六色。李龟年以乐擅一时之名，手捧檀板，押众乐前，将欲歌之，上曰：'赏名花，对妃子，焉用旧乐词为？'遽命龟年持金花笺，宣赐翰林学士李白立进《清平乐》词三篇"。这三首依次是，其一："云想衣裳花想容，春风拂槛露华浓。若非群玉山头见，会向瑶台月下逢。"其二："一枝红艳露凝香，云雨巫山枉断肠。借问汉宫谁得似？可怜飞燕倚新妆。"其三："名花倾国两相欢，长得君王带笑看。解释春风无限恨，沉香亭北倚阑干。"

⑮ 李龟年：唐玄宗宠幸的乐人，精通音律。

⑯ 此处表明作者原欲由角色自己奏乐，与今之演出不同。

⑰ 南泣颜回：此曲系据李白《清平乐》词改写。

⑱ 飞燕：指汉成帝的皇后赵飞燕，赵以身轻色美著称。

⑲ 名花：指牡丹。国色：指杨贵妃。

⑳ 畅好是：正好是。

㉑ 射覆藏钩：古代的两种游戏。覆，谜。射覆，即猜谜。藏钩，指猜测物件（钩）藏匿之处。

㉒ 早子见：子同"只"，亦作"则"。

㉓ 一会价：一会儿。软咍（hāi）咍：软绵绵。亸（duǒ）：下垂。攲（qī）：倾斜。"柳亸花攲"和下句的"莺娇燕懒"，都用来状杨贵妃饮醉无力貌。

㉔ "渔阳"二句：语出白居易《长恨歌》。渔阳，唐郡名，在今河北蓟县一带，安禄山部驻所。霓裳羽衣曲，唐代舞曲名，传说是唐玄宗游月宫时暗中记下这支曲子，回来谱出流传的，其实是当时新疆地区的音乐略参以清商乐谱成的，或许经过玄宗的改编。自白居易创作《长恨歌》以来，人们常将此曲与李、杨的爱情故事联在一起。

㉕ 安禄山：唐营州柳城（今辽宁朝阳县南）胡人，玄宗时为平卢、范阳、河东三节度使。天宝十四载（755）起兵叛乱，破潼关（在今陕西潼关县，当陕西、山西、河南三省要冲，历来为兵家必争之地），入长安，大肆杀掠。至德二载（757），其子安庆绪谋夺帝位，将他杀死。

㉖ 哥舒翰：唐大将，安禄山叛乱时，受命为兵马副元帅，统军二十万守潼关，兵败被俘，囚于洛阳，后在安庆绪兵败撤退时被杀。此处言其"降贼"，与史实不符。

㉗ 赤紧：一作"吃紧"，谓紧要关头。此处形容速度之快。

㉘ 东京：洛阳。汉高祖建都长安，光武帝建都洛阳，故汉时即有西京、东京之称，唐代沿用不变。

㉙ 月明花粲：比喻环境安乐。

㉚ 勤王：朝廷有难，起兵去援救。

㉛ 扈驾：随驾而兼保卫的意思。

㉜ 黫(yān)：黑色，形容战时烽火。

㉝ 的溜扑碌：形容人们逃难时的仓皇狼狈。

㉞ 碜(cǎn)磕(kē)磕：悲惨至极的意思。碜，同"惨"。

㉟ 函关：即函谷关，位于潼关之东。安禄山由范阳起兵攻长安，须经函谷关。

㊱ 遏云：即响遏(阻止)行云，形容音乐的美妙。《列子·汤问》："秦青善歌，能使声振林木，响遏行云。"

㊲ 陇山：六盘山南段的别称，延伸于陕西、甘肃边境，山势险峻。由长安往成都，经陇山东麓而南行。"宫殿"四句是本出结尾的下场诗，系摘集唐人诗句而成。

孔尚任

却奁[①]

【题解】 本篇为《桃花扇》第七出。剧中旦角为李香君，生角为侯方域。《却奁》这出戏，写李香君深明大义，坚决拒绝权奸阮大铖为收买侯方域而送给她的妆奁，突出刻画了她节操自重的为人和刚烈不为利诱的性格。她对阮大铖之流嫉恶如仇，对阮大铖送来的妆奁嗤之以鼻，高唱出"脱裙衫，穷不妨；布荆人，名自香"，表现了她不与邪恶势力同流合污的鲜明政治态度。她的行动，给侯方域以极大的震动，令他自惭自责。这不仅使他免于失节辱名，而且使他更觉香君是他的知音和畏友，他终于和香君一起挫败了阮大铖的阴谋。侯方域从动摇到坚定的性格变化，更衬托出李香君光彩照人的形象。这出戏，行文紧凑，语言简练，剧情的发展变化与人物的性格刻画紧密结合，在尖锐的矛盾冲突和鲜明的对比中，展示出李香君与侯方域性格的差别。

(杂扮保儿掇马桶上)龟尿龟尿，撒出小龟；鳖血鳖血，变成小鳖。龟尿鳖血，看不分别；鳖血龟尿，说不清白。看不分别，混了亲爹；说不清白，混了亲伯。(笑介)胡闹，胡闹！昨日香姐上头，乱了半夜，今日早起，又要刷马桶，倒溺壶，忙个不了。那些孤老、表子，还不知搂到几时哩。(刷马桶介)

〔**夜行船**〕 (末)人宿平康深柳巷[②]，惊好梦门外花郎[③]。绣户未开，帘钩才响，春阻十层纱帐。

下官杨文骢[④]，早来与侯兄道喜[⑤]。你看院门深闭，侍俾无声，想是高眠未起。(唤介)保儿[⑥]，你到新人窗外，说我早来道喜。(杂)昨夜睡迟了，今日未必起来哩。老爷请回，明日再来罢。(末笑介)胡说！快快去问。(小旦内问介[⑦])保儿，来的是那一个？(杂)是杨老爷道喜来了。(小旦忙上)倚枕春宵短，敲门好事多。(见介)多谢老爷，成了孩儿一世姻缘。(末)好说。(问介)新人起来不曾？(小旦)昨晚睡迟，都还未起哩。(让坐介)老爷请坐，待我去催他。(末)不必，不必。(小旦下)

〔**步步娇**〕 (末)儿女浓情如花酿，美满无他想，黑甜共一乡[⑧]。可也亏了俺帮衬，珠翠辉煌，罗绮飘荡。件件助新妆，悬出风流榜。

(小旦上)好笑，好笑！两个在那里交扣丁香[⑨]，并照菱花[⑩]，梳洗才完，穿戴未毕。请老爷回到洞房，唤他出来，好饮扶头卯酒[⑪]。(末)惊却好梦，得罪不浅。(同下)(生、旦艳妆上)

〔**沉醉东风**〕 (生、旦)这云情接着雨况[⑫]，刚搔了心窝奇痒，谁搅起睡鸳鸯？被翻红浪，喜匆匆满怀欢畅。枕上余香，帕上余香。消魂滋味，才从梦里尝。

(末、小旦上)(末)果然起来了，恭喜，恭喜！(一揖，坐介)(末)昨晚催妆拙句[13]，可还说的入情么？(生揖介)多谢！(笑介)妙是妙极了，只有一件。(末)那一件？(生)香君虽小，还该藏之金屋[14]。(看袖介)小生衫袖，如何着得下？(俱笑介)(末)夜来定情，必有佳作。(生)草草塞责，不敢请教。(末)诗在那里？(旦)诗在扇头。(旦向袖中取出扇介)(末接看介)是一柄白纱宫扇。(嗅介)香的有趣。(吟诗介)妙，妙！只有香君不愧此诗[15]。(付旦介)还收好了。(旦收扇介)

〔**园林好**〕(末)正芬芳桃香李香，都题在宫纱扇上；怕遇着狂风吹荡，须紧紧袖中藏，须紧紧袖中藏。

(末看旦介)你看香君上头之后[16]，更觉艳丽了。(向生介)世兄有福，消此尤物[17]。(生)香君天姿国色，今日插了几朵珠翠，穿了一套罗绮，十分花貌，又添二分，果然可爱。(小旦)这都亏了杨老爷帮衬哩。

〔**江儿水**〕送到缠头锦[18]，百宝箱，珠围翠绕流苏帐[19]。银烛笼纱通宵亮，金杯劝酒合席唱。今日又早早来看，恰似亲生自养，陪了妆奁，又早敲门来望。

(旦)俺看杨老爷，虽是马督抚至亲[20]，却也拮据作客[21]，如何轻掷金钱，来填烟花之窟[22]？在奴家受之有愧，在老爷施之无名，今日问个明白，以便图报。(生)香君问得有理。小弟与杨兄萍水相交[23]，昨日承情太厚，也觉不安。(末)既蒙问及，小弟只得实告了。这些妆奁酒席，约费二百馀金，皆出怀宁之手[24]。(生)那个怀宁？(末)曾做过光禄的阮圆海。(生)是那皖人阮大铖么？(末)正是。(生)他为何这样周旋？(末)不过欲纳交足下之意。

〔**五供养**〕(末)羡你风流雅望，东洛才名，西汉文章[25]。逢迎随处有，争看坐车郎[26]。秦淮妙处[27]，暂寻个佳人相傍，也要些鸳鸯被、芙蓉妆。你道是谁的，是那南邻大阮[28]，嫁衣全忙。

(生)阮圆老原是敝年伯[29]，小弟鄙其为人，绝之已久。他今日无故用情，令人不解。(末)圆老有一段苦衷，欲见白于足下。(生)请教。(末)圆老当日曾游赵梦白之门[30]，原是吾辈。后来结交魏党[31]，只为救护东林，不料魏党一败，东林反与之水火[32]。近日复社诸生[33]，倡论攻击，大肆殴辱，岂非操同室之戈乎[34]？圆老故交虽多，因其形迹可疑，亦无人代为分辨。每日向天大哭，说道："同类相残，伤心惨目，非河南侯君，不能救我。"所以今日谆谆纳交[35]。(生)原来如此，俺看圆海情辞迫切，亦觉可怜。就便真是魏党，悔过来归，亦不可绝之太甚，况罪有可原乎！定生、次尾[36]，皆我至交，明日相见，即为分解。(末)果然如此，吾党之幸也。(旦怒介)官人是何说话！阮大铖趋附权奸，廉耻丧尽；妇人女子，无不唾骂。他人攻之，官人救之，官人自处于何等也？

〔**川拨棹**〕不思想，把话儿轻易讲。要与他消释灾殃，要与他消释灾殃，也提防旁人短长[37]。官人之意，不过因他助俺妆奁，便要徇私废公；那知道这几件钗钏衣裙，原放不到我香君眼里。(拔簪脱衣介)脱裙衫，穷不妨；布荆人[38]，名自香。

(末)阿呀!香君气性,忒也刚烈[39]。(小旦)把好好东西都丢一地,可惜,可惜!(拾介)(生)好,好,好!这等见识,我倒不如,真乃侯生畏友也[40]。(向末介)老兄休怪,弟非不领教,但恐为女子所笑耳。

〔**前腔**〕(生)平康巷,他能将名节讲;偏是咱学校朝堂,偏是咱学校朝堂,混贤奸不问青黄[41]。那些社友平日重俺侯生者,也只为这点义气;我若依附奸邪,那时群起来攻,自救不暇,焉能救人乎。节和名,非泛常;重和轻,须审详。

(末)圆老一段好意,也还不可激烈。(生)我虽至愚,亦不肯从井救人[42]。(末)既然如此,小弟告辞了。(生)这些箱笼,原是阮家之物,香君不用,留之无益,还求取去罢。(末)正是:多情反被无情恼[43],乘兴而来兴尽还[44]。(下)(旦恼介)(生看旦介)俺看香君天姿国色,摘了几朵珠翠,脱去一套罗绮,十分容貌,又添十分,更觉可爱。(小旦)虽如此说,舍了许多东西,到底可惜。

〔**尾声**〕金珠到手轻轻放,惯成了娇痴模样,辜负俺辛勤做老娘。

(生)些须东西[45],何足挂念,小生照样赔来。(小旦)这等才好。
(小旦)花钱粉钞费商量[46],(旦)裙布钗荆也不妨。
(生)只有湘君能解佩[47],(旦)风标不学世时妆[48]。

【注释】

① 却奁(lián):退掉妆奁(嫁妆)。

② 平康:唐代长安里名,妓女聚居之处。后多泛指妓院。

③ 花郎:指卖花人。

④ 杨文骢:字龙友,贵州贵阳人。南明弘光朝常、镇二府巡抚,后抗清,兵败被杀。剧中交代,他此时是罢职的县令,是马士英的妹夫,阮大铖的盟弟,与复社诸友也很熟识。因此,他在剧中是联络两边的人物。

⑤ 侯兄:即侯方域,字朝宗,河南商丘人。父亲做过户部尚书,是东林党人。他本人是复社重要人物,有文名。入清后曾应河南乡试,中副榜。《桃花扇》写其入清后出家不仕,与史实有出入,是作者根据全剧的主题和人物性格进行的艺术再创造。

⑥ 保儿:即鸨儿,指妓女的养母。鸨,鸟名,似雁而大,无后趾,虎纹,喜淫而无厌。后因称妓女为鸨。

⑦ 小旦:传奇角色名。本剧此角色扮演妓女的假母李贞丽。

⑧ 黑甜共一乡:指两个人夜里熟睡在一起。俗称熟睡中的境界为黑甜乡。

⑨ 丁香:花名。此处借指形似丁香花蕾的衣服钮扣。

⑩ 菱花:指镜子。古时铜镜背面大多镌镂菱花图案,故常用"菱花"代指镜子。

⑪ 扶头卯酒:早晨喝的酒。卯,卯时,早晨五点至七点。

⑫ 云情、雨况:指男女交欢时的情况。

⑬ "昨晚"句:事见上一出《眠香》。杨文骢送催妆诗云:"生小倾城是李香,怀中婀娜袖中藏;缘何十二巫峰女,梦里偏来见楚王?"侯方域见诗,笑对香君连赞"妙绝"。一个清客打趣道:"'怀中婀娜袖中藏',说的香君一搦身材,竟是个香扇坠儿。"李香君诨名小扇坠,此诗语意双关。旧俗新婚之夕,赋诗催新妇梳妆,叫催妆诗。

⑭ 金屋:指极华贵的房子。典出汉武帝"金屋藏娇"的故事。

⑮ 只有香君不愧此诗:事见上一出《眠香》。侯方域题宫扇一诗,赠与李香君为订盟之物,诗云:"夹道朱楼一径斜,王孙初御富平车。青溪尽是辛夷树,不及东风桃李花。"

⑯ 上头:旧时女子结婚,发饰须作成人装束,叫"上头"。

⑰ 尤物:本指特殊人物,一般用以称绝色美人。

⑱ 缠头:古时歌舞的人把锦帛缠在头上作妆饰叫缠头。也指赠送给歌舞者的锦帛或财物。这里指赠给李香君的妆奁。

⑲ 流苏帐:四周以流苏为垂饰的帐子。流苏,彩色丝线或羽毛作的垂饰。

⑳ 马督抚：即马士英，南明弘光朝时专权，以贪鄙邪恶著称。当时任凤阳督抚。

㉑ 拮据(jū)：手头不宽裕，钱不够用。

㉒ 烟花：宋元以来为妓女之通称。

㉓ 萍水相交：以浮萍在水面漂流，比喻偶然相遇，无深厚交情的朋友。

㉔ 怀宁：指安徽怀宁人阮大铖。阮号圆海，天启时依附阉党魏忠贤，崇祯时被革职，弘光时又投靠奸臣马士英，任兵部尚书，迫害东林党及复社成员，后降清。

㉕ "东洛才名"二句：比喻侯方域的才名大，文章写得好。东洛才名，晋代左思竭十年之力写成《三都赋》，时人竞相传抄，洛阳为之纸贵。西汉文章，指西汉时的一些伟大作家如司马迁、司马相如等人的作品。

㉖ 争看坐车郎：相传晋代潘岳貌美，每坐车出游，妇女竞相争看，以果掷之满车。这里借以夸誉侯方域的美貌。

㉗ 秦淮：即秦淮河，流经南京，城南河两侧古时多为歌妓住所，为声乐繁华之地。

㉘ 南邻大阮：晋代有南北阮，南阮指阮籍、阮咸叔侄。大阮即阮籍，这里借指阮大铖。

㉙ 年伯：指与父亲同年登科的长辈。阮大铖与侯方域父侯恂为同年，故侯方域称阮为年伯。明代以后，泛称父辈，不问是否同年，都称年伯。

㉚ 赵梦白：即赵南星，河北高邑人，万历进士，官至吏部尚书，为东林党重要人物，因反对魏忠贤专权，被贬戍代州(今山西代县)而死。

㉛ 魏党：明末宦官魏忠贤为首的阉党。魏忠贤于熹宗朝专擅朝政，遍植党羽，并极力搜刮财富，纵其爪牙虐害人民，排斥代表中小地主阶级利益的东林党人。马士英、阮大铖之流，皆魏党余孽。

㉜ 水火：比喻彼此不相容。

㉝ 复社：明末江南士大夫的政治集团。崇祯时，一部分江南士大夫继东林党而起，组织团体，主张改良政治。江苏太仓人张溥等合并诸文社，称为复社。南明弘光时，复社受到马士英等权奸的打击。顺治九年(1652)，复社被清政府取缔。

㉞ 操同室之戈：同室操戈本指兄弟间自相残杀；这里指一家人自相倾轧。

㉟ 谆谆：殷勤。纳交：献财物礼品以相交结。

㊱ 定生：陈贞慧字，江苏宜兴人，明亡隐居不仕。次尾：吴应箕字，安徽贵池人，明亡后曾在家乡率众抗清，兵败被执，不屈而死。陈、吴二人均为复社后期著名人物。《桃花扇》一开始，曾写他们联名一百四十多人写人《留都防乱揭帖》，公开揭露阮大铖的罪恶。

㊲ 旁人短长：指他人道长论短的评论。

㊳ 布荆：即布裙、荆钗，古代贫穷妇女的服饰。

㊴ 忒(tè)：太，过于。

㊵ 畏友：刚直的朋友，多能严于律己，正言规劝于人，不阿谀取容，令人敬畏，故称畏友。

㊶ 不问青黄：即不管是非黑白。

㊷ 从井救人：意思是无济于人而有损于己，这里指不能丢弃名节操守去帮助别人。

㊸ 多情反被无情恼：语出苏轼《蝶恋花》词。

㊹ 乘兴而来兴尽还：本东晋王子猷语。王子猷于雪夜乘舟访问朋友戴安道，中途返回。人问其故，他说："乘兴而来，兴尽而返，何必见安道耶？"见《晋书·王徽之传》。

㊺ 些须：微少。

㊻ 花钱粉钞：妇女用于花粉装饰之费，这里借指妆奁之资。

㊼ 解佩：刘向《列女仙传·江妃二女》仙人江妃二女出游江汉之湄，逢郑交甫，交甫见而悦之，不知其神人也，谓其仆曰："我欲下请其佩。"遂下与之言，二女乃手解佩与交甫。佩，衣带之装饰物；这里借指妆奁。

㊽ 风标：风度、品格。

修订版(第二版)后记

1989年9月,我们在国家教委师范司的领导和组织下,根据1988年7月在长春召开的全国二年制师专教材编写出版规划会议确定的指导思想和基本原则,按照师专的培养目标和师专二年制《中国古代文学》课程的教学大纲,编写了这本供全国师专中文专业使用的统编教材。

本书将中国古代文学发展简史和中国古代文学作品选读结合在一起。按习惯分期法,将先秦、两汉、魏晋南北朝、隋唐五代、宋、辽金元、明、清(包括近代)各立一编,每一编分两章,一章介绍这个时期文学发展的概况,另一章是作品选读,选择一些有代表性的作品予以介绍。对代表中国优秀文学传统的名家如屈原、司马迁、陶渊明、李白、杜甫、白居易、韩愈、柳宗元、苏轼、辛弃疾、陆游、关汉卿、施耐庵、吴承恩、罗贯中、蒲松龄、吴敬梓、曹雪芹等,一般都另立专节介绍他们的思想和艺术成就及其影响。这样,既能使学生了解文学发展的概貌,又能使他们带着比较系统的"史"的观念去读每一篇作品,以便举一反三,加深理解,扩展知识。

我们在编写过程中,根据教学要求,注意系统地阐述师专《中国古代文学》课程的基本理论和基本知识,防止跨越师专层次盲目攀比,随意拔高的偏向。了解文学发展概况、读好作品是编写这本教材的主要意图,因此介绍文学发展概况时,力求简明,不求面面俱到;选读作品既要着眼于所选作品的代表性,又要考虑到初中语文教师所必须掌握的基本知识,在简明扼要和深入浅出上多花些功夫,尽可能让学生在学习时触类旁通。讲授和使用本书时,可以按文学史和作品分章进行,也可以将作家及其作品与各时期文学发展概况结合起来穿插教学。总之,应根据需要和效果,由教师灵活掌握。

本书在编写过程中,参考了许多有关中国古代文学的论著,吸取了不少好的意见,限于篇幅,未能一一列名,特此总表谢忱和歉意。

如今,很多师专中文系,又恢复了三年制。由于这部教材编写的时候,考虑到应当让学生有一部分阅读自学的篇目,故在所选篇目上比教学计划讲授篇目放宽了一点。而现在，正好适应了师专中文系三年制的要求。

本教材出版八年来，被全国各地师专、教育学院、电大、职大、夜大以及自学高考辅导班、函授班、语文教师培训班等广泛采用，认为其文学史与作品相结合的体例、其难易深浅的程度和所选作品的知名度及数量都比较适当，这使我们感到十分欣慰。但也发现了一些缺点和不足之处，故予以修订。

可是，如今原编写人员的情况却发生了很大的变化：一部分人已经退休，年迈体弱，无力参与修订；一部分人已调离高教岗位多年，现岗位的工作很忙，无暇参与修订；一部分人已担任更重要的领导职务，也不能参与修订。故修订的任务只能由姜光斗教授一人来承担了。

本书当时编写的具体分工如下：

先秦部分，由原宁波师院副教授郑学溥、原浙江教育学院副教授郑力戎承担。

两汉部分，由倪木兴承担。

魏晋南北朝部分，由黄昌年承担。

隋唐五代部分和辽金元部分，由姜光斗承担。

宋代部分，由傅义承担。

明代部分，由徐季子承担。

清代部分，由蔡国黄承担。

本书初稿承蒙原华东师大中文系教授万云骏主审，他和方智范教授提了很多宝贵意见，至今编者仍深志不忘。在统稿、定稿过程中，蔡国黄、郑学溥付出了艰辛的劳动，在此谨致谢忱。

本书修订工作，侧重在文学史部分，包括增添内容、调整统一体例、修订错误等，对所选作品，仅极个别的作了抽换。虽经修订，不妥之处必然还有，敬请专家和广大师生批评指正。

编者

1999年5月

第三版后记

这套《中国古代文学》，编写于1989年，距今已整整二十年了，承蒙使用者厚爱，现已印到第三版了。这套教材的框架结构，都是主编徐季子先生设计的。本人原是副主编，只是协助徐先生做些工作。1999年再版时，由于徐先生忙于政务，全权委托我予以修订，出书时他要我署名为主编之一，为了负责起见，我同意了。现在要出第三版，大多数编写者年事已高，只得仍由我一人修订。这次修订，只是抽换了个别篇目，对有些表述改得更科学些，整体框架并无变动，仍是文学史叙述加作品注评。如有不妥，敬请批评指正。

姜光斗

2009年12月